KB042833

青印

野談 (Ⅱ)

이 저서는 2011년도 정부(교육과학기술부)의 재원으로 한국연구재단의 지원을
받아 수행된 연구임.(NRF-2011-413-A00004)
This work was supported by the Korea Research Foundation Grant funded
by the Korea Government.(NRF-2011-413-A00004)

한글 생활사 자료총서

【奎章閣 所藏本】

靑邱野談 (II)

이재홍·이상덕·김규선 校註

中韓翻譯文獻硏究所
學古房

머리말

《靑邱野談》은 1843년경 금릉군수로 재직하고 있던 金敬鎭이 編한 것으로 알려져 있으나 일각에서는 이에 대해 여전히 의문을 품고 있다. 그러나 이 무렵 《청구야담》이라는 야담집 이 등장하면서 세간에 널리 유통되었는데 급기야 19세기 중반 이후쯤에 閨內의 수요에 따라 한글본 《청구야담》이 등장하여 독자층을 확대하는데 일조하였다.

《靑邱野談》은 기존 한문 단편의 우수한 성과를 반영하고 있으며, 게다가 특이하게 각 편 마다 제목이 붙어 있어 그 제목만 보아도 내용의 대강을 짐작할 수 있는 장점이 있다. 각각의 이야기는 당대의 현실이 제재로 사용되는가 하면 당시 역사의 현실이 반영되어 있기도 하여 조선후기 사회의 변화와 그에 따른 문제점들이 사실적으로 또는 풍자적으로 그려지고 있다.

현전하는 《靑邱野談》 한문본은 모두 필사본으로, 이 중에서 가장 많은 이야기를 담고 있는 것은 栖碧外史 海外蒐逸本(乙本)인데 총 290편의 이야기가 수록되어 있다. 규장각 소장 한글 필사본에는(19권19책) 이 가운데 262편이 번역되어 있다. 번역의 형태는 꼭 축자번역 방식은 아니고 중간중간에 번역하지 않고 생략한 곳도 있어 번역자의 주관이 개입되어 있다.

규장각 소장 한글필사본은 겉표지에 '共二十'이라고 되어 있어 전체 20책이었음을 알 수 있 겠으나 제19책 말미에 '終 쳥구야담권지죵'이라 적혀 있어 과연 원래 20책이었는지도 의문이 간다. 만약 20책이었다면 해외수일 을본에 수록된 290편이 거의 모두 번역되었을 것이라는 것 쯤은 어렵지 않게 예상해볼 수 있다.

본 교주서는 규장각 소장 19권19책 한글필사본 《청구야담》을 입력, 교주한 것이다. 한글 필사본 원문을 그대로 입력하되 띄어쓰기만은 대략 현행 표기에 맞추었다. 분량이 방대하여 제1책에는 권1부터 권10까지 140편, 제2책에는 권11부터 권19까지 122편을 한문본[栖碧外史 海外蒐逸本(乙本)] 및 한글필사본 영인본과 함께 수록하여 상호 대조해볼 수 있게 하였다. 한 문본은 그 순서가 한글필사본과 꼭 일치하지는 않기 때문에 한글필사본의 순서에 따라 재편집 차여 수록하였다.

본 연구소는 조선시대 및 일제강점기에 생산된 다양한 한글본 자료를 조사, 발굴, 정리, 연

구합과 아울러 이들 자료에 나타나는 다양한 우리말 어휘를 채록하여 장차 우리말 고어대사전 편찬연구의 자료로 활용하고 있다. 이 작업도 이러한 연구 과정의 일환에서 이루어졌다.

본 교주서가 나오기 전에 김동욱·정명기의(1996, 敎文社)《靑邱野談》(上·下)과 최웅의 (1996, 국학자료원)《주해 청구야담》(1-3)이 나왔는데, 모두 규장각본《청구야담》(19권19책) 을 현대어로 번역하여 펴낸 것이다. 전자는 한문도 병기하여 한글과 한문을 서로 대비해 볼 수 있다는 점에서 자료의 활용가치가 있고, 후자는 262개에 달하는 제목을 일일이 다 번역하 였다는 점에서 차별성을 두고 있다. 본 연구소에서 펴내는 이 교주서는 앞의 두 자료와는 달 리 한글필사본 원문을 모두 입력, 수록하였다는 점에서 차별성을 두고자 한다. 하지만 주해 과정에서 상기 두 자료의 도움을 받았음을 지면을 빌어 밝혀두는 바이다.

끝으로 본 교주서가 나오는데 규장각 소장 한글필사본《청구야담》을 영인·출판하도록 허 락해주신 서울대학교 규장각 한국학연구원 김인걸 원장님과 이 과정에서 애써주신 주무관 윤 성호님께 감사의 말씀을 전한다.

2014. 5. 16

이재홍 · 이상덕 · 김규선

目 次

□ 附錄

시신술토졍쳥부인
施神術土亭聽夫人

【1】 니지함(李之菡)의1) 별호는 토졍(土亭)이
니 텬셩이 신이영오(神異穎悟)ᄒᆞ야 텬문디리(天文地
理)와 의약복셔(醫藥卜筮) 슐수지ᄒᆞᆨ(術數之學)을 무
불통지(無不通知)ᄒᆞ고 과거 미릭스룰 여합부졀(如合
符節)ᄒᆞ니 셰샹 사름이 다 신인이라 일캇더라. 일즉
뒤웅박2) 삼개룰 가져 두 볼에 ᄒᆞ나식 미고 ᄒᆞ나흔
집힝이 긋ᄒᆡ 미고 만경챵파의 횡ᄒᆡᆼᄒᆞ기룰 평디ᄀᆞ치

ᄒᆞ기로 죡젹이 텬하의 아니 밋친 곳이 업셔 소샹
(瀟湘) 동졍호(洞庭湖)며 강남의 허다 명승지디(名勝
之地)룰 녁〻히 완샹ᄒᆞ고 스ᄒᆡ의 쥬류ᄒᆞ야 널니 본
고로 바다 물빗치 각〻 방위룰 ᄯᅡ라 동ᄒᆡ는 프르고
남ᄒᆡ는 붉고 셔ᄒᆡ(西海)는 희고 북ᄒᆡ는 검 【2】 다
ᄒᆞ더라. 집이 극히 빈한ᄒᆞ여 조셕 계공(繼供)ᄒᆞᆯ3) 거
시 업스ᄃᆡ 조곰도 ᄆᆞᄋᆞᆷ의 거릿ᄭᅵ는 비 업더라.

    일〻은 그 부인과 낙담의 안ᄌᆞᆺ더니 부인이 ᄀᆞᆯ
오ᄃᆡ,

    "셰샹 사름이 다 그ᄃᆡ 신통ᄒᆞᆫ 슐법이 잇다 일
캇거늘 이졔 냥식이 업셔 졀화지경(絶火之境)의4)
니르럿스ᄃᆡ 엇지 ᄒᆞᆫ번 신슐을 시험ᄒᆞ여 이러틋ᄒᆞ
급ᄒᆞᆷ을 구졔치 아니ᄒᆞᄂᆢ?"

    공이 우어 ᄀᆞᆯ오ᄃᆡ,

    "부인의 말이 뎌러틋ᄒᆞ니 내 맛당히 시험ᄒᆞ여
보려니와 부인은 날노뼈 허랑타 ᄒᆞ지 말나."

    ᄒᆞ고 즉시 비ᄌᆞ룰 명ᄒᆞ여 져근 유식긔(鍮食
器)5) ᄒᆞᆫ 개룰 쥬며 닐오ᄃᆡ,

    "네 이졔 이 그릇슬 가지고 곳 셔문 밧 경구
(京口) 다리로 가면 필연 ᄒᆞᆫ 노구(老嫗) 이셔 사쟈
ᄒᆞᆯ 거시니 ᄒᆞᆫ 냥 돈을 밧고 파라 오라."

    비ᄌᆞ 명을 밧드러 간즉 과 【3】 연 노괴 잇셔
사긔룰 원ᄒᆞ거늘 갑슬 여수(如數)이 밧고 파라 온ᄃᆡ
ᄯᅩ 닐오ᄃᆡ,

    "이 ᄒᆞᆫ 냥 돈을 가지고 급히 셔문 밧 스거리
예 가면 필연 삿갓 쓴 사람이 시져(匙箸)6) ᄒᆞᆫ 벌을

---

1) 【니지함】 囿 ((인명)) 이지함(李之菡 1517~1578). 조선 선
· 조 때의 학자. 자는 형중(馨仲)·형백(馨佰). 호는 토
정(土亭)·수산(水山). 벼슬은 포천(抱川), 아산(牙山)의
현감을 지냈다. 서경덕의 문인으로 의약·복서(卜
筮)·천문·지리·음양에 능통하였다. 저서에 《토정비
결》 등이 있다.¶ 李之菡 ‖ 니지함의 별호는 토졍이니
텬셩이 신이영오ᄒᆞ야 텬문디리와 의약복셔 슐수지ᄒᆞᆨ
을 무불통지ᄒᆞ고 과거 미릭스룰 여합부졀ᄒᆞ니 세상
사룸이 다 신인이라 일캇더라 (土亭李之菡, 生而穎悟,
天文地理及醫藥卜筮, 術數之學, 無不通曉, 未來之事,
預先知之, 世皆稱以神人.) <靑邱野談 奎章 11:1>

2) 【뒤웅-박】 囿 ((기물)) 박을 쪼개지 않고 꼭지 근처에
구멍만 뚫어 속을 파낸 바가지.¶ 瓢 ‖ 일즉 뒤웅박 삼
개룰 가져 두 볼에 ᄒᆞ나식 미고 ᄒᆞ나흔 집힝이 긋ᄒᆡ
미고 만경챵파의 횡ᄒᆡᆼᄒᆞ기룰 평디ᄀᆞ치 ᄒᆞ기로 죡젹이
텬하의 아니 밋친 곳이 업셔 (兩足繫一圓瓢, 杖下又繫
一圓瓢, 行于海水之上, 如踏平地, 無處不住.) <靑邱野
談 奎章 11:1>

3) 【계공-ᄒᆞ】 囿 계공(繼供)하다. 식사를 계속 이어주다.¶
供 ‖ 집이 극히 빈한ᄒᆞ여 조셕 계공ᄒᆞᆯ 거시 업스ᄃᆡ
조곰도 ᄆᆞᄋᆞᆷ의 거릿ᄭᅵ는 비 업더라 (家極貧寒, 朝夕無
以供而不以介于心.) <靑邱野談 奎章 11:2>

4) 【졀화지경】 囿 절화지경(絶火之境). 가난하여 밥을 짓
지 못할 정도의 지경.¶ 絶火 ‖ 셰샹 사룸이 다 그ᄃᆡ
신통ᄒᆞᆫ 슐법이 잇다 일캇거늘 이졔 냥식이 업셔 졀화
지경의 니르럿스ᄃᆡ 엇지 ᄒᆞᆫ번 신슐을 시험ᄒᆞ여 이러
틋ᄒᆞ 급ᄒᆞᆷ을 구졔치 아니ᄒᆞᄂᆢ (人皆稱君子之神異之
術云, 見今乏粮, 將絶火矣. 何不試神術而救此急也?)
<靑邱野談 奎章 11:2>

5) 【유-식긔】 囿 ((기물)) 유식기(鍮食器). 놋쇠로 만든 밥
그릇.¶ 鍮器 ‖ 즉시 비ᄌᆞ룰 명ᄒᆞ여 져근 유식긔 ᄒᆞᆫ 개
룰 쥬며 닐오ᄃᆡ 네 이졔 이 그릇슬 가지고 곳 셔문
밧 경구 나리로 가며 필연 囸 누구 이셔 시쟈 囸 기
시니 ᄒᆞᆫ 냥 돈을 밧고 파라 오라 (命婢子, 持一鍮器而
論之曰: "汝持此器, 往京營橋前, 即有一老嫗, 以百金顧
買矣, 汝可賣來.") <靑邱野談 奎章 11:2>

6) 【시져】 囿 ((기물)) 시저(匙箸). 수저.¶ 匙箸 ‖ 이 ᄒᆞᆫ 냥

가지고 급히 팔고져 홀 거시니 이 갑슬 쥬고 사 오라."

비지 쏘가 본즉 과연 그 말 ᄀᆞ튼지라 시겨롤 사 가지고 왓거늘 닥가본즉 텬은(天銀)ᄭᅵ 시계라. 쏘 닐오디,

"네 이것슬 가지고 바로 경긔감영(京畿監營) 압희 가면 뉘 집 하인이 방장 은져(銀箸)롤 일코 황ᄉᆞ히 동식(同色) 은겨롤 구홀 거시니 십오 냥 돈을 밧고 파라 오라."

비지 쏘 그 말대로 십오 냥을 바다 온디 다시 흔 냥 돈을 쥬어 굴오디,

"앗가 식긔 삿던 노귀 당쵸의 식긔롤 일헛기로 디봉(代捧)ᄒᆞ려 ᄒᆞ미러니 이졔 일헛든 식긔롤 ᄎᆞ즌지라 지금은 【4】 환퇴(還退)코져 ᄒᆞᄂᆞ니 샐니 가 물너 오라."

비지 급히 간즉 과연 환퇴흔지라. 공이 그 식긔와 십ᄉ 냥 돈을 부인긔 견ᄒᆞ야 ᄉᆡ량(柴糧)을 쥰비케 ᄒᆞ니 부인이 곳쳐 흔번 더 ᄒᆞ기롤 쳥흔디 공이 우어 굴오디,

"이만 ᄒᆞ여도 죡흔지라 기타 분외의 싱각을 너지 말나."

ᄒᆞ니 대뎌 이럿툿 신긔ᄒᆞ미 만터라.

혹요기칙실축디인
惑妖妓冊室逐知印

뎡판셔(鄭判書) 민시(民始)8) 평안감스(平安監

돈을 가지고 급히 셔문 밧 ᄉᆞ거리에 가면 필연 삿갓 쁜 사롬이 시겨 흔 벌을 가지고 급히 팔고져 홀 거시니 이 갑슬 쥬고 사 오라 (汝持此而往西門外市上, 則有簍笠人, 以匙箸將欲急賣矣. 汝以此錢買來.) <靑邱野談 奎章 11:3>

7) 【텬은】 圂 쳔은(天銀). 품질이 가장 뛰어난 은.¶ 銀 ‖ 시겨롤 사 가지고 왓거늘 닥가본즉 텬은 시계라 (持匙箸來納, 卽銀匙箸也.) <靑邱野談 奎章 11:3>

8) 【민시】 圂 ((인명)) 민시(民始). 셩빈시(鄕民始 1745~1800). 자 회숙(會叔). 시호 충헌(忠獻). 1773년(영조 49) 문과에 급제하고 이듬해 수찬 겸 필선(修撰兼弼善)으로 세손(世孫:正祖)을 보도(輔導)하였다. 1781년 예조·호조·이조의 판서를 거쳐 이듬해 우참찬·선혜

司)롤 ᄒᆞ엿슬 쩌예 그 쪽하 쥬셔(注書)의 일홈은 상위(尙愚丨)라. 최방의 잇셔 영문(營門) 기성(妓生)에 민이(憫愛)롤 춍이침혹(寵愛沈惑)ᄒᆞ여 잠간도 쩌나지 아니ᄒᆞ더니 평양 외셩 사는 니좌슈(李座首)는 누만금 거뷔라 돈 일쳔 냥을 봉치(封置)ᄒᆞ고 말을 젼파ᄒᆞ디,

"민이 만일 날과 ᄒᆞ로밤만 친압(親狎)ᄒᆞ면 이 돈을 쥬리 【5】 라."

ᄒᆞ니 민이 비록 이 소문을 드럿스나 츄신(抽身)홀 계괴 업더니 일ᄉᆞ은 뎡쥬셔(鄭注書)롤 더ᄒᆞ야 오열뉴쳬(嗚咽流涕)ᄒᆞ거늘 쥬셰 그 연고롤 놀나 무론디 민이 눈물을 거두고 디왈,

"쇼인이 일즉 셩모롤 여희고 외조모의게 길닌지 여러 히예 은이 심즁ᄒᆞ옵더니 죽은 후 오날이 졔날이오나 외가의 봉ᄉᆞᄒᆞ리 업ᄉᆞ와 필연 졔(祭)롤 궐(闕)ᄒᆞ겟삽기로 심회 ᄌᆞ연 비감ᄒᆞ여이다."

쥬셰 듯고 측은이 녀겨 위션(爲先) 영고(營庫)로 졔슈롤 비급(備急)ᄒᆞ고 잠간 나가 힝ᄉᆞ(行祀)ᄒᆞ기롤 허락ᄒᆞ엿더니 본[보]닌 후 ᄆᆞ음이 노이지 아니ᄒᆞ야 밤든 후 친신(親信)흔 통인(通引)을 보니여 탐지ᄒᆞ니 방장 니좌슈로 더부러 힝낙ᄒᆞᄂᆞᆫ지라 통인이 본디로 드러와 고흔디 쥬셰 대로ᄒᆞ여 급히 션화당(宣化堂)의 올나가 침 【6】 실문을 두드리니 쩌예 밤이 깁흔지라. 감시 대경ᄒᆞ야 문왈,

"네 어이 반야의 자지 아니코 왓ᄂᆞᆫ다?"

디왈,

"민이란 년이 뎨 외할미 졔날이라 ᄒᆞ고 날을 쇽이고 나가 외셩 잇ᄂᆞᆫ 니좌슈놈과 힝낙ᄒᆞ오니 셰샹의 이러흔 분흔 일이 잇스릿가? 원컨디 대인은 급히 나졸을 발ᄒᆞ야 년놈을 일병(一竝) 잡아와 엄치(嚴治)ᄒᆞ시기롤 바라ᄂᆞ이다."

감시 ᄭᅮ지져 왈,

"무슨 큰일이완디 심야 ᄉᆞ경의 이럿툿 소요(騷擾)이 구ᄂᆞᆫ다? 밧비 도라가 쟈라."

청당상·홍문관제학·형조와 공조의 판서·지경연사(知經筵事)·평안도관찰사·좌부빈객(左副賓客)·병조판서·함경도관찰사·장용대장(壯勇大將) 등을 지낸 뒤 1800년 대사간이 되었다. 오랫동안 선혜청에 있으면서 미곡운반과 조세의 수납 사무를 통일하는 등 백성의 부담을 덜어주었고, 특히 왕의 보필에 힘써 문물의 개화에 크게 이바지하였다.¶ 民始 ‖ 넝션서 민시 평안감스롤 ᄒᆞ엿슬 쩌예 그 쪽하 쥬셔의 일홈은 상위라 (鄭判書民始之爲箕伯也, 其俖注書尙愚.) <靑邱野談 奎章 11:4>

쥬셰 불을 구르며 왈,

"대인의 쇼질의 말을 아니 드르시면 쇼질은 죽겟ᄂᆞ이다."

ᄒᆞ거늘 감식 통탄냥구(痛嘆良久)의 인ᄒᆞ여 좌우롤 명ᄒᆞ야 입직포교(入直捕校)롤 블너 분부ᄒᆞ디,

"네 이졔 입번(入番) 나졸을 젼수(全數)이 거ᄂᆞ리고 나가 민이 [7] 의 집을 환위(環圍)ᄒᆞ고 남녀롤 ᄒᆞᆫᄃᆡ 결박ᄒᆞ여 오라."

포괴 승명ᄒᆞ고 그 집을 위립(圍立)ᄒᆞ고 문을 두드리니 니좌쉬 놀나 방듕의셔 ᄯᅥᆯ거늘 민이 굴오ᄃᆡ,

"조곰도 겁ᄂᆞ지 말고 의관을 슈습ᄒᆞᆫ 후 뒤으로 너 허리롤 안고 ᄯᅡ라 나오라."

마츰 그ᄯᅢ의 셰위(細雨 l) 미ᇰ미ᇰᄒᆞ지라. 치마로 머리롤 덥허 비 피ᄒᆞᄂᆞᆫ 모양으로 니좌슈의 몸을 ᄀᆞ리고 문안에셔 뭇ᄂᆞᆫ 말이,

"심야의 무슴 일노 문을 두드리ᄂᆞᆫ뇨?"

포괴 굴오ᄃᆡ,

"다만 문을 밧비 열나."

민이 문을 열며 가만이 니모롤 문 뒤예 셰우고 쳔연이 셧더니 교졸비 블문곡직ᄒᆞ고 바로 방안으로 드러가 슈탐ᄒᆞ니 그 사이예 니모ᄂᆞᆫ 몸을 ᄲᅢ쳐 압집으로 피ᄒᆞ니 이집은 옥낭의 집이러라. 교졸이 안팟글 뒤지더 종 [8] 젹이 업ᄂᆞᆫ지라 민이 소리롤 가다듬아 무러 굴오ᄃᆡ,

"너의 무슴 일노 왓ᄂᆞᆫ다?"

교졸이 답ᄒᆞᄃᆡ,

"ᄉᆞ도 분부의 너와 외셩 니좌슈와 동침ᄒᆞᄂᆞᆫ ᄉᆞ연이 념문의 들니여 우리로 ᄒᆞ여곰 ᄒᆞᆫ 사슬의 결박ᄒᆞ여 오라 ᄒᆞ여계시니 니모ᄂᆞᆫ 어디 잇ᄂᆞ뇨?"

민이 션우슴9) 치며 굴오ᄃᆡ,

"이곳의 사름의 그림ᄌᆞ도 업스믄 십목소시(十目所視)니10) 니뫼 파리와 모긔 ᄀᆞᆺᄐᆞᆫ 미믈이 아니어

─────────────────

9) 【션ㆍ우슴】圏 션웃음. 우습지도 않은데 꾸며서 웃는 웃음.¶ 민이 션우슴 치며 굴오ᄃᆡ 이곳의 사름의 그림ᄌᆞ도 업스믄 십목소시니 니뫼 파리와 모긔 ᄀᆞᆺᄐᆞᆫ 미믈이 아니어든 엇지 숨기리오 아모조록 뒤여보라 (憫愛曰: "此處之無人, 君輩所目見也. 李非蠅蚊之微物, 豈可隱置乎? 曲曲搜見可也.") <靑邱野談 奎章 11:8>

10) 【십목소시】圏 십목소시(十目所視), 여러 사람이 다 보고 있ᄂᆞᆫ ᄯᅳᆺᄋᆞ로, 세상 사람을 속일 수 없ᄋᆞᆷ을 비유적으로 이르는 말.¶ 所目見 ‖ 민이 션우슴 치며 굴오ᄃᆡ 이곳의 사름의 그림ᄌᆞ도 업스믄 십목소시니 니뫼 파리와 모긔 ᄀᆞᆺᄐᆞᆫ 미믈이 아니어든 엇지 숨기리오

─────────────────

든 엇지 숨기리오 아모조록 뒤여보라."

교졸이 두루 뒤다가 못ᄎᆞᆺ고 홀수업셔 도라가 형젹 업슨 연유로 고ᄒᆞ니라.

그날밤의 민이 니모로 더브러 옥낭의 집에 죵야 ᄒᆡᇰ낙ᄒᆞ고 잇튼날 편지롤 쥬셔의게 보니여 하직 왈,

"쇼쳡이 나리롤 뫼션지 오리오나 별노이 득죄ᄒᆞᆫ [9] 일이 업습거늘 야반의 발군(發軍)ᄒᆞ여 가니롤 슈탐ᄒᆞ시니 쇼쳡이 일즉 역뉼(逆律)의 범치 아니ᄒᆞ엿거늘 무슨 일노 격몰코져 ᄒᆞ시니 나리젼의 샹덕(上德)은 못닙ᄉᆞ온들 닌리의 치쇼(嗤笑)롤 밧게 ᄒᆞ시니 하면목(下面目)으로 거두(擧頭)ᄒᆞ야 사름을 ᄃᆡᄒᆞ오릿가? 원컨디 나리계셔도 쇼쳡ᄀᆞᆺ치 ᄒᆡᇰ실 추잡ᄒᆞᆫ 년을 다시 ᄉᆡᆼ각지 마르시고 곳쳐 ᄒᆡᇰ실 조츨ᄒᆞᆫ 계집을 구ᄒᆞ쇼셔. 쇼쳡도 사름이어든 엇지 외조모 긔일의 ᄒᆡᇰ음(行淫)ᄒᆞ오릿가? 지원 이미ᄒᆞ괘라."

ᄒᆞ엿더라. 쥬셔 글월을 보고 반신반의ᄒᆞ여 수일 긔졀ᄒᆞ엿더니 종시 연ᇰᄂ 블망(戀戀不忘)ᄒᆞ야 침식이 불안ᄒᆞᆫ지라 편지로 샤과ᄒᆞ고 부르디 간악(奸惡)을 부리고 드러오지 아니ᄒᆞ기롤 ᄯᅩ 수 [10] 삼일이 지나미 쥬셔 여취여광(如醉如狂)ᄒᆞ여 지졉(止接)ᄒᆞᆯ 곳이 업셔 일ᇰᄃ 지닌에 오륙츠 왕복이 되야 ᄀᆞᆫ졀ᄒᆞᄃᆡ 종시 교긍(驕矜) 부려 ᄒᆞᄂᆞᆫ 말이 념문(廉問)ᄒᆞᆫ 놈의 셩명을 ᄀᆞ르치면 드러가겟노라 ᄒᆞ니 쥬셔 홀일업셔 통인의 셩명을 닐은디 민이 왈,

"향쟈의 나리계셔 ᄒᆡᇰ츠ᄒᆞ고 아니 계실 ᄯᅢ예 그 통인이 쳡을 희롱ᄒᆞ고 쳡의 손목을 잡습기로 쳡이 그놈의 ᄲᅡᆷ을 치고 ᄭᅮ지져 거졀ᄒᆞ엿습더니 그놈이 혐의로 이럿틋 모함ᄒᆞ엿ᄉᆞ오니 그놈을 치죄ᄒᆞ고 니친 연후의 가겟노라."

ᄒᆞ거늘 쥬셔 즉시 슈리(首吏)의게 분부ᄒᆞ여 엄형계안(嚴刑除案)ᄒᆞ야 니치니 민이 그졔야 드러와 화회(和解)ᄒᆞ고 여일젼총(如一專寵)ᄒᆞ더라.

그 후의 [11] 니좌쉬 허락ᄒᆞᆫ 쳔금 외예 오ᄇᆡᆨ금을 더 쥬어 왈,

"당쵸의 네 긔이ᄒᆞᆫ 꾀 아니런들 내 ᄃᆡ욕을 면치 못ᄒᆞᆯ 번ᄒᆞ엿기로 오ᄇᆡᆨ금을 더 쥬노라."

ᄒᆞ니 민이 즉시 그 돈으로 셩듕의 ᄃᆡ가롤 사고 니좌슈와 ᄒᆡᇰ낙ᄒᆞ더라.

─────────────────

아모조록 뒤여보라 (憫愛曰: "此處之無人, 君輩所目見也. 李非蠅蚊之微物, 豈可隱置乎? 曲曲搜見可也.") <靑邱野談 奎章 11:8>

긍박동녕셩쥬혼
矜朴童靈城主婚

녕셩군(靈城君) 박문슈(朴文秀ㅣ) 암힝어스로
단닐 쩌예 날이 늣도록 밥을 먹지 못ᄒᆞ여 ᄒᆞᆫ 집을
향ᄒᆞ고 가 문을 두드리니 나와 응문(應門)ᄒᆞᄂᆞᆫ 동지
나히 십오륙 셰 된 아희라 압흘 당ᄒᆞ여 ᄒᆞᆫ 그릇 밥
을 빈디 디답ᄒᆞ야 ᄀᆞᆯ오디,

"편모시하의[11] 가계 빈곤 졀화(絕火)ᄒᆞᆫ 지수
일이라 손임[12] 디졉ᄒᆞᆯ 밥이 업ᄂᆞ이다."

ᄒᆞ거늘 공이 곤븨(困憊)ᄒᆞ야 잠간 안졋더니
동지 여러 [12] 번 벽 우희 둘닌 조희쥬머니ᄅᆞᆯ[13]
치미러 보고 참연(慘然)ᄒᆞᆫ 빗치 잇더니 그 쥬머니ᄅᆞᆯ
글녀가지고 안으로 드러가니 수간두옥(數間斗屋)의
지게문 안이 곳 니당이라 밧긔셔 드른즉 동지 호모
(呼母)ᄒᆞ여 ᄀᆞᆯ오디,

"밧긔 과긱이 잇셔 ᄒᆞᆫ 쩌 밥을 쳥ᄒᆞ니 사람의
비곫파 ᄒᆞᆷ을 보고 구졔치 아니 길이 업소오니 일노
나 밥을 지으쇼셔."

기피 왈,

"일노 밥을 지으면 네 친긔(親忌)ᄅᆞᆯ 궐(闕)ᄒᆞ
리라."

동지 ᄀᆞᆯ오디,

"그는 비록 졀박ᄒᆞ나 사람의 쥬린 형상을 보
고 엇지 구졔 아니ᄒᆞ리오?"

기피 즉시 바다 밥을 짓거늘 공이 그 말을 드
르미 ᄆᆞ음의 심히 측은ᄒᆞ더니 동지 나오거늘 공이

---

11) 【편모-시하】 圖 편모시하(偏母侍下). 홀로 남은 어머
니를 모시고 있는 처지.¶偏親侍下‖편모시하의 가계
빈곤 졀화ᄒᆞᆫ 지수일이라 손임 디졉ᄒᆞᆯ 밥이 업ᄂᆞ이다
ᄒᆞ거늘 (吾則偏親侍下, 而家計貧窮, 絕火已數日, 無飯
與客.) <靑邱野談 奎章 11:11>

12) 【손임】 圖 ((인류)) 손님.¶客‖편모시하의 가계 빈곤
졀화ᄒᆞᆫ 지수일이라 손임 디졉ᄒᆞᆯ 밥이 업ᄂᆞ이다 ᄒᆞ거
늘 (吾則偏親侍下, 而家計貧窮, 絕火已數日, 無飯與客.)
<靑邱野談 奎章 11:11>

13) 【죠희-쥬머니】 圖 종이주머니.¶紙籤‖동지 여러 번
벽 우희 둘닌 조희쥬머니ᄅᆞᆯ 치미러 보고 참연ᄒᆞᆫ 빗치
잇더니 (童子屢瞻見屋漏之紙籤, 微有慘然之色.) <靑邱
野談 奎章 11:12>

그 연유ᄅᆞᆯ 무른디 답왈,

"손임이 이믜 듯고 알아계시니 소기지 못ᄒᆞᆯ지
라 [13] 나의 친긔 블원(不遠)ᄒᆞᆫ디 계ᄉᆞ 지나올 길
이 업더니 무춤 ᄒᆞᆫ 되 ᄡᆞᆯ이 잇기로 조희쥬머니ᄅᆞᆯ
지어 녀허 돌아두고 비록 몃 기롤 굴므나 춤아 먹
지 못ᄒᆞ엿더니 이졔 손임이 쥬리시고 집의 ᄯᅩ 다른
냥미(糧米) 업스미 부득이 ᄭᅵ ᄡᆞᆯ노 밥을 짓더니 불
힝ᄒᆞ여 손임의 아르신 빈 되니 참괴(慚愧)ᄒᆞᆷ믈 니긔
지 못ᄒᆞ리로소이다."

이럿툿 슈쟉ᄒᆞᆯ 즈음의 ᄒᆞᆫ 노예 드러와 고셩ᄒᆞ
여 ᄀᆞᆯ오디,

"박도령은 ᄲᆞᆯ니 나오라."

그 동지 의걸ᄒᆞ여 ᄀᆞᆯ오디,

"오날은 가지 못ᄒᆞ리로다."

공이 그 셩을 드른즉 쥬가와 동셩이라 신긔히
너겨 그 하인의 ᄒᆞᄂᆞᆫ 말과 위졀(委折)을 무른디 답
왈,

"이ᄂᆞᆫ 이 고을 좌슈의 종이온디 니 나히 이믜
쟝셩ᄒᆞ미 좌슈의 ᄯᆞᆯ이 잇스믈 듯고 통혼 [14] ᄒᆞ엿
더니 좌슈 업수이 너겨 도로혀 욕을 보왓다 ᄒᆞ고
하예(下隸)ᄅᆞᆯ 보너여 날을 ᄌᆞ바다가 누츠 후욕(詬
辱)ᄒᆞ더니 이졔 ᄯᅩ 자브러 왓ᄂᆞ이다."

ᄒᆞ거늘 공이 그 하인을 ᄭᅮ지져 왈,

"나ᄂᆞᆫ 이 도령의 슉뷔니 니 디신ᄒᆞ여 가리라."

ᄒᆞ고 밥 먹은 후 그 종을 ᄯᆞ라 간즉 좌슈라
ᄒᆞᄂᆞᆫ 쟤 잡아드리라 ᄒᆞ거늘 공이 바야흐(로) 노쉭
(怒色)을 지어 바로 쳥샹의 올나가 닐오디,

"니 죡하의 문벌이 그디의셔[14] 승(勝)ᄒᆞ거늘
특별이 집이 간난ᄒᆞ기로 그디의게 통혼ᄒᆞ엿더니 만
일 ᄯᅳᆺ과 ᄀᆞᆺ지 아닐진디 그만 두미 올커늘 엇지ᄒᆞ여
미양 잡아다가 욕을 뵈니 그디는 읍듕 슈향(首鄕)으
로 권력이 잇셔 그러툿 힝악(行惡)ᄒᆞᄂᆞ냐?"

좌슈 디로ᄒᆞ여 그 종을 잡아드려 ᄭᅮ지져 ᄀᆞᆯ오
디,

"니 박동(朴童)을 잡아오라 ᄒᆞ [15] 엿거늘 엇
지 이런 광긱을 잡아와 네 샹뎐으로 ᄒᆞ여곰 욕을
보게 ᄒᆞᄂᆞᆫ다?"

ᄒᆞ거늘 공이 소미 속으로 마픠(馬牌)ᄅᆞᆯ 잠간

---

14) 【-의셔】 圖 -보다.¶니 죡하의 문벌이 그디의셔 승ᄒᆞ
거늘 특별이 집이 간난ᄒᆞ기로 그디의게 통혼ᄒᆞ엿더니
만일 ᄯᅳᆺ과 ᄀᆞᆺ지 아닐진디 그만 두미 올커늘 (吾侄之
班閥, 猶勝君, 而特以家貧之故, 通婚於君矣, 君如無意,
則置之可也.) <靑邱野談 奎章 11:14>

드러니여 뵈며 ⵐ오되,

　　"네 엇지 이러툿 방ⷎ흐뇨?"

　　좌쉬 흔번 보민 얼골이 흙빗 ⵟ틋여 계하의 ᄂ려 부복흐여 ⵐ오되,

　　"죽어지만이라."

　　흐거늘 공이 ⵐ오되,

　　"이졔ᄂ 결혼흐겟ᄂ냐?"

　　되왈,

　　"명흐시ᄂ디로 흐리이다."

　　ᅉ ⵐ오되,

　　"내 쳑녁을 보니 지명일(再明日)이 대길흐니 이날 맛당이 신랑을 ᄃ려올 거신즉 혼구(婚具)를 갓초고 기ᄃ리라."

　　좌쉬 부복응낙흐거늘 공이 인흐여 문을 나와 바로 읍ᄂ의 드러가 츌도 후 본관ᄃ려 부탁 왈,

　　"니 죵질이 잇더니 아모 촌의셔 이 고을 좌슈로 더부러 혼인 지ᄂᄂ 길일이 지명일이니 잇쩌예 밧겻 졔구와 잔치【16】 찬슈를 관가로 준비흐여 쥬미 엇더흐뇨?"

　　본관 왈,

　　"이ᄂ 조흔 일이니 맛당이 우후히 부조흐리이다."

　　흐거늘 ᅉ 닌읍 슈령을 쳥흐라 흐고 이날의 신랑으로 더부러 ᄌ가 햐쳐의 니르러 관복을 경계흐고 공이 위의를 갓초와 뒤흘 ᄯ로니 좌슈의 집에 구름ᄎ일이 하늘의 년흐엿고 슈륙진찬(水陸珍饌)이 반상의 낭ᄌ흔 ⵟ온디 좌상의 어ᄉ공(御史公)이 쥬벽흐고 모든 슈령이 널좌흐니 좌슈의 집이 일층 광채 휘황흐더라. 힝녜 후 신랑이 나아오거늘 어ᄉ 명흐여 좌슈를 나입(拏立)흐니 좌쉬 고두흐거늘 어ᄉ ⵐ오되,

　　"네 젼답과 노비와 우마와 긔명즙믈(器皿什物)이 얼마나 되뇨?"

　　답왈,

　　"뎐답은 몃 셕 직이오 노비ᄂ 몃 구(口)오 우마ᄂ 몃 필이오 긔【17】 명 수효ᄂ 언마라."

　　일ᄌ히 고흐니 공이 ⵐ오되,

　　"분반(分半)흐야 ᄉ회룰15) 쥴다?"16)

---

15) 【ᄉ회】圈 ((인류)) 사위.¶ 女壻 ‖ 분반흐야 ᄉ회룰 줄다 (分半給女壻乎?) <靑邱野談 奎章 11:17>

16) 【-ㄹ다】回 ((동사, 형용사 어간 뒤에 붙어)) -겟느냐.¶ 乎 ‖ 분반흐야 ᄉ회룰 줄다 (分半給女壻乎?) <靑邱野談 奎章 11:17>

　　답흐여 ⵐ오되,

　　"명디로 흐리이다."

　　흐거늘 어ᄉ 명흐야 문셔룰 쓰고 증인을 둘시 머리의 어ᄉ 박문쉬라 흐고 버거 본관의 셩명을 쓰고 각읍 슈령이 널셔(列書)흐여 마퓌룰 뎌셔 쥰 연후의 인흐여 다른 고을노 가니라.

틱손셔신ᄌᄼ션샹
擇孫婿申宰善相

　　신판셔(申判書)의 별호ᄂ 한듁당(寒竹堂)이라.17) 지인지감(知人之鑒)이18) 잇더니 독ᄌ룰 두엇다가 일 죽으민 그 유복녜(遺腹女])잇셔 나히 가년(過年)흐엿ᄂ지라 그 과거(寡居)흐ᄂ 며ᄂ리 민양 시부의게 쳥흐여 왈,

　　"이 ᅑ의 신랑은 존귀(尊舅]) 친히 보고 ⵐ희쇼셔."

　　공이 ⵐ오되,

　　"네 엇던 신랑을 구흐ᄂ뇨?"

　　되왈,

　　"댱슈흐고 부귀 다남ᄌ흔 사람을 구흐쇼셔."

　　【18】공이 우어 ⵐ오되,

　　"네 말 ⵟ틀진디 셰샹의 엇지 이ᵹᅕ치 겸비흔

---

17) 【한듁당】圈 ((인명)) 한듁당(寒竹堂). 신임(申鉝 1639~1725). 조선후기의 문신. 자는 화즁(華仲), 호는 한듁(寒竹). 박세채(朴世采)의 문인. 1657년(효종 8) 진사시에 합격, 1680년(숙종 6) 의금부도사에 제수되었으나 나가지 않다가 효종릉의 사건으로 귀양간 아버지의 억울함을 격쟁(擊錚)하여 방해하게 한 뒤, 1686년 별시문과에 응시하여 병과로 급제하였다. 전적(典籍)·호조좌랑·경기도도사·정언(正言)·수원부사·황해감사·대사간·이조참의·도승지·대사헌·지중추부사·공조판서를 역임하였다.¶ 寒竹堂 ‖ 신판셔의 별호ᄂ 한듁당이라 (申判書鉝, 號寒竹堂) <靑邱野談 奎章 11:17>

18) 【기인ᄌᄀ】圈 지인시심(知人之鑒). 사람복 알아보는 슬기.¶ 知人之鑒 ‖ 지인지감이 잇더니 독ᄌ룰 두엇다가 일 죽으민 그 유복녜 잇셔 나히 가년흐엿ᄂ지라 (有知人之鑒. 喪獨子有遺腹女, 年及笄矣.) <靑邱野談 奎章 11:17>

사름이 잇스리오? 진실노 어렵도다."

ㅎ더니 이후로 미양 츌입ㅎ엿다가 도라오면 신랑의 가합흔 사름을 어덧느니잇가 뭇더라.

일二은 신공이 쟝동(壯洞)을 지나다가 여러 아히들이 희학ㅎ는 듕의 흔 아희 나히 십여 셰는 되고 봉두난발(蓬頭亂髮)의 대막더롤 타고 좌우로 치빙(馳騁)ㅎ거늘 공이 초헌(軺軒)을 머무르고 술펴 본즉 의복이 남누ㅎ고 얼골의 찌무덧스나 비샹흔 골격이 외모의 나타나거늘 하예롤 명ㅎ여 블너오라 흔즉 그 아희 머리롤 흔들며 즐겨 오지 아니ㅎ거늘 공이 모든 하예로 붓드러오라 흔디 그 아희 울며 왈,

"엇더흔 관원이 공연이 날을 잡아오라 ㅎ니 니 무슴 죄 잇관디 【19】 이럿틋 ㅎ는뇨?"

하예 붓드러 쵸헌 압희 니르거늘 공이 무러 굴오디,

"너의 문벌이 엇더흔 사롬고?"

디ㅎ디,

"내 문벌인즉 스부(士夫)어니와 이제 무러 무엇ㅎ시느뇨?"

쏘 무르디,

"네 셩명은 무어시며 나혼 몃술이며 집은 어디뇨?"

디왈,

"용모 파긔(疤記)ㅎ여[19] 군졍(軍丁)의 츙수(充數)코져 ㅎ시는가? 그러나 니 셩은 유가(兪哥)오 나혼 십삼 셰오 집은 건넌골이오니 이졔는 수이 노와 보니쇼셔."

ㅎ거늘 공이 즉시 그 집을 츳즈 간즉 수간 두옥의 풍우롤 갈지 못흔지라 다만 그 과거ㅎ는 부인이 잇거늘 그 비즈롤 블너 젼갈ㅎ디,

"나는 아모디 사는 신판셰러니 손녜 잇셔 가년ㅎ기로 딕 주뎨와 졍혼ㅎ고 가니 그리 알으쇼셔."

ㅎ고 인ㅎ여 하예롤 당부ㅎ여

"집의 도 【20】 라가 이런 말 ᄒᆞ나."

ㅎ고 다른디 갓다가 져믈게 도라온즉 그 며느리 쏘 신랑 지목 어드믈 뭇거늘 공이 우어 왈,

"네 엇더흔 신랑을 구ㅎ느뇨?"

디답이 쳐음 말과 ᄀᆞᆺ거늘 공이 쇼왈,

"오늘이야 어덧도다."

그 며느리 흔연이 무르디,

"뉘 집 아들이며 집은 어디니잇고?"

공이 굴오디,

"그틴여 아라 무엇ㅎ리오?"

ㅎ더니 밋 슈쳐일(受綵日)을 당ㅎ미 비로쇼 주셰히 닐으니 며느리 급히 일 아는 비즈롤 보니여 그 집 가계와 신랑 위인을 보고 오라 ㅎ엿더니 이윽고 도라와 고흔디,

"집은 수간 두옥의 풍우롤 가리오지 못ㅎ고 부억의 잇기[20] 나고 솟 우희 거믜줄[21] 치며 신랑은 눈이 광쥬리 만ㅎ고 머리는 다복북[22] ᄀᆞᆺᄐᆞ여 일무가취(一無可取)라[23] 못 ᄀᆞᆺᄐᆞᆫ 우리 쇼져롤 엇지 그런

---

20) 【잇기】圖 ((식물)) 이끼.¶ 苔 ‖ 집은 수간 두옥의 풍우롤 가리오지 못ㅎ고 부억의 잇기 나고 솟 우희 거믜줄 치며 신랑은 눈이 광쥬리 만ㅎ고 머리는 다복북 ᄀᆞᆺᄐᆞ여 일무가취라 못 ᄀᆞᆺᄐᆞᆫ 우리 쇼져롤 엇지 그런 집의 보니리잇가 (家是數間草屋, 而不蔽風雨, 竈下生苔, 鼎上有蛛絲. 而郎材則目大如筐, 髮亂如蓬, 無一可取, 無一可見. 吾小姐入門之後, 則杵臼必當親執矣. 以吾小姐如花如玉, 生長綺紈之弱質, 何可迭于如此之家乎?) <靑邱野談 奎章 11:20>

21) 【거믜-줄】圖 ((곤충)) 거미줄.¶ 蛛絲 ‖ 집은 수간 두옥의 풍우롤 가리오지 못ㅎ고 부억의 잇기 나고 솟 우희 거믜줄 치며 신랑은 눈이 광쥬리 만ㅎ고 머리는 다복북 ᄀᆞᆺᄐᆞ여 일무가취라 못 ᄀᆞᆺᄐᆞᆫ 우리 쇼져롤 엇지 그런 집의 보니리잇가 (家是數間草屋, 而不蔽風雨, 竈下生苔, 鼎上有蛛絲. 而郎材則目大如筐, 髮亂如蓬, 無一可取, 無一可見. 吾小姐入門之後, 則杵臼必當親執矣. 以吾小姐如花如玉, 生長綺紈之弱質, 何可迭于如此之家乎?) <靑邱野談 奎章 11:20>

22) 【다복-북】圖 ((식물)) 다북쑥.¶ 蓬 ‖ 집은 수간 두옥의 풍우롤 가리오지 못ㅎ고 부억의 잇기 나고 솟 우희 거믜줄 치며 신랑은 눈이 광쥬리 만ㅎ고 머리는 다복북 ᄀᆞᆺᄐᆞ여 일무가취라 못 ᄀᆞᆺᄐᆞᆫ 우리 쇼져롤 엇지 그런 집의 보니리잇가 (家是數間草屋, 而不蔽風雨, 竈下生苔, 鼎上有蛛絲. 而郎材則目大如筐, 髮亂如蓬, 無一可取, 無一可見. 吾小姐入門之後, 則杵臼必當親執矣. 以吾小姐如花如玉, 生長綺紈之弱質, 何可迭于如此之家乎?) <靑邱野談 奎章 11:20>

23) 【일무-가취】圖 일무가취(一無可取). 하나도 취할 만 한 것이 없음.¶ 無一可取 ‖ 집은 수간 두옥의 풍우롤 가리오지 못ㅎ고 부억의 잇기 나고 솟 우희 거믜줄 치니 신랑은 눈이 광쥬리 만ㅎ고 머리는 다복북 ᄀᆞᆺᄐᆞ여 일무가취라 못 ᄀᆞᆺᄐᆞᆫ 우리 쇼져롤 엇지 그런 집의 보니리잇가 (家是數間草屋, 而不蔽風雨, 竈下生苔, 鼎上有蛛絲. 而郎材則目大如筐, 髮亂如蓬, 無一可取, 無

---

19) 【파긔-ㅎ-】圖 파기(疤記)하다. 어떤 인물의 생김새나 신체상의 특징을 적다.¶ 疤 ‖ 용모 파긔ㅎ여 군졍의 츙수코져 ㅎ시는가 (欲捧疤軍丁乎?) <靑邱野談 奎章 11:19>

집의 보너리 【21】 잇가?"

ᄒ거늘 그 며ᄂ리 이 말을 드르ᄆ 담이 쩌러지고 혼이 나라나더 슈쳑(受綵)ᄒᄂ 날이라 홀일업셔 눈믈을 먹음고 혼구ᄅ 출히더니 이튼날 신랑이 드러와 힝녜ᄒ거늘 술펴본즉 과약기언(果若其言)이라. ᄆ음이 부셔지ᄂ 듯ᄒᆫ들 엇지ᄒ리오? 삼일을 지난 후 신랑을 보넛더니 져녁 ᄯ의 도로 도라오거늘 신공이 무르더,

"네 엇지ᄒᄋ 다시 도라온다?"

답왈,

"집의 도라간즉 계녁밥이 업고 맛ᄎᆷ 슌귀(順歸)ᄒᆫ 인마 편이 잇기로 도라왓ᄂ이다."

공이 웃고 머믈너 두엇더니 이후로 인ᄒᄋ 머무러 년일 닉침ᄒᄆ 신뷔 약질노 장부의게 이잇쳐24) 거의 병이 날 지경이라 공이 근심ᄒᄋ 신랑드려 왈,

"네 엇지 년일 닉침ᄒ리오 오날은 밧긔 나와 날노 더부로 ᄌᆺ치 【22】 쟈라."

신랑 왈,

"ᄒ라 ᄒ시ᄂᆫ디로 ᄒ리이다."

ᄒ더니 공이 취침ᄒᄆ 신랑의 침구ᄅ 가져다가 공의 압희 펴고 누엇더니 공이 잠간 잠이 들ᄆ 유랑(兪郎)이 손으로 공의 가슴을 치거늘 공이 놀나 ᄀᆯ오디,

"네 엇지ᄒᄋ 이리 ᄒᄂ뇨?"

유랑 왈,

"쇼셰(小壻ㅣ) 잠자리 편치 못ᄒ면 혼몽(昏懜)25) 듕의 미양 이러ᄒᆫ 일이 잇ᄂ이다."

공이 ᄀᆯ오디,

"이럿ᄐᆺ 말나."

ᄒ엿더니 오라지 아냐 ᄯ 볼노 츠거늘 공이 놀나 ᄭᅢ여 ᄭ지졋더니 잠간 잇다가 ᄯ 손으로 치며

一可見. 吾小姐入門之後, 則枕曰必當親執矣. 以吾小姐如花如玉, 生長綺紈之弱質, 何可送于如此之家乎?) <靑邱野談 奎章 11:20>

24) 【이잇치-】 圈 이아치다. 시달리다. ▮ 見惱 ▮ 이후로 인ᄒᄋ 머무러 년일 닉침ᄒᄆ 신뷔 약질노 장부의게 이잇쳐 거의 병이 날 지경이라 (自此每每留在, 而連日內寢, 新婦以弱質之女子, 見惱於丈夫, 幾至生病之境矣.) <靑邱野談 奎章 11:21>

25) 【혼몽】 圈 혼몽(昏懜). 졍신이 흐릿하고 가물가물함. ▮ 昏夢 ▮ 쇼셰 잠자리 편치 못ᄒ면 혼몽 듕의 미양 이러ᄒᆫ 일이 잇ᄂ이다 (小壻果不安其寢, 昏夢之中, 每有此等事矣.) <靑邱野談 奎章 11:22>

볼노 츠거늘 공이 견디지 못ᄒᄋ ᄀᆯ오디,

"너ᄂ 드러가 자라."

ᄒ니 유랑이 즉시 침구ᄅ 거더가지고 안으로 드러간즉 ᄆᆞᄎᆷ 일가집 부녀들이 와 신방의셔 뉴슉ᄒ다가 심야 ᄉ경의 별안간 신랑이 드러오ᄂ지라 모다 놀나 니러나 피 【23】 ᄒ니 신랑이 소릭ᄅ 놉히 ᄒᄋ ᄀᆯ오디,

"모든 부녀ᄂ 다 피ᄒ고 유셔방뎍만 머믈나."

ᄒ니 이런 고로 쳐가 사ᄅᆷ이 다 슬희여ᄒ고 괴로와ᄒ더라.

신공이 황ᄒ도로 안출(按察)ᄒᆯ시 ᄂ힝(內行)을 거ᄂ려 ᄂ려가ᄆ 유랑으로 ᄒᄋ 거ᄂ려 오게 ᄒ니 그 며ᄂ리 쳥ᄒᄋ ᄀᆯ오디,

"유랑은 가히 ᄂ려가지 말고 머믈너 두어 ᄯᆯ노 ᄒᄋ곰 잠시라도 편이 쉬게 ᄒᄆ 조흘 듯ᄒ이다."

공이 허락지 아니ᄒ고 거ᄂ려 갓더니 ᄆᆞᄎᆷ 먹 진샹ᄒᆯ ᄯᅢ라 유랑을 블너 무러 왈,

"녀도 먹을 ᄡᅳ고져 ᄒᄂ냐?"

ᄀᆯ오디,

"쥬시면 ᄡᅳ겟ᄂ이다."

공이 먹을 ᄀᆞ르쳐 ᄀᆯ오디,

"네 ᄆᆞ음더로 ᄀᆯ희여 가지라."

유랑이 대졀묵(大折墨)26) 빅 동(同)을27) ᄀᆯ희여두거늘 희감(該監) 비쟝(裨將)이 알외여 ᄀᆯ오디,

"만일 이럿ᄐᆺ ᄒ면 진샹을 궐ᄒᆯ 념녜 잇ᄂ이다."

【24】 공이 ᄀᆯ오디,

"급히 다시 지으라."

유랑이 셔실의 도라와 하예로 다 ᄂᆞ화쥬고 ᄒ

---

26) 【대졀묵】 圈 ((기물)) 대졀묵(大折墨). 최상품의 큰 먹. ▮ 大折墨 ▮ 유랑이 대졀묵 빅 동을 ᄀᆯ희여두거늘 희감 비쟝이 알외여 ᄀᆯ오디 만일 이럿ᄐᆺ ᄒ면 진샹을 궐ᄒᆯ 념녜 잇ᄂ이다 (大折墨百同別置, 該監裨將前奏曰: "若如此, 則進上恐有闕封之慮矣.") <靑邱野談 奎章 11:23>

27) 【동】 圈의 동(同). 묶음. 물건을 묶어 세는 단위. 한 동은 먹 열 장, 붓 열 자루, 생강 열 접, 피륙 50필, 백지 100권, 곶감 100접, 볏짚 100단, 조기 1,000마리, 비웃 2,000마리를 이른다. ▮ 同 ▮ 유랑이 대견묵 빅 동을 ᄀᆯ희여두거늘 희감 비쟝이 알외여 ᄀᆯ오디 만일 이럿ᄐᆺ ᄒ면 진샹을 궐ᄒᆯ 념녜 잇ᄂ이다 (大折墨百同別置, 該監裨將前奏曰: "若如此, 則進上恐有闕封之慮矣.") <靑邱野談 奎章 11:23>

개도 남아지 업더라. 유랑은 곳 유샹국(兪相國) 쳑긔(拓基)라. 나히 팔십을 누리고 니외 히로ᄒᆞ고 ᄋᆞ들이 성ᄒᆞ며오 집이 요부(饒富)ᄒᆞ니 과연 신공의 샹법(相法)이 맛쳣더라.

그 후의 유공이 히빅(海伯)을²⁸⁾ ᄒᆞ여셔 그 녀셔 홍익삼(洪益三)을 거ᄂᆞ려 갓더니 ᄯᅩᄒᆞᆫ 먹 진샹홀 ᄯᅢ롤 당ᄒᆞ엿ᄂᆞᆫ지라 홍낭(洪郎)을 블너 ᄀᆞᆯ오ᄃᆡ,

"먹을 ᄲᅩᆯᄯᅦ 잇거든 ᄀᆞᆯᄒᆡ여 가지라."

ᄒᆞ니 홍낭이 대졀묵 이동과 듕졀묵(中折墨)²⁹⁾ 삼동과 쇼졀묵(小折墨)³⁰⁾ 오동을 ᄀᆞᆯᄒᆡ여두거늘 공이 ᄀᆞᆯ오ᄃᆡ,

"더 ᄀᆞᆯᄒᆡ라."

홍낭 왈,

"온갓 믈건이 다 한경이 잇ᄂᆞ니 쇼셰 만일 더 가지면 진샹을 무어스로 ᄒᆞ며 셔울 문문(問問)은³¹⁾ 무엇스로 ᄒᆞ시려 ᄒᆞᄂᆞᆫ잇가?"

공이 [25] 눈을 흘긔여 보고 우어 ᄀᆞᆯ오ᄃᆡ,

"긴ᄒᆞ기ᄂᆞᆫ ᄒᆞ거니와 너ᄂᆞᆫ 가히 남ᄒᆡᆼ(南行)이나 홀 지목이라."

ᄒᆞ더니 과연 그 말과 ᄀᆞᆺ더라.

진미감뉴샹쳥가어
進米泔柳瑞聽街語

<hr/>

28) 【히빅】⑧ ((관직)) 해백(海伯). 황해도관찰사(黃海道觀察使).¶ 海伯‖ 그 후의 유공이 히빅을 ᄒᆞ여셔 그 녀셔 홍익삼을 거ᄂᆞ려 갓더니 ᄯᅩᄒᆞᆫ 먹 진샹홀 ᄯᅢ롤 당ᄒᆞ엿ᄂᆞᆫ지라 (其後兪公爲海伯, 率女壻洪南原益三而去矣. 又當墨進上.) <靑邱野談 奎章 11:24>

29) 【듕졀묵】⑧ ((기물)) 중절묵(中折墨). 중간 크기의 중품의 먹.¶ 中折‖ 홍낭이 대졀묵 이동과 듕졀묵 삼동과 쇼졀묵 오동을 ᄀᆞᆯᄒᆡ여두거늘 (洪郎擇其大折二同, 中折三同, 小折五同而別置.) <靑邱野談 奎章 11:24>

30) 【쇼졀묵】⑧ ((기물)) 소절묵(小折墨). 작게 만든 먹.¶ 小折‖ 홍낭이 대졀묵 이동과 듕졀묵 삼동과 쇼졀묵 오동을 ᄀᆞᆯᄒᆡ여두거늘 (洪郎擇其大折二同, 中折三同, 小折五同而別置.) <靑邱野談 奎章 11:24>

31) 【문문】⑧ 문문(問問). 남의 경사스러운 일이나 슬픈 일에 대하여 분건을 보내여 안부를 묻는 것.¶ 問‖ 온갓 믈건이 다 한경이 잇ᄂᆞ니 쇼셰 만일 더 가지면 진샹을 무어스로 ᄒᆞ며 셔울 문문은 무엇스로 ᄒᆞ시려 ᄒᆞᄂᆞᆫ잇가 (凡物皆有限, 小壻若盡數擇之, 則進上何以爲之, 洛下知舊, 何以問之乎?) <靑邱野談 奎章 11:24>

뉴샹(柳瑞)은 숙묘됴(肅廟朝)의 일홈난 의원이라 더욱 역질 방문의 졍밀ᄒᆞ여 남의 어린 ᄒᆞ희롤 만히 살녓더니 그 동닉의 ᄒᆞᆫ 듕촌(中村)의 집이 잇스ᄃᆡ 부요ᄒᆞ고 두 더롤 과거(寡居)ᄒᆞ야 다만 유복지(遺腹子ㅣ) 잇스니 나히 십칠 셰라. 역질을 지나지 못ᄒᆞ엿더니 그 어미 집을 뉴샹의 집 근쳐의 사고 그 ᄋᆞ희롤 뉴샹의게 부탁ᄒᆞ여 찬품의 새로 나는 것과 쥬효롤 풍비(豐備)히 ᄒᆞ야 날마다 보내기를 두어 히 되도록 죠곰도 게을니 아니ᄒᆞ니 뉴샹이 그 ᄯᅳᆺ을 감동ᄒᆞ여 그 ᄋᆞ희롤 다려다가 두고 [26] 글 ᄀᆞᄅᆞ치더니 일ᄉᆞᆨ은 그 ᄋᆞ희 역신(疫神)³²⁾ᄒᆞᄆᆡ 시통(始痛) 날부터 다스리지 못홀 즁셰 만흔지라 뉴샹이 ᄆᆞᄋᆞᆷ의 이 ᄋᆞ희롤 구ᄒᆞ여ᄂᆞ지 못ᄒᆞ면 다시 의술을 힝치 아니ᄒᆞ리라 ᄒᆞ고 탕관(湯罐) 오록 개롤 압ᄒᆡ 버리고 즁셰롤 ᄯᅡ라 약을 쓰더니 일ᄉᆞᆨ은 ᄉᆞ몽비몽간(似夢非夢間)의 ᄒᆞᆫ 사ᄅᆞᆷ이 와 유샹의 일홈을 블너 ᄀᆞᆯ오ᄃᆡ,

"네 엇지ᄒᆞ여 이 아희롤 구ᄒᆞ려ᄒᆞᄂᆞ냐?"

뉴의 ᄀᆞᆯ오ᄃᆡ,

"아희 집 졍셩이 가긍ᄒᆞ기로 반ᄃᆞ시 구ᄒᆞ여 살니려 ᄒᆞ노라."

기인이 ᄀᆞᆯ오ᄃᆡ,

"너ᄂᆞᆫ 반ᄃᆞ시 살니고져 ᄒᆞᄃᆡ 닉즉 반ᄃᆞ시 죽이리라."

뉴의 ᄀᆞᆯ오ᄃᆡ,

"네 엇지ᄒᆞ여 이 아희롤 죽이려 ᄒᆞᄂᆞ냐?"

기인이 ᄀᆞᆯ오ᄃᆡ,

"이 아희 날노 더부러 슉원(宿怨)이 잇기로 죽이려 ᄒᆞᄂᆞ니 네 아모리 약을 ᄡᅧ도 효험이 업스리라."

뉴의 ᄀᆞᆯ오ᄃᆡ,

"네 비 [27] 록 죽이려 ᄒᆞ여도 나ᄂᆞᆫ 긔연(期然)이³³⁾ 살니리라."

기인이 ᄀᆞᆯ오ᄃᆡ,

"네 아모커나 두고 보라."

<hr/>

32) 【역신】⑧ ((질병)) 역신(疫神). 천연두(天然痘).¶ 痘‖ 일ᄉᆞᆨ은 그 ᄋᆞ희 역신ᄒᆞᄆᆡ 시통날부터 다스리지 못홀 즁셰 만흔지라 (一日其兒黑痘, 而初出之日, 已是不治之症也.) <靑邱野談 奎章 11:26>

33) 【긔연-이】㊧ 기연(期然)히. 기필코. 반드시.¶ 必‖ 네 비록 죽이려 ᄒᆞ여도 나ᄂᆞᆫ 긔연이 살니리라 (汝雖欲殺之, 吾則必欲活之.) <靑邱野談 奎章 11:27>

ᄒᆞ고 분긔ᄅᆞᆯ ᄯᅴ여 나가거늘 뉴의 년ᄒᆞ여 약을 ᄡᅥ 간신이 ᄉᆞ십일에 니르럿더니 그 사ᄅᆞᆷ이 ᄯᅩ 와 무러 ᄀᆞᆯ오ᄃᆡ,

"네 이졔도 이 아ᄒᆡᄅᆞᆯ 살니랴 ᄒᆞᄂᆞᆫ다? 아모커나 보라."

ᄒᆞ고 나가더니 이윽고 문밧긔 들에며 약원 셔리와 ᄉᆞ령이며 졍원(政院) 하인들이 숨을 헐떡이며 와 말ᄒᆞᄃᆡ,

"샹휘(上候ㅣ) 두질(痘疾)노[34] 미령(靡寧)ᄒᆞ시니 ᄉᆞ속(斯速) 입시ᄒᆞ라."

ᄒᆞ고 년망이 지쵹ᄒᆞ거늘 샏니 ᄃᆞᆯ녀 입궐ᄒᆞᆫ 후로 인ᄒᆞ야 수일을 나오지 못ᄒᆞ엿더니 그 아ᄒᆡᄅᆞᆯ 구치 못ᄒᆞ니라.

ᄌᆞ상 두휘 극즁ᄒᆞ시ᄆᆡ 뉴의 졔미고(猪尾膏)ᄅᆞᆯ[35] ᄡᅳ고져 ᄒᆞᄆᆡ 이 ᄯᅳᆺ을 명셩대비뎐(明聖大妃殿)의 품달ᄒᆞ니 대비계오셔 크게 놀나 ᄀᆞᆯ오샤ᄃᆡ,

"이 ᄀᆞᆺᄒᆞᆫ 쥰졔(峻劑)ᄅᆞᆯ[36] 엇지 진어 【28】 ᄒᆞ시리오? 이는 대블가(大不可)ᄒᆞ다."

ᄒᆞ시니 뉴의 이쎠예 쥬렴 밧긔 복디ᄒᆞ엿더니 대비 하교ᄒᆞ시ᄃᆡ,

"네 이 약을 ᄡᅳ고져 ᄒᆞᄂᆞᆫ냐?"

뉴의 알외ᄃᆡ,

"가히 아니 ᄡᅳ지 못ᄒᆞ리로소이다."

대비 노ᄒᆞ여 ᄀᆞᆯ오샤ᄃᆡ,

"네 목이 두 벌이냐?"

뉴의 부복ᄒᆞ여 알외ᄃᆡ,

"소신의 머리ᄅᆞᆯ 비록 버히실지라도 이 약을 진어ᄒᆞ옵신 후의야 죽어지이다."

대비 맛춤ᄂᆡ 블윤(不允)ᄒᆞ시거늘 뉴의 이예 약그릇슬 소ᄆᆡ 속의 녀코 드러가 진믹ᄒᆞᄂᆞᆫ 쳬ᄒᆞ고 ᄀᆞ만이 진어ᄒᆞ왓더니 식경 후의 모든 증셰 다 나으

시고 셩휘(聖候ㅣ) 평복ᄒᆞ시니 비록 조죵의 도으시믈 힘닙으시나 ᄯᅩ한 뉴상의 술법도 신긔타 일을너라.

그 후의 이 공녀로 풍덕부ᄉᆞ(豊德府使)ᄅᆞᆯ 계슈ᄒᆞ샤 부임ᄒᆞ엿더니 일ᄌᆞ은 숙묘됴의셔 연포탕(軟泡湯)을[37] 진어ᄒᆞ시고 인ᄒᆞ여 관 【29】 격(關格)ᄒᆞ시ᄆᆡ[38] 발마(撥馬)ᄅᆞᆯ ᄯᅴ여 뉴의ᄅᆞᆯ 블너드려 진믹ᄒᆞ라 ᄒᆞ시니 뉴의 망야(罔夜)ᄒᆞ여 셔문의 니른즉 문을 아직 열지 아니ᄒᆞ엿거늘 문안으로부터 병조의 고ᄒᆞ야 품달ᄒᆞ고 문을 열ᄆᆡ 그 왕닉ᄒᆞᆯ 사이 잠간 더딘지라 셩 밋ᄒᆡ ᄒᆞᆫ 쵸당이 잇셔 등블이 형연(炯然)ᄒᆞ거늘 인ᄒᆞ여 그 집의 가 잠간 쉬더니 늘근 할미 방안의 잇ᄂᆞᆫ 겨집아희ᄃᆞ려 무러 왈,

"앗가 ᄡᆞᆯ뜨믈을[39] 어디 두엇ᄂᆞᆫ고? ᄒᆡᆼ혀 두부의 ᄶᅥ러질셰라."

ᄒᆞ거늘 뉴의 괴이 녀겨 무른ᄃᆡ 디답ᄒᆞᄃᆡ,

"ᄡᆞᆯ뜨믈이[40] 두부의 ᄶᅥ러진즉 ᄌᆞᆨᄌᆞᆨ 삭아지ᄂᆞ이다."

말ᄒᆞᆯ 사이의 셩문이 열니거늘 뉴의 이예 입궐ᄒᆞ여 증후ᄅᆞᆯ 무른즉 연포의 쳬ᄒᆞ신지라 닉국(內局)으로 ᄡᆞᆯ뜨믈 ᄒᆞᆫ 그릇슬 드려 다ᄉᆞ게 데워 진어ᄒᆞ엿더 【30】 이윽고 쳬긔(滯氣) ᄂᆞ리시니 이 일이 ᄯᅩ한 이샹ᄒᆞ더라.

---

34) 【두질】 團 ((질병)) 두질(痘疾). 두창(痘瘡)의 드러난 증셰.¶ 痘症 ∥ 샹휘 두질노 미령ᄒᆞ시니 ᄉᆞ속 입시ᄒᆞ라 ᄒᆞ고 년망이 지쵹ᄒᆞ거늘 (上候以痘症不平, 斯速入侍. 連忙催促.) <靑邱野談 奎章 11:27>

35) 【졔미고】 團 ((의약)) 져미고(猪尾膏). 돼지꼬리에서 받아낸 피로 만든 고약.¶ 猪尾膏 ∥ ᄌᆞ상 두휘 극즁ᄒᆞ시ᄆᆡ 뉴의 졔미고ᄅᆞᆯ ᄡᅳ고져 ᄒᆞᄆᆡ 이 ᄯᅳᆺ을 명셩대비뎐의 품달ᄒᆞ니 (肅廟症候極重, 柳醫欲用猪尾膏, 以此裏于明聖大妃殿.) <靑邱野談 奎章 11:27>

36) 【쥰졔】 團 ((의약)) 순졔(峻劑). 극열한 약제.¶ 峻劑 ∥ 이 ᄀᆞᆺᄒᆞᆫ 쥰졔ᄅᆞᆯ 엇지 진어ᄒᆞ시리오 이는 대블가ᄒᆞ다 (如此峻劑, 何可進御乎? 此則大不可義.) <靑邱野談 奎章 11:27>

37) 【연포-탕】 團 ((음식)) 연포탕(軟泡湯). 쇠고기, 무, 두부, 다시마 따위를 맑은장국에 넣어 끓인 국.¶ 軟泡湯 ∥ 일ᄌᆞ은 숙묘됴의셔 연포탕을 진어ᄒᆞ시고 인ᄒᆞ여 관격ᄒᆞ시ᄆᆡ 발마ᄅᆞᆯ ᄯᅴ여 뉴의ᄅᆞᆯ 블너드려 진믹ᄒᆞ라 ᄒᆞ시니 (一日肅廟進御軟泡湯, 而仍成關格, 以撥馬, 召柳醫入診.) <靑邱野談 奎章 11:28>

38) 【관격-ᄒᆞ】 圄 관격(關格)하다. 급체(急滯)하다.¶ 關格 ∥ 일ᄌᆞ은 숙묘됴의셔 연포탕을 진어ᄒᆞ시고 인ᄒᆞ여 관격ᄒᆞ시ᄆᆡ 발마ᄅᆞᆯ ᄯᅴ여 뉴의ᄅᆞᆯ 블너드려 진믹ᄒᆞ라 ᄒᆞ시니 (一日肅廟進御軟泡湯, 而仍成關格, 以撥馬, 召柳醫入診.) <靑邱野談 奎章 11:28>

39) 【ᄡᆞᆯ-뜨믈】 團 쌀뜨물.¶ 米泔水 ∥ 앗가 ᄡᆞᆯ뜨믈을 어디 두엇ᄂᆞᆫ고 ᄒᆡᆼ혀 두부의 ᄶᅥ러질셰라 (俄者米泔水置之何處? ᄊᆞᆼ滴於太泡上矣.) <靑邱野談 奎章 11:29> ⇒ ᄡᆞᆯ뜨믈

40) 【ᄡᆞᆯ-ᄯᅳ믈】 團 쌀뜨물.¶ 米泔水 ∥ ᄡᆞᆯ뜨믈이 두부의 ᄶᅥ러진즉 ᄌᆞᆨᄌᆞᆨ 삭아지ᄂᆞ이다 (米泔水滴於太泡, 則卽時消融故也.) <靑邱野談 奎章 11:29> ⇒ ᄡᆞᆯᄯᅳ믈

탁대익박녑슈신방
度大厄朴曄授神方

　　박녑(朴曄)이[41] 평안감스로 잇슬 찍예 친구의
지샹이 그 ᄋᆞ들을 보니며 부탁ᄒᆞ여 왈,
　　"ᄋᆞ희롤 복쟈(卜者)의게 수롤 무른즉 금년의
큰 익이 잇스니 만일 쟝군의 슬하의 둔즉 무ᄉᆞᄒᆞ리
라 ᄒᆞ기로 이 ᄋᆞ희롤 보니니 빌건디 머무러두어 계
도ᄒᆞ여 쥬쇼셔."
　　박녑이 허락ᄒᆞ고 머무러두엇더니 일ᄂᆞᆫ 그
ᄋᆞ희 낫ᄌᆞᆷ자거늘 박녑이 흔드러 찌여 닐너 왈,
　　"오날밤의 네게 큰 익이 잇스니 만일 내 말디
로 ᄒᆞᆫ즉 가히 익을 면흘 거시오 그러치 아닌즉 면
치 못ᄒᆞ리라."
　　그 ᄋᆞ희 굴오디,
　　"명디로 ᄒᆞ리이다."
　　박녑이 굴오디,
　　"네 아직 저믈기롤 기드리라."
　　[31] ᄒᆞ더니 황혼 후의 ᄌᆞ가 타든 노시롤 ᄭᅳ
러내여 안장을 ᄀᆞ쵸와 그 ᄋᆞ희롤 태우고 경계ᄒᆞ여
굴오디,
　　"네 이 노시 가ᄂᆞᆫ디로 몃 니롤 가면 그쳐 셔
ᄂᆞᆫ 곳이 잇슬 거시니 네 비로소 ᄂᆞ려 거러 길을 ᄎᆞ
자 드러가면 큰 졀이 잇슬지라 그 샹방의 드러간즉
큰 호피(虎皮) 흔 쟝이 잇슬 거시니 네 그 호피롤
무릅쓰고 누엇스면 흔 노승이 드러와 그 호피롤 ᄎᆞ
즐 거시니 일졀 쥬지 말고 만일 아일 지경의 니르
거든 칼노 그 호피롤 버히ᄂᆞᆫ 양ᄒᆞ면 감히 앗지 못
흘지라. 이럿툿 샹지(相持)ᄒᆞ야 닭이 운즉 무ᄉᆞᄒᆞ

거시니 닭이 운 후의 비로소 그 호피롤 준즉 네 익
을 면ᄒᆞ리라."
　　그 ᄋᆞ희 굴오디,
　　"삼가 ᄀᆞ르치시ᄂᆞᆫ디로 ᄒᆞ리이다."
　　ᄒᆞ고 인ᄒᆞ여 노시롤 타고 문을 난즉 그 힝ᄒᆞ
미 나 [32] ᄂᆞᆫ 둧ᄒᆞ여 들니ᄂᆞ니 ᄇᆞ롬소리 쑨이라
가ᄂᆞᆫ 향방을 아지 못ᄒᆞ고 산을 지나며 녕을 너머
흔 산곡의 니르러 머믈너 셔거늘 인ᄒᆞ야 안장의 ᄂᆞ
려 희미흔 월광을 쯰여 쵸로(草路)롤 조ᄎᆞ 드러가더
니 과연 흔 폐시(廢寺ㅣ) 잇거늘 드러가 그 샹방을
열고 본즉 틔끌이 쓰이고 방안의 큰 호피 흔 쟝이
잇ᄂᆞᆫ지라 인ᄒᆞ여 그 호피롤 무릅쓰고 누엇더니 두
어 식경 후의 홀연 흔 노승이 드러오니 샹뫼 흉녕
흔지라 문을 열고 들어와 굴오디,
　　"이 아희 왓도다."
　　ᄒᆞ고 압희 나아와 굴오디,
　　"네 엇지 이 호피롤 무릅쓰고 누엇ᄂᆞ냐? 쌜니
버셔니라."
　　ᄒᆞ거늘 그 ᄋᆞ희 디답지 아니ᄒᆞ고 누엇기롤 ᄌᆞ
약히 ᄒᆞ니 그 즁이 곳 벗기고져 ᄒᆞ거늘 칼을 드러
그 호피롤 버히ᄂᆞᆫ 체ᄒᆞ니 [33] 그 즁이 믈너 안기
롤 이럿툿 오륙ᄎᆞ 샹지홀 지음의 원쵼 닭 우ᄂᆞᆫ 소
리 나니 그 즁이 우어 굴오디,
　　"이ᄂᆞᆫ 박녑의 닐은 비로다만은 ᄯᅩ흔 엇지ᄒᆞ리
오?"
　　ᄒᆞ고 인ᄒᆞ여 그 ᄋᆞ희롤 블너 왈,
　　"이졔ᄂᆞᆫ 호피롤 날을 쥬어도 ᄒᆡ로오미 업스리
니 니러 안즈라."
　　그 ᄋᆞ희 이믜 박녑의 말을 드른 고로 인ᄒᆞ여
그 호피롤 쥬고 니러 안즌디 그 즁이 굴오디,
　　"네 닙은 의복을 버서 날을 쥬고 일졀 문 열
고 보지 말나."
　　그 ᄋᆞ희 그 말디로 버셔쥬니 그 즁이 옷과 호
피롤 가지고 문밧그로 나가거늘 그 아희 창틈으로
여허본즉 그 즁이 호피롤 무릅쓰고 변ᄒᆞ야 큰 범이
되여 소리롤 벽녁ᄀᆞᆺ치 지르며 압흘 향ᄒᆞ야 그 옷슬
물고 폭ᄂᆞᆫ(幅幅)이 ᄯᅦᆺ더니 인ᄒᆞ야 호피롤 벗고 다시
노승이 되여 문 [34] 을 열고 드러와 허여진 장[상]
ᄌᆞ롤 열고 즁의 샹하 의복을 니여 닙히고 ᄯᅩ 쥬지
(周紙) 흔 츅을 니여 뒤여보고 블근 붓스로 그 아희
일홈 ᄋᆞ래 껙 지고 굴오디,

　　"가 박녑ᄃᆞ려 텬긔롤 누셜치 말나 ᄒᆞ라. 너ᄂᆞᆫ
이후로 비록 호랑 총즁(叢中)의 드나 샹홀 념녜 업

41) 【박녑】 圕 ((인명)) 박엽(朴曄 1570~1623). 조선중기의
　　문신. 자는 숙야(叔夜), 호는 약창(藥窓). 1597년(선조
　　30) 별시문과에 급제하였다. 1601년 정언(正言)에 이어
　　병조정랑·직강(直講)·해남현감(海南縣監)·함경도
　　병마절도사·평안도관찰사 등을 역임하였다.¶ 朴曄∥
　　박녑이 평안감스로 잇슬 찍예 친구의 지샹이 그 ᄋᆞ들
　　을 보니며 부탁ᄒᆞ여 왈 ᄋᆞ희롤 복쟈의게 수롤 무른즉
　　금년의 큰 익이 잇스니 만일 쟝군의 슬하의 둔즉 무
　　ᄉᆞᄒᆞ리라 ᄒᆞ기로 이 ᄋᆞ희롤 보니니 빌건디 머무러두
　　어 계도ᄒᆞ여 쥬쇼셔 (朴曄之按關西, 有親知宰相, 送其
　　子而托之曰: "此兒姑未冠, 而使卜者推數, 則今年有大
　　厄. 若置之將軍之側, 則無事云故, 茲送之. 乞賜留置, 俾
　　得度厄.") <靑邱野談 奎章 11:30>

스리라."

호고 유지롤 호 조각을 쥬어 골오디,

"이롤 가지고 가다가 혹 길을 막는 쟤 잇거든 이 조희롤 너여 뵈라."

그 ㅇ희 그 말을 듯고 문을 난즉 곳ㅅ이 호랑이 잇셔 길을 막으면 미양 이 조희롤 내여뵌즉 머리롤 숙이고 가더니 동구의 밋지 못ㅎ야 흔 범이 압홀 막거늘 이 조희롤 너여 뵌즉 도라보도 아니ㅎ고 믈녀ㅎ거늘 그 ㅇ희 골오디,

"만일 이ㅈ치 ㅎ면 【35】 날노 더부러 흔가지로 사듕(寺中)의 가 노승의게 가 결숑(決訟)ㅎ쟈."

ㅎ니 그 호랑이 머리롤 좁거늘 더부러 사듕의 니르니 노승이 그져 잇거늘 그 스연을 고ㅎ니 노승이 그 호랑이롤 꾸지져 골오디,

"네 엇지 너 녕을 어긔는다?"

그 범이 골오디,

"녕을 아지 못ㅎ미 아니라 내 쥬린 지 삼일이미 고기롤 보고야 엇지 노ㅎ바리ㅅ오? 비록 녕을 어긔나 노화보너지 못ㅎ리로소이다."

노승 왈,

"그러ㅎ면 동으로 조ㅊ 반 리만 가면 흔 젼립 쓴 사롬이 올 거시니 그롤 디신ㅎ야 뇨긔ㅎ라."

ㅎ니 그 호랑이 그 말을 듯고 문을 난 지 두어 식경의 홀연 포셩이 멀니셔 나거늘 노승이 우어 왈,

"그놈이 죽엇도다."

ㅎ거늘 그 ㅇ희 연고롤 무른디 【36】 노승 왈,

"그놈이 나의 군스로셔 녕을 좃지 아니ㅎ는 고로 동으로 가 포슈의 손에 죽게 ㅎ엿노라."

그 아히 하직ㅎ고 동구롤 난즉 하늘이 장ㅊ 붉고 노새는 플을 뜻거늘 인ㅎ여 타고 도라와 박녑을 보고 그 형샹을 일일히 말ㅎ니 박녑 왈,

"그러ㅎ리라."

ㅎ고 그 ㅇ희롤 치숑ㅎ여 올녀보너엿더니 그 후에 그 아히 크게 달ㅎ니라.

낙계촌니지봉향유
樂溪村李宰逢鄕儒

니참판(李參判) 팅영(泰永)의42) ㅇ들 희갑(羲甲)이43) 젹소(謫所)의 가민 벼술을 바리고 낙계촌(樂溪村) 새집의 가 살며 밧갈기와 고기낙기로써 셰월을 보너더니 구월졀(九月節)을 당ㅎ야 신곡(新穀)이 더욱 풍등ㅎ니 졍히 풍국가졀(楓菊佳節)이라. 니참판이 뉵칠 관자(冠者)로 더부러 【37】 사립 쓰고 낙디롤 두러메고 니웃 늘근 사롬들과 셧기여 시니가의셔 고기 낙더니 홀연 흔 션비 쳥보(靑褓)롤 지고 듁쟝을 끌고 와 시니ㄱ의 안즈며 무러 왈,

"그디 어니 곳의셔 사느뇨?"

답왈,

"이 안 마을의셔 사노라."

쏘 무러 왈,

---

42) 【팅영】團 ((인명)) 태영(泰永). 이태영(李泰永 1744~?). 조선후기의 문신. 자는 사앙(士仰). 조부는 호조정랑을 지낸 이병건(李秉建)이고, 부친은 군자감정(軍資監正)을 지내고 이조판서에 추증된 이산중(李山重)이다. 1772년(영조 48) 정시문과에 병과로 급제하였다. 1778년 부교리에 처음으로 부임하여, 교리·지평 등을 역임하였다. 1783년 부교리로 있으면서 불성실한 소를 올려 파직당하였으나, 다음해 부수찬에 다시 임명되어 진하사은 겸 동지사(進賀謝恩兼冬至使)의 서장관(書狀官)으로 청나라를 다녀왔다. 그 후 통정대부·광주부윤(廣州府尹)·장단부사(長湍府使)·황해도관찰사·경상도관찰사·공조참판·충청도관찰사·평안도관찰사를 역임하였다.‖泰永‖ 니참판 팅영의 ㅇ들 희갑이 젹소의 가민 벼술을 바리고 낙계촌 새집의 가 살며 밧갈기와 고기낙기로써 셰월을 보너더니 (壬戌, 李參判泰永, 仍其子羲甲之居謫, 棄官而卜居于樂溪新舍, 以畊稼, 漁獵自娛.) <靑邱野談 奎章 11:36>

43) 【희갑】團 ((인명)) 희갑(羲甲). 이희갑(李羲甲 1764~1847). 자는 원여(元汝). 아버지는 참판 태영(泰永). 1790년(정조 14) 증광문과에 을과로 급제, 강제(講製) 문신이 되었다. 호남암행어사·홍문관교리·이조참의·황해도관찰사·대사간·이조참판·함경도감사·이조판서·판의금부사·예조판서·형조판서·수원부유수·병조판서 등을 역임하였다. 1827년 평안도관찰사로서 탄핵을 받아 한때 삭직되었다가 다시 판의금부사로서 1830년 책저도감제조(冊儲都監提調), 이듬해 전의도감제조(典醫都監提調) 등을 역임하였다. 1833년 70세가 되어 기로소(耆老所)에 들어갔다. 시호는 정헌(正憲)이나.‖羲甲‖ 니참판 팅영의 ㅇ늘 희갑이 젹소의 가민 벼술을 바리고 낙계촌 새집의 가 살며 밧갈기와 고기낙기로써 셰월을 보너더니 (壬戌, 李參判泰永, 仍其子羲甲之居謫, 棄官而卜居于樂溪新舍, 以畊稼, 漁獵自娛.) <靑邱野談 奎章 11:36>

"그디의 금관즈롤 보니 납속당상(納粟堂上)[44]
호엿눈가?"

답왈,

"과연 그러호이다."

기인 왈,

"납속가즈(納粟加資)롤[45] 호엿스면 집이 부요
호리로다."

답왈,

"약간 부명(富名)이 잇느이다. 셩원은 어니 곳
의 계시며 무숨 연고로 이예 지느시더니잇가?"

기인 왈,

"나는 호듕(湖中) 아모 곳의셔 사더니 경셩의
번화흠 듯고 이번 구경코져 호여 이의 지나더니
드른즉 이 촌의 경듕 사롬 니참판(李參判) 녕감이
평안감스롤 갈고 여 [38] 긔 와 산다 호니 격실훈
가?"

답왈,

"그러호이다."

기인 왈,

"그 녕감이 후덕 군즈로 금셰의 유명훈 복인
으로 경향의 흰즈호니 흔 번 뵈옵고져 호디 인도훌
사롬이 업셔 한호노니 그디는 이 녕감을 아눈다?"

답왈,

"그 동니예셔 살며 엇지 모로리오?"

기인 왈,

"만일 그러호거든 날을 위호여 흔번 뵈옵게
호미 엇더호뇨?"

디호여 왈,

"나 고튼 시골 사롬이 감히 지상딕의 쳔거호
리오? 이는 무가니히라."

호니 기인 왈,

"그디는 아들이 몃치나 잇느뇨?"

답왈,

"칠팔 형뎨 잇느이다."

기인 왈,

"유복호기는 니참판과 곳도다."

호고 남초(南草)롤[46] 쳥호거늘 남쵸합을 그
압희 노호니 기인이 합을 열어보고 놀나 굴오디,

"이눈 삼등쵀(三等草ㅣ)라 어디셔 어덧느뇨?"

답왈,

"니 [39] 참판딕 동니셔 살기로 그딕의셔 어
덧노라."

기인 왈,

"이 고튼 담빈눈 쳐음 보눈 비라 조곰 쥬미
엇더호뇨?"

공이 웃고 그 반을 준디 기인이 칭샤호고 굴
오디,

"나려갈 쩌의 잇곳의 와 다시 츠즈리라."

호고 가거늘 좌듕 사롬이 졀도(絶倒)치 아니
리 업셔 왈,

"이 사롬이 눈이 잇셔도 망울이 업도다. 의표
롤 볼지라도 엇지 야로(野老)ㆍ 방블(彷彿)호리오?"

호거늘 니참판이 쇼왈,

"향곡 년쳔훈 사롬이 모로고 그러호기도 괴이
치 안니호고 내 쏘훈 반일 쇼견(消遣)이 착실호다."

호고 크게 웃고 도라오니라.

경포호슌샹인션연
鏡浦湖巡相認仙緣

강능(江陵) 짜에 경포디(鏡浦臺)[47] 잇스니 집
이 호상의 잇고 십니예 평평훈 물이 거울 곳호여

---

44) 【납속-당상】 圐 ((관직)) 납속당상(納粟堂上). 조선시대
에, 납속가자(納粟加資)로 된 당상. 납속가자는 조선
시대에, 흉년이 들거나 병란이 있을 때 많은 곡식을
바친 사람에게 공명첩을 주던 일.¶ 納粟同知 ‖ 그디의
금관즈롤 보니 납속당상호엿눈가 (觀君金圈, 無乃納粟
同知乎?) <靑邱野談 奎章 11:37>

45) 【납속-가스】 圐 납속/가사(納粟/加資). 조선시대에, 흉년
이 들거나 병란이 있을 때 많은 곡식을 바친 사람에
게 공명첩을 주던 일.¶ 納粟 ‖ 납속가즈롤 호엿스면
집이 부요호리로다 (旣納粟, 則家必富名矣.) <靑邱野談
奎章 11:37>

46) 【남초】 圐 남초(南草). 담배.¶ 烟茶 ‖ 유복호기는 니참
판과 곳도다 호고 남초롤 쳥호거늘 (福乃與李參判相
同矣. 仍請烟茶.) <靑邱野談 奎章 11:38>

47) 【경포-디】 圐 ((건축)) 경포대(鏡浦臺). 관동팔경(關東
八景)의 하나. 강원도 강릉시 저동(苧洞)에 있는 누
대.¶ 鏡浦臺 ‖ 강능 짜에 경포디 잇스니 집이 호상의
잇고 십니예 평평훈 물이 거울 곳호여 깁지 아니호미
즈고이러로 짜져죽눈 재 업스니 일넝는 군스회라 (江
陵有鏡浦臺, 臺在湖上, 湖卽鏡湖也. 十里平湖, 流溫而
不深, 自古以來, 曾無溺死之患, 一名稱君子湖.) <靑邱
野談 奎章 11:39>

깁지 아니ᄒᆞ미 즈고이러로 ᄲᅡ져죽는 재 【40】 업스니 일명은 군즈회(君子湖ㅣ)라. 호 밧긔 바다히 잇셔 빗치 하ᄂᆞᆯ 곳고 흔 모린언덕이 막히여 날마다 급흔 파되 드리치더 일즉 문허지는 배 업스니 ᄯᅩ흔 이샹흔 일이러라. 시속에 닐으데, '경호 터는 녯적의 흔 부요흔 사룸이 살 찌의 곡식을 만 덤이나 ᄲᅡᆺ코 살데 셩픔이 닌식(吝嗇)ᄒᆞ여 흔 ᄲᆞᆯ악이도48) 남을 쥬지 아니ᄒᆞ더니 일ᄋᆞᆫ 문밧긔 흔 노승이 와 냥식을 빌거늘 쥬인이 답ᄒᆞ데,

"냥식이 업노라."

승이 경셕 왈,

"곡식을 젼후에 되곳치 ᄲᅡᆺ코 업다 ᄒᆞ믄 엇지미뇨?"

쥬인이 노ᄒᆞ야 ᄀᆞᆯ오데,

"즁놈이 엇지 감히 이럿틋ᄒᆞ리오?"

ᄒᆞ고 인ᄒᆞ여 쏭을 쩌 준데 승이 아모 말도 아니ᄒᆞ고 자루ᄅᆞᆯ 열고 바든 후 인ᄒᆞ여 졀ᄒᆞ고 가더니 오리지 아니ᄒᆞ여 뇌면 【41】 이 대쟉ᄒᆞ며 큰비 붓듯시 오더니 ᄯᅡ히 두려 ᄭᅢ지며 큰 호이 되니 일문 사룸이 흔낫도 죽기ᄅᆞᆯ 면혼 재 업고 ᄲᅡᆺ앗든 곡식이 다 흣터져 드러가 화ᄒᆞ야 조개 되니 일홈ᄒᆞ여 계곡(窩穀)이라 ᄒᆞ고 강변 남녜 아ᄎᆞᆷ계녁으로 쥬어다가 먹고 ᄯᅩ흔 흉년의 구황(救荒)흔다.' 니르더라.

호듕(湖中)의 홍장암(紅嬙巖)이라 ᄒᆞ는 바회 잇고 근쳐의 홍장(紅嬙)이라 ᄒᆞ는 명기 잇스니 그 ᄯᅢ 순스도 아뫼 순녁홀 졔 이 ᄯᅡ의 니르러 홍장을 수쳥드리고 심히 총이ᄒᆞ더니 그 후로 능히 경을 닛지 못ᄒᆞ야 미양 본관을 만난즉 미ᄂᆞᆫ히 말ᄒᆞ니 그 원은 순상(巡相)과 결친흔 벗이라 소기고져 ᄒᆞ야 거즛말노 ᄀᆞᆯ오데,

"월젼의 홍장이 죽엇다."

ᄒᆞ니 순상이 망연히 슬허ᄒᆞ더니 그 후에 ᄯᅩ 순력(巡歷)으로 이 ᄯᅡ의 【42】 니르러 창연히 무어술 일흔 듯ᄒᆞ여 홀ᄂᆞ이 즐겨 아니ᄒᆞ거늘 원이 ᄀᆞᆯ오데,

"금야의 월식이 경히 조흐니 흔번 경호의 놀미 엇더ᄒᆞ뇨? 드르니 경호는 신션의 곳이라 미양 풍쳥월빅(風淸月白)흔즉 왕ᄋᆞ이 셩쇼(笙簫)와 난학(鸞鶴)의 소리 들닌다 ᄒᆞ니 홍장은 명기라 혹 신션

48) 【ᄲᆞᆯ악이】 閲 ((곡셰)) ᄲᅵ리기. 빌의 ᄆᆞᆫ그리기.¶ 粒 ‖ 녯격의 흔 부요흔 사룸이 살 찌의 곡식을 만 덤이나 ᄲᅡᆺ코 살데 셩픔이 닌식ᄒᆞ여 흔 ᄲᆞᆯ악이도 남을 쥬지 아니ᄒᆞ더니 (古富人居而性客, 積穀萬包, 一粒不以與人.) <靑邱野談 奎章 11:40>

이 되여 션관션녀(仙官仙女)ᄅᆞᆯ ᄯᆞ라 노는지 엇지 알니오? 만일 이러흔즉 혹 만날가 ᄒᆞ노라."

순식(巡使ㅣ) 흔연이 조차 비롤 호듕의 ᄯᅴ이니 물근 빗츤 경신을 어리고 좌우 산쳔은 그림 곳톤더 믈과 하ᄂᆞᆯ이 흔 빗치오 프른 ᄭᅩᆯ대와 흰 이슬에 연긔는 살아지고 ᄇᆞ롬은 물근데 밤이 삼경일너니 홀연 드르니 멀니셔 옥져 소리 오ᄋᆞ연ᄋᆞ(嗚嗚咽咽)ᄒᆞ거늘 순식 귀ᄅᆞᆯ 기우리고 둣다가 웃깃슬 염의고 문왈,

"이 무슨 소릭 【43】 뇨?"

원이 ᄀᆞᆯ오데,

"이는 반ᄃᆞ시 희샹 션녜 놀미니 스되(使道ㅣ) 션연이 잇기로 이 소리ᄅᆞᆯ 어더 드름이오 ᄯᅩ흔 그 소리 이 비로 향ᄒᆞ여 오는 듯ᄒᆞ니 ᄯᅩ흔 일이ᄋᆞ샹ᄒᆞ와이다."

순식 흔연ᄒᆞ여 향을 픠오고 기드리더니 이윽고 일엽 쇼션(小船)이 ᄇᆞ롬을 ᄯᅡ라 지나거늘 술펴본즉 흔 학발노인(鶴髮老人)이 션관우의(仙官羽衣)로 단졍이 션상의 안졋고 압희 쳥의동지(靑衣童子ㅣ) 옥쇼ᄅᆞᆯ 불고 겨히 흔 쇼애 취슈홍상(翠袖紅裳)으로 옥비ᄅᆞᆯ 밧들어 되셧시니 표ᄋᆞ(飄飄)ᄒᆞ여 능운보허(凌雲步虛)ᄒᆞ는 틱되 잇거늘 순식 어린 듯 취흔 듯 눈을 ᄲᅩ와본즉 완연흔 홍장이라. 인ᄒᆞ야 몸을 니러 션상의 쮜여올나 머리 조아 ᄀᆞᆯ오데,

"하계범골(下界凡骨)이 샹계진션(上界眞仙)의 강님ᄒᆞ시믈 아지 못ᄒᆞ옵고 영후ᄒᆞ는 녜ᄅᆞᆯ 일엇스니 원컨데 죄ᄅᆞᆯ 샤ᄒᆞ쇼셔."

노션 【44】 이 쇼왈,

"그딕는 샹계 신션으로 인간의 젹강(謫降)흔 지오리러니 오날밤의 맛ᄂᆞ니 ᄯᅩ흔 일단 션연(仙緣)이라."

ᄒᆞ고 인ᄒᆞ여 겨히 잇는 가인을 ᄀᆞ른쳐 왈,

"그딕는 이 낭즈롤 아는다? 이 ᄯᅩ흔 옥뎨 향안젼(香案前) 시ᄋᆞ(侍兒)로 인셰예 젹강ᄒᆞ엿더니 이계 긔한이 차믹 도라가ᄂᆞᆫ니라."

ᄒᆞ거늘 순식 눈을 드러 본즉 과연 젼일 홍장이라. 쳥산을 잠간 ᄭᅵᆼ긔고 츄파ᄅᆞᆯ 반만 우[움]즉여 원망ᄒᆞ는 듯 슬허ᄒᆞ는 듯ᄒᆞ거늘 순식 그 손을 잡고 우러 ᄀᆞᆯ오데,

"네 출아 엇지 날을 ᄇᆞ리고 어디로 기려ᄒᆞᄂᆞ뇨?"

홍장이 ᄯᅩ흔 눈믈 ᄲᅳ려 딕왈,

"인간 인연이 이믜 진ᄒᆞ민 ᄯᅩ흔 엇지홀 길이

업더니 샹뎨계오셔 샹공이 첩을 권연(眷戀)ᄒᆞᄂᆞᆫ 졍성을 감동ᄒᆞ샤 ᄒᆞ로밤 말믜룰 쥬샤 그디로 ᄒᆞ여곰 ᄒᆞᆫ번 모히게 ᄒᆞ시ᄂᆞ이다.”

ᄒᆞ거늘 슌【45】시 노션을 디ᄒᆞ여 왈,

“이믜 옥뎨의 명이 계신즉 맛당히 흥쟝을 허ᄒᆞ쇼셔.”

노션이 굴오디,

“그러면 그디는 홍낭으로 더부러 비를 ᄒᆞᆫ가지 타고 도라가라.”

ᄒᆞ고 ᄯᅩ 홍낭을 경계ᄒᆞ여 굴오디,

“이믜 샹뎨의 졍ᄒᆞ신 연분이 잇스니 이 사ᄅᆞᆷ으로 더부러 ᄒᆞ로밤 자고 오라. 내 미명시(未明時)예 맛당히 잇곳의ᄉᆑ 비를 믜고 기ᄃᆞ리리라.”

흥쟝이 염임(斂衽) 디왈,

“삼가 ᄀᆞᄅᆞ치시믈 바드리이다.”

노션이 표연이 ᄂᆞ러 슌시와 흥쟝을 션상의 올녀보니고 일진 쳥풍의 ᄃᆞᆺ글 도로혀 가더라.

슌시 흥쟝으로 더부러 셩듕의 드러가 침실노 잇글어 드러가니 견권(繾綣)의 졍과 운우의 ᄭᅮᆷ이 샹시로 다르미 업더라. 날이 붉은 후 놀나 ᄭᅢ여 ᄆᆞᄋᆞᆷ의 셩각ᄒᆞ디 ‘흥쟝이 ᄂᆞᄆᆡ 갓스리라.’ ᄒᆞ엿더니 눈을 드러 본즉【46】흥쟝이 겻희 안쟈 단쟝을 다스리거늘 흔드러 연고를 무른디 답지 아니ᄒᆞ더니 믄득 ᄯᅩ 보니 본관이 드러와 우으며 왈,

“양디(陽臺)의 ᄭᅮᆷ과 낙포(洛浦)의 연분이 엇더ᄒᆞ뇨? 하관의게 월노(月老)의 공이 업지 못ᄒᆞ리라.”

ᄒᆞ거늘 슌시 비로소 속은 줄 알고 셔로 더부러 대쇼ᄒᆞ더라. 경호의 흥쟝암과 명기 흥쟝의 일은 ᄯᅩ흔 읍지(邑誌)의 긔록ᄒᆞ미 잇더라.

우병ᄉᆞ부방득현녀
禹兵使赴防得賢女

병ᄉᆞ 우하형(禹夏亨)은[49] 평산(平山) 사ᄅᆞᆷ이라.

집이 빈궁ᄒᆞ디 쳐음 등과ᄒᆞᆫ 후 관셔예 변쟝(邊將) ᄀᆞᆺ더니 ᄒᆞᆫ 계집이 관가의 믈 깃기로 면역(免役)ᄒᆞᄂᆞᆫ 재 잇셔 모양이 면츄(免醜)ᄒᆞ엿거늘[50] 하형이 더부러 동쳐(同處)ᄒᆞ더니 일ᄂᆞᆫ 그 계집이 하형ᄃᆞ려 왈,

“션달계오셔 이믜【47】날노 쳡을 삼아계시니 쟛[쟝]ᄎᆞᆺ 무엇스로ᄡᅥ 의식을 니으라 ᄒᆞ시ᄂᆞ닛가?”

하형 왈,

“내 본디 간난ᄒᆞ고 ᄯᅩ흔 쳔 리 긱듕의 손의 가진 거시 업스니 널노 더부러 동쳐ᄒᆞ미 쇼망이 다만 더러온 옷슬 ᄲᆞᆯ며 ᄒᆡ여진 거슬 기울 ᄯᆞᄅᆞᆷ이라 무어서 네게 밋틀 거시 잇스리오?”

궐녜 굴오디,

“쳡도 ᄯᅩ흔 닉이 아ᄂᆞᆫ지라 이믜 몸을 허ᄒᆞ여 쳡이 되얏ᄉᆞᆫ즉 션ᄃᆞ님의 ᄂᆞ식지져(衣食之資]ᄂᆞᆫ 내 알 거시니 념녀 마ᄅᆞ쇼셔.”

ᄒᆞ고 이 후로 바느질과 길슴ᄒᆞ기를 부즈런이 ᄒᆞ야 의복음식이 츄련ᄒᆞ미 업더니 변쟝 과만(瓜滿)이 ᄎᆞᆫ 쟝ᄎᆞᆺ 집으로 도라가랴 홀시 궐녜 무러 왈,

“션달줘 셔울 올나가 벼슬을 구ᄒᆞ려 ᄒᆞ시ᄂᆞ닛가?”

하형 왈,

“내 젹슈공권(赤手空拳)으로 셔울 아ᄂᆞᆫ 벗도 업고 ᄯᅩ 무슨 냥식으로 셔울 두류(逗留)ᄒᆞ리오? 고향의 도라가 션산 하【48】의ᄉᆑ 늘거 죽으려 ᄒᆞ노라.”

궐녜 왈,

“내 션달쥬 긔상을 보온즉 젼졍이 쵸ᄎᆞ(草草)치 아녀 가히 곤슈(閫帥)의[51] 니를 거시오니 직믈이

山府使)에 이어 황해도 병마졀도ᄉᆞ를 역임하고 경상도 병마졀도ᄉᆞ를 거쳐 회령부ᄉᆞ(會寧府使) 등을 지냈다.¶ 禹夏亨 ‖ 병ᄉᆞ 우하형은 평산 사ᄅᆞᆷ이라 (禹兵使夏亨, 平山人也.) <靑邱野談 奎章 11:46>

50) 【면츄-ᄒᆞ-】 圖 면추(免醜)하다. 얼굴이 추한 정도는 겨우 면하다.¶ 免醜 ‖ 집이 빈궁ᄒᆞ디 쳐음 등과ᄒᆞᆫ 후 관셔예 변쟝 ᄀᆞᆺ더니 ᄒᆞᆫ 계집이 관가의 믈 깃기로 면역ᄒᆞᄂᆞᆫ 재 잇셔 모양이 면츄ᄒᆞ엿거늘 (家甚貧窮, 初登武科, 赴防于關西江邊之邑, 見一水汲婢之免役者, 貌頗免醜.) <靑邱野談 奎章 11:46>

51) 【곤슈】 圖 ((관직)) 곤수(閫帥). 병사(兵使)나 수사(水使).¶ 閫帥 ‖ 내 션달쥬 긔상을 보온즉 젼졍이 쵸ᄎᆞ치 아녀 가히 곤슈의 니를 거시오니 직믈이 업다 ᄒᆞ고 쵸야의 안쟈 늘그미 심히 앗가온지라 (吾見先達氣像, 容儀非草草之人也. 前程優, 可至閫帥. 男子旣有可爲之機, 何可坐於無財, 而埋沒於草野乎, 甚可歎惜.) <靑邱

---

49) 【우-사형】 圖 ((인명)) 우하형(禹夏亨 ?-?). 자 허숙(虛叔). 본관 단양(丹陽). 1710년(숙종 36) 무과(武科)에 급제했다. 1728년(영조 4) 선산부사(善山府使) 박필건(朴弼健)과 함께 이인좌(李麟佐)의 난을 평정했으며, 1729년 전라우도수군절도사를 지냈다. 1733년 이산부사(理

업다 ᄒᆞ고 쵸야의 안쟈 늘그미 심히 앗가온지라 내 여러 히 두고 모흔 지믈이 뉵칠빅 냥이 잇스니 이것슬 가지고 안마롤 사며 노즈롤 뼈 고향의 가시지 말고 곳 셔울노 향ᄒᆞ여 구ᄉᆞ(求仕)ᄒᆞ기롤 십년 위ᄒᆞᆫ즉 가히 어드미 잇스리이다. 나는 쳔인이라 션달쥬(先達主)롤 위ᄒᆞ여 슈졀홀 길 업셔 몸을 다른데 의탁ᄒᆞ엿다가 션달쥐 만일 본도의 외방(外方)ᄒᆞ신 긔별을 드른즉 당일 진알ᄒᆞ오리니 원컨더 보중ᄒᆞ쇼셔."

하형 왈,

"의외예 지믈을 어드니 ᄆᆞ음의 그윽히 다힝ᄒᆞ다."

ᄒᆞ고 드디여 궐녀로 더부러 눈믈 ᄲᅭ려 니별ᄒᆞ고 써 【49】 나니라. 궐녜 하형을 니별흔 후 본읍의 환거(鰥居)ᄒᆞᄂᆞᆫ 쟝교의 집에 몸을 의탁ᄒᆞ니 그 쟝괴 궐녀의 영니ᄒᆞᆷ롤 보고 인ᄒᆞ여 후실(後室)을 삼으니 그 집이 간난치 아니ᄒᆞᆫ지라 궐녜 쟝교드려 왈,

"젼 사롬이 쓰고 남은 지믈이 언마나 되ᄂᆞ뇨? 범어ᄉᆞ(凡於事)롤 명빅히 아니치 못홀 거시니 일년의 드리오는 곡수(穀數)는 언마며 긔명즙믈은 언마나 되ᄂᆞᆫ지 다 명식(名色)을 녈셔(列書)ᄒᆞ여 칙에 긔록ᄒᆞ라."

ᄒᆞ니 쟝괴 ᄀᆞᆯ오더,

"이믜 부ᄎᆞ지간이 되얏슨즉 잇스면 쓰고 업스면 조비(造備)ᄒᆞ미 올커늘 무어슬 혐의ᄒᆞ야 이 거조롤 ᄒᆞᄂᆞ뇨?"

궐녜 그럿치 아니타 ᄒᆞ고 근쳥ᄒᆞ기롤 마지 아니ᄒᆞ거늘 쟝괴 그 말더로 칙의 긔록ᄒᆞ여 쥬니 궐녜 바다 상즈의 감쵸고 셰간ᄉᆞ리롤52) 부즈런이 ᄒᆞ니 가산이 졈ᄌᆞ 부요ᄒᆞ더라. 궐녜 쟝 【50】 교드려 닐너 왈,

"내 약간 문즈롤 아ᄂᆞ니 셔울 됴보(朝報)와 경ᄉᆞ 보기롤 조하ᄒᆞ니 그디는 날을 위ᄒᆞ여 경듕(京中) 문보(文報)롤 어더보미 엇더ᄒᆞ뇨?"

쟝괴 그 말을 조초 문보롤 어더 뵈더니 수년간의 션젼관의 우하형이 쥬부로 경녁을 지나고 승탁(昇擢)ᄒᆞ여 관셔(關西) 고을을 졔슈ᄒᆞ엿ᄂᆞᆫ지라 궐

野談 奎章 11:48>

52) 【셰간ᄉᆞ리】 団 세간뉠이. 닐림을 ᄭᅮ터 나짐.¶ 꿈建 ‖ 쟝괴 그 말더로 칙의 긔록ᄒᆞ여 쥬니 궐녜 바다 상즈의 감쵸고 셰간ᄉᆞ리롤 부즈런이 ᄒᆞ니 가산이 졈ᄌᆞ 부요ᄒᆞ더라. (校乃依其言, 書而給之. 女受而藏之衣笥, 勤於治産, 日漸富饒) <青邱野談 奎章 11:49>

네 그 후의 ᄯᅩ 됴보롤 본즉 모월모일의 모읍 원 우하형이 하직슉비ᄒᆞ엿거늘 궐녜 쟝교드려 왈,

"내 이곳의 오리 잇스려 ᄒᆞ미 아니라 이졔는 영결ᄒᆞ노라."

흔디 쟝괴 악연ᄒᆞ여 그 연고롤 무르니 궐녜 ᄀᆞᆯ오더,

"일의 본말은 무를 일이 아니라 나는 갈 곳이 잇스니 그디는 뉴련치 말나."

ᄒᆞ고 젼일 믈죵 긔록흔 칙을 너여 뵈여 왈,

"너 칠 년을 남의 계집이 되야 가산을 다샤 【51】 리미 만일 ᄎᆞ분이나 견의셔 감쇼ᄒᆞ미 잇슨즉 가는 사롬의 ᄆᆞ음이 엇지 평안ᄒᆞ리오? 이졔 다힝이 젼의셔 감ᄒᆞ미 업고 가히 삼스 빈나 더흔 듯ᄒᆞ니 너의 ᄆᆞ음이 쾌ᄒᆞ도다."

ᄒᆞ고 인ᄒᆞ여 쟝교로 더부러 쟉별ᄒᆞ고 사롬을 사 복틱(卜駄)롤 지으고 남즈의 복석을 기착(改着)ᄒᆞ고 도보ᄒᆞ여 하형의 고을에 가니 이ᄣᅦ 하형이 도인흔 지겨오 일ᄉᆞ이라. 송민(訟民)으로뼈 일캇고 관뎡(官庭)의 드러가 ᄀᆞᆯ오더,

"비밀이 알욀 일이 잇스오니 원컨더 셤의 올나 알외여지이다."

태쉬 괴이 너겨 쳐음의는 허치 아니ᄒᆞ다가 마지 못ᄒᆞ여 허락흔디 ᄯᅩ 쳥흔디,

"챵 압희 가 알외리이다."

태쉬 더옥 괴히 너겨 허락ᄒᆞ니 긔인 왈,

"관젼(官前)계오셔 쇼인을 알아보시ᄂᆞ니잇가?"

태쉬 왈,

"내 이 ᄯᅡ의 새로 도임ᄒᆞ미 이 고을 【52】 빅셩을 엇지 알니오?"

긔인 왈,

"아모년 분 아모 ᄯᅡ의 부임ᄒᆞ여 겨실 졔 동쳐ᄒᆞ던 사롬을 싱각ᄒᆞ시ᄂᆞ니잇가?"

태쉬 이윽히 보다가 대경ᄒᆞ여 급히 니러나 손을 잡고 무러 ᄀᆞᆯ오더,

"네 엇지 이 모양으로 왓ᄂᆞ뇨? 내 부임흔 지 잇튼날 네 ᄯᅩ흔 왓스니 이는 진실노 긔회(奇會)라."

ᄒᆞ고 피ᄎᆞ 그 깃부믈 닉이지 못ᄒᆞ여 셔로 듬간 회포롤 펴더니 잇ᄯᅢ예 하형이 ᄎᆞ믜 상비(喪配)ᄒᆞ엿ᄂᆞᆫ지라 인ᄒᆞ여 궐녀롤 닉아(內衙) 경당의 쳐ᄒᆞ게 ᄒᆞ고 가졍옥 춍찰(總察)케 ᄒᆞ니 그 겨ᄌᆞ(嫡子)롤 무휼ᄒᆞ며 비복을 부리미 법되 잇셔 은위 병힝ᄒᆞ니 합너(閤內) 흡연ᄒᆞ더라. 미양 하형을 권ᄒᆞ여 비국(備局) 셔리롤 믈션(物膳)을 쥬며 부탁ᄒᆞ여 미삭 됴보

롤 어더보게 ᄒ니 이ᄂᆞᆫ 궐녜 셩심으로 당시의 용권
(用權)ᄒᆞᄂᆞᆫ 곳의 션ᄉᆞ(膳賜)【53】 롤 후히 ᄒᆞᄆᆡ라.
이런 고로 시ᄌᆡ(時宰) 극녁ᄒᆞ야 쳔거ᄒᆞ니 이믜 삼ᄉᆞ
고을을 지나ᄆᆡ 가계 졈々 요부ᄒᆞ더라. 믈션을 더욱
후히 ᄒᆞ여 보니ᄆᆡ 츳々 승쳔(陞遷)ᄒᆞ야 졀도ᄉᆞ의 니
ᄅᆞ고 년근 팔십의 고향에 도라가 죽으니 궐녜 녜로
뻐 치상(治喪)ᄒᆞ고 셩복을 지나ᄆᆡ 그 젹ᄌᆞ 상인(喪
人)ᄃᆞ려 닐너 ᄀᆞᆯ오ᄃᆡ,

"녕감계오셔 향곡 무변(武弁)으로 아장(亞將)
의 니르니 벼술이 々믜 극진ᄒᆞ고 년셰 칠십이 넘엇
스니 슈도 ᄯᅩ한 극ᄒᆞᆫ지라 무ᄉᆞᆷ 여한이 잇스며 ᄯᅩ
날노 말ᄒᆞᆯ지라도 계집이 되여 남편 셤기미 당연ᄒᆞᆫ
도리어늘 엇지 젹년구ᄉᆞ(積年求仕)ᄒᆞᄂᆞᆫ디 찬조(賛
助)ᄒᆞᆷ믈 ᄌᆞ긍(自矜)ᄒᆞ리오? 하늘이 도으샤 지우금
평안이 지나믈 어드니 나의 쇼임이 々믜 다ᄒᆞ엿ᄂᆞᆫ
지라 나ᄂᆞᆫ 하방(遐方) 쳔인으로 무ᄌᆡ(武宰)의 쇼실
이 되여 々러 고을【54】에 후록을 누리니 나의 영
ᄒᆡ ᄯᅩ한 극ᄒᆞᆫ지라 무ᄉᆞᆷ 원통ᄒᆞᆷ이 잇스리오? 녕감
계실 ᄯᅢ예ᄂᆞᆫ 날노 ᄒᆞ여 가졍을 총찰ᄒᆞ게 ᄒᆞ시니 이
ᄂᆞᆫ 부득불 그러ᄒᆞ엿거니와 이졔 샹쥬계오셔 쟝셩ᄒᆞ
시고 젹ᄌᆞ뷔(嫡子婦 |) ᄯᅩ 가졍을 슬폄즉ᄒᆞ니 나ᄂᆞᆫ
오날부터 가졍 대쇼ᄉᆞ롤 환봉(還奉)ᄒᆞ노라."

젹ᄌᆞ와 ᄌᆞ뷔 울며 ᄉᆞ양ᄒᆞ여 ᄀᆞᆯ오ᄃᆡ,

"닌집이 々예 니르미 다 셔모(庶母)의 공이라
우리 등은 다만 의지ᄒᆞ야 힘닙어 우러々 지날 ᄯᆞ롬
이어늘 엇지 이ᄀᆞᆺ치 말슴ᄒᆞ시ᄂᆞ니잇가?"

셔뫼 ᄀᆞᆯ오ᄃᆡ,

"가치 아니ᄒᆞ다. 만일 이ᄀᆞᆺ치 아니ᄒᆞ면 이ᄂᆞᆫ
가되(家道 |) 어즈러오미라."

ᄒᆞ고 이예 믈건긔명과 젼곡 긔록ᄒᆞᆫ 칙을 다
내여 젼ᄒᆞ고 젹ᄌᆞ 냥위ᄂᆞᆫ 졍당에 쳐ᄒᆞ게 ᄒᆞ고 ᄌᆞ가
ᄂᆞᆫ 건넌편 ᄒᆞᆫ 간 방의 쳐ᄒᆞ야 ᄀᆞᆯ오ᄃᆡ,

"금일노【55】 부터 다시 나오지 아니ᄒᆞ리라."

문닷고 입의 쟉슈(勺水)롤 마시지 아니ᄒᆞᆫ 지
수일 만의 죽으니 젹ᄌᆞ비 이통ᄒᆞ여 ᄀᆞᆯ오ᄃᆡ,

"우리 셔모ᄂᆞᆫ 심상치 아니ᄒᆞᆫ 사ᄅᆞᆷ이라 엇지
셔모로 디졉ᄒᆞ리오?"

ᄒᆞ고 셩복 후 셕ᄃᆞᆯ 만의 쟝ᄉᆞᄒᆞ려 ᄒᆞ여 졍구
(停柩)ᄒᆞ더니 우병ᄉᆞ(禹兵使)의 쟝긔(葬期) 님박ᄒᆞ엿
ᄂᆞᆫ지라 쟝ᄎᆞᆺ 쳔구(遷柩)ᄒᆞᆯ시 닦구(擔軍)들이 비록
심빅인이라 뮴슉이지 못ᄒᆞ거늘 보ᄂᆞᆫ 사ᄅᆞᆷ이 나 ᄀᆞᆯ
오ᄃᆡ,

"쇼실을 닛지 못ᄒᆞ여 그러ᄒᆞᆷ인가?"

ᄒᆞ고 인ᄒᆞ여 쇼실의 상여롤 치ᄒᆡᆼᄒᆞ여 갓치 발
ᄒᆡᆼᄒᆞᆫ즉 샹예 가ᄇᆡ야이 ᄒᆡᆼᄒᆞ니 모다 이샹히 너기더
라.

면대화무녀ᄉᆡ신
免大禍巫女賽神

뉴참판(柳參判)의 명은 의(誼)니 녕남어ᄉᆞ(嶺
南御史)로 ᄒᆡᆼᄒᆞᆯ ᄯᅢ예 진쥬(晋州)의 니【56】ᄅᆞ러 드
ᄅᆞ니 좌쉬(座首 |) ᄉᆞ오 등을 인임(仍任)ᄒᆞ야53) 블
의지ᄉᆞ(不義之事)롤 ᄒᆡᆼᄒᆞᆫ다 ᄒᆞ거늘 츌도(出道)ᄒᆞᆫ 후
타살ᄒᆞ랴 ᄒᆞ여 읍져(邑底)로54) 향ᄒᆞᆯ시 십니예 밋지
못ᄒᆞ여 일셰 느졋고 길의 ᄲᅢᆺ치여 곤븨ᄒᆞ여 우연히
ᄒᆞᆫ 집의 드러가니 집이 경결ᄒᆞ고 당의 오르미 십여
셰 된 동지 잇셔 샹좌의 마즈니 그 작인(作人)이 총
혜ᄒᆞ고 민쳡ᄒᆞᆫ지라 타고 간 ᄆᆞᆯ을 분별ᄒᆞ여 먹이고
종을 블너 셕반을 갓초라 ᄒᆞ니 인ᄉᆞ 범빅이 엄연이
쟝셩ᄒᆞᆫ 사ᄅᆞᆷ ᄀᆞᆺ거늘 그 나홀 무르며,

"이 집은 뉘 집이뇨?"

디답ᄒᆞ여 ᄀᆞᆯ오ᄃᆡ,

"시임 좌슈의 집이니이다."

ᄯᅩ 문왈,

"너ᄂᆞᆫ 좌슈의 ᄋᆞ들이냐?"

답ᄒᆞ여 ᄀᆞᆯ오ᄃᆡ,

"그러ᄒᆞ이다."

ᄯᅩ 무러 왈,

"녀의 부형은 어디 간다?"

디ᄒᆞ여 ᄀᆞᆯ오ᄃᆡ,

---

53) 【인임-ᄒᆞ-】 圀 인임(仍任)하다. 기한이 다 된 관리를
그 자리에 그대로 남겨 두다.¶ 仍任 ‖ 뉴참판의 명은
의니 녕남어ᄉᆞ로 ᄒᆡᆼᄒᆞᆯ ᄯᅢ예 진쥬의 니르러 드ᄅᆞ니 좌
쉬 ᄉᆞ오 등을 인임ᄒᆞ야 블의지ᄉᆞ롤 ᄒᆡᆼᄒᆞᆫ다 ᄒᆞ거늘
(柳參判誼, 以繡衣行嶺南, 到晉州, 聞首鄕連四五等仍
任, 而行不法之事.) <靑邱野談 奎章 11:56>

54) 【읍져】 圀 ((지리)) 읍져(邑底). 읍내.¶ 邑底 ‖ 츌도ᄒᆞᆫ
후 타살ᄒᆞ랴 ᄒᆞ여 읍져로 향ᄒᆞᆯ시 십니예 밋지 못ᄒᆞ여
일셰 느졋고 길의 ᄲᅢᆺ치여 곤븨ᄒᆞ여 우연히 ᄒᆞᆫ 집의
드러가니 (期於出道日打殺, 方向邑底, 未及十餘里地,
日勢已晩, 又有路憊, 偶入一家.) <靑邱野談 奎章
11:56>

"임쇼의 잇ᄂ이다."

ᄒᆞ거늘 그 응디졉빈이 경근(敬謹)ᄒᆞ믈 보고
【57】 뉴어시 괴특이 너겨 ᄆᆞᆷ의 싱각ᄒᆞ되 '간사
ᄒᆞᆫ 좌슈의게 더러ᄒᆞᆫ 긔지 잇ᄂᆞᆫ고?' ᄒᆞ더니 밤이 드
러 취침ᄒᆞ미 홀연 흔드러 ᄭᆡ오ᄂᆞᆫ 재 잇거늘 놀나
ᄭᆡᆫ즉 등쵹이 휘황ᄒᆞ고 압ᄒ이 큰 상의 어육과 쥬효를
만히 버렷거늘 의아ᄒᆞ여 문왈,

"이 엇진 음식이뇨?"

그 아희 답왈,

"금년의 가옹이 신슈 불길ᄒᆞ야 반ᄃᆞ시 관진
(官災) 잇다 ᄒᆞᄂᆞᆫ 고로 무녀를 블너 긔도ᄒᆞ온 찬슈
(饌需1)러니 감히 손임을 졉ᄃᆡᄒᆞᄂᆞ니 원컨ᄃᆡ 햐져
(下箸)ᄒᆞ쇼셔."

뉴어시 웃기를 참고 비부루55) 먹으니라.

이튿날 읍ᄂᆡ의 드러가 츌도ᄒᆞ며 그 좌슈를 잡
아드려 수죄(數罪)ᄒᆞ고 일너 왈,

"너 이번 힝ᄒᆞ미 너를 ᄯᅡ려죽이랴 ᄒᆞ엿더니
어졔밤 네 ᄋᆞ들을 보니 네예셔 비승(倍勝)ᄒᆞᆫ지라 이
믜 네 집의셔 자고 쥬식을 비블니 먹고 너 【58】 를
죽이미 인졍이 아니라."

ᄒᆞ고 엄형원비(嚴刑遠配)ᄒᆞ고 도라오다. 뉴어
시 미양 남을 향ᄒᆞ야 그 일을 말ᄒᆞ여 왈,

"무당이 귀신의게 빌미 허신 아니라 좌슈 죽
일 신령은 곳 너어늘 쥬육으로뼈 내게 비러 화를
면ᄒᆞ니 과연 졀도ᄒᆞᆫ 일이로다."

ᄒᆞ더라.

소년노듕복명원
訴輂路忠僕鳴冤

영쳔(永川)의 민봉조(閔鳳朝)라 ᄒᆞᄂᆞᆫ 사ᄅᆞᆷ이
ᄒᆞᆫ ᄋᆞ들이 ᄌᆞ셔 혼인 지난 일년의 그 ᄋᆞ들이 죽고
과부 며ᄂᆞ리 박시(朴氏) 집상(執喪)ᄒᆞ기를56) ᄂᆡ로

ᄒᆞ고 구고를 효봉(孝奉)ᄒᆞ니 동ᄂᆡ 사ᄅᆞᆷ이 일캇더라.
시집을 쩌예 아희죵 일인을 다리고 오니 일홈은 만
셕(萬石)이라. 민시의 집이 본ᄃᆡ 빈궁ᄒᆞ거늘 박시
몸소 길ᄉᆞᆷᄒᆞ며 죵 나모 븨며 믈 기러 【59】 됴셕
공궤를 ᄒᆞ더라.

동ᄂᆡ의 사ᄂᆞᆫ 김조술(金祖述)이라 ᄒᆞᄂᆞᆫ 사ᄅᆞᆷ이
ᄯᅩ한 반명(班名)이 잇고 가셰 누만금 부지라 우연이
울틈으로 박시의 고으믈 여어보고 ᄆᆞᆷ의 흠모ᄒᆞ더
니 일ᄂᆞᆫ 민시 츌입ᄒᆞ고져 ᄒᆞ여 조술의 집에 휘항
(揮項)을 빌너 갓더니 조술이 그 업스믈 알고 틈을
타 사ᄅᆞᆷ을 부려 박시의 방을 알고 월셕을 ᄭᅴ여 그
집의 드러가니 박시 침방이 그 시어미 방과 ᄒᆞᆫ 벽
이 막히고 사이의 져근 문이 잇스니 박시 잠을 ᄭᆡ
여 드른즉 창밧긔 신발소리 잇거늘 박시 창틈으로
여어보니 월셕이 희미ᄒᆞᆫ디 사ᄅᆞᆷ의 그림지 뵈거늘
박시 겁ᄂᆡ여 니러나 문을 열고 그 시어미 방으로
드러가니 시어미 괴이 너겨 그 연고를 무른디 박시
인젹 잇스믈 말ᄒᆞ고 고ᄇᆡ 셔로 안잣더라. 그 죵 【6
0】 만셕이란 놈은 조술의 집 비부(婢夫1) 되엿더니
그날은 ᄆᆞ춤 그 집의 가 자고 이곳의 아모도 업스
믈 알고 왓다가 발각ᄒᆞᆫ 비 되엿ᄂᆞᆫ지라 문밧긔 니ᄃᆞ
라 ᄭᅮ오디,

"박시 과연 날노 더부러 ᄉᆞ통ᄒᆞ연지 오린니
ᄉᆞᆯ니 너여보너라."

ᄒᆞ거늘 그 시어미 소리를 질너 동ᄂᆡ 사ᄅᆞᆷ을
블너 도젹이 드럿다 ᄒᆞ니 모든 사ᄅᆞᆷ들이 블 혀 들
고 모이거늘 조술이 ᄶᅩᆺ기여 집으로 가니라. 민셩이
도라와 그 말을 듯고 분ᄒᆞ믈 니긔지 못ᄒᆞ야 관명의
졍소(呈訴)ᄒᆞ랴다가 소문이 조치 못ᄒᆞᆯ가 ᄒᆞ야 참앗
더니 조술이 동ᄂᆡ예 젼파ᄒᆞ여 ᄭᅮ오디,

"박시 날노 더부러 ᄉᆞ통ᄒᆞ여 잉ᄐᆡᄒᆞ연지 이믜
삼ᄉᆞ삭이 되엿다."

ᄒᆞ니 소문이 ᄌᆞᄌᆞᄒᆞ거늘 박시 듯고 ᄭᅮ오디,

"이졔ᄂᆞᆫ ᄒᆞᆯ길 업스니 관가의 졍소ᄒᆞ여 셜치
(雪恥)ᄒᆞ리라."

ᄒᆞ고 치마 【61】 로 얼굴을 가리고 관명의 드
러가 조술의 죄악과 ᄌᆞ가의 원통ᄒᆞᆫ 경상을 알외여
송ᄉᆞᄒᆞ되 조술이 ᄌᆡ물을 관속의게 ᄒᆞᆺ터쥬고 ᄯᅩ한
일읍 관속이 다 조술의 노속(奴屬)이라 다 말ᄒᆞ되,

"이 계집이 ᄌᆞ릭로 힝음ᄒᆞᄂᆞᆫ 수문이 난지 오

---

55) 【비부루】 图 배불리.¶ 뉴어시 웃기를 참고 비부루 먹
으니라 (柳忍笑而啗之.) <靑邱野談 奎章 11:57>
56) 【집상ᄒᆞ】 图 집상(執喪)ᄒᆞ나. 초상늘 치르다.¶ 執喪
‖ 영쳔의 민봉조라 ᄒᆞᄂᆞᆫ 사ᄅᆞᆷ이 ᄒᆞᆫ ᄋᆞ들이 ᄌᆞ셔 혼인
지난 일년의 그 ᄋᆞ들이 죽고 과부 며ᄂᆞ리 박시 집상
ᄒᆞ기를 ᄂᆡ로 ᄒᆞ고 구고를 효봉ᄒᆞ니 동ᄂᆡ 사ᄅᆞᆷ이 일캇

더라 (榮川儒生閔鳳朝, 有一子, 過婚未一年而身死, 其
嬬婦朴氏, 而亦有班閥之家也. 執喪以禮, 而孝奉舅姑,
隣里稱之.) <靑邱野談 奎章 11:58>

라니이다."

본읍 원 윤이현(尹彝鉉)이 관속의 말을 듯고 굴오디,

"네 만일 경결이 잇스면 비록 남의 거즛말을 닙을지라도 스스로 버슬 거시어늘 엇지 몸쇼 관정의 드러와 방즈히 알외는다? 믈너가라."

흐거늘 박시 굴오디,

"만일 관가의셔 김가의 죄롤 엄치흐고 쳡의 원통흐믈 변빅(辨白)지 아니흐시면 쳡이 맛당히 관졍의 목질너 죽으리이다."

흐고 찻던 칼을 쎄며 스긔 강개흐거늘 원이 노즐 왈,

"네 이긋치 날을 공동(恐動)흐는다? 네 만일 죽고져 【62】 흐즉 네집의 가 죽으미 올커늘 예셔 저근칼노 어루저이는다?[57] 샐니 너여보너라."

흐니 관비(官婢) 등 미러 관문 밧긔 너친디 박시 쏫기여 나와 방셩대곡흐며 드듸여 주문(自刎)흐니 보는 재 차악(嗟愕)히 아니리 업더라. 원이 비로소 놀나 그 시쳬롤 운젼흐여 보닌디 민셩이 분을 니긔지 못흐여 관졍의 드러가 발악흐거늘 원이 굴오디,

"네 토민(土民)이 되여 토쥬(土主)롤 침핍(侵逼)흐니 만ː히연(萬萬駭然)흐다."

흐고 민셩을 영문에 보쟝흐여 안동부(安東府)에 이슈(移囚)흐엿더라. 그 죵 만셕이 셔울 올나가 격졍(擊錚)흐니 희도(該道)로 사실흐여 올나라 흐신 하괴(下敎]) 게오시거늘 판뷔(判府]) 사실츠로 힝흘 쩌의 죠술이 누쳔금을 동니 사롬과 영 본읍 관속들의게 훗터쥬고 거즛말노 젼파흐디 박시 칼노 질너죽으미 아니라 잉틱흔 【63】 말이 슈괴(殊怪)흐여 약을 먹어 죽엇다 흐고 쪼 쳔금을 훗터 약 무역흐는 할미와 약 파는 쟝스롤 쥬어 증참(證參)이 되게 흐니 그런 고로 옥스롤 오러 결단치 못흐야 스오년의 니른지라. 민가의셔 박시의 신쳬롤 넘도 아니흐고 관의 두에도 덥지 아니흐고 이 원슈롤 갑흔 후 곳쳐 넘흐고 쟝스흐리라 흐야 건넌방의 둔지 스년이로디 신쳬 죠곰도 샹흐미 업셔 셩시와 굿고 그 문에 드러도 죠곰도 더러온 악쥐 업고 파리도 갓가

이 오는 비 업스니 쏘흔 이샹흔 일일너라.

봉화(奉化) 원 박시원(朴時源)은 박시와 지죵(再從) 남미간(男妹間)이러니 와셔 그 녕연(靈筵)의 곡흐고 관을 여러본즉 셩시와 다르미 업는지라. 그 쩌예 죵 만셕이 죠술의 집 비뷔(婢夫]) 되여 일남 일녀룰 나앗더니 이쩌롤 당흐야 그 계집을 쫏고 영 【64】 결흐여 굴오디,

"네 쥬인은 내 쥬인의 원쉬라. 부ː지의(夫婦之義) 즁흐나 노쥬지분(奴主之分)이 쏘흔 가비압지 아니흐니 너는 네 쥬인의게 가라 나는 내 쥬인을 위흐야 죽으리라."

흐고 인흐여 경향에 분주흐야 원슈룰 갑흐려 흐더니 김샹셔(金尚書) 샹휴공(相休公)이 감스로 잇슬 쩌예 만셕이 셔울 올나가 쪼 격졍흐니 계하(啓下)흐야 본도로 명스관(明查官)을 뎡흐여 궁힉(窮覈)흘식 민시의 집의셔 박시의 관을 메여다가 관경의 노흐니 관 속으로셔 비단 쩻는 소리 나거늘 민시 집 사롬이 관개(棺蓋)롤 열고 명스관을 뵈거늘 명스관이 관비로 시험흐여 본즉 면식이 셩젼 굿고 두 쌤의 불근 빗치 잇고 목 아리 칼 흔젹이 잇고 빅가 쥭이 등의 붓터 잇고 긔뷔(肌膚]) 돌굿치 구더 죠곰도 부상(腐傷)흔 뜻이 업더라. 약 파든 쟝스와 약 사든 【65】 노구룰 엄형궁문흔즉 비로소 실경을 알외여 굴오디,

"김죠술이 돈 이빅 냥식 쥬는 고로 이 일을 힝흐엿느이다."

흐거늘 일노뼈 쟝문(狀聞)흐고 죠술과 노구와 양[약]쟝스룰 다 져자의 버히고 박시롤 졍녀(旌閭)흐고 만셕을 복호 쥬니 녕남 사롬들이 만셕의 튱셩을 긔록흐여 비룰 셰우니라.

외엄구한부츌시언
畏嚴舅悍婦出矢言

안동(安東) 권진시(權進士]) 잇스니 집이 부요흐고 셩이 엄쥰흐야 치가(治家)흐미 법되 잇더니 독즈롤 누이 버ː리롤 취흐미 셩이 부긔흐고 사오나와 제어키 어려우디 그 시아비 엄쥰흐므로뻐 감히 긔운을 부리지 못흐더라. 권진시 만일 노흔 일이

57) 【어루져이-】 ⊞ 슉누 시뉴롤 하여 위협흐다.¶ 네 만일 죽고져 흐즉 네집의 가 죽으미 올커늘 예셔 저근칼노 어루져이는다 샐니 너여보너라 (汝若欲死, 則以大刀自刎於汝家, 可也. 何乃以小刀爲也. 斯速出去!) <靑邱野談 奎章 11:62>

~순즉 자리롤 대청에 펴고 안져 혹 비복을 타살ᄒ며 죽지 아니ᄒ즉 피나는 거슬 【66】 보고야 긋치니 이러므로 대청의 자리롤 본즉 집사롬들이 다 숨을 헐덕이며 두려워ᄒ더라.

그 아들의 쳐개 니웃 고을이라 아들이 쳐의 부모롤 보고 도라오다가 길에셔 비롤 만나 쥬막의 드러 피우(避雨)ᄒ더니 몬져 드러온 쇼년이 잇셔 쳥 샹의 안잣고 물 오록 필을 마구(馬廐)의 먹이며 비 복들이 만흐니 너힝(內行)을 거느려 오는 힝ᄎ리라. 그 쇼년이 권쇼년을 보고 셔로 한훤(寒暄)을 파ᄒ 후 쥬효(酒肴)롤 권ᄒ니 술이 심히 쳥열(淸冽)ᄒ고 찬효(饌肴)도 ᄯᅩᄒ 풍비ᄒ지라. 셔로 셩명 거쥬롤 무롤싀 권쇼년은 실졍으로 디답ᄒ디 그 쇼년은 다만 그 셩만 닐으고 거쳐논 닐으지 아니ᄒ며 우연이 지니다가 비롤 피ᄒ야 졈슈의 드럿더니 다힝이 년 비가붕(年輩佳朋)을 만나니 엇지 즐겁지 아니리오 ᄒ며 년ᄒ여 수작홀 ᄶᅵ예 술 【67】 이 대취ᄒ여 권 쇼년이 몬져 취ᄒ여 자더니 밤든 후의 눈을 드러 술펴본즉 술먹든 쇼년은 간디 업고 겻희 소복ᄒ 아름다운 겨집이 잇스니 나히 십팔구는 ᄒ고 용모의 당졍ᄒ미 상쳔(常賤)ᄒ 사롬이 아닐너라. 권셩이 크 게 경희ᄒ여 문왈,

"그디논 뉘집 엇더ᄒ 부녀로 잇곳의 잇느뇨?"

그 녀ᄌ 붓그림을 ᄯᅴ여 디답지 아니ᄒ거늘 뭇 기롤 지삼ᄒ디 맛ᄎᆷ니 입을 열지 아니ᄒ더니 수삭 경 후 비로소 쇼리롤 나죽이 ᄒ여 왈,

"나는 셔울 벼ᄉᆯᄒ는 냥반의 ᄯᆯ노 십ᄉ셰의 출가ᄒ여 십오셰의 상부(喪夫)ᄒ고 ᄯᅩ 엄친이 조셰 (早世)ᄒ시고 남형(男兄)이 집을 쥬관ᄒ더니 형의 셩품이 고집ᄒ여 시속을 좃지 아니ᄒ고 녜룰 숭샹 ᄒ디 어린 누의 과거(寡居)ᄒᄆᆯ 불상히 너겨 기가홀 곳을 구코져 흔즉 죵당(宗黨)의 시 【68】 비(是非) 크게 니러나 문호의 욕이 된다 ᄒ고 엄졀이 물니치 ᄆᆡ 부득이 인ᄒ여 교마룰 ᄀᆞ쵸와 나룰 싯고 문을 나ᄆᆡ 거쳐업시 힝ᄒ여 젼ᄎ이 잇곳의 니르믄 다롬 아니라 만일 합의(合意)ᄒ 남ᄌ룰 만난즉 부탁ᄒ여 맛기고 ᄌᆞᄀᆞ는 피ᄒ여 모든 쪽당의 이목을 ᄀᆞ리고 져 ᄒ미러니 어졔밤의 그디 취ᄒᄆᆯ 타 그디룰 업더 다가 잇곳의 누이고 가형은 인ᄒ여 ᄯᅥ나며 겻희 잇 논 샹ᄌ룰 ᄀᆞ르쳐 왈 '이 속의 오록빅 은지 드럿스 니 일노ᄡᅥ 쳡의 ᄒᆞ셕지ᄎᆞ롤 삼으라.' ᄒ너이다."

권셩이 신긔히 너겨 밧긔 나와본즉 쇼년과 허 다 인미 다 간 곳이 업고 다만 계집죵 둘이 겻히

잇더라. 셩이 도로 안의 드러와 그 계집과 동침ᄒ미 운우지졍(雲雨之情)이 비홀데 업더라. 자고 ᄭᆡ여 셩 각ᄒ즉 엄부시하(嚴父侍下)의 ᄉᆞ로이 취쳡(娶妾)ᄒ 미 크 【69】 게 죄 잇슬 듯ᄒ고 ᄯᅩ 그 쳐의 투긔ᄒ 셩졍에 셔로 용납지 못ᄒ 듯ᄒ니 장ᄎᆺ 이롤 엇지ᄒ 면 조흘고 쳔ᄉ만상(千思萬想)ᄒ여도 실노 조흔 계 괴 업고 ᄯᅩᄒ 이상히 만난 가인을 엇지홀 길 업스 니 큰 두통이 되엿더라.

붉기롤 기ᄃᆞ려 비ᄌᆞ로 ᄒ여곰 삼가 문호롤 직 희라 ᄒ고 그 녀ᄌᆞᄃᆞ려 왈,

"집의 엄친이 계시니 도라가 픔ᄒ 후 다시 와 거느려 갈 거시니 아직 기드리라."

ᄒ고 졈쥬롤 블너 신칙ᄒ여 착실히 공궤ᄒ라 ᄒ고 문을 나 친구 듕 ᄀᆞ장 지혜 잇는 사롬의 집에 가 ᄎᆞ즈보고 실졍을 고ᄒ며,

"원컨디 날을 위ᄒ여 냥ᄎᆡᆨ을 성각ᄒ라."

ᄒ니 그 벗이 침음냥구의 ᄀᆞᆯ오디,

"크게 어렵도다 실노 조흔 모칙이 업스디 다 만 흔 계괴 잇스니 그디는 집의 도라가라. 수일 후 의 내 쥬찬을 베플고 쳥홀 거시니 그 잇튼날 그디 ᄯᅩ 【70】 쥬찬을 버리고 나룰 쳥ᄒ면 내 스스로 조 흔 계괴 잇스리라."

ᄒ거늘 권셩이 집의 도라왓더니 수일 후 사롬 부려 긴쳥ᄒ디,

"맛ᄎᆷ 쥬회(酒肴ㅣ) 잇셔 모든 벗이 뫼엿스니 이 좌셕은 형이 잠간 흔 번 왕님홀 거시라."

ᄒ엿거늘 권셩이 그 부친의게 픔ᄒ고 갓더니 그 잇튼날 권셩이 ᄯᅩ 그 부친의게 픔ᄒ디,

"아모 벗이 쟉일 술을 두고 쇼ᄌ롤 블너 즐겻 스오니 슈답(酬答)ᄒ는 녜 업지 못홀지라 금일 냑간 쥬찬을 갓초고 모든 벗을 쳥ᄒ미 조홀 듯ᄒ이다."

기뻐 허락ᄒ거늘 쥬셕(酒席)을 베플고 그 사 롬과 밋 동듕 졔쇼년을 쳥ᄒ니 모든 쇼년이 다 모 히여 권진슈의 결ᄒ여 뵌디 진ᄉ ᄀᆞᆯ오디,

"쇼년비(少年輩)들은 셔로 쥬회(周會)ᄒ디 흔 번도 늙은 날은 쳥치 아니ᄒ니 이 무숨 도리뇨?"

쇼년들이 디ᄒ여 ᄀᆞᆯ오디,

"죤쟝(尊丈)계오셔 만 【71】 일 자리예 안ᄌ신 즉 년쇼 시셩들이 긔거룰 임의로 못ᄒ고 ᄯᅩ 죤쟝의 셩되 엄쥰ᄒ시미 시셩이 잠시 비알ᄒ유기도 조심되 야 혹 허믈을 뫼올가 누리거늘 숑일토록 엇지 슈셕 의 뫼시리잇가?"

진ᄉ 우어 왈,

"쥬셕에 엇지 쟝유의 추례 잇스리오? 금일 쥬셕은 내 스스로 쥬인이 되여 죵일 즐길 거시니 그 디네 비록 빅 번이나 실톄(失體)ㅎ여도 척망치 아니 홀 거시니 노부의 일ᄉ 고젹(孤寂)호 회포롤 위로ᄒ라."

졔쇼년이 일시예 경낙(輕諾)ᄒ고 쟝유ㅣ 셧기여 안쟈 잔을 돌닐 ᄉ 술이 반춰ᄒᄆᆡ 그 지혜잇는 쇼년이 갓가이 나아가 ᄀᆞᆯ오ᄃᆡ,

"시셩이 호 고담(古談)이 잇스니 호번 알외리 이다."

권진ᄉ ᄀᆞᆯ오ᄃᆡ,

"극히 조ᄒ니 호 번 듯고져 ᄒ노라."

그 사롬이ᄉ예 권셩이 딕졈의셔 녀ᄌ 만나던 일을 고담으로 말ᄒ니 진ᄉ [72] 결ᄉ히 일카라 왈,

"긔이코 긔이ᄒ다 녜ᄂᆞᆫ 혹 이러호 괴특호 년 분이 잇스ᄃᆡ 이졔ᄂᆞᆫ 듯도 못ᄒ엿노라."

긔인이 ᄀᆞᆯ오ᄃᆡ,

"만일 죤쟝계오셔 이런 일을 당ᄒ신즉 엇지 쳐치ᄒ시며 듕야 무인지경(無人之境)에 졀ᄃᆡ가인(絶代佳人)이 겻ᄒᆡ 잇슨즉 쟝ᄎᆞᆺ 갓가이 ᄒ실 뜻이 잇 스리잇가? 갓가이 ᄒ신즉 그 녀ᄌ롤 다려가시리잇 가 믈니쳐ᄇᆞ리잇가?"

진ᄉ ᄀᆞᆯ오ᄃᆡ,

"가인을 황혼의 만나 엇지 헛도이 지날 니 잇 스며 이믜 동침ᄒ여신즉 블가블 ᄃᆞ려갈 거시니 엇 지 ᄇᆞ려 남의게 젹악(積惡)ᄒ리오?"

긔인이 ᄀᆞᆯ오ᄃᆡ,

"죤쟝의 셩되 엄졀ᄒ시기로 비록 이런 ᄯᆡ롤 당ᄒ셔도 반ᄃᆞ시 훼졀(毁節)치 아니실 듯ᄒ이다."

진ᄉ 머리롤 혼드러 ᄀᆞᆯ오ᄃᆡ,

"그러치 아니ᄒ다. 날노 ᄒ여곰 당홀지라도 훼졀치 아니치 못홀 거시니 미ᄉᆡᆨ을 보고 ᄆᆞ음이 동 [73] ᄒᆞᆫ은 이 샹ᄉᆡ오 겸ᄒ여 그 녜지 ᄉ족 부녀로 셔 이 ᄀᆞᆺ혼 일을 힝ᄒ니 기졍이 쳑의(戚矣)라. 여혹 (如或) 호 번 보고 ᄇᆞ린즉 졔 반ᄃᆞ시 원을 먹음고 죽을 거시니 엇지 젹악이 아니리오? ᄉ부의 힝ᄉᆞᆫ 이ᄀᆞᆺ치 악착(齷齪)히 못ᄒ리니라."

긔인이 ᄀᆞᆯ오ᄃᆡ,

"과연 그러ᄒ오릿가?"

권진ᄉ ᄀᆞᆯ오ᄃᆡ,

"잇지 ᄃᆞᆯ 뜻이 잇스리오? 닌싱고 악ᄉᆞᆼ호 사 롬이 되지 아니ᄒᄆᆡ 올ᄒ니라."

긔인 왈,

"이ᄂᆞᆫ 고담이 아니라 곳 녕윤(令胤)이 일젼의 지난 일이라. 죤쟝계셔 이믜 스리 당연타 ᄒ시고 진 삼 울타 ᄒ신 말숨이 계시니 이졔ᄂᆞᆫ 즈뎨가 거의 죄칙을 면홀가 ᄒ노이다."

진ᄉ 쳥파의 반향이나 말이 업더니 경ᄉᆨ고 소 리롤 가다듬아 ᄀᆞᆯ오ᄃᆡ,

"그ᄃᆡ들은 다 파ᄒ여 가라 내 쳐치홀 도리 잇 스리라."

졔인이 황겁ᄒ여 훗터지다. 권진ᄉ 안으로 [74] 드러가 소리질너 왈,

"ᄲᆞᆯ니 자리롤 베플나."

ᄒ니 가즁 사롬과 노복들이 다 숑연ᄒ여 쟝ᄎᆞᆺ 누구롤 치죄홀 줄 아지 못ᄒ더라. 진ᄉ 자리예 안고 대호 왈,

"급히 작도롤 가져오라."

ᄒ니 노쇠 작도롤 ᄯᆞᆯ의 놋커늘 진ᄉ 고셩ᄒ여 ᄀᆞᆯ오ᄃᆡ,

"셔방님을 잡아너여 쟉도판의 업지르라."

노지 권쇼년을 잡아느려 목을 작도의 너흔ᄃᆡ 진ᄉ 대즐 왈,

"픠악호 ᄌ식이 부모의게 고치 아니ᄒ고 스ᄉ 로이 쟉쳡(作妾)ᄒ니 이ᄂᆞᆫ 망가(亡家)홀 힝실이라. 너 셩젼의 오히려 이 ᄌᆺ거든 허믈며 너 ᄉ후랴? 이 ᄀᆞᆺ튼 역ᄌ(逆子)롤 두어 ᄡᆞᆯᄃᆡ 업스니 내 셩젼의 뎌 놈의 머리롤 버혀 후환을 업시ᄒ리라."

ᄒ고 언파의 노ᄌ롤 호령ᄒ여 쟉도롤 누르라 ᄒ니 잇ᄯᆡ예 가듕 졔인이 황ᄉ하여 얼골이 흙빗 ᄀᆞᆺ 고 그 쳐와 ᄌ뷔 당의 ᄂᆞ려 업더여 [75] 이걸 왈,

"졔 죄ᄂᆞᆫ 죽염죽ᄒ거니와 참아 목젼의 엇지 독ᄌ의 죽으믈 보리오?"

울며 간ᄒ기롤 마지 아니ᄒ거늘 진ᄉ ᄲᅮ지져 믈니치니 그 쳐ᄂᆞᆫ 경겁황ᄉ(驚怯惶惶)ᄒ여 피ᄒ고 그 며느리 머리롤 ᄯᅡ의 부디져 피흘녀 낫츨 덥고 알외여 ᄀᆞᆯ오ᄃᆡ,

"셜혹 방ᄌ히 ᄌ젼(自擅)ᄒ온 죄 잇스오나 죤 구의 혈속이 다만 이 ᄲᅮᆫ이라 죤귀 엇지 참아 이 ᄀᆞᆺ 튼 일을 힝ᄒ샤 누셰 봉ᄉ롤 일됴의 ᄭᅳᆫ흐려 ᄒ시ᄂᆞ 닛가? 쳥컨ᄃᆡ ᄌ뷔 몸으로ᄡᅥ 그 죽으믈 디ᄒ여지이 다."

진ᄉ ᄀᆞᆯ오ᄃᆡ,

"집븨 미치(悖子ㅣ) 잇셔 망가(亡家)홀 ᄯᆡ이 욕이 션조의 밋츨 거시니 출아리 목젼의 죽이미 올 타."

호고 호령호야 썩으라 지축이 대발호거늘 노지 비록 입으로 디답호나 춤아 못호는지라 그 며느리 울며 간호믈 마지 아니호거늘 진시 굴오디,

"이즛식이 망가(亡家)홀 일 【76】 이 혼가지 뿐 아니라 시하 사롬으로 스스로이 작쳡호니 그 망죄(亡兆ㅣ) 혼가지오 네 투긔호면 반드시 셔로 용납지 못호여 가되(家道ㅣ) 날노 어즈러오리니 그 망죄 두 가지라. 일즉 죽여 업시홀만 갓지 못호다."

혼디 그 며느리 굴오디,

"쳡도 또 사롬이어늘 이 광경을 목도(目睹)호고 엇지 투긔홀 성각이 잇스리잇고? 만일 존귀(尊舅ㅣ) 혼번 용셔호시믈 입스오면 블쵸주뷔 맛당히 더부러 동쳐(同處)호여 조곰도 화긔(和氣)롤 일치 아니호오리니 원컨디 존구는 일노뻐 넘녀치 마르시고 특별이 광탕지은(曠蕩之恩)을58) 베프쇼셔."

진시 굴오디,

"네 금일 이 거조롤 보고 마지 못호야 이 말을 호미라. 겻흐로 허락호고 무옴인즉 그러치 아니호리라."

며느리 굴오디,

"엇지 이러홀 니 잇스리잇가? 여혹 이러혼 도리 잇슨즉 하늘이 반드시 【77】 죽이시고 귀신이 반드시 버히리이다."

권진시 굴오디,

"내 성견의 혹 그러호미 업다가 내 스후의는 반드시 그 악을 베플 거시니 그찌의는 뎌 역지 감히 너롤 졔어치 못호리니 이는 망가홀 일이 아니랴? 일즉이 죽여 그 화근을 쓴을만 갓지 못호니라."

며느리 굴오디,

"존귀 빅셰 후의 일분 그른 무옴을 두면 견돈(犬豚)만 갓지 못호니 맛당히 밍셰롤 뼈 올니리이다."

진시 왈,

"만일 이 갓트면 조희예 뼈 올니라."

그 며느리 금슈에 비호야 밍셰호고 꿇어 굴오디,

"만일 혼 번이라도 명을 어긔미 잇슨즉 주뷔 부모의 고기롤 뀝으리나[라]. 밍셰롤 이갓치 호디 존귀 신청(信聽)치 아니시면 죽을 쑨롬이니이다."

진시 이에 스호고 사랑으로 나아가 슈로(首奴)롤 블너 분부 왈,

"네 밧비 교마와 인부 【78】 롤 거느리고 아모 쥬졈의 가 셔방님 쇼실을 드려오라."

노직 승명(承命)호고 드려오미 구고의게 뵈옵는 녜롤 힝호고 뎡실(正室)의게 비현(拜見)혼 후 동실(同室)에 거호니 그 며느리 감히 혼 말도 너지 못호고 늙도록 화동(和同)호니라.

---

58) 【광탕지은】 명 광탕지은(曠蕩之恩). 대사(大赦)의 은전.¶曠盪之恩∥원컨디 존구는 일노뻐 넘녀치 마르시고 특별이 광탕지은을 베프쇼셔 (願尊舅勿以此爲慮, 而特施曠盪之恩.) <靑邱野談 奎章 11:76>

[청구야담 권지십이 靑邱野談 卷之十二]

입니격궁유셩가업
入吏籍窮儒成家業

[1] 녯젹의 흔 지상이 동학(同學)ᄒᆞ든 사ᄅᆞᆷ이 잇스니 문ᄒᆡ 민쳡ᄒᆞ되 여러 번 낙방ᄒᆞ고 집이 빈궁ᄒᆞ야 능히 ᄌᆞ존(自存)치 못ᄒᆞ더니 무춤 그 지상이 안동부ᄉᆞ(安東府使)룰 ᄒᆞ야 ᄂᆞ려가거늘 그 벗이 와 보고 말ᄒᆞ여 왈,

"이졔 녕감계셔 안동 원을 ᄒᆞ시니 이졔ᄂᆞᆫ 너 살일을 어덧도다."

지상이 굴오되,

"니 원을 ᄒᆞ미 그ᄃᆡ 의식지지룰 엇지 넉ᄂᆞ히 도으리오?"

기인 왈,

"녕감이 젼지(錢財)룰 만히 줄 거시 아니라 안동 도셔원(都書員)이1) 쇼식(所食)이 만타 ᄒᆞ니 일노 ᄡᅥ 날을 주미 조흘 ᄃᆞᆺᄒᆞ이다."

지샹 왈,

"안동은 향니지읍(鄕吏之邑)이라 도셔원은 방임(坊任)의2) 우패(優窠ㅣ)니3) 엇지 공연이 경듕 유

성을 쥬 [2] 리오? 이ᄂᆞᆫ 비록 관가 위령(威令)으로도 일우지 못ᄒᆞ리로다."

기인 왈,

"녕감계오셔 ᄲᅢ아셔줄 ᄇᆡ 아니라 내 몬져 ᄂᆞ려가 니안(吏案)의4) 부틀 거시니 의믜 니안의 부튼 후에 무슴 블가ᄒᆞ미 잇스리오?"

지샹 왈,

"그ᄃᆡ 비록 ᄂᆞ려가나 용이히 니안의 붓트리오?"

기인 왈,

"녕감이 도임ᄒᆞ신 후 ᄇᆡᆨ셩의 소지졔ᄉᆞ(訴紙題辭)룰5) 블을 ᄣᅵ예 형니(刑吏) 만일 바다 쓰지 못ᄒᆞ거든 죄룰 쥬고 태거(汰去)ᄒᆞ며6) 슈리(首吏)룰 치죄ᄒᆞ여 ᄆᆡ양 이ᄀᆞᆺ치 ᄒᆞ즉 가히 홀 도리 잇슬 ᄃᆞᆺᄒᆞ고 공쳡문ᄌᆞ(公牒文字)룰 니 손의셔 나거든 잘ᄒᆞ엿다 ᄒᆞ기룰 여러 날 지난 후 출녕(出令)ᄒᆞ더 '형니룰 취ᄌᆡ(取才)ᄒᆞ리니 무론 시임한산(時任閑散)ᄒᆞ고 문필

1) 【도셔원】 圖 ((인류)) 도셔원(都書員). 우두머리 아젼.¶ 都書員 ∥ 녕감이 젼지룰 만히 줄 거시 아니라 안동 도셔원이 쇼식이 만니 ᄒᆞ니 일노 ᄡᅥ 날을 주미 조흘 ᄃᆞᆺᄒᆞ이다 (非爲令監之多給錢財也. 安東都書員, 所食夥多, 二此給我, 則好矣.) <靑邱野談 奎章 12:1>

2) 【방임】 圖 ((인류)) 방임(坊任). 방(坊)의 공무를 맡아보던 구실아치.¶ 吏役 ∥ 도셔원은 방임의 우패니 엇지

공연이 경듕 유셩을 쥬리오 (都書員, 吏役之優窠, 豈可空然許給於京中之儒生耶?) <靑邱野談 奎章 12:1>

3) 【우괘】 圖 우괘(優窠). 좋은 자리.¶ 優窠 ∥ 도셔원은 방임의 우패니 엇지 공연이 경듕 유셩을 쥬리오 (都書員, 吏役之優窠, 豈可空然許給於京中之儒生耶?) <靑邱野談 奎章 12:1>

4) 【니안】 圖 이안(吏案). 군아(郡衙)에 갖추어둔 아젼의 명부.¶ 吏案 ∥ 녕감계오셔 ᄲᅢ아셔줄 ᄇᆡ 아니라 내 몬져 ᄂᆞ려가 니안의 부틀 거시니 의믜 니안의 부튼 후에 무슴 블가ᄒᆞ미 잇스리오 (非爲令監之奪而給之也. 吾先下去, 當付吏案, 旣付吏案之後, 有何不可之理耶?) <靑邱野談 奎章 12:2>

5) 【소지졔ᄉᆞ】 圖 소지제사(訴紙題辭). 관부에서 백성이 제출한 소장(訴狀)이나 원서(願書)에 쓰던 관부의 판결이나 지령.¶ 民訴題辭 ∥ 녕감이 도임ᄒᆞ신 후 ᄇᆡᆨ셩의 소지졔ᄉᆞ룰 블을 ᄣᅵ예 형니 만일 바다 쓰지 못ᄒᆞ거든 죄룰 쥬고 태거ᄒᆞ며 슈리룰 치죄ᄒᆞ여 ᄆᆡ양 이ᄀᆞᆺ치 ᄒᆞ즉 가히 홀 도리 잇슬 ᄃᆞᆺᄒᆞ고 (令監到任後, 民訴題辭, 順口呼之, 刑吏如不得書之, 則罪之汰之, 又以此等刑吏之隨應, 治首吏, 每每如此, 則自有可爲之道.) <靑邱野談 奎章 12:2>

6) 【태거-ᄒᆞ-】 圖 태거(汰去)하다. 잘못이 있거나 필요하지 않은 관원을 가려내어 쫓아 버리다.¶ 汰 ∥ 녕감이 도임ᄒᆞ신 후 ᄇᆡᆨ셩의 소지졔ᄉᆞ룰 블을 ᄣᅵ예 형니 만일 바다 쓰지 못ᄒᆞ거든 죄룰 쥬고 태거ᄒᆞ며 슈리룰 치죄ᄒᆞ여 ᄆᆡ양 이ᄀᆞᆺ치 ᄒᆞ즉 가히 홀 노리 잇늘 ᄃᆞᆺ고 (令監到任後, 民訴題辭, 順口呼之, 刑吏如不得書之, 則罪之汰之, 又以此等刑吏之隨應, 治首吏, 每每如此, 則自有可爲之道.) <靑邱野談 奎章 12:2>

가합(文筆可合)흔 재어든 다 취지들나' 흐면 너 ㅈ연 거슈(居首)로[7] 빠 형니 되리라. 날노 형니롤 삼은 후 도셔원을 [3] 분부ᄒᆞ신즉 막을 재 업슬 거시오 만일 그러ᄒᆞᆫ즉 외간ᄉᆞ롤 내 맛당히 긔록ᄒᆞ여 드릴 거시니 쇼록(所錄)대로 시ᄒᆡᆼᄒᆞ시면 녕감계셔 신이흔 일홈을 어드시리이다."

지샹 왈,

"그러ᄒᆞ면 아모커나 ᄒᆞ여 보라."

기인이 몬져 나려가 닌읍 포리(逋吏)라[8] 일ᄏᆞᆺ고 됴셕 밥을 쥬막의 부쳐먹고 니쳥(吏廳)의[9] 왕ᄂᆡᄒᆞ여 혹 디셔도 ᄒᆞ며 문셔도 간검ᄒᆞ니 그 사름되오미 민쳡ᄒᆞ고 글과 산(算) 노키예 넉ᄂᆞᆨᄒᆞ니 모든 아젼들이 다 디졉ᄒᆞ며 밥은 니쳥 고직(庫直)의게 부치고 잠은 니쳥의셔 자며 모든 문셔롤 상의ᄒᆞ여 ᄒᆞ더니 신관이 도임흔 후 빅셩의 송ᄉᆞ졔ᄉᆞ(訟事題辭)롤 브르미 형니 바다 쓰지 못흔즉 잡아ᄂᆞ려 엄곤(嚴棍)ᄒᆞ니 ᄒᆞ로 ᄉᆞ이예 죄롤 바든 재 만코 보장과 견령의 탈(頉)을 잡아 엄치ᄒᆞ고 쏘 [4] 슈리롤 잡아드려 형니롤 굴희지 못흔 죄로 미일 치죄ᄒᆞ니 이런 고로 니쳥이 날마다 난리롤 만난 듯ᄒᆞ고 형니ᄂᆞᆫ 감히 갓가이 ᄒᆞ리 업고 문보거리(文簿去來)의 이 사름의 필격이 드러간즉 필야(必也) 무ᄉᆞᄒᆞ니 연고로 일쳥 아젼들이 오직 이 사름이 다라날가 두려ᄒᆞ더라.

ᄒᆞ로ᄂᆞᆫ 본관이 슈리의게 분부ᄒᆞᄃᆡ,

"닌 셔울셔 드르니 이 고을이 본ᄃᆡ 문향(文鄕)으로[10] 닐ᄏᆞᆺ더니 이졔 보건ᄃᆡ 감[가]위(可謂) 한심

(寒心)ᄒᆞ다. 형니의 가합(可合)흔 재 일인도 업스니 네 쳥(廳)으로 시ᄉᆞ(時仕)ᄒᆞᄂᆞᆫ 아젼과 읍뎌(邑底) ᄉᆞ롬의 문필 잇ᄂᆞᆫ 쟈롤 취ᄌᆡ(取才)ᄒᆞ여 드리라."

슈리 승명ᄒᆞ고 나가 모든 아젼의 문필을 취ᄌᆡᄒᆞ여 드린즉 이 사름이 괴슈(魁首ㅣ) 된지라. 인ᄒᆞ여 무르ᄃᆡ,

"이ᄂᆞᆫ 엇더흔 아젼인다?"

ᄃᆡ왈,

"본읍 아젼이 아니오 닌읍 [5] 퇴리(退吏)로 쇼인의 쳥의 부치여 잇ᄂᆞᆫ 재로소이다."

원이 ᄀᆞᆯ오ᄃᆡ,

"이 사름의 문필이 유여ᄒᆞ고 인읍 니역(吏役) ᄒᆞ든 사름이라 ᄒᆞ니 ᄯᅩᆫ 무방흔지라 그 사름을 니 안의 부치고 형니롤 ᄎᆞ졍(差定)ᄒᆞ라."

슈리 그 말대로 거ᄒᆡᆼᄒᆞ니 이날부터 그 아젼이 홀노 거ᄒᆡᆼᄒᆞ더라. 그 아젼이 형니 된 후로 흔번도 죄척이 업스니 슈리 이하로 비로소 방심ᄒᆞ고 쳥듕(廳中)이 무ᄉᆞᄒᆞ더라. 아젼의 방임을 ᄎᆞ졍홀 ᄯᅥ예 특별이 도셔원을 겸ᄒᆞ여 거ᄒᆡᆼᄒᆞ라 ᄒᆞ니 흔 사름도 시비 둘 재 업더라. 그 아젼이 기성(妓生)을 치가(置家)ᄒᆞ여 집 사고 살며 ᄆᆡ양 문쳡(文牒) 거ᄒᆡᆼ홀 지음의 외간 쇼문을 긔록ᄒᆞ여 ᄀᆞ만이 방셕 밋ᄒᆡ 넛코 나가면 본관이 ᄂᆡ여보니 연(然) 고로 빅셩의 은근흔 일과 아젼의 간활ᄒᆞᆷ믈 귀신 ᄀᆞᆺ치 아니 니민(吏民)이 다 습 [6] 복(慴伏)ᄒᆞ더라.[11] 명년의 쏘 도셔원을 겸ᄃᆡ(兼帶)ᄒᆞ니 냥년 쇼츌(所出)이 만여금이라. ᄀᆞ만이 셔울 집으로 보니고 본관의 과쳬(瓜遞)ᄒᆞᄂᆞᆫ[12] 젼

---

7) 【거슈】團 거수(居首). 으뜸자리.¶ 居首 ∥ 형니롤 취지
ᄒᆞ리니 무론 시임한산ᄒᆞ고 문필가합흔 재어든 다 취
지들나 ᄒᆞ면 너 ㅈ연 거슈로 빠 형니 되리라 (以刑吏
試取, 無論時仕及閒散, 文筆可堪者, 并許赴而試之, 則
吾自可然居首.) <青邱野談 奎章 12:2>

8) 【포리】團 ((인류)) 포리(逋吏). 관청의 물건을 사사로이
써버린 관리.¶ 逋吏 ∥ 기인이 몬져 나려가 닌읍 포리
라 일ᄏᆞᆺ고 됴셕 밥을 쥬막의 부쳐먹고 니쳥의 왕ᄂᆡᄒᆞ
여 혹 디셔도 ᄒᆞ며 문셔도 간검ᄒᆞ니 (其人先期下去,
稱隣邑之逋吏, 寄食旅舍, 往來吏廳, 或代書役, 或代看
檢文書.) <青邱野談 奎章 12:3>

9) 【니쳥】團 ((관청)) 이청(吏廳). 서리들이 모이는 청
(廳).¶ 逋吏 ∥ 기인이 몬져 나려가 닌읍 포리라 일ᄏᆞᆺ고
됴셕 밥을 쥬막의 부쳐먹고 니쳥의 왕ᄂᆡᄒᆞ여 혹 디셔
도 ᄒᆞ며 문셔도 간검ᄒᆞ니 (其人先期下去, 稱隣邑之逋
吏, 寄食旅舍, 往來吏廳, 或代書役, 或代看檢文書.) <青
邱野談 奎章 12:3>

10) 【문향】團 ((지리)) 문향(文鄕). 시문(詩文)이 번성한
고을.¶ 文鄕 ∥ 닌 셔울셔 드르니 이 고을이 본ᄃᆡ 문향

으로 닐ᄏᆞᆺ더니 이졔 보건ᄃᆡ 감위 한심ᄒᆞ다 (吾於在洛
時, 聞本邑素稱文鄕, 以今所見, 可謂寒心.) <青邱野談
奎章 12:4>

11) 【습복-ᄒᆞ-】團 습복(慴伏)하다. 두려워서 굴복하다. 황
송하여 엎드리다.¶ 慴伏 ∥ 그 아젼이 기성을 치가ᄒᆞ여
집 사고 살며 ᄆᆡ양 문쳡 거ᄒᆡᆼ홀 지음의 외간 쇼문을
긔록ᄒᆞ여 ᄀᆞ만이 방셕 밋ᄒᆡ 넛코 나가면 본관이 ᄂᆡ여
보니 연 고로 빅셩의 은근흔 일과 아젼의 간활ᄒᆞᆷ믈
귀신 ᄀᆞᆺ치 아니 니민이 다 습복ᄒᆞ더라 (其吏畜一妓, 而
爲妾買家而居, 每於文牒擧行之際, 必錄外間所聞, 密置
席底而出, 本倅暗出見之, 以是之故, 民瘼吏奸, 燭之如
神, 民吏皆慴伏.) <青邱野談 奎章 12:5-6>

12) 【과쳬-ᄒᆞ-】團 과체(瓜遞)하다. 벼슬의 임기가 차서
갈리다.¶ 瓜遞 ∥ 명년의 쏘 도셔원을 겸ᄃᆡᄒᆞ니 냥년
쇼츌이 만여금이라 ᄀᆞ만이 셔울 집으로 보니고 본관
의 과쳬ᄒᆞᄂᆞᆫ 젼날 밤의 인ᄒᆞ여 도망ᄒᆞ니 (明年又使兼
帶都書員, 兩年所得, 殆至萬餘金, 暗暗還送京第, 本倅
瓜遞之前, 一日夜因棄家逃.) <青邱野談 奎章 12:6>

날 밤의 인호여 도망호니 모든 아젼이 황〃호여 슈리드려 닐너 관가의 고호디 본관 왈,

"그 계집을 드리고 도망호엿느냐?"

답왈,

"가속을 다 바리고 단신으로 갓느이다."

본관 왈,

"혹 포흠(逋欠)진13) 비ᅵ 잇느냐?"

디왈,

"업느이다."

"그러호면 쏘혼 괴이혼 일이로다. 이믜 도망호엿슨즉 부운(浮雲) 종젹을 어디 가 츳즈리오? 바려두라."

호니라. 그 사람이 집을 사며 뎐토롤 장만호니 가계 부요호더라. 그 후의 과거호여 고을 원을 여러 번 지나니라.

강양민공닙쳥빅ᄉ
江陽民共立清白祠

니부졔혹(李副提學) 병태(秉泰)14) 쳐음으로 경샹감ᄉ(慶尙監司)롤 졔슈호니 ᄉ양호고 【7】 부임치

아니호거늘 샹이 노호샤 합쳔(陝川)의 보위호시니 고을 사룸이 와 본즉 졀화(絶火)혼 지 수일이라. 쇼견의 민박(憫迫)호여15) 좁뿔 혼 ·말과 쳥어(靑魚)16) 혼 두름과17) 나무 두 동을 사 드려보니엿더니 공이 하직슉비호고 나와본즉 밥과 어탕(魚湯)이18) 잇거늘 무르디,

"이거시 어디셔 낫느뇨?"

집사룸이 실샹으로 디답호니 공이 경셕 왈,

"엇지 하예의 무명지물(無名之物)을 바드리오?"

그 반깅(飯羹)을19) 도로 니여쥬니라. 고을에 도임훈 후 일호롤 취훈 배 업고 빅셩을 경셩으로 다스리더라.

ᄆ춤 크게 가믈어 일되(一道ㅣ) 다 긔우(祈雨)호디 효험이 업더니 공이 힝싱훈 후 인호여 단 아리 포양(暴陽) ᄀ온데 업디여 ᄆ음의 밍셰호여 굴오디 비룰 엇지 못호즉 죽기로 긔약호여 다만 미음만 마시고 ᄆ음으로 빌더니 졔 삼일 【8】 아흡의 혼 졔

13) 【포흠-지-】圖 포흠(逋欠)지다. 관청의 물건을 사사로이 써버리다.¶ 逋 ‖ 혹 포흠진 비 잇느냐 (或有所逋乎?) <靑邱野談 奎章 12:6>

14) 【병태】圖 ((인명)) 병태(秉泰). 이병태(李秉泰 1688~1733). 조선후기 문신. 자 유안(幼安). 호 동산(東山). 시호 문쳥(文淸). 이색(李穡)의 후손. 1715년(숙종 41)에 진사시에 급제하여 사릉참봉(思陵參奉), 평시서봉사(平市署奉事), 내자시직장(內資寺直長) 등을 역임하였다. 그 후 경상도관찰사에 보직되었으나 거절하였고 다시 우부승지에 임명되었으나 거절하여 영조의 노여움을 사 합천군수로 좌천되었는데 식량난에 허덕이는 많은 기민(飢民)들의 구호에 힘써 합천군민들이 생사당(生祠堂)을 세워 봄과 가을에 제향하였다. 수토병(水土病)에 걸려 임지에서 사망하였으며 청백리에 녹선(錄選)되고 이조판서가 추증되었다.¶ 秉泰 ‖ 니부졔혹 병태 쳐음으로 경샹감ᄉ를 졔슈호니 ᄉ양호고 부임치 아니호거늘 샹이 노호샤 합쳔의 보위호시니 고을 사룸이 와 본즉 졀화혼 지 수일이라 (李副學秉泰, 初除嶺伯, 辭不赴, 上怒之, 特補陝川郡, 邱人來見, 則絶火已數日矣.) <靑邱野談 奎章 12:6>

15) 【민박-호-】圖 민박(憫迫)하다. 걱정이 아주 절박하다.¶ 悶迫 ‖ 쇼견의 민박호여 좁뿔 혼 말과 쳥어 혼 두름과 나무 두 동을 사 드려보니엿더니 공이 하직슉비호고 나와본즉 밥과 어탕이 잇거늘 (所見悶迫, 以一斗粟, 一級靑魚數束, 薪入送于內矣. 公下直而出, 見白飯魚湯.) <靑邱野談 奎章 12:7>

16) 【쳥어】圖 ((어패)) 청어(靑魚). 청어과의 바닷물고기.¶ 靑魚 ‖ 쇼견의 민박호여 좁뿔 혼 말과 쳥어 혼 두름과 나무 두 동을 사 드려보니엿더니 공이 하직슉비호고 나와본즉 밥과 어탕이 잇거늘 (所見悶迫, 以一斗粟, 一級靑魚數束, 薪入送于內矣. 公下直而出, 見白飯魚湯.) <靑邱野談 奎章 12:7>

17) 【두름】圖回 조기 따위의 물고기를 짚으로 한 줄에 열 마리씩 두 줄로 엮은 것.¶ 束 ‖ 쇼견의 민박호여 좁뿔 혼 말과 쳥어 혼 두름과 나무 두 동을 사 드려보니엿더니 공이 하직슉비호고 나와본즉 밥과 어탕이 잇거늘 (所見悶迫, 以一斗粟, 一級靑魚數束, 薪入送于內矣. 公下直而出, 見白飯魚湯.) <靑邱野談 奎章 12:7>

18) 【어탕】圖 ((음식)) 어탕(魚湯). 생선국.¶ 魚湯 ‖ 쇼견의 민박호여 좁뿔 혼 말과 쳥어 혼 두름과 나무 두 동을 사 드려보니엿더니 공이 하직슉비호고 나와본즉 밥과 어탕이 잇거늘 (所見悶迫, 以一斗粟, 一級靑魚數束, 薪入送于內矣. 公下直而出, 見白飯魚湯.) <靑邱野談 奎章 12:7>

19) 【반깅】圖 ((음식)) 밥갱(飯羹). 밥과 국.¶ 飯羹 ‖ 잇지 하예의 무명지물을 바드리오 그 반깅을 도로 니여쥬니라 (何可受下隸無名之物乎? 仍以其飯羹出給邱人.) <靑邱野談 奎章 12:7>

거믄 구름이 긔도ᄒᆞᄂᆞᆫ 산상의셔 니러나며 잠시간의 큰비 붓드시 그 고을만 오고 닌읍(隣邑)은 ᄒᆞᆫ 졈 비도 오미 업고 일도지니(一道之內)예 홀노 합쳔이 대풍ᄒᆞ거늘 이상ᄒᆞ더라.

하인사(海印寺)의셔 조희 밧치므로 고폐(痼弊)[20] 되엿더니 공이 도임ᄒᆞᆫ 후로 ᄒᆞᆫ 쟝도 증츌(徵出)ᄒᆞᆷ이[21] 업더라.

ᄒᆞ로ᄂᆞᆫ 간지(簡紙)ᄅᆞᆯ ᄡᅳᆯ데 잇셔 삼폭을 사승(寺僧)의게 분부ᄒᆞ니 각방 졔승이 모혀 공논ᄒᆞ고 십폭을 밧쳣거늘 공이 간지 바치라 온 승을 잡아드려 분부 왈,

"관가의셔 삼폭을 밧치라 ᄒᆞ여시니 일폭을 가감ᄒᆞ여도 죄여늘 네 엇지 감히 칠폭을 가수(加數)ᄒᆞ여 밧쳣ᄂᆞᆫ다?"

ᄒᆞ고 삼폭만 두고 칠폭을 도로 쥬니 그 승이 바다가지고 나가다가 관예(官隷)ᄅᆞᆯ 쥰즉 밧지 아니ᄒᆞ거늘 그 간지ᄅᆞᆯ 외삼문(外三門) 잣남긔[22] 걸고 갓더니 그 후의 공이 ᄆᆞᄎᆞᆷ 문을 나 [9] 다가 보고 괴히 너겨 무른즉 하예들이 실노 고ᄒᆞ니 공이 웃고 졔여 ᄂᆞ려다가 칙샹의 두엇더니 원을 갈고 도라올 ᄡᅵ예 본즉 일폭을 ᄡᅳ고 뉵폭이 남앗거늘 중긔(重記)예[23] 치부ᄒᆞ여 신관의게 넘기니라.

공이 ᄒᆞ로ᄂᆞᆫ 히인사의 놀ᄉᆡ 졔명(題名)ᄒᆞ랴

---

20) 【고폐】圖 고폐(痼弊). 뿌리가 깊어 고치기 어려운 폐단.¶ 痼弊 ‖ 하인사의셔 조희 밧치므로 고폐 되엿더니 공이 도임ᄒᆞᆫ 후로 ᄒᆞᆫ 쟝도 증츌ᄒᆞᆷ이 업더라 (海印寺有紙役, 寺僧每以此爲痼弊矣. 自公上官之後, 一張紙, 曾不責出矣.) <靑邱野談 奎章 12:8>

21) 【증츌-ᄒᆞ-】圖 징출(徵出)하다. 징수하여 내다.¶ 責出 ‖ 하인사의셔 조희 밧치므로 고폐 되엿더니 공이 도임ᄒᆞᆫ 후로 ᄒᆞᆫ 쟝도 증츌ᄒᆞᆷ이 업더라 (海印寺有紙役, 寺僧每以此爲痼弊矣. 自公上官之後, 一張紙, 曾不責出矣.) <靑邱野談 奎章 12:8>

22) 【잣낡】圖 ((식물)) 잣나무.¶ 楣 ‖ 그 승이 바다가지고 나가다가 관예ᄅᆞᆯ 쥰즉 밧지 아니ᄒᆞ거늘 그 간지ᄅᆞᆯ 외삼문 잣남긔 걸고 갓더니 (其僧受簡而出, 給官隷, 則俱不受, 不得已掛之外三門楣上而去.) <靑邱野談 奎章 12:8>

23) 【중긔】圖 중기(重紀). 사무를 인계할 때에 전하는 문서나 장부. 관아의 비품 명세서.¶ 重紀 ‖ 공이 웃고 졔여 ᄂᆞ려다가 칙샹의 두엇더니 원을 갈고 도라올 ᄡᅵ예 본즉 일폭을 ᄡᅳ고 뉵폭이 남앗거늘 중긔예 지부ᄒᆞ여 신관의게 넘기니라 (笑而使置案上矣. 遞歸時見之, 則加一幅, 餘六幅, 置簿於重紀.) <靑邱野談 奎章 12:9>

ᄒᆞ고 농츄(龍湫) 우희 특닙(特立)ᄒᆞᆫ 바회ᄅᆞᆯ ᄀᆞ르쳐 왈,

"이 돌이 졔명ᄒᆞ기 조흐되 물깁흔 곳의 셧스미 졉죡(接足)ᄒᆞᆯ 곳이 업셔 사기ᄂᆞᆫ 어렵도다."

졔승이ᄂᆞᆫ 그 말을 듯고 칠일 지계ᄒᆞ고 산신ᄭᅴ 긔도ᄒᆞ니 이쩌 오월이라도 믈이 합빙(合氷)ᄒᆞ거늘 남글 버혀 운계(雲梯)ᄅᆞᆯ 믄드라 어름 우희 ᄆᆡ고 올나가 사기니라. 쳬귀ᄒᆞᆯ ᄯᆡ 읍듕 대쇼민이 길을 막아 업듸여 ᄭᅮᆯ오디,

"원컨디 아모거시나 ᄒᆞᆫ 가지ᄅᆞᆯ 쥬시면 영셰블망지지(永世不忘之資ㅣ)ᄅᆞᆯ 삼아지이다."

공이 ᄭᅮᆯ오디,

"니 고을에 와셔 ᄒᆞᆫ 가지 [10] 옷고[과] 츄포(麤布) 도복(道服) ᄒᆞᆫ 벌이 잇스니 가져가라."

ᄒᆞ고 너여쥬니 빅셩들이 일노ᄡᅥ 사당을 셰우고 일홈ᄒᆞ여 쳥빅ᄉᆞ(淸白祠)라 ᄒᆞ고 지우금 츈츄졔 향ᄒᆞ니라.

홍원ᄉᆞ종유쳥학동
興元士從遊靑鶴洞

김진ᄉᆞ(金進士)의 일홈은 긔(錡)니 참판공 션(銑)의 아오라. 집이 원쥬 흥원챵(興元倉) 아리 잇고 ᄒᆞᆫ 독지 이시니 나히 이십이라. 문필과 지예(才藝) 유명ᄒᆞ더니 ᄒᆞ로ᄂᆞᆫ 낫예 안잣더니 ᄒᆞᆫ 건쟝ᄒᆞᆫ 사롬이 슈염이 쥬홍빗 ᄀᆞᄐᆞᆫ 재 안쟝 ᄀᆞ쵼 빅마ᄅᆞᆯ 닛ᄭᅳᆯ고 와 ᄭᅮᆯ오디,

"쇼인의 쥬인이 쳥ᄒᆞ오니 이 물을 타고 힝ᄒᆞ쇼셔."

ᄒᆞ니 김성은 그 사롬을 보디 다른 사롬은 보지 못ᄒᆞ더라. 인ᄒᆞ여 물을 타고 문을 나니 그 힝ᄒᆞᆷ이 나는 듯ᄒᆞ여 산을 지나며 녕을 넘어 ᄒᆞᆫ 동 [11] 구의 니른즉 긔화이쵸(奇花異草)와 진금이슈(珍禽異獸ㅣ) 왕ᄂᆡ희롱ᄒᆞ니 ᄯᅩᄒᆞᆫ 별셰계(別世界)라. ᄒᆞᆫ 빅발노인이 마즈며 쇼왈,

"네 날노 더부러 연분이 잇는 고로 쳥ᄒᆞ늬 왓스니 날을 조ᄎᆞ 도ᄅᆞᆯ 비호라."

ᄒᆞ거늘 인ᄒᆞ여 머물너 잇스니 동ᄒᆞᆨ(同學)ᄒᆞᄂᆞᆫ 재 십여 인이오 그 듕의 도고(道高)ᄒᆞᆫ 재 셰 사롬이

니 ᄒᆞ나흔 강남 사름이오 ᄒᆞ나흔 주가(自家)오 ᄒᆞ나흔 일본국 대판셩(大坂城) 사름이오 동명(洞名)은 쳥학동(靑鶴洞)이라. 머믄 지 여러 둘에 그 도ᄅᆞᆯ 통ᄒᆞ엿거늘 인ᄒᆞ여 하직고 집의 도라오니라. 김셩이 ᆢ후로 눈을 감고 졍신을 모ᄒᆞ고 안져신즉 홀연이 사름이 잇셔 뎡령ᄒᆞ고 왕ᄂᆞ무상(往來無常)ᄒᆞ더라. 혹 문을 닷고 눈을 감고 안져 자기를 삼스일 뉵칠일 후의 비로쇼 ᄭᆡ니 집안 사름들이 다 괴히 너기더라.

ᄒᆞ로는 쳥학동의 드러가 그 스승 [12]을 뫼시고 산상의 쇼요ᄒᆞ더니 스승 왈,

"너희 등이 변화ᄒᆞᄆᆞᆯ 구경ᄒᆞ여 ᄒᆞ번 웃고져 ᄒᆞ노라."

ᄒᆞ니 강남 사름은 빅학이 되여 날고 일본 사름은 큰 호랑이 되여 ᄭᅮ러안고 김셩은 화ᄒᆞ여 츄풍낙엽이 되야 표ᆢ히 ᄂᆞ려지니 션셩이 크게 웃더라.

일ᆢ은 냥친의게 하직ᄒᆞ여 왈,

"나는 오릭 진셰예 잇슬 사름이 아니오니 이졔 영별ᄒᆞᆸᄂᆞ니 부모님은 쇼ᄌᆞ를 패념치 마르쇼셔."

ᄒᆞ고 ᄯᅩ 그 안해와 영결ᄒᆞ고 안져 죽으니 그 부뫼 쳐음의ᄂᆞᆫ 밋친 병으로 알앗더니 그후의 우연히 그 아들의 샹ᄌᆞ를 뒤여본즉 쳥학동 일긔와 신이ᄒᆞᆫ 일이 만히 잇더라.

솔ᄂᆡ힝옹쳔봉뇌우
率內行甕遷逢雷雨

城) 원으로 잇슬 ᄯᆡ예 그 아들 태영(泰永)의 쳬 잉 [13] 티ᄒᆞ야 만삭(滿朔)ᄒᆞ니 희산을 셔울집의 와ᄒᆞ려 ᄒᆞ고 발힝ᄒᆞᄆᆡ 태영이 호힝(護行)ᄒᆞ여 옹쳔(甕遷) ᄯᅡ의 니르럿더니 급ᄒᆞᆫ 비 붓ᄃᆞ시 오며 뇌뎡이 대작ᄒᆞ니 독교(獨轎) 실은 ᄆᆞᆯ이 자조 놀나거늘 태영이 독교를 ᄂᆞ려 인부의 메이랴 ᄒᆞ고 ᄂᆞ려 밋쳐 사름의 엇게예 닷치 못ᄒᆞ여셔 일셩 벽력이 ᄆᆞᆯ머리로 지나가 압히 잇는 회화 남글 쳐 부셔지니 ᄆᆞᆯ이 놀나 ᄲᅱ여 바회 우로 치닷다가 구을너 바다의 ᄂᆞ려져 죽고 독교ᄂᆞᆫ 이믜 사름의 메인 비 되니 태영이 대경ᄒᆞ여 급히 독교를 길ᄀᆞ의 ᄂᆞ려노코 발을 들어 본즉 그 부인이 몸이 곤ᄒᆞ여 잠이 드러 ᄭᆡ지 아니ᄒᆞ고 뭇ᄎᆞᆫ니 무스ᄒᆞ엿더니 칠월의 니르러 희갑(羲甲)을 나흐니라. 나히 ᄉᆞ셰예 그 대부인을 ᄯᅡ라 슈교(水橋) 외가의 머므더니 므즘 그 집이 화ᄌᆡ를 만나 다시 곳치려 [14]ᄒᆞ고 돌이와 들보와 연목(椽木)을 뒤ᄯᅳᆯ의 ᄲᅡᆺ더니 희갑이 그 아ᄅᆡ셔 놀다가 ᄲᅡᆺ은 지목이 일시예 문어져 그 밋희 든지라 집사름들이 경황ᄒᆞ여 반드시 죽엇스리라 ᄒᆞ고 그 외조뷔 ᄯᅩᄒᆞᆫ 차악(錯愕)ᄒᆞ여 엇지홀 줄 몰나 급히 노복으로 ᄒᆞ여금 문어진 남글 옴기고 본즉 셰 남기 셔로 엇ᄂᆞ여 셧고 그 아희 그 쇽의 업더여 놀나 얼골이 흙빗 ᄀᆞᆺᄐᆞ디 ᄒᆞᆫ 곳도 상ᄒᆞᆫ 비 업스니 그 외조뷔 항상 말ᄒᆞ디,

"이 아희ᄂᆞᆫ 크게 달ᄒᆞ리라."

ᄒᆞ더라.

구쳐녀화담시신술
救處女花潭試神術

군자졍(軍資正)24) 니산중(李山重)이25) 간셩(杆

---

24) 【군자졍】圐 ((관직)) 군자졍(軍資正). 군자감졍(軍資監正).조선시대 군량미 등 군수품의 저장·관리·출납을 맡아본 군자감(軍資監)에 두었던 정삼품(正三品) 관직.¶ 軍資正 ‖ 군자졍 니산중이 간셩 원으로 잇슬 ᄯᆡ예 그 아들 태영의 쳬 잉팅ᄒᆞ야 만삭ᄒᆞ니 희산을 셔울집의 와 ᄒᆞ려 ᄒᆞ고 발힝ᄒᆞᄆᆡ (軍資正李山重之莅杆城也. 其子泰永之婦, 有娠朔幾滿, 是甲申五月日也, 將欲解娩于本第, 發京行.) <靑邱野談 坴章 12:12>

25) 【니산중】圐 ((인명)) 이산중(李山重 1717~1775). 자는 자졍(子靜), 아버지는 호조정랑, 지례현감을 지낸 이병건(李秉健)이고 조부는 황해도관찰사 이집(李㙫)이다.

셔화담(徐花潭)26) 경덕(敬德)은 박흑다문(博學

군자감졍(軍資監正)을 역임했다. 사후 이조판서에 추증되었다.¶ 李山重 ‖ 군자졍 니산중이 간셩 원으로 잇슬 ᄯᆡ예 그 아들 태영의 쳬 잉팅ᄒᆞ야 만삭ᄒᆞ니 희산을 셔울집의 와 ᄒᆞ려 ᄒᆞ고 발힝ᄒᆞᄆᆡ (軍資正李山重之莅杆城也. 其子泰永之婦, 有娠朔幾滿, 是甲申五月日也, 將欲解娩于本第, 發京行.) <靑邱野談 坴章 12:12>

26) 【셔화담】圐 ((인명)) 서화담(徐花潭). 서경덕(徐敬德 1489~1546). 조선 중종 때의 학자. 자는 가구(可久), 호는 복재(復齋)·화담(花潭). 이기론(理氣論)의 본질을

多聞)ㅎ고 텬문디리(天文地理)와 슐수지혹(術數之學)을 무블통지(無不通知)ㅎ고 댱단(長湍) 화담이라 ㅎ는 시니 우희셔 살기로 별호롤 화담이라 ㅎ다.

일々은 뎨즈들을 모화 강논홀【15】시 흔 노승이 와 졀ㅎ여 뵈고 간 후의 화담션성이 홀연 츠탄ㅎ거늘 흔 뎨지 그 연고롤 무른더 화담 왈,

"네 이 승을 아논다?"

뎨지 왈,

"아지 못ㅎ노이다."

션성 왈,

"이논 아모산의 잇논 신회(神虎ㅣ)라. 이 동니의 잇논 사롬의 쑬이 너일은 시집갈 날인더 그 호랑의게 희룰 볼 터이니 가히 블상흔 일이로다."

그 뎨지 왈,

"션성이 々의 아르신즉 구홀 도리 업스리잇가?"

션성 왈,

"구홀 도리 잇스더 다만 보닐 사롬이 업도다."

뎨지 왈,

"원컨더 뎨지 가리이다."

션성 왈,

"네 가려 ㅎ면 이 칙을 가지고 가라."

ㅎ고 칙 흔 권을 쥬어 왈,

"이논 불경이니 그 집이 예셔 빅니 짜 아모 촌이니 이 경을 가지고 그 집의 가면 즈연 알니니 몬져 누셜치 말고 며의로 ㅎ여곰 향탁과 등쵹을 쳥샹의 버리고 그 쳐녀롤 방듕【16】에 너허 스면 문을 잠으고 건장흔 계집죵 오륙인으로 구지 붓드러 나가지 못ㅎ게 ㅎ고 너논 쳥샹에 안져 이 경을 닐그더 흔 디문도 그릇 닑지 말면 계명(鷄鳴) 후 즈연 무스홀 거시니 삼가 조심ㅎ라."

그 뎨지 승명ㅎ고 그 집의 니른즉 거개 분운(紛紜)ㅎ거늘 그 연고롤 무른즉 과연 명일 혼인날이라 ㅎ거늘 그 사롬이 드러가 쥬인을 보고 한훤(寒暄)을 파흔 후 골오더,

"오날밤의 쥬인의 집에 큰 익이 잇기로 너 위

ㅎ여 왓스니 여초々々ㅎ라."

쥬인이 밋지 아녀 왈,

"어더 잇논 과긱이 밋친 말 ㅎ느뇨?"

기인 왈,

"나의 밋치고 아니 밋치믄 물논ㅎ고 오날밤을 지나면 즈연 알 도리 잇스리니 아모커나 너말더로 ㅎ라."

쥬인이 무음의 의아ㅎ야 그 말더로 대쳥의 비셜ㅎ고 기드리며 그 쳐녀롤 방안의 가두고 기인은 쳥【17】샹의 안져 독경(讀經)ㅎ더니 삼경 셰의 홀연 벽녁소리 나거늘 집안 사롬이 다 놀나 피ㅎ여 본즉 흔 디회(大虎ㅣ) 뜰아러 쭈러안져 소리지르거늘 인ㅎ여 독경ㅎ기롤 마지 아니ㅎ니 이 셰의 그 쳐녜 쌈마렵다 ㅎ고 한스코 나가려 ㅎ거늘 모든 시비들이 붓드러 나가지 못ㅎ게 ㅎ니 쳐녜 견디지 못ㅎ여 쮜놀더니 그 범이 크게 소리지르고 마루 귀틀을 무러 쩌며 인ㅎ여 부뭇기롤 셰 츠례롤 ㅎ더니 인홀블견(因忽不見)ㅎ고 그 쳐녀논 혼졀ㅎ거늘 집 사롬들이 비로쇼 경신을 슈습ㅎ여 더운믈노 쳐녀의 입에 너흐니 잠간 쎄여나거늘 그 사롬이 경 닑기롤 굿치고 밧그로 나온즉 거개 칭샤ㅎ며 수빅금으로 그 은혜롤 갑고져 흔더 그 사롬이 수양 왈,

"나논 지믈을 취ㅎ여 오미 아니라."

ㅎ고 옷슬 쩔쳐 도라와 션성끠 복【18】명ㅎ니 션성 왈,

"네 엇지 셰 곳을 그릇 닐것느뇨?"

뎨지 왈,

"그릇 닑은 곳이 업ㄴ이다."

션성 왈,

"앗가 그 즁이 여긔 와 단녀가며 나의 활인(活人)흔 공을 스례ㅎ고 왈 경셔롤 셰 곳을 그릇 닑기로 마루 귀틀을 셰 번 쩨미러 알게 ㅎ고 가니라."

그 사롬이 싱각흔즉 과연 셰 곳 그릇 닑엇더라.

연구하여 이기 일원셜을 체계화하였으며, 수학·역학도 깊이 연구하였다. 저서에 《화담집》이 있다.¶ 徐花潭‖ 셔화담 경덕은 박흑다문ㅎ고 텬문디리와 슐수기혹을 무블통시ㅎ고 냥단 화담이라 ㅎ는 시니 우희셔 살기로 별호롤 화담이라 ㅎ다 (徐花潭敬德, 博學多聞, 天文地理, 術數之學, 無不通曉. 卜居于長湍花潭之上, 仍以爲號.) <靑邱野談 奎章 12:14>

슈경스녕쟉지은
隨京師靈鵲知恩

박능쥬(朴綾州)의 일홈은 우원(右源)이니 남등

(南中) 원으로 잇슬 써예 그 부인이 관가 뜰 압 나
모 우희셔 썃치삿기[27] 쩌러지믈 보고 집어다가 됴
셕으로 밥먹여 길녀 방듕의 두미 날나가지[28] 아니
ᄒ고 혹 나모 우림도 나라 안즈며 혹 부인의 엇기
우희 깃드려 놀더니 박공이 장셩(長城) 원으로 올믈
시 발힝ᄒᄂᆫ 날 홀연 간 곳을 아지 못ᄒ더니【19】
니힝(內行)이 장셩 아문의 니른즉 그 썃치 들보 우
희셔 지즈며 부인의 엇게 우희 쏘 나려안즈니 부인
이 쏘 밥 먹여 길들이더니 뜰 압 남게 집을 짓고
삿기 쳐 기르며 거리ᄂᆞ샹(去來如常)ᄒ더니 그 후의
능쥬(綾州)로 올므미 여전히 ᄯᅡ라와 잇다가 원을 갈
고 셔울 집으로 도라오미 쏘 ᄯᅡ라왓더니 그 부인이
죽으미 그 썃치 울며 빈소롤 쩌나지 아니ᄒ고 힝샹
(行喪)ᄒᆯ 제 관 우희 안져 가며 산상의 니르러 묘샹
각(墓上閣)의 올나안져 울기롤 마지 아니ᄒ더니 하
관홀 씨의 관을 향ᄒ여 울고 인ᄒ야 날나가 간 곳
을 아지 못ᄒ니 비록 미믈이나 은혜 알미 이 ᄀᆞᆺ더
라.

뎡겸지듕국쳔화명
鄭謙齋中國擅畵名

뎡겸지(鄭謙齋)의[29] 일홈은 션(歚)이오 ᄌᆞᄂᆫ

원빅(元伯)이니 그림 잘 그리기【20】로 유명ᄒ되
더옥 산슈 그리기의 졀묘ᄒ니 그림 구ᄒᄂᆫ 재 만ᄒ
되 슈응ᄒ기롤 게을니 아니ᄒ더라. 동니의 사ᄂᆫ 션
비 산슈 그림 삼십여 쳡을 어더두고 보뵈ᄀᆞᆺ치 ᄉᆞ랑
ᄒ더니 일ᄂᆞᆫ 그 션비 사쳔(槎川)[30] 니공(李公)을
가 뵈옵고 그 시령을 보니 당판칙(唐板冊)이[31] 만히
ᄡᅡ혓거늘 문왈,

"당칙(唐冊)이[32] 엇지 이럿툿 만ᄒ니잇고?"

공이 쇼왈,

"이거시 다 뎡원빅(鄭元伯)의게셔 난 줄 뉘 알
니오? 다름이 아니라 복경의 그림 매미ᄒᄂᆫ 져지
만ᄒ되 원빅의 그림은 손바닥만ᄒ여도 즁가(重價)롤
쥬고 사ᄂᆫ지라 닉 원빅과 최친(最親)ᄒᆫ 고로 그ᄂᆞ
림을 만히 어더 미양 ᄉᆞ힝편(使行便)의 붓쳐 보암
죽ᄒᆫ 칙을 만히 사온 고로 이ᄀᆞᆺ치 만히 어덧스니
비로쇼 듕원 사룸의 그림 알아보믈 알 거시오 아국
사룸은 일홈만 취ᄒᆯ ᄯᆞᄅᆞᆷ이라."

적 산수화풍을 세웠다.¶ 鄭謙齋 ‖ 뎡겸지의 일홈은 션
이오 ᄌᆞᄂᆫ 원빅이니 그림 잘 그리기로 유명ᄒ되 더옥
산슈 그리기의 졀묘ᄒ니 그림 구ᄒᄂᆫ 재 만ᄒ되 슈응
ᄒ기롤 게을니 아니ᄒ더라 (鄭謙齋歚, 字元伯, 善繪畵
而尤妙山水. 世稱三百年來丹青絶品, 求者如麻, 而酬應
不倦.) <靑邱野談 奎章 12:19>

30) 【사쳔】圕 ((인명)) 사천(槎川). 이병연(李秉淵 1671~
1751). 조선의 문인. 자는 일원(一源). 호는 사천(槎川).
김창흡(金昌翕)의 문인. 음보(蔭補)로 부사(府使)에 이
르렀다. 김창협(金昌協)·김창흡에 의해 주도된 진시
운동(眞詩運動)을 계승하여 조선(朝鮮)의 산천(山川)을
시로써 형상화하는데 주력하여 영조시대 제일의 시인
으로 불렸다.¶ 槎川 ‖ 일ᄂᆞᆫ 그 션비 사쳔 니공을 가
뵈옵고 그 시령을 보니 당판칙이 만히 ᄡᅡ혓거늘 문왈
당칙이 엇지 이럿툿 만ᄒ니잇고 (一日其士人, 詣槎川
李公, 見其架上, 堆積唐板書秩, 環在四壁上, 問曰: "唐
板書, 何如是多也?")¶ <靑邱野談 奎章 12:20>

31) 【당판-칙】圕 당판책(唐板冊). 중국책.¶ 唐板書秩 ‖ 일
ᄂᆞᆫ 그 션비 사쳔 니공을 가 뵈옵고 그 시령을 보니
당판칙이 만히 ᄡᅡ혓거늘 문왈 당칙이 엇지 이럿툿 만
ᄒ니잇고 (一日其士人, 詣槎川李公, 見其架上, 堆積唐
板書秩, 環在四壁上, 問曰: "唐板書, 何如是多也?") <靑
邱野談 奎章 12:20>

32) 【당칙】圕 당책(唐冊). 중국책.¶ 唐板書 ‖ 일ᄂᆞᆫ 그
션비 사쳐 니공을 가 뵈옵고 그 시령을 보니 당판칙
이 만히 ᄡᅡ혓거늘 문왈 당칙이 엇지 이럿툿 만ᄒ니잇
고 (一日其士人, 詣槎川李公, 見其架上, 堆積唐板書秩,
環在四壁上, 問曰: "唐板書, 何如是多也?") <靑邱野談
奎章 12:20>

---

27) 【썃치 -삿기】圕 ((조류)) 까치새끼.¶ 鵲雛 ‖ 박능쥬의
일홈은 우원이니 남듕 원으로 잇슬 써예 그 부인아
관가 뜰 압 나모 우희셔 썃치삿기 쩌러지믈 보고 집
어다가 됴셕으로 밥먹여 길녀 방듕의 두미 날나가지
아니ᄒ고 (朴綾州右源, 在南中某邑, 其婦人見樹上鵲雛
之落下者, 朝夕飼之, 以飯而馴之, 漸至羽毛之成, 而在
於房闥之間, 不去.) <靑邱野談 奎章 12:18>

28) 【날나-가-】圕 날아가다.¶ 去 ‖ 박능쥬의 일홈은 우원
이니 남듕 원으로 잇슬 써예 그 부인이 관가 뜰 압
나모 우희셔 썃치삿기 쩌러지믈 보고 집어다가 됴셕
으로 밥먹여 길녀 방듕의 두미 날나가지 아니ᄒ고
(朴綾州右源, 在南中某邑, 其婦人見樹上鵲雛之落下者,
朝夕飼之, 以飯而馴之, 漸至羽毛之成, 而在於房闥之間,
不去.) <靑邱野談 奎章 12:18>

29) 【뎡겸지】圕 ((인명)) 정겸재(鄭謙齋). 정선(鄭歚 1676~
1759). 조선후기의 화가. 자는 원백(元伯). 호는 겸재(謙
齋)·겸초(兼艸)·난곡(蘭谷). 국내의 명승고적을 찾아
다니면서 진경적(眞景的)인 사생화를 많이 그려 한국

ᄒᆞ더 【21】 라. 듕촌 집 부인이 비단 치마ᄅᆞᆯ 넙고 겸지의 집에 왓다가 육즙(肉汁)의 더러인 비 되니 안의셔 심히 근심ᄒᆞ거늘 겸지 가져오라 ᄒᆞ여 본즉 더러온 곳이 넙거늘 즉시 ᄲᆞ라 사랑의 두엇더니 일일은 일긔 청상(淸爽)ᄒᆞ고 필흥(筆興)이 대발ᄒᆞ거늘 치식벼로ᄅᆞᆯ 열고 비단폭을 펴 노코 풍악산(楓嶽山) 젼도ᄅᆞᆯ 그리니 찬란ᄒᆞᆫ 빗치 흐르고 두 폭이 남앗거늘 금강산 졀묘ᄒᆞᆫ 곳을 다 그리니 지극ᄒᆞᆫ 보비 된지라. 그 후의 치마 쥬인이 왓거늘 겸지 왈,

"내 ᄆᆞ츰 화흥(畵興)이 발ᄒᆞ디 조흔 화본(畵本)이 업더니 그디의 집 비단치매 와 잇다 ᄒᆞ기로 화복을 믿드러 금강산 일만이쳔봉을 그ᄅᆞ온ᄃᆡ 옴겻스니 그디의 집안의셔 보면 크게 놀날 거시니 엇지ᄒᆞ리오?"

그 사ᄅᆞᆷ이 ᄯᅩᄒᆞᆫ 화격(畵格)을 아ᄂᆞᆫ 고로 복복치샤(僕僕致謝)ᄒᆞ고 도라가 쥬효ᄅᆞᆯ 셩비(盛備) 【22】ᄒᆞ여 가지고 와 디졉ᄒᆞ고 그 젼폭은 집의 곰초와 가보ᄅᆞᆯ 삼고 두 폭은 슨신 ᄒᆡᆼ츠의 붓치여 연경의 보니엿더니 맛춤 쵹나라 즁이 쳥셩산(靑城山)으로조츠 와 그ᄅᆞᆷ림을 보고 크게 청찬 왈,

"너나라의 시로 졀을 지엇스니 일노 부쳐의게 공양ᄒᆞ겟스오니 원컨디 빅금으로 밧고와지이다."

기인이 허락홀 지음의 남경 사ᄅᆞᆷ이 보고 왈,

"맛당히 이십 냥을 더 줄 거시니 쳥컨디 너게 팔나."

ᄒᆞ거늘 그 즁이 대로 왈,

"내 이믜 갑슬 졍ᄒᆞ엿스니 네 엇지 이리ᄒᆞᄂᆞ뇨? 삼십 냥을 더 쥬리라."

ᄒᆞ고 그림을 블ᄀᆞ온ᄃᆡ 더져 왈,

"셰샹 인심이 여ᄎᆞᄒᆞ니 내 이 그림을 탐ᄒᆞ면 엇지 이 사ᄅᆞᆷ과 다르리오?"

ᄒᆞ고 소미ᄅᆞᆯ 썰쳐 가거늘 그림 쥬인이 ᄯᅩᄒᆞᆫ 빅냥을 취치 아니코 도라오니라.

일ᄌᆞ은 겸지 시벽의 잠 【23】을 ᄭᆡ엿더니 문 열나 ᄒᆞᄂᆞᆫ 소리 잇거늘 나가 본즉 친ᄒᆞᆫ 사ᄅᆞᆷ이어늘 마져드린즉 공쳡(空帖)을 드려 왈,

"이졔 장ᄎᆞᆺ 연ᄒᆡᆼᄒᆞ려 ᄒᆞ미 원컨디 공은 잠간 붓슬 둘너쥬시면 ᄒᆡᆼ심(幸甚)일가 ᄒᆞᄂᆞ이다."

말홀 사이의 동창이 ᄌᆞᆷ의 붉고 아참 긔운이 심히 청상(淸爽)ᄒᆞ거늘 겸지 이예 공쳡을 펴노코 바ᄂᆞ늘ᄅᆞᆯ "ᄀᆞ리고 파디 ᄒᆞ⑧(洶湧)ᄒᆞᆫᄃᆡ ᄒᆞᆫ 져근 비 파도의 쏫기여 반만 ᄲᅳ러져 아득히 뵈이게 그려쥬니 그 사ᄅᆞᆷ이 스례ᄒᆞ고 가더니 복경의 드러가 그림 져

즈의 가 쥬인을 뵌디 쥬인 왈,

"이ᄂᆞᆫ 반ᄃᆞ시 시벽의 그린 비로다. 졍신이 혼연이 풍범(風帆) 우희 들엇다."

ᄒᆞ고 션쵸향(扇草香) ᄒᆞᆫ 궤ᄅᆞᆯ 쥬고 밧고거늘 그 사ᄅᆞᆷ이 바다가지고 향을 셰여본즉 오십 개오 기리 두어 치ᄂᆞᆫ 되더라. 연 고로 역관들이 겸지의 그림을 어 【24】 드면 보비로 녀기더라.

밍감ᄉᆞ동악문긔ᄉᆞ
孟監司東岳聞奇事

밍감ᄉᆞ(孟監司)의 일홈은 쥬단[셔](胄瑞)이니 산슈ᄅᆞᆯ 사랑ᄒᆞ미 쇼시의 금강산의 드러가 유심쳐(幽深處)의 니르니 ᄒᆞᆫ 암지 잇스더 극히 졍결ᄒᆞ고 ᄒᆞᆫ 노승이 잇스니 나히 빅여 셰나 되고 용뫼 고건(高健)ᄒᆞ거늘 밍공이 긔이히 녀겨 인ᄒᆞ여 뉴슉(留宿)ᄒᆞ더니 그 즁이 홀연이 그 샹지ᄅᆞᆯ 블러 왈,

"명일은 너 스승의 긔일이니 찬슈ᄅᆞᆯ 쟉만ᄒᆞ라."

ᄒᆞ니 샹지 디답ᄒᆞ고 시벽의 찬슈(饌需)ᄅᆞᆯ 베프니 노승이 울기ᄅᆞᆯ 슬피 ᄒᆞ거늘 밍공이 문왈,

"노사의 스승은 일홈이 무어시며 도고(道高)ᄒᆞ미 엇더ᄒᆞᆫ지 듯고져 ᄒᆞ노라."

노승이 쳑연 왈,

"쇼승은 됴션(朝鮮) 사ᄅᆞᆷ이 아니오라 일본국(日本國) 사ᄅᆞᆷ이오 나의 스승은 ᄯᅩᄒᆞᆫ 즁이 아니라 【25】 션비 사ᄅᆞᆷ이오 너 비로쇼 임진년 젼의 본국의셔 우리 여덟 사ᄅᆞᆷ을 ᄲᆞᆫ 너여보니니 다 지혜 만코 효용ᄒᆞᆫ지라 됴션 팔도ᄅᆞᆯ 각기 맛다 산쳔 험악과 도로 원근과 관익(關阨) 즁요(宗要)ᄅᆞᆯ 가만이 긔록ᄒᆞ고 됴션 사ᄅᆞᆷ의 지략지용이 잇ᄂᆞᆫ 쟈ᄅᆞᆯ 다 죽인 후의 비로소 복명ᄒᆞ기ᄅᆞᆯ 언약ᄒᆞ고 여덟 사ᄅᆞᆷ이 다 됴션말을 비화 동닉(東萊)33) 왜관(倭館)으로34) 나와

---

33) 【동ᄂᆡ】 圖 ((지리)) 동래(東萊). 지금 부산광역시 동래 시늑의 예 치명╢ 東萊 ║ 여덟 사ᄅᆞᆷ이 디 됴션말을 비화 동닉 왜관으로 나와 됴션 즁의 복석을 변착ᄒᆞ고 쟝ᄎᆞᆺ 발ᄒᆡᆼ홀 즈음의 셔로 의논ᄒᆞ여 왈 (八人共習鮮語 旣熟, 出來東萊倭館, 變作朝鮮僧之服, 將發之際, 相議 曰.) <靑邱野談 奎章 12:25>

묘션 중의 복식을 변착(變着)ᄒᆞ고 장ᄎᆞᆺ 발ᄒᆡᆼᄒᆞᆯ 즈음의 셔로 의논ᄒᆞ여 왈,

"묘션 금강산은 명산이니 이 산의 드러가 긔도ᄒᆞᆫ 후의 각ᄌᆞ 흣터지쟈 ᄒᆞ고 동ᄒᆡᆼᄒᆞᆫ 지 십여 일만의 회양(淮陽) 짜의 니르니 ᄒᆞᆫ 션비 나모신 신고 황소ᄅᆞᆯ 타고 산곡으로 나오거늘 동ᄒᆡᆼ 듕 일인이 굴오ᄃᆡ '우리 년일 쥬려 긔력이 피곤ᄒᆞ니 이 사ᄅᆞᆷ을 죽여 그 고기ᄅᆞᆯ 먹으미 조홀 듯ᄒᆞ다.' ᄒᆞ고 【26】 드ᄃᆡ여 그 션비의게 달녀드니 그 션비 왈 '너의 무리 엇지 감히 무례히 구ᄂᆞᆫ다? 너의들은 왜국 간쳡이라 내 엇지 모로리오 맛당히 다 죽이리라.' ᄒᆞ니 팔인이 대경ᄒᆞ여 일졔히 칼을 ᄲᅢ혀들고 다라드니 그 션비 쥬먹위롤35) ᄲᅮᆷ녀고 다리ᄅᆞᆯ 날녀 ᄲᅢᆫ르기 귀신 ᄀᆞ트니 우리 듕의 머리 ᄢᅵ여지고 ᄉᆞ지 부러져 죽은 재 다ᄉᆞᆺ시오 남은 재 셰히라. 짜의 업디여 살기ᄅᆞᆯ 빈ᄃᆡ 그 션비 왈 '네 과연 셩심으로 귀복(歸復)ᄒᆞ려 ᄒᆞ면 ᄉᆞ성간(死生間) 날을 ᄯᅡ로랴?' 삼인이 머리조와 하ᄂᆞᆯ을 ᄀᆞᄅᆞ쳐 밍셰ᄒᆞ니 그 션비 우리 삼인을 거ᄂᆞ리고 집의 도라와 닐너 왈 '너의 비록 왜국 ᄉᆞ재 되여 아국 사ᄅᆞᆷ의 지려쳔단(智慮淺短)을 보고져 ᄒᆞ나 너의 술법이 심히 젹으니 엇지 감히 엿보리오? 네의 이의 이믜 하ᄂᆞᆯ긔 【27】 밍셰ᄒᆞ고 귀복ᄒᆞ니 너의 ᄆᆞᄋᆞᆷ을 닉 가히 알지라 닉 맛당히 검술을 ᄀᆞᄅᆞ칠 거시니 만일 왜병이 오면 너의 등을 거ᄂᆞ려 군ᄉᆞᄅᆞᆯ 니르혀 마도(馬島)ᄅᆞᆯ 직휘즉 족히 젹병을 막으리니 너의ᄂᆞᆫ 비록 타국 공훈이나 뉴방빅셰(流芳百世)ᄒᆞ미 엇더ᄒᆞ뇨?' 삼인이 비샤ᄒᆞ고 ᄒᆞᆫ가지로 검술을 바다 능ᄒᆞ기의 니르미 그 션비 심히 밋고 ᄉᆞ랑ᄒᆞ더니 ᄒᆞᄅᆞ는 삼인이 ᄒᆞᆫ가지로 자다가 아츰의 니러나 본즉 그 션비 홀연 ᄒᆡᄅᆞᆯ 닙어 뉴혈이 당의 ᄀᆞ득ᄒᆞ엿거늘 쇼승이 대경ᄒᆞ여 낭인ᄃᆞ려 무론즉 답왈 '비록 이 사ᄅᆞᆷ을 셤겨 그 검술을 빅화스나 갓치 온 팔인의 은졍이 형뎨 ᄀᆞᆺ거늘 이졔 다 이 사ᄅᆞᆷ의

게 죽은 비 되엿스니 이는 원슈라 갑고져 ᄒᆞᆫ 지 오라더 틈을 엇지 못ᄒᆞ엿더니 【28】 이졔 다ᄒᆡᆼ이 틈을 어덧기로 죽엿노라.' 쇼승이 대최 왈 '우리 등이 진실지은(再生之恩)을 바다 하ᄂᆞᆯ긔 밍셰ᄒᆞ엿스니 은의 부즈 ᄀᆞᆺ거늘 엇지 원슈로 의논ᄒᆞ야 이럿틋 악ᄉᆞ(惡事)ᄅᆞᆯ ᄒᆞ뇨?' ᄒᆞ고 인ᄒᆞ야 낭인을 다 죽이고 산의 드러와 즁이 되여 샹지ᄅᆞᆯ 엇고 이 암즈의 뉴ᄒᆞ야 나히 빅셰 지나디 미양 스승의 지조와 경의ᄅᆞᆯ 익역ᄒᆞ야 지극ᄒᆞᆫ 셜음이 ᄆᆞᄋᆞᆷ의 삭인지라 이러므로 스승의 긔일을 당ᄒᆞᆫ즉 이통ᄒᆞᄆᆞᆯ 억졔치 못ᄒᆞᄂᆞ이다."

밍공이 텽필(聽畢)의 당탄ᄒᆞ여 왈,

"존ᄉᆞ(尊師)의 불근 식견으로 엇지 두 사ᄅᆞᆷ의 불의지심(不義之心) 픔은 줄을 모로고 맛춤닉 ᄒᆡᄅᆞᆯ 보왓ᄂᆞ뇨?"

노승 왈,

"스승이 엇지 모로리오마ᄂᆞᆫ 그 지조ᄅᆞᆯ ᄉᆞ랑ᄒᆞ여 헝혀 그 힘을 어듸 ᄡᅳ고져 ᄒᆞ미오 나의 지조ᄂᆞᆫ 츌뉴(出類)ᄒᆞ야 우심(尤甚) ᄉᆞ랑ᄒᆞ시ᄂᆞᆫ 고로 【29】 닉 친쳑을 ᄇᆞ리고 고토ᄅᆞᆯ 닛고 셤기믈 게을니 아니ᄒᆞᆫ 지 여러 십 년이도록 닛지 못ᄒᆞ노이다."

밍공이 쳥ᄒᆞ여 왈,

"션ᄉᆞ의 검술을 잠간 구경ᄒᆞ미 엇더ᄒᆞ뇨?"

노승 왈,

"내 늙고 폐ᄒᆞᆫ 지 오란지라 공은 수일 머무러 닉 긔력이 잠간 낫기ᄅᆞᆯ 기ᄃᆞ리면 시험ᄒᆞ여 보리라."

ᄒᆞ더니 일ᄉᆞ은 공을 쳥ᄒᆞ야 ᄒᆞᆫ 곳의 니르니 잣남기 열 남즛 셧ᄂᆞᆫ디 승이 소믹 안으로셔 노호로 얼근 둥근 것 두 개ᄅᆞᆯ 닉여 그 민 거슬 그르고 주먹위만ᄒᆞᆫ 쇠쩡이롤36) 손으로 잡아편즉 두어 쟈 되ᄂᆞᆫ 칼이라. 거덧다가 폇다가 ᄒᆞ기ᄅᆞᆯ 조희ᄀᆞᆺ치 ᄒᆞ더니 니러나 츔츄미 졈ᄉᆞ 신속ᄒᆞ여 ᄇᆞ롬이 나더니 이윽고 공듕의 올나 오락가락ᄒᆞ거늘37) ᄌᆞ셰 본즉 은

---

34) 【왜관】 圏 ((지리)) 왜관(倭館). 지금의 경상북도 왜관읍.¶ 倭館 ‖ 여덟 사ᄅᆞᆷ이 다 묘션말을 비화 동니 왜관으로 나와 묘션 중의 복식을 변착ᄒᆞ고 장ᄎᆞᆺ 발ᄒᆡᆼᄒᆞᆯ 즈음의 셔로 의논ᄒᆞ여 왈 (八人共習鮮語旣熟, 出來東萊倭館, 變作朝鮮僧之服, 將發之際, 相議曰.) <靑邱野談 奎章 12:25>

35) 【쥬먹위】 圏 ((신체)) 주먹.¶ 拳 ‖ 팔인이 대경ᄒᆞ여 일졔히 칼을 ᄲᅢ혀들고 다라드니 그 션비 쥬먹위롤 ᄲᅮᆷ고 다리ᄅᆞᆯ 날녀 ᄲᅢᆫ르기 귀신 ᄀᆞ트니 (八人大駭, 拔劒齊進, 士人騰羅起, 忽奮拳飛脚, 疾捷如神.) <靑邱野談 奎章 12:26>

36) 【쇠쩡-이】 圏 쇳덩이.¶ 鐵塊 ‖ 승이 소믹 안으로셔 노호로 얼근 둥근 것 두 개ᄅᆞᆯ 닉여 그 민 거슬 그르고 주먹위만ᄒᆞᆫ 쇠쩡이롤 손으로 잡아편즉 두어 쟈 되ᄂᆞᆫ 칼이라 (僧抽出兩物, 團圓如毬, 用繩堅縛, 去繩訖, 見兩箇鐵塊, 卷帖如拳, 以手平展, 則數尺霜刀.) <靑邱野談 奎章 12:29>

37) 【오락가락-ᄒᆞ-】 圏 오락가락하다.¶ 去來 ‖ 이윽고 공듕의 올니 오락가락ᄒᆞ거늘 ᄌᆞ셰 본즉 우둑 일좌 나모님 ᄉᆞ이로 들낙날낙ᄒᆞ더니 번개불이 니러나며 믈빗치 동학의 ᄀᆞ득ᄒᆞ야 잣나무닙히 분ᄉᆞ이 비오듯 ᄶᅥ러지ᄂᆞᆫ지라 (立於空中, 盤旋去來而已. 只見一箇銀甕, 出沒於栢樹層葉之間, 製電閃燦, 倏長倏短, 襲映嚴堅, 遍是霜

독 일쵝 나모닙 스이로 들낙날낙ᄒᆞ더니[38] 번개블【30】이 니러나며 블빗치 동학(洞壑)의 ᄀᆞ득ᄒᆞ야 잣나무닙히 분분이 비오듯 쩌러지ᄂᆞᆫ지라. 딍공이 혼빅이 표표ᄒᆞ여 바로 보지 못ᄒᆞ더니 냥구(良久)의 승이 나모 아리 ᄂᆞ려셔 숨을 니쉬며 왈,

"긔운이 쇠ᄒᆞ여 쇼년쩍만 못도다. 너 쇼년의 이 나모 아리셔 검무ᄒᆞ면 닙흘 ᄀᆞᄂᆞᆫ 실ᄀᆞᆺ치 버히더니 이졔ᄂᆞᆫ 온젼ᄒᆞᆫ 닙히 만토다."

딍공이 굴오ᄃᆡ,

"션ᄉᆞᄂᆞᆫ 신인이로다."

노승 왈,

"너 오리지 아니ᄒᆞ여 죽을지라 춤아 너 지조ᄅᆞᆯ 영별ᄒᆞ지 못ᄒᆞ여 공의게 말ᄒᆞ노라."

ᄒᆞ더라.

죵음덕윤공식보
種陰德尹公食報

윤공(尹公)의 일홈은 변(忭)이니 형조졍낭(刑曹正郎)[39]으로 잇슬 ᄶᅥ의 김안뇌(金安老ㅣ)라[40] ᄒᆞ

ᄂᆞᆫ 재 샹히 국권을 잡아 위복(威福)을 쳔쟈(擅恣)ᄒᆞ여 냥민을【31】 잡아다가 노복을 삼더니 ᄒᆞᆫ 사ᄅᆞᆷ의 ᄌᆞ손 수십인이 다 형조의 구쉬(拘囚ㅣ) 되엿더니 판셔 허항(許沆)이[41] 안노의 부쵹(附囑)을 바다 형벌을 낭ᄌᆞ히 ᄒᆞᄆᆡ 원셩이 등텬(騰天)ᄒᆞ여 홀수 업시 거의 죵이 될 지경이라. 윤공이 홀노 의심ᄒᆞ여 그 문안을 번고(反告)ᄒᆞ여 그 원통ᄒᆞᆷ을 알고 변빅ᄒᆞᄂᆞᆫ 글을 지어 변빅고져 ᄒᆞ더니 맛춤 셰말(歲末)을 당ᄒᆞ여 결옥(決獄) 문안을 계달(啓達)홀 ᄶᅥ라 공이 탑젼의 드러가 이 문안을 쥬달ᄒᆞ니 샹이 ᄒᆞᆫ번 보시ᄆᆡ 즉시 김안노ᄅᆞᆯ 너치시고 그 죄슈ᄅᆞᆯ 다 노ᄒᆞ시니 여러 히 원억ᄒᆞᆷ을 일됴의 쾌셜(快雪)ᄒᆞ니라.

윤공이 ᄎᆞᄆᆡ 년긔 쇠ᄒᆞ고 후ᄎᆔ(後娶)ᄒᆞᄃᆡ ᄌᆞ식이 업셔 심히 우탄(憂歎)ᄒᆞ더니 이듬히예 슉쳔부ᄉᆞ(肅川府使)ᄅᆞᆯ 졔슈ᄒᆞ시니 됴명의 셔경(署經)[42] 돌고 졔녁 ᄶᅥ의 광통교(廣通橋)ᄅᆞᆯ 지나더니 홀연 ᄒᆞᆫ 노옹이 몰 압희셔 졀ᄒᆞ니【32】 공은 아지 못ᄒᆞᄂᆞᆫ지라 기인 왈,

"쇼인은 냥민이옵더니 셰가의 핍박ᄒᆞᆫ 빅 되여 남의 죵이 될 터이로ᄃᆡ 호쇼홀 곳이 업더니 공의

刀, 栢葉紛紛飛落如雨.) <靑邱野談 奎章 12:29>

38) 【들낙날낙-ᄒᆞ-】 圖 들락날락하다. 자꾸 들어왔다 나갔다 하다.¶ 出沒 ‖ 이윽고 공듕의 울나 오락가락ᄒᆞ거ᄂᆞᆯ ᄌᆞ셰 본즉 온독 일쵝 나모닙 스이로 들낙날낙ᄒᆞ더니 번개블이 니러나며 블빗치 동학의 ᄀᆞ득ᄒᆞ야 잣나무닙히 분분이 비오듯 쩌러지ᄂᆞᆫ지라 (立於空中, 盤旋去來而已. 只見一箇銀甕, 出沒於栢樹層葉之間, 裂電閃爍, 倏長倏短, 裂嗖嚴嚴, 過是霜刀, 栢葉紛紛飛落如雨.) <靑邱野談 奎章 12:29>

39) 【형조-졍낭】 圖 ((관직)) 형조정랑(刑曹正郎). 조선시대에, 육조에 둔 정5품 벼슬.¶ 刑曹正郎 ‖ 윤공의 일홈은 변이니 형조졍낭으로 잇슬 ᄶᅥ의 김안뇌라 ᄒᆞᄂᆞᆫ 재 샹히 국권을 잡아 위복을 쳔쟈ᄒᆞ여 냥민을 잡아다가 노복을 삼더니 (尹公忭爲刑曹正郎, 時金安老當國, 恣行威福, 認良民爲奴僕.) <靑邱野談 奎章 12:30>

40) 【김안노】 圖 ((인명)) 김안로(金安老, 1481~1537). 조선 전기의 문신. 자는 이숙(頤叔), 호는 희락당(希樂堂)·퇴재(退齋). 기묘사화(己卯士禍) 때 조광조(趙光祖)와 함께 유배되기도 하였으며, 그 후 우의정·좌의정 등을 지냈다. 공포정치를 단행하였으며, 문정왕후(文定王后)의 폐위를 도모하다가 사사(賜死)되었다.¶ 金安老

‖ 윤공의 일홈은 변이니 형조졍낭으로 잇슬 ᄶᅥ의 김안뇌라 ᄒᆞᄂᆞᆫ 재 샹히 국권을 잡아 위복을 쳔쟈ᄒᆞ여 냥민을 잡아다가 노복을 삼더니 (尹公忭爲刑曹正郎, 時金安老當國, 恣行威福, 認良民爲奴僕.) <靑邱野談 奎章 12:30>

41) 【허항】 圖 ((인명)) 허항(許沆 1568~?). 조선중기의 문신. 자는 중구(仲久), 호는 고산(孤山). 윤관(允貫)의 증손. 1618년(광해군 10) 증광문과에 병과로 급제, 상서원직장(尙瑞院直長)으로 인목대비(仁穆大妃)의 폐출을 겪었다. 1624년(인조 2) 이괄(李适)의 난이 일어나자 옥천군수로서 왕을 호위하였으며, 1627년 정묘호란 때 강화로 왕을 호종(扈從)하였다. 한 때 동극사(登極使) 권반(權盼)의 서장관(書狀官)이 되었고, 이듬해 가례도감(家禮都監)의 상례(相禮)를 지내고 벼슬이 올라 좌승지가 되었다. 직언으로 왕의 비위를 거슬러 청송부사로 좌천되었다.¶ 許沆 ‖ 판셔 허항이 안노의 부쵹을 바다 형벌을 낭ᄌᆞ히 ᄒᆞᄆᆡ 원셩이 등텬ᄒᆞ여 홀수 업시 거의 죵이 될 지경이라 (判書許沆, 受安老風旨, 刑訊狼藉, 寃告切酷, 勢將誣服.) <靑邱野談 奎章 12:31>

42) 【셔경】 圖 서경(署經). 고을 원이 부임할 때에 높은 벼슬아치들에게 고별하던 일.¶ 歷辭 ‖ 윤공이 ᄎᆞᄆᆡ 년긔 쇠ᄒᆞ고 후ᄎᆔᄒᆞᄃᆡ ᄌᆞ식이 업셔 심히 우탄ᄒᆞ더니 이듬히예 슉쳔부ᄉᆞᄅᆞᆯ 졔슈ᄒᆞ시니 됴명의 셔경 돌고 졔녁 ᄶᅥ의 광통교ᄅᆞᆯ 지나더니 (公年已衰, 後娶無子, 甚憂歎, 翌年拜肅川府使, 歷辭朝紳, 夕過廣統橋.) <靑邱野談 奎章 12:31>

덕퇴을 닙어 주손 수십인이 다 보전ᄒᆞᆷ을 어ᄃᆞ니 은
혜를 폐부의 삭여 갑고져 ᄒᆞᄃᆡ 길을 엇디 못ᄒᆞ엿더
니 일후 계ᄉᆞ년(癸巳年)의 공이 맛당히 남ᄌᆞ롤 나흘
거시로ᄃᆡ 다만 슈(壽)와 복녹이 길지 못ᄒᆞᆯ 거시니
ᄒᆞᆫ가지 구휼 일이 잇다."

ᄒᆞ고 소ᄆᆡ 속으로 ᄒᆞᆫ 장 죠희롤 ᄂᆡ여 두 손으
로 밧드러 드리거늘 펴보니 죠희예 뼛ᄉᆞᄃᆡ '모년모
월모일의 성남지라' 쓰고 그 좌편의 '슈부귀다남지
(壽富貴多男子)'라 쓰고 우편의 축원문(祝願文)이 잇
고 그 성명 자리롤 븨엿거늘 공 왈,

"이ᄂᆞᆫ 엇지ᄒᆞᄆᆡ뇨?"

노옹 왈,

"아ᄒᆡ 나혼 후의 공이ᄌ 죠희롤 가지고 강원
도 금강산 유졈ᄉ(楡岾寺)의 드러가 황쵹(黃燭) 오
빅 뺭으로뼈 부쳐의게 【33】 공양ᄒᆞ고 축원ᄒᆞᆫ즉 반
ᄃᆞ시 샹셔로온 일이 잇슬 거시니 쪽히 쇼인의 보은
이 될 ᄃᆞᆺᄒᆞ이다."

ᄒᆞ고 여러 번 부탁ᄒᆞ거늘 공이 그 쇼죵ᄂᆡ(所
從來)롤 무르려 ᄒᆞ더니 노옹이 홀연 간ᄃᆡ 업거늘
공이 대경ᄒᆞ여 집의 도라와 그 죠희롤 깁히 감쵸왓
더니 계ᄉᆞ년의 니르러 과연 남ᄌᆞ롤 나앗거늘 공이
즉시 유졈ᄉ의 드러가 부쳐의 공양ᄒᆞ고 축원ᄒᆞ믈
맛치ᄆᆡ 그 죠희롤 펴본즉 슈(壽)ᄯᅩ 아ᄅᆡ 올홀가(可)
ᄯᅩ 늙을 질(耋)ᄯᅩ 스스리즌(自)ᄯᅩ와 쪽홀쪽(足) 네
지 잇고 귀(貴)ᄯᅩ 아ᄅᆡ 업슬무(無)ᄯᅩ와 비홀비(比)ᄯᅩ
두 ᄌᆞ 잇고 다남ᄌᆞ 아ᄅᆡ 다기(皆)ᄯᅩ 귀홀귀(貴)ᄯᅩ
두 ᄌᆞ이 잇스ᄃᆡ 가늘기 터럭 ᄀᆞᆺ고 희ᄌᆞ(楷字)롤 뼛
ᄉᆞᄃᆡ 청화(靑化)로 머인 ᄃᆞᆺᄒᆞ여 그 연고롤 아지 못
ᄒᆞ녀라. 공이 더욱 신통이 너겨 집의 도라와 궤예
깁히 ᄀᆞᆷ쵸왓더라. 그 아ᄒᆡ 별호ᄂᆞᆫ 오음 【34】 공(梧
陰公)이오 일홈은 두수(斗壽)오 벼술이 녕상(領相)이
오 집이 유족(裕足)ᄒᆞ고 나히 칠십팔셰오 ᄋᆞᄃᆞᆯ 다ᄉᆞᆺ
셰 댱ᄌᆞ 방(昉)은 녕의졍이오 ᄎᆞ즈 흔(昕)과 삼ᄌᆞ
휘(暉)와 ᄉᆞᄌᆞ 훤(暄)은 다 판셔의 니르고 졔오ᄌᆞ
간(旰)은 지ᄉ(知事) 별[벼]슬 ᄒᆞ니 훈업이 당셰의
혁연(赫然)ᄒᆞ여 대가롤 일우니라.

왕남경뎡상ᄒᆡᆼ화
往南京鄭商行貨

녯젹 뎡가(鄭哥) 셩 ᄒᆞᆫ 사람이 븍경의 왕ᄂᆡᄒᆞ
여 큰 장ᄉᆞ질ᄒᆞ더니 외입으로 평안감영(平安監營)에
은 칠만 냥을 지고 영문의 잡히여 갓치ᄆᆡ 간신이
오만 냥을 갑고 이만 냥이 남앗더니 그ᄯᆞᆫ의 감ᄉᆞ
뎡뫼 옥의 잇셔 말ᄒᆞ여 왈,

"몸이 갓치여 죽으면 공ᄉᆞ의 다 ᄂᆞ치 못ᄒᆞ오
니 쳥컨댄 다시 이만 냥을 더 쥬시면 삼년 너의 맛
당히 【35】 ᄉᆞ만 냥을 갑흐리이다."

ᄒᆞ니 감ᄉ 그 ᄯᅳᆺ을 쟝히 너겨 은 이만 냥을
여수(如數)히 주니 뎡뫼 의쥬(義州)로부터 연ᄒᆡ(沿
海) 졔읍(諸邑)에 부명(富名) 잇ᄂᆞᆫ 사룸들을 방문ᄒᆞ
여 민ᄌᆞ초로 왕ᄂᆡᄒᆞ여 부민(富民)들을 다 사괴여 두
고 쥬효롤 ᄀᆞᆺ쵸와 ᄒᆞᆫ 쟈리예셔 먹으니 졍의 심밀
(深密)ᄒᆞᄆᆡ 부민들이 이즁치 아니리 업더라. 인ᄒᆞ여
은냥을 ᄃᆡ용(貸用)ᄒᆞᄆᆡ ᄒᆞᆫ 번도 어긔미 업셔 신실히
갑흐니 모든 부민들이 더욱 밋어 은 칠만 냥을 ᄂᆡ
여쥬거늘 인삼과 돈피(獤皮)롤[43] 사가지고 다시 븍
경의 드러가니 그 쥬인은 녯날 죠혼 사이라 뎡뫼
달ᄂᆡ여 왈,

"이 믈화롤 가지고 남경의 간즉 맛당히 듕가
(重價)롤 바드리라."

ᄒᆞᄃᆡ 쥬인이 그러이 너겨 허락ᄒᆞ거늘 인ᄒᆞ여
쥬인으로 더브러 견고ᄒᆞᆫ 션쳑을 셰ᄂᆡ여 믈화롤 싯
고 통쥬(通州)로 발션(發船)ᄒᆞ야 순풍을 만나 십일
이 못ᄒᆞ여 양쥬강(揚州江)의 니르럿더니 【36】 당인
(唐人)의 져근 ᄇᆡ 지나거늘 뎡뫼 드듸여 그 ᄇᆡ예 드
러가 션쥬(船主)ᄃᆞ려 무러 믈화 귀쳔과 인심 션악을
탐지ᄒᆞᆫ 후의 믈화롤 만히 쥬어 친교롤 믹즈니 그
사룸이 감샤ᄒᆞ거늘 뎡뫼 ᄀᆞᆯ오ᄃᆡ,

"만일 셩ᄉᆞᄒᆞ거든 즁히 갑흐리라."

ᄒᆞ고 드듸여 양강으로부터 죠슈롤 ᄯᆞ라 셕두
셩(石頭城)하의 니르니 당인의 집이 강변의 만히 잇
ᄂᆞᆫ지라 드듸여 ᄇᆡ롤 언덕 아ᄅᆡ 다이고 잇틋날 두어
션부로 더부러 당의(唐衣)롤 닙고 당인을 ᄯᆞ라 남경
셩ᄂᆡ예 드러가니 십 니 누듀예 념막(簾幕)이[44] 휘황

---

43) [돈피] 圈 ((복식)) 돈피(獤皮). 담비 종류 동물의 모피
를 통틀어 이르는 말.¶ 貂皮 ‖ 인삼과 돈피롤 사가지
고 다시 븍경의 드러가니 그 쥬인은 녯날 죠혼 사이
라 뎡뫼 달ᄂᆡ여 왈 이 믈화롤 가지고 남경의 간즉 맛
당히 듕가롤 바드리라 ᄒᆞᄃᆡ (盡買人蔘貂皮, 仍以其餘,
多貿健馬, 盡載之, 復赴北京. 其主人舊日大商, 而好誼
者也. 賈說之曰: "若以此貨往南京, 則當獲百倍之利矣.")
<靑邱野談 奎章 12:35>

32

호고 좌우 겨즈의 보해(寶貨1) 산굿치 똿이엿더라. 당인이 뎡모롤 닛글고 훈 약포(藥鋪)의 드러가 말호 디,

"이눈 됴션 사롬으로 중화(重貨)롤 가지고 왓스니 가히 미ᄌ호고 누셜치 말나."

쥬인이 대희호여 쳥호여 드리고 부옹(富翁)들을 쳥호여 교화(交貨)호기롤 언약호거 [37] 놀 뎡뫼 인삼과 쵸피롤 가져다가 뵈니 쥬인이 보고 갑슬 슈응호미 본국의 비컨디 수십 비나 훈지라. 뎡뫼 후훈 지믈노 당인을 쥬고 도라와 복경의 니르러 수쳔 금으로 쥬인을 쥬고 십여 격군을 쳔금식 난하쥬고 본국의 도라오니 블과 수월이라. 감영 은 ᄉ만 냥을 갑고 연희읍 부민의 은을 다 갑고 남아지 누거만일 너라. 감ᄉ의게 그 연고롤 고호고 남경 믈화 듕귀(重貴)훈 거슬 다삿 바리롤 드리니 감시 탄식 왈,

"이눈 영웅이로다."

호고 지샹의게 쳔거호여 변장(邊將)을 여러 번 지나니라.

후

문명복듕노우구복
問名卜中路遇舊僕

인동(仁同)45) 사롬 됴양뇌(趙陽來1) 겸치기롤 잘호더니 동향 무변(武弁)이 과거의 갈시 됴가(趙家)의 가 길흉을 무른디 양뇌 괘롤 짓고 혁츠 골오

---

44) 【념막】 圐 염막(簾幕). 발과 장막.¶ 簾幕 ‖ 잇튿날 두어 션부로 더부러 당의롤 닙고 당인을 짜라 남경 셩 니예 드러가니 십 니 누뎌에 념막이 휘황호고 좌우 겨즈의 보해 산굿치 똿이엿더라 (翌日賈宰船夫之有心計者數人, 皆以唐製衣服, 隨唐人入南京城內, 十里梗塞, 簾幕掩映, 皆是寶肆, 寶貨山積.) <靑邱野談 奎章 12:36>

45) 【인동】 圐 ((지리)) 인동(仁同). 지금의 경상북도 구미시 인동동.¶ 仁同 ‖ 인동 사롬 됴양뇌 겸치기롤 잘 더니 동향 무변이 과거의 갈시 됴가의 가 길흉을 무른디 양뇌 괘롤 짓고 혁ᄎ 골오더 니 호랑의게 희 눈 볼 거시로더 과거롤 긔필호리라 (仁同士人, 趙陽來者, 善占筮, 多奇驗. 同鄕有武人赴擧, 詣趙卜吉凶, 趙作卦訖誌曰: "君行當被虎噬矣 然又當捷科.") <靑邱野談 奎章 12:37>

더,

[38] "그더 호랑의게 희눈 볼 거시로더 과거롤 긔필호리라."

호고 인호여 돌탄(咄嘆)호거늘 무변이 졈니(占理)롤 듯고 졉호나 과거호기의 급훈지라 드디여 발힝훈 지 수일 만의 훈 무인지경(無人之境)의 니르러 일모월츌(日暮月出)훈 쩍예 훈 적한(賊漢)이 쥴연이 너다라 그 무변을 몰고 쯔어느려 그 멱살을 잡고 발노 가삼을 드듸고 칼을 쎄여 지르려 호거늘 무변 왈,

"네 호고져 호눈 배 블과 지믈이라 니게 잇눈 비 블과 마필 의복이니 네 임의더로 가져갈 거시어 눌 엇지 날을 지르려 호느뇨?"

격한 왈,

"내 엇지 네 지믈을 취호리오? 부모의 원슈롤 갑고져 호미니라."

무변 왈,

"니 일즉 이 사롬 죽이미 업거늘 널노 더부러 무슴 원쉬 잇스리오?"

격한 왈,

"ᄌ셰이 싱각호여 보라."

무변 왈,

"쇼년의 셩닉여 훈 비즈롤 짜렷더니 홀연이 죽은지 [39] 라. 이 밧근 날노 말미암아 죽은 재 업 느니라."

격한 왈,

"나눈 그 비즈의 아들이라. 내 어미 죽은 후의 남의 슈양이 되여 쟝셩호미 흐로도 원슈롤 닛지 아니호고 갑흐려 호니 너는 모로더 나는 틈을 기드 련지 오릭더니 다힝이 예셔 만낫스니 엇지 너롤 노 흐리오?"

무변 왈,

"그러면 네 임의더로 흐라."

격한이 이윽히 싱각다가 칼을 더지고 짜의 업더여 왈,

"이졔눈 셔로 원을 프럿스니 샏니 힝흐쇼셔."

무변 왈,

"네 이믜 날노 원쉬 잇스면 엇지 죽이지 아니 호느뇨?"

격한이 골오디,

"내 드르니 쥬인이 비록 내 어미롤 죽엿스나 후에 뉘웃쳐 미양 죽은 날을 당흐면 졔ᄉ롤 지난다 호니 이도 ᄯ흔 은혜라. 샹젼이 비록 노비롤 죽이나

종이 엇지 감히 갑기롤 바라리오만는 ᄆᆞᄋᆞᆷ의 미치여 ᄒᆞᆫ번 보슈(報讐)ᄒᆞ기롤 ᄉᆡᆼ각ᄒᆞ더니 이졔 도【40】로혀 ᄉᆡᆼ각ᄒᆞ니 ᄉᆡᆼ면의 멱을 잡고 칼노 겨누엇스니 일즉 죽이지 아니ᄒᆞ엿스나 뜻은 조곰 풀닌지라 종으로 ᄉᆡᆼ면을 능모ᄒᆞ여 이 지경의 ᄲᅥ 니르러시니 죄롤 또ᄒᆞᆫ 샤ᄒᆞ기 어렵기로 이졔 ᄉᆡᆼ면의 압희셔 죽으리이다."

ᄒᆞ거늘 무변 왈,

"이는 녜시라 엇지 가히 죽으리오? 날노 더부러 ᄉᆡᆼ경ᄒᆞ면 ᄂᆡ 잘 디졉ᄒᆞ리라."

ᄒᆞ고 그 셩명을 무른ᄃᆡ 디답 왈,

"쇼인의 셩명은 호랑(虎狼)이읍고 또ᄒᆞᆫ ᄉᆡᆼ각ᄒᆞ온즉 종을 ᄉᆡᆼ면의 멱살을 잡고 엇지 다시 종이라 ᄒᆞ리오?"

ᄒᆞ고 즉시 칼을 드러 ᄌᆞ결ᄒᆞ거늘 무변이 대경ᄎᆞ악ᄒᆞ여 눈물나는 줄을 ᄭᆡᄃᆞᆺ지 못ᄒᆞ더라. 무변이 인ᄒᆞ여 ᄉᆡᆼ경ᄒᆞ여 장원급졔ᄒᆞ고 ᄂᆞ려간 후 그 시신을 거두어 무드니라.

환금탁강도화냥민
還金藖强盜化良民

【41】 허찰방(許察訪)의 일홈은 졍(火定)이니 일즉 셔관(西關)의 일이 잇셔 보고 ᄃᆞ라올 ᄶᅥᆨ의 ᄉᆡ벽길을 낫더니 길 우희 녹피(鹿皮) 쥬머니 ᄒᆞᆫ 개 잇거늘 종을 명ᄒᆞ여 집어본즉 수빅 냥 은봉(銀封)이어늘 안장의 걸고 압 쥬막의 드러 밥먹고 발힝치 아니ᄒᆞ고 노복으로 문밧긔 이셔 ᄎᆞᆽ는 쟈 잇스믈 술피라 ᄒᆞ엿더니 일됴이 지나ᄆᆡ ᄒᆞᆫ 사ᄅᆞᆷ이 의복이 션명ᄒᆞ여 조ᄒᆞᆫ 물을 타고 겸듕의 니르러 왈,

"녹피쥬머니 어든 쟤 잇거든 날을 쥬면 후히 갑ᄒᆞ리라."

괴셕이 창황ᄒᆞ거늘 공이 듯고 블너드려 그 쇼유롤 무른ᄃᆡ 기인 왈,

"쥬머니의 은 삼빅 냥을 너어 물고 언고 오더니 블니 심히 사오나와 횡쥬(橫走)ᄒᆞ거늘 부득이 물게 ᄂᆞ려 ᄭᅳᆯ고 오더니 그 쥬머니 ᄶᅡ의 ᄶᅥ러져 간 곳을 아지 못ᄒᆞ나 ᄉᆡᆼ각건ᄃᆡ ᄂᆡ 뒤예 오는 쟤 어덧스면 이 졈의 드럿슬 듯ᄒᆞ기【42】로 뭇ᄂᆞ이다."

공이 쥬머니롤 너여쥬어 왈,

"삼빅 냥이 져근 ᄌᆡ물이 아닌 고로 발힝치 아니ᄒᆞ고 ᄎᆞᆽ는 쟈롤 기드리더니 과연 그ᄃᆡ롤 만나니 다힝ᄒᆞ도다."

기인이 크게 감동ᄒᆞ여 무수히 사례ᄒᆞ고 ᄀᆞᆯ오ᄃᆡ,

"힝ᄎᆞᆺ는 셰샹 사ᄅᆞᆷ이 아니로다. 이는 본ᄃᆡ 일흔 ᄌᆡ물이니 원컨ᄃᆡ 반을 드리ᄂᆞ이다."

공이 쇼왈,

"ᄂᆡ 만일 ᄌᆡ물을 취ᄒᆞ면 모도 가질 거시어늘 엇지 너롤 기드리리오? 스부의 힝실은 그러치 아니ᄒᆞ니 다시 말 말나."

기인이 잠ᄌᆞᆷᄒᆞ고 안잣더니 홀연 크게 울거늘 공이 괴이 너겨 그 연고롤 무른ᄃᆡ 기인이 울기롤 긋치고 ᄃᆡ왈,

"슬프다. 셩원쥬는 엇더ᄒᆞᆫ 냥반이며 나는 엇더ᄒᆞᆫ 사ᄅᆞᆷ인지 이목구비는 ᄒᆞᆫ가지로ᄃᆡ ᄆᆞᄋᆞᆷ은 ᄀᆞᆺ지 아니ᄒᆞ니잇고? 공은 홀노 챡ᄒᆞᆫ 냥반이 되고 나는 악ᄒᆞᆫ 사ᄅᆞᆷ이 되니 엇지 슬푸지【43】 아니ᄒᆞ오릿가? 나는 본ᄃᆡ 도젹이라 수십 니 ᄶᅡ의 부쟈의 집이 잇기로 너 그 집의 드러가 은을 도젹ᄒᆞ여 너ᄆᆡ 종젹을 ᄭᅡ톨가 ᄒᆞ여 산곡 쇼로ᄌᆞ 창황이 오기로 단ᄌᆞ히 밀 결올이 업시 대로의 나오ᄆᆡ 물이 횡쥬ᄒᆞ여 쥬머니 ᄶᅥ러지믈 아지 못ᄒᆞ여시니 당ᄎᆞ지시(當此之時)ᄒᆞ여 너 ᄆᆞᄋᆞᆷ의 악ᄒᆞ미 엇더ᄒᆞ리잇고? 이졔 힝ᄎᆞ롤 뵈오니 극히 빈한ᄒᆞᆫ시ᄃᆡ ᄌᆡ물 보시기롤 분토(糞土) ᄀᆞᆺ치 ᄒᆞ여 쥬인을 ᄎᆞ져쥬시니 날노뼈 공의게 비컨ᄃᆡ 참괴ᄒᆞ미 엇더ᄒᆞ리잇가? 이런 고로 눈물나믈 ᄭᆡᄃᆞᆺ지 못ᄒᆞ여이다. 즈금 이후로 이 ᄆᆞᄋᆞᆷ 곳치고 공의 종이 되여 몸이 맛기롤 원ᄒᆞᄂᆞ이다."

공이 ᄀᆞᆯ오ᄃᆡ,

"네 기과(改過)ᄒᆞ미 진실노 챡ᄒᆞ거늘 엇지 놈의 종이 되리오?"

기인 왈,

"쇼인은 샹한(常漢)이라 이 ᄆᆞᄋᆞᆷ을 이믜 곳치ᄆᆡ 공을 아니 좃고 누롤 조ᄎᆞ리【44】오? 원컨ᄃᆡ 막지 마르쇼셔."

ᄒᆞ고 인ᄒᆞ여 공의 셩시와 향니롤 무러 왈,

"쇼인이 ᄎᆞᄎᆞ 은을 본쥬의게 도로 쥬고 쳐ᄌᆞ롤 거ᄂᆞ려 와 종이 되여 공의 힘스롤 본밧기롤 원ᄒᆞᄂᆞ이다."

ᄒᆞ고 결ᄒᆞ고 나가 공의 종을 블너 쥬육을 쟉만ᄒᆞ여 드리고 가거늘 공이 또ᄒᆞᆫ 발힝ᄒᆞᆫ 지 수일

만의 송도 널문이 쥬막의 니르럿더니 기인이 쳐주
룰 드리고 가산을 몰고 잇고 쏘라오거늘 공이 그
은 쳐치흔 연유룰 무러 알고 크게 긔특이 너기니
인흐여 공을 쏘라 광쥬(廣州) 쌍교촌(雙轎村)의 니
르러 낭녀(廊底)의46) 드러 스환흐기룰 부즈런이 흐
며 출입에 흥샹 쏘라단니~ 그 츙셩되오미 비길더
업더니 그 후의 공의 집의셔 죽으니라.

보희신역마댱명
報喜信櫪馬長鳴

【45】금양위(錦陽尉)47) 박공(朴公)이 물을 잘
알아보더니 일~은 길의셔 흔 거름 싯고 가는 물을
보고 하인으로 흐여곰 잇글고 집의 도라와 보니 등
이 굽어 산 又고 파리흔 쪄골이 능층(稜層)흔48) 둔
매어늘 문왈,

　"네 이 물을 팔녀 흐는다?"

　마뷔 왈,

　"쇼인은 놈의 죵으로 물을 몰 쏘룸이라 미~
흘 줄은 모로느이다."

　공이 집치 又혼 달마(韃馬)49) 흔 필과 건장흔
물 흔 필과 두 필을 쥰더 마뷔 대경 왈,

　"달마 흔 필만 흐여도 갑시 비나 더흐거늘 흔
필을 더 쥬시니 감히 밧지 못흐리로쇼이다."

　공이 쇼왈,

　"비록 두 필이라도 반갑시 되지 못흘 거시니
네 엇지 알니오? 가져갈 쏘룸이라."

　흐엿더니 이윽고 금군(禁軍) 다니는 사룸이
문의 와 고흐여 왈,

　"쇼인은 아모 곳의셔 사옵더니 공이 물갑슬
과도이 쥬시믈 미겨(未擧)흔 죵놈이 바다왓습기로
【46】감히 밧지 못흐여 와 뵈옵고 밧치느이다."

　공이 블너드려 닐너 왈,

　"이 물이 셰샹의 드문 물인 줄 네 엇지 알니
오? 네 만일 안즉 앗가 쥰 물은 십분일도 당치 못
흐리라."

　기인이 답왈,

　"건마 흔 필만 흐여도 갑시 쪽흐니 달마는 죽
어도 밧지 못흐리이다."

　공이 노왈,

　"무론 갑지다쇼(價之多少)흐고 귀인이 쥬거늘
네 엇지 수양흐리오? 잔말 말고 가져가라."

　흐고 마부룰 분부흐여 잘 먹이라 흐엿더니 수
월 후의 물이 술지고 신치 사름의 눈이 현황흐더라.
미양 됴회예 타고 니왕흐니 금양위집 둔 곱은 물이
라 셩명이 즈~흐더라.

　광희됴(光海朝)의 공이 녕광(靈光) 짜의 찬비
(竄配)흐고 그 물이 궁듕에 몰입흐미 광희되 심히
사랑흐야 미양 궐니예셔 치빙(馳騁)흐더니 일~은
그 마부룰 물니치고 스스로 후원의 둔니더니 물이
홀연【47】횡일(橫逸)흐야 광희죄 짜의 쩌러져 듕히
상흔지라. 물이 니쒸여 둘으니 쌜으기 번개 又투여

---

46) 【낭녀-圐 ((주거)) 낭저(廊底). 대문의 양쪽이나 문간
옆에 있는 방.¶ 廊底 ∥ 인흐여 공을 쏘라 광쥬 쌍교촌
의 니르러 낭녀의 드러 스환흐기룰 부즈런이 흐며 출
입에 흥샹 쏘라단니~ 그 츙셩되오미 비길더 업더니
그 후의 공의 집의셔 죽으니라 (仍隨公, 至廣州雙轎
村, 置屋廊底, 執役甚勤, 出入常隨, 其忠篤無與爲比者.
公甚愛之, 逸老死於其家.) <靑邱野談 奎章 12:44>

47) 【금양위-圐 ((인명)) 금양위(錦陽尉). 박미(朴瀰 1592~
1645). 자 중연(仲淵). 호 분서(汾西). 시호 문정(文貞).
1603년(선조 36) 선조의 딸 정안옹주(貞安翁主)와 결
혼하여 금양위(錦陽尉)가 되었다. 어릴 때부터 문예에
능했고 이항복(李恒福)에게 배웠으며, 장유(張維)·정
홍명(鄭弘溟) 등과 사귀었다. 1638년(인조 16) 동지 겸
성절사(冬至兼聖節使)로 청나라에 다녀오고, 금양군(錦
陽君)으로 개봉(改封)되었다. 글씨에도 능하였는데 많
은 유묵(遺墨)이 있으며, 서체는 특히 오흥(吾興)의 체
를 따랐다. 청렴하기로 이름이 났다.¶ 錦陽尉 ∥ 금
양위 박공이 물을 잘 알아보더니 일~은 길의셔 흔
거름 싯고 가는 물을 보고 하인으로 흐여곰 잇글고
집의 도라와 보니 등이 굽어 산 又고 파리흔 쪄골이
능층흔 둔매어늘 (錦陽尉朴瀰, 善知馬. 一日適出路, 遇
一駄糞馬, 令從人拹至家見之, 背曲如山, 瘦骨稜層, 卽
是一立黃糞胎耳.) <靑邱町談 奎章 12:45>

48) 【능층-흐-】 阍 능층(稜層)하다. 모나고 험상궂다.¶ 稜
層 ∥ 금양위 박공이 물을 잘 알아보더니 일~은 길의
셔 흔 거름 싯고 가는 물을 보고 하인으로 흐여곰 잇
글고 집의 도라와 보니 등이 굽어 산 又고 파리흔 쪄

골이 능층흔 둔매어늘 (錦陽尉朴瀰, 善知馬. 一日適出
路, 遇一駄糞馬, 令從人拹至家見之, 背曲如山, 瘦骨稜
層, 卽是一立黃糞胎耳.) <靑邱野談 奎章 12:45>

49) 【달마-圐 ((동물)) 달마(韃馬). 달자(獺子)의 말. 북방
의 말.¶ 韃馬 ∥ 공이 집치 又혼 달마 흔 필과 건장흔
물 흔 필과 두 필을 쥰더 (公令給如屋韃馬, 又令擇一
健馬以給.) <靑邱野談 奎章 12:45>

사름이 감히 갓가이 못ᄒᆞᄂᆞᆫ지라 물이 궐문으로 나와 쇼릭룰 즈르고 살ᄌ치 ᄃᆞ라나니 좃ᄂᆞᆫ 쟤 쳔빅이라. 좃차 강변의 니르니 물이 물의 헤음쳐 강을 건너가더니 쇼향을 아지 못ᄒᆞ녀라.

금양위 이쩍 겨쇼(謫所)의 잇셔 한가히 안잣더니 집 뒤 듁님(竹林) 속의셔 물 우ᄂᆞᆫ 소리 나거늘 사름으로 ᄒᆞ여곰 가 본즉 등곱은 물이라 등 우희 어안(御鞍)이 잇고 곳비와 달이50) 다 쩌러졋거늘 공이 대경 왈,

"이 물이 금듕(禁中)의 드러간 지 오라거늘 홀연 멀니 왓스니 도로 ᄯ려다가 밧치고져 ᄒᆞ더 길이 업고 혹 듕노의셔 횡일(橫逸)ᄒᆞᆫ즉 잣최룰 찻기 어려올 거시오 이 쇼문이 젼파ᄒᆞ면 죄샹쳠죄(罪上添罪)라."

ᄒᆞ고 노복으로 ᄒᆞ여 짜흘 파고 물을 곰촐 【48】 시 공이 친이 경계ᄒᆞ여 왈,

"네 능히 쳔 리예 와 쥬인을 ᄎᆞ즈니 신긔ᄒᆞᆫ 즘ᄉᆡᆼ이라 너 홀 말이 ᄎᆞ시니 네 드르라. 네 이믜 탈신ᄒᆞ여 왓스니 날노 ᄒᆞ여 죄룰 더ᄒᆞᆯ지라 이졔 다른 계괴 업셔 네 종젹을 곰촐 거시니 네 만일 알ᄋᆞ미 잇거든 소리ᄒᆞ지 마라. 외인으로 ᄒᆞ여곰 모로게 ᄒᆞ라."

ᄒᆞ니 물이 드듸여 우지 아니ᄒᆞ더라. 거ᄒᆞᆫ 지 일 년 만의 일ᄅᆞᆫ 머리룰 드러 길게 우니 쇼리 산악이 진동ᄒᆞᆫ지라 공이 대경 왈,

"이 물이 울지 아닌 지 오라더니 홀연 크게 쇼리ᄒᆞ니 반ᄃᆞ시 일이 잇도다."

ᄒᆞ더니 인조대왕(仁祖大王) 반졍(反正)ᄒᆞᆫ 긔별이 니르니 물 우든 날일너라. 공이 샤(赦)룰 만나 됴뎡의 도라와 타기룰 여견히 ᄒᆞ더니 그 후의 ᄉᆞ신이 심양ᄉᆞ(瀋陽使)로 발졍ᄒᆞᄆᆡ 도강ᄒᆞᆯ 날이 ᄒᆞ로룰 격ᄒᆞ엿더니 됴뎡이 비로쇼 ᄌᆞ문(咨文) 등 곳칠 글 【49】 ᄌᆞ 이시룰 ᄲᅵ닷고 모든 의논이 다 이 물이 아니면 명일에 밋지 못ᄒᆞ리라 ᄒᆞ니 인묘쬐 공을 블너 무르신더 공이 더왈,

"국가대ᄉᆞ의 신ᄌᆞ(臣子) 셩명(性命)도 앗기지

못ᄒᆞ려든 허물며 물이리잇가?"

ᄒᆞ고 인ᄒᆞ여 타고 가는 사름ᄃᆞ려 닐녀 왈,

"이 물이 의쥬에 니르거든 아ᄆᆞ것도 먹이지 말고 두어 쥬야룰 달아두어 그 긔운이 뎡ᄒᆞᆫ 후 먹이면 살 거시오 그러치 아니ᄒᆞ면 곳 죽으리라."

ᄒᆞ니 긔인이 디답ᄒᆞ고 간지 잇ᄐᆞᆺ날 미명의 의쥬에 니르러 공쳡을 드리고 드듸여 긔ᄉᆡᆨᄒᆞ여 말을 못ᄒᆞᄂᆞᆫ지라 급히 약믈을 너허 구홀 지음의 사름이 본즉 타고 온 물이 금양군 집 등 곱은 물이라 ᄒᆞ고 풀과 콩을 먹이니 물이 즉ᄉᆞᄒᆞ니라.

문과셩몽뎝가증
聞科聲夢蝶可徵

【50】 곽텬거(郭天擧)는 괴산(槐山) 교ᄉᆡᆼ(校生)이라. 그 쳐로 더브러 동침ᄒᆞ더니 그 쳬 자다 홀연 울거늘 ᄭᆡ여 무른디 쳬 왈,

"ᄭᅮᆷ의 황뇽이 하늘노 ᄂᆞ려와 그디룰 물고 가ᄂᆞᆫ 고로 울엇노라."

텬개 왈,

"닉 드르니 ᄭᅮᆷ의 뇽이 뵈면 과거ᄒᆞᆫ다 ᄒᆞ더 너 글을 못ᄒᆞ니 엇지ᄒᆞ리오?"

아ᄎᆞᆷ의 니러나 논의 믈 다ᄒᆡ려 가더니 ᄒᆞᆫ 사름이 옷슬 헷치고 급히 가거늘 무러 왈,

"무슴 연고로 뎌리 급히 가ᄂᆞ뇨?"

긔인이 답왈,

"됴뎡의셔 시로 별과(別科)룰 뵈기로 급히 녕남 아ᄆᆞ 고을 슈령의 아들의게 고ᄒᆞ로 가노라."

ᄒᆞ거늘 텬개 도라와 그 쳐ᄃᆞ려 왈,

"밤의 그디 이상ᄒᆞᆫ ᄭᅮᆷ이 잇더니 오날 내 드르니 별과룰 뵌다 ᄒᆞ더 내 글ᄌᆞ룰 아지 못ᄒᆞ니 무가ᄂᆡ하(無可奈何)로다."

그 쳬 반젼(盤錢)을 ᄀᆞ쵸와 쥬며 셔울 가 과거보기룰 원ᄒᆞ거늘 텬개 쳐음으로 셔울 가ᄆᆡ 친지 업고 남대문 드러 창(倉)골 【51】 막바지예 가 ᄒᆞᆫ 집 쳠하 밋히 안져 쉬더니 그 집 사름이 지삼 나와보고 드러갓ᄂᆞ다 나시 나와 골ᄋᆞ더,

"쥬인이 쳥ᄒᆞᄂᆞ이다."

텬개 드러가 쥬인을 보고 말ᄒᆞ여 왈,

“과거보려 쳐음 셔울 오ᄆᆡ 졉족(接足)ᄒᆞᆯ 곳이 업ᄂᆞ이다.”

쥬인이 인ᄒᆞ여 머물너 두고 ᄒᆞᆫ가지로 과장의 가쟈 ᄒᆞ니 쥬인 니상시(李上舍ㅣ)라 ᄒᆞᄂᆞᆫ 사ᄅᆞᆷ은 본ᄃᆡ 거벽(巨擘)으로 과장의 늘거 ᄉᆞ쵸(史草)ᄒᆞᆫ 거시 젹셩권츅(積成卷軸)ᄒᆞᄆᆡ 과장에 드러갈 ᄯᆡ의 텬거로 ᄒᆞ여금 ᄎᆡᆨ을 지이고 드러가 ᄒᆞ여곰 그 ᄎᆡᆨ 듕의 글졔 ᄀᆞᆺᄐᆞᆫ 거ᄉᆞᆯ 샹고ᄒᆞ라 ᄒᆞ니 텬게 향교 읍ᄉᆡᆼ인 고로 겨오 글ᄌᆞᄅᆞᆯ 아논지라 글졔ᄅᆞᆯ 샹고ᄒᆞᆯ ᄌᆞ음의 니ᄉᆡᆼ원이 발셔 글을 밧쳣ᄂᆞᆫ지라 텬거의 상고ᄒᆞᆫ 글졔ᄅᆞᆯ 어더 시지예 ᄲᅧ 밧쳣더니 쵸시예 참방(參榜)ᄒᆞ엿거ᄂᆞᆯ 텬게 대희ᄒᆞ여 도라가기ᄅᆞᆯ 쳥ᄒᆞ여 왈,

“쵸시만 ᄒᆞ여도 면군역(免軍役)ᄒᆞ기ᄂᆞᆫ 넉〻 【52】 ᄒᆞ니 급졔ᄒᆞ나 다르리오?”

ᄒᆞ거ᄂᆞᆯ 니ᄉᆡᆼ이 만류ᄒᆞ여. ᄒᆞᆫ가지로 회시예 드러갓더니 맛ᄎᆞᆷᄂᆡ 급졔ᄒᆞ니 텬게 ᄉᆡᆼ픔이 질박ᄒᆞ여 그 문벌을 휘치 아니ᄒᆞ여 벼ᄉᆞᆯ이 봉상졍(奉常正)에 니르니라.

뇨관문두아승당
鬧官門痘兒升堂

녕광(靈光) 읍듕의 사ᄂᆞᆫ 니모(李某)ᄂᆞᆫ 향곡 쳔픔(賤品)이라. 그 아들이 겨오 말 ᄇᆡ홀 ᄯᆡ의 역질(疫疾)ᄒᆞᄆᆡ 증셰 위ᄐᆡᄒᆞ더니 일〻은 홀연 니러 안져 그 아비 일홈을 크게 불너 왈,

“네 날을 업고 ᄀᆞᄅᆞ치ᄂᆞᆫ ᄃᆡ로 가쟈.”

ᄒᆞ거ᄂᆞᆯ 아비 ᄀᆞᆯ오ᄃᆡ,

“역질의 바ᄅᆞᆷ이 ᄒᆡ로오니 네 장ᄎᆞᆺ 어ᄃᆡ로 가려 ᄒᆞᄂᆞ뇨?”

그 아희 울며 면상을 ᄯᅳᆺ거ᄂᆞᆯ 그 아비 상ᄒᆞᆯ가 두려 업고 문을 나셔니 아희 관문을 ᄀᆞᄅᆞ치며 져리 가쟈 ᄒᆞ거ᄂᆞᆯ 아비 듯지 아니ᄒᆞᄃᆡ 아희 ᄯᅩ 크게 울거ᄂᆞᆯ 부 【53】 득이 관문의 니르니 ᄯᅩ 아듕(衙中)으로 드러가쟈 ᄒᆞ거ᄂᆞᆯ 문ᄃᆡ훤 ᄉᆞ령이 막은ᄃᆡ 아희 불을 ᄀᆞᄅᆞ며 그게 우니 쇼ᄅᆡ 아듕의 들니ᄂᆞᆫ지라. ᄐᆡ슈 듯고 무른ᄃᆡ ᄉᆞ령이 그 형상을 알외거ᄂᆞᆯ 명ᄒᆞ야 블너드리라 ᄒᆞᆫᄃᆡ 니ᄉᆡᆼ이 아희ᄅᆞᆯ 업고 관뎡(官庭)의 니르니 아희 홀연 ᄯᅱ여나려 거러 올나가 ᄐᆡ슈의 상좌의 안져 노ᄉᆡᆨ(怒色)을 씌고 ᄐᆡ슈의 아명을 불너 왈,

“네 엇지 이러ᄐᆞᆺ 무례ᄒᆞ뇨? 나ᄂᆞᆫ 네 죽은 아비라. ᄂᆡ 죽을 ᄯᆡ예 말을 못ᄒᆞ여 가ᄉᆞᄅᆞᆯ 다 부탁지 못ᄒᆞᆫ지라 디하의 유한(遺恨)이 되엿더니 이졔 두신(痘神)이[51] 되여 읍듕 니ᄉᆡᆼ(李生)의 집의 잇더니 다ᄒᆡᆼ히 네 맛ᄎᆞᆷ 이 고을 원으로 잇스니 긔특이 만난지라 일노조ᄎᆞ 유혼(遊魂)이 진셰(塵世)ᄅᆞᆯ 영별ᄒᆞ노라.”

ᄐᆡ슈 황홀ᄒᆞ여 반신반의ᄒᆞ거ᄂᆞᆯ 그 아희 【54】 왈,

“네 날을 밋지 못ᄒᆞ면 맛당히 가ᄂᆡᄉᆞᄅᆞᆯ 말ᄒᆞ리라.”

ᄒᆞ고 인ᄒᆞ여 문벌과 ᄌᆞ손과 면장 일동일졍(一動一靜)을 말ᄒᆞᄆᆡ 과연 ᄎᆞ착(差錯)이 업ᄂᆞᆫ지라. ᄐᆡ슈 황공쳥죄ᄒᆞ거ᄂᆞᆯ 아희 왈,

“네 누의 영졍고〻(零丁孤苦)ᄒᆞ야 명되 긔박ᄒᆞ기로 ᄂᆡ 아모 곳 면답을 쥬라 ᄒᆞ엿더니 급히 병드러 ᄯᅳᆺᄃᆡ로 못ᄒᆞ고 죽으니 네 누의 빈한ᄒᆞ미 극ᄒᆞᄆᆡ 블상ᄒᆞ미 갈소록 심ᄒᆞ거ᄂᆞᆯ 너ᄂᆞᆫ 집이 부요ᄒᆞᄃᆡ 쳐ᄌᆞ의게만 급〻ᄒᆞ고 동긔지졍(同氣之情)은 ᄉᆡᆼ각지 아니ᄒᆞ니 ᄂᆡ 일노ᄡᅧ 한이 되ᄂᆞᆫ 고로 특별이 와 너ᄅᆞᆯ 경계ᄒᆞ노라.”

ᄐᆡ슈 울며 왈,

“쇼직 블쵸ᄒᆞ와 유명(幽冥)에 근심을 깃치오니 젼죄(前罪)ᄅᆞᆯ 곳치고 가산을 난화쥬리이다.”

아희 왈,

“나 잇ᄂᆞᆫ 니ᄉᆡᆼ의 집이 빈한ᄒᆞ야 신령을 먹일 냥식이 업스니 ᄂᆡ 【55】 쥬리미 ᄯᅩᄒᆞᆫ 심ᄒᆞᆫ지라 너ᄂᆞᆫ 모로미 쥬션ᄒᆞ라.”

말을 맛치며 ᄯᅡ의 업더지거ᄂᆞᆯ 좌위 급히 구ᄒᆞ여 반향 후 회ᄉᆡᆼᄒᆞ거ᄂᆞᆯ 니ᄉᆡᆼ의 집으로 업혀 보ᄂᆡ고 ᄡᆞᆯ과 돈을 후히 쥬니 그 져녁의 아희 병이 쾌ᄎᆞᄒᆞ니라.

---

51) 【두신】 명 두신(痘神). 천연두, 마마를 다스린다는 귀신.¶ 痘神 ‖ ᄂᆡ 죽을 ᄯᆡ예 말을 못ᄒᆞ여 가ᄉᆞᄅᆞᆯ 다 부탁지 못ᄒᆞᆫ지라 디하의 유한이 되엿더니 이졔 두신이 되어 읍듕 니ᄉᆡᆼ의 집의 잇더니 다ᄒᆡᆼ히 네 맛ᄎᆞᆷ 이 고을 원으로 잇스니 긔특이 만난지라 (自吾束纊之時, 病痟不能言, 家事未得盡囑, 泉坮之下, 遺恨難夷, 陽界之上, 會面無階, 近得疫鬼, 在邑下李生家, 幸因密通, 得成奇遇.) <靑邱野談 奎章 12:53>

천장옥슈지디칙
擅場屋秀才對策

니공(李公)의 일홈은 일졔(日躋)니[52] 당셰예
유명훈 션비라. 일ᄍᆞᆫ 과장의 드러가 동졉(同接)을
일코 창황ᄒᆞ더니 현졔(懸題) 판 아리 니르러 보니
우산 오륙 개 모히여 ᄭᅩ치고 등대와 장막이 극히
졍녀(淨麗)ᄒᆞ고 진슈셩찬이 낭ᄌᆞᄒᆞ거ᄂᆞᆯ 니공이 휘장
을 헤치고 드러가니 훈 쇼년 슈ᄌᆡ 궤(几)ᄅᆞᆯ 의지ᄒᆞ
여 안졋고 여러 션비 각ᄌᆞ 시지(試紙)ᄅᆞᆯ 가지고 그
겻히 둘너 안쟈 그 슈ᄌᆡ(秀才)의 입으로 [56] 부르
ᄂᆞᆫ디로 쓰미 슈지 좌슈우응(左酬右應)ᄒᆞ여 조곰고
어려온 빗치 업거ᄂᆞᆯ 공이 겻흐로 엿본즉 개ᄉᆞ 졍치
(精緻)ᄒᆞ여 일ᄯᅡᆨ ᄎᆞ작이 업ᄂᆞᆫ지라. 공이 대경 왈,

"셰샹의 엇지 이러훈 인ᄌᆡ 잇스리오?"

ᄒᆞ고 그 셩명을 무론디 디답지 아니ᄒᆞ고 훈
사룸으로 ᄒᆞ여곰 시권을 밧쳐더니 이윽고 회보ᄒᆞ여
ᄀᆞᆯ오디,

"시권이 나왓다."

ᄒᆞ거ᄂᆞᆯ ᄯᅩ 시권을 쥬어 왈,

"아모커나 ᄯᅩ 밧치라."

이윽ᄒᆞ여 ᄯᅩ 낙방ᄒᆞ믈 고훈디 슈지 ᄯᅩ 시권을
쥬어 밧치라 ᄒᆞ기ᄅᆞᆯ 오륙ᄎᆞ ᄒᆞ미 놀이 오히려 기우
지 아니ᄒᆞ엿ᄂᆞᆫ지라. 슈지 크게 웃고 니러나며 왈,

"여러 편을 아름다이 지엇스디 훈 번도 쌘히
믈 닙지 못ᄒᆞ니 하ᄂᆞᆯ이로다 무삼 면목으로 다시 밧
치리오?"

ᄒᆞ고 인ᄒᆞ여 우산을 거더 [57] 가지고 나가거
ᄂᆞᆯ 니공이 종쟈드려 무론즉 이ᄂᆞᆫ 북헌(北軒)[53] 김공
(金公)일너라.

봉긔연빈ᄉᆞ득이랑
逢奇緣貧士得二娘

녯젹의 훈 션비 잇스니 집이 동쇼문(東小門)
밧기오 가셰 빈한ᄒᆞ여 나믈과 지장도 니우지 못ᄒᆞ
고 날마다 틱ᄒᆞᆨ(太學)의 나아가 됴셕 식당을 참예ᄒᆞ
고 남은 밥을 가지고 도라와 너ᄌᆞᄅᆞᆯ 먹이더니 일ᄍᆞ
은 밥을 소미의 너코 도라오다가 듬노의셔 훈 미인
이 뒤ᄅᆞᆯ ᄯᅡ라오거ᄂᆞᆯ 셩이 도라보아 왈,

"엇더훈 녀ᄌᆡ완디 날을 ᄯᅡ라오ᄂᆞ뇨?"

미인 왈,

"그디로 더부러 ᄀᆞᆺ치 가 집의 쳡이 되고져 ᄒᆞ
노라."

셩 왈,

"니집이 간난ᄒᆞ여 일쳐도 오히려 근심되거ᄂᆞᆯ
허믈며 엇지 쳡을 두리오? 미인이 만일 날을 조ᄎᆞ
[58] 면 반드시 긔ᄉᆞ지귀신(饑死之鬼神)이 되리로
다."

미인 왈,

"셩ᄉᆞᄂᆞᆫ 명이 잇고 빈부ᄂᆞᆫ 하ᄂᆞᆯ의 잇스니 찍
가 도라오면 고목의도 ᄭᅩᆺ치 피ᄂᆞᆫ지라 위슈(渭水)의
고기 낙든 강틱공(姜太公)은[54] 팔슌의 셔빅(西伯)

---

52) 【일졔】圖 ((인명)) 일졔(日躋). 이일졔(李日躋 1683~
1757). 조선후기의 문신. 자는 군경(君敬), 호는 화강(華
岡). 성린(聖麟)의 손자, 언강(彦綱)의 아들. 1708년(숙
종 34) 생원이 되고, 참봉(參奉)을 거쳐 1722년(경종
2) 알성문과에 병과로 급제, 승문원에 분관되고, 곧바
로 사정(司正)을 지냈다. 1740년 회양부사로 나갔으나
진휼 과정에 하자가 있었다 하여 강원감사 정형복(鄭
亨復)과 함께 파직되었다. 1744년에는 사은부사(謝恩
副使)에 임명되어 사은정사(謝恩正使) 양평군(楊平君)
이색(李穡), 서장관(書狀官) 이유신(李裕身)과 함께 청
나라에 가서 동년 6월에 환국하였다. 평안감사 시절
축성 과정에 민폐가 있다하여 파직되었으나, 이듬해 6
월 도승지에 발탁되고 한성 좌윤을 거쳐, 1752년에 병
조참판, 동지의금부사, 이듬해 한성좌윤에 올랐다. 내
외직을 두루 거치는 과정에서 특히 민방 문제에 높은
식견을 갖추고 있어 관방 정책에 기여한 바가 많았
다.¶ 日躋 ∥ 니공의 일홈은 일졔니 당셰예 유명훈 션
비라 (李公日躋, 當時盛名之士也.) <靑邱野談 奎章
12:55>

53) 【북헌】圖 ((인명)) 북헌(北軒). 김춘택(金春澤 1670~
1717). 조선중기의 문인. 자는 백우(伯雨). 호는 북헌(北
軒). 김만중의 종손(從孫). 시와 글씨에 뛰어났으며, 《
구운몽》·《사씨남정기》를 한문으로 번역하였다. 이조
판서(吏曹判書)로 추증(追贈)되었으며, 시호는 충문(忠
文)이다.¶ 北軒 ∥ 인ᄒᆞ여 우산을 거더가지고 나가거ᄂᆞᆯ
니공이 종쟈ᄃᆞ려 무론즉 이ᄂᆞᆫ 북헌 김공일너라 (因撤
傘而出, 李詰于從者, 乃知其爲北軒金公也.) <靑邱野談
奎章 12:57>

54) 【강틱공】圖 ((인명)) 강태공(姜太公). 중국 주(周)나라
초엽의 조신(朝臣)인 태공망(太公望)을 그의 성(姓)

38

을55) 만나고 헌옷 닙든 쇼진(蘇秦)이눈56) 일됴의 뉵국 졍승인(政丞印)을 찻거늘 엇지 일시 궁곤ᄒᆞ므로 평성을 ᄌᆞ단(自斷)ᄒᆞ리오?"

ᄒᆞ고 ᄯᅥ라오거늘 셩이 부득이 머믈너 두엇더니 이튿날 미인이 가지고 온 돈으로 냥식을 사며 나믈을 사 됴셕으로 봉양ᄒᆞ기를 일〻여견(日日如前)ᄒᆞ니 일노 부뷔 쥬리믈 면ᄒᆞ고 돈이 다ᄒᆞᆫ즉 ᄯᅩ 어더 니우기를 ᄉᆞ오삭 ᄒᆞ더니 미인이 셩ᄃᆞ려 닐너 ᄀᆞᆯ오ᄃᆡ,

"이 ᄯᅡ히 궁박ᄒᆞ여 살기 어려오니 셩니의 드러가 살미 엇더ᄒᆞ뇨?"

셩 왈,

"집이 업스니 엇지ᄒᆞ리오?"

미인 왈,

"셩니의 드[59]러가려.ᄒᆞ면 엇지 집 업스믈 근심ᄒᆞ리오?"

ᄒᆞ더니 일〻은 창두(蒼頭) 칠팔인이 교ᄌᆞ 두 ᄎᆡ와 물 두 필과 쳥의쇼동(靑衣小童)을 ᄃᆞ리고 오거늘 미인이 농을 열고 시로 지은 남녀 의복을 ᄂᆡ여 ᄒᆞᆫ 벌은 졍덕(正宅)의게 드리고 ᄒᆞᆫ 벌은 ᄌᆞ개(自家1) 입고 쳐쳡이 ᄒᆞᆫ 교ᄌᆞ식 타고 셩은 노식 타고

인 강(姜)과 함께 이르는 말.¶ 呂叟∥위슈의 고기 낙든 강팀공은 팔슌의 셔빅을 만나고 헌옷 닙든 쇼진이눈 일됴의 뉵국 경승인을 찻거늘 엇지 일시 궁곤ᄒᆞ므로 평성을 ᄌᆞ단ᄒᆞ리오 (風送釣渭呂叟八旬, 載西伯之後車, 弊貂蘇季, 一朝佩六國之相印. 豈可以一時窮困, 自斷其平生乎?) <靑邱野談 奎章 12:58>

55) [셔빅] 圖 ((인명)) 서백(西伯). 주(周)의 문왕(文王). 주나라 첫 임금인 무왕(武王)의 아버지. 서백창(西伯昌). 이 시절에 기양(岐陽)에서 봉황이 울었다 하며, 은 주왕(殷紂王)이 그를 유리(羑里)에 가둔 일이 있음.¶ 西伯∥위슈의 고기 낙든 강팀공은 팔슌의 셔빅을 만나고 헌옷 닙든 쇼진이눈 일됴의 뉵국 경승인을 찻거늘 엇지 일시 궁곤ᄒᆞ므로 평성을 ᄌᆞ단ᄒᆞ리오 (風送釣渭呂叟八旬, 載西伯之後車, 弊貂蘇季, 一朝佩六國之相印. 豈可以一時窮困, 自斷其平生乎?) <靑邱野談 奎章 12:58>

56) [쇼진] 圖 ((인명)) 소진(蘇秦 ?~?). 중국 전국 시대의 유세가(遊說家). 진(秦)에 대항하여 산동(山東)의 6국인 연(燕), 조(趙), 한(韓), 위(魏), 제(齊), 초(楚)의 합종(合縱)을 설득하여 성공했다.¶ 蘇季∥위슈의 고기 낙든 강팀공은 팔슌의 셔빅을 만나고 헌옷 닙든 쇼진이눈 일됴의 뉵국 성승인을 찻거늘 엇지 일시 궁곤ᄒᆞ므로 평성을 ᄌᆞ단ᄒᆞ리오 (風送釣渭呂叟八旬, 載西伯之後車, 弊貂蘇季, 一朝佩六國之相印. 豈可以一時窮困, 自斷其平生乎?) <靑邱野談 奎章 12:58>

비후(陪後)ᄒᆞ여 셩ᄂᆡ예 드러와 ᄒᆞᆫ 집의 니르러 쳐쳡은 ᄂᆡ당의 드러가고 셩은 밧겻 ᄯᅳᆯ의셔 방황ᄒᆞ며 보니 집이 굉장ᄒᆞ고 화회 삼녈(森列)ᄒᆞ더라. 겨근 아희 나와 셩을 마져 안의 드러가니 안희ᄂᆞᆫ ᄂᆡ당의 안고 쳡은 건넌방의 드럿고 일용 긔명이 ᄀᆞ쵸지 아니미 업고 남노여복(男奴女僕)이 부지기쉬러라. 셩 왈,

"이 뉘집이뇨?"

미인이 쇼왈,

"덕을 보미 엇지 쥬인이 모로리오? 거ᄒᆞᆫ 쟤 곳 쥬[60]인이니라."

이후로 의식이 유족(裕足)ᄒᆞ고 거체 편안ᄒᆞ미 파리ᄒᆞᆫ 얼골이 다시 윤튁ᄒᆞ여 부가옹(富家翁)을 부러 아니ᄒᆞ더라.

그ᄯᅦ에 니동지(李同知)라 ᄒᆞᄂᆞᆫ 쟤 간혹 와 보거늘 그 미인 왈,

"이ᄂᆞᆫ 근족 어룬이라."

ᄒᆞ고 왕ᄂᆡᄒᆞ더니 일〻은 미인이 셩ᄃᆞ려 닐너 왈,

"낭군이 ᄯᅩ 미쳡(美妾)을 엇고져 ᄒᆞᄂᆞ니잇가?"

셩이 대경 왈,

"ᄂᆡ 낭ᄌᆞ로 더부러 만난 후로 낭ᄌᆞ의 힘을 닙어 일신이 안보(安保)ᄒᆞ고 만식 다 죡ᄒᆞ거늘 엇지 다른 뜻이 잇스리오?"

미인 왈,

"텬여블슈(天與不受)면 반슈기앙(反受其殃)이라."

ᄒᆞ고 힘뼈 권ᄒᆞ거늘 셩 왈,

"ᄂᆡᄌᆞ로 더부러 샹의ᄒᆞ여 쳐치ᄒᆞ쟈."

ᄒᆞ고 그 말ᄃᆡ로 의논ᄒᆞᆫ디 쳬 ᄀᆞᆯ오ᄃᆡ,

"이 ᄀᆞᆺ튼 쳡은 열인들 무어시 방ᄒᆡ로오리오?"

ᄒᆞ거늘 셩이 허락ᄒᆞ엿더니 일〻은 져녁[61]의 ᄒᆞᆫ 쇼년 부인이 월식을 ᄯᅴ여 거러오고 두 ᄎᆡ환이 젼도(前導)ᄒᆞ니 용ᄉᆡᆨ(容色)이 졀미(絶美)ᄒᆞ고 거지 단졍ᄒᆞ여 븟그리는 ᄐᆡ도를 ᄯᅴ엿시니 결단코 상쳔(常賤)ᄒᆞᆫ 뷔 아니라. 셩이 ᄒᆞᆫ번 보고 놀나며 깃거 드듸여 운우(雲雨)의 즐거오믈 일우니 쳡 왈,

"이 사롬은 ᄉᆞ족 부녜라 쳡의게 비ᄒᆞᆯ 빅 아니ᄂᆞ 녜로뼈 디졉ᄒᆞ쇼셔."

셩이 그 말ᄃᆡ로 겨ᄃᆡᄒᆞ니 삼녜(三女ㅣ) 동실(同室)ᄒᆞ여 ᄀᆡ문(閨門)이 화복ᄒᆞ더라.

일〻은 니동지 와 셩ᄃᆞ려 닐너 왈,

"금일 ᄯᅩ 졍ᄉᆞ(政事)를 보니 그ᄃᆡ 릉참봉(陵參

奉) 슈망(首望)의 드럿더라."

셩 왈,

"내 셩명을 알 니 업고 쏘 친지 업셔 쳔거ᄒᆞ리 업거늘 엇지 이럴 니 잇스리오? 견ᄒᆞᄂᆞᆫ 쟤 그룻ᄒᆞ미로다."

니동지 왈,

"내 눈으로 뎡ᄉᆞ를 보왓스니 엇지 그ᄃᆡ의 셩명을 아지 못ᄒᆞ리오?"

ᄒᆞ더니 【62】이윽고 원예(院隷) 뎡망(政望)을57) 가지고 와 아모ᄃᆡ이냐 뭇거늘 셩이 그 셩명을 보니 과연 그르지 아닌지라. ᄆᆞ음의 경아ᄒᆞ야 츌ᄉᆞ ᄒᆞ엿더니 그 후의 ᄎᆞ～ 승탁(昇擢)ᄒᆞ여 웅쥬거목(雄州巨牧)을 지ᄂᆞ니라.

일ᄉᆞ은 셩이 그 쳡ᄃᆞ려 무러 왈,

"너 낭ᄌᆞ로 더브러 동거ᄒᆞᆫ 지 수십 년이오 이제 늘거죽기예 니르도록 낭ᄌᆞ의 ᄂᆡ력을 아지 못ᄒᆞ니 젼의ᄂᆞᆫ 비록 긔엿거니와 이제 말ᄒᆞ미 엇더ᄒᆞ뇨?"

쳡이 탄식 왈,

"니동지ᄂᆞᆫ 곳 쳡의 아비라 쳡이 쳥년의 과뷔 되여 음양(陰陽)을 아지 못ᄒᆞ오미 부뫼 불상이 너기더니 일ᄉᆞ은 쳡ᄃᆞ려 닐너 왈 '오날 계녁의 네 문을 나가 처음 남ᄌᆞ를 ᄯᆞ라가 셤기라.' ᄒᆞ기로 쳡이 젼도히 나와 낭군을 몬져 만낫스니 막비연분(莫非緣分)이오 집을 사며 산업 【63】 쟉만ᄒᆞᆫ 쳡의 아비 쥰비ᄒᆞᆫ 비오 더 낭ᄌᆞᄂᆞᆫ 즉금 아모 지샹의 ᄯᆞᆯ노 합궁 젼 과뷔라. 쳡의 아비 그 지샹과 졀친ᄒᆞ여 비록 가간(家間) 셰쇄(細瑣)ᄒᆞᆫ 일이라도 셔로 의논ᄒᆞ더니 두 집의 다 쳥년 과뷔 잇ᄂᆞᆫ지라 ᄆᆞ음의 셔로 긍측ᄒᆞ더니 쳡의 아비 쳡을 구쳐ᄒᆞᆫ 연유로 고ᄒᆞ니 그 지샹이 츄연(愀然) 낭구의 왈 '나도 쏘ᄒᆞᆫ 이 ᄯᅳᆺ이 잇노라.' ᄒᆞ고 드ᄃᆡ여 그 ᄯᆞᆯ이 병드러 죽엇다 ᄒᆞ고 시집의 부고를 젼ᄒᆞ고 산하의 허장(虛葬)ᄒᆞ고 낭군을 만나게 ᄒᆞ미오 향ᄌᆞ의 쵸ᄉᆞ 벼ᄉᆞᆯᄒᆞ기ᄂᆞᆫ 그 지샹의 지휘ᄒᆞ미니이다."

셩이 텽파의 비로쇼 탄식 왈,

"이ᄂᆞᆫ 진실노 텬연이로다."

ᄒᆞ고 쳐쳡 삼인이 빅슈희로ᄒᆞ고 ᄌᆞ녀를 만히

낫코 여러 번 외임을 지나니라. 【64】

복원듕구쳐슈계
伏園中舊妻授計

병ᄌᆞ호란(丙子胡亂)에 송도(松都) 상고(商賈)ᄒᆞᄂᆞᆫ 사롬의 쳐이 잡혀간지라 상괴 그 쳐를 일코 상셩(喪性)ᄒᆞ여 은을 모화가지고 심양(瀋陽)의 드러가니 그 쳬 마쟝군의 쳡이 되엿ᄂᆞᆫ지라 상괴 은을 가지고 동인(東人)들 사ᄂᆞᆫ 곳의 가 방문ᄒᆞᆫ즉 잡혀온 사롬이 닐너 왈,

"네 쳐이 마쟝군의 춍쳡(寵妾)이 되엿스니 속신(贖身)ᄒᆞᆯ 도리 만무ᄒᆞᆫ지라 너ᄂᆞᆫ 급히 도라가라.

ᄒᆞ거늘 상괴 오히려 넛지 못ᄒᆞ여 그 얼골이나 ᄒᆞᆫ 번 보기를 원ᄒᆞᆫᄃᆡ 동니 사롬이 ᄀᆞᆯ오ᄃᆡ,

"깁히 금쵸와 나오지 못ᄒᆞ니 일이 극히 어려오ᄃᆡ 마쟝군이 ᄆᆡ양 밤마다 ᄌᆞ야슈(子夜水)를58) 먹으미 그 계집이 물 길너 나올 거시니 ᄀᆞ만이 그 동산의 숨엇스면 혹 볼 듯ᄒᆞ되 심히 위 【65】 ᄐᆡᆨᄒᆞ다."

ᄒᆞ거늘 그 사롬이 이 밤의 동산 ᄀᆞ온ᄃᆡ 숨엇더니 그 쳬 과연 밤듕에 나오거늘 나아가 그 손을 잡은ᄃᆡ 그 쳬 아모말도 아니ᄒᆞ고 ᄯᅥᆯ쳐 드러가더니 잠간 사이 다시 나와 조고마ᄒᆞᆫ ᄶᆞᆫ 거슬 쥬며 왈,

"너 비록 무샹(無常)ᄒᆞ여 호로(胡虜)의게 실신(失身)ᄒᆞ엿스나 쏘ᄒᆞᆫ 일단심졍(一端心情)이 잇ᄂᆞᆫ지라 남의 날을 연～ᄒᆞ여 이예 니르니 쳡이 엇지 팔시ᄒᆞ리오마ᄂᆞᆫ 탈신(脫身)ᄒᆞᆯ 길이 만무ᄒᆞ고 만일 도라가고져 ᄒᆞᆫ즉 도로혀 몸의 밋츌 거시니 이것슬 가지고 본국에 도라가 나의셔 승ᄒᆞᆫ 쳡을 사 잘 살고 날 ᄀᆞᆺᄒᆞᆫ 거슨 성각지 말고 급히 도라가라. 만일 지쳬ᄒᆞᆫ즉 ᄯᅩᄂᆞᆫ 사롬이 잇슬 거시니 밧비 쵼가의 가

57) 【뎡망】 □ 졍망(政望), 벼슬자리에 추쳔됨을 알리는 문서.¶ 政望 ∥ 이윽고 원예 뎡망을 가지고 와 아모ᄃᆡ이냐 뭇거늘 셩이 그 셩명을 보니 과연 그르지 아닌지라 (陵隷持政望叩問曰: "某宅乎?" 生員見其姓名, 果不錯也.) <靑邱野談 奎章 12:62>

58) 【ᄌᆞ야슈】 □ 자야수(子夜水). 한밤중(밤12-01시)에 긷ᄂᆞᆫ 물.¶ 子夜水 ∥ 깁히 금쵸와 나오지 못ᄒᆞ니 일이 극히 어려오ᄃᆡ 마쟝군이 ᄆᆡ양 밤마다 ᄌᆞ야슈를 먹으미 그 계집이 물 길너 나올 거시니 ᄀᆞ만이 그 동산의 숨엇스면 혹 볼 듯ᄒᆞ러 심히 쒸비ᄒᆞ니 (探廬下出, 此事至難, 但將軍每飲子夜水, 信其女, 夜半必令其女取水, 潛伏其園, 或見之, 是甚危道也.) <靑邱野談 奎章 12:64>

밥지어 먹고 삼일을 기드려 가라."

흐고 손으로 건넌산을 그르쳐 왈,

"뎌 산 우희 셕굴이 잇【66】스니 그곳의 숨어잇다가 삼일 후 나간즉 가히 면화(免禍)흐리라."

흐거늘 상괴 그 말디로 젼촌의 가 밥지어 먹고 셕굴 속의 숨어잇더니 이튿날 아츰의 멀니 엿본즉 그 체 동산 그온디 니별흐던 곳의셔 즈결흐엿더라. 마장군이 알고 대경흐여 아마도 됴션 사롬이 왓던가 보다 흐고 군스롤 발흐여 삼일을 츠즈디 엇지 못흐고 이에 긋치니 그 사롬이 비로소 나와 본국으로 도라오니라.

심고묘목은현몽
尋古墓牧隱顯夢

니감스(李監司)의 일홈은 틱연(泰淵)이니[59] 졔흑공(提學公) 죵흑(種學)의[60] 후손이라. 쇼시 쩌예

꿈의 흔 노인이 와 말흐디,

"나는 너의 션조 목은(牧隱)일너니[61] 닉 일즉 져근 아들 죵흑을 사랑흐더니 이계 즈손【67】이 그 묘롤 일허 쵸목(樵牧)을[62] 금치 못흐는지라. 닉 심히 슬허흐노니 너는 죵흑의 후예라 그 묘사(墓舍)롤 츠즈미 가흐니라."

흐거늘 니공이 몽듕이나 졀흐고 공경 디왈,

"비록 찻고져 흐나 무엇슬 말미암아 츠즈리잇가?"

노인 왈,

"너의 문젹(文籍)을 구흐여보면 즈연 알 도리 잇스리라."

흐거늘 놀나 찌드르니 황연히 그 일은바롤 아지 못흐녀라. 목은의 문집을 상고흐디 가히 증험홀 곳이 업스니 미양 녕남 사롬을 만나면 문득 목은션성의 기친 문젹을 구흐더니 흔 션비 말흐디,

"녕남 아모 고을 사롬의 집에 약간 유문(遺文)이 잇다."

흐거늘 취흐여 보고져 흐더니 공이 맛춤 공산현감(公山縣監)을 흐여 나려가니 곳 션비 잇는 고을이라. 공이 사롬을 보니여 구흐야 즈셰히 슬펴본즉 그 듕의【68】 졔흑공 묘표(墓表])] 황희도 토산(兔山) 아모 동니예 잇다 흐엿거늘 비로소 그 꿈이 헛되지 아닌 줄 알고 환됴 후의 옥당(玉堂) 언스(言事)로 파직흐미 한가흔 쩌롤 타 토산의 느려가 일경을 츠즈디 망연히 알 길이 업거늘 흔 촌의 가 뉴

59) 【틱연】圈 ((인명)) 태연(泰淵). 이태연(李泰淵 1615~1669). 조선중기의 문신. 자는 정숙(靜叔), 호는 눌재(訥齋). 1635년(인조 13) 진사가 되고, 1642년(인조 20) 진사로 정시문과에 을과로 급제하여 정자·검열을 거쳐 이듬해 대교가 되고, 1646년 설서(設書)·정언·지평 등을 역임하였다. 1650년(효종 1) 이후 공산현감·당진현감·수원부사·충청도관찰사·전라도관찰사·승지·병조참의·경상도관찰사·대사간·이조참의·평안도관찰사를 지냈다.¶ 泰淵 ‖ 니감스의 일홈은 틱연이니 졔흑공 죵흑의 후손이라 (李監司泰淵, 卽牧隱小子, 提學種學之裔也.) <靑邱野談 奎章 12:66>

60) 【죵흑】圈 ((인명)) 종학(種學). 이종학(李種學 1361~1392). 고려 후기의 문신. 자는 중문(仲文), 호는 인재(麟齋). 이색(李穡 1328~1396)의 둘째 아들. 1374년(공민왕 23) 14세 때 성균시에 합격하고 1376년(우왕 2) 문과에 동진사로 급제하여 장흥고사(長興庫使)에 나아갔으며, 그 뒤 벼슬이 밀직사지신사(密直司知申事)에 이르렀다. 1388년 28세에 성균시를 관장하고 이듬해에 동지공거가 되었다. 조선이 들어서면서 정도전(鄭道傳)등이 손흥종(孫興宗)을 시켜 그를 묶어니 아넜는데. 판관으로 있던 그의 문생(門生) 김여지(金汝知)의 도움으로 화를 면하였으나 장사현(長沙縣)으로 이배되던 중 살해되었다.¶ 種學 ‖ 니감스의 일홈은 틱연이니 졔흑공 죵흑의 후손이라 (李監司泰淵, 卽牧隱小子, 提學

種學之裔也.) <靑邱野談 奎章 12:66>

61) 【목은】圈 ((인명)) 목은(牧隱). 이색(李穡 1328~1396). 고려 말기의 문신이며 학자. 자는 영숙(潁叔). 호는 목은(牧隱). 중국 원나라에 가서 과거에 급제하고, 귀국하여 우대언(右代言)과 대사성 따위를 지냈다. 삼은(三隱)의 한 사람으로, 문하에 권근과 변계량 등을 배출하여 학문에 큰 발자취를 남겼다. 조선 개국 후 태조가 여러 번 불렀으나 절개를 지키고 나가지 않았다.¶ 牧隱 ‖ 나는 너의 션조 목은일너니 닉 일즉 져근 아들 죵흑을 사랑흐더니 이계 즈손이 그 묘롤 일허 쵸목을 금치 못흐는지라 (我乃汝之牧隱先祖, 吾嘗愛小子種學, 今子孫失其墓, 樵牧不禁.) <靑邱野談 奎章 12:66>

62) 【쵸목】圈 초목(樵牧). 땔나무를 하고 짐승을 치는 일¶ 樵牧 ‖ 나는 너의 션조 목은일너니 닉 일즉 져근 아들 죵흑을 사랑흐더니 이계 즈손이 그 묘롤 일허 쵸목을 금치 못흐는지라 (我乃汝之牧隱先祖, 吾嘗愛小子種學, 今子孫失其墓, 樵牧不禁.) <靑邱野談 奎章 12:67>

슉ᄒᆞ며 그 쥬인ᄃᆞ려 무로 골오디,

"근쳐의 혹 고총이 잇셔 유젼ᄒᆞ기를 녯 지상의 분픠라 ᄒᆞᄂᆞᆫ 곳이 잇ᄂᆞ냐?"

쥬인 왈,

"너집 뒤 산녹(山麓)의 고총이 잇다 ᄒᆞ더이다."

ᄒᆞ거늘 공이 인ᄒᆞ여 뉴슉ᄒᆞ고 촌민의게 쳐문(採問)ᄒᆞ니 닐오디,

"그 묘쇼 쳐음의ᄂᆞᆫ 표셕(表石)이 잇셔 음긔(陰記)예 묘면(墓田) 묘답(墓畓)을 긔록ᄒᆞᆫ 고로 촌인이 샌혀 뭇고 그 묘면을 도젹ᄒᆞ엿ᄂᆞ이다."

ᄒᆞ거늘 그 비셕 무든 곳을 ᄎᆞᄌᆞ니 묘 압 논 속이오 ᄌᆞ획이 완연ᄒᆞ거늘 드디여 【69】 묘로(墓奴)를63) 두어 직희게 ᄒᆞ고 향화를 긋치지 아니ᄒᆞ니라.

홍ᄉᆞ문동악유별계
洪斯文東岳遊別界

홍쵸(洪僬)ᄂᆞᆫ 아산(牙山) 대동촌(大同村) 사롬이라. 일즉 금강산의 놀더니 외산(外山)의셔 ᄒᆞᆫ 승을 만나니 심히 밧비 가거늘 홍성이 그 가ᄂᆞᆫ 곳을 무른디 승 왈,

"쇼승의 사ᄂᆞᆫ 곳이 심히 머니이다."

성 왈,

"날과 ᄒᆞᆫ가지 가미 엇더ᄒᆞ뇨?"

승 왈,

"다리 힘이 업스면 능히 가지 못ᄒᆞ리이다."

성이 구지 쳥ᄒᆞᆫ디 승이 ᄌᆞ옥히 보다가 왈,

"ᄶᆞᆨ히 가리로다."

ᄒᆞ고 드디여 동ᄒᆡᆼᄒᆞ야 산벽 쇼로ᄅᆞ 힝ᄒᆞ여 몃 눌을 가ᄂᆞᆫ지 아지 못ᄒᆞ더니 ᄒᆞᆫ 놉흔 녕이 잇고 그 밋ᄒᆡ 흰 모릭봉이 잇거늘 승 왈,

"이 모릭 심히 고와 발을 옴기ᄅᆞ 어렵고 더딘

즉 무릅가지 샌지ᄂᆞ니 나의 운보(運步)ᄒᆞᄂᆞᆫ 법을 보와 ᄌᆞ조 거르면 【70】 가히 환을 면ᄒᆞ리라."

성이 무릅흘 자조 놀여 승을 ᄯᅡ라 봉두(峰頭)의 니르니 길이 끈허지고 아릭ᄂᆞᆫ 만쟝 졀벽이라. 봉의셔 언덕에 가기 상계(相距ㅣ) ᄒᆞᆫ 발이 넘은데 승이 무단히 ᄲᅱ여 건너가디 성은 조ᄎᆞ갈 계괴 업더니 승이 그 언덕의 몸을 걸고 누어 성으로 ᄒᆞ여곰 ᄲᅱ여건너 가슴의 안기라 ᄒᆞ거늘 성이 그 말디로 ᄒᆞᆫ 번 ᄲᅱ니 승이 믄득 안아 건너지라. 일노조ᄎᆞᆺ 긔구(崎嶇)ᄒᆞᆫ 디를 지나 ᄒᆞᆫ 곳의 니른즉 별유텬디(別有天地)오 비인간(非人間)이라. 경개 졀승ᄒᆞ고 뎐답이 비옥ᄒᆞ며 수십 쵸개(草家ㅣ) 잇스디 다 승당(僧堂)이라. 집이 시너믈을 년졉(連接)ᄒᆞ여 둘넛고 젼후좌위(前後左右ㅣ) 다 비남기라.64) 집마다 비를 ᄯᅡ핫고 사롬마다 풍죡ᄒᆞᆫ지라 외긱이 니르면 심히 ᄉᆞ랑ᄒᆞ여 셔로 돌녀 마져다가 공궤(供饋) 【71】 ᄒᆞ더라.

ᄒᆞᆫ 둘이 남으믹 성이 도라오고져 ᄒᆞ여 오든 길을 ᄎᆞ즌즉 망연ᄒᆞᆫ지라. 승 왈,

"ᄌᆞ연 나갈 날이 잇다."

ᄒᆞ고 집을 역거 방셕 둘을 믄드러 가지고 동구의 나와 두어 시너를 건너니 ᄒᆞᆫ 쥰령(峻嶺)이 잇고 그 아릭 반셕(盤石)이 누엇스니 졍(淨)ᄒᆞ고 널너 그 ᄭᅳᆺ치 뵈지 아니ᄒᆞ거늘 승이 가져온 방셕 ᄒᆞ나은 성을 쥬고 ᄒᆞ은 승이 가져 각ᄌᆞᆺ 등의 짊어지고 반셕 우의 누어 요동ᄒᆞ여 ᄎᆞᆺ ᄒᆞᆯ녀나리기를 오릭만의 비로쇼 ᄯᅡ의 ᄂᆞ려보니 압ᄒᆡ ᄒᆞᆫ 봉(峰)이 잇셔 셜식(雪色)이 차아(嵯峨)ᄒᆞ고65) 봉 우희 큰 둥근 돌이 잇고 그 우희 ᄲᅳᆯ ᄭᅩᆺ치 싱긴 돌이 마조 셧거늘 승 왈,

"셩원쥐 긔이ᄒᆞᆫ 일을 보고져 ᄒᆞ시ᄂᆞ닛가?"

ᄒᆞ고 그 봉머리예 올나가 돌을 드러 그 ᄲᅳᆯ ᄀᆞ튼 거슬 두다리니 그 【72】 거시 부러지더니 잠간 ᄉᆞ이예 아조 우무러져66) 드러가거늘 성 왈,

---

63) 【묘로】同 ((인류)) 묘노(墓奴). 묘지기.¶ 墓奴 ‖ 그 비셕 무든 곳을 ᄎᆞᄌᆞ니 묘 압 논 속이오 ᄌᆞ획이 완연ᄒᆞ거늘 드디여 묘로를 두어 직희게 ᄒᆞ고 향화를 긋치지 아니ᄒᆞ니라 (遂訪其埋處, 掘出於墓前, 零丈下水田中, 字劃宛然, 可考. 遂置墓奴而守修其香火.) <靑邱野談 奎章 12:69>

64) 【비-남】圖 ((식물)) 배나무.¶ 梨樹 ‖ 집이 시너믈을 년졉ᄒᆞ여 둘넛고 젼후좌위 다 비남기라 (豊屋相接, 泉石回匝, 而滿洞皆梨樹.) <靑邱野談 奎章 12:70>

65) 【차아-ᄒᆞ-】圖 차아(嵯峨)하다. 산이 높고 험하다.¶ 嵯峨 ‖ 압ᄒᆡ ᄒᆞᆫ 봉이 잇셔 셜식이 차아ᄒᆞ고 봉 우희 큰 둥근 돌이 잇고 그 우희 ᄲᅳᆯ ᄭᅩᆺ치 싱긴 돌이 마조 셧거늘 (前有一峰, 雪色嵯峨, 峰上有圓石, 其上有對峙, 如兩角着.) <靑邱野談 奎章 12:71>

66) 【우무러-지-】圖 우무러지다. 물체의 거죽이 안으로 우묵하게 패어 들어가다.¶ 縮 ‖ 그 봉머리예 올나가 돌을 드러 그 ᄲᅳᆯ ᄀᆞ튼 거슬 두다리니 그거시 부러지더니 잠간 ᄉᆞ이예 아조 우무러져 드러가거늘 (即上走

"이 무슨 물건이뇨?"

승 왈,

"이는 큰 소라오 속명은 고동이니 본디 고산 준령(高山峻嶺)의 잇는지라 아국에셔 어드면 군문(軍門)의 부러 호령ᄒᆞ는 긔계를 민든다 ᄒᆞ더이다."

일노부터 거의 삼십 니나 힝ᄒᆞ여 나오니 고성(高城) 짜이라. 승 왈,

"우리 사는 동명은 니화동(梨花洞)이니 곳 필 ᄯᅢ면 황난ᄒᆞ여 눈 온 날 ᄀᆞᆺ다."

ᄒᆞ더라.

셩허ᄇᆡᆨ남노우션ᄀᆡᆨ
成虛白南路遇仙客

셩허ᄇᆡᆨ(成虛白)의[67] 일홈은 현(俔)이니 옥당(玉堂) 벼슬노 잇더니 슈유(受由)ᄒᆞ고 남듕(南中)의[68] 갓다가 도라오더니 ᄯᅢ ᄆᆞᄎᆞᆷ 하졀(夏節)이라 시ᄂᆡᆺᄀᆞ의 슈음(樹陰)이 아름답거늘 물을 나려 쉬더니 홀연 과ᄀᆡᆨ이 나귀 타고 쇼동은 칙ᄌᆞᆨ[69] 잡고 ᄯᆞ라와

나귀예 나려 슈음에셔 쉬 【73】 거늘 허ᄇᆡᆨ이 ᄀᆡᆨ으로 더부러 ᄂᆡᆼ구히 말ᄒᆞ다가 시쟝ᄒᆞ거늘 종쟈를 명ᄒᆞ여 먹을 거슬 가져오라 ᄒᆞ니 ᄀᆡᆨ이 ᄯᅩ흔 쇼동을 명ᄒᆞ여 합을 가져오니 흔 어린 ᄋᆞᄒᆡ를 무르게 살믄 거시오 흔 표ᄌᆞ를 가져오니 술이 잇스디 빗치 피 ᄀᆞᆺᄐᆞ여 버러지 ᄀᆞᄃᆞᆨᄒᆞ고 ᄯᅩ 두어 송이 꽃츨 ᄯᅴ엿더라. ᄀᆡᆨ이 ᄋᆞᄒᆡ 수지를 ᄯᅥ져 먹거늘 허ᄇᆡᆨ이 크게 놀나 문왈,

"이는 무슨 물건이뇨?"

ᄀᆡᆨ 왈,

"이는 녕약이니라."

허ᄇᆡᆨ이 얼골을 ᄶᅵᆼ긔여 감히 바로 보지 못ᄒᆞ더니 ᄀᆡᆨ이 아ᄒᆡ 다리 ᄒᆞ나흘 권ᄒᆞ거늘 허ᄇᆡᆨ 왈,

"이 ᄀᆞᆺᄐᆞᆫ 물건은 먹지 못ᄒᆞ노라."

ᄀᆡᆨ이 ᄯᅩ 표ᄌᆞ를 드러 쥬며 왈,

"이거시나 마실가보냐?"

허ᄇᆡᆨ이 ᄯᅩ ᄉᆞ양ᄒᆞᆫ디 ᄀᆡᆨ이 웃고 잇그러 마시고 표ᄌᆞ(瓢子)의 ᄯᅴ엿든 꼿홀 잘게 【74】 ᄲᆡ브ᄃ어 먹고 그 아ᄒᆡ 나마지로 쇼동을 쥬니 쇼동이 슈풀 아러 안져 먹거늘 허ᄇᆡᆨ이 동ᄌᆞᄃᆞ려 문왈,

"쥬인은 엇더ᄒᆞᆫ 사름이며 어너 곳의 잇느뇨?"

동지 왈,

"아지 못ᄒᆞ노이다."

허ᄇᆡᆨ 왈,

"엇지 종이 되여 쥬인을 모로리오?"

답왈,

"니 ᄯᆞ라ᄃᆞᆫ닌지 수ᄇᆡᆨ 년이로디 누군지 아지 못ᄒᆞᄂᆞ이다."

허ᄇᆡᆨ이 더옥 놀나 구지 무른디 동지 왈,

"의심컨디 순양션셩(純陽先生)인가[70] ᄒᆞ노이다."

허ᄇᆡᆨ 왈,

"앗가 먹든 거시 무슴 물건이고?"

디왈,

"쳔년 묵은 동ᄌᆞ삼(童子蔘)이니이다."

"술 ᄀᆞ온디 ᄯᅳᆫ 거슨 무어시뇨?"

峯頭, 將一石子, 叩其如角者久之, 如角者, 漸屈磬折, 俄而縮入.) <靑邱野談 奎章 12:72>

67) 【셩허ᄇᆡᆨ】 圐 ((인명)) 성허백(成虛白). 성현(成俔 1439~1504). 조선 성종 때의 문신이자 학자. 자는 경숙(磬叔), 호는 부휴자(浮休子)·용재(慵齋)·허백당(虛白堂). 대제학(大提學) 등을 지냈고, 《악학궤범》을 편찬하여 음악을 집대성하였다. 저서에 《용재총화》, 《허백당집》 등이 있다.¶ 虛白 ‖ 셩허ᄇᆡᆨ의 일홈은 현이니 옥당 벼슬노 잇더니 슈ᄒᆞ고 남듕 갓다가 도라오더니 ᄯᅢ ᄆᆞ즘 하졀이라 (成虛白俔, 曾在玉署, 受由南歸, 其還也, 適炎夏. <靑邱野談 奎章 12:72>

68) 【남듕】 圐 ((지리)) 남중(南中). 남도(南道). 즉 경상, 충청, 전라도.¶ 南 ‖ 셩허ᄇᆡᆨ의 일홈은 현이니 옥당 벼슬노 잇더니 슈ᄒᆞ고 남듕의 갓다가 도라오더니 ᄯᅢ ᄆᆞ즘 하졀이라 (成虛白俔, 曾在玉署, 受由南歸, 其還也, 適炎夏. <靑邱野談 奎章 12:72>

69) 【칙ᄌᆞᆨ】 圐 ((기물)) 채적.¶ 鞭 ‖ ᄯᅢ ᄆᆞ즘 하졀이라 시ᄂᆡᆺᄀᆞ의 슈음이 아름답거늘 물을 나려 쉬더니 홀연 과ᄀᆡᆨ이 나귀 타고 쇼동은 칙ᄌᆞᆨ 잡고 ᄯᆞ라와 나귀예 나려 슈음에셔 쉬거늘 (適炎夏, 時傍溪有樹蔭甚美, 下馬憩焉. 忽有一客, 騎驢而至, 一小童執鞭而隨之, 客下驢, 亦就樹蔭息之.) <靑邱野談 奎章 12:72>

70) 【순양-션셩】 圐 ((인명)) 순양선생(純陽先生). 당나라 도사 여동빈(呂洞賓)의 호. 명(名)은 암(嚴), 자는 동빈(洞賓), 호는 순양자(純陽子). 8신선 중 한 명이다. 여동빈 신앙은 송대에 시작되고 금대에는 전진교(全眞敎)가 성립하여 5조(五祖)의 한 사람으로 되였다. 잡구(雜劇)의 주인공으로서 친숙하며, 도상은 다양한 전설에 의해 송대에서부터 그려졌다.¶ 純陽 ‖ 의심컨디 순양션셩인가 ᄒᆞ노이다 (疑是純陽.) <靑邱野談 奎章 12:74>

더왈,

"녕지최(靈芝草)니이다."

허빅이 놀나고 뉘웃쳐 긔의 압히 나아가 결ᄒᆞ고 왈,

"쇽안(俗眼)이[71] 몽미ᄒᆞ야 대션(大仙)의 강님ᄒᆞ시믈 아지 못ᄒᆞ고 녜를 널허시니 ᄉᆞ죄ᄉᆞᄉᆞ로쇼이다. 그러나 이졔 연분을 밧드러 만나뵈[75] 오니 ᄯᅩ흔 우연치 아니ᄒᆞ오며 앗가 그 동삼과 녕지룰 맛보오리잇가?"

긔이 웃고 동즈ᄃᆞ려 왈,

"먹든 거시 남앗ᄂᆞᆫ다?"

동지 ᄀᆞᆯ오디,

"다 먹엇ᄂᆞ이다."

허빅이 뉘웃고 한ᄒᆞ믈 마지 아니ᄒᆞ더니 긔이 니러나 읍ᄒᆞ고 쟝ᄎᆞᆺ ᄒᆡᆼᄒᆞ려ᄒᆞ거늘 동지 향ᄒᆞᆯ 곳을 무른디 긔 왈,

"달쥬(䦫州)로 가려 ᄒᆞ노라."

ᄒᆞ니 날이 ᄎᆞ믜 셔산의 빗긴지라 살펴보니 긔의 나귀 슈척ᄒᆞ고 젹이 ᄒᆡᆼᄒᆞ미 ᄲᆞᄅᆞ지 못ᄒᆞ디 눈두를 사이의 이믜 묘연흔지라 허빅이 ᄆᆞᆯ을 노와 ᄯᆞ차 겨우 흔 지롤 너머가니 이믜 뵈지 아니ᄒᆞ더라.

---

71) 【쇽아】 |명| 쇽아(俗眼). 일반 사람들의 안목을 약간 낮잡아 이르는 말.¶ 俗眼 ‖ 쇽안이 몽미ᄒᆞ야 대션의 강님ᄒᆞ시믈 아지 못ᄒᆞ고 녜룰 널허시니 ᄉᆞ죄ᄉᆞᄉᆞ로쇼이다 (俗眼蒙昧, 不識大仙之降臨, 禮節頻簡, 死罪死罪.)
    <靑邱野談 奎章 12:74>

홍상국됴궁만달
洪相國早窮晚達

【1】홍상국(洪相國)의 일홈은 명화(命夏)오[72] 별호는 긔쳔(沂川)이니 김판셔(金判書) 좌명(佐明)으로[73] 더부러 동양위(東陽尉)의[74] 녀셰(女婿ㅣ)라. 김

공은 일즉 등과ᄒ여 셩명이 훤혁(烜赫)ᄒ디 홍공은 스십 궁유(窮儒)로 가빈ᄒ야 쳐가살이ᄒ니 옹쥬(翁主) 이하로 다 쳔디ᄒ고 쳐남 신면(申冕)이[75] ᄯ 일즉 등과ᄒ고 위인이 교만ᄒ여 긔쳔 디졉ᄒ기를 더욱 박히 ᄒ더라.

일ㄹ은 홍공이 디반(對飯)ᄒᆯ시 마춤 꿩의 다리를 구어 노왓거늘 신변[면]이 드러 개를 더져쥬어 왈,

"빈ᄉ의 상의 엇지 꿩의 다리를 노으리오?"

긔쳔이 다만 우음을 먹음고 조금도 노의(怒意) 업더라. 동양위 홀노 그 만달(晚達)ᄒᆯ 줄을 알고 미양 그 【2】아들을 ᄭᅮ짓고 긔쳔의게 ᄯᅳᆺ을 더ᄒ더라. 김공이 문형(文衡)[76] ᄒ여실 졔 긔쳔이 두어 슈 표(表)를 지어 뵈야 ᄀᆞᆯ오디,

"가히 과업을 ᄒ랴?"

김공이 보지 아니코 부치로 날녀 ᄀᆞᆯ오디,

"이것도 표냐 이것도 표냐?"

긔쳔이 웃고 거두니라.

일ㄹ은 동양위 출입ᄒ엿다가 져믈기 도라와 쇼샤랑(小舍廊)에 풍악쇼리를 듯고 방인ᄃᆞ려 무른즉 디ᄒ디,

"녕감이 김찰판 녕감과 다른 지샹으로 더부러 노르시ᄂᆞ이다."

신공(申公)이 무ᄅᆞ디,

---

72) 【명화】圖 ((인명)) 명하(命夏). 홍명하(洪命夏 1608~1668). 조선 효종 때의 문신. 자는 대이(大而). 호는 기천(沂川). 암행어사가 되어 부정척결로 이름을 떨쳤으며, 예조·병조의 판서를 거쳐 우의정, 좌의정을 거쳐 영의정에 이르렀다. 성리학에 밝았으며, 왕을 도와 북벌계획을 적극 추진하고 박세채(朴世采)·윤증(尹拯) 등 명망 있는 신하들을 천거하였다.¶ 命夏∥홍상국의 일홈은 명화오 별호는 긔쳔이니 김판셔 좌명으로 더부러 동양위의 녀셰라 (洪相沂川命夏, 與金判書佐明, 俱是東陽尉女婿也.) <靑邱野談 奎章 13:1>

73) 【좌명】圖 ((인명)) 좌명(佐明). 김좌명(金佐明 1616~1671). 조선중기의 문신. 자는 일정(一正). 호는 귀계(歸溪)·귀천(歸川). 인조 11년(1633)에 문과에 급제하고, 대사성·도승지를 거쳐 공조·예조·병조의 판서를 지냈으며, 글씨에도 뛰어났다.¶ 佐明∥홍상국의 일홈은 명화오 별호는 긔쳔이니 김판셔 좌명으로 더부러 동양위의 녀셰라 (洪相沂川命夏, 與金判書佐明, 俱是東陽尉女婿也.) <靑邱野談 奎章 13:1>

74) 【동양위】圖 ((인명)) 동양위(東陽尉). 신익성(申翊聖 1588~1644). 자 군석(君奭). 호 낙전당(樂全堂)·동회거사(東淮居士). 시호 문충(文忠). 선조의 사위, 척화5신(斥和五臣)의 한 사람. 12세에 선조의 딸 정숙옹주(貞淑翁主)와 결혼하여 동양위(東陽尉)에 봉해졌다. 임진

왜란 때 선무원종공신 1등에 책록되고, 1606년(선조 39) 오위도총부부총관이 되었다. 문장과 글씨에 능하였다.¶ 東陽尉∥홍상국의 일홈은 명화오 별호는 긔쳔이니 김판셔 좌명으로 더부러 동양위의 녀셰라 (洪相沂川命夏, 與金判書佐明, 俱是東陽尉女婿也.) <靑邱野談 奎章 13:1>

75) 【신면】圖 ((인명)) 신면(申冕 1607~1652). 자는 시주(時周), 호는 하관(遐觀). 조부는 영의정 흠(欽), 부친은 익성(翊聖)이며, 어머니는 선조의 딸인 정숙옹주(貞淑翁主)이다. 1624년(인조 2) 생원이 되고, 1637년 정시 문과에 을과로 급제하였고, 검열·이조좌랑·예조참의·동부승지·부제학·대사간 등을 역임하였다. 1651년(효종 2) 김자점(金自點)의 옥사에 그 일당으로 지목되어 국문 도중 장형을 받다가 쓰러져 죽었다.¶ 申冕∥쳐남 신면이 ᄯ 일즉 등과ᄒ고 위인이 교만ᄒ여 긔쳔 디졉ᄒ기를 더욱 박히 ᄒ더라 (妻娚申早者, 亦早登第, 而爲人驕亢, 待沂川尤薄.) <靑邱野談 奎章 13:1>

76) 【문형】圖 ((관직)) 문형(文衡). 대제학(大提學).¶ 文衡∥김공이 문형 ᄒ여실 졔 긔쳔이 두어 슈 표를 지어 뵈야 ᄀᆞᆯ오디 가히 과업을 ᄒ랴 (金公之爲文衡也, 做數首表而示之曰: "可做科業耶?") <靑邱野談 奎章 13:2>

"홍셩이 좌샹(座上)에 잇더냐?"
굴오디,
"아릿방의셔 자느이다."
신공이 눈셥을 씽긔여 굴오디,
"아빅(兒輩)의 일이 희괴ᄒᆞ도다."
인ᄒᆞ여 홍셩을 쳥ᄒᆞ여 무러 왈,
"엇지 아빅의 유셕(遊席)의 참예치 아니ᄒᆞ뇨?"
굴오디,
"직샹의 못거지예77) 유셩이 엇지 참예ᄒᆞ며 허믈며 블쳥긱이니78) [3] 이다."
신공 왈,
"너는 날노 더부러 ᄒᆞᆫ번 놀미 가ᄒᆞ다."
ᄒᆞ고 인ᄒᆞ여 기악(妓樂)을 명ᄒᆞ야 즐기믈 다ᄒᆞ고 파ᄒᆞ니라. 신공이 병이 즁ᄒᆞ여 님죵(臨終)의 긔쳔의 손을 잡고 쥬비(酒杯)를 권ᄒᆞ여 굴오디,
"내 일언을 네게 부탁ᄒᆞᆯ 거시니 가히 이 술을 마시고 나의 유언을 드르라."
긔쳔이 샤례 왈,
"무숨 교명(敎命)인지 아지 못ᄒᆞ거니와 몬져 교명을 듯고 후의 술을 마시리이다."
신공이 굴오디,
"마신 후 말ᄒᆞ리라."
긔쳔이 구지 좃지 아니ᄒᆞ니 신공이 ᄉᆞ오츠로 권ᄒᆞ다가 잔을 ᄯᅡ의 더지고 낙누ᄒᆞ여 굴오디,
"내집이 망ᄒᆞ리로다."
인ᄒᆞ여 명이 진ᄒᆞ니 대개 아들 부탁ᄒᆞ려는 말일너라. 그 후의 긔쳔이 등졔(登第)ᄒᆞ여79) 십여 년간의 위 좌샹(左相)의 니른지라. 슉묘됴(肅廟朝)의 신면의 옥ᄉᆞ 나미 샹이 긔찬[쳔]ᄃᆞ려 [4] 무러 굴ᄋᆞ샤(디),

"신면은 엇더ᄒᆞᆫ 사ᄅᆞᆷ고?"
긔쳔이 아지 못ᄒᆞᄆᆞ로 알외니 인ᄒᆞ여 복법(伏法)ᄒᆞ니80) 신면의 평일 힝ᄉᆞ를 긔쳔이 함분(含憤)ᄒᆞᆫ지 오란지라 다만 동양위의 알믈 바든즉 ᄒᆞᆫ 말노 구ᄒᆞ야 동양의 지우(知遇)를 갑흐미 가ᄒᆞ거늘 이룰ᄒᆞ지 아니ᄒᆞ니 일이 극히 돌탄ᄒᆞ도다. 긔쳔이 비샹(拜相)ᄒᆞᆫ 후의 김공이 오히려 문형으로 잇ᄂᆞᆫ지라 연경(燕京) 주문(奏文)을 문형이 졔진(製進)ᄒᆞ미 몬져 대신긔 감(鑑)ᄒᆞ고 입계(入啓)ᄒᆞ미 젼례라 김공이 지은 바 표룰 ᄡᅥ 대신의게 드리니 홍샹이 부쳐로 날녀 굴오디,
"이거시 표냐 이거시 표냐?"
ᄒᆞ니 이 ᄯᅩᄒᆞᆫ 냥(量)이 좁은 일이로다.

뉴샹샤션빈후부
柳上舍先貧後富

뉴싱(柳生) 모는 낙하(洛下) 사ᄅᆞᆷ이라. 일즉 문명(文名)이 잇셔 이십 젼의 진ᄉᆞ [5] ᄒᆞ엿스디 집이 심히 빈곤ᄒᆞ여 슈원(水原) ᄯᅡ의 거ᄒᆞ고 그 안해 지질(才質)이 구비ᄒᆞ여 침션(針線)으로 ᄌᆞᄉᆡᆼ(資生)ᄒᆞ더니 일ᄌᆞᆼ은 문외의 ᄒᆞᆫ 녀ᄌᆞ 검무를 잘ᄒᆞᆫ다 니르거늘 뉴싱이 니경의 블너드려 지조를 시험ᄒᆞ려 ᄒᆞ더니 그 녀ᄌᆞ 뉴쳐(柳妻)를 익이 보다가 곳 쳥샹의 올나 셔로 안고 방셩대곡ᄒᆞ니 싱이 그 연고를 아지 못ᄒᆞ야 기쳐ᄃᆞ려 무른즉 답ᄒᆞ디,
"일즉 친슉ᄒᆞᆫ비라."
ᄒᆞ고 인ᄒᆞ여 검기(劍技)를 시험치 아니코 머믄 지 수일의 보내느니라. 오륙일 후 홀연 바라보니 젼노의 냥긔 교매(轎馬 ㅣ) 잇고 물 압희 비즈 수 쌍이 물 타고 바로 ᄌᆞ가집으로 향ᄒᆞ거늘 싱이 괴이 너겨 사ᄅᆞᆷ으로 ᄒᆞ여금 어니 곳 니힝이 그릇 니집의 오뇨? 하예 답지 아니ᄒᆞ고 교ᄌᆞ를 문안의 ᄂᆞ려노코 인마ᄂᆞᆫ 다 술막으로 가거늘 싱이 더욱 [6] 의아ᄒᆞ

---

77) 【못거지】 圖 모임.¶ 會 ‖ 직샹의 못거지예 유셩이 엇지 참예ᄒᆞ며 허믈며 블쳥긱이니이다 (宰相之會, 非儒生之所可叅, 況是不請客耳.) 〈靑邱野談 奎章 13:2〉

78) 【블쳥긱】 圖 (인류) 블쳥객(不請客).¶ 不請客 ‖ 직샹의 못거지예 유셩이 엇지 참예ᄒᆞ며 허믈며 블쳥긱이니이다 (宰相之會, 非儒生之所可叅, 況是不請客耳.) 〈靑邱野談 奎章 13:2〉

79) 【등졔 -ᄒᆞ-】 圖 등졔(登第)하다. 과거에 급제하다.¶ 登第 ‖ 그 후의 긔쳔이 등졔ᄒᆞ여 십여 년간의 위 좌샹의 니른지라 슉묘됴의 신면의 옥ᄉᆞ 나미 샹이 긔쳔ᄃᆞ려 무러 굴ᄋᆞ샤(디) 신면은 엇더ᄒᆞᆫ 사ᄅᆞᆷ고 (其後洪公登第, 十餘年之間, 位至左相, 肅廟朝申冕獄事出, 而自上間于洪相曰: "申冕何如人也?") 〈靑邱野談 奎章 13:3〉

80) 【복법 -ᄒᆞ-】 圖 복법(伏法)하다. 형벌을 순순히 받아 죽다.¶ 伏法 ‖ 긔쳔이 아지 못ᄒᆞᄆᆞ로 알외니 인ᄒᆞ여 복법ᄒᆞ니 신면의 평일 힝ᄉᆞ를 긔쳔이 함분ᄒᆞᆫ지 오란지라 (洪相對以不知, 仍伏法. 冕之平日行事, 沂川含憾久矣.) 〈靑邱野談 奎章 13:4〉

야 셔찌(書字)로셔 그 쳐의게 무른즉 답하되,

"죵ᄎ(從此) 알니; 뭇지 마르쇼셔."

하고 이날노부터 찬픔이 풍비(豐備)하여 슈륙(水陸)이 갓초왓스니 셩이 날노 아혹(訝惑)하여 ᄯᅩ 셔찌로 무른즉 답하되,

"다만 비불니 ᄌᆞ실 거시니 엇지 ᄌᆞ조 무르리오? 수일은 반ᄃᆞ시 안의 드러오지 마르쇼셔."

그 명일의 묘셕 식물이 젼 갓더니 지난 지 수일의 내셔(內書)로 뼈 하되,

"일계히 셔울노 반이한다."

하니 셩이 놀나고 괴이 너겨 듕문으로 쳥하여 잠간 보고 ᄀᆞ오되,

"너힝은 어디로조ᄎ 오며 묘셕 공궤는 엇지 풍족하며 반이한다 하믄 엇진 말인지 치힝은 엇지하려 하ᄂᆞ뇨?"

기체 우어 왈,

"죵챠 알으실 거시니 쵸;히 뭇지 마르쇼셔. 경힝(京行) 인마범구(人馬凡具)는 스스로 판비할 거시니 그더 고렴(顧念)치 아닐 비오 다만 [7] 비힝(陪行)만 할 ᄯᅵᄅᆞᆷ이니라."

셩이 마지 못하여 그 하는 디로 두더라.

익일의 셰 교ᄌᆞ롤 물긔 싯고 ᄌᆞ가 긔마(騎馬)도 더령하엿거늘 비후하여 경셩 남문의 드러 회동(會洞)으로 드러가 한 대가의 니르러 ᄌᆞ가는 대문 안의 물을 ᄂᆞ리고 셰 교ᄌᆞ는 안문으로 뫼시거늘 셩이 큰 사랑으로 드러간즉 한 빈집이라 문방ᄉᆞ우(文房四友)와 셔칙즙물을 좌우의 버려두고 관ᄌᆞ(冠者) 수인이 압희셔 슈환하고 비ᄌᆞ 오인이 뜰에 진알하니 셩이 문왈,

"너의는 뉘뇨?"

답왈,

"쇼인은 다 딕 노ᄌᆞ(奴子ㅣ)니이다."

셩 왈,

"이 딕은 뉘딕이뇨?"

답왈,

"진ᄉᆞ쥬(進士主)딕이니이다."

ᄯᅩ 무르되,

"포진(鋪陳)은 어디셔 어더왓ᄂᆞ뇨?"

답왈,

"진ᄉᆞ쥬 슈용(需用)할 즙물이니이다."

셩이 운무 듕의 안즌 듯 놀나믈 마지 아니하더니 기체 셔ᄌᆞ로 닐으되,

"금야의 맛당히 한 미인을 내 [8] 여보닐 거

시니 고젹한 회포룰 위로하쇼셔."

셩이 답셔하되,

"미인은 뉘며 이 일은 엇진 일고?"

기체 답하되,

"죵ᄎ 알니라."

하더니 밤든 후 겸죵(傔從)이 다 밧그로 나가고 안문으로 일ᄲᅡᆼ 차환이 일긔 미인을 뫼셔 나오니 응쟝셩식(凝粧盛飾)으로 촉하(燭下)의 안잣더니 시비 금침을 포셜(鋪設)하고 나가거늘 셩이 너력을 무른즉 웃고 답지 아니하ᄂᆞᆫ지라. 인하여 취침하니 견권(纏綣)의 졍이 깁흐니라.

익일의 기체 셔ᄌᆞ로 신인 어드믈 하례하고 ᄯᅩ ᄀᆞ오되,

"금야의 맛당히 다른 미인을 너여보ᄂᆞ니라."

하니 셩이 그 연고롤 아지 못하여 의아할 ᄯᆞ롬이러니 그밤의 시비 젼ᄎᆞ치 ᄯᅩ 한 미인을 뫼셔 나오니 셩이 촉하(燭下)의 셔로 더하ᄆᆞᆫ즉 월ᄐᆡ화용(月態花容)이 어졔밤 미인과 일반이라. 셩이 인하여 동침하니라. 기체 [9] ᄯᅩ 셔ᄌᆞ로 하례하니라. 오후에 문외의 갈도소리 나더니 일예(一隸) 드러와 ᄀᆞ오되,

"권판셔 대감이 오시ᄂᆞ이다."

셩이 놀나 당의 ᄂᆞ려 공슈(拱手)하고 셧더니 한 빅발 노ᄌᆞ샹이(老宰相) 초헌(軺軒)을[81] 타고 들어와 흔연이 셩의 손을 잡고 당의 올나 좌명의 셩이 지비 문왈,

"대감은 어디로셔 오신 존위신지 쇼성이 한 격도 승안(承顏)치[82] 못하오더 엇직 강님하시니잇고?"

노ᄌᆞ(老宰) 우어 ᄀᆞ오되,

"그더 오히려 번화(繁華)의 ᄭᅮᆷ을 ᄭᆡ지 못하엿도다. 니 ᄌᆞ셔히 말하리니 그더 ᄀᆞᆺ튼 호팔ᄌᆞ(好八字)는 금고(今古)의 드무니라. 년젼의 그더의 빙가

<hr>

81) 【쵸헌】 團 ((교통)) 초헌(軺軒). 종이품 이상의 벼슬아치가 타던 수레.¶ 軒 ∥ 셩이 놀나 당의 ᄂᆞ려 공슈하고 셧더니 한 빅발 노ᄌᆞ샹이 초헌을 타고 들어와 흔연이 셩의 손을 잡고 당의 올나 좌명의 셩이 지비 문왈 (生驚而下堂拱立, 俄而一白髮老宰相, 乘軒而入來, 見柳生, 欣然把手, 而上堂坐定, 柳生拜而問.) <靑邱野談 奎章 13:9〉

82) 【승안-ᄒᆞ-】 團 승안(承顏)하다. 웃어른을 만나 뵙다.¶ 承顏 ∥ 대감은 어디로셔 오신 존위신지 쇼성이 한 격도 승안치 못하오더 엇직 강님하시니잇고 (大監不知何許尊貴人, 而小生一未承顏, 何爲降臨也.) <靑邱野談 奎章 13:9〉

(聘家)와83) 닉집과 밋 역관 현지스(玄知事)집으로
더부러 격장(隔墻)이러니 동년동월일의 삼개(三家
1) 흠긔 성녀(生女)ᄒᆞ니 일이 심히 공교ᄒᆞ고 이상
ᄒᆞᆫ지라. 삼개 항상 셔로 녀ᄋᆞ롤 보니여 보더니 밋
겸ᄎ 자라미 삼개【10】녀이 됴셕상죵(朝夕相從)ᄒᆞ
야 셔로 유희홀 졔 거비(渠輩) 스스로 ᄉᆞᄅᆞ이 ᄆᆞ
옴의 밍셰ᄒᆞ디 '일인을 ᄒᆞ가로 셤기즈.' ᄒᆞ엿스디
니·ᄯᅩ 아지 못ᄒᆞ고 졔집의셔도 ᄯᅩ 모로ᄂᆞᆫ지라 그
후 그디 빙가(聘家)롤 올마 셩식(聲息)을 아지 못ᄒᆞ
니 나의 녀ᄋᆞᄂᆞᆫ 측실의 쇼성이라 밋 나히 츠미 의
혼(議婚)ᄒᆞ려 ᄒᆞ즉 녀이 ᄃᆞᆺ스(抵死)ᄒᆞ야 굴오디 '이
믜 뎡약(定約)이 잇스니 맛당히 그디 현합(賢閤)
을84) 조ᄎ 일인을 셤길 거시오 기외ᄂᆞᆫ 비록 늘거
죽어도 결단코 타문(他門)의ᄂᆞᆫ 가지 아니리라.' ᄒᆞ고
현가(玄家) 녀지 ᄯᅩ 이ᄀᆞᆺ치 ᄒᆞ니 낭개 ᄭᅮ짓고 달니
디 죵시 회심(回心)치 아니ᄒᆞ고 이십오셰 되도록 오
히려 체녜라. 향일 드론즉 현가 녀즈 검술을 비와
남복을 ᄭᅮ미고 두루 놀아 그디의 빙가롤 찾는다 ᄒᆞ
더니 일젼의 슈원 지경의셔 만낫다 ᄒᆞ니 지쟉야(再
昨夜)의【11】미인은 곳 나의 녀ᄋᆞ요 쟉야 가인은
곳 현가 녀즈오 가쟈 노비와 면답 등속은 니 현군
(玄君)으로 더부러 비치ᄒᆞᆫ 거시라. 그디 힘을 허비
치 아니ᄒᆞ고 일거냥득ᄒᆞ니 진쇼위호팔지(眞所謂好
八字1)로다."
　인ᄒᆞ여 사름 부려 현지스롤 쳥ᄒᆞ니 슈유의 ᄒᆞᆫ
노인이 슌금관즈(純金貫子)의 진홍분합디(眞紅分合
帶)롤 씌고 와 졀ᄒᆞ거늘 권공(權公)이 ᄀᆞᄅᆞ쳐 굴오
디,
　"이ᄂᆞᆫ 현지시라."
　삼인이 디좌ᄒᆞ야 쥬효롤 베퍼 죵일 진취(盡醉)
ᄒᆞ고 파ᄒᆞ니 권판셔는 곳 권대운(權大運)일너라.85)

성이 일쳐이쳡(一妻二妾)으로 동실화락(同室和樂)ᄒᆞ
여 지나더니 수년 후 기체 성ᄃᆞ려 왈,
　"이졔 남인(南人)이 득시(得時)ᄒᆞ미 권괴 남인
의 괴슈로 당국(當局)ᄒᆞ니 근일의 일이 다 멸눈의
거죄 만으니 오라지 아니ᄒᆞ여 반ᄃᆞ시 픠홀 거신즉
해 장찻 밋츨지라 일즉 낙향ᄒᆞ야 화롤 면홈만 ᄀᆞᆺ지
못【12】ᄒᆞᆫ니이다."
　성이 그 말을 조ᄎ 가산을 쳑미ᄒᆞ야 쳐쳡으로
ᄒᆞ가지로 환향(還鄉)ᄒᆞ고 다시 경셩의 졀(絶)ᄒᆞ니라.
　곤뎐(坤殿) 복위ᄒᆞ신 후 남인이 다 쥬찬(誅竄)
ᄒᆞ미 권판셔 ᄯᅩᆫ 그 듕의 드러 셩이 홀노 슈좌(收
坐)의 눌을 닙지 아니ᄒᆞ니 뉴쳐(柳妻)ᄂᆞᆫ 가히 녀즁
유식ᄒᆞᆫ 재라 닐으리로다.

노옥계션부봉가기
盧玉溪宣府逢佳妓

　노옥계(盧玉溪)의86) 일홈은 진(禛)이니 일즉
부친을 여외고 가셰 ᄯᅩ 빈곤ᄒᆞ여 남원(南原) ᄯᅡ의

기의 문신. 자는 시회(時會). 호는 석담(石潭). 남인으
로 서인을 탄압하여 당쟁에 휘말렸으나 생활이 검소
하고 청렴하여 명망이 높았다. 숙종 15년(1689)에 영
의정이 되었으나, 후에 폐비 문제로 서인들에게 탄핵
을 받아 물러났다.¶ 權大運 ∥ 삼인이 디좌ᄒᆞ야 쥬효롤
베퍼 죵일 진취ᄒᆞ고 파ᄒᆞ니 권판셔는 곳 권대운일너
라 (三人對坐, 盛設酒肴, 終日盡歡而罷, 權卽權大運也.)
<靑邱野談 奎章 13:11>
86)【노옥계】圖 ((인명)) 노옥계(盧玉溪). 노진(盧禛 1518~
1578). 조선중기의 문신. 자는 자응(子膺), 호는 옥계(玉
溪)·칙암(則庵). 1537년 생원시에 합격하고, 1546년
(명종 1) 증광문과에 을과로 급제, 승문원의 천거로
박사가 되었고, 전적·예조의 낭관을 거쳐 1555년 지례
현감(知禮縣監)으로 나갔다. 그곳에서 선정을 베풀어
높은 치성(治聲)을 들었으며 청백리로 뽑혔다. 평소에
기대승(奇大升)·노수신(盧守愼)·김인후(金麟厚) 등의
학자들과 도의(道義)도 교유하였다. 시호는 문효(文
孝).¶ 盧玉溪 ∥ 노옥계의 일홈은 진이니 일즉 부친을
여외고 가셰 ᄯᅩ 빈곤ᄒᆞ여 남원 ᄯᅡ의 거ᄒᆞ고 나히 이
믜 쟝셩ᄒᆞ디 취쳐홀 수 업ᄂᆞᆫ지라 (盧玉溪禛, 早孤家
貧, 居在南原地. 年旣長成, 無以婚娶.) <靑邱野談 奎章
13:12>

───

83)【빙가】圖 ((주거)) 빙가(聘家). 쳐가(妻家).¶ 聘家 ∥ 년
젼의 그디의 빙가와 닉집과 밋 역관 현지스 집으로
더부러 격장이러니 동년동월일의 삼개 흠긔 셩녀ᄒᆞ니
일이 심히 공교ᄒᆞ고 이상ᄒᆞᆫ지라 (年前君之聘家, 與吾
家及譯官玄知事者, 家隔墻, 而同年同月日, 三家俱産女,
事甚稀異.) <靑邱野談 奎章 13:9>
84)【현합】圖 ((인류)) 현합(賢閤). 남의 아내를 높여 이르
는 말.¶ 妻 ∥ 이믜 뎡약이 잇스니 맛당히 그디 현합을
조ᄎ 일인을 셤길 거시오 기외ᄂᆞᆫ 비록 늘거 죽어도
결단코 타문의ᄂᆞᆫ 가지 아니리라 ᄒᆞ고 (旣有前約, 當從
君妻而事一人, 其外雖老死父母家, 決無入他門之念云
云.) <靑邱野談 奎章 13:10>
85)【권대운】圖 ((인명)) 권대운(權大運 1612~1699). 조선중

거호고 나히 이믜 쟝셩호디 취쳐(娶妻)홀 수 업눈지라 그 당숙(堂叔)이 맛춤 션쳔부〈(宣川府使)룰 호엿더니 모친이 권호야 가 혼슈룰 어더오라 호니 옥계 편발(編髮)노[87] 도보호여 간신이 션쳔의 니르러 혼금(閽禁)이[88] 지엄호기로 시러곰 드러가지 [13] 못호고 노샹의 방황호더니 므춤 혼 동기(童妓) 의샹이 션명혼 재 지나다가 년보(蓮步)룰[89] 멈츄고 이윽히 보다가 무러 굴오디,

　　"도령이 어디로조차 왓누뇨?"

　　옥계 실〈(實事)로뼈 말혼디 동기 굴오디,

　　"너 집이 예셔 머지 아니호니 도령이 쇼녀의 집에 하쳐(下處)호시믈 바라누이다."

　　옥계 허락호고 간신이 관문의 드러가 그 숙부룰 보고 나려온 쇼유룰 말혼즉 긔식(氣色)이 조치 아녀 굴오디,

　　"도임혼 지 미긔(未幾)예 관채(官債)[90] 여산(如山)호니 심히 민망호다."

　　호고 말이 넝낙호거늘 옥계 하쳐의 가므로뼈 고호고 문의 나와 곳 동기의 집을 추즈가니 동기 흔연이 맛고 기모로 호여금 셕찬(夕餐)을 졍비히 호

---

87) 【편발】 圏 ((신체)) 편발(編髮). 예전에, 관례를 하기 전에 머리를 길게 땋아 늘이던 일. 또는 그 머리.¶ 編髮∥ 그 당숙이 맛춤 션쳔부〈룰 호엿더니 모친이 권호야 가 혼슈룰 어더오라 호니 옥계 편발노 도보호여 간신이 션쳔의 니르러 혼금이 지엄호기로 시러곰 드러가지 못호고 노샹의 방황호더니 (其堂叔武弁, 時爲宜川府使, 玉溪母親勒往乞得婚需, 玉溪以編髮, 徒步作行, 行至宜府之門, 阻閽不得入, 彷徨路上.) <靑邱野談 奎章 13:12>

88) 【혼금】 圏 혼금(閽禁). 관아에서 잡인의 출입을 금지하던 일.¶ 阻閽∥ 그 당숙이 맛춤 션쳔부〈룰 호엿더니 모친이 권호야 가 혼슈룰 어더오라 호니 옥계 편발노 도보호여 간신이 션쳔의 니르러 혼금이 지엄호기로 시러곰 드러가지 못호고 노샹의 방황호더니 (其堂叔弁, 時爲宜川府使, 玉溪母親勒往乞得婚需, 玉溪以編髮, 徒步作行, 行至宜府之門, 阻閽不得入, 彷徨路上.) <靑邱野談 奎章 13:12>

89) 【년보】 圏 연보(蓮步). 미인의 걸음걸이.¶ 蓮步∥ 므춤 혼 동기 의샹이 션명혼 재 지나다가 년보룰 멈츄고 이윽히 보다가 무러 굴오디 도령이 어디로조차 왓누뇨 (適有一童妓, 衣裳鮮新者, 過去停步而立, 熟視而問曰: "都寺是何以來?") <靑邱野談 奎章 13:13>

90) 【관채】 圏 관채(官債). 관청의 빚.¶ 官債∥ 도임혼지 미긔예 관채 여산호니 심히 민망호다 호고 말이 넝낙호거늘 (新延未幾, 官債山積, 甚可悶也云. 而殊甚冷落矣.) <靑邱野談 奎章 13:13>

야 나오고 그밤의 더부러 동침호니라. 동기 굴오디,

　　"너 〈도(使道)룰 보건디 슈단이 심히 부족호여 비록 지친간이라도 [14] 혼슈의 부죠룰 가히 엇지 못홀 거시라 너 도령의 긔골을 본즉 미구(未久)의 크게 현달홀 거시니 엇지 걸긱(乞客)의 힝〈룰 호리오? 너 뎌츅혼 은이 오빅여 냥이니 너집의 몃 달을 머무르시고 반드시 관문의 드러가지 마르샤 은을 가지고 즉시 도라가시미 가호니이다."

　　옥계 굴오디,

　　"가치 아니호다. 힝지 이ﾇ치 표홀(飄忽)호즉 당숙이 엇지 날을 쥰칙(峻責)지 아니랴?"

　　동기 굴오디,

　　"도령이 비록 지친의 졍을 미드시나 지친이 엇지 도령을 미드랴? 여러 날을 머믈면 사룸의 괴로옴만 볼 거시오 밋 하직홀 졔 블과 슈십 금으로 신힝(贐行)[91]호리니 쟝촛 어디 쓰리오? 일노조차 발힝홈만 ﾇ지 못호니이다."

　　수일 후 낫이면 그 당숙의게 드러가 뵈고 밤이면 기가(妓家)의셔 자더니 일ﾇ은 동기 등의 힝장을 출히고 은즈룰 보의 빗고 일필 [15] 마의 집을 시러 호여곰 발힝호기룰 지촉호여 굴오디,

　　"도령이 십 년 니예 반드시 대귀(大貴)호리니 너 맛당히 몸을 조촐이 호여 기드릴 거시니 셔로 모힐 긔약이 금번 이 길의 잇눈지라 올나가오셔 과업을 힘뼈 수이 편모의게 영화룰 뵈시고 쏘 슉녀룰 굴히여 혼취호쇼셔. 별회(別懷) 창연(愴然)호오나 쳔만 보즁호여 밧비 써나쇼셔."

　　옥계 마지 못호여 그 당숙의게 하직도 아니호고 발힝호니 익일의 본관이 그 도라가믈 듯고 힝셕이 광망(狂妄)호믈 괴히 너기나 듬심의 그 건낭 허비 아니호믈 다힝이 너기더라.

　　옥계 집의 도라와 은즈로뼈 취실(娶室)호고 산업을 영판(營辦)호니 의식이 넉ﾇ호지라 이예 과공을 부즈런이 호여 스년 니예 등과호야 상춍(上寵)이 능즁(隆重)혼지라. 미구의 관셔슈〈(關西繡衣) 되여 곳 동기 [16] 의 집을 추즌즉 긔피 홀노 잇셔 옥계의 안면을 알고 그 손을 잡아 울어 굴오디,

---

91) 【신힝】 圏 신행(贐行). 먼 길을 떠나는 사람에게 시문(詩文)이나 물건을 줌. 또는 그 시문이나 물건.¶ 贐行∥ 여러 날을 머믈면 사룸의 괴로옴만 볼 거시오 밋 하직홀 졔 블과 슈십 금으로 신힝호리니 쟝촛 어디 쓰리오 (留許多日, 不過彼人苦色, 及其歸也, 不過以數十金贐行, 將安用之?) <靑邱野談 奎章 13:14>

"녀석이 그딕 보닌 후로부터 어미롤 바리고 도쥬ᄒᆞ여 거쳐롤 아지 못ᄒᆞᆫ 지 이졔 ᄉᆞ년이라. 노신이 쥬야 ᄉᆡᆼ각ᄒᆞ민 눈물이 말을 날이 업더니 그딕롤 보니 ᄯᆞᆯ을 본 듯ᄒᆞ도다."

옥계 망연ᄌᆞ실ᄒᆞ야 뼈 ᄒᆞ되,

"닉 이곳의 오믄 견혀 고인을 위ᄒᆞ미러니 이졔 형영이 업ᄉᆞ니 심담(心膽)이 ᄶᅥ러지ᄂᆞᆫ지라. 예 반ᄃᆞ시 날을 위ᄒᆞ여 ᄌᆞ최롤 숨긴 연괴라."

ᄒᆞ고 인ᄒᆞ여 무러 왈,

"귀녀(貴女ㅣ) ᄒᆞᆫ 번 나간 후로 존몰(存沒)을 과연 듯지 못ᄒᆞ엿ᄂᆞ냐?"

딕ᄒᆞ여 왈,

"근쟈의 드르니 녀식이 셩쳔(成川) 경닉 산사의 머물너 ᄌᆞ최롤 곰초미 사롬이 그 얼골을 본 쟤 업다 ᄒᆞ니 풍편의 들니ᄂᆞᆫ 말을 가히 밋지 못ᄒᆞᆯ 거시오 노신이 년쇠무긔(年衰無氣)ᄒᆞ고[92] ᄯᅩ ᄉᆞ속(嗣續)이 업ᄉᆞ와[17] 뼈 그 종젹을 츄심(追尋)치[93] 못ᄒᆞ엿노라."

옥계 듯기롤 파ᄒᆞ미 즉일 셩쳔으로 향ᄒᆞ여 일경 사찰을 궁슈(窮搜)ᄒᆞ되[94] 맛ᄎᆞᆷ닉 형영이 업더니 힝ᄒᆞ여 골 암ᄌᆞ의 니르니 쳔인졀벽(千仞絶壁)[95] 우희 일간 초옥이 참암(巉巖)ᄒᆞ여[96] 발 붓치기 어렵더

[92] 【년쇠무긔·ᄒᆞ-】 圐 연쇠무긔(年衰無氣)하다. 나이가 쇠하여 기운이 없다.¶ 年衰無氣 ∥ 노신이 년쇠무긔ᄒᆞ고 ᄯᅩ ᄉᆞ속이 업ᄉᆞ와 뼈 그 종젹을 츄심치 못ᄒᆞ엿노라 (老身年衰無氣, 且無男子, 無以追尋其踪跡矣.) <靑邱野談 奎章 13:16>

[93] 【츄심·ᄒᆞ-】 圐 추심(追尋)하다. (사람이나 물건을)추적하여 찾아내다.¶ 年衰無氣 ∥ 노신이 년쇠무긔ᄒᆞ고 ᄯᅩ ᄉᆞ속이 업ᄉᆞ와 뼈 그 종젹을 츄심치 못ᄒᆞ엿노라 (老身年衰無氣, 且無男子, 無以追尋其踪跡矣.) <靑邱野談 奎章 13:17>

[94] 【궁슈·ᄒᆞ-】 圐 궁수(窮搜)하다. 샅샅이 찾다.¶ 窮搜 ∥ 옥계 듯기롤 파ᄒᆞ미 즉일 셩쳔으로 향ᄒᆞ여 일경 사찰을 궁슈ᄒᆞ되 맛ᄎᆞᆷ닉 형영이 업더니 (玉溪聽罷, 仍卽往成川地, 遍訪一境之寺刹窮搜, 而終無形影.) <靑邱野談 奎章 13:17>

[95] 【쳔인·졀벽】 圐 ((지리)) 천인절벽(千仞絶壁). 천 길이나 되는 깎아 세운 듯한 벽.¶ 千仞絶壁 ∥ 힝ᄒᆞ여 골 암ᄌᆞ의 니르니 쳔인졀벽 우희 일간 초옥이 참암ᄒᆞ여 발 붓치기 어렵더라 (行尋一寺, 寺後有千仞絶壁, 其上有一小菴, 山峭峻無着足處矣巉巖.) <靑邱野談 奎章 13:17>

[96] 【참암·ᄒᆞ-】 圐 참암(巉巖)하다. 깎아지른 듯이 높고 험하다.¶ 峭峻 ∥ 힝ᄒᆞ여 골 암ᄌᆞ의 니르니 쳔인졀벽 우희 일간 초옥이 참암ᄒᆞ여 발 붓치기 어렵더라 (行

라. 옥계 쳔신만고ᄒᆞ여 겨오 올나간즉 수삼 승되 잇거늘 무른즉 답ᄒᆞ되,

"ᄉᆞ오 년 젼에 일개 녀진 년긔 이십의 여간 은냥을 슈좌승(首座僧)의게 부쳐 뼈 됴셕을 쟈뢰ᄒᆞ라 ᄒᆞ고 인ᄒᆞ여 블탁(佛卓) 아린 업듸여 머리롤 푸러 ᄂᆞᆺ출 가리오고 됴셕의 일긔반(一器飯)을 창틈으로 드리고 대쇼변만 잠간 츌입ᄒᆞ니 이ᄀᆞᆺ치 ᄒᆞᆫ 지 여러 히라. 쇼승빈(小僧輩) 뼈 ᄒᆞ되 셩블보살(生佛菩薩)이라 ᄒᆞ여 감히 압희 갓가이 못ᄒᆞ니이다."

옥계 그 동긴 줄 ᄯᅳᆺᄒᆞ고 인ᄒᆞ여 슈좌승으로 ᄒᆞ여곰 창틈으로조ᄎᆞ[18] 말을 젼ᄒᆞ여 ᄀᆞᆯ오되,

"남원 노도령(盧都令)이 ᄀᆞ계 낭ᄌᆞ롤 위ᄒᆞ여 왓ᄉᆞ니 엇지 문을 열고 마져보지 아니ᄒᆞᄂᆞ뇨?"

기녜 그 승을 인ᄒᆞ여 무러 왈,

"노도령이 만일 왓ᄉᆞ면 등과ᄒᆞ엿ᄂᆞ냐 그러치 아니면 보지 아니ᄒᆞᆯ 거시니 언약을 밋고 엇지 고치리오?"

옥계 그 의롤 즁히 너기고 그 졍을 불상이 너겨 드듸여 등과ᄒᆞ야 금방 슈의로 온 일을 닐은딕 기녜 ᄀᆞᆯ오되,

"이ᄀᆞᆺ치 명녕ᄒᆞᆫ즉 닉 여러 히 고셩ᄒᆞ미 젼혀 낭군을 위ᄒᆞ미니 엇지 깃부지 아니리오? 즉시 나가 뵐 거시로되 젹년 귀형(鬼形)을 쟝부 안젼의 뵈옵기 어려오니 만일 날을 위ᄒᆞ여 십일만 머므르시면 쳡이 맛당히 ᄯᆡ롤 씻고 단쟝을 다ᄉᆞ려 그 본형을 회복ᄒᆞᆫ 후의 셔로 보미 조치 아니리잇가?"

옥계 허락ᄒᆞ고 십여일 후 기녜 응쟝셩식(凝粧盛飾)으로 나[19]와 뵈거늘 비희교집(悲喜交集)ᄒᆞ여 손을 잡고 젹회(積懷)롤 펴니 모든 듕이 비로소 알고 차탄ᄒᆞ기롤 마지 아니ᄒᆞ더라. 드듸여 본부에 긔별ᄒᆞ야 교마롤 비러 션쳔의 보닉여 모녜 셔로 보게 ᄒᆞ고 복명 후 비로쇼 인마롤 보닉여 솔닉(率來)ᄒᆞ여 몸이 맛도록 동실화락ᄒᆞ니라.

투삼귤공듕현녕
投三橘空中現靈

尋一寺, 寺後有千仞絶壁, 其上有一小菴, 而峭峻無着足處矣巉巖.) <靑邱野談 奎章 13:17>

니좌랑(李佐郞) 경뉴(慶流ㅣ)[97] 병조좌랑(兵曹佐郞)으로 임진왜란을 당ᄒᆞᄆᆡ 그 듕시(仲氏)ᄂᆞᆫ 무직(武職)으로 잇더니 쟝군 변긔(邊璣) 츌젼ᄒᆞᆯ ᄯᆡ에 그 듕시로뼈 종ᄉᆞ관(從事官) 계하(啓下)ᄒᆞᆯ 제 명ᄌᆞ(名字)롤 그룻 공으로 ᄒᆞᆫ지라. 듕시 ᄀᆞᆯ오ᄃᆡ,

"날노뼈 계하ᄒᆞᆯ ᄃᆡ 그룻 네 일홈으로 ᄒᆞ엿ᄉᆞ니 ᄂᆡ 가히 가리로다."

공이 ᄀᆞᆯ오ᄃᆡ,

"이믜 ᄂᆡ 일홈으로 계하ᄒᆞ엿ᄉᆞᆫ즉 ᄂᆡ 맛당이 가리라."

ᄒᆞ고 인ᄒᆞ여 ᄒᆡᆼ장을 단속ᄒᆞ야 모친의게 하직ᄒᆞ고 창황히 진듕으로 다라드니 변긔 녕우(嶺右) 【20】의 나가 진쳣다가 크게 픽ᄒᆞ여 ᄃᆞ라나니 군듕의 쥬장이 업ᄂᆞᆫ지라 인심이 대란ᄒᆞ거ᄂᆞᆯ 공이 슌변ᄉᆞ(巡邊使) 니감(李鑑)[李鎰]이 샹쥐(尙州)에 잇ᄉᆞᄆᆞᆯ 듯고 단긔로 달녀 윤공(尹公) 셤(暹)과 박공(朴公) 지(篪)로 더부러 ᄒᆞᆫ가지로 막하의 쳐ᄒᆞ엿더니 ᄯᅩ 싸화 니치 못ᄒᆞ여 일진이 함몰ᄒᆞ니 윤·박 냥공이 다 ᄒᆡ롤 닙으니라. 공이 진외(陣外)의 나간즉 노ᄌᆡ ᄆᆞᆯ을 닛글고 기ᄃᆞ리다가 공을 보고 울며 고ᄒᆞ여 ᄀᆞᆯ오ᄃᆡ,

"ᄉᆞ이지ᄎᆞ(事已至此)ᄒᆞ니 원컨ᄃᆡ 쇽ㆍ히 경셩으로 도라가ᄉᆞ이다."

공이 우어 왈,

"국ᄉᆡ 이 ᄀᆞᆺ트니 엇지 ᄎᆞᆷ아 홀노 살니오?"

ᄒᆞ고 인ᄒᆞ여 지필을 ᄎᆞ쟈 노친과 밋 ᄇᆡᆨ듕시(伯仲氏)의게 영결을 고ᄒᆞ여 옷깃 쇽의 ᄀᆞᆷ쵸와 노ᄌᆞ로 ᄒᆞ여금 젼ᄒᆞ게 ᄒᆞ고 돌쳐 젹진의 향코져 ᄒᆞᆫᄃᆡ 노ᄌᆡ 안고 울며 놋치 아니ᄒᆞ거ᄂᆞᆯ 공이 ᄀᆞᆯ오ᄃᆡ,

"네의 경셩이 지극ᄒᆞ니 ᄂᆡ 맛당히 네 말을 조출 거시나 ᄂᆡ 쥬 【21】 리미 심ᄒᆞ니 네 가히 밥을 어더오랴?"

노ᄌᆡ 그 말을 미더 촌가롤 ᄎᆞ쟈 밥을 어더온즉 공이 ㆍᄆᆡ 업ᄂᆞᆫ지라. 노ᄌᆡ 젹진을 ᄇᆞ라보고 통곡ᄒᆞ고 도라오니라.

공이 노ᄌᆞ롤 보ᄂᆡ고 인ᄒᆞ여 몸을 도로혀 젹진의 ᄃᆞ라들어 손으로 수인을 쳐죽이고 인ᄒᆞ여 우ᄒᆡ(遇害)ᄒᆞ니 시년이 이십ᄉᆞ오 그날은 ᄉᆞ월이십ᄉᆞ일이오 그 ᄉᆞ디(死地)ᄂᆞᆫ 샹쥬 북문 원편이라. 노ᄌᆡ 빈ᄆᆞᆯ만 잇글고 도라오니 거개 비로쇼 흉보(凶報)롤 듯고 발셔(發書)ᄒᆞ든 일ᄌᆞ로 긔일을 삼아 비로소 거ᄋᆡ(擧哀)ᄒᆞ니 노ᄌᆡ 목질너 죽고 ᄆᆞᆯ이 ᄯᅩᄒᆞᆫ 먹지 아니코 죽으니라. 깃친 바의 관으로 념ᄒᆞ여 입관ᄒᆞ여 광쥬(廣州) 돌마면(突馬面) 션영하(先塋下)의 영장ᄒᆞ고 그 아ᄅᆡ ᄯᅩ 그 노ᄌᆞ와 ᄆᆞᆯ을 ᄆᆡ장ᄒᆞ니 샹쥬 ᄉᆞ림이 단을 베퍼 조두(俎豆)의 녜롤 ᄒᆡᆼᄒᆞ고 됴가(朝家)로 도승지(都承旨) 증직ᄒᆞ시고 졍묘됴(正廟朝)의셔 【22】 친필노 '츙신의사단(忠臣義士壇)'이라 ᄉᆞ익(賜額)ᄒᆞ시고 졔각(祭閣)을 상쥬의 세우고 명ᄒᆞ여 윤박 냥공을 ᄇᆡ향ᄒᆞ니 츈츄의 ᄒᆡᆼᄉᆞ(行祀)ᄒᆞ게 ᄒᆞ시니라.

공이 죽은 후 ᄆᆡ양 가듕의 와 셩음쇼에(聲音笑語ㅣ) 완연이 ᄉᆡᆼ시 ᄀᆞᆺ트여 부인을 ᄃᆡᄒᆞ야 슈작이 평셕(平昔) ᄀᆞᆺ고 ᄆᆡ양 식상(食床)을 ᄀᆞ초와 나온즉 음식ᄒᆞ기ᄂᆞᆫ 상시 ᄀᆞᆺ트ᄃᆡ 상을 믈닌즉 찬믈은 의구ᄒᆞ더라. ᄆᆡ양 날이 어두우면 오고 ᄃᆞᆰ이 울면 나가더라. 부인이 무르ᄃᆡ,

"그ᄃᆡ ᄒᆡ골이 어ᄃᆡ 잇ᄂᆞ뇨? 만일 알면 거두어 반장(返葬)ᄒᆞ리이다."

공이 텬연이 ᄀᆞᆯ오ᄃᆡ,

"ᄇᆡᆨ골 춍듕의 엇지 분변ᄒᆞ리오? 그져 두니만 ᄀᆞᆺ지 못ᄒᆞ고 ᄯᅩ 나의 ᄇᆡᆨ골 뭇친 곳치 스ᄉᆞ로 방ᄒᆡ롭지 아니타."

ᄒᆞ고 기타 가ᄉᆞ의 구쳐ᄒᆞ기ᄂᆞᆫ ᄒᆞᆫᄀᆞᆯᄀᆞᆺ치 평시 ᄀᆞᆺ더라. 쇼상(小祥) 후ᄂᆞᆫ 간일(間日)ᄒᆞ여 오더니 밋 대상일을 당ᄒᆞᄆᆡ 【23】 하직을 고ᄒᆞ여 ᄀᆞᆯ오ᄃᆡ,

"일노조ᄎᆞ ᄂᆡ 다시 오지 못ᄒᆞ리라."

ᄯᆡ의 그 아들 졔(穧)의 나히 겨오 ᄉᆞ세라 공이 니마롤 어루만져 차탄ᄒᆞ여 ᄀᆞᆯ오ᄃᆡ,

"이 아ᄒᆡ 반ᄃᆞ시 등졔(登第)ᄒᆞᆯ 거시나 블ᄒᆡᆼᄒᆞᆫ 일을 당ᄒᆞ리니 그ᄯᆡ의 ᄂᆡ 맛당히 다시 오리라."

ᄒᆞ고 문을 나니 이후로 다시 현형이 업더라. 기후 십 년 후 기ᄌᆡ(其子ㅣ) 등졔ᄒᆞ야 ᄉᆞ당(祠堂)의 현알ᄒᆞᆯᄉᆡ 공듕의셔 신은(新恩)을 믈녀 진퇴ᄒᆞ니 사ᄅᆞᆷ이 다 이상히 너기더라. 그 ᄌᆞ당이 샹ᄒᆡ 병환이 잇더니 ᄯᆡ 뉴월이라 침이 마르고 ᄆᆞ옴이 번조(煩燥)

97) 【경유】 명 ((인명)) 경류(慶流). 이경류(李慶流 1564~1592). 조선중기의 문신. 호는 반금(伴琴), 자는 장원(長源). 이색(李穡)의 9대손. 성균관전적·성균관감찰·예조좌랑을 지냈으며, 임진왜란 때 상주전투에서 왜적과 싸우다 전사하였다. 사후 홍문관 부제학에 추증되었고, 상주의 충신의사단(忠臣義士壇)에 제향되었다.¶ 慶流‖ 니좌랑 경뉴 병조좌랑으로 임진왜란을 당ᄒᆞᄆᆡ 그 듕시ᄂᆞᆫ 무직으로 잇더니 쟝군 변긔 츌젼ᄒᆞᆯ ᄯᆡ에 그 듕시로뼈 종ᄉᆞ관 계하ᄒᆞᆯ 제 명ᄌᆞ롤 그룻 공으로 ᄒᆞᆫ지라 (李佐郞慶流, 以兵曹佐郞, 當壬辰倭亂, 而其仲氏, 投筆供武職, 助防將邊璣出戰, 時以其仲氏從事官啓下, 而名字誤以公書之.) <靑邱野談 奎章 13:19>

ᄒᆞ여 ᄋᆞ들을 블너 왈,

"엇지ᄒᆞ면 귤 ᄒᆞ나홀 어더먹을고? 만일 어더 먹으면 갈증이 풀니리라."

ᄒᆞ엿더니 슈일 후 공듕의셔 형 부르ᄂᆞᆫ 소리 잇거늘 빅시 ᄯᅳᆯ의 ᄂᆞ려 우러ᄂᆞ 본즉 운무 듕의 공이 귤 삼개롤 쥬어 ᄀᆞᆯ오디,

"노친이 귤을 ᄉᆡᆼ각ᄒᆞ시ᄂᆞᆫ 고로 너 동졍【24】호의 가 귤을 어더왓ᄉᆞ오니 급히 드리쇼셔."

ᄒᆞ니 이후 병환이 쾌ᄎᆞᄒᆞ니라. 미양 공의 긔신(忌辰)을 당ᄒᆞ여 힝ᄉᆞ(行祀)ᄒᆞ고[98] 합문(闔門)[99] 후의ᄂᆞᆫ 반ᄃᆞ시 시져(匙箸)[100] 소리 잇고 죵가 힝ᄉᆞ홀 ᄯᅢ예 반깅(飯羹)과 병면(餠麵)의[101] 만일 머리털이 드러시면 파ᄉᆞ(罷祀)ᄒᆞ[102] 후의 ᄉᆞ랑의셔 노ᄌᆞ

부르ᄂᆞᆫ 소리 잇셔 드러간즉 ᄒᆞ여금 ᄶᅵᆨ치든 비즈롤 잡아니여 분부 왈,

"신도(神道)ᄂᆞᆫ 사롬의 모발을 긔ᄒᆞᄂᆞ니 네 엇지 술피지 아니ᄒᆞᄂᆞ뇨? 네 죄 가히 달(撻)ᄒᆞᆯ즉ᄒᆞ다."

ᄒᆞ고 미이[103] 달쵸(撻楚)ᄒᆞ니[104] 일노조ᄎᆞ 미양 긔신을 당ᄒᆞ민 비록 년구(年久)ᄒᆞᆫ 후라도 가인(家人)이 감히 소홀히 못ᄒᆞ더라.

셤군ᄉᆞ졍상졍남
殲群蛇亭上逞男

니판셔(李判書) 복영(復永)이 디ᄃᆞ로 결셩(結城) 삼산(三山)의 잇스니 이 ᄯᅡ흔 히변이라 미양 죠셕쉬(潮汐水ㅣ)[105] 니르고 희상의 삼되(三島ㅣ) 이셔 바라보미 삼봉(三峰) ᄀᆞᆺ흔【25】 고로 인ᄒᆞ여 삼산이라 칭ᄒᆞ더라. 뒤히 산졍(山亭)이 잇스니 ᄉᆞ면의

---

98) 【힝ᄉᆞ-ᄒᆞ-】圖 행사(行祀)하다. 제사를 지내다.¶ 行祀 ‖ 미양 공의 긔신을 당ᄒᆞ여 힝ᄉᆞᄒᆞ고 합문 후의ᄂᆞᆫ 반ᄃᆞ시 시져 소리 잇고 죵가 힝ᄉᆞ홀 ᄯᅢ예 반깅과 병면의 만일 머리털이 드러시면 파ᄉᆞᄒᆞ 후의 ᄉᆞ랑의셔 노ᄌᆞ 부르ᄂᆞᆫ 소리 잇셔 드러간즉 ᄒᆞ여금 ᄶᅵᆨ치든 비즈롤 잡아니여 분부 왈 (每當忌辰, 行祀時, 闔門之後, 則必有匕箸聲, 宗家行祀時, 餠有人毛之入者, 罷祀後聞之, 則外舍有呼奴之聲, 家人怪之聽之, 則出自舍廊, 奴子承命而入, 則使捉致蒸餠婢子分付曰.) <靑邱野談 奎章 13:24>

99) 【합문】圖 합문(闔門). 문을 닫음.¶ 闔門 ‖ 미양 공의 긔신을 당ᄒᆞ여 힝ᄉᆞᄒᆞ고 합문 후의ᄂᆞᆫ 반ᄃᆞ시 시져 소리 잇고 죵가 힝ᄉᆞ홀 ᄯᅢ예 반깅과 병면의 만일 머리털이 드러시면 파ᄉᆞᄒᆞ 후의 ᄉᆞ랑의셔 노ᄌᆞ 부르ᄂᆞᆫ 소리 잇셔 드러간즉 ᄒᆞ여금 ᄶᅵᆨ치든 비즈롤 잡아니여 분부 왈 (每當忌辰, 行祀時, 闔門之後, 則必有匕箸聲, 宗家行祀時, 餠有人毛之入者, 罷祀後聞之, 則外舍有呼奴之聲, 家人怪之聽之, 則出自舍廊, 奴子承命而入, 則使捉致蒸餠婢子分付曰.) <靑邱野談 奎章 13:24>

100) 【시져】圖 ((기물)) 시져(匙箸). 숟가락과 젓가락.¶ 匕箸 ‖ 미양 공의 긔신을 당ᄒᆞ여 힝ᄉᆞᄒᆞ고 합문 후의ᄂᆞᆫ 반ᄃᆞ시 시져 소리 잇고 죵가 힝ᄉᆞ홀 ᄯᅢ예 반깅과 병면의 만일 머리털이 드러시면 파ᄉᆞᄒᆞ 후의 ᄉᆞ랑의셔 노ᄌᆞ 부르ᄂᆞᆫ 소리 잇셔 (每當忌辰, 行祀時, 闔門之後, 則必有匕箸聲, 宗家行祀時, 餠有人毛之入者, 罷祀後聞之, 則外舍有呼奴之聲, 家人怪之聽之, 則出自舍廊, 奴子承命.) <靑邱野談 奎章 13:24>

101) 【병면】圖 ((음식)) 병면(餠麵). 떡과 국수.¶ 餠 ‖ 죵가 힝ᄉᆞ홀 ᄯᅢ예 반깅과 병면의 만일 머리털이 드러시면 파ᄉᆞᄒᆞ 후의 ᄉᆞ랑이셔 노ᄌᆞ 부르ᄂᆞᆫ 소리 잇셔 드러간즉 ᄒᆞ여금 ᄶᅵᆨ치든 비즈롤 잡아니여 분부 왈 (宗家行祀時, 餠有人毛之入者, 罷祀後聞之, 則外舍有呼奴之聲, 家人怪之聽之, 則出自舍廊, 奴子承命而入, 則使捉致蒸餠婢子分付曰.) <靑邱野談 奎章 13:24>

102) 【파ᄉᆞ-ᄒᆞ-】圖 파사(罷祀)하다. 제사를 끝내다.¶ 罷祀 ‖ 미양 공의 긔신을 당ᄒᆞ여 힝ᄉᆞᄒᆞ고 합문 후의ᄂᆞᆫ 반ᄃᆞ시 시져 소리 잇고 죵가 힝ᄉᆞ홀 ᄯᅢ예 반깅과 병면의 만일 머리털이 드러시면 파ᄉᆞᄒᆞ 후의 ᄉᆞ랑의셔 노ᄌᆞ 부르ᄂᆞᆫ 소리 잇셔 드러간즉 ᄒᆞ여금 ᄶᅵᆨ치든 비즈롤 잡아니여 분부 왈 (每當忌辰, 行祀時, 闔門之後, 則必有匕箸聲, 宗家行祀時, 餠有人毛之入者, 罷祀後聞之, 則外舍有呼奴之聲, 家人怪之聽之, 則出自舍廊, 奴子承命而入, 則使捉致蒸餠婢子分付曰.) <靑邱野談 奎章 13:24>

103) 【미이】閔 매우. 매섭게.¶ 미이 달쵸ᄒᆞ니 일노조ᄎᆞ 미양 긔신을 당ᄒᆞ민 비록 년구ᄒᆞᆫ 후라도 가인이 감히 소홀히 못ᄒᆞ더라 (仍命撻楚, 自是每當忌辰, 雖年久之後, 家人不敢少忽焉云.) <靑邱野談 奎章 13:24>

104) 【달쵸-ᄒᆞ-】圖 달초(撻楚)하다. 어버이나 스승이 잘못을 훈계하느라고 회초리로 볼기나 종아리를 때리다.¶ 撻楚 ‖ 미이 달쵸ᄒᆞ니 일노조ᄎᆞ 미양 긔신을 당ᄒᆞ민 비록 년구ᄒᆞᆫ 후라도 가인이 감히 소홀히 못ᄒᆞ더라 (仍命撻楚, 自是每當忌辰, 雖年久之後, 家人不敢少忽焉云.) <靑邱野談 奎章 13:24>

105) 【죠셕슈】圖 죠셕슈(潮汐水). 밀물과 썰물.¶ 潮汐水 ‖ 이 ᄯᅡ흔 히변이라 미양 죠셕쉬 니르고 희상의 삼되 이셔 바라보미 삼봉 ᄀᆞᆺ 고로 인ᄒᆞ여 삼산이라 칭ᄒᆞ더라 (地海邊也, 每潮汐水來, 海上三島望之如三峰, 仍號三山.) <靑邱野談 奎章 13:24>

난함(欄檻)을106) 높히 ᄒᆞ고 공이 샹히 거ᄒᆞ더니 압
히 ᄒᆞᆫ 큰 괴목(槐木)이 잇셔 너비 수십 아름이오 기
리 쳔 길이라. 아츰의 그 ᄀᆞ온디로셔 운뮈(雲霧ㅣ)
니러 뜰의 두루 덥흐미 지쳑을 분변키 어렵더라. 공
이 일ᄌᆞ의 지게를 열고 역역본즉107) 운무 등의 나
모 굼그로조ᄎᆞ 일물(一物)이 머리를 들거늘 공이 괴
이 너겨 ᄆᆞᆺ춤 마샹춍(馬上銃)이108) 겻히 잇ᄂᆞᆫ지라
인ᄒᆞ여 노흐니 궐물(厥物)이 마져 머리를 움치고 드
러가더니 아이요109) 벽녁소리 나거늘 놀나 니러본
즉 남기 부러지고 ᄒᆞᆫ 대망(大蟒)이 피를 흘니고 몸
을 반만 드러ᄂᆡ니 그 크기 몃 아름인지 아지 못ᄒᆞ
고 쓸과 나롯시 ᄯᅩ ᄀᆞ장 기러 그 궁그로부터 나오
ᄂᆞᆫ 재 부지기쉬라. 대쟈(大者)ᄂᆞᆫ 혹 연목(椽木)110)
ᄀᆞᆺ고 쇼쟈(小者)ᄂᆞᆫ 간독(簡竹)111) ᄀᆞᆺ튼 재 셔로 니

---

106) 【난함】圖 난함(欄檻). 난간.¶ 欄檻 ∥ 뒤히 산졍이 잇
스니 ᄉᆞ면의 난함을 놉히 ᄒᆞ고 공이 샹히 거ᄒᆞ더니
압히 ᄒᆞᆫ 큰 괴목이 잇셔 너비 수십 아름이오 기리 쳔
길이라 (後有山亭之四面欄檻者, 公居於此, 前有一大槐
古木) <靑邱野談 奎章 13:25>

107) 【역여-보-】圖 여겨보다. 눈에 익혀 가며 기억할 수
있도록 자세히 보다.¶ 熟視 ∥ 공이 일ᄌᆞ의 지게를 열
고 역여본즉 운무 등의 나모 굼그로조ᄎᆞ 일물이 머리
를 들거늘 공이 괴이 너겨 ᄆᆞᆺ춤 마샹춍이 겻히 잇ᄂᆞᆫ
지라 (公於一日, 開戶熟視, 則煙霧之中, 自樹血有一物
擧頭, 公怪之, 適有馬上銃之在傍者.) <靑邱野談 奎章
13:25>

108) 【마샹춍】圖 ((병기)) 마샹춍(馬上銃). 기병이 쓰는 작
은 총.¶ 馬上銃 ∥ 공이 일ᄌᆞ의 지게를 열고 역여본즉
운무 등의 나모 굼그로조ᄎᆞ 일물이 머리를 들거늘 공
이 괴이 너겨 ᄆᆞᆺ춤 마샹춍이 겻히 잇ᄂᆞᆫ지라 (公於一
日, 開戶熟視, 則煙霧之中, 自樹血有一物擧頭, 公怪之,
適有馬上銃之在傍者.) <靑邱野談 奎章 13:25>

109) 【아이요】圖 이윽고. 잠시 후에.¶ 少頃 ∥ 인ᄒᆞ여 노
흐니 궐물이 마져 머리를 움치고 드러가더니 아이요
벽녁소리 나거늘 (公仍向而放之, 乃得中厥物縮頭而入,
少頃忽有霹靂聲.) <靑邱野談 奎章 13:25>

110) 【연목】圖 ((건축)) 연목(椽木). 서까래.¶ 椽木 ∥ 대쟈
ᄂᆞᆫ 혹 연목 ᄀᆞᆺ고 쇼쟈ᄂᆞᆫ 간독 ᄀᆞᆺ튼 재 셔로 니어 ᄉᆞ
면으로 둘너 쟝ᄎᆞᆺ 졍상으로 향ᄒᆞ거늘 (或大如棟樑椽
木, 小如手指簡竹者, 相續不絶, 四面環之, 而將向亭上.)
<靑邱野談 奎章 13:25>

111) 【간독】圖 ((기물)) 간독(簡竹). 담배설대. 담배통과
물부리 사이에 ᄭᅵ워 맞추는 가느다라 대.¶ 簡竹 ∥ 대
쟈ᄂᆞᆫ 혹 연목 ᄀᆞᆺ고 쇼쟈ᄂᆞᆫ 간독 ᄀᆞᆺ튼 재 셔로 니어
ᄉᆞ면으로 둘너 쟝ᄎᆞᆺ 졍상으로 향ᄒᆞ거늘 (或大如棟樑
椽木, 小如手指簡竹者, 相續不絶, 四面環之, 而將向亭
上.) <靑邱野談 奎章 13:25>

어 ᄉᆞ면으로 둘너 【26】 쟝ᄎᆞᆺ 졍상(亭上)으로 향ᄒᆞ거
늘 공이 ᄌᆞ예 옷슬 벗고 춍을 샌혀 들고 두루 난간
ᄀᆞ의 향ᄒᆞᄂᆞᆫ 바얌의 머리를 타살ᄒᆞ여 샌르기 픙우
ᄀᆞᆺ튼지라. 날이 나ᄆᆞ로부터 오후의 니르히 잠간도
쉬지 못ᄒᆞ니 뉴혈이 쓸에 ᄀᆞ득ᄒᆞ고 셩취(腥臭)112)
코홀 지르니 바얌이 다 죽으미 공이 ᄯᅩ흔 피곤ᄒᆞ여
숨을 헐떡이고 누엇더니 가인이 공의 오ᄅᆡ 나오지
아니믈 괴이 너겨 와본즉 죽은 바얌이 쓸의 산ᄀᆞᆺ치
ᄡᅡ혓거늘 건노로 ᄒᆞ여금 쓰러 ᄒᆡ슈 등의 더지니 ᄆᆞ
참ᄂᆡ 무ᄉᆞᄒᆞ니라.

촉셕누슈의쟝종
矗石樓繡衣藏踪

녕셩군(靈城君) 박문슈(朴文秀ㅣ) 쇼시예 니구
(內舅)113) 진쥬(晉州) 임쇼의 ᄯᅡ라가 ᄒᆞᆫ 기성을 슈
쳥드리고 대혹(大惑)ᄒᆞ여 ᄉᆞ성(死生)으로써 밍셰ᄒᆞ
니라. 일ᄌᆞᆫ 박공이 【27】 셔실(書室)에 잇더니 ᄒᆞᆫ
츄악ᄒᆞᆫ 비지 믈을 깃고 지나거늘 계인이 ᄀᆞ르쳐 우
어 굴오디,

"ᄎᆞ녀(此女ㅣ) 나히 삼십이로디 츄악ᄒᆞᆫ 연고로
오히려 음양지니(陰陽之理)를 아지 못ᄒᆞᆫ지라 만일
갓가이 ᄒᆞᄂᆞᆫ 재면 격션이 될 거시니 반ᄃᆞ시 신명이
도음이 잇스리라."

박공이 그 말을 듯고 측은히 너겨 그밤의 궐
비(厥婢) ᄯᅩ 지나거늘 인ᄒᆞ여 블너드려 동침ᄒᆞ니 궐
비 크게 즐겨 가더라. 밋 환경(還京)ᄒᆞ미 즉시 등졔
(登第)ᄒᆞ여 십 년 간의 암ᄒᆡᆼ으로 진쥬에 니르러 젼
의 유졍(有情)ᄒᆞ든 기가(妓家)를 ᄎᆞᄌᆞ 문밧게 셔고
밥을 빈즉 안으로셔 ᄒᆞᆫ 노귀 나와 보고 굴오디,

---

112) 【셩취】圖 셩취(腥臭). 비린내.¶ 腥穢 ∥ 날이 나ᄆᆞ로
부터 오후의 니르히 잠간도 쉬지 못ᄒᆞ니 뉴혈이 쓸에
ᄀᆞ득ᄒᆞ고 셩취 코홀 지르니 (自日出時, 至于晩飯後,
不暫休息, 血流前庭, 腥穢漲天.) <靑邱野談 奎章
13:26>

113) 【니구】圖 ((인뮤)) 니구(內舅). 외슉(外叔).¶ 內舅 ∥
녕셩군 박문슈 쇼시예 니구 진쥬 임쇼의 ᄯᅡ라가 ᄒᆞᆫ
기성을 슈쳥드리고 대혹ᄒᆞ여 ᄉᆞ성으로써 밍셰ᄒᆞ니라
(靈城君朴文秀, 少時隨往內舅晉州任所, 眄一妓而大惑,
相誓以彼此同日死生.) <靑邱野談 奎章 13:26>

"괴이 호도다."

박공이 굴오디,

"노귀 엇지 닐으미뇨?"

노귀 굴오디,

"그디 안면이 젼 등너(等內) 박셔방쥬 모양과 흡스흔 고로 괴이 너기노라."

박공이 굴오디,

"니 과연 그러호도다."

노귀 놀나 굴오디,

"이 엇진 일이뇨? 셔방쥬 걸 [28] 긱(乞客) 될 줄 뜻호지 아니호엿노라."

호고 방안의 드러가 밥이나 즈시고 가쇼셔 호거늘 박공이 방의 드러가 좌경의 무르디,

"그디 쌀이 어디 잇느뇨?"

답왈,

"본부 슈청기로 장번(長番)호여 나오지 아녓느이다."

호고 블을 살나 밥을 지으려호더니 홀연 신 끄으는 소러 나며 기녜 부억 아러 니르니 기뫼 굴오디,

"모쳐 박셔방쥬 왓도다."

기녜 굴오디,

"어늬 쩌 여긔 왓스며 무슴 연고로 인연호여 왓느뇨?"

기뫼 굴오디,

"그 형상이 가련호니 폐의파립(弊衣破笠)이 명 년 걸인이라. 그 위졀(委折)을 무른즉 그 젼 (前前) 스도의 집에 쫏겨 견 걸식호여 이곳의 온 뜻은 일즉 젼의 오러 머므던 곳이라 관쳥 니비(吏婢)의 안면이 잇는 고로 젼냥(錢兩)을 엇고져 호여 오미라."

기녜 쟉식(作色)호여 굴오디,

"이런 등스의 말을 엇지 날을 디호여 닐으뇨?"

기뫼 굴오디,

"너롤 흔번 보고져 왓 [29] 스니 일츠 드러가 보라."

기녜 굴오디,

"보와 무엇호리오? 츠등 인은 보기롤 원치 아니 느니 방수도 셜이 명일이라 슈령이 만히 모야 쵹셕누의 대연을 빈셜호시 영 본읍 기비(妓婢) 의복치장(衣服治粧)으로 신칙이 졀엄(絶嚴)호니 니 의상(衣箱) 듕에 신건(新件) 의상이 잇스니 모시(母

氏)는 너의 옷슬 너여오쇼셔."

기뫼 굴오디,

"니 엇지 알니오? 네 들어가 보라."

기녜 마지 못호여 문을 열고 들어갈시 노싁이 발 호여 눈을 두루지 아니호고 방벽을 둘너와 상즈롤 여러 의복을 너여가지고 도라보지 아니코 나오거늘 공이 기모롤 블너 굴오디,

"쥬인이 너모 닝낙호니 일노조추 하직호노라."

기뫼 만류 왈,

"년쇼흔 녀이 일을 경녁지 못호여 그러호니 엇지 죡히 칙망호리오? 셕반이 거의 익 [30] 엇스니 조곰 안겨 뇨긔호고 가쇼셔."

공이 듯지 아니코 문을 나와 쏘 비즈의 집을 츠즌즉 그 비지 오히려 급수(汲水)호눈지라 급슈호고 오다가 그 상모롤 냥구히 슉시호여 굴오디,

"괴이호고 괴이호도다."

공이 굴오디,

"엇지 사롬을 보고 괴이타 호느뇨?"

비지 굴오디,

"안면이 젼등 칙방 박셔방쥬와 흡수흔 고로 괴이타 호미로쇼이다."

공이 굴오디,

"니 과연 그로다."

그 비지 동희롤 쓰히 노코 손을 잡고 통곡 왈,

"이 엇진 일이며 이 엇진 모양이뇨? 니집이 머지 아니호니 홈긔 가시미 엇더호뇨?"

공이 쌀아간즉 수간두옥(數間斗屋)이라 손을 잇글고 방의 들어 좌졍호미 그 개걸 스유롤 울며 뭇거늘 공이 기모(妓母)의 디답호든 말과 又치 호니 비지 놀나 굴오디,

"니 셔방쥬로 [31] 뼈 대귀호리라 호엿더니 엇지 이의 니롤 줄 알니오? 금일부터 니집의 머물나."

호고 흔 츄흔 샹즈의 일습 쥬의(紬衣)롤 니여 권호여 닙으라 호거늘 공이 굴오디,

"이 옷시 어디로조추 나뇨?"

비지 굴오디,

"이는 니 격년 물품 판 거시라 돈을 모도와 면쥬(綿紬)롤 무역호여 갑 쥬어 지어 샹쥼(箱中)의 간슈호와 츠싱(此生)의 만일 셔방쥬롤 만나서론 졍을 표호고져 호미로쇼이다."

공이 스양호여 왈,

"니 폐의로 단니다가 이졔 믄득 이 옷슬 닙은 즉 사롬이 슈상히 너길 거시라 죵댱 닙을 거시니 아직 두라."

비지 쥬하(廚下)의 드러가 셕반을 ᄀᆞ쵸고 후면으로 드러가 즁즁거리며114) 긔명을 녈파(裂破)ᄒᆞᄂᆞᆫ115) 쇼리 잇거늘 공이 괴이 너겨 무른즉 디ᄒᆞ여 ᄀᆞᆯ오ᄃᆡ,

"남듕(南中)이116) 귀신을 공경ᄒᆞᄂᆞᆫ지라 니 셔방 【32】 쥬룰 보닌 후로 신위(神位)룰 베플고 긔도ᄒᆞ여 다만 셔방쥬 닙신양명(立身揚名)ᄒᆞ기룰 원ᄒᆞᆸ더니 귀신이 만일 녕험이 잇스면 셔방쥐 엇지 추경에 니르리오 이러므로뼈 앗가 녈파ᄒᆞ여 블에 너헛ᄂᆞ이다."

공이 우음을 춤고 그 셩의룰 감동ᄒᆞ더니 이윽고 셕반을 나오거늘 공이 돈복(頓服)ᄒᆞ고117) 뉴슉ᄒᆞ니 졍의 더욱 지극ᄒᆞ더라.

익일의 조반을 지쵹ᄒᆞ여 ᄀᆞᆯ오ᄃᆡ,

"니 볼일이 잇다."

ᄒᆞ고 몬져 축셕누의 가 ᄀᆞ만이 누하의 숨엇더니 날이 나미 관리 분ᄂᆞ이 슈쇼(修掃)ᄒᆞ고 연셕을 포셜(鋪設)ᄒᆞ니 조금 사이의 병ᄉᆞ(兵使)와 본관이 나오고 닌읍(隣邑) 슈령이 일졔히 모인지라. 공이 홀연이 나와 자리예 올나 병ᄉᆞ룰 향ᄒᆞ여 ᄀᆞᆯ오ᄃᆡ,

"과긱이 셩연의 참예코져 왓노라."

병ᄉᆞ ᄀᆞᆯ오ᄃᆡ,

"말셕의 안쟈 관광ᄒᆞ미 【33】 무방ᄒᆞ니라."

이윽고 비반(杯盤)이 낭즈ᄒᆞ고 싱개(笙歌 l) 뇨량ᄒᆞᄃᆡ 그 긔녜 본관 등 뒤예 모셧스니 복셕이 션명ᄒᆞ고 교틱 션연ᄒᆞᆫ지라. 병ᄉᆞ 도라보고 우어 ᄀᆞᆯ오ᄃᆡ,

"본관이 근일의 궐녀의게 대혹ᄒᆞ여 신식이 젼만 ᄀᆞᆺ지 못ᄒᆞ도다."

본관이 우어 ᄀᆞᆯ오ᄃᆡ,

"이럴 니 잇스리오? 명식(名色)은 두엇스나 실노ᄂᆞᆫ 업ᄂᆞ이다."

병ᄉᆞ 우어 왈,

"이 ᄭᅮ미ᄂᆞᆫ 말이로다."

인ᄒᆞ여 블너 ᄒᆞ여금 힝비(行杯)ᄒᆞ라 ᄒᆞ니 기녜 셤슈(纖手)로118) 옥비룰 밧드러 추ᄎᆞ 권쥬가(勸酒歌)로 진젼(進前)ᄒᆞ거늘 공이 ᄀᆞᆯ오ᄃᆡ,

"과긱도 ᄯᅩᄒᆞᆫ 일비룰 쳥ᄒᆞᄂᆞ이다."

병ᄉᆞ ᄀᆞᆯ오ᄃᆡ,

"네 가히 나아가 쥬비(酒杯)룰 드리라."

기녜 이예 술을 부어 지인(知印)을119) 쥬어 ᄀᆞᆯ오ᄃᆡ,

"져 손의게 드리라."

공이 ᄀᆞᆯ오ᄃᆡ,

"이 긱도 ᄯᅩᄒᆞᆫ 남지라 기녀의 슈듕비(手中杯)룰 마시고져 ᄒᆞ노라."

병ᄉᆞ와 본관이 쟉셕ᄒᆞ여 ᄀᆞᆯ오ᄃᆡ,

"마시면 조홀 거시 【34】 어니 엇지 기슈(妓手)룰 원ᄒᆞ리오?"

공이 인ᄒᆞ여 바다 마시니라. 식상(食床)을 각인 압희 드릴ᄉᆡ 다 대탁이로ᄃᆡ 즈가(自家)의 압희ᄂᆞᆫ 두어 그릇 ᄲᅮᆫ이라 공이 ᄀᆞᆯ오ᄃᆡ,

"동시냥반(同是兩班)이라 음식에 엇지 층하(層下)ᄒᆞᄂᆞ뇨?"120)

---

114) 【즁즁-거리-】⑧ 중중거리다. 남이 알아들을 수 없게 불평조의 군소리를 하거나 원망하듯 중얼거리다.¶ 吶吶∥비지 쥬하의 드러가 셕반을 ᄀᆞ쵸고 후면으로 드러가 즁즁거리며 긔명을 녈파ᄒᆞᄂᆞᆫ 쇼리 잇거늘 (其女入廚, 而備夕飯入後面, 口吶吶, 若有詬罵者, 然又有裂破器皿之聲.) <靑邱野談 奎章 13:31>

115) 【녈파-ᄒᆞ-】⑧ 열파(裂破)하다. 찢어서 결딴내다.¶ 裂破∥비지 쥬하의 드러가 셕반을 ᄀᆞ쵸고 후면으로 드러가 즁즁거리며 긔명을 녈파ᄒᆞᄂᆞᆫ 쇼리 잇거늘 (其女入廚, 而備夕飯入後面, 口吶吶, 若有詬罵者, 然又有裂破器皿之聲.) <靑邱野談 奎章 13:31>

116) 【남듕】⑧ ((지리)) 남중(南中). 남도지방.¶ 南中∥남듕이 귀신을 공경ᄒᆞᄂᆞᆫ지라 니 셔방쥬룰 보닌 후로 신위룰 베플고 긔도ᄒᆞ여 다만 셔방쥬 닙신양명ᄒᆞ기룰 원ᄒᆞᆸ더니 귀신이 만일 녕험이 잇스면 셔방쥐 엇지 추경에 니르리오 (南中敬鬼神矣. 吾自送壻房主後, 設神位, 而朝夕祈禱, 只願壻房主立身揚名矣. 鬼若有靈, 則壻房主豈至此境矣?) <靑邱野談 奎章 13:31>

117) 【돈복-ᄒᆞ-】⑧ 돈복(頓服)하다. 한꺼번에 다 먹다.¶ 頓服∥공이 우음을 춤고 그 셩의룰 감동ᄒᆞ더니 이윽고 셕반을 나오거늘 공이 돈복ᄒᆞ고 뉴슉ᄒᆞ니 졍의 더욱 지극ᄒᆞ더라 (文秀忍笑而感其意而已. 其夕飯以進文秀頓服而留宿.) <靑邱野談 奎章 13:32>

118) 【셤슈】⑧ ((신체)) 섬수(纖手). 가냘프고 고운 손.¶ 인ᄒᆞ여 블너 ᄒᆞ여금 힝비ᄒᆞ라 ᄒᆞ니 기녜 셤슈로 옥비룰 밧드러 추ᄎᆞ 권쥬가로 진젼ᄒᆞ거늘 (仍呼使行杯, 其妓女行盃, 而次次進前.) <靑邱野談 奎章 13:33>

119) 【지인】⑧ ((인류)) 지인(知印). 통인(通引). 조선 때 지방관아의 관장 앞에 딸리어 잔심부름하던 사람.¶ 知印∥기녜 이예 술을 부어 지인을 쥬어 ᄀᆞᆯ오ᄃᆡ 져 손의게 드리라 (妓乃斟酒, 給知印曰: "可給彼客.") <靑邱野談 奎章 13:33>

120) 【층하-ᄒᆞ-】⑧ 층하(層下)하다. 낮게 차별대우하다.¶

본관이 노ᄒᆞ여 왈,

"장자(長子)의 못거지예 엇지 이리 지번(支煩)ᄒᆞ뇨? 음식을 어더 먹엇스면 샐니 갈 거시어늘 엇지 여러 말 ᄒᆞᄂᆞᆫ뇨?"

공이 ᄯᅩᄒᆞᆫ 노ᄒᆞ여 ᄀᆞᆯ오디,

"나도 ᄯᅩᄒᆞᆫ 장재라 너 이믜 유쳐유ᄌᆞ(有子有妻)ᄒᆞ고 슈발(鬚髮)이 창연(蒼然)ᄒᆞᆫ즉 너 엇지 쇼년 빈냐?"

본관이 노ᄒᆞ여 ᄀᆞᆯ오디,

"이 걸ᄀᆡ이 극히 광픽(狂悖)ᄒᆞ니 조ᄎᆞ 닛치리라."

ᄒᆞ고 인ᄒᆞ여 분부ᄒᆞ여 잡아ᄂᆞ리라 ᄒᆞ니 관예(官隷) 누하의셔 포갈ᄒᆞ여 ᄀᆞᆯ오디,

"샐니 ᄂᆞ려오라."

공이 ᄀᆞᆯ오디,

"너 엇지 ᄂᆞ려가리오? 본관이 가히 ᄂᆞ려갈 거시니라."

본관이 더옥 노ᄒᆞ여 왈,

"이 【35】 손이 참 광긱이라 하예 엇지 ᄯᅳ어ᄂᆞ리지 아니ᄒᆞᄂᆞᆫ뇨?"

호령이 츄샹 ᄀᆞᆺ트니 지인비 소미를 들고 등을 밀거늘 공이 소리를 마이 ᄒᆞ여 ᄀᆞᆯ오디,

"너의 무리나 가히 나가라."

말을 맛지 못ᄒᆞ여 역졸이 삼문(三門)을 두드리고 크게 블너 ᄀᆞᆯ오디,

"암ᄒᆡ어ᄉᆞ 츌도라!"

ᄒᆞ니 병ᄉᆞ 이하로 면식이 찬 지 ᄀᆞᆺᄐᆡ여 창황이 홋터 나가니 공이 우어 ᄀᆞᆯ오디,

"의호(宜乎) 이ᄀᆞᆺ치 나갈 거시로다.

ᄒᆞ고 인ᄒᆞ여 병ᄉᆞ의 자리예 안즈니 병ᄉᆞ 이하로 다 ᄉᆞ모관복ᄒᆞ고 일ᄉᆞ히 예현(禮現)ᄒᆞᆷ을 파ᄒᆞᆫ 후 그 기녀의 모녀를 잡아드려 분부ᄒᆞ여 ᄀᆞᆯ오디,

"년젼의 내 널노 더부러 경의 엇더ᄒᆞ더뇨? 산이 문허지고 바다히 말으도록 변치 마자 언약ᄒᆞ엿거늘 이졔 너 걸인의 모양으로 온즉 네 구일 경의를 베퍼 【36】 ᄒᆞᆫ 말노 위로ᄒᆞᆷ이 가ᄒᆞ거늘 엇지 도로혀 발노(發怒)ᄒᆞᄂᆞᆫ뇨? 이른바 동냥도 아니 쥬고 쪽박조ᄎᆞ ᄭᅢ치미로다. 쇼당 즉디(卽地) 타살할 일이로디 네게 무어슬 칙망ᄒᆞ리오? 약간 틱벌을 힝ᄒᆞ리라,"

ᄒᆞ고 기모ᄃᆞ려 닐너 ᄀᆞᆯ오디,

"너논 조금 인ᄉᆞ를 아논 고로 네 안면을 보와 아직 죽이지 아니ᄒᆞ노라."

ᄒᆞ고 명ᄒᆞ여 미육(米肉)을 쥬고 ᄯᅩ ᄀᆞᆯ오디 내 유졍(有情)ᄒᆞᆫ 녀ᄌᆞ 급슈비(汲水婢)를 불너 누헌(樓軒)의 안치고 인ᄒᆞ여 기안(妓案)의 힝슈(行首)를 삼은 후 모기(某妓)논 강졍(降定)ᄒᆞ여 급슈비예 츙슈ᄒᆞ야 영ᄉᆞ 탈역(脫役)지 못ᄒᆞ게 ᄒᆞ고 ᄯᅩ 본부 니방을 불너 돈 이빅 냥을 사속(斯速)히 가져오라 ᄒᆞ여 뼈 비ᄌᆞ를 쥬고 신(信)을 ᄭᅳᆫ치 말나 ᄒᆞ니라.

연광뎡경교힝녕
練光亭京校行令

【37】 김샹공(金相公) 약뇌(若魯ㅣ)[121] 긔빅(箕伯)[122]으로부터 병판(兵判)을 졔슈ᄒᆞ니 공이 긔영(箕營)[123] 진무ᄒᆞᆫ지 오라지 아닌지라 강산 누디의 연ᄉᆞ하여 능히 닛지 못ᄒᆞ고 증(症) 너여 ᄀᆞᆯ오디,

"병조 하예 만일 혹 ᄂᆞ려온즉 맛당히 타살ᄒᆞ리라."

ᄒᆞ니 농호영(龍虎營) 쟝교들이 상의ᄒᆞ여 ᄀᆞᆯ오디,

"쟝녕이 이 ᄀᆞᆺ트니 진실노 ᄂᆞ려가지 못할 거시오 ᄂᆞ려가지 아니ᄒᆞ면 ᄯᅩᄒᆞᆫ 만시(晩時)ᄒᆞᆫ 죄 잇슬 거시니 쟝ᄎᆞᆺ 엇지ᄒᆞ리오?"

屬下 ‖ 동시냥반이라 음식에 엇지 츙하ᄒᆞᄂᆞᆫ뇨 (俱是班也, 而飮食何可屬下乎?) <靑邱野談 奎章 13:34>

121) 【약노】 圖 ((인명)) 약로(若魯). 김약로(金若魯 1694~1753). 조선중기의 문신. 자는 이민(而敏). 호는 만휴당(晩休堂). 승문원 정자가 되어 《숙종실록》 보충의 잘못을 논하다가 유배되었다. 뒤에 육조의 판서를 거쳐 우의정, 좌의정 등을 지냈다.¶ 若魯 ‖ 김샹공 약뇌 긔빅으로부터 병판을 졔슈ᄒᆞ니 공이 긔영 진무ᄒᆞᆫ지 오라지 아닌지라 (金相若魯, 自箕伯移兵判, 時按箕營未久.) <靑邱野談 奎章 13:37>

122) 【긔빅】 圖 ((관직)) 기백(箕伯). 평안도관찰사.¶ 箕伯 ‖ 김샹공 약뇌 긔빅으로부터 병판을 졔슈ᄒᆞ니 공이 긔영 진무ᄒᆞᆫ지 오라지 아닌지라 (金相若魯, 自箕伯移兵判, 時按箕營未久.) <靑邱野談 奎章 13:37>

123) 【긔영】 圖 기영(箕營). 평안감영(平安監營).¶ 若魯 ‖ 김샹공 약뇌 긔빅으로부터 병판을 졔슈ᄒᆞ니 공이 긔영 진무ᄒᆞᆫ지 오라지 아닌지라 (金相若魯, 自箕伯移兵判, 時按箕營未久.) <靑邱野談 奎章 13:37>

기둥 호 쟝꾀 굴오디,

"니 맛당히 무스이 꾀셔 올 거시니 엇지홀고?"

다 굴오디,

"만일 그리호면 우리 맛당히 쥬찬을 셩비호여 디졉호리라."

그 쟝꾀 굴오디,

"그러면 니 쟝찻 치힝호리라."

호고 인호여 순로(巡牢) 즁 킈 크고 셥슈(攝手)와 녀력 잇는 쟈룰 굴희여 복식을 다 싀로 짓고 디답소리와 곤쟝 쓰는 법을 년습호여 열 쌍을 굴희여 더부 [38] 러 동힝호리라.

이럼 김공이 민일 년광뎡(練光亭)의 기악(妓樂)으로 노더니 믄득 브라보니 쟝님(長林) 사이의 쌍ㅅ이 오는 재 잇거늘 모음의 심히 아혹호고 나아와 하예로 호여금 병조 교련관(敎鍊官) 현신츠로 고호니 김공이 대로호여 칙상을 쳐 소리룰 놉히 호여 굴오디,

"병조 교련관이 엇지호여 왓느뇨?"

기인이 인호여 계예 울나 군례(軍禮)룰 힝혼 후에 호령호여 굴오디,

"순령슈(巡令手)는 사속(斯速)히 현신(現身)호라."

소리룰 맛지 못호여 이십 개 순뢰 츄창(趨蹌)호여 드러와 뜰 압히 고두(叩頭)혼 후 동셔로 난화 셔니 그 신슈와 복식이 긔영 나졸에 비호면 소양(霄壤)이 판이혼지라 쟝꾀 믄득 쏘 호령을 놉히 호여 굴오디,

"좌우의 훤화(喧譁) 금호라."

이굿치 수츠의 폼호여 굴 [39] 오디,

"스뢰 비록 방빅(方伯)으로 이곳의 힝츠호오시나 진실노 감히 이굿지 못홀 거시어늘 이졔는 대스마대쟝군 힝츠시라 뎌의 무리 엇지 감히 이굿치 훤화호리잇고? 읍교(邑校)는 시러곰 금치 못호느냐? 읍교룰 가히 나입(拿入)호여 죄룰 다스리지 아니치 못호리라."

호고 호령을 느려 굴오디,

"좌우는 어즈러이 말고 읍교룰 나입호라."

순뢰 녕을 응호여 나아가 쇠사슬노뼈 읍교의 목을 미여 나입호니 쟝꾀 쏘 분부 왈,

"스뢰 잉칙 비록 일도 방빅이라도 가히 훤화치 못호려든 허믈며 이졔 대스마대쟝군이시라 녀의 무리 엇지 감히 잡란(雜亂)호리오?"

인호여 의법(依法)호라 호니 순뢰 그 가지고 간 병조 빅곤(白棍)을 잡아 옷슬 메고 셔니 수쟝을 든 후의 수뢰 곤쟝을 드러 치미 소리 집 [40] 마루를 진동호니 그 응디호는 소리와 곤쟝 쓰는 법이 곳 경영(京營)의셔 호는 젼례오 긔영 거힝으로 대상부동(大相同)호니 김공이 모음이 상쾌호고 긔운을 느려 그 경교(京校)의 호는 바룰 맛기니 칠도(七度)의 니르러 눈 그 쟝꾀 쏘 폼호여,

"곤쟝이 칠도의 지나지 아니호오니 희박(解縛)호여 누리느이다."

김공이 영니(營吏)룰 블너 굴오디,

"영문 부과긔(付過記)룰[124] 가져다가 경교룰 쥬라."

호니 긔꾀 바다 낫ㅅ치 그 죄룰 수죄호여 곤장을 혹 오도 호며 혹 뉵도 호여 쯔러 너치니 김공이 굴오디,

"견부과긔(前付過記) 효쥬(爻周)혼[125] 쟈룰 알외여 경교의게 부치라."

호니 긔꾀 쏘 젼 거힝과 굿치 호거늘 김공이 크게 깃거 경교드려 무러 굴오디,

"네 나히 몃치며 뉘집 사룸이뇨?"

디왈,

"쇼인의 나히 이십칠셰옵고 모딕 사룸이로소이다."

공이 굴오디,

"네 긔셩(箕城) [41] 의 쵸힝인다?"

굴오디,

"그러호이다."

김공이 굴오디,

"이굿치 조흔 강산을 엇지 혼번 유상(遊賞)치 아니리오?"

---

124) 【부과긔】圖 부과긔(付過記). (감영에서)잘못이나 허물을 기록하여 둔 것.¶ 付過記 ∥ 영문 부과긔룰 가져다가 경교룰 쥬라 호니 긔꾀 바다 낫ㅅ치 그 죄룰 수죄호여 곤쟝을 혹 오도 호며 혹 뉵도 호여 쯔러 너치니 (營門付過記並持來, 以給京校. 其校受之, 一一數其罪, 而或棍五度, 或八九度而拿出.) <靑邱野談 奎章 13:40>

125) 【효쥬-ᄒᆞ-】圖 효쥬(爻周)하다. 문건 따위를 점검할 때 효(爻) 가 고양의 기호룰 그려서 룰을 시워버리다.¶ 爻周 ∥ 전부과긔 효쥬혼 쟈룰 알외여 경교의게 부치라 호니 긔꾀 쏘 젼 거힝과 굿치 호거늘 (前付過記之爻周者, 並付京校. 其校又如前之爲.) <靑邱野談 奎章 13:40>

57

인호여 힝호긔(行下記)롤 드려 젼문(錢文) 빅 냥과 빅미 오셕을 쥬어 골오디,

"명일 네 이 연광졍의셔 놀나. 기악과 음식은 반드시 비급(備給)호리라."

호고 인호여 신임호기롤 숙면(熟面)ᄀᆞ치 호고 수일 후 더부러 샹경호니라.

년상녀지상쵹궁변
憐孀女宰相囑窮弁

녯젹 혼 지샹의 ᄯᆞᆯ이 출가호지 미긔(未幾)예 상부(喪夫)호고 부모 슬하에 의지호더니 일ᄌᆞ은 지샹이 밧그로부터 드러오다가 그 녀의 아리방의셔 응장셩식(凝粧盛飾)으로 체경(體鏡)을 디호여 스스로 빗최더니 거울을 더지고 낫츨 가리고 크게 울거늘 지샹이 그 형상을 보고 ᄆᆞ옴의 심히 측은히 너겨 밧그로 나와 안쟈 식경이나 말이 【42】 업더니 맛춤 친혼 무변(武弁)이 문하의 츌입호여 년쇼쟝건호디 미실가(靡室靡家)호여 한궁(寒窮)혼 사룸이라 와 문후호거늘 지샹이 사룸을 믈니치고 말호여 골오디,

"ᄌᆞ(子)의 신셰 이ᄀᆞᆺ치 궁곤호니 나의 녀셰(女婿ㅣ) 되미 엇더호뇨?"

기인이 황쵹호여 골오디,

"이 엇진 말솜이니잇고? 쇼인이 존의롤 아지 못호와 감히 명을 밧드지 못호리로소이다."

지샹 왈,

"내 희언(戲言)이 아니라."

호고 인호여 궤 ᄀᆞ온디로조ᄎᆞ 세 봉 빅은과 일봉 황금을 너여쥬어 골오디,

"이롤 가지고 교마롤 쥰비호고 오날밤 파루(罷漏) 후롤 기드려 우리집 뒤문으로 와 긔약을 일치 말나."

기인이 반신반의호여 바다 그 말디로 교마롤 ᄀᆞ초와 파루 후의 뒤문에 기드리더니 어두운 ᄀᆞ온 디교교ᄌᆞ에 샹이 혼 녀쟈롤 두리고 나와 ᄒᆞ여곰 교ᄌᆞ 속 【43】 의 너코 경계호여 골오디,

"곳 북관으로 가 거졉(居接)호고 문하의 졀젹(絶迹)호라."

기인이 엇진 위곡을 모로고 다만 교ᄌᆞ롤 ᄯᆞ라 셩의 나가니라. 지샹이 아리방의 드러가 울어 골오디,

"녀이 ᄌᆞ결호엿도다."

호니 거개 경황호여 다 거인호거늘 지샹이 인호여 왈,

"너 ᄯᆞᆯ이 평셕의 골오디 사룸을 보고져 아니호니 너 손조 습념(襲殮)홀 거시니 비록 뎌의 남형이라도 반드시 드러와 보지 못호리라."

호고 인호여 금침(衾枕)으로 신체 모양을 민드라 니블노 덥고 비로소 그 구가의 통호여 입관 후의 구가 션산 하의 보니여 영장호니라.

십여 년 후의 그 아들이 슈의(繡衣)로 북관을 념탐홀시 힝호여 일쳐의 니르러 혼 집의 드러간즉 쥬인이 너러 맛고 아희들이 겻히 잇셔 글을 닐그미 샹뫼 쳥슈호고 【44】 ᄌᆞ못 ᄌᆞ가 죽은 미시(妹氏)의 안면과 흡ᄉᆞ호니 ᄆᆞ옴의 괴이 너기고 일셰 이믜 져믈고 ᄯᅩ 곤비호미 ᄌᆞ심호여 밤이 깁혼 후 인호여 쟈려 호더니 혼 녀지 안으로조ᄎᆞ 나와 슈의ᄌᆞ 손을 잡고 크게 울거늘 놀나 익이 본즉 이믜 죽은 미시 살아왓는지라 경아호믈 니긔지 못호여 시죵을 자셰 무른즉 친교롤 인호야 이곳의 와 거호고 이믜 두 아들을 나으니 이 그 ᄋᆞ희라 혼디 슈의 반향이나 말이 업다가 약간 회포롤 펴고 본읍에 츌도호여 슈리의게 젼문 삼빅 냥과 빅미 오십 셕을 구쳥호여 친혼 사룸이 잇다 호고 그집으로 보니니라.

복명호고 집의 도라와 그 대인의게 뫼시미 맛춤 종용호거늘 소리롤 ᄂᆞ작이 호여 골오디,

"금번 북관 힝둥의 극히 괴이혼 일이 잇더이다."

【45】 지샹이 눈을 부릅쓰고 익이 보와 말을 아니호거늘 긔지 감히 발셜치 못호여 믈너가니 이 지샹의 일홈을 긔록지 아니호니라.

진졔슈녕리긔니반
進祭需嶺吏欺李班

니츙쥬(李忠州) 셩좌(聖佐)는 광좌(光佐)의[126]

---

126) 【광좌】 團 ((인명)) 광좌(光佐). 이광좌(李光佐) 1674~

종형(從兄)이라. 천셩이 과직(過直)ᄒᆞ여 일즉 광좌롤 역격으로 지목ᄒᆞ여 ᄯᅩ코 왕ᄂᆞ치 아니ᄒᆞ더라. 광좌 녕빅(嶺伯)으로 이슬 졔 종가의 연고로써 미양 괴일(忌日)과 밋 ᄉᆞ졀(四節) 졔슈롤 보ᄂᆞ니 녕거(領去)ᄒᆞᄂᆞᆫ ᄂᆞ비 미양 니공의게 즁쟝(重杖)을 넙고 오니 만일 봉숑ᄒᆞᄂᆞᆫ 찍면 ᄂᆞ비 다 피ᄒᆞ더니 ᄒᆞᆫ 아젼이 녕거ᄒᆞ기롤 원ᄒᆞ거늘 일영(一營) 상해(上下ㅣ) 다 괴히 너겨 ᄒᆞ여곰 올나가라 ᄒᆞ니 그 아젼이 졔물을 거ᄂᆞ리고 시벽에 그집의 니르니 니공이 아직 【46】 니지 아니ᄒᆞ고 ᄌᆞ리의 누어셔 가인으로 ᄒᆞ여금 됴 수(照數)ᄒᆞ여 바드라 ᄒᆞ거늘 그 아젼이 졔슈롤 드리지 아니ᄒᆞ고 인ᄒᆞ여 간 곳이 업스니 사롬이 다 괴히 너기더라. 명일에 이ᄀᆞ치 ᄒᆞ고 우명일(又明日) ᄯᅩ 이ᄀᆞ치 ᄒᆞ니 니공이 대로ᄒᆞ여 그 아젼을 잡아드려 꾸지져 굴오디,

"네 엇더ᄒᆞᆫ 놈이완디 이믜 졔슈롤 밧들고 왓스면 드릴 거시어ᄂᆞᆯ 년 삼일을 잠간 왓다가 도라가 조롱ᄒᆞ미 잇ᄂᆞᆫ 듯ᄒᆞ니 영하(營下) 소습(所習)이 본디 이러ᄒᆞ냐? 너의ᄂᆞᆫ 순상(巡相)이 지시ᄒᆞᆫ 빈냐? 네 죄 맛당히 죽으리로다."

그 아젼이 업더여 굴오디,

"원컨디 ᄒᆞᆫ 말만 ᄒᆞ고 죽어지이다."

무르디,

"무슴 말고?"

아젼이 굴오디,

"쇼인의 순ᄉᆞ도(巡使道)계오셔 졔슈롤 봉ᄒᆞ실 졔 도포 입으시고 포진을 베퍼 궤좌(跪坐)ᄒᆞ시고 감봉(監封)ᄒᆞ시며 그 봉과(封裹)롤 맛치미 물 【47】 긔실닐 졔 계의 ᄂᆞ려 직비ᄒᆞ고 보너시니 이는 다르미 아니오 쇼중을 위ᄒᆞ시미라. 이졔 나리ᄂᆞᆫ 건즐을 아니ᄒᆞ시고 누어 졔슈롤 바드시니 쇼인이 의예 욕되지 아니케 ᄒᆞᆫ 고로 과연 삼일을 드리지 아니ᄒᆞ엿ᄂᆞ니 이 졔슈롤 조션(祖先) 귀신을 위ᄒᆞ여 ᄡᆞ시려

ᄒᆞᆫ온즉 나리계오셔 맛당히 이ᄀᆞ치 셜만이 아니ᄒᆞ실 듯ᄒᆞ온지라. 녕남 풍쇽은 비록 하예의 미쳔ᄒᆞ므로도 졔슈의 즁ᄒᆞᆫ 줄 알거든 허믈며 경화 ᄉᆞ대부시리잇가? 원컨디 나리계오셔 의관을 졍졔ᄒᆞ고 상셕을 포진ᄒᆞ시고 당의 ᄂᆞ려 셔신즉 쇼인이 삼가 드리ᄂᆞᆫ이다."

니공이 홀일업셔 그 말과 ᄀᆞ치 ᄒᆞᆫ즉 그 아젼이 각ᄃᆞᆯ 물종(物種)을 드리고 고셩ᄒᆞ여 굴오디,

"이는 모믈(某物)이라."

ᄒᆞ고 밧치니 니공이 공슈ᄒᆞ고 셔ᄃᆞᆯ ᄆᆞ옴의 【48】 ᄌᆞ못 착히 너기고 밋 도라갈 졔 답셔의 그 아젼이 지례(知禮)ᄒᆞ다 일ᄏᆞᄅᆞ니 순샹이 듯고 크게 웃고 인ᄒᆞ여 우과(優窠)롤 ᄎᆞ졉(差帖)ᄒᆞ니라.

쵸옥각니병ᄉᆞ고용
超屋角李兵使賈勇

니병ᄉᆞ(李兵使) 일졔(日濟)ᄂᆞᆫ 판셔 긔익(箕翊)의[127] 손이라 용녁이 졀인(絶人)ᄒᆞ여 ᄲᆞᆯ르미 비됴(飛鳥) ᄀᆞᆺᄒᆞᆫ지라. 쇼시로부터 호방ᄒᆞ여 문ᄌᆞ롤 등한이 ᄒᆞ니 판셔공이 미양 근심ᄒᆞ더라. 십ᄉᆞ오 셰예 비로소 가관(加冠)ᄒᆞ고 미쳐 취쳐(娶妻)치 못ᄒᆞ엿더니 일ᄃᆞ은 밤의 ᄀᆞ만이 창가의 간즉 별감포교(別監捕校)의 무리 만좌ᄒᆞ고 비반이 낭ᄌᆞᄒᆞ거늘 일졔 ᄒᆞᆫ 묘쇼년(妙少年)으로 곳 좌상의 돌입ᄒᆞ야 기운로 더부러 난만이 희학ᄒᆞ야 방약무인(傍若無人)ᄒᆞ니 좌듕이 다 굴오디,

"이ᄀᆞ치 무례ᄒᆞᆫ 쟈ᄂᆞᆫ 타살ᄒᆞ미 가ᄒᆞ다."

ᄒᆞ고 인ᄒᆞ여 뭇발길노 ᄎᆞ니 일졔 손으로 ᄒᆞᆫ 사롬의 발 【49】 을 잡아 ᄒᆞᆫ번 두루니 다 ᄶᅡ의 너머 지거늘 일졔 인ᄒᆞ여 더지고 문의 나와 몸을 ᄂᆞᆯ녀

1740). 조선중기의 문신. 자는 상보(尙輔), 호는 운곡(雲谷). 본관은 경주(慶州). 항복(恒福)의 5대손. 1694년(숙종 20) 문과에 급제, 대제학(大提學)을 지내고 영의정(領議政)에 이르렀으나 소론(少論)의 거두로서 당쟁으로 인한 처세상의 파란이 많았다. 박동준(朴東俊)의 참소를 받고 울분하여 단식 끝에 급사하였다. 글씨와 그림에 능하였다.¶ 米佐 ‖ 니츙쥬 셩좌ᄂᆞᆫ 광좌의 죵형이라 쳔셩이 과직ᄒᆞ야 일ᄉᆞᆨ 광좌롤 역격으로 지목ᄒᆞ여 ᄯᅩ코 왕ᄂᆞ치 아니ᄒᆞ더라 (李忠州聖佐, 光佐之從兄也. 性卓犖不羈, 常斥光佐, 以逆絶不往來.) <靑邱野談 奎章 13:45>

127) 【긔익】 圈 ((인명)) 기익(箕翊). 이기익(李箕翊 1654~1739). 조선중기의 문신. 자 국필(國弼). 호 시은(市隱). 시호 간헌(簡憲). 사헌부·사간원의 여러 관직을 지냈다. 갑술환국(甲戌換局) 때 쑷시녈의 ᄉᆞ원을 요쳥하였고, 소론에 의해 노론이 축출될 때 삭탈관직되었다.¶ 箕翊 ‖ 니병ᄉᆞ 일졔는 판셔 긔익의 손이라 용녁이 졀인하여 ᄲᆞᆯ르미 비됴 ᄀᆞᆺ혼지라 (李兵使日濟, 判書箕翊之孫也. 勇力絶人, 捷如飛鳥.) <靑邱野談 奎章 13:48>

집 우희 올나 드룰식 혹 오륙간을 쮜니 이쩍 흔 포교 쇼피로 밧게 나와 그 일을 참예치 아닌지라 무움의 그윽이 이샹히 녀겨 쪼흔 쮜여 집의 올나 뒤흘 발브니 판셔집의 드러간즉 포교논 곳 친지예 사룸이라 익일 와 이 일을 견흔디 판셔공이 즁장흐여 시러곰 문밧긔 나지 못흐게 흐니라.

그 후의 일계 화류ᄎ(花柳次)로 남산 잠두(蠶頭)의 올으니 이쩍 남촌(南村) 활냥 수십인이 송음(松陰)의 모되여 일계의 오믈 보고 뼈 흐디,

"뇨괴ᄎ 온다?"

흐고 일시예 니러 그 사미룰 닛그러 장ᄎᆺ 갓구루 둘고 동상녜(東床禮)룰[128] 바드려 흐거늘 일계 몸을 소소와 흔번 쮜여올나 소나모 가지룰 쩌거 좌우롤 두루니 다 쓰러져 니[50] 지 못흐논지라. 인흐여 완ᄂ히 느려오니라. 일노부터 일홈이 ᄎᄎ 젼파흐여 별쳔(別薦)의 드러 무직(武職)의 부쳐 위 아경(亞卿)에 니르니라. 묘판셔 엽(曄)이 통신사로 일본국의 갈 계 일계로뼈 막빈(幕賓)을 계달(啓達)흐여 장ᄎᆺ 희샹의 듬뉴ᄒᆞ엿더니 샹션(上船)의셔 실화(失火)흐야 화염이 창텬ᄒᆞ니 모든 사룸이 다 왜인 구급션(救急船)의 쮜여나리고 경신을 슈습ᄒᆞ여 각인을 샹고흔즉 홀노 일계 업논지라 대개 일계 샹션의 취흐여 ᄌᆞ더니 졔인이 창황 듕 술피지 못흐미라. 잠을 끼여 화셰(火勢)룰 보고 샹게 수십 간 되는 방션(傍船)의 쮜여ᄂᆞ리니 그 신용(神勇)이 이 ᄀᆞᆺ더라.

득가기심샹국셩명
得佳妓沈相國成名

심일송(沈一松)[129] 희슈(喜壽ㅣ) 일즉 부친을

여외고 흑업을 편발(編髮)노부[51]터 젼혀 호탕(豪宕)을[130] 일삼고 일야의 쳥누쥬사(靑樓酒肆)에 왕닉흐야 공ᄌᆞ왕손(公子王孫)의 연셕과 가아무녀(歌娥舞女)의 향국에 아니 가 노는 곳이 업셔 봉두난발(蓬頭亂髮)과 폐의파립(弊衣破笠)으로 조곰도 슈습흐미 업스니 사룸이 다 광동(狂童)으로 지목흐더라.

일ᄂ은 귀지 연셕의 가 홍녹(紅綠) 총듕의 셧겨 사룸이 꾸짓겨도 도라보지 아니ᄒᆞ고 구축(驅逐)흐여도 가지 아니ᄒᆞ더라. 기ᄋ(妓娥) 등의 흔 명기 잇스니 일홈은 일타홍(一朶紅)이라 시로 금산으로부터 와 용모와 가뮈 일계의 독븨라. 심동(沈童)이 그 ᄌᆞ석을 ᄉᆞ모ᄒᆞ야 둣글 겹ᄒᆞ여 안겨 희학고져 ᄒᆞ디 조금도 슬희여ᄂᆞᆫ 빗치 업고 츄파로뼈 ᄀᆞ만이 그 동경을 술피고 인ᄒᆞ여 니러 측간의 가 손으로뼈 심동을 부르거늘 급히 니러 간즉 홍기(紅妓) 그 귀예 다혀 굴오디,

"그디 집이 어디 잇느뇨?"

심[52]동이 모동 졔긔가(第幾家)룰 ᄌᆞ셰히 니르니 홍기 굴오디,

"그디 모로미 몬져 가면 쳡이 조ᄎ 뒤룰 ᄯᆞ라 갈 거시니 부디 쳡을 기드리고 실신치 마ᄅᆞ쇼셔."

송(一松) 혹은 수뢰루인(水雷累人). 시호 문졍(文貞). 1568년(선조 1) 성균관에 입학, 이황(李滉)이 죽자 성균관 대표로 제사에 참여, 1572년(선조 5) 별시문과에 급제, 승문원(承文院)을 거쳐 헌납(獻納)이 되었다가 정여립(鄭汝立)의 옥사로 사직하였다. 1592년 임진왜란 때 의주(義州)로 왕을 호종, 중국 사신을 만나 능통한 중국어로 명장(明將) 이여송(李如松)을 맞았다. 1599년에 이조판서와 홍문관 예문관 양관 대제학을 지냈으며 1606년 좌의정, 1608년 광해군 때의 권신 이이첨(李爾瞻)의 정권에서 우의정을 지냈다.¶ 沈一松 ∥ 심일송 희슈 일즉 부친을 여외고 흑업을 편발노부터 젼혀 호탕을 일삼고 일야의 쳥누쥬사에 왕닉ᄒᆞ야 공ᄌ 왕손의 연셕과 가아무녀의 향국에 아니 가 노는 곳이 업셔 (沈一松喜壽, 早孤失學. 自編髮時, 全事豪宕, 日夜往來於狹斜靑樓, 公子王孫之宴, 歌娥舞女之會, 無處不往.) <靑邱野談 奎章 13:50>

130) 【호탕】圖 호탕(豪宕). 호기롭고 걸걸함.¶ 豪宕 ∥ 심일송 희슈 일즉 부친을 여외고 흑업을 편발노부터 젼혀 호탕을 일삼고 일아익 쳥누쥬사에 왕닉ᄒᆞ야 공ᄌ 왕손의 연셕과 가아부녀의 향국에 아니 가 노는 곳이 업셔 (沈一松喜壽, 早孤失學. 自編髮時, 全事豪宕, 日夜往來於狹斜靑樓, 公子王孫之宴, 歌娥舞女之會, 無處不往.) <靑邱野談 奎章 13:51>

---

128) 【동상-녜】圖 동상례(東床禮). 혼례가 끝난 뒤에 신부 집에서 신랑이 친구들에게 음식을 대접하는 일.¶ 東床禮 ∥ 일시예 니러 그 사미룰 닛그러 장ᄎᆺ 갓구루 둘고 동상녜룰 바드려 흐거늘 일계 몸을 소소와 흔번 쮜여올나 소나모 가지룰 쩌거 좌우룰 두루니 다 쓰러져 니시 못ᄒᆞ논지라 (以爲將平呷東床禮云, 而一時泣起, 執其袖, 而將欲側懇, 一濟乃聳身一躍, 而折松枝, 左右揮之, 一時從風而靡.) <靑邱野談 奎章 13:49>

129) 【심일송】圖 ((인명)) 심일송(沈一松). 심희수(沈喜壽 1548~1622). 조선중기의 문신. 자는 백구(伯懼), 호는 일

60

심동이 대희과망(大喜過望)후여 창황이 몬져 도라가 가니룰 슈쇼후고 기드리더니 날이 져믄 후 홍기 과연 오거늘 심동이 흔힝(欣幸)후믈 니긔지 못 후여 더부러 졉슬(接膝)후고 슈쟉후더니 흔 동비(童婢) 안으로조차 나와 그 형상을 보고 드러가 그 모부인긔 고후더 부인이 기즈의 광탕(狂宕)후므로써 쟝춧 블너 꾸지즈려 후더니 홍기 동비롤 블너니여 굴오더,

"니 쟝춧 부인 좌젼의 현신코져 후노라."

후고 동비로 더부러 홈긔 드러가 계하의 지비후고 굴오더,

"쇼녀는 금산셔 시로 온 창기읍더니 금일 아모 지샹 연셕의 므즘 귀턱 도령을 뵈온즉 계인이 다 광【53】동으로 지목후더 쇼쳡의 우견(愚見)의논 가히 대귀인 긔샹을 알지라. 그러후오나 그 긔운이 너모 츄조(麤粗)후오니131) 이제 만일 억졔치 아니후온즉 셩인(成人)후기 어려오리니 그 셰룰 인후여 인도후옴만 즛지 못후올지라. 쇼쳡이 금일노조차 도령을 위후여 가무화류지쟝(歌舞花柳之場)의 졀젹(絶迹)후여 지필연묵지간(紙筆硯墨之間)의 쥬션후와 그 셩취후올 도리 잇슬가 바라오니 아지 못게라 부인 존의 엇더후니잇고? 쳡이 만일 경욕으로 일언 말이 잇스온즉 엇지 호화부귀의 즈뎨룰 버리고 빈한흔 과턱의 광동을 취후리잇가? 쇼쳡이 비록 겻히 모시나 결단코 임셕(袵席)의 졍으로 샹후물 밧지 아니케 후오리니 이는 념녀치 마르쇼셔."

부인이 굴오더,

"오이 일즉 가엄(家嚴)을 여외고 혹업을 돈기(頓棄)후고132) 방탕을 쥬쟝후니 노신이【54】졔어후기 어려워 바야흐로 일노뻐 쥬야 므음이 타는 듯후더니 이졔 어디로셔 조흔 브룸이 너 즛튼 가인을 블녀보너여 아가(我家)의 광동으로 후여금 셩취코져

후니 이만 큰 은혜 업논지라. 내 무슴 혐의후며 무슴 의심후리오마는 너집이 본더 빈곤후여 조셕이 어려오니 네 금의옥식(錦衣玉食)에 져ㅣ 호스흔 기오로 엇지 긔한을 춤아 머물쇼냐?"

홍기 굴오더,

"텬불싱무록지인(天不生無祿之人)이오니 이논 조금도 혐의후올 비 아니오니 일만 번 브릭건더 념녀 마르쇼셔."

그 픠물과 슈식을 파라 묘셕 감지(甘旨)롤 밧드니 셩이 져긔 쪽흔지라 일노부터 챵누의 졀죡후고 심가의 은신후여 그 머리 빗기고 씻 뻣는 졀을 종시 게을니 아니후고 날이 난즉 후여곰 쵝을 쥬어 닌가의 가 비호【55】고 도라온즉 칙샹머리의 안져 신셕(晨夕)으로 권과(勸課)후여 과졍(科程)을 엄히 셰워 조금 희타흔 뜻이 잇스면 불연(勃然)이 쟉식후여 가려는 말노 공동(恐動)후니 심동이 그 뜻을 바다 심히 긔탄후고 과공을 부즈런이 후더라.

밋 의혼홀 씨예 심동이 홍기의 연고로써 취쳐코져 아니후거늘 홍기 그 뜻을 알고 이예 엄칙후여 굴오더,

"그더 명가 즈뎨로써 젼졍(前程)이 만 리라 엇지 흔 쳔기룰 인연후여 대륜(大倫)을 폐코져 후느냐 나의 연고로써 집을 맛치 아니케 후리니 쳡이 일노조차 가리이다."

심동이 마지 못후야 취실(娶室)후니 홍기 그운을 느리고 눗빗츨 화히 후야 동ㅣ촉ㅣ(洞洞燭燭)후여133) 녀군(女君)134) 셤기룰 노부인긋치 후고 일한(日限)을 졍후여 스오일 만의 너침(內寢)후게 후고 일월의 흔 번식 계 방의 드【56】러오게 후야 만일 혹 긔약 어긔는 일이 잇스면 문을 닷고 드리지 아니후니 이긋치 혼지 수년의 심성(沈生)이 혹업을 슬희여후는 므음이 눌노 심후여 일ㅣ은 칙을 홍기의게 더지고 누어 굴오더,

---

131) 【츄조 -후-】 圏 추조(麤粗)하다. 거칠고 막되다.¶ 麤粗 ∥ 그러후오나 그 긔운이 너모 츄조후오니 이제 만일 억졔치 아니후온즉 셩인후기 어려오리니 그 셰룰 인후여 인도후옴만 즛지 못후올지라. (然而其氣太麤粗, 可謂色中餓鬼, 今若不得抑制, 則將至不成人之境, 不如因其勢而利導之.) <靑邱野談 奎章 13:53>

132) 【돈기 -후-】 圏 돈기(頓棄)하다. 버리고 돌보지 않다.¶ 下事 ∥ 오이 일즉 가엄을 여외고 혹업을 돈기후고 방탕을 쥬쟝후니 노신이 졔어후기 어려워 바야흐로 일노뻐 쥬야 므음이 타는 듯후더니 (吾兒早失家嚴, 不事學業, 全事狂蕩, 老身無以制之, 方以是晝宵熏心矣.) <靑邱野談 奎章 13:53>

133) 【동동쵹쵹 -후-】 圏 동동쵹쵹(洞洞燭燭)하다. 공경하고 삼가며 매우 조심스럽다.¶ 洞洞燭燭 ∥ 심동이 마지 못후야 취실후니 홍기 긔운을 느리고 눗빗츨 화히 후야 동ㅣ쵹ㅣ후여 녀군 셤기룰 노부인긋치 후고 (沈童不得已娶妻, 紅下氣怡聲, 洞洞燭燭, 事之如事老父夫人.) <靑邱野談 奎章 13:55>

134) 【녀군】 圏 ((인류)) 녀군(女君). 쳡이 뎡실을 일컫는 말.¶ 심동이 마지 못후야 취실후니 홍기 긔운을 느리고 눗빗출 화히 후야 동ㅣ쵹ㅣ후여 녀군 셤기룰 노부인긋치 후고 (沈童不得已娶妻, 紅下氣怡聲, 洞洞燭燭, 事之如事老父夫人.) <靑邱野談 奎章 13:55>

"네 비록 권과ᄒ기의 부즈런ᄒ나 너 ᄒ고져
아니ᄒ미 엇지ᄒ리오?"

홍기 티타(怠惰)ᄒ 무음을 헤아리건디 가히
구셜노뼈 닷토지 못ᄒ 거시라 심셩이 출입ᄒ 찌롤
타 노부인긔 고ᄒ여 골오디,

"셔방쥐 글 슬회여ᄒ는 뜻이 근일 우심(尤甚)
ᄒ오니 비록 쳡의 셩의라도 무가너ᄒ(無可奈何ㅣ)
라. 쳡이 일노조ᄎ 하직을 고ᄒ노니 쳡의 가오미 이
곳 격권(激勸)ᄒ논 되니 쳡이 비록 나가나 엇지 아
조 가리잇고? 만일 등과ᄒ신 소식을 듯ᄌ온즉 맛당
히 즉시 도라오리이다."

ᄒ고 인ᄒ여 비샤ᄒ디 노부인이 손을 【57】 잡
고 골오디,

"네 너집의 드러오므로부터 광퓌ᄒ ᄋ희 엄스
(嚴師)롤 어듬 ᄀᆺ투여 다힝히 몽혹(蒙學)을 면ᄒ믄
다 너의 힘이라 엇지 염독(厭讀)의 셰스(細事)롤 인
ᄒ여 나의 모ᄌ롤 바리고 가리오?"

홍기 니러 졀ᄒ여 골오디,

"쳡이 목셕이 아니오니 엇지 니별의 괴로오믈
아지 못ᄒ리잇가마는 아랑(阿郞)을 격동케 ᄒ미 오
직 이 ᄒ 일에 잇소오니 아랑이 도라와 쳡의 하직
을 듯고 등과ᄒ 후 다시 만나믈 언약ᄒ온 말을 드
로면 반드시 발분ᄒ여 과업을 힘쓰리니 멀면 뉵칠
년이오 갓가오면 스오년간 일이라. 쳡이 맛당히 몸
을 직회여 뼈 등과ᄒᆯ 긔약을 기드리오리니 브라건
디 이 뜻으로 젼ᄒ쇼셔."

ᄯᅩ 녀군의게 효봉편모(孝奉偏母)ᄒ며 승순군
ᄌ(承順君子)ᄒ여 시시 규간(規諫)ᄒ므로뼈 권ᄒ고
인ᄒ여 【58】 개연이 문의 나 노지샹(老宰相) 등 니
권(內眷) 업는 집을 두루 방문ᄒ여 일쳐(一處)를 어
더 그 쥬인 노지(老宰)롤 보고 골오디,

"화가여성(禍家餘生)이 탁신ᄒ 곳이 업소와 귀
퇴을 ᄎᆞᆺ자와 비ᄌ 반녈의 참에ᄒ야 겨근 졍셩을 표
ᄒ고 침션쥬식(針線酒食)은 삼가 간검ᄒ리이다."

노지 그 단졍ᄒ며 총혜ᄒ믈 보고 ᄉᆞ랑ᄒ고 ᄀᆞ
궁(可矜)ᄒ여 그 쥬졉(住接)ᄒ믈 허ᄒ니 홍기 그날
부터 쥬방의 드러 감지롤 극진히 ᄒᆞ야 그 식셩을
마초니 노지 더욱 긔이 너겨 골오디,

"니 긔궁ᄒ 몸으로 다힝이 너 ᄀᆞᆺ튼 사롬을 어
더 닉복을심이 구제(口體)에 편ᄒ야 이제 외지ᄒ미
잇논지라 니 이믜 무음을 허ᄒ고 너도 ᄯᅩ흔 졍셩을
다ᄒ니 이제로부터 부녀의 졍을 믹ᄌ미 가ᄒ다."

ᄒ고 이예 ᄒ여금 안방의 쳐ᄒᆞ야 ᄯᆯ노뼈 불으

더라.

【59】 심셩이 집의 도라온즉 홍기 이믜 거쳐
업논지라 괴이 너겨 무른즉 모부인이 그 니별ᄒᆯ 찐
말을 젼ᄒ고 ᄭᅮ지져 골오디,

"네 염혹(厭學)의 연고로 츠경(此境)의 니르니
장ᄎ 무슨 면목으로뼈 셰샹의 셔리오? 뎨 이믜 너
의 등과ᄒ므로 긔약ᄒ엿스니 그 위인이 반드시 식
언(食言)치 아닐지라 네 만일 등과치 못ᄒ즉 츠성의
다시 만나볼 긔약이 업스리니 오직 네 뜻더로 ᄒ
라."

셩이 듯고 민망ᄒ여 일은바 잇슴 ᄀᆺ더라. 수
일을 경셩 니외예 ᄎᆞᄌ디 ᄆᆞᄎᆞᆷ니 종젹이 업논지라
이예 무음의 밍셰ᄒ여 골오디,

"닉 ᄒ 녀즈의게 바린 비 되니 무슨 ᄂᆞᆺ츠로
사롬을 디ᄒ리오? 뎨 이믜 과후 언약이 잇스니 니
맛당히 과공을 골돌히 ᄒ여 뼈 고인을 셔로 만【6
0】나리라."

ᄒ고 드디여 두문샤긱(杜門辭客)ᄒ고[135] 칙상
을 다그어[136] 독셔ᄒ미 듀야불쳘(晝夜不撤)ᄒ더니
겨오 수년을 지나미 농문(龍門)의 고등(高登)ᄒ니
셩이 신은(新恩)으로 유과(遊街)ᄒ논 날의 두루 션
진(先進) 노지(老宰)롤 ᄎᆞᄌ츨신 일쳐 노지논 심공의
부집(父執)이라[137] 녁노의 비알ᄒ즉 노지 흔연이 마
쟈 고의(古誼)롤 펴고 인ᄒ여 머믈너 말ᄒᆯ식 셔로
경을 토ᄒ더니 이윽고 안으로셔 신은을 먹일식 공
이 비반(杯盤)과 찬품을 보고 초연이 안식을 변ᄒ거
늘 노지 괴히 너겨 무러 골오디,

"그디 식물(食物)을 디ᄒ여 비회(悲懷) 잇스믄
엇지미뇨?"

135) 【두문샤긱·ᄒ-】 圖 두문사객(杜門辭客)ᄒ다. 집에만
틀어박혀 사람 만나는 것을 거절하다.¶ 杜門辭客 ‖ 드
디여 두문샤긱ᄒ고 칙상을 다그어 독셔ᄒ미 듀야불쳘
ᄒ더니 겨오 수년을 지나미 농문의 고등ᄒ니 (遂杜門
辭客, 晝夜不輟, 其攻讀, 纔過數年, 竟捷龍門.) <靑邱野
談 奎章 13:60>
136) 【다그-】 圖 가까이 하다.¶ 드디여 두문샤긱ᄒ고 칙상
을 다그어 독셔ᄒ미 듀야불쳘ᄒ더니 겨오 수년을 지
나미 농문의 고등ᄒ니 (遂杜門辭客, 晝夜不輟, 其攻讀,
纔過數年, 竟捷龍門.) <靑邱野談 奎章 13:60>
137) 【부집】 圖 ((인류)) 부집(父執). 아버지의 친구로 아버
지와 나이가 비슷한 사람.¶ 父執 ‖ 일쳐 노지논 심공
의 부집이라 녁노의 비알ᄒ즉 노지 흔연이 마쟈 고의
롤 펴고 인ᄒ여 머믈너 말ᄒᆯ식 (即沈之父執也. 歷路拜
謁, 則老宰欣然迎之, 舒古話今, 留與從容敍話.) <靑邱
野談 奎章 13:60>

심공이 드디여 홍기(紅妓)의 말노뼈 주셰히 말ᄒ고 ᄯ 굴오디,

"시성(侍生)의 ᄀ골(刻骨)이 공부ᄒ여 금일의 니르믄 젼혀 고인을 위ᄒ미라 이졔 찬품을 보니 완연이 홍【61】기의 손시라[138] 이러므로 주연 슬허 ᄒ노이다."

노지 그 년긔 상모ᄅ 무러 굴오디,

"너 일개 양녜(養女 ㅣ) 잇스니 어디로조ᄎ 온 줄 아지 못ᄒ니 이 녀지 아니냐?"

말을 맛지 못ᄒ여 믄득 일 가인이 뒤창을 밀치고 돌입ᄒ여 신은을 안고 통곡ᄒ거늘 심공이 굴오디,

"존장이 이졔ᄅ 이 녀즈ᄅ 가히 시성의게 허치 아니치 못ᄒ 거시니이다."

쥬인이 굴오디,

"너 됴모지년(朝暮之年)의 다ᄒ며 이 녀즈ᄅ 어더 셔로 의지ᄒ여 지니더니 이졔 만일 보닌즉 노뷔 좌우슈ᄅ 일음 ᄀᆺ톤지라 일이 비록 난쳐ᄒ나 그 일이 심히 긔이ᄒ고 ᄉ랑ᄒ미 이 ᄀᆺ트니 너 엇지 가히 허락지 아니리오? 신(信)이나 곤치 아니믈 바라노라."

심공이 니러 졀ᄒ여 복々 청샤ᄒ니라. 날이 ᄉ믜【62】 겨믈미 홍기로 더부러 교마ᄅ 굴와 타고 홰블노 압홀 인도ᄒ여 십분 희식을 ᄯ고 집의 도라와 쇼리ᄅ 샐니 ᄒ여 모부인을 블너 굴오디,

"홍낭이 왓ᄂ이다 홍낭이 왓ᄂ이다."

모부인이 긔힝(奇幸)ᄒ믈 니긔지 못ᄒ여 발바당으로 ᄂ드라 홍낭의 손을 잡고 울어 굴오디,

"꿈이냐 상시냐?"

말이 업다가 인ᄒ여 긔졀ᄒ니 좌위 쥬믈너 졍신을 출인 후 봇드러 당의 올나 듕간ᄉ(中間事)ᄅ 셔로 일ᄏ고 필경 영화로 상봉ᄒ믈 깃거ᄒ더라.

심공이 후에 니조낭쳥(吏曹郎廳)이 되엿더니 ᄒ날 졔녁의 홍기 종용이 굴오디,

"쳡이 일단셩심(一端誠心)이 젼혀 나리 셩취ᄅ 위ᄒ여 십여 년의 고향 싱각이 근졀ᄒ오나 부모의 안부ᄅ 망연이 듯지 못ᄒ니 이【63】 쳡의 일야(日

夜)로 ᄆ음의 밋치는 빈라 나리 이졔 가히 ᄒ실만ᄒ 쳐지ᄅ 당ᄒ여겨시니 다ᄒ이 쳡을 위ᄒ야 금산슈(錦山倅)ᄅ 구ᄒ여 쳡으로 ᄒ여금 부모ᄅ 셩젼의 만나보미 이 쳡의 지원이로쇼이다."

심공이 굴오디,

"이 지이(至易)ᄒ 일이라."

ᄒ고 이예 걸군샹쇼(乞郡上疏)ᄒ여 과연 금산 쉬 된지라. 홍낭을 드리고 도임ᄒ는 날의 홍낭의 부모 안부ᄅ 무른즉 다 무고ᄒ지라 삼일 후 홍낭이 관부로 쥬찬을 ᄀ초와 본가의 나가 부모ᄭ 뵈고 친당을 모도와 삼일 잔쳐ᄒ고 의복슈용(衣服需用)의 주(資)ᄅ 극히 풍죡히 ᄒ여 그 부모ᄭ 드려 굴오디,

"관뷔(官府 ㅣ) ᄉ실(私室)의셔[139] 다르고 관가의 니권(內眷)이 더욱 타인의셔 주별(自別)ᄒ니 부모와 형뎨 만일 인연ᄒ여 빈삭(頻數)히 출입ᄒ즉 인언(人言)【64】을 부르고 관졍(官庭)의 뉘(累 ㅣ) 되ᄂ니 녀이 이졔 아듕(衙中)의 드러가면 다시 나오지 못ᄒ 거시오 ᄯ 샹통치 못ᄒ리니 셔울 잇는 모양으로 알고 다시 왕니치 말아 뼈 니외의 분을 엄히 ᄒ라."

ᄒ고 인ᄒ여 하직고 드러와 ᄒ 번도 셔로 통치 아니ᄒ니라. 니아(內衙)의 잇션 지 반 년의 일々은 비지 쇼실의 말노 공의게 드러오시믈 쳥ᄒ니 ᄆ춤 공시 잇셔 즉시 드러가지 못ᄒ엿더니 비지 년속히 엿줍거늘 공이 괴이 너겨 안의 드러와 본즉 홍낭이 신벌 의상을 닙고 신건(新件) 침셕(寢席)을 포셜ᄒ엿스니 별노 질양(疾恙)이[140] 업스디 쳐량ᄒ 안식을 ᄯ여 굴오디,

"쳡이 금일의 나리ᄅ 영결ᄒ는 날이오니 원컨디 나리는 쳔만 보중ᄒ샤 기리 영귀(榮貴)ᄅ 누리시고 쳡의 연고【65】로뼈 상훼(傷毁)치 마르시고 쳡의 시쳬ᄅ 다ᄒ히 나리 션영 아리 무더쥬시미 이 원이로쇼이다."

---

138)【손시】圖 솜씨.¶ 所爲∥시성의 ᄀ골이 공부ᄒ여 금일이 니르믄 젼혀 고인을 위ᄒ미라 이졔 ᄎᆞᆫ품을 보니 완연이 홍긔의 손시라 이러므로 주연 슬허ᄒ노이다 (侍生之刻意做業以至登科者, 全爲故人相逢之地也. 今見饌品, 宛是紅之所爲也. 故自爾傷心矣.) <靑邱野談 奎章 13:61>

139)【-의셔】圖 -와(과).¶ 於∥관뷔 ᄉ실의셔 다르고 관가의 니권이 더욱 타인의셔 주별ᄒ니 부모와 형뎨 만일 인연ᄒ여 빈삭히 출입ᄒ즉 인언을 부르고 관뎡의 뉘 되ᄂ니 (官府異於私室, 官家之內眷, 尤有別於他人, 父母與兄弟, 如或因緣, 而頻數出入則招人言, 累官政.) <靑邱野談 奎章 13:63>

140)【질양】圀 젼얀(疾恙), 질병(疾病).¶ 疾恙∥홍낭이 신벌 의상을 닙고 신건 침셕을 포셜ᄒ엿스니 별노 질양이 업스디 쳐량ᄒ 안식을 ᄯ여 굴오디 (紅着新件衣裳, 鋪新件枕席, 別無疾恙, 而顔帶悽愴之色.) <靑邱野談 奎章 13:64>

말을 맛치민 엄연히 몰ᄒ니 심공이 이연히 일
장통곡ᄒ고 ᄀᆞᆯ오디,

"나의 의임은 다만 홍낭을 위ᄒᆞ미어늘 뎨 이
믜 신ᄉ(身死)ᄒ니 ᄂᆡ 엇지 홀노 잇스리오?"

인ᄒᆞ여 사장(辭狀)ᄒᆞ여 갈고 홍낭의 녕구로ᄡᅥ
동힝ᄒᆞ여 금강의 니르러. 슬픈 뜻으로 시ᄅᆞᆯ 지으니
라. 기시예 ᄀᆞᆯ왓스디,

일타홍년지류거(一朶紅蓮載柳車)
향혼하쳐ᄉ지쥬(香魂何處乍踟躕)
금강츄우단졍습(錦江秋雨丹旌濕)
의시가인읍별여(疑是佳人泣別餘)
한 송이 홍년을 뉴거의[141] 시럿스니
향혼이 어닉 곳의 잠간 지쥬ᄒᆞᄂ뇨[142]
금강 ᄀᆞ을비예 단졍이 져ᅀᆞ스니
의심컨디 이 가인의 울고 니별ᄒᆞᆫ 나므미라
【66】

쳬뉴쟝니혹ᄉ망명
贅柳匠李學士亡命

연산됴(燕山朝)의 ᄉᆞ홰(士禍ㅣ)[143] 크게 니러
ᄒᆞᆫ 니셩인(李姓人)이 교리(校理)로 망명ᄒᆞ여 보셩군
(寶城郡)의 니르러ᄂᆞᆫ 갈증이 심ᄒᆞ여 ᄒᆞᆫ 동ᄂᆡ 녀지

천변(川邊)의 급슈(汲水)ᄒᆞ물 보고 급히 다라 물을
구ᄒᆞᆫ디 기녜 박의 물을 ᄡᅳ고 버들닙흘[144] 훌터 믈
ᄀᆞ온디 ᄯᅴ워쥬니 심히 괴히 녀겨 무러 ᄀᆞᆯ오디,

"과긱이 갈심(渴甚)ᄒᆞ야 급히 믈을 마시려ᄒᆞ거
늘 엇지 버들닙흐로 물의 ᄯᅴ여쥬ᄂᆞ뇨?"

기녜 ᄀᆞᆯ오디,

"목말으미 심ᄒᆞᆫ ᄯᅢ예 급히 닝슈ᄅᆞᆯ 마신즉 반
ᄃᆞ시 병이 나는 고로 짐짓 뉴엽(柳葉)을[145] ᄯᅴ워 입
으로 불어 완ᄉ(緩緩)이 마셔 긔운을 통ᄒᆞ게 ᄒᆞ미로
라."

기인이 크게 놀나고 긔이 너겨 무르디,

"뉘집 녀진뇨?"

디ᄒᆞ여 ᄀᆞᆯ오디,

"건넌 마을 뉴긔쟝(柳器匠)의[146] 녀인로쇼이
다."

기인이 그 뒤흘 【67】 ᄯᅡ라 뉴쟝(柳匠)[147] 집의
가 그 녀셰(女婿ㅣ) 되물 구ᄒᆞ여 탁신(託身)코져 ᄒᆞ
니 뉴쟝은 허치 아니ᄒᆞ디 기녜 ᄀᆞᆯ오디,

"그 남ᄌᆞ로 언어ᄅᆞᆯ 통ᄒᆞ고 슈슈(授受)ᄅᆞᆯ 친히
ᄒᆞ여시니 엇지 다른 사ᄅᆞᆷ의게 가리잇고?"

그 부뫼 마지 못ᄒᆞ여 다릴ᄉ회ᄅᆞᆯ[148] 삼으니

---

144) 【버들-닙ᄒ】 图 ((식물)) 버들잎.¶ 柳葉 ∥ 기녜 박의
물을 ᄡᅳ고 버들닙흘 훌터 믈ᄀᆞ온디 ᄯᅴ워쥬니 심히 괴
히 녀겨 무러 ᄀᆞᆯ오디 과긱이 갈심ᄒᆞ야 급히 믈을 마
시려ᄒᆞ거늘 엇지 버들닙흐로 물의 ᄯᅴ여쥬ᄂᆞ뇨 (其女
以匏盛水, 而摘川邊柳葉, 浮之中而給之. 心竊徑之, 問
曰: "過客渴甚, 急欲求飮, 何乃以柳葉, 浮水而給之也?")
<靑邱野談 奎章 13:66>

145) 【뉴엽】 图 ((식물)) 유엽(柳葉). 버들잎.¶ 柳葉 ∥ 목말
으미 심ᄒᆞᆫ ᄯᅢ예 급히 닝슈ᄅᆞᆯ 마신즉 반ᄃᆞ시 병이 나
는 고로 짐짓 뉴엽을 ᄯᅴ워 입으로 불어 완ᄉ이 마셔
긔운을 통ᄒᆞ게 ᄒᆞ미로라 (吾覩客子甚渴, 若或急飮冷
水, 則必生病, 故故以柳葉浮之, 使之緩緩飮之之故
也.) <靑邱野談 奎章 13:66>

146) 【뉴긔-쟝】 图 ((인류)) 유기장(柳器匠). 고리버들로 고
리짝이나 키 따위를 만들어 파는 일을 직업으로 하는
사람.¶ 柳器匠 ∥ 건넌 마을 뉴긔쟝의 녀인로쇼이다
(越邊柳器匠家女也云). <靑邱野談 奎章 13:66>

147) 【뉴쟝】 图 ((인류)) 유장(柳匠). 고리버들로 고리짝이
나 키 따위를 만들어 파는 일을 직업으로 하는 사람.
유기장(柳器匠).¶ 柳匠 ∥ 기인이 그 뒤흘 ᄯᅡ라 뉴쟝 집
의 가 ᄀᆞ 녀셰 되믈 구ᄒᆞ여 탁신고져 ᄒᆞ니 (其人乃隨
其後, 而往柳匠家, 求爲其婿而託身焉.) <靑邱野談 奎章
13:67>

148) 【다릴-ᄉ회】 图 ((인류)) 데릴사위.¶ 그 부뫼 마지 못
ᄒᆞ여 다릴ᄉ회ᄅᆞᆯ 삼으니 경화 귀긱이 엇지 뉴긔 겻는

경화(京華) 귀긱(貴客)이 엇지 뉴긔(柳器)[149] 겻 는[150] 법을 알니오? 날마다 ᄒᆞ는 일이 업고 늣잠으 로·벗을 삼으니 뉴장의 부체(夫妻ㅣ) 노ᄒᆞ여 ᄀᆞᆯ오 ᄃᆡ,

"너 녀셔ᄅᆞᆯ 어드민즉 뉴긔 역ᄉᆞ(役事)ᄅᆞᆯ 도을 가 ᄇᆞ라더니 이졔 됴셕 밥만 먹고 쥬야 조름만[151] 탐ᄒᆞ니 곳 ᄒᆞᆫ 밥줌치라."[152]

ᄒᆞ고 이날부터 됴셕 밥을 반을 감ᄒᆞ야 먹이니 그 안해 불상히 너기고 민망ᄒᆞ여 솟미[밋] 누른밥 을[153] 더ᄒᆞ여 뎌졉ᄒᆞ니 부�의 졍이 심히 지극ᄒᆞ더 라.

수년 후 듕묘(中廟ㅣ) 등극ᄒᆞ시미 됴뎡이 시 로와 혼됴(昏朝)의[154] 침폐(沈廢)ᄒᆞᆫ[155] 뉴(流)ᄅᆞᆯ 일

법을 알니오 (自以京華貴客, 安知柳器之織造乎?) <靑 邱野談 奎章 13:67>

149) 【뉴긔】图 ((기물)) 유기(柳器). 고리버들의 가지나 대 오리 따위로 엮어서 상자같이 만든 물건.¶ 柳器 ‖ 그 부뫼 마지 못ᄒᆞ여 다릴소회ᄅᆞᆯ 삼으니 경화 귀긱이 엇 지 뉴긔 겻는 법을 알니오 (自以京華貴客, 安知柳器之 織造乎?) <靑邱野談 奎章 13:67>

150) 【겻-】图 겯다. 엮어 짜다.¶ 織造 ‖ 그 부뫼 마지 못 ᄒᆞ여 다릴소회ᄅᆞᆯ 삼으니 경화 귀긱이 엇지 뉴긔 겻는 법을 알니오 (自以京華貴客, 安知柳器之織造乎?) <靑 邱野談 奎章 13:67>

151) 【조름】图 졸음.¶ 睡 ‖ 너 녀셔ᄅᆞᆯ 어드민즉 뉴긔 역 ᄉᆞᆯ 도을가 ᄇᆞ라더니 이졔 됴셕 밥만 먹고 쥬야 조 름만 탐ᄒᆞ니 곳 ᄒᆞᆫ 밥줌치라 (吾之迎婿, 冀欲助柳器之 役矣. 今焉新婿, 只喫朝夕飯, 晝夜昏睡, 卽一飯囊也云.) <靑邱野談 奎章 13:67>

152) 【밥-줌치】图 ((인류)) 밥주머니. 밥만 축내는 사람.¶ 飯囊 ‖ 너 녀셔ᄅᆞᆯ 어드민즉 뉴긔 역ᄉᆞᄅᆞᆯ 도을가 ᄇᆞ라 더니 이졔 됴셕 밥만 먹고 쥬야 조름만 탐ᄒᆞ니 곳 ᄒᆞᆫ 밥줌치라 (吾之迎婿, 冀欲助柳器之役矣. 今焉新婿, 只 喫朝夕飯, 晝夜昏睡, 卽一飯囊也云.) <靑邱野談 奎章 13:67>

153) 【눌은-밥】图 ((음식)) 누릇하게 조금 탄 밥. 누룽지.¶ 黃飯 ‖ 이날부터 됴셕 밥을 반을 감ᄒᆞ야 먹이니 그 안해 불상히 너기고 민망ᄒᆞ여 솟미 누른밥을 더ᄒᆞ여 뎌졉ᄒᆞ니 부�의 졍이 심히 지극ᄒᆞ더라 (而自伊日, 朝 夕之飯, 減半而饋之, 其妻憐而悶之, 每以鍋底黃飯, 加 數而饋之, 夫婦之情, 甚篤如是.) <靑邱野談 奎章 13:67>

154) 【혼됴】图 혼주(昏朝). 흐미한 조뎡. 즉 연산군 시실 을 말함.¶ 昏朝 ‖ 수년 후 듕묘 등극ᄒᆞ시미 됴뎡이 시 로와 혼됴의 침폐ᄒᆞᆫ 뉴ᄅᆞᆯ 일병 셔용ᄒᆞᆯ시 니셩의 관작 을 환부ᄒᆞ고 팔도의 ᄒᆡᆼᄒᆞ여 ᄒᆞ여금 심방ᄒᆞᆯ시 (度了數 年之後, 中廟改玉, 朝著一新昏朝獲罪沈廢之流, 一幷赦

(right column)

【68】병 셔용(絮用)ᄒᆞᆯ시[156] 니셩의 관작을 환부(還 付)ᄒᆞ고 팔도의 ᄒᆡᆼᄒᆞ여 ᄒᆞ여금 심방(尋訪)ᄒᆞᆯ시 젼셜 (傳說)이 쟈� ᄒᆞ니 니셩이 풍편의 드럿더라.

미양 초ᄒᆞ로날이면 쥬옹(主翁)이 뉴긔ᄅᆞᆯ 관가 의 드리더니 이날 니셩이 쥬옹ᄃᆞ려 닐너 ᄀᆞᆯ오ᄃᆡ,

"금번은 뉴긔ᄅᆞᆯ 니 맛당이 관가의 밧치리이 다."

쥬옹이 ᄀᆞᆯ오ᄃᆡ,

"그ᄃᆡ ᄀᆞᆺᄒᆞᆫ 잠구럭이[157] 동셔ᄅᆞᆯ 아지 못ᄒᆞ거 늘 엇지 뉴긔ᄅᆞᆯ 관문의 드리ᄅᆞᆯ오? 너 비록 가져가 친히 드릴지라도 ᄆᆡᄆᆡ(每每)히 믈니치믈 보거든 그 ᄃᆡ ᄀᆞᆺᄐᆞᆫ 쟤 엇지 무ᄉᆞᄒᆞ리오?"

즐겨 허치 아니ᄒᆞ거늘 기졔 ᄀᆞᆯ오ᄃᆡ,

"가ᄒᆞ믈 시험ᄒᆞ고 이예 말 거시어늘 엇지 못 ᄒᆞ리라 ᄒᆞ고 미리 보너지 아니ᄒᆞᄂᆛ?"

쥬옹이 비로소 허ᄒᆞᆫᄃᆡ 니셩이 등의 지고 관문 의 니르러 바로 관명의 드러가 소리ᄅᆞᆯ 놉혀 ᄀᆞᆯ오ᄃᆡ,

"아모 곳 뉴쟝이 납【69】긔(納器)ᄎᆞ로 뎌령ᄒᆞ 엿ᄂᆛ이다."

본관은 곳 니셩의 평일 졀친ᄒᆞᆫ 무변이라 그 모양을 솔펴며 그 소리ᄅᆞᆯ 듯고 크게 놀나 당의 ᄂᆞ 려 손을 잡고 샹좌의 마자 ᄀᆞᆯ오ᄃᆡ,

"공이여 공이여 어너 곳의 자최ᄅᆞᆯ 피ᄒᆞ여 이 졔 이 모양으로 왓ᄂᆛ? 됴뎡의 공을 츠즈시미 이 믜 오라미 영문 관지(關子ㅣ)[158] 팔도의 셩화 ᄀᆞᆺᄐᆞ

而付職, 李生還付官職, 行會八道, 使之尋訪.) <靑邱野 談 奎章 13:67>

155) 【침폐-ᄒᆞ-】图 침폐(沈廢)하다. 몰락하다.¶ 沈廢 ‖ 수 년 후 듕묘 등극ᄒᆞ시미 됴뎡이 시로와 혼됴의 침폐ᄒᆞᆫ 뉴ᄅᆞᆯ 일병 셔용ᄒᆞᆯ시 니셩의 관작을 환부ᄒᆞ고 팔도의 ᄒᆡᆼᄒᆞ여 ᄒᆞ여금 심방ᄒᆞᆯ시 (度了數年之後, 中廟改玉, 朝 著一新昏朝獲罪沈廢之流, 一幷赦而付職, 李生還付官職, 行會八道, 使之尋訪.) <靑邱野談 奎章 13:67>

156) 【셔용-ᄒᆞ-】图 서용(絮用)하다. 죄를 지어 면관(免官) 되었던 사람을 다시 벼슬자리에 등용하다.¶ 赦 ‖ 수년 후 듕묘 등극ᄒᆞ시미 됴뎡이 시로와 혼됴의 침폐ᄒᆞᆫ 뉴 ᄅᆞᆯ 일병 셔용ᄒᆞᆯ시 니셩의 관작을 환부ᄒᆞ고 팔도의 ᄒᆡᆼ ᄒᆞ여 ᄒᆞ여금 심방ᄒᆞᆯ시 (度了數年之後, 中廟改玉, 朝著 一新昏朝獲罪沈廢之流, 一幷赦而付職, 李生還付官職, 行會八道, 使之尋訪.) <靑邱野談 奎章 13:68>

157) 【잠-구럭이】图 ((인류)) 잠꾸러기.¶ 睡漢 ‖ 그ᄃᆡ ᄀᆞᆺ ᄒᆞᆫ 잠구럭이 동셔ᄅᆞᆯ 아지 못ᄒᆞ거늘 엇지 뉴긔ᄅᆞᆯ 관문 의 드리ᄅᆞᆯ오 (如君渴睡漢, 不知東西, 何可納器於官門 乎?) <靑邱野談 奎章 13:68>

158) 【관ᄌᆞ】图 관자(關子). 동등한 관부 상호 간 또는 상

65

니 공은 스속히 샹경ᄒᆞ미 가ᄒᆞ니라."

인ᄒᆞ여 쥬찬을 나오고 의관을 너여 기복(改服)ᄒᆞ게 ᄒᆞᆫ디 니셩이 ᄀᆞᆯ오디,

"죄즁(罪重)ᄒᆞᆫ 사ᄅᆞᆷ이 뉴쟝가(柳匠家)의 투성(偸生)ᄒᆞ여[159] 이졔 니르히 명을 년ᄒᆞ엿더니 엇지 텬일(天日)을 다시 볼 줄 ᄯᅳᆺᄒᆞ여시리오?"

본관이 니교리(李校理) 읍니의 잇스므로 샹영(上營)의 보ᄒᆞ고 역마ᄅᆞᆯ 지쵹ᄒᆞ여 ᄒᆞ여금 샹경ᄒᆞ게 ᄒᆞ니 니셩이 ᄀᆞᆯ오디,

"삼 년 쥬긱의 졍을 가히 도라보지 아니치 못ᄒᆞᆯ[70] 거시오 ᄯᅩ 조강(糟糠)의 졍이 잇스니 너 맛당히 쥬옹의게 하직ᄒᆞ미 가ᄒᆞᆫ지라 이졔 쟝ᄎᆞᆺ 나가노니 그디 모로미 명됴의 나의 쇼쥬쳐(所住處)ᄅᆞᆯ 존문(尊問)ᄒᆞ라."[160]

본관이,

"낙다."

니공이 구의(舊衣)ᄅᆞᆯ 환착(換着)ᄒᆞ고 뉴쟝의 집을 향ᄒᆞ여 괴식을 시치고[161] 드러가 ᄀᆞᆯ오디,

"금번의 뉴긔는 무ᄉᆞ히 샹납ᄒᆞ엿ᄂᆞ이다."

쥬옹이 ᄀᆞᆯ오디,

"이샹토다. 솔개 쳔 년을 늘그면 능히 ᄭᅱᆼ ᄒᆞ나흘 찬다[162] ᄒᆞ미 허언이 아니로다. 우리 사회 ᄯᅩ

급 관부에서 하급 관부로 보내던 공문서.¶ 關 ‖ 됴뎡의 공을 ᄎᆞᄌᆞ시미 이믜 오라미 영문 관지 팔도의 셩화 ᄀᆞᆺ튼니 공은 스속히 샹경ᄒᆞ미 가ᄒᆞ니라 (朝廷之搜訪已久, 營關遍行, 斯速上京可也.) <靑邱野談 奎章 13:69>

159) 【투싱 -ᄒ-】 圖 투생(偸生)하다. 죽어야 옳을 때에 죽지 아니하고 욕되게 살기를 탐하다.¶ 偸生 ‖ 죄즁ᄒᆞᆫ 사ᄅᆞᆷ이 뉴쟝가의 투성ᄒᆞ여 이졔 니르히 명을 년ᄒᆞ더니 엇지 텬일을 다시 볼 줄 ᄯᅳᆺᄒᆞ여시리오 (負罪之人, 偸生於柳器匠家, 至于今, 延命以度, 豈意天日之復見乎?) <靑邱野談 奎章 13:69>

160) 【존문 -ᄒ-】 圖 존문(尊問)하다. 삼가 방문하다.¶ 來訪 ‖ 이졔 쟝ᄎᆞᆺ 나가노니 그디 모로미 명됴의 나의 쇼쥬쳐ᄅᆞᆯ 존문ᄒᆞ라 (今將出去, 君須於明朝, 來訪吾之所住處.) <靑邱野談 奎章 13:70>

161) 【시치-】 圖 바로 하다.¶ 니공이 구의ᄅᆞᆯ 환착ᄒᆞ고 뉴쟝의 집을 향ᄒᆞ여 괴식을 시치고 드러가 ᄀᆞᆯ오디 금번의 뉴긔는 무ᄉᆞ히 샹납ᄒᆞ엿ᄂᆞ이다 (李乃換着氷時衣, 出門而向柳匠家曰: "今番柳器, 無事上納矣.") <靑邱野談 奎章 13:70>

162) 【솔개 쳔 년을 늘그면 능히 ᄭᅱᆼ ᄒᆞ나흘 찬다】 📖㉾ 솔개 쳔 년을 늙그면 능히 꿩 하나흘 찬다. 솔개도 천 년을 묵으면 꿩을 잡는다. 솔개도 오래면 꿩을 잡는다. 어떤 분야에 대하여 지식과 경험이 전혀 없는 사

ᄒᆞᆫ 일을 일우미여 긔이ᄒᆞ고 긔이ᄒᆞ다. 오날 져녁은 밥을 만히 쥬라."

잇튼날 평명의 니공이 일 니러 소셰ᄒᆞᆫ 후의 뜰을 ᄡᅳᆯ거늘 쥬옹이 ᄀᆞᆯ오디,

"너 사회 작일의 뉴긔ᄅᆞᆯ 잘 밧치고 금됴의 ᄯᅩ 능히 ᄲᅵᄅᆞᆯ 잡으니 오날이 희가 셔의셔 도드리로다."

니공이 ᄯᅩ 초셕을 ᄡᅳᆯ 펴[71] 니 쥬옹이 ᄀᆞᆯ오디,

"포진(鋪陳)은 무슴 일고?"

공이 ᄀᆞᆯ오디,

"본관 안젼(案前)이 금일 이곳의 힝ᄎᆞᄒᆞ실 ᄃᆞᆺᄒᆞᆫ 고로 이ᄀᆞ치 ᄒᆞ노라."

쥬옹이 닝쇼 왈,

"그디 ᄭᅮᆷ밧긔 말을 ᄒᆞᄂᆞ뇨? 관ᄉᆞ쥐(官司主ㅣ) 엇지 너집의 강님ᄒᆞ시리오? 이논 쳔블ᄉᆞ만부당(千不思萬不當)ᄒᆞᆫ 황셜(荒說)[163]이라. 이졔 셩각건디 어졔 뉴긔ᄅᆞᆯ 잘 드렷단 말이 반ᄃᆞ시 노샹의 바리고 도라와 빈말을 과쟝ᄒᆞ미로다."

말이 맛지 못ᄒᆞ여 본읍 공니(公吏) 병풍 차일(遮日) 등믈을 드리고 목의 숨이 차와 일변 방듕의 포진ᄒᆞ고 ᄀᆞᆯ오디,

"관ᄉᆞ쥐 힝ᄎᆞ 금방 오신다."

ᄒᆞ니 뉴쟝 부쳐 창황실식(蒼黃失色)ᄒᆞ고 일실이 분쥬ᄒᆞ여 숨더니 조곰 사이 젼도소리 문의 들네며 본관의 좌매(坐馬ㅣ) 발녀 ᄃᆞ다랏ᄂᆞᆫ지라 본관이 ᄆᆞᆯ긔 ᄂᆞ려 방의 드러와 한헌(寒喧)을 맛치미 인ᄒᆞ여 무러 ᄀᆞᆯ오디,

"슈[72] 시(嫂氏) 어디 겨시뇨? 뵈오믈 쳥ᄒᆞ노이다."

니공이 이예 그 쳐ᄅᆞᆯ 명ᄒᆞ여 나와 뵈라 ᄒᆞ니 긔체 형차포군(荊釵布裙)으로[164] 나와 지비ᄒᆞ니 의

ᄅᆞᆷ이라도 그 부문에 오랫동안 있으면 얼마간의 지식과 경험을 가지게 됨을 이르는 말.¶ ‖ 솔개 쳔 년을 늘그면 능히 ᄭᅱᆼ ᄒᆞ나흘 찬다 ᄒᆞ미 허언이 아니로다 우리 사회 ᄯᅩ 일을 일우미여 긔이ᄒᆞ고 긔이ᄒᆞ다 (鴟老千年, 能搏一雉云, 儘非虛矣. 吾婿亦有隨人爲之之事乎. 奇哉奇哉!) <靑邱野談 奎章 13:70>

163) 【황셜】 圖 황설(荒說). 아주 허황된 말. 참되지 않고 터무니없는 말.¶ 荒說 ‖ 이논 쳔블ᄉᆞ만부당ᄒᆞᆫ 황셜이라 (千不近萬不近之荒說也.) <靑邱野談 奎章 13:71>

164) 【형차-포군】 圖 (복식) 형차포군(荊釵布裙). 가시미 녀와 무명치마. 곧 여인의 보잘 것 없는 복장.¶ 荊釵布裙 ‖ 긔체 형차포군으로 나와 지비ᄒᆞ니 의상은 비록 폐츄ᄒᆞ나 용의는 슈려ᄒᆞ여 샹쳔의 틱 업논지라

상은 비록 폐츄(弊麤)ᄒ나165) 용의(容儀)ᄂᆞᆫ 슈려ᄒ여 상쳔(常賤)의166) 틱(態) 업ᄂᆞᆫ지라. 본관이 답비치경(答拜致敬)ᄒ여 ᄀᆞᆯ오디,

"니ᄒᆞᆨ시(李學士ㅣ) 몸이 궁도(窮途)의 잇스미 슈시의 힘을 닙어 시러곰 금일의 니르니 비록 의긔 남ᄌ라도 이예셔 지나지 못ᄒᆞᆯ지라 가히 흠탄치 아니ᄒᆞ리오?"

기네 염임(斂袵)ᄒ고 디ᄒ여 ᄀᆞᆯ오디,

"지극히 미쳔ᄒᆫ 촌부로뼈 외람이 군ᄌ의 건즐(巾櫛)을 뫼셔 이 ᄀᆞᆺ트신 귀인을 젼혀 모로고 그 졉디쥬션의 무례ᄒ미 극ᄒᆞᆫ지라 엇지 존긱의 치샤ᄒᆞ시믈 당ᄒ리잇고? 금일 상쳔 누츄ᄒᆫ ᄌ의 강님ᄒᆞ시니 영뇌(榮耀ㅣ) 극ᄒᆞᆫ지라 쳔쳡의 집이 손복(損福)ᄒᆞᆯ가 두리ᄂᆞ이다."

본관이 듯기를 파ᄒ미 하예롤【73】 명ᄒ여 뉴장의 부쳐를 불너 쥬식을 먹이고 치샤ᄒ니라. 닌읍 슈령이 년속히 와 보고 슌상(巡相)이 ᄯ오 막긱(幕客)을 보니여 젼갈ᄒ니 뉴장의 문밧긔 인매 년속ᄒ고 관광ᄒᄂᆞᆫ ᄌ 다 칙칙칭션(嘖嘖稱善)ᄒ더라. 니공이 본관ᄃ려 닐너 ᄀᆞᆯ오디,

"졔 비록 상쳔이나 니 이믜 조강을 미ᄌᆞ시니 나의 비필이라 다년 근고ᄒ고 셩의 비진(備盡)ᄒ니 니 이졔 가히 귀ᄒᆞᆷ므로뼈 밧고지 못ᄒᆞᆯ 거시니 원컨디 ᄒᆞᆫ 교ᄌ를 빌니면 더부러 동힝ᄒ려 ᄒ노라."

본관이 즉지 교ᄌ를 츌혀 힝구를 다스려 보니니라.

니공이 닙궐샤은ᄒᆞᆯ 써예 ᄌ샹(自上)으로 니공의 뉴리(流離)ᄒᆞᆫ 슈말을 무르시니 공이 그 일을 ᄌ셰이 알왼디 샹이 지삼 칭탄ᄒ시고 ᄀᆞᆯ으샤디,

"이 녀ᄌᄂᆞᆫ 가히 쇼실노 디졉지 못ᄒᆞᆯ 거시니 특별【74】 이 후쳐를 삼으미 가ᄒ니라."

니공이 ᄎᆞ녀로 더브러 ᄒᆡ로ᄒ여 영귀ᄒ미 비

홀디 업고 ᄌᆞ네 션ᄼᄒ니 이ᄂᆞᆫ 니판셔 쟝곤(長坤)의167) 일이라 ᄒ더라.

(其女以荊釵布裙, 來拜於前, 衣裳雖弊, 容儀閒雅, 有非常賤女子.) <青邱野談 奎章 13:72>

165) 【폐츄-ᄒ-】 圓 폐츄(弊麤)하다. 초라하고 조잡하다.¶ 弊∥ 기체 형차포군으로 나와 지비ᄒ니 의상은 비록 폐츄ᄒ나 용의ᄂᆞᆫ 슈려ᄒ여 상쳔의 틱 업ᄂᆞᆫ지라 (其女以荊釵布裙, 來拜於前, 衣裳雖弊, 容儀閒雅, 有非常賤女子.) <青邱野談 奎章 13:72>

166) 【상쳔】 圓 상쳔(常賤). 상스럽고 쳔빅힘.¶ 常賤∥ 기체 형차포군으로 나와 지비ᄒ니 의상은 비록 폐츄ᄒ나 용의ᄂᆞᆫ 슈려ᄒ여 상쳔의 틱 업ᄂᆞᆫ지라 (其女以荊釵布裙, 來拜於前, 衣裳雖弊, 容儀閒雅, 有非常賤女子.) <青邱野談 奎章 13:72>

167) 【쟝곤】 圓 ((인명)) 쟝곤(長坤). 이쟝곤(李長坤 1474~?). 조선 전기의 문신. 자는 희강(希剛). 호는 학고(鶴皐)·금헌(琴軒). 교리(校理)로 갑자사화 때 거제에 유배되었으나 함흥으로 도주하였다. 중종반정 후 다시 기용되어 여러 벼슬을 거쳐 대사헌, 좌찬성에 올랐으며, 학문과 무예를 겸비하여 중종의 신임이 두터웠다.¶ 長坤∥ 니공이 ᄎᆞ녀로 더브러 ᄒᆡ로ᄒ여 영귀ᄒ미 비홀디 업고 ᄌᆞ네 션ᄼᄒ니 이ᄂᆞᆫ 니판셔 쟝곤의 일이라 ᄒ더라 (李與此女偕老, 榮貴無比, 而多有子女. 此是李判書長坤之事云爾.) <青邱野談 奎章 13:74>

[청구야담 권지십亽 青邱野談 卷之十四]

치산업허듕亽셩부
治産業許仲子成富

【1】 녀쥬(驪州) 짜의 흔 허셩(許姓) 유싱이 잇스니 집이 심히 간난ᄒᆞᆫ디 셩픔이 인후ᄒᆞ여 셰 ᄋᆞ들이 잇셔 ᄒᆞ여금 흑업을 힘쓰게 ᄒᆞ고 즈가는 몸소 냥식을 친지간의 비러 ᄡᅥ 싀량(柴糧)을 니으니 무론 지여부지(知與不知)ᄒᆞ고 다 션인이라 일ᄏᆞ라 냥즈(糧資)를1) 부조ᄒᆞ더라. 수년 후 우연히 녀역(癘疫)2)으로ᄡᅥ 부체(夫妻) 구몰(俱沒)ᄒᆞ니 그 삼지 쥬야 호읍(號泣)ᄒᆞ고 장슈(葬需)를3) 간신이 어더 초초히 영장ᄒᆞ니라. 삼상(三喪)을 이믜 ᄆᆞᆺ믹 가계 더욱 쇼여(掃如)ᄒᆞ니 그 듕즈(仲子)의 일홈은 홍(弘)이라

---

1) 【냥즈】 圖 양자(糧資). 식량과 비용.¶ 糧資 ∥ 무론 지여부지ᄒᆞ고 다 션인이라 일ᄏᆞ라 냥즈롤 부조ᄒᆞ더라 (無論知與不知, 皆以許之仁善, 來必善待, 而優助糧資矣.) <靑邱野談 奎章 14:1>

2) 【녀역】 圖 ((질병)) 여역(癘疫). 돌림으로 앓는 열병을 통틀어 이르는 말.¶ 癘疫 ∥ 수년 후 우연히 녀역으로ᄡᅥ 부쳬 구몰ᄒᆞ니 그 삼지 쥬야 호읍ᄒᆞ고 장슈롤 간신이 어더 초초히 영장ᄒᆞ니라 (數年之間, 偶以癘疫, 夫妻俱沒, 其三子, 蠱宵呼泣, 艱具葬需, 僅行草葬.) <靑邱野談 奎章 14:1>

3) 【샹슈】 圖 장슈(葬需). 장亽의 개개눈데 드는 물품.¶ 葬需 ∥ 수년 후 우연히 녀역으로ᄡᅥ 부쳬 구몰ᄒᆞ니 그 삼지 쥬야 호읍ᄒᆞ고 장슈롤 간신이 어더 초초히 영장ᄒᆞ니라 (數年之間, 偶以癘疫, 夫妻俱沒, 其三子, 蠱宵呼泣, 艱具葬需, 僅行草葬.) <靑邱野談 奎章 14:1>

그 형과 밋 아오다려 닐너 ᄀᆞᆯ오디,

"증젼(曾前)의4) 우리 삼형뎨 다 아亽(餓死)롤 면ᄒᆞᆷ믄 다만 션친의 인심을 어더 냥즈롤 도 【2】으미러니 이계 삼상(三霜)을 이믜 지나니 션친의 은튁이 다ᄒᆞᆫ지라. 다시 호소홀 곳이 업스니 이계 도현(倒懸)의 형셰로 보건디 형뎨 다 죽을 밧 다른 수 업ᄂᆞᆫ지라 각즈도싱(各自圖生)ᄒᆞ미5) 올ᄒᆞ니 금일노부터 각각 업을 조츠미 가ᄒᆞ니라."

그 형과 그 아이 ᄀᆞᆯ오디,

"우리 즈소(自少)로 비온 거시 문ᄍᆞ(文字)의 지나지 못ᄒᆞ고 농상(農桑)의 일은 역냥(力量)이 업슬 ᄲᅮᆫ 아니라 ᄯᅩ 향방을 아지 못ᄒᆞ니 엇지 ᄡᅥ ᄒᆞ리오? 쥬리믈 춤고 공부홀 외예는 다른 되 업도다."

홍이 ᄀᆞᆯ오디,

"사롬의 쇼견이 각각 다르니 그 ᄒᆞ고져 ᄒᆞᄂᆞᆫ 바롤 조츠미 가ᄒᆞᆫ지라 삼형뎨 다 유업(遺業)을 ᄒᆞᆫ즉 죵신토록 긔한(飢寒)을 면치 못ᄒᆞ여 구학(溝壑)의 구을지라. 형과 아오는 긔질이 심히 약ᄒᆞ니 다시 흑업을 다스리미 가ᄒᆞ고 나는 십 년을 한ᄒᆞ고 힘【3】을 다ᄒᆞ여 산업을 다스려 일후 형뎨 셩활홀 도롤 삼을 거시니 금일노조차 파산ᄒᆞ여 두 슈시(嫂氏)는 본가로 아직 도라가시고 형과 아오는 쵝을 지고 산사의 올나가 승도의 남은 밥을 어더 자시고 십 년 후 샹면ᄒᆞ오므로ᄡᅥ 한(限)ᄒᆞ미 가ᄒᆞ니이다. 쇼위 셰업(世業)이란 거슨 다만 가디모젼(家垈牟田) 삼두낙(三斗落)과 밋 아희종 흔 구(口) ᄲᅮᆫ이니 이거시 죵가 물건이라 일후 맛당이 도로 죵가의 드릴 거시니 니 아직 비러 ᄡᅥ 영산(營産)의 즈뢰롤 삼으리라."

ᄒᆞ고 이날 형뎨 눈물을 ᄲᅮ려 셔로 니별ᄒᆞ고 두 슈시는 본가의 치송ᄒᆞ고 형과 아오는 산사로 보니고 즈가는 긔쳐의 신혼 ᄯᅢ 믈건을 방미ᄒᆞ니 갑시 겨오 칠팔 냥이 되ᄂᆞᆫ지라. ᄯᅢ ᄆᆞ춤 목홰(木花1) 대

---

4) 【증젼】 圖 증젼(曾前). 이미 지나가 버린 그때.¶ 曾前 ∥ 증젼의 우리 삼형뎨 다 아亽롤 면ᄒᆞᆷ믄 다만 션친의 인심을 어더 냥즈롤 도으미러니 이계 삼상을 이믜 지나니 션친의 은틱이 다ᄒᆞᆫ지라 (曾前吾猱之幸免餓死者, 只緣先親之得人心, 而助糧資之致也. 今爲三霜已過, 先親之恩澤已渴.) <靑邱野談 奎章 14:1>

5) 【각亽도성-ᄒᆞ-】 圖 가자도생(各自圖生)하다. 제각기 살아 나갈 방법을 꾀하다.¶ 各自圖生 ∥ 각즈보셩ᄒᆞ미 올ᄒᆞ니 금일노부터 각각 업을 조츠미 가ᄒᆞ니라 (不可不各自圖生. 自今日兄弟各各從業業可也.) <靑邱野談 奎章 14:2>

풍이어늘 그 돈으로뼈 감곽(甘藿)을6) 무역ᄒ여 등의 지고 그 션친 [4] 의 평일 걸냥(乞糧)ᄎ로 왕니ᄒ여 친숙ᄒ 집을 두루 ᄎᄌ 감곽으로뼈 목화를 비니 졔인이 그 뜻을 불샹이 녀겨 블계다쇼(不計多少)ᄒ고 셔로 쥬니 어든 비 수빅 근이 되더라. 그 안해로 ᄒ여금 쥬야로 방젹ᄒ야 쟝시(場市)마다 나가 팔고 쪼 귀우리7) 십여 셕을 무역ᄒ야 미일 죽을 뿌어 기쳐로 더부러 ᄒ 그릇식 분반(分半)ᄒ여 됴셕을 지나고 동비(童婢)는 온그릇슬 쥬어 굴오디,

"네 만일 주리믈 견디기 어렵거든 가히 스스로 나가라."

비지 울며 굴오디,

"샹뎐은 반 그릇슬 쟈시고 쇼인은 ᄒ 그릇슬 먹ᄉ오니 엇지 감히 쥬리믈 닐으리잇고? 비록 죽사와도 나갈 뜻이 업ᄉ이다."

ᄒ고 그 샹뎐을 ᄯ라 방젹(紡績)을 부즈런이 ᄒ고 허셩인즉 혹 쟈리도 미며 혹 집신도 삼아 쥬야로 쉬 [5] 지 아니ᄒ여 혹 친귀 ᄎᄌ즈면 반ᄃ시 울을 겻ᄒ여 말ᄒ고 굴오디,

"날을 인ᄉ로뼈 쳑망치 말고 도라가면 십 년 후 셔로 만나 죄를 샤례ᄒ리이다."

ᄒ고 ᄒ 번도 나가보지 아니ᄒ더라. 삼ᄉ년간의 지산이 초요(稍饒)ᄒ니 마ᄎᆷ 문젼답(門前畓) 십두낙(十斗落)과 밧 수일 경(耕) 파는 재 잇거늘 드디여 쥰가(準價)로 사 춘경(春耕)ᄒ ᄯ예 굴오디,

"만치 아닌 뎐답의 엇지 사룸을 품 샤 경파(耕播)ᄒ리오?8) 니 스스로 근력(勤力)ᄒ여 경종(耕

種)ᄒ려9) ᄒ나 농ᄉ의 익지 못ᄒ니 쟝ᄎ 엇지ᄒᆯ고?"

드디여 비린(比隣)의 거ᄒ는 노롱(老農)을10) 쳥ᄒ여 쥬식(酒食)을 디졉ᄒ여 농쟝(農庄)의 안치고 몸소 쟝기를11) 잡아 그 지교(指敎)를 쏠아 갈고 시므니 여러 날이 못ᄒ여 농니(農理)예 통달ᄒ지라 갈기와 기음미기를 타인의셔 삼비나 ᄒ고 츄슈ᄒ는 곡슈(穀數ㅣ) 쪼 타 [6] 인의셔 빈나 ᄒ고 밧희는 담비를 심어 쩌 크게 가믄지라 됴셕으로 믈을 기러 부으니 일경(一境)의 담비 다 말으디 홀노 허셩의 담비는 마르지 아니ᄒ여 닙히 무셩ᄒ니 셔울 샹괴 미리 수빅금으로 뼈 흥졍ᄒ고 그 두믈 담비를 쪼 후가(厚價)의 파니 돈이 거의 ᄉ오빅금의 갓가온지라. 이ᄀᆺ치 오륙 년의 쳔셕곡(千石穀)을 노젹(露積)ᄒ고 빅니 안 뎐답이 도모지 허셩의게로 도라오디 그 의식의 검냑(儉約)ᄒᆷ은 ᄒ갈ᄀᆺ치 젼일 모양이라.

그 형과 아이 산ᄉ로부터 나려오거늘 홍의 쳬셰 ᄒ 그릇 밥을 졍히 ᄀᆺ초와 나아오려 ᄒ거늘 홍이 눈을 부릅ᄯᅥ 꾸짓고 ᄒ여금 다시 죽을 쓸혀 드리니 그 형이 노ᄒ여 ᄭᅮ지져 왈,

"녀의 가산이 이럿틋 부요ᄒ거늘 홀노 니게 ᄒ 그릇 밥을 앗기느냐?"

홍이 [7] 굴오디,

"니 이믜 십 년으로뼈 긔약ᄒ여시니 십 년 젼은 밥을 먹지 마쟈 심밍(心盟)ᄒ지라. 형이 쪼 십 년 후의 가히 니집 밥을 자실 거시니 형이 비록 날을 노와 ᄒ시나 나는 ᄆᆞ음의 거리ᄭᅵ지 아니ᄒᄂᆞ이

---

6) 【감곽】[명] ((식물)) 감곽(甘藿). 미역.¶ 甘藿 ‖ 쩌 ᄆᆞ춤 목화 대풍이어늘 그 돈으로뼈 감곽을 무역ᄒ여 등의 지고 그 션친의 평일 걸냥ᄎ로 왕니ᄒ여 친숙ᄒ 집을 두루 ᄎᄌ 감곽으로뼈 목화를 비니 (時適木綿豊登之時, 以其錢, 盡貿甘藿, 背負而遍訪其父平日往來乞粮之親知人家, 以藿立作而幣而乞綿花.) <靑邱野談 奎章 14:3>

7) 【귀우리】[명] ((곡식)) 귀리.¶ 耳牟 ‖ 쪼 귀우리 십여 셕을 무역ᄒ야 미일 죽을 뿌어 기쳐로 더부러 ᄒ 그릇식 분반ᄒ여 됴셕을 지나고 (又貿耳牟十餘石, 每日作粥, 渠與其妻, 每日以一器分半而喫之.) <靑邱野談 奎章 14:4>

8) 【경파-ᄒ-】[명] 경파(耕播)하다. 논밭을 갈아 씨를 뿌리다.¶ 耕播 ‖ 만치 아닌 뎐답이 엇기 ᄉᆞ룸을 품 샤 경파ᄒ리오 니 스스로 근력ᄒ여 경종ᄒ려 ᄒ나 농ᄉ의 익지 못ᄒ니 쟝ᄎ 엇지ᄒᆯ고 (無多之田畓, 何可雇人耕播? 不如自己之勤力. 其中而但不知農功之如何, 此將奈何?) <靑邱野談 奎章 14:5>

9) 【경종-ᄒ-】[명] 경종(耕種)하다. 논밭을 갈아서 씨를 뿌리고 가꾸다.¶ 만치 아닌 뎐답의 엇지 ᄉᆞ룸을 품 샤 경파ᄒ리오 니 스스로 근력ᄒ여 경종ᄒ려 ᄒ나 농ᄉ의 익지 못ᄒ니 쟝ᄎ 엇지ᄒᆯ고 (無多之田畓, 何可雇人耕播? 不如自己之勤力. 其中而但不知農功之如何, 此將奈何?) <靑邱野談 奎章 14:5>

10) 【노롱】[명] ((인류)) 노농(老農). 농사일에 경험이 많은 사람.¶ 老農 ‖ 드디여 비린의 거ᄒ는 노롱을 쳥ᄒ여 쥬식을 디졉ᄒ여 농쟝의 안치고 몸소 쟝기를 잡아 그 지교를 쏠아 갈고 시므니 여러 날이 못ᄒ여 농니예 통달ᄒ지라 (遂請隣里老農, 盛其酒食, 使坐岸上, 親執耒耟, 隨其指敎而耕種.) <靑邱野談 奎章 14:5>

11) 【장기】[명] ((농사)) 쟁기.¶ 耒耟 ‖ 드디여 비린의 거ᄒ는 노롱을 쳥ᄒ여 쥬식은 디졉ᄒ여 농쟝의 안치고 몸소 쟝기를 잡아 그 지교를 쏠아 갈고 시므니 여러 날이 못ᄒ여 농니예 통달ᄒ지라 (遂請隣里老農, 盛其酒食, 使坐岸上, 親執耒耟, 隨其指敎而耕種.) <靑邱野談 奎章 14:5>

다."

그 형이 노호여 죽을 먹지 아니코 산사로 도라가니라.

익년 츈의 기형 기뎨 스마방(司馬榜)의 년벽(聯璧)호니 홍이 젼빅(錢帛)을 가지고 셔울노 올나가 응방졔구(應榜諸具)롤 ᄀ초와 솔챵(率倡)호고[12] 도문(到門)호니 그날은 냑간 쥬식을 작만호여 잔치호고 쇼분(掃墳) 후 광더롤 블너 일너 굴오디,

"우리 형뎨 이제 진소논 호엿스나 ᄯ 대패(大科ㅣ) 잇스미 맛당이 산사의 올나 공부홀 거시니 너의 등이 머믈너 무엇호리오? 가히 도라갈지어다."

각ᄌ 젼냥을 쥬어 보니고 ᄯ 형과 밋 뎨롤 더호여 굴오디,

"십 년 한이 아 [8] 직 밋지 못호여시니 즉시 산사의 올나가 한이 찬 연후 ᄂ려오시미 가호니다."

호고 즉일 보너니라. 밋 십 년의 니르미 믄득 만셕군(萬石君)이 된지라. 이에 포빅의 졍셰혼 쟈롤 굴희여 시로 남녀 의복 각 두 벌식 지어 인마로 두 슈시 본가의 보니여 이슈(二嫂)롤 뫼시고 ᄯ 인마로써 산사의 보니여 기형 기뎨롤 마쟈 와 일실의 단취(團聚)호고 그날부터 음식이 픙비(豊備)호고 의복이 찬난호더니 수일 후 형뎨롤 디호여 굴오디,

"이 집은 좁아 용신(容身)호기 어려온지라 니 일즉 경영혼 쟤 잇스니 가히 뼈 쳐호리라."

호고 더부러 힝호여 수 리 허의 혼 뫼홀 넘은 즉 샹하 대동(大洞)의 혼 갑졔(甲第) 잇스니 압히 긴 힝낭이 잇셔 노비 간ᄌ이 둘고 마구의 우매(牛馬ㅣ) [9] 십여 필이오 집 셰홀 픔(品)ᄯ로 짓고 바 사랑은 다만 혼 집이로더 심히 광활호니 삼형뎨 밧긔 잇고 너권은 안의 이셔 긴 벼개와 너른 니블노 형데 동쳐호미 그 즐거오미 늉ᄂ(瀜瀜)호거늘 그 형이 놀나 무러 굴오디,

"이 뉘집이완더 이리 쟝녀호뇨?"

답호여 왈,

"이논 우뎨(愚弟)의 영긔(營紀)혼 거시니 ᄯ 혼 가인으로 호여곰 아지 못게 호여이다."

호고 인호여 하예로 호여곰 목궤 스오 ᄺ을 드려 압히 노와 굴오디,

"이논 면토 문셔니 이제 우리 삼형뎨 면답을 고로 난호미 가호다."

호고 인호여 굴오디,

"가산을 일운 바논 이 형쳐(荊妻)의[13] 탄심갈력(殫心竭力)혼[14] 비니 가히 공노롤 갑지 아니치 못호리라."

호고 이예 이십셕낙(二十石落) 논문셔로 그 쳐롤 쥬고 삼인은 각ᄌ 오십셕낙으로써 난 [10] 호니 이후로 의식이 픙결호고 그 닌리 종쪽의 빈궁혼 쟈롤 녁ᄌ히 쥬급호니 사롬이 그 덕을 칭송호더라.

일ᄌ은 홍이 홀연 슬피 울거늘 그 형이 괴이너겨 무러 굴오디,

"이졘즉 우리 의식 부요호미 삼공을 밧고지 아닐지라 무삼 부죡호미 이셔 이ᄀ치 슬허호느뇨?"

더왈,

"형댱(兄丈)과 아오논 과공을 닉여 쇼셩(小成)을 호엿거니 뎨논 치산호기예 골몰호와 과업을 젼폐호오니 곳 혼 무ᄌ혼 사롬이라 션친의 긔약혼 신 비 쇼뎨의게 멸호오니 엇지 슬프지 아니릿고? 이졘즉 나히 이믜 느즌지라 유업은 어려오니 투필반무(投筆返武)홈만 ᄀ지 못다."

호고 즉시 궁시롤 ᄀ초와 습샤(習射)호여 수년 후 호방(虎榜)의 참예호여 [11] 구소(求仕)호미 익년의 입소(入仕)호야 추ᄌ 쳔젼(遷轉)호여 안악군슈(安岳郡守)롤 몽졈(蒙點)[15]호니 부임혼지 미긔예

---

12) 【솔챵-ᄒ-】 圖 솔챵(率倡)하다. 과거에 급제한 사람이 고샹에 돌ᄂᆞ갈 때, 광대를 앞세우고 피리를 불게 하다.¶率倡 ‖ 홍이 젼빅을 가지고 셔울노 올나가 응방졔구롤 ᄀ초와 솔챵호고 도문호니 그날은 냑간 쥬식을 작만호여 잔치호고 (弘多持錢帛而上京, 以備應榜之需, 率倡而到門.) <靑邱野談 奎章 14:7>

13) 【형쳐】 圖 ((인류)) 형쳐(荊妻). 남에게 자기의 아내를 낮추어 이르는 말.¶荊人 ‖ 가산을 일운 바논 이 형쳐의 탄심갈력혼 비니 가히 공노롤 갑지 아니치 못호리라 (家産之致此, 俱是荊人之所殫竭者也, 不可不酬勞.) <靑邱野談 奎章 14:9>

14) 【탄심갈력-ᄒ-】 圖 탄심갈력(殫心竭力)하다. 온 정신과 노력을 다하다.¶殫竭 ‖ 가산을 일운 바논 이 형쳐의 탄심갈력혼 비니 가히 공노롤 갑지 아니치 못호리라 (家産之致此, 俱是荊人之所殫竭者也, 不可不酬勞.) <靑邱野談 奎章 14:9>

15) 【몽졈】 圖 몽졈(蒙點). 임금이 벼슬아치의 후보자로 천거된 세 사람 가운데 적격자라고 생각되는 인물의 이름 위에 점을 찍어 결정하던 일.¶除 ‖ 즉시 궁시롤 ᄀ초와 습사호여 수년 후 호방의 참예호여 구소호미 익년의 입소호야 추ᄌ 쳔젼호여 안악군슈롤 몽졈호니 (自其日, 備弓矢習射, 數年之後, 登武科, 上京求仕, 得付內職, 轉以陞品, 得除安岳郡守.) <靑邱野談 奎章 14:11>

믄득 쳐상(妻喪)을 만나니 홍이 위연탄식ᄒᆞ여 ᄀᆞᆯ오
디,

"너 이믜 영감하의 영화ᄅᆞᆯ 뵈지 못ᄒᆞ고 외임
의 닷고져 ᄒᆞ믄 노쳐(老妻)의 일성 간고ᄅᆞᆯ 위ᄒᆞ여
ᄒᆞᆫ번 영귀케 ᄒᆞ미러니 형체 이믜 몰ᄒᆞᆫ지라 너 부임
ᄒᆞ여 무엇ᄒᆞ리오?"

인ᄒᆞ여 경샤(呈辭)ᄒᆞ여 갈고 하향ᄒᆞ니라.

졔신쥬진셔승언문
題神主眞書勝諺文

대쇠(大釗)라 ᄒᆞᄂᆞᆫ 쟈는 냥반의 집 노지라. 어
려셔부터 슈쳥(守廳)ᄒᆞ여 비록 글을 비호지 못ᄒᆞ나
대강 문ᄌᆞᄅᆞᆯ 알더니 그 샹젼이 간셩(杆城)의 부임ᄒᆞ
여실 졔 대쇠 ᄯᆞ라갓더니 셰여(歲餘)의 유고(有故)
ᄒᆞ여 샹경홀시 산로의 술막이 겨근지라 힝ᄒᆞ여 일
쳐 [12] 에 니르러 촌가의 비러 잘시 기개 ᄆᆞ춤 상
괴(喪故) 잇셔 죵야 훤요ᄒᆞ고 쥬인이 빈ᇰ빈ᇰ히 문을
열고 ᄇᆞ라보며 ᄀᆞᆯ오디,

"언약이 ᇰᄉᆞ디 오지 아니ᄒᆞ니 대ᄉᆞ의 이런
낭픠 업스니 쟝ᄎᆞᆺ 엇지ᄒᆞᆯ고?"

거죄 망급(忙急)ᄒᆞ거늘16) 대쇠 그 연고ᄅᆞᆯ 무
ᄅᆞᆫ디 답ᄒᆞ여 ᄀᆞᆯ오디,

"이제 시벽에 쟝ᄎᆞᆺ 망부(亡父)의 쟝녜ᄅᆞᆯ 지나
려 ᄒᆞ미 졔쥬관(祭主官)을 모동 모셩원과 쳥ᄒᆞ여 명
녕 샹약(相約)ᄒᆞ엿더니 방금 쇼식이 업스니 낭픠 극
ᄒᆞ다."

ᄒᆞ고 인ᄒᆞ여 무르디,

"귀긱은 경화(京華)의 잇ᄂᆞᆫ지라 반ᄃᆞ시 졔쥬
(題主)ᄅᆞᆯ17) 알 거시니 다힝이 날을 위ᄒᆞ여 ᄡᅥ쥬시미
엇더ᄒᆞ뇨?"

대쇠 ᄯᅩ 졔쥬ᄒᆞᄂᆞᆫ 법을 아지 못ᄒᆞ디 우쟈(愚
癡)ᄒᆞᆫ ᄆᆞ음으로 쾌히 허락ᄒᆞ니 쥬인이 크게 깃거
쥬효ᄅᆞᆯ 후히 디졉ᄒᆞ니라.

시벽 힝상(行喪)ᄒᆞᆯ시 대 [13] 쇠로 더부러 샹
산(上山)ᄒᆞ여 이믜 하관평토(下棺平土)ᄒᆞ고 쳥ᄒᆞ여
졔쥬ᄒᆞ라 ᄒᆞᆫ디 대쇠 이믜 허ᄒᆞᆫ지라 ᄉᆞ양ᄒᆞᆯ 수 업셔
ᄡᅳ려 ᄒᆞ디 법을 아지 못ᄒᆞ여 반향이나 셩각다가 인
ᄒᆞ여 '츈츄풍운초한건곤(春秋風雲楚漢乾坤)' 여ᄃᆞᆲ
ᄌᆞᄅᆞᆯ 뼈 쥬면(朱綿)의 올ᄂᆞ니ᇰ 이ᄂᆞᆫ 대개 쟝긔판의셔
익이 본 연괴러라. ᄡᅳ기ᄅᆞᆯ 다ᄒᆞ미 교위 우희 봉안ᄒᆞ
고 여러이 힝졔(行祭)ᄒᆞ더니 이윽고 산하로부터 일
개 도포 입은 재 십분 취긔ᄅᆞᆯ ᄯᅴ고 올나 왈,

"ᄶᅵ 엇지 되엿ᄂᆞ뇨?"

ᄒᆞ거늘 쥬인이 마져 ᄀᆞᆯ오디,

"셩원이 엇지 남의 대ᄉᆞᄅᆞᆯ 낭픠케 ᄒᆞᄂᆞ뇨?"

기인이 ᄀᆞᆯ오디,

"너 친구의 만류ᄒᆞᆫ 비 되여 술이 취ᄒᆞ미 오지
못ᄒᆞ엿더니 이졔 놀나 ᄶᅵ둣고 급히 왓노니 졔쥬ᄅᆞᆯ
엇지ᄒᆞ뇨?"

쥬인이 ᄀᆞᆯ오디,

"다힝히 경긱(京客)의 오시믈 [14] 힘닙어 이
믜 ᄒᆞ엿ᄂᆞ이다."

기인이 ᄀᆞᆯ오디,

"그런즉 심히 됴흐니 ᄒᆞᆫ 번 보기ᄅᆞᆯ 원ᄒᆞ노라."

대쇠 이 말 듯고 크게 놀나 홀노 혜오디 '이
글이 반ᄃᆞ시 이 냥반 눈의 탄노ᄒᆞᆯ 거시니 너 쟝ᄎᆞᆺ
대욕을 당ᄒᆞ리로다.' ᄒᆞ고 인ᄒᆞ여 측간의 가므로뼈
평계ᄒᆞ고 몸을 피ᄒᆞ여 도쥬ᄒᆞ고져 홀 지음의 기인
이 졔쥬ᄅᆞᆯ 보고 우어 ᄀᆞᆯ오디,

"인즉 참글이라 너 언문(諺文)의셔18) 크게 낫
도다."

대쇠 비로쇼 방심ᄒᆞ여 취포(醉飽)ᄒᆞ고 익일의
하직ᄒᆞ니 쥬인이 무수히 쳥샤ᄒᆞ더라.

부픠영부인샤명기
赴浿營婦人赦名妓

---

16) 【망급-ᄒᆞ-】圈 망급(忙急)하다. 분망하고 조급하다.¶
忙急∥ 언약이 ᇰᄉᆞ디 오지 아니ᄒᆞ니 대ᄉᆞ의 이런 낭
픠 업스니 쟝ᄎᆞᆺ 엇지ᄒᆞᆯ고 거죄 망급ᄒᆞ거늘 (有約不來,
大事狼狽矣. 此將奈何云? 而擧措忙急.) <靑邱野談 奎
章 14:12>

17) 【졔쥬】명 제주(題主). 신주에 글자를 씀.¶ 題主∥ 귀
긱은 경화의 잇ᄂᆞᆫ지라 반ᄃᆞ시 졔쥬ᄅᆞᆯ 알 거시니 다힝
이 날을 위ᄒᆞ여 ᄡᅥ쥬시미 엇더ᄒᆞ뇨 (客者京華人也, 必
知題主矣. 幸爲我書之, 如何?) <靑邱野談 奎章 14:12>

18) 【-의셔】图 -보다.¶ 於∥ 인즉 참글이라 너 언문의셔
크게 낫도다 (此則眞書也. 大勝於吾之諺文矣云云.) <靑
邱野談 奎章 14:14>

71

됴태억(趙泰億)의[19] 쳐 심시(沈氏) 텬셩이 싀투(猜妬)ᄒᆞ여[20] 태억이 두려ᄒᆞᄆᆞᆯ 범 본 듯ᄒᆞ여 일즉 방외 범식(犯色)이[21] 업더라. 그 형 태귀(泰耈ㅣ)[22] 긔빅(箕伯)이 되 [15] 여실 졔 태억이 승지(承旨)로 ᄆᆞᆺ춤 봉명ᄒᆞ여 ᄂᆞ려가 긔영(箕營)의 머믄지 긔일(幾日)에 일기(一妓)ᄅᆞᆯ 슈쳥드렷더니 심시 듯고 즉지(卽地) 치ᄒᆡᆼ(治行)ᄒᆞ여 그 오라비로 비ᄒᆡᆼᄒᆞ고 곳 긔영을 향ᄒᆞ야 쟝춧 그 기ᄋᆞ(妓兒)ᄅᆞᆯ 타살코져 ᄒᆞ니 태억이 그 형상을 듯고 실식ᄒᆞ여 말이 업더니 태귀 ᄯᅩᄒᆞᆫ 크게 놀나 ᄀᆞᆯ오ᄃᆡ,

"이ᄅᆞᆯ 쟝춧 엇지ᄒᆞ료?"

기ᄋᆞ로 ᄒᆞ여곰 피코져 ᄒᆞ니 기ᄋᆞ 더ᄒᆞ여 ᄀᆞᆯ오ᄃᆡ,

"쇼인이 반ᄃᆞ시 피신치 아니ᄒᆞ여도 ᄌᆞ연 살 도리 잇스ᄃᆡ 간난ᄒᆞ여 능히 판비치 못ᄒᆞ리로쇼이다."

태귀 그 쇼유ᄅᆞᆯ 무른ᄃᆡ 더ᄒᆞ여 ᄀᆞᆯ오ᄃᆡ,

"쇼인의 일신을 쥬취(珠翠)로 ᄭᅮ미고져 ᄒᆞ오나 돈이 업ᄂᆞᆫ 고로 한탄ᄒᆞ노이다."

태귀 ᄀᆞᆯ오ᄃᆡ,

"네 만일 가히 살 도리 잇스면 비록 쳔금이라도 너 스스로 당ᄒᆞ리라."

ᄒᆞ고 인ᄒᆞ여 막긔로 ᄒᆞ여금 쇼입(所入) [16]을 무러 허급ᄒᆞ고 듕화(中和) 황쥬(黃州)의 비장을 보니여 문후ᄒᆞ고 ᄯᅩ 식믈을 ᄀᆞ초와 지공ᄒᆞ더라. 심시 일ᄒᆡᆼ이 황쥬의 니른즉 긔영 비장이 디령ᄒᆞ고 ᄯᅩ 지공이 잇다 ᄒᆞ거늘 심시 넝쇼ᄒᆞ여 ᄀᆞᆯ오ᄃᆡ,

"니 엇지 대신 별셩 ᄒᆡᆼ치 아니어든 문안 비장이 잇스며 나의 노슈(路需ㅣ) 유죡ᄒᆞ니 엇지 지공이 잇스리오?"

ᄒᆞ여금 다 믈니치고 듕화의 니르러 ᄯᅩ 이ᄀᆞᆺ치 ᄒᆞ고 발ᄒᆡᆼᄒᆞ여 지송원(裁松院)을 지나 쟝춧 댱님(長林) ᄀᆞ온디로 드러갈ᄉᆡ ᄯᆡ 경히 모츈(暮春)이라. 십니 댱님의 츈의 바야흐로 무르녹고 수곡(數曲) 쳥강(淸江)의 경믈이 자못 아름다오니 심시 교ᄌᆞ 발을 거더 구경ᄒᆞ고 댱님을 지날ᄉᆡ 홀연 바라보니 흰모리ᄂᆞᆫ 깁 ᄀᆞᆺ고 믈근 강은 거울 ᄀᆞᆺᄐᆞ며 봉졉(蜂蝶)은 언덕을 둘너 희롱ᄒᆞ고 상고션(商賈船)은 슈 [17]ㅣ 샹의 니왕ᄒᆞ며 년광뎡(練光亭)[23] 대동문(大同門)[24]을 밀디(乙密臺)[25] 초연디(超然臺)[26] 부벽누(浮碧樓)ᄂᆞᆫ

---

19) 【됴태억】圈 ((인명)) 조태억(趙泰億 1675~1728). 조선 영조 때의 문신. 자는 대년(大年). 호는 태록당(胎祿堂)·겸재(謙齋). 소론(少論)의 중진으로 종형 태구(泰耈)와 함께 신임사화를 일으켰으며 글씨에 능하고 영모화를 잘 그렸다.¶ 泰億‖ 됴태억의 쳐 심시 텬셩이 싀투ᄒᆞ여 태억이 두려ᄒᆞᄆᆞᆯ 범 본 듯ᄒᆞ여 일즉 방외 범식이 업더라 (泰億之妻沈氏, 性本猜妬. 泰億畏之如虎, 未嘗有房外之犯矣.) <靑邱野談 奎章 14:14>

20) 【싀투-ᄒᆞ】圈 싀투(猜妬)하다. 시기하고 질투하다.¶ 猜妬‖ 됴태억의 쳐 심시 텬셩이 싀투ᄒᆞ여 태억이 두려ᄒᆞᄆᆞᆯ 범 본 듯ᄒᆞ여 일즉 방의 범식이 업더라 (泰億之妻沈氏, 性本猜妬. 泰億畏之如虎, 未嘗有房外之犯矣.) <靑邱野談 奎章 14:14>

21) 【범식】圈 범색(犯色). 부인 외의 다른 여자와 놀아남.¶ 犯色‖ 됴태억의 쳐 심시 텬셩이 싀투ᄒᆞ여 태억이 두려ᄒᆞᄆᆞᆯ 범 본 듯ᄒᆞ여 일즉 방외 범식이 업더라 (泰億之妻沈氏, 性本猜妬. 泰億畏之如虎, 未嘗有房外之犯矣.) <靑邱野談 奎章 14:14>

22) 【됴태구】圈 ((인명)) 조태구(趙泰耈 1660~1723). 조선 숙종 때의 문신. 자는 덕수(德叟). 호는 소헌(素軒)·하곡(霞谷). 소론의 영수로 1721년에 신임사화를 일으켜 김창집 등 노론의 4대신을 역모죄로 몰아 죽이고 영의정에 올랐나.¶ 泰耈‖ 그 형 태귀 긔빅이 되여실 졔 태억이 승지로 ᄆᆞᆺ춤 봉명ᄒᆞ여 ᄂᆞ려가 긔영의 머믄지 긔일에 일기ᄅᆞᆯ 슈쳥드렷더니 (其兄泰耈之爲箕伯, 泰億以承旨, 適作奉命之行, 留營中幾日, 始有所眄之妓.) <靑邱野談 奎章 14:14>

23) 【년광-뎡】圈 ((건축)) 연광정(練光亭). 평양 대동강 가에 있는 정자.¶ 練光亭‖ 상고션은 슈샹의 니왕ᄒᆞ며 년광뎡 대동문 을밀디 초연디 부벽누ᄂᆞᆫ 단쳥의 조요ᄒᆞᆷ과 난함의 표묘ᄒᆞ미 사ᄅᆞᆷ의 안목을 현황케 ᄒᆞ고 흥치ᄅᆞᆯ 돕ᄂᆞᆫ지라 (商船紛集於水上, 練光亭、大同門、乙密臺、超然臺之樓閣, 丹靑照曜, 屋宇縹緲, 奪人眼目.) <靑邱野談 奎章 14:17>

24) 【대동-문】圈 ((건축)) 대동문(大同門). 평양에 있는 문.¶ 大同門‖ 상고션은 슈샹의 니왕ᄒᆞ며 년광뎡 대동문 을밀디 초연디 부벽누ᄂᆞᆫ 단쳥의 조요ᄒᆞᆷ과 난함의 표묘ᄒᆞ미 사ᄅᆞᆷ의 안목을 현황케 ᄒᆞ고 흥치ᄅᆞᆯ 돕ᄂᆞᆫ지라 (商船紛集於水上, 練光亭、大同門、乙密臺、超然臺之樓閣, 丹靑照曜, 屋宇縹緲, 奪人眼目.) <靑邱野談 奎章 14:17>

25) 【을밀-디】圈 ((건축)) 을밀대(乙密臺). 평양 금수산 마루에 있는 누대.¶ 乙密臺‖ 상고션은 슈샹의 니왕ᄒᆞ며 년광뎡 대동문 을밀디 초연디 부벽누ᄂᆞᆫ 단쳥의 조요ᄒᆞᆷ과 난함의 표묘ᄒᆞ미 사ᄅᆞᆷ의 안목을 현황케 ᄒᆞ고 흥치ᄅᆞᆯ 돕ᄂᆞᆫ지라 (商船紛集於水上, 練光亭、大同門、乙密臺、超然臺之樓閣, 丹靑照曜, 屋宇縹緲, 奪人眼目.) <靑邱野談 奎章 14:17>

26) 【초연-디】圈 ((건축)) 초연대(超然臺). 평양에 있는 누대.¶ 超然臺‖ 상고션은 슈샹의 니왕ᄒᆞ며 년광뎡 대동문 을밀디 초연디 부벽누ᄂᆞᆫ 단쳥의 조요ᄒᆞᆷ과 난함의

단청의 조요(照耀)홈과 난함(欄檻)의 표묘(縹緲)호미 사름의 안목을 현황케 호고 홍치롤 돕논지라 심시 차탄호여 골오디,

"과연 명승이란 말이 허언이 아니로다."

쏘 힝호며 쏘 구경홀 즈음의 멀고 먼 사장(沙場) 우희 홀연 혼 졈 뭇치 묘ㅅ히 오더니 졈ㅅ 갓가이 온즉 일개 명기 녹의홍샹(綠衣紅裳)으로 혼 필 빅마롤 탓스니 슈안금늑(繡鞍金勒)의27) 형용이 결묘호여 옥분(玉膚)의 도화(桃花ㅣ) 이슬을 먹음고 댱제(長堤)의 양뉴 츈풍을 쯰여 션연혼 쳔틱만염(千態萬艶)이 볼스록 긔이호고 아름다워 사름의 졍신을 황홀케 호니 심시 므옵의 심히 괴이 너겨 물을 머믈고 보니 기녜 물곰 느려 지비호고 쳥화혼 잉셩(鶯聲)으로 엿즈오디,

"모긔(某妓) 뵈믈 쳥호노이【18】다."

심시 그 일홈을 듯고 인호여 소리롤 크게 호여 꾸지져 골오디,

"네 모긔(某妓)냐? 엇지 감히 니 안젼의 왓논고?"

호여금 물 압희 셰우니 기녜 염용공슈(斂容拱手)호고 연연이 셔거늘 얼골은 츌슈(出秀)혼 홍년(紅蓮) 갓고 명쥬보피로 그 샹하롤 쑤몃스니 침어낙안지용(侵魚落雁之容)이오 경국경셩지싴(傾國傾城之色)이라. 심시 이윽히 보다가 골오디,

"네 나히 몃치뇨?"

기녜 잉슌(櫻脣)을 반만 열어 화셩(和聲)으로 엿즈오디,

"쇼녀의 나히 십팔셰로쇼이다."

심시 골오디,

"네 과명긔홰(果名琦花ㅣ)로다. 남지 츠등 명기롤 보고 갓가이 아니혼즉 가히 졸장뷔라 닐을 거시니 녕감이 엇지 혹지 아니리오? 나의 이예 힝호믄 너롤 타살코져 호엿더니 이믜 너롤 본즉 쳔고졀염(千古絶艶)이라 내 엇지 하슈(下手)호리오? 네 가

─────────

표묘호미 사름의 안목을 현황케 호고 홍치롤 돕논지라 (商船紛集於水上, 練光亭, 大同門, 乙密臺, 超然臺之樓閣, 丹靑照曜, 屋宇縹緲, 奪人眼目.) <靑邱野談 奎章 14:17>

27)【슈안-금늑】圖 ((기물)) 수안금록(繡鞍金勒). 금수(錦繡)의 훌류한 아장과 굴레¶繡鞍∥일게 명기 녹의홍상으로 혼 필 빅마롤 탓스니 슈안금늑의 형용이 결묘호여 옥분의 도화 이슬을 먹음고 댱계의 양뉴 츈풍을 쯰여 (一介名妓, 綠衣紅裳, 騎一匹繡鞍驄) <靑邱野談 奎章 14:17>

─────────

히 가 우리 녕감을 뫼시라 우리 녕감은 슛사【19】롬이니 만일 호여금 침혹호여 병이 나게 혹즉 녀의 죄 맛당히 죽을 거시니 십분 삼갈지어다."

말을 맛치며 인호여 회마(回馬)호야 경셩으로 향호니 태귀 쏘 듯고 급히 하예롤 보녀여 젼갈호디,

"슈시 힝치 이믜 셩외예 니르샤 인호여 셩의 드지 아니호시믄 엇지미니잇고? 원컨디 잠간 셩니의 드샤 영듕의 몃 날 머무신 후의 환힝(還行)호시미 가호니이다."

심시 냉쇼호고 골오디,

"니 걸틱긱(乞駄客)이28) 아니라 무슴 일노 입셩호리오?"

호고 도라보지 아니코 환경(還京)호니라. 그 후의 태귀 그 기셩을 블너 무러 골오디,

"네 엇지 무슨 큰 담으로써 호구(虎口)롤 범호여 도로혀 면호믈 어덧느뇨?"

기녜 디호여 골오디,

"부인의 셩졍이 비록 한투(悍妬)호시나 이 힝츠롤 쳔 리ㅅ짜의 호시믄 엇지 구ㅅ혼 아녀비의 홀 비리오? 물고 차논 물【20】이 반드시 그 거름이 잇느니 사롬이 쏘혼 이 굿튼지라 쇼인이 비록 죽기롤 주분호미나 필경 혜아리미 잇고 비록 피호나 가히 면치 못호올지라 그런 고로 단장을 셩히 호고 가 뵈미니 만일 죽이믈 닙은즉 홀일 업거니와 그러치 아닌즉 보시고 블샹히 너겨 노호실가 브라미로쇼이다."

김남곡싱ᄉᄀᆞ유이
金南谷生死皆有異

김감ᄉᆞ(金監司) 치(緻)의 별호논 남곡(南谷)이니 빅곡(栢谷) 득신(得臣)의29) 뷔(父ㅣ)라. ᄌᆞ쇼(自

─────────

28)【걸틱-긱】圖 ((인류)) 길태객(乞駄客). 걸객(乞客). 거지.¶乞駄客∥니 걸틱긱이 아니라 무슴 일노 입셩호리오 (吾非乞駄客也, 入城何爲?) <靑邱野談 奎章 14:19>

29)【득신】圖 ((인명)) 득신(得臣). 김득신(金得臣 1604~1684). 조선 중기의 시인. 자는 자공(子公). 호는 백곡(栢谷). 저서에 《백곡집(栢谷集)》, 《종남총지(終南叢

─────────

少)로 츄수(推數)ᄒᆞ기를 잘ᄒᆞ여 맛치고 이샹ᄒᆞᆫ 일이 만터라. 혼됴(昏朝)의 등과ᄒᆞ여 홍문교리(弘文校理)30) ᄒᆞ엿더니 늦게야 비로쇼 뉘웃쳐 병을 쳥탁ᄒᆞ고 벼슬을 갈고 농산(龍山)의 복거(卜居)ᄒᆞ야 두문샤긱(杜門辭客)ᄒᆞ엿더니 일�〻은 시직 고ᄒᆞᆫᄃᆡ,

"남산동 거ᄒᆞᄂᆞᆫ 심ᄉᆡᆼ(沈生)이 와 뵈믈 쳥ᄒᆞ【21】ᄂᆞ이다."

김공이 샤례ᄒᆞ여 ᄀᆞᆯ오ᄃᆡ,

"존긱이 나의 병폐(病廢)ᄒᆞᆷ믈 아지 못ᄒᆞ고 수고로이 왕님ᄒᆞ엿스나 인ᄉᆞ를 폐ᄒᆞᆫ 지 이믜 오란지라 이졔 맛지 못ᄒᆞ리로소니 심히 한탄ᄒᆞ도다."

ᄒᆞ고 밧그로 보ᄂᆡ니라. 김공이 평일에 ᄌᆞ가 ᄉᆔ즁을 평ᄉᆡᆼ을 츄수ᄒᆞᆫ즉 맛당이 믈슈(氵)변 글ᄌᆞ 셩 가진 사롬을 힘닙어야 가히 대화를 면ᄒᆞᆯ지라. 믄득 ᄉᆡᆼ각ᄒᆞ미 온 손이 ᄊᆞ믜 슈변 셩인즉 이 사롬이 ᄂᆡ게 유력(有力)ᄒᆞ미 아니냐 ᄒᆞ고 급히 시쟈로 ᄒᆞ여곰 ᄯᆞ라 듕노의 만나 모시고 오니 이 심긔원(沈器遠)이라. 김공이 년망히 마쟈 ᄀᆞᆯ오ᄃᆡ,

"노뷔 스스로 인ᄉᆞ를 폐ᄒᆞᆫ지 오란지라 존긱이 뉴샤(陋舍)의 욕님(辱臨)ᄒᆞᄃᆡ 무ᄎᆞᆷ 신병이 잇셔 마져 졀ᄒᆞᄂᆞᆫ 녜를 일엇스니 참괴ᄒᆞ미 심ᄒᆞ도다."

긱이 ᄀᆞᆯ오ᄃᆡ,

"일즉 숭안(承顏)치 못ᄒᆞ나 그윽【22】이 댱쟈의 츄수ᄒᆞ시미 졍통ᄒᆞᆷ믈 드른 고로 외람ᄒᆞᆷ믈 피치 아니ᄒᆞ고 감히 와 뼈 질졍ᄒᆞ려 ᄒᆞ노니 ᄂᆡ 스십 궁유(窮儒)로 명되 긔구ᄒᆞᆫ지라 이졔 오믄 ᄒᆞᆫ 번 신안(神眼)의 뵈고져 ᄒᆞ미라."

ᄒᆞ고 인ᄒᆞ여 소ᄆᆡ ᄀᆞ온ᄃᆡ로셔 ᄉᆔ쥬를 ᄂᆡ여뵈고 ᄯᅩ ᄀᆞᆯ오ᄃᆡ,

"ᄂᆡ 올 ᄯᆡ예 졀긔(切己)ᄒᆞᆫ31) 벗이 ᄯᅩ ᄉᆔ쥬로

뼈 부탁ᄒᆞᆷ오미 믈니치미 어려워 마지 못ᄒᆞ여 가져 왓스오니 심히 번거ᄒᆞ여이다."

김공이 일ᄉᆞ히 보고 만구쳥찬ᄒᆞ여 ᄀᆞᆯ오ᄃᆡ,

"부귀 당젼ᄒᆞ여시니 모로미 다시 뭇지 말나."

최후의 긱이 ᄯᅩ ᄒᆞᆫ ᄉᆔ쥬를 뵈여 ᄀᆞᆯ오ᄃᆡ,

"이 사롬이 부귀ᄂᆞᆫ 원치 아니ᄒᆞ고 평ᄉᆡᆼ의 병 업스믈 다만 원ᄒᆞ고 ᄯᅩ 슈한을 알고져 ᄒᆞ니 엇더ᄒᆞ니잇고?"

공이 별안간 ᄒᆞᆫ 번 보고 곳 시쟈를 명ᄒᆞ여 돗글 펴며 ᄎᆡ샹을 노코 ᄂᆞ려 의관을 졍계히 ᄒᆞ고 념슬궤좌(斂膝跪坐)ᄒᆞ여【23】그 ᄉᆔ쥬로뼈 셔안의 두어 분향ᄒᆞ고 ᄀᆞᆯ오ᄃᆡ,

"이 ᄉᆔ쥬ᄂᆞᆫ 귀ᄒᆞᆷ믈 가히 말 못ᄒᆞᆯ 거시라 샹녜 사롬의 명쉬 아니오니 엇지 흠경(欽敬)치 아니ᄒᆞ리오?"

심ᄉᆡᆼ이 믈너가고져 ᄒᆞ거늘 공이 ᄀᆞᆯ오ᄃᆡ,

"노뷔 병듕의 슈란(愁亂)ᄒᆞ여 존긱을 츄심키 어려오니 다ᄒᆡᆼ히 잠간 머믈너 뼈 병회(病懷)를 위로ᄒᆞ미 가ᄒᆞ다."

ᄒᆞ고 인ᄒᆞ여 뉴슉ᄒᆞ게 ᄒᆞ고 밤이 깁흔 후 공이 이예 측슬(促膝)ᄒᆞ고 ᄀᆞᆯ오ᄃᆡ,

"노뷔 불ᄒᆡᆼ히 이ᄯᆡ를 당ᄒᆞ여 됴뎡의 ᄌᆞ취를 부쳣더니 늦게 뉘웃츠미 잇셔 쳥병ᄒᆞ여 문을 닷고 셰샹을 샤졀ᄒᆞ니 됴뎡의 번복이 오라지 아닐지라. 그ᄃᆡ 와 질졍ᄒᆞᆷ믈 ᄂᆡ 이믜 아ᄂᆞ니 다ᄒᆡᆼ히 셔로 숨기지 말고 실샹으로 말ᄒᆞ미 가ᄒᆞ도다."

심ᄉᆡᆼ이 크게 놀나 처음은 휘(諱)코져 ᄒᆞ다가 무ᄎᆞᆷᄂᆡ 그 연고를 말ᄒᆞ거늘 공이 ᄀᆞᆯ오ᄃᆡ,

"셩ᄉᆞ(成事)ᄒᆞ미 조【24】금도 의례(疑慮ㅣ) 업스니 쟝ᄎᆞᆺ 어니 날노 거스ᄒᆞ려 ᄒᆞᄂᆞ뇨?"

ᄀᆞᆯ오ᄃᆡ,

"모일노 명ᄒᆞ엿노라."

공이 침음냥구의 ᄀᆞᆯ오ᄃᆡ,

"이날이 길ᄒᆞᆫ즉 길ᄒᆞ나 초등 대ᄉᆞ를 ᄐᆡᆨ일ᄒᆞ미 파살낭(破煞狼)의32) 일지 잇ᄉᆞᆫ 연후에 가ᄒᆞ니 모일이 쇼ᄉᆞ(小事)의ᄂᆞᆫ 길ᄒᆞ거니와 대ᄉᆞ의ᄂᆞᆫ 가치 아니

誌》 등이 있다.¶ 得臣∥김감ᄉᆞ 치의 별호ᄂᆞᆫ 남곡이니 빅곡 득신의 뷔라 (金監司緻, 號南谷, 栢谷金得臣之父也.) <靑邱野談 奎章 14:20>

30) 【홍문교리】 團 ((관직)) 홍문교리(弘文校理). 홍문관의 졍5품 벼슬.¶ 弘文校理∥혼됴의 등과ᄒᆞ여 홍문교리 ᄒᆞ엿더니 늦게야 비로쇼 뉘웃쳐 병을 쳥탁ᄒᆞ고 벼슬을 갈고 농산의 복거ᄒᆞ야 두문샤긱ᄒᆞ엿더니 (仕昏朝, 爲弘文校理, 晩始悔之, 托病辭官, 卜居于龍山之上, 杜門晦跡.) <靑邱野談 奎章 14:20>

31) 【졀긔-ᄒᆞ-】 團 절기(切己)ᄒᆞ다. 자기에게 꼭 필요하나.¶ 親切∥ᄂᆡ 올 ᄯᆡ에 졀기ᄒᆞᆫ 벗이 ᄯᅩ ᄉᆔ쥬로뼈 부탁ᄒᆞᆷ오미 믈니치미 어려워 마지 못ᄒᆞ여 가져왓스오니 심히 번거ᄒᆞ여이다 (某之來時, 有一親切之友, 又以四柱托之, 難以揮却, 不得已持來矣.) <靑邱野談 奎章 14:22>

32) 【파살낭】 團 ((민속)) 파살랑(破煞狼). 액을 피하는 별자리 이름.¶ 殺破狼∥이날이 길ᄒᆞᆫ즉 길ᄒᆞ나 초등 대ᄉᆞ를 ᄐᆡᆨ일ᄒᆞ미 파살낭의 일지 잇ᄉᆞᆫ 연후에 가ᄒᆞ니 모일이 쇼ᄉᆞ의ᄂᆞᆫ 길ᄒᆞ거니의 대ᄉᆞ이ᄂᆞᆫ 가치 아니ᄒᆞ니 ᄂᆡ 맛당히 그ᄃᆡ를 위ᄒᆞ여 다시 길일을 ᄐᆡᆨᄒᆞ리라 (此日吉則吉矣, 而此等大事, 擇日有殺破狼之日, 然後可矣. 某日若於小事則吉矣, 擧大事則不可矣. 某當爲君, 擇吉日矣.) <靑邱野談 奎章 14:24>

호니 너 맛당히 그더롤 위호여 다시 길일을 퇵호리라."

호고 인호여 척녁을 헷치고 익이 보와 골오더,

"삼월 십뉵일이 파살낭을 범호엿스니 이날 거스홀 즈음의 비록 혹 고변호는 사롬이 잇슬지라도 조금도 해로온 빅 업고 필경 무소슌셩(無事順成)호리니 반드시 츳일노뼈 거스홈이 가호니라."

심셩이 크게 이상히 녀겨 골오더,

"만일 그리호즉 공의 명즈롤 맛당히 우리 도록(都錄)의 치부호리라."

공이 골오더,

"이는 원호는 배 아니라【25】다만 명공은 셩소흔 후의 죽기예 드리운 명을 구호여 화의 밋지 아니케 호미 이 바라는 배로라."

심셩이 쾌히 허락호고 가니라. 밋 반경호미 김공의 죄롤 가히 샤치 못호므로뼈 말호는 쟤 만호더 심공이 힘뼈 구호여 녕빅(嶺伯)을 졔비(除拜)호니라.

공이 일즉 즈가 스쥬로뼈 듕원(中原) 술소(術士)의게 무른즉 흔 귀 시로뼈 졔기니 시예 골오더,

　　화산긔우킥(華山騎牛客)이【화산의 소 탄 손이】
　　두더일지홰(頭戴一枝花ㅣ)라【머리예 일지화롤 엿더】

호니 그 쯧을 아지 못호더니 밋 녕빅이 되여 슌력호야 안동부(安東府)의 니르러는 졸연 학질을 어더 물닐 방문을 두루 무른즉 혹이 뼈 호더,

"당일 소롤 것구로 탄즉 즉시 낫다."

호는 고로 그 말과 굿치 소롤 타고 뜰 ᄀ온더 두루 단니다가 잠간 쇠게 느려 방안의 드러와 누어 두통이 심호지라 흔 기셩으로 호여곰【26】머리롤 집히고 그 일홈을 무른즉 일지홰라. 공이 홀연 듕원인의 시귀롤 성각호고 탄식 왈,

"스성이 명이 잇다."

호고 시둇글 펴며 시옷슬 닙고 벼개롤 졍히 호고 유연이 몰호니라. 이날의 삼척쉬(三陟倅) 아둠의 잇더니 믄득 공이 츄죵을 셩히 호고 문으로 드러오거늘 놀나 니러 골오더,

"공이 엇지 타도(他道)롤 월경호여 하관(下官)을 찾느뇨?"

김공이 우어 골오더,

"너 인간 사롬이 아니라 아자(俄者)의 쟉고호여 바야흐로 염나왕으로 부임호는 길의 지나다가

그더롤 보고 쏘 쳥홀 빅 잇스니 너 이졔 부임호미 신건쟝복(新件章服)이 업스니 그더 평일 졍의롤 성각호야 다힝히 위호야 판비홀쇼냐?"

삼척쉬 ᄆ옴의 그 허탄흔 줄을 아나 그 곤쳥홈을 인호여 비단 일필노뼈 드리니 김공이 혼연이 밧고 샤례【27】호믈 마지 아니호여 하직호고 가거늘 삼척쉬 크게 놀나 사롬을 보니여 탐문호즉 과연 이날의 김공이 안동부의셔 몰호엿더라. 이러므로 김공이 염나왕이 되얏단 말이 셰샹의 셩힝호니라.

박구당(朴久堂)33) 댱원(長遠)이 김공의 아들 빅곡으로 더부러 졀긔(切己)흔 벗이라 일즉 븍경의 츄슈(推數)호여 뼈온즉 모년모월의 맛당히 죽으리라 호엿거늘 박공이 그 히 졍초롤 당호여 인마롤 보니여 빅곡을 마쟈 와 한훤을 ᄆ츳미 박공이 흔 쟝 간지(簡紙)롤 쥬니 빅곡이 골오더,

"어니 곳의 편지호려 호느뇨?"

박공이 골오더,

"그더 흔 글을 어더 션존쟝(先尊丈)34) 믜 부치려호노라."

빅곡이 황당호여 뼈 쥬지 아니려 호거늘 구당이 골오더,

"그더 날노뼈 허탄타 호느냐? 아모커나 날을 위호여 쓰라."

호고 지삼 곤쳥【28】호니 빅곡이 마지 못호야 붓슬 들거늘 구당이 입으로 불너 호여곰 뼈 골오더,

"즈의 졀우(切友) 박모의 슈한이 장촛 금년의 니른지라 다힝이 업디여 바라건더 특별이 긍연호믈 드리와 호여금 그 슈롤 느려쥬쇼셔."

외봉(外封)은 부쥬젼(父主前)이라 쓰고 니봉(內封)의 즈 독신은 샹빅시(上白是)라35) 쓰니라. 쓰

---

33)【박구당】圖 ((인명)) 박구당(朴久堂). 박쟝원(朴長遠 1612~1671). 자는 구쥬(仲久), 호는 구당(久堂). 한성 부판윤 등을 역임한 후에 자청하여 개성 유부수로 부임하였다가 재직 중에 죽었다.¶ 朴久堂ǁ 박구당 댱원이 김공의 아들 빅곡으로 더부러 졀긔흔 벗이라 (朴久堂 長遠, 與金公之子栢谷, 切親之友也.) <靑邱野談 奎章 14:27>

34)【션-존쟝】圖 ((인류)) 선존장(先尊丈). 돌아가신 남의 아버지를 높여 이르는 말.¶ 先尊丈ǁ 그더 흔 글을 어더 션존쟝믜 부치려호노라 (欲得君之一書于先尊丈矣.) <靑邱野談 奎章 14:27>

35)【샹빅시】圖 샹백시(上白是). 상사리. 사뢰어 올린다는 뜻으로, 웃어른에게 드리는 편지의 첫머리나 끝에 쓰

기룰 맛치미 구당이 일실을 슈쇼ᄒᆞ고 쇼화ᄒᆞ여 골
오디,

"이제로부터 면훈 줄 아노이다."

ᄒᆞ더니 과연 그희룰 안과(安過)ᄒᆞ고 그 후 수
십 년의 비로쇼 몰ᄒᆞ니 일이 극히 망탄ᄒᆞ나 김공의
녕혼이 크게 타인의셔 다르더라. 그 후 ᄆᆡ양 밤마다
츄죵(騶從)을 셩히 ᄒᆞ고 등쵹을 버려 장동(壯洞) 낙
동(駱洞) 두 사이로 왕ᄂᆞ호야 혹 지구(知舊)룰 만나
면 물긔 ᄂᆞ려 셔회(叙懷)ᄒᆞ더니 일ᄂᆞᆫ 밤의 ᄒᆞᆫ 쇼
년이 낙동을 지나다가 김공을 노샹의 【29】 셔 만나
무러 골오디,

"녕감이 어디로조차 오시ᄂᆞ니잇고?"

공이 골오디,

"금일은 너의 긔일이라 음식을 흠향ᄒᆞ러 갓더
니 졔물이 블결ᄒᆞ여 흠향치 못ᄒᆞ고 창결(悵缺)이[36]
도라오노라."

ᄒᆞ고 인홀블견(因忽不見)ᄒᆞ거늘 쇼년이 즉시
그집의 가니 그집은 창동이라. 쥬인이 졔물 파ᄒᆞ고
나오거늘 쇼년이 그 슈쟉으로ᄡᅥ 젼훈디 빅곡이 크
게 놀나 곳 ᄂᆡ쳥(內廳)의 드러가 두루 졔물을 술피
디 ᄒᆞ나토 블결훈 물건이 업셔 도편[37] ᄀᆞ온디 인뫼
(人毛) 잇거늘 거게 경숑(驚悚)ᄒᆞ여 ᄆᆡ년 긔일마다
십분 조심ᄒᆞ더라. 그 후 일인이 ᄯᅩ 노샹의셔 만난즉
김공이 골오디,

"네 일즉 타인의 강목(綱目)을 비러 보다가 미
쳐 보너지 못ᄒᆞ고 졔 몃지 권 몃지 쟝의 금박지(金
箔紙)룰 졉어 ᄭᅵ워시니 일후 돌녀보닐 ᄯᅢ의 만일
술피【30】지 아니ᄒᆞ면 금박을 유실훌 념녜 잇스니
이 말노ᄡᅥ 너집의 젼ᄒᆞ여 ᄌᆞ셰히 술펴 금박을 ᄯᅦ고
보ᄂᆡ라 ᄒᆞ라."

긔인이 도라가 그 말을 젼ᄒᆞ거늘 빅곡이 강목

는 말.¶ 白是 ∥ 외봉은 부쥬젼이라 쓰고 ᄂᆡ봉의 ᄌᆞ 득
신은 샹빅시라 쓰너라 (外封書父主前, 內封書以子某白
是云云.) <靑邱野談 奎章 14:28>

36) [창결-이] 閏 창결(悵缺)히. 매우 서운하게.¶ 悵缺 ∥
금일은 너의 긔일이라 음식을 흠향ᄒᆞ러 갓더니 졔물
이 블결ᄒᆞ여 흠향치 못ᄒᆞ고 창결이 도라오노라 (今曉,
則吾之忌日也. 爲饗飮食而去, 絲物不潔, 未得飮饗, 悵
缺而歸.) <靑邱野談 奎章 14:29>

37) [도편] 圓 ((유식)) 떡.¶ 餠餌 ∥ 빅곡이 크게 놀나 곳
ᄂᆡ쳥의 드러가 두루 졔물을 술피디 ᄒᆞ나토 블결훈 물
건이 업셔 도편 ᄀᆞ온디 인뫼 잇거늘 (栢谷大驚, 直入
內廳, 遍審祭物, 無一不潔之物, 而餠餌之間有一人毛.)
<靑邱野談 奎章 14:29>

을 뒤져본즉 금박이 과연 잇스니 사롬이 다 이샹히
너기고 신통히 너기더라.

게졈亽니졍익식인
憩店舍李貞翼識人

니샹공(李相公) 완(浣)이 효묘조(孝廟朝) 지우
(知遇)ᄒᆞ시믈 닙어 쟝춧 북벌을 꾀ᄒᆞ실시 인지룰 구ᄒᆞ
여 비록 노샹인(路上人)이라도 샹뫼 괴위(魁偉)훈[38]
사롬이면 반드시 마쟈 문졍(門庭)의 니릐여 그 지조
룰 시험훈 후 묘졍의 쳔거ᄒᆞ더라.

일즉 훈쟝(訓將)으로 말미롤 어더 션영의 소
분(掃墳)ᄒᆞᆯ시 힝ᄒᆞ여 농인(龍仁) 졈막(店幕)의 니르
러ᄂᆞᆫ ᄒᆞᆫ 총각이 나혼 삼십이 남고 몸 기릐 십쳑이
오 얼골 기릐 일쳑이라 여원 골격이 능층(崚嶒)ᄒᆞ
고[39] 【31】 져른 털이 헙수룩ᄒᆞ야[40] 포의(布衣) 능히
몸을 가리지 못ᄒᆞ고 흙마루[41] 우희 거러안쟈 ᄒᆞᆫ 동

---

38) [괴위-ᄒᆞ-] 圈 괴위(魁偉)하다. 건장하고 훌륭하다.¶
偉魁 ∥ 인지룰 구ᄒᆞ여 비록 노샹인이라도 샹뫼 괴위
훈 사롬이면 반드시 마쟈 문졍의 니릐여 그 지조룰
시험훈 후 묘졍의 쳔거ᄒᆞ더라 (廣求人材, 雖於行路上,
如見人容貌之偉魁, 則必延致之門庭.) <靑邱野談 奎章
14:30>

39) [능층-ᄒᆞ-] 圈 능층(崚嶒)하다. 골격이 장대하고 거세
다.¶ 崚嶒 ∥ 여원 골격이 능층ᄒᆞ고 져른 털이 헙수룩
ᄒᆞ야 포의 능히 몸을 가리지 못ᄒᆞ고 흙마루 우희 거
러안쟈 ᄒᆞᆫ 동의 탁쥬룰 흔숨의 마시니 (瘦骨崚嶒, 短
髮鬆鬈, 布衣不能掩身, 踞坐土廳之上, 以一瓦盆濁醪,
飮如長鯨.) <靑邱野談 奎章 14:30>

40) [헙수룩-ᄒᆞ-] 圈 머리털이나 수염이 자라서 텁수룩하
다.¶ 鬆鬈 ∥ 여원 골격이 능층ᄒᆞ고 져른 털이 헙수룩
ᄒᆞ야 포의 능히 몸을 가리지 못ᄒᆞ고 흙마루 우희 거
러안쟈 ᄒᆞᆫ 동의 탁쥬룰 흔숨의 마시니 (瘦骨崚嶒, 短
髮鬆鬈, 布衣不能掩身, 踞坐土廳之上, 以一瓦盆濁醪,
飮如長鯨.) <靑邱野談 奎章 14:31>

41) [흙-마루] 圓 ((주거)) 방에 들어가는 문 앞에 좀 높
이 편평하게 다진 흙바닥. 토방(土房).¶ 土廳 ∥ 여원
골격이 능층ᄒᆞ고 져른 털이 헙수룩ᄒᆞ야 포의 능히 몸
을 가리지 못ᄒᆞ고 흙마루 우희 거러안쟈 ᄒᆞᆫ 동희 탁
쥬룰 흔숨의 마시니 (瘦骨崚嶒, 短髮鬆鬈, 布衣不能掩
身, 踞坐土廳之上, 以一瓦盆濁醪, 飮如長鯨.) <靑邱野
談 奎章 14:31>

희 탁쥬롤 흔숨의 마시니 공이 마샹의셔 보고 긔이 너겨 인흐여 믈긔 나려 길ᄀᆞ의 안고 하예로 궐동(厥童)을 부르니 궐동이 녜롤 흐지 아니흐고 ᄯᅩ 셕샹의 거러안쟈 눈을 드러 익이 보거늘 공이 그 셩명을 무르니 답흐디,

"셩은 박이오 명은 탁(鐸)이로쇼이다."

ᄯᅩ 무르디,

"너의 디벌(地閥)이42) 엇더흐뇨?"

디왈,

"반족(班族)이로디 일즉 가엄(家嚴)을 여외고 편모롤 뫼시미 집이 간난흐와 셥을 파라 봉양흐노이다."

ᄯᅩ 무르디,

"네 술을 조하흐니 능히 다시 마시랴?"

디흐여 굴오디,

"치쥬(巵酒)롤 엇지 죡히 ᄉᆞ양흐리오?"

공이 하예롤 명흐여 흔 냥 돈으로 술을 ᄉᆞ오라 흐니 이윽고 탁쥬 두 동희롤43) 가져오거늘 공이 흔 ᄉᆞ【32】발을 마시고 그 그릇슬 쥬니 궐동이 조곰도 슈습(羞澀)흔44) 뜻이 업고 년흐여 두 동희롤 거우르거늘45) 공이 굴오디,

"네 비록 초야의 미물흐여 긔한의 곤흐나 골격이 비범흐니 가히 크게 쓰일지라. 네 혹 나의 명ᄌᆞ롤 드럿ᄂᆞ냐? 나는 훈쟝 니뫼라. 됴뎡이 ᄇᆞ계 대ᄉᆞ롤 경영흐여 두루 쟝슈의 지목을 구흐ᄂᆞ니 네 만

일 날을 ᄯᆞ라간즉 부귀롤 엇지 이로 말흐리오?"

궐동이 굴오디,

"노뫼 당의 계시니 몸을 가히 가비야이 사롬의게 허치 못흐리로쇼이다."

공이 굴오디,

"그러면 너 맛당히 네 모친긔 비현흐려 흐니 네 집이 어디 잇ᄂᆞ뇨? 모로미 인도흐라."

힝흐여 십여 리에 흔 집을 다드르니 슈간두옥이 풍우롤 가리지 못흐더라. 궐동이【33】 몬져 드러가더니 조곰 사이의 나와 흔 폐셕(弊席)을 셕문(柴門) 안의 펴고 뉵십이 남은 흔 부인이 나와 마즈니 샹발포군(霜髮布裙)이 거지 한아흐여 돗글 난와 좌롤 뎡흐민 공이 굴오디,

"긔은 훈련대쟝 니뫼라 쇼분길의 우연이 귀동을 만나니 일면의 가히 인걸인 줄 알지라 존쉬(尊嫂) 이러흔 긔남ᄌᆞ(奇男子)롤 두어계시니 크게 하례흐노이다."

부인이 염임(斂袵)흐고 디흐여 굴오디,

"초야 시옥(柴屋)의 아비 업는 아히 일즉 혹업을 폐흐여 산금야슈(山禽野獸)와46) 초수목동(樵叟牧童)이어늘 쟝군이 과히 포쟝흐시니 참괴흐여이다."

공이 굴오디,

"존쉬 비록 궁향의 계시나 됴뎡 시스(時事)롤 드러계실 듯흐오나 바야흐로 이제 대ᄉᆞ롤 경영흔즉 인지롤 초연(招延)흐는지라. 이제 귀동(貴童)을 보미 ᄎᆞ마 바리【34】지 못흐와 흠긔 힝흐여 뼈 공명을 도모코져 흔즉 귀동이 친명(親命) 업스므로 쳥탁흐옵는 고로 마지 못흐야 몸쇼 와 감히 쳥흐오니 다힝이 존슈는 허흐시리잇가?"

부인이 굴오디,

"향곡 우준(愚蠢)흔 ᄋᆞ희 무슨 지식이 잇셔 감히 대ᄉᆞ롤 당흐리오? ᄯᅩ 노신의 독지라 모지 셔로 의지흐여 셔로 ᄯᅥ나기 어려오니 감히 응명치 못흐리로쇼이다."

공이 지삼 근쳥흔디 부인이 굴오디,

"남지 나미 ᄉᆞ방의 뜻을 두느니 이믜 국가의 허신(許身)코져 흔즉 구ᄅᆞ히 ᄉᆞ졍(私情)을 엇지 도

---

42) 【디벌】圏 지벌(地閥). 지체와 문벌.¶ 地閥 ∥ 너의 디벌이 엇더흐뇨 (汝之地閥如何?) <靑邱野談 奎章 14:31>

43) 【동희】圏回 동이. (수량을 나타내는 말 뒤에 쓰여) 물 따위를 동이에 담아 그 분량을 세는 단위.¶ 盆 ∥ 공이 하예롤 명흐여 흔 냥 돈으로 술을 ᄉᆞ오라 흐니 이윽고 탁쥬 두 동희롤 가져오거늘 (公命下隸, 以百文錢, 沽酒以來, 已而沽濁酒二大盆以來) <靑邱野談 奎章 14:31>

44) 【슈습-ᄒᆞ-】圏 수삽(羞澀)하다. 몸을 어쩌하여야 좋을지 모를 정도로 수줍고 부끄럽다.¶ 羞澀 ∥ 공이 흔 ᄉᆞ발을 마시고 그 그릇슬 쥬니 궐동이 조곰도 슈습흔 뜻이 업고 년흐여 두 동희롤 거우르거늘 (公自飮一椀, 以其器擧而給之, 厥童少無辭讓羞澀之意, 連倒二盆.) <靑邱野談 奎章 14:32>

45) 【거후르-】圏 (속에 든 것이 쏟아지도록) 기울이나.¶ 倒 ∥ 공이 흔 ᄉᆞ발을 마시고 그 그릇슬 쥬니 궐동이 조곰도 슈습흔 뜻이 업고 년흐여 두 동희롤 거우르거늘 (公自飮一椀, 以其器擧而給之, 厥童少無辭讓羞澀之意, 連倒二盆.) <靑邱野談 奎章 14:32>

46) 【산금-야슈】圏 ((동물)) 산금야수(山禽野獸). 산새와 늘짐슝.¶ 山禽野獸 ∥ 초야 시옥의 아비 업는 아히 일즉 혹업을 폐흐여 산금야수와 초수목동이어늘 쟝군이 과히 포쟝흐시니 참괴흐여이다 (草野之間, 無父之兒, 早失學業, 無異山禽野獸, 大監過加翖奬, 不勝慚愧.) <靑邱野談 奎章 14:33>

라보리오? 또 대감 의향이 ᄀᆞ러ᄒᆞ시니 노신이 엇지
감히 허치 아니리잇가?"

공이 크게 깃거 그 부인을 하직ᄒᆞ고 궐동으로
더부러 낙하의 도라와 궐하의 나아가 쳥디(請對)ᄒᆞ
니 샹이 ᄀᆞᄅᆞ샤디,

"경이 ᄀᆞ믜 【35】 쇼분길을 ᄒᆞ더니 엇지 즈례
도라오뇨?"

공이 ᄀᆞᆯ오디,

"쇼신이 이번 길의 ᄒᆞᆫ 긔남ᄌᆞ를 만나 더부러
ᄒᆞᆷ긔 왓ᄂᆞ이다."

샹이 ᄒᆞ여금 입시ᄒᆞ라 ᄒᆞ신즉 봉두돌빈(蓬頭
突鬢)이[47] 곳 ᄒᆞᆫ 걸인이라. 농탑(龍榻) 하의 직입(直
入)ᄒᆞ여 녜를 모로고 평좌(平坐)ᄒᆞ거늘 샹이 우어
ᄀᆞᆯ오샤디,

"네 엇지 슈쳑ᄒᆞ미 심ᄒᆞ뇨?"

디ᄒᆞ여 ᄀᆞᆯ오디,

"대쟝뷔 셰(世)예 ᄠᅳᆺ을 엇지 못ᄒᆞ니 엇지 그러
치 아니리잇고?"

샹이 ᄀᆞᆯ오샤디,

"이 ᄒᆞᆫ 말이 ᄯᅩ 긔ᄒᆞ고 쟝ᄒᆞ도다."

니공을 도라보샤 ᄀᆞᆯ오샤디,

"맛당히 무슨 벼슬을 졔슈ᄒᆞ랴?"

공이 ᄀᆞᆯ오디,

"이 ᄋᆞ히 아직 산금야슈를 면치 못ᄒᆞ엿스오니
신이 삼가 맛당히 가듕의 솔양(率養)ᄒᆞ야 인지를 훈
계ᄒᆞᆫ 연후의 가히 ᄒᆞᆫ 직亽(職事)를 맛기리이다."

샹이 허ᄒᆞ시니 공이 샹히 좌우의 두어 【36】
그 의식을 픙죡이 ᄒᆞ고 병법과 밋 힝셰(行世)의 요
건(要件)으로써 ᄀᆞᄅᆞ치니 ᄒᆞ나흘 드르미 열을 아는
지라 일취월쟝(日就月將)ᄒᆞ니 젼일 우쥰ᄒᆞᆫ 양지 아
니라. 샹이 미양 니공을 디ᄒᆞ여 박탁(朴鐸)의 셩취
를 무르시니 공이 미양 쟝진(長進)으로써 쥬달ᄒᆞ니
이ᄀᆞᆺ치 일년이 된지라.

공이 미양 박탁으로 더부러 북벌ᄒᆞᆯ 일을 의논
ᄒᆞᆫ즉 그 신긔ᄒᆞᆫ 의亽 공의셔 승ᄒᆞ니 공이 크게 긔
이히 너기더라. 쟝츳 쥬달ᄒᆞ여 크게 쓰랴 ᄒᆞ더니 미
긔예 효피(孝廟ㅣ) 승하ᄒᆞ시니 박탁이 곡반(哭班)의

참예ᄒᆞ여 통곡ᄒᆞ믈 마지 아니ᄒᆞ여 눈물이 비 되고
즈로 긔졀ᄒᆞ더라. 미일 됴셕 곡반의 춤예ᄒᆞ고 밋 인
산(因山)을[48] ᄆᆞ춤애 영결을 고ᄒᆞ니 공이 ᄀᆞᆯ오디,

"이 엇진 말고? 내 널노 더부러 경의 부 【3
7】 ᄌᆞ ᄀᆞᆺ거늘 엇지 참아 날을 노코 가려 ᄒᆞᄂᆞ뇨?"

디ᄒᆞ여 ᄀᆞᆯ오디,

"쇼지 엇지 대감의 권이ᄒᆞ시ᄂᆞᆫ 은혜를 아지
못ᄒᆞ리오? 쇼지 이예 오믄 의식을 위ᄒᆞ미 아니라
영결의 군왕이 우희 계시니 가히 뼈 셰예 ᄒᆞ요미
이실가 바라더니 황텬이 권이(眷顧)치 아니ᄒᆞ샤 믄
득 망이(望涯)의 통(痛)을 만나오니 이졘즉 텬하亽
(天下事)를 가히 ᄒᆞᆯ 재 업ᄂᆞᆫ지라 이 진실노 쳔고영
웅의 눈물을 금치 못ᄒᆞᆯ 배라 내 비록 대감 문하의
잇亽오나 가용(可用)ᄒᆞᆯ 긔미 업고 ᄯᅩ 안亽(顔私)의
구이ᄒᆞ여 의식을 낭비ᄒᆞ고 두류(逗留)ᄒᆞ여 가지 아
니ᄒᆞ면 그 의 아니라. 일노조ᄎᆞᆺ 기리 가ᄂᆞ이다."

ᄒᆞ고 인ᄒᆞ여 눈물 뿌려 하직ᄒᆞ고 향니의 도라
가 그 노모로 더부러 집을 ᄯᅥ나 심협으로 드러가
종젹을 숨기니라. 【38】

디과방니랑젹심
待科榜李郎摘莊

니쳥쥬(李淸州) 병졍(秉鼎)의 위인이 소탈(疏
脫)ᄒᆞ여 문필을 힘쓰고 샹히 쟈최를 곰초니 사ᄅᆞᆷ이
아는 재 업ᄂᆞᆫ지라. 집이 심히 빈한ᄒᆞ디 자신(資身)
ᄒᆞᆯ 모칙이 업고 쳐개(妻家ㅣ) 극히 부요ᄒᆞ니 쳐부모
이히 만모(謾侮)ᄒᆞ미[49] 심ᄒᆞ더라. ᄯᆡ로 혹 간즉 악
공(岳公)이 무르디,

"네 됴반을 먹엇ᄂᆞ냐?"

---

47) 【봉두돌빈】 ⑧ ((신체)) 봉두돌빈(蓬頭突鬢). 봉두난발
(蓬頭亂髮).¶ 蓬頭突鬢∥ 샹이 ᄒᆞ여금 입시ᄒᆞ라 ᄒᆞ신즉
봉두돌빈이 곳 ᄒᆞᆫ 걸인이라 농탑 하의 직입ᄒᆞ여 녜를
모로고 평좌ᄒᆞ거늘 (上使之入侍, 則蓬頭突鬢, 卽一寒
乞之兒. 直入榻前, 不爲禮而踞坐.) <靑邱野談 奎章
14:35>

48) 【인산】 ⑧ 인산(因山). 태상황, 임금, 황태자, 황태손과
그 비(妃)들의 장례. 국장(國葬).¶ 引山∥ 미일 됴셕 곡
반의 춤예ᄒᆞ고 밋 인산을 ᄆᆞ춤애 영결을 고ᄒᆞ니 (每
日朝夕, 必參哭班, 及引山禮畢, 告公以永訣.) <靑邱野
談 奎章 14:36>

49) 【만모 ᄒᆞ 】 ⑧ 만모(謾侮)하다. 만만히 보아 업신여기
다.¶ 謾侮∥ 집이 심히 빈한ᄒᆞ디 자신을 보칙이 업고
쳐개 극히 부요ᄒᆞ니 쳐부모 이히 만모ᄒᆞ미 심ᄒᆞ더라
(家貧無資身之策, 聘家極富饒, 自聘父母以下, 謾侮備
至.) <靑邱野談 奎章 14:38>

쳐남이 겻히 잇다가 굴오디,

"블문가지(不問可知)니이다."

악공이 비즈롤 블너 굴오디,

"모쳐 이랑(李郞)이 궐식(闕食)ᄒ엿다 ᄒ니 니
간(內間)의 혹 여반(餘飯)이 잇거든 먹이쇼셔."

ᄒ니 그 박디ᄒ미 이 ᄀᆺᄐ라. 형셰 졈〻 여지
업셔 쳐가 겻방의 셰거ᄒ야 낫이면 곳 조을고 밤든
후는 ᄀ만이 글 닑고 시ᄅᆞᆯ 지으니 가듕이 그 문쟝
이 유여흠을 아지 못ᄒ더라. 씩 식과(式科) 초시ᄅᆞᆯ
당ᄒ여 공이 【39】 ᄒ 번도 과ᄉ(科事)ᄅᆞᆯ 말ᄒ지 아
니ᄒ거늘 기체 무러 굴오디,

"과긔(科期) 머지 아니ᄒ니 그디는 관광코져
아니ᄒᄂ냐?"

공이 굴오디,

"비록 과쟝의 닷고져 ᄒ나 시지(試紙) 시필(試
筆)을 엇지 담당ᄒ리오?"

기체 이에 쟝염(粧竈)을 파라 쥬니 공이 일노
뼈 과구(科具)ᄅᆞᆯ 출ᄒ니라. 모든 쳐남과 밋 동셰 분
〻이 과구ᄅᆞᆯ 다스리디 ᄒ나도 공의 입쟝 여부는 뭇
지 아니ᄒ더니 밋 입쟝ᄒ미 공과 밋 동셔와 쳐남이
다 고듕(高中)ᄒ니라. 그 동셔는 시(時) 지상의 아들
이오 쳐가의 익셰(愛婿ㅣ)라 그 졉디ᄒ미 공의게 비
ᄒ면 쇼양(霄壤)이 현격ᄒ디 공은 패렴치 아니ᄒ더
라. 방츌(榜出) 후의 졔인이 놀나 무러 굴오디,

"그디 엇지 뼈 과거ᄅᆞᆯ 보와 득듕(得中)ᄒ뇨?
셰ᄉᄅᆞᆯ 측냥키 어렵도다."

공이 굴오디,

"우연이 졔죵(諸從)의 뒤흘 ᄯᆞ라 여문여필(餘
文餘筆)을 보왓더니 블의 【40】 예 득듕ᄒ엿도다."

졔인이 다 크게 웃더라. 밋 회시ᄅᆞᆯ 당ᄒ미 공
이 ᄀ만이 박ᄶᆞ가리 쟝긔와 조희판을 가지고 쟝듕
의 드러가 즈가는 일즉 졍권(묵券)ᄒ고50) 그 쳐남의
졉(接)을 ᄎᄌ간즉 남미 아직 졍권을 못ᄒ엿거늘 공
이 인ᄒ여 박국(博局)을 너여노코 더브러 나기ᄒ기
ᄅᆞᆯ 쳥ᄒ니 남미 다 즐욕(叱辱)ᄒ디 공이 구지 두자
ᄒ고 ᄯᆞ 희담(戱談)ᄒ여 짐짓 괴롭게 ᄒ니 졔인이

굴오디,

"이 사름이 엇지 과쟝의 드러와 이 피악(怪惡)
ᄒ 형상을 ᄒ여 사름의 과ᄉᄅᆞᆯ 져희(沮戱)ᄒᄂ뇨
?"51)

다 ᄶᆞ려 뜻거늘 공이 쟝외로 나와 쳐가의 도
라온즉 졔인이 ᄯᆞ혼 다 나왓더라. 악공이 몬져 ᄎ셔
(次婿)의 관과(觀科) 션블션(善不善)을 무른디 기셔
(其婿ㅣ) 디ᄒ여 굴오디,

"밋쳐 졍권치 못ᄒ고 바야흐로 쓸 ᄶᆞ예 더 니
셩이 홀지돌입(忽地突入)ᄒ여 박국으로 나기ᄒ 【4
1】 쟈 ᄒ고 져희ᄒ여 거의 낭픽홀 변ᄒ엿ᄂ이다."

악공이 혁 ᄎ며 ᄭᅮ지져 굴오디,

"네 무식ᄒ 아희로뼈 과ᄉ의 즁ᄒ믈 아지 못
ᄒ고 사름의 과ᄉᄅᆞᆯ 쟉희(作戱)ᄒ니 너의 몰넘치(沒
廉恥)ᄒ미 이 ᄀᆺ도다. 샐니 믈너가라."

공이 ᄯᆞ혼 기의치 아니ᄒ더라. 밋 방 나는 날
을 당ᄒ야 조반 후 문의 ᄲᆞᆼ남긔52) 올나 웃의ᄅᆞᆯ53)
ᄶᆞ먹더니 이윽고 방군(榜軍)이54) 오거늘 인ᄒ여 그
비봉(秘封)을 탈취ᄒ여 본즉 곳 즈가(自家) 명지라.
방군ᄃ려 일너 굴오디,

"이는 이 집 둘지 냥반의 참방(參榜)ᄒ미니 문
의 드러 호복(呼僕)ᄒ고 다만 둘지 사회 냥반이 급

51) 【져희-ᄒ-】圖 져희(沮戱)하다. 귀찮게 굴어서 방해하
다.¶沮戱∥이 사름이 엇지 과쟝의 드러와 이 피악ᄒ
형상을 ᄒ여 사름의 과ᄉᄅᆞᆯ 져희ᄒᄂ뇨 (此君何爲而
入場, 作此苦狀, 沮戱人科事也?) <靑邱野談 奎章
14:40>

52) 【ᄲᆞᆼ남ㄱ】圖 ((식물)) ᄲᆞᆼ나무.¶桑樹∥밋 방 나는 날
을 당ᄒ야 조반 후 문의 ᄲᆞᆼ남긔 올나 웃의ᄅᆞᆯ ᄶᆞ먹더
니 이윽고 방군이 오거늘 인ᄒ여 그 비봉을 탈취ᄒ여
본즉 곳 즈가 명지라 (及其榜出之日, 早飯後, 升門外
桑樹而摘葚唔之, 已而榜軍來矣.) <靑邱野談 奎章 14:41>

53) 【웃의】圖 ((식물)) 오디. ᄲᆞᆼ나무열매.¶葚∥밋 방 나
는 날을 당ᄒ야 조반 후 문의 ᄲᆞᆼ남긔 올나 웃의ᄅᆞᆯ ᄶᆞ
먹더니 이윽고 방군이 오거늘 인ᄒ여 그 비봉을 탈취
ᄒ여 본즉 곳 즈가 명지라 (及其榜出之日, 早飯後, 升
門外桑樹而摘葚唔之, 已而榜軍來矣. 仍奪其秘封而見之,
則卽自家名字也.) <靑邱野談 奎章 14:41>

54) 【방군】圖 ((인류)) 방군(榜軍). 방(榜)을 알리는 속리
(屬吏).¶榜軍∥밋 방 나는 날을 당ᄒ야 조반 후 문의
ᄲᆞᆼ남긔 올나 웃의ᄂᆞ ᄶᆞ먹더니 이윽고 방군이 오거늘
인ᄒ여 그 비봉을 탈취ᄒ여 본즉 곳 즈가 명지라 (及
其榜出之日, 早飯後, 升門外桑樹而摘葚唔之, 已而榜軍
來矣. 仍奪其秘封而見之, 則卽自家名字也.) <靑邱野談
奎章 14:41>

50) 【졍권-ᄒ-】圖 졍권(묵券)하다. 과거 답안지를 시관에
게 드리다.¶묵券∥밋 회시ᄅᆞᆯ 당ᄒ미 공이 ᄀ만이 박
ᄶᆞ가리 쟝긔와 죠히판을 기기고 쟝듕의 드리기 는
일즉 졍권ᄒ고 그 쳐남의 졉을 ᄎᄌ간즉 남미 아
직 졍권을 못ᄒ엿거늘 (及當會試, 公暗藏觕博紙局而入
場, 早呈券, 而訪其妻甥之接, 則甥妹姑未呈券矣.) <靑
邱野談 奎章 14:40>

계〻엿다 〻라."

방군이 그 말〻치 문젼의 훤동(喧動)〻니 거개 셔로 경하〻더 굴오더,

"과연 그럿토다. 방지 어더 잇〻뇨?"

"문밧 샹남긔 안즌 션비 〻여셔 가졋〻이다."

악공과 밋 동셰 급히 나가 츠즈【42】니 공이 셔〻히 굴오더,

"이믜 고등〻엿슨즉 비록 방지(榜紙)롤 보지 아니〻나 무어시 히로오리오?"

계인이 쑤짓고 달너여

"어셔 밧비 느려오라."

공이 마지 못〻여 느려와 뵈여 굴오더,

"이는 나의 방지라 엇지〻여 춧〻뇨?"

계인이 비로쇼 경아〻여 그 남미는 다 낙방〻더 공은 홀노 고등〻니라. 그 후 벼〻〻여 여러 번 쥬목(州牧)을 지나고 쳐가는 탕핀(蕩敗)〻여55) 요셩(聊生)치56) 못〻거늘 공이 빙모(聘母)롤 아둘의 뫼셔 후히 디졉〻고 쳐가롤 위〻여 뎐토(田土)롤 작만〻니라.

초신쟝곽싱시술
招神將郭生施術

곽〻한(郭思漢)은 현풍(玄風) 사롬이니 망우당(忘憂堂)의57) 후손이라. 〻쇼(自少)로 과공(科工)을

업(業)〻더니 일즉 이인을 만나 법슐을 젼슈〻미 텬문【43】디리(天文地理)와 음양복셔(陰陽卜筮)롤 무블통지〻더 집이 심히 빈한〻나 일호로 망녕도이 취치 아니〻더라. 그 친산(親山)이 경녀예 잇셔 초동목슈(樵童牧叟1) 침노〻더 뼈 금치 못〻는지라. 일〻은 산하의 두루 힝〻여 남글 꼬쟈 표〻여 굴오더,

"사롬이〻 표 안의 드는 쟤 잇스면 반드시 블측〻 홰 잇스리라."

〻야 동듕(洞中) 계인을 경계〻야 〻여곰 〻 거롬을 갓가이 못〻게 〻니 사롬이 다 웃더라.

동듕의 〻 완한(頑悍)〻 쇼년이 그 표듕의 간즉 텬디 아득〻고 풍뇌(風雷) 대작〻며 검극이 삼엄〻고 병매 봉등(奔騰)〻 둣〻니 짜의 업더지니 기 뫼 둣고 놀나 급히 곽싱(郭生)의게 익걸〻더 곽싱이 노〻여 굴오더,

"니 이믜 경계〻엿거늘 좃지 아니〻고 엇【44】지 니게 번거이 〻〻뇨? 나는 아지 못〻노라."

기 뫼 울며 근쳥〻니 곽싱이 마지 못〻여 몸소 가 보고 손을 닛그러 너니 일노부터 사롬이 감히 〻가이 못〻더라.

그 듕뷔(仲父1) 병이 즁〻미 의원이 말〻더,

"만일 산삼을 어더 쁜즉 가히 〻리〻라."

〻더 그 죵뎨 와 근쳥〻여 굴오더,

"친병(親病)이 극즁(極重)〻더 산삼을 가히 어들 수 업소니 형의 포지(抱才)〻시믄 뎨의 본더 아는 비라 엇지 두어 쁠을58) 구〻여 치료케 아니〻〻니잇고?"

곽싱이 눈셥을 뗑긔여 굴오더,

"이는 즁난〻 일이나 병환이 이 〻트시니 가히 극녁 쥬션〻리라."

〻고 더부러 후록(後麓)의 올나 일쳐 송음(松陰) 아러 니르러 평원이 잇스니 곳 삼뎐(蔘田)이라.

---

55) 【탕픽 -〻-】 圖 탕패(蕩敗)하다. 탕진하다.¶ 蕩敗 ∥ 그 후 벼슬〻여 여러 번 쥬목을 지나고 쳐가는 탕픽〻여 요싱치 못〻거늘 공이 빙모롤 아둘의 뫼셔 후히 졉〻고 쳐가롤 위〻여 뎐토롤 작만〻니라 (伊後卽登筮仕, 歷典州牧, 而妻家蕩敗家産, 貧無以聊生, 公迎來聘母于衙中, 厚待之.) <靑邱野談 奎章 14:42>

56) 【요싱 -〻-】 圖 요생(聊生)하다. 마음대로 여유있게 살아가다.¶ 聊生 ∥ 그 후 벼슬〻여 여러 번 쥬목을 지나고 쳐가는 탕픽〻여 요싱치 못〻거늘 공이 빙모롤 아둘의 뫼셔 후히 졉〻고 쳐가롤 위〻여 뎐토롤 작만〻니라 (伊後卽登筮仕, 歷典州牧, 而妻家蕩敗家産, 貧無以聊生, 公迎來聘母于衙中, 厚待之.) <靑邱野談 奎章 14:42>

57) 【망우당】 圖 ((인명)) 망우당(忘憂堂). 곽재우(郭再祐 1552~1617). 조선 중기의 의병장. 자는 계수(季綏). 호는

망우당(忘憂堂). 임진왜란 때 의령(宜寧)에서 의병을 일으켜 큰 공을 세웠고, 정유재란 때 다시 의병장으로 출전하였다. 그 뒤 진주목사, 함경도관찰사 등을 지냈다.¶ 忘憂堂 ∥ 곽〻한은 현풍 사롬이니 망우당의 후손이라 (郭思漢, 玄風人, 而忘憂堂後孫也.) <靑邱野談 奎章 14:42>

58) 【쁠】 圖囹 뿌리.¶ 根 ∥ 친병이 극즁〻더 산삼을 가히 어들 수 업소니 형의 포치〻시는 뎨의 본니 아는 비라 엇지 두어 쁠을 구〻여 치료케 아니〻〻니잇고 (親病極重, 而山蔘無可得之, 望兄之抱才, 弟所素知者也, 盍求數根而治療乎?) <靑邱野談 奎章 14:44>

기둥 최대쟈(最大者) 삼본(三本)을 캐야 ㅎ여곰 약을·ㅎ게 ㅎ고 경계ㅎ여 굴오디,

"이 일을 누셜【45】치 말고 쏘 다시 캘 싱각을 두지 말나."

그 종예 급히 도라와 달혀 쓰니 즉시 득효(得效)ㅎ니라. 올 쩌예 그 길과 밋 삼 잇는 곳을 긔록ㅎ엿더니 그 종형의 업는 쩌롤 ㄱ만이 가 본즉 다시 향일 간 바 곳이 아니라. 므옴의 그옥이 경아ㅎ여 도라와 형을 디ㅎ여 그 갓던 일을 말ㅎ더 곽셩이 우어 굴오디,

"향일 갓던 곳은 이 두류산(頭流山)이라. 네 엇지 가히 다시 그 지경을 발브리오? 이후는 이ㄱ치 말나."

일ㅅ은 방을 경쇄히 ㅎ고 긔쳐롤 경계ㅎ여 굴오디,

"내 이 방의 잇셔 쟝춧 삼ㅅ일 간검(看儉)홀 일이 잇스니 문을 열지 말고 쏘 여어보지 말나. 일한(日限)을 기드려 니 스스로 나오리라."

ㅎ고 인ㅎ여 문을 닷고 드러가니 가인이 그 말을 조초 갓가이 아니ㅎ더니 수일 후 긔쳬 의심ㅎ여 창틈【46】으로 여어본즉 방중이 변ㅎ여 흔 대강이 되고 강 우희 단청흔 누각이 잇스니 긔부(其夫]) 누샹의 거믄고롤 타고 학창의(鶴氅衣) 닙은 오류인이 디좌ㅎ고 하상무의(霞裳霧衣)흔 션녀 혹 노릭ㅎ며 혹 디무(對舞)ㅎ니 긔쳬 놀나 감히 소릭롤 니지 못ㅎ엿더니 긔약흔 날의 문을 열고 나와 긔쳬롤 꾸지져 굴오디,

"니 경계롤 듯지 아니ㅎ고 임의로 규시(窺視)ㅎ니 녀힝(女行)이 그른지라 후의 만일 이ㄱ치 흔즉 내 가히 여긔 머무지 못ㅎ리로다."

졀긔(切己)흔 벗이 만고명장(萬古名將)의 샹모롤 흔번 보기롤 쳥흔더 셩이 우어 굴오디,

"이 어렵지 아니ㅎ더 그더 경녁이 능히 져당치 못ㅎ여 도로혀 히ㅎ미 될가 ㅎ노라."

기인이 굴오디,

"만일 흔번 보면 비록 죽으나 한이 업스리로다."

셩이 우어 굴오디,

"그더 말이ㅅ믜 이 ㄱ치ㅎ니 다만 니 말【47】을 의지ㅎ여 ㅎ라."

기인이 굴오디,

"낙다."

셩이 ㅈ가 허리롤 안으라 ㅎ고 경계ㅎ여 굴오

디,

"눈을 굽앗다가 니 소릭롤 기드려 눈을 쓰라."

기인이 그 말디로 ㅎ니 두 귀예 바롬소릭 들니더니 이욱고 ㅎ여곰 눈을 여러보라 흔즉 고봉졀뎡(高峰絶頂) 우희 흔 별셰계(別世界)라. 기인이 당황ㅎ여 무른즉 이 가야산(伽倻山)이러라. 조금 잇다가 곽셩이 의관을 경계ㅎ고 분향ㅎ고 안쟈 지휘ㅎ여 부르는 듯ㅎ더니 미긔예 광풍이 대작ㅎ며 무수흔 신쟝이 공듕으로조ㅊ 나려오니 다 녈국(列國) 진한당송(秦漢唐宋) 모든 명쟝이라. 위풍이 늠ㅅㅎ고 샹픠 당ㅅㅎ여 혹 갑쥬도 ㅎ여시며 혹 검극도 잡아 좌우의 나렬(羅列)ㅎ니 기인이 경신이 혼미ㅎ고 긔운이 눌녀 곽셩의 겻히 업디엿더니 이욱고 곽셩【48】이 ㅎ여금 물너가게 ㅎ니 기인이ㅅ믜 긔식(氣塞)흔지라. 셩이 그 조금 찌여나믈 기드려 굴오디,

"니 젼의 니르지 아니터냐 그더 긔빅이 이ㄱ고 망녕도이 니게 ㄷ쳥ㅎ엿다가 필경 병을 어드니 진실노 탄흡도다."

쏘 ㅎ여금 허리롤 안으라 ㅎ여 집의 도라와 기인이 경계증(驚悸症)을59) 어더 불구의 죽으니 대개 신이ㅎ미 만터라. 나히 팔십에 오히려 강건ㅎ여 쇼년 ㄱ더니 일ㅅ의 병 업시 안쟈 화(化)ㅎ니라.

챵의ㅅ뇌냥쳐셩명
倡義使賴良妻成名

챵의ㅅ(倡義使)60) 김쳔일(金千鎰)의61) 쳬 우귀

─────────────

59) 【경계-증】圏 ((질병)) 경계증(驚悸症). 잘 놀라고 가슴이 두근거리는 증상.¶ 驚悸症 ∥ 쏘 ㅎ여곰 허리롤 안으라 ㅎ여 집의 도라와 기인이 경계증을 어더 불구의 죽으니 대개 신이ㅎ미 만터라. (而又使抱腰, 如來時樣, 而歸家矣. 其人得驚悸症, 不久身死云. 盖多神異之術之見於人者.) <靑邱野談 奎章 14:42>

60) 【챵의-ㅅ】圏 ((관직)) 창의사(倡義使). 나라에 큰 난리가 일어났을 때에 의병을 일으킨 사람에게 주던 임시 벼슬.¶ 倡義使 ∥ 챵의ㅅ 김쳔일의 쳬 우귀ㅎ던 날노부터 흔 일도 ㅎ지 아니ㅎ고 다만 낫잠만 일삼더니 (金倡義使千鎰之妻, 不知誰家女子. 而自于歸之一, 一無所事, 日事晝寢.) <靑邱野談 奎章 14:48>

(于歸)ᄒᆞ던 날노부터 ᄒᆞᆫ 일도 ᄒᆞ지 아니ᄒᆞ고 다만 낫잠만 일삼더니 기귀(其舅ㅣ) 경계ᄒᆞ여 골오ᄃᆡ,

"네 진실노 아롬다온 며ᄂᆞ리나 다만 부도(婦道)ᄅᆞᆯ 아지 못ᄒᆞ니 심ᄒᆞᆫ 흠ᄉᆞ(欠事ㅣ)라.【49】무릇 부인은 다 부인의 쇼임이 잇스니 네 이믜 출가ᄒᆞᆫ즉 가ᄉᆞᄅᆞᆯ 다스리고 산업을 경영ᄒᆞᆷ이 가ᄒᆞ거늘 이ᄅᆞᆯ ᄒᆞ지 아니ᄒᆞ고 날노 낫잠으로ᄡᅥ 일을 삼으니 심히 불가ᄒᆞ도다."

며ᄂᆞ리 골오ᄃᆡ,

"비로[록] 치산코져 ᄒᆞ오나 격슈공권(赤手空拳)이오니 무어슬 ᄌᆞ뢰ᄒᆞ야 가산을 경영ᄒᆞ리잇고?"

기귀 민망ᄒᆞ고 불샹히 녀겨 즉시 벼 삼십 포와 노비 ᄉᆞ오 구(口)와 농우 수 쳑(隻)을 주어 골오ᄃᆡ,

"이 ᄀᆞᆺᄐᆞᆫ즉 쪽히 가히 치산의 ᄌᆞ뢰 되ᄂᆞ냐?"

ᄃᆡᄒᆞ여 골오ᄃᆡ,

"쪽ᄒᆞ니이다."

ᄒᆞ고 인ᄒᆞ여 노비ᄅᆞᆯ 블너 골오ᄃᆡ,

"이졔즉 너의 무리 이믜 내게 쇽ᄒᆞ엿스니 일노조ᄎᆞ 나의 지휘ᄅᆞᆯ 드르라. 네 가히 곡식을 이 쇠게 싯고 무쥬(茂朱) 고을 아모 곳 심협(深峽)으로 드러가 남글 버혀 집을 짓고 이 벼로 농냥(農糧)을 ᄒᆞ고 화뎐(火田)을 힘써 미츄(每秋)의 셔속(黍粟) 쇼츌 도수(都數)ᄅᆞᆯ 너게【50】와 고ᄒᆞ고 셔속은 쟉미(作米)ᄒᆞ여 뎌축ᄒᆞ되 미연(每年) 이ᄀᆞᆺ치 ᄒᆞ라."

노비 명을 응ᄒᆞ여 무쥬로 향ᄒᆞ여 가니라. 수일 후 김공을 ᄃᆡᄒᆞ여 골오ᄃᆡ,

"남ᄌᆞ 슈듕의 뎐냥이 업스면 빅ᄉᆞ(百事ㅣ) 일지 못ᄒᆞᄂᆞ니 생각이 엇지 이에 밋지 아니ᄒᆞᄂᆞ뇨?"

공이 골오ᄃᆡ,

"니 시하인ᄉᆞ(侍下人事)로 의식이 다 부모의게 ᄌᆞ뢰ᄒᆞᆫ즉 뎐곡을 어디로조ᄎᆞ 판츌(辦出)ᄒᆞ리오?"

기체 골오ᄃᆡ,

"이 동듕(洞中) 니모(李某)의 집 지산이 누거만이오 셩품이 도박을 즐긴다 ᄒᆞ니 군ᄌᆞ 엇지 ᄒᆞᆫ번 가 쳔셕(千石) 노젹(露積) ᄒᆞᆫ 더미로ᄡᅥ 나기ᄅᆞᆯ 아니

ᄒᆞᄂᆞ뇨?"

공이 골오ᄃᆡ,

"츳인이 쟝긔 일수로ᄡᅥ 일셰예 유명ᄒᆞ고 나논 슈법이 졸ᄒᆞ니 엇지 가히 셩심이나 니기 ᄒᆞ리오?"

기체 골오ᄃᆡ,

"이논 극히 쉬우니 다만 박국(博局)을 가져오라."

인ᄒᆞ야 ᄃᆡ좌ᄒᆞ여 계반 묘수ᄅᆞᆯ 손을 ᄡᅥ라 지획(指劃)ᄒᆞ니 김공이 ᄯᅩᄒᆞᆫ 영오(穎悟)ᄒᆞᆫ 사【51】롬이라 반일을 ᄃᆡ국ᄒᆞᆷ이 진법(陣法)이 효연(曉然)ᄒᆞ지라. 기체 골오ᄃᆡ,

"이졔논 녁ᄼ히 가히 도박ᄒᆞ리니 군지 모로미 삼판냥승(三版兩勝)으로ᄡᅥ 나기ᄒᆞ되 첫판은 거즛 지고 이삼판은 근ᄼ이 익이고 이믜 노력을 어든 후의 뎨 맛당히 다시 ᄌᆞ웅을 결코져ᄒᆞ거든 모로미 신묘ᄒᆞᆫ 수ᄅᆞᆯ 너여 뎌로 ᄒᆞ여금 시러금 ᄒᆞ슈치 못ᄒᆞ게 ᄒᆞᆷ이 가ᄒᆞ니이다."

공이 그 말을 조ᄎᆞ 명일의 그 집의 나아가 도박을 쳥ᄒᆞᆫ디 기인이 골오ᄃᆡ,

"그ᄃᆡ 날노 더부러 ᄒᆞᆫ 마을의 잇스나 도박ᄒᆞᆫ단 말을 듯지 못ᄒᆞ여시니 이졔 와 쳥ᄒᆞᆷ은 엇지뇨? ᄯᅩ 그ᄃᆡ 나의 격쉬 아니ᄼ 반ᄃᆞ시 ᄃᆡ국지 못ᄒᆞᆯ 거시니라."

공이 골오ᄃᆡ,

"ᄃᆡ국ᄒᆞ여 힝마(行馬)ᄒᆞᆫ 연후의 가히 그 고하ᄅᆞᆯ 알 거시니 엇지 미리 쳑퇴(斥退)ᄒᆞᄂᆞ뇨?"

ᄒᆞ고 굳쳥ᄒᆞᆷ믈 지삼 ᄒᆞ니 기인이 골오ᄃᆡ,

"만일 그러ᄒᆞᆫ즉 니【52】평성의 ᄃᆡ국ᄒᆞ면 반ᄃᆞ시 나기ᄒᆞᄂᆞ니 무어스로ᄡᅥ 시험ᄒᆞ려 ᄒᆞᄂᆞ뇨?"

공이 골오ᄃᆡ,

"그ᄃᆡ 집의 쳔 셕 노젹이 삼ᄼ 더미 잇스니 일노ᄡᅥ 도박ᄒᆞ리라."

기인 왈,

"나는 일노ᄡᅥ 시험ᄒᆞ려니와 그ᄃᆡ논 무어스로ᄡᅥ ᄒᆞ려 ᄒᆞᄂᆞ뇨?"

공이 골오ᄃᆡ,

"니 ᄯᅩᄒᆞᆫ 쳔 셕으로ᄡᅥ ᄒᆞ리라."

기인이 골오ᄃᆡ,

"그ᄃᆡ 시하 사롬으로 젹지 아니ᄒᆞᆫ 곡식을 엇지 판츌ᄒᆞ랴?"

공이 골오ᄃᆡ,

"이논 승부ᄅᆞᆯ 결ᄒᆞᆫ 후의 가히 말ᄒᆞ리니 니 만일 진즉 쳔 셕을 엇지 쪽히 근심ᄒᆞ리오?"

---

61) 【김천일】園 ((인명)) 김천일(金千鎰 1537~1593). 조선 선조 때의 의병장. 자는 ᄉᆞ중(士重). 호는 건재(健齋). 임진왜란 때에 나주에서 의병을 일으켜 경기, 경상, 전라, 충청 4도에서 활약하였으며, 진주성이 ᄉᆞᆷ락ᄒᆞ ᄉᆞ ᄌᆞ결하였다.‖ 千鎰 ‖ 창의ᄉᆞ 김천일의 체 우귀ᄒᆞ던 날 노부터 ᄒᆞᆫ 일도 ᄒᆞ지 아니ᄒᆞ고 다만 낫잠만 일삼더니 (金倡義使千鎰之妻, 不知誰家女子. 而自于歸之--, 一無所事, 日事鼉寢.) <靑邱野談 奎章 14:48>

기인이 면강(勉强)ᄒᆞ여 디국ᄒᆞᆯᄉᆡ 냥승(兩勝)으로뻐 한ᄒᆞ고 처음인즉 김공이 거즛 일국을 지니 기인이 굴오ᄃᆡ,

"그러ᄒᆞᆫ지라 그ᄃᆡ 나의 젹쉬 아니라 닐으지 아니터냐?"

웃기ᄅᆞᆯ 마지 아니ᄒᆞ거늘 공이 굴오ᄃᆡ,

"오히려 이국이 잇다."

ᄒᆞ고 ᄯᅩ 디국ᄒᆞ니 기인이 괴이 너겨 다시 셜국(設局)ᄒᆞᆫ즉 기인 【53】 이 년ᄒᆞ여 두 판을 진지라. 놀나 굴오ᄃᆡ,

"이상ᄒᆞ다 엇지 이러ᄒᆞᆯ 니 잇스리오? 이믜 쳔셕을 허ᄒᆞ엿스니 곳 맛당히 슈운(輸運)ᄒᆞᆯ 거시오 아모커나 다시 일국을 디ᄒᆞᆷ이 엇더ᄒᆞ뇨?"

공이 허락ᄒᆞ고 다시 디국ᄒᆞᄆᆡ 비로소 신묘ᄒᆞᆫ 수ᄅᆞᆯ 너니 기인이 셰궁(勢窮)ᄒᆞ여 다시 햐슈(下手)치 못ᄒᆞᄂᆞᆫ지라. 공이 웃고 파ᄒᆞ니라.

도라와 기쳐ᄅᆞᆯ 디ᄒᆞ여 슈말을 닐은즉 쳬 굴오ᄃᆡ,

"닉 이믜 헤아렷노라."

공이 굴오ᄃᆡ,

"이믜 쳔셕을 어덧스니 장ᄎᆞᆺ 엇지ᄒᆞ리오?"

쳬 굴오ᄃᆡ,

"군즈의 친ᄒᆞᆫ 바 듕의 궁ᄒᆞ여 능히 보젼치 못ᄒᆞᄂᆞᆫ 쟈ᄅᆞᆯ 헤아려 분급ᄒᆞᄃᆡ 원근귀쳔을 의논치 말고 만일 호걸의 사ᄅᆞᆷ이 잇거든 더부러 허교(許交)ᄒᆞ여 츅일 쳥ᄒᆞ여 논즉 쥬식공궤ᄂᆞᆫ 쳡이 맛당히 판비ᄒᆞ리이다."

공이 그 말을 조ᄎᆞ 힝ᄒᆞ니라.

일ᄀᆞ은 기뷔(其婦ㅣ) ᄯᅩ 기구의게 쳥ᄒᆞ 【54】 여 굴오ᄃᆡ,

"식뷔(媳婦ㅣ) 쟝ᄎᆞᆺ 농업을 힘쓰고져 ᄒᆞ오니 울밧긔 오일경뎐(五日耕田)을 가히 허ᄒᆞ시리잇가?"

기구 허락ᄒᆞᆫᄃᆡ 이예 밧츨 갈고 구덩이ᄅᆞᆯ 깁히 파고 거름을 만히 너코 두루박을 심어 다 닉은 후의 두용박을[62] 파 ᄒᆞ여곰 옷칠ᄒᆞ여 ᄆᆡ년 이ᄀᆞᆺ치 두ᄆᆡ 오간고(五間庫)의 ᄎᆡ이고 ᄯᅩ 야장(冶匠)으로 ᄒᆞ여금 이개 두용박을 쇠로 민드라 고듕의 너ᄒᆞ니 사

롬이 그 연고ᄅᆞᆯ 아지 못ᄒᆞ더라.

임진왜란(壬辰倭亂)을 당ᄒᆞᄆᆡ 부인이 김공ᄃᆞ려 닐너 굴오ᄃᆡ,

"쳡이 평일의 군즈ᄅᆞᆯ 권ᄒᆞ여 빈궁을 구휼ᄒᆞ고 호걸을 교결(交結)ᄒᆞᆷ을 원ᄒᆞᆷ은 이런 시절의 그 힘을 입고져 ᄒᆞᄆᆡ니 군지 맛당히 의병을 챵긔(倡起)ᄒᆞᆯ 거시오 구고 피란ᄒᆞ실 곳은 쳡이 무쥬 ᄯᅡ의 이믜 경긔(經紀)ᄒᆞ여 집과 곡식이 다 잇스니 거의 군즈의 근심을 가히 덜 거시 【55】 오 쳡은 여긔 잇셔 군량을 판비ᄒᆞ야 ᄒᆞ여금 핍졀치 아니케 ᄒᆞ리이다."

김공이 흔연히 조ᄎᆞ 드듸여 의병을 니르혀니 원근의 슈은(受恩)ᄒᆞᆫ 쟤 다 붓조차 수일 간의 경병 수오 쳔을 어든지라. ᄆᆡ명(每名)의 각ᄀᆞ 칠표(漆瓢)ᄅᆞᆯ 치이고 ᄡᅡ호다가 밋 회진(回陣)ᄒᆞᆯ ᄯᆡ예 쇠로 지은 두용박을 길의 ᄇᆞ리고 가니 왜병이 보고 대경ᄒᆞ여 굴오ᄃᆡ,

"ᄎᆞ군(此軍)이 사ᄅᆞᆷ마다 이 표ᄅᆞᆯ ᄎᆞ고 그 힝ᄒᆞᄆᆡ 비됴(飛鳥) ᄀᆞᆺᄐᆞ니 그 용녁을 가히 알지라."

ᄒᆞ고 드듸여 셔로 계칙(戒飭)ᄒᆞ여 감히 그날을 당치 못ᄒᆞ리라 ᄒᆞ니 이런 고로 왜병이 김공의 군을 본즉 ᄡᅡ호지 아니코 다 쓰러지니 김공이 긔공(奇功)을 만이 셰우믄 다 부인의 찬조ᄒᆞᆫ 힘이러라.

향유용계만듁쳔
鄕儒用計瞞竹泉

【56】 듁쳔(竹泉)이[63] 미양 과거의 시관(試官)으로 잇스면 시감(試監)이 귀신 ᄀᆞᆺ더니 ᄆᆞᄎᆞᆷ 호듕(湖中)의 쇼분(掃墳)ᄒᆞ고 도라올 ᄯᆡ의 감시(監試) 회긔(會期) 갓가온지라 ᄒᆞᆫ 션비 긔마ᄒᆞ여 압희 힝ᄒᆞᆯᄉᆡ 마상의셔 상히 손의 ᄒᆞᆫ 칙즈ᄅᆞᆯ 가지고 죵일 보고 듕화(中火) 슉소ᄅᆞᆯ 반ᄃᆞ시 ᄒᆞᆫ가지 ᄒᆞ니 듁쳔이 괴이

---

62) 【두용-박】 圖 ((기물)) 뒤용박. ᄧᅩ개지 않고 속을 파낸 박.∥ 斗匏匏 ∥ 이에 밧츨 갈고 구덩이ᄅᆞᆫ 깁치 파고 거름을 만히 너코 두루박을 심어 다 닉은 후의 두용박을 파 ᄒᆞ여곰 옷칠ᄒᆞ여 ᄆᆡ년 이ᄀᆞᆺ치 두ᄆᆡ 오간고의 ᄎᆡ이고 (於是耕田而遍種瓢種, 待熟而作斗容瓢, 使之著漆, 每年如是, 充五間庫.) <靑邱野談 奎章 14:54>

63) 【듁쳔】 圖 ((인명)) 듁쳔(竹泉). 김진규(金鎭圭 1658~1716). 조선즁기의 문신. 자는 달보(達甫), 호는 죽쳔(竹泉). 영돈녕부셔 민기(萬基)의 아들. 시호는 문쳥(文淸).¶ 竹泉∥ 듁쳔이 미양 과거의 시관으로 잇스면 시감이 귀신 ᄀᆞᆺ더니 ᄆᆞᄎᆞᆷ 호듕의 쇼분ᄒᆞ고 도라올 ᄯᆡ의 감시 회긔 갓가온지라 (竹泉每每主試, 試監如神. 適作湖中掃墳行而回. 時當監試會期.) <靑邱野談 奎章 14:56>

너기더니 밋 숙쇼의 니르미 사룸으로 호여곰 그 션
비룰 블너 무룬즉 곳 회시 보로 가는 사룸이라 스
스로 말호디,

"냥노친 시하의 칠팔추 초시룰 호디 미양 회
시예 굴호여 경니 결박호다."

호거늘 쏘 무르디,

"보눈 최이 무숨 글이완디 손의 잠간도 노치
아니호느뇨?"

더호여 굴오디,

"년리 지은바 스최(私草ㅣ)라 이젠즉 경신이
혼모(昏耗)호여 엄권즉망(掩卷卽忘)호눈[64] 고로 샹
히 눈의 익여보노라."

듁쳔이 그 최을 쳥호여 본즉 개개 명쟉이라
인호여 차탄호여 굴【57】오디,

"과공이 이러틋 근실호고 귀쟉(句作)이 쏘 이
럿틋 쳥신호거늘 엇지 여러 번 굴호뇨? 이는 유스
(有司)의 최망이로다."

기인이 굴오디,

"이제논 나히 늙고 겁이 만하 즈쟉즈필(自作
自筆)홀 써예 즈획이 미미(每每) 횡셔(橫書)호니 엇
지 굴치 아니리오? 금힝의 쏘 맛당히 이 ᄀᆞᆺ홀 거시
니 닉 뜻은 관광코져 아니호디 노친이 권호시미 마
지 못호여 이 불긴(不緊)흔 길을 호느이다."

듁쳔이 긍연이 너겨 위로호여 굴오디,

"금번은 힘써 보라."

호고 인호여 입셩호여 회시 이관을 당호여 고
권(考券)홀 써예 흔 시권이 잇스디 즈획이 혹 좌셔
ᄒᆞ며 혹 횡셔호엿거늘 듁쳔이 보고 우어 굴오디,

"이 반드시 궐쟈의 시권이라."

호고 인호여 졔시(諸試)룰 향호여 굴오디,

"이는 노유(老儒) 실지(實才)의 시권이니 금번
오미 가히 격션호리라."

호고 인호여 뭇지 아니호고 쟝원 시기【58】
니라. 밋 방을 내미 그 봉닉(封內)룰 본즉 년긔 쇠
로치 아니커늘 ᄆᆞ옴의 심히 의아호더니 방방(放榜)
후의 신은(新恩)이 시관을 와 보눈 젼례라 츤인이
쏘흔 와 보거늘 듁쳔이 하례호여 굴오디,

"젹굴(積屈)흔 즈음의 이 외쳡(巍捷)을 어드니

심히 깃부도다."

기인이 더호여 굴오디,

"첫 초시의 결실(結實)호엿느이다."

쏘 굴오디,

"노친 시하의 가히 뼈 즐기시믈 보리로다."

쏘 굴오【디】,

"영감히(永感下)로쇼이다."[65]

듁쳔이 괴이 너겨 굴오디,

"향쟈 노샹의 엇지 날을 소기뇨?"

기인이 피셕부복(避席俯伏)호고 더호여 굴오
디,

"쇼셩이 대감의 쥬시(主試)호실 줄 아온 고로
일노뼈 잠간 긔망호오미니 이ᄀᆞᆺ치 아니호면 대감이
엇지 탁발(擢拔)호시리잇고? 스죄죄죄로쇼이다."

듁쳔이 익이 보고 웃더라.

영기양광수곡슈
營妓佯狂隨谷倅

【59】매화(梅花)는 곡산(谷山)[66] 기성이라. 흔
노지(老宰) 순상(巡相)이 되여 순력(巡歷)호야 곡산
의 드러 매화의 즈식을 보고 스랑호야 드리고 영듕
의 가 총힝이 날노 심호더니 써예 흔 명시 곡산쉬
되여 연명(延命)홀 써예 잠간 매기(梅妓)의 션명흔
믈 보고 본아(本衙)로 도라오게 호고져 호더니 환관
(還官) 후 기모룰 블너 후히 디졉호고 뇌물을 쥬니
이후로 기뫼 미양 아듕의 출입호미 미육젼빅(米肉
錢帛)을 미미 쳐급(處給)호여 이ᄀᆞᆺ치 흔지 여러 둘
이라. 기뫼 괴이 너겨 일일의 뭇자와 굴오디,

"쇼인ᄀᆞᆺ치 미쳔흔 몸을 이ᄀᆞᆺ치 관익(款愛)호시
니 황공호미 여디(餘地) 업눈지라 아지 못게이다 스
되(使道ㅣ) 무슴 소견으로 이ᄀᆞᆺ치 호시느니잇고?"

본쉬(本倅) 굴오디,

---

64) 【엄권즉망-ᄒᆞᄂᆞᆫ】 圏 엄권즉망(掩卷卽忘)하다 책을 덮
으면 금방 잊어버리다.¶ 掩卷輒忘 ‖ 이젠즉 경신이 혼
모호여 엄권즉망ᄒᆞᄂᆞᆫ 고로 샹히 눈의 익여보노라 (今
則精神昏耗, 掩卷輒忘, 故常目在之故也.) <靑
邱野談 奎章 14:56>

65) 【영감-하】 圏 영감하(永感下). 부모가 모두 죽고 없는
슬픈 쳐지.¶ 永感下 ‖ 영감히로쇼이다 (永感下矣.) <靑
邱野談 奎章 14:58>

66) 【곡산】 圏 ((지리)) 곡산(谷山). 황해도 곡산.¶ 谷山 ‖
매화는 곡산 기성이라 (梅花者, 谷山妓也.) <靑邱野談
奎章 14:59>

"너의 비록 년노ᄒ나 근본 창기라 더브러 파격(破寂)고져67) ᄒ미오 별노 다른 일이 업노라."

일ᄌ에 노기(老妓) ᄯ도 뭇ᄌ와 굴오디,

"ᄉ되 반드시 쇼인【60】을 ᄲᆯ 곳이 잇셔 이ᄀᆞᆺ치 관디ᄒ시ᄂ니 엇지 ᄲᆯ니 분부치 아니ᄒ시ᄂ니잇고? 쇼인이 슈은ᄒ미 망극ᄒ와 비록 슈화라도 피치 아니ᄒ리이다."

본쉬 이예 굴오디,

"너 영ᄒᆡᆼ시(營行時)예 ᄆ츰 네 ᄯᆞᆯ을 보고 이련ᄒᆞᆷ믈 닛지 못ᄒ여 거의 셩병(成病)ᄒᆞᆯ ᄃᆺᄒ니 만일 솔ᄂ니(率來)ᄒ여 다시 일면을 졉ᄒ면 죽어도 한이 업ᄉ리로다."

노기(老妓) 우어 굴오디,

"이ᄂ 지이(至易)ᄒᆫ 일이라 엇지 일즉 분부치 아니ᄒ시ᄂ니잇고? 죵당 디령ᄒ리이다."

ᄒ고 집의 도라와 그 ᄯᆞᆯ의게 젼인(專人)ᄒ여 굴오디,

"너 무하(無何)의 즁(症)으로 ᄉ경(死境)의 니르러 너ᄅᆞᆯ 보지 못ᄒ면 죽어도 눈을 감지 못ᄒ리니 속ᄌ히 슈유ᄅᆞᆯ 어더 ᄂ려와 셩젼 면결(面訣)ᄒ기를 바라노라."

매ᄒᆡ 모셔(母書)ᄅᆞᆯ 보고 울며 순샹ᄭᅴ 고ᄒ여 모병(母病)을 슬피려 ᄒ디 순샹이 허ᄒ고 쟈숑(資送)을 후히 ᄒ니라. 매기【61】 급히 와 기모ᄅᆞᆯ 보니 병이 업ᄂ지라 기ᄆᆡ 그 ᄉ유ᄅᆞᆯ 닐으고 홈믜 아듕의 드러가 현신ᄒ니 본슈의 시년(時年)이 겨우 삼십여셰라 풍의(風儀) 동탕(動蕩)ᄒ고 순샹은 용뫼 노츄(老醜)ᄒ니 션범(仙凡)이 현슈(懸殊)ᄒ지라 매ᄒᆡ ᄒᆫ 번 보고 ᄯᅩᄒᆫ 연모ᄒ여 이날 시침(侍寢)ᄒᆞᆷ미 냥졍(兩情)이 환흡(歡洽)ᄒᆞ더니 일삭 슈유ᄒᆞᆫ 한이 쟝ᄎᆞᆺ 격일ᄒ지라 매ᄒᆡ 도로 희쥬로 가려ᄒ거늘 본쉬 ᄎᆞᆷ아 연ᄌᄒ여 노치 못ᄒ여 굴오디,

"일노조ᄎᆞ ᄒᆫ번 니별ᄒᆞᆷ믹 후회(後會) 묘연ᄒ니 쟝ᄎᆞᆺ 엇지ᄒ리오?"

매ᄒᆡ 눈물을 ᄲᅳ려 굴오디,

"쳡이 ᄌᄌ믹 허신(許身)ᄒᆞ온지라 금ᄒᆡᆼ의 ᄌᄂ연 탈신ᄒ여 도라올 계괴 잇ᄉ오니 블구의 맛당히 되시리이다."

ᄒ고 인ᄒ여 ᄯᅥ나 ᄒᆡ영(海營)의68) 니르러 드러가 순샹ᄭᅴ 뵌디 순샹이 무르디,

"네 모의 병이 엇더ᄒ뇨?"

디ᄒ여 굴오디,

"병【62】 셰 위틱ᄒ더니 다ᄒᆡᆼ이 냥의(良醫)ᄅᆞᆯ 만나 ᄎ도ᄅᆞᆯ 어덧ᄂ이다."

견ᄌᄎ치 슈쳥ᄒ더니 십여일 후의 매ᄒᆡ 홀연 병을 어더 침식을 폐ᄒ고 여러 날 신음ᄒ니 순샹이 근심ᄒ여 의약을 잡시(雜試)ᄒ더니69) 효험이 업ᄂ지라 쟝근일슌(將近一旬)이러니 일ᄌ은 궐연이 니러 봉두구면(蓬頭垢面)으로 손ᄲᅡᆨ치고 불구르며 밋친 소리와 잡된 말이라 혹 우으며 혹 울어 대쳥의 ᄶᅱ놀며 순ᄉ의 셩명을 쳑호(斥呼)ᄒ고 사름이 혹 븟ᄯᅳ면 차고 무러 압히 갓가이 못ᄒ게 ᄒ니 곳 ᄒᆫ 광병(狂病)이라. 순샹이 경히ᄒᆞ야 ᄒᆞ여금 밧긔 니여보ᄂ니여 계집으로 환송ᄒ니 대개 양광(佯狂)이라. 환가(還家)ᄒᆞ던 날 곳 아듕의 드러가 본슈ᄅᆞᆯ 보와 그 형샹을 말ᄒ고 협실의 머믈너 졍의 날노 두터우니 쇼문이 ᄌᄼ연 젼파ᄒ여 모로ᄂ니 업ᄂ지라【63】 순샹이 ᄯᅩᄒᆫ ᄃᆺ고 드듸여 함졈【혐】(含嫌)ᄒᆞ니라.

그 후의 곡산쉬 영아(營衙)의 간즉 순샹이 무러 굴오디,

"매ᄒᆡ 병으로써 계집의 도라가더니 근리 엇더ᄒ더뇨? 혹 블너보냐?"

디ᄒ여 굴오디,

"병인즉 조곰 나으나 영기ᄅᆞᆯ 하관이 엇지 블너보리잇고?"

순샹이 넝쇼ᄒ여 굴오디,

"원컨디 녕공은 날을 위ᄒ여 잘 슈직ᄒ라."

곡쉬 그 형샹을 알고 슈유ᄅᆞᆯ 쳥ᄒ여 샹경 후의 ᄒᆫ 언관(言官)을 부쵹(附囑)ᄒᆞ야 순샹을 논박ᄒ여 파직게 ᄒ고 인ᄒ여 매화ᄅᆞᆯ 쟉쳡ᄒ고 쳬귀(遞歸)ᄒᆞᆯ 졔 ᄒᆫ가지로 드려오니라.

---

67)【파격-】图 파격(破寂)ᄒ다 져젹함을 ᄭᅦ匸ᄅᆞ이다.¶ 破寂 ‖ 너의 미뵥 년노ᄒ나 근본 창기라 더브러 파격고져 ᄒ미오 별노 다른 일이 업노라 (汝雖年老, 自是名妓也. 故欲與之破寂, 自爾親熟而然也. 別無他事.) <靑邱野談 奎章 14:59>

68)【ᄒᆡ영】图 ((관청)) 해영(海營). 황해도 감영.¶ 海營 ‖ 인ᄒ여 ᄯᅥ나 ᄒᆡ영의 니르러 드러가 순샹ᄭᅴ 뵌디 순샹이 무르디 네 모의 병이 엇더ᄒ뇨 (仍發行, 到海營, 入見巡使, 則巡使問其母病如何.) <靑邱野談 奎章 14:61>

69)【잡시-ᄒ-】图 잡시(雜試)하다. 여러 가지 약을 시험하니 쓰나.¶ 雜試 ‖ 십여일 후이 매ᄒᆡ 홀연 병을 어디 침식을 폐ᄒ고 여러 날 신음ᄒ니 순샹이 근심ᄒ여 의약을 잡시ᄒ디 효험이 업ᄂ지라 (過十餘日後, 梅花忽有病. 寢食俱廢, 呻吟度日. 巡(使愛)之, 雜試醫藥而無效.) <靑邱野談 奎章 14:62>

믿 병신옥스(丙申獄事)로 전 곡산쉬 좌죄(坐罪)ᄒᆞ여 옥에 ᄆᆡ이니 기녜 울며 매화ᄃᆞ려 닐너 골오ᄃᆡ,

"쥬공이 츠경에 니르니 나ᄂᆞᆫ 이믜 결단ᄒᆞᆫ ᄆᆞ음이 잇거니와 너ᄂᆞᆫ 년쇼ᄒᆞᆫ 기이라 엇지 반ᄃᆞ시 이예 잇스리오? 네 집의 도라가미 가ᄒᆞ니라."

[64] 매화 쏘 울어 골오ᄃᆡ,

"천쳡이 녕감의 은혜를 닙스온 지 쏘ᄒᆞᆫ 오란지라 번화시졀의ᄂᆞᆫ 더부러 안향ᄒᆞ고 환란시졀의ᄂᆞᆫ 엇비 비반ᄒᆞ리오 죽을 ᄯᅡ롬이언뎡 어디 가리오?"

후 수일의 장폐(杖斃)ᄒᆞᆫ[70] 흉음이 집의 니르믜 기녜 스스로 목ᄆᆡ여 죽으니 매화 몸쇼 습념입관(襲殮入棺)ᄒᆞ고 밋 쥬인의 시쳬를 너여 쥬믜 쏘 다시 치상ᄒᆞ여 부ᄂᆞ의 녕구를 션영의 합펌(合窆)ᄒᆞ고 인ᄒᆞ여 무덤 겻희 ᄌᆞ결ᄒᆞ여 하종(下從)ᄒᆞ니[71] 그 졀ᄀᆡ 결ᄂᆞᆫᄒᆞ더라.[72] 처음 슌스의게ᄂᆞᆫ 계교를 ᄡᅥ 도면(圖免)ᄒᆞ고 후의 본슈의게ᄂᆞᆫ 닙졀스의(入節死義)ᄒᆞ

---

70) 【쟝폐 -ᄒᆞ-】 圖 쟝폐(杖斃)하다. 쟝형(杖刑)을 당하여 죽다.¶ 杖斃 ‖ 후 수일의 쟝폐ᄒᆞᆫ 흉음이 집의 니르믜 기녜 스스로 목ᄆᆡ여 죽으니 매화 몸쇼 습념입관ᄒᆞ고 밋 쥬인의 시쳬를 너여 쥬믜 쏘 다시 치상ᄒᆞ여 부ᄂᆞ의 녕구를 션영의 합펌ᄒᆞ고 인ᄒᆞ여 무덤 겻희 ᄌᆞ결ᄒᆞ여 하종ᄒᆞ니 그 졀ᄀᆡ 결ᄂᆞᆫᄒᆞ더라 (數日後, 罪人杖斃之報到家, 其妻自縊而死. 梅花躬自殯殮入棺, 而及罪人屍之出給也. 又復治喪, 夫婦之柩, 合祔於先塋之下. 仍自裁於墓傍下從. 其節㦤烈烈矣.) <靑邱野談 奎章 14:64>

71) 【하종 -ᄒᆞ-】 圖 하종(下從)하다. 아내가 남편을 따라 자결하다.¶ 下從 ‖ 후 수일의 쟝폐ᄒᆞᆫ 흉음이 집의 니르믜 기녜 스스로 목ᄆᆡ여 죽으니 매화 몸쇼 습념입관ᄒᆞ고 밋 쥬인의 시쳬를 너여 쥬믜 쏘 다시 치상ᄒᆞ여 부ᄂᆞ의 녕구를 션영의 합펌ᄒᆞ고 인ᄒᆞ여 무덤 겻희 ᄌᆞ결ᄒᆞ여 하종ᄒᆞ니 그 졀ᄀᆡ 결ᄂᆞᆫᄒᆞ더라 (數日後, 罪人杖斃之報到家, 其妻自縊而死. 梅花躬自殯殮入棺, 而及罪人屍之出給也. 又復治喪, 夫婦之柩, 合祔於先塋之下. 仍自裁於墓傍下從. 其節㦤烈烈矣.) <靑邱野談 奎章 14:64>

72) 【결결 -ᄒᆞ-】 圖 결결하다. 얼굴 생김새나 마음씨가 지나칠 정도로 빈틈없고 곧다.¶ 烈烈 ‖ 후 수일의 쟝폐ᄒᆞᆫ 흉음이 집의 니르믜 기녜 스스로 목ᄆᆡ여 죽으니 매화 몸쇼 습념입관ᄒᆞ고 밋 쥬인의 시쳬를 너여 쥬믜 쏘 다시 치상ᄒᆞ여 부ᄂᆞ의 녕구를 션영의 합펌ᄒᆞ고 인ᄒᆞ여 무덤 겻희 ᄌᆞ결ᄒᆞ여 하종ᄒᆞ니 그 졀ᄀᆡ 결ᄂᆞᆫᄒᆞ더라 (數日後, 罪人杖斃之報到家, 其妻自縊而死. 梅花躬自殯殮入棺, 而及罪人屍之出給也. 又復治喪, 夫婦之柩, 合祔於先塋之下. 仍自裁於墓傍下從. 其節㦤烈烈矣.) <靑邱野談 奎章 14:64>

니 그 쏘ᄒᆞᆫ 녀듕(女中) 예양(豫讓)이로다.[73]

무거ᄌᆞ샤봉항우
武擧子舍逢項羽

ᄒᆞᆫ 무거ᄌᆞ(武擧子ㅣ) 잇스니 상믜 규ᄂᆞᆫ(赳赳)ᄒᆞᆫ지라.[74] 동듕(洞中)의 ᄒᆞᆫ 폐새(廢舍ㅣ) 잇스니 [65] 쏘ᄒᆞᆫ 귀신의 빌미로 폐ᄒᆞᆫ 집이라. 모든 거지 그 집의 모도여 쟝ᄎᆞᆺ 잡기(雜技)를 ᄒᆞ려 언약ᄒᆞᆯ시 츠인이 몬져 가 돗글 펴고 쵹을 볼켜 기ᄃᆞ리더니 홀연 대위(大雨ㅣ) 븟ᄃᆞ시 오고 인경(人定)이 ᄂᆞ믜 보ᄒᆞ니 사롬이 시러곰 왕니치 못ᄒᆞᆯ지라 츠인이 쵹을 도ᄂᆞ고 홀노 안잣더니 삼경 냥의 믄득 쳔병만마의 쇼ᄅᆡ 잇거늘 츠인이 경아ᄒᆞ여 눈을 드러보니 ᄒᆞᆫ 쟝군이 칼을 씌고 몰게 안쟈 무수ᄒᆞᆫ 갑병이 드러오거늘 츠인이 당의 ᄂᆞ려 그 쟝군을 본즉 눈이 즁동(重瞳)이오 몰은 오취(烏騅ㅣ)라 계젼(階前)의 니르러 몰을 ᄂᆞ려 ᄒᆞ여곰 니르혀 골오ᄃᆡ,

"네 날을 ᄯᅡ라 당의 오르라."

기인이 만분(萬分) 젼늘ᄒᆞ여 숨을 곰초고 뒤흘 조ᄎᆞ 오르니 쟝군이 샹좌의 안쟈 기인을 안즈라 ᄒᆞ고 무러 골오ᄃᆡ,

"네 니 번 줄 아ᄂᆞ냐?"

[66] 기인이 대강 스긔(史記)를 아ᄂᆞᆫ지라 답ᄒᆞ여 골오ᄃᆡ,

"쟝군이 셔초픠왕(西楚霸王)이[75] 아니시니잇

---

73) 【예양】 圖 ((인명)) 예양(豫讓). 전국시대 진(晋)나라 의사(義士). 지백(智伯)의 원수를 갚기 위해 조양자(趙襄子)를 살해하려다가 실패하자 자결하였다.¶ 豫讓 ‖ 처음 슌스의게ᄂᆞᆫ 계교를 ᄡᅥ 도면ᄒᆞ고 후의 본슈의게ᄂᆞᆫ 닙졀스의ᄒᆞ니 그 쏘ᄒᆞᆫ 녀듕 예양이로다 (初於巡使, 則用計而圖免, 後於本倅, 則入節死義女中豫讓.) <靑邱野談 奎章 14:64>

74) 【규규 -ᄒᆞ-】 圖 규규(赳赳)하다. 씩씩하고 헌걸차다.¶ ᄒᆞᆫ 무거지 잇스니 상믜 규ᄂᆞ ᄒᆞᆫ지라 (有一武擧子, 忘其姓名.) <靑邱野談 奎章 14:64>

75) 【셔초 -픠왕】 圖 ((인명)) 셔초패왕(西楚霸王). 항우(項羽 B.C.232~B.C.202). 중국 진(秦)나라 말기의 무장. 이름은 적(籍). 우(羽)는 자(字). 숙부 항량(項梁)과 함께 군사를 일으켜 유방(劉邦)과 협력하여 진나라를 멸망시

가?"

장군이 우어 골오디,

"그러ᄒᆞ다 니 픠공(沛公)으로76) 더부러 팔년을 닷토다가 필경 픠공의게 텬하룰 수양ᄒᆞ니 후셰 사룸이 날노뼈 엇덧타 ᄒᆞ는뇨? 니 젼쟝지략(戰場智略)이 쭉지 못ᄒᆞ미 아니오 하놀이 망케 ᄒᆞ시미라. 셰인이 그 아느냐?"

기인이 골오디,

"이는 한ᄉᆞ(漢史)의 실녀잇스니 남궁쥬셕(南宮酒席)의 문답을 엇지 듯지 못ᄒᆞ엿스리잇가?"

쟝군이 노ᄒᆞ여 ᄶᅮ지져 골오디,

"슈ᄌᆞ(竪子)는77) 쭉히 말ᄒᆞ지 못ᄒᆞ리로다. 일은바 한ᄉᆞ는 나 죽은 후 몃 ᄒᆡ예 쥬츌(敇出)ᄒᆞᆫ 비니 니 엇지 알니오? 네 다만 말ᄒᆞ라."

기인이 골오디,

"그 글의 닐넛스디 픠공은 능히 삼걸(三傑)을 쓰고 대왕은 ᄒᆞᆫ 범증(范增)을78) 능히 쓰지 못ᄒᆞ니 이런 연고로 승픽 판단ᄒᆞᆫ 【67】 다 ᄒᆞ엿느이다."

쟝군이 돌탄(咄嘆)ᄒᆞ여 골오디,

키고 스스로 셔초(西楚)의 픽왕(霸王)이 되었다. 그 후 유방과 패권을 다투다가 해하(垓下)에서 포위되어 자살하였다.¶ 西楚伯王 ∥ 쟝군이 셔초픠왕이 아니시니잇가 (無乃西楚伯王乎?) <靑邱野談 奎章 14:66>

76)【픠공】⑬ ((인명)) 패공(沛公). 한고조(漢高祖) 유방(劉邦 B.C.247~B.C.195). 중국 한(漢)나라의 초대 황제. 자는 계(季). 시호는 고황제(高皇帝). 고조는 묘호(廟號). 진시황(秦始皇)이 죽은 다음해 항우(項羽)와 합세하여 진(秦)나라를 멸망시켰다. 그 뒤 해하(垓下)의 싸움에서 항우를 대파하여 중국을 통일하고 제위에 올랐다.¶ 沛公 ∥ 그러ᄒᆞ다 니 픠공으로 더부러 팔년을 닷토다가 필경 픠공의게 텬하룰 수양ᄒᆞ니 후셰 사룸이 날노뼈 엇덧타 ᄒᆞ는뇨 (然矣. 吾與沛公八年相爭, 畢竟爲沛公所輸. 世人以我爲如何人也?) <靑邱野談 奎章 14:66>

77)【슈ᄌᆞ】⑬ ((인류)) 수자(竪子). 더벅머리. 남을 경멸하여 이르는 말.¶ 竪子 ∥ 슈ᄌᆞ는 쭉히 말ᄒᆞ지 못ᄒᆞ리로다 (竪子無足言也.) <靑邱野談 奎章 14:66>

78)【범증】⑬ ((인명)) 범증(范增 B.C.?~B.C.204). 중국 진(秦)나라 말기 사람. 초(楚)나라의 항우(項羽)를 따라 기계(奇計)로써 전공을 세웠다. 홍문연(鴻門宴)에서 유방(劉邦)을 죽이려고 하였으나 뜻을 이루지 못하고, 후에 항우에게 의심을 받아 팽성(彭城)으로 도피하였으나 그 곳에서 병을 얻어 죽었다.¶ 范增 ∥ 그 글의 닐넛스디 픠공은 능히 삼걸을 쓰고 대왕은 ᄒᆞᆫ 범증을 능히 쓰지 못ᄒᆞ니 이런 연고로 승픽 판단ᄒᆞ다 ᄒᆞ엿느이다 (其書曰沛公用三傑, 大王有一范增而不能用. 以是之故, 勝敗辦矣.) <靑邱野談 奎章 14:66>

"과연 이 일이 잇스니 내 ᄯᅩᄒᆞᆫ 뉘웃노라."

기인이 골오디,

"쇼게(小嬰ㅣ)79) 평성의 차셕(嗟惜)ᄒᆞᆫ 비 잇스니 가히 뼈 대왕 압희셔 질경코져 ᄒᆞ느이다."

골오디,

"무숨 일고?"

디ᄒᆞ여 골오디,

"대왕이 비록 동셩(東城)의 픠ᄒᆞ미 잇스나 ᄒᆞᆫ 번 오강(烏江)을80) 건너 두 번 강동의 군스룰 니르현즉 텬하 득실을 가히 아지 못ᄒᆞᆯ지라. ᄯᅩ 대왕이 그ᄶᅦ예 횡힝ᄒᆞ면 그 셰샹의 능히 대왕을 항거ᄒᆞᆯ 재 업거늘 대왕이 엇지 일시 분ᄒᆞᆷ믈 춤지 못ᄒᆞ여 ᄌᆞ문(自刎)ᄒᆞᆯ 지경의 니르니 엇지 가셕지 아니리잇가? 대쟝뷔 엇지 아녀ᄌᆞ의 구ᄾᆞ쇼졀을 ᄒᆞ리오?"

신쟝이 듯기룰 반이 못ᄒᆞ여 칼노뼈 기동을 쳐 골오디,

"그디 말을 ᄯᅩ 쉬우라. 니 ᄯᅩ 싱각ᄒᆞ니 분한(憤恨)ᄒᆞ여 죽고져 ᄒᆞ노니 나는 가노라."

ᄒᆞ고 인ᄒᆞ 【68】 여 당의 ᄂᆞ려 몰을 타고 듐문으로 나가거늘 기인이 ᄀᆞ만이 그 뒤흘 발본즉 후면의 니르러 종젹이 멸ᄒᆞ니 ᄆᆞ음의 심히 의아ᄒᆞ더라. 밋 텬명의 후면에 가 술핀즉 허쳥(虛廳) ᄉᆞ오 간이 잇스디 틔끌이 ᄀᆞ득ᄒᆞ고 벽샹의 항우(項羽)의 긔병도강(起兵渡江)ᄒᆞ던 화츅(畵軸)과 밋 홍문연(鴻門宴)81) 그림을 붓쳣스니 거의 다 파샹(破傷)ᄒᆞ엿거늘

---

79)【쇼게】⑬ ((인류)) 소거(小嬰). 미거한 자신을 낮추어 하는 말.¶ 小嬰 ∥ 쇼게 평성의 차셕ᄒᆞᆫ 비 잇스니 가히 뼈 대왕 압희셔 질경코져 ᄒᆞ느이다 (小嬰平生有嗟惜者, 可以質之於大王之前.) <靑邱野談 奎章 14:67>

80)【오강】⑬ ((지리)) 오강(烏江). 중국 안휘성(安徽省) 동쪽 끝, 양자강(揚子江) 강변에 있는 도시. 항우(項羽)가 유방(劉邦)에게 패하여 스스로 목숨을 끊은 곳으로 유명하다.¶ 烏江 ∥ 대왕이 비록 동셩의 픠ᄒᆞ미 잇스나 ᄒᆞᆫ번 오강을 건너 두 번 강동의 군스룰 니르현즉 텬하 득실을 가히 아지 못ᄒᆞᆯ지라 (大王雖有東城之敗, 一渡烏江, 再起江東之兵, 則天下之得失, 有未可知也.) <靑邱野談 奎章 14:67>

81)【홍문연】⑬ 홍문연(鴻門宴). 중국 진(秦)나라 말기의 두 영웅 항우(項羽)와 유방(劉邦)이 함양(咸陽) 쟁탈을 둘러싸고 기원전 206년, 홍문에서 회동한 일. 항우가 유방을 죽이려고 세책을 써써으나 유방은 장량(張良)의 꾀와 번쾌(樊噲)의 도움으로 무사히 도망하였다. 홍문지회(鴻門之會).¶ 鴻門宴 ∥ 밋 텬명의 후면에 가 술핀즉 허쳥 ᄉᆞ오 간이 잇스디 틔끌이 ᄀᆞ득ᄒᆞ고 벽샹의 항우의 긔병도강ᄒᆞ던 화츅과 밋 홍문연 그림을 붓

인호여 그 화본(畵本)을 쇼화호니 일노조추 후환이 업고 기인이 인호여 입쳐(入處)호니라.

신겸권슐편지샹
新傔權術騙宰相

넷 호 대신이 셩품이 혹독호고 급호여 긔빅(箕伯)이 되여실 쩌예 슌력홀시 도로의 만일 돌이 이신즉 슈향 슈리로 호여곰 니로뼈 쌘히게 호고 막대로뼈 그 불굼치룰[82] 쓰리니【69】왕ː 피룰 토호고 죽는 재 이시며 기외 거힝(擧行)과 밋 다담(茶啖) 등속이라도 혹 여의치 못호즉 혹 악형(惡刑)호며 즁곤(重棍)호니 죽는 재 열의 팔귀라 녈읍이 진동호더라. 힝호여 일읍에 니르믹 졔리(諸吏) 황겁호야 홀 바룰 아지 못호거늘 호 년쇼 기인(妓兒ㅣ) 우어 굴오디,

"스도ː 쏘호 사롬이라 엇지 이리 공겁(恐怯)호는뇨? 슌시 엇지 사롬을 산치로 삼키랴? 내 만일 슈쳥호즉 다만 각쳥이 무스홀 쑨 아니라 슌샹으로 호여금 젹신(赤身)으로 방문을 나게 호리니 니방이 하로 다 쟝춧 날을 후히 디졉홀쇼냐?"

졔리 굴오디,

"만일 그런즉 우리 쳥(廳)으로 너룰 즁샹호리라."

기인 굴오디,

"다만 두루 닉의 슈단을 보라."

밋 슌스 힝치 관부의 들믹 기인 슈쳥호엿【70】더니 쩌 경히 팔월 즁슌이라 낫은 더우나 밤은 셔늘호지라 슌시 추기(此妓)로 동침홀시 방호쟝주(房護障子)룰 밋쳐 나리지 못호엿더니 추기 짐짓 치워호는 틱도룰 짓거늘 슌시 무러 굴오디,

"네 치운 뜻이 잇느냐?"

디호여 굴오디,

"방문을 닷지 아니호와 넝긔 쏘이느이다."

슌시 굴오디,

"만일 그러면 하예로 호여금 쟝즈룰 느리랴?"

기인 굴오디,

"밤이 깁흔지라 엇지 가히 불으리잇고?"

슌시 굴오디,

"그러면 엇지홀고?"

기인 굴오디,

"쇼인은 킈 스도끠 밋지 못호오니 스되 잠간 나려가시미 무방호니이다."

슌시 굴오디,

"거죄(擧措ㅣ) 히이치 아니호랴?"

기인 굴오디,

"깁흔 밤의 뉘 알니잇고?"

슌시 마지 못호야 니러나 쟝즈룰 드러 다드니 이쩌예 하【71】쇽이 좌우의 규시호고 입을 ᄀ리고 웃지 아니리 업스니 추읍은 일인도 슈죄호미 업고 무스 경과호니 졔리 그 기ᄋ룰 후샹호니라.

그 대신이 되여실 졔 시로 온 겸죵 일인이 잇셔 미양 부릴뎨 잇스면 그 겸죵이 반드시 응명호고 뇨강(尿釭) 연갑(硯匣) 등속을 불노 차 업치고 동으로 가라 호면 반드시 셔으로 가 일ː마다 그 뜻을 어긔니 지샹이 그 피로오믈 니긔지 못호여 미양 모든 겸죵을 꾸지져 굴오디,

"너의논 엇지 잉편(仍便)호고 반드시 신겸(新傔)으로 호여금 스환호게 호여 향방을 아지 못호여 일만 겨츨게 호니 그 무솜 도리뇨?"

졔겸(諸傔)이 황공호여 미ː히 금호고 호여금 스환을 응치 못호게 호디 기인이 맛춤니 듯지 아니호고 만일 스【72】환이 잇스면 반드시 몬져 니드르니 지샹이 보면 믄득 셩화호더니 월여의 혜쳥셔리(惠廳胥吏) 과궐(窠闕)이 잇거늘 신겸이 압히 부복호여 굴오디,

"쇼인이 원컨디 추과(此窠)룰 호여지이다."

지샹이 이윽히 보고 굴오디,

"그리호라."

인호여 추쳡을 니니 졔겸이 일체 쳥원(稱寃)호여 굴오디,

"쇼인이 몃히 근고호오며 엇디 셰고어늘 이런 호과(好窠)룰 신겸이 엇지 호리잇고?"

지샹이 굴오디,

첫스니 (及天明, 往審其後面, 則有虛廳四五間, 而塵埃堆積之中, 壁上付項羽起兵渡江之畵, 及鴻門宴畵.) <靑邱野談 奎章 14:68>

82) 【볼 규치】 [骩 ((치체)) 발꿈치.ᅦ 趾] 도로의 만일 돌이 이신즉 슈향 슈리로 호여곰 니로뼈 쌘히게 호고 막대로뼈 그 불굼치룰 쓰리니 왕ː 피룰 토호고 죽는 재 이시며 (道路如有石, 則使首鄕首吏, 以齒拔之而以杖打其趾, 往往嘔血而死.) <靑邱野談 奎章 14:68>

"너 살아잇슨 후의 너의 무리 가히 쇼임을 어들 거시니 너 죽은 후의 여비(汝輩) 누롤 향ᄒᆞ여 도모ᄒᆞ리오? 츠겸이 만일 잇스면 너 셩화ᄒᆞ여 죽을 거시기로 속ᄌᆞ히 구쳐ᄒᆞ니 맛ᄀᆞᆺ지 못ᄒᆞ니 여비는 다시 말ᄌᆞ나."

그 후의 신겸이 와 뵈야 만일 스환이 잇스면 천녕빅니(千伶百俐)ᄒᆞ야 【73】 지샹의 뜻을 맛치거늘 지샹이 괴이 너겨 무러 ᄀᆞᆯ오ᄃᆡ,

"네 범빅이 젼일과 대샹부동(大相不同)ᄒᆞ니 요임(要任)을 ᄒᆞᆫ 연괴냐?"

기인이 ᄀᆞᆯ오ᄃᆡ,

"쇼인이 대감ᄃᆡᆨ 문하의 시로 드러온즉 겸죵의 쉬 삼십의 지나고 쇼인이 거말(居末)이오니 각스(各司) 니궐(吏闕)이 잇는 쟈롤 ᄎᆞ례로 조ᄎᆞ 뎐차ᄒᆞ온즉 쇼인이 쟝ᄎᆞᆺ 늘거죽을지라도 그윽이 업ᄃᆡ여 대감 긔질이 엄급(嚴急)ᄒᆞ물 뵈온 고로 노긔롤 츙격ᄒᆞ와 견ᄃᆡ지 못ᄒᆞᆯ ᄃᆞᆺᄒᆞ오면 맛당히 몬져 구쳐ᄒᆞ실 ᄃᆞᆺᄒᆞ온 고로 즘즛 몰디각(沒知覺)ᄒᆞᆫ 형샹을 지어 이예 니르럿ᄂᆞ이다."

지샹이 크게 우어 ᄀᆞᆯ오ᄃᆡ,

"너는 가히 졔갈공명(諸葛孔明)이라 일으리로다. 내 네게 소김 보믈 ᄒᆞᆫᄒᆞ노라."

ᄒᆞ더라.

[청구야담 권지십오 靑邱野談 卷之十五]

상숙은셰송의쟈
償宿恩歲送衣資

[1] 니교리(李校理)란 사롬이 져머실 쩌예 그 외구(外舅 ㅣ) 청쥬(淸州) 임쇼의 가셔 머므더니 일ㅅ은 화양동(華陽洞)을 구경ᄒᆞ고 도라오는 길에 그 믜시(妹氏)를 보라가고져 ᄒᆞ나 그 집이 수십 니 밧긔 잇ᄂᆞᆫ지라 거러 힝ᄒᆞ믜 맛춤 시쟝ᄒᆞ나 근쳐의 숫막이1) 업스믜 ᄉᆞ고방황(四顧彷徨)ᄒᆞ더니 ᄒᆞᆫ 촌개 상망지디(相望之地)예 잇거늘 급히 가 두드리니 ᄒᆞᆫ 져믄 쥬인이 나와 슈졉(酬接)ᄒᆞ디2) 자못 관곡ᄒᆞᆫ 빗치 잇고 마쟈 드러 좌뎡ᄒᆞᆫ 후 졀ᄒᆞ고 인ᄒᆞ여 쳥ᄒᆞ여 ᄀᆞᆯ오디,

"집의 노조뫼(老祖母 ㅣ) 잇셔 뵈옵기를 쳥ᄒᆞᄂᆞ이다."

니셩이 듯고 심히 당황ᄒᆞ여 막지기고(莫知其

故)3)ᄒᆞ나 ᄆᆞ음의 혜오디 뎌는 필연 노인이오 닌즉 쇼년 [2] 이라 셔로 혐의ᄒᆞᆯ 빈 업고 ᄯᅩ 보기를 쳥ᄒᆞᄂᆞᆫ 일이 필연 심샹치 아닌 ᄃᆞᆺᄒᆞ야 드듸여 쇼년을 ᄯᅡ라 드러간즉 칠팔십 셰 된 노부인이라. 니셩이 졀ᄒᆞ여 뵌디 그 노인이 혼연 영졉 왈,

"그디 뎌동(苧洞) 사ᄂᆞᆫ 니셕시(李碩士 ㅣ) 아니냐?"

디왈,

"연ᄒᆞ이다."

노인 왈,

"내집이 귀퇵에 ᄀᆞᆨ골난망지은(刻骨難忘之恩)이 잇더니 오날놀 셔로 만나미 진실노 우연치 아니토다."

ᄒᆞ고 그 며ᄂᆞ리롤 블너너여 셔로 보게 ᄒᆞᆫ 연후 인ᄒᆞ여 측연ᄒᆞ여 ᄀᆞᆯ오디,

"내집은 이곳 향반(鄕班)이러니 수십 년 젼의 가쟝이 츄로ᄉᆞ(推奴事)로 대구(大邱) ᄯᅡ의 갈신 본슈(本倅)의 친디롤 반연(攀緣)ᄒᆞ여 부탁ᄒᆞᄂᆞᆫ 셔간을 붓쳣더니 기시(其時) 본슈ᄂᆞᆫ 즉 존퇵 왕괴(王考 ㅣ)라. 미긔(未幾)예 가쟝이 우연 득병(得病)ᄒᆞ여 ᄆᆞᄎᆞᆷ내 구치 못ᄒᆞ니 단신 긱관의 ᄉᆞ고무친ᄒᆞᆫ지라 존왕괴 의금관 [3] 곽(衣衾棺槨)을 젼수 판비ᄒᆞ고 염습 등졀을 몸쇼 간검(看儉)ᄒᆞ야 그 졍미ᄒᆞᆷ을 극히 ᄒᆞ고 슈의(壽衣) 쇼용 쥬단 등속을 낫ㅅ치 깆출 모화 봉ᄒᆞ여 가인의게 호부(好否)롤 보게 ᄒᆞ고 쳔 리 운구롤 극녁 담당ᄒᆞ니 셰샹의 엇지 이러튓ᄒᆞᆫ 은혜 잇스리오? 강근친쳑(强近親戚)과 셰의지구지간(世誼知舊之間)이라도 시죵 쥬젼을 이럿틋 긔약지 못ᄒᆞ려든 허믈며 쇼미평싱(素昧平生)의 ᄒᆞᆫ 향반이랴? 유명(幽明)의 감격ᄒᆞᆷ과 죤몰의 늣거오미4) 업ᄂᆞᆫ지라. 이러틋ᄒᆞᆫ 은혜롤 일호 갑홀 길이 업셔 ᄌᆞ시이후(自是以後)로 고뷔 동심ᄒᆞ여 몸쇼 누에롤 기르고 길삼ᄒᆞ여 일년의 일우는 비 몃 필식 슈합ᄒᆞ여 미년 ᄒᆞᆫ 필식 젼인(專人)5) 봉송(奉送)ᄒᆞ여 ᄡᅥ 구ㅅ(區區)ᄒᆞᆫ 경셩을

---

1) 【숫막】 圖 ((주거)) 주막(酒幕). ¶ 酒店 ‖ 일ㅅ은 화양동을 구경ᄒᆞ고 도라오는 길에 그 믜시롤 보라가고져 ᄒᆞ나 그 집이 수십 니 밧긔 잇ᄂᆞᆫ지라 거러 힝ᄒᆞ믜 맛춤 시쟝ᄒᆞ나 근쳐의 숫막이 업스믜 ᄉᆞ고방황ᄒᆞ더니 (觀華陽洞, 歸路將次歷省其妹, 而家在數十里之外, 時適氣乏而近處無酒店, 四顧彷徨.) <靑邱野談 奎章 15:1>

2) 【슈졉-ᄒᆞ-】 圖 수졉(酬接)하다. 손님을 맞이하여 접대하다. ¶ 應 ‖ ᄒᆞᆫ 져믄 쥬인이 나와 슈졉ᄒᆞ디 자못 관곡ᄒᆞᆫ 빗치 잇고 (見一庄戶在於前村相望之地, 欲爲暫憩療飢之計, 往叩其門, 有一妙少主人出應, 頗有款洽之色.) <靑邱野談 奎章 15:1>

3) 【막지기고】 圖 막지기고(莫知其故). 일의 까닭을 알지 못함. ¶ 니셩이 듯고 심히 당황ᄒᆞ여 막지기고ᄒᆞ나 ᄆᆞ음의 혜오디 뎌는 필연 노인이오 닌즉 쇼년이라 (某聞甚惆悅, 而心又自度曰彼是老人, 我則少年.) <靑邱野談 奎章 15:1>

4) 【늣거오-】 圖 느껍다. 어떤 느낌이 마음에 북받쳐서 벅차다. ¶ 憾 ‖ 유명의 감격ᄒᆞᆷ과 죤몰의 늣거오미 녑ᄂᆞᆫᄉᆞ라 (幽明俱感, 存沒無憾.) <靑邱野談 奎章 15:3>

5) 【젼인】 圖 ((인류)) 젼인(專人). 어떤 소식이나 물건을 전하기 위하여 특별히 사람을 보냄. 또는 그 사람. ¶

표호옵더니 기간 댱ᄌ의 참변을 당호 후 집의 쥬관
호ᄂ 사ᄅᆷ이 업고 통신호든 길이 돈 【4】 연이 ᄯᅳᆫ어
진지라. 년녜(年例) 보ᄂᆫ 바ᄅᆞᆯ 비록 젼치 못호나
매년 샹ᄌ의 뎌치(儲置)호여 손아(孫兒)의 쟝셩호기
ᄅᆞᆯ 기ᄃᆞ려 신(信)을 니어 봉숑코져 호옵더니 향ᄌᆞ의
탐문호온즉 본슈의 셩질 니셕ᄉᆞ가 아ᄃᆞᆯ의 머믄 지
몃 ᄃᆞᆯ이오 일젼의 화양동 구경가신단 말ᄉᆞᆷ 둣ᄌᆞᆸ고
ᄆᆞᄋᆷ이 그윽이 츄앙호ᄋᆞ나 뵈올 길이 업ᄉᆞᆸ더니 오
날ᄂ 귀개 ᄂᆞ림(來臨)호시ᄆᆞᆫ 하ᄂᆞᆯ이 도ᄋᆞ시미라."

호고 눈믈을 흘녀 호로밤 자고 가기ᄅᆞᆯ 쳥호거
늘 니셩이 황연대각(晃然大覺)호고 호의ᄅᆞᆯ 늬거(牢
拒)치 못호여 그날 밤의 당의셔 머무더니 둣홀 잡
고 둙을 ᄉᆞᆯ마 셩찬으로 공궤호더라.

잇튼날 작별홀ᄉᆡ 큰 샹ᄌ 둘을 니여오니 즉
미년 뎌츅호엿든 바 포빅 등쇽이라. 니셩이 ᄉᆞ양치
못호고 호 바리ᄅᆞᆯ 싯고 도라와 그 위졀(委折)을 외
구 【5】 의게 ᄌᆞ셰이 고호더 외귀 ᄯᅩ호 그 졍셩을
아름다이 녀겨 아젼을 보너여 존문호고 토지 쇼산
으로 후히 졔급(齎給)호고 그 손ᄌᆞᄅᆞᆯ 좌슈쳐문(座首
帖文) 셩급호여 ᄂᆞ리예 빗나게 호니라. 그 후의 손
지 민년의 왕ᄂᆡ호여 신을 ᄯᅳᆫ치 아니호더라.

철음샤화쇼금단
撤淫祀火燒錦緞

완남군(完南君)6) 집이 ᄃᆡᄃᆡ로 가산이 부요호

나 댱ᄌᆞᄂ 일 죽고 손ᄌ 증손이 셰ᄂ 현달호더 향
슈(享壽)호ᄂ 사ᄅᆷ이 격기로 ᄌᆞ손이 희귀호지라. 그
집안 다락 우희 신령을 위호고 츈츄로 셩찬을 ᄀᆞᆺ초
와 졔ᄉᆞ호고 비단의복을 지어 위호여 두고 무릇 포
빅쥬단지쇽(布帛紬緞之屬)이 집의 드러오면 호 폭을
ᄶᅥ져 반ᄃᆞ시 신젼의 결기ᄅᆞᆯ 누더 쥰힝호여 감히 폐
치 못호기로 직산이 졈ᄌ 파(破)호 【6】 고 집안의
다만 낭더 노과뷔(老寡婦ㅣ) 잇셔 어린 손ᄌ 호나홀
길너 쟝셩호미 호남(湖南) 사ᄂ 권판셔(權判書) 샹
유(尙遊)의 ᄯᆞᆯ을 취호니 우귀(于歸)호 후 삼일의 시
뫼 신부ᄅᆞᆯ 불너 안치고 가듕 대쇼ᄉᆞ와 듕궤지임(中
饋之任)을7) 신부의게 젼쟝(傳掌)호여 가ᄋᆞ말게8) 호
더라.

일ᄂ은 늘근 비지 드러와 권부인긔 고호여 ᄀᆞᆯ
오더,

"아모 날은 즉 가듕 신ᄉᆞ(神祀)호옵ᄂ9) 날이
니 쇼입 믈죵(物種)을 미리 츄하[上下]10)호옵쇼셔."

권부인 왈,

"이 무슨 신령이며 무슨 일노 긔도호ᄂ다?"

답왈,

"이 신령은 셰더로조ᄎ 츈츄 긔도호온즉 가ᄂ
평안호고 아니호면 지앙이 ᄂᄂ러나옵기로 폐치 못호
ᄂᆞ이다."

부인 왈,

孫稀貴.) <青邱野談 奎章 15:5>
7) 【듕궤지임】 圖 중궤지임(中饋之任). 집안 살림에서 음
식에 관한 일을 맡아 하는 책임.¶ 中饋之勞 ∥ 우귀호
후 삼일의 시뫼 신부ᄅᆞᆯ 불너 안치고 가듕 대쇼ᄉᆞ와
듕궤지임을 신부의게 젼쟝호여 가ᄋᆞ말게 호더라 (于
歸見姑, 纔過三日, 姑夫人捨中饋之勞, 悉以家務委之新
婦.) <青邱野談 奎章 15:6>
8) 【가ᄋᆞ말-】 圖 가음알다. 다스리다. 관장하다.¶ 委 ∥ 우
귀호 후 삼일의 시뫼 신부ᄅᆞᆯ 불너 안치고 가듕 대쇼
ᄉᆞ와 듕궤지임을 신부의게 젼쟝호여 가ᄋᆞ말게 호더라
(于歸見姑, 纔過三日, 姑夫人捨中饋之勞, 悉以家務委之
新婦.) <青邱野談 奎章 15:6>
9) 【신ᄉᆞ-호-】 圖 신사(神祀)하다. 천신에게 제사지내다.
집안 신당에 굿하다.¶ 賽神 ∥ 아모 날은 즉 가듕 신ᄉᆞ
호옵ᄂ 날이니 쇼입 믈죵을 미리 츄하호옵쇼셔 (某日
卽家中賽神之日也. 應用物力, 預先上下.) <青邱野談 奎
章 15:6>
10) 【츄하】 圖 차하(上下). 지출하거나 내주는 것.¶ 上下 ∥
아모 날은 즉 가듕 신ᄉᆞ호옵ᄂ 날이니 쇼입 믈죵을
미리 츄하호옵쇼셔 (某日卽家中賽神之日也. 應用物力,
預先上下.) <青邱野談 奎章 15:6>

ᄌᆞ시이후로 고뷔 동심호여 몸쇼 누에ᄅᆞᆯ 기르고 길삼
호여 일년의 일우ᄂ 비 몃 필식 슈합호여 미년 호 필
식 젼인 봉숑호여 ᄡᅥ 구ᄂᆞ호 졍셩을 표호옵더니 (自
此以後, 姑婦同心躬勤蠶織紗棄綿布, 隨其所成, 一年一
伻, 歲以爲常, 以表區區之誠矣.) <青邱野談 奎章 15:3>
6) 【완남군】 圖 ((인명)) 완남군(完南君). 이후원(李厚源).
1598~1660). 조선 중기의 문신. 자는 사심(士深). 호는
우재(迂齋). 병자호란 때 척화(斥和)를 주장하였으며,
효종 8년(1657)에 우의정이 되어 북벌(北伐) 계획을
추진하였다. 송준길, 송시열을 추천하는 따위 인개듕
8 ●1도 힘썼다.¶ 完南 ∥ 완남군 집이 ᄃᆡᄃᆡ로 가산이
부요호나 댱ᄌᆞᄂ 일 죽고 손ᄌ 증손이 셰ᄂ 현달호더
향슈호ᄂ 사ᄅᆷ이 격기로 ᄌᆞ손이 희귀호지라 (完南家,
仍世富厚, 而長子早世, 孫曾仕宦顯達, 而俱未享年, 子

91

"그러ᄒᆞᆫ즉 신ᄉᆞ의 ᄒᆞᆫ 번 쇼입(所入)이 언마나 되ᄂᆞ뇨?"

노비 ᄉᆡᆼ각의 부인이 ᄉᆡ로 드러오ᄆᆡ 젼례ᄅᆞᆯ 모로다 ᄒᆞ여 일〻히 가수(加數)ᄒᆞ여 더ᄒᆞ니 【7】 부인 왈,

"금년즉 별노 우수히 ᄒᆞ여 쇼입지믈을 젼의셔 삼ᄇᆡ나 ᄒᆞ라."

그 노대부인이 〻 말을 듯고 탄ᄒᆞ여 ᄀᆞᆯ오ᄃᆡ,

"내집이 젼부터 신ᄉᆞ(神祀)로 말ᄆᆡ암아 가세 졈〻 픠ᄒᆞ엿거ᄂᆞᆯ ᄂᆡ 요량의 시골 부녜 결검ᄒᆞ여 치가ᄅᆞᆯ 경긴히 ᄒᆞᆯ 듯ᄒᆞᆫ 고로 호듕 사ᄅᆞᆷ과 결혼ᄒᆞ엿더니 이졔 도로혀 이러틋 오활(迂闊)ᄒᆞ니 내집이 일노조ᄎᆞ 미긔예 탕픠(蕩敗)ᄒᆞ리로다."

ᄒᆞ더라. 신ᄉᆞ날을 당ᄒᆞᄆᆡ ᄂᆡ외 실당(室堂)을 경결이 쇄쇼(灑掃)ᄒᆞ고 음식의복을 극히 풍비(豐備)ᄒᆞ고 권부인이 목욕지계ᄒᆞ고 경결ᄒᆞᆫ 의복을 닙고 언셔(諺書)로 졔문 지어 축ᄒᆞᄃᆡ ᄉᆞ연이 대개 사ᄅᆞᆷ과 신령이 셔로 잡도이 쳐ᄒᆞ지 못ᄒᆞ올 말솜과 부인이 ᄉᆡ로 구가의 드러오ᄆᆡ 옛법을 곳치고져 ᄒᆞ여 두터온 폐ᄇᆡᆨ과 아름다온 향슈로 신 【8】 령ᄭᅴ 고ᄒᆞ여 샤례ᄒᆞ여 보ᄂᆡᄂᆞᆫ 뜻이러라. 다른 사ᄅᆞᆷ으로 ᄒᆞ여금 독축ᄒᆞ라 ᄒᆞᆫ즉 다 겁ᄂᆡ여 닑지 못ᄒᆞᄂᆞᆫ지라 부인이 친히 분향궤좌(焚香跪坐)ᄒᆞ여 닐근 후 그 젼후의 ᄀᆞᆷ초왓든 바 의복과 쥬단 등쇽을 다 ᄂᆡ여 ᄯᅳᆯ ᄀᆞ온ᄃᆡ ᄡᅡ코 비복ᄃᆞ려 닐너 왈,

"이 믈건을 다 블의 살온즉 ᄯᅩᄒᆞᆫ 포진텬믈(暴殄天物)이니[11] 그 오라지 아니ᄒᆞ여 가히 닙엄즉ᄒᆞᆫ 거ᄉᆞᆯ ᄂᆡ 몬져 닙을 거시니 그 나마지ᄂᆞᆫ 너희 등이 ᄯᅩᄒᆞᆫ 다 닙으라."

ᄒᆞ고 드ᄃᆡ여 낫〻치 분급ᄒᆞ고 그 듕 년구(年久)ᄒᆞ여 부픠ᄒᆞᆫ 거슨 손소[12] 다 블살으려 ᄒᆞ니 노부인이 듯고 크게 놀나 급히 사ᄅᆞᆷ으로 ᄒᆞ여금 만류ᄒᆞᆫᄃᆡ 부인이 듯지 아니코 비ᄌᆞ로 ᄒᆞ여금 고ᄒᆞᄃᆡ,

"만일 ᄌᆡ앙이 〻셔도 손뷔 스ᄉᆞ로 당ᄒᆞ오리니 구가ᄅᆞᆯ 위ᄒᆞ여 기리 큰 폐ᄅᆞᆯ 덜 거시니 과히 념녀 【9】 치 마르쇼셔."

ᄒᆞ고 드ᄃᆡ여 살은 후 그 ᄌᆡᄅᆞᆯ 경(淨)ᄒᆞᆫ 곳의 무드니라. 그 비단 블지ᄅᆞᆯ ᄯᅢ예 비린 ᄂᆡ음ᄉᆡ 츅비(觸鼻)ᄒᆞ니 비복ᄇᆡ(婢僕輩) 셔로 도라보와 놀나 지져괴ᄃᆡ 귀믈이 다 탓다 ᄒᆞ더라. 일노조ᄎᆞ 가듕이 태평ᄒᆞ니 사ᄅᆞᆷ마다 그 부인의 지략을 탄복ᄒᆞ더라.

쇄음낭셔ᄇᆡᆨ농구우
鎖陰囊西伯弄舊友

녯젹의 니·김(李金) 냥ᄉᆡᆼ(兩生)이 〻시니 ᄌᆞ쇼로 벗ᄒᆞ여 졍의 심밀ᄒᆞ더니 김ᄉᆡᆼ이 일즉 과거ᄒᆞ여 공명이 현달ᄒᆞ야 바야흐로 평안감ᄉᆞ(平安監司)의 잇고 니ᄉᆡᆼ은 낙쳑(落拓)ᄒᆞ여[13] ᄌᆞ연 가계 빈궁ᄒᆞᆫ 듕 가년(加年)ᄒᆞᆫ ᄯᆞᆯ을 졍혼ᄒᆞ여시나 혼수ᄅᆞᆯ 판비치 못ᄒᆞ여 일야 근심ᄒᆞ더니 그 안ᄒᆡ ᄀᆞᆯ오ᄃᆡ,

"길긔(吉期) 졈〻 갓가오ᄃᆡ ᄇᆡᆨ계무칙(百計無策)이라. 내 드ᄅᆞ니 그ᄃᆡ의 벗 김뫼 셔ᄇᆡᆨ(西伯)을 ᄒᆞ엿다 ᄒᆞ니 ᄎᆞᄌᆞ가 보고 혼슈 【10】 ᄅᆞᆯ 쳥득(請得)ᄒᆞᄆᆡ 조흘 듯ᄒᆞ다."

ᄒᆞ거ᄂᆞᆯ 니ᄉᆡᆼ이 그 말을 조ᄎᆞ 즉시 발ᄒᆡᆼᄒᆞ여 감영의 니르러 셔ᄇᆡᆨ을 보고 녀혼(女婚)의 부조ᄒᆞ기ᄅᆞᆯ 근쳥ᄒᆞ니 감ᄉᆡ 즉시 좌우ᄅᆞᆯ 명ᄒᆞ여 졍결ᄒᆞᆫ 하쳐ᄅᆞᆯ 졍ᄒᆞ여 머믈게 ᄒᆞ고 ᄯᅩ ᄉᆞ환ᄒᆞᆯ 동ᄌᆞᄅᆞᆯ 쥬어 셩찬을 쥰비ᄒᆞ여 ᄃᆡ졉ᄒᆞ고 날마다 졍담이 관곡ᄒᆞᆯ ᄲᅮᆫ이오 조금도 쥬급ᄒᆞᆯ 뜻이 업거ᄂᆞᆯ 니ᄉᆡᆼ이 심듕의 초조ᄒᆞ나 ᄒᆞᆯ일업셔 여러 날 두류(逗留)ᄒᆞ더니 일〻은 졍히 무료ᄒᆞ여 압 창을 열고 왕ᄂᆡᄒᆞᄂᆞᆫ 사ᄅᆞᆷ을 구경ᄒᆞ여 소견(消遣)ᄒᆞ더니 믄득 보니 건넌편 집의 ᄒᆞᆫ 져믄 쇼복ᄒᆞᆫ 계집이 문 뒤예 은신ᄒᆞ여 ᄢᅢ〻로 그 얼골을 반만 드러ᄂᆡ고 옥슈ᄅᆞᆯ 드러 괴샷기ᄅᆞᆯ[14] 어

---

11) 【포진텬믈】 [명] 포진천물(暴殄天物). 물건을 아껴 쓰지 않고 쓸 수 있는 것도 함부로 버림.¶ 暴殄天物 ‖ 이 믈건을 다 블의 살온즉 ᄯᅩᄒᆞᆫ 포진텬믈이니 그 오라지 아니ᄒᆞ여 가히 닙엄즉ᄒᆞᆫ 거ᄉᆞᆯ ᄂᆡ 몬져 닙을 거시니 그 나마지ᄂᆞᆫ 너희 등이 ᄯᅩᄒᆞᆫ 다 닙으라 (此物盡爲燒火, 則暴殄天物, 不可爲也. 其中年未久而可以穿着者, 自吾先服之, 其餘汝輩亦皆衣之.) <靑邱野談 奎章 15:8>

12) 【손소】 [부] 손수. 직접.¶ 드ᄃᆡ여 낫〻치 분급ᄒᆞ고 그 듕 년구ᄒᆞ여 부픠ᄒᆞᆫ 거슨 손소 다 블살으려 ᄒᆞ니 노부인이 듯고 크게 놀나 급히 사ᄅᆞᆷ으로 ᄒᆞ여금 만류ᄒᆞᆫᄃᆡ (遂一一分給諸婢, 其最久而腐敗者, 幷將燒之, 使人取火以來, 擧皆懼惻, 面面相顧.) <靑邱野談 奎章 15:8>

13) 【낙쳑-ᄒᆞ-】 [동] 낙척(落拓)하다. 어렵거나 불행한 환경에 빠지다.¶ 落拓 ‖ 니ᄉᆡᆼ은 낙쳑ᄒᆞ여 ᄌᆞ연 가계 빈궁ᄒᆞᆫ 듕 가년ᄒᆞᆫ ᄯᆞᆯ을 졍혼ᄒᆞ여시나 혼수ᄅᆞᆯ 판비치 못ᄒᆞ여 일야 근심ᄒᆞ더니 (一則落拓不遇, 家計亦貧, 女婚定日, 而無財可辦.) <靑邱野談 奎章 15:9>

루니 아릿다온 틱도와 쳥아흔 소리룰 드르미 심혼이 표탕흐는지라 【11】 관동(官童)을 블너 무러 굴오더,

　　"이 엇던 사름의 집이며 뎌 계집은 뉘뇨?"

　　답왈,

　　"쇼인의 누의집이로소이다."

　　니싱 왈,

　　"네 누의 어너 찐예 과거(寡居)흐엿느뇨?"

　　답왈,

　　"쟉년의 과거흐엿느이다."

　　니싱 왈,

　　"내 흔 번 네 누의룰 보고져 흐니 네 오날밤의 가히 블너오랴?"

　　관동이 응낙흐고 가더니 그날밤의 과연 블너왓거늘 니싱이 크게 깃거흐여 흔가지로 자기룰 쳥흐더 궐녜 빅계로 모피(謀避)흐거늘 니싱이 곳 강접고져 흔더 궐녜 왈,

　　"몬져 그더 옷슬 버스라."

　　흔더 니싱이 즉시 바지룰 버스니 궐녜 좌슈로 어루만지고 우슈로 자근 자믈쇠룰 가졋다가 음낭을 잠으고 몸을 쎼쳐 다라나니 이는 감시 계교로 기녀룰 フ르쳐 니싱을 희롱흐미러라. 니싱이 하쵸(下焦)15) 긴통(緊痛)흐나 졸연히 자믈쇠로 【12】 쎌 수도 업고 여러 날 두류흐나 혼슈도 엇지 못흐고 도로혀 감스의게 소근 비 된지라. 분흠을 니긔지 못흐여 안쟈 붉기룰 기드려 감스의게 쟉별도 아니흐고 바로 올나가나 음낭이 알프기로 간신이 포복(匍匐)흐여 도라와 곳 니당의 드러가니 그 안히 희식이 만면흐여 나와 마즈며 위로 왈,

　　"쳔 리룰 발셥(跋涉)흐여 곤비(困憊)흐오미 업느냐?"

　　싱이 분노히 답왈,

---

14) 【괴―삿기】圀 ((동물)) 고양이새끼.¶ 猫兒‖ 믄득 보니 건넌편 집의 흔 져믄 쇼복흔 계집이 문 뒤예 은신흐여 셕ᄌ로 그 얼골을 반만 드러니고 옥슈룰 드러 괴 삿기룰 어루니 (忽見對門家, 有年少素服之女, 小開門扇, 隱身而立, 半露其面, 出玉手而呼猫兒.) <靑邱野談 奎章 15:10>

15) 【하쵸】圀 ((신체)) 하쵸(下焦). 방광의 상부에 해당하는 배설작용을 맡은 곳.¶ 니싱이 하쵸 긴통흐니 졸연히 자믈쇠로 쎌 수도 업고 여러 날 두류흐나 혼슈도 엇지 못흐고 도로혀 감스의게 소근 비 된지라 (士人自思無計可脫, 來此多日, 婚需已不得, 又見欺於監司.) <靑邱野談 奎章 15:11>

　　"내 옛날 졍의룰 밋고 망녕도이 먼 길을 힝흐여 혼슈도 엇지 못흐고 도로혀 이상흔 병을 어더왓노라."

　　인흐여 신음흐는 쇼리룰 끈치 아니흐고 또 감스룰 무수히 즐욕(叱辱)흐거늘 기쳬 왈,

　　"그더 엇지 감스의 극녁 부조흠믈 젼혀 모로는다? 일젼의 셔감영(西監營)의셔 수삼태 봉믈이 왓는더 혼슈 둥 미셰지물(微細之物)이 다 【13】 フ초지 아니미 업스니 감스의 은혜 태산 フ튼지라 무슨 연고로 져러틋 즐욕흐는뇨?"

　　인흐여 발긔룰 너여뵈니 니싱이 대희과망(大喜過望)흐여 도로 우어 굴오더,

　　"혼슈는 이믜 구비흐엿스나 목젼의 급흔 일이 ᄀ시니 이룰 쟝촛 엇지흐고?"

　　기쳬 그 연고룰 무른더 니싱이 그 안희로 더부러 협실의 드러가 가만이 그 스연을 닐으고 인흐여 뵈니 기쳬 박장대쇼 왈,

　　"봉믈건긔(封物件記) 둥 열쇠 흔 개 잇기로 ᄆᆞ음의 이상히 너겻더니 이졔야 그 위졀(委折)을 알니로다."

　　흐고 즉시 그 잠은 거슬 여니라.

과증돈듕야방신교
褻蒸豚中夜訪神交

넷젹 흔 사름이 부지(父子ㅣ) 동거흐미 그 아들이 벗 사괴기룰 조하흐기로 날마다 나가면 벗을 ᄯᅡ라 반ᄃ시 쥬육을 췌포(醉飽)흐고 【14】 도라오며 혹 일야룰 뉴슉(留宿)도 흐며 심지어 수일을 뉴련(留連)흐다가 만일 아니 나간즉 스방 친귀 낙역츄심(絡繹追尋)흐며 비반이 낭ᄌ흐고 희쇠(嬉笑ㅣ) ᄌᆞ약흐더라.

일ᄌᆞ은 기뷔 무러 굴오더,

　　"네 벗이 다 엇던 사름이뇨?"

　　기지 왈,

　　"다 결친흔 벗이로소이다."

　　기뷔 왈,

　　"벗이라 흐는 거시 텬하의 지극히 엇기 어렵거든 엇지 이ᄀᆞ치 허다흐뇨? 이 사름이 다 너와 더

부러 능히 지긔지심(知己知心)을¹⁶⁾ ㅎ는다?"

ᄃᆡ왈,

"그 사ᄅᆞᆷ이 다 심동의합(心同意合)ᄒᆞ여 단금문경지의ᄎᆔ(斷金刎頸之意趣) 잇ᄉᆞᆸ기로 능히 ᄌᆞ화ᄅᆞᆯ 상통ᄒᆞ고 환란의 셔로 구조ᄒᆞᄂᆞ이다."

긔ᄇᆔ 왈,

"그런즉 ᄂᆡ ᄒᆞᆫ번 시험ᄒᆞ리라."

ᄒᆞ고 일ᄌᆞ은 돗 ᄒᆞᆫ 마리ᄅᆞᆯ 온이로¹⁷⁾ 살마 그 털을 다 벗기고 초셕(草席)의 ᄡᅡ 동이고 밤의 그 ᄋᆞ들노 ᄒᆞ여곰 지이고 ᄀᆞᆯ오ᄃᆡ,

"네 일은바 ᄀᆞ장 친신(親信)ᄒᆞᆫ 벗의 집을 ᄎᆞᄌᆞ 【15】 가쟈."

ᄒᆞ고 ᄒᆞᆫ 곳을 가셔 문을 두ᄃᆞ리니 이윽고 그 벗이 나와 무러 왈,

"네 엇지 깁흔 밤의 왓ᄂᆞᆫ뇨?"

긔지 ᄀᆞᆯ오ᄃᆡ,

"ᄂᆡ 불ᄒᆡᆼ이 살인ᄒᆞ여 ᄉᆞ셰 심히 위급ᄒᆞ기로 이졔 시신을 지고 왓스니 다ᄒᆡᆼ이 날을 위ᄒᆞ여 잘 쳐치ᄒᆞ라."

긔위(其友 l) 졋츠로 경동(驚動)ᄒᆞ고 차련(嗟憐)ᄒᆞᆫ 빗츨 지어 왈,

"ᄂᆡ 드러가 쥬션ᄒᆞ리라."

ᄒᆞ더니 식경을 셔ᄅᆞ 기ᄃᆞ리더 나오지 아니커늘 여러 번 부르더 다시 ᄃᆡ답이 업ᄂᆞᆫ지라. 긔ᄇᆔ 탄 왈,

"네 졀친ᄒᆞᆫ 벗이 다 잇다외냐?"¹⁸⁾

ᄒᆞ고 ᄯᅩ ᄒᆞᆫ 곳을 가셔 그 ᄉᆞ연을 니르고 엇지ᄒᆞ면 조흘 도리ᄅᆞᆯ 무른디 긔위 ᄭᅮ지져 왈,

"이 엇더ᄒᆞᆫ 큰일이완ᄃᆡ ᄂᆡ게 희ᄅᆞᆯ 옴기고져 ᄒᆞᄂᆞ냐? 다시 말ᄂᆞᆯ고 ᄲᆞᆯ니 도라가라 더ᄃᆡ면 필연 누셜ᄒᆞ리라."

ᄒᆞ니 이러틋 지고 다니기ᄅᆞᆯ 삼ᄉᆞ 쳐의 다 용납지 아니ᄒᆞ거늘 긔 【16】 ᄇᆔ 왈,

"네 벗이 이 ᄲᅮᆫ이냐? 나도 친ᄒᆞᆫ 사ᄅᆞᆷ 하나이 모쳐의 잇스ᄃᆡ 만나지 못ᄒᆞᆫ 지 십 년이라 그러나 시험ᄒᆞ여 가 보리라."

ᄒᆞ고 즉시 ᄎᆞᄌᆞ가 그 ᄉᆞ연의 급ᄒᆞᆷ를 고ᄒᆞᆫ디 긔위 대경 왈,

"날이 쟝ᄎᆞᆺ 볼가오니 이목이 번다ᄒᆞ리라."

ᄒᆞ고 급히 ᄃᆞ리고 집안의 드러가 친히 판삽(板鍤)을¹⁹⁾ 가져 그 쟈는 방구돌을 헐고 ᄀᆞᆷ초고져 ᄒᆞ거늘 긔인이 우어 왈,

"괴히 놀나지 말나. 뎌 돗긔 ᄡᅡᆫ 거시 죽은 시신이 아니라 살믄 돗ᄎᆡ라."

ᄒᆞ고 인ᄒᆞ여 젼후 ᄉᆞ연을 져ᄌᆡ(這這)히²⁰⁾ 닐으니 긔위 ᄯᅩᄒᆞᆫ 삽홀 더져 박쟝대쇼ᄒᆞ고 손을 잇글고 드러가 술을 사고 그 졔육으로 안쥬ᄒᆞ여 ᄎᆔ토록 먹고 격년 회포ᄅᆞᆯ 편 연후의 쟉별ᄒᆞ고 인ᄒᆞ여 그 아들을 ᄃᆞ리고 집의 도라오니 긔지 크게 붓그럽고 뉘웃쳐 다시 벗을 사괴 【17】 지 아니ᄒᆞ더라.

의남님슈환유쳘
義男臨水喚兪鐵

니의남(李義男)은 쳘산(鐵山) 통인(通引)이라. 그 본관을 ᄯᅡ라 샹경ᄒᆞ엿더니 ᄯᆡ마츰 츈졀이라 일긔 화챵ᄒᆞ거늘 강ᄉᆡᆨ(江色)을 구경코져 ᄒᆞ여 본관의게 연유ᄅᆞᆯ 고ᄒᆞ고 농산강변(龍山江邊)의 나가 놉흔 언덕의 올나 강산의 슈려ᄒᆞᆫ 빗과 션쳑(船隻)의 왕ᄂᆡᄒᆞ고 경개ᄅᆞᆯ 구경ᄒᆞ더니 홀연 곤비ᄒᆞ여 안쟈 조을

---

16) 【지긔지심】 图 지기지심(知己知心). 서로 마음이 통하여 참되게 알아줌.¶ 知己知心 ‖ 이 사람이 다 녀와 더부러 능히 지긔지심을 ᄒᆞᆫ다 (且皆是汝知己知心之人乎?) <靑邱野談 奎章 15:14>

17) 【온이-로】 图 통째로.¶ 일ᄌᆞ은 돗 ᄒᆞᆫ 마리ᄅᆞᆯ 온이로 살마 그 털을 다 벗기고 초셕의 ᄡᅡ 동이고 밤의 그 ᄋᆞ들노 ᄒᆞ여곰 지이고 ᄀᆞᆯ오ᄃᆡ 네 일은바 ᄀᆞ장 친신ᄒᆞᆫ 벗의 집을 ᄎᆞᄌᆞ가쟈 (一日其父, 宰猪烹之, 刮其毛而白之, 裹以草席, 噭鍾饂龗, 使其子擔之, 謂其子曰: "且往汝所最信友之家.") <靑邱野談 奎章 15:14>

18) 【잇다외】 떼 이따위. 이러한 부류의 대상을 낮잡아 이르는 지시대명사.¶ 如是 ‖ 네 졀친ᄒᆞᆫ 벗이 다 잇다외냐 (汝之切友, 皆如是乎?) <靑邱野談 奎章 15:15>

19) 【판삽】 图 ((기물)) 판삽(板鍤). 나무로 된 삽.¶ 斧鍤 ‖ 급히 ᄃᆞ리고 집안의 드러가 친히 판삽을 가져 그 쟈는 방구돌을 헐고 ᄀᆞᆷ초고져 ᄒᆞ거늘 (急挑入家中, 親友斧鍤之屬, 欲毀臥室之埈而藏之.) <靑邱野談 奎章 15:16>

20) 【져져-히】 图 저저(這這)이. 있는 사실대로 낱낱이 모두.¶ 인ᄒᆞ여 젼후 ᄉᆞ연을 져ᄌᆡ히 닐으니 긔위 ᄯᅩᄒᆞᆫ 삽홀 더져 박쟝대쇼ᄒᆞ고 손을 잇글고 드러가 느러가 술을 사고 그 졔육으로 안쥬ᄒᆞ여 ᄎᆔ토록 먹고 (因將其事細述一場. 其友人亦投鍤而笑相與携手入房, 市酒數瓶, 切其猪而啖之.) <靑邱野談 奎章 15:16>

시 몽듕의 흔 노인이 일봉셔(一封書)룰 쥬어 굴오
듸,

"내 집을 쩌난지 오라미 집안 사롬이 내 쇼식
을 모로ᄂᆞᆫ지라 다힝이 날을 위ᄒᆞ여 이 셔간을 내집
에 젼ᄒᆞ라."

의남 왈,

"딕이 어너 곳의 잇ᄂᆞ뇨?"

노인 왈,

"내집이 웅골산하(雄骨山下) 대튁(大澤) 듕에
잇스니 못ᄀᆞ의 가 셰 번 유쳘(兪鐵)을 부르면 【18】
ᄌᆞ연 사롬이 믈 속으로조ᄎᆞ 나올 거시니 이 셔간을
젼ᄒᆞ라."

의남이 응낙ᄒᆞ고 ᄭᆡᄃᆞ르니 남가일몽(南柯一夢)
이라. 흔 봉 셔간이 겻히 노혓거늘 크게 긔히 너겨
드듸여 셔간을 거두어 낭듕에 곰초고 도라왓더니
몃 날이 지나지 아니ᄒᆞ여 본슈(本倅)룰 ᄯᆞ라 고을노
도라오미 즉일 슈유(受由)룰 고ᄒᆞ고 나와 웅골산 아
리 못ᄀᆞ의 다ᄃᆞ라 셰 번 유쳘을 부르니 믈이 끌어
소스며 완연흔 사롬이 믈속으로조ᄎᆞ 나와 굴오듸,

"너ᄂᆞᆫ 엇더흔 사롬이완듸 무슴 연고로 날을
블너ᄂᆞᆫ다?"

의남이 온 뜻을 말ᄒᆞ고 셔간을 젼ᄒᆞ니 유쳘
왈,

"조곰 머믈너 발낙(發落)을21) 기ᄃᆞ리라."

ᄒᆞ고 즉시 몸을 번듯쳐 믈속으로 드러가더니
이윽고 다시 나와 닐으듸,

"슈부(水府)의셔 너룰 부르시니 드러가쟈."

ᄒᆞ【19】거늘 의남 왈,

"내 엇지 능히 슈듕의 드러가리오?"

유쳘 왈,

"두 눈을 곰고 내 등의 업흰즉 ᄌᆞ연 념녜 업
스리라."

ᄒᆞ거늘 의남이 그 말을 조ᄎᆞ 등의 업히니 믈
결이 스스로 갈나지고 두 귀에 다만 믈결소리만 들
니더라. 이윽고 언덕 우희 나려셔거늘 믄득 눈을 ᄯᅥ
보니 흰 모릭언덕 우희 블근 문이 쟝녀ᄒᆞ더라. 유쳘
이 몬져 드러가 통흔 후 나와 드러가기룰 쳥ᄒᆞ거늘
여러 겹 문을 지나 드러가미 쥬궁픠궐(珠宮貝闕)이
표묘찬란(縹緲燦爛)흔지라 여러 층 셤돌을 발바 오
르니 흔 년쇼졀염(年少絶艶)흔 녀ᄌᆡ 흔연 영졉 왈,

"우리 부친이 고향을 쩌나신지 오라듸 쇼식을
듯지 못ᄒᆞ엿더니 지금 셔간을 젼ᄒᆞ니 극히 감샤ᄒᆞ
온 듕 부친 셔간의 그듸와 셔로 더부 【20】 러 결혼
ᄒᆞ라 ᄒᆞ여계시니 아지 못게라 그듸 의향이 엇더ᄒᆞ
뇨?"

의남이 대희과망(大喜過望)ᄒᆞ여 즉시 허락ᄒᆞ
니 녀ᄌᆡ 왈,

"나ᄂᆞᆫ 곳 농녜(龍女ㅣ)라 그듸 조곰도 혐의ᄒᆞ
비 업스랴?"

의남 왈,

"분수의 과람(過濫)ᄒᆞ거늘 무슴 혐의ᄒᆞ미 잇스
리오?"

ᄒᆞ고 즉일 셩녜(成禮)ᄒᆞ니 위의ᄂᆞᆫ 거록ᄒᆞᆷ과
의복의 찬란ᄒᆞᆷ과 찬품의 진이(珍異)ᄒᆞᆷ은 인간의 다
보지 못ᄒᆞ던 배러라. 동방(同房) 삼일 후 나가기룰
쳥흔듸 농녜 왈,

"거연(遽然)히 어듸로 가려 ᄒᆞᄂᆞᆫ다?"

의남 왈,

"내 슈유(受由)ᄒᆞᆷ이 한이 지나면 죄칙이 잇슬
가 ᄒᆞ여 부득불 나가노라."

농녜 왈,

"그듸 관가의 이시미 무슴 쇼임을 ᄯᅴ엿ᄂᆞ뇨?"

의남이 굴오듸,

"내 통인이로다."

농녜 왈,

"통인의 복식이 엇더ᄒᆞ뇨?"

의남 왈,

"긴 옷 우희 쾌ᄌᆞ(快子)룰22) 닙ᄂᆞ【21】니라."

농녜 즉시 상ᄌᆞ룰 열고 흔 이샹흔 비단을 니
여 즉시 쾌ᄌᆞ룰 지어 닙히고 ᄯᅩ 당부ᄒᆞ여 굴오듸,

"일후에 틈을 타 ᄌᆞᄌᆞ 드러오라."

ᄒᆞ고 드듸여 유쳘을 블너 업어너여 보너니라.
의남은 근본 본슈의 춍이ᄒᆞᄂᆞᆫ 통인이라 슈유 과한
(過限)ᄒᆞ듸 오리 현신치 아니ᄒᆞ기로 졔집의 무론즉
샹경ᄒᆞ엿다가 도라오미 우금(于今) 집의 도라온 일
이 업소미 간 바룰 아지 못ᄒᆞ노이다 ᄒᆞ거늘, 본관
이 대로ᄒᆞ여 그 아비룰 잡아 엄슈(嚴囚)ᄒᆞ고 날마다
현신ᄒᆞ기룰 독촉ᄒᆞ니 기뫼 황공ᄒᆞᆷ을 니긔지 못ᄒᆞ여
스면으로 방문ᄒᆞ더니 졔 뉵일 만의 비로쇼 웅골산

---

21) 【발낙】 圀 발락(發落). 결정하여 끝냄. 처리.¶ 發落 ∥
조곰 머믈너 발낙을 기ᄃᆞ리라 (少留以待發落.) <靑邱
野談 奎章 15:18>

22) 【쾌ᄌᆞ】 圀 ((복식)) 쾌자(快子). 소매가 없고 등솔기가
허리까지 트인 옛 전투복.¶ 快子 ∥ 긴 옷 우희 쾌ᄌᆞ룰
닙ᄂᆞ니라 (長衣之上, 服快子矣.) <靑邱野談 奎章
15:20>

하로조ᄎᆞ 오거ᄂᆞᆯ 기뫼 ᄀᆞᆯ오ᄃᆡ,

"네 어ᄃᆡ 갓다가 이졔 오ᄂᆞᆫ다? 수유 과한ᄒᆞ엿기로 관가의셔 네 부친을 엄【22】슈ᄒᆞ고 일〻 독촉ᄒᆞ니 네 ᄲᆞᆯ니 가 현신ᄒᆞ라."

의남이 황망이 드러가 현신ᄒᆞ니 본관이 문을 열고 구버본즉 닙은 바 의복이 극히 화려ᄒᆞ여 셰샹의 보지 못ᄒᆞ던 ᄇᆡ라 ᄆᆞᄋᆞᆷ의 심히 의아ᄒᆞ여 ᄭᅮ지즐 결을 업시 블너 무르ᄃᆡ,

"네 슈유ᄒᆞᆫ 후 바로 어ᄃᆡ로 갓ᄉᆞ며 닙은바 의복은 어ᄂᆡ 곳의셔 나뇨?"

의남이 감히 은휘치 못ᄒᆞ여 젼후 슈말을 일〻 직고(直告)ᄒᆞᆫᄃᆡ 본관이 ᄯᅩᄒᆞᆫ 긔이히 너겨 ᄀᆞᆯ오ᄃᆡ,

"네 쳬 곳 농녠즉 ᄉᆡᆼ각건ᄃᆡ 반ᄃᆞ시 아름다올 거시니 네 날노 ᄒᆞ여금 ᄒᆞᆫ 번 그 얼골을 보게 ᄒᆞᆯ쇼냐?"

의남이 ᄀᆞᆯ오ᄃᆡ,

"맛당히 농녀의게 뭇고 오리이다."

ᄒᆞ고 못ᄀᆞ의 가 유쳘을 블너니여 젼과 ᄀᆞᆺ치 업히여 드러가 본슈의 ᄒᆞᆫ 번 보고져 ᄒᆞᄂᆞᆫ 말을 의논【23】ᄒᆞ니 농녜 쳐음은 심히 어려워ᄒᆞ더니 이의 ᄀᆞᆯ오ᄃᆡ,

"셩쥐(城主ㅣ) 보고져 ᄒᆞ시니 엇지 감히 거역ᄒᆞ리오?"

아모날노 못ᄀᆞ의 ᄂᆡ림(來臨)ᄒᆞ시기를 쳥ᄒᆞ거ᄂᆞᆯ 의남이 도라와 상약ᄒᆞᆫ 말ᄉᆞᆷ을 고ᄒᆞᆫᄃᆡ 본쉬 대희ᄒᆞ여 이의 그날을 당ᄒᆞᄆᆡ 못ᄀᆞ의 쟝막을 놉히 치고 본쉬 크게 위의를 베풀고 읍ᄂᆡ 향임니교(鄕任吏校)와 노령ᄇᆡᆨ셩과 남녀노쇠 관가의셔 농녀 보러가ᄂᆞᆫ 쇼문을 듯고 일병 고을을 비고 나와 만산편야(滿山遍野)ᄒᆞ엿더라. 본쉬 못ᄀᆞ의 니르러 좌뎡 후 의남을 보ᄂᆡ여 물의 드러가 농녀를 쳥ᄒᆞ니 농녜 왈,

"평복으로 뵈오랴 융복(戎服)으로 뵈오랴?"

ᄒᆞ거ᄂᆞᆯ 의남이 나와 본슈의게 품ᄒᆞ니 본쉬 심ᄂᆡ의 뇨량ᄒᆞᄃᆡ 고은 계집이 융복을 ᄒᆞᆫ【24】즉 아릿다온 태되 ᄌᆞ별ᄒᆞᆯ 듯ᄒᆞ여 융복으로 나오라 분부ᄒᆞ니 의남이 드러가 본슈의 명을 젼ᄒᆞᆫᄃᆡ 농녜 대단 어려온 빗치 잇셔 침음반향의 ᄀᆞᆯ오ᄃᆡ,

"셩쥬의 분뷔 여ᄎᆞᄒᆞ시니 거역지 못ᄒᆞ리라."

ᄒᆞ거ᄂᆞᆯ 의남이 도라와 융복으로 뵈올 연유를 고ᄒᆞ니 본슈 이하로 읍촌 ᄇᆡᆨ셩ᄭᆞ지 니르러 다 눈을 ᄡᅵᆺ고 ᄂᆞᆯ셜 우희 셜ᄂᆡ가인이 소사오믈 ᄉᆞᆯ노 바라더니 이윽고 물결이 ᄭᅳᆯ으며 머리와 ᄲᅳᆯ이 별안간 소ᄉᆞ니 곳 일개 황농(黃龍)이라. 두 눈이 번ᄀᆡ ᄀᆞᆺ고 닌갑(鱗甲)이 흉녕(凶獰)ᄒᆞᆫ지라 본쉬 블의예 마조쳐 보ᄆᆡ 대경실ᄉᆡᆨᄒᆞ여 두 손으로 눈을 ᄀᆞ리고 업더지고 관광ᄒᆞ던 ᄇᆡᆨ셩이 다 놀나 분산ᄒᆞ니 농녜 그 경상을 보고 즉시 은신ᄒᆞ【25】더라. 관리 상해(上下ㅣ) 다 무류히 허여지니라. 의남이 일노조ᄎᆞ 자조 슈유를 쳥ᄒᆞᄃᆡ 본쉬 괴이히 너기지 아니ᄒᆞ더라.

수삭(數朔) 후 뉴월을 당ᄒᆞ여 한긔(旱氣) 태심(太甚)ᄒᆞ야 누ᄎᆞ 긔우(祈雨)ᄒᆞᄃᆡ 조금도 효험이 업거ᄂᆞᆯ 심ᄂᆡ의 초민(焦悶)ᄒᆞ여 ᄉᆡᆼ각ᄒᆞᄃᆡ 만일 농녀의게 쳥ᄒᆞᆫ즉 비를 가히 어들 듯ᄒᆞ여 의남을 보ᄂᆡ여 농녀를 보고 ᄀᆞᆫ쳥ᄒᆞ니 농녜 왈,

"비 쥬ᄂᆞᆫ 거시 비록 농의 조홰라 ᄒᆞ나 샹뎨의 명녕이 업스면 무가ᄂᆡ하(無可奈何)라."

ᄒᆞ거ᄂᆞᆯ 의남이 ᄇᆡᆨ셩의 초조갈망ᄒᆞᄂᆞᆫ ᄆᆞᄋᆞᆷ과 관가의 경셩이 지극ᄒᆞᆫ 말ᄉᆞᆷ으로 누〻 ᄀᆞᆫ쳥ᄒᆞᆫᄃᆡ 농녜 왈,

"그러ᄒᆞ면 마지 못ᄒᆞ여 ᄒᆞᆫ 번 가 법을 베플니라."

ᄒᆞ고 즉시 융복을 ᄀᆞ초고 손의 ᄒᆞᆫ 져근 병과 버들가지를 들고 나오거【26】ᄂᆞᆯ 의남 왈,

"내 그 시법(施法)ᄒᆞᄂᆞᆫ 거술 ᄒᆞᆫ 번 구경코져 ᄒᆞ니 더부러 ᄒᆞᆷᄭᅴ 가기를 쳥ᄒᆞ노라."

농녜 만류 왈,

"농은 공듕의 ᄒᆡᆼᄒᆞ고 그ᄃᆡᄂᆞᆫ 인간 범ᄐᆡ(凡胎)라 엇지 구름을 타리오?"

의남이 오히려 ᄀᆞᆫ쳥ᄒᆞ거ᄂᆞᆯ 농녜 마지 못ᄒᆞ여 ᄀᆞᆯ오ᄃᆡ,

"그러면 내 겨드랑 밋희 비ᄂᆞᆯ 속의 븟터 비ᄂᆞᆯ을 잡고 ᄒᆡᆼ혀 놋치 말나."

ᄒᆞ고 드ᄃᆡ여 엽희 ᄭᅵ고 공듕의 소사 구름을 토ᄒᆞ고 우레를 발ᄒᆞ며 버들가지를 가져 병 속의 물 셰 방울을 ᄲᅮ리더니 의남이 구름 속으로셔 구버보니 곳 쳘산 ᄯᅡ이라. 그 화곡이 다 타고 뎐답이 다 말나터졋ᄂᆞᆫᄃᆡ 셰 방울 물이 태부족ᄒᆞᆯ지라 겨드랑 밋흐로 ᄀᆞ만이 손을 ᄂᆡ여 급히 농녀의 가진 병을 아ᄉᆞ 모도 업지르니 농녜 대경ᄒᆞ여 즉【27】시 도라와 의남ᄃᆞ려 왈,

"밧비 도라가라. 이졔 큰 ᄌᆡ홰 니르리라."

ᄒᆞ거ᄂᆞᆯ 의남이 그 연고를 무른ᄃᆡ 농녜 왈,

"내 당초의 그러ᄒᆞᆯ가 념녀ᄒᆞ고 그ᄃᆡ와 ᄒᆞᆷᄭᅴ 가지 말과져 ᄒᆞ엿ᄂᆞ니 무릇 농궁의 ᄒᆞᆫ 방울 물이 곳 인간의 ᄒᆞᆫ 치 되ᄂᆞᆫ 비라 셰 방울 물이 〻미 족ᄒᆞ거ᄂᆞᆯ 이졔 온 병을 다 업쳣스니 그 해 되믈 엇지

이로 말ᄒᆞ리오? 나는 하ᄂᆞᆯ의 득죄ᄒᆞ여 텬벌이 쟝ᄎᆞᆺ ᄂᆞ리ᄂᆞ니 그ᄃᆡ는 샐니 나가고 만일 오날ᄂᆞᆯ 경을 닛지 아니ᄒᆞ려 ᄒᆞ면 너일 ᄂᆞ즉 빅각산하(白角山下)의 가셔 닉 머리ᄅᆞᆯ 거두어 무드라."

의남이 불승참측(不勝慘惻)ᄒᆞ나 부득이 쟉별ᄒᆞ고 나와보니 망ᄂᆞᆫ 평디 일망무졔(一望無際)ᄒᆞ고 뎐답 형용이 아조 업논지라 도라와 므른즉 쟉야 삼경 낭의 대위 폭쥬(暴注) 【28】ᄒᆞ여 평디 슈심이 ᄒᆞᆫ 길이 넘고 산과 언덕이 믄허져 동셔ᄅᆞᆯ 분변치 못ᄒᆞᆫ다 ᄒᆞ니 의남이 비로소 크게 뉘웃고 한ᄒᆞ더라. 잇튼날 빅각산을 초쟈가니 뇽의 머리 ᄭᅥ러졋거늘 드듸여 안고 도라와 경히 뭇고 의복에 ᄡᅡ 목함의 너허 산하의 무든 후 통곡ᄒᆞ고 도라오니라.

노온녀환ᄉᆞ납쇼실
老媼慮患納小室

녯격의 ᄒᆞᆫ 지샹이 잇셔 닉외 회로ᄒᆞ더니 아희 좀이 잇스더 나히 겨오 이팔이 넘논지라. 용식(容色)이 션연ᄒᆞ고 셩픔이 냥슌ᄒᆞ기로 부인이 춍이ᄒᆞ더니 그 지샹이 ᄒᆞᆼ샹 친압(親狎)ᄒᆞᆯ ᄯᅳᆺ이 잇셔 ᄌᆞ조 희롱ᄒᆞ더 동비(童婢) 죵시 승슌(承順)치 아니ᄒᆞ고 일ᄂᆞᆫ 승간(乘間)ᄒᆞ여 부인긔 울며 고왈,

"쇼비 쟝ᄎᆞᆺ 죽【29】겟ᄂᆞ이다."

부인이 놀나 그 연고ᄅᆞᆯ 무론더 동비 ᄀᆞᆯ오더,

"대감계오셔 쇼비ᄅᆞᆯ ᄌᆞ로 희학ᄒᆞ샤 친압고져 ᄒᆞ시니 만일 명을 좃지 아니ᄒᆞ면 필연 죄예 걸녀 죽스올 거시오 만일 승슌ᄒᆞ온즉 부인 의하(儀下)의 양육ᄒᆞ신 은혜를 져ᄇᆞ릴 거시니 출하리 ᄒᆞᆫ 번 죽어 모로나니만 ᄀᆞ지 못ᄒᆞ옵기로 쟝ᄎᆞᆺ 믈의 ᄲᅡ져죽으려 ᄒᆞ노이다."

부인이 그 ᄯᅳᆺ을 측은히 녀겨 금은경보와 졔의복 아오로 ᄒᆞᆫ 보의 ᄡᅡ 쥬어 왈,

"인싱이 엇지 부졀업시 죽으리오? 네 이거슬 가지고 가고 시분 곳으로 가 편히 살나."

ᄒᆞ고 슝야(乘夜)ᄒᆞ야 ᄀᆞ마이 뒤문을 열고 보닉니 그 뇽비 ᄌᆞᆫ오(自兒)로 지샹가 닉실의셔 길넌지라 창졸의 문을 나미 향ᄒᆞᆯ 바ᄅᆞᆯ 아지 못ᄒᆞ야 곳 대로ᄅᆞ조ᄎᆞ 힝ᄒᆞ여 남문을 나【30】강두의 니르니 날

이 바야흐로 붉논지라 믈방울 소리 나며 ᄒᆞᆫ 쇼년남지 뒤롤 조ᄎᆞ 오더니 압희 당ᄒᆞ여 몰긔 ᄂᆞ려 무러 왈,

"녀는 어디 잇는 녀지완더 이러틋 쳥신(淸晨)의 홀노 거러 어디로 가ᄂᆞ뇨?"

더왈,

"내 심듕의 셜운 일이 잇셔 쟝ᄎᆞᆺ 강의 ᄲᅡ져 죽고져 ᄒᆞ노라."

기인 왈,

"무슨 일노 쳥츈의 몸에 ᄲᅡ져 죽으려 ᄒᆞᄂᆞ뇨? 내 나히 이십이 되여시나 밋쳐 취실치 못ᄒᆞ엿스니 날노 더브러 ᄒᆞᆫ가지로 살미 엇더ᄒᆞ뇨?"

궐녀 그 우연치 아닌 연분인가 ᄒᆞ여 즉시 허ᄒᆞ니 드듸여 ᄀᆞᆯ오더,

"날을 조ᄎᆞ오라."

ᄒᆞ고 몰을 틱와 가니라.

그 후 수십 년의 그 지샹의 닉외 구몰ᄒᆞ고 그 ᄌᆞ뎨도 다 쟉고ᄒᆞ고 그 손ᄌᆞ ᄒᆞ나히 잇셔 이믜 쟝셩ᄒᆞ엿스나 가셰 졈ᄂᆞ 빈궁ᄒᆞ여 【31】ᄌᆞ싱(資生)ᄒᆞᆯ 길이 업더니 홀연 싱각ᄒᆞ더,

'션셰의 노비 수빅 명이 각쳐의 흣터 잇스니 만일 문권을 조ᄎᆞ 츄로(推奴)ᄒᆞ면 가히 이러틋 군급(窘急)ᄒᆞᆷ을 면ᄒᆞ리라.'

ᄒᆞ고 드듸여 단신으로 발힝ᄒᆞ여 ᄒᆞᆫ 곳의 니르러 모든 사ᄅᆞᆷ을 불너 안치고 문권을 닉여 뵈야 ᄀᆞᆯ오더,

"너의들은 다 우리집 견셰(前世) 노속(奴屬)이라 내 이졔 노비공(奴婢貢)을 바들 ᄎᆞ(次)로 ᄂᆞ려왓스니 너의 남녀노쇠 인구 수더로 낫ᄎᆞ치 출여니라."

ᄒᆞ니 그 사ᄅᆞᆷ들이 비록 응낙ᄒᆞ나 심녀의 블평ᄒᆞ여 위션 ᄒᆞᆫ 방을 졍ᄒᆞ여 머믈게 ᄒᆞ고 쥬찬을 ᄀᆞ초와 더졉ᄒᆞ더라. 그날밤의 힝노의 발셥ᄒᆞ엿기로 곤히 쟈더니 밤이 깁흔 후 창 밧긔 인격이 슈상ᄒᆞ거늘 놀나 ᄭᆡ드라 ᄀᆞ만이 엿본즉 쟝졍 수십인이 각ᄂᆞ 창과 【32】칼을 들고 드러오려 ᄒᆞ거늘 싱이 크게 놀나 급히 북벽을 ᄯᅳᆯ고 나가 뒤울을 뛰여넘엇더니 홀연 ᄒᆞᆫ 호랑이 돌녀드러 물고 가거늘 그놈들이 뒤ᄅᆞᆯ 조ᄎᆞ 오다가 그 경상을 보고 셔로 치하ᄒᆞ여 ᄀᆞᆯ오더,

"우리 수고로이 챡슈치 아니ᄒᆞ고 기리 후ᄒᆞᆫ을 씬엇스니 엇지 하ᄂᆞᆯ이 도으시미 아니랴?"

ᄒᆞ더라. 그 범이 싱을 두르쳐 등의 업고 반밤스이의 수빅 니를 지나 ᄒᆞᆫ 곳의 니르러 ᄯᅡ희 ᄂᆞ려

노흐니 성이 긔부는 비록 상치 아니ᄒᆞ엿스나 경신이 혼결ᄒᆞ엿더니 이윽고 경신이 돌니여 비로쇼 눈을 쩌 둘너보니 ᄒᆞᆫ 대쵼 듕 우믈ᄀᆞ 사롬의 집이라. 그 범이 웅그리고23) 그 겻히 안잣더니 날이 불그미 우믈ᄀᆞ 사롬이 문을 열고 나오다가 범을 보고 크게 놀나 소리지르니 여 [33] 러 사롬이 일제히 막ᄃᆡ롤 들고 나오미 범이 비로소 몸을 니르혀 셔ᆞ히 가더라. 즁인이 성을 붓드러 니러 안치고 그 위졀을 무르니 성이 젼후 슈말을 져ᆞ히 니른ᄃᆡ 사롬이 다 이상히 너기고 놀나더라. 그집의 늙근 한미 잇셔 ᄯᅩ 나와 보더니 성의 어[얼]골을 보고 즉시 쳥ᄒᆞ여 ᄂᆡ실의 안치고 굴오ᄃᆡ,

"그ᄃᆡ 아명이 아모 아니냐?"

성이 대경 왈,

"내 아명이 과연 그러ᄒᆞ거니와 노귀 엇지 아ᄂᆞ뇨?"

노귀 왈,

"나는 근본 귀퇵 비ᄌᆞ로셔 왕대부인젼(王大夫人前)의 ᄌᆡ성지은(再生之恩)을 닙스와 이러틋 나와 사오니 우금(于今) 쳔ᄒᆞ 나히 칠십이나 부인의 은혜롤 어늬날 이즈리오마는 다만 경향이 낙ᆞ(落落)ᄒᆞ여 셩식(聲息)이 격조(隔阻)ᄒᆞ더니 오날ᆞ 셔방쥐 의외예 이곳에 니르시니 이는 곳 하놀이 날노 [34] ᄒᆞ여금 녯 은혜롤 갑게 ᄒᆞ시미로다."

ᄒᆞ고 드듸여 모든 아들과 손ᄌᆞ롤 블너 닐으ᄃᆡ,

"이 냥반은 나의 샹젼이니 여등은 일졔 현알ᄒᆞ라."

ᄯᅩ 북창(北窓)을 열고 모든 ᄌᆞ부롤 블너 현신ᄒᆞ게 ᄒᆞ고 일변 셩찬을 ᄀᆞ초와 나오며 시 의복 ᄒᆞᆫ 벌을 ᄂᆡ여 닙히고 수일을 머므더니 성이 노고의 모든 ᄌᆞ여손(子與孫)을 보니 다 긔상이 걸ᆞᄒᆞ고 신쉬 훤앙ᄒᆞ며 지산이 부요ᄒᆞ고 긔습(氣習)과 권녁이 일향의 셩명 잇눈 모양으로 이제 블의예 그 모친이 일개 뉴걸(流乞)을24) ᄀᆞ르쳐 샹젼이라 일ᄏᆞᆺ고 져의

23) [웅그리-] 圖 웅크리다.¶蹲∥ 그 범이 웅그리고 그 겻희 안잣더니 날아 불그미 우믈ᄀᆞ 사롬이 문을 열고 나오다가 범을 보고 크게 놀나 소리지르니 (而其虎尚蹲坐其傍, 天色向曙矣. 井邊家人, 將欲汲水, 開門而出, 忽見伺許人, 團臥山上, 又有老嫗竹其傍, 大驚光之, 連呼聲有虎.) <靑邱野談 奎章 15:32>

24) [뉴걸] 圖 ((인류)) 유걸(流乞). 거지.¶流乞之人∥ 이졔 블의예 그 모친이 일개 뉴걸을 ᄀᆞ르쳐 샹젼이라 일ᄏᆞᆺ고 져의놀 일조의 다 노속을 민드니 (今忽不意,

들노 일조(一朝)의 다 노쇽(奴屬)을 민드니 향듕의 슈치 되여 분긔탱듕(憤氣撑中)ᄒᆞ나 그 모의 셩픔이 엄졀ᄒᆞ기로 모든 ᄌᆞ손이 강잉ᄒᆞ여 그 ᄯᅳᆺ을 어긔지 못ᄒᆞᄂᆞᆫ 모양이더라. 성이 노구의게 도라가믈 [35] 쳥ᄒᆞᆫ디 노귀 관곡히 만뉴ᄒᆞ더니 일은 밤든 후 혼개 다 잠을 드럿거늘 노귀 셩드려 ᄀᆞ만이 일너 왈,

"낭군이 모든 사롬의 긔쇠을 보시니잇가? 뎌의들이 비록 내 말을 거스리지 못ᄒᆞ야 외면으로 슌죵ᄒᆞ나 그 모음은 가히 측냥치 못ᄒᆞᆯ지라 낭군이 만일 홋몸으로25) 도라간죽 듕노의 필연 비샹(非常)ᄒᆞᆫ 지ᄒᆡ(災禍)ᅵ 이시리니 내 ᄒᆞᆫ 계괴 잇스니 낭군이 그 능히 조츨쇼냐?"

성 왈,

"무슴 계괴뇨?"

노귀 왈,

"내게 손녀 ᄒᆞ나히 잇스미 나히 이팔이오 ᄌᆞᆺ 못 ᄌᆞ셕이 잇스나 아직 셩혼치 못ᄒᆞ엿스니 이 녀ᄋᆞ롤 낭군긔 드리고져 ᄒᆞ니 의향이 엇더ᄒᆞ뇨?"

성이 창졸의 이 말을 듯고 당황의아ᄒᆞ여 능히 더답지 못ᄒᆞ거늘 노귀 굴오ᄃᆡ,

"녯 쥬인의 은혜롤 닛지 못ᄒᆞ여 극ᄒᆞᆫ 계교롤 이 [36] ᄀᆞᆺ치 ᄒᆞ니 낭군이 내 말을 조츤죽 가히 살아 도라갈 거시오 만일 좃지 아니ᄒᆞ면 반드시 대화(大禍)롤 면치 못ᄒᆞ리라."

성이 황연대각(晃然大覺)ᄒᆞ여 즉시 응낙ᄒᆞ거늘 잇튼(날) 노괴 모든 ᄋᆞ들을 블너 왈,

"닉 손녀 아모로 ᄒᆞ여금 샹젼 낭군긔 드리고져 ᄒᆞ니 네 오날밤의 혼구롤 판비ᄒᆞ라."

졔지 쳥명ᄒᆞ고 그날밤의 동방을 슈리ᄒᆞ고 그 손녀롤 곱게 단장ᄒᆞ야 드려보니여 셩혼ᄒᆞ니라.

잇튿날 아춤의 노귀 드러가 문안ᄒᆞᆫ 후 ᄯᅩ 졔ᄌᆞ롤 블너 왈,

"낭군이 명일 쟝ᄎᆞ 환퇵(還宅)ᄒᆞ실 ᄯᅦ예 손ᄋᆞ롤 ᄯᅩ 맛당히 솔권(率眷)ᄒᆞ여 가실 거시니 그마 일필 교마 일필 복마 일필을 밧비 등ᄃᆡᄒᆞ고 녀의 듕 아모ᆞᄂᆞᆫ 비힝 샹경ᄒᆞ라."

ᄒᆞ니 졔지 응명ᄒᆞ여 일졔히 쥰비ᄒᆞ엿거늘 잇

其母以一介流乞之人, 稱之以上田, 使渠輩, 盡爲其奴.) <靑邱野談 奎章 15:34>

25) [홋몸] 圖 ((신체)) 홑몸.¶單身∥ 낭군이 만일 홋몸으로 도라간즉 듕노의 필연 비샹ᄒᆞᆫ 죄ᄒᆡ 이시리니 내 ᄒᆞᆫ 계괴 잇스니 낭군이 그 능히 조츨쇼냐 (若單身歸去, 則必致中路非常之禍, 我有一計, 郎君其能從之否?) <靑邱野談 奎章 15:35>

틋날 【37】 금침의복(衾枕衣服)과 　 젼지포빅(錢財布帛)과 토산즙믈(土産什物)을 만히 실녀 은근 치송ᄒᆞ니 일노조ᄎᆞ 미년의 신식(信息)을 긋치 아니ᄒᆞ여 노구의 셩젼가지 빈삭 왕ᄂᆞ더라.

몽황농지셩발쇼미
夢黃龍至誠發宵寐

니참판(李參判) 진항(鎭恒)이26) 겨머실 ᄯᅢ예 과공(科工)을 독실히 ᄒᆞ여 과거ᄒᆞᆯ 뜻이 근졀ᄒᆞ더니 사름이 다 닐오디,
　"ᄭᅮᆷ의 농을 본즉 반ᄃᆞ시 등과ᄒᆞ다."
ᄒᆞ믈 듯고 이예 반간 되는 협실을 쇼쇄ᄒᆞ여 홀노 쳐ᄒᆞ고 가인을 약속ᄒᆞ여 가듕 범스와 빈긱 왕ᄂᆞ를 거졀ᄒᆞ고 대쇼변 보기 외예는 방 밧그 나지 아니ᄒᆞ고 됴셕 음식도 ᄯᅩ흔 창굼그로 출입ᄒᆞ고 쥬야 셩각ᄒᆞᄂᆞᆫ 비 다만 농이라. 그 형체와 동쟉과 그 닌갑과 그 조아(爪牙)를 셩각 【38】 ᄒᆞ며 심지어 농의 거쳐ᄒᆞᄂᆞᆫ 바와 농의 즐기ᄂᆞᆫ 바와 농의 변화ᄒᆞᄂᆞᆫ 바를 ᄆᆞ음으로ᄡᅥ 셩각ᄒᆞ고 손으로ᄡᅥ 지졈ᄒᆞ여 이럿 틋ᄒᆞ기를 순식간이라도 간단(間斷)이 업더니 계 삼 일야의 비로쇼 흔 ᄭᅮᆷ을 어드니 큰 황농을 잡아 왼편 팔의 감을ᄉᆡ 용체(龍體) 쟝대ᄒᆞ여 크게 긔력을 허비ᄒᆞ여 간신이 얼근 후 놀나 ᄭᅢ드르니 이 곳 농몽(龍夢)이라. 노력을 과히 ᄒᆞ여 일신의 ᄯᆞᆷ이 흘넛더라.
니셩이 근본 실지(實才)로ᄡᅥ 이 ᄭᅮᆷ을 어든 후 크게 깃거ᄒᆞ여 무릇 농의게 당흔 문ᄌᆞ 등 ᄀᆞ쟝 글졔예 합흔 쟈를 ᄀᆞᆯ희여 무수히 지엇더니 미긔(未幾)예 졍시녕(庭試令)이27) 나거늘 과젼(科前) 수일의

친히 지젼(紙廛)의 가 샹등 시지(試紙)를 암희 ᄲᅡᆺ코 왼편손은 소매 속의 ᄀᆞᆷ초고 우슈로 조희를 ᄀᆞᆯ희다가 ᄀᆞ 【39】 쟝 샹픔을 ᄀᆞᆯ희여 이예 좌슈로 샌혀니고 ᄯᅩ 싱각ᄒᆞ디,
　'형뎨ᄂᆞᆫ 곳 일신이라 내 ᄋᆞ오의 시지를 엇지 흔듸 ᄀᆞᆯ희지 아니리오?'
ᄒᆞ고 ᄯᅩ 우슈로 틱ᄒᆞ고 좌슈로 샌혀니여 두 쟝을 사가지고 도라와 드듸여 그 뎨시(弟氏)로 더브러 쟝듕의 드러갓더니 이윽고 셩균관(成均館) ᄎᆞ원이 어졔를 밧드러 나오니 만쟝(滿場) 듕 거지 다 샹을 우러ᄅᆞᆯ보더니 밋 글졔를 걸미 '초룡쥬쟝(草龍珠帳)' 네 ᄌᆞ라. 만쟝이 그 희졔를 아는 재 업셔 셔로 문의ᄒᆞ디 니셩은 그 출쳐를 닉이 아는지라 이의 경심ᄒᆞ여 일필휘지ᄒᆞ야 형뎨 두 쟝을 ᄎᆞ례로 밧쳣더니 밋 방이 나미 뎡원(政院) 하예(下隸) 호명흘ᄉᆡ 몬져 그 뎨시 일홈을 블으거늘 너렴(內念)의 싱각ᄒᆞ여 나는 비록 참방(參榜)치 못ᄒᆞ나 뎨시 이믜 등과ᄒᆞ니 무어 【40】 시 늣거오리오? 이윽고 ᄌᆞ가의 셩명이 ᄯᅩ 나오니 그 농몽의 응험ᄒᆞ믈 신긔히 너기더라. 그 방의 형뎨 년벽(連璧)ᄒᆞ여 가 졍지(卿宰) 지위예 올으니라. 그 노러예 미양 쇼년 과공ᄒᆞᄂᆞᆫ 사름을 만나면 반ᄃᆞ시 그 졍셩을 일위여 농몽(龍夢) 엇기를 권ᄒᆞ더라.

송ᄉᆞ간웅조동텬텽
誦斯干雄兆動天聽

유교리(兪校理) 한위(漢㝱ㅣ) 쇼년의 호방ᄒᆞ더니 태혹(太學)의 거지(居齋)ᄒᆞ여28) 미양 일ᄎᆞ(日次)

---

26) 【진항】 圖 ((인명)) 진항(鎭恒). 이진항(李鎭恒 1721~?). 자는 경백(經伯). 조선후기의 문신. 생원을 거쳐 1753년(영조 29) 동생 진형(鎭衡)과 함께 정시문과에 병과로 급제하여 1757년 검열(檢閱)로 처음 부임하였다. 그 후 지평·헌납·장령·보덕·집의·승지·한성부우윤 등을 지냈다 ∥ 鎭恒∥ 니참판 진항이 쪄머실 ᄯᅢ예 과공을 독실히 ᄒᆞ여 과거ᄒᆞᆯ 뜻이 근졀ᄒᆞ더니 (李參判鎭恒, 少時必欲做科.) <靑邱野談 奎章 15:37>

27) 【졍시】 圖 졍시(庭試). 조선시대에, 나라에 경사가 있을 때 대궐 안에서 보이던 과거.∥ 庭試∥ 니셩이 근본 실지로ᄡᅥ 이 ᄭᅮᆷ을 어든 후 크게 깃거ᄒᆞ여 무릇 농의게 당흔 문ᄌᆞ 등 ᄀᆞ쟝 글졔에 합흔 쟈를 ᄀᆞᆯ희여 무수히 지엇더니 미긔예 졍시녕이 나거늘 (李丈自是實才, 得此夢而大喜, 凡龍之文字, 可合科題者, 無論經史雜記, 無數做得, 忽然庭試有命.) <靑邱野談 奎章 15:38>

28) 【거지】 圖 거재(居齋). 조선시대에, 선비들이 성균관이나 사학(四學) 놓는 유교의 기숙사에서 숙식하며 학문을 닦던 일.¶ 유교리 한위 쇼년의 호방ᄒᆞ더니 태혹의 거지ᄒᆞ여 미양 일ᄎᆞ 뎐강을 보는지라 (兪校理漢㝱, 少時豪放不羈, 以學掌色, 觀日次殷講.) <靑邱野談 奎章 15:40>

면강(殿講)을29) 보는지라. 하로밤 꿈의 시젼(詩傳)
ᄉ간쟝(斯干章)을 강하고 어젼의 ᄉ과(賜科)하시
니30) 놀나 ᄶᅥᄃᆞ른즉 동임(洞任)이 와 고하되,

"명일의 면강녕이 낫다."

하거늘 유셩이 크게 깃거 급히 니러 안쟈 겻
히 쟈는 쇼동을 혼드러 니르켜 ᄀᆞᆯ오되,

"급히 큰 샤랑의 올나가 ᄉ모와 관ᄃᆡ를 가져
오라."

쇼동 왈,

"큰 사랑문 【41】이 닷치엿고 나리ᄭᅦ 취침하
여계시니이다."

유셩이 ᄀᆞᆯ오되,

"비록 그러나 겸인을 블너 ᄲᆞᆯ니 가져오라."

쇼동이 ᄌᆞ옥고 가져왓거늘 ᄯᅩ 큰ᄃᆡ의 가 어ᄉ
화(御賜花)를 가져오라 하여 이의 쟝복(章服)을31)
닙고 ᄉ화를 ᄉ모의 ᄭᅩᆺ고 두 사롬의 부익(扶腋)하
고32) 졍듕(庭中)의 왕ᄂᆡ하여 신은(新恩) 진퇴하는
모양을 하더니 그 부친이 잠졀의 사롬의 훤화하는
쇼리를 듯고 놀나 문왈,

"이졔 밤이 깁헛거늘 엇던 사롬이 들네느뇨?"

좌위 ᄀᆞᆯ오되,

"셔방쥬계오셔 신은노리를 하느이다."

---

29) 【면강】圖 젼강(殿講). 조선시대 때, 성균관 유생 가운
데에서 실력 있는 사람을 뽑아서 임금이 친히 대궐에
모아 놓고 보이던 시험. 삼경이나 오경에서 찌를 뽑아
서 외게 하였다.¶ 殿講∥유교리 한위 쇼년의 호방하
더니 태혹의 거ᄌᆞ하여 미양 일ᄎ 면강을 보는지라
(兪校理漢寅, 少時豪放不羈, 以學掌色, 觀日次殿講.)
＜靑邱野談 奎章 15:40＞

30) [ᄉ과-하-]圖 사과(賜科)하다. 임금이 직접 과제(科
題)를 내다.¶ 占科∥하로밤 꿈의 시젼 ᄉ간쟝을 강
하고 어젼의 ᄉ과하시니 놀나 ᄶᅥᄃᆞ른즉 동임이 와 고하
되 명일의 면강녕이 낫다 하거늘 (一夜夢, 遇斯干章占
科, 而方覺之際, 洞任來告, 明日殿講有命矣.) ＜靑邱野
談 奎章 15:40＞

31) 【쟝복】圖 ((복식)) 쟝복(章服). 옛날 벼슬아치들의 공
복(公服). 관ᄃᆡ.¶ 章服∥이의 쟝복을 닙고 ᄉ화를 ᄉ
모의 ᄭᅩᆺ고 두 사롬의 부익하고 졍듕의 왕ᄂᆡ하여 신은
진퇴하는 모양을 하더니 (於時衣章服, 以細纓, 縛賜花
於帽而着之, 使二人挾腋, 中庭往來, 作進退狀.) ＜靑邱
野談 奎章 15:41＞

32) [부익-하-]圖 부애(扶腋)하다. 겨부축하다.¶ 扶腋∥
이의 쟝복을 닙고 ᄉ화를 ᄉ모의 ᄭᅩᆺ고 두 사롬의 부
익하고 졍듕의 왕ᄂᆡ하여 신은 진퇴하는 모양을 하더
니 (於時衣章服, 以細纓, 縛賜花於帽而着之, 使二人挾
腋, 中庭往來, 作進退狀.) ＜靑邱野談 奎章 15:41＞

그 대인 왈,

"이 ᄋᆞ히 ᄯᅩ 변괴(變怪)를 짓는도다."

하고 그 ᄋᆞ들을 블너 크게 ᄭᅮ지져 ᄀᆞᆯ오되,

"이 무슴 모양이며 무슴 괴이혼 소리뇨?"

셩이 ᄌᆞ의

"그 몽ᄉ(夢事) 이샹홈과 명일 과거녕이 ᄆᆞᄎᆞᆷ
낫ᄉ오니 금번 면강의 필연 급졔하올 듯하옵기로
【42】희블ᄌᆞ숭(喜不自勝)하와 과연 신은노리를 하
엿느이다."

대인이 분매(忿罵)하여 ᄀᆞᆯ오되,

"네 몰지각훈 놈으로 평성의 글 혼ᄌᆞ도 보지
아니하고 헛도이 셰월을 보내다가 엇지 과거를 바
라리오? 네 아모커나 ᄉ간쟝을 외오라."

셩이 ᄌᆞ의 고셩대독(高聲大讀)하다가 말쟝(末
章)의 니르러 외오지 못하거늘 대인이 ᄯᅩ ᄭᅮ지져
왈,

"뎌 모양으로 엇지 과거를 ᄇᆞ라리오? 밧비 모
ᄃᆡ(帽帶)를 벗고 가 일즉 자고 명일 과거볼 성각 말
나."

셩이 유ᄌᆞ이 퇴하니라. 잇튼날 시벽의 ᄀᆞ만이
입장하여 드듸여 몽듕ᄉ(夢中事)로 동졉(同接) 친구
의게 말한되 다 ᄀᆞᆯ오되,

"그ᄃᆡ 그 글을 숙독하엿느냐?"

셩 왈,

"말쟝을 외오지 못하노라."

그 벗이 ᄀᆞᆯ오되,

"엇지 칙을 펴고 훈번 강하지 아니하느뇨?"

셩 왈,

"꿈이 만일 녕치 아니하면 홀 【43】 일업거니
와 그러치 아니하량이면 비록 다 외오지 못하나 필
연 스ᄉ로 ᄭᆡ둘을 니 잇스리니 강하여 무엇하리
오?"

모든 벗이 다 힘뼈 권한되 죵시 듯지 아니하
더라. 밋 강쟝이 나오니 곳 ᄉ간쟝이라 셩이 더욱
ᄆᆞ음의 홀노 깃거 드듸여 고셩대독하여 거의 말쟝
의 니르러 샹이 어슈(御手)로 칙상을 두드리시고 크
게 칭찬하여 ᄀᆞᆯ아샤되,

"션지ᄌᆞᄌᆞ(善哉善哉)라."

하시고 구틱여 다 외올 거시 업시 슌통(純通)
으로 슈싱(收桩)하여33) 급졔 쥬시니라. 그 대인이

---

33) [슈싱-하-]圖 수생(收桩)하다. 비봉(秘封)을 적다.¶
收桩∥구틱여 다 외올 거시 업시 슌통으로 슈싱하여
급졔 쥬시니라 (不必盡誦, 速爲收桩, 乃不誦末章, 而以

아츰의 그 과거보라 가믈 듯고 우탄(吁嘆)ᄒᆞ기ᄅᆞᆯ 마
지 아니ᄒᆞ더니 밋 방방(放榜)흔[34] 쇼문이 들니미 더
욱 의려ᄒᆞ여 진위ᄅᆞᆯ 모로더니 유셩이 궐니로조ᄎᆞ
집으로 도라오미 치하ᄒᆞᄂᆞᆫ 빈긱이 낙역(絡繹)ᄒᆞ거ᄂᆞᆯ
유셩이 마샹의셔 손으로 면ᄉᆞ히 지【44】겸ᄒᆞ며 자
랑ᄒᆞ여 ᄀᆞᆯ오디,

"내 비록 스간시 말쟝을 외오지 못ᄒᆞ여도 이
계 능히 과거ᄒᆞ엿노라."

ᄒᆞ더라.

홍샹셔슈뎡면인
洪尙書受挺免刃

홍상셔(洪尙書) 우원(宇遠)이[35] 쇼시예 무슴
일노 동협(東峽) 길을 힝ᄒᆞ더니 일셰 이믜 져믈고
쥬졈이 초원(稍遠)ᄒᆞ여 부득이 산촌의 드러가 ᄒᆞᄅᆞ
밤 뉴슉ᄒᆞ기ᄅᆞᆯ 쳥ᄒᆞ니 그집의 노옹고(老翁姑)와[36]
밋 져믄 며ᄂᆞ리 잇더라. 셕반을 공궤흔 후 노옹이
홍셩ᄃᆞ려 닐너 왈,

"우리 부쳐ᄂᆞᆫ 오날밤 친쳑의 집 대샹(大祥) 계

純通賜第.) <靑邱野談 奎章 15:43>

34) 【방방-ᄒᆞ-】圖 방방(放榜)ᄒᆞ다. 조선시대에, 과거에 급
제한 사람에게 증서를 주다.¶ 榜 ∥ 밋 방방 흔 쇼문이
들니미 더욱 의려ᄒᆞ여 진위ᄅᆞᆯ 모로더니 유셩이 궐니
로조ᄎᆞ 집으로 도라오미 치하ᄒᆞᄂᆞᆫ 빈긱이 낙역ᄒᆞ거ᄂᆞᆯ
(忽聞榜聲, 疑慮百端, 愈校理自闕出來, 望家而歸, 其門
客之屬, 方出門迎接.) <靑邱野談 奎章 15:43>

35) 【우원】圖 ((인명)) 우원(宇遠). 홍우원(洪宇遠 1605~
1687). 자는 군징(君徵), 호는 남파(南坡). 좌참찬으로
있다가 1608년 경신대출척(庚申大黜陟) 때 파직당하고
명천(明川)에 유배되었다가 문천(文川)으로 이배(移配)
되어 그곳에서 죽었다.¶ 宇遠 ∥ 홍상셔 우원이 쇼시예
무슴 일노 동협 길을 힝ᄒᆞ더니 일셰 이믜 져믈고 쥬
졈이 초원ᄒᆞ여 부득이 산촌의 드러가 ᄒᆞᄅᆞ밤 뉴슉ᄒᆞ
기ᄅᆞᆯ 쳥ᄒᆞ니 (洪尙書宇遠, 於未第時, 作東峽之行, 日勢
已晚, 而店舍稍遠, 無以趲程及站. 路傍偶有數家村, 言
其事懷, 而請留宿焉.) <靑邱野談 奎章 15:44>

36) 【노옹고】圖 ((인류)) 노옹고(老翁姑). 할아버지와 할머
니.¶ 老翁姑 ∥ 그집의 노옹고와 밋 져믄 며ᄂᆞ리 잇더
라 (主人許之, 其家有老翁姑及一少婦.) <靑邱野談 奎章
15:44>

고ᄅᆞᆯ 참ᄉᆞ(參祀)ᄒᆞ라 가고 져믄 며ᄂᆞ리 홀노 잇스니
바라건디 간검(看儉)ᄒᆞ여 집을 직희고 편히 쉬라."

ᄒᆞ고 ᄯᅩ ᄌᆞ부ᄃᆞ려 닐너 왈,

"우리ᄂᆞᆫ 다 나가니 네 홀노 집의 잇스미 반ᄃ
시 손임을 잘 디졉ᄒᆞ라."

ᄒᆞ고 드듸여 노옹 부쳐【45】문을 나니 쇼부(少婦
ㅣ) 응낙ᄒᆞ고 문을 닷고 드러와 인ᄒᆞ여 흔 방
의셔 잘ᄉᆡ 기녜 손을 디졉ᄒᆞ여 아릿목의셔 쟈게 ᄒᆞ
고 뎨ᄂᆞᆫ 웃목의 안져 등을 븕히고 길삼ᄒᆞ더라. 홍셩
이 그 녀ᄌᆞ를 보니 비록 촌계집이나 ᄌᆞᆷ못 자ᄉᆡᆨ이
잇ᄂᆞᆫ지라 다른 사롬 업시 흔 방의 잇스미 거즛 곤
ᄒᆞ여 자ᄂᆞᆫ 모양으로 몸을 두루쳐 그 녀ᄌᆞ의 겻희
갓가이 가 시험ᄒᆞ여 흔 발노 그 계집의 무릅 우희
언즈니 그 계집이 싱각ᄒᆞ디 긱이 원노의 힝역ᄒᆞ미
ᄌᆞ연 곤비ᄒᆞ여 그러흔가 ᄒᆞ고 ᄀᆞ만이 두 손으로 나
려노커ᄂᆞᆯ 냥구 셩이 다시 그 발노 ᄯᅩ 무릅 우희 언
즈니 그 계집이 ᄯᅩ 여젼히 나려노ᄒᆞ디 홍셩은 그
ᄯᅳᆺ을 ᄭᆡᄃᆞ지 못ᄒᆞ고 그 계집이 파히 거졀치 아니ᄒᆞ
ᄂᆞᆫ가 짐쟉ᄒᆞ여 ᄯᅩ 발【46】노 더으니 기뷔 비로쇼
긱이 계게 ᄯᅳᆺ 두믈 ᄭᆡᄃᆞᆺ고 즉시 셩을 흔드러 ᄭᆡ오
니 셩이 거즛 잠이 깁흔 모양으로 여러 번 부른 후
비로쇼 흠신ᄒᆞ고 디답ᄒᆞ니 기뷔 셩으로 ᄒᆞ여곰 니
러 안즈라 ᄒᆞ고 슈ᄎᆡᄒᆞ여 ᄀᆞᆯ오디,

"냥반이 글을 닐거 의리ᄅᆞᆯ 알거ᄂᆞᆯ 엇지 남녀
유별을 모로ᄂᆞᆫ다? 옹괴 나갈 ᄯᅦ의 긱을 냥반이라
ᄒᆞ여 의심치 아니코 집 직희기ᄅᆞᆯ 은근이 부탁ᄒᆞ엿
거ᄂᆞᆯ 심야 무인지듕의 ᄀᆞ만이 음흉(陰譎)흔[37] ᄆᆞ음
을 니르혀니 냥반의 힝실이 엇지 이 ᄀᆞᆺ티리오? 밧
긔 나가 ᄆᆡᄅᆞᆯ 어드오라."

홍셩이 ᄎᆞᄎᆞ 말을 듯고 붓그러오믈 니긔지 못ᄒᆞ
여 ᄆᆡᄅᆞᆯ 어드오니 기뷔 바지ᄅᆞᆯ 것고 셔기ᄅᆞᆯ 쳥ᄒᆞ거
ᄂᆞᆯ 홍셩이 ᄯᅩ 홀일업셔 것고 셔녀 기뷔 이의 십여
개【47】ᄅᆞᆯ ᄯᆞ리고 경계ᄒᆞ여 ᄀᆞᆯ오디,

"명일의 구괴(舅姑ㅣ) 도라오시면 맛당히 위졀
(委折)을 ᄌᆞ셰 고홀 거시니 다시ᄂᆞᆫ 망상을 니지 말
고 평안이 쉬라."

---

37) 【음휼-ᄒᆞ-】圖 음휼(陰譎)ᄒᆞ다. 마음속이 컴컴하고 음
흉스럽다. 성질이 음흉하고 간사하다.¶ 不美 ∥ 옹괴
나갈 ᄯᅦ의 긱을 냥반이라 ᄒᆞ여 의심치 아니코 집 직
희기ᄅᆞᆯ 은근이 부탁ᄒᆞ엿거ᄂᆞᆯ 심야 무인지듕이 ᄀᆞ만이
음휼흔 ᄆᆞ음을 니르혀니 냥반의 힝실이 엇지 이 ᄀᆞᆺ티
리오 (翁姑出去謂客主以兩班而信之, 無疑勤托守家, 乃
於深夜之中, 暗懷不美之心, 兩班之行, 豈如是乎?) <靑
邱野談 奎章 15:46>

인호여 여전히 길삼호더라. 잇튿날 노옹 부뷔 도라와 긔의 평안이 잔 안부룰 무른디 홍성은 디답호는 말이 업고 기뷔 이의 야간스룰 셰〻히 고훈디 노옹이 왈,

"닉 녀의 경졀을 아는 고로 홀노 두어 손을 디졉게 호엿거니와 쇼년 남지 식을 보고 동심호미 쏘훈 고이훈 일이 아니어늘 네 말솜을 위곡히 호여 그 블가훈 뜻을 베프지 아니호고 엇지 감히 냥반을 달초(撻楚)호리오?"

드디여 그 매룰 가져 뎨 며느리룰 수십을 쏘 리고 홍성을 향호여 샤죄호여 골오디,

"쳔겨집이 무지호여 냥반으로 호여금 욕 [48]을 뵈니 블승황공(不勝惶恐)호여이다."

홍성이 더욱 슈괴(羞愧)호믈 니긔지 못호여 쳥샤호고 쩌나니라.

홍성이 그날 쏘 수십 니룰 힝호여 쏘 날이 져 물고 졈이 머러 다시 훈 촌가룰 츳쟈 긔숙(寄宿)호 더니 그 집은 다만 부뷔 잇더라. 셕식 후의 그 쥬인 이 홍성드려 왈,

"쇼인이 므춤 긴히 볼일이 잇사와 장춧 십여 리 밧긔 갓다가 명됴의 도라올 거시니 부디 평안이 쉬라."

호고 쏘 기쳐드려 부탁호여 왈,

"손임을 잘 디졉호라."

호고 나가니 그 계집이 문을 닷고 방의 드러 오니 그 방이 우아릭 간의 사이 쟝지(障子ㅣ) 잇스 니 그 계집은 하방(下房)의셔 자고 홍성은 상방(上 房)의셔 자더니 성이 간밤 지난 일을 경계호여 다 시 스렴(邪念)이 업더라. 야심 [49] 후 궐녜 성을 불너 골오디,

"샹방이 심히 쇼렁(蕭冷)호니[38] 손임이 그 칩 지 아니호뇨? 모로미 아릭방으로 나려와 날노 더부 러 훈가지로 자미 엇더호뇨?"

홍성이 그 칩지 아니타 디답호디 궐녜 누춧 드러오기룰 쳥호거늘 홍성이 그 계집의 호는 바룰 보니 반듯시 문을 열고 나올 념녜 잇는지라 등으로 문쪽을 누르고 안잣더니 궐녜 과연 문밋히 니르러 빅단(百端)으로 달니고 문을 밀고 나오려 호미 성이 죵시 듯지 아니호니 궐녜 이예 크게 셩닉여 즐욕호

여 골오디,

"쇼년 남이 엇지 이러틋 무미호뇨? 비록 너 아니라도 엇지 다른 사롬이 업스리오?"

호고 드디여 압창을 열고 나가더니 이윽고 훈 총각을 쯔을고 드러와 회히무수(詼諧無數)호고 [5 0] 인호여 셔로 자더니 이윽고 그 지아비 도라와 곳 그 방으로 드러와 훈 칼노 그 남녀룰 죽이고 인 호여 홍성 쟈는 방 밧긔 셔〻 소리룰 나죽이 호여 골오디,

"손임이 그져 취침호시니잇가?"

홍성 왈,

"너는 엇던 사롬이뇨?"

궐한(厥漢) 왈,

"쇼인은 곳 이집 쥬인이러니 문 열기룰 쳥호 느이다."

성이 그놈의 힝흉(行凶)호믈 보고 므음의 심 히 두려오나 쏘 성각호디 몸쇼 범훈 비 업스미 다 른 념녀 업술지라 드디여 문을 여니 궐한이 빅빅 쳥하 왈,

"손임은 진실노 대인이로쇼이다. 무릇 쇼년 남지 심야 밀실지듕(密室之中)의 져믄 녀즈로 더브 러 격벽(隔壁)의 훈가지로 자듸 능히 동심치 아니호 는 사롬이 셰상의 몃치 잇스리오? 쇼인이 여러 번 궐녀 [51]의 힝신(行事ㅣ) 슈상호믈 보오나 진젹훈 쟝믈을 잡지 못호여 쟉일의 손임을 보오니 의퓌 비 범호지라 궐녜 필연 흠모호는 뜻이 〻실 듯호기로 쇼인이 짐짓 다른디 가노라 쳥탁호고 ᄀ만이 밧긔 은신호여 동경을 살피더니 궐녜 과연 빅단으로 손 임을 달니되 견집호고 웅치 아니호시니 궐녜 필경 경욕을 니긔지 못호여 이의 동니의 사는 총각을 초 인(招引)호여 오니 쇼인이 일시지분(一時之忿)을 참 지 못호여 훈 칼의 질너죽여스오니 만일 손임이 궐 녀의게 미혹훈 비 되엿던들 쇼인의 칼을 면치 못호 여시리이다. 쇼인이 사롬을 만히 보왓거니와 이 ᄀ튼 진경 대인은 쳐음 뵈옵는 고로 쳥하호옵느이 [52]다. 이졔 여긔 지쳬호믈 길이 업스오니 날이 붉지 아니호여 쇼인과 훈가지로 도망호샤이다."

호고 드디여 문을 나 일마쟝을 오더니 궐한 왈,

"쇼인이 〻졋느이다. 그집의 블을 지르고 올 거시니 삼간 기ᄃ리쇼셔."

호고 가거늘 홍성이 구틱여 궐한을 기ᄃ리미 무익훈지라 홀노 몬져 힝호여 멀니 도라보니 화광

이 츙텬ᄒᆞ더라. 그 후 등과ᄒᆞ여 강원감ᄉᆞ(江原監司)로 슌녁ᄒᆞ난 길의 보니 ᄒᆞᆫ 치도(治道)ᄒᆞ는39) 빅셩이 비록 늘고 셧거늘 낫치 심히 닉은지라 갓가이 불녀 교ᄌᆞ를 머믈고 문왈,

"네 날을 아나냐?"

궐한이 망연부지(茫然不知)ᄒᆞ는지라 감ᄉᆞ 왈,

"네 아모년 분의 여ᄎᆞᄎᆞᄎᆞᄒᆞᆫ 일을 긔력ᄒᆞᄂᆞ냐?"40)

궐한이 비로소 ᄭᅵ ᄃᆞᆯ나 ᄀᆞᆯ오ᄃᆡ,

"쇼인이 과연 【53】 이졔야 싱각ᄒᆞᄂᆞ이다."

감ᄉᆞ 분부ᄒᆞ여 환영(還營) 후 등ᄃᆡ(等待)ᄒᆞ라 ᄒᆞ여 무수이 챠탄ᄒᆞ고 우후(優厚)이41) ᄌᆔ어 보내니라.

녀슈의이화졉목
呂繡衣移花接木

녀참판(呂參判) 동식(東植)이42) 녕남우도어ᄉᆞ

(嶺南右道御史)로셔 힝ᄒᆞ여 진쥬(晋州) ᄯᅡ의 니르러 우연이 죵인(從人)을 드리고 홀노 가다가 날이 져믈민 뉴슉홀 곳이 업더니 ᄆᆞ춤 노방(路傍)의 ᄒᆞᆫ 촌개 잇거늘 가 문을 두드리고 일야 괴슉ᄒᆞ기를 쳥ᄒᆞ니 응문(應門)ᄒᆞ는43) 동지 그 고을 향반(鄕班)으로44) 년긔 장셩ᄒᆞ엿스나 빈한ᄒᆞ여 밋쳐 셩관(成冠)치45) 못ᄒᆞᆫ 아희러라. 혼연이 마쟈 드려 관곡히 디졉ᄒᆞ고 그 누의롤 ᄀᆞ ᄅᆞ쳐 셕반을 공궤ᄒᆞ고 밤들민 긔ᄭᅳ로 더부러 샹방의 자고 그 누의는 하간의셔 쟈ᄂᆞᆫᄃᆡ 그 ᄋᆞ희 힝동 【54】 거지롤 보고 슈작ᄒᆞᆫ즉 사롬되오미 아샹[安詳]ᄒᆞ여 아람다올 ᄲᅮᆫ 아니라 남미 수간두옥의 동쳐(同處)ᄒᆞᄃᆡ 너외 졀엄(截嚴)ᄒᆞ여 심히 녜법이 잇ᄂᆞᆫ지라 어ᄉᆞ 문왈,

"네 나히 져러틋 장셩ᄒᆞ고 무슴 연고로 ᄎᆔ쳐치 아니ᄒᆞ엿ᄂᆞ냐?"

동지 왈,

"내집이 빈한ᄒᆞᆫ 연고로 사름이 다 결혼ᄒᆞ기룰 원치 아니ᄒᆞᄂᆞ이다. 향쟈의 동니 부자의 집과 의혼ᄒᆞ여 언약이 잇습더니 ᄯᅩ 빈곤ᄒᆞᆷ을 혐의ᄒᆞ여 홀연 언약을 비반ᄒᆞ고 다른 곳의 의혼ᄒᆞ여 명일 쟝춧 혼ᄉᆞ룰 지난다 ᄒᆞ더이다."

ᄯᅩ 무르ᄃᆡ,

"네 누의는 졍혼ᄒᆞᆫ 곳이 잇ᄂᆞ냐?"

답왈,

"ᄯᅩ흔 업ᄂᆞ이다."

어ᄉᆞ 이믜 그 ᄋᆞ희 남미 안샹ᄒᆞ여 녜법 잇스믈 긔특이 너겨 ᄯᅥ 지나ᄃᆡ 혼ᄎᆔ 못ᄒᆞ믈 불샹이 너기 【55】 며 ᄯᅩ 젼촌 부쟈집이 빈한ᄒᆞ므로 퇴혼ᄒᆞᆷ을

39) 【치도-ᄒᆞ-】 圖 치도(治道)하다. 길을 닦다.¶ 治道 ∥ 그 후 등과ᄒᆞ여 강원감ᄉᆞ로 슌녁ᄒᆞ난 길의 보니 ᄒᆞᆫ 치도ᄒᆞ는 빅셩이 비록 늘고 셧거늘 낫치 심히 닉은지라 (其後登科, 爲江原監司, 行部之路, 見一治道之民, 擁篲而立.) <靑邱野談 奎章 15:52>

40) 【긔력-ᄒᆞ-】 圖 기억(記憶)하다.¶ 記 ∥ 네 아모년 분의 여ᄎᆞᄎᆞᄎᆞᄒᆞᆫ 일을 긔력ᄒᆞᄂᆞ냐 (汝記某年如是如是之事乎?) <靑邱野談 奎章 15:52>

41) 【우후-이】 閉 우후(優厚)히. 썩 후하게.¶ 厚 ∥ 감ᄉᆞ 분부ᄒᆞ여 환영 후 등ᄃᆡᄒᆞ라 ᄒᆞ여 무수이 챠탄ᄒᆞ고 우후이 ᄌᆔ어 보내니라 (洪使之, 還營後來待, 稱道不已, 厚遺而遣之.) <靑邱野談 奎章 15:53>

42) 【동식】 圐 ((인명)) 동식(東植). 여동식(呂東植 1774~1829). 조선후기의 문신. 자는 우렴(友濂). 1795년(정조 19) 정시문과에 병과로 급제, 1799년 도당록(都堂錄)에 오르고 이듬해 가주서(假注書)가 되었다. 그 후 부응교(副應敎)·옥교·사인(舍人)·집의(執義)·경상우도어사·대사간·이조참의·동지의금부사 등을 지냈다. 1820년에 ᄀᆞ은부ᄉᆞ(謝恩副使)로 쳥나라에 파견되었는데 돌아오는 길에 유관참(楡關站)에서 객사하였다.¶ 東植 ∥ 녀참판 동식이 녕남우도어ᄉᆞ로셔 힝ᄒᆞ여 진쥬 ᄯᅡ의 니르러 우연이 죵인을 드리고 홀노 가다가 날이 져믈민 뉴슉홀 곳이 업더니 (呂參判東植嶺南右道御史

行到晉州, 偶與從人相失, 且値日暮無可投宿處.) <靑邱野談 奎章 15:53>

43) 【응문-ᄒᆞ-】 圖 응문(應門)하다. 문을 열고 찾아온 손님을 응대하다.¶ 出應 ∥ 응문ᄒᆞ는 동지 그 고을 향반으로 년긔 장셩ᄒᆞ엿스나 빈한ᄒᆞ여 밋쳐 셩관치 못ᄒᆞᆫ 아희러라 (有人出應, 乃班族而未冠者.) <靑邱野談 奎章 15:53>

44) 【향반】 圐 ((인류)) 향반(鄕班). 시골에 내려가 살면서 여러 대 동안 벼슬을 못하던 양반.¶ 班族 ∥ 응문ᄒᆞ는 동지 그 고을 향반으로 년긔 장셩ᄒᆞ엿스나 빈한ᄒᆞ여 밋쳐 셩관치 못ᄒᆞᆫ 아희러라 (有人出應, 乃班族而未冠者.) <靑邱野談 奎章 15:53>

45) 【셩관-ᄒᆞ-】 圖 셩관(成冠)하다. 관례를 행하다. 옛날, 관(冠)을 쓰고 어른이 되는 예식을 진행하던 일.¶ 冠 ∥ 응문ᄒᆞ는 동지 그 고을 향반으로 년긔 장셩ᄒᆞ엿스나 빈한ᄒᆞ여 밋쳐 셩관치 못ᄒᆞᆫ 아희러라 (有人出應, 乃班族而未冠者.) <靑邱野談 奎章 15:53>

졀증지(切憎之)ᄒᆞ여46) 명일의 곳 젼촌 부가의 가 보니 문회(門戶) 고대ᄒᆞ고 계뎡(階庭)이47) 광활ᄒᆞ며 츠일(遮日)을48) 놉히 치고 니외의 병장포진(屛帳鋪陳)이 극히 번화졍졔ᄒᆞ고 빈긱이 만당ᄒᆞ고 노복이 만문(滿門)ᄒᆞ여·긔명반상(器皿盤床)49) 등속을 좌우의 나렬ᄒᆞ고·일변 어육을 펑임(烹飪)ᄒᆞ며 병과(餠菓)를 고비(高排)ᄒᆞ여 슈륙진찬을 츠려 진뎐(進展)ᄒᆞᆯ 지음의 홀연 걸긱의 훤효지셩(喧囂之聲)을 듯고 쥬인이 좌우 노복을 블러 밧비 조ᄎᆞ 닉치라 ᄒᆞ거ᄂᆞᆯ 어시 고셩대호 왈,

"여ᄎᆞ 셩회(盛會)예 쥬육이 난만ᄒᆞ거ᄂᆞᆯ 엇지 쥬린 사ᄅᆞᆷ을 ᄒᆞᆫ 번 빈부르게 아니ᄒᆞᄂᆞ뇨?"

ᄒᆞ고 곳 계하의 니ᄅᆞ니 쥬인이 심히 괴로이 녀겨 비복을 명ᄒᆞ여 ᄒᆞᆫ 【56】 상을 츌혀쥬라 ᄒᆞ니 이예 박쥬닝젹(薄酒冷炙)으로 초ᄎᆞ히 수긔(數器)를

46) 【졀증지-ᄒᆞ-】 圖 졀증지(切憎之)ᄒᆞ다. 몹시 미워하다.¶ 憎 ‖ 어시 이믜 그 아ᄒᆞ 남ᄆᆡ 안상ᄒᆞ여 녜법 잇스믈 긔특이 녀겨 써 지나디 혼취 못ᄒᆞ믈 불샹이 녀기며 ᄯᅩ 젼촌 부쟈집이 빈한ᄒᆞᆷ으로 퇴혼ᄒᆞᆷ을 졀증지ᄒᆞ여 (御史旣憐此兒男妹之過時失婚, 又憎前村富漢之嫌貧退婚.) <靑邱野談 奎章 15:55>

47) 【계뎡】 圖 ((주거)) 계뎡(階庭). 섬돌 앞에 있는 뜰.¶ 堦庭 ‖ 명일의 곳 젼촌 부가의 가 보니 문회 고대ᄒᆞ고 계뎡이 광활ᄒᆞ며 츠일을 놉히 치고 니외의 병장포진이 극히 번화졍졔ᄒᆞ고 빈긱이 만당ᄒᆞ고 노복이 만문ᄒᆞ여 긔명반상 등속을 좌우의 나렬ᄒᆞ고 (明日直往其家乞飯焉. 門閭高大, 堦庭廣闊, 高張遮日, 盛設鋪陳, 圍以彩屛. 方等待新郞之來, 而賓客滿堂, 奴僕盈庭, 羅列釜鼎, 盤床器皿之屬.) <靑邱野談 奎章 15:55>

48) 【츠일】 圖 ((기물)) 차일(遮日). 햇볕을 가리기 위하여 치는 포장.¶ 遮日 ‖ 명일의 곳 젼촌 부가의 가 보니 문회 고대ᄒᆞ고 계뎡이 광활ᄒᆞ며 츠일을 놉히 치고 니외의 병장포진이 극히 번화졍졔ᄒᆞ고 빈긱이 만당ᄒᆞ고 노복이 만문ᄒᆞ여 긔명반상 등속을 좌우의 나렬ᄒᆞ고 (明日直往其家乞飯焉. 門閭高大, 堦庭廣闊, 高張遮日, 盛設鋪陳, 圍以彩屛. 方等待新郞之來, 而賓客滿堂, 奴僕盈庭, 羅列釜鼎, 盤床器皿之屬.) <靑邱野談 奎章 15:55>

49) 【긔명-반상】 圖 ((기물)) 기명반상(器皿盤床). 각종 그릇과 소반.¶ 盤床器皿 ‖ 명일의 곳 젼촌 부가의 가 보니 문회 고대ᄒᆞ고 계뎡이 광활ᄒᆞ며 츠일을 놉히 치고 니외의 병장포진이 극히 번화졍졔ᄒᆞ고 빈긱이 만당ᄒᆞ고 노복이 만문ᄒᆞ여 긔명밥상 등속을 좌우의 나렬ᄒᆞ고 (明日直往其家乞飯焉. 門閭高大, 堦庭廣闊, 高張遮日, 盛設鋪陳, 圍以彩屛. 方等待新郞之來, 而賓客滿堂, 奴僕盈庭, 羅列釜鼎, 盤床器皿之屬.) <靑邱野談 奎章 15:55>

저근 소반의 담아쥬거ᄂᆞᆯ 어시 넝쇼ᄒᆞ고 곳 쳥샹의 올나가 좌의 안쟈 냥반 박디ᄒᆞ는 양으로 곤ᄎᆡᆨ(困責)ᄒᆞᆫ디 쥬인이 대로ᄒᆞ여 노복비롤 명ᄒᆞ여 ᄯᅳ러닉치라 ᄒᆞ더니 ᄆᆞ춤 이ᄯᅢ예 역졸 ᄒᆞᆫ 놈이 어ᄉᆞ 잇ᄂᆞᆫ 곳을 ᄎᆞᆺ그집의 니르럿거ᄂᆞᆯ 어시 즉시 눈쥬니 역졸이 드ᄃᆡ여 고셩대호 왈,

"어ᄉᆞᄉᆞ도 츌되라!"

ᄒᆞᄂᆞᆫ 소ᄅᆡ예 만당 빈긱이 일시 쥼 숨돗 숨고 쇼위 신랑도 ᄆᆞ춤 문뎐의 니르럿다가 그 광경을 보고 ᄯᅩᄒᆞᆫ 회마ᄒᆞ여 급히 도망ᄒᆞ더라. 모든 죵인이 ᄎᆞ 쇼문을 듯고 츠ᄎᆞ 모혀들거ᄂᆞᆯ 어시 드ᄃᆡ여 샹좌의 안즌 후 좌우를 명ᄒᆞ여 집쥬인을 잡아드려 쳥하의 ᄭᅮᆯ니고 수죄ᄒᆞ여 ᄀᆞᆯ 【57】오ᄃᆡ,

"네 일읍 거부로 이믜 혼인을 지나려 잔치ᄒᆞ믜 ᄒᆞᆫ 상 음식으로 손을 먹어든 무어시 손샹ᄒᆞ믜 잇관ᄃᆡ 사ᄅᆞᆷ을 엇지 이러틋 구박ᄒᆞ며 여러 번 인걸ᄒᆞ믜 이예 죵인의 먹든 남여지로50) 초ᄎᆞ(草草)히 박디ᄒᆞ며 ᄯᅩ 당상의 안즌 손을 죵놈으로 ᄒᆞ여곰 손을 ᄭᅳᆯ고 등을 미러내치니 셰샹의 엇지 이러ᄒᆞᆫ 인심과 도리 잇스리오? ᄯᅩ 네 당초의 건넌마을 아모와 졍혼ᄒᆞ엿다가 그 빈한ᄒᆞᆷ을 혐의ᄒᆞ여 님시(臨時) 비약(背約)ᄒᆞ고 다시 다른 사회를 어드니 이거시 엇지 녕남 돈후ᄒᆞᆫ 풍속이랴? 네 죄상은 맛당히 형장으로 죽일 거시로디 니 십분 짐쟉ᄒᆞᆫ 일이 잇셔 잔명을 용셔ᄒᆞ노니 네 이졔로 ᄲᅡᆯ니 신랑의 복식위의를 츌혀 건 【58】 넌마을 아모를 마져다가 네 ᄯᅡᆯ과 초례를 ᄒᆡᆼᄒᆞ고 ᄯᅩ 교ᄌᆞ와 복식 일벌을 츌혀 아모의 누의를 타여다가 앗가 퇴거ᄒᆞᆫ 신랑을 곳쳐 블러 네 집의셔 ᄒᆞᆫ날 ᄒᆡᆼ녜ᄒᆞ라."

ᄒᆞ니 쥬인이 복ᄎᆞ 샤죄ᄒᆞ여 부슈쳥명(俯首聽命)ᄒᆞ고 냥쳐 혼구를 즉극 판비ᄒᆞ여 냥가 혼ᄉᆞ를 일시 ᄒᆡᆼ녜ᄒᆞ니 어시 박장칭쾌(拍掌稱快)ᄒᆞ고 허다 죵인으로 더부러 쥬육을 취포ᄒᆞ고 가니라. 일읍지인이 그 부ᄌᆞ의 견욕(見辱)ᄒᆞᆷ을 샹쾌히 녀기고 어ᄉᆞ의 명빅 조쳐ᄒᆞᆷ을 칭숑ᄒᆞ더라.

50) 【남여지】 圖 나머지.¶ 餘 ‖ 네 일읍 거부로 이믜 혼인을 지나려 잔치ᄒᆞ믜 ᄒᆞᆫ 상 음식으로 손을 먹어든 무어시 손샹ᄒᆞ믜 잇관ᄃᆡ 사ᄅᆞᆷ을 엇지 이러틋 구박ᄒᆞ며 여러 번 인걸ᄒᆞ믜 이예 죵인의 먹든 남여지로 초ᄎᆞ히 박디ᄒᆞ며 (汝以一邑之巨富, 旣設大會, 一床盛饌, 何損於汝, 而汝令逐出之, 至於屢度懇乞而乃以衆人所食之餘, 草草薄待.) <靑邱野談 奎章 15:57>

방명복원옥득신
訪名卜寃獄得伸

전쥬 읍닉예 흔 과부 잇더니 일야지간의 엇던 사룸이 ᄀᆞ만이 그집의 드러가 과부의 머리ᄅᆞᆯ 버혀 간지라. 그 니웃 [59] 계인이 날이 돗도록 사룸의 동경 업스믈 괴이 녀겨 여러 사룸이 문을 열고 드러가 본즉 과부의 머리 업고 피흘녀 방의 ᄀᆞ득ᄒᆞ엿ᄂᆞᆫ지라 동닉 사룸이 크게 놀나 발장고관(發狀告官)ᄒᆞ니 본쉬 나와 검시흔 후 그 머리 간 곳을 ᄎᆞ즐ᄉᆡ 피 혼젹이 졈〻이 ᄲᅥ러져 지게 밧그로조ᄎᆞ 셔편 담 밋ᄭᆞ지 잇거늘 그 셔편 집의 드러가 두루 ᄎᆞ즈니 그 집 셔장(西墻) 밋히셔 과부의 머리ᄅᆞᆯ 어든지라. 대뎌 변이 깁흔 밤의 나고 ᄯᅡ이 유벽ᄒᆞ믹 그 집 쥬인도 밋쳐 ᄭᅢᆺ듯지 못ᄒᆞ엿더라. 그 집 쥬인이 회피부득(回避不得)ᄒᆞ여 관가의 잡혀드러가 엄형국문(嚴刑鞫問)ᄒᆞ믹 아모리 호원(呼寃)ᄒᆞ나 원구(怨仇)ᄅᆞᆯ 지증무쳐(指徵無處)흔지라.51) 누ᄎᆞ 악형을 당ᄒᆞ고 누월 엄슈(嚴囚)ᄒᆞ여 긔지ᄉᆞ경(幾至死境)이러라.52) 그 사룸이 두 아들이 잇 [60] 셔 그 지원(至寃)흔 줄을 호소무쳐(呼訴無處)오 ᄯᅩ 흉범을 잡지 못ᄒᆞ엿기로 셔로 의논ᄒᆞ여 굴오디,

"봉산(鳳山) 잇는 뉴운틱(劉雲泰)는 일셰예 명복(名卜)53)이라 ᄒᆞ니 엇지 흔 번 뭇지 아니리오?"

ᄒᆞ고 형뎨 드듸여 치힝홀ᄉᆡ 복채(卜債)ᄅᆞᆯ 후히 가지고 곳 봉산 뉴밍(劉盲)의 집을 ᄎᆞ자가셔 젼후 ᄉᆞ연을 ᄌᆞ셰히 닐으고 그 경범을 ᄎᆞ자 부친의 원억ᄒᆞ믈 ᄲᅵᆺ기ᄅᆞᆯ 원ᄒᆞ노라 ᄒᆞ고 드듸여 복채ᄅᆞᆯ 후히 쥬니 뉴밍 왈,

"오날은 일셰 져므러시니 너일 식벽의 졈ᄒᆞ리라."

ᄒᆞ고 그 잇튼날 쳥신의 뉴밍이 졍결이 관슈(盥手)ᄒᆞ고54) 식도포 닙고 대쳥의 향안을 비셜ᄒᆞ고 큰 병풍을 둘너 막고 분향고축(焚香告祝)ᄒᆞ고 흔 패ᄅᆞᆯ 어든 후 이의 나와 그 형뎨ᄃᆞ려 닐너 왈,

"네 이졔 급히 본읍으로 도라가 네집으로 드 [61] 러 가지 말고 바로 셔남 간노(間路)로조ᄎᆞ 칠십 니ᄅᆞᆯ 힝ᄒᆞ면 좌편으로 가는 쇼로 몃 니ᄅᆞᆯ 가면 삼밧치 잇고 그 아러 수십 보 허의 수간모옥이 잇스리니 낫예는 삼밧 속의 은신ᄒᆞ엿다가 날이 어두운 후의 ᄀᆞ만이 그 집 울밋히 업듸여시면 반드시 가히 알 일이 잇스리라."

그 형뎨 말을 조ᄎᆞ 급히 도라와 바로 셔남 간노로 힝ᄒᆞ여 칠십 니ᄅᆞᆯ 가니 길 좌편의 과연 져근 길이 잇고 길 끗히 삼밧치 잇고 삼밧 아러 외쓴 모옥이 잇ᄂᆞᆫ지라 이예 ᄆᆞᆯ을 산변 유벽쳐(幽僻處)의 매고 삼밧 ᄀᆞ온디 은신ᄒᆞ엿다가 황혼을 기드려 가만이 울밋히 나아가 울틈으로 여어보니 그 남ᄌᆞᄂᆞᆫ 토마루55) 우희 안자 집신을 삼고 그 안해ᄂᆞᆫ 방안의 등잔을 볼키고 실을 쟈으디 별노 ᄒᆞᄂᆞᆫ 말이 업더니 이윽 [62] 고 그놈이 몸을 니르혀 신 삼던 계구ᄅᆞᆯ 거두고 블 ᄭᅳ고 방으로 드러가며 졔 지어미ᄃᆞ려 ᄒᆞᄂᆞᆫ 말이

"시방은 근심홀 비 업도다. 아모개 살인을 졔

51) 【지증무쳐 -ᄒᆞ-】 圖 지증무쳐(指徵無處)하다. 세금을 낼 사람이나 빚을 진 사람이 죽거나 달아나거나 하여 돈을 받을 길이 없다. 여기서는 증거를 들어 지목할 바가 없음을 가리킴.¶ 그 집 쥬인이 회피부득ᄒᆞ여 관가의 잡혀드러가 엄형국문ᄒᆞ믹 아모리 호원ᄒᆞ나 원구ᄅᆞᆯ 지증무쳐흔지라 누ᄎᆞ 악형을 당ᄒᆞ고 누월 엄슈ᄒᆞ여 긔지ᄉᆞ경이러라 (於是謂以其家之所爲, 結縛家主, 嚴刑究問, 其人據理稱寃, 而主倅一不回聽. 累加拷訊, 閱月嚴囚, 將至死境.) <靑邱野談 奎章 15:59>

52) 【긔ᄉᆞ지경】 圖 기사지경(幾死之境). 거의 죽게 된 지경.¶ 將至死境 ‖ 그 집 쥬인이 회피부득ᄒᆞ여 관가의 잡혀드러가 엄형국문ᄒᆞ믹 아모리 호원ᄒᆞ나 원구ᄅᆞᆯ 지증무쳐흔지라 누ᄎᆞ 악형을 당ᄒᆞ고 누월 엄슈ᄒᆞ여 긔지ᄉᆞ경이러라 (於是謂以其家之所爲, 結縛家主, 嚴刑究問, 其人據理稱寃, 而主倅一不回聽. 累加拷訊, 閱月嚴囚, 將至死境.) <靑邱野談 奎章 15:59>

53) 【명복】 圖 ((인류)) 명복(名卜). 이름난 점쟁이.¶ 名卜 ‖
봉산 잇는 뉴운틱ᄂᆞᆫ 일셰예 명복이라 ᄒᆞ니 엇지 흔 번 뭇지 아니리오 (吾聞鳳山劉雲泰, 國之名卜, 盍往問之.) <靑邱野談 奎章 15:60>

54) 【관슈 -ᄒᆞ-】 圖 관수(盥手)하다. 손을 씻다.¶ 盥洗 ‖ 그 잇튼날 쳥신의 뉴밍이 졍결이 관슈ᄒᆞ고 식도포 닙고 대쳥의 향안을 비셜ᄒᆞ고 큰 병풍을 둘너 막고 분향고축ᄒᆞ고 (其翌淸晨, 劉卜盥洗, 着道袍, 出坐廳上, 蒸火於爐, 置一案於前, 又以大屛圍之, 處其中, 焚香告祝.) <靑邱野談 奎章 15:60>

55) 【토마루】 圖 ((주거)) 토방(土房). 흙으로 쌓아 널마루 내신으로 쓰는 ᄭᅥᆺ.¶ 爐 ‖ 그 남ᄌᆞᄂᆞᆫ 토마루 우희 안자 집신을 삼고 그 안해ᄂᆞᆫ 방안의 등잔을 볼키고 실을 쟈으디 별노 ᄒᆞᄂᆞᆫ 말이 업더니 (男漢在爐上, 明火而織屨, 其妻在房中, 懸燈而繰絲, 并無所言.) <靑邱野談 奎章 15:61>

당(替當)ᄒᆞ여 누츠 엄형ᄒᆞ미 미구의 죽으리라."

ᄒᆞ거늘 그 사룸의 형뎨 울밋히셔 이 말을 듯
고 홍범이 명녕 무의ᄒᆞᆫ지라 즉시 울을 ᄶᅱ여드러가
그놈을 결박ᄒᆞ여 몰긔 싯고 급히 모라 날이 새믜
관뎡의 드러가 경범 흉한을 잡아온 연유로 고관ᄒᆞ
니 본쉬 ᄯᅩ 놀나고 ᄯᅩ 깃거 즉시 궐한을 잡아드려
시형엄문(施刑嚴問)ᄒᆞᆫ디 궐한이 승복 왈,

"쇼인은 그 동니 사는 가죡 다루는 장싁(匠色)
이옵더니 그 과부롤 흠모ᄒᆞ여 ᄌᆞ러 번 달너더 죵시
듯지 아니ᄒᆞ기로 일시지분을 참지 못ᄒᆞ여 질녀죽이
고 그 머 【63】 리롤 셔편 집의 더지기는 장ᄎᆞᆺ 화롤
남의게 옴길 계괴옵더니 이졔 이믜 탄노ᄒᆞ오미 고
쳐 알욀 말숨이 업다."

ᄒᆞ거늘 이에 살옥문안(殺獄文案)을 일우고 드
디여 셔편 집 쥬인을 방송ᄒᆞ니라.

과장부셔화만틴
誇丈夫西貨滿馱

녯젹의 ᄒᆞᆫ 션비 과시(科試)롤 당ᄒᆞ여 반촌(泮
村)의 드러갓더니 관(館) 쥬인은 마춤 다른디 가고
그 지어미 홀노 잇거늘 셩이 다른 사룸 업스믈 보
고 음욕이 발ᄒᆞ여 궐녀(厥女)롤 희롱코져 ᄒᆞ니 궐녜
쥬긱지의(主客之誼)예 팔시(恝視)치56) 못ᄒᆞ여 민면
(黽勉)ᄒᆞ여57) 조츨 즈음의 그 쥬인이 드러와 방문을
열고 드러오고져 ᄒᆞ거늘 셩이 급히 궐녀의 치마로
궐녀의 몸을 덥고 쥬인을 도라보와 눈을 ᄭᅳᆷ 【64】
젹이며 물니치니 그 쥬인이 졔 계집인 줄 모로고
드디여 문을 닷고 나가며 ᄀᆞᆯ오디,

"나는 노슉ᄒᆞᆫ 사룸이라 엇지 남의 긔싁을 모

로리오?"

ᄒᆞ고 이의 큰문으로 나가거늘 셩이 조금도 넘
녀 아니ᄒᆞ고 진일 힝낙ᄒᆞᆫ 연후 셩은 외당으로 나오
고 궐녀는 동니로 갓더니 져믈게 쥬인이 둘어와 안
즌 후 그 쳐이 밧그로조ᄎᆞ 드러오믈 보고 ᄀᆞᆯ오디,

"그디 그 ᄉᆞ이 어듸 갓더뇨?"

궐녜 ᄀᆞᆯ오디,

"내 옷가음을58) 마르라59) 동늬의 갓더니 맛춤
그 사룸이 츌타ᄒᆞ엿기로 도라오기롤 기드려 옷슬
말나가지고 오기로 지쳬ᄒᆞ엿노라."

그 쥬인이 그러이 녀겨 고쳐 다른 말이 업더
라. 미긔(未幾)예 셩이 등과ᄒᆞ여 ᄯᅩ 몃 히 만의 평
안감ᄉᆞ(平安監司)롤 ᄒᆞ니 관 쥬인이 대희 왈,

"이졔 장ᄎᆞᆺ 긔영의 가 걸태(乞駄)ᄒᆞ 【65】 여60)
오리라."

ᄒᆞ고 발힝ᄒᆞ려 ᄒᆞ거늘 긔쳬 우어 ᄀᆞᆯ오디,

"만일 그디 나려가면 아모 것도 못 어더오리
라."

궐한이 노왈,

"니 가셔 어더오지 못ᄒᆞ면 너는 가면 가히 어
더오랴?"

긔쳬 ᄀᆞᆯ오디,

"니 만일 가면 명녕 만히 어더오리라."

ᄒᆞ거늘 궐한이 그 말을 듯지 아니ᄒᆞ고 잇튼날
치힝ᄒᆞ여 몃 날 만의 영문에 니르러 현신ᄒᆞᆫ디 감시
보고 별노이 반기는 빗치 업고 영고(營庫)의 분부ᄒᆞ
여 밥ᄒᆞ여 먹이라 ᄒᆞ고 잇튿날 노ᄌᆞ 쥬어 밧비 올
나가라 ᄒᆞ거늘 궐한이 크게 분ᄒᆞ여 드디여 하직도
아니코 도라 집문의 들믜 감소룰 즐욕ᄒᆞ며 노긔
발ᄌᆞ하거늘 긔쳬 나와 마즈며 왈,

"무어술 만히 어더왓느뇨?"

---

56) 【팔시 -ᄒᆞ-】 圖 팔시(恝視)하다. 업신여겨 하찮게 대하
다.¶ 궐녜 쥬긱지의예 팔시치 못ᄒᆞ여 민면ᄒᆞ여 조츨
즈음의 그 쥬인이 드러와 방문을 열고 드러오고져 ᄒᆞ
거늘 (厥女以主客之誼, 不忍發鞭拒之, 黽勉從之. 俄而
其夫自門入來.) <靑邱野談 奎章 15:63>

57) 【미면 -ᄒᆞ-】 圖 민면(黽勉)하나. 힘쓰다.¶ 黽勉 ∥ 궐녜
쥬긱지의예 팔시치 못ᄒᆞ여 민면ᄒᆞ여 조츨 즈음의 그
쥬인이 드러와 방문을 열고 드러오고져 ᄒᆞ거늘 (厥女
以主客之誼, 不忍發鞭拒之, 黽勉從之. 俄而其夫自門入
來.) <靑邱野談 奎章 15:63>

58) 【옷-가음】 圖 ((복식)) 옷감.¶ 衣次 ∥ 내 옷가음을 마
르라 동늬의 갓더니 맛춤 그 사룸이 츌타ᄒᆞ엿기로 도
라오기롤 기드려 옷슬 말나가지고 오기로 지쳬ᄒᆞ엿노
라 (我以裁衣次, 欲倩手於隣人而裁之, 其人適出他, 少
待其歸, 所以遲滯矣.) <靑邱野談 奎章 15:64>

59) 【마르-】 圖 재단하다. 마름질하다.¶ 裁 ∥ 내 옷가음을
마르라 동늬의 갓더니 맛춤 그 사룸이 츌타ᄒᆞ엿기로
도라오기롤 기드려 옷슬 말나가지고 오기로 지쳬ᄒᆞ엿
노라 (我以裁衣次, 欲倩手於隣人而裁之, 其人適出他,
少待其歸, 所以遲滯矣.) <靑邱野談 奎章 15:64>

60) 【걸태 -ᄒᆞ-】 圖 걸태(乞駄)하다. 재물을 구걸하다.¶ 乞
駄 ∥ 이졔 장ᄎᆞᆺ 긔영의 가 걸태ᄒᆞ여 오리라 (今將往營
乞駄矣.) <靑邱野談 奎章 15:64>

궐한 왈,

"그 감시 넝낙ᄒ여 조금도 구일(舊日) 안 졍(情)이 업더라."

ᄒᆞ디 기【66】쳬 우어 왈,

"너 이왕의 말ᄒ지 아니터냐? 그ᄃᆡᄂᆞᆫ 비록 빅번 나려가도 쓸더업ᄉᆞᆯ 거시오 내 나려가야 ᄇᆞ얌즉ᄒ로 어ᄃᆞ리라."

궐한이 셩ᄂᆡ여 굴오ᄃᆡ,

"네 말이 ᄌᆞ긔 겨렷톳ᄒ니 명일의 즉시 나려가라."

궐녜 졔 손으로 힝구를 출혀 감ᄉᆞ의게 ᄂᆞ려가 통긔(通寄)ᄒ니 감시 즉시 블너드려 보고 즉시 오르라 ᄒ여 그 멀니 오믈 위로ᄒ고 ᄯᅩ ᄂᆡ아의 드려보ᄂᆡ여 관곡히 ᄃᆡ졉ᄒ고 몃칠을 머믄 후 궐녜 하직ᄒ고져 ᄒ거늘 순샹이 녯날 졍의를 닛지 못ᄒ여 힝하(行下)를[61] 올나라 ᄒ여 뎐문 몃 쳔 냥과 면쥬빅목(綿紬白木) 셰포(細布) 민셕어(民石魚)[62] 유쳥(油淸) 등쇽 셔관 쇼산을 아니 ᄀᆞ촌 바 업시 젹어 ᄂᆞ려 영고비쟝(營庫裨將)으로 ᄒ여곰 그 마(馬)를 너여 슈송ᄒ라 ᄒ니 궐녜 수삼십【67】 태를 거ᄂᆞ려 집의 도라온ᄃᆡ 궐한이 처음으로 허다ᄒ 지믈을 본지라 일변 놀나고 일변 즐거워 ᄎᆞ례로 모든 믈죵을 슈습ᄒ여 각ᄌᆞ 구쳐ᄒᆞᆫ 후 죵용이 무러 굴오ᄃᆡ,

"나는 나려가 ᄒ 믈건도 어ᄃᆞ오지 못ᄒᆞᄃᆡ 너ᄂᆞᆫ 나려가 이럿톳 만은 지믈을 어ᄃᆞ오니 이 무슴 연고뇨?"

궐녜 우어 왈,

---

61) 【힝하】圖 행하(行下). 놀이가 끝난 뒤에 기생이나 광대에게 주는 보수.¶ 行下 ‖ 순샹이 녯날 졍의를 닛지 못ᄒ여 힝하를 올나라 ᄒ여 뎐문 몃 쳔 냥과 면쥬빅목 셰포 민셕어 유쳥 등쇽 셔관 쇼산을 아니 ᄀᆞ촌 바 업시 젹어 ᄂᆞ려 영고비쟝으로 ᄒ여곰 그 마를 너여 슈송ᄒ라 ᄒ니 (巡相不忘舊日之情, 自內舍, 召入寢室, 以續舊綠, 命納行下紙, 大筆手題錢文幾千兩, 其外綿紬白木, 民石魚, 油淸之屬, 凡係關西所産者, 無物不備, 命營庫裨, 出雇馬輸送之.) <靑邱野談 奎章 15:66>

62) 【민셕어】圖 ((어패)) 민셕어(民石魚). 조기.¶ 民石魚 ‖ 순샹이 녯날 졍의를 닛지 못ᄒ여 힝하를 올나라 ᄒ여 뎐문 몃 쳔 냥과 면쥬빅목 셰포 민셕어 유쳥 등쇽 셔관 쇼산을 아니 ᄀᆞ촌 바 업시 젹어 ᄂᆞ려 영고비쟝으로 ᄒ여곰 그 마를 너여 슈송ᄒ라 ᄒ니 (巡相不忘舊日之情, 自內舍, 召入寢室, 以續舊綠, 命納行下紙, 大筆手題錢文幾千兩, 其外綿紬白木, 民石魚, 油淸之屬, 凡係關西所産者, 無物不備, 命營庫裨, 出雇馬輸送之.) <靑邱野談 奎章 15:66>

"그ᄃᆡ 어늬 년분의 ᄉᆞ되 과거를 보라 와 겨실 ᄯᅵ의 너방(內房)의 드러와 계시던 일을 긔력지 못ᄒᆞᄂᆞ냐?"

궐한이 ᄌᆞ옥히 ᄉᆡᆼ각다가 황연이 ᄭᆡ드라 왈,

"그 일을 ᄉᆡᆼ각ᄒ거니와 아지 못게라 기시예 치마 덥고 누엇든 사ᄅᆞᆷ이 누구뇨?"

궐녜 우어 왈,

"내로라."

궐한이 ᄯᅩ 놀나 ᄭᆡ드라 차탄ᄒ여 굴오ᄃᆡ,

"기시의 만일 넨 줄 알고 발각ᄒᆞ엿던들 오날ᄂᆞᆯ 이 지믈을 엇지【68】이럿톳 만히 어드리오?"

ᄒ고 셔로 더부러 박장대쇼ᄒ더라.

졈길ᄃᆡ어유셕함
占吉地魚遊石函

니판셔(李判書) 뎡운(鼎運)의[63] 조비 져머슬 ᄯᆡ예 졀의 가 글을 닑더니 ᄯᆡ마춤 삼동극한이라. ᄒ 유걸(流乞)ᄒᄂᆞᆫ 즁이 잇셔 현슌빅결(懸鶉百結)노 졀의 와 걸식ᄒ거늘 동ᄌᆞᄒᄂᆞᆫ 즁이 졔 져녁밥 ᄒ 그릇슬 먹이고 ᄒ로밤 잔 연후 곳 구박ᄒ여 너치거늘 니셩이 측은히 너겨 승도ᄃᆞ려 닐너 굴오ᄃᆡ,

"이러톳ᄒ 엄동의 ᄌᆞ(太) 박(薄)ᄒ고 쥬린 즁을 ᄯᅩ러너치면 반ᄃᆞ시 동ᄉᆞᄒ니 냥식은 내 쥰비ᄒ여 줄 거시니 몃 날을 더 머믈너 일긔 져기 온화ᄒ기를 기드려 보너미 올타."

---

63) 【뎡운】圖 ((인명)) 뎡운(鼎運). 이뎡운(李鼎運 1743~?). 조선후기의 문신. 자는 공저(公著), 호는 오사(五沙), 시호는 정민(貞敏). 1769년(영조 45) 문과(文科)에 급제, 검열(檢閱)·정언(正言)·지평(持平) 등을 거쳐 1781년(정조 5) 홍충도 암행어사(洪忠道暗行御史)가 되고, 1784년 서장관(書狀官)으로서 사은사(謝恩使) 박명원(朴明源) 등과 함께 청나라에 갔다가 이듬해 귀국했다. 그 후 승지(承旨) 등을 지내다가 한때 안치(安置), 1796년 충청도관찰사, 이듬해 함경도관찰사, 1800년(순조 즉위) 형조판서가 되었다. 문명(文名)이 있었다.¶ 鼎運 ‖ 니판셔 명운의 조비 져머슬 ᄯᆡ예 졀의 가 글을 닑더니 ᄯᆡ마춤 삼동극한이라 (李判書鼎運之祖父, 某於少日, 讀書山寺, 時値大冬雪寒嚴酷.) <靑邱野談 奎章 15:68>

107

ᄒᆞ고 싱이 ᄯᅩ 마초와 싀옷슬 밧고와 닙어시미 그 버슨 바 옷슬 다 니여 그 즁을 닙히니 그 즁이 지【69】 ᄉᆡᆼ지은(再生之恩)을 무수히 칭샤ᄒᆞ고 몃 날 후 일긔 온화ᄒᆞ거ᄂᆞᆯ 비로쇼 보ᄂᆞ니라.

그 후 몃 ᄒᆡ 만의 니싱이 친상을 당ᄒᆞ엿더니 ᄉᆡᆼ복날 ᄒᆞᆫ 즁이 와 조상ᄒᆞ기ᄅᆞᆯ 쳥ᄒᆞ거ᄂᆞᆯ 싱이 조상은 바드나 면목이 의희(依俙)ᄒᆞᆫ지라. 승 왈,

"뵈온 지 오란지라 쇼승을 니져계시ᄂᆞ잇가? 아모년 분 어ᄂᆞ 졀의 가 걸식ᄒᆞ올 ᄯᅢ예 거의 동아(凍餓)ᄒᆞ여 죽게 된 인싱으로 의외예 은퇵을 닙ᄉᆞ와 옷슬 버서 닙히시고 밥을 쥬어 먹이시니 지셩지은이 감황망극(敢惶罔極)ᄒᆞ여 심폐의 삭여 잇ᄉᆞ오나 일분 보은ᄒᆞᆯ 곳이 업ᄉᆞ옵더니 ᄆᆞᄎᆞᆷ 친상을 당ᄒᆞ오신 소문을 듯ᄌᆞᆸ고 ᄉᆡᆼ각건딘 미리 졍ᄒᆞ여 두신 산디 업술 듯ᄒᆞ옵고 쇼승이 여간 풍슈조박(風水糟薄)을 아옵기로【70】 위ᄒᆞ여 길디ᄅᆞᆯ 퇵ᄒᆞ야 ᄡᅥ 일분이나 보은코져 ᄒᆞ오니 쇼승이 맛당히 몬져 가 초졈(初占)ᄒᆞ옵고 온 후 ᄒᆞᆫ번 소승과 ᄒᆞᆫ가지 가오셔 완뎡ᄒᆞ시미 조흘 듯ᄒᆞ와이다."

상인(喪人)이 이 말을 듯고 비로쇼 황연대각ᄒᆞ여 니심의 혜오디 계 이믜 근졀히 은혜ᄅᆞᆯ 갑고져 훌진디 필연 졍셩을 다ᄒᆞᆯ 듯ᄒᆞ여 몬져 보니여 초졈ᄒᆞ고 오라 ᄒᆞ니 수일 후 ᄒᆞᆫ 곳을 초졈ᄒᆞ고 와 ᄒᆞᆫ가지로 가기ᄅᆞᆯ 쳥ᄒᆞ거ᄂᆞᆯ 이예 발힝ᄒᆞ여 ᄒᆞᆫ 곳의 가 ᄉᆞᆯ펴본즉 이예 평디 들밧 사이라. 국셰(局勢) 쳠약(矃弱)ᄒᆞ고 농회 분명치 못ᄒᆞ여 ᄆᆞ음의 심히 불합ᄒᆞ나 이믜 디슐이 몽믜ᄒᆞ미 범안(凡眼)으로 취샤(取捨)ᄒᆞᆯ 길이 업ᄂᆞᆫ지라. 드디여 일종기언(一從其言)ᄒᆞ여 퇵일 개긔(開基)ᄒᆞᆯ시【71】 인아죡당(姻婭族黨)과 ᄂᆞ리 친지와 심지어 역군 ᄒᆞ예 다 훼방ᄒᆞᄂᆞᆫ 말이 ᄌᆞ럿틋 져습ᄒᆞᆫ 밧고랑 사이의 무슴 혈졍(血精)이 ᄌᆞ시리오 ᄒᆞ고 시비 분운ᄒᆞ니 상인이 비록 즁의 말을 견혀 밋고 힝ᄒᆞ나 뭇사ᄅᆞᆷ의 훼방에 ᄌᆞ연 의려ᄒᆞᆫ ᄆᆞ음이 업지 못ᄒᆞ여 그 즁을 드리고 은근ᄒᆞᆫ 곳의 가셔 문왈,

"내 비록 대ᄉᆞ의 말을 견슈히 밋고 결단코 힝ᄒᆞ려 ᄒᆞ나 즁논이 분운ᄒᆞ미 대ᄉᆞᄅᆞᆯ 당ᄒᆞ여 뎍실ᄒᆞᆫ 표ᄅᆞᆯ 보지 못ᄒᆞ니 엇지 ᄡᅥ 모든 의논을 믈니치고 쓸고?"

그 즁이 이윽이 싱각다가 ᄭᅮ오디,

"쇼승의 경셩이 혹 범연ᄒᆞ여 더러틋 시비 분운ᄒᆞ니 상쥬의 ᄌᆞ려ᄒᆞ시미 용혹무괴(容或無怪)라.[64]

길디의 볼근 증험을 목도ᄒᆞ면 가히 ᄡᅳ리잇가?"

상인 왈,

"만일 겨근【72】 증험이라도 보량이면 엇지 두 말이 잇스리오?"

기시의 쳔광(穿壙)은[65] 다ᄒᆞ고 장ᄎᆞᆺ 회격(灰隔)을[66] 시작ᄒᆞ더니 그 즁이 드디여 상인과 ᄒᆞᆫ가지로 광듕의 드러가 바름을 못드러오게 막고 삽흐로 광듕 밋흘 조금 헷치니 아릭 방졍(方正)ᄒᆞᆫ 돌함 ᄒᆞ나히 잇거ᄂᆞᆯ 즁이 ᄌᆞᄌᆞ의 손으로 그 ᄯᅮ에 ᄒᆞᆫ 모홀 들고 촉불노 빗최여 엿본즉 물근 믈이 함듕의 ᄀᆞ득ᄒᆞ고 금부어(金鮒魚) 셰 개 그 ᄀᆞ온디져 노논지라 상인이 보고 크게 놀나 드디여 급히 덥고 인ᄒᆞ여 다시 그 헤친 흙을 젼과 ᄀᆞᆺ치 단ᄌᆞ히 메우고 즉시 완장ᄒᆞ니라. 그 즁이 하직ᄒᆞ고 갈 ᄯᅢ예 상인ᄃᆞ려 닐너 왈,

"쇼승이 상쥬의 은덕을 갑고져 ᄒᆞ야 극길지디(極吉之地)ᄅᆞᆯ 퇵ᄒᆞ여 긔여이 상쥬의 당디의 발복현달(發福顯達)코져【73】 ᄒᆞ엿더니 불힝ᄒᆞ여 길긔(吉氣) 누셜ᄒᆞᆫ지라 이계ᄂᆞᆫ ᄉᆞ십 년 후 길긔 다시 완젼이 모인 연후의야 비로쇼 가히 발복ᄒᆞ오면 맛당히 문과 셰히 나 현달ᄒᆞ리라."

ᄒᆞ더니 그 후 ᄉᆞ십년 만의 니싱의 손ᄌᆞ 셰 사ᄅᆞᆷ이 다 등과ᄒᆞ여 맛손ᄌᆞ 승운(升運)은 벼슬이 옥당의 니ᄅᆞ고 그 나믄 졍운(鼎運)과 익운(益運)은[67] 벼

---

64) 【용혹무괴】 圖 용혹무괴(容或無怪). 그럴 수도 잇으므

로 괴이할 것이 없음.¶ 無怪 ‖ 쇼승의 경셩이 혹 범연ᄒᆞ여 더러틋 시비 분운ᄒᆞ니 상쥬의 ᄌᆞ려ᄒᆞ시미 용혹무괴라 (小僧之至誠, 豈或泛忽, 而人言既如彼, 喪制主之如是爲寃, 亦無怪矣.) <靑邱野談 奎章 15:71>

65) 【쳔광】 圖 쳔광(穿壙). 시체를 묻을 구덩이를 팜. 또는 그 구덩이.¶ 穿壙 ‖ 기시의 쳔광은 다ᄒᆞ고 장ᄎᆞᆺ 회격을 시작ᄒᆞ더니 그 즁이 드디여 상인과 ᄒᆞᆫ가지로 광듕의 드러가 바름을 못드러오게 막고 삽흐로 광듕 밋흘 조금 헷치니 (其時穿壙已畢, 將始築灰矣. 其僧遂與喪人, 入其壙內, 緊閉掩壙窓, 不使點風入內, 破其壙底小許.) <靑邱野談 奎章 15:72>

66) 【회격】 圖 회격(灰隔). 관을 구덩이 속에 내려놓고, 그 사이를 석회로 메워서 다짐.¶ 築灰 ‖ 기시의 쳔광은 다ᄒᆞ고 장ᄎᆞᆺ 회격을 시작ᄒᆞ더니 그 즁이 드디여 상인과 ᄒᆞᆫ가지로 광듕의 드러가 바름을 못드러오게 막고 삽흐로 광듕 밋흘 조금 헷치니 (其時穿壙已畢, 將始築灰矣. 其僧遂與喪人, 入其壙內, 緊閉掩壙窓, 不使點風入內, 破其壙底小許.) <靑邱野談 奎章 15:72>

67) 【익운】 圖 ((인명)) 익운(益運). 이익운(李益運 1748~1817). 조선후기의 문신. 자는 계수(季受), 시호는 졍숙(靖肅). 본관은 연안(延安). 증(贈) 이조판셔 정대(徵大)

슬이 다 경경(正卿)의 니르니라.

의 아들. 1774년(영조 50) 문과에 급제, 여러 벼슬을
거쳐 대사간 · 대사헌 · 공조판서 · 경기관찰사 · 예조판
서에 이르러 1800년(순조 1) 그의 스승 채제공(蔡濟恭)
의 관작이 추탈(追奪)되는 기회에 이윤행(李允行) · 박
명섭(朴命燮) 등의 모함을 받고 면직되었다. 1807년
직첩(職牒)을 다시 받고 이듬해 대신 이시수(李時秀)
의 추천으로 지중추 부사(知中樞府事)로 임명되었으나
굳이 사양하고 후에 수원부유수(水原府留守)로 있다가
대사헌에 이르렀다.¶ 益運 ‖ 그 후 스십년 만의 니성
이 손주 세 사람이 다 등과하여 잇손디 송운은 벼슬
이 옥당의 니르고 그 나믄 경운과 익운은 벼슬이 다
경경의 니르니라 (其後四十餘年, 李之孫兄弟三人皆登
科, 升運官至玉堂, 朏運益運皆至正卿.) <靑邱野談 奎章
15:73>

[청구야담 권지십뉵 靑邱野談 卷之十六]

현쇼몽뇽만상복
現宵夢龍滿裳幅

【1】 희풍군(海豊君) 뎡효쥰(鄭孝俊)은1) 영양위(寧陽尉)의 죵손이라 나히 스십삼셰의 셰 번 상쳐(喪妻)ᄒᆞ미 슬하의 오직 어린 ᄯᆞᆯ 삼형뎨 잇스더 빈한무의(貧寒無依)ᄒᆞ나 본가 봉ᄉᆞ 외예 노릉(魯陵)과2) 현덕왕후(顯德王后)3) 권시(權氏)와 노릉왕후(魯

陵王后)4) 송시(宋氏) 삼위 ᄉᆞ당을 봉안ᄒᆞ고 ᄉᆞ시 향화롤 밧드더니 가셰 졈ᄌᆞ 빈곤ᄒᆞ미 졔믈을 쥰비ᄒᆞᆯ 길이 업셔 미양 근심ᄒᆞ더라.

그 동닉 사는 니병ᄉᆞ(李兵使) 진경(進慶)의게 날마다 상죵ᄒᆞ야 긔박(碁博)으로 소견(消遣)ᄒᆞ니 니진경은 즉 판셔 쥰민(俊民)의 손ᄌᆞ라. 별쳔(別薦)으로 무과ᄒᆞ여 기시 당하 벼슬노 이시미 날마다 희풍으로 더부러 교계(交契) 심밀ᄒᆞ 【2】 더니 일ᄉᆞ은 희풍이 진경의 손을 잡고 굴오더,

---

대군(首陽大君)에게 왕위를 빼앗겨 강원도 영월에 유배되었다가 죽임을 당하였다.¶ 魯陵 ¶ 희풍군 뎡효쥰은 영양위의 죵손이라 나히 스십삼셰의 셰 번 상쳐ᄒᆞ미 슬하의 오직 어린 ᄯᆞᆯ 삼형뎨 잇스더 빈한무의ᄒᆞ나 본가 봉ᄉᆞ 외예 노릉과 현덕왕후 권시와 노릉왕후 송시 삼위 ᄉᆞ당을 봉안ᄒᆞ고 ᄉᆞ시 향화롤 밧드더니 (海豊君鄭孝俊, 年四十三, 貧窮無依, 喪妻者三, 而只有三女, 無一子, 以寧陽尉之曾孫. 本家奉先之外, 又奉魯陵及顯德王后權氏, 魯陵王后宋氏三位神主, 而無以備香火.) <靑邱野談 奎章 16:1>

3) 【현덕왕후】 圐 ((인명)) 현덕왕후(顯德王后 1418~1441). 조선 제5대 왕 문종(文宗)의 비(妃)이자 단종의 어머니. 성은 권(權). 세종 13년(1431)에 세자궁에 궁녀로 들어가 승휘(承徽)에 봉하여졌으며, 세종 19년(1437)에 세자빈에 책봉되었으나 가례(嘉禮)를 행하지 못하고 죽었다.¶ 顯德王后 ¶ 희풍군 뎡효쥰은 영양위의 죵손이라 나히 스십삼셰의 셰 번 상쳐ᄒᆞ미 슬하의 오직 어린 ᄯᆞᆯ 삼형뎨 잇스더 빈한무의ᄒᆞ나 본가 봉ᄉᆞ 외예 노릉과 현덕왕후 권시와 노릉왕후 송시 삼위 ᄉᆞ당을 봉안ᄒᆞ고 ᄉᆞ시 향화롤 밧드더니 (海豊君鄭孝俊, 年四十三, 貧窮無依, 喪妻者三, 而只有三女, 無一子, 以寧陽尉之曾孫. 本家奉先之外, 又奉魯陵及顯德王后權氏, 魯陵王后宋氏三位神主, 而無以備香火.) <靑邱野談 奎章 16:1>

4) 【노릉왕후】 圐 ((인명)) 노릉왕후(魯陵王后 1440~1521). 조선 단종의 비(妃). 성은 송(宋). 의덕왕 대비에 봉하여졌으나, 단종이 노산군으로 강등되자 부인(夫人)으로 강봉되었다. 노산군이 단종으로 추복(追復)됨으로써 정순왕후(定順王后)가 되고 신위(神位)가 창경궁으로 옮겨졌다.¶ 魯陵王后 ¶ 희풍군 뎡효쥰은 영양위의 죵손이라 나히 스십삼셰의 셰 번 상쳐ᄒᆞ미 슬하의 오직 어린 ᄯᆞᆯ 삼형뎨 잇스더 빈한무의ᄒᆞ나 본가 봉ᄉᆞ 외예 노릉과 현덕왕후 권시와 노릉왕후 송시 삼위 ᄉᆞ맛을 봉인ᄒᆞ고 ᄉᆞ시 향회롤 밧드니 (海豊君鄭孝俊, 年四十三, 貧窮無依, 喪妻者三, 而只有三女, 無一子, 以寧陽尉之曾孫. 本家奉先之外, 又奉魯陵及顯德王后權氏, 魯陵王后宋氏三位神主, 而無以備香火.) <靑邱野談 奎章 16:1>

---

1) 【뎡효쥰】 圐 ((인명)) 정효준(鄭孝俊 1577~1665). 조선중기의 문신. 자는 효우(孝于), 호는 낙만(樂晚), 시호는 제순(齊順). 아버지는 돈령부판관을 지낸 정흠(鄭欽). 1618년(광해군 10) 사마시에 합격하여 생원이 되었다. 1623년(인조 1) 인조반정 이후에 효릉참봉(孝陵參奉)이 되었으며, 왕실의 제사용 가축을 기르는 관청인 전생서의 봉사(奉事)가 되고 뒤에 자여도찰방(自如道察訪) 등을 거쳐 1652년(효종 3) 돈령부도정에 임명되었다. 1656년 해풍군(海豊君)에 봉해졌으며 동지돈령부사가 되었다. 어려서부터 시를 잘 지었고, 특히 변려문(駢儷文)을 잘 썼다.¶ 鄭孝俊 ¶ 희풍군 뎡효쥰은 영양위의 죵손이라 나히 스십삼셰의 셰 번 상쳐ᄒᆞ미 슬하의 오직 어린 ᄯᆞᆯ 삼형뎨 잇스더 빈한무의ᄒᆞ나 본가 봉ᄉᆞ 외예 노릉과 현덕왕후 권시와 노릉왕후 송시 삼위 ᄉᆞ당을 봉안ᄒᆞ고 ᄉᆞ시 향화롤 밧드더니 (海豊君鄭孝俊, 年四十三, 貧窮無依, 喪妻者三, 而只有三女, 無一子, 以寧陽尉之曾孫. 本家奉先之外, 又奉魯陵及顯德王后權氏, 魯陵王后宋氏三位神主, 而無以備香火.) <靑邱野談 奎章 16:1>

2) 【노릉】 圐 ((인명)) 노릉(魯陵). 단종(端宗 1441~1457). 조선 제6대 왕. 12세에 왕위에 올랐으나, 숙부인 수양

"내 심듕의 긴졀ᄒᆞᆫ 말이 잇스니 군이 신쳥(信聽)ᄒᆞ랴?"

진경 왈,

"그ᄃᆡ 날노 더부러 이러툿 졀친ᄒᆞᆫ 바의 무슴 쳥을 아니 드리리오?"

희풍이 무슈히 ᄌᆞ져(趑趄)ᄒᆞ다가 냥구의 골오ᄃᆡ,

"내집이 누ᄃᆡ 봉ᄉᆞ ᄲᅮᆫ이 아니라 ᄯᅩ 지존ᄒᆞ온 신위ᄅᆞᆯ 봉안ᄒᆞ오ᄆᆡ 내 이졔 환거(鰥居)ᄒᆞ고 ᄌᆞ식이 업셔 반ᄃᆞ시 졀ᄉᆞ(絶嗣)ᄒᆞ리니 엇지 가련ᄒᆞ고 비창치 아니리오? 만일 그ᄃᆡ 곳 아니면 엇지 이 말을 개구(開口)ᄒᆞ리오? 바라건ᄃᆡ 그ᄃᆡᄂᆞᆫ 내 졍셰ᄅᆞᆯ 블상히 녀겨 날노ᄡᅥ 사회ᄅᆞᆯ 삼으라."

진경이 발연작ᄉᆡᆨ 왈,

"그ᄃᆡ 말이 진졍이냐 긔롱이냐? 내 ᄯᆞᆯ이 ᄌᆞ계 십오셰라 엇지 가히 오십 갓가온 사람으로 더부러 혼인홀 니 잇스리오? [3] 그ᄃᆡ 말이 망녕되도다. ᄌᆞ시ᄂᆞᆫ 이러툿 몰지각ᄒᆞ고 되지 못ᄒᆞᆫ 말을 ᄂᆡ지 말나."

희풍이 만면슈괴(滿面羞愧)ᄒᆞ여 무류이 퇴ᄒᆞ니라. 긔후 십여일의 니진경이 밤의 ᄭᅮᆷ을 ᄭᅮ니 홀연 문젼이 요란ᄒᆞ고 멀니셔조ᄎᆞ 경필지셩(警驆之聲)이5) 들니더니 ᄒᆞᆫ 모ᄃᆡ(帽帶)ᄒᆞᆫ 관원이 드러와 고ᄒᆞᄃᆡ

"대개(大駕ㅣ) 그ᄃᆡ 집의 거동ᄒᆞ시니 급히 나와 마ᄌᆞ라."

ᄒᆞ거늘 진경이 황공이 셤돌의 ᄂᆞ려 ᄯᅳᆯᄀᆡ 부복ᄒᆞ엿더니 이윽고 쇼년 군왕이 면복(冕服)으로 대쳥의 연좌(筵座)ᄒᆞ시고 진경을 명ᄒᆞ여 갓가이 오라 ᄒᆞ샤 왈,

"졍모(鄭某ㅣ) 널노 더부러 결혼코져 ᄒᆞ니 네 의향이 엇더ᄒᆞ뇨?"

진경이 긔복(起伏) ᄃᆡ왈,

"셩교지하(聖敎之下)의 엇지 감히 항거ᄒᆞ오리잇가? 다만 신의 ᄯᆞᆯ이 나히 어리고 [4] 뎡셩은 나히 삼십년이 더은지라 혼비(婚配)ᄒᆞ오미 가당치 아니홀가 ᄒᆞ나이다."

ᄯᅩ 하교 왈,

"년치(年齒) 다쇼ᄂᆞᆫ 불계ᄒᆞ고 셩혼ᄒᆞᆷ이 가ᄒᆞ니라."

ᄒᆞ시고 인ᄒᆞ여 환궁ᄒᆞ시거늘 진경이 이의 놀나 ᄭᆡᄃᆞ라 즉시 니러나 ᄂᆡ당의 드러간즉 그 안ᄒᆡ ᄯᅩᄒᆞᆫ 블을 붉히고 안쟈 문왈,

"밤이 밋쳐 ᄉᆡ지 아니ᄒᆞ엿거늘 엇지 이럿툿 일즉이 드러오시ᄂᆞ뇨?"

진경이 몽듕ᄉᆞᄅᆞᆯ ᄌᆞ셰이 말ᄒᆞᆫᄃᆡ 긔쳬 왈,

"내 ᄭᅮᆷ이 ᄯᅩ 그러ᄒᆞ니 이런 큰 괴이ᄒᆞᆫ 일이 업다."

ᄒᆞ거늘 진경 왈,

"이거시 우연치 아니ᄒᆞᆫ 일이니 쟝ᄎᆞᆺ 엇지ᄒᆞ면 조흘고?"

긔쳬 왈,

"ᄭᅮᆷ은 이 허황ᄒᆞᆫ 일이라 엇지 쥰신(遵信)ᄒᆞ리오?"

ᄒᆞ더니 ᄯᅩ 십일 후의 진경의 몽듕에 ᄯᅩ 대개 ᄂᆡ림(來臨)ᄒᆞ샤 옥ᄉᆡᆨ(玉色)이 블예(不豫)ᄒᆞ여 [5] 골ᄋᆞ샤ᄃᆡ,

"젼일의 하교ᄒᆞᆫ 비 잇거늘 네 엇지 우금 봉ᄒᆡᆼ(奉行)치 아니ᄒᆞᄂᆞ뇨?"

진경이 황공ᄒᆞ여 골오ᄃᆡ,

"삼가 맛당히 봉승ᄒᆞ리이다."

ᄒᆞ고 ᄭᅮᆷ을 ᄭᆡ여 그 쳐ᄃᆞ려 닐너 골오ᄃᆡ,

"니 ᄭᅮᆷ이 ᄯᅩ 이러툿ᄒᆞ니 이ᄂᆞᆫ 반ᄃᆞ시 텬의라 만일 하ᄂᆞᆯ을 거ᄉᆞ린즉 큰 ᄒᆡ 잇스리니 쟝ᄎᆞᆺ 엇지ᄒᆞ료?"

긔쳬 왈,

"ᄭᅮᆷ은 비록 이 ᄀᆞᆺ트나 일은 되지 못홀 일이니 내 엇지 ᄎᆞᆷ아 어린 ᄯᆞᆯ노ᄡᅥ 빈궁ᄒᆞᆫ 사람의 ᄉᆞ실[小室]을 삼으리오? 이ᄂᆞᆫ 아모리 텬졍(天定)이나 죽어도 좃지 못ᄒᆞ리라."

진경이 일노조ᄎᆞ ᄆᆞ음이 근심ᄒᆞ고 두려워 침식이 불안ᄒᆞ더니 ᄯᅩ 십여일 후 대개 현몽(現夢)ᄒᆞ여 골ᄋᆞ샤ᄃᆡ,

"향일의 네게 하교ᄒᆞᆫ 비 다만 텬졍연분 ᄲᅮᆫ 아니라 이 곳 다복ᄒᆞᆫ 사람인즉 네게 ᄒᆡ로오미 업기 [6]로 니 ᄉᆞ추 하교ᄒᆞᆫᄃᆡ 죵시 거역ᄒᆞ니 이 무슴 도리뇨? 쟝ᄎᆞᆺ 큰 화ᄅᆞᆯ 누리리라."

ᄋᆞ시니 신셩이 ᄌᆞᆯ의 황ᄇᆞᆼᄒᆞ여 부복 ᄃᆡ왈,

"삼가 셩교ᄅᆞᆯ 밧들이이다."

ᄯᅩ 하교 왈,

---

5) 【경필지셩】 囹 경필지셩(警驆之聲). 임금이 거동할 때에 경호회기 위ᄒᆞ여 통행을 금히는 소리.¶ 警驆之聲 ‖ 긔후 십여일의 니진경이 밤의 ᄭᅮᆷ을 ᄭᅮ니 홀연 문젼이 요란ᄒᆞ고 멀니셔조ᄎᆞ 경필지셩이 들니더니 (其後十餘日之夜, 李兵使就寢矣. 昏夢中, 門庭喧擾, 遠遠有警驆之聲.) <靑邱野談 奎章 16:3>

111

"이거슨 네 쇼견이 아니라 견혀 네 처의 셩픔이 완악호여 니 녕을 거스니 맛당히 그 죄롤 다스리리라."

호시고 인호여 뼈 나입호라 호시니 삼시간의 형구롤 크게 베플고 그 쳐롤 나입호여 수죄 왈,

"네 가쟝은 내 명을 듯고져 호거늘 네 홀노 지란(持難)호여 봉승치 아니호니 이 무숨 도리뇨?"

이의 명호여 형쟝(刑杖)호라 호시니 스오 기예 니르미 기체 황공이걸 왈,

"엇지 감히 하교롤 위월(違越)호리잇고? 맛당히 삼가 봉승호리이다."

호거늘 인호여 정형(停刑)호고 환궁호시니라. 진경【7】이 ㅈ의 눌나 씨드라 니실의 드러간즉 기체 몬져 몽듕스롤 녁ㅈ히 말호고 무릅홀 만친즉 형쟝 훈젹이 완연훈지라 진경 부뷔 크게 놀나고 두려워 셔로 더부러 혼인홀 의논을 경훈 후 잇튿날 희풍을 쳥호여 진경이 우으며 마져 굴오디,

"그디 향쟈의 내말을 혐의호여 오리 오지 아니호냐? 내 근일의 쳔만가지로 스량(思量)호여도 나곳 아니면 이 셰상에 그디의 궁곤훈믈 구계홀 사롬이 업스니 내 비록 훈 쏠의 평성을 그룻치리라 호여도 단졍코 그디와 결혼호리니 스쥬단ㅈ롤 즉시 쓰라."

호고 인호여 간지 일복을 내여쥬고 쏘 칙녁을 내여 퇵일호여 명녕 샹약호고 보니니라.

잇튿날 아춤의 그 쏠이 그 모친드려 왈,

"간밤 쑴이 심히 긔이호지라【8】부친의 쟝긔 두는 벗 명성이 홀연 변호여 뇽이 되여 날을 향호여 굴오디 '내 ㅇ둘을 바드라' 호거늘 치마폭을 버려 바드니 져근 뇽 다숫 개 치마폭 우희 굼틀거리더니 뇽 호나히 짜의 쩌러져 목이 부러져 죽으니 이 엇지 괴이치 아니리잇가?"

부뫼 그 말을 듯고 이상히 녀겻더니 밋 뎡문(鄭門)의 들어가미 년ㅈ이 성산호여 ㅇ둘 오형뎨롤 나흐니 다 쟝셩호여 츠례로 등과호니 쟝즈 ㅊㅈ는 벼술이 판셔의 니르고 삼ㅈ는 대스간(大司諫)이오 넷지 다숫지는 다 옥당(玉堂)이오 맛 손즈와 그 사회 다 등과호니 희풍이 오즈 등과로 훈 가자(加資)룰 더호여 직품이 아경(亞卿)의 니르고 구십여 셰롤 향슈호미 손즈와 증손이 슬하의 그득호니 그 복녹의 거룩호미 고금【9】의 드무더라. 그 나즛시 ㅇ롤 이 셔쟝관(書狀官)으로 연경(燕京)에 갓다가 칙문을 나지 못호고 작고호니 과연 부인 몽듕의 뇽 호나히

쩌러져 죽은 일이 ㅈ의 증험호니라.

그 부인은 뉵십여 셰롤 향슈호고 희풍의셔 삼년을 압셔 도라가니라. 희풍이 쇼시 빈궁홀 씨의 마츰 친구의 좌셕에셔 훈 상(相) 보는 술긔을 만나 모든 좌긔이 다 견졍을 무르디 희풍이 홀노 뭇지 아니호거늘 쥬인 왈,

"이 사롬의 관상이 신이호니 엇지 훈번 뭇지 아니호느뇨?"

희풍 왈,

"빈궁훈 사롬이 샹을 보면 무엇호리오?"

술긔이 숙시호여 굴오디,

"뎌분은 누구신지 모로거니와 지금 비록 뎌러툿 곤궁호나 그 복복이 무궁호여 션궁후달(先窮後達)홀 격이오 오복이 구【10】젼호여 좌샹(座上) 졔인의 밋지 못홀 비라."

호더니 그 후의 과연 그 말이 다 맛치더라.

희풍이 초취(初娶)호여 초례(醮禮)호는 날 밤 쑴의 훈 사롬의 집에 드러간즉 당샹에 혼인호는 위의롤 비셜호디 다만 신부는 업더니 미구(未久)의 상쳐호고 지취(再娶)호든 날 밤 쑴의 쏘 그 집의 드러간즉 견 쑴과 ㄱ트더 닐은바 신뷔 강보롤 면치 못호엿더니 쏘 상쳐호고 삼취(三娶)호는 날 밤 쑴의 그 집의 들어간즉 녁ㅈ히 견 쑴과 ㄱ트디 쇼위 신뷔 그견 강보의 쌰엿든 아희 그 씩는 나히 거의 십여 셰 되엿더라. 쏘 상쳐호고 밋 닉시의 문에 스취(四娶)호미 신부롤 본즉 곳 향니 쑴의 뵈던 아희라. 범시 다 견졍 이슴이 이 ㅈ더라. 니병스 몽듕의 하교호시던【11】군왕은 이의 단픠(端廟))현셩호시미러라.

복쥬슈튱비탁금호
復主醫忠婢托錦湖

님교리(林校理) 형슈(亨秀)의 별호는 금회(錦

6)【형슈】图((인명)) 형수(亨秀), 임형수(林亨秀 1504~1547). 조선중기의 문신. 자는 사수(士遂), 호는 금호(錦湖). 나주 출생. 어려서부터 총명하고 성격이 강직하였다. 1531년(중종 26)에 진사가 되고, 1535년 문과에 병과로 급제하여 주서·기사관·사서 등을 지내고, 사

湖¹)니 쇼시예 호협ᄒ야 믈둘니기와 활ᄡᅩ기를 잘
ᄒ고 ᄯᅩ 글닑기를 조하ᄒ여 문뮈 겸젼ᄒ더라. 일ᄌ
은 과거보랴 ᄒ고 경ᄉ의 올나올시 동졉(同接) 두
사ᄅᆞᆷ으로 동ᄒᆡᆼᄒ더니 듕노의 ᄒᆞᆫ 소쟝(素帳) 드린 교
지 뒤흘 조ᄎ 오고 교ᄌᆞ 엽ᄒᆡ ᄒᆞᆫ 비지 나히 거의
십칠 셰 즘 되고 자못 ᄌᆞ식이 잇셔 ᄯᅳ흔 머리 발뒤
굼치예 ᄯᅥᆯ치더라. 교ᄌᆞ를 ᄯᆞ라오더니 세 사ᄅᆞᆷ의 압
흘 지날시 그 계집 아히 수ᄎᆞ 금호를 도라보더니
ᄯᅩ 일마쟝을 가미 ᄯᅩ ᄒᆞᆫ 번 도라보니 두 동졉이 셔
로 도라보아 조롱ᄒ여 ᄀᆞᆯ오디,

"우리 세히 동ᄒᆡᆼᄒ거ᄂᆞᆯ 궐네 편벽도이 【12】
그디를 여러 번 도라보니 아마도 그디의 용모긔개
출즁ᄒ미로다."

금회 왈,

"내 역시 그 곡졀을 아지 못ᄒ노라."

ᄒ더니 그 교지 마을을 지나 ᄒᆞᆫ 골 안으로 드
러가거ᄂᆞᆯ 금회 두 동졉ᄃᆞ려 닐너 ᄀᆞᆯ오디,

"그디 등은 몬져 가 압 술막의 가 기ᄃᆞ리라.
내 명일 시벽의 조ᄎᆞ가리라."

ᄒᆞᆫ디 두 동졉이 혹 조쇼ᄒ며 혹 칙망ᄒ여 ᄀᆞᆯ
오디,

"션비 과ᄒᆡᆼ(科行)을 ᄒᆞ다가 ᄒᆞᆫ 녀ᄌᆞ의게 요혹
(妖惑)ᄒ여 그 동ᄒᆡᆼ을 바리니 엇지 져러툿 ᄒᆡᆼ실을
가지ᄂᆞ뇨?"

금회 웃고 디답지 아니ᄒ고 마부를 지쵹ᄒ여
믈을 모라 교ᄌᆞ를 ᄎᆞᄌᆞ 골노 드러가니 ᄒᆞᆫ 고쥬대문
이 잇거ᄂᆞᆯ 드듸여 믈긔 ᄂᆞ려 믈은 기동의 매고 홀
노 방황ᄒᆞᆯ 즈음의 그 계집죵이 돗ᄌᆞ리와 화로를 가
지고 안으로조ᄎᆞ 나와 ᄒᆡᆼ낭방【13】의 포진ᄒ고 금
호를 쳥ᄒ여 안치거ᄂᆞᆯ 금회 우어 ᄀᆞᆯ오디,

"네 엇지 닉 ᄯᆞ라올 줄 알고 이 계구를 쥰비
ᄒ엿ᄂᆞ냐?"

궐네 ᄯᅩ 우어 ᄀᆞᆯ오디,

"닉 셰 번 도라보미 엇지 오지 아니ᄒᆞᆯ 니 잇
스리잇고?"

ᄒ고 드러가더니 이윽고 셕반을 ᄀᆞ초와 공궤
ᄒᆞᆫ 후의 궐네 홀연 눈믈을 흘니거ᄂᆞᆯ 금회 괴이 너
겨 그 연고를 무론디 궐네 눈믈을 거두고 디왈,

"우리 샹뎐의 집이 형셰 고단ᄒ더니 아모년
분의 아모되 부녀를 혼ᄎᆔᄒ여 일ᄌᆞ은 본가의 귀령
(歸寧)ᄒ엿다가 도라오ᄂᆞᆫ 길의 홀연 급ᄒᆞᆫ 바롬이 교
ᄌᆞ쟝(轎子帳)을 거드치매 ᄆᆞ춤 완악ᄒᆞᆫ 즁놈이 잇다
가 낭ᄌᆞ의 ᄌᆞ식을 엿보고 교ᄌᆞ를 ᄯᆞ라와 드듸여 샹
뎐을 살히ᄒ고 낭ᄌᆞ를 핍욕(逼辱)ᄒ니 일노조ᄎᆞ 빈
삭(頻數) 왕ᄂᆡᄒ더니 능히 졔어ᄒᆞᆯ 사【14】롬이 업ᄉ
므로 심듕의 지원극통(至冤極痛)ᄒ나 미약ᄒᆞᆫ 녜지
보슈ᄒᆞᆯ 계괴 업ᄂᆞᆫ지라 ᄀᆞ만이 힘닛ᄂᆞᆫ 사ᄅᆞᆷ을 구ᄒ
여 도우금(到于今) 만나지 못ᄒ고 다만 조흔 활과
굿셴 살을 구ᄒ여 등디ᄒ연지 오라니이다."

금회 ᄀᆞᆯ오디,

"그러면 세 사ᄅᆞᆷ이 동ᄒᆡᆼᄒᆞᆫ디 엇지 편벽도이
날을 도라보왓ᄂᆞ뇨?"

궐네 ᄀᆞᆯ오디,

"셔방쥐 용뫼 건쟝ᄒ고 신쉼 헌앙ᄒ여 죡히
일을 도모ᄒ염죽ᄒᆞᆫ 고로 유인ᄒ엿ᄂᆞ이다."

금회 왈,

"그 즁이 ᄒ졔 어디 잇ᄂᆞ뇨?"

궐네 왈,

"방듕의 잇셔 낭ᄌᆞ와 더부러 희학ᄒᆞᄂᆞ이다."

금회 즉시 살을 시위예 먹여 손의 들고 궐녀
로 ᄒ여금 젼도ᄒ여 ᄯᆞ라 드러가 몸을 어두온 곳의
ᄀᆞᆷ초고 엿본즉 등쵹이 휘황ᄒᆞᆫ디 그 즁이 술을 반ᄎᆔ
ᄒ야 옷슬 버셔 가슴을 드러【15】 닉고 벽을 의지
ᄒ여 안잣거ᄂᆞᆯ 금회 활을 만쟉ᄒ여⁷) 힘을 다ᄒ야
ᄡᅩ니 졍히 그 즁의 흉당(胸膛)을 마치미 그 즁이 크
게 ᄒᆞᆫ 소리 지르고 ᄯᅡ히 업더지거ᄂᆞᆯ ᄯᅩ 그 녀인을
ᄡᅩ고져 ᄒᆞᆫ디 궐네 말녀 왈,

"츄ᄒᆞᆫ ᄒᆡᆼ실이 비록 이 ᄀᆞᆺᄐᆞ나 ᄯᅩ흔 나의 샹뎐
이라. 닉 손으로 죽이지 못ᄒᆞᆯ 거시니 바리고 가ᄂᆞᆫ이
만 ᄀᆞᆺ지 못ᄒ다."

가독셔(賜暇讀書)ᄒᆞᆫ 뒤 셜셔·수찬·회령판관·젼한
등을 거쳐 부제학에 승진되었다. 1545년 명종이 즉위
하자 을사사화가 일어나면서 제주목사로 쫓겨났다가
파면되었다. 생전에 호당(湖堂)에서 함께 공부하였던
이황(李滉)·김인후(金麟厚) 등과 친교를 맺고 학문과
덕행을 닦았다. 문장에도 뛰어나 많은 사람들의 칭송
을 받았다. 뒤에 신원되었고, 1702년(숙종 28) 나주의
송재서원(松齋書院)에 제향되었다.【李秀 ∥ 녹교리 혁
슈의 별호는 금회니 쇼시예 호협ᄒ야 믈둘니기와 활
ᄡᅩ기를 잘ᄒ여ᄒ고 ᄯᅩ 글닑기를 조하ᄒ여 문뮈겸젼ᄒ더라
(錦湖林校理亨秀, 少時磊落, 有氣節, 豪爽不羈. 駟馬罾
射, 好讀書能文章.) <靑邱野談 奎章 16:11>

7) 【만쟉-ᄒ-】图 힘껏 당기다∥ 彎弓滿殼 ∥ 금회 활을 민
쟉ᄒ여 힘을 다ᄒ야 ᄡᅩ니 졍히 그 즁의 흉당을 마치
미 그 즁이 크게 ᄒᆞᆫ 소리 지르고 ᄯᅡ히 업더지거ᄂᆞᆯ
(錦湖彎弓滿殼, 極力射去, 正中厥僧之胸膛. 厥僧大叫一
聲, 蕩然仆地.) <靑邱野談 奎章 16:15>

ᄒᆞ거늘 금회 드디여 궐녀로 더부러 외당의 나
오니 궐녀 금호드려 일너 왈,

"소인이 원컨디 ᄒᆞᆫ가지로 되시고 가 비쳡 되
기를 원ᄒᆞ노이다."

ᄒᆞ고 드디여 힝장을 슈습ᄒᆞ여 ᄒᆞᆫ가지로 몰기
올나 일마장을 지나더니 궐녜 왈,

"내 이즌 일이 잇도다."

ᄒᆞ고 몰기 ᄂᆞ려가거늘 금회 몰을 머믈고 기ᄃᆞ
리더니 이윽고 그 집의 ᄉᆞ면으로 화광이 【16】니러
나며 궐녜 즉시 도라오거늘 드디여 몰을 흠기 타고
압슐막의 니르니 두 동힝이 나와 마ᄌᆞ시 ᄒᆞᆫ 계집
ᄋᆞ희를 드리고 오믈 보고 ᄯᅩ 셔로 조롱ᄒᆞ여 ᄀᆞᆯ오디,

"이졔 과거보라 가ᄂᆞᆫ 길의 계집을 드리고 가
미 심히 샹셔롭지 못ᄒᆞ다."

ᄒᆞ거늘 금회 ᄯᅩ 웃고 디답지 아니ᄒᆞ고 드디여
드리고 경ᄉᆞ의 올나가 직졈의 머므를 쩌예 궐녀를
너간의 머믈고 과구(科具)를 슈습ᄒᆞ여 입장관광(入
場觀光)ᄒᆞ미 드디여 쟝원급계ᄒᆞ고 유과(遊街) 삼일
후 궐녀를 드리고 고향의 도라가 부인으로 더부러
셔로 볼시 부인이 그 힝ᄉᆞ를 듯고 크게 칭찬ᄒᆞ며
그 외모를 보니 비쳔ᄒᆞᆫ 사ᄅᆞᆷ ᄀᆞᆺ지 아닌지라 드디여
금호를 권ᄒᆞ여 작쳡(作妾)ᄒᆞ라 ᄒᆞ니 궐녜 온냥공근
(溫良恭謹)ᄒᆞ고 ᄯᅩ 총혜녕니(聰慧伶俐)ᄒᆞᆫ지라 【17】
부인이 더욱 크게 ᄉᆞ랑ᄒᆞ여 셔로 더부러 화락ᄒᆞ야
ᄡᅥ 평ᄉᆡᆼ을 ᄆᆞ치더라.

험이몽셔빅식젼신
驗異夢西伯識前身

녯젹의 ᄒᆞᆫ 즁신(重臣)이 ᄀᆞ시니 ᄋᆞ시(兒時)로
부터 그 ᄉᆡᆼ일을 당ᄒᆞ면 그날 밤 꿈의 ᄒᆞᆫ 곳을 간즉
어ᄂᆞ 고을이며 뉘집인 줄 모로디 빅슈 노부체 잇셔
목욕ᄌᆡ계ᄒᆞ고 ᄉᆡ옷 닙고 음식을 풍비(豐備)히 출아
상 우희 버리고 겻히 교의(交椅)를 비셜ᄒᆞ여 졔쳥
(祭廳) 모양 ᄀᆞᆺ튼지라. 곳 드러가 교의 우희 안자
슈잔을 포식ᄒᆞ민 그 노인 늬외ᄂᆞᆫ 상히의 업디어 달
야통곡(達夜痛哭)ᄒᆞ기를 민년 이ᄀᆞᆺ치 ᄒᆞ니 비록 꿈
속이나 경녁ᄒᆞ기를 여러 히 된지라. ᄌᆞ연 골의 깁고
여름과 집의 대쇼와 쟝원(牆垣) 둘닌 것과 나모슈

【18】 플과 심지어 문호향비(門戶向背)와 대쳥 활협
(闊狹)이며 계졔(階梯) 굴곡이 녁ᄒᆞ히 안젼의 삼녈
(森列)ᄒᆞ여 비록 사ᄅᆞᆷ을 향ᄒᆞ여 몽둥스룰 일즉 말은
아니ᄒᆞ나 ᄆᆞᄋᆞᆷ의 항상 의아ᄒᆞ더니 그 후의 평안감
ᄉᆞ룰 ᄒᆞ야 도임ᄒᆞᄂᆞᆫ 날의 영문 근쳐의 마춤 ᄒᆞᆫ 곳
을 보니 심히 눈의 익어 년ᄒᆞ이 ᄭᅮᆷ의 가던 곳과 조
금도 다르미 업거늘 감시 이샹히 너겨 위의룰 믈니
고 단긔로 그 골을 드러가니 과연 ᄒᆞᆫ 집이 ᄀᆞᆺ시디
분명 몽듕의 보던 비라. 공방 아젼이 병장과 포진을
가져 쳥샹의 비셜ᄒᆞ니 일동 사ᄅᆞᆷ이 다 놀나 허여지
고 그 집 쥬인 노부체 그 연고룰 아지 못ᄒᆞ여 계하
의 업디거늘 감시 명ᄒᆞ여 당의 올녀 얼골을 들나
ᄒᆞ여 ᄌᆞ셰이 보니 과연 몽듕의 호곡ᄒᆞ던 부 【19】
뷔라. 드디여 그 년긔 언마며 ᄌᆞ식 유무룰 무론디
그 옹(翁)이 ᄀᆞᆯ오디,

"과연 ᄒᆞᆫ 아들이 잇ᄉᆞᆸ더니 요ᄉᆞ(夭死)ᄒᆞ지 오
라나이다."

감시 문왈,

"몃 살의 죽엇ᄂᆞ뇨?"

디왈,

"십오셰예 죽어시나 쇼인의 ᄌᆞ식이 어려셔부
터 총명녕오ᄒᆞ오미 출즁ᄒᆞ옵기로 농업의 민몰ᄒᆞ기
앗갑ᄉᆞ와 흑당의 보녀여 독셔ᄒᆞ오미 일남쳡긔(一覽
輒記)ᄒᆞ여 문일지십(聞一知十)ᄒᆞ니 일향 샹히 칭찬
아니리 업더니 일ᄉᆞ은 슌ᄉᆞ도(巡使道) ᄒᆞᆼᄎᆞ림ᄒᆞᄂᆞᆫ 힝
ᄎᆞ룰 구경ᄒᆞ다가 우연이 탄식ᄒᆞ고 말이 대장뷔 맛
당히 이러ᄒᆞ리라 ᄒᆞ더니 이날부터 병드러 누으미
졈ᄒᆞ 침즁ᄒᆞ여 모년모월모일의 쟉고ᄒᆞ니 쇼인이 블
승참쳑(不勝慘慽)ᄒᆞ와 민년 그날을 당ᄒᆞ면 약간 찬
슈룰 쥰비ᄒᆞ여 졔ᄒᆞᄂᆞ이다."

감시 드르 【20】 니 그 ᄋᆞ희 죽은 년월일은 곳
ᄌᆞ가 나든 년월일이라 더욱 크게 이샹히 너겨 그
노부쳐드려 닐너 ᄀᆞᆯ오디,

"도임 후 맛당히 너룰 블을 거시니 모로미 등
디ᄒᆞ라."

ᄒᆞ고 인ᄒᆞ여 도영(到營) 후 삼일의 그 노부쳐
룰 블너 젼지룰 후히 쥬고 몽듕ᄉᆞ 긔이ᄒᆞ믈 녁ᄒᆞ히
닐으고 ᄒᆞᆫ 집을 영문 근쳐의 사 거졉ᄒᆞ게 ᄒᆞ고 ᄯᅩ
면답을 사 쥬어 노러(老來) 의식지ᄌᆞ(衣食之資)룰
ᄒᆞ게 ᄒᆞ고 무ᄌᆞ(無子)ᄒᆞ믈 측은히 너겨 ᄒᆞᆫ 곳 졔위
답(祭位畓)을[8] 사 각쳥(作廳)에ᄂᆞ 븟쳐 두엇다가 ᄂᆞ

---

8) 【졔위답】 圖 ((지리)) 제위답(祭位畓). 수확을 제사 따위
에 쓰려고 마련한 논.¶ 祭位畓 ‖ 무ᄌᆞᄒᆞ믈 측은히 너

부쳐 신후의 졔물을 쟉쳥으로 쥰비ᄒᆞ여 셜ᄒᆡᆼ(設行)
ᄒᆞ게 ᄒᆞ니 이후로부터 다시 그 ᄭᅮᆷ이 업더라.

뇨왜구마의명견
料倭寇麻衣明見

김쳠지(金僉知) 윤신(潤身)이 슐긱(術客) 남ᄉᆞ
고(南師古)로[10] 더부러 졀친ᄒᆞ더니 미양 【21】 ᄉᆞ고
의 집에 간죽 븨옷 닙은 노인이 잇셔 샹좌의 안쟈
남모로 더부러 미릭ᄉᆞ(未來事)를 의논ᄒᆞ더니 노인
왈,

"프른옷과 나모신이면 가히 나라일을 알니로
다."

남이 ᄉᆡᆼ각ᄒᆞ기를 이윽히 ᄒᆞ여 ᄀᆞᆯ오ᄃᆡ,

"그러ᄒᆞ도다."

노인 왈,

"불구의 반ᄃᆞ시 변홰(兵禍ㅣ) 이시면 난예(鸞
輿) 궁궐을 ᄯᅥ나실 일이 잇셔 ᄼᆞ편 변방의 니른 후
바야흐로 가히 녯 도셩을 회복ᄒᆞ리로다."

―――――――――――――

겨 ᄒᆞᆫ 곳 졔위답을 사 쟉쳥에 븟쳐 두엇다가 노부쳐
신후의 졔물을 쟉쳥으로 쥰비ᄒᆞ여 셜ᄒᆡᆼᄒᆞ게 ᄒᆞ니 이
후로부터 다시 그 ᄭᅮᆷ이 업더라 (且以老夫妻之無子, 買
一區祭位畓, 付之本府作廳, 以爲老夫妻身後祭祀之需,
而自作廳備行. 自此以後, 不復夢矣.) <靑邱野談 奎章
16:20>

9)【쟉쳥】圈 ((관청)) 쟉쳥(作廳). 군아(郡衙)에서 아젼이
일을 보던 곳.¶ 作廳ㅣ 무ᄌᆞᄒᆞ믈 측은히 녀겨 ᄒᆞᆫ 곳
졔위답을 사 쟉쳥에 븟쳐 두엇다가 노부쳐 신후의 졔
물을 쟉쳥으로 쥰비ᄒᆞ여 셜ᄒᆡᆼᄒᆞ게 ᄒᆞ니 이후로부터
다시 그 ᄭᅮᆷ이 업더라 (且以老夫妻之無子, 買一區祭位
畓, 付之本府作廳, 以爲老夫妻身後祭祀之需, 而自作廳
備行. 自此以後, 不復夢矣.) <靑邱野談 奎章 16:20>

10)【남ᄉᆞ고】圈 ((인명)) 남ᄉᆞ고(南師古 ?~?). 조선 중기의
예언가. 호는 격암(格菴). 역학·풍수·천문·복서(卜
筮)·관상 따위의 비결에 도통하였으며, 예언이 적중
하였다고 한다.¶ 南師古ㅣ 김쳠지 윤신이 슐긱 남ᄉᆞ고
로 더부러 졀친ᄒᆞ더니 미양 ᄉᆞ고의 집에 간죽 븨옷
닙은 노인이 잇셔 샹좌의 안쟈 남모로 더부러 미릭ᄉᆞ
를 의논ᄒᆞ더니 (金僉知潤身, 與術人南師古相親, 每往
南家, 則有麻衣老人, 在座與南相對論術.) <靑邱野談 奎
章 16:20>

남이 ᄯᅩ 냥구(良久)의 ᄀᆞᆯ오ᄃᆡ,

"그러ᄒᆞ리로다."

나죵의 ᄯᅩ 말ᄒᆞᄃᆡ,

"두번 지ᄂᆞᆫ 한강을 건너지 못ᄒᆞ리로다."

남이 ᄌᆞ욱히 ᄉᆡᆼ각다가 왈,

"과연 그러ᄒᆞ다."

ᄒᆞ거늘 김쳠지 겻히 잇셔 분명히 드르나 능히
히득지 못ᄒᆞ더니 미구의 프른옷과 나모신이 셰샹의
셩ᄒᆡᆼᄒᆞ니 대개 아국이 예로부터 나모신이 업더니
임진(壬辰) 격병으로 【22】 부터 귀쳔이 다 신고 긔
ᄌᆞ(箕子)계셔 흰옷스로 동으로 나오신 후 아국이 빅
의를 닙더니 임진년의 빅의를 금ᄒᆞ고 쳥의(靑衣)를
닙은 연괴러라.

임진년 여름의 왜귀(倭寇ㅣ) 깁히 드러오니
션조대왕이 파쳔(播遷)ᄒᆞ오셔 드ᄃᆡ여 년(輦)을 농만
(龍灣) 우희 머믈너 계시더니 밋 평뎡ᄒᆞᆫ 후 대개 녯
경셩의 도라오시니 마의 노인의 말이 다 증험ᄒᆞᆫ지
라.

뎡유년(丁酉年)의 니르러 왜병이 다시 니러나
북으로 향ᄒᆞ니 경시 크게 진동ᄒᆞᄂᆞᆫ지라. ᄯᅢ의 텬쟝
양경니(楊經理) 회(鎬ㅣ) 등이 와 우리나라의 잇더
니 션조대왕이 양경니 회로 더부러 남대문 ᄂᆞ누의
뎐좌ᄒᆞ시고 됴신(朝臣)으로 더부러 ᄒᆞᆫ가지로 도젹
방비ᄒᆞᆯ 의논을 ᄒᆞ실ᄉᆡ 김쳠지 ᄆᆞ춤 남ᄒᆡᆼ(南行) 벼술
노 슈가(隨駕)ᄒᆞ여 말반(末班)의 잇더니 몸이 곤비
ᄒᆞ여 안 【23】 쟈 조을더니 ᄉᆞ몽비몽간(似夢非夢間)
의 잠간 크게 소ᄅᆡ ᄒᆞ여 ᄀᆞᆯ오ᄃᆡ,

"ᄌᆡ부도한강(再不渡漢江)이라."

ᄒᆞ니 만됴 다 놀나고 샹이 ᄯᅩ 놀나 무르샤ᄃᆡ,

"무ᄉᆞᆷ 소ᄅᆡ뇨?"

드ᄃᆡ여 그 사람을 명초ᄒᆞ샤 탑젼의 갓가이 오
라 ᄒᆞ시고 무러 ᄀᆞᆯ ᄋᆞ샤ᄃᆡ,

"앗가 ᄌᆡ부도한강이라 ᄒᆞᄂᆞᆫ 소ᄅᆡ 무ᄉᆞᆷ 곡졀이
뇨?"

쳠지 드ᄃᆡ여 젼일 마의노인의게 듯던 바를 일
ᄒᆞ히 쥬달ᄒᆞ고 ᄀᆞᆯ오ᄃᆡ,

"노인의 말이 ᄒᆞ왕ᄉᆞ로 볼진ᄃᆡ 일호 ᄎᆞ착이
업스오니 이졔 ᄌᆡ부도한강지셜이 ᄯᅩ 반ᄃᆞ시 증험이
잇스리이다."

ᄒᆞ거늘 샹이 드르시고 깁거운 ᄉᆞ식이라 즉사
즉시 가샤(加賞)를 노ᄂᆞ와 쳠지를 식엿더니 미구의
양경의 보닌 바 마장군(麻將軍) 귀(貴) 와셔 왜젹을
튱쳥도 직산(稷山) 소ᄉᆡ벌의셔 만나 쳘긔로써 돌격

115

호여 크게 파호고 조츳 녕남 희 【24】 변가지 니르니 두 번 한강 건너지 못호단 말이 또 과연 명험호니라.

장삼시호무음덕
葬三屍湖武陰德

녕남(嶺南) 흔 무변(武弁)이 잇스니 쇼년 등과호여 가산이 부요호미 닉렴(內念)의 싱각호되 '초스(初仕) 일과(一窠)호기논 타슈가득(唾手可得)이라[11] 민년 구스홀 경영으로 경스의 올나올 졔 고은 의복에 쥰춍(駿驄) 타고 뒤의 복태(卜駄)와 노슈(路需) 젼지(錢財)를 만히 실녀다가 권문셰가의 쳥쵹(請囑)홀 계교를 호더니 간교호고 허랑흔 사롬의게 여러 번 속으미 수년 닉예 가산이 졈졈 모손(耗損)호여 면토롤 발매(發賣)호더니 소오년 후의 낭핀호고 본향의 도라와 바야흐로 스환홀 싱각을 끈코 농스를 힘쓰고져 호더니 가속이 칭원(稱寃)호고 호니 【25】 척망호여 굴오되,

"공연이 쳔금 가산을 헷치고 초스 일과도 못호엿다."

호고 조롱과 비쇼(誹笑)호기를 마지 아니호니 그 무변이 슈치호고 통분호여 남은 면답을 연수 방미호여 수쳔금을 슈습호여 고쳐 경스의 올나가 구스홀 계교롤 호디 만일 금번 벼술을 못호면 출아리 술막의[12] 늘거 죽어도 밍셰코 집의 다시 도라오지

아니리라 호고 힝호여 튱쳥도(忠淸道) 지경의 니르러 일셰 져믈고 압참이 멀어 밋쳐 나가지 못호여셔 거믄 구름이 셔북으로셔 니러나더니 경긱간의 풍위(風雨ㅣ) 폭쥬(暴注)호고 뇌뎐(雷電)이 대작호여 경히 망조(罔措)홀 즈음의 멀니 바라보니 흔 촌장이 수목 사이의 은연(隱然)호거늘 드듸여 물을 모라 길을 추주 드러가 쥬인을 보와 일야 뉴숙호기롤 쳥호고 【26】 힝니롤 슈습호고져 겨즌 의복을 말니고 셕반을 먹은 후 쥬인으로 더부러 슈쟉호미 어언간 밤이 깁헛더니 홀연 드르니 멀니셔 부인의 울음소리 심히 참졀호거늘 놀나 무러 골오되,

"이 엇진 곡셩이뇨?"

쥬인 왈,

"이곳의셔 일마쟝(一馬場) 되논 촌가의셔 수년 젼의 흔 션비 와 우거(寓居)호미 다만 늘근 부쳐와 미혼흔 녀지 잇스나 가셰 심히 빈한호여 남의 고공(雇工)이 되여 년명호더니 홀연 수일 젼의 그 노부쳐와 그 아들이 다 죽고 다만 녀식이 남으미 이믜 친쳑이 업고 또 가산이 핍졀호미 셰 죽엄을 빈념치 못호엿스니 반드시 이 계집으히 울음소리로다."

무변이 그 말 드르러 긍측(矜惻)홈을 니긔지 못호여 날 시기롤 기드려 그 집의 가 추즌즉 흔 녀지 【27】 안의 잇셔 디답호여 굴오되,

"이 곳튼 궁촌의 뉘가 와 춧느뇨?"

호거늘 무변이 그 녀즈롤 보니 비록 쥬리고 익쳑(哀慽)호여 봉두구면(蓬頭垢面)의[13] 즈상이 남누호나 텬셩 즈틱 슈려한아(秀麗閑雅)흔지라 그 위졀을 즛메히 무러 알고 힝장의 젼낭(錢糧)을 만히 닉여 초죵졔구(初終諸具)롤 다 쟉만호여 츠례로 념습호여 그 집 뒤예 매장호고 또 문왈,

"죡쳑지친(族戚之親)이 셩듕의 뉘 잇느냐?"

녀지 왈,

"외죡 모셩모명재(某姓某名者ㅣ) 아모 시골의 잇스디 단신녀지 츄신무로(推身無路)호옵고 대인의 은덕을 닙스와 낭친을 안쟝호오니 지한(至恨)이 업논지라 다시 무슴 쇼원이 잇시리잇고? 흔 번 죽을

---

11) 【타슈·가득】團 타수가득(唾手可得). 일이 어렵지 않게 잘될 것을 기약할 수 있음.¶ 唾手可得 ‖ 녕남 흔 무변이 잇스니 쇼년 등과호여 가산이 부요호미 닉렴의 싱각호되 초스 일과호기논 타슈가득이라 민년 구스홀 경영으로 경스의 올나올 졔 (嶺南一武弁, 少年登科, 家資稍饒, 謂初仕:唾手可得, 每年旅遊京洛.) <靑邱野談 奎章 16:24>

12) 【술막】團 ((주거)) 주막(酒幕).¶ 旅邸 ‖ 만일 금번 벼술을 못호면 출아리 술막의 늘거 죽어도 밍셰코 집의 다시 도라오지 아니더라 호고 힝호여 튱쳥도 지경의 니르러 일셰 져믈고 압참이 멀어 밋쳐 나가지 못호여셔 거믄 구름이 셔북으로셔 니러나더니 (而不得仕, 則寧老旅邸, 永不還家, 自誓於心, 行到忠淸道境, 日色垂暮, 前店尙遠, 而黑雲一片, 自何而起.) <靑邱野談 奎章 16:24>

16:25>

13) 【봉두·구면】團 ((신체)) 봉두구면(蓬頭垢面). 흐트러진 머리와 때묻은 얼굴. 성질이 털털하여 외양에 개의하지 아니함.¶ 蓬頭垢面 ‖ 무변이 그 녀즈롤 보니 비록 쥬리고 익쳑호여 봉두구면의 즈상이 남누호나 텬셩 즈틱 슈려한아흔지라 (武弁見其女子, 雖飢餓所困, 重以哀慽, 蓬頭垢面, 衣不掩軆, 其天生資質之秀麗閑雅.) <靑邱野談 奎章 16:27>

외에는 다른 성각이 업ᄂᆞ이다."

무변 왈,

"그러치 아니ᄒᆞ다. 내 맛당이 교마ᄅᆞᆯ 궁초와 모가의 비송ᄒᆞ리니 넘녀말나."

ᄒᆞ고 【28】 드디여 치항ᄒᆞ여 스스로 비힝ᄒᆞ야 모향을 ᄎᆞ쟈 그 녀ᄌᆞᄅᆞᆯ 그 집의 붓치니라.

힝ᄌᆞ(行資)ᄅᆞᆯ 졈검ᄒᆞ니 다만 십여 관젼(貫錢)이 남앗거ᄂᆞᆯ ᄯᅩ 물을 팔아 오륙십 냥을 어더 도보발셥ᄒᆞ여 경스의 올나와 녀각(旅閣)의 쥬인ᄒᆞ고14) 젼일 친지ᄅᆞᆯ ᄎᆞᄌᆞ나 다 그 빈궁ᄒᆞᆫ 형상을 보고 닝낙히 디졉ᄒᆞ니 뉘 극녁 쥬션ᄒᆞ리오? 미양 도졍(都政)을15) 당ᄒᆞ민 이믜 궁시(弓矢)ᄅᆞᆯ 젼폐ᄒᆞ니 ᄎᆔ지(取才)ᄂᆞᆫ 비쇼가론(非所可論)이오 반연(攀緣)ᄒᆞᆯ 곳이 업스니 의망(擬望)을 엇지 바라리오? 다만 병판의게 일ᄎᆞᆨ 명함ᄒᆞ니 금년의 이 궁고 명년의 ᄯᅩ 이 ᄀᆞᇀ여 홀연이 오륙 년이 지나미 반젼이 다 진ᄒᆞ여 외상으로 미식(買食)ᄒᆞ나 의복은 무가닉히(無可奈何ㅣ)오 도로 하거(下去)코져 ᄒᆞ나 노비(路費)ᄅᆞᆯ 판출(辦出)ᄒᆞ기 어려오니 진쇼위(眞所謂) 진 【29】 퇴유곡(進退維谷)이라. ᄒᆞᆫ 번 병판을 보고 원졍(冤情)을 ᄒᆞ고져 ᄒᆞ디 맛츰 유고ᄒᆞ여 손을 보지 아니ᄂᆞᆫ지라. 드르니 병판의 대인이 년셰 팔순이 지나디 긔력이 강건ᄒᆞ여 뒤사랑의 잇다 ᄒᆞ나 문금(門禁)이 엄ᄒᆞ고 종젹이 셔어(鉏鋙)ᄒᆞ여16) 드러갈 길이 업셔 어둠

기ᄅᆞᆯ 기드려 대문 안의 은신ᄒᆞ엿다가 대인의 ᄉᆞ랑은 더욱 깁흔지라 규시(窺視)ᄒᆞ니 ᄒᆞᆫ 장원(墻垣)이 잇셔 고쥰(高峻)치 아니ᄒᆞ미 반원(攀援)ᄒᆞ여17) 넘어 들어가 보니 방듕의 쵹영(燭影)이 휘황ᄒᆞ고 인젹이 업더니 방문이 잠간 열니며 ᄒᆞᆫ 노인이 쇼안빅발(韶顏白髮)노 ᄯᅳᆯ의 ᄂᆞ려 비회ᄒᆞ거늘 무변이 졸지에 내드라 ᄯᅳᆯ의 부복ᄒᆞ니 노인이 놀나 무로디,

"네 엇던 사ᄅᆞᆷ이며 심야 삼경의 엇지 니른다? 필시 도젹이로다."

무변이 【30】 거즛 모로ᄂᆞᆫ 쳬ᄒᆞ여 왈,

"쇼인은 젼라도 모읍 츌신이옵더니 등과ᄒᆞᆫ 지 몃 ᄒᆡ예 일두 녹도 엇지 못ᄒᆞ고 경향의 분쥬ᄒᆞ여 가산이 탕진ᄒᆞ미 환향코져 ᄒᆞ디 노비도 업ᄉᆞ오며 녀졈의 걸식ᄒᆞ와 고쵸 만단이라 듯ᄌᆞ오니 대감계오셔 크게 공도ᄅᆞᆯ 힝ᄒᆞ샤 원굴침체(冤屈沈滯)ᄒᆞᆫ 이ᄅᆞᆯ 다 ᄡᅳ신다 ᄒᆞ오니 쇼인이 ᄒᆞᆫ 번 졍셰ᄅᆞᆯ 베플고져 ᄒᆞ오디 문금이 지엄ᄒᆞ여 통ᄌᆞᄒᆞᆯ 길 업셔 여러 날 방황ᄒᆞ옵더니 졍셰 궁박ᄒᆞ여 만ᄉᆞ지계ᄅᆞᆯ 니여 이 거조ᄅᆞᆯ 지엿ᄉᆞ오니 ᄉᆞ죄ᄌᆞᄌᆞ라. 죽이고 살오시기ᄅᆞᆯ 명디로 기드리노이다."

노인이 쇼왈,

"그디 우리 아희ᄅᆞᆯ 보라 왓도다 다만 이제 야심ᄒᆞ여 나가지 못ᄒᆞᆯ 거시니 날을 ᄯᅡ라 올나오라."

ᄒᆞ고 방의 드러 【31】 가니 무변이 ᄯᆞ라들어오ᄂᆞᆫ지라 노인이 잠이 업셔 밤 보너기 무료ᄒᆞᆯ 즈음의 이 무변을 만나 일장 셜화ᄒᆞ고 쥬효ᄅᆞᆯ 먹이더니 날이 장ᄎᆞᆺ 불그미 믈너가고져 ᄒᆞ여 왈,

"종ᄌᆞ 뵈옵고져 ᄒᆞ디 츌입이 극난ᄒᆞ와이다."

노인 왈,

"내 뒤 사랑의 이셔 죵일 젹요(寂廖)ᄒᆞ니 그디 수일 머므러 소견ᄒᆞ미 엇더ᄒᆞ뇨?"

무변이 그윽이 깃거ᄒᆞ디 것츠로 불안지상(不安之狀)을 뵈니 노인이 괴로이 만뉴ᄒᆞ거늘 무변이 일노부터 이예 숙식ᄒᆞ고 혹 박혁(博奕)ᄒᆞ다가 협방(挾房)의 피케 ᄒᆞ고 쥬야의 뫼셔 안쟈 혹 고담을 말ᄉᆞᆷᄒᆞ더니 노인이 문왈,

"그디 경향의 분쥬ᄒᆞ여 문견이 만을 ᄃᆞᆺᄒᆞ니

---

14) 【쥬인-ᄒᆞ-】 圖 유숙(留宿)ᄒᆞ다. 묵다.¶ 留寓 ‖ ᄯᅩ 물을 팔아 오륙십 냥을 어더 도보발셥ᄒᆞ여 경스의 올나와 녀각의 쥬인ᄒᆞ고 젼일 친지ᄅᆞᆯ ᄎᆞᄌᆞ나 다 그 빈궁ᄒᆞᆫ 형상을 보고 닝낙히 디졉ᄒᆞ니 뉘 극녁 쥬션ᄒᆞ리오 (乃賣馬得錢五六十兩, 徒步跋涉, 間關上來, 留寓於旅店, 往尋向日親知人, 見其貧窮之狀, 待之皆冷落無情, 誰肯出力周旋?) <靑邱野談 奎章 16:28>

15) 【도졍】 圖 도정(都政). 고려·조선시대에, 이조·병조에서 매년 6월과 12월에 벼슬아치의 성적을 평가하여 면직·승진시키던 일.¶ 都目 ‖ 미양 도졍을 당ᄒᆞ민 이믜 궁시ᄅᆞᆯ 젼폐ᄒᆞ니 ᄎᆔ지ᄂᆞᆫ 비쇼가론이오 반연ᄒᆞᆯ 곳이 업스니 의망을 엇지 바라리오 (每當都目, 旣乏調弓之才, 取才非所可論, 又無蟠木之容, 檢擬又無可望.) <靑邱野談 奎章 16:28>

16) 【셔어-ᄒᆞ-】 圖 서어(鉏鋙)ᄒᆞ다. 서로 어긋나다.¶ 鉏晤 ‖ 드르니 병판의 대인이 년셰 팔순이 지나디 긔력이 강건ᄒᆞ여 뒤사랑의 잇다 ᄒᆞ나 문금이 언ᄒᆞ고 죵젹이 셔어ᄒᆞ니 느러갈 실이 업셔 (聞兵判之大人同知公, 年過八旬, 氣力尙旺, 方在後舍廊, 武弁窮無所歸, 又生納交於其老人之計, 而門禁至嚴, 蹤跡鉏晤, 盡日彷徨, 亦無奈何.) <靑邱野談 奎章 16:29>

17) 【반원-ᄒᆞ-】 圖 반원(攀援)ᄒᆞ다. 기어 올라가다.¶ 扙援 ‖ ᄒᆞᆫ 쟝원이 잇셔 고쥰치 아니ᄒᆞ미 반원ᄒᆞ여 넘어 들어가 보니 방듕의 쵹영이 휘황ᄒᆞ고 인젹이 업더니 (有一垣新築, 不甚高峻, 自念以爲矢在弦頭, 不得不發, 遂扙援而上, 踰越而入. 暗暗地窺覘, 則卽是舍廊. 而房中燭火明熒, 寂無人聲.) <靑邱野談 奎章 16:29>

혼 번 듯고져 ᄒᆞ노라."

무변이 드듸여 ᄌᆞ긔 과거혼 후【32】의 구소(求仕)ᄒᆞ려 ᄒᆞ고 밧 파든 일을 셰ᄉᆞ히 말ᄒᆞ고 ᄯᅩ 듕노의셔 죽엄 무든 일과 쳐녀 구ᄒᆞ던 일을 일통 말ᄒᆞᄃᆡ 노인이 듯고 긔이히 너겨 일노부터 됴셕 공궤ᄒᆞ여 낫게 ᄒᆞ고 잇튿날 병판이 문후ᄒᆞ라 왓거늘 노인이 무변을 블너 뵌ᄃᆡ 병판이 ᄯᅩ 신쳬 믓던 일을 ᄌᆞ셰이 믓고 ᄯᅩ 닐너 왈,

"근일 신양(身恙)이[18] 잇셔 슈응(酬應)이 어려워 허다 무변이 문뎐의 ᄉᆞ후ᄒᆞ여 졍회를 베프지 못ᄒᆞ니 심히 블안혼지라 그ᄃᆡ는 일면여구(一面如舊)ᄒᆞ니 죵금이왕(從今以往)으로 평복으로 와 보라."

무변이 황숑블감(惶悚不敢)타 ᄒᆞ더라. 그 후 수일의 노인이 무변ᄃᆞ려 닐너 왈,

"다만 날을 ᄯᅡ르라."

ᄒᆞ고 마루로셔 복도를 조ᄎᆞ 혼 방의 니르【33】러 좌졍ᄒᆞ거늘 무변이 그 뜻을 아지 못ᄒᆞ여 당황ᄒᆞ더니 홀연 계집죵이 지게를 열고 왈,

"부인 마누라님이 나오신다."

ᄒᆞ니 무변이 더욱 창황ᄒᆞ여 믈너가려 ᄒᆞ더 노인 왈,

"놀나지 말고 안잣스라."

무변이 더욱 의황(疑惶)ᄒᆞ여 공슈황축(拱手惶蹙)ᄒᆞ더니 그 부인이 응장셩[셩]식(凝粧盛飾)으로 문을 열고 나와 무변을 향ᄒᆞ여 비례ᄒᆞᄃᆡ 무변이 우극 황숑ᄒᆞ야 망지소위(罔知所爲)ᄒᆞ여 황공답ᄇᆡᄒᆞ고 감히 우러ᄅᆞ 보지 못ᄒᆞ더니 부인 왈,

"대인이 쇼녀를 아지 못ᄒᆞ시ᄂᆞ니잇가? 모년 모군 모소를 ᄉᆡᆼ각ᄒᆞ쇼셔. 그 ᄯᆡ예 대인의 덕을 닙ᄉᆞ와 부모의 쳬ᄇᆡᆨ(體魄)을 안장ᄒᆞ옵고 쇼녀의 신셰를 ᄯᅩ혼 션쳐ᄒᆞ시니 지셩지은을 폐부의 삭엿ᄉᆞ오나 쇼녜 년【34】쳔(年淺)ᄒᆞ와 거쥬 셩명을 긔록지 못ᄒᆞ옵고 보은 일념이 오미(寤寐)예 미치오나 길이 업셔 쥬야 한탄ᄒᆞ옵더니 텬신이 도으샤 이런 긔회(奇會) 잇ᄉᆞ와 거의 쇼녀의 원을 일우리니 이졔로부터 죽어도 눈을 감으리이다."

무변이 듯고 비로쇼 ᄭᆡ닷더라. 대개 병판이

18) 【신양】圖 ((질병)) 신양(身恙). 신병(身病). 몸에 생긴 병.¶ 身微恙 ‖ 근일 신양이 잇셔 슈응이 이려워 허다 무변이 문뎐의 ᄉᆞ후ᄒᆞ여 졍회를 베프지 못ᄒᆞ니 심히 블안ᄒᆞᆫ지라 (近日因身微恙, 接應煩雜, 故果不納刺致, 使許多武弁俟候門庭, 有懷莫陳, 極爲不安矣.) <靑邱野談 奎章 16:32>

샹비(喪配)ᄒᆞ고 거년의 후취ᄒᆞ니 곳 그 쳐녜라. 우귀(于歸)혼 후의 샹히 집사ᄅᆞᆷ을 디ᄒᆞ여 이 일을 말ᄒᆞᄃᆡ 그 사ᄅᆞᆷ을 아지 못ᄒᆞ여 한이 되더니 대인과 병판이 ᄯᅩ 익이 드러 그 고의(高義)를 차탄ᄒᆞ든 즈음의 무변의 말을 드르미 여합부졀이라. 이 일노 부인긔 젼ᄒᆞ여 ᄒᆞ여금 나와 보게 ᄒᆞ고 은인으로 디졉ᄒᆞ니 일노조ᄎᆞ 공궤의복지졀(供饋衣服之節)이 극히 풍졍ᄒᆞ고 집을 격장(隔墻)의 사 무변의 가솔들【35】을 드려와 살게 ᄒᆞ고 가산과 노복을 다 쟉만ᄒᆞ고 무변을 쳔ᄒᆞ여 션젼관을 ᄒᆞ이고 병판이 봉인즉셜(逢人卽說)ᄒᆞ니 만됴 지샹이 모다 차탄ᄒᆞ야 ᄎᆞᄎᆞ 승젼(昇轉)ᄒᆞ여 아쟝(亞將)의 니르니라.

닙묘셕공쟝감효부
立墓石工匠感孝婦

윤시부인(尹氏夫人)은 유참판(兪參判) 한쇼(漢薾)의[19] 손뷔(孫婦ㅣ)라. 유시의게 간지 오라지 아니ᄒᆞ야 과거(寡居)ᄒᆞ니 나히 겨오 십팔이오 다른 동긔와 뎨질이 업고 혈ᄒᆞᆯ단신(孑孑單身)이라. 일ᄅᆞᆯ은 홀연 혜아리ᄃᆡ '구가 냥ᄃᆡ 산쇼의 묘표(墓表)와 샹셕(床石)을 다 ᄀᆞᆺ초지 못ᄒᆞ고 집안 일을 쥬관홀 사ᄅᆞᆷ이 업스니 내 만일 ᄉᆞ조의 합연(溘然)ᄒᆞᆫ즉[20] 부탁

19) 【한쇼】圖 ((인명)) 한소(漢薾). 유한소(兪漢薾 1718~1769). 자는 여인(汝人). 1740년(영조 16) 증광 문과에 병과로 급제하였다. 이후 시강원설서, 사헌부지평, 세자시강원문학 등을 두루 거쳤다. 1749년 정언으로서 임금이 학문과 정사에 부지런할 것을 상소하고 시정의 잘잘못을 논하였다. 1751년 진하 겸 사은사(陳賀兼謝恩使)의 서장관에 임명되어 북경을 다녀온 뒤 헌납을 지냈다. 시강원필선, 홍문관부수찬, 승지, 대사간, 장례원결사, 내의원부제조, 월곶첨사, 대사헌ㆍ예조참판을 역임하였다. 1769년 함경도관찰사로 부임하는 도중 길주에 이르러 갑자기 졸하였다.¶ 漢薾 ‖ 윤시부인은 유참판 한쇼의 손뷔라 (尹氏夫人, 某官某之女, 而兪參判漢薾之孫婦也.) <靑邱野談 奎章 16:35>

20) 【합연-ᄒᆞ-】圈 합연(溘然)하다. 죽음이 뜻하지 않게 갑삭스럽나.¶ 溘然 ‖ 구가 냥ᄃᆡ 산쇼의 묘표와 샹셕을 다 ᄀᆞᆺ초지 못ᄒᆞ고 집안 일을 쥬관홀 사ᄅᆞᆷ이 업스니 내 만일 ᄉᆞ조의 합연ᄒᆞᆫ즉 부탁 곳이 업ᄂᆞᆫ지라 이셕예 못ᄒᆞ면 눈을 감지 못ᄒᆞ리라 (舅家兩代, 諸山墓表床

홀 곳이 업는지라 이쩌예 못ᄒ면 눈을 감지 못ᄒ리
라.' 그러나 가계 빈한ᄒ미 침션방격(針線紡績)을 쥬
야 부즈런이 ᄒ여 게울니 아 【36】 니ᄒ 지 ᄉ십 년
의 푼젼(分錢)이 모혀 거의 쳔금이 되엿스디 간ᄉ
리 업ᄉ믈 근심ᄒ더니 일ᄀ은 그 니죵남(內從男) 모
관(某官)과 김뫼 와 보거늘 부인이ᄌᄌ 일을 말ᄒ더
김뫼 왈,

"비문 글과 글시 잇ᄂ냐?"

부인 왈,

"잇스니 글은 아모 어른이 짓고 글시ᄂ 이모
죡숙이 뼈셔 바다 두언 지 여러 ᄒᆡ로디 내 ᄌ란 ᄌ
식이 업고 양손(養孫)이 어려 이 일을 아지 못ᄒ니
내 ᄯᅩ한 부탁홀 곳이 업ᄂ지라 군의 집 문하의 사
롬이ᄌᄌ실 ᄃᆺ ᄒ니 날을 위ᄒ여 이 일을 일우게 ᄒ
라."

김뫼 그 셩의롤 감동ᄒ여 왈,

"ᄌ시(姉氏)의 셩효(誠孝)ᄂ 사롬을 감동케 ᄒ
오니 맛당히 극녁ᄒ여 도오리이다. 우리집의 한 사
롬이 잇스디 본디 이런 일에 익으며 ᄯᅩ 위인이 근
실ᄒ여 일을 맛겸 즉ᄒ니 만일 이 사롬으로 동 【3
7】 녁(董役)ᄒ면 내 몸쇼 간검(看儉)ᄒ니와 다르지
아니리이다."

부인 왈,

"심히 조흐니 날을 위ᄒ여 부탁ᄒ라."

김뫼 즉시 그 사롬 블너 그 일을 ᄌ셰 말ᄒ더
그 사롬이 듯고 허희뉴쳬(歔欷流涕)ᄒ거늘 김뫼 괴
이 너겨 무룬더 기인이 더왈,

"우리집이 유시뷕의 난망지은(難忘之恩)이 잇
스오니 유참판이 북뷕(北伯)으로21) 계실 쩌예 내 션
친이 좌막(佐幕)이22) 되여 홀연 념질(染疾)을23) 어

더 인ᄒ여 니지 못ᄒ니 유참판이 긔휘(忌諱)롤 도라
보지 아니ᄒ고 ᄌ조 살펴보고 구치 못ᄒ미 념습지
졀(殮襲之節)을 친히 간검ᄒ여 필경 젼염(傳染)ᄒ여
연관(捐館)ᄒ시니24) 은혜 유명의 밋치고 심간의 삭
엿ᄂ지라 미양 보은코져 ᄒ디 그 집 ᄌ손이 녕쳬
(零替)ᄒ여 어디 잇ᄂ 줄 아지 못ᄒ더니 이제 이 말
숨을 드르니 실로이 비감ᄒ여 【38】 눈믈 쪄러지믈
씨돗지 못ᄒ오니 내 이 집 일의 슈화라도 피치 아
니홀지라 허믈며 이런 미셰ᄉ롤 엇지 진녁지 아니
리잇가?"

김뫼 왈,

"일이 쥬합(湊合)ᄒ여25) 우연치 아니ᄒ니 즉
금은 우리 ᄌ시 평싱 원을 일우고 그더 ᄯᅩ 보은홀
길을 어덧스니 이ᄂ 하늘이 도으시미라. 그 집의 가
셔 내 말노 니간(內間)의 통ᄒ여 젼셰(前世) 일을
ᄌ셰이 말ᄒ고 극녁 간검(看儉)ᄒ여 셩ᄉ ᄒ라."

그 사롬이 즉시 그 집의 가 유동(兪童)을 차
자 보고 그 슈은(受恩)ᄒ여 닛지 못ᄒᄂ 일과 김반
(金班)의 말을 젼ᄒ니 부인이 듯고 ᄯᅩ한 깃거ᄒ여
닙셕(立石)ᄒᄂ 일을 다 맛기니 그 사롬이 보은ᄒ미
즁ᄒ믈 싱각ᄒ고 셩회(誠孝ㅣ) 간졀ᄒ믈 감동ᄒ여
졔일ᄀᆺ치 ᄒ여 쇼입지믈(所入之物)을 다 담당ᄒ여
ᄌ초지죵(自初至終)의 졍셩을 다ᄒ여 검독(檢督)

果有難忘之恩, 兪參判之按節關北也. 吾之先親, 曾居幕
任, 忽得染疾, 仍不復起.) <靑邱野談 奎章 16:37>

23) 【념질】 圖 ((질병)) 염질(染疾). 젼염병.¶ 染疾 ‖ 우리
집이 유시뷕의 난망지은이 잇스오니 유참판이 북뷕으
로 계실 쩌예 내 션친이 좌막이 되여 홀연 념질을 어
더 인ᄒ여 니지 못ᄒ니 (吾家於兪宅, 果有難忘之恩,
兪參判之按節關北也, 吾之先親, 曾居幕任, 忽得染疾,
仍不復起.) <靑邱野談 奎章 16:37>

24) 【연관-ᄒ-】 圖 연관(捐館)하다. 죽다. 살고 있던 집을
버린다고 하여 '사람의 죽음'을 이르는 말.¶ 捐館 ‖ 유
참판이 긔휘롤 도라보지 아니ᄒ고 ᄌ조 살펴보고 구
치 못ᄒ미 념습지졀을 친히 간검ᄒ여 필경 젼염ᄒ여
연관ᄒ시니 (自始病之時, 兪參判不顧忌諱, 頻頻審視藥
餌之節, 亦爲察飭, 及至不救, 襲斂衣衾, 以至入棺, 親自
檢飭, 靡不用極, 畢竟轉染, 至於捐館.) <靑邱野談 奎章
16:37>

25) 【쥬합-ᄒ-】 圖 주합(湊合)하다. 일이 제대로 들어맞
다.¶ 湊合 ‖ 일니 뮤합ᄒ여 우연치 아니ᄒ니 슉금은
우리 ᄌ시 평싱 원을 일우고 그더 ᄯᅩ 보은홀 길을 어
덧스니 이ᄂ 하늘이 도으시미라 (事之湊合, 誠不偶然.
今則吾姉可遂平生之願, 君亦得報恩之路, 此天使之然
也.) <靑邱野談 奎章 16:38>

石, 俱不備而家事無主管之人, 吾若一朝溘然, 則付托無
處. 苟不能追此不死而爲之, 則死亦日不暝矣.) <靑邱野
談 奎章 16:35>

21) 【북뷕】 圖 ((관직)) 북백(北伯). 함경도관찰사.¶ 按節關
北 ‖ 우리집이 유시뷕의 난망지은이 잇스오니 유참판
이 북뷕으로 계실 쩌예 내 션친이 좌막이 되여 홀연
념질을 어더 인ᄒ여 니지 못ᄒ니 (吾家於兪宅, 果有難
忘之恩, 兪參判之按節關北也. 吾之先親, 曾居幕任, 忽
得染疾, 仍不復起.) <靑邱野談 奎章 16:37>

22) 【좌막】 圖 ((관직)) 좌막(佐幕). 조선시대에, 감사(監
司)·유수(留守)·병사(兵使)·수사(水使) 긔미 以신
(便臣)를 따라다니며 일을 돕던 관원의 하나. 비장(裨
將).¶ 幕任 ‖ 우리집이 유시뷕의 난망지은이 잇스오니
유참판이 북뷕으로 계실 쩌예 내 션친이 좌막이 되여
홀연 념질을 어더 인ᄒ여 니지 못ᄒ니 (吾家於兪宅,

【39】 ᄒᆞ고 ᄯᅩ 공장(工匠)들ᄃᆞ려 말ᄒᆞ여 부인의 젹슈(赤手)로 경긔(經紀)ᄒᆞᆯ 감동ᄒᆞ여 너의 ᄯᅩ 부조ᄒᆞᄂᆞᆫ 일쳬로 공젼을 졀반(折半)ᄒᆞ미 올타 ᄒᆞ니 공장등이 ᄯᅩᄒᆞᆫ 흠탄ᄒᆞ여 반가(半價)ᄅᆞᆯ 밧고 두 뫼의 표셕(表石)을 셰우고 세 묘의 상셕을 노코 부인 왈,

"오십년 지원(至願)을 오ᄂᆞᆯ이야 일윗시니 죽어도 눈을 감으리로다."

그 후의 그 손지 자라 쇼년등과ᄒᆞ니 즉 유진외(兪鎭五 ㅣ)라. 부인이 오히려 무양ᄒᆞ여 영화ᄅᆞᆯ 보니 대개 그 셩효의 감동ᄒᆞᆷ므로 말미암으니라.

뎡가셩디ᄉᆞ텽치동
定佳城地師聽癡僮

녯젹의 ᄒᆞᆫ 션비 잇셔 병드러 죽으려ᄒᆞᆯ 졔 그 ᄋᆞ들ᄃᆞ려 닐너 왈,

"친지 듕 아뫼 풍슈ᄅᆞᆯ 알고 심히 빈궁ᄒᆞ여 내게 요뢰(聊賴)ᄒᆞ연지[26] 여러 ᄒᆡ니 나 죽은 후의 그 사ᄅᆞᆷ을 보고 근쳥ᄒᆞ여 【40】 구산(求山)ᄒᆞ라 ᄒᆞ면 반ᄃᆞ시 날을 위ᄒᆞ여 길디를 굴희여쥬리라."

ᄒᆞ고 인ᄒᆞ여 죽으니 셩복 후 형뎨 삼인이 의논 왈,

"부친 유탁(遺託)이 여ᄎᆞᄒᆞ시니 엇지 가 보고 쳥치 아니ᄒᆞ리오?"

맛상인이 디ᄉᆞ(地師)ᄅᆞᆯ 가 보와 부친의 말ᄉᆞᆷ을 젼ᄒᆞ고 구산ᄒᆞ기ᄅᆞᆯ 쳥ᄒᆞᆫᄃᆡ 디ᄉᆞ 평셩 경의ᄅᆞᆯ 말ᄒᆞ고,

"네 부친 상ᄉᆞ의 내 엇지 구산 아니ᄒᆞ리오마ᄂᆞᆫ 다만 오ᄂᆞᆯ은 유고(有故)ᄒᆞ니 명일의 가리라."

ᄒᆞ거ᄂᆞᆯ 익일의 죵일 기ᄃᆞ려도 오지 아니ᄒᆞᄂᆞᆫ지라 명일의 다음 아오ᄅᆞᆯ 보ᄂᆡ여 쳥ᄒᆞ니 젼일ᄀᆞᆺ치

아니오고 우명일(又明日)의 셋지 아오ᄅᆞᆯ 보ᄂᆡ여 쳥ᄒᆞ니 젼일ᄀᆞᆺ치 ᄯᅩ 오지 아니ᄒᆞᄂᆞᆫ지라 형뎨 삼인이 분ᄒᆞ여 즐욕ᄒᆞ여 왈,

"텬하의 이런 무의무신(無義無信)ᄒᆞᆫ 사ᄅᆞᆷ이 어ᄃᆡ 잇스리오? 다른 디ᄉᆞᄅᆞᆯ 쳥ᄒᆞ리라."

ᄒᆞ고 슈작ᄒᆞᆯ 즈음의 【41】 ᄒᆞᆫ ᄋᆞ희죵이 잇셔 나히 겨오 십뉵이오 게을너 젼혀 일은 아니ᄒᆞ고 모양이 남누ᄒᆞ여 인류로ᄡᅥ 혜지 아니ᄒᆞ더니 ᄆᆞ츰 당ᄒᆞ셔 쥬인 형뎨 디ᄉᆞᄅᆞᆯ 분매(憤罵)ᄒᆞᆷᄆᆞᆯ 보고 왈,

"쇼인이 블너오리이다."

ᄒᆞ니 쥬인이 대즐 왈,

"우리 삼인이 쳥ᄒᆞ여 오지 아니ᄒᆞ엿거늘 네 엇지 쳥ᄒᆞ여 오리오?"

궐동(厥童)이 근쳥ᄒᆞ거늘 그 형이 허락ᄒᆞᆫᄃᆡ 궐동이 조고마ᄒᆞᆫ 칼을 갈아 낭듕(囊中)의 ᄀᆞᆷ초고 디ᄉᆞ의 집 문의 가 부르니 디ᄉᆞ 나와 본즉 젼일의 익이 보던 아희라 문왈,

"엇지ᄒᆞ여 왓ᄂᆞ뇨?"

답왈,

"셩원님을 쳥ᄒᆞ라 왓ᄂᆞ이다."

디ᄉᆞ 대로 왈,

"네 쥬인이 아니 오고 네 날을 쳥ᄒᆞ라 오단 말가?"

궐동이 계상의 올나 쳥ᄒᆞ여 듯지 아니ᄒᆞ거늘 ᄯᅩ 쳥상의 올나 쳥ᄒᆞ기ᄅᆞᆯ 지삼타가 방듕의 드러가 【42】 삼ᄉᆞᄎᆞ 쳥ᄒᆞᆫᄃᆡ 디ᄉᆞ ᄆᆞᄎᆞᆷᄂᆡ 동치 아니ᄒᆞ거늘 궐동이 돌연이 나아가 디ᄉᆞᄅᆞᆯ 발노 ᄎᆞ 것구르치고 가슴의 올나안쟈 좌슈로 멱을 잡고 우슈로 낭듕의 칼을 ᄲᅡᅠ혀 지르려 ᄒᆞ며 대미 왈,

"네 피골이 네 부모의 쇼싱이나 네 긔부ᄂᆞᆫ 우리덕의셔 윤튁ᄒᆞᆫ 비라 네 이러ᄐᆞᆺ 빈은ᄒᆞᄂᆞᆫ다? 이러ᄒᆞᆫ 놈은 죽여야 가ᄒᆞ도다."

디ᄉᆞ 일고져 ᄒᆞᆫᄃᆡ 무겁기 태산 ᄀᆞᆺᄐᆞ여 움죽이지 못ᄒᆞᆯ지라 대겁ᄒᆞ여 강잉ᄒᆞ여 우어 ᄀᆞ로ᄃᆡ,

"네 졍셩이 ᄅᆞ러ᄒᆞ니 내 엇지 가지 아니ᄒᆞ리오?"

궐동이 니러나 칼을 ᄀᆞᆷ초고 밧비 ᄒᆡᆼᄒᆞᆷᄆᆞᆯ 쳥ᄒᆞ니 디ᄉᆞ 마지 못ᄒᆞ여 ᄆᆞᆯ타고 오더니 노방(路傍)의 영장ᄒᆞᄂᆞᆫ 재 잇거늘 궐동이 디ᄉᆞᄃᆞ려 왈,

"뎌 장ᄉᆞᄒᆞᄂᆞᆫ 산디 엇더ᄒᆞ뇨?"

니ᄉᆞ 왈,

"ᄲᆞᆯ만 ᄒᆞ니라."

궐동 왈,

---

26) 【요뢰-ᄒᆞ-】 國 요뢰(聊賴)ᄒᆞ다. 남에게 의지하여 살아가다. ▐ 資賴▐ 친지 듕 아뫼 풍슈ᄅᆞᆯ 알고 심히 빈궁ᄒᆞ여 내게 요뢰ᄒᆞ연지 여러 ᄒᆡ니 나 죽은 후의 그 사ᄅᆞᆷ을 보고 근쳥ᄒᆞ여 구산ᄒᆞ라 ᄒᆞ면 반ᄃᆞ시 날을 위ᄒᆞ여 길디를 굴희여쥬리라 (有親知, 能風水, 而家甚貧窮, 資賴於某士也多年. 一日某士, 病將死, 謂其子曰: "我死之後, 往見某也, 懇請求山, 則必爲我擇吉地.") <靑邱野談 奎章 16:39>

"셩원이 무어슬 【43】 알니오 산디는 조흐나 갓구로 장ᄉᆞᄒᆞ니 극히 흉ᄒᆞᆫ지라 엇지 가 보고 말ᄒᆞ지 아니ᄒᆞᄂᆞ니잇고?"

디ᄉᆞ 왈,

"네 엇지 아ᄂᆞᆫ뇨?"

궐동 왈,

"가 보면 알 거시니 남의 대ᄉᆞ롤 ᄊᆞᆯ니 구ᄒᆞ면 ᄯᅩᄒᆞᆫ 착ᄒᆞᆫ 일이 아니랴?"

디ᄉᆞ 부득이 가셔 조상ᄒᆞ고 도장(倒葬)ᄒᆞᆫ 말을 발ᄒᆞ니 상쥬 대경ᄒᆞ여 장신장의(將信將疑)ᄒᆞ거늘 역ᄉᆞ(役事) 쳐쇼의 가셔 텬회(天灰)와[27] 횡대(橫帶)롤[28] 것고 본즉 과연 우아리 도치ᄒᆞᆫ지라 ᄒᆞᆫ 금졍(金井)을[29] ᄂᆞ리와 개광(開壙)ᄒᆞ고 가니 그 상쥬 크게 감격ᄒᆞ여 만류ᄒᆞ거늘 디ᄉᆞ 밧ᄲᆞ믈 샤례ᄒᆞ고 가나라. 죽은 션비의 집 십 니롤 못 밋쳐 궐동이 디ᄉᆞ 드려 왈,

"장디롤 어ᄃᆡ 뎡ᄒᆞ려 ᄒᆞᄂᆞ니잇가?"

디ᄉᆞ 왈,

"녀의집 뒤예 ᄲᅳᆯ만 ᄒᆞᆫ 곳이 잇ᄂᆞ니라."

궐동 왈,

---

27) 【텬회】 圏 천회(天灰). 광중(壙中)에 관을 내려놓고 방회(傍灰)로 관의 가를 메운 뒤에 관 위를 다지는 석회.¶ 天灰 ∥ 역ᄉᆞ 쳐쇼의 가셔 텬회와 횡대롤 것고 본즉 과연 우아리 도치ᄒᆞᆫ지라 ᄒᆞᆫ 금졍을 ᄂᆞ리와 개광ᄒᆞ고 가니 그 상쥬 크게 감격ᄒᆞ여 만류ᄒᆞ거늘 디ᄉᆞ 밧ᄲᆞ믈 샤례ᄒᆞ고 가나라 (遂偕往役處, 撤其天灰, 啓橫帶而見之, 則果然上下倒置. 卽敎以下一金井, 開新壙以葬而去. 其喪主大致感德, 苦挽之, 某也曰: "吾行甚忙, 不可留也.") <靑邱野談 奎章 16:43>

28) 【횡대】 圏 횡대(橫帶). 관을 묻은 뒤에 구덩이 위에 덮는 널조각.¶ 橫帶 ∥ 역ᄉᆞ 쳐쇼의 가셔 텬회와 횡대롤 것고 본즉 과연 우아리 도치ᄒᆞᆫ지라 ᄒᆞᆫ 금졍을 ᄂᆞ리와 개광ᄒᆞ고 가니 그 상쥬 크게 감격ᄒᆞ여 만류ᄒᆞ거늘 디ᄉᆞ 밧ᄲᆞ믈 샤례ᄒᆞ고 가나라 (遂偕往役處, 撤其天灰, 啓橫帶而見之, 則果然上下倒置. 卽敎以下一金井, 開新壙以葬而去. 其喪主大致感德, 苦挽之, 某也曰: "吾行甚忙, 不可留也.") <靑邱野談 奎章 16:43>

29) 【금졍】 圏 금정(金井). 금정틀. 무덤을 만들 때에, 구덩이의 길이와 너비를 재기 위하여 쓰는 틀.¶ 天灰 ∥ 역ᄉᆞ 쳐쇼의 가셔 텬회와 횡대롤 것고 본즉 과연 우아리 도치ᄒᆞᆫ지라 ᄒᆞᆫ 금졍을 ᄂᆞ리와 개광ᄒᆞ고 가니 그 산쥬 크게 감격ᄒᆞ여 만류ᄒᆞ기롤 디ᄉᆞ 밧ᄲᆞ믈 사례ᄒᆞ고 가나라 (遂偕往役處, 撤其天灰, 啓橫帶而見之, 則果然上下倒置. 卽敎以下一金井, 開新壙以葬而去. 其喪主大致感德, 苦挽之, 某也曰: "吾行甚忙, 不可留也.") <靑邱野談 奎章 16:43>

"불가ᄒᆞ다. 집 압히 큰 못시 잇고 못 ᄀᆞ온ᄃᆡ 져근 셤이 잇스니 그리로 뎡ᄒᆞ라."

디ᄉᆞ 왈,

"못믈을 엇 【44】 지ᄒᆞ리오?"

궐동 왈,

"그러ᄒᆞ되 이예 뎡ᄒᆞ라."

드듸여 들어 조상ᄒᆞ고 그 ᄋᆞ희 말ᄃᆡ로 못 ᄀᆞ온ᄃᆡ 셤으로 장디롤 뎡ᄒᆞ니 상인비(喪人輩) 크게 희연이 너기더라. 디ᄉᆞ 심히 의심ᄒᆞ여 궐동ᄃᆞ려 무러 왈,

"네 말을 조차 못 ᄀᆞ온ᄃᆡ로 뎡ᄒᆞ나 못믈이 뎌러틋ᄒᆞ니 엇지 장ᄉᆞᄒᆞ리오?"

궐동 왈,

"넘녀 말나."

드듸여 퇴일ᄒᆞ여 영장ᄒᆞᆯᄉᆡ 장일이 갓가오니 디ᄉᆞ 믄득 가만이 밧긔 나와 본즉 못믈이 홀연 말나 ᄒᆞᆫ 졈도 업ᄂᆞᆫ지라 크게 괴이 너겨 인ᄒᆞ여 언덕을 ᄯᅥᆨ가 못슬 메워 평디롤 민들고 보니 국셰 과연 조커늘 이예 장ᄌᆞ지나니라. 궐동이 디ᄉᆞ드려 왈,

"쥬가(主家)의셔 필야 후ᄒᆞᆫ 폐빅을 드리리니 일졀 밧지 말고 날을 드려가기롤 쳥ᄒᆞ라."

명일의 쥬인이 과연 후히 쥬거늘 디 【45】 ᄉᆞ 다 밧지 아니ᄒᆞ고 종아희롤 쳥ᄒᆞᆫᄃᆡ 쥬인이 허락ᄒᆞ거늘 드듸여 궐동을 드리고 가니라. 궐동 왈,

"이후로 사ᄅᆞᆷ을 위ᄒᆞ여 구산ᄒᆞᆯ ᄯᆡ예 날과 ᄒᆞᆷᄭᅴ 가 내 몰 ᄎᆡᆨ직 ᄭᅩᆺ고 발 굴으는 곳의 혈을 뎡ᄒᆞ라."

ᄒᆞ니 그 말ᄃᆡ로 조ᄎᆞ 도쳐의 다 발복(發福)ᄒᆞ여 어든비 만ᄒᆞ 십 년 ᄂᆡ예 치부ᄒᆞ니라.

일ᄌᆞ은 궐동이 홀연 하직ᄒᆞ거늘 디ᄉᆞ 대경 왈,

"네 내 집의 십 년을 잇셔 졍의 심히 두텁거늘 무단히 엇지 가ᄂᆞᆫ뇨?"

궐동 왈,

"이졔 갈 곳이 잇셔 머므지 못ᄒᆞ오리니 셩원이 님종ᄒᆞ실 ᄯᆡ예 내 와셔 산디롤 어더드리리라."

ᄒᆞ고 가더니 몃 히 후의 홀연 와셔 보고 왈,

"셩원이 ᄉᆞ일(死日)이 블원(不遠)ᄒᆞ니 신후지디(身後之地)롤 졈ᄒᆞ려 왓노라."

ᄒᆞ고, 디ᄉᆞ와 ᄒᆞᆷ가지로 머지 아니ᄒᆞᆫ 곳의 기지시ᄒᆞ여 왈,

"이곳 【46】 의 ᄲᅳ면 삼ᄌᆞ롤 낫코 대귀ᄒᆞᆯ 거시오."

쏘 흔 곳은 부인을 위ᄒᆞ여 명ᄒᆞ고 왈,

"이곳은 뇌물을 바다 조셩ᄒᆞ리라."

ᄒᆞ고 가더라. 그 집의 흔 아히 계집죵이 잇스니 그 어미 죽어 권조(攢厝)흔30) 지 누년(累年)이라. 장ᄎᆞᆺ 궐동(厥童) 오기를 기ᄃᆞ려 길디(吉地)를 엇고져 ᄒᆞ더니 그 쥬인이 궐동과 흔가지로 구산홀 ᄯᅢ예 나믈광쥬리롤31) 가지고 슈플 사이예 은신ᄒᆞ여 궐동 지시ᄒᆞᄂᆞᆫ 곳을 다 ᄌᆞ셰히 알앗더니 졔 친쳑 수삼인을 블너 젼지 오십 냥을 어더 쥬어 급히 냥식과 장ᄉᆞ 계구를 판비ᄒᆞ여 그 어미 신쳬를 옴겨 궐동 지시ᄒᆞ던 곳의 장ᄉᆞᄒᆞ고 인ᄒᆞ여 도망ᄒᆞ엿더니 스스로 싱각ᄒᆞ디 '남의 죵이 되야 귀ᄌᆞ를 나흘 길이 업ᄂᆞᆫ지라 반ᄃᆞ시 반죡(班族)의 비필을 구ᄒᆞ리라.' ᄒᆞ고 모쳐의 가 고공이 되여 【47】 나히 쟝셩ᄒᆞᄆᆡ 그 쥬인이 출가코져 ᄒᆞ거늘 궐녜 왈,

"내 비록 궁빈ᄒᆞ나 본시 반죡이라 샹한(常漢)과 결혼치 못ᄒᆞ리라. 원컨디 반죡을 어더 혼인ᄒᆞ여지라."

ᄒᆞ더니 맛ᄎᆞ아 동니의 향반(鄕班) 홍총각(洪總角)이 잇셔 나히 삼십에 밋쳐 취실치 못흔지라 일너 왈,

"내 슈양녜 잇노라."

ᄒᆞ고 인ᄒᆞ여 비필을 지어 셰 ᄋᆞ들을 나으니 궐녜 홍셩으로 더부러 샹경ᄒᆞ여 사더니 수십 년 후 삼ᄌᆞ(三子ㅣ) 추례로 등과ᄒᆞ여 문회(門戶ㅣ) 부셩(富盛)흔지라. 그 어미 셰 아돌ᄃᆞ려 가셰 슈말을 ᄌᆞ시 말ᄒᆞ여 왈,

"내 모쳐(某處) 모반(某班)의 ᄉᆞ비(私婢)라 너의 비록 귀ᄒᆞ나 구쥬(舊主)의 은혜롤 닛지 말나."

그날 밤의 도젹이 드럿다가 그 말을 듯고 구쥬의 집을 ᄎᆞᄌᆞ가 ᄌᆞ셰히 말ᄒᆞ고 쏘 골오디,

"곳 츄로(推奴)ᄒᆞ면 필연 죽으리니 몬져 친【48】쳑지의(親戚之誼)로 달녀고 동졍을 보와 말ᄒᆞ라."

그 쥬인이 그 말을 조차 드듸여 가 친쳑으로 구의롤 펴고 쥬인의 모 보기롤 쳥흔디 궐녜 흔 번 보미 구쥬인의 ᄋᆞ돌인 줄 알고 것츳 깃거 왈,

"우리 남형이 어디로조ᄎᆞ 오뇨?"

ᄒᆞ고 후히 디졉ᄒᆞ고 모든 ᄋᆞ들을 블너 졀ᄒᆞ여 뵈게 ᄒᆞ고 수일을 머믈너 후히 쥬어 보ᄂᆞ니라.

당초 디ᄉᆞ 죽은 후의 그 ᄋᆞ들이 궐동 지시ᄒᆞ든 곳을 보니 엇던 사ᄅᆞᆷ이 발셔 장ᄉᆞᄒᆞ엿ᄂᆞᆫ지라 부득이 ᄒᆞ야 압산 쇼졈쳐(所占處)의 장ᄉᆞᄒᆞ니 그 후의 그 아들이 그 부귀가의 ᄉᆞ지ᄒᆞ여 평성을 맛치더라.

유의리군도화냥민
諭義理群盜化良民

녕남 흔 진신 잇셔 문쟝지뫼(文章智謀ㅣ) 과인(過人)ᄒᆞ니 일되(一道ㅣ) 다 도원슈(都元帥) 지【49】목이라 일ᄏᆞᆺ더라. 일ᄎᆞᆺ은 초혼(初昏)의 홀노 안잣더니 흔 사ᄅᆞᆷ이 쥰마롤 타고 건노(健奴) 오륙인을 거ᄂᆞ리고 와 쥬인을 보고 말ᄒᆞ디,

"내 만 니 밧 희도의 잇셔 무리 수쳔이오 텬셩이 남의 지믈을 취ᄒᆞ여 지휘ᄒᆞᄂᆞᆫ 디원슈(大元帥) 일원이 잇더니 금번 상변(喪變)을 만나 장녜롤 겨오 맛치미 쟝등이 븨여 삼쳔 도당이 산란ᄒᆞ여 셩이 업ᄂᆞᆫ지라. 드른즉 쥬인이 블셰지ᄌᆡ(不世之才)롤 품엇다 ᄒᆞ오니 이졔 나오기는 다름 아니오라 죡하롤 마져 대원슈 위예 안치려 ᄒᆞ오니 의향이 엇더ᄒᆞ니잇고? 만일 혹 ᄌᆞ져ᄒᆞ면32) 반슈(反手)의33) 멸구(滅口)

---

30) 【권조-ᄒᆞ-】 圖 권조(攢厝)하다. (좋은 묏자리를 구할 때까지) 임시로 장사지내다. 권폄(權窆)하다.¶ 攢厝 ‖ 그 집의 흔 아히 계집죵이 잇스니 그 어미 죽어 권조흔 지 누년이라 (某也家中有一童婢, 其母死而攢厝累年.) <靑邱野談 奎章 16:46>

31) 【나믈-광쥬리】 圖 ((기물)) 나믈광쥬리.¶ 菜筐 ‖ 그 쥬인이 궐동과 흔가지로 구산홀 ᄯᅢ예 나믈광쥬리를 가지고 슈플 사이예 은신ᄒᆞ여 궐동 지시ᄒᆞᄂᆞᆫ 곳을 다 ᄌᆞ셰히 알앗더니 (方其主與闕僮偕往, 看山之時, 挑菜筐而酒隨, 隱身林木之間, 厥僮所指處, 一一詳識.) <靑邱野談 奎章 16:46>

32) 【ᄌᆞ져-ᄒᆞ-】 圖 자저(赵趄)하다. 주저하다. 머뭇거리다.¶ 容且 ‖ 이졔 나오기는 다름 아니오라 죡하롤 마져 대원슈 위예 안치려 ᄒᆞ오니 의향이 엇더ᄒᆞ니잇고 만일 혹 ᄌᆞ져ᄒᆞ면 반슈의 멸구ᄒᆞ리라 (今吾來此, 非爲他也, 爲邀足下, 坐大元帥之位, 未知意下何如? 苟或容且, 則滅口於反手.) <靑邱野談 奎章 16:49>

33) 【반슈】 圖 반수(反手). 손바닥을 뒤집는다는 말로 아주 쟈담함을 가리킴.¶ 反手 ‖ 이졔 나오기는 다름 아니오라 죡하롤 마져 대원슈 위예 안치려 ᄒᆞ오니 의향이 엇더ᄒᆞ니잇고 만일 혹 ᄌᆞ져ᄒᆞ면 반슈의 멸구ᄒᆞ리라 (今吾來此, 非爲他也, 爲邀足下, 坐大元帥之位, 未知意下何如? 苟或容且, 則滅口於反手.) <靑邱野談 奎章

호리라."

호고 드디여 장검을 쎄혀 겁박호니 쥬인이 성각호디 '내 스쪽으로 도젹의게 투신호미 슈욕이 되건마는 장스의 칼에 죽으므로 더부러론 죰간 신명을 욕되게 호 [50]여 목젼의 화롤 면호고 또 흉도(凶徒)의 악슈을 곳치는이만 굿지 못호다' 호고 쾌히 허락호니 그 긱이 즉시 쇼인이라 칭호고 노예의게 분부호여 왈,

"밧긔 민 물을 가져오라."

호여 그 사롬을 타이고[34] 혼가지로 나와 샬으기 풍우 굿트여 이윽고 히구(海口)의 니르니 큰 블근 비 일쳑이 등디(等待)혼지라. 물긔 느려 비롤 타미 나는듯시 혼 셤의 다드라 비의 느리니 셩[성]곽과 누각이 완연이 감병영(監兵營)[35] 모양이라. 견여(肩興)의[36] 안쟈 압뒤예 옹호호여 대문의 드러 대쳥 교의예 올나 안즈니 수쳔 도즁(徒衆)이 추례로 현알혼 후 대탁 다담(茶啖)을 드리고 명일 조스(朝仕) 후의 쳐음 왓던 힝슈군관(行首軍官)이 고호여 왈,

"지금 지력이 경갈(罄竭)호엿스오니[37] 쳐분이 엇더호옵실지 바라느이다."

쥬장(主將)이 분부호 [51]디,

"여츠ᄌᄌ호라."

그 쎄 젼라도 짜의 만셕군(萬石軍)이 잇스니 션영이 삼십 니예 잇셔 슈호금양(守護禁養)이[38] 경

지샹가(卿宰相家) 굿더니 일ᄌᄌ은 혼 샹계(喪制) 힝치 산직(山直)의[39] 집의 드러온 후 복인(卜人) 두 사롬과 디스 두 사롬이 안마와 복죵(僕從)이 극히 번셩호니 필시 지샹가 구산지힝(求山之行)이라. 산직이 즈하(自下)로 무른즉 셔울 아모딕 힝치니 샹계 쥬(喪制主)는 이왕 옥당(玉堂) 지나시고 복인도 명시라 호더라. 일힝이 다 묘샹(墓上)의 올나 최샹총(最上塚) 뇌후(腦後)의 쇠롤 노코 지졈(指點) 평논호다가 치표(置標)호고[40] 나려와 대간지(大簡紙) 스오 쟝을 니여 편지롤 쎠 죵을 보니여 감영과 모ᄌ 읍에 젼호고 답쟝 맛타 오라 호고 산직을 블너 왈,

"딕 신산(新山)을[41] 앗가 안잣든 곳의 뎡호엿스니 뎌긔가 아모딕 산손 줄 알건마는 산쇼 쓰는 여부는 피츠 강약의 잇 [52]스니 네 알비 아니라. 장스 턱일이 아모날이니 밥과 술을 예비홀 거시미

따위를 벌채하지 못하게 함.¶ 守護禁養 ∥ 그 쎄 젼라도 짜의 만셕군이 잇스니 션영이 삼십 니예 잇셔 슈호금양이 경지샹가 굿더니 일ᄌᄌ은 혼 샹계 힝치 산직의 집의 드러온 후 복인 두 사롬과 디스 두 사롬이 안마와 복죵이 극히 번셩호니 필시 지샹가 구산지힝이라 (其時全羅道有萬石軍一人, 先塋在於三十里之地, 守護禁養, 無異卿相家. 一日一喪制行次, 入于山直家, 而後有服者二人, 地官二人, 鞍馬僕從, 極其豪健, 必是巨室求山之行也.) <靑邱野談 奎章 16:51>

39) 【산직】图 ((인류)) 산직(山直). 산지기.¶ 山直 ∥ 그 쎄 젼라도 짜의 만셕군이 잇스니 션영이 삼십 니예 잇셔 슈호금양이 경지샹가 굿더니 일ᄌᄌ은 혼 샹계 힝치 산직의 집의 드러온 후 복인 두 사롬과 디스 두 사롬이 안마와 복죵이 극히 번셩호니 필시 지샹가 구산지힝이라 (其時全羅道有萬石軍一人, 先塋在於三十里之地, 守護禁養, 無異卿相家. 一日一喪制行次, 入于山直家, 而後有服者二人, 地官二人, 鞍馬僕從, 極其豪健, 必是巨室求山之行也.) <靑邱野談 奎章 16:51>

40) 【치표-호-】图 치표(置標)하다. 묏자리를 미리 잡고 표적을 묻어 무덤 모양으로 만들어 두다.¶ 置標 ∥ 일힝이 다 묘샹의 올나 최샹총 뇌후의 쇠롤 노코 지졈 평논호다가 치표호고 나려와 (一行齊上墓後, 放鐵於最上塚腦後一金井地, 指點評論, 置標而下來.) <靑邱野談 奎章 16:51>

41) 【신산】图 ((지리)) 신산(新山). 새로 쓴 산소.¶ 新山 ∥ 딕 신산을 앗가 안잣든 곳의 뎡호엿스니 뎌긔가 아모딕 산손 줄 알건마는 산쇼 쓰는 여부는 피츠 강약의 잇스니 네 알비 아니라 (宅新山定於俄坐之地, 非不知彼墓之爲某宅山所, 汝之爲某宅墓奴, 而禁山與否, 用山與否, 在於彼此之强弱, 非汝所知.) <靑邱野談 奎章 16:51>

---

34) 【타이-】图 태우다.¶ 上 ∥ 그 사롬을 타이고 혼가지로 나와 샬으기 풍우 굿트여 이윽고 히구의 니르니 큰 블근 비 일쳑이 등디혼지라 (請其人上馬, 聯轡而出, 疾如飄風, 俄頃已到於海口, 有大紅船一隻備待矣.) <靑邱野談 奎章 16:50>

35) 【감-병영】图 감병영(監兵營). 감영과 병영.¶ 監兵營 ∥ 물긔 느려 비롤 타미 나는듯시 혼 셤의 다드라 비의 느리니 셩[성]곽과 누각이 완연이 감병영 모양이라 (下馬乘船, 船疾如飛, 遂抵一島, 下舟陞陸, 城郭樓閣, 宛一監兵營樣矣.) <靑邱野談 奎章 16:50>

36) 【견여】图 ((교통)) 견여(肩興). 사람이 타는 가마.¶ 肩興 ∥ 견여의 안쟈 압뒤예 옹호호여 대문의 드러 대쳥 교의예 올나 안즈니 수쳔 도즁이 추례로 현알혼 후 대탁 다담을 드리고 (坐之於肩興, 前後擁護, 而入一大門之中, 坐於大廳中交椅上, 數千徒衆, 以次見謁, 禮畢進茶啖.) <靑邱野談 奎章 16:50>

37) 【경갈-호-】图 경갈(罄竭)하나. 돈이나 물자 따위가 바닥이 나 다 없어지다.¶ 罄竭 ∥ 지금 지력이 경갈호엿스오니 쳐분이 엇더호옵실지 바라느이다 (見今財力罄竭, 未知處分如何.) <靑邱野談 奎章 16:50>

38) 【슈호금양】图 수호금양(守護禁養). 묘를 지키고 나무

123

몬져 삼십금을 쥬노라. 몬져 냥미(糧米)와 술을 둥디 하라."

하고 즉시 가더라. 산적이 산쥬(山主)의게 고 하되 산쥐 쇼왈,

"졔 비록 셰 잇노라 하나 내 금단(禁斷)한즉 엇지 감히 쓰리오? 졔 장스날 여시ᄌᄌ(如是如是)하 고 녀의들도 나가지 말고 기드리라."

이날을 당하니 쥬인이 가뎡 칠뵉여 명을 거느리고 십니 안 뵉셩이 모히는 재 오륙뵉인이라 각ᄌ 막대와 노끈을 가지고 산쇼를 향하여 만산편야(滿山遍野)하엿더라. 산상의 가 뎌집 비즌 술을 먹이고 결진(結陣)하여 기드리더니 죵일토록 뵈는 비 업고 삼경 즈음의 멀니 보니 만여 병 홰블이 큰 들노 뉵속하여 오며 샹두소리42) 진동하고 경구(停柩)롤43) 보지 【53】 못하는 디 하엿는지라. 상여군이 약존약무(若存若無)하거늘 산쥬의 쳔여군이 다 신 들메고44) 막대롤 들고 기드리더니 훤화소리 졈ᄌ 근치고 화광이 쪼흔 감하여 졈ᄌ 사롬이 업는 듯하거늘 산상군(山上軍)이45) 크게 의심하여 급히 살피니 과연 흔 사롬도 업는지라. 샐니 산쥬의게 고흔디 산쥐 씨드라 왈,

"내집 지믈을 다 일헛도다."

급히 도라와 본즉 가녀의 인명은 상흔 이 '업

고 지믈은 탈진하엿스니 이는 원슈의 꾀로 지믈을 겁탈하미러라. 명일의 군도(群徒)롤 호궤(犒饋)할시 금번 쇼득과 고등 지믈을 쓸압희 싸하노코 다쇼롤 헤아려 삼쳔인의게 난와 붓치니 미명의 빅여금이라. 쟝군이 흔 쟝 젼령으로 효유하여 왈,

"사롬이 금슈와 다르믄 【54】 오륜(五倫)과 ᄉ단(四端)이 잇스미라. 너의 무리 화외완민(化外頑民)으로 희도의 은복(隱伏)하여 어버이롤 쩌나며 나라홀 바리고 겁냑포탈(劫掠剝奪)노 셩업을 삼아 도당을 쇼취(嘯聚)하여46) 죄룰 쓰흔지 몃 히라. 내 이졔 오기는 너의롤 도와 악흔 일을 하고져 하미 아니라 쟝춧 너의롤 화하여 착흔 사롬이 되고져 하미니 사롬이 비록 허믈이 잇스나 곳치미 귀하니 ᄌ금이후로 마음을 고쳐 동셔남북으로 각ᄌ 고향의 도라가 부모롤 봉양하며 분묘롤 직희여 셩인의 교화롤 닙으면 희상의 명화젹(明火賊)과47) 엇더하리오? 난온 지믈이 쪽히 일가산이 되리니 농스와 쟝ᄉ의 엇지 ᄌ뢰 업스믈 근심하리오?"

이예 군되 일시예 고두하고 쳥샤하여 왈,

"진실노 분부디로 하리이다."

그 둥 【55】 의 흔 두 놈이 녕을 좃지 아니하거늘 군령으로 버히고 그 셩곽을 블지르고 삼쳔 도즁을 거느리고 바다롤 건너 뭇희 느려 각기 그곳으로 보내고 집의 도라오니 집 쩌난지 일삭이 남은지라 동니 사롬이 무른즉 경항(京行)하엿더니라 답하더라.

----

42) 【샹두-소리】 圖 상두소리. 상여소리.¶ 柩歌‖ 삼경 즈음의 멀니 보니 만여 병 홰블이 큰 들노 뉵속하여 오며 샹두소리 진동하고 경구롤 보지 못하는 디 하엿는지라 (至三更末, 遙見萬餘炬, 從大野陸續而來, 柩歌喧天, 勢若萬畢之驅來, 停柩於相望而不可見之地.) <靑邱野談 奎章 16:52>

43) 【경구】 圖 정구(停柩). 행상(行喪)할 때에, 상여가 길에 머무름.¶ 停柩‖ 삼경 즈음의 멀니 보니 만여 병 홰블이 큰 들노 뉵속하여 오며 샹두소리 진동하고 경구롤 보지 못하는 디 하엿는지라 (至三更末, 遙見萬餘炬, 從大野陸續而來, 柩歌喧天, 勢若萬畢之驅來, 停柩於相望而不可見之地.) <靑邱野談 奎章 16:52>

44) 【들메-】 圖 신이 벗어지지 않도록 신을 발에다 끈으로 동여매다.¶ 納‖ 산쥬의 쳔여군이 다 신 들메고 막디롤 들고 기드리더니 훤화소리 졈ᄌ 근치고 화광이 쪼흔 감하여 졈ᄌ 사롬이 업는 듯하거늘 (山上軍擧皆納屨荷杖, 鼓勇奮臂以待, 一餉之後, 喧嘩漸息, 火光亦熾, 悄悄曹無人.) <靑邱野談 奎章 16:53>

45) 【산상-군】 圖 ((인류)) 산상군(山上軍). 산 위에 있는 군사.¶ 山上軍‖ 산상군이 크게 의심하여 급히 살피니 과연 흔 사롬도 업는지라 (山上軍大凝之, 急使覘之, 則果虛無一人.) <靑邱野談 奎章 16:53>

46) 【쇼취-하-】 圖 소취(嘯聚)하다. 군호(軍號)로 많은 사람을 불러 모으다.¶ 嘯聚‖ 너의 무리 화외완민으로 희도의 은복하여 어버이롤 쩌나며 나라홀 바리고 겁냑 포탈노 셩업을 삼아 도당을 쇼취하여 죄룰 쓰흔지 몃 히라 (汝輩以化外頑民, 隱伏海島, 離親去國, 遊手衣食, 以劫掠爲生, 剝奪爲業, 嘯聚徒黨, 凡不知幾人, 搆災積蘖, 亦不知幾年矣.) <靑邱野談 奎章 16:54>

47) 【명화-젹】 圖 ((인류)) 명화젹(明火賊). 불한당(不汗黨).¶ 明火賊‖ ᄌ금이후로 마음을 고쳐 동셔남북으로 각ᄌ 고향의 도라가 부모롤 봉양하며 분묘롤 직희여 셩인의 교화롤 닙으면 희상의 명화젹과 엇더하리오 (從今以往, 革面革心, 東西南北, 各歸故鄉, 父母焉養之, 墳墓焉守之, 浴於聖人之化, 歸於樂民之域, 則其與海上明火賊何如哉?) <靑邱野談 奎章 16:54>

어쇼장투아셜부긱
語消長偸兒說富客

녕남 짜의 흔 소쥭이 잇스니 디ᄃ로 빅여만금 지물을 누리고 사는 집터이 스면이 셕벽(石壁)이오 압희 대강(大江)이 잇고 동구 밧긔 죵의 집이 ᄃ빅여 개라. 이 사롬이 비록 빅만지(百萬財)롤 쌋앗스디 누셰 향거(鄕居)ᄒ여 년ᄉ인친(連査姻親)이[48] 다 향반(鄕班)이오 셔울은 일면 지친이 업ᄂ지라. 셰가(勢家) 흔 곳을 사괴여 밋고져 ᄒ더니 그ᄯᅵ 닙음 울산원(蔚山員)이 상ᄉ 나미 그 셩질 박교리(朴校理)라【56】ᄒ는 재 나려와 상구(喪具)롤 쥬쟝ᄒ다 ᄒ더니 이날 강변 슈장의 흔 힝치 준마건노(駿馬健奴)로 강을 건너 대문의 니르러 물긔 ᄂ려 당의 오르거늘 쥬인이 관을 졍계ᄒ고 마져드 려 존함을 뭇고 온 일을 무르니 긱이 디답ᄒ디,

"울산원의 셩질노 상ᄉ롤 당ᄒ여 발인이 지명 일의 잇셔 슉참(宿站)이 여긔 될 ᄃ시니 다힝이 죵 의 집 두 셰홀 븨여 다힝이 상힝(喪行)을[49] 용납ᄒ 게 ᄒ라."

쥬인이 셰가롤 쳐결(締結)코져[50] ᄒ더니 지금 ᄆᆞᆺ춤 만나 지력을 허비치 아니ᄒ니 엇지 쇼망(所望) 이 아니리오? 쾌히 허락ᄒ니 긱이 감샤ᄒ여 그날을 언약ᄒ고 가니라. 이날을 당ᄒ미 쥬인이 슈로(首奴) 의게 분부ᄒ여 삼ᄉ 곳 큰 집을 븨여니여 뜰을 쇄 쇼ᄒ며 챵을 도븨ᄒ여 담군(擔軍) 헐쇼(歇所)와 냥

48) 【년ᄉ-인친】图 ((인류)) 연사인친(連査姻親). 사돈집이 나 일가친쳑들.¶ 連査姻親 ‖ 이 사롬이 비록 빅만지롤 쌋앗스디 누셰 향거ᄒ여 년ᄉ인친이 다 향반이오 셔 울은 일면 지친이 업ᄂ지라 (此人雖積百萬之財, 而以 厯世鄕居, 連査姻親, 皆는鄕班, 京洛則初無一面之親.) <靑邱野談 奎章 16:55>

49) 【상힝】图 상행(喪行). 상여의 뒤를 따르는 행렬.¶ 喪 行 ‖ 울산원의 셩질노 상ᄉ롤 당ᄒ여 발인이 지명일 의 잇셔 슉참이 여긔 될 ᄃ시니 다힝이 죵의 집 두 셰홀 븨여 다힝이 상힝을 용납ᄒ게 ᄒ라 (以蔚山倅之 甥姪, 今遭喪變, 靷行在三明, 較其宿站, 要不出此, 幸許 借二三奴舍, 以容一夜喪行否.) <靑邱野談 奎章 16:56>

50) 【쳐결ᄒ】图 체결(締結)하다. 맺다.¶ 締結 ‖ 쥬인니 셰가롤 쳐결코져 ᄒ더니 지금 ᄆᆞᆺ춤 만나 지력을 허비 치 아니ᄒ니 엇지 쇼망이 아니리오 (主人久欲締結一 勢家, 以爲緩急之交矣. 今當適會, 不費財力, 豈非所望?) <靑邱野談 奎章 16:56>

반 햐쳐(下處)【57】의 병쟝(屛帳)과 공궤롤 다 ᄀᆞ초고 ᄌᆞ질(子姪)노 더부러 의관을 졍졔ᄒ고 기드리 더니 초혼의 힝상이 과연 드러오ᄂ더 방상시(方相 氏)[51] 션도ᄒ고 상여 ᄯᅡ로는 힝치 태반 닙음 슈령 이오 감병영 호상(護喪) 비장(裨將)이 좌우의 나렬 ᄒ고 옹호흔 사롬의 안매(鞍馬 ᅵ) 강상 이십 니예 느러셧고 큰 비 십여 척이 즉시 건너 비셜흔 곳의 경구ᄒ고 곡셩이 진동ᄒ더니 박교리란 지 죵쟈 오 륙인을 거ᄂ리고 드러와 쥬인의게 읍ᄒ여 왈,

"셩념(盛念)을 닙어 힝상을 머므니 불승감샤ᄒ 여이다."

쥬인이 답왈,

"이만 일을 엇지 죡히 치샤ᄒ리잇고?"

슈쟉을 맛지 못ᄒ여 안으로셔 급히 쥬인을 드 러오라 ᄒ거늘 쥬인이 들어가니 안해 발을 굴너 굴 오디,

"큰일낫도다. 비복의 말을 드른즉 쇼위 샹여 ᄂ 다 군긔(軍器)라 ᄒ니【58】장춧 엇지ᄒ리오?"

쥬인이 비록 ᄯᅵ드르나 ᄉ이지ᄎ(事已至此)ᄒ 니 무가ᄂ하라 밧그로 나오니 긱이 무러 왈,

"쥬인의 얼골의 근심ᄒᄂ 빗치 잇스니 무슴 우환이 잇ᄂ냐?"

쥬인 왈,

"쇼ᄋᆞ의 급흔 병이 잇더니 져긔 나앗노라."

긱이 미쇼 왈,

"쥬인의 냥이 좁도다. 이제 내의 ᄒ고져 흔 비 불과 지물 등 경편흔 거시라 토디와 가샤와 냥곡은 다 잇스니 이번 일흔 거시 격지 아니ᄒ나 슈년지니 예 스스로 츙만ᄒ리니 엇지 근심ᄒ리오? ᄯᅩ 지물은 텬하의 공변된 거시라 쌋ᄂ 이 잇스면 쓰는 이 잇 고 직희는 이 ᄃ시면 ᄯᅩ 취ᄒ는 이 잇ᄂ니 그디 ᄀᆞᆺ 튼 이는 싹코 직희는 이오 날 ᄀᆞᆺ튼 이는 쓰고 취ᄒ ᄂ 재라. 쇼쟝지리(消長之理)와 허실지응(虛實之應) 이 곳 조화의 덧ᄃ흔 일이라 쥬인도 ᄯᅩ흔 조화【5 9】둥 붓치여 사는 사롬이니 엇지 쟝ᄒ고 쇼치 아

51) 【방상-시】图 ((인류)) 방상시(方相氏). 궁중(宮中)에서 거행하던 나례 의식(儺禮儀式)에서 악귀를 쫓을 때 쓰 던 나자(儺者)의 하나.¶ 喪行 ‖ 방상시 션도ᄒ고 상여 ᄯᅡ로는 힝치 태반 닙음 슈령이오 감병영 호상 비장이 좌우의 나렬ᄒ고 옹호흔 사롬의 안매 강상 이십 니예 느러셧고 (方相氏先導, 隨柩行次太半, 隣邑守令, 而監 兵營護喪裨將, 而紗笠靑天翼, 乘白馬, 分立於左右, 人 丁擁護, 鞍馬簇匝, 充塞於江上二十里.) <靑邱野談 奎章 16:57>

니며 실호고 허치 아니리오? 일이 ᄌ쯰 쪄두랏스니 구틔여 혼야의 야요(惹鬧)ᄒ여 인명을 샹호지 아니 리니 쥬인이 몬져 닉경의 드러가 부녀를 ᄒᆫ 방의 모호게 ᄒ라.”

쥬인이 엇지홀 길 업셔 지휘디로 ᄒ니 긱 왈,

“쥬인이 응당 평싱 편이지물(偏愛之物)이 잇스 리니 일즉 말호여 혼돈ᄒ여 일케 말나.”

쥬인이 칠빅금으로 시로 산 프른 나귀로 말호 디 어언지간의 슈령비장, 샹인, 복인, 담군, 마부지 비 다 군복을 밧고와 넙고 군물(軍物)을 가지고 외 뎡(外庭)의 둘나셧스니 몃쳔 명인 줄 모로고 다 건 장호고 효용흔지라. 긱이 하령ᄒ디,

“너의 닉실에 들어가 무론모물(無論某物)ᄒ고 방의 잇는 긔물을 일병 집어늬 【60】 디 부녀 모혀 잇는 방은 비록 억만금이라도 범치 말나. 명분이 지 엄ᄒ니 위령쟈(違令者)ᄂ 참ᄒ리라.”

ᄯ 쳥녀(靑驢)를 취치 말나 경계호고 ᄯᅩ 쥬인 ᄃ려 왈,

“거ᄂᆞ리고 드러가 난잡지 말게 ᄒ라.”

쥬인이 거ᄂᆞ리고 드러가 모든 방실과 고샤(庫 舍)를 다 열어 쥬어 쇼지지물을 다 슈취ᄒ니 억만 금이라 빅필 건마로 시러 일시예 강을 건너 드라나 고 녕슈쟤(領袖者ㅣ) 쥬인으로 쟉별 왈,

“쥬인은 다시 경화 스부 결교홀 싱각을 두지 말나. 실물흔 사롬이 미양 츄후 조ᄎ가는 거죄 잇ᄂ 니 이는 유익지 아닌지라. 쥬인은 속투(俗套)를52) 뼈 후회치 말나.”

지삼 신신부탁ᄒ거늘 쥬인 왈,

“불감불감이로라.”

ᄒ니 드듸여 강을 건너 부지거체(不知去處ㅣ) 라. 수빅 노복이 분흠믈 니긔지 못 【61】ᄒ야 조ᄎ 갈 의논을 다토와 나아오니 쥬인이 크게 금호여 불 가타 ᄒ엿더니 일 아는 슈로 십여비 다시 나아와 츄종홀 의논이 봉긔(蜂起)ᄒᄆ 샹면이 ᄯᅩᄒ 금홀 길 이 업더니 홀연 집 뒤 슈플 속으로조ᄎ 쳔여 명 장 뷔 고함ᄒ고 니드라 밧겻 문젼의 뫼이여 오륙빅 노 복을 어즈러이 쳐 슌식간의 다 업지르고 일시예 강 건너 부지거체(不知去處ㅣ)러라.

익일의 경신을 슈습ᄒ여 일흔 거슬 샹고ᄒ니 ᄒᄂᆞ토 남은 거시 업고 나귀두 업더라. 지명일 시벽

의 홀연 나귀 ‘우는 소리 강변의 나거늘 가 보니 일 헛든 쳥녜 강두의 셧고 노망터의 피흐르는 사롬의 머리를 담아 안장의 걸고 ᄯᅩ ᄒᆫ 봉 셔간을 걸엇거 늘 【62】 열어보니 대강 ᄒ엿스디 ‘지빅(財帛)의 견 실(見失)ᄒ믄 집스의 너룬 도량으로 개회(介懷)치 아니ᄒ려니와 니별홀 ᄯ 말을 듯지 아니ᄒ여 노복 이 샹ᄒ니 누룰 원구(怨咎)ᄒ리오? 삼빅 태 경보(輕 寶)로뼈 일년 냥식이 되니 다샤다샤(多謝多謝)로라. 귀뎍 나귀는 도라보너고 몰긔 둘니인 물건은 범녕 (犯令)흔 쟤라.’ ᄒ엿더라. 쥬인이 ᄌ를 보고 실물 (失物)흔 분흔미 눈스듯 ᄒ여 ᄆᆞᆷ의 개렴(介念)ᄒ 미 업고 사롬이 혹 위로ᄒ면 봉젹(逢賊)으로 디답지 아니호고 금셰예 호걸남ᄌ룰 보왓다 ᄒ더라.

지금셩쟝살김한 宰錦城杖殺金漢

연산됴(燕山朝)의 폐쳡(嬖妾)의53) 오라비 김가 한(金哥漢)이 호남 나쥬(羅州) ᄯᅡ의 잇셔 그 누의 형셰를 밋고 남의 뎐답과 노비를 쎼아스며 젼곡 【63】 과 우마를 제것 쓰듯 ᄒ여 슌히 ᄒ면 살니고 거슬니면 죽이니 일도 사롬이 두려워 진공(震恐)ᄒ 고 그 고을원도 ᄌᆞ임 당일의 가 보고 다른 고을원 도 원근 업시 다 가 보더라. 그 집의 거롬 잘 것는 죵놈 셰히 잇셔 일ᄌᆞ반의 입경ᄒ여 슈령 등 블여의 (不如意)흔 쟤 잇스면 즉시 졔 누의게 긔별ᄒ여 혹 죄쥬며 혹 파직ᄒ더라.

박눌지(朴訥齋)54) 샹(祥)이 분흔믈 니긔지 못

---

52) 【속투】圖 속투(俗套). 세속의 습관이 된 격식.¶ 俗套 ‖ 쥬인은 속투룰 뼈 후회치 말나 (幸主人毋用俗套, 以 致後悔.) <靑邱野談 奎章 16:60>

53) 【폐쳡】圖 ((인류)) 폐쳡(嬖妾). 아양을 떨어 귀염을 받 는 첩.¶ 嬖妾 ‖ 연산됴의 폐쳡의 오라비 김가한이 호 남 나쥬 ᄯᅡ의 잇셔 그 누의 형셰를 밋고 남의 뎐답과 노비를 쎼아스며 젼곡과 우마를 제것 쓰듯 ᄒ여 (燕 山朝, 嬖妾之娚, 姓金者, 居在湖南之羅州. 恃其妹勢, 大 張威福, 攘取人田畓, 橫奪人奴婢, 至若錢穀牛馬, 用若 己物.) <靑邱野談 奎章 16:62>

54) 【박눌지】圖 ((인명)) 박눌제(朴訥齋). 박샹(朴祥 1474- 1530). 조선 중종 때의 문신. 자는 창세(昌世). 호는 눌 재(訥齋). 연산군 9년(1503)에 문과에 급제하였으며, 중종의 폐비 신씨(愼氏)의 복위를 상소하다가 관직을 삭탈당하였으나, 학행이 뛰어나 이조판서로 추증(追

ᄒᆞ여 나쥬목ᄉᆞ(羅州牧使)ᄅᆞᆯ 구청(求請)ᄒᆞ여 도임 오일의 김한을 보지 아니ᄒᆞ니 김한이 삼공형(三公兄)을 잡아가ᄂᆞᆫ지라 박공이 듯고 즉시 관쇽 수뷕여 인을 발ᄒᆞ여 그 집을 에우고 분부 왈,

"만일 김한을 잡지 못ᄒᆞ면 너의 맛당이 죽으리라."

냥구의 결박ᄒᆞ여 왓거늘 박공이 일변으로 감영의 보ᄒᆞ고 일변 큰 【64】 막대로 무룹홀 ᄶᆞ려 블하십장(不下十杖)의 즉ᄉᆞᄒᆞ거늘 즉시 ᄭᅳ어닉치니라. 감ᄉᆡ 보쟝을 보고 대경 왈,

"일낫다!"

ᄒᆞ고 급히 도ᄉᆞ(都事)ᄅᆞᆯ 보닉여 구ᄒᆞ니 간죽 이믜 죽엇더라. 박공이 인슈(印綬)ᄅᆞᆯ 그르고 급히 등경(登程)ᄒᆞ여 노령(蘆嶺)의[55] 너머 쳔원(川院)의[56] 니르러 홀연 ᄆᆞᄋᆞᆷ이 동ᄒᆞ여 그 대로ᄅᆞᆯ 바리고 좌편 길노 바로 흥덕(興德)을[57] 향ᄒᆞ여 가더니 당초 박공이 김한을 잡을 졔 그 죵놈이 일ᄌᆞ반의 입경ᄒᆞ여 그 누의게 닐으니 누의 연산긔 알왼딕 연산이 대로ᄒᆞ여 즉시 금부도ᄉᆞ(禁府都事)ᄅᆞᆯ[58] 보닉여 약을 가

ᄌᆞ ᄉᆞᄉᆞ(賜死)ᄒᆞ니 박공의 질지(姪子ㅣ) 셔울 잇다가 이 말 듯고 급히 쇼렴졔구(小殮諸具)ᄅᆞᆯ 판비ᄒᆞ여 ᄉᆡ니 둘녀 ᄂᆞ려가 도ᄉᆞ(都事)의셔 몬져 힝ᄒᆞ더니 쳔원의 니르러 나쥬 하인을 【65】 만나 박공이 흥덕길노 갓단 말을 듯고 즉시 ᄯᆞ라 고부(古阜)[59] ᄯᆞ의셔 만나 ᄉᆞ약(賜藥)을 ᄎᆞ마 말ᄒᆞ지 못ᄒᆞ고 속여 왈,

"듯ᄉᆞ오니 슉부계오셔 김한을 즁치(重治)ᄒᆞ시니 쟝ᄎᆞᆺ 블측흔 홰 잇슬지라. 구코져 ᄒᆞ여 왓ᄂᆞ이다."

박공이 그 속히 알믈 괴히 녀겨 ᄌᆞ셰히 무르니 과연 김한 죽인 후 일ᄌᆞ반이라 동힝ᄒᆞ여 샹경홀ᄉᆡ 그 질지 듕노의셔 몬져 입셩ᄒᆞ여 공의 친우ᄅᆞᆯ 보고 곡졀을 말ᄒᆞᆫ딕 모든 친위 닷토와 술을 가지고 강두의 나아가 마쟈 가만이 한강 촌ᄉᆞ(村舍)의 두고 날마다 취ᄒᆞ여 놀더라.

금부도ᄉᆡ 나쥬의 둘녀가 박공이 ᄌᆞ믜 샹경ᄒᆞ믈 듯고 일변 쟝계ᄒᆞ고 급히 물을 도로혀 조ᄎᆞ 오더니 셔울을 미쳐 니르지 못ᄒᆞ여 듕흥(中興) 졔공이 【66】 거의 반졍(反正)을 꾀ᄒᆞᆫ지라 박공을 비ᄒᆞ여 부졔흑(副提學)을 삼으니 이ᄯᅢ 공이 슉취미셩(宿醉未醒)ᄒᆞ여 반졍된 줄 아지 못ᄒᆞ고 입셩샤은(入城謝恩)홀ᄉᆡ 샹이 인견ᄒᆞ시니 공이 앙쳠(仰瞻) 왈,

"텬안(天顔)이 ᄉᆞ됴(辭朝)홀 ᄯᅢ와 다르도다."

ᄒᆞ니 좌위 반졍ᄉᆞ(反正事)로 고ᄒᆞᆫ딕 공이 궐문을 나셔 즉시 이날 향ᄂᆞ리로 도라가니라.

ᄀᆞᆼ유궤계득과환
窮儒詭計得科宦

贈)받았다.¶ 朴訥齋 ‖ 박눌지 샹이 분ᄒᆞᆷ믈 닉긔지 못ᄒᆞ여 나쥬목ᄉᆞᄅᆞᆯ 구청ᄒᆞ여 도임 오일의 김한을 보지 아니ᄒᆞ니 김한이 삼공형을 잡아가ᄂᆞᆫ지라 (朴訥齋祥, 不勝憤痛, 自求爲羅牧, 到任五日, 不住見, 金漢撥皮, 推捉三公兄及座首.) <靑邱野談 奎章 16:63>

55) 【노령】 圈 ((지리)) 노령(蘆嶺). 전북 정읍에서 전남 장성 방면으로 뻗어있는 재.¶ 蘆嶺 ‖ 박공이 인슈ᄅᆞᆯ 그르고 급히 등경ᄒᆞ여 노령의 너머 쳔원의 니르러 홀연 ᄆᆞᄋᆞᆷ이 동ᄒᆞ여 그 대로ᄅᆞᆯ 바리고 좌편길노 바로 흥덕을 향ᄒᆞ여 가더니 (朴公解其印綬, 急跨馬登程, 行踰蘆嶺, 至川院, 忽心動, 捨其大路, 遂取左路, 直向興德而行.) <靑邱野談 奎章 16:64>

56) 【쳔원】 圈 ((지리)) 쳔원(川院). 지금의 전북 정읍시 입암면 천원리.¶ 川院 ‖ 박공이 인슈ᄅᆞᆯ 그르고 급히 등경ᄒᆞ여 노령의 너머 쳔원의 니르러 홀연 ᄆᆞᄋᆞᆷ이 동ᄒᆞ여 그 대로ᄅᆞᆯ 바리고 좌편길노 바로 흥덕을 향ᄒᆞ여 가더니 (朴公解其印綬, 急跨馬登程, 行踰蘆嶺, 至川院, 忽心動, 捨其大路, 遂取左路, 直向興德而行.) <靑邱野談 奎章 16:64>

57) 【흥덕】 圈 ((지리)) 흥덕(興德). 지금의 전북 고창군 흥덕면.¶ 興德 ‖ 박공이 인슈ᄅᆞᆯ 그르고 급히 등경ᄒᆞ여 노령의 너머 쳔원의 니르러 홀연 ᄆᆞᄋᆞᆷ이 동ᄒᆞ여 그 대로ᄅᆞᆯ 바리고 좌편길노 비로 흥덕을 향ᄒᆞ여 가더니 (朴公解其印綬, 急跨馬登程, 行踰蘆嶺, 至川院, 忽心動, 捨其大路, 遂取左路, 直向興德而行.) <靑邱野談 奎章 16:64>

58) 【금부-도ᄉᆞ】 圈 ((관직)) 금부도사(禁府都事). 조선시대

에, 의금부에 속하여 임금의 특명에 따라 중한 죄인을 신문(訊問)하는 일을 맡아보던 종5품 벼슬.¶ 禁府都事 ‖ 그 죵놈이 일ᄌᆞ반의 입경ᄒᆞ여 그 누의게 닐으니 누의 연산긔 알왼딕 연산이 대로ᄒᆞ여 즉시 금부도ᄉᆞᄅᆞᆯ 보닉여 약을 가져 ᄉᆞᄉᆞᄒᆞ니 (其奴善步者一人, 一日半入京, 報于其妹, 其妹卽通于燕山, 燕山大怒, 卽發遣禁府都事, 持藥物, 使之賜死.) <靑邱野談 奎章 16:64>

59) 【고부】 圈 ((지리)) 고부(古阜). 지금의 전북 정읍시 고부면.¶ 古阜 ‖ 쳔원의 니르러 나쥬 하인을 만나 바공이 흥덕길노 갓단 말을 듯고 즉시 ᄯᆞ라 고부 ᄯᆞ의셔 만나 ᄉᆞ약을 ᄎᆞ마 말ᄒᆞ지 못ᄒᆞ고 (行到川院, 逢羅州下人, 知朴公由興德路行, 卽往追之, 及於古阜邑內, 不忍直言賜藥事.) <靑邱野談 奎章 16:65>

녯젹의 혼 반쪽이 잇스디 문필을 못하고 가계 쏘 빈곤하여 혹 과거보미 졉(接)을[60] 스스로 출히지 못하고 다만 친우롤 쏘라 남은 글시와 글을 어디 경권(呈券)하여 요힝으로 감시(監試) 초시(初試)롤 어더 하고 회시(會試) 장듕이 졈〻 갓가오디 문필이 업셔 관광홀 수 업고 쏘 안쟈 졍과(停科)하기도[61] 어려워 이의 【67】 혼 쟝 경초(正草)롤 닛글고 단신으로 입쟝하여 스고무친하미 챠슈(借手)도[62] 홀 길 업셔 방황하더니 홀연 보니 관셔 거벽 윤싱(尹生)이 남의 챠작(借作)하러 쟝듕의 모입(冒入)하엿거늘 일즉 면분(面分)이 잇ᄂ지라 그 졉의 가 한훤하고 왈,

"막듕쟝옥(莫重場屋)의 모입하여시니 내 만일 혼 말을 하면 일이 불측하리라."

그 거벽과 쥬인이 황겁하거늘 그 션비 왈,

"시 한 슈롤 잘 지어 날을 몬져 쥬면 내 말을 아니하리라."

거벽이 붓슬 잡아 경국의 지어쥬니 다힝이 글은 어덧스나 뼈 밧칠 길 업셔 조희롤 안고 비회홀 즈음의 마춤 글시 잘 쓰고 단문(短文)혼 재 사룸으로 상약하여 환슈(換手)코져 하엿더니 님시 낭픠하여 붓슬 잡고 고로이 읇거늘 그 자리의 나아가 몬져 초면 인스롤 펴고 동졉(同接) 낭픠 【68】 혼 일을 위로하고 말하디,

"내 글은 잇스디 샤슈(寫手) 업셔 환슈코져 혼다."

---

[60] 【졉】圖 졉(接). 글방 학생이나 과거에 응하는 유생의 동아리.¶ 接 ‖ 녯젹의 혼 반쪽이 잇스디 문필을 못하고 가계 쏘 빈곤하여 혹 과거보미 졉을 스스로 출히지 못하고 (昔有一班族, 不文不筆, 家且貧寠, 而不能自設一接.) <靑邱野談 奎章 16:66>

[61] 【졍과-하-】圖 졍과(停科)하다. 과거시험을 보지 않다.¶ 停 ‖ 회시 장듕이 졈〻 갓가오디 문필이 업셔 관광홀 수 업고 쏘 안쟈 졍과하기도 어려워 (會圖漸迫 而旣無文筆, 無以觀光, 然難於坐停.) <靑邱野談 奎章 16:66>

[62] 【챠슈】圖 챠수(借手). 남의 손을 빌어서 글을 씀.¶ 借述借筆 ‖ 이의 혼 쟝 졍초롤 닛글고 단신으로 입쟝하여 스고무친하미 챠슈도 홀 길 업셔 방황하더니 홀연 ᄲᅵ니 괴셔 거벽 유싱이 남의 차작ᄒ러 쟝듀의 모입ᄒ 엿거늘 일즉 면분이 잇ᄂ지라 (乃携一張正草, 單身入場, 四顧無親, 借述借筆, 亦無其路. 政爾彷徨, 忽見關西 巨擘有名於國中者, 爲人借述, 冒入場屋, 曾有一面於他坐矣.) <靑邱野談 奎章 16:67>

하고 가진 글을 뵌디 샤쉬 그 글을 보고 과연 거벽이믈 아라 허락하고 시권을 펴고 먹 갈아 쁠시 자조 도라보아 왈,

"내 맛당이 잘 쁠 거시니 그스이 혼 슈롤 잘 지으라."

그 션비 왈,

"낙다."

하고 초지롤 내여 초 잡는 모양으로 급히 쓰고 인하여 쏘 먹으로 일변 흐려 사룸이 못 알아보게 하고 쓰기롤 맛치미 즉시 가지고 암초(暗草)[63] 일쟝을 샤슈롤 쥬어 왈,

"내 경권하고 잠간 올 거시니 기드리라."

하고 시권을 안고 바로 디샹(臺上)으로 향하여 즘짓 뛰여 망얼기[64] 안의 드러가니 시관과 군시(軍士ㅣ) 보고 범법(犯法)이라 하여 밧비 모라너거늘 그 션비 젼냥으로 군스롤 주어 왈,

"시쇠(試所ㅣ) 비록 날을 졉으로 도로 ᄯᅩᄎ라 하셔 【69】 도 듯지 말고 날을 멀니 ᄯᅩᆺ 쟝듕의 잇지 못하게 하라."

군시 이믜 그 뇌물을 밧고 그 시관 분뷔 쏘 엄혼지라 압뒤로 ᄭᅳ어 급히 내치니 그 션비 인걸하ᄂ 톄하고 그 졉을 지날시 멀니셔 샤슈드려 닐너 굴오디,

"스이지ᄎᆞ(事已至此)하니 무가내하(無可奈何)라."

하고 인하여 쟝듕 나갓더니 방이 나미 과연 놉히 쟝원하엿ᄂ지라. 그 션비 의외 과거혼 후의 벼슬홀 뜻이 잇스디 셰력이 업고 결년이 업스미 막가내하(莫可奈何)라. 맛초와 그ᄯᅦ에 니조판셔 아뢰 시로 삼십된 독즈롤 일코 여취여광(如醉如狂)하여 민면(黽勉)하야 힝공(行公)하더니[65] 그 진신 혼 계교

---

[63] 【암쵸】圖 암초(暗草). 남몰래 시문(詩文)을 초(草)함.¶ 暗草 ‖ 쓰기롤 맛치미 즉시 가지고 암초 일쟝을 샤슈롤 쥬어 왈 내 경권하고 잠간 올 거시니 기드리라 (待寫券畢, 卽爲捲持, 仍投暗草一張於能筆人曰: "呈券後, 吾當卽還, 姑待之.") <靑邱野談 奎章 16:68>

[64] 【망얼기】圖 망얼이. 노끈으로 그물처럼 얽은 물건.¶ 網 ‖ 시권을 안고 바로 디샹으로 향하여 즘짓 뛰여 망얼기 안의 드러가니 시관과 군시 보고 범법이라 하니 밧비 모라녀기늘 (遽抱券, 直向置上, 故爲躍入於網內, 試官及軍士躍見之, 以爲犯法, 使之速逐押出.) <靑邱野談 奎章 16:68>

[65] 【힝공-하-】圖 힝공(行公)하다. 공무를 집행하다.¶ 行公 ‖ 맛초와 그ᄯᅦ에 니조판셔 아뢰 시로 삼십된 독즈

롤 내여 ᄌ셰히 탐지ᄒ여 니판 ᄋ들의 나히며 셩품과 ᄌ국(才局)과 문필과 평일 사괴여 노든 이 누고 누고와 어니 곳의 가셔 공부ᄒ든 거슬 일ᄉ히 알고 남산 아리 【70】 문쟝ᄒᄂᆫ 사롬의 집에 가 근쳥ᄒ여 뎨문(祭文) 흔 쟝을 극히 슬프게 짓고 교분과 셰의 교칠(膠漆) ᄀᆺ트여 사롬이 보면 뉘 ᄌ손인 줄 알게 ᄒ여 뎨쥬(祭酒)롤 ᄀᆺ초와 니판 업ᄂᆫ 사이의 그 집의 가 궤연에 뎨문을 닐글ᄉᆡ 오열ᄒ여 소리롤 일우지 못ᄒ고 인ᄒ여 방셩대곡ᄒ고 이통ᄒ기롤 냥구히 ᄒ다가 가니라. 그날 졔녁의 니판이 도라와 안의 들어가니 그 부인 왈,

"앗가 흔 션비 모동 모진시라 ᄒ고 망ᄋ(亡兒)의 졀친흔 친귀라 ᄒ고 뎐을 ᄀᆺ초와 뎨문ᄒ고 통곡 반향의 가더라."

ᄒ니 니판이 괴이 너겨 그 뎨문을 본즉 수빅 항이나 되고 문여필(文與筆)이[66] 다 극히 긔특흔지라 탄식ᄒ여 왈,

"우리 ᄋ히 이런 아롬다온 벗이 잇스디 내 엇지 아지 못ᄒ엿ᄂᆫ고?"

그 셰벌(世閥)을 본즉 그 가(家) 반죡(班族) 【71】 이오 년근 ᄉ십ᄒ니 경히 벼슬ᄒ염즉흔 나히라 ᄯᅩ 지샹이 집의 잇지 아니ᄒ믈 알고 그 ᄋ들 녕연의 치뎐(致奠)ᄒ니 그 지죄(志操ㅣ) 더욱 가샹ᄒ다 ᄒ고 드디여 도졍(都政)에 검의(檢擬)ᄒ여[67] 벼슬시기니라.

녀샹탁ᄉ등대뎐

롤 일코 여취여광ᄒ여 민면ᄒ야 힝공ᄒ더니 (適其時, 吏判新喪其近三十獨子, 如癡如狂, 無意榮途, 而黽勉行公.) <靑邱野談 奎章 16:69>

66) 【문여필】 图 문여필(文與筆). 문필(文筆).¶ 文筆 ‖ 니판이 괴이 너겨 그 뎨문을 본즉 수빅 항이나 되고 문여필이 다 극히 긔특흔지라 (吏判大異之, 取其祭文而見之, 則連篇屢幅, 殆過數百行, 而文筆俱極佳.) <靑邱野談 奎章 16:70>

67) 【검의-ᄒ-】 图 검의(檢擬)하다. 벼슬아치를 선발할 때에 잘 검토하고 후보자로 추천하다.¶ 檢擬 ‖ ᄯᅩ 지샹이 집의 잇지 아니ᄒ믄 알고 그 ᄋ들 녕연의 치뎐ᄒ니 그 지죄 더욱 가샹ᄒ다 ᄒ고 드디여 도뎡에 검의ᄒ여 벼슬시기니라 (且瞰宰相之不在家, 而奠于其子之靈筵者, 其志操尤可尙, 遂於都政, 排衆檢擬, 得二篊仕焉.) <靑邱野談 奎章 16:71>

呂相托辭登大闑

녀샹국(呂相國) 셩졔(聖齊)ᄂᆫ[68] 치경급뎨(治經及第)라.[69] 회시 강ᄒᄂᆫ 날 강셕(講席)의 드러가 안ᄌ니 강지(講紙) 쟝 안으로 나와 칠셔(七書) 대문(大文)을 뼈 내거늘 드디여 쥬역(周易)부터 시(詩)·셔(書)·논(論)·밍(孟)·듕용(中庸)을 다 순통ᄒ여 십ᄉ분이 되고 버금 대혹(大學)을 당ᄒ니 대혹은 젼례로 조(粗)롤[70] 쳥ᄒ여 십ᄉ분반이 된즉 급뎨ᄒᄂᆫ지라. 녀샹이 남을 ᄯᅡ라 쳥조(請粗)ᄒ지 아니ᄒ고 필야(必也) 순통ᄒ여 십뉵분을 쥰슈코져 ᄒ더니 그 강쟝(講章)을 두루 싱각ᄒ되 막연이 싱각이 나지 아니흔 【72】 논지라 시관이 여러 번 지쵹ᄒ되 죵시 개구롤 못ᄒ고 부득이 흔 계교롤 내여 대변이 급ᄒ다 ᄒ니 시관이 위군(衛軍) 일명으로 안동(眼同)ᄒ여 가 다녀오라 ᄒ니 녀샹이 측샹(厠上)의 안ᄌ 강잉ᄒ여 뒤 보는 형샹을 ᄒ며 무수이 싱각ᄒ되 맛ᄎᆞᆷ내 통치 못ᄒᄂᆫ지라 위군으로 더부러 한담셜화롤 ᄒ여 무르되,

"네 어늬 시골 군시냐?"

답왈,

"쇼인은 모읍 사롬이로쇼이다."

녀샹이 깃거 왈,

68) 【셩졔】 图 ((인명)) 셩졔(聖齊). 여셩졔(呂聖齊 1625~1691). 조선 숙종 때의 문신. 자는 희천(希天). 호는 운포(雲浦). 숙종 14년(1688)에 영의정이 되었으나 같은 해 서인으로 몰려 ᄍᆞᆺ겨났다가 복직되었다.¶ 聖齊 ‖ 녀샹국 셩졔ᄂᆫ 치경급뎨라 회시 강ᄒᄂᆫ 날 강셕의 드러가 안ᄌ니 강지 쟝 안으로 나와 칠셔 대문을 뼈 내거늘 (呂政丞聖齊, 治經及第也. 當會講之日, 入坐講席, 講紙自帳中出來, 書七大文.) <靑邱野談 奎章 16:71>

69) 【치경급뎨】 图 치경급뎨(治經及第). 조선시대에, 과거의 강경과에서 시험관이 지정하여 주는 경서의 대목을 외워서 합격한 것.¶ 治經及第 ‖ 녀샹국 셩졔ᄂᆫ 치경급뎨라 회시 강ᄒᄂᆫ 날 강셕의 드러가 안ᄌ니 강지 쟝 안으로 나와 칠셔 대문을 뼈 내거늘 (呂政丞聖齊, 治經及第也. 當會講之日, 入坐講席, 講紙自帳中出來, 書七大文.) <靑邱野談 奎章 16:71>

70) 【조】 图 소(粗). 과거를 볼 때나 서당에서 글을 읽을 때, 성적을 매기던 다섯 등급 가운데 넷째 등급.¶ 粗 ‖ 대혹은 젼례로 조롤 쳥ᄒ여 십ᄉ분반이 된즉 급뎨ᄒᄂᆫ지라 (大學例多請粗, 爲十四分半, 則卽爲及第也.) <靑邱野談 奎章 16:71>

"그 고을 기성 아모의 일홈을 아는다?"

위군 왈,

"쇼인이 과연 아옵고 쇼인을 나올 쩨예 그 기성이 편지 쥬며 부탁ᄒᆞᄃᆡ 녀셩원덕을 ᄎᆞ쟈 젼ᄒᆞ라 ᄒᆞᄃᆡ 그 덕을 몰나 젼치 못ᄒᆞ엿ᄂᆞ이다."

녀상이 ᄯᅩ 깃거 문왈,

"그 편지 어ᄃᆡ 잇ᄂᆞ뇨? 내 곳 녀셔방이로라."

위군 왈,

"ᄂᆞᆼ듕의 【73】 잇ᄂᆞ이다."

ᄒᆞ고 내여드리니 대개 녀상의 대인이 그 고을 원으로 이실 쩨여 녀상이 ᄒᆞᆫ 기성을 보왓더니 년구(年久)ᄒᆞᆫ 후의도 잇지 못ᄒᆞ여 혼연이 글을 바다본즉 과연 그 기성의 편지라. 여러 보니 만지장셔(滿紙長書)의 무비졀ᄌᆞ졍담(無非切切情談)이라. 강장 ᄉᆡᆼ각은 고샤ᄒᆞ고 기성의 편지ᄅᆞᆯ 셰셰히 보노라 반향이 지ᄂᆞᆫ지라 시관이 괴이 녀겨 다른 위군으로 ᄒᆞ여금 가 탐지ᄒᆞ여 오라 ᄒᆞ니 도라와 고ᄒᆞᄃᆡ,

"녀셩이 손의 만지장셔ᄅᆞᆯ 가져 그것만 보고 오지 아니ᄒᆞ더이다."

시관이 크게 의심ᄒᆞ야 지쵹ᄒᆞ거늘 부득이ᄒᆞ여 다시 강셕의 드러 안즈니 시관이 노왈,

"가탁(假托)ᄒᆞ여 후급(後急)ᄒᆞ다 ᄒᆞ고 나가 ᄂᆞᆼ듕의 긔록ᄒᆞᆫ 거슬 상고ᄒᆞ니 ᄉᆞ습(士習)이 히연ᄒᆞᆫ 【74】 도다 젼강장은 쓰지 못홀 거시니 다른 강장을 내리라."

셔리로 ᄒᆞ여금 강지ᄅᆞᆯ 도로 드리라 ᄒᆞ니 녀상이 거줏 민박ᄒᆞᆫ 쳬ᄒᆞ고 왈,

"간신이 긔록ᄒᆞ여 응강(應講)코져 ᄒᆞ더니 강장을 홀연 밧고니 엇지 이런 일을 ᄒᆞᄂᆞ잇가?"

시관이 강장을 밧고와 내여 강을 지쵹ᄒᆞ니 녀상이 ᄌᆞ리 실ᄌᆡ(實才)라 ᄒᆞᆫ 장은 우연이 긔록지 못ᄒᆞ엿거니와 다른 장은 엇지 통치 못홀 니 잇스리오? 드듸여 ᄒᆞᆫ 숨의 달숑(達誦)ᄒᆞ니 만좨 칭션ᄒᆞᄂᆞᆫ지라 드듸여 십눈[뉵]분으로 놉히 과거ᄒᆞ고 그 후의 벼술이 경승의 니르니라.

대영젼의셩슈졈풍
貸營錢義城倅占風

【1】 니익졔(李益蓍 1) 의셩(義城) 원(員)이 되여 일ㄹ은 연음(宴飮)ㅎ민 쩌ㅁ즘1) 하졀(夏節)이라 홀연 일진풍이 지나가거늘 익졔 급히 연셕을 걷고 영문의 가 남창젼(南倉錢)2) 오쳔 냥을 슌샹의게 꾸이길을 쳥ㅎ여 뼈 모믹(牟麥)을3) 무역홀시 쩌의 모믹이 대등(大登)ㅎ여4) 갑시 지쳔(至賤)ㅎ거늘 무믹

<hr>

1) 【쩌-ㅁ즘】 田 째마침.¶ 時 ∥ 니익졔 의셩 원이 되여 일ㄹ은 연음ㅎ민 쩌ㅁ즘 하졀이라 홀연 일진풍이 지나가거늘 (李益蓍以義城宰, 一日宴飮, 時當夏節. 忽有一陣風過去.) <靑邱野談 奎章 17:1>

2) 【남창-젼】 图 남창젼(南倉錢). 조선후기에, 금위영과 어영청, 균역청에 딸린 창고의 돈.¶ 南倉錢 ∥ 익졔 급히 연셕을 걷고 영문의 가 남창젼 오쳔 냥을 슌샹의게 꾸이길을 쳥ㅎ여 뼈 모믹을 무역홀시 (益蓍急撤樂, 而作營行, 見巡使, 請貸南倉錢五千兩, 以貿牟麥.) <靑邱野談 奎章 17:1>

3) 【모믹】 图 ((곡식)) 모맥(牟麥). 밀과 보리.¶ 牟麥 ∥ 익졔 급히 연셕을 걷고 영문의 가 남창젼 오쳔 냥을 슌샹의게 꾸이길을 쳥ㅎ여 뼈 모믹을 무역홀시 (益蓍急撤樂, 而作營行, 見巡使, 請貸南倉錢五千兩, 以貿牟麥.) <靑邱野談 奎章 17:1>

4) 【대등-ㅎ-】 图 대등(大登)하다. 큰 풍년이 들다.¶ 人登 ∥ 쩌의 모믹이 대등ㅎ여 갑시 지쳔ㅎ거늘 무믹ㅎ여 각동의 봉치ㅎ고 동임으로 ㅎ여금 슈직ㅎ니라 (時大登, 價至賤, 貿麥而封置各洞, 使洞任守直矣.) <靑邱野談 奎章 17:1>

(貿麥)ㅎ여 각동(各洞)의 봉치(封置)ㅎ고 동임(洞任)으로 ㅎ여금 슈직(守直)ㅎ니라. 칠월 초야의 홀연 잠을 씨여 관동(官童)을 블너 후원의 풀닙흘 쓰오라 ㅎ여 보고 골오디,

"그러코 그러ㅎ다."

ㅎ더니 잇튿날 앗춤의 본즉 엄상(嚴霜)이 크게 나려 초목이 다 말으니 이 ㄱ을의 녕남 일도의 들에 쳥쵀 업셔 인ㅎ여 【2】 격디(赤地) 된지라. 넙읍이 셜진(設賑)ㅎ민 곡개(穀價 l) 등용(登踊)ㅎ여 모믹 일셕(一石) 갑시 초하(初夏)의는 삼ㅅ 냥의 지나지 아니ㅎ더니 그 가울의논 일셕 갑시 삼십여 냥의 니른지라. 익졔 그 봉치ㅎ 모믹으로뼈 진휼의 쟈뢰롤 삼고 쏘 발매ㅎ여 남창젼을 여수히 비보(裨補)ㅎ니5) 익졔 대개 졈풍(占風)ㅎ는6) 술법이 잇더라. 그 후의 닌읍으로 올므미 됴현명(趙顯命)이 그쩌예 슌샹이라 익졔 일이 잇셔 가 볼시 빈발(鬢髮)이 경계치 못ㅎ여 머리틸이 조금 망건 밧긔 드러낫더니 믈너가미 슌샹이 슈비(隨陪)롤 나입ㅎ여 거죄 틱만ㅎ므로뼈 수죄(數罪)ㅎ니 익졔 다시 뵈물 쳥ㅎ여 들어와 샤죄ㅎ고 왈,

"하관이 나히 늙고 긔운이 쇠ㅎ여 빈발을 미쳐 경계히 못ㅎ와 상관의게 견과(見過)ㅎ니 지죄ㅈㅈ(知罪知罪)라. 【3】 이ㄱ치 ㅎ고 엇지 공직(供職)ㅎ리오?7) 원컨디 계파(啓罷)ㅎ쇼셔."8)

<hr>

5) 【비보-ㅎ-】 图 비보(裨補)하다. 보충하다.¶ 報 ∥ 익졔 그 봉치ㅎ 모믹으로뼈 진휼의 쟈뢰롤 삼고 쏘 발매ㅎ여 남창젼을 여수히 비보ㅎ니 익졔 대개 졈풍ㅎ는 술법이 잇더라 (益蓍以其麥作賑資, 而又發賣報南倉錢如數. 盖有占風之術也.) <靑邱野談 奎章 17:2>

6) 【졈풍-ㅎ-】 图 졈풍(占風)하다. 바람을 점치다. 바람의 변화를 보고 길흉을 추측하는 것.¶ 占風 ∥ 익졔 그 봉치ㅎ 모믹으로뼈 진휼의 쟈뢰롤 삼고 쏘 발매ㅎ여 남창젼을 여수히 비보ㅎ니 익졔 대개 졈풍ㅎ는 술법이 잇더라 (益蓍以其麥作賑資, 而又發賣報南倉錢如數. 盖有占風之術也.) <靑邱野談 奎章 17:2>

7) 【공직-ㅎ-】 图 공직(供職)하다. 공직을 맡다.¶ 供職 ∥ 하관이 나히 늙고 긔운이 쇠ㅎ여 빈발을 미쳐 경계히 못ㅎ와 상관의게 견과ㅎ니 지죄ㅈㅈ라 이ㄱ치 ㅎ고 엇지 공직ㅎ리오 원컨디 계파ㅎ쇼셔 (下官年老氣衰, 鬢髮未及整, 見過於上官, 知罪知罪. 如是而何可供職乎? 惟願啓罷.) <靑邱野談 奎章 17:3>

8) 【계파-ㅎ-】 图 계파(啓罷)하다. 내어좇도록 아뢰다.¶ 啓罷 ∥ 하관이 나히 늙고 긔운이 쇠ㅎ여 빈발을 미쳐 경계히 못ㅎ와 상관의게 견과ㅎ니 지죄ㅈㅈ라 이ㄱ치 ㅎ고 엇지 공직ㅎ리오 원컨디 계파ㅎ쇼셔 (下官年老

순시 골오딕,

"앗가일노뼈 이 말숨을 ᄒᆞ시ᄂᆞ니잇가? 이 불과 쳬례간(體例間) 일이라 엇지 이러툿 ᄒᆞ시ᄂᆞ뇨?"

익졔 골오딕,

"하관이 상관 셤기ᄂᆞᆫ 쳬례ᄅᆞᆯ 아지 못ᄒᆞ온즉 엇지 일ᄂ이나 거관(居官)ᄒᆞ리오 스속(斯速)히 계파ᄒᆞ미 가ᄒᆞ니이다."

순시 골오딕,

"이ᄀᆞᆺ치 아닐 거시니이다."

익졔 골오딕,

"시되(使道ㅣ) 하관으로 ᄒᆞ여금 희거(駭擧)ᄅᆞᆯ 짓게 ᄒᆞ시니 진실노 개연ᄒᆞ도다."

ᄒᆞ고 하예ᄅᆞᆯ 불너 골오딕,

"내 갓과 도포ᄅᆞᆯ 가져오라."

인ᄒᆞ여 모대ᄅᆞᆯ 벗고 인부(印符)ᄅᆞᆯ 글너 순스의 압힉 노코 크게 꾸지져 왈,

"내 픠부(佩符)ᄒᆞ연 고로 네게 굴슬(屈膝)ᄒᆞ미러니 이졘즉 인뷔 업스니 네 내 고인(故人)의 ᄌᆞ식이 아니냐? 내 네 아비로 죽마고괴(竹馬故交ㅣ)라 ᄌᆞ쇼(自少)로 동ᄒᆞ홀 졔 벼개ᄅᆞᆯ 혼가지로 ᄒᆞ고 [4] 누어 언약ᄒᆞ딕 몬져 취쳐ᄒᆞᄂᆞᆫ 쟈ᄂᆞᆫ 신부의 명ᄌᆞᄅᆞᆯ 아라 셔로 젼ᄒᆞ쟈 ᄒᆞ엿더니 네 아비 몬져 취쳐ᄒᆞ미 네 어미 명ᄌᆞ로뼈 내게 와 젼ᄒᆞ니 말소릭 오히려 귀예 잇ᄂᆞᆫ지라. 네 아비 이믜 몰ᄒᆞᆷ으로뼈 날 딕졉ᄒᆞ미 이의 니르니 이ᄂᆞᆫ 네 아비ᄅᆞᆯ 넛ᄂᆞᆫ 불초지(不肖子ㅣ)라. 내 빈발의 부졍ᄒᆞ미 무슴 상하관 쳬례의 관계ᄒᆞ리오? 내 노물(老物)이 죽지 아니코 구복(口腹)의 누(累)로뼈 너의 하관이 되엿스니 네 만일 네 망부ᄅᆞᆯ 조금이나 성각ᄒᆞᆫ즉 감히 이ᄀᆞᆺ치 못ᄒᆞᆯ지라 너ᄂᆞᆫ 구쳬(狗彘)만 ᄀᆞᆺ지 못ᄒᆞ도다."

언파의 넝쇼ᄒᆞ고 표연이 나가니 순시 반향이나 말이 업다가 하쳐의 ᄯᆞ라 니르러 근쳥ᄒᆞ여 골오딕,

"존쟝이ᄂ 무슴 거죄시니잇고? 시싱이 파연 만ᄂ 그릇ᄒᆞ엿스오니 지죄ᄂᄂ라. 업딕여 바라건디 [5] 용셔ᄒᆞ쇼셔. 관직 거취ᄅᆞᆯ 엇지 경히 ᄒᆞ시리잇가?"

익졔 골오딕,

"하관이 상관을 즐욕ᄒᆞ고 무슴 안면으로 다시 ᄂᄂ마을 딕ᄒᆞ리오?"

인ᄒᆞ여 옷슬 썰치고 니러나니 마지 못ᄒᆞ여 계

氣衰, 鬚髮未及整, 見過於上官, 知罪知罪. 如是而何可供職乎? 惟願啓罷.) <靑邱野談 奎章 17:3>

파ᄒᆞ니라.

득거산계쥬빅양병
得巨産濟州伯佯病

녯 흔 무변(武弁)이 션젼관(宣傳官)으로 춘당딕(春塘臺)예 시위ᄒᆞ여 시샤(試射)ᄒᆞᆯ시[9] 그ᄯᆔ ᄆᆞ춤 졔쥬목ᄉᆞ(濟州牧使) 파직 쟝계 든지라 인ᄒᆞ여 동뇨(同僚)ᄃᆞ려 골오딕,

"내 만일 졔쥬목이 되면 엇지 만고 션치(善治)와 텬하 대탐(大貪)을 못ᄒᆞ리오?"

동뇨 그 우치(愚癡)ᄒᆞᆷ믈 웃더라. 샹이 ᄆᆞ춤 드르시고 하순(下詢)ᄒᆞ시딕,

"뉘 이 말을 발ᄒᆞ뇨?"

무변이 감히 긔망치 못ᄒᆞ여 인ᄒᆞ여 복디ᄒᆞ고 알외딕,

"이ᄂᆞᆫ 쇼신의 말슴이로쇼이다."

샹이 골 [6] ᄋᆞ샤딕,

"만고 션치면 엇지 대탐ᄒᆞᆯ 니 잇스며 텬하 대탐이면 엇지 션치ᄒᆞᆯ 니 잇스리오?"

무변이 부복 디왈,

"ᄌᆞ연 그 슐이 잇ᄂᆞ이다."

샹이 우으시고 인ᄒᆞ여 특교(特敎)로 졔쥬목을 초비(超拜)ᄒᆞ시고 하교ᄒᆞ시딕,

"네 가셔 만고 션치와 텬하 대탐을 ᄒᆞ라. 그러치 아니면 망언ᄒᆞᆫ 죄를 면치 못ᄒᆞ리라."

무변이 승명ᄒᆞ고 믈너 진말(眞末)을[10] 만히 무역ᄒᆞ여 치ᄌᆞ(梔子)믈을 드려 농속의 너허 셰 바리ᄅᆞᆯ 민들고 그 외ᄂᆞᆫ 의복짐 ᄲᅮᆫ이라. 샤표ᄒᆞ고 발힝ᄒᆞ

---

9) 【시샤-ᄒᆞ-】 囹 시사(試射)하다. 활을 잘 쏘는 사람을 시험 보아 뽑다.¶ 試射 ‖ 녯 흔 무변이 션젼관으로 춘당딕에 시위ᄒᆞ여 시샤ᄒᆞᆯ시 그ᄯᆔ ᄆᆞ춤 졔쥬목ᄉᆞ 파직 쟝계 든지라 (古有一武弁, 以宣傳官侍衛於春塘臺試射, 時濟牧罷狀.) <靑邱野談 奎章 17:5>

10) 【진말】 囹 ((음식)) 진말(眞末). 밀가루.¶ 眞麥末 ‖ 무변이 승명ᄒᆞ고 믈너와 진말을 만히 무역ᄒᆞ여 치ᄌᆞ믈을 드려 농속의 너허 셰 바리ᄅᆞᆯ 민들고 그 외ᄂᆞᆫ 의복짐 ᄲᅮᆫ이라 (武弁承命而退其家, 多貿眞麥末, 染以梔子水, 盛于大籠中, 作三駄, 而餘外但衣服封而已.) <靑邱野談 奎章 17:6>

니 다만 겸죵(傔從) 일인이 슈힝ᄒ고 도임 후 송ᄉ 롤 공평이 ᄒ고 됴셕 공궤 외예 일비쥬롤 나오지 아니ᄒ고 월늠을 다 혁폐(革弊)예 붓치고 토지 쇼산 을 ᄒ나토 췩ᄒ 비 업고 이ᄀᆞᆾ치 일년이 지나미 니 민이 다 칭송ᄒ여 닐으디 셜읍(設邑) 후 처음 오신 쳥빅니(淸白吏)라 【7】 ᄒ여 셔로 하례ᄒ고 녕힝금지 (令行禁止)ᄒ여11) 일경이 안연ᄒ더니 일ᄉᆞᆯ은 홀연 신병이 잇다 ᄒ고 신음ᄒ기롤 슈일의 병셰 즁ᄒ지 라 음식을 젼폐ᄒ고 문을 닷고 안쟈 통셩(痛聲)이 부졀ᄒ니 향쇼(鄕所)와 니교비 삼시로 문후ᄒ디 그 낫츨 어더보지 못ᄒ니 듕군(中軍)과 밋 슈향(首鄕) 이 곤결ᄒ여 ᄀᆞᆯ오디,

"병환이 무슨 빌믠 줄 모로오나 추읍의 ᄯᅩᄒᆞᆫ 의약이 잇스오니 엇지 진믹ᄒ여 치료치 아니ᄒ시ᄂᆞ 니잇고?"

태쉬 냥구의 강잉ᄒ여 소리ᄒ여 ᄀᆞᆯ오디,

"내 쇼시로 이 병증을 어더 내 셰업이 다 약 치의 탕픽(蕩敗)ᄒ지라 근 이십 년의 다시 발작지 아니ᄒ니 ᄯᅳᆺ에 거근(去根)ᄒ다 닐넛더니 이졔는 가 히 치료홀 도리 업ᄉ니 다만 죽을 ᄯᆞ롬이로다."

졔인이 무러 ᄀᆞᆯ오디,

"이 무슴 증이며 약뇨(藥料)는12) 무슨 물이니 잇고? 스도 【8】 병환이 ᄉᆞ ᄀᆞᆾ시니 무론읍촌ᄒ고 비록 다리롤 버히고 살을 싹가도 앗길 비 업습고 승텬입디(昇天入地)홀지라도 반ᄃᆞ시 약이(藥餌)롤 구ᄒ오리니 원컨디 약을 ᄀᆞ로치쇼셔."

태쉬 ᄀᆞᆯ오디,

"내의 병은 풍단독긔(風丹毒氣)오13) 약은 우

---

11) 【녕힝금지-ᄒᆞ-】圖 영행금지(令行禁止)하다. 명령에 따라 움직이고 멈춘다. 사람들이 법령을 잘 따르고 지 키는 것을 이른다.¶ 令行禁止 ‖ 이ᄀᆞᆾ치 일년이 지나미 니민이 다 칭송ᄒ여 닐으디 셜읍 후 처음 오신 쳥빅 니라 ᄒ여 셔로 하례ᄒ고 녕힝금지ᄒ여 일경이 안연 ᄒ더니 (如是過了一年, 吏民皆愛戴稱, 以設邑後, 初有 之淸白吏, 行行禁止, 一境晏如.) <靑邱野談 奎章 17:7>

12) 【약뇨】圖 ((의약)) 약료(藥料). 약 짓는 재료.¶ 藥 ‖ 이 무슴 증이며 약뇨는 무슨 물이니잇고 (何症, 而藥 是何料?) <靑邱野談 奎章 17:7>

13) 【풍단독긔】圖 ((질병)) 풍단독기(風丹毒氣). 피부의 헌 데나 다친 곳으로 세균이 들어가서 열이 높아지고 얼 굴이 붉어지며 붓게 되어 궁창, 동동을 일으키는 서녀 병.¶ 丹毒 ‖ 내의 병은 풍단독긔오 약은 우황이니 우 황 몃십 근을 쩍을 민드라 일신을 두루 ᄲᅩ미기롤 미 일 삼ᄉᆞ츠식 시로 가라붓쳐 이ᄀᆞᆾ치 ᄉᆞ오일이면 ᄎᆞ도 롤 어드니 (此病卽丹毒也. 藥則牛黃也. 以牛黃幾十斤

황(牛黃)이니 우황 몃십 근을 쩍을 민드라 일신을 두루 ᄲᅩ미기롤 미일 삼ᄉᆞ츠식 시로 가라붓쳐 이ᄀᆞᆾ 치 ᄉᆞ오일이면 ᄎᆞ도롤 어드니 내 가계 요부ᄒ더니 이 연고로뼈 치픽(致敗)ᄒ엿스니 이졔 어니 곳의 다 시 우황을 어더붓치랴?"

졔인이 ᄀᆞᆯ오디,

"ᄎᆞ읍 쇼산을 구ᄒᆞ미 지이(至易)ᄒ다."

ᄒ고 슈향이 각 면의 젼령ᄒ여 뼈 ᄒ디,

"스도 병환이 가히 나으실 방되 잇슨즉 우리 비(輩) 진실노 갈녁ᄒ여 구홀 거시어늘 허믈며 이 약은 읍산(邑産)이라 귀치 아니ᄒ니 대쇼 민인이 불 계다 【9】 쇼(不計多少)ᄒ고 잇는 디로 드리라."

ᄒ니 민인이 녕을 듯고 다토와 몬져 드리니 일ᄉᆞ지니(一日之內)예 부지긔빅근(不知幾百斤)이라. 겸죵이 일변 바다 농의 너코 시러온 바 치ᄌᆞ쪅을 뼈 밧고와 붓치고 미일 그 쩍을 그릇셰 담아 ᄯᆞ의 무더 ᄀᆞᆯ오디,

"사롬이 혹 갓가이 ᄒ면 독긔 ᄡᅩ이여 면목이 반ᄃᆞ시 상ᄒ니 가히 갓가이 말나."

ᄒ고 이ᄀᆞᆾ치 ᄒᆞᆫ 오륙일의 병셰 득ᄎᆞ(得差)ᄒ 여 인ᄒᆞ야 나러 일을 보미 념공(廉公)ᄒᆞ미 더옥 극 ᄒ더라.

과만(瓜滿)ᄒ여 체귀(遞歸)ᄒᆞ미 졔인이 비롤 셰워 송덕ᄒᆞ니라. 샹경 후 우황을 척미(斥賣)ᄒ여 누쳔금을 어드니 대개 졔쥬 쇠 열이면 우황 든 쟤 팔귀라. 이런 고로 우황이 지쳔ᄒ니 무변이 ᄉᆞ 묘리 롤 알고 미리 치ᄌᆞ쪅을 쟉만ᄒ여 이 술을 힝ᄒ니 관예(官隸) 감히 갓가이 못ᄒ고 멀니 보미 누른 【10】 거술 우황으로 알미러라. 그 후 ᄌᆞ샹(自上)으로 무르신디 무변이 실샹으로 디ᄒ니 샹이 죄치 아니 ᄒ시고 능ᄒᆞᆷ을 칭ᄒ시더라.

교ᄋ동ᄒᆡ인승위ᄉ
敎衙童海印僧爲師

합쳔고슈(陝川郡守) 모의 ᄂᆞ니 늇십에 다만 일ᄌᆞ 잇스니 닉익(溺愛)ᄒᆞᆫ 탓스로 교훈을 엄히 못ᄒ

作餠, 遍裹一身, 每日三四次, 付新藥. 如是四五日則加 療.) <靑邱野談 奎章 17:8>

여 십삼의 니르더 일ᄌᆞ무식(一字無識)이러니 히인ᄉᆞ
(海印寺)의 ᄒᆞᆫ 대시 잇셔 ᄌᆞ젼(自前)으로 친숙ᄒᆞ여
아듕(衙中)의 왕닉ᄒᆞ더니 일ᄅᆞᆫ은 와 본슈(本倅)ᄅᆞᆯ
보고 골오디,

"도령이 거의 셩동(成童)이로디 오히려 입ᄒᆞᆨ지
못ᄒᆞ엿ᄉᆞ오니 쟝ᄎᆞᆺ 엇지ᄒᆞ시려ᄂᆞ닛가?"

본슈 골오디,

"비록 ᄀᆞᄅᆞ치고져 ᄒᆞ나 듯지 아니ᄒᆞ니 ᄎᆞ마
달초(撻楚)치 못ᄒᆞ여 이예 니르러 김히 한ᄒᆞ노라."

대시 왈,

"ᄉᆞ부가(士夫家) ᄌᆞ뎨 져머셔 실ᄒᆞᆨ(失學)ᄒᆞ면
쟝ᄎᆞᆺ 셰샹의 바린 사름이 되ᄂᆞ니 견혀 【11】 ᄌᆞ인
(慈愛)만 일삼고 ᄒᆞᆨ공(學工)을 힘쓰지 아니ᄒᆞ미 가
ᄒᆞ니잇가? 그 인믈 범빅이 가히 ᄒᆞ여[염]족ᄒᆞ디 이
찌것 포기ᄒᆞ미 심히 가셕ᄒᆞ오니 쇼승이 쟝ᄎᆞᆺ 훈ᄒᆞᆨ
(訓學)고져 ᄒᆞ노이다."

본슈 골오디,

"블감쳥(不敢請)이언뎡 고쇼원(固所願)이라. 대
시 만일 교훈ᄒᆞ여 히몽(解蒙)ᄒᆞ게 ᄒᆞᆫ즉 엇지 만힝
(萬幸)이 아니리오?"

대시 골오디,

"그러ᄒᆞᆫ즉 ᄒᆞᆫ 일을 질졍홀 거시 잇스니 셩살
(生殺)을 임의로 ᄒᆞ여 엄닙과졍(嚴立課程)홀 ᄯᅳᆺ으로
문긔(文記)ᄅᆞᆯ 지어 답인(踏印)ᄒᆞ와 쇼승을 쥬시고
ᄯᅩ ᄒᆞᆫ 번 산문의 보닌 후ᄂᆞᆫ 한등닉(限等內)ᄒᆞ고 관
예지비(官隷之輩)ᄅᆞᆯ 샹통치 말아 은졍을 버힌 후 가
히 ᄒᆞᆨ업을 젼일히 홀 거시오 의식은 쇼승이 담당ᄒᆞ
오리니 관개 쇼승의 말을 허ᄒᆞ시리잇가?"

본슈 골오디,

"그리ᄒᆞ리라."

문긔(文記)ᄅᆞᆯ ᄡᅥ 쥬고 즉일의 ᄋᆞ히ᄅᆞᆯ 산 【1
2】 ᄉᆞ(山寺)의 보닉여 쯘코 샹통치 아니ᄒᆞ니라.

기ᄋᆞ(其兒ㅣ) 샹산(上山) 후로 도랑방ᄌᆞ(跳踉
放恣)ᄒᆞ여14) 노승을 만모(慢侮)ᄒᆞ여 즐욕ᄒᆞ고 타협
(打頰)ᄒᆞ기ᄅᆞᆯ ᄒᆞ지 아닐 비 업스디 대시 시약블견
(視若不見)ᄒᆞ고 뎌의 ᄒᆞᄂᆞᆫ디로 두워 ᄉᆞ오일은 지난
후 평도의 대시 옷술 졍졔히 ᄒᆞ여 최상을 더ᄒᆞ고
ᄭᅮ러 안즈니 뎨ᄌᆞ 삼ᄉᆞ십인이 뫼셔 안져 위의 졍숙

ᄒᆞ더라. 대신 인ᄒᆞ여 ᄒᆞᆫ 샹ᄌᆞ승을 명ᄒᆞ여 궐동(厥
童)을 잡아오라 ᄒᆞ니 궐동이 일변 호곡ᄒᆞ고 일변
후욕(詬辱)ᄒᆞ여 골오디,

"네 승도로셔 감히 냥반을 업슈이 너기ᄂᆞ뇨?
도라가 대인긔 고ᄒᆞ여 너의ᄅᆞᆯ 타살ᄒᆞ리라."

ᄒᆞ고 한ᄉᆞ(限死)ᄒᆞ여 오지 아니ᄒᆞ거ᄂᆞᆯ 대시
쇼리ᄅᆞᆯ 민이 ᄒᆞ여 졔승을 호령ᄒᆞ여 결박ᄒᆞ라 ᄒᆞ니
졔승이 궐동을 결박ᄒᆞ여 왓거ᄂᆞᆯ 대시 슈긔(手記)ᄅᆞᆯ
내야 뵈여 골오디,

【13】 "너의 대인이 이롤 ᄡᅥ 날을 쥬니 이졔
조차 네 명(命)이 내 손의 잇ᄂᆞᆫ지라. 네 ᄉᆞ부가 ᄌᆞ
뎨로 블ᄒᆞᆨ무식(不學無識)ᄒᆞ고 견혀 픽악(悖惡)을 일
삼으니 살아 무엇ᄒᆞ리오? ᄎᆞ습(此習)을 바리지 아니
면 쟝ᄎᆞᆺ 네 문호ᄅᆞᆯ 망케 ᄒᆞ리니 아모커나 내 벌을
바드라."

ᄒᆞ고 인ᄒᆞ여 숑곳 ᄭᅩᆺᄒᆞᆯ 블의 달와 두 다리ᄅᆞᆯ
지르니 궐동이 혼식(昏塞)ᄒᆞ기ᄅᆞᆯ 반향의 ᄭᅢ여나니
대시 ᄯᅩ 지ᄅᆞ려 ᄒᆞ거ᄂᆞᆯ 궐동이 이걸ᄒᆞ여 골오디,

"일노조차 대ᄉᆞ의 명ᄒᆞ시ᄂᆞᆫ디로 조ᄎᆞ리니 업
더여 빌건디 다시 지ᄅᆞ지 말으쇼셔."

대시 숑곳슬 잡고 ᄭᅮ지즈며 달닉기를 식경 후
노코 압히 갓가이 안치고 몬져 쳔ᄌᆞ문(千字文)으로
ᄀᆞᄅᆞ쳐 일과ᄅᆞᆯ 졍ᄒᆞ여 닑히디 조금도 쉽지 못ᄒᆞ게
ᄒᆞ니 이 ᄋᆞ회 나히 이믜 쟝셩ᄒᆞ고 지각이 겸ᄉᆞ나
ᄒᆞ ᄒᆞ나홀 드르면 【14】 열을 아라 ᄉᆞ오삭 간의 쳔
ᄌᆞ 통ᄉᆞ(通史)ᄅᆞᆯ 다 비호고 일년지닉예 ᄉᆞ셔(四書)
ᄅᆞᆯ 통달ᄒᆞ고 삼년지간의 삼경(三經)을 녁남(歷覽)ᄒᆞ
고 외가셔(外家書)ᄅᆞᆯ 무블통지(無不通知)ᄒᆞ여 문리
의 경연ᄒᆞ미 노ᄉᆞ숙유(老士宿儒ㅣ)라도 밋지 못ᄒᆞᆯ지
라. 산사의 머믄 삼 년의 미양 글 닑을 쩌예 홀노
ᄆᆞ음의 말ᄒᆞ디 '내 ᄉᆞ부로 이 산승의게 슈욕ᄒᆞ믄
다 블ᄒᆞᆨ 쇼치라 내 쟝ᄎᆞᆺ 공부ᄅᆞᆯ 힘뼈 등과 후의 반
ᄃᆞ시 ᄎᆞ승을 타살ᄒᆞ여 금일 한을 셜치(雪恥)ᄒᆞ리라.'
ᄒᆞ여 일념의 미쳐여 더욱 부즈런이 ᄒᆞ니 이러므로
남에셔 십비나 공부ᄅᆞᆯ 더ᄒᆞ더라.

일일은 대시 골오디,

"네 공뷔 넉ᄌᆞ히 과유(科儒)의 쇼임을 홀 거시
니 명일은 가히 날과 홈끠 산의 ᄂᆞ려가리라."

ᄒᆞ고 익일의 드리고 아듕의 도라와 골오디,

"귀윤(貴胤)이 ᄌᆞ졔즉 문ᄉᆞ(文辭ㅣ) 개진ᄒᆞ여
등 【15】 과 ᄒᆞᆨ 두 분임(文任)을 가히 니ᄅᆞᆫ씨게 ᄉᆞᆫ일지
아니리이다. 쇼승이 일노조차 하딕ᄒᆞ노이다."

궐동을 니별ᄒᆞ고 가니라. 본슈 쳬귀(遞歸)ᄒᆞᆫ

---

14) 【ᄃᆞ랑방ᄌᆞ-ᄒᆞ-】 [헝] 도랑방자(跳踉放恣)하나. 행동이나
생각하는 것이 제멋대로이다.¶跳踉∥기ᄋᆞ 샹산 후로
도랑방ᄌᆞᄒᆞ여 노승을 만모ᄒᆞ여 즐욕ᄒᆞ고 타협ᄒᆞ기ᄅᆞᆯ
ᄒᆞ지 아닐 비 업스디 (其兒上山之後, 左右跳踉, 慢侮
老僧, 辱之類之, 無所不爲.) <靑邱野談 奎章 17:12>

후 ᄌᆞ혼(子婚)을 명ᄒᆞ여 셩인(成因)ᄒᆞ고 과쟝의 츌
입ᄒᆞ여 삼 년 후 등과ᄒᆞ고 수십 년 간의 녕빅(嶺伯)
이 되매 크게 깃거ᄒᆞ여 뼈 ᄒᆞ되,

"내 이졔논 가히 ᄒᆡ인ᄉᆞ(海印寺) 노승을 타살
ᄒᆞ야 향일(嚮日) 분을 풀리라."

ᄒᆞ고 도임 후 즉시 순녀 날ᄉᆡ 형구를 신칙ᄒᆞ
고 집쟝(執杖) 잘ᄒᆞ는 쟈 삼ᄉᆞ인을 ᄀᆞᆯᄒᆡ여 뒤히 좃
게 ᄒᆞ고 힝ᄒᆞ여 ᄒᆡ인ᄉᆞ의 니르러는 노승이 졔승을
거ᄂᆞ리고 노좌(路左)의 지영(祇迎)ᄒᆞ거늘 순상(巡相)
이 보고 인ᄒᆞ여 ᄡᅡᆼ교의 ᄂᆞ려 비영ᄒᆞ고 공경ᄒᆞ며 깃
분 ᄆᆞᄋᆞᆷ을 금치 못ᄒᆞ니 노승이 흔연이 우어 ᄀᆞᆯ오되,

"노믈이 다힝히 죽지 아니코 순ᄉᆞ 위의를 [1
6] 보니 이만 다힝ᄒᆞᆷ이 업도다."

순ᄉᆞ ᄀᆞᆯ오되,

"쇼ᄌᆞ의 이리 되오미 다 존ᄉᆞ의 교훈ᄒᆞ신 은
덕이라 이졔 뵈오미 도로혀 죄 만ᄒᆞ이다."

인ᄒᆞ여 사듕의 드러가니 노승이 월방(越房)을
ᄀᆞᄅᆞ쳐 ᄀᆞᆯ오되,

"이 방은 곳 순ᄉᆞ의 향년 공부ᄒᆞ든 방이라 금
야의 햐쳐를 그리로 옴겨 노승으로 더브러 동침ᄒᆞ
미 무방ᄒᆞ니이다."

순ᄉᆞ 허ᄒᆞ니 밤이 깁흔 후 노승이 무르되,

"그ᄃᆡ ᄋᆞ시 슈혹ᄒᆞᆯ ᄯᅢ예 반ᄃᆞ시 노승을 타살
코져 ᄒᆞ는 ᄆᆞᄋᆞᆷ이 잇더냐?"

ᄀᆞᆯ오되,

"그러ᄒᆞ더이다."

승이 ᄀᆞᆯ오되,

"등과로부터 녕빅의 니르히 다 이 ᄆᆞᄋᆞᆷ이 잇
더냐?"

ᄀᆞᆯ오되,

"그러ᄒᆞ더이다."

승이 ᄯᅩ ᄀᆞᆯ오되,

"순력 ᄯᅢ예 ᄯᅩ 타살ᄒᆞᄆᆞᆯ ᄆᆞᄋᆞᆷ의 밍셰ᄒᆞ엿ᄂᆞ
냐?"

ᄀᆞᆯ오되,

"과연 그러ᄒᆞ여이다."

승이 ᄀᆞᆯ오되,

"그러면 그 [17] ᄃᆡ 엇지 타살치 아니코 도로
혀 관곡ᄒᆞ뇨?"

순ᄉᆞ ᄀᆞᆯ오되,

"한심(恨心)을 닛지 못ᄒᆞᆯ리니 밋 대ᄉᆞ를 ᄃᆡ
ᄒᆞ미 이 ᄆᆞᄋᆞᆷ이 소삭(消索)ᄒᆞ고 흔열(欣悅)ᄒᆞ온 ᄆᆞ
ᄋᆞᆷ이 소사ᄂᆞ더이다."

승이 ᄀᆞᆯ오되,

"내 이믜 헤아리미라. 그ᄃᆡ 쟉위 가히 큰 벼
슬의 니르리니 모년월일의 긔영(箕營) 안졀(安節)ᄒᆞᆯ
ᄯᅥ예 노승이 맛당히 샹ᄌᆞ를 보닐 거시(니) 그ᄃᆡ 반
ᄃᆞ시 노승을 본ᄃᆞ시 더브러 년침ᄒᆞ미 가ᄒᆞ니 모ᄅᆞ
미 닛지 말나."

순ᄉᆞ 허락ᄒᆞ니라. 노승이 ᄯᅩᄒᆞᆫ 조희를 ᄂᆡ여
ᄀᆞᆯ오되,

"이는 노승이 그ᄃᆡ를 위ᄒᆞ여 평성을 츄슈(推
數)ᄒᆞ미니 향년 긔허(幾許)와 쟉위 긔품(幾品)이 다
이예 소연(昭然)ᄒᆞ니라."

순ᄉᆞ 유유 ᄒᆞ고 익일의 미포젼곡(米布錢穀)을
만히 슈운ᄒᆞ여 슈혹ᄒᆞᆫ 은혜를 갑고 가니라.

그 후 과연 긔빅(箕伯)이[15] 되엿더니 일일은
혼재(閽者ㅣ)[16] 고ᄒᆞ[18]여 ᄀᆞᆯ오되,

"녕남 합쳔 ᄒᆡ인ᄉᆞ 승이 와 뵈고져 ᄒᆞᄂᆞ이다."

순ᄉᆞ 황연히 ᄭᆡ닷고 곳 블너드려 소미를 잡고
무릅흘 졉ᄒᆞ여 대ᄉᆞ의 안부를 뭇고 셕반을 년샹ᄒᆞ
고 밤의 ᄯᅩ 동침ᄒᆞᆯᄉᆡ 경이 깁흔 후 방이 과히 더워
순ᄉᆞ 침셕을 옴겨 밧고와 누엇더니 혼몽 듕의 믄득
비린내음식 코를 지르거늘 손으로 승을 어루만진즉
손이 츈츈ᄒᆞ거늘 인ᄒᆞ여 지인을 블너 블을 드러 본
즉 칼노 승의 비를 질너 오쟝이 돌츌ᄒᆞ고 피흘너
방의 ᄀᆞ득ᄒᆞᆫ지라. 순ᄉᆞ 대경ᄒᆞ여 급히 시쳬를 치오
고 익됴의 엄히 사실ᄒᆞ니 순ᄉᆞ의 슈쳥기(守廳妓)는
곳 관노(官奴)의 유졍ᄒᆞᆫ 비라 일노 함혐(含嫌)ᄒᆞ여
순ᄉᆞ를 ᄒᆡ코져 칼을 품고 드러와 아릿목의 누은 쟤
순ᄉᆞ라 ᄒᆞ[19]여 그릇 승을 지르미러라. 인ᄒᆞ여
잡아드려 엄문ᄒᆞᆫ즉 개개 직초(直招)ᄒᆞ니 관노와 쳥
기를 다 명법(定法)ᄒᆞ고 그 승의 신쳬를 치상(治喪)
ᄒᆞ여 본사의 보ᄂᆡ니 대개 대ᄉᆞ 미리 순ᄉᆞ의 이 익
이 잇을 줄 안 고로 샹좌로 ᄒᆞ여금 ᄃᆡ신ᄒᆞ여 그 익
을 밧게 ᄒᆞᆫ 연괴러라. 그 후 공명과 슈한(壽限)이
다 대ᄉᆞ의 츄슈에 합ᄒᆞ니라.

---

15) 【긔빅】 圈 ((관직)) 기백(箕伯). 평안도관찰사.¶ 箕伯 ‖
그 후 과연 긔빅이 되엿더니 일일은 혼재 고ᄒᆞ여 ᄀᆞᆯ
오되 녕남 합쳔 ᄒᆡ인ᄉᆞ 승이 와 뵈고져 ᄒᆞᄂᆞ이다 (其
後過幾年後, 果爲箕伯. 一日閽者告曰: "慶尙道陜川郡海
印寺僧, 欲入謁矣.") <靑邱野談 奎章 17:17>

16) 【혼재】 圈 ((인류)) 혼자(閽者). 문시기.¶ 閽者 ‖ 그 후
과연 긔빅이 되엿더니 일일은 혼재 고ᄒᆞ여 ᄀᆞᆯ오되 녕
남 합쳔 ᄒᆡ인ᄉᆞ 승이 와 뵈고져 ᄒᆞᄂᆞ이다 (其後過幾
年後, 果爲箕伯. 一日閽者告曰: "慶尙道陜川郡海印寺
僧, 欲入謁矣.") <靑邱野談 奎章 17:17>

샤궁유뉴통졔ᄉ슈보
赦窮儒柳統制使受報

뉴통졔ᄉ(柳統制使) 진항(鎭恒)이[17] 쇼시예 션
젼관(宣傳官)으로 입직(入直)ᄒ엿더니 임오년(壬午
年) 쥬금(酒禁)이 졀엄ᄒ지라. 일ᄌᆞᆫ 월야의 샹이
홀연 입직 션젼관 입시ᄒ라 ᄒ시니 진항이 명을 응
ᄒ여 입시ᄒᆫ즉 ᄒᆞᆫ 쟝검(長劍)을 너여쥬시며 하교ᄒ
샤 왈,

"드르니 녀염(閭閻)의셔 오히려 쥬양(酒釀)
이[18] 만타 ᄒ니 네 모로미 이 칼을 가지고 나가 한
삼일(限三日)ᄒ[20]고 잡아드린즉 가ᄒ려니와 그
러치 아니면 네 머리로뼈 드리라."

진항이 봉명ᄒ고 집의 도라와 소미로 낫츨 가
리고 누엇더니 그 ᄉᆞ랑ᄒᄂᆞᆫ 쇼쳡이 무러 ᄀᆞᆯ오ᄃᆡ,

"엇지ᄒ여 이ᄀᆞᆺ치 즐기지 아니ᄒᄂ닛고?"

ᄀᆞᆯ오ᄃᆡ,

"나의 술 즐기믄 너의 아ᄂᆞᆫ 비라 술 끈은 지
이믜 오라미 목이 말나 죽겟노라."

그 쳡이 ᄀᆞᆯ오ᄃᆡ,

"겨믄 후의 가히 도모ᄒ오리니 조금 기ᄃ리쇼
셔."

인졍 후의 그 쳡이 병을 차고 치마로뼈 낫츨
ᄀᆞ리고 문의 나가거늘 진항이 ᄀᆞ만이 그 뒤롤 발븐
즉 동촌 ᄒᆞᆫ 초가로 들어가 술을 사오거늘 진항이
마시고 조히 너겨 다시 ᄒ여금 사오라 ᄒᆞᆫᄃᆡ 긔쳡이
그 집의 가 젼ᄀᆞᆺ치 사오거늘 진항이 병을 차고 니
러난ᄃᆡ 긔쳡이 괴히 너겨 무른즉 답ᄒ여 ᄀᆞᆯ오ᄃᆡ,

"모[21] 쳐 모우ᄂᆞᆫ 곳 나의 쥬붕(酒朋)이라
이런 귀믈을 엇지 홀노 취ᄒ리오? 더브러 가 혼가
지로 취ᄒ고겨 ᄒ노라."

ᄒ고 문의 나 그 집을 ᄎᆞ쟈 드러간즉 수간두
옥(數間斗屋)이 블폐풍우(不蔽風雨)ᄒ되 ᄒᆞᆫ 유성이
등을 ᄃᆡᄒ여 글을 닑다가 보고 피이 너겨 니러 마
쟈 ᄀᆞᆯ오ᄃᆡ,

"긱지(客子ㅣ) 무ᄉ 일노 김혼 밤의 욕님ᄒ니
잇고?"

진항이 좌졍 후 ᄀᆞᆯ오ᄃᆡ,

"내 봉명이라."

ᄒ고 허리로셔 술병을 너여 ᄀᆞᆯ오ᄃᆡ,

"이ᄂᆞᆫ 딕의 파ᄂᆞᆫ 배라 일젼 하괴 여ᄉᄉᄉ(如
斯如斯)ᄒ시니 의믜 현착(見捉)ᄒ즉 가히 동힝 아니
치 못ᄒᆞᆯ 거시니라."

그 션비 반향이나 말이 업다가 ᄀᆞᆯ오ᄃᆡ,

"이믜 법금(法禁)을 범ᄒ니 엇지 칭탈(稱頉)ᄒ
리오마ᄂᆞᆫ[19] 노뫼 계시니 ᄒᆞᆫ 번 하직을 고ᄒ고 힝ᄒ
미 엇더ᄒ뇨?"

진항이 ᄀᆞᆯ오ᄃᆡ,

"낙다."

싱이 드러가 소리롤 나죽이 ᄒ여 모친을 [2
2] 부르니 긔뫼 놀나 무러 왈,

"진실냐 엇지 자지 아니코 드러오냐?"

싱이 ᄀᆞᆯ오ᄃᆡ,

"젼의 엇지 앙달(仰達)치[20] 아니ᄒ니잇가? ᄉ
뷔 비록 아ᄉ(餓死)홀지언뎡 가히 범법은 못ᄒ리라
ᄒ온즉 모친이 신텽(信聽)치 아니ᄒ시더니 이졔 현
착(見捉)ᄒ오니 쇼지 방금 ᄉ디(死地)로 나아가ᄂᆞᆫ이
다."

---

17) 【진항】圖 ((인명)) 진항(鎭恒). 유진항(柳鎭恒 1720~
1801). 조선후기의 무신. 자는 수성(壽聖). 1753년(영조
29) 무과에 급제, 선전관이 되었다. 이어 금군별장(禁
軍別將)·훈련원도정(訓鍊院都正)·경상좌수사·경상
좌병사·회령부사·오위도총부 부총관·삼도수군통제
사 등을 거쳐 우포도대장에 이르렀다. 1799년(정조
23)에 80세가 되었으므로 조정에서 관계(官階)를 숭록
대부(崇祿大夫)로 올려주었다.‖ 鎭恒 ‖ 뉴통졔ᄉ 진항
이 쇼시예 션젼관으로 입직ᄒ엿더니 임오년 쥬금이
졀엄ᄒ지라 (柳統制鎭恒, 少時以宣傳官入直矣. 時歲壬
午, 酒禁極嚴.) <靑邱野談 奎章 17:19>

18) 【쥬양】圖 주양(酒釀). 술을 빚음.‖ 釀酒 ‖ 드르니 녀
염의셔 오히려 쥬양이 만타 ᄒ니 네 무르미 이 칼을
가지고 나가 한삼일ᄒ고 잡아드린즉 가ᄒ려니와 그러
치 아니면 네 머리로뼈 드리라 (聞閭閻尙多釀酒云. 汝
須持此劒出去, 限三日捉納則好矣. 不然則可以汝頭來
納.) <靑邱野談 奎章 17:19>

19) 【칭탈-ᄒ-】圖 칭탈(稱頉)하다. 핑계하다.‖ 稱頉 ‖ 이
믜 법금을 범ᄒ니 엇지 칭탈ᄒ리오마ᄂᆞᆫ 노뫼 계시니
ᄒᆞᆫ 번 하직을 고ᄒ고 힝ᄒ미 엇더ᄒ뇨 (旣犯法禁, 何
可稱頉, 然而家有老親, 願一辭而行如何?) <靑邱野談
奎章 17:21>

20) 【앙달-ᄒ-】圖 앙달(仰達)하다. 삼가 아뢰다.‖ 仰陳 ‖
젼의 엇지 앙달치 아니ᄒ니잇가 (前豈不仰陳乎?) <靑
邱野談 奎章 17:22>

기뫼 방성대곡 왈,

"텬야디야(天耶地耶) 이 엇진 일이뇨? 너 술을 잠미(潛賣)ᄒᆞᄆᆡ 지물을 탐ᄒᆞᄆᆡ 아니라 네 됴셕 듁식(粥食)의 ᄌᆞ뢰를 위ᄒᆞᄆᆡ어늘 이졔 이리 되여시니 내 죄라 장ᄎᆞᆺ 엇지ᄒᆞ리오?"

기쳬 ᄯᅩ흔 가슴을 두드려 호곡ᄒᆞ거늘 셩이 셔ᄂᆞ히 ᄀᆞᆯ오디,

"ᄉᆞ이지ᄎᆞ(事已至此)ᄒᆞ니 운들 무엇ᄒᆞ리오? 다만 내 무ᄌᆞᄒᆞ니 내 죽은 후의 편모 봉양ᄒᆞᆷ을 지셩으로 ᄒᆞ여 나 잇슬 ᄯᆡ와 ᄀᆞᆺ치 ᄒᆞ라."

ᄒᆞ고 ᄯᅩ ᄀᆞᆯ오디,

"모동 모형이 ᄋᆞ들 몃치 잇스니 일즈를 솔양(率養)ᄒᆞ야 [23] 안과(安過)ᄒᆞ라."

신ᄂᆞ부탁 후 폐포(弊袍)를 닙고 ᄉᆞ당의 하직흔 후 노모ᄭᅴ 지비ᄒᆞ고 나오니 진항이 밧긔 잇셔 ᄌᆞ초지죵을 ᄌᆞ셰히 듯고 ᄆᆞ음의 심히 궁측ᄒᆞ더니 밋 셩이 나오ᄆᆡ 무러 ᄀᆞᆯ오디,

"ᄌᆞ당 춘츄(春秋ㅣ) 언마시뇨?"

ᄀᆞᆯ오디,

"칠십이셰로쇼이다."

"ᄌᆞ녜 잇ᄂᆞ냐?"

ᄀᆞᆯ오디,

"업ᄉᆞ이다."

진항이 ᄀᆞᆯ오디,

"이런 경식은 사ᄅᆞᆷ이 ᄎᆞᆷ아 보지 못ᄒᆞᆯ 비라 나는 두 ᄋᆞ들이 잇고 ᄯᅩ 시하(侍下ㅣ) 아니ᄂᆞ 내 가히 디신ᄒᆞ야 죽을 거시니 그디ᄂᆞᆫ 방심ᄒᆞ라."

ᄒᆞ여금 쥬효를 니여오라 ᄒᆞ여 더브러 디작ᄒᆞ여 진ᄎᆔᄒᆞ고 그 쥬긔(酒器)를 ᄭᆡ쳐 ᄯᆡ의 ᄆᆞᆺ고 ᄀᆞᆯ오디,

"그디 심히 빈한ᄒᆞᆫ지라 내 찬 장도로뼈 일시의 졍을 표ᄒᆞ노니 모로미 ᄑᆞᆯ아 노친을 공양ᄒᆞ라."

ᄒᆞ고 칼을 글너 쥬고 닐거늘 셩이 고샤ᄒᆞᆫ디 도라보지 아니코 문의 나ᄂᆞᆫ지라 셩이 ᄯᅡ라나와 셩명을 [24] 무른디 ᄀᆞᆯ오디,

"나는 션젼관이라 셩명을 알아 무엇ᄒᆞ리오?"

ᄒᆞ고 표연이 가니 익일은 한일(限日)이라 입궐ᄒᆞ야 디죄흔디 샹이 무르샤디,

"과연 술을 잡앗ᄂᆞ냐?"

디ᄒᆞ여 ᄀᆞᆯ오디,

"곳ᄒᆞ엇노이나."

샹이 노ᄒᆞ샤 ᄀᆞᆯᄋᆞ샤디,

"그러면 네 머리 어디 잇ᄂᆞ뇨?"

진항이 부복ᄒᆞ거늘 인ᄒᆞ여 계쥬(濟州)의 안치ᄒᆞ시니라. 진항이 격쇼(謫所)의 잇슨 지 수년의 비로쇼 샤명(赦命)을 어디 도라와 복직 후 초계군슈(草溪郡守)를 ᄒᆞᄆᆡ 경치 강명(剛明)ᄒᆞ나 쳥념은 부족ᄒᆞ니 슈의(繡衣) 츌도ᄒᆞ여 봉고(封庫)ᄒᆞ고 곳 졍당(政堂)의 드러가 슈향 슈리와 밋 창식(倉色)을 일병 나입ᄒᆞ여 형장을 ᄇᆞ야흐로 베프더니 본倅(本倅ㅣ) ᄆᆞᆫ틈으로 여어본즉 분명이 향쟈 동촌(東村) 쥬가(酒家) 유성이라. 인ᄒᆞ여 보기를 쳥흔디 슈의 ᄒᆡ연히 너겨 ᄀᆞᆯ오디,

"본관이 엇지 보물 쳥ᄒᆞᄂᆞ뇨? 가위 [25] 몰념(沒廉)ᄒᆞ도다."

본슈 곳 드러가 졀흔디 어시 답녜 아니ᄒᆞ고 졍식 위좌ᄒᆞ거늘 본슈 ᄀᆞᆯ오디,

"어시 이 본관을 알으시ᄂᆞ잇가?"

어시 침음ᄒᆞ고 홀노 말ᄒᆞ여 ᄀᆞᆯ오디,

'본관을 내 엇지 알니오?'

본슈 ᄀᆞᆯ오디,

"귀되이 젼일 동촌 모동의 계시니잇가?"

어시 잠간 놀나 왈,

"엇지 뭇ᄂᆞ뇨?"

ᄀᆞᆯ오디,

"모년 모월 모일 야의 쥬금ᄉᆞ(酒禁使)로 봉명ᄒᆞ든 션젼관을 혹 긔록ᄒᆞ시ᄂᆞ니잇가?"

어시 더욱 놀나 ᄀᆞᆯ오디,

"과연 긔록ᄒᆞ노라."

본슈 ᄀᆞᆯ오디,

"본관이 곳 기인(其人)이로쇼이다."

어시 급히 니러 손을 잡고 낙누(落淚)ᄒᆞ여 왈,

"그디는 나의 은인이라 이졔 셔로 맛나미 엇지 하ᄂᆞᆯ이 아니냐?"

인ᄒᆞ여 형구를 믈니고 모든 죄인을 일병 방송(放送)ᄒᆞ여 죵야 기악(妓樂)으로 미ᄂᆞ(娓娓)히 회포를 펴고 수일을 머믄 후 도라와 포계(褒啓)ᄒᆞ니 샹이 그 션치를 아름다이 너기샤 삭쥬 [26] 부ᄉᆞ(朔州府使)를 특졔(特除)ᄒᆞ시니라.

귀믈미야삭명쥬
鬼物每夜索明珠

횡셩(橫城) 읍니의 흔 녀지 잇스니 츌가흔 후 일개 쟝뷔 밤마다 오매 타인은 다 보지 못ᄒ더 기녜 홀노 보니 여러 날 되미 뎡녕 그 귀믈인 줄 알더 믈니칠 계괴 업더니 기녀의 오촌슉(五寸叔)이 드러온즉 궐믈(厥物)이 피ᄒ거늘 기녜 그 형샹을 말흔더 기슉이 ᄀᆞᆯ오더,

"궐믈이 만일 오거든 실쑤리[21] 쯧츨 바늘에 미야 그 옷깃시 쎄여민즉 가히 궐믈의 잇ᄂ 곳을 알니라."

기녜 그 말ᄀᆞᆺ치 ᄒ여 잇튼날 밤의 궐믈이 오미 실쯧츨 바늘의 매여 옷기슭의 ᄭᅩ잣더니 기슉(其叔)이 돌입흔즉 궐믈이 놀나 다라날시 실쑤리 ᄎ〻 풀니ᄂᆞᆫ지라 기슉이 다만 실만 보고 조ᄎᆞ가니 압 슈【27】플의 니르러 그치거늘 다〻라 본즉 실이 따 밋흐로 드러갓ᄂᆞᆫ지라 인ᄒᆞ여 짜흘 두어 치 남즛 판즉 흔 뺘은 방아남긔[22] 실이 미이엿고 그 머리예 탄ᄌᆞ(彈子) ᄀᆞᆺ흔 불근 구술이 잇셔 광치 사름의게 쏘이거늘 인ᄒᆞ여 그 구술을 쎄여 쥬머니에 넛코 그 남근 쇼화(燒火)ᄒᆞ니 그 후의 궐믈이 졀젹(絕迹)ᄒᆞ니라.

일〻은 기슉 문하의 홀연 흔 사름이 밤의 와 인걸ᄒᆞ여 왈,

"원컨디 이 구술을 도로 쥬쇼셔. 만일 쥬신즉 부귀공명을 맛당히 그디 원ᄒᆞᆫ디로 ᄒᆞ리이다."

기슉이 허치 아니흔더 기인이 종야 인걸ᄒᆞ고 가더니 미양 밤마다 이ᄀᆞᆺ치 흔 지 스오일이라. 일야의 ᄯᅩ 와 ᄀᆞᆯ오더,

"이 구술이 내게는 심히 긴ᄒᆞ고 그디게는 긴치 아니ᄒᆞ니 맛당히 다른 구술노뼈 밧고미 가ᄒᆞ니 이 구술인즉 그디게 유익ᄒᆞ니라."

기슉【28】이 ᄀᆞᆯ오더,

"그러면 날을 뵈라."

기인이 밧그로부터 흔 낫 거믄 구술을 드려보너니 모양이 젼 구술과 ᄀᆞᆺ튼지라 기슉이 아오로 탈취ᄒᆞ니 기인이 인ᄒᆞ여 통곡ᄒᆞ고 가미 다시 형영이 업더라. 기슉이 미양 사름의게 ᄌᆞ랑ᄒᆞ더 그 어닌 곳의 쓰는 줄을 아지 못ᄒᆞ니 그 귀믈의게 쓰는 곳을 뭇지 아니ᄒᆞ미 가히 앗갑도다. 그 후 타쳐의 나갓다가 니취(泥醉)ᄒᆞ여[23] 노샹의셔 쟈더니 줌치 ᄀᆞ온더 두 구술이 다 부지거체(不知去處 |)라. 반ᄃᆞ시 그 귀믈이 가져가민가 ᄒᆞ더라.

젹괴듕쇼쳑댱검
賊魁中宵擲長劍

뎡익공(貞翼公)이 쇼시예 산ᄒᆡᆼᄒᆞ기롤 조히 녀겨 흔 즘성을 조ᄎᆞ 졈졈 심산궁곡(深山窮谷)의 들어가 일셰 의믜 져믈고 ᄉᆞ고무인(四顧無人)ᄒᆞ지라 무【29】음이 ᄌᆞ연 황망ᄒᆞ여 물을 모라 길을 ᄎᆞ쟈 일쳐의 니른즉 흔 와개(瓦家 |) 잇거늘 물긔 ᄂᆞ려 문을 두드리니 흔 사름도 응ᄒᆞᄂᆞᆫ 재 업더니 식경의 흔 녀지 나와 ᄀᆞᆯ오더,

"이곳은 긱ᄌᆞ의 잠시도 머므지 못ᄒᆞᆯ 곳이니 스속(斯速)히 도라가쇼셔."

공이 그 녀ᄌᆞ롤 본즉 년긔 이십이 남고 용ᄉᆡᆨ(容色)이 심히 아롬다온지라 더ᄒᆞ여 ᄀᆞᆯ오더,

"산이 깁고 날이 져믄지라 호표ᄉᆡ랑(虎豹豺狼)이 횡ᄒᆡᆼᄒᆞᄂᆞᆫ 곳의 쳔신만고(千辛萬苦)ᄒᆞ여 인가롤 ᄎᆞ져왓거늘 이ᄀᆞᆺ치 거졀ᄒᆞᄂᆞ뇨?"

기녜 ᄀᆞᆯ오더,

"여긔 이의 잇슨즉 무ᄉᆞ치 못ᄒᆞᆯ 넘녜 잇기로 가라 ᄒᆞ미로라."

공이 ᄀᆞᆯ오더,

"문외의 나가 밍슈의게 죽ᄂᆞᆫ이도곤[24] 출하

---

21) 【실쑤리】圖((기믈)) 실ᄭᅮ리. 실을 둥글게 감은 뭉치.¶綿絲塊 ‖ 궐믈이 만일 오거든 실쑤리 쯧츨 바늘에 미야 그 옷깃시 쎄여민즉 가히 궐믈의 잇ᄂ 곳을 알니라 (明日彼物若來, 暗以綿絲塊繫針, 而縫于其衣衿, 則可知其物之去向矣.) <靑邱野談 奎章 17:26>

22) 【방아·남긔】圖 ((식믈)) 방아나무.¶舂木 ‖ 인ᄒᆞ여 짜흘 두어 지 남즛 밤즉 흔 뺘은 방아남긔 실이 미이엿고 그 머리예 탄ᄌᆞ ᄀᆞᆺ흔 불근 구술이 잇셔 광치 사름의게 쏘이거늘 (仍掘地數寸餘, 有一朽敗之春木段一箇, 而繫絲於木下, 而木之上頭有姿色珠如彈子. 大者一枚, 而光彩射人.) <靑邱野談 奎章 17:27>

23) 【니취-ᄒ-】圖 이취(泥醉)하다. 술이 곤드레만드레 취하다.¶泥醉 ‖ 그 후 타쳐의 나갓다가 니취ᄒᆞ여 노샹의셔 쟈더니 줌치 ᄀᆞ온더 두 구술이 다 부지거제라 (其後仍出他, 泥醉而歸, 露宿於路上矣. 橐中之兩珠, 并不知去處.) <靑邱野談 奎章 17:28>

24) [-도곤]圖 -보다.¶ 문외의 나가 밍슈의게 죽ᄂᆞᆫ이도곤 출하리 이곳의셔 죽으리라 (出門而死於猛獸, 寧死於此

리25) 이곳의셔 죽으리라."

ᄒ고 문을 밀치고 드러가니 녀지 홀일업셔 마
져 드러가 좌경의 공이 그 가히 머므지 못홀 연고
롤 무론디 기녜 [30] (골)오디,

"이는 적괴(賊魁)의26) 집이라 첩이 냥가 녀ᄋ
로 년젼의 추적(此賊)의게 노략혼 비 되여 이예 잇
슨 지 긔년(幾年)이로디 오히려 호구롤 버셔나지 못
ᄒ지라. 적괴 무춤 출넙(出獵)ᄒ여27) 아직 도라오지
아니ᄒ엿스니 밤든 후 반드시 올 거시라 만일 긱ᄌ
(客子)롤28) 보면 첩과 긱이 다 검하의 경혼(驚魂)이
되리니 긱ᄌ는 엇더혼 사름인지 모로거니와 공연이
추적의게 죽으미 엇지 민망치 아니ᄒ랴?"

공이 우어 골오디,

"죽을 긔약이 비록 박두ᄒ나 과히 시장ᄒ니
셕반을 썰니 ᄀᆞᆺ초와 오라."

녀지 적괴의 밥으로 몬져 나오니 공이 포끽
(飽喫)29) 후 인ᄒ여 녀ᄌ와 혼 방의 쟈랴 ᄒ디 기녜
구지 막아 골오디,

"쟝ᄎᆞᆺ 후환을 엇지ᄒ려 ᄒᄂ뇨?"

공이 골오디,

"도ᄎᆞ지두(到此地頭)ᄒ여는 삭지(削之)라도 역
반(亦反)이오 [31] 블삭(不削)이라도 역반이라 김혼

處.) <靑邱野談 奎章 17:29>

25) [출하리] 團 차라리.¶ 寧 ∥ 문외의 나가 밍슈의게 죽
ᄂ이도곤 출하리 이곳의셔 죽으리라 (出門而死於猛獸,
寧死於此處.) <靑邱野談 奎章 17:29>

26) [적괴] 團 ((인류)) 적괴(賊魁). 도적의 우두머리.¶ 賊
魁 ∥ 이는 적괴의 집이라 첩이 냥가 녀ᄋ로 년젼의
추적의게 노략혼 비 되여 이예 잇슨지 긔년이로디 오
히려 호구롤 버셔나지 못ᄒ지라 (此賊魁之居也. 妾
以良家女, 年前爲此賊魁所擄掠, 在此幾年, 尙不得脫虎
口.) <靑邱野談 奎章 17:30>

27) [출넙-ᄒ-] 團 출렵(出獵)하다. 사냥하러 나가다.¶ 獵
行 ∥ 적괴 무춤 출넙ᄒ여 아직 도라오지 아니ᄒ엿스
니 밤든 후 반드시 올 거시라 (賊魁適作獵行, 姑未遝,
夜深必來.) <靑邱野談 奎章 17:30>

28) [긱ᄌ] 團 ((인류)) 객자(客子). 손님.¶ 客子 ∥ 긱ᄌ롤
보면 첩과 긱이 다 검하의 경혼이 되리니 긱ᄌ는 엇
더혼 사름인지 모로거니와 공연이 추적의게 죽으미
엇지 민망치 아니ᄒ랴 (若見客子之留此, 則妾與客, 俱
當授首於一釰之下. 客子不知何許人, 而空然於死賊魁之
手, 豈不悶乎?) <靑邱野談 奎章 17:30>

29) [포끽] 團 포끽(飽喫). 배불리 먹음.¶ 飽喫 ∥ 녀지 적
괴의 밥으로 몬져 나오니 공이 포끽 후 인ᄒ여 녀ᄌ
와 혼 방의 쟈랴 ᄒ디 (女子以賊魁之飯進之, 公飽喫
後, 仍抱女而臥.) <靑邱野談 奎章 17:30>

밤 사름이 업ᄂᆫ디 남녜 일실의 쳐ᄒ여 비록 혐의롤
분별ᄒ나 사름이 뉘 미드리오? ᄉ셩이 명이 잇스니
공겁혼들 무어시 유익ᄒ랴?"

인ᄒ여 ᄌ약히 누엇더니 거ᄒ 지 수식 경은
ᄒ여셔 문득 들네는 쇼릭 나며 짐을 버셔놋는 소리
잇스니 기녜 일신을 썰며 낫치 지빗치 되여 골오디,

"적괴 니르러시니 이롤 엇지ᄒ리오?"

공이 텽약불문(聽若不聞)이러니30) 이옥고 일
대한(大漢)이 신장이 십 쳑이오 상뫼(狀貌1)) 웅위
(雄偉)ᄒ고 풍의(風儀) 녕한(獰悍)ᄒ여31) 손의 장검
을 잡고 드러와 공의 누엇스믈 보고 소릭롤 크게
ᄒ여 골오디,

"네 엇더혼 사름이완디 감히 여긔 와 사름의
안히롤 쟉간(作奸)ᄒᄂ냐?"

공이 셔ᄌ히 골오디,

"산의 드러와 즘성을 좃다가 일셰 이믜 어두
어 귀 [32] 샤(貴舍)의 뉴슉ᄒ엿노라."

적괴 쏘 꾸지져 골오디,

"네 대담으로 이믜 이곳의 왓스면 외당의 쳐
ᄒ미 가ᄒ거늘 엇지 감히 닉실(內室)의 드러와 내
쳐롤 범ᄒᄂ냐? 네 이믜 ᄉ죄롤 범ᄒ엿거늘 네 긱
ᄋ로써 쥬인을 보고 녜롤 아니ᄒ고 누어 보니 이
무슴 도리뇨? 능히 죽기롤 두려 아니ᄒᄂ냐?"

공이 우어 골오디,

"도ᄎᆞ지두ᄒ여 내 비록 일심이 쳥빅ᄒ여 남녜
각쳐ᄒ여 잇ᄂᆫ들 네 엇지 미드리오? 사름이 셰(世)
예 나믹 반드시 혼 번 죽으미 잇스니 죽기롤 엇지
두리ᄋ오? 네 홀디로 ᄒ라."

적괴 큰 노으로 공을 결박ᄒ여 똘보의 둘고
기쳐롤 도라보와 골오디,

30) [텽약불문] 團 청약불문(聽若不聞). 듣고도 못 들은
체함.¶ 聽若不聞 ∥ 공이 텽약불문이러니 이옥고 일 대
한이 신장이 십쳑이오 상뫼 웅위ᄒ고 풍의 녕한ᄒ여
손의 장검을 잡고 드러와 공의 누엇스믈 보고 소릭롤
크게 ᄒ여 골오디 (公聽若不聞, 已而一大漢, 身長十尺,
河目海口, 狀貌雄偉, 風儀獰悍, 手執長釰, 半醉而入門,
見公之臥, 高聲大叱曰.) <靑邱野談 奎章 17:31>

31) [녕한-ᄒ-] 團 영한(獰悍)하다. 모질고 사납다.¶ 獰悍
∥ 공이 텽약불문이러니 이옥고 일 대한이 신장이 십
쳑이오 상뫼 웅위ᄒ고 쏘 녕한ᄒ여 손의 장검을 잡
고 드러와 공의 누엇스믈 보고 소릭롤 크게 ᄒ여 골
오디 (公聽若不聞, 已而一大漢, 身長十尺, 河目海口,
狀貌雄偉, 風儀獰悍. 手執長釰, 半醉而入門, 見公之臥,
高聲大叱曰.) <靑邱野談 奎章 17:31>

"대쳥 우희 산양흔 즘싱이 잇스니 네 나가 구어오라."

기녜 조심ㅎ여 산졔(山猪)와 쟝녹(獐鹿)의 고기룰 지할(宰割)ㅎ여 【33】 익게 구어 대반(大盤)의 담아 공경ㅎ여 나아오니 격괴 또 술을 가져오라 ㅎ여 두어 동희룰 년ㅎ여 거우르고32) 칼올 샌혀 고기룰 올여 녀홀고 다시 흔 덩이 고기룰 칼끗히 쒜여 굴오듸,

"엇지 사룸을 겻히 두고 혼쟈 먹으리오? 네 비록 죽을 놈이나 가히 ㅎ여금 지미(知味)케 ㅎ리라."

ㅎ고 인ㅎ여 칼끗흐로 쥬거늘 공이 입을 여러 바다먹고 조금도 의려(疑慮)ㅎ미 업스니 격괴 익이 보와 굴오듸,

"쪽히 대장부라 닐으리로다."

공이 굴오듸,

"공이 굴오듸,

"네 날을 죽이고져 흔즉 죽이미 가ㅎ거늘 엇지 이ㄱ치 지련(遲延)ㅎ여 대쟝뷔니 쇼쟝뷔니 ㅎ느뇨?"

격괴 칼을 더지고 니러 그 결박을 플고 손을 잡고 쟈리의 안쟈 굴오듸,

"텬하 긔남지(奇男子ㅣ)로다. 그듸 ㄱ튼 쟈는 내 쳐음 본지라 쟝츳 셰샹의 크게 쓰이 【34】 여 국가 쥬셕(柱石)이 되리니 내 엇지 죽이리오? 일노조츳 내 지긔(知己)로 허ㅎ리라. 녀녀지 비록 나의 쳐권(妻眷)이나 그듸 이믜 갓가이 흔즉 곳 그듸 늬권(內眷)이니 다시 엇지 내 친압ㅎ리오? 또 고듕(庫中)의 지빅(財帛)을 다 그듸의게 부치노니 샤양치 말나. 대쟝뷔 셰상의 흐음이 잇슬진듸 손의 견빅(錢帛)이 업스면 엇지 뼈 경영ㅎ리오? 나는 일노조츳 가노니 일후 만일 대익이 잇거든 그듸 반드시 날을 구ㅎ라."

말을 무츠미 표연이 니러 인ㅎ여 거쳐룰 아지 못ㅎ니라. 공이 그 물의 녀즈룰 싯고 또 구마(廐馬)로뼈 견빅을 실어 도라오니라.

그 후 공이 훈쟝(訓將)으로 포쟝(捕將)을 겸ㅎ엿더니 외읍의셔 일 대젹괴(大賊魁)룰 올녓거늘 쟝

츳 다스릴 즈음의 공이 그 샹모룰 주셰히 살핀즉 곳 기인이라. 공이 대회ㅎ여 당 【35】 의 올녀 별회(別懷)룰 펴고 익일의 왕스(往事)로뼈 주달ㅎ니 샹이 그 일을 쟝히 너기샤 즉시 빅방(白放)ㅎ여 교렬(校列)의 두어 츳츳 쳔견(遷轉)ㅎ더니 후의 등과ㅎ여 곤임(閫任)의33) 니르니라.

홍천읍슈의노종
洪川邑繡衣露踪

니부흑(李副學) 병태(秉泰)34) 동협(東峽)의35) 안념(按廉)홀시 힝ㅎ여 홍쳔(洪川) 읍ㄴ예 니르러 쟝츳 타읍으로 향ㅎ려 ㅎ여 젼촌의 니르러 긔갈(飢渴)이 심흔지라 흔 집의 가 밥을 구ㅎ니 일 녀지

---

32) 【거우르-】圈 기운이다 ▮ 例 ▮ 격괴 ㅆ 술을 가져오라 ㅎ여 두어 동희룰 년ㅎ여 거우르고 칼올 샌혀 고기룰 올여 녀홀고 다시 흔 덩이 고기룰 칼끗히 쒜여 굴오듸 (賊魁又使進酒, 以一大盆, 連倒數盃, 拔釰切肉而啗之, 更以一塊肉, 揷于釰鋒曰.) <靑邱野談 奎章 17:33>

33) 【곤임】圈 곤임(閫任). 병사(兵使)·수사(水使)의 직임.▮ 閫任 ▮ 샹이 그 일을 쟝히 너기샤 즉시 빅방ㅎ여 교렬의 두어 츳츳 쳔견ㅎ더니 후의 등과ㅎ여 곤임의 니르니라 (仍白放, 而置之校列, 次次推遷, 至登科, 位至閫任云爾.) <靑邱野談 奎章 17:35>

34) 【병태】圈 ((인명)) 병태(秉泰). 이병태(李秉泰 1688~1733). 조선후기의 문신. 자 유안(幼安). 호 동산(東山). 시호 문청(文淸). 목은(牧隱) 이색(李穡)의 후손. 1715년(숙종 41)에 진사시에 급제하여 사릉참봉(思陵參奉), 평시서봉사(平市署奉事), 내자시직장(內資寺直長) 등을 역임하였다. 1723년(경종 3) 증광문과에 을과로 합격하고 홍문관부제학을 거쳐 수찬에 올랐다. 뒤에 경상도관찰사에 보직되었으나 거절하였고 다시 우부승지에 임명되었으나 거절하여 영조의 노여움을 사 합천군수로 좌천되었는데 식량난에 허덕이는 많은 기민(飢民)들의 구호에 힘써 합천군민들이 생사당(生祠堂)을 세워 봄과 가을에 제향하였다.▮ 秉泰 ▮ 니부흑 병태 동협의 안념홀시 힝ㅎ여 홍쳔읍ㄴ예 니르러 쟝츳 타읍으로 향ㅎ려 ㅎ여 젼촌의 니르러 긔갈이 심흔지라 (李副學秉泰, 奉使按廉于東峽, 行過洪川, 而邑內距路十餘里, ……到一前村而餒甚.) <靑邱野談 奎章 17:35>

35) 【동협】圈 ((지리)) 동협(東峽). 경기도 동쪽지방과 강원도를 아울러 일킫는 말.▮ 東峽 ▮ 니부흑 병태 동협의 안념홀시 힝ㅎ여 홍쳔읍ㄴ예 니르러 쟝츳 타읍으로 향ㅎ려 ㅎ여 젼촌의 니르러 긔갈이 심흔지라 (李副學秉泰, 奉使按廉于東峽, 行過洪川, 而邑內距路十餘里, ……到一前村而餒甚.) <靑邱野談 奎章 17:35>

문의 나와 골오디,

"남뎡(男丁) 업는 집이 빈궁ᄒᆞ미 극ᄒᆞᆫ지라 집의 시뫼(媤母ㅣ) 잇스디 됴셕을 오히려 궐(闕)ᄒᆞ니 어닉 결을의 힝인을 디졉ᄒᆞ랴?"

공이 무르디,

"가쟝이 어디 갓ᄂᆞᆫ뇨?"

기녜 골오디,

"나의 가쟝은 곳 추읍 니방(吏房)이라 요긔(妖妓)의게 혹ᄒᆞ여 어미ᄅᆞᆯ 박디ᄒᆞ고 안ᄒᆡᄅᆞᆯ 닛친다."

ᄒᆞ고 홀노 ᄭᅮ짓기【36】ᄅᆞᆯ 마지 아니ᄒᆞ디 방 안의셔 노귀 소리ᄒᆞ여 골오디,

"식뷔(媳婦ㅣ) 엇지 블긴ᄒᆞᆫ 말을 ᄒᆞ여 가부(家夫)의 악ᄉᆞ(惡事)ᄅᆞᆯ 드러ᄂᆡᄂᆞ뇨?"

공이 듯고 그 니방을 괘씸이 너겨 도로 읍닉ᄅᆞᆯ 향ᄒᆞ여 슈리(首吏)의 집을 ᄎᆞ즈니 씨 경히 ᄒᆞᆫ낫이라 그 집의 드러간즉 슈리 쳥샹의 안쟈 졈심을 먹고 겻히 ᄒᆞᆫ 긔이 죠ᄒᆞᆫ 디반(對飯)ᄒᆞ거늘 공이 쳥변(廳邊)의 셔ᄉᆞ 골오디,

"나는 경등 과긱으로 우연이 ᄉᆞ곳의 와 실시(失時)ᄒᆞ엿스니 ᄒᆞᆫ 그릇 밥을 어디 요긔ᄒᆞ미 엇더ᄒᆞ뇨?"

씨 ᄆᆞ즘 흉년이라 슈리 눈을 드러 아릭우ᄅᆞᆯ 훌터보고 머음을[36] 불너 골오디,

"앗가 개 희산을 위ᄒᆞ여 죽을 ᄭᅳᆯ히더니 잇ᄂᆞ냐?"

골오디,

"잇ᄂᆞ이다."

슈리 골오디,

"ᄒᆞᆫ그릇스로뻐 이 걸인을 쥬라."

이윽고 머음이 일긔 겨죽을 압히 노커늘 공이 노ᄒᆞ여 골오디,

"그디 비록 요부(饒富)ᄒᆞ나 곳【37】 니빈오 나는 비록 유걸(流乞)ᄒᆞ나 곳 ᄉᆞ족(士族)이라. 실시ᄒᆞ여 밥을 구ᄒᆞᆫ즉 일긔(一器)ᄅᆞᆯ 허ᄒᆞ미 죠흔 일이오 그러치 아니면 그디 밥을 더러쥬어도 가ᄒᆞ거늘 이졔 구쳬(狗彘) 먹든 남겨지로 사ᄅᆞᆷ을 먹이니 이 무슴 도리뇨?"

슈리 눈을 부릅ᄯᅳ고 후욕ᄒᆞ여 골오디,

"네 이믜 냥반인즉 네 집 사랑의 잇지 아니ᄒᆞ고 츄등 힝ᄉᆞᄅᆞᆯ ᄒᆞᄂᆞ뇨? 이졔 살년(殺年)을[37] 당ᄒᆞ여 비록 이것시라도 어더먹지 못ᄒᆞ거든 너는 엇던 사ᄅᆞᆷ이완디 감히 이ᄀᆞᆺ치 ᄒᆞᄂᆞ뇨?"

죽그릇슬 드러 치니 니마 ᄭᆡ여져 뉴혈이 낭쟈(狼藉)ᄒᆞ고 죽즙(粥汁)이 온몸의 무든지라. 공이 알프믈 춤고 곳 나가 출도ᄒᆞ니 이쩌 본쉬 ᄆᆞ춤 진흌ᄒᆞ고 나믄 곡식을 쟉견(作錢)ᄒᆞ여 경졔(京第)예 보닉려 ᄒᆞ는 문셰 현착(見捉)ᄒᆞᆫ지라 인ᄒᆞ여 봉고파출(封庫罷黜)ᄒᆞ고 슈리와 밋 긔셩을 일병(一竝) 타살(打殺)【38】ᄒᆞ니 일녀ᄌᆞ의 원언으로 일이 ᄌᆞ예 니르니 닐은바 일부함원(一婦含怨)의 오월비상(五月飛霜)이로다.

노옹긔우범졔독
老翁騎牛犯提督

션묘조(宣廟朝) 임진왜란의 텬쟝(天將) 니졔독(李提督) 여숑(如松)이 황명을 바다 동으로 구완ᄒᆞᆯ시 평양 일젼을 대쳡(大捷)ᄒᆞ고 셩듕의 웅거ᄒᆞ여 산쳔이 슈려ᄒᆞ믈 보고 홀연 이심(異心)을 품어 인ᄒᆞ여 거ᄒᆞ고져 ᄒᆞ는 ᄯᅳᆺ을 두더라.

일ᄉᆞ은 크게 뇨좌(僚佐)ᄅᆞᆯ 거ᄂᆞ리고 연광뎡(練光亭)의 셜연ᄒᆞ엿더니 강변 사쟝의 ᄒᆞᆫ 노옹이 거믄 소ᄅᆞᆯ 타고 지나거늘 군교비(軍校輩) 쇼릭ᄅᆞᆯ 놉혀 벽졔ᄒᆞ디 쳥약블문ᄒᆞ고 셔ᄉᆞ히 힝ᄒᆞ거늘 졔독이 대로ᄒᆞ여 ᄒᆞ여금 나릭(拿來)ᄒᆞ라 ᄒᆞᆫ즉 소 가는 거시 ᄲᆞ르지 아니ᄒᆞ디 군괴 ᄯᆞ로지 못ᄒᆞᄂᆞᆫ지라 졔독이 분ᄒᆞ여【39】 스스로 쳔 리 노식ᄅᆞᆯ 타고 ᄯᆞ르니 소 가는 거슨 압희 잇셔 멀지 아니ᄒᆞ고 노식 거름은 나는 돗ᄒᆞ디 맛ᄎᆞ니 밋지 못ᄒᆞ여 산을 넘고 물을 건너 십여 리ᄅᆞᆯ 힝ᄒᆞ여 산촌의 드러간즉 소ᄅᆞᆯ 시ᄂᆞ가 슈양버들의 믹고 슈양 압희 모옥(茅屋)이 잇셔 둑비

---

36) 【머음】圖 ((인류)) '머슴'의 전북·충북·경상 방언.¶ 厥奴∥ 씨ᄆᆞ즘 흉년이ᄀᆡ 슈리 눈을 드러 아릭우ᄅᆞᆯ 훌터보고 머음을 불너 골오디 앗가 개 희산을 위ᄒᆞ여 죽을 ᄭᅳᆯ히더니 잇ᄂᆞ냐 (時當歉歲, 殷賑時也. 其吏舉眼, 而熟視上下, 呼厥奴曰: "俄者爲狗産而煮粥者有之乎?") <靑邱野談 奎章 17:36>

37)【살년】圖 살년(殺年), ᄀᆞ게 유년이 ᄂᆞᆫ 해.¶ 慘歉之歲∥ 이졔 살년을 당ᄒᆞ여 비록 이것시라도 어더먹지 못ᄒᆞ거든 너는 엇던 사ᄅᆞᆷ이완디 감히 이ᄀᆞᆺ치 ᄒᆞᄂᆞ뇨 (今當慘歉之歲, 雖此物人, 不得得喫, 汝是何人, 而乃敢如是云?) <靑邱野談 奎章 17:37>

(竹扉)룰 닷지 아니ᄒ엿거늘 계독이 그 노인의 집인 줄 알고 노시룰 ᄂ려 칼을 집고 드러간즉 노인이 ᄂ러 맛거늘 계독이 ᄯᅮ지져 ᄀᆯ오디,

"네 엇더ᄒᆫ 야로(野老)완디 하눌이 놉흐믈 아지 못ᄒ고 당돌ᄒ미 이에 니르뇨? 내 황명을 밧ᄌᆞ와 빅만 대군을 거ᄂ려 너의 나라흘 와 구ᄒ니 네 반ᄃᆞ시 아지 못ᄒᆞᆯ 니 업거늘 이럿틋 감히 네 진전의 범마(犯馬)ᄒ니 네 죄 맛당히 죽이리로다."

노인이 우어 ᄀᆯ오디,

"내 비록 산야의 사ᄅᆞᆷ이나 엇지 쟝군의 존중ᄒᆞᆷ믈 모로 [40] 리오마는 오날ᄂ 힝ᄒᆞᆫ 젼혀 쟝군을 마쟈 비쇼(鄙所)의 욕님(辱臨)코져 ᄒᆞ미라. 노믈(老物)이 그윽이 ᄒᆫ 일을 부탁고져 ᄒᆞ디 맛ᄎᆞᆷᄂ 말ᄉᆞᆷ을 엿줍기 어려온 고로 마지 못ᄒ여 ᄎ계(此計)룰 힝ᄒᆞ니이다."

계독이 무러 ᄀᆯ오디,

"부탁ᄒᆞᆯ 비 무ᄉᆞᆷ 일고?"

노인이 ᄀᆯ오디,

"비ᄉᆡᆼ(鄙生)이 블초아(不肖兒) 둘이 잇스니 ᄉᆞ롱(士農)의 업을 일삼지 아니ᄒᆞ고 젼혀 강도(強盜)의 일을 힝ᄒᆞ며 부모의 교훈을 좃지 아니ᄒ여 쟝유(長幼)의 별(別)을 아지 못ᄒᆞ니 곳 ᄒᆫ 화근이라. 나의 긔력(氣力)으로ᄡᅥ 졔어ᄒᆞᆯ 슈 업ᄉᆞ오니 그윽이 듯ᄉᆞ온즉 쟝군의 신용이 개셰(蓋世)ᄒ다 ᄒᆞ온즉 신위(神威)룰 비러 이 ᄑᆡᄌᆞ(悖子)룰 덜고져 ᄒᆞᄂᆞ이다."

계독이 ᄀᆯ오디,

"어디 잇ᄂᆞ뇨?"

ᄀᆯ오디,

"후원 듁당(竹堂) 우희 잇ᄂᆞ이다."

계독이 칼을 안고 드러간즉 두 쇼년이 ᄒᆞᆫ가지 글을 닐ᄂ눈지라 [41] 계독이 ᄯᅮ지져 ᄀᆯ오디,

"네 이 집 ᄑᆡᄌᆞ(悖子ㅣ)냐? 여옹이 ᄒᆞ여곰 업시코져 ᄒᆞ니 나의 ᄒᆫ 칼을 바드라."

ᄒᆞ고 인ᄒ여 칼을 둘너 치려흔즉 그 쇼년이 셩식을 움죽이지 아니ᄒᆞ고 셔ᄂᆞ히 집혓든 셔즁디 [書籤竹]로ᄡᅥ 막으니 맛ᄎᆞᆷᄂ 치지 못ᄒᆞᆯ지라. 이윽고 그 쇼년이 그 셔즁디로 그 칼을 치니 칼날이 졍연(錚然)ᄒᆞ며 부러져 냥단(兩段)이 되여 ᄯᅡ의 ᄭᅥ러지ᄂ눈지라. 계독이 숨이 차고 ᄯᆞᆷ이 흐르더니 그리ᄒᆞᆯ 사이의 노인이 들어와 ᄯᅮ지져 ᄀᆯᄋᆞ디,

"쇼ᄌᆞ 엇지 감히 무례히 ᄒᆞᄂᆞ냐!"

ᄒᆞ여곰 믈니치니 계독이 노인을 향ᄒᆞ여 ᄀᆯ오디,

"뎌 ᄑᆡᄌᆞ의 용녁이 과인ᄒ여 가히 ᄡᅥ 당ᄒᆞ기 어려오니 노인의 부탁을 져ᄇᆞ릴가 져허ᄒᆞ노라."

노인이 우어 ᄀᆯ오디,

"앗가 말은 희롱이라 아ᄒ 비록 녀력(膂力)이 잇스나 뎌의 십빈로ᄡᅥ 감히 노신을 당치 못ᄒᆞᆯ지라. 쟝군 [42] 이 도구(島寇)룰 쇼계ᄒ여 아동(我東)으로 ᄒᆞ여곰 긔업을 두 번 명ᄒᆞ미 개가(凱歌)룰 부ᄅᆞ고 도라가 일홈을 듁빅(竹帛)의 드리온즉 엇지 대쟝부의 ᄉᆞ업이 아니랴? 쟝군이 ᄌᆞᄌᆞ 셩각지 아니ᄒᆞ고 도로혀 이심(異心)을 품으니 이 엇지 쟝군의게 바라ᄂ 비리오? 금일 거조(擧措)ᄂ 쟝군으로 ᄒᆞ여곰 아동(我東)의 ᄯᅩᄒᆞᆫ 사ᄅᆞᆷ이 잇ᄂ 줄을 알게 ᄒᆞ미라. 쟝군이 만일 무옴을 도로혀지 아니ᄒᆞ면 내 비록 쇠로ᄒᆞ나 쟝군을 졔어ᄒᆞᆯ 거시니 삼갈지어다. 산야의 사ᄅᆞᆷ이 말이 심히 당돌ᄒᆞ니 쟝군은 용셔ᄒᆞ라."

계독이 반향이나 말이 업셔 오직 낙낙(諾諾)ᄒᆞ고 가ᄂ니라.

신부반호구장부
新婦拌虎救丈夫

호듕(湖中)의 ᄒᆫ ᄉᆞ인이 ᄌᆞ혼(子婚)을 닌읍(隣邑) 오십 ᄂᆡ ᄯᅡ의 힝ᄒᆞ미 신랑이 [43] 초례(醮禮)룰 파ᄒ고 밤의 신방의 들어가 신부로 더부러 안잣더니 밤든 후 일졍 벽녁의 뒤문이 ᄯᅵ여지며 홀연 ᄒᆫ 대회(大虎ㅣ) 돌입ᄒᆞ여 신랑을 물고 가거늘 신뷔 창황히 급히 니러 범의 뒤다리룰 안고 죽기룰 그음ᄒᆞ여38) 노치 아니ᄒᆞ니 범이 곳 산으로 치다라 그 힝ᄒᆞ미 나ᄂ 듯ᄒᆞ니 신뷔 ᄯᆞ라갈ᄉᆡ 암확(巖壑)의 고하와 형극(荊棘)의 총잡(叢雜)을 헤지 아니ᄒᆞ여 의상(衣裳)이 ᄯᅵ여지며 머리 프러져 만신의 피빗치로디 죵시 노치 아니ᄒᆞ고 몃 니룰 힝ᄒᆞ미 범이 ᄯᅩᄒᆞᆫ 긔진(氣盡)ᄒ여 신랑을 플언덕 우희 ᄇᆞ리고 가거늘 신뷔 비로쇼 졍신을 슈습ᄒᆞ여 손으로 신체룰 어루만

---

38) 【그음ᄒ-】 圏 한정하다.¶ 限 ‖ 신뷔 챵황히 급히 니 러 범의 뒤다리룰 안고 죽기룰 그음ᄒᆞ여 노치 아니ᄒᆞ 니 범이 곳 산으로 치다라 그 힝ᄒᆞ미 나ᄂ 듯ᄒᆞ니 (新婦蒼黃急起, 乃抱虎後脚不捨, 虎直上後山, 而新婦限死隨去.) <靑邱野談 奎章 17:43>

진즉 명문(命門)의[39] 져기 온긔 잇ᄂᆞᆫ ᄃᆞᆺᄒᆞᆫ지라 두루 살펴본즉 언덕 아릐 인개(人家ㅣ) 잇고 뒤창의 블빗치 잇거ᄂᆞᆯ 인ᄒᆞ여 길을 ᄎᆞ 【44】 져 ᄂᆞ려가 문을 열고 들어가니 ᄆᆞᆺ춤 오륙인이 모도여 술마시ᄆᆡ 빈반이 낭ᄌᆞᄒᆞ더니 홀연 신부의 돌입ᄒᆞ믈 놀나 셔로 보니 만면지분(滿面脂粉)이 피ᄅᆞᆯ 화ᄒᆞ여 엉긔고 편신(遍身) 의상은 곳〻마다 ᄢᅵ여졋스니 바라보ᄆᆡ ᄒᆞᆫ 녀귀(女鬼)라. 졔인이 ᄶᅡ의 업더지거ᄂᆞᆯ 신뷔 ᄀᆞᆯ오ᄃᆡ,

"나ᄂᆞᆫ 귀신이 아니오 사ᄅᆞᆷ이라 녈위ᄂᆞᆫ 다 놀나지 말고 뒤동산의 사ᄅᆞᆷ이 잇셔 ᄉᆞ싱을 미분(未分)ᄒᆞ니 바라건ᄃᆡ 급히 구ᄒᆞ쇼셔."

졔인이 그졔야 놀난 혼을 슈습ᄒᆞ고 후원의 블을 들고 올나간즉 과연 쇼년 남ᄌᆡ ᄲᅥᆺ〻이 누어 긔식이 업거ᄂᆞᆯ 졔인이 ᄉᆞᆯ펴보니 이 쥬인의 ᄋᆞ들이라 쥬인이 황망ᄒᆞ여 곱게 드러 더온 방의 누이고 입을 어긔고 약슈ᄅᆞᆯ 너으니 식경은 ᄒᆞ여 ᄭᆡ여나니 거개 쳐음은 망단(望斷)ᄒᆞ다가 이졔 【45】 야 경하ᄒᆞ더라. 대개 신랑의 부친이 혼ᄒᆡᆼ(婚行)을 치송ᄒᆞ고 닌우(隣友)ᄅᆞᆯ 모와 ᄆᆞᆺ춤 음쥬ᄒᆞᆯ ᄌᆞ음의 신뷔 신랑을 구ᄒᆞ여 온 곳은 곳 집 뒤라 비로쇼 그 녀ᄌᆡ 신뷘 줄 알아 ᄂᆡ실노 마쟈 죽음(粥飮)을 먹이고 익일의 부가(婦家)의 통ᄒᆞ니 냥개(兩家ㅣ) 다 경희ᄒᆞ믈 니긔지 못ᄒᆞ여 그 신부의 지셩고졀(至誠高節)을 탄복ᄒᆞ고 향니 그 일노ᄡᅥ 졍관졍영(呈官呈營)ᄒᆞ여 졍문(旌門)ᄒᆞ니라.

셜별과쇼년고듕
設別科少年高中

셩묘됴(成廟朝)의셔 왕〻 미ᄒᆡᆼ(微行)ᄒᆞ실ᄉᆡ 일야ᄂᆞᆫ 셜월(雪月)이 죠요ᄒᆞ거ᄂᆞᆯ 수삼 환시(宦侍)로 더부러 미복으로 ᄒᆡᆼᄒᆞ샤 남산 아릐 니르시니 ᄯᅢ 경히 삼경이라 만뢰구젹(萬籟俱寂)ᄒᆞᄃᆡ 산하 수간두옥(數間斗屋)의 등블이 명멸(明滅)ᄒᆞᆫᄃᆡ 글 닑ᄂᆞᆫ 소ᄅᆡ 잇거ᄂᆞᆯ 샹이 복건도복(幅巾道服)으로 【46】 지게ᄅᆞᆯ 열고 들어가시니 쥬인이 놀나 ᄂᆞ려 자리의 맛고 무러 ᄀᆞᆯ오ᄃᆡ,

"어ᄂᆡ 곳 ᄀᆡᆨᄌᆡ(客子ㅣ)신지 심야의 오시니잇고?"

샹이 ᄀᆞᆯᄋᆞ샤ᄃᆡ,

"우연이 지나다가 독셔셩(讀書聲)을 듯고 드러왓노라."

ᄒᆞ시고 인ᄒᆞ여 무러 ᄀᆞᆯᄋᆞ샤ᄃᆡ,

"무ᄉᆞᆷ 글을 닑ᄂᆞ뇨?"

ᄃᆡᄒᆞ여 ᄀᆞᆯ오ᄃᆡ,

"쥬역(周易)이로소이다."

샹이 더부러 문난(問難)ᄒᆞ시ᄆᆡ 응ᄃᆡᄒᆞᄆᆡ 여류ᄒᆞ니 참대위라. ᄯᅩ 무르사ᄃᆡ,

"나히 엇마뇨?"

ᄃᆡᄒᆞ여 ᄀᆞᆯ오ᄃᆡ,

"오십 예(餘ㅣ)로이다."

"과공(科工)을 폐치 아니ᄒᆞ엿ᄂᆞ냐?"

ᄀᆞᆯ오ᄃᆡ,

"수긔(數奇)ᄒᆞᆫ[40] 고로 과장의 여러 번 굴ᄒᆞ엿노이다."

그 ᄉᆞ초 보기ᄅᆞᆯ 쳥ᄒᆞ신ᄃᆡ 이의 ᄂᆡ여뵈니 개〻 명작(名作)이라 샹이 괴이 너겨 무르샤ᄃᆡ,

"뎌러ᄐᆞᆺ 실ᄌᆡ(實才)로 지우금(至于今) 결과치 못ᄒᆞ믄 유ᄉᆞ(有司)의 칙망이로다."

ᄃᆡᄒᆞ여 ᄀᆞᆯ오ᄃᆡ,

"수긔ᄒᆞᆫ 타시니 엇지 유ᄉᆞ의 공번되지 아니ᄒᆞ믈 원망ᄒᆞ리오?"

샹이 가만이 그 ᄉᆞ초 듕 【47】 글졔ᄅᆞᆯ 긔록ᄒᆞ시고 ᄀᆞᆯᄋᆞ샤ᄃᆡ,

"지명일의 별과(別科) 잇스믈 혹 들엇ᄂᆞ냐?"

ᄀᆞᆯ오ᄃᆡ,

"듯지 못ᄒᆞ엿노이다. 어ᄂᆡ ᄯᅢ 녕이 나니잇고?"

샹이 ᄀᆞᆯᄋᆞ샤ᄃᆡ,

"앗가 ᄌᆞ샹으로 명이 계시니 다만 힘ᄡᅥ보라."

ᄒᆞ시고 인ᄒᆞ여 나오샤 익예(掖隷)로[41] ᄒᆞ여금

---

39) 【명문】 [명] ((신체)) 명문(命門). 명치.¶ 命門 ‖ 신뷔 비로쇼 정신을 슈습ᄒᆞ여 손으로 신체ᄅᆞᆯ 어루만진즉 명문의 져기 온긔 잇ᄂᆞᆫ ᄃᆞᆺᄒᆞᆫ지라 (新婦始乃收拾精神, 以手按撫身體, 則命門下微有溫氣.) <靑邱野談 奎章 17:43>

40) 【수긔-ᄒᆞ-】 [명] 수기(數奇)하다. 운수가 기박하다.¶ 數奇 ‖ 수긔ᄒᆞᆫ 고로 과장의 여러 번 굴ᄒᆞ엿노이다 (數奇之故, 屢屈科場矣.) <靑邱野談 奎章 17:46>

41) 【익녜】 [명] ((인류)) 액예(掖隷). 조선시대에, 왕명의 전달 및 안내, 궁궐 관리 따위를 맡아보던 관아에 딸린 이원(吏員), 또는 하예(下隷).¶ 掖隷 ‖ 인ᄒᆞ여 나오샤 익예로 ᄒᆞ여금 이곡 미와 십근 육을 안의 더지고 가시다 (仍辭出, 使掖隷以二斛米十斤肉, 自外投之而去.)

이곡(二斛) 미(米)와 십근 육(肉)을 안의 더지고 가시다. 환궁 후의 인ᄒᆞ여 별과롤 명셜(命設)ᄒᆞ시고 어졔롤 지작야 유셩 슈초 등 글졔로 너여 걸고 그 글이 들어오기롤 고더ᄒᆞ시더니 미긔예 ᄒᆞᆫ 시권을 밧치니 과연 보신 바 뷔(賦ㅣ)라. 졔일의 탁치(擢置)ᄒᆞ엿더니[42] 밋 탁방(拆榜)ᄒᆞᆫ[43] 후의 신은을 부르신즉 향야(向夜) 유셩이 아니오 곳 다른 쇼년 션비어늘 샹이 의아ᄒᆞ샤 무르샤디,

"이 녀의 지은 비냐?"

더ᄒᆞ여 굴오디,

"아니오라. 과연 쇼신의 스승 슈초 등의 만난 글이로쇼이다."

굴ᄋᆞ샤디,

"너의 스부는 엇지 관 [48] 광치 아니ᄒᆞ뇨?"

더ᄒᆞ여 굴오디,

"신의 스뷔 우연이 미육(米肉)을 과식ᄒᆞ고 졸연이 관격ᄒᆞ여 과장의 드지 못ᄒᆞ옵고 쇼신이 그 스초롤 품고 들어왓습더니 텬은을 감축ᄒᆞᄂᆞ이다."

샹이 믁언냥구의 ᄒᆞ여금 믈너가라 ᄒᆞ시다. 대개 쥬신바 미육을 쥬린 창ᄌᆞ의 과히 먹고 병이 낫스니 일노 말미암아 보면 엇지 명이 아니랴? 그 유셩이ᄌᆞ 빌픠로 인ᄒᆞ여 니지 못ᄒᆞ니라.

견셔봉천리방부친
傳書封千里訪父親

차덕봉(車德鳳)은 대흥(大興)[44] 두련니(斗蓮里)

스인이라. 동향 문관을 ᄯᅡ라 복쳥(北靑)[45] 임쇼의 아긱(衙客)이[46] 되여 우연이 관기(官妓) 초안(楚岸)으로 더부러 ᄉᆞ졍이 잇셔 팅긔 이신 지 수월의 그 문관이 파직ᄒᆞ미 차셩(車生)이 ᄯᅩᄒᆞᆫ 동힝ᄒᆞᆯ지라 님발의 일션을 쥬어 니별ᄒᆞᆯᄉᆡ 그 붓치의 【49】 ᄣᅥ ᄀᆞᆯ오디, ᄋᆞ들을 낫커든 일홈을 대흥(大興)이라 ᄒᆞ고 ᄯᆞᆯ을 낫커든 두련(斗蓮)이라 ᄒᆞ야 ᄣᅥ ᄌᆞ가 거ᄒᆞᆫ 바 디명을 긔록ᄒᆞ여 타일 ᄌᆞᄌᆞ홈을 도라보와 아비 싱각ᄒᆞᄂᆞᆫ 뜻을 부치미러리 초안이 밋 셩녀ᄒᆞ미 두련이라 일홈ᄒᆞ디 차셩은 아지 못ᄒᆞ더라. 북쳥이 대흥의 가기 쳔여 리라 셩식(聲息)이 셔로 밋지 못ᄒᆞ미 거의 수십 년의 붓치 쥬고 일홈 지으라 ᄒᆞᆯ일을 젼연 니졋더니 일ᄋᆞᆫ 차셩이 니졈(痢店)으로[47] 위즁ᄒᆞ여 침셕의 업디여 졍신을 모로더니 홀연 동니 거ᄒᆞᄂᆞᆫ 스인의 노지 경듕으로부터 와 ᄒᆞᆫ 셔봉(書封)을 젼ᄒᆞ여 닐으디,

"안장녕(安掌令) 집으로 젼ᄂᆡ(傳來)ᄒᆞᆫ 재라."

ᄒᆞ고 ᄯᅩ 의복보와 삼용(蔘茸)[48] 물죵이 잇거늘 차셩이 크게 의아ᄒᆞ여 셔봉을 ᄯᅥ여본즉 이예 두

련의 슈송훈 비라. 【50】 셔듕 스의(辭意)는 '싱닌예 아비 안면을 아지 못ᄒ여 사ᄅᆷ의 아비 부르는 쇼리룰 들으면 심히 측달(惻怛)ᄒ여 텬눈을 모로는 인셩이 인류의 ᄃᆞ지 못ᄒ오니 만일 부친이 셰상의 계신 줄 알면 쳔 리룰 멀니 아니너기고 근친ᄒ여 훈 번 부안(父顔)을 뵈온즉 죽어도 눈을 감으리로쇼이다.' 만지 스연이 ᄀᆞᆫ졀ᄒ지라 차셩이 황연이 ᄭᆡᄃᆞ라 이의 초안이 쓸을 나아 과연 두련으로뻐 일홈ᄒ여 쟝셩ᄒᆡ 니른 줄 알고 일희일비ᄒ여 능히 졍을 뎡치 못ᄒᆞᆯ지라. 병을 강잉ᄒ여 답셔ᄒ여 부치고 병인즉 인ᄒ여 그 녀식의 보닌 바 약종을 년복ᄒ니 졈졈 나ᄒᆞ니라. 이히 가을의 두련이 근친 슈유(受由)룰 고ᄒ고 그 ᄉᆞ경을 알왼디 복쳥 쉼 그 ᄯᅳᆺ을 감동ᄒ여 특별이 허ᄒ니 【51】 두련이 비로쇼 힝쟝을 출혀 쳔 리룰 발셥ᄒ여 그 부친을 홍쥬(洪州) 금마쳔(金馬川)의셔 와 뵈니 대흥으로 이거(移居)ᄒᆞ미라. 셔로 붓들고 통곡ᄒ여 부녀의 졍을 펴니라. 그 후의 ᄌᆞᄌᆞ 왕닉ᄒ여 ᄆᆞᆺ춤내 죵신(終身)ᄒ고 삼상(三喪)을 맛고 도라가니라.

뎜텬셩심협봉이인
覘天星深峽逢異人

경듕(京中) 훈 스인이 븍관(北關)의49) 갓다가 도라올 ᄯᅢ예 산듕 경개룰 탐ᄒ여 쇼로ᄌᆞᄎᆞ 힝ᄒ더니 일ᄌᆞ은 이쳔(伊川)50) 지경의 니르러 일셰 져믈고 산셰 스면으로 둘넛고 슈목이 참텬(參天)ᄒ고 호표호리(虎豹狐狸) 낫예 횡힝ᄒᆞᆫ지라. 비회ᄒ여 ᄉᆞ고(四顧)ᄒ디 인젹이 ᄭᅳᆫ쳐지고 산뇌 험쥰ᄒ여 경히

위틱훈지라. 힝ᄒ여 인가룰 ᄎᆞᆺ더니 홀연 보니 큰 돌이 ᄀᆞ온디 열녀 셩문 ᄀᆞᆺ고 대 【52】 쳔(大川)이 그 ᄀᆞ온디로 흘너나오고 무우와 비ᄎᆞ닙히51) 쩌ᄌᆞ로 뉴슈(流水)룰 ᄯᅡ라 흘너나오거늘 스인이 ᄀᆞᆯ오디,
"ᄎᆞ간(此間)의 반ᄃᆞ시 인개(人家ㅣ) 잇도다 무릉션계(武陵仙界) 아니면 반ᄃᆞ시 텬틱은게(天台隱居)라."

ᄒ고 그 노ᄌᆞ로 ᄒ여금 믈의 헤음ᄒ여52) 드러가 보라 ᄒ니 이윽고 그 노지 겨근빈룰 타고 나오거늘 스인이 드듸여 빈예 올나 노ᄌᆞ로 더브러 비룰 져허 거슬녀 올나가 믈이 진훈 곳의 가 언덕의 빈룰 븟치고 힝ᄒ여 일쳐의 니르러 인개 잇스니 산고곡심(山高谷深)ᄒ여 진이(塵埃) 니르지 아니ᄒᆞᆫ 곳의 촌게(村居ㅣ) 극히 쇼쇄ᄒ니 졍히 별셰계(別世界)라. 훈 노인이 막대룰 닛글고 나오니 의관이 탈속(脫俗)훈지라 스인을 마쟈 ᄀᆞᆯ오디,
"이 ᄯᅡ히 심히 유벽ᄒ여 인셰로 더부러 통치 아니훈지 빅여 년이라 쇽긱(俗客)이 ᄋᆞ는 【53】 재 엄거늘 그ᄃᆡ 엇지 뻐 드러오뇨?"

스인이 실노(失路)훈 형상을 고훈디 그 노인이 마져 쟈리의 울녀 셕반을 디졉ᄒ니 산치야쇼(山菜野蔬ㅣ)53) 셰간의 맛시 아니러라. 인ᄒ여 동침ᄒᆞᆯ ᄉᆡ 죵용히 담화ᄒ여 닐오디,
"그ᄃᆡ 내 말을 드르라. 우리 션디로부터 셰상의 영욕을 샤졀(謝絶)ᄒ고 지긔지우(知己之友) 오륙인으로 더부러 이예 복거(卜居)ᄒ연지 이졔 수빅 년이라. 죵젹이 훈 번도 산의 나지 아니ᄒ고 셩남셩녀ᄒ여 셔로 더부러 혼ᄎᆔᄒᆞᆷ이 이졔 누빅 호 대쵼(大村)이 되여 밧갈아 먹고 길삼ᄒ여 닙어 시비(是非)

49) 【븍관】 图 ((지리)) 븍관(北關). 함경남북도 지방의 별칭.¶ 北關 ‖ 경듕 훈 스인이 븍관의 갓다가 도라올 ᄯᅢ예 산듕 경개룰 탐ᄒ여 쇼로ᄌᆞᄎᆞ 힝ᄒ더니 (京中一士人, 往北關歸時, 取山中捷徑而行.) <靑邱野談 奎章 17:51>

50) 【이쳔】 图 ((지리)) 이쳔(伊川). 지금의 강원도 이쳔군(伊川郡).¶ 北關 ‖ 일ᄌᆞ은 이쳔 지경의 니르러 일셰 져믈고 산셰 스면으로 둘넛고 슈복이 참텬ᄒ고 호표호리 낫예 횡힝ᄒᆞᆫ지라 (一日行至伊川界, 日色向晚, 山勢四圍, 大木參天, 虎豹虓嘷, 狐狸横行.) <靑邱野談 奎章 17:51>

51) 【비ᄎᆞ·닙히】 图 ((식물)) 배춧잎.¶ 葉 ‖ 힝ᄒ여 인가룰 ᄎᆞᆺ더니 홀연 보니 큰 돌이 ᄀᆞ온디 열녀 셩문 ᄀᆞᆺ고 대쳔이 그 ᄀᆞ온디로 흘너나오고 무우와 비ᄎᆞ닙히 쩌ᄌᆞ로 뉴슈룰 ᄯᅡ라 흘너나오거늘 (行尋人煙, 忽見大石中開若石門, 然有大川, 自自其中流出, 菁葉時時隨流而下.) <靑邱野談 奎章 17:52>

52) 【헤음·ᄒ-】 图 헤엄하다. 헤엄치다.¶ 浮水 ‖ 그 노ᄌᆞ로 ᄒ여금 믈의 헤음ᄒ여 드러가 보라 ᄒ니 이윽고 그 노지 겨근빈룰 타고 나오거늘 (使其奴, 浮水而入, 良久其奴, 乘小舟而來.) <靑邱野談 奎章 17:52>

53) 【산치·야소】 图 ((식물)) 산채야소(山菜野蔬). 산과 들에서 나는 재ᄂᆞ.¶ 山菜野蔬 ‖ 스인이 실노 훈 형상을 고훈디 그 노인이 마져 쟈리의 울녀 셕반을 디졉ᄒ니 산치야쇼 셰간의 맛시 아니러라 (其士人告以山行失路之狀, 其老人延之入坐, 饋以夕飯, 山菜野蔬, 決非世間之味.) <靑邱野談 奎章 17:53>

니르지 아니ᄒ고 조셰(租稅)ᄅᆞᆯ 내지 아니ᄒᆞ여 다만 꼿피면 춘졀(春節)이오 닙 지면 가을인 줄 아노라."

밤이 깁혼 후 뜰ᄅᆞᆯ 거느다가 홀연 흔 별이 쩌러지믈 보고 믄득 놀나 ᄀᆞᆯ오ᄃᆡ,

"평구(平邱) 박진헌(朴震憲)이 죽엇도다."

인ᄒᆞ【54】여 탄식ᄒᆞᄃᆡ,

"블구의 병난(兵難)이 날 거시니 이ᄅᆞᆯ 쟝ᄎᆞᆺ 엇지ᄒᆞ리오?"

그 스인이 ᄆᆞ음의 괴이 너겨 가만이 그 일ᄌ를 힝등 쇼ᄎᆡᆨ의 긔록ᄒᆞ고 노인ᄃᆞ려 무러 왈,

"병난이 만일 니러난즉 엇지 ᄒᆞᆫ 화ᄅᆞᆯ 피ᄒᆞ리잇고? 쳥컨ᄃᆡ 길디ᄅᆞᆯ ᄀᆞᆮ히여 쥬쇼셔."

노인 왈,

"만일 강능(江陵) 삼쳑(三陟)으로 가면 가히 화ᄅᆞᆯ 면ᄒᆞ리라."

익일의 스인이 셕문으로 나와 집의 도라올 ᄯᅢ예 평구촌의 니ᄅᆞ러 무르ᄃᆡ,

"여긔 박진헌이란 사ᄅᆞᆷ이 잇ᄂᆞ냐?"

촌인이 ᄀᆞᆯ오ᄃᆡ,

"이믜 죽엇ᄂᆞ이다."

그 일ᄌᄅᆞᆯ 무른즉 과연 별 쩌러지든 밤이러라. 병ᄌ란을 당ᄒᆞ믹 스인이 그 노인의 말을 성각ᄒᆞ여 드디여 쳐ᄌᄅᆞᆯ 다리고 삼쳑으로 이졉(移接)ᄒᆞ여 ᄆᆞ춤내 젼개(全家ㅣ) 무ᄉᆞᄒᆞ니라.

【55】

문이형낙강봉포은
問異形洛江逢圃隱

박쳔(博川)의54) 흔 포슈ㅣ 묘향산(妙香山)의 출녑(出獵)ᄒᆞ니 ᄎᆞᆫ산이 대개 인젹부도쳐(人跡不到處ㅣ) 만혼지라. 포슈ㅣ 흔 사슴을 쏘차 거의 잡을 듯ᄒᆞᄃᆡ 죵일 못잡고 필경 ᄎᆞᆫᄎᆞ 심산궁곡의 니르러는 날이 황혼이라 향홀 바ᄅᆞᆯ 아지 못ᄒᆞ여 심히 황겁ᄒᆞ더니 희미흔 길이 결학(絶壑) ᄀᆞ온ᄃᆡ 잇는 듯ᄒᆞ거늘

압호로 수 리ᄅᆞᆯ 힝ᄒᆞ믹 흔 초려(草盧)ᄅᆞᆯ 어드니 초례 열두 간을 너쳐 지어 듕간이 다 통ᄒᆞ고 흔간은 부억이라 문이 잇고 기외는 문과 벽이 업셔 댱ᄏᆞ(長長)흔 통방(通房)이라. 쥬하(廚下)의 흔 미인이 바야흐로 셕반을 짓다가 긱을 보고 경괴(驚怪)치 아니ᄒᆞ거늘 포슈ㅣ 심산의 실노흔 연유ᄅᆞᆯ 고ᄒᆞᆫᄃᆡ 그 녀지 흔연이 문답ᄒᆞ거늘 드디여 들어가 쉬더니 쇼경의 셕반을 나아오니 반찬은【56】다 웅쟝(熊掌)과55) 녹포(鹿脯)와56) 져육(猪肉)이라. 가쟝의 유무ᄅᆞᆯ 무른즉 출녑ᄒᆞ엿다 닐으더니 이경 ᄯᅢ의 인젹이 잇거늘 긔녜 급히 나가 마즐ᄉᆡ 다만 보니 긔인이 뜰의 셔ᄉᆞ 짐을 버셔노흐더 몸이 집덤이57) 만ᄒᆞ고 기리 팔구 쟝이라. 방안의셔 그 ᄂᆞᆺ츨 보지 못ᄒᆞᆯ너라. 긔쳐ᄅᆞᆯ 도라보아 ᄀᆞᆯ오ᄃᆡ,

"긱을 잘 디졉ᄒᆞ엿ᄂᆞ냐?"

ᄀᆞᆯ오ᄃᆡ,

"그리ᄒᆞ엿ᄂᆞ이다."

드디여 방의 들녀 홀식 그 몸이 너모 길므로 뼈 능히 집 ᄀᆞ온ᄃᆞ로 들어오지 못ᄒᆞ고 계 일간 긴 머리로부터 ᄎᆞᄎᆞ 굽ᄒᆞ려 들어와 누으니 길이 십일간의 쎗치논지라. 대개 안즌크58) 능히 돌보의 펴지 못ᄒᆞ야 들어오면 곳 누으미러라. 인ᄒᆞ여 포슈ᄃᆞ려 닐오ᄃᆡ,

"네 죵일 사슴을 조ᄎᆞ 엇지 못ᄒᆞᆫ다?"

ᄀᆞᆯ오ᄃᆡ,

"그러ᄒᆞ다."

---

54) 【박쳔】圖 ((지리)) 박쳔(博川). 평안북도 박쳔군.¶ 博川 ‖ 박쳔의 흔 포슈ㅣ 묘향산의 출녑ᄒᆞ니 ᄎᆞᆫ산이 대개 인젹부도쳐 만혼지라. (博川一砲手, 獵于妙香山, 香盖大山, 多人跡所不到處.) <靑邱野談 奎章 17:55>

55) 【웅쟝】圖 ((음식)) 웅쟝(熊掌). 곰의 발바닥.¶ 熊掌 ‖ 드디여 들어가 쉬더니 쇼경의 셕반을 나아오니 반찬은 다 웅쟝과 녹포와 져육이라 (少頃進夕, 飯饌則純用熊掌鹿脯山猪肉等屬.) <靑邱野談 奎章 17:56>

56) 【녹포】圖 ((음식)) 녹포(鹿脯). 사슴의 고기로 만든 포.¶ 鹿脯 ‖ 드디여 들어가 쉬더니 쇼경의 셕반을 나아오니 반찬은 다 웅쟝과 녹포와 져육이라 (少頃進夕, 飯饌則純用熊掌鹿脯山猪肉等屬.) <靑邱野談 奎章 17:56>

57) 【집-덤이】圖 집더미. 집채.¶ 屋字 ‖ 이경 ᄯᅢ의 인젹이 잇거늘 긔녜 급히 나가 마즐ᄉᆡ 다만 보니 긔인이 뜰의 셔ᄉᆞ 짐을 버셔노흐더 몸이 집덤이 만ᄒᆞ고 기리 팔구쟝이라 (二更際, 有人跡聲, 女人忙出迎之, 只見巨人來立又庭, 脫擔於地, 擔大如一間屋, 而其人也, 巨且長, 高過於屋字, 上八九丈.) <靑邱野談 奎章 17:56>

58) 【안즌-ᄏᆡ】圖 앉은키.¶ 坐之高 ‖ 대개 안즌ᄏᆡ 능히 돌보의 펴지 못ᄒᆞ야 들어오면 곳 누으미러라 (盖其入而卽臥, 以其坐之高, 不能伸於屋樑之故也.) <靑邱野談 奎章 17:56>

ᄀᆞᆯ오ᄃᆡ,

"네 뎌 녀ᄌᆞᄅᆞᆯ 교합ᄒᆞᆫ다?"

포 【57】 슈 혜오ᄃᆡ '뎌의 녕니ᄒᆞ미 이 ᄀᆞᆺ고 장대ᄒᆞ미 뎌 ᄀᆞᆺᄐᆞ니 나의 작죄(作罪)ᄅᆞᆯ 뎨 이믜 알거신즉 가히 소기지 못ᄒᆞ리라' ᄒᆞ고 드ᄃᆡ여 실고ᄒᆞᆫᄃᆡ 궐믈이 ᄀᆞᆯ오ᄃᆡ,

"무방ᄒᆞ다. 내 뎌 녀ᄌᆞᄅᆞᆯ 두믄 음식을 ᄀᆞ음ᄋᆞ라 슈죵(隨從)ᄒᆞᆯ ᄲᅮᆫ이오 쳐음부터 범근(犯近)ᄒᆞᆫ 일이 업스니 너의 상합(相合)ᄒᆞ미 내게 블관(不關)ᄒᆞᆫ지라 조금도 두리지 말나."

기녀ᄅᆞᆯ 도라보와 ᄀᆞᆯ오ᄃᆡ,

"식믈을 ᄀᆞ초와 오라."

기녜 명을 응ᄒᆞ야 나가 지고 온 돗틀 지할(裁割)ᄒᆞ여[59] 대반의 담아 압헤 노으니 ᄉᆡᆼ육 ᄲᅮᆫ이오 다른 찬믈이 업ᄂᆞᆫ지라. 누어셔 몰ᄭᆡᆨ(沒喫)ᄒᆞ고[60] 다시 기녀ᄃᆞ려 닐으ᄃᆡ,

"뎌 손으로 더브러 편히 동침ᄒᆞ라."

익일의 궐믈을 ᄌᆞ셰 본즉 대뎌 사ᄅᆞᆷ ᄀᆞᆺᄒᆞᄃᆡ 실은 사ᄅᆞᆷ이 아니라 의괴ᄒᆞ미 측냥 업더라. 평됴(平朝)의 궐믈이 누어 기녀ᄅᆞᆯ 블너 【58】 왈,

"ᄀᆡᆨ의 식믈과 나의 식믈을 일병(一並) 가져오라."

기녜 ᄀᆞ초와 나아오니 ᄀᆡᆨ은 익힌 찬믈이오 궐믈은 ᄉᆡᆼ육이라 먹기ᄅᆞᆯ 파ᄒᆞ고 궐믈이 밧긔 나갈ᄉᆡ 이슴의[61] 요동홈 ᄀᆞᆺᄐᆞ여 머리 향ᄒᆞᄂᆞᆫ 곳의 엉금〻〻 긔여 나가 외뎡(外庭)의 안쟈 ᄀᆞᆯ오ᄃᆡ,

"내 ᄀᆡᆨ의 상모ᄅᆞᆯ 보니 실노 다복ᄒᆞᆫ지라 네 쟉일 여긔 오믄 실노 나의 인도ᄒᆞ미오 녀인은 이곳의 잇스미 불가ᄒᆞ니 솔거ᄒᆞ미 무방ᄒᆞ고 나의 모든 바 호표 장녹 웅져의 피믈(皮物)은 여긔 져축ᄒᆞ여 ᄡᅳᆯᄃᆡ 업스ᄆᆡ 너ᄅᆞᆯ 쥬고져 ᄒᆞᄃᆡ 네 힘이 약ᄒᆞ여 능히 만히 지〻 못ᄒᆞ리니 내 ᄆᆞᆺ당이 진력ᄒᆞ여 슈운ᄒᆞ리라."

ᄒᆞ고 드ᄃᆡ여 대망으로ᄡᅥ 셕굴 안의 산ᄀᆞᆺ치 ᄡᆞ흔 피믈을 너허 메고 나와 ᄀᆞᆯ오ᄃᆡ,

"네 뎌 녀인을 ᄃᆞ리고 몬져 ᄒᆡᆼᄒᆞ여 무론모쳐(毋論某處) 【59】 ᄒᆞ고 ᄒᆡ구(海口)의 ᄇᆡ ᄃᆡ이ᄂᆞᆫ 곳을 조챠 굿치라."

포슈 안쥬(安州) 포구의 니르니 궐믈이 피믈을 지고 니르러 닐너 왈,

"이 갑슬 의논ᄒᆞ면 일가산이 될지라 내 ᄯᅩᄒᆞᆫ 네게 쳥ᄒᆞᆯ 거시 잇스니 모로미 닷ᄉᆡ 후의 소 두 필을 잡고 소금 ᄇᆡᆨ셕을 무역ᄒᆞ여 날을 여긔셔 기ᄃᆞ리라."

ᄒᆞ고 니별ᄒᆞ고 가니라. 포슈 ᄇᆡᄅᆞᆯ 셰너야 녀인과 피믈을 싯고 도라와 녀인은 작쳐(作妻)ᄒᆞ고 피믈은 쳑매(斥賣)ᄒᆞ야 수천금을 어더 거연(居然) 부가옹이 되니 궐믈의 사ᄅᆞᆷ인지 사ᄅᆞᆷ 아닌지 녀인도 아지 못ᄒᆞ더라.

졔 오일의 니르러 소ᄅᆞᆯ 지살ᄒᆞ고 소금을 무역ᄒᆞ여 신디(信地)의 가 기ᄃᆞ리더니 궐믈이 과연 젼ᄀᆞᆺ치 ᄯᅩ 피믈을 져다가 쥬고 소 둘을 다 먹은 후 ᄇᆡᆨ셕 소금을 가ᄌᆞᆨ 담은 망태의 거두어 메ᄃᆡ 조금도 힘을 허비치 【60】 아니ᄒᆞ고 ᄯᅩ ᄀᆞᆯ오ᄃᆡ,

"후오일의ᄂᆞᆫ 소ᄅᆞᆯ 그만두고 소금은 젼ᄀᆞᆺ치 가져와 이 ᄯᅡ의 기ᄃᆞ리라."

포슈 ᄯᅩ 기일의 소와 소금을 가져가니 궐믈이 피믈을 여젼이 슈러ᄒᆞ여 소금은 망듕의 녓코 소ᄂᆞᆫ ᄆᆡ〻히 믈니쳐 ᄀᆞᆯ오ᄃᆡ,

"만일 먹고져 ᄒᆞ면 엇지 몬져 부탁지 아니ᄒᆞ엿스리오? 금번은 맛당히 먹지 아니리라."

ᄒᆞ고 구지 사양ᄒᆞ니 포슈 실졍으로 만집(挽執)ᄒᆞ고 ᄀᆞᆯ오ᄃᆡ,

"이믜 슉분(宿分)이 업거ᄂᆞᆯ 날을 닛그러 미녀로ᄡᅥ 작쳐ᄒᆞ게 ᄒᆞ고 셰 짐 피믈노ᄡᅥ 쥬어 갑슬 의논ᄒᆞ면 수만 금이라. 이졔 소ᄅᆞᆯ 잡으미 실노 은덕을 감격ᄒᆞ여 듕심으로 주미어믈 엇지 졍을 막ᄂᆞ뇨?"

궐믈이 믄득 ᄉᆞ량(思量)ᄒᆞ여 ᄀᆞᆯ오ᄃᆡ,

"비록 오일 한을 믈닐지라도 네 졍의ᄅᆞᆯ 감동ᄒᆞ노라."

ᄒᆞ고 드ᄃᆡ여 진ᄭᆡᆨ(盡喫)ᄒᆞ고 ᄀᆞᆯ오ᄃᆡ,

"이셰 일별이 【61】 기리 젼고ᄅᆞᆯ 격ᄒᆞ도다. 진듕히 조히 잇스라."

포슈 ᄯᅩ 길을 막아 ᄀᆞᆯ오ᄃᆡ,

---

59) 【지할-ᄒᆞ-】 [동] 재할(裁割)하다. 갈라서 나누다.¶ 截殺 ‖ 기녜 명을 응ᄒᆞ야 나가 지고 온 돗틀 지할ᄒᆞ여 대반의 담아 압헤 노으니 ᄉᆡᆼ육 ᄲᅮᆫ이오 다른 찬믈이 업ᄂᆞᆫ지라 (女承命而出, 截殺俄者所負來一大彘, 盛之於大盆子, 進之於前. 蓋生肉而已, 無他供矣.) <靑邱野談 奎章 17:57>

60) 【몰ᄭᆡᆨ-ᄒᆞ-】 [동] 몰끽(沒喫)하다. 남기지 않고 다 먹다.¶ 沒啗 ‖ 누어셔 몰ᄭᆡᆨᄒᆞ고 다시 기녀ᄃᆞ려 닐으ᄃᆡ 뎌 손으로 더브러 편히 동침ᄒᆞ라 (沒啗之, 當其就宿也. 更謂女曰: "與彼客同寢.") <靑邱野談 奎章 17:57>

61) 【이슴】 [명] ((동물)) 이무기¶ 長蟒 ‖ 먹기ᄅᆞᆯ 파ᄒᆞ고 궐믈이 밧긔 나갈ᄉᆡ 이슴의 요동홈 ᄀᆞᆺᄐᆞ여 머리 향ᄒᆞᄂᆞᆫ 곳의 엉금〻〻 긔여 나가 외뎡의 안쟈 ᄀᆞᆯ오ᄃᆡ (吃罷, 其物也曳長, 而出於房外, 似若長蟒之搖動, 直自向頭處, 匍匐出來, 至外庭. 遂坐曰.) <靑邱野談 奎章 17:58>

"사룸이 셔로 알미 닉력(來歷)을 분명이 ㅎ미
귀ㅎ거늘 허믈며 영별(永別)을 당ㅎ여 그 뉴(類)를
분명히 아지 못ㅎ니 ᄆ옴이 억울ㅎ여 구ᄂ홀믈 니
긔지 못ㅎ여 뭇줍노니 아지 못게라 존형이 사룸이
냐 망냥(魍魎)이냐 즘셩이냐 산령이냐?"

궐믈이 골오디,

"법의 계 일홈을 계 부ᄅ지 못ㅎ느니 네 명년
단오일의 낙동강 진두(津頭)의 가 기ᄃ리면 쳥포초
립(靑袍草笠)으로 거믄 나귀 타고 오는 미쇼년을 만
나 무르면 알니라."

ㅎ고 유연이 가니라. 포쉬 일변 의괴(疑怪)ㅎ
고 일변 초창ㅎ여 도라와 피믈을 쳑미ㅎ니 드디여
관셔 갑뷔 되니라.

단오일을 고디ㅎ여 낙동강의 가 기ᄃ린즉 과
연 흔 힝츳롤 만나니 궐믈의 말과 ᄀ더라. 【62】 압
히 나아와 읍ㅎ고 한휜을 파흔 후 궐믈의 닉력으로
뼈 일ᄂ히 무르니 궐반(厥班)이 츄연장탄(偶然長歎)
ㅎ여 골오디,

"이 조치 아니흔 쇼식이로다. 이는 일홈이 위
(禹ㅣ)라. 그 믈 되오미 이스미 다힝ㅎ고 그 망ㅎ미
블힝ㅎ니 대개 텬디간 슌양졍긔(純陽正氣) 화ㅎ여
영웅호걸이 되느니 쥬셩신딕(主聖臣直)ㅎ고 국태민
안흔즉 웅걸의 인지 쪽히 졔셰(濟世)홀 공이 되지
못ㅎ는 고로 긔운이 영웅호걸이 되지 아니ㅎ고 위
되야 심산궁곡의 숨엇다가 밋 셰되 판탕(板蕩)ㅎ여
익운이 쟝춧 니른즉 위 스스로 진ㅎ되 쇼금이 아니
면 엇지 못ㅎ느니 이믜 즌진흔 후의는 그 긔운이
우듀의 흣터 허다 영웅을 죵셩(鍾生)ㅎ니 이것ㅅ
나미 엇지 우연ㅎ리오? 뎌의 쇼금 츠즘은 쟝춧 먹
고 즌진ㅎ려 ㅎ미니 대 【63】 개 그 쇼금을 오일의
일포(一飽)흔즉 쇠ㅎ고 오일을 ᄯ 일포흔즉 진ㅎ느
니 듕간의 만일 셩육을 먹은즉 그 즌진홀 긔약이
오일을 츠퇴ㅎ느니 오일지 우옴을 고샤ㅎ믄 이 연
괴라. 슬프다 삼십 년이 못ㅎ여 ᄒ니 영웅호걸이 동
한(東漢) 말년과 ᄀᄒ리니 녀국(麗國)이 그 위퇴ㅎ
며! 그러나 너의 복녁을 뎨 이믜 알고 ᄯ 그 쳐로
뼈 쥬엇스며 뎌의 범치 아니ㅎ엿다 ㅎ미 ᄯᄒ 실샹
이라 사룸이 긔운을 타 나미 남은 골온 양이오 녀
는 골온 음긔니 남이 슌양이 아니오 녜 슌음이 아
닌즉 남은 양듕의 음이 잇고 녀는 유듀의 양이 잇
스미 남녜 교합ㅎ는 리 잇ᄃ되 우는 노시 앙ᄂ라
진실노 슌양인즉 능히 교합지 못ㅎ느니 너의 쳬 ᄯ
흔 졍결ㅎ고 ᄯᄒ 복샹이니라."

【64】 포쉬 크게 이샹히 너기고 뭇ᄌ오디,

"힝츠의 셩명을 알고져 ㅎ느이다."

골오디,

"나는 졍몽쥬(鄭夢周)로라."

ㅎ고 강을 건너가더라. 삼십 년이 못ㅎ여 과
연 국너 대란ㅎ여 셩령이 도륙ㅎ디 포슈 일문은 무
ᄉ ㅎ니라.

좌초당삼노양셩
坐草堂三老禳星

션묘죠(宣廟朝) 갑신(甲申) 졍월의 낙하(洛下)
니싱(李生)이 ᄆ춤 강능 ᄯ의 일이 이셔 힝ㅎ여 졀
협(絶峽)의 니르러 미ᄂ(微微)히 길을 일허 인매 피
곤ㅎ며 날이 져믈고 슐막이 머러 향홀 바롤 아지
못ㅎ더니 믄득 수풀 사이예 흔 목동을 만나 젼노
(前路)룰 무르니 목동이 건넌 뫼흘 ᄀ르쳐 골오디,

"뎌 아리 모셩(某姓) 반개(班家ㅣ) 잇고 기외
는 다른 인개 업느니라."

싱이 그 말을 조ᄎ 집을 ᄎ자 간즉 초옥 수간
의 【65】 흔 노인이 나히 뉵십 남춧 ㅎ고 머리의 파
모관(破毛冠)을62) 쓰고 손의 쳥녀쟝(靑藜杖)을 집허
시니 겻히 일빵 동지 모셧더라. 흔연이 영졉ㅎ여 골
오디,

"이 ᄀ흔 궁향(窮鄕)의 귀긱이 엇지 왕님ㅎ시
니잇고?"

ᄉ인이 실노(失路)ㅎ믈 고흔디 쥬인이 뉴슉(留
宿)ㅎ믈 허ㅎ고 셔로 디좌ㅎ여 졍히 흔 말이 업셔
우려ㅎ미 잇는 듯ㅎ니 싱이 ᄯ흔 셜화룰 한만(閑漫)
이 못ㅎ고 흔 구셕의 안잣더니 이윽고 셕반을 나아
오니라. 황혼 씩예 쥬옹이 시동ᄃ려 닐너 골오디,

---

62) 【파모·관】 囝 ((복식)) 파모관(破毛冠). 털이 바 짜진
볼품 없는 모자.¶ 破毛冠 ‖ 싱이 그 말을 조ᄎ 집을
ᄎ자 간즉 초옥 수간의 흔 노인이 나히 뉵십 남춧 ㅎ
고 머리의 파모괸을 쓰고 손의 쳥녀쟝을 집허시ᄂ 겻
히 일빵 동지 모셧더라 (士人依所言, 踰崗而視, 則有
一草屋數三間而已, 無他村落. 直向其家卽之, 有一箇老
人, 年可六十餘, 頭戴破毛冠, 傍有一箇童子侍主翁.)
<靑邱野談 奎章 17:65>

"날이 이믜 어두으디 오히려 오지 아니ᄒᆞ니 심히 괴이ᄒᆞ다. 네 모로미 나가보라."

시동이 문을 열고 멀니 바라보고 ᄀᆞᄀᆞ여 골오디,

"이졔 앏 내ᄅᆞᆯ 건너오나이다."

쥬옹이 셩ᄃᆞ려 닐너 골오디,

"반ᄃᆞ시 겻희 잇셔 개구치 말나."

쇼언의 두 사ᄅᆞᆷ이 들어 【66】오니 일은 궁조대(窮措大) 늘근 사ᄅᆞᆷ이오 일은 거믄 쟝삼 닙은 즁이라 당의 올나 한훤을 맛츠미 다시 잡언이 업고 시동을 명ᄒᆞ여 졍화슈(井華水) 일긔(一器)ᄅᆞᆯ 반상(盤床)의 노코 분향ᄒᆞ고 다 북면ᄒᆞ고 궤좌(跪坐)ᄒᆞ여 오리 축원ᄒᆞ니 셩이 드르디 가히 희득지 못홀지라 이ᄀᆞᆺ치 ᄒᆞ기ᄅᆞᆯ 수식 경의 쥬옹이 동ᄌᆞᄅᆞᆯ 불너 골오디,

"네 문의 나가 셩신(星辰)을 둘너보라."

동지 응명ᄒᆞ고 나가더니 조금 사이 드러와 고ᄒᆞ디,

"큰 별이 동방으로부터 쩌러져 빗치 ᄯᅡ히 빗최더이다."

쥬옹과 다못 이긱이 허희탄식 왈,

"막비텬슈(莫非天數ㅣ)라 엇지ᄒᆞ리오?"

셩이 그 형샹을 보고 의괴ᄒᆞ여 무망 듕 무러 골오디,

"쥬인의 탄식ᄒᆞ미 무슴 일이뇨?"

쥬인이 골오디,

"늘곡션셩(栗谷先生)의 명이 쟝츳 진홀 고로 내 이 ᄂᆞᄂᆞ인으로 【67】더부러 하놀긔 비러 그 슈를 느려 셩녕을 구ᄒᆞ여ᄒᆞ더니 대슉 관계혼 바의 ᄆᆞᆺ춤내 녕험이 업스니 앗가 쩌러진 별은 이 니모(李某)의 쥬셩(主星)이러라."

셩이 골오디,

"내 금월 초의 경듕에셔 쩌나올 졔 니뫼 조금도 미양(微恙)이[63] 업더니 이 엇진 말이뇨?"

쥬인이 골오디,

"칠팔 년 후의 왜귀(倭寇ㅣ) 쟝츳 범경(犯境)홀 거시니 늘곡이 계신즉 거의 난을 막을 거시어늘 이졔 홀일업시 팔노(八路) 챵셩이 다 어육이 되리로

다."

이인이 쳐챵ᄒᆞᆷ믈 쯰여 ᄀᆞᄀᆞ거늘,

"셩이 무러 골오디,

"국운이 쟝츳 이 ᄀᆞᆺ틀진디 날 ᄀᆞᆺ튼 궁유(窮儒)ᄂᆞᆫ 엇지 살기ᄅᆞᆯ ᄇᆞ라리오?"

쥬인이 골오디,

"만일 당면(唐沔)의[64] ᄌᆞᆫ으로 향ᄒᆞ면 가히 도면(圖免)ᄒᆞ리라."

ᄯᅩ 무르디,

"이긱은 이 뉘뇨?"

쥬인이 골오디,

"유관(儒冠)혼 자ᄂᆞᆫ 가히 그 셩명을 니르지 못홀 거시오 치의(緇衣)ᄂᆞᆫ 이 검단 【68】대ᄉᆞ(黔丹大師ㅣ)니라."

셩이 집의 도라와 무른즉 늘곡션셩이 과연 모일의 하셰(下世)ᄒᆞ니 그날은 삼인의 긔셩(祈星)ᄒᆞᆫ 밤이러라. 임진난(壬辰亂)을 당ᄒᆞ미 당면지간(唐沔之間)의 이졉ᄒᆞ여 젼개(全家ㅣ) 무ᄉᆞᄒᆞ니라.

회림관ᄉᆞ유문샹
會琳官四儒問相

승뎡(崇禎) 병ᄌᆞ 별시(別試)예 봄의 초시ᄅᆞᆯ 뵈고 회시ᄂᆞᆫ 면츈(明春)으로 퇴뎡(退定)ᄒᆞ니 그ᄯᆡ예 입격(入格)[65] 유싱 네 사ᄅᆞᆷ이 북한(北漢)의 가 회시 공부ᄅᆞᆯ ᄒᆞ더니 일ᄋᆞᆫ 승되 ᄉᆞ인(四人)ᄃᆞ려 골오디,

"이 졀의 신승(神僧)이 잇스니 셔방쥬(書房主) 등과(登科) 여부ᄅᆞᆯ 무러보쇼셔."

ᄉᆞ인이 일졔이 승을 불너 무른즉 승이 골오

---

63) 【미양】圏 ((밀병)) 미양(微恙). 내난시 낡은 볏.녜 微恙 ‖ 내 금월 초의 경듕에셔 쩌나올 졔 니뫼 조금도 미양이 업더니 이 엇진 말이뇨 (吾於今月初, 自京離發, 伊時李某, 方帶騎判, 少無微恙, 是何言也?) <靑邱野談 奎章 17:67>

64) 【당면】圏 ((지리)) 당면(唐沔). 당진(唐津)과 면주(沔州) 사이.¶ 唐沔 ‖ 만일 당면의 ᄌᆞ로 향ᄒᆞ면 가히 도면ᄒᆞ리라 (若向湖右唐沔兩邑之地, 則庶可得免矣.) <靑邱野談 奎章 17:67>

65) 【입격】圏 입격(入格). 소과(小科) 또는 초시(初試)의 과거에 합격함.¶ 入格 ‖ 승뎡 병ᄌᆞ 별시예 봄의 초시를 뵈고 회시ᄂᆞᆫ 면츈으로 퇴뎡ᄒᆞ니 그ᄯᆡ에 입 유싱 네 사람이 북한의 가 회시 공부를 ᄒᆞ더니 (崇禎丙子, 別試科, 春初爲初試, 而會試則以朝家有故, 退定於明春. 伊時初試入格儒生四人, 出接于北漢, 做會工.) <靑邱野談 奎章 17:68>

149

디,

　"쇼승의 관상ᄒᆞᆫ 법이 조좌(稠座) 듕의 말ᄒᆞ지 아니ᄒᆞ오니 반ᄃᆞ시 방 ᄀᆞᆫ온ᄃᆡ 일인식 논상(論相)ᄒᆞ여66) 닉여보내리이다."

　신인이 그 말을 조ᄎᆞ 각ᄌᆞ 승방의 ᄒᆞ나식 드러【69】가 그 의논을 듯고 나와 셔로 더부러 무르니 '일즉(一則) ᄀᆞᆯ오ᄃᆡ 나ᄂᆞᆫ 빅ᄌᆞ쳔손(百子千孫)을 두고 일즉 ᄀᆞᆯ오ᄃᆡ 나ᄂᆞᆫ 젹쟝(賊將)이 되고 일즉 ᄀᆞᆯ오ᄃᆡ 나ᄂᆞᆫ 신션(神仙)이 되고 일즉 ᄀᆞᆯ오ᄃᆡ 나ᄂᆞᆫ 등과 후 반ᄃᆞ시 삼인을 만나리라.' ᄒᆞ니 일쟝대쇼ᄒᆞ고 허망ᄒᆞᆫ 승이라 ᄒᆞ더라. 블의예 그ᄒᆡ 납월(臘月)의 쳥병(淸兵)이 아국을 범ᄒᆞᄆᆡ 강되 함몰ᄒᆞ고 남한이 에우믈 닙으니 이ᄯᅥ의 네 션비 각ᄌᆞ도싱(各自圖生)ᄒᆞ여 비록 평명ᄒᆞᆫ 후이나 쇼식을 듯지 못ᄒᆞᆫ 지 긔허 년이라. 그 듕 일ᄉᆡ(一士ㅣ) 등과ᄒᆞ야 녕빅(嶺伯)이 되여 봄의 슌녁ᄒᆞ여 안동의 니르럿더니 님발시의 문외예 소 탄 손이 통ᄌᆞ(通刺)ᄒᆞ거늘67) 녕빅이 그 ᄂᆞᆫ 줄 아지 못ᄒᆞ고 ᄒᆞ여곰 드러오라 ᄒᆞᆫ즉 이의 안면이 의ᄌᆞᄒᆞ고 폐포파립(弊袍破笠)이 소연(蕭然)ᄒᆞᆫ 일개 한시라. 한훤을 편 후 ᄎᆞᄎᆞ 슈쟉ᄒᆞᆫ즉 이에 셕【70】반일 북한의셔 공부ᄒᆞ던 사람이라. ᄒᆞᆫ 번 창상(滄桑)으로부터 각각 분산ᄒᆞ여 ᄉᆞ싱을 모로더니 의외예 서로 만나ᄆᆡ 엇지 깃부지 아니리오? 그 쇼쥬쳐(所住處)를 무른즉 이예셔 머지 아니ᄒᆞᆫ지라 직이 ᄀᆞᆯ오ᄃᆡ,

　"녕감 힝ᄎᆞ 이믜 비쇼(鄙所)의 갓가오니 평싱 졍의를 성각ᄒᆞ셔 엇지 존가(尊駕)를 왕굴(枉屈)ᄒᆞ여 봉필(蓬蓽)의68) 광식(光色)을 내지 아니시ᄂᆞ니잇고?"

녕빅이 그 위의를 덜고 평복단긔(平服單騎)로 우비긱(牛背客)을 ᄯᅡ라 ᄒᆞᆫ 곳의 니른즉 고루거각(高樓巨閣)이69) ᄒᆞᆫ 골의 ᄀᆞ득ᄒᆞ여 큰 관부(官府) 모양 ᄀᆞᆺᄐᆞ니 좌뎡 후 긱이 막ᄎᆞ(幕次)의 들어가 긔복(改服)ᄒᆞᆯᄉᆡ 남텬릭(藍天翼)70) 듁ᄉᆞ립(朱絲笠)이71) 엄연ᄒᆞᆫ 일 대쟝이오 군포와 나졸이 녕빅 위의를 ᄉᆞ양치 아닐지라. 녕빅이 대경ᄒᆞ여 무러 ᄀᆞᆯ오ᄃᆡ,

　"그ᄃᆡ 모양이 젹괴(賊魁) 아니냐?"

답왈,

　"그러ᄒᆞ다."

ᄀᆞᆯ오ᄃᆡ,

　"엇지 이예 니르뇨?"

답ᄒᆞ여 ᄀᆞᆯ오ᄃᆡ,

　【71】"향일 북한의셔 논상(論相)ᄒᆞ던 승의 말을 긔록ᄒᆞᄂᆞ냐? 그 ᄯᅢ 승의 허망ᄒᆞᆷ믈 우엿더니 셰ᄉᆞ를 가히 측냥치 못ᄒᆞᆯ지라. 산ᄉᆞ ᄯᅥ난 후로 가쇽이 다 도륙되고 내 홀노 도싱ᄒᆞ여 동셔로 분찬(奔竄)ᄒᆞ여 이 산의 드러와 피란ᄒᆞ니 이곳 모인 등의 다 피란ᄒᆞᆫ 사롬이라 날노뼈 조곰 문ᄌᆞ(文字)를 안다 ᄒᆞ여 미루어 녕슈(領袖)를 삼으니 그 겁냑ᄒᆞᆫ 믈을 공평이 분급ᄒᆞᄆᆡ 크게 인심을 어든지라. 비록 평명ᄒᆞᆫ 후라도 의구히 소취(嘯聚)ᄒᆞ여 믄득 녹님당(綠林黨)이72)

奎章 17:70>

66) 【논상-ᄒᆞ-】圖 논상(論相)하다. 관상을 논하다.¶ 論相 ‖ 쇼승의 관상ᄒᆞᄂᆞᆫ 법이 조좌 듕의 말ᄒᆞ지 아니ᄒᆞ오니 반ᄃᆞ시 방 ᄀᆞᆫ온ᄃᆡ 일인식 논상ᄒᆞ여 닉여보내리이다 (小僧觀人之術, 未嘗稠中顯言, 必於幽室中, 一箇論相而出送矣.) <靑邱野談 奎章 17:68>

67) 【통ᄌᆞ-ᄒᆞ-】圖 통자(通刺)하다. 명함을 주고 면회를 청하다.¶ 通刺 ‖ 그 듕 일ᄉᆡ 등과ᄒᆞ야 녕빅이 되여 봄의 슌녁ᄒᆞ여 안동의 니르럿더니 님발시의 문외예 소 탄 손이 통ᄌᆞᄒᆞ거늘 (其中一士, 後果登第, 爲嶺伯, 春巡至左道安東府, 臨駕時, 門外有騎牛客, 通刺請謁.) <靑邱野談 奎章 17:69>

68) 【봉필】圖 ((주거)) 봉필(蓬蓽). 쑥이나 가시덤불로 지ᄇᆞᆫ 이ㅇ이ㅇ다ᄂᆞᆫ 뜻ᄋᆞ로, 가난ᄒᆞᆫ 사람의 집을 비유적ᄋᆞ로 이르는 말.¶ 蓬蓽 ‖ 녕감 힝ᄎᆞ 이믜 비쇼의 갓가오니 평싱 졍의를 성각ᄒᆞ셔 엇지 존가를 왕굴ᄒᆞ여 봉필의 광식을 내지 아니시ᄂᆞ니잇고 (令監行次, 旣近吾居, 念其平生, 盍枉屈尊駕, 以生蓬蓽之色也?) <靑邱野談

69) 【고루-거각】圖 ((건축)) 고루거각(高樓巨閣). 높고 크게 솟은 집.¶ 高樓傑閣 ‖ 녕빅이 그 위의를 덜고 평복 단긔로 우비긱을 ᄯᅡ라 ᄒᆞᆫ 곳의 니른즉 고루거각이 ᄒᆞᆫ 골의 ᄀᆞ득ᄒᆞ여 큰 관부 모양 ᄀᆞᆺᄐᆞ니 (嶺伯乃除其威儀, 以平服單騎隨牛背客, 而倒一壑則高樓傑閣, 充滿一谷, 依如好官府貌樣.) <靑邱野談 奎章 17:70>

70) 【남텬릭】圖 ((복식)) 남천릭(藍天翼). 무관 중에서 당상관이 입던 공복(公服)의 하나.¶ 藍天翼 ‖ 좌뎡 후 긱이 막ᄎᆞ의 들어가 긔복ᄒᆞᆯᄉᆡ 남텬릭 듁ᄉᆞ립이 엄연ᄒᆞᆫ 일 대쟝이오 군포와 나졸이 녕빅 위의를 ᄉᆞ양치 아닐지라 (坐定後, 騎牛客改服藍天翼朱絲笠, 儼然一大將, 而羅卒也軍校也, 不識嶺伯威儀.) <靑邱野談 奎章 17:70>

71) 【듁ᄉᆞ립】圖 ((복식)) 주사립(朱絲笠). 문관 당상관이 융복을 입을 때 쓰던 붉은색의 갓.¶ 朱絲笠 ‖ 좌뎡 후 긱이 막ᄎᆞ의 들어가 긔복ᄒᆞᆯᄉᆡ 남텬릭 듁ᄉᆞ립이 엄연ᄒᆞᆫ 일 대쟝이오 군포와 나졸이 녕빅 위의를 ᄉᆞ양치 아닐지라 (坐定後, 騎牛客改服藍天翼朱絲笠, 儼然一大將, 而羅卒也軍校也, 不識嶺伯威儀.) <靑邱野談 奎章 17:70>

72) 【녹님당】圖 녹림당(綠林黨). 화적떼.¶ 綠林軍 ‖ 비록 평명ᄒᆞᆫ 후라도 의구히 소취ᄒᆞ여 믄득 녹님당이 되여 날노뼈 원슈를 삼아 믄득 이지경의 니르니 이졔로뼈

되여 날노뼈 원슈롤 삼아 믄득 이지경의 니르니 이 계로뻐 보면 승의 논상이 그 신이치 아니ᄒᆞ냐? 너 일학(一壑)을 웅거ᄒᆞ여 부귀롤 안향ᄒᆞ니 형의 아츰에 졔슈(除授)ᄒᆞ고 져녁의 기챠(改差)ᄒᆞ믈73) 불워 아니ᄒᆞ노라. 무춤 형이 여긔 지나믈 듯고 너 즘즛 마져와 ᄒᆞ여곰 ᄒᆞᆫ 번 보게 ᄒᆞ미니 형이 비록【72】 방빅(方伯)의 긔구(器具)라도 나의게 밋지 못ᄒᆞᆯ지라 도라간 후 삼가 츌포(出捕)ᄒᆞᆯ 셩각을 내지 말고 ᄯᅩ 반ᄃᆞ시 입의 발셜치 말나. 만일 망녕도이 잡념을 너면 유히무익ᄒᆞ여 후회롤 일우리라."

녕빅이 황겁ᄒᆞ여 유유(唯唯)ᄒᆞ고 도라오니라.

일노조추 발힝ᄒᆞ여 모군의 니르러 ᄶᅩᄒᆞᆫ 조대(措大) 뵈기룰 쳥ᄒᆞ거늘 즉시 마져 본즉 ᄶᅩᄒᆞᆫ 향일 북한 동졉이라. 조대 쳥ᄒᆞ여 ᄀᆞᆯ오ᄃᆡ,

"이졔 공이 여긔 니른즉 폐장(弊庄)이 멀지 아니ᄒᆞ니 잠간 욕림(辱臨)ᄒᆞ미 엇더ᄒᆞ뇨?"

녕빅이 허락ᄒᆞ나 향일의 일을 증계ᄒᆞ여 위의롤 셩히 ᄒᆞ고 그 집의 나아간즉 문회(門戶ㅣ) 고대ᄒᆞ고 근쳐 촌낙이 거의 수빅 개라 엄연히 ᄒᆞᆫ 고을ᄅᆞᆯ 일워시니 다숄 하인의 졉응과 슌샹 지공(支供)의 범졀이 비록 웅쥬거읍(雄州巨邑)이라도 당치 못ᄒᆞᆯ지라 녕빅이 놀【73】나 ᄀᆞᆯ오ᄃᆡ,

"형이 향곡 거싱(居生)으로 엇지 이 허다 소솔(所率)을 지졉(止接)ᄒᆞᄃᆡ 구간(苟艱)ᄒᆞ미 업고 이ᄀᆞᆺ치 졍졔ᄒᆞ뇨?"

조대 ᄀᆞᆯ오ᄃᆡ,

"향쟈 북한 승인(僧人)을 긔력ᄒᆞᄂᆞ냐? 내 병ᄌᆞ 난을 당ᄒᆞ여 집을 바리고 녕남의 뉴락ᄒᆞ여 ᄒᆞᆫ 산곡의 들어간즉 피란ᄒᆞᆫ 부녜 취군셩당(聚群成黨)ᄒᆞ엿거ᄒᆞ더니 내 일남ᄌᆞ로 투입ᄒᆞᆫ즉 모든 녀인이 대회ᄒᆞ여 날노뼈 가쟝을 삼아 범빅 음식과 의복 등졀을 여일봉양(如一奉養)ᄒᆞ여 비록 평난(平亂)ᄒᆞᆫ 후나 가지 아니ᄒᆞ고 인ᄒᆞ여 동거ᄒᆞᆫ 지 긔허년이 된지라 나은 바 남진 빅의 갓가온지라 각ᄀᆞᆨ 취부싱ᄌᆞ(娶婦生子)ᄒᆞ여 셔로 날을 공양ᄒᆞ미 만리 복녁이 격지 아니ᄒᆞ여 시비 들니지 아니ᄒᆞ고 영욕이 관계ᄒᆞ미 업

보면 승의 논상이 그 신이치 아니ᄒᆞ냐 (雖平正之後, 依舊嘯聚, 奄成綠林軍, 以吾作元帥, 至於此境, 以今視之, 僧之論相, 其亦前定耶?) <靑邱野談 奎章 17:71>

73) 【개ᄎᆞ홀】 图 기체(改差)라다. 버슬아지글 갈나.¶ 迪∥ 너 일학을 웅거ᄒᆞ여 부귀롤 안향ᄒᆞ니 형의 아츰에 졔슈ᄒᆞ고 져녁의 기챠ᄒᆞ믈 불워 아니ᄒᆞ노라 (吾專據一壑, 安享富貴, 不羨兄之朝除暮遞者也.) <靑邱野談 奎章 17:71>

셔 조금도 셰샹의 불워온 빈 업노라."

녕빅이 드르미 도로혀 무류ᄒᆞ더라. 일노조추 하동 ᄯᅡ을【74】지나 지리산(智異山)을 향홀ᄉᆡ 홀연 공듕으로셔 녕빅의 ᄌᆞ롤 부르는 재 잇거늘 녕빅이 괴히 너겨 도라본즉 산상으로부터 나는지라 일힝이 ᄌᆞ셰이 본즉 일인이 층암졀벽(層巖絶壁)의 안잣거늘 녕빅이 우러ᄅᆞ 무르ᄃᆡ,

"뉘뇨?"

긔인이 ᄀᆞᆯ오ᄃᆡ,

"그ᄃᆡ 나롤 긔력지 못ᄒᆞᄂᆞ냐? 나는 아뫼로라."

녕빅이 셩각ᄒᆞ니 셕일 북한 동졉이라. 녕빅이 손을 드러 블너 ᄀᆞᆯ오ᄃᆡ,

"나려오라."

긔인이 ᄀᆞᆯ오ᄃᆡ,

"그ᄃᆡ 반ᄃᆞ시 올나오라."

쇼언의 이ᄯᅡᆼ 쳥의동ᄌᆞ(靑衣童子)롤 보니여 녕빅을 부익(扶腋)ᄒᆞ여 졀험(絶險)의 올나가미 평디 ᄀᆞᆺ튼지라. 긔인이 니러 마쟈 손잡고 ᄀᆞᆯ오ᄃᆡ,

"그ᄃᆡ 북한 승의 논상ᄒᆞ믈 긔력ᄒᆞᄂᆞ냐? 날노뼈 션분(仙分)이 잇다 ᄒᆞ미 그 허망ᄒᆞᆷ을 웃엇더니 이졔로 보면 엇지 신이치 아니리오? 향일 호란(胡亂)의 가권을 파탈ᄒᆞ고 산듕의 도라【75】오미 누일 긔곤(飢困)ᄒᆞ나 호구지계(糊口之計) 업ᄂᆞᆫ지라 시내롤 인연ᄒᆞ여 올나간즉 너가의 이샹ᄒᆞᆫ 풀이 잇스니 풍유(豊腴)ᄒᆞᆫ 빗치 가히 먹음 죽ᄒᆞᆫ지라 ᄯᅡ져 ᄡᅵᆸ은즉 단맛시 잇스미 다 키여 먹은즉 밥먹지 아니ᄒᆞ여도 비브르고 옷 아니 닙어도 더우며 산힝야숙(山行野宿)ᄒᆞ여도 질양(疾恙)이 업고 힝뵈 나는 듯ᄒᆞ여 명산대쳔(名山大川)의 두루 놀고 ᄯᅥ로 슈도ᄒᆞᆫ 신션을 만나 쟝싱블ᄉᆞ(長生不死)롤 논란ᄒᆞ니 ᄌᆞ연 일신이 한가ᄒᆞ여 긔한을 근심치 아니ᄒᆞ고 니욕(利慾)을 괘렴(掛念)치 아니ᄒᆞ며 질병이 침노치 아니ᄒᆞ니 나의 즐거온 빈 엇지 녕공의 고아대둑(高牙大纛)을74) 슈양ᄒᆞ며 나의 신단 일엽이 엇지 녕공의 식젼방쟝(食前方丈)을75) 블워ᄒᆞ리오?"

74) 【고아대둑】 图 고아대둑(高牙大纛). 높은 쟝군의 깃발.¶ 高牙大纛∥ 나의 즐거온 빈 엇지 녕공의 고아대둑을 슈양ᄒᆞ며 나의 신단 일엽이 엇지 녕공의 식젼방쟝을 블워ᄒᆞ리오 (吾之所樂, 少不識於令公之高牙大纛, 而豈草於金光씾也, 亦豈比令公之食前方丈也耶?) <靑邱野談 奎章 17:75>

75) 【식젼-방쟝】 图 식젼방쟝(食前方丈). 사방 열 자의 상에 잘 차린 음식이란 뜻으로, 호화롭게 많이 차린 음식을 이르는 말.¶ 食前方丈∥ 나의 즐거온 빈 엇지 녕

인ᄒ여 홀홀 사이의 날녀 학의 등에 안즈니
일빵 쳥동이 좌우의 뫼셔 ᄌᆞ미 공듕을 향ᄒ여 가니
녕【76】빅이 몽연ᄌᆞ상(曹然自喪)ᄒ여 몸이 녕빅이
를 아지 못ᄒ더라. 일노조ᄎᆞ 보면 막비텬뎡(莫非天
定)이오 승논이 여합부졀ᄒ니 또ᄒ 이인이러라.

공의 고아대둑을 ᄉᆞ양ᄒ며 나의 신단 일엽이 엇지 녕
공의 식젼방쟝을 블워ᄒ리오 (吾之所樂, 少不羨於令公
之高牙大纛, 而其草乃金光草也, 亦豈比令公之食前方丈
也?) <靑邱野談 奎章 17:75>

유픠영픙뉴셩亽
遊浿營風流盛事

【1】 심합쳔(沈陜川) 용(鏞)이 의(義)롤 조하ᄒᆞ고 지믈을 홋터 픙뉴로 스스로 즐기니 일셰예 가희금긱(歌姬琴客)과1) 쥬도시붕(酒徒詩朋)이2) 복쥬병진(輻輳竝進)ᄒᆞ여3) 날마다 당의 ᄀᆞ득ᄒᆞ니 당안의 연

셕 노리예 공을 쳥치 아닌즉 가히 판비치 못ᄒᆞ더라. 쩍의 ᄒᆞᆫ 도위 압구뎡(狎鷗亭)의 놀ᄉᆡ 심공의게 의논치 아니ᄒᆞ고 가금(歌榮)을 다 부르고 빈긱을 크게 모도와 놀ᄉᆡ 명뎡츄야(名亭秋夜)에 월식이 슈파(水波)의 빗최니 흥이 경히 도ᄉᆞ(滔滔)ᄒᆞ더니 홀연 드르니 홀연 드르니 강상의 퉁소 소리 뇨량(嘹喨)ᄒᆞ거늘 멀니 보니 ᄒᆞᆫ 져근비 블의 쪄오니 비 안의 노옹이 머리의 화양건(華陽巾)을4) 니고 몸의 학창의(鶴氅衣)5) 닙고 손의 빅우션(白羽扇)을6) 들고 올연(兀然)이 안쟈시니 빈발(鬢髮)이 표ᄉᆞ(飄飄)ᄒᆞ고 두 쇼
【2】 동ᄋᆞ 쳥의롤 닙고 좌우의 시립ᄒᆞ여 옥져롤 빗기 블고 비예 시른 빵학(雙鶴)이 편쳔히 춤츄니 분명ᄒᆞᆫ 신션이라. 뎡샹(亭上)의 모든 사ᄅᆞᆷ이 성가(笙歌)롤 머믈고 난간의 족닙(簇立)ᄒᆞ여7) 칭션(稱善)ᄒᆞ믈 마지 아니ᄒᆞ고 만목(萬目)이 강둥을 쏘와보ᄆᆡ 셕샹(席上)의 사ᄅᆞᆷ이 업ᄂᆞᆫ지라. 도위 그 픠흥(敗興)ᄒᆞᄆᆞᆯ 분히 녀겨 쇼션(小船)을 타고 나아가니 이 곳 심공이라. 셔로 더브러 일쇼ᄒᆞ고 도위 골오ᄃᆡ,
"공이 나의 승유(勝遊)롤 압도ᄒᆞ도다."
즐기믈 다ᄒᆞ고 파ᄒᆞ니라. 쩍의 쏘 ᄒᆞᆫ 지상이

---

1) 【가희-금긱】 圖 ((인류)) 가희금객(歌姬琴客). 기생(妓生)과 악사(樂士).¶ 歌姬琴客 ‖ 심합쳔 용이 의롤 조하ᄒᆞ고 지믈을 홋터 픙뉴로 스스로 즐기니 일셰예 가희금긱과 쥬도시붕이 복쥬병진ᄒᆞ여 날마다 당의 ᄀᆞ득ᄒᆞ니 (沈陜川鏞, 踈財好義, 風流自娛, 一時之歌姬琴客, 酒徒詩朋, 輻輳竝進, 歸之如市, 日日滿堂.) <靑邱野談 奎章 18:1>

2) 【쥬도-시붕】 圖 ((인류)) 주도시붕(酒徒詩朋). 술 친구와 글 친구.¶ 酒徒詞朋 ‖ 심합쳔 용이 의롤 조하ᄒᆞ고 지믈을 홋터 픙뉴로 스스로 즐기니 일셰예 가희금긱과 쥬도시붕이 복쥬병진ᄒᆞ여 날마다 당의 ᄀᆞ득ᄒᆞ니 (沈陜川鏞, 踈財好義, 風流自娛, 一時之歌姬琴客, 酒徒詩朋, 輻輳竝進, 歸之如市, 日日滿堂.) <靑邱野談 奎章 18:1>

3) 【복쥬병진-ᄒᆞ-】 圖 폭주병진(輻輳竝進)하다. 수레의 바퀴통에 바퀴살이 모이듯 한다는 뜻으로, 한곳으로 많이 몰려듦을 이르는 말.¶ 輻輳竝進 ‖ 심합쳔 용이 의롤 조하ᄒᆞ고 지믈을 홋터 픙뉴로 스스로 즐기니 일셰예 가희금긱과 쥬도시붕이 복쥬병진ᄒᆞ여 날마다 당의 ᄀᆞ득ᄒᆞ니 (沈陜川鏞, 踈財好義, 風流自娛, 一時之歌姬琴客, 酒徒詩朋, 輻輳竝進, 歸之如市, 日日滿堂.) <靑邱野談 奎章 18:1>

4) 【화양-건】 圖 ((복식)) 화양건(華陽巾). 예전에 도사(道士)나 은자(隱者)들이 쓰던 두건의 하나.¶ 華陽巾 ‖ 멀니 보니 ᄒᆞᆫ 져근비 블의 쪄오니 비 안의 노옹이 머리의 화양건을 니고 몸의 학창의 닙고 손의 빅우션을 들고 올연이 안쟈시니 (遙見一小艇泛水而來, 老翁頭戴華陽巾, 身被鶴氅衣, 手持白羽扇, 皓髮飄飄.) <靑邱野談 奎章 18:1>

5) 【학-창의】 圖 ((복식)) 학창의(鶴氅衣). 소매가 넓고 뒤솔기가 갈라진 흰옷의 가를 검은 천으로 넓게 댄 옷.¶ 鶴氅衣 ‖ 멀니 보니 ᄒᆞᆫ 져근비 블의 쪄오니 비 안의 노옹이 머리의 화양건을 니고 몸의 학창의 닙고 손의 빅우션을 들고 올연이 안쟈시니 (遙見一小艇泛水而來, 老翁頭戴華陽巾, 身被鶴氅衣, 手持白羽扇, 皓髮飄飄.) <靑邱野談 奎章 18:1>

6) 【빅우-션】 圖 ((기물)) 백우선(白羽扇). 새의 흰 깃으로 만든 부채.¶ 白羽扇 ‖ 멀니 보니 ᄒᆞᆫ 져근비 블의 쪄오니 비 안의 노옹이 머리의 화양건을 니고 몸의 학창의 닙고 손의 빅우션을 들고 올연이 안쟈시니 (遙見一小艇泛水而來, 老翁頭戴華陽巾, 身被鶴氅衣, 手持白羽扇, 皓髮飄飄.) <靑邱野談 奎章 18:1>

7) 【족닙-ᄒᆞ-】 圖 족립(簇立)하다. 여럿이 빽빽하게 서다.¶ 簇立 ‖ 뎡샹의 모든 사ᄅᆞᆷ이 성가를 머믈고 난간의 족닙ᄒᆞ여 칭션ᄒᆞ믈 마지 아니ᄒᆞ고 만목이 강둥을 쏘와보ᄆᆡ 셕샹의 사ᄅᆞᆷ이 업ᄂᆞᆫ지라 (笙歌自停, 諸人依欄簇立, 嘖嘖稱羨. 萬目注視江中, 而席上虛無人.) <靑邱野談 奎章 18:2>

긔빅을 ᄒᆞ여 발힝홀시 그 듕형(仲兄)이 슈샹(首相)이 되야 젼송을 홍졔원(弘濟院)의 베퍼 뻐 보닐시 도문 밧긔 헌최(軒軺)8) 수삼십이오 인매 병전(騈闐)ᄒᆞ니9) 힝노의 관광ᄒᆞᄂᆞᆫ 쟤 다 최최(嘖嘖)ᄒᆞ여 그 복녁을 일크라 굴오디 '쟝ᄒᆞ다 공의 복녁이어!' ᄒᆞ더니 홀연 보니 숑님 사이로 일필 쥰귀(駿駒ㅣ) 나 [3] 오니 마샹인이 몸의 누비(縷緋) 냥식단(兩色緞) 갓옷슬 닙고 머리의 칠식쵹묘피(漆色蜀猫皮) 니엄(耳掩)을10) 쁘고 손의 일조 황금편(黃金鞭)을 쥐고 화안(驊鞍)의11) 안쟈 좌우로 고면(顧眄)ᄒᆞ니 픙치 동인(動人)ᄒᆞ고 연연ᄒᆞᆫ 가인 삼ᄉᆞ인이 머리의 뎐닙을 쁘고 모[몸]의 ᄌᆞ지젼복(紫芝戰服)을 닙고 허리예 슈록남젼대(水綠藍纏帶)롤12) 쁴고 발의 화문슈운혀(花紋繡雲鞋)롤13) 신고 냥항(兩行)으로 쟉더ᄒᆞ여 뒤흘 ᄯᅡ로고 ᄯᅩ 오륙 동지 쳥삼ᄌᆞ대(靑衫紫帶)로 각각 악긔롤 가지고 마샹의셔 알외고 녑인(獵人)이 보라매롤 팔의 밧고 방울 단 산영개롤14) 블너 수플 사이로 나오니 관광ᄒᆞᄂᆞᆫ 쟤 다 굴오디,

"이 반ᄃᆞ시 심합쳔이로다."

갓가이 보미 과연 그러라. 힝인이 ᄎᆞ탄ᄒᆞ여 굴오디,

"사름이 셰간의 잇스미 빅귀(白駒ㅣ) 틈 지남 ᄀᆞᆺᄒᆞᆫ지라 진실노 맛당히 심지(心志)의 쇼락(所樂)을 궁진히 ᄒᆞ며 이목의 쇼호(所好)롤 다ᄒᆞ리로다. 홍졔원 상 셩연(盛宴)이 엇지 조치 아니 [4] 리오마는 그러나 ᄌᆞ고로 공명이 퓌믄 만코 일우믄 져근지라 그 참쇼롤 근심ᄒᆞ고 ᄲᅥ리믈 두려ᄒᆞᄆᆞ로 더브러론 엇지 ᄆᆞ옴을 쾌히 ᄒᆞ고 ᄯᅳᆺ을 맛게 ᄒᆞ여 스ᄉᆞ로 즐겨 신외예 근심 업ᄉᆞᆷ과 ᄀᆞᆺᄐᆞ리오?"

댱안 졔인이 셔로 희언ᄒᆞ여 굴오디,

"젼송이냐 산양이냐 출아리 산양홀지언뎡 젼송은 아니니라."

ᄒᆞ니 그 흠탄ᄒᆞᆷ을 가히 알지라.

일일은 심공이 가긱(歌客) 니셰츈(李世春)과 금긱(琴客) 김쳘셕(金哲石)과 기아(妓兒) 츄월(秋月) 매월(梅月) 계셤(桂蟾)비로 더브러 초당의 모도여 금가로 즐기다가 공이 졔인ᄃᆞ려 일너 굴오디,

"너의 무리 셔경(西京)을 보고져 ᄒᆞᄂᆞ냐?"

다 굴오디,

"ᄯᅳᆺ이 잇스디 일우지 못ᄒᆞ여이다."

심공이 굴오디,

"평양이 단긔(檀紀)로부터 뻐 오므로 오쳔년 번화ᄒᆞᆫ ᄯᅡ이라 그림 ᄀᆞ온디 강산과 거울 속 누디 국듕 뎨일이로디 내 ᄯᅩ 보지 못ᄒᆞᆫ지라 내 드르 [5] 니 긔빅(箕伯)이 회갑연(回甲宴)을 대동강상의 베풀어 도니 슈령을 쳥ᄒᆞ고 명기가긱(名妓歌客)이며 육산쥬ᄒᆡ(肉山酒海)로 노논 션셩(先聲)이 젼파ᄒᆞ여 쟝ᄎᆞᆺ 모일의 개연ᄒᆞᆫ다 ᄒᆞ니 ᄒᆞᆫ 번 가면 다만 크게

---

8) 【헌초】 圖 ((교통)) 헌초(軒軺). 초헌(軺軒). 조선시대에, 종2품 이상의 벼슬아치가 타던 수레.¶ 車 ‖ 그 듕형이 슈샹이 되야 젼송을 홍졔원의 베퍼 뻐 보닐시 도문 밧긔 헌최 수삼십이오 인매 병젼ᄒᆞ니 (其仲兄, 爲首相, 設餞宴於弘濟橋上, 以送之, 都門外, 車數十輛, 人馬騈闐.) <靑邱野談 奎章 18:2>

9) 【병젼-ᄒᆞ】 圖 병젼(騈闐)하다. 거리를 메우다.¶ 騈闐 ‖ 그 듕형이 슈샹이 되야 젼송을 홍졔원의 베퍼 뻐 보닐시 도문 밧긔 헌최 수삼십이오 인매 병젼ᄒᆞ니 (其仲兄, 爲首相, 設餞宴於弘濟橋上, 以送之, 都門外, 車數十輛, 人馬騈闐.) <靑邱野談 奎章 18:2>

10) 【니엄】 圖 ((복식)) 이엄(耳掩). 관복(官服)을 입을 때에 사모(紗帽) 밑에 쓰던, 모피로 된 방한구.¶ 耳掩 ‖ 마샹인이 몸의 누비 냥식단 갓옷슬 닙고 머리의 칠식쵹묘피니엄을 쁘고 손의 일조 황금편을 쥐고 화안의 안쟈 좌우로 고면ᄒᆞ니 (那人身着縷緋紫茸裘, 頭戴漆色蜀猫皮耳掩, 手執一鞭, 據鞍顧眄.) <靑邱野談 奎章 18:3>

11) 【화안】 圖 ((기물)) 화안(驊鞍). 준마의 안장.¶ 鞍 ‖ 마샹인이 몸의 누비 냥식단 갓옷슬 닙고 머리의 칠식쵹묘피니엄을 쁘고 손의 일조 황금편을 쥐고 화안의 안쟈 좌우로 고면ᄒᆞ니 (那人身着縷緋紫茸裘, 頭戴漆色蜀猫皮耳掩, 手執一鞭, 據鞍顧眄.) <靑邱野談 奎章 18:3>

12) 【슈록남젼대】 圖 ((복식)) 수록남전대(水綠藍纏帶). 전대띠를 그 색깔이 남색이라 하여 일컫는 말.¶ 水綠藍纏帶 ‖ 픙치 동인ᄒᆞ고 연연ᄒᆞᆫ 가인 삼ᄉᆞ인이 머리의 뎐닙을 쁘고 모[몸]의 ᄌᆞ지젼복을 닙고 허리예 슈록남젼대롤 쁴고 발의 화문슈운혀롤 신고 (風形動人, 美娥三四人, 頭戴戰笠, 身着短袖裌子, 腰縶水綠藍纏帶, 足穿起花紅紋繡雲鞋.) <靑邱野談 奎章 18:3>

13) 【화문슈운혀】 圖 ((복식)) 화문수운혜(花紋繡雲鞋). 꽃무늬가 있는 신.¶ 花紅紋繡雲鞋 ‖ 픙치 동인ᄒᆞ고 연연ᄒᆞᆫ 가인 삼ᄉᆞ인이 머리의 뎐닙을 쁘고 모[몸]의 ᄌᆞ지젼복을 닙고 허리예 슈록남젼대롤 쁴고 발의 화문슈운혀롤 신고 (風形動人, 美娥三四人, 頭戴戰笠, 身着短袖裌子, 腰縶水綠藍纏帶, 足穿起花紅紋繡雲鞋.) <靑邱野談 奎章 18:3>

14) 【산영-개】 圖 ((동물)) 사냥개.¶ 狗 ‖ ᄯᅩ 오륙 동지 쳥삼ᄌᆞ대로 각각 악긔롤 가지고 마샹의셔 알외고 녑인이 보라매롤 팔의 밧고 방울 단 산영개롤 블너 수플 사이로 나오니 (復有童子六人, 靑衫紫帶, 各執樂器, 於馬上奏之, 獵人臂呼狗走出林樾間.) <靑邱野談 奎章 18:3>

소창(消暢)홀 뿐이 아니라 쏘 반드시 금은지빅을 만히 어드리니 엇지 양쥬학(楊州鶴)이 아니리오?"

계인이 용약ᄒ거늘 드디여 힝장을 출혀 발힝ᄒ실ᄉ 금강산 힝니로뼈 닐ᄀᆺ고 종젹을 곰초와 ᄀ만이 평양 외셩 유벽ᄒᆫ 곳의 니르러 머므니 익일은 잔치날이라 드디여 일쳑 쇼션을 셰녀여 우희 쳥포쟝(靑布帳)을 베플고 좌우롤 막아 쥬렴을 드리오고 기ᄀᆨ(妓客)과 관현을 곰초고 비롤 능나도(綾羅島) 부벽누(浮碧樓) 즈음의 숨기고 기ᄃ리더니 아이오[15] 고악(鼓樂)이 훤턴ᄒ고 쥬즙(舟楫)이 폐강(蔽江)ᄒᆫ디 순샹이 놉히 누션(樓船) 우희 안쟈시니 슈령이 다 모되고 연셕을 대쟝(大張)ᄒᆞ매 [6] 녹의홍상이 좌우의 나렬ᄒ여 쳥가묘무(淸歌妙舞)로[16] 낙슈롤 도ᇰ니 셩두 강변의 사롬이 산 ᄀᆺ튼지라. 심공이 ᅵ의 노롤 져허 압흐로 나아가 샹망지디(相望之地)예 비롤 머므르고 서로 슈단을 결ᄋ니 피션(彼船)의셔 검무ᄒ면 츠션(此船)의셔 검무ᄒ고 피션의셔 노릭ᄒ면 츠션의셔 노릭ᄒ여 피츳 결ᄋ니 뎌 션산 계인이 괴히 너기지 아니리 업셔 쎈른비롤 보녀여 잡으려ᄒᆞᆨ즉 심공이 노롤 지축ᄒ여 드르니 능히 ᄯᆞ로지 못ᄒ여 도라오미 다시 노롤 져어 나오니 쏘 ᄯᆞ른즉 쏘 도로혀 이ᄀᆺ치 흔 쟤 수삼 번이라. 이에 심히 괴이 너겨 멀니 그 션듕을 바라본즉 검광(劍光)이 번기롤 번득이고 가셩(歌聲)이 구롬을 머므르니 결연이 심샹흔 사롬이 아니라. 쏘 쥬렴 안희 학창의 넙고 화양건 쓰고 빅우션 든 일 노옹이 올연 단좌ᄒ여 [7] 담쇼(談笑])ᄌᆞ약ᄒ니 엇지 이인(異人)이 아니리오?

드디여 가만이 션쟝의게 분부ᄒ여 져근비 십

---

15) 【아이오】囲 이윽고.¶ 俄而∥ 아이오 고악이 훤턴ᄒ고 쥬즙이 폐강흔더 순샹이 놉히 누션 우희 안쟈시니 슈령이 다 모되고 연셕을 대쟝ᄒ매 녹의홍상이 좌우의 나렬ᄒ여 쳥가묘무로 낙슈롤 도ᇰ니 셩두 강변의 사롬이 산 ᄀᆺ튼지라. (俄而鼓樂喧天, 舟楫蔽江, 巡相高坐樓, 船上諸守宰畢集, 大張宴席, 淸歌妙舞, 影動水波, 城頭江岸, 人山人海.) <靑邱野談 奎章 18:5>
16) 【쳥가-묘무】囲 쳥가묘무(淸歌妙舞). 아름다운 노래와 훌륭한 춤.¶ 淸歌妙舞∥ 아이오 고악이 훤턴ᄒ고 쥬즙이 폐강흔더 순샹이 놉히 누션 우희 안쟈시니 슈령이 나 모되고 연셕을 대샹ᄂᆞ매 녹의홍상이 쇠우의 나닐ᄒ여 쳥가묘무로 낙슈롤 도ᇰ니 셩두 강변의 사롬이 산 ᄀᆺ튼지라 (俄而鼓樂喧天, 舟楫蔽江, 巡相高坐樓, 船上諸守宰畢集, 大張宴席, 淸歌妙舞, 影動水波, 城頭江岸, 人山人海.) <靑邱野談 奎章 18:6>

여 쳑으로뼈 일졔히 에우고 쯔러 니르러 큰 비예 다ᄒ니 심공이 발을 것고 대쇼ᄒ니 순샹이 본디 슉친흔지라. 흔 번 보미 경희ᄒᆞ몰 니긔지 못ᄒ여 그 노름을 출히고 나려온 뜻을 무르니 대개 션듕 계주와 좌우 막빈(幕賓)과 순샹의 ᄌᆞ셔뎨질(子壻諸姪)이 다 낙양(洛陽) 사롬이라. 경셩 기악을 보고 다 환희치 아니리 업셔 셔로 더부러 손을 잡고 회포롤 펴니 이예 기가금긱(妓歌琴客)이 그 평싱 지조롤 다ᄒ여 날이 맛도록 즐기니 평양의 가뮈 돈연이 안셕이 업더라. 순샹이 쳔금으로뼈 경기(京妓)롤 쥬고 슈령이 쏘 각ᄉ 힝하(行下)ᄒ니 거의 만금의 니론지라. 심공이 일슌을 뉴련ᄒ다가 도라오니 이졔 니르히 풍뉴남ᄌᆞ롤 칭ᄒ더라. 밋 심 [8] 공이 몰ᄒᆞ미 파쥬(坡州) 싀곡(柴谷)의 영장(永葬)ᄒ니 가금계긱(歌琴諸客)이 셔로 낙누(落淚)ᄒ여 글오디,

"오비(吾輩) 다 심공 풍뉴 듕 디긔(知己)며 디음(知音)이라 일노ᄌᆞᄎᆞ 노러 쉬고 거믄괴 쇠잔ᄒ리 우리 쟝춧 엇지ᄒ리오?"

싀곡의 회쟝홀ᄉ 일쟝가(一場歌) 일쟝금(一場琴)으로 일쟝 통곡ᄒ고 각ᄉ 흣터지디 오직 계셥은 슈묘(守墓)ᄒ여 가지 아니코 묘측(墓側)의 종신ᄒ니라.

과금강급난고의
過錦江急難高義

강능(江陵) 김시 흔 ᄉᆞ인이 가빈친로(家貧親老)ᄒ니 그 편뫼(偏母]) 기ᄌᆞᄃ려 닐너 글오디,

"너의 집이 본디 부명(富名)이 잇더니 듕간의 탕픽(蕩敗)ᄒ미 노비 호남(湖南) 도듕(島中)의 흣터 잇는 쟤 긔수(其數)롤 아지 못ᄒ니 네가 슈쇽(收贖)ᄒ여 오라."

ᄒ고 인ᄒ여 노비 문권을 너여쥬니 ᄉᆞ인이 문권을 가지 [9] 고 도듕의 가니 빅여 호 촌락이 다 노비 ᄌᆞ손이라. 문권을 보고 ᄎᆞ례로 뵈여 졀ᄒ거늘 긔듕 두령을 블너 슈건금을 슈렴ᄒ여 슉ᄉᆞ하고 문권을 쇼화흔 후 돈을 싯고 도라올ᄉ 길이 금강으로 지나ᄂᆞᆫ지라. 이쩍 월식이 강의 됴요(照耀)ᄒ되 ᄆᆞᄎᆞᆷ 보니 노옹 노고와 흔 쇼뷔 강변의 널좌ᄒ여 닷토와

물의 들고져 ᄒᆞᄃᆡ 셔로 붓드러 통곡ᄒᆞ거늘 스인이 괴히 너겨 무른ᄃᆡ 노옹이 ᄀᆞᆯ오ᄃᆡ,

"내 독지 잇셔 감영 아젼이러니 포흠(逋欠)이 만셕의 갓ᄀᆞ온지라 누삭(屢朔) 쳬슈(滯囚)ᄒᆞᄆᆡ[17] 가장(家庄)을 진매(盡賣)ᄒᆞ고 족증(族徵)[18] 동증(洞徵)[19]ᄒᆞᄃᆡ 오히려 여슉 만흔지라 명일노ᄡᅥ 명한(定限)ᄒᆞ니 만일 명일이 지난즉 쟝하(杖下)의 경혼(驚魂)이 될지라. 푼젼닙미(分錢粒米)룰 다시 판출(辦出)ᄒᆞᆯ 길이 업스니 참아 독죠의 죽[10]으믈 보지 못ᄒᆞ여 내 몬져 ᄲᅢ겨죽어 모로고져 ᄒᆞᄃᆡ 노쳐와 쇼뷔 ᄒᆞᆫ가지 죽고져 ᄒᆞ여 나의 물의 ᄠᅥᆯ믈 보고 셔로 건져ᄂᆡ고 인ᄒᆞ여 통곡ᄒᆞᄂᆞ이다."

스인이 ᄀᆞᆯ오ᄃᆡ,

"돈이 언마나 ᄒᆞ면 가히 포흠을 다ᄒᆞ랴?"

ᄀᆞᆯ오ᄃᆡ,

"수쳔금이면 가히 구ᄒᆞ리이다."

스인이 ᄀᆞᆯ오ᄃᆡ,

"내 츄로(推奴)ᄒᆞᆫ 돈이 수십 ᄐᆡ(駄) 잇스니 일노ᄡᅥ 갑흐라."

ᄒᆞ고 다 내여쥬니 그 삼인이 일시예 손묵거 비샤ᄒᆞ여 ᄀᆞᆯ오ᄃᆡ,

"우리 네 사롬의 명이 ᄂᆞ룰 말미암아 ᄉᆡᆼ도(生

───────────────

17) 【쳬슈-ᄒᆞ-】 圖 쳬수(滯囚)하다. 죄가 결정되지 아니하여 오래 가두어 두다.¶ 滯囚 ∥ 누삭 쳬슈ᄒᆞᄆᆡ 가장을 진매ᄒᆞ고 족증동증ᄒᆞᄃᆡ 오히려 여슉 만흔지라 명일노ᄡᅥ 명한ᄒᆞ니 만일 명일이 지난즉 쟝하의 경혼이 될지라 (滯囚屢朔, 盡賣家庄, 徵族徵隣, 而尚多餘數. 更以明日定限, 若過明日, 則當爲杖下之魂.) <靑邱野談 奎章 18:9>

18) 【족증】 圖 족징(族徵). 조선시대에, 군포세(軍布稅)를 내지 못하는 사람이 있는 경우에 그 일가붙이에게 대신 물리던 일.¶ 徵族 ∥ 누삭 쳬슈ᄒᆞᄆᆡ 가장을 진매ᄒᆞ고 족증동증ᄒᆞᄃᆡ 오히려 여슉 만흔지라 명일노ᄡᅥ 명한ᄒᆞ니 만일 명일이 지난즉 쟝하의 경혼이 될지라 (滯囚屢朔, 盡賣家庄, 徵族徵隣, 而尚多餘數. 更以明日定限, 若過明日, 則當爲杖下之魂.) <靑邱野談 奎章 18:9>

19) 【동증】 圖 동징(洞徵). 조선 말기에, 병역 기피자가 부담하여야 할 세금을 일대(一帶)의 주민에게 억지로 물리던 불법 세금.¶ 徵隣 ∥ 누삭 쳬슈ᄒᆞᄆᆡ 가장을 진매ᄒᆞ고 족증 동증ᄒᆞᄃᆡ 오히려 여슉 만흔지라 명일노ᄡᅥ 명한ᄒᆞ니 만일 명일이 지난즉 쟝하의 경혼이 될지라 (滯囚屢朔, 盡賣家庄, 徵族徵隣, 而尚多餘數. 更以明日定限, 若過明日, 則當爲杖下之魂.) <靑邱野談 奎章 18:9>

道)룰 어드니 쟝촛 엇지 ᄡᅥ 은혜룰 갑흐리오? 원컨ᄃᆡ 내집의 뉴슉ᄒᆞ고 가쇼셔."

스인이 ᄀᆞᆯ오ᄃᆡ,

"날이 ᄎᆞ믜 져믈고 도라갈 길이 ᄯᅩ 급ᄒᆞ니 가히 뉴련치 못ᄒᆞ리라."

ᄒᆞ고 곳 물을 모라 가니 그 노인이 ᄲᅢᆯ니 ᄯᆞ라 쇼리룰 놉히 ᄒᆞ여 ᄀᆞᆯ오ᄃᆡ,

"원컨ᄃᆡ 힝ᄎᆞ의 거쥬 셩명을 듯[11] 고져 ᄒᆞ노라."

답ᄒᆞ여 ᄀᆞᆯ오ᄃᆡ,

"들어 무엇ᄒᆞ리오?"

ᄒᆞ고 인ᄒᆞ여 도라보지 아니코 달녀가니라. 노옹이 즉시 ᄎᆞ믈노ᄡᅥ 숙포(宿逋)룰[20] 다 갑흐믹 기지 옥 밧긔 살아나오니 혼실(渾室)이 스인을 감츅ᄒᆞᄃᆡ 그 거쥬 셩명은 망연부지(茫然不知)라. 스인이 집의 도라와 문후ᄒᆞ니 기뫼 그 무양히 환귀ᄒᆞ믈 깃거ᄒᆞ고 ᄯᅩ 그 츄로룰 여의ᄒᆞ믈 다힝히 너겨

"그 속냥ᄒᆞᆫ 돈을 엇지 ᄡᅥ 슈운ᄒᆞᄂᆛ?"

스인이 금강의 일노ᄡᅥ 고ᄒᆞᄃᆡ 기뫼 그 등을 어루만져 ᄀᆞᆯ오ᄃᆡ,

"이 춤 내 ᄋᆞ들이로다."

그 후 기뫼 텬년(天年)으로 ᄆᆞᆺ츠니 초죵을 간신이 지나고 디ᄉᆞ(地師) 일인으로 더브러 거러 힝ᄒᆞ야 두루 답산(踏山)ᄒᆞ야 쟝디룰 구홀ᄉᆡ 일쳐의 니르러 디ᄉᆞ ᄀᆞᆯ오ᄃᆡ,

"뎌곳의 대디(大地) 잇스디 산하의 촌락이 즐비ᄒᆞ고 ᄯᅩ 큰집이 ᄂᆞᆯ시니 가히 의논치 못[12]ᄒᆞ리로다."

싱이 ᄀᆞᆯ오ᄃᆡ,

"과연 대디면 비록 졈산(占山)ᄒᆞ기ᄂᆞᆫ 어려오나 ᄒᆞᆫ 번 가 보미야 무어시 ᄒᆡ로오리오?"

드듸여 디ᄉᆞ로 더브러 그 산의 올나 농뫼(龍脈)을 차자 일쳐의 안고 쇠룰 ᄯᅱ여 ᄀᆞᆯ오ᄃᆡ,

"이 명혈(名穴)이라 공명부귀 일셰예 졔일이오 ᄌᆞ손이 챵셩ᄒᆞ리니 가히 우 업눈 길디라 닐을 거시나 이 대촌이니 일녀 무엇ᄒᆞ리오?"

탄샹(歎賞)ᄒᆞ믈 마지 아니ᄒᆞ거늘 김싱이 ᄀᆞᆯ오

───────────────

20) 【숙포】 圖 숙포(宿逋). 묵은 포흠한 관젼(官錢).¶ 宿逋 ∥ 노옹이 즉시 ᄎᆞ믈노ᄡᅥ 숙포룰 다 갑흐믹 기지 옥 밧과 살아나오니 혼실이 스인을 감츅ᄒᆞᄃᆡ 그 거쥬 셩명은 망연부지라 (三人遂以此物, 盡償宿逋, 當日其子放出獄門, 渾室感祝士人, 而其居住姓名, 亦莫之知.) <靑邱野談 奎章 18:11>

디,

"비록 그러나 일셰 이믜 져믈어시니 녀 대가의 뉴숙ᄒ고 가미 쏘ᄒ 무방ᄒ도다."

디스로 더브러 그 집의 드러가니 ᄒᆫ 쇼년이 직실의 영졉ᄒ여 셕반을 지난 후 상인(喪人)이 등잔을 디ᄒ여 산더 일소로 근심ᄒ더니 홀연 안으로셔 ᄒᆫ 쇼뷔 창을 열고 돌입ᄒ여 김싱을 붓들고 일셩통곡의 긔운이 막히여 능히 말 【13】을 못ᄒ거늘 쇼년이 놀나 그 연고롤 무른디 쇼뷔 ᄀᆞᆯ오디,

"이ᄂᆞᆫ 금강의셔 만나든 대은인이라."

노옹 노괴 그 말을 듯고 뛰여나와 김싱 압희 나비(羅拜)ᄒ여 ᄀᆞᆯ오디,

"날을 나으신 쟈ᄂᆞᆫ 부뫼오 나롤 살니신 쟈ᄂᆞᆫ 존긱이라 나으시고 살니시미 엇지 사이 잇스리오?"

김싱이 쳐음 본ᄉᆞ(本事)롤 아지 못ᄒ고 당황ᄒ거늘 쥬인 너외 금강 일을 ᄌᆞ셰 말ᄒ고 인ᄒ여 ᄀᆞᆯ오디,

"그쩌 존긱이 아니면 우리 엇지 금일이 잇스리오? 존긱의 은혜롤 감격ᄒ여 듕심의 삭여 미양 외실(外室)의 긱이 오면 반ᄃᆞ시 창틈으로 여어보와 만일 다ᄒᆡᆼ 만나믈 ᄇᆞ라더니 엇지 금일이야 은인을 만날 줄 알니오? 오ᄌᆞ(吾子ㅣ) 셩츌(生出)ᄒᆞ미 인ᄒ여 퇴리(退吏)ᄒ고 촌의 거ᄒ여 산업을 일워 이졔 부가(富家)롤 일웟스미 가샤뎐장(家舍田庄)을 두 곳의 비치 【14】ᄒ여 ᄒ나흔 내 쥬장ᄒ고 ᄒ나흔 ᄲᅧ 본긱을 기ᄃᆞ린지 오란지라 이졔 하ᄂᆞᆯ이 도으샤 셔로 만나오나 만일 젼산(前山)의 영폄(永窆)코져 ᄒᆞᆫ즉 이 집으로 묘막(墓幕)을21) 삼고 나는 다른디 이졉홀 거시니 오직 존긱은 임의로 ᄒᆞ라."

싱이 복복 칭샤ᄒ고 길일을 ᄀᆞᆯᄒᆡ여 완장(完葬)ᄒ고 인ᄒ여 그 집의 거ᄒ야 ᄌᆞ손이 만당ᄒ고 공명이 디블핍졀(代不乏絶)ᄒ니 대개 음덕의 일운 비러라.

셜유원부인식쥬긔
雪幽寃夫人識朱旗

녯 밀양쉬(密陽倅) 듕년 상비(喪配)ᄒ고 별실과 밋 ᄌᆞ부와 미혼ᄒ 녀지 잇스니 녀진즉 난 지 수월의 모친을 여의고 유모의게 길니여 유모 디졉ᄒ기 친모ᄀᆞ치 ᄒ여 일실의 동쳐ᄒ니 밀양쉬 그 ᄯᆞᆯ을 듕ᄋᆡ(重愛)ᄒ더니 일일은 유모로 더브러 부지거쳬(不知去處ㅣ)라. 읍ᄂᆡ【15】외 촌의 두루 ᄎᆞᄌᆞ디 형영이 업ᄂᆞᆫ지라 밀양쉬 낙담상혼(落膽喪魂)ᄒ여 광증이 대발ᄒ여 호통분쥬(號慟奔走)ᄒᆞ믈 마지 아니ᄒ니 일노부터 쳬직환경(遞職還京)ᄒ야 인ᄒ여 이 병으로 죽으니라.

이 후로 밀양원이 시로 ᄒᆞᄂᆞᆫ 쟤 믄득 도임ᄒᆞᄂᆞᆫ 날 신ᄉᆞ(身死)ᄒ니 삼ᄉᆞ 등(等)을 지나디 미미이 ᄀᆞᆺ트니 다 흉읍(凶邑)으로 알아 다 모피(謀避)ᄒ여 비록 즉기디(卽其地) 뎡비ᄒ더 사롬이 원ᄒᆞᄂᆞᆫ 쟤 업스므로 묘개 크게 근심ᄒᆞ여 모일 됴참(朝參)의 ᄒ여 곰 문무빅관과 젼함인(前銜人)을 궐ᄂᆡ예 모도와 ᄌᆞ원인을 ᄌᆞ모(自募)코져 ᄒᆞ니 그쩌 ᄒᆞᆫ 무변(武弁)이 금군(禁軍) 구근(久勤)으로 무겸(武兼)을 어더 겨오 승뉵(陞六)22)ᄒ엿다가 도로 낙직(落職)ᄒᆞᆫ지 이십여 년이라. 년긔 뉵십의 긔한(飢寒)이 도골(到骨)ᄒ여 삼슌구식(三旬九食)과 십년일의(十年一衣)라도 쏘ᄒ 간신(艱辛)ᄒ니 이런 고로 시러곰 문의 나지 못ᄒᆞᆫ지 이믜 오란지라. 쇼위 명ᄉᆞ지샹(名士宰相)을 ᄒ나【16】토 디면(知面)ᄒᆞᆫ 이 업더니 밀양 일을 듯고 긔쳐ᄃᆞ려 닐너 ᄀᆞᆯ오디,

"내 ᄌᆞ원코져 ᄒᆞ더 죽을가 겨허 감히 셩의(生意)치 못ᄒ노라."

긔쳬 ᄀᆞᆯ오디,

"죽은즉 죽으리니 무슴 두리미 잇스리오? 가령 죽을지라도 오히려 태슈의 일홈을 어들 거시오 요ᄒᆡᆼ 죽지 아니면 엇지 만ᄒᆡᆼ(萬幸)이 아니랴? 원컨더 ᄌᆞ져(趑趄)ᄒᆞ지 말고 반ᄃᆞ시 ᄌᆞ원ᄒᆞ쇼셔."

무변이 그 말을 올히 너겨 됴참날을 당ᄒᆞ여

---

21) 【묘막】 圏 ((주거)) 묘막(墓幕). 무덤 가까이에 지은, 묘지기가 사는 작은 집.¶ 墓幕 ∥ 이졔 하ᄂᆞᆯ이 도으샤 셔고 만나오니 만일 면산의 형폄코셔 ᄒ신즉 니 십으로 묘막을 삼고 나는 다른디 이졉홀 거시니 오직 존긱은 임의로 ᄒᆞ라 (今幸天借好便, 得以邂逅, 如欲營窆 於此山, 則以此家, 仍作楸舍, 而君居之, 吾則當移居於 越崗之家, 唯君意爲之.) <靑邱野談 奎章 18:14>

22) 【슝뉵】 圏 슝뉵(陞六). 7품 이하의 벼슬아치가 6품에 오름.¶ 陞六 ∥ 그쩌 ᄒᆞᆫ 무변이 금군 구근으로 무겸을 어더 겨오 승ᄒ엿다가 도로 낙직ᄒ지 이십여년이라 (時有一武弁, 以禁軍久勤, 得武兼, 纔陞六, 而遷故落職, 爲二十餘年.) <靑邱野談 奎章 18:15>

대궐의 다라 경신출반(挺身出班)ᄒᆞ여 ᄀᆞᆯ오ᄃᆡ,

"쇼신이 비록 용널ᄒᆞ오나 원컨ᄃᆡ 부임ᄒᆞ려 ᄒᆞ노이다."

샹이 아름다이 너기샤 금일 졍(政)의 단부(單付)ᄒᆞ여 당일 ᄉᆞ됴(辭朝)ᄒᆞ라 ᄒᆞ시니 무변이 집의 도라와 탄식 왈,

"비록 그ᄃᆡ 말노 ᄌᆞ원ᄒᆞ엿스나 도임ᄒᆞ면 반ᄃᆞ시 죽을지라 나는 오히려 태슈의 일홈을 어덧스니 죽어도 한이 업거니와 【17】 가권(家眷)인즉 무슨 의미 잇ᄂᆞ뇨? 일노조ᄎᆞ 영결ᄒᆞ니 엇지 상통(傷痛)치 아니랴?"

기쳬 ᄀᆞᆯ오ᄃᆡ,

"젼관의 다 몰ᄒᆞᆷ믄 당쟈(當者)의 명이라 귀매(鬼魅) 엇지 능히 사ᄅᆞᆷ을 범ᄒᆞ리오? 내 비록 녀지나 가히 담당ᄒᆞ리니 날노 더부러 동힝ᄒᆞᆷ이 엇더ᄒᆞ뇨?"

드ᄃᆡ여 너권을 다리고 발힝ᄒᆞ여 그 읍계(邑界)예 니르니 본읍 관쇽이 ᄎᆞᄎᆞ 현신ᄒᆞ여 본관의 년로(年老)ᄒᆞᆷ을 보고 오일경조(五日京兆)로23) 아라 현연이 경근(敬謹)ᄒᆞᄂᆞᆫ 듯이 업고 니마ᄅᆞᆯ 뼹긔며 니힝이 오ᄆᆡ 더욱 두통(頭痛)으로ᄡᅥ 보니 긔슴(氣習)이 돈연히 업더라. 아듕(衙中)을 드러가니 너의 아사(衙舍)ᄅᆞᆯ 견혀 슈리치 아니ᄒᆞ고 써러진 벽과 믄허진 구들이 심히 쇼량(蕭凉)ᄒᆞ더라. 황혼 ᄯᆡ의 통인(通引) 급창(及唱)이 다 녕젼(營前)의 믈너가니 아듕이 공허ᄒᆞ여 ᄒᆞᆫ 사ᄅᆞᆷ도 업ᄂᆞᆫ지라. 부인이 ᄀᆞᆯ오ᄃᆡ,

"금야는 【18】 졍히 두려오니 군ᄌᆞ는 모로미 너아(內衙)의 쳐ᄒᆞ시면 내 맛당이 남복을 환착(換着)ᄒᆞ고 아샤(衙舍)의 안쟈 ᄡᅥ 동졍을 보리라."

ᄒᆞ고 드ᄃᆡ여 쵹을 붉히고 안잣더니 삼경 ᄯᆡ의 홀연 일진 음풍(陰風)이 어ᄃᆡ로조ᄎᆞ 니르러 쵹영(燭影)이 명멸ᄒᆞ고 찬긔운이 ᄲᅨ의 사ᄆᆞᆺ더니 이윽고 방문이 스스로 열니며 ᄒᆞᆫ 쳐녜 일신의 피를 흘니고 몸을 드러ᄂᆡ고 머리 풀고 손의 블근 긔ᄅᆞᆯ 들고 셤홀(閃忽)히24) 방의 드러오니 부인이 놀나지 아니ᄒᆞ

고 ᄀᆞᆯ오ᄃᆡ,

"네 반ᄃᆞ시 원억ᄒᆞ미 잇스ᄃᆡ 신셜(伸雪)치 못ᄒᆞ여 그 호쇼코져 오ᄆᆡ즉 내 맛당히 너ᄅᆞᆯ 위ᄒᆞ여 원슈ᄅᆞᆯ 갑ᄒᆞ리니 모로미 고요히 쳐ᄒᆞ고 다시 현형(現形)치 말나."

그 쳐녜 빅비샤례 왈,

"금야의 명관을 쳐음 만나 삼성 슉원을 풀게 되오니 은혜 빅골난망이라."

ᄒᆞ고 홀연이 간 곳이 【19】 업ᄂᆞᆫ지라 부인이 너아의 드러가 기부(其夫)ᄃᆞ려 ᄀᆞᆯ오ᄃᆡ,

"원귀 단녀갓스미 다시 두려오미 업스니 모로미 외아(外衙)의 나가 평안이 침슈(寢睡)ᄒᆞ쇼셔."

기ᄇᆞ(其倅) 비록 겁심(怯心)이 잇스나 부인의 동지 안한(安閒)ᄒᆞᆷ을 보고 마지 못ᄒᆞ여 ᄆᆞ음을 단ᄌᆞ히 먹고 외헌(外軒)의 나와 누워 견면(轉輾)이 쟈지 못ᄒᆞ고 날이 쟝ᄎᆞᆺ 불그ᄆᆡ 문외예 인격이 요란ᄒᆞ고 말소리 분요ᄒᆞ야 초상난 집 ᄀᆞᆺᄐᆞᆫ지라 창틈의 여어 본즉 쟝교 슈리 ᄉᆞ령이 무리지어 혹 초셕(草席)도 가졋스며 혹 공셕(空石)도 가져 쓸ᄀᆞ온ᄃᆡ ᄀᆞ득ᄒᆞ여 슛두어리며25) 서로 밀워 ᄀᆞᆯ오ᄃᆡ,

"네 몬져 쳥샹의 올나 문을 열나."

ᄒᆞ며 면ᄒᆞ이 보고 즐겨 몬져 오르지 아니ᄒᆞ거늘 기ᄇᆞ 이예 영창을 밀치고 안쟈 ᄀᆞᆯ오ᄃᆡ,

"무슴 연괴 잇관ᄃᆡ 이리 훙ᄒᆡ며 너의 가진 비 무어시뇨?"

너비 대경ᄒᆞ여 ᄡᅥ ᄒᆞᄃᆡ,

"신인(神人)이 하강ᄒᆞ 【20】 도다!"

ᄒᆞ여 창황이 츄피(趨避)ᄒᆞ거늘26) 기ᄇᆞ 드ᄃᆡ여 작일 궐번(闕番)ᄒᆞᆫ 졔한(諸漢)의 죄를 다스리고 슈향 슈리ᄅᆞᆯ 일병 부과(附過)ᄒᆞ여27) 호령이 엄명ᄒᆞ니

---

23) 【오일-경조】⑱ 오일경조(五日京兆). 오래 계속되지 못하는 일을 비유적으로 이르는 말. 중국 한나라 장창(張敞)이 경조윤(京兆尹)에 임명되었다가 며칠 후에 면직된 데서 유래함.¶ 五日京兆 ‖ 본읍 관쇽이 ᄎᆞᄎᆞ 현신ᄒᆞ여 본관의 년로ᄒᆞᆷ을 보고 오일경조로 아라 현연이 경근ᄒᆞᄂᆞᆫ 의이 업고 니마를 뼹긔며 너힝이 오ᄆᆡ 더욱 두통으로ᄡᅥ 보니 긔슴이 돈연히 업더라 (所謂官廠, 次次現身, 而觀其氣色, 則認以五日京兆, 全無敬謹之意, 顯有魘頰之色, 內行之下來, 尤視以頭痛.) <靑邱野談 奎章 18:17>

24) 【셤홀-히】⑱ 셤홀(閃忽)히. 홀연히.¶ 閃 ‖ 이윽고 방문이 스스로 열니며 ᄒᆞᆫ 쳐녜 일신의 피를 흘니고 몸을 드러ᄂᆡ고 머리 풀고 손의 블근 긔를 들고 셤홀히 방의 드러오니 (少焉房門自啓, 有一處女, 滿身流血, 彼髮裸軆, 手持朱旆, 閃入房中.) <靑邱野談 奎章 18:18>

25) 【슛두어리-】⑱ 떠들어대다.¶ 偶語 ‖ 창틈의 여어본즉 쟝교 슈리 ᄉᆞ령이 무리지어 혹 초셕도 가졋스며 혹 공셕도 가져 쓸ᄀᆞ온ᄃᆡ ᄀᆞ득ᄒᆞ여 슛두어리며 서로 밀워 ᄀᆞᆯ오ᄃᆡ (穴窓窺視, 則乃校吏妓令通房蹙也. 或持草席, 或抱空席, 相率偶語, 盈滿庭中, 互相推諉曰.) <靑邱野談 奎章 18:19>

26) 【츄피-ᄒ-】⑱ 추피(趨避)하다. 달아나 피하다.¶ 趨避 ‖ 너비 대경ᄒᆞ여 ᄡᅥ ᄒᆞᄃᆡ 신인이 하강ᄒᆞ도다 ᄒᆞ여 창황이 츄피ᄒᆞ거늘 (吏輩大駭, 以爲神人下降, 蒼黃趨避.) <靑邱野談 奎章 18:20>

관속이 진뉼(震慄)ᄒ여 감히 소리를 ᄂ지 못ᄒ더라.

그 밤의 ᄂ아의 드러가 부인ᄃ려 쟉야 지난 일을 무른디 부인이 그 일을 넉ᄂ히 말ᄒ여 ᄀᆯ오디,

"이 반ᄃ시 모등ᄂᆡ(某等內) 쳐녀의 명졀이 분명 흉한의 손의 원ᄉᆞ(冤死)ᄒ미나 셰샹이 다 도망ᄒ여 간 줄노 아ᄂ라 그 귀신이 손의 블근 긔를 드러ᄂ신즉 이ᄂ 명녕 블글쥬(朱)ᄯ 긔긔(旗)ᄯ라 모로미 셩명의 쥬긔(朱旗)란 쟈 잇거든 블슈다언(不須多言)ᄒ고 엄형취초(嚴刑取招)ᄒ쇼셔."

기쉬 졈두ᄒ고 익일 됴ᄉᆞ(朝仕) 후의 우연이 쟝교안(將校案)을 샹고ᄒᆞᄀᆞᆨ즉 본쳥 집ᄉ(執事)의 쥬긔(周基) 셩명이 잇ᄂ지라 크게 위의를 ᄀᆞᆺ초고 쥬긔를 즉각(卽刻) ᄂᆞ입(拿入)ᄒ여 블문곡직(不問曲直)ᄒ고 결박ᄒ[21]여 형틀의 올녀매니 일읍 샹히 다 경괴(驚怪)ᄒ여 그 연고를 아지 못ᄒ더니 기쉬 이예 무러 ᄀᆯ오디,

"네 모등ᄂᆡ 아기ᄲᅵ의 거취를 반ᄃ시 알 거시니 형쟝을 기ᄃ리지 말고 일ᄂ 직초ᄒ라."

본관이 도임 날 면ᄉᆞ(免死)ᄒᆞᄆᆞ로 두리블 신명ᄀᆞᆺ치 ᄒ니 뉘 감히 일호나 긔망ᄒ리오? 허믈며 궐한이 몸의 즁범(重犯)이 잇스니 사ᄅ은 비록 아ᄂ이 업스나 졔 ᄆᆞᄋᆞᆷ은 샹히 동ᄂ(憧憧)ᄒ더니[28] 밋 ᄂᆞ입ᄒᄂ 녕을 드르미 심혼이 비월(飛越)ᄒ여 면식이 여토(如土)ᄒ고 졍신이 아득ᄒ여 감히 은휘치 못ᄒ고 젼후 위졀(委折)을 일ᄂ 직초ᄒ니 대개 모등ᄂᆡᄒᆡᆼ이 녕남누(嶺南樓) 구경ᄎᆞ로 나왓슬 ᄯᅢ예 궐한이 창틈으로 본즉 쳐녀의 ᄌᆞ식이 쳔고졀염이라 ᄒᆞᆫ 번 보미 심혼이 표탕ᄒ여 십분 욕심이 나고 ᄯᅩ 드르니 쳐녜 유모로 더브러 동[22]실의 쳐ᄒ여 유모 디졉ᄒ믈 친모ᄀᆞᆺ치 ᄒᆫ다 ᄒ니 궐한이 지믈을 만히 허비ᄒ여 그 유모를 쥬고 ᄯᅩ 언약ᄒᄃᆡ 쳐녀를 달ᄂ여 모쳐의 니른즉 맛당히 쳔금으로ᄡᅥ 후히 갑ᄒ리라 ᄒ니 모쳐ᄂ 곳 ᄂᆡ아 후원 부용졍(芙蓉亭)이

니 심히 유벽ᄒ여 ᄂᆡ아로 더브러 졀원(絶遠)ᄒ고 아릭 둑님이 잇스니 ᄌᆞ젼(自前)으로 ᄂᆡ힝이 ᄯᅢᄯᅩ 쇼창ᄒᄂ 곳이라. 궐녜 그 지믈을 탐ᄒ여 드ᄃᆡ여 쳐녀를 닛글고 부용졍샹의 올나 월식을 구경ᄒ더니 궐한이 둑님 속의 은신ᄒ엿다가 블의예 ᄲᅱ여나와 곳 쳐녀의 가ᄂ 허리를 안고 둑님 심쳐로 들어가 겁욕고져 ᄒ니 쳐녜 ᄯᅩ 울고 ᄯᅩ 부르지져 죽기로 그음ᄒ여 말을 듯지 아니ᄒ니 궐한이 도ᄎ지두(到此地頭)ᄒ여 죽기ᄂ 일반이라 드ᄃᆡ여 찬 칼을 ᄲᅢ혀 질너죽이[23]고 ᄯᅩ 성각ᄒ미 유모를 죽이지 아닌즉 일이 탈노(綻露)키 쉬온지라 ᄯᅩ 죽여 두 겨드랑이의 각ᄂ 일시(一屍)를 ᄭᅵ고 담을 너머 관가 쥬산(主山) 인젹부도쳐(人迹不到處)의[29] 가만이 무든 지 이졔 긔년(幾年)이로ᄃᆡ 사ᄅ이 알니 업더라.

본관이 그 ᄉᆞ연을 영문의 보ᄒ여 즉일 타살ᄒ고 그 쳐녀의 시체를 파ᄂ여 본즉 면식이 ᄉᆡᆼ시 ᄀᆞᆺ고 피 흔격이 낭쟈ᄒ여 금방 죽은 사ᄅ ᄀᆞᆺ흔지라. 그 의복과 관곽을 ᄀᆞᆺ초와 본가의 통ᄒ여 그 션산의 보ᄂᆡ여 쟝ᄉᆞᄒ고 부용졍을 헐고 그 둑님을 블지르니 이후로 읍듕이 무ᄉᆞᄒ니라. 태슈의 신명ᄒ믈 거셰 훤젼(喧傳)ᄒ니 일노조ᄎᆞ 변디(邊地) 방어병슈ᄉ(防禦兵水使)를 ᄎᆞ례로 올마 통졔ᄉ의 니르러 곳ᄂ 만[마]다 션졍이 쟈ᄂᆞᄒ야 녕(令)치 아니ᄒ여도 힝ᄒ고 노(怒)치 아니ᄒ여도 엄ᄒ여[24] 감히 은휘치 못ᄒ니 도쳐 션치ᄒ더라.

영산업부부이방
營産業夫婦異房

샹쥬(尙州) ᄯᅡ 김ᄉᆡᆼ(金生)이 일즉 ᄡᅡᆼ친(雙親)을 여의고 ᄯᅩ 가계 빈궁ᄒ여 년과이십(年過二十)의 고공(雇工)이 되여 격년 픔갑슬 모도와 삼십의 비로소

---

27) 【부과-ᄒ-】⚌ 부과(附過)하다. 잘못이나 허물을 적어 두다.¶ 기쉬 드려여 작일 궐번ᄒᆞᆫ 계한의 죄를 다ᄉ리고 슈향 슈리를 일병 부과ᄒ여 호령이 엄명ᄒ니 관속이 진뉼ᄒ여 감히 소리를 ᄂ지 못ᄒ더라 (其倅遂治昨日闕番諸漢之罪, 首鄕首吏, 皆幷除駄號令嚴明, 治法井井, 官屬惴惴, 不敢出聲.) <靑邱野談 奎章 18:20>

28) 【동동ᄒ-】⚌ 동동(憧憧)ᄒ더라. 마ᄀᆞᆷ이 안정되지 못한 상태에 있다.¶ 憧憧‖ 허믈며 궐한이 몸의 즁범이 잇스니 사ᄅ은 비록 아ᄂ이 업스나 졔 ᄆᆞᄋᆞᆷ은 샹히 동동ᄒ더니 (況厥漢身有重犯, 人雖莫知而心常憧憧.) <靑邱野談 奎章 18:21>

29) 【인젹부도-쳐】⚌ 인젹부도쳐(人跡不到處). 사람이 사ᄂ 곳에서 멀리 떨어져 있어서 사람의 발자취가 이르ᄉᆡ 아니하ᄂ 곳.¶ 人跡不到處‖ 부 ㅕᄂ밤이의 각ᄂ 일시를 ᄭᅵ고 담을 너머 관가 쥬산 인젹부도쳐의 가만이 무든 지 이졔 긔년이로ᄃᆡ 사ᄅ이 알니 업더라 (兩腋下各挾一屍, 踰垣而出暗埋于官家主山人跡不到處, 今至幾年, 而無人識得者.) <靑邱野談 奎章 18:23>

쥐실(娶室)ᄒᆞ여 영산(營産)ᄒᆞᆯ 뜻이 잇ᄂᆞᆫ지라. 빙쳐(聘妻)ᄒᆞᆫ 후 삼일을 지나 기쳬 기부드려 닐너 ᄀᆞᆯ오ᄃᆡ,

"금일노부터 반ᄃᆞ시 삼간 방을 반간 식 막으미 가ᄒᆞ니이다."

셩이 ᄀᆞᆯ오ᄃᆡ,

"엇지 닐옴고?"

쳬 ᄀᆞᆯ오ᄃᆡ,

"우리 부뷔 만일 동침ᄒᆞᆫ즉 ᄌᆞ연 셩산ᄒᆞ리니 금년의 아들 낫코 명년의 ᄯᅩᆯ 나하 ᄌᆞ손의 낙이 조흔즉 조커니와 여간(逎間) 식구의 더훔과 질병의 고로오미 그 손지(損財)ᄒᆞ미 맛당히 엇더ᄒᆞ리오? 군ᄌᆞᄂᆞᆫ 상방의 잇셔 집신을 삼고 나ᄂᆞᆫ 하방의 【25】 셔 길삼ᄒᆞ여 십 년으로ᄡᅥ 한ᄒᆞ여 날마다 ᄒᆞᆫ 그릇 죽을 먹어 ᄡᅥ 가업을 일우미 엇더ᄒᆞ뇨?"

셩이 그 말을 조히 녀겨 드듸여 문을 막고 부뷔 각쳐(各處)ᄒᆞ니라. 부쳬 ᄆᆡ양 날이 어두운 후의 구덩이롤 후원의 팔시 뉵칠 간으로 한뎡ᄒᆞ고 ᄯᅩ 궁납(窮臘)을30) 당ᄒᆞ여 쥬머니롤 만히 지어 대촌 여러 고공의게 난화쥬어 기똥31) ᄒᆞᆫ 셤으로 갑슬 뎡ᄒᆞ고 츈초 희빙시(解氷時)에 구분(狗糞)을32) 구덩의 메이고 ᄡᅥ 츈모(春麰)롤33) 심엇더니 당년의 대슉(大熟)ᄒᆞ여 빅여 짐의 갓가온지라. 인ᄒᆞ여 남초(南草)롤 심어 ᄯᅩ 수십 냥을 어드니 이ᄀᆞ치 근업(勤業)ᄒᆞ지 뉵칠 년의 젼곡(錢穀)이 츙만ᄒᆞ되 죽 먹기롤 여일히 ᄒᆞ여 아홉 히 되ᄂᆞᆫ 셧ᄃᆞᆯ 그믐을 당ᄒᆞ여ᄂᆞᆫ 셩이 쳐드려 ᄀᆞᆯ오ᄃᆡ,

"이졔 십 년이 된지라 원컨대 【26】 밥을 먹고져 ᄒᆞ노라."

쳬 ᄀᆞᆯ오ᄃᆡ,

"우리 이믜 십 년으로 한ᄒᆞ엿거늘 ᄒᆞ로밤을 춤지 못ᄒᆞ여 경션(輕先)히 경계롤 파ᄒᆞ미 가ᄒᆞ랴?"

셩이 무안니 퇴ᄒᆞ다. 십 년이 되미 과연 거부롤 일워 일도의 거갑(居甲)이라. 드듸여 가샤(家舍)롤 짓고 드러 동쳐ᄒᆞ니 셩이 너외 쳐음 맛날 찌 이믜 나히 만핫고 ᄯᅩ 십 년을 지나미 셩산이 단망(斷望)ᄒᆞᆫ지라. 셩이 일노뻐 그 근심ᄒᆞᆫ대 기쳬 ᄀᆞᆯ오ᄃᆡ,

"우리 산업이 ᄼ ᄀᆞᆺ튼즉 반ᄃᆞ시 쥬쟝ᄒᆞᆯ 재 잇ᄉᆞ리니 그대 원근 죡듕의 가ᄒᆞᆫ 쟈롤 ᄀᆞᆯ희여 ᄋᆞ들을 슈양(收養)ᄒᆞᆫ즉 셩산ᄒᆞ나 엇지 다르리오?"

맛춤ᄂᆡ 동셩의 슈양ᄒᆞ니 이 곳 샹산(商山) 김시라. 그 후 ᄌᆞ손이 번셩ᄒᆞ고 즘영(簪纓)이 디불핍졀(代不乏絶)ᄒᆞ더라.

<hr>

30) 【궁납】圖 궁납(窮臘). 연말(年末).¶ 窮臘 ∥ ᄯᅩ 궁납을 당ᄒᆞ여 쥬머니롤 만히 지어 대촌 여러 고공의게 난화 쥬어 기똥 ᄒᆞᆫ 셤으로 갑슬 뎡ᄒᆞ고 츈초 희빙시예 구 분을 구덩의 메이고 ᄡᅥ 츈모롤 심엇더니 (又當窮臘, 製囊許多, 播及於大村傭奴, 以狗糞一石定價, 春初解氷時, 盡塡狗糞於所鑿土坑, 以種春牟.) <靑邱野談 奎章 18:25>

31) 【기ᆢ똥】圖 개똥.¶ 狗糞 ∥ ᄯᅩ 궁납을 당ᄒᆞ여 쥬머니롤 만히 지어 대촌 여러 고공의게 난화쥬어 기똥 ᄒᆞᆫ 셤으로 갑슬 뎡ᄒᆞ고 츈초 희빙시예 구분을 구덩의 메이고 ᄡᅥ 츈모롤 심엇더니 (又當窮臘, 製囊許多, 播及於大村傭奴, 以狗糞一石定價, 春初解氷時, 盡塡狗糞於所鑿土坑, 以種春牟.) <靑邱野談 奎章 18:25>

32) 【구분】圖 구분(狗糞). 개똥.¶ 狗糞 ∥ ᄯᅩ 궁납을 당ᄒᆞ여 쥬머니롤 만히 지어 대촌 여러 고공의게 난화쥬어 기똥 ᄒᆞᆫ 셤으로 갑슬 뎡ᄒᆞ고 츈초 희빙시예 구분을 구덩의 메이고 ᄡᅥ 츈모롤 심엇더니 (又當窮臘, 製囊許多, 播及於大村傭奴, 以狗糞一石定價, 春初解氷時, 盡塡狗糞於所鑿土坑, 以種春牟.) <靑邱野談 奎章 18:25>

33) 【츈모】圖 ((곡식)) 츈모(春麰), 봄보리.¶ 春牟 ∥ 궁납을 당ᄒᆞ여 쥬머니롤 만히 지어 대촌 여러 고공의게 난화쥬어 기똥 ᄒᆞᆫ 셤으로 갑슬 뎡ᄒᆞ고 츈초 희빙시예 구분을 구덩의 메이고 ᄡᅥ 츈모롤 심엇더니 (又當窮臘, 製囊許多, 播及於大村傭奴, 以狗糞一石定價, 春初解氷時, 盡塡狗糞於所鑿土坑, 以種春牟.) <靑邱野談 奎章 18:25>

<hr>

획ᄉᆡᆼ금부ᄌᆞ동궁
獲生金父子同宮

【27】 송경(松京) 됴동지(趙同知)의 관향은 빅쳔(白川)이니34) 가재(家財) 누거만이라. 차인(差人)이 팔노의 두루 잇셔 지믈을 거릭ᄒᆞ되 본대 고죵(孤蹤)이오35) ᄯᅩ ᄌᆞ손이 업셔 명녕(螟蛉)을 구ᄒᆞ되

時, 盡塡狗糞於所鑿土坑, 以種春牟.) <靑邱野談 奎章 18:25>

34) 【빅쳔】圖 ((지리)) 백천(白川). 황해도 백천군.¶ 白川 ∥ 송경 됴동지의 관향은 빅쳔이니 가재 누거만이라 (松京趙同知, 姓貫白川, 家貲屢巨萬.) <靑邱野談 奎章 18:27>

35) 【고죵】圖 고죵(孤蹤). 도와주는 사람 없이 외로운 처지에 있는 몸. 고독단신(孤獨單身).¶ 孤宗 ∥ 차인이 팔노의 두루 잇셔 지믈을 거릭ᄒᆞ되 본대 고죵이오 ᄯᅩ ᄌᆞ손이 업셔 명녕을 구ᄒᆞ되 어들 곳이 업ᄂᆞᆫ지라 (差人遍於八路, 無處無之, 第素是孤宗, 又無子姓, 至於螟

어들 곳이 업눈지라 부쳬 쥬야 근심ㅎ더라.

일은 동지 당샹의 안쟛더니 문외예 맛춤 밥 비눈 소릭 나니 겨우 십셰이라 눙동(隆冬) 셜한(雪寒)을 당ㅎ여 긔한을 긔긔지 못ㅎ디 그 용모골격이 즈목 쟝취(將就) 잇눈지라. 동지 블너 방듕의 드려 그 셩명을 무른즉 골오디,

"빅쳔됴시(白川趙氏)라."

ㅎ니 동지 대희ㅎ여 그 부모롤 무론즉 골오디,

"다만 모친이 잇셔 흉긔 걸식ㅎ다."

ㅎ거늘 동지 드려다가 그 연고롤 일으고 의식을 쥬어 집의 두고 그 모눈 슈시(嫂氏)라 닐ㅊ고 근쳐의 져근 집을 사 두고 인ㅎ여 기ㅇ(其兒)로 긔주롤 삼으니 기이 졈ㅊ 자라 미양 부모의 【28】 게 졍을 붓쳐 긔츌(己出)과 다르미 업더니 십뉵셰의 니르미 셩취(成娶)ㅎ여 그 가산 출입을 더의게 맛지미 근근(勤幹)ㅎ고 쥬밀ㅎ여 양부모의 뜻을 맛초더라.

일ㅊ은 기지 믄득 골오디,

"내 쟝ᄉᆞ홀 경영을 ㅎ오니 원컨디 수삼쳔 금을 어더 냥셔(兩西) 도회쳐(都會處)로 나가 흥니(興利)ㅎ려 ㅎ노이다."

동지 골오디,

"나눈 송인(松人)이라 즈쇼(自少)로 흥니ㅎ미 이 쇼업이니 네 말이 또한 맛당ㅎ도다."

드디여 오쳔 냥을 쥬니 기지 힝ᄉᆞ여 평양의 니르러눈 기녀(妓女)의게 혹ㅎ 비 되여 수년간의 오쳔금이 눈ㅊ치 녹으니 집의 도라갈 낫치 업셔 인ㅎ여 기가(妓家)의 머물너 소환 차인이 되니라.

동지 이 쇼식을 듯고 드디여 부즈지의롤 쓴코 그 본셩 모와 그 쳐롤 다 내여좃추니 고식(姑息)이 셩외예 나가 【29】 의구히 걸식ㅎ니라. 기지 폐의파립(弊衣破笠)으로 기가(妓家)의 쥬졉(住接)ㅎ여 젹슈(赤手)로 도라갈 긔약이 업더니 기녜 맛춤 관가 연회예 들어가고 됴셩이 집을 직혓더니 그날 대위(大雨ㅣ) 붓ᄃᆞ시 오니 됴셩이 우연이 본즉 뜰 ᄀᆞ온디 누른 금가뤼 흐르거늘 그 근원을 추자 킨즉 뒤뜰노부터 녁낙(繹絡)ㅎ여 나오니 곳 방문 셤돌의셔 나눈 비라. 그 갈눈 낫ㅊ치 쥬으니 거의 두어 근이 되고 그 셤돌을 본즉 거의 방치돌[36] ᄀᆞᇀ니 그 돌이 곳

성금(生金)이라. 됴셩이 기녀의 나오믈 기드려 말ᄒᆞ여 골오디,

"내 년쇼 소치로 여간 젼냥을 비록 그디의게 허비ㅎ나 그디 기간 졉디ᄒᆞᆫ 은혜롤 실노 닛기 어려온지라 이졔 여러 ᄒᆡ 지나미 졍니쇼지(情理所在)예 도라가지 아니치 못홀지라."

ᄒᆞᆫ디 기녜 이 말을 듯고 또한 챵연ᄒᆞ여 골오디,

"됴셔방이 내집 【30】 의 오릭 머므르나 내 녁ㅊ지 못ᄒᆞᆷ으로 졉디롤 여의치 못ㅎ니 실노 붓그러온지라. 다년 쥬긱지여(主客之餘)의 이졔 분슈ㅎ니 쥬인의 도리 가히 도보(徒步)로 보니지 못ᄒᆞ리라."

ㅎ고 즉시 뉵쥭(六足)을[37] 셰니여 쥬니 됴셩이 골오디,

"감샤ㅊㅊㅎ여라. 다만 쳥홀 빅 잇스니 뒤 방문 압 셤돌이 쥭히 귀치 아니ㅎ나 그디 조셕으로 쥭젹이 잇눈지라 내 이졔 도라가미 이 췌셕(砌石)을[38] 가져다가 그디 낫츨 딕ᄒᆞᆫ 듯 나 쟈눈 방 압희 셤돌을 삼으면 거의 심회(心懷)롤 위로ᄒᆞ리로다."

기녜 골오디,

"됴랑(趙郞)이 내게 유졍ᄒᆞᆫ 줄 가히 알지니 내 엇지 일괴(一塊) 셕을 앗기리오? 그디 모로미 가져 가라."

됴셩이 곳 시러오니라.

ᄯᅵ 셰말을 당ᄒᆞ미 무릇 송인의 나가 쟝ᄉᆞᄒᆞᆫ 쟤 다 집의 도라오고 그 가권이 또 대찬을 ᄀᆞ초와 오리졍(五里亭)의 맛눈 【31】 지라 됴셩이 폐포파리(弊袍破履)로 그 ᄀᆞ온디 셧겨 와 감히 긔부의게 뵈지 못ᄒᆞ고 ᄒᆞᆫ 구셕의 국츅(踢縮)ㅎ니 기외 허다 차인은 쥬긱이 셔로 희식으로 마즈디 됴셩의게 니르러눈 긔뷔 지이부지(知而不知)ㅎ고 기지 또한 감히

峸無處미悔.) <靑邱野談 奎章 18:27>

36) 【방치-돌】 圖 ((기물)) 다듬잇돌.¶ 砧石 ‖ 그 갈눈 낫ㅊ치 쥬으니 거의 두어 근이 되고 그 셤돌을 본즉 거의 방치돌 ᄀᆞᇀ니 그 돌이 곳 셩금이라 (坐拾其屑, 頗

為數斤. 而觀其砌石, 則幾若砧石全塊, 都是生金也.) <靑邱野談 奎章 18:29>

37) 【뉵쥭】 圖 육족(六足). 발이 여섯 개란 말로, 말과 마부를 가리킴.¶ 六足 ‖ 다년 쥬긱지여의 이졔 분슈ㅎ니 쥬인의 도리 가히 도보로 보니지 못ᄒᆞ리라 ㅎ고 즉시 뉵쥭을 셰니여 쥬니 (多年主客之餘, 今焉告歸, 在主人之道, 不可以徒步送之. 即其地貰六足而給之.) <靑邱野談 奎章 18:30>

38) 【췌셕】 圖 ((기물)) 체석(砌石). 섬돌.¶ 砌石 ‖ 내 이졔 도라가미 이 췌셕을 가져다가 그디 낫츨 딕ᄒᆞᆫ 듯 나 쟈눈 방 압희 셤돌을 삼으면 거의 심회롤 위로ᄒᆞ리로다 (吾今歸去, 持此砌石, 如見君面, 庶可慰懷.) <靑邱野談 奎章 18:30>

현알치 못ᄒᆞ니 간혹 지면(知面)ᄒᆞᆫ 쟈는 손가락질ᄒᆞ고 조롱ᄒᆞ더라. 날이 져믈미 그 셩외예 간즉 기모와 기쳐의 원언(怨言)이 경히 견디기 어려오디 됴셩이 일언을 아니ᄒᆞ고 ᄒᆞ로밤 편히 자더니 명일의 셔간과 금봉(金封)으로 기쳐를 쥬어 ᄒᆞ여곰 기부의게 드리니 이ᄶᅥ 됴동지 바야흐로 모든 챠인(差人)으로 더브러 일 니러 회계(會計)ᄒᆞ더니 기쳬 감히 문의 드지 못ᄒᆞ고 그 노즈를 블녀 동지의게 통ᄒᆞ고 ᄆᆞᆫ져 금봉을 드리니 동지 밧고 버거 셔간을 본즉 닐넛스디 '즈의 다년 쇼득이 【32】 비록 이 수근 금이오나 향일 오쳔 수룰 당홀 거시오 ᄯᅩ 이예셔 더 큰 재 잇ᄂᆞᆫ 고로 ᄆᆞᆫ져 복달(伏達)ᄒᆞ노이다.' 동지 프러본즉 다 셩금갓ᄂᆞ라. 그 갑술 논ᄒᆞ면 가히 뉵칠쳔 금을 당홀지라. 대희ᄒᆞ여 밋쳐 모든 챠인의게 이 말을 젼치 못ᄒᆞ고 급히 안의 드러가 그 식부를 블너드리니 기쳬 대로ᄒᆞ여 ᄭᅮ짓거늘 동지 ᄀᆞᆯ오디,

"그러치 아닌 재 잇스니 조금 기드리라."

그 ᄌᆞ부ᄃᆞ려 무러 ᄀᆞᆯ오디,

"녀의 가댱이 병 업시 도라오고 간밤의 잘 잣스며 ᄯᅩ 조반이나 먹엇ᄂᆞ냐? 너는 가지 말나. 내 이제 녀의 남편을 나가 보리라."

ᄒᆞ고 곳 셩외의 나가 기즈를 보니 기지 비알ᄒᆞ디 기뷔 ᄀᆞᆯ오디,

"녀의 보닌 금셜(金屑)이39) 블쇼(不少)ᄒᆞ니 엇지 뼈 어더오뇨?"

기지 ᄀᆞᆯ오디,

"이 엇지 죡히 귀ᄒᆞ리잇고? ᄯᅩ 큰 뎡 【33】이 잇ᄂᆞ이다."

ᄀᆞᆯ오디,

"어늬 곳의 두엇ᄂᆞ뇨?"

기지 ᄒᆡᆼ탁 듕으로셔 ᄂᆡ여 뵈니 동지 일견의 눈을 둥그럿케 ᄡᅳ고 입을 크게 버리고 놀나 냥구(良久)의 ᄂᆞ리 등을 어루만져 ᄀᆞᆯ오디,

"상(相)을 가히 쇼긔지 못ᄒᆞ리로다. 처음의 네 상을 보니 만석군 상격(相格)이40) 잇ᄂᆞᆫ 고로 취ᄒᆞ여 ᄌᆞ

---

39) 【금셜】 圖 금셜(金屑). 금가루.¶ 金屑 ‖ 녀의 보닌 금셜이 블쇼ᄒᆞ니 엇지 뼈 어더오뇨 (汝之所送金屑不少, 何以得之乎?) <靑邱野談 奎章 18:32>

40) 【샹격】 圖 상격(相格). 얼굴 생김새.¶ 格 ‖ 처음의 네 샹을 보니 만셕군 샹격이 잇ᄂᆞᆫ 고로 취ᄒᆞ여 ᄌᆞ식을 삼앗더니 이계 과연 이 보비를 어더왓스니 만일 불녀ᄂᆡ면 나의 가산의셔 십비나 되리라 ᄎᆞ외예 무어슬 다시 바라리오 (吾初見汝相, 有萬石君格, 故取以爲子. 今果得此金來, 若其鑄出也, 十倍於吾家本産也. 此外復何

즈식을 삼앗더니 이계 과연 이 보비를 어더왓스니 만일 블녀ᄂᆡ면 나의 가산의셔 십비나 되리니 ᄎᆞ외예 무어슬 다시 바라리오? 향쟈 일시 외입(外入)이 ᄯᅩᄒᆞᆫ 쇼년 녜시라 다시 닐으지 말고 즉즉 들어오라."

기모를 도라보와 ᄀᆞᆯ오디,

"슈시 근일의 고한이 오죽ᄒᆞ시리잇가? 내 이계 교즈를 ᄂᆡ여보ᄂᆞ리니 즉시 귀퇴으로 오쇼셔."

집의 도라와 다 솔녀ᄒᆞ여 부지 처음ᄀᆞᆺ치 지나니라. 슬프다! 부즈의 친이 슌식의 ᄯᅥ나고 슌식의 【34】 합ᄒᆞ니 지리(財利) 잇ᄂᆞᆫ 바의 엇지 두렵지 아니랴?

첩ᄒᆡᆼ쥬권원슈긔공
捷幸洲權元帥奇功

뎡금남(鄭錦南) 튱신(忠信)은41) 션묘조(宣廟朝) 듕흥(中興) 명쟝이라. 처음의 광쥬(光州) 아젼이 되엿더니 권도원슈(權都元帥) 뉼(慄)이 본쥬 목ᄉᆡ(牧使) 1) 되여실 졔 일견의 그 쟝진(將材ㄴ) 줄 안지라. 일ᄅᆞᆫ은 양푼의 믈을 ᄀᆞ득 부어 ᄀᆞ만이 쟝즈(障子)42)

望哉?) <靑邱野談 奎章 18:33>

41) 【튱신】 圖 ((인명)) 충신(忠信). (鄭忠信 1576~1636). 조선시대 인조(仁祖) 때의 무신(武臣). 자는 가행(可行). 호는 만운(晩雲). 본관은 나주(羅州). 광해 13(1621)년에 만포첨사(滿浦僉使)로 국경을 경비하였고, 인조(仁祖) 2(1624)년 이괄(李适)의 난 때에 공을 세워 금남군(錦南君)에 봉해졌다. 인조 5(1627)년 정묘호란(丁卯胡亂) 때에는 부원수(副元帥)로 활약하였다. 천문(天文)·지리(地理)·복서(卜筮)·의술(醫術) 등에 정통했고, 매우 청렴했다. 시호(諡號)는 충무(忠武).¶ 忠信 ‖ 뎡금남 튱신은 션묘조 듕흥 명쟝이라 (鄭錦南忠信, 宣廟朝中興名將.) <靑邱野談 奎章 18:34>

42) 【쟝즈】 圖 ((주거)) 장자(障子). 장지. 방과 방 사이, 또는 방과 마루 사이에 칸을 막아 끼우는 문. 미닫이와 비슷하나 운두가 높고 문지방이 낮다.¶ 障子 ‖ 일ᄅᆞᆫ은 양푼의 믈을 ᄀᆞ득 부어 ᄀᆞ만이 쟝즈 우희 두엇다가 혼야의 남남으로 ᄒᆞ여금 급히 졍즈를 ᄂᆡ리니 ᄆᆞᆫ 금남이 담비ᄃᆞ로 그 우희 둘녀 슈긔를 ᄂᆞ린 후 쟝즈를 ᄂᆞ리니 (一日置水器於障子上, 昏夜使錦南, 急下障子, 錦南以煙竹揮其上, 先下水器後, 下障子.) <靑邱野談 奎

우희 두엇다가 혼야(昏夜)의 금남으로 흐여곰 급히 장즈룰 나리라 흐즉 금남이 담빗디로43) 그 우희 둘녀 슈긔(水器)룰 나린 후 장즈룰 나리니 공이 더욱 긔이히 너겨 일노부터 스랑흐미 더욱 즁흐더라. 임진왜란의 도뢰(道路1) 막히여 대개(大駕1) 농만(龍灣)의 계시미 묘명 소식이 통치 못흐눈지라. 금남이 왕반흐믈 즈쳥흐여 쟝계(狀啓)룰 가지고 단신으로 힝지쇼(行在所)의 다르 [35]니 오셩(鰲城)44) 니샹공(李相公)은 권공의 셰(婿1)라 권공의 글을 보고 인흐여 묘명의 쳔거흐여 무과의 올나 공훈을 셰워 후의 부원슈(副元帥)에 니르니라.

오셩이 회히(詼諧)흐기룰 조하흐더니 미양 금남을 디흐여 말흐디,

"악댱(岳丈) 권공이 별노 지략이 업스디 다힝이 셩공흐니 내 죡히 두리지 아니흐노라. 날노 흐여곰 짜홀 밧고면 수업을 만득흐미 반드시 만히 우이 되리라."

흐니 금남이 웃더라. 일ᄂᆞᆫ 오셩이 뒷간의 갓더니 금남이 졸디예 둘녀와 긔식이 쳔츅흐여 굴오디,

"큰일낫다!"

흐거늘 오셩이 놀나 무러 왈,

"무슴 큰일고?"

굴오디,

"왜병 십만이 ᄒᆞ믜 묘령(鳥嶺)을 넘으미 보발(步撥)이45) 앗가 니르럿ᄂᆞ이다."

章 18:34>

43) 【담비ㆍ디】圖 ((기물)) 담뱃대.¶ 烟竹 ∥ 일ᄂᆞᆫ 양푼의 물을 ᄀᆞ득 부어 ᄀᆞ만이 쟝즈 우희 두엇다가 혼야의 금남으로 흐여곰 급히 쟝즈룰 나리라 흐즉 금남이 담빗디로 그 우희 둘녀 슈긔룰 나린 후 쟝즈룰 나리니 (一日置水器於障子上, 昏夜使錦南, 急下障子, 錦南以烟竹揮其上, 先下水器後, 下障子.) <靑邱野談 奎章 18:34>

44) 【오셩】圖 ((인명)) 오셩(鰲城). 이항복(李恒福 1556~1618). 조선 선조 때의 문신. 자는 자상(子常), 호는 동강(東岡)ㆍ백사(白沙)ㆍ필운(弼雲). 임진왜란 때 병조 판서로 활약했으며, 뒤에 벼슬이 영의정에 이르렀다. 광해군 때에 인목대비 폐모론에 반대하다 북청(北靑)으로 유배되어 죽었다.¶ 鰲城 ∥ 오셩 니샹공은 권공의 셰라 권공의 글을 보고 인흐니 묘녕의 쳔어흐여 무과의 올나 공훈을 셰워 후의 부원슈에 니르니라 (鰲城李相公, 權公之婿也. 見權公書, 仍薦于朝, 登武科, 樹立勳功. 後官至副元帥.) <靑邱野談 奎章 18:35>

45) 【보발】圖 보발(步撥). 조선시대에, 걸어서 급한 공문

이쩌 시로 왜란을 지나미 샹흔 재 오히려 이지 못흐고 [36] 오셩이 ᄯᅩ흔 칠년 병과의 간고룰 갓초 겪엇더니 밋 추언을 드르미 실조(失措)흐믈 ᄭᅢ닷지 못흐여 측샹(厠上)의 쥬져안거늘 금남이 대쇼흐여 굴오디,

"대감이 미양 권공을 두리지 아닛노라 흐더니 이졔 엇지 그리 겁흐시ᄂᆞ니잇고?"

"젼말은 희롱이라."

"쳥컨디 권공이 힝쥬대쳡(幸州大捷)흐든 일을 알외리이다. 졉젼흐든 젼일의 밤 김혼 후 권공이 홀연 쇼인을 쟝듕의 블너드려 굴오디 '명일은 쟝ᄎᆞ 대젼(大戰)흐리라 디형을 아지 못흐미 가만이 힝흐여 두루 술피고 올 거시니 네 그날을 ᄯᅡ르라.' 단긔로 홀노 나가 강변을 순힝흐고 놉흔 언덕의 올나 진셰룰 술피더니 이쩌 둘이 업고 밤이 어두어 큰 들이 막ᄒᆞ흐디 홀연 드르니 쳘긔 분치(奔馳)흐고 [37] 도챵(刀槍)이 졍연(錚然)흐며 왜병이 ᄒᆞ믜 빅 겹이나 에워시니 비됴(飛鳥)도 나가기 어려온지라 쇼인이 우러ᄒᆞ 굴오디 '계괴 어디 나리잇고?' 권공의 신식이 즈약흐야 굴오디 '내 이믜 파젹(破敵)홀 꾀룰 어엇ᄂᆞ니 두리지 말나.' 아이오 대갈 일셩의 굴오디 '명일노 ᄡᅡ호믈 언약흐고 쳘긔룰 노와 에우믄 겁흐미오 신이(信) 아니라 네 왜쟝의게 가 젼갈흐고 도라오라.' 쇼인이 유ᄒᆞ 흐오나 감히 거름을 옮기지 못흐오니 ᄯᅩ ᄭᅮ지져 굴오디 '냥국이 교병의 ᄉᆞ신이 그 사이의 잇ᄂᆞ니 ᄲᅡᆯ니 가라.' 드디여 죽기룰 무릅쓰고 가 쟝녕을 젼흔즉 왜쟝이 침음냥구의 진듕에 젼령흐여 흐여곰 문을 열어 니여보닐시 진을 쪄 길을 열미 검극이 맛결녀 겨유 일마룰 용납흘지라 공이 곳비룰 느즉 [38] 이 흐고 셔ᄒᆞ히 힝흐여 진문 밧긔 나와 ᄯᅩ 쇼인을 블너 굴오디 '다시 젼갈흐라. 나의 등편(藤鞭)을46) 일코 왓스니 반드시 츠져보니라 흐라.' 쇼인이 겨우 만인깅참(萬仞坑塹)을 나오미 두 번 쳔심히도(千尋海濤)의 들어가미 경히 난감흐오나 감히 녕을 어긔지 못흐와 ᄯᅩ 가 젼어(傳語)흐온즉 왜쟝이 진듕의 하령흐여 츄심(推尋)흐라 흐니 일진이 물끌ᄂᆞᆫ드시 등편을 찻ᄂᆞᆫ지라 쇼

을 전하는 일을 맡아 하던 사람.¶ 警報 ∥ 왜병 십만이 ᄒᆞ믜 묘령을 넘으미 보발이 앗가 니르럿ᄂᆞ이다 (倭兵十萬, 已踰鳥嶺, 警報俄至矣.) <靑邱野談 奎章 18:35>

46) 【등편】圖 ((기물)) 등편(藤鞭). 군관의 채찍. 등채.¶ 藤鞭 ∥ 나의 등편을 일코 왓스니 반드시 츠져보니라 흐라 (吾之藤鞭, 遺却而出, 必爲推送.) <靑邱野談 奎章 18:38>

인이 도라와 고흔즉 비로쇼 셔ㅅ히 도라오니 쟝둥의 등편이 오히려 잇ᄂᆞᆫ지라. 쇼인이 그 연고ᄅᆞᆯ 뭇ᄌᆞ온디 공이 ᄀᆞᆯ오디 '병불염싀(兵不厭事ㅣ)라 등편이 여긔 잇스디 져긔 츠ᄌᆞ면 그 진듕으로 ᄒᆞ여곰 요란ᄒᆞ여 편히 자지 못ᄒᆞ게 ᄒᆞ여 적국을 흔드ᄂᆞᆫ 술이니 네 그 알쇼냐?' 인ᄒᆞ여 옷슬 그르고 누으샤 비식(鼻息)이 여뢰(如雷)ᄒᆞ오니 쇼인이【39】한츌쳠비(汗出沾背)ᄒᆞ와[47] 탄복ᄒᆞᄆᆞᆯ 씨돗지 못ᄒᆞ더니 익일의 과연 대쳡ᄒᆞ여 그 용병ᄒᆞᄂᆞᆫ 도량은 귀신이 측냥치 못ᄒᆞ고 담냥(膽量)이 영위(英偉)ᄒᆞ오믄 비록 녯 명쟝이라도 이예셔 지나지 못ᄒᆞᆯ지라 이졔 대감은 다만 왜보(倭報)ᄅᆞᆯ 드르시고 경황실조(驚惶失措)ᄒᆞ시니 엇지 뼈 권공을 두리지 아니시리잇고?'

오셩이 우어 ᄀᆞᆯ오디,

"내 듕졍(中情)이 졉ᄒᆞᄆᆡ 아니라 특별이 너ᄅᆞᆯ 시험ᄒᆞᄆᆡ로라."

대개 삼인이 다 간긔인걸(間氣人傑)이라 권공의 지략과 니공의 회희와 명공의 츙용(忠勇)이 셰예 드믄 쟝관이러라.

겹왜승뉴거ᄉᆞ명식
劫倭僧柳居士明識

뉴거ᄉᆞ(柳居士)ᄂᆞᆫ 안동(安東) 사ᄅᆞᆷ이니 셔애(西厓)의[48] 삼촌이라. 형뫼 소졸(疏拙)ᄒᆞ【40】고 힝지 오활(迂闊)ᄒᆞ여 평일의 언쇄 업고 흔 초막을 얽

---

47)【한츌쳠비-ᄒᆞ-】圖 한츌쳠배(汗出沾背)하다. (너무 무서워서)땀이 흘러 등을 적시다.∥ 汗出沾背 ∥ 인ᄒᆞ여 옷슬 그르고 누으샤 비식이 여뢰ᄒᆞ오니 쇼인이 한츌쳠비ᄒᆞ와 탄복ᄒᆞᄆᆞᆯ 씨돗지 못ᄒᆞ더니 (仍解衣而臥, 鼻息如雷, 小人汗出沾背, 不覺驚服.) <靑邱野談 奎章 18:39>

48)【셔애】圖 ((인명)) 서애(西厓). 류성룡(柳成龍 1542~1607). 조선 선조 때의 재상. 자는 이견(而見). 호는 서애(西厓). 이황의 문인으로, 대사헌·경상도관찰사 등을 거쳐 영의정을 지냈다. 임진왜란 때 이순신과 권율 같은 명장을 천거하였으며, 도학·문장·덕행·서예로 이름을 떨쳤다.∥ 西崖 ∥ 뉴거ᄉᆞᄂᆞᆫ 안동 사ᄅᆞᆷ이니 셔애의 삼촌이라 (柳居士, 安東人也. 西崖柳相之叔也.) <靑邱野談 奎章 18:39>

어 지게ᄅᆞᆯ 닷고 글만 넑으니 셔애 흔 치숙(痴叔)으로 보더니 일ㅅ은 거시 셔애ᄃᆞ려 닐너 왈,

"그디 날노 더브러 바독 두어 쇼일ᄒᆞᄆᆡ 엇더ᄒᆞ뇨?"

셔애 국슈(國手)로 ᄌᆞ거(自擧)ᄒᆞᄆᆡ 일즉 치숙의 바독두ᄂᆞᆫ 양을 보지 못ᄒᆞᆫ지라 답ᄒᆞ디,

"슉쥐(叔主ㅣ) ᄯᅩ흔 바독을 아ᄂᆞ냐?"

더브러 디국ᄒᆞᄆᆡ 셔애 인ᄒᆞ여 삼국(三局)을 지고 이샹히 너기거늘 거시 ᄀᆞᆯ오디,

"아직 바독을 날회고 오날 계녁의 흔 즁이 올 거시니 모로미 나의 초막으로 보너라."

셔애 그 미리 즁의 올 줄 알믈 괴이 너겨 거짓 응ᄒᆞ여 ᄀᆞᆯ오디,

"낙(諾)다."

기셕(其夕)의 과연 즁이 와 말ᄒᆞ디,

"묘향산의 잇노라."

ᄒᆞ고 일야 뉴슉ᄒᆞᄆᆞᆯ 쳥ᄒᆞ거늘 셔애 그 치숙의 신통ᄒᆞᄆᆞᆯ 경복ᄒᆞ고 쇼【41】반(蔬飯)으로뼈 디졉ᄒᆞ여 초막으로 보ᄂᆞ니 거시 ᄀᆞᆯ오디,

"내 션ᄉᆞ 올 줄 아랏노라."

즁이 놀나 ᄀᆞᆯ오디,

"엇지 뼈 아르시ᄂᆞ니잇고?"

거시 ᄀᆞᆯ오디,

"앗가 내 쪽하 집의 오믈 보고 반ᄃᆞ시 내집의 와 뉴슉홀 줄 헤아리미로라."

인ᄒᆞ여 슈쟉ᄒᆞᄆᆡ 업고 누어 자니 그 승이 ᄯᅩ흔 곤히 자거늘 거시 ᄀᆞ만이 그 바랑을 열고 본즉 동국디도(東國地圖) 일부와 관방 요해(要害)와 호구(戶口) 강약과 냥계(糧械) 유무ᄅᆞᆯ 셰ㅅ히 긔록ᄒᆞ고 ᄯᅩ 단검 일빵이 잇스니 텬하 니검(利劍)이라 거시 칼을 잡고 승의 비예 거러안쟈 '쳥졍(淸正)아!' 블너 ᄀᆞᆯ오디,

"네 죄ᄅᆞᆯ 아ᄂᆞ냐?"

그 승이 놀나 ᄭᆡ여 보니 번득이ᄂᆞᆫ 칼날이 목을 향ᄒᆞ여 ᄂᆞ려오ᄂᆞᆫ지라 승이 ᄀᆞᆯ오디,

"승은 무죄ᄒᆞ오니 원컨디 잔명을 살으쇼셔."

거시 ᄀᆞᆯ오디,

"네 죄 셰히니 아【42】국 디도ᄅᆞᆯ 농듕(籠中)의 너흐미 ᄒᆞ나히오 셰 번 묘뎐의 드러오미 둘이오 아국을 무인지경ᄀᆞᆺ치 보미 셰히니 엇지 죄 업다 ᄒᆞ리오?"

승이 감히 일언을 못ᄒᆞ고 이에 인걸ᄒᆞ여 ᄀᆞᆯ오디,

"만일 ᄼ누(一縷)룰 빌니시면 곳 맛당히 바다 홀 건너 결초보은ᄒ리이다."

거시 기리 탄식ᄒ여 ᄀᆯ오ᄃᆡ,

"아동이 칠년 익운은 면키 어려온지라 내 너의 무리 보기룰 뱍은 쥐ᄀᆞᆺ치 아ᄂᆞ니 죽여도 무익ᄒ지라 이졔 너의 셩명(性命)을 요ᄃᆡ(饒貸)ᄒᄂᆞ니 일후 여ᄇᆡ 만일 안동 일보지디(一步之地)롤 범ᄒ면 맛당히 ᄢᅵ룰 업시홀 거시니 급ᄼ히 도라가라."

승이 유ᄼ ᄒ고 하직ᄒ니라. 임진난을 당ᄒᄆᆡ 팔녀 어육이 되되 안동은 홀노 병화룰 면ᄒᆞᆫ 거ᄉᆞ의 공이러라. 【43】

산희관도독오노병
山海關都督鏖虜兵

대명(大明) 말의 아국 ᄉ신이 됴텬(朝天)홀[49] 석예 도독 원숭환(袁崇煥)이[50] 산희관(山海關)을 진경ᄒ여 뼈 호로(胡虜)룰 방비홀ᄉᆡ 도독의 년긔 이십 예라. ᄉ신을 영졉ᄒ여 더부러 바독을 더ᄒ니 그 용

용ᄒᆞᆫ아(雍容閒雅)ᄒ미 가히 웅킬너라. 셩듕이 격연(寂然)ᄒ여 사롬이 업슴 ᄀᆞᆺ더니 날이 오면의 군교 일인이 츄창ᄒ여 고ᄒᆞᆫᄃᆡ,

"노아합격(奴兒哈赤)이[51] 십만 대병을 모라 삼십 니 밧긔 왓ᄂᆞ이다."

도독이 ᄀᆯ오ᄃᆡ,

"아랏노라."

ᄉ신이 ᄀᆯ오ᄃᆡ,

"이졔 대젹이 지경을 넘ᄒ엿거늘 공이 엇지 비어(備禦)의 칙(策)을 아니ᄒᄂᆞ뇨? 쳥컨디 긔국(碁局)을 물니라."

ᄒᆞᆫᄃᆡ 도독이 ᄀᆯ오ᄃᆡ,

"두리지 말나. 이믜 조쳐ᄒ미 잇노라."

ᄒ고 위긔(圍棋)ᄒᆞᆯ 여샹히 ᄒ더니 아이오 ᄯᅩ 고ᄒᆞ여 ᄀᆯ오ᄃᆡ,

"이십 니 밧 【44】 긔 왓ᄂᆞ이다."

도독이 ᄀᆯ오ᄃᆡ,

"이믜 알앗노라."

ᄯᅩ 고ᄒᆞᆫᄃᆡ,

"십 니 밧긔 왓ᄂᆞ이다."

도독이 이예 사롬으로 더브러 누의 올나 보니 일망 평야의 노긔(虜騎) 긔얌이ᄀᆞᆺ치 ᄯᅡ의 ᄭᆯ녓거늘 흑운이 참담ᄒ고 삭풍(朔風)이 슬ᄼᄒ지라 ᄉ신이 셩듕을 도라본즉 ᄉ문 셩누의 긔치룰 버렷고 군ᄉᆡ 삼쳔의 차지 못ᄒᆞᆫ지라 ᄉ신이 심히 두리더니 도독이 일교(一校)룰 블너 귀예 다혀 ᄀᆯ오ᄃᆡ,

"여ᄎᆞᄼᄼᄒ라."

교리(校理) 유ᄼ ᄒ고 믈너가거늘 인ᄒ여 음쥬ᄒᆞᆯ ᄌᆞ약히 ᄒ더니 아이오 셩 누샹의 일셩 포향

---

49) 【됴텬-ᄒ-】 圏 조천(朝天)하다. 중국의 천자를 배알하다.¶ 대명 말의 아국 ᄉ신이 됴텬홀 석예 도독 원숭환이 산희관을 진정ᄒ여 뼈 호로룰 방비홀시 도독의 년긔 이십 예라 (大明末, 我國使臣, 入中原, 時都督袁崇煥鎭山海關, 以防建虜, 都督年纔二十餘.) <靑邱野談 奎章 18:43>

50) 【원숭환】 圏 ((인명)) 원숭환(袁崇煥 1584~1630). 명나라 말기 광동(廣東) 동완(東莞) 사람. 일설에는 광서(廣西) 등현(藤縣) 사람이라고도 한다. 자는 원소(元素), 호는 자여(自如). 천계(天啓) 6년(1626) 후금(後金) 누르하치의 군사들을 무찔렀는데, 영금대첩(寧錦大捷)으로 불린다. 그러나 위충현(魏忠賢)의 비위를 거슬러 휴가를 내고 귀향했다. 숭정(崇禎) 원년(1628) 병부상서 겸 우부도어사(右副都御史)로 계료(薊遼)의 군대를 지휘했다. 다음 해 금나라 군대가 침입하여 북경(北京)을 위협하자 천 리 길을 달려 구원했다. 숭정제가 반간계(反間計)에 속고 참언에 넘어가 모반죄로 붙잡혀 투옥되고 폐형(磔刑)을 당해 죽었다.¶ 袁崇煥 ∥ 대명 말의 아국 ᄉ신이 됴텬홀 석예 도독 원숭환이 산희관을 진경ᄒ여 뼈 호로룰 방비홀시 도독의 년긔 이십 예라 (大明末, 我國使臣, 入中原, 時都督袁崇煥鎭山海關, 以防建虜, 都督年纔二十餘.) <靑邱野談 奎章 18:43>

51) 【노아합격】 圏 ((인명)) 노아합적(奴兒哈赤). 청태조 누르하치(努爾哈赤 1559~1626). 중국 청나라의 창건자, 초대 황제. 성은 애신각라(愛新覺羅). 시호는 처음에는 무황제(武皇帝), 나중에는 고황제(高皇帝)라 하였다. 묘호는 태조(太祖). 여진의 대부분을 통일하여 한(汗)의 지위에 올라 국호를 후금(後金)이라 하였다. 1626년에 명의 영원성(寧遠城)을 공격하였으나 명장 원숭환(袁崇煥)의 고수로 실패, 부상만 입고 후퇴하였다. 이것이 원인이 되어 그 해 4월 몽고의 파림(巴林)부를 직접 공략하다가, 도중 9월에 병사하였다. 그가 확립한 기초 위에 그의 아들 황태극(皇太極)이 너욱 세력을 확장하였고 국호를 대청(大淸)으로 고치고 연호를 숭덕(崇德)이라고 했다.¶ 奴兒哈赤 ∥ 노아합격이 십만 대병을 모라 삼십 니 밧긔 왓ᄂᆞ이다 (奴兒哈赤率十萬兵來, 駐三十里外矣.) <靑邱野談 奎章 18:43>

에 삽시간 하늘이 문허지고 짜히 터지는 소리 ᄀ온
디 연염(煙焰)이 챵야(漲野)ᄒᆞ미 십만 노병(虜兵)이
다 회신(灰燼) 등의 드러 누린내음시 코룰 거슬니ᄂᆞ
스신이 비로소 그 디뢰포(地雷炮)로 미리 미복ᄒᆞᆷ을
드르니 진실노 텬하 장관이라. 날이 【45】 져믈고 연
징이 사라지미 술펴보니 먼산ᄀᆞ의 ᄒᆞᆫ 등블이 명멸
ᄒᆞ여 둇거늘 도독이 탄식ᄒᆞ여 ᄀᆞᆯ오디,

"텬얘(天也ㅣ)라."

ᄒᆞ고 일교룰 블너 닐으디,

"뎌 등영(燈影)은 이 곳 노아합격이라 ᄒᆞᆫ 병
술을 가져 물을 둘녀 가 쥬고 또 내 말을 젼ᄒᆞ디
십 년 기른 군시 일조의 지룰 일우니 내 박쥬로뻐
위로ᄒᆞ노라 ᄒᆞ라."

교리 가 견ᄒᆞᆫ즉 노췌(虜酋ㅣ) 바다 통음ᄒᆞ고
가니라. 스신이 졍신을 슈습ᄒᆞ여 그 죵말을 ᄌᆞ셰히
알고 하직ᄒᆞ니라.

쳥셕동텬쟝투검긱
靑石洞天將鬪劍客

텬쟝(天將) 니졔독(李提督) 여숑(如松)이 임진
[진](壬辰)을 당ᄒᆞ여 졍병 오쳔을 거느려 됴션(朝鮮)
을 구휼시 평양 일젼(一戰)의 왜츄(倭酋)[52] 평힝장
(平行長)이[53] 대픿ᄒᆞ여 밤의 닷거늘 졔독이 익이물
타 기리 모라 쳥셕동(靑石洞)의 니르니 【46】 길이

험ᄒᆞ고 겻히 막히미 만아 슈목이 참텬ᄒᆞ고 계간(溪
澗)이 굴곡ᄒᆞᆫ지라 홀연 젼면의 빅긔(白氣) 하늘의
쎗치고 넝긔 사름을 핍박ᄒᆞ거늘 졔독이 ᄀᆞᆯ오디,

"이는 왜국 검긱의 쎼라."

드디여 군스룰 머믈녀 일ᄌᆞ로 진을 치고 마샹
의셔 ᄡᅡᆼ검을 ᄲᅡ혀 들고 몸을 소샤 공듕의 울나 형
영이 업스니 졔군이 우러ᄂᆞ 본즉 다만 도환(刀環)
소리 졍연ᄒᆞ여 빅긔 ᄀᆞ온디 지나거늘 셔로 놀나 도
라보더니 아이오 왜인의 머리 분ᄂᆞ히 써러지고 넝
긔 잠간 거드미 졔독이 울연이 마샹의 잇셔 붐 치
고 쳥셕 어귀룰 나오니 밋 벽졔(碧蹄)의셔 픿ᄒᆞ미
군스룰 개셩부(開城府)의 머믈고 나아가 칠 ᄯᅳᆺ이 업
더니 셔애(西厓) 뉴셩뇽(柳成龍)이[54] 졉반스(接伴使)
로[55] 나아가 군무룰 의논ᄒᆞ미 졔독이 ᄆᆞᆺ춤 머리룰
빗더니 멀니 보니 흰 무지게 공듕의 둘녀 【47】 졈
ᄂᆞ 갓가이 오거늘 졔독이 급ᄂᆞ히 결발(結髮)ᄒᆞ고 ᄀᆞᆯ
오디,

"검긱이 오도다."

ᄒᆞ고 벽샹의 ᄡᅡᆼ검을 가지고 픿ᄒᆞ여 골방으로
들어가고 지게룰 닷지 아니ᄒᆞ여 셔애로 ᄒᆞ여곰 머
믈너 동졍을 보게 ᄒᆞ더니 삽시간 빅홍(白虹)의 긔운
이 날아 골방으로 들어오니 다만 졍ᄂᆞ(錚錚)ᄒᆞᆫ 소리
년속부졀(連續不絶)ᄒᆞ고 찬긔운이 방의 ᄀᆞ득ᄒᆞᆫ지라.
셰애 심혼(心魂)이 비월(飛越)ᄒᆞ여 능히 졍치 못ᄒᆞ
더니 홀연 보니 ᄒᆞᆫ 볼이 드러나 지게룰 치고 도로
드러가거늘 셰애 그 졔독의 볼인가 ᄯᅳᆺᄒᆞ고 ᄯᅩ 그
지게룰 치고 들어가믄 닷고져 ᄒᆞ는 ᄯᅳᆺ을 짐작ᄒᆞ고
드디여 니러 문을 다덧더니 슈유의 졔독이 지게룰

---

52) 【왜츄】圖 ((인류)) 왜추(倭酋). 왜병의 두목.¶ 倭酋 ∥
평양 일젼의 왜츄 평힝장이 대픿ᄒᆞ여 밤의 닷거늘 졔
독이 익이물 타 기리 모라 쳥셕동의 니르니 (大捷於
平壤, 倭酋平行長宵遁, 乘勝長驅, 至靑石洞.) <靑邱野
談 奎章 18:45>

53) 【평힝장】圖 ((인명)) 평행장(平行長). 고니시 유키나가
(小西行長 ?~1600). 임진왜란 당시 일본군을 이끌고 우
리나라를 침략한 일본의 장수. 도요토미 히데요시의
가신으로 임진왜란 때 선봉을 섰다. 히데요시가 죽은
후 이시다 미쓰나리[石田三成]와 한 패가 되어 도쿠가
와 이에야스[德川家康]와 싸웠으나 패하여 피살되었
다.¶ 平行長 ∥ 평양 일젼의 왜츄 평힝장이 대픿ᄒᆞ여
밤의 닷거늘 졔독이 익이물 타 기리 모라 쳥셕동의
니르니 (大捷於平壤, 倭酋平行長宵遁, 乘勝長驅, 至靑
石洞.) <靑邱野談 奎章 18:45>

54) 【뉴셩뇽】圖 ((인명)) 류성룡(柳成龍 1542~1607). 조선
선조 때의 재상. 자는 이견(而見). 호는 서애(西厓). 이
황의 문인으로, 대사헌ᆞ경상도관찰사 등을 거쳐 영의
정을 지냈다. 임진왜란 때 이순신과 권율 같은 명장을
천거하였으며, 도학ᆞ문장ᆞ덕행ᆞ서예로 이름을 떨쳤
다.¶ 柳相成龍 ∥ 셔애 뉴셩뇽이 졉반스로 나아가 군무
룰 의논ᄒᆞ미 졔독이 ᄆᆞᆺ춤 머리룰 빗더니 멀니 보니
흰 무지게 공듕의 둘녀 졈ᄂᆞ 갓가이 오거늘 (西崖柳
相成龍以接伴使, 進議軍務, 提督適梳頭而語. 遙見天邊,
一道白虹自遠而近.) <靑邱野談 奎章 18:46>

55) 【졉반스】圖 ((인류)) 접반사(接伴使). 외국 사신을 접
대하던 임시직 벼슬아치.¶ 接伴使 ∥ 셔애 뉴셩뇽이 졉
반스로 나아가 군무룰 의논ᄒᆞ미 졔독이 ᄆᆞᆺ춤 머리룰
빗더니 멀니 보니 흰 무지게 공듕의 둘녀 졈ᄂᆞ 갓가
이 오거늘 (西崖柳相成龍以接伴使, 進議軍務, 提督適
梳頭而語. 遙見天邊, 一道白虹自遠而近.) <靑邱野談 奎
章 18:46>

열고 나와 션연훈 미인의 머리롤 쓸의 더지니 셔애 경신이 조금 경훈민 하례훈믈 마지 아니훈디 졔독 이 굴오디,

【48】"왜듕의 본디 검긔이 만터니 쳥셕동의 셔 다 죽고 이 미인은 그 듕 졔일 고슈로 검술이 통신(通神)후여 텬하의 디격후리 업눈지라 내 샹히 관념(關念)후더니 이졔 다힝히 버혓스니 다시 근심 이 업도다. 그러나 그디 지게롤 닷치미 엇지 그 영 오(穎悟)후뇨?"

셔애 굴오디,

"지게롤 치고 도로 들어가미 그 쯧을 가히 알 니이다."

쏘 굴오디,

"그디 엇지 뼈 나의 볼인 줄 알앗느뇨?"

셔애 굴오디,

"왜인의 볼은 격은지라 큰 볼은 분명 쟝군의 볼이니 이러므로 다닷느이다."

졔독이 굴오디,

"됴션에 쏘훈 사룸이 잇도다."

셔애 굴오디,

"폐호(閉戶)후믄 무슨 쯧이니잇고?"

졔독 왈,

"미인이 검술을 희상 공활훈 곳의셔 비혼 고 로 내 짐짓 협방의 들어가 후여곰 그 능훈믈 쾌히 못후게 후여 수 【49】십 합을 쓰호미 미인의 슈법 이 졈졈 착난후믈 보고 지게예 나가 멀니 도망훌가 져허훈 고로 닷고져 후미로라. 만일 훈번 나가면 벽 히 만 리예 엇지 잡으리오? 오날 일은 그디 폐호훈 공이 실노 만토다."

일노부터 더옥 경듕(敬重)후더라.

보즁은운남치미아
報重恩雲南致美娥

니졔독(李提督)이 평양의 잇슬 졔 훈 김셩(金 姓) 역관을 사랑후니 김역이 나히 겨요 야간의 얼 골이 쳥슈후고 손이 옥 갓투니 남듕 일식이라. 졔독 이 쥬야로 친압후여 잠간도 떠나지 아니후니 비록 일식 미인의 사랑이라도 이예 밋지 못훌지라 말을

───

둣지 아니미 업고 원을 좃지 아니미 업더라. 쳘병 (撤兵)후여 도라갈 쩌예 인후야 드리고 가 최문의 니르러눈 뇨동(遼東) 도통(都統)이 군령의 【50】 범 훈 일노 군법을 힝후려 후니 도통이 삼지(三子ㅣ) 잇스디 댱(長)은 시랑(侍郞)이오 츠눈 셔길시(庶吉士 ㅣ)오[56] 셋지눈 신이훈 즁으로 황뎨 신수(神師)로뼈 디졉후고 별원(別院)을[57] 대니(大內)예[58] 짓고 마져 두니라. 이쩌 삼지 이 소식을 듯고 황망히 다 뇨동 (遼東)의 모도여 셔로 아비 구훌 묘칰을 의논훌시 신승(神僧)이 굴오디,

"드르니 됴션 김역(金譯)이 졔독의게 춍(寵)이 잇셔 쳥후눈 바룰 듯지 아니미 업다 후니 엇지 훈 번 보아 곤걸(懇乞)치 아니리오?"

후고 셔로 졔독 원문 밧긔 나아와 김역 보기 룰 쳥훈디 김역이 졔독의게 고후디,

"모관 형뎨 삼인이 쇼인 보기룰 구후오니 쟝 찻 엇지후리잇고?"

졔독이 굴오디,

"반드시 그 아비룰 위후여 오미로다. 그러나 뎌눈 샹국(上國) 죤즁훈 사룸이오 너눈 요마(幺

───

56) 【셔길수】 圈 ((관직)) 서길사(庶吉士). 중국의 관직명. 명(明)나라의 태조가 서경에서 입교서상길사(立敎庶常 吉士)라고 한 것을 본받아 설치한 관직명. 처음에는 각 관서에 분설하였으나, 영락제(永樂帝) 때 한림원(翰 林院)에 모두 속하게 하였다. 서길사는 새로 진사(進 士)가 된 자들 가운데, 학문이 우수한 자나 글씨를 잘 쓰는 자로 임명하였다.¶ 庶吉士 ‖ 도통이 삼지 잇스디 댱은 시랑이오 츠눈 셔길시오 셋지눈 신이훈 즁으로 황뎨 신수로뼈 디졉후고 별원을 대니에 짓고 마져 두 니라 (都統有子三人, 長則侍郞, 次則庶吉士, 季則以神 異之僧. 皇帝待以神師, 起別院於大內而迎置之.) <靑邱 野談 奎章 18:50>

57) 【별원】 圈 ((주거)) 별원(別院). 칠당가람(七堂伽藍) 이 외에 중이 거처하기 위해 세운 당사(堂舍). 또는, 본사 (本寺) 외에 따로 지은, 본사 소속의 절.¶ 別院 ‖ 도통 이 삼지 잇스디 댱은 시랑이오 츠눈 셔길시오 셋지눈 신이훈 즁으로 황뎨 신수로뼈 디졉후고 별원을 대니 예 짓고 마져 두니라 (都統有子三人, 長則侍郞, 次則 庶吉士, 季則以神異之僧. 皇帝待以神師, 起別院於大內 而迎置之.) <靑邱野談 奎章 18:50>

58) 【대니】 圈 ((지리)) 대내(大內). 임금이 거처하는 곳.¶ 大內 ‖ 도통이 삼지 잇스디 댱은 시랑이오 츠눈 셔길 시오 셋지눈 신이훈 즁으로 황뎨 신수로뼈 디졉후고 별원을 대니예 짓고 마져 두니라 (都統有子三人, 長則 侍郞, 次則庶吉士, 季則以神異之僧. 皇帝待以神師, 起 別院於大內而迎置之.) <靑邱野談 奎章 18:50>

麼)59) 일역으로 엇지 감히 보지 아니리오?"

김역이 나가 【51】 보니 삼인이 근청하여 굴오
디,

"가친이 불힝 당변(當變)하여 셩되 망연하니
그디 우리 삼인을 위하여 도독의게 잘 픔하여 부명
(父命)을 완전케 할믈 쳔만 축슈하노이다."

김역이 굴오디,

"외국 미죵(微踪)이60) 엇지 감히 텬쟝의 군뉼
을 간예하리잇가? 그러나 귀인의 근청이 ᄎᆞᆺ치 근
지(勤摯)하시니61) 엇지 감히 ᄉᆞ양하리오? 맛당히 텬
쟝끠 픔하와 쳐분을 기ᄃᆞ리ᄅᆞ이다."

하고 돌쳐 들어가니 도독이 무러 굴오디,

"뎌의 쇼원이 과연 기부를 위함이더냐?"

김역이 굴오디,

"그러하이다."

인하여 그 슈작한 슈말을 ᄌᆞ셰 고하니 졔독이
침음냥구의 굴오디,

"내 젼진(戰陣)의 횡힝하여 일즉 ᄉᆞ졍(私情)으
로뻐 공ᄉᆞ(公事)를 폐함이 업더니 이졔 네 요마한
몸으로 이 귀인의 근청이 잇스믄 네 내게 긴졀할믈
【52】 가히 알 거시오 ᄯᅩ 내 녀룰 드리고 여겨 왓
스나 네게 다른 셩식할 거시 업스니 ᄉᆞ뉼(師律)이
비록 지엄하나 맛당히 너룰 위하여 한 번 활협(闊
狹)하리라."

김역이 희식을 ᄯᅴ여 나가 삼인을 보고 졔독의
말을 다 고한디 삼인이 머리 조아 지비하여 굴오디,

"그디 덕을 힘닙어 아븨 명을 구하니 텬디와
하히 ᄀᆞᆺ혼 은혜룰 엇지 다 갑흐리오? 우모치혁(羽

毛齒革)과 금은옥빅을 쳥하는디로 조추리라."

김혁이 굴오디,

"집이 본디 쳥검하니 보화완호(寶貨玩好)는 진
실노 원하는 비 아니로쇼이다."

삼인이 굴오디,

"그디 묘션 일역(一譯)이라 만일 샹국으로부터
그디룰 명하여 귀국 경승을 삼으미 엇더하뇨?"

굴오디,

"아국이 젼혀 명분을 슝샹하느니 나는 듕인
(中人)이라 만일 경승이 된즉 【53】 반드시 듕인 경
승으로 지목하리니 도로혀 하지 아니함만 ᄀᆞᆺ지 못
하여이다."

삼인이 굴오디,

"그러면 그디로뻐 샹국 놉흔 벼살의 거하여
듕원 거족(巨族)이 되게 함이 엇더하뇨?"

굴오디,

"우리 부뫼 구존(俱存)하오니 오리 ᄯᅥ나미 졀
박한지라 오직 샐니 도라가기룰 원하미 일ᄌᆞ이 삼
츄 ᄀᆞᆺ튼니 도독 회군하신 후의 즉시 하여곰 도라가
게 한즉 은혜 이예 크미 업ᄂᆞ이다."

삼인이 굴오디,

"비록 그러나 이 은혜롤 가히 갑지 아니치 못
할 거시니 그디는 오직 쇼원을 말하라. 비록 지귀
(至貴)한 믈과 엇기 어려온 쳥이라도 반드시 ᄋᆞ힝하
리라."

하고 근청하기룰 마지 아니하니 김역이 솔이
(率爾)히 발구(發口)하여 굴오디,

"내 쇼원이 한번 텬하 일식을 보고져 하노이
다."

삼인이 듯고 셔로 도라보와 믁연 【54】 냥구의
신승이 굴오디,

"이 어렵지 아니타."

하고 하직하니라. 김역이 들어와 졔독을 본디
졔독이 굴오디,

"뎌의 무리 반드시 네게 보은할 비 잇스리니
네 무슨 원으로뻐 말한다?"

김역이 굴오디,

"텬하 일식으로 원하엿느이다."

졔독이 궐연이 니러 그 손을 잡고 굴오디,

네 쇼국 인믈노 엇지 그 말이 크뇨? 거비(渠
輩) 나 허하더냐?"

굴오디,

"허하더이다."

---

59) 【요마】 圖 요마(幺麼). 변변치 못함.¶ 幺麼 ‖ 반드시
그 아비룰 위하여 오미로다 그러나 뎌는 샹국 존즁한
사ᄅᆞᆷ이오 너는 요마 일역으로 엇지 감히 보지 아니리
오 (必是爲其父請命之事也. 然彼乃上國舉重之人, 汝以
外國幺麼一譯, 何敢不住見?) <靑邱野談 奎章 18:50>

60) 【미죵】 圖 미죵(微踪). 미미한 존재.¶ 幺麼之踪 ‖ 외국
미죵이 엇지 감히 텬쟝의 군뉼을 간예하리잇가 그러
나 귀인의 근청이 ᄎᆞᆺ치 근지하시니 엇지 감히 ᄉᆞ양
하리오 (顧以外國幺麼之踪, 何敢干撓天將之軍律乎? 然
貴人之所懇, 若是勤摯, 何敢自我辭脚?) <靑邱野談 奎
章 18:51>

61) 【근지-하-】 圖 근지(勤摯)하다. 은근하고 극진하다.¶
勤摯 ‖ 외국 미죵이 엇지 감히 텬쟝의 군뉼을 간예하
리잇가 그러나 귀인의 근청이 ᄎᆞᆺ치 근지하시니 엇
지 감히 ᄉᆞ양하리오 (顧以外國幺麼之踪, 何敢干撓天將
之軍律乎? 然貴人之所懇, 若是勤摯, 何敢自我辭脚?)
<靑邱野談 奎章 18:51>

계독이 굴오디,

"졔 장춧 어디로조차 어들고? 이는 황뎨의 귀 홈므로도 졸연이 쉽지 못홀 일이로다."

김역이 인호여 계독을 짜라 황셩(皇城)의 들어가니 삼인이 김역을 마쟈 혼 곳의 니르니 이예 시로 지은 큰 집이라. 졔되 굉장호고 금벽이 현황호 더라. 인호여 다담을 나와 굴오디,

"금셕(今夕)은 가히 이 집의셔 뉴슉호라."

이 [55] 옥고 안문 여는 곳의 훈향(薰香)이 습인(襲人)호며 수십 미인이 혹 향노룰 들고 혹 샹즈룰 밧드러 쌍쌍이 비힝호여 나와 당젼의 셔니 김역의 안목의는 무비졀염(無非絶艶)이라 이믜 보믜 일고져 호거늘 삼인이 굴오디,

"엇지 니러나느뇨?"

굴오디,

"내 이믜 텬하 일식을 보왓슨즉 반드시 머무 지 아니리라."

삼인이 우어 굴오디,

"이는 시인(侍兒ㅣ)라 엇지 시러금 텬하 일식 이 되리오? 일식은 이졔 바야흐로 나오나니라."

슈유의 안문을 크게 열고 일타(一朶) 난사(蘭 麝)에 훈향이 농농호고 시녀 십쌍이 젼추후옹호여 나와 당의 올나 응장셩식(凝粧盛飾)으로 일개 미인 이 교의예 안즈니 홍안은 곳치 붓그리고 셜부(雪膚)는 옥이 무식호며 바라보믜 신션 곳고 나아가믜 츄월 곳투여 장강반희(莊姜班姬)와 [56] 셔시양비(西施楊妃)라도 막과어츠(莫過於此)라. 삼인이 김역으로 더브러 쏘혼 교의예 비좌호고 김역드려 굴오디,

"이 참군(參軍)의 원호는 바 텬하 일식이니 과 연 엇더호뇨?"

김역이 디호여 본즉 쥬취(珠翠) 만신호고 신 치 찬란호여 눈이 희미호고 경신이 아득호니 실노 엇더혼 형상인 줄 아지 못홀너라. 삼인이 굴오디,

"금야의 그디 반드시 운우의 회(會)룰 호미 엇 더호뇨?"

김역이 굴오디,

"내 혼 번 보기만 원호미오 실노 다른 뜻은 업노라."

삼인이 굴오디,

"이 엇진 말고? 우리 그디 대은을 감동호여 그디 쇼원을 비록 마뎡방죵(摩頂放踵)홀시라노62) 엇

지 스양호리오? 뎨 이 뎨 삼석은 어더오기 어렵지 아니호디 뎨 일식의 니르러는 텬즈의 셰(勢)로도 쏘 혼 어려온지라. 년젼의 운남왕(雲南王)이 원쉬 [57] 잇스미 우리 위호여 원슈룰 갑하쥬니 그 왕이 바야흐로 슈은코져 호여 무릇 나의 쇼원을 듯지 아 니호는 비 업스미 뭇춤 왕의 쌀이 텬하 일식이라 그디 이믜 보기룰 원혼즉 비각(排却)이 어려온 고로 그디로 더부러 샹별(相別) 후 즉시 매파(媒婆)룰 운 남왕의게 보니니 왕이 쏘혼 허락혼 고로 그디 입경 (入境)호는 날의 쏘혼 솔니(率來)혼 고로 기간 쳔리 마(千里馬) 삼필을 쩍고 수만 은즈룰 허비호믄 운남 이 경셩의셔 샹게 삼만여 리라 금일 셔로 모도미 삼성슉연(三生宿緣)이오 일셰 희귀혼지라. 허믈며 그디는 남지오 뎌는 녀지니 만일 혼 번 보고 흐터 진즉 졔 이믜 국왕의 친녀로 엇지 무고히 외국 남 즈룰 볼 니 잇스리오? 스리 응당 이곳치 아니호리 니 다시 샤양치 말나. 금셕 [58] 은 냥신(良辰)이라 합근셩친(合졸成親)호미 쏘혼 맛당치 아니호냐?"

김역이 마지 못호여 뉴슉홀시 초례룰 힝혼 후 인호여 동방(洞房)을 베프니 납쵹이 휘황호고 난사 (蘭麝ㅣ) 혼농(昏濃)호디 냥인이 샹디호니 김역이 쏘혼 남듕 일식이라 신치(神采) 셔로 바이며 가연이 셔로 합혼지라 그러나 김역이 경황호고 일변 의아 호여 일식 미인을 시이블견(視而不見)호니 탐화광졉 (探花狂蝶)의 무음이 돈무호고 녹슈원앙(綠水鴛鴦) 의 졍이 격막호니 삼인이 여어보고 그 이곳치 몰픙 (沒風)혼믈 괴이 녀겨 김역을 불너니여 굴오디,

"합환의 즐거오미 엇지 그 매몰호뇨? 그디 안 목이 소졸(疏拙)호고 졍신이 단쇼(短小)호미 아니 냐?"

이예 혼 셜합을 니여 압희 노와 굴오디,

"시험호여 이룰 먹으라. 이는 쵹산(蜀山) 홍삼 이니 이룰 [59] 먹고 방의 들어간즉 졍신이 샹연 (爽然)호고 눈이 불가 미인의 모발안식(毛髮顔色)을 쇼연이 가히 보리라."

김역이 그 말과 곳치 혼즉 화용월티 춤 텬샹 션녜(天上仙女ㅣ)오 월궁항애(月宮姮娥ㅣ)라 드디여 동침호고 시비 니러나니 삼인이 츠츠미 닉디(來待)호

---

62) 【마뎡방죵-호-】圖 마정방종(摩頂放踵)하다. 졍수리로 부터 닳아서 발뒤꿈치까지 이른다는 뜻으로, 온몸을

마쳐서 남을 위하여 희생함을 이르는 말. 脚||腳[自放踵 || 우리 그디 대은을 감동호여 그디 쇼원을 비록 마정방 종홀지라도 엇지 스양호리오 (吾輩感恩於君, 君卽顯見 一色, 吾輩雖摩頂放踵, 豈可不聽乎?) <靑邱野談 奎章 18:43>

여 김역드려 무러 골오디,

　"뎌 미인을 엇지 뼈 구쳐ᄒᆞ려 ᄒᆞᄂᆞ뇨?"

　골오디,

　"외국 미죵이 외람이 은혜를 닙ᄉᆞ오나 니두(來頭) 일을 시러곰 예탁지 못ᄒᆞ리로소이다."

　삼인이 골오디,

　"그디 다힝이 텬하 일식을 어드니 ᄒᆞᆫ 번 모되고 흣터지면 대해평쵸(大海萍草ㅣ)오 텬이운영(天涯雲影)이라 이 인졍의 참아 ᄒᆞᆯ 비리오? 그디 외국 사롬으로 솔귀(率歸)ᄒᆞ기 어렵고 이예 잇셔 희로ᄒᆞ미 시하 졍리예 ᄯᅩᄒᆞᆫ 가치 아니ᄒᆞ니 우리 삼인이 ᄀᆞ마 그디 후은을 닙은즉 【60】 그디 일의 엇지 범홀(泛忽)ᄒᆞ리오? 그디 임의 역임(譯任)의 잇ᄉᆞ니 미년 뎡ᄉᆞ(正使) 힝ᄎᆞ의 반드시 슈힝 역관으로 드러와 일년의 ᄒᆞᆫ번식 만나 우녀(牛女) 칠셕의 모듬과 ᄀᆞᆺ치 ᄒᆞ미 ᄯᅩᄒᆞᆫ 조치 아니랴? 우리 맛당히 쥬인이 되리라."

　김역이 과연 그 언약과 ᄀᆞᆺ치 ᄒᆞ야 늙기예 니르도록 역관으로뼈 미년의 ᄒᆞᆫ번식 모도혀 힝낙ᄒᆞ고 도라오며 혹 별ᄉᆞ(別使)와 황녁(皇曆)의도 ᄯᅡ라 들어가 금슬지낙이 무궁ᄒᆞ여 ᄆᆞᆺᄎᆞᆷ니 삼남이녀를 두어 김역의 ᄌᆞ손이 연경(燕京)의 챵대ᄒᆞ니라.

향산과위셩봉모션
餉山果渭城逢毛仙

뎡묘됴(正廟朝) 임인(壬寅) 계묘간(癸卯間)의 녕남안찰ᄉᆞ(嶺南按察使) 김뫼 듕츄(中秋)의 슌녁ᄒᆞ여 함양의 니르러 위셩관(渭城館)의 지슉(止宿)ᄒᆞᆯ시63) 지인(知印)과64) 【61】 기아(妓娥)를 일병 물니고 홀노 자더니 밤이 깁고 사롬이 고요ᄒᆞᆫ ᄰᅢ예 방문이 잠간 열니고 잠간 닷치여 인젹이 잇거늘 김공이 잠을 ᄰᅢ여 무르디,

　"네 사롬인다 귀신인다?"

　골오디,

　"내 귀신이 아니오 사롬이로라."

　골오디,

　"그러면 심야 힝격이 엇지 이리 슈샹ᄒᆞ뇨? ᄯᅩᄒᆞᆫ 쇼회를 말ᄒᆞ고져 ᄒᆞᄂᆞ냐?"

　골오디,

　"그윽이 알욀 일이 잇노이다."

　김공이 ᄀᆞ마 니어 안자 사롬을 블너 촉을 븟키고져 ᄒᆞ니 골오디,

　"그러치 아니타 힝치 만일 나의 형샹을 보면 반드시 놀나시리니 혼야의 좌담ᄒᆞ미 무방ᄒᆞ도다."

　김공이 골오디,

　"모양이 엇더ᄒᆞᆫ관디 촉을 볼키고져 아닛ᄂᆞ뇨?"

　골오디,

　"젼신이 털이로라."

　김공이 드르미 더욱 경【62】괴(驚怪)ᄒᆞ여 무르디,

　"네 사롬이면 엇지ᄒᆞ여 일신의 털이 낫ᄂᆞ뇨?"

　골오디,

　"나는 근본 샹쥬(尚州) 우쥬셔(禹注書)라 듕묘됴(中廟朝)의 명경과(明經科)를 ᄒᆞ여 쥬셔로 경셩에 이실 졔 졍암(靜菴)65) 됴션ᄉᆡᆼ(趙先生)의게 다년 슈ᄒᆞ더니 긔묘ᄉᆞ화(己卯士禍)를 당ᄒᆞ여 김졍(金淨)과66) 니댱곤(李長坤) 졔셩이 츄착(推捉)ᄒᆞᆯ ᄰᅢ예 경

---

63) 【지슉-ᄒᆞ-】圖 지슉(止宿)하다. 유슉(留宿)하다.¶ 止宿 ‖ 뎡묘됴 임인 계묘간의 녕남안찰ᄉᆞ 김뫼 듕츄의 슌녁ᄒᆞ여 함양의 니르러 위셩관의 지슉ᄒᆞᆯ시 지인과 기아를 일병 물니고 홀노 자더니 (正廟壬寅癸卯間, 嶺南按察金某, 秋巡到於咸陽, 止宿於渭城館, 知印妓娥, 一幷退之, 獨宿於房.)〈靑邱野談 奎章 18:60〉

64) 【지인】圖 ((인류)) 지인(知印). 조선 때, 지방관아의 관장 앞에 딸리어 잔심부름하던 사람.¶ 知印 ‖ 뎡묘됴 임인 계묘간의 녕남안찰ᄉᆞ 김뫼 듕츄의 슌녁ᄒᆞ여 함양의 니르러 위셩관의 지슉ᄒᆞᆯ시 지인과 기아를 일병

물니고 홀노 자더니 (正廟壬寅癸卯間, 嶺南按察金某, 秋巡到於咸陽, 止宿於渭城館, 知印妓娥, 一幷退之, 獨宿於房.)〈靑邱野談 奎章 18:60〉

65) 【졍암】圖 ((인명)) 졍암(靜菴). 조광조(趙光祖 1482~1519). 조선 중종 때의 문신·성리학자. 자는 효직(孝直). 호는 정암(靜菴). 시호는 문정(文正). 부제학, 대사헌을 지냈다. 김종직의 학통을 이은 사림파의 영수로서, 급진적인 개혁을 추진하다가 훈구파 남곤 일파가 일으킨 기묘사화(己卯士禍) 때에 죽임을 당하였다.¶ 靜庵 ‖ 듕묘됴의 명경과를 ᄒᆞ여 쥬셔로 경셩에 이실 졔 졍암 됴션ᄉᆡᆼ의게 다년 슈ᄒᆞ더니 긔묘ᄉᆞ화를 당ᄒᆞ여 김졍과 니댱곤 졔셩이 츄착ᄒᆞᆯ ᄰᅢ네 경셩도부터 도망ᄒᆞᆯ시 (中廟朝, 明經登科, 求仕於京執, 贊于靜庵趙先生, 多年受業, 及當己卯士禍, 金淨李長坤等諸生, 推捉時, 自京仍爲逃走.)〈靑邱野談 奎章 18:62〉

66) 【김졍】圖 ((인명)) 김졍(金淨 1486~1520). 조선 전기의

스스로부터 도망홀시 만일 향녀(鄕廬)로 향호즉 조관(自官)으로 긔포(譏捕)[67] 넘녜 잇는 고로 바로 지리산의 들어가 여러 날 긔곤호미 호구홀 모칙이 업손지라. 간초(澗草)도[68] 킈여 먹으며 산과(山果)도 짜 먹어 겨오 츙복(充腹)호더니 오륙삭 후의 조연 혼신의 졈졈 털이 나미 기리 수 촌이라. 힝뵈(行步ㅣ) 나는 둣호여 비록 천인졀벽(千仞絶壁)이라도 무란(無難)이 쮜여넘어 원뇌(猿猱)의[69] 뉴와 굿튼지라. 스스[63]로 싱각호즉 셰인이 만일 보면 반드시 괴슈로 지목홀 듯훈 고로 감히 산의 나지 못호고 초동목슈(樵童牧豎)롤 만나면 반드시 은신호고 기리 암혈(巖穴) 사이예 잇셔 혹 청풍낭월(淸風朗月)을 당호면 층암송음(層巖松陰)의 안쟈 젼일 경셔롤 외오며 고인 시귀(詩句)롤 을프며 홀노 비회호다가 신셰롤 도라보고 한심호믈 씨둣지 못호여 눈물이 조연 흐르고 고향을 싱각호니 부조 쳐지 다 쟉고호미

다시 도라갈 ᄆᆞ음이 업눈지라. 이ᄀᆞ치 산듕의셔 경셰경년(經世經年)호니 비록 밍호도 죡히 두리지 아니나 다만 두리는 바는 오직 포슈(砲手ㅣ)라. 낫이면 숨고 밤이면 힝호여 몸은 비록 이믜 변호엿스나 ᄆᆞ음은 오히려 젼과 ᄀᆞᆺ튼지라 미양 훈 번 셰상 사름을 만나 셰스[64]롤 뭇고져 호ᄃᆡ 이 괴샹으로 감히 현형(現形)치 못호더니 일젼의 ᄆᆞ춤 힝치 여긔 남ᄒᆞ시믈 듯고 감히 와 뵈오미오 별노 다른 뜻이 업노이다. 졍암 션싱되 조손이 언마며 션싱 신원은 ᄆᆞ춤내 쾌히 호엿ᄂᆞ니잇가? 원컨ᄃᆡ 조셰히 닐으쇼셔."

공이 ᄀᆞᆯ오ᄃᆡ,

"졍암이 인묘 모년의 신원(伸冤)호여 문묘의 죵스(從祀)호고 ᄉᆞ익셔원(賜額書院)이 곳곳이 잇고 조손이 여ᄎᆞ여ᄎᆞᄒᆞᆫ 사름이 잇셔 됴가의셔 각별 슈용호니 다시 여감(餘憾)이 업ᄂᆞ니라."

인호여 긔묘당화(己卯黨禍)의[70] 슈말(首末)을 무른즉 ᄒᆞ나토 추착호미 업셔 일ᄉᆞ히 담논호며 허희(歔欷)호믈 마지 아니호거늘 쏘 무르ᄃᆡ,

"쳐음 도망홀 ᄯᆡ예 나히 언마더뇨?"

ᄀᆞᆯ오ᄃᆡ,

"삼십오 셰로라."

ᄀᆞᆯ오ᄃᆡ,

"이제 거의 삼빅 여 년이니 그[65] 러면 그ᄃᆡ 츈취 ᄉᆞ빅의 갓갑도다."

ᄀᆞᆯ오ᄃᆡ,

"듕간 일월을 산듕의셔 보너엿스니 나도 쏘 ᄒᆞᆫ 얼만 줄 아지 못ᄒᆞ노라."

김공이 ᄀᆞᆯ오ᄃᆡ,

"그ᄃᆡ 소거(所居ㅣ) 여긔셔 반드시 멀 거시니 오미 엇지 신속ᄒᆞ뇨?"

ᄀᆞᆯ오ᄃᆡ,

"바야흐로 그 긔운을 지어 힝홀 졔 비록 층암졀벽이라도 ᄃᆞᄅᆞ미 비뢰(飛雷) ᄀᆞᆺ투여 일슌간의 십여 리롤 힝ᄒᆞᄂᆞ이다."

김공이 긔이히 너겨 찬물(饌物)노뼈 먹이고져

문신. 자는 원튱(元冲). 호는 튱암(冲菴)·고봉(孤峯). 중종 2년(1507)에 문과에 장원하고, 부제학과 도승지를 거쳐 대사성·예문관제학을 지냈다. 조광조 등과 함께 미신 타파와 향약의 전국적 시행을 위하여 힘썼다. 기묘사화(己卯士禍) 때에 사사(賜死)되었다.¶金淨∥듕묘묘의 명경과롤 호여 쥬셔로 경셩에 이실 졔 졍암 됴션싱의게 다년 슈혹호더니 긔묘스화롤 당호여 김졍과 니댱곤 졔싱이 츄착홀 쩨예 경소로부터 도망홀시 (中廟朝, 明經登科, 求仕于京執, 贄于靜庵趙先生, 多年受業, 及當己卯士禍, 金淨李長坤等諸生, 推捉時, 自京仍爲逃走.) <靑邱野談 奎章 18:62>

67) 【긔포-ᄒᆞ-】图 긔포(譏捕)하다. 강도나 절도를 탐색하여 체포하다. 조선시대에 포도청과 훈련도감, 총융청 따위의 오군영(五軍營)에서 맡아보았다.¶譏捕∥만일 향녀로 향호즉 조관으로 긔포홀 넘녜 잇는 고로 바로 지리산의 들어가 여러 날 긔곤호미 호구홀 모칙이 업손지라 (若向鄕廬, 則必有自官譏捕之慮, 故直入智異山. 厥日飢困之餘, 初入深谷, 糊口無策.) <靑邱野談 奎章 18:62>

68) 【간초】图 ((식물)) 간초(澗草). 골짜기풀.¶嫩草∥간초도 킈여 먹으며 산과도 짜 먹어 겨오 츙복호더니 오륙삭 후의 조연 혼신의 졈졈 털이 나미 기리 수촌이라 (澗邊或有嫩草, 則採而啖之, 若有山果, 則摘而食之, 始若充腹撩飢. 少焉放屎, 盡以水泄瀉下, 如是經過, 殆近五六朔, 伊後渾身漸漸生毛, 長數寸餘.) <靑邱野談 奎章 18:67>

69) 【원뇌】图 ((동물)) 원뇌(猿猱). 원숭이.¶猿猱∥힝뵈 나는 둣호여 비록 쳔인졀벽이라도 무란이 쮜여넘어 원뇌의 뉴와 굿튼지라 (步捷如飛, 雖絶壁千仞, 無難超越, 殆同猿猱之屬.) <靑邱野談 奎章 18:62>

70) 【긔묘-당화】图 긔묘당화(己卯黨禍). 즉 긔묘사화(己卯士禍). 조선 중종 14년(1519)에 일어난 사화. 남곤, 심졍, 홍경주 등의 훈구파가 성리학에 바탕을 둔 이상 졍치를 추상하던 조광조 서껴 등의 신진파를 죽이거나 귀양보낸 사건.¶己卯黨禍∥인호여 긔묘당화의 슈말을 무른즉 ᄒᆞ나토 추착호미 업셔 일ᄉᆞ히 담논호며 허희호믈 마지 아니호거늘 (仍問己卯黨禍之顚末, 則無一遺忘, 而一一詳言.) <靑邱野談 奎章 18:64>

호디 골오디,

"이논 원치 아니호오니 과실이나 쥬쇼셔."

방듕의 무춤 뎌츅훈 비 업고 심야의 어더 드리미 쪼훈 난편(難便)훈지라 닐너 골오디,

"과실이 못춤 업스니 내야(來夜)의 그디 만일 다시 오면 맛당이 판비호여 두리니 그디 즐겨 오랴?"

골오디,

"그리호리라."

호고 홀연이 가니라. 【66】 김공이 모인(毛人)으로 언약이 잇스미 신양(身恙)을 칭탁호고 인호여 위셩관의 머므러 일: 다담샹(茶啖床)의 과쳡(果楪)을 다 뉴치호여 기드리더니 야심 후 과연 모인이 표연히 니르거늘 김공이 니러 마져 한훤을 맛치미 인호여 과쳡을 쥬니 모인이 대희호여 다 먹고 골오디,

"다힝이 일포(一飽)호쾌라."

김공이 골오디,

"지리산 듕의 과실이 응당 만홀 거시니 그디 계량(計量)호느냐?"

골오디,

"미양 フ올: 당호여 잡실(雜實)을 쥬워 삼스 퇴(堆)룰 믄드라 일노뼈 냥식을 호니 쳐음 풀 뜹든 괴로오믈 이졔 면호엿느니 실과 먹은 근력이 조금도 풀 먹을 쩌도곤 감치 아니호니 비록 밍회(猛虎]) 당젼(當前)호여도 손으로 치고 불노 챠 거의 다 잡노라."

긔묘 셜화룰 일장 다 【67】 훈 후 하직호고 가니라. 김공이: 일을 일즉 향인(向人)호여 셜도치 아니호더니 밋 님종의 그 주뎨드려 닐너 골오디,

"녜젹의 모녜(毛女]) 잇더니 금셰예 모남(毛男) 잇스미 쪼훈 괴이치 아냐."

호고 드디여 최의 긔록호니라.

작션스슈의계홍승
作善事繡衣緊紅繩

녯 슈의(繡衣) 힝호여 모읍의 니르러 외촌(外

村)의 암힝호니 쩌 셩히 팔월 망간(望間)이라 뇨위(潦雨])[71] 쾌쳥호고 텬긔 불한불열(不寒不熱)호미 촌가의 긔식호고 월식을 타 다시 녀리간(閭里間)의 산보호여 훈 촌가 울 밧긔 니르러논 잠간 안쟈 쉬더니 홀연 드르니 울 안의셔 쇼어(笑語)호는 소리 심히 훤화(喧譁)호거늘 フ만이 여어보니 이예 쟝건훈 쳐녀 스오인이 셔로 희학호디 그 듕 훈 녀지 골오디,

"오날밤이 【68】 고요호고 돌이 명낭호니 우리 태슈의 일을 힝호여 일쟝 희스(戲事)룰 호미 엇더호뇨?"

다 골오디,

"낙다."

모든 녀지 셔로 비명(排定)호여 일즉 태슈 되고 일즉 형방 되고 일즉 급창(及唱) 되고 일즉 스령 되고 일즉 박좌쉬(朴座首]) 되니라. 그 태슈 된 재 형방의게 분부호여 골오디,

"모촌 박좌슈룰 나입호라."

형방이 급창의게 젼호고 급창이 스령의게 젼호니 스령이 소리룰 길게 호고 디답을 높히 호여 박좌슈룰 쓰러 계하의 꿀니고 골오디,

"나입호엿느이다."

그 태슈재 분부호여 골오디,

"녀지 나미 혼취호기룰 원호믄 사름의 대륜(大倫)이라 가히 폐치 못홀 거시니 부모의 모음은 사름마다 잇거늘 너는 쌀 오인을 두어 다 과년(過年)호디 오히려 의혼(議婚)홀 셩각이 업스니 그 쟝춧 【69】 폐륜(廢倫)호랴? 네 가댱(家長)이 되야 이룰 넘녀치 아니호니 어디 아비된 도리 잇느뇨?"

형방이 그 말을 젼호니 급창이 골오디,

"분부 듯즈와라."

그 좌슈재 꾸러 알외디,

"민(民)도 쪼훈 사름이라 엇지 이룰 모로리잇논[고]? 우민훈 모음이 샹히 곤졀호디 가셰 빈한호오니 뉘 즐겨 빈가 녀즈의게 쟝가들니잇고? 쏘 가합(可合)훈 남지 업스와 오히려 명치 못호엿스오니 지죄: :(知罪知罪)로쇼이다."

71) [뇨우] 圖 ((천문)) 요우(潦雨). 장맛비.¶ 潦雨 ∥ 뇨위 쾌쳥호고 텬긔 불한불열호미 촌가의 긔식호고 월식을 타 다시 녀리간의 산보ᄒ녀 훈 촌가 쌀 빗긔 니ᄅᆞ니 논 잠간 안쟈 쉬더니 (潦雨快霽, 天氣不寒不熱, 寄食於村家, 乘着月色, 又復散步於閭里間, 至一家籬外, 少坐休憩.) <靑邱野談 奎章 18:67>

그 태슈재 골오디,

"모촌 니좌슈가의 이십 셰 슈지 잇고 모촌 김좌슈가의 십구셰 슈지 잇고 모촌 셔별감가(徐別監家)의72) 십팔셰 슈지 잇고 모촌 최도감가의73) 십칠셰 슈지 잇고 모촌 강별감가의 십뉵셰 슈지 잇거늘 엇지 가합ᄒᆞᆫ 곳이 업다 ᄒᆞᄂᆞ뇨? 네 도시 츄탁(推託)ᄒᆞᄂᆞᆫ74) 말이니 잡말 ᄆᆞᆯ고 속속히 통혼ᄒᆞ여 퇴일셩녜ᄒᆞ미 지가지가(至可至可)ᄒᆞ니라."

【70】그 좌슈재 골오디,

"분뷔 지당ᄒᆞ오니 삼가 맛당히 ᄲᆞᆯ니 도모ᄒᆞ오리다."

그 태슈지,

"ᄭᅳ어ᄂᆞᆯ치라."

ᄉᆞ령이 소리ᄅᆞᆯ 놉히 ᄒᆞ여 알외디,

"나츌(拏出)ᄒᆞᄂᆞ이다."

셔로 박장대쇼ᄒᆞ고 일졔이 흣터지니 슈의 슈미ᄅᆞᆯ 술피미 희괴ᄒᆞᆷ을 늣기지 못ᄒᆞ나 그 경ᄉᆞᄅᆞᆯ 성각건디 도로혀 이긍(哀矜)ᄒᆞᆫ지라. 익일의 념탐ᄒᆞᆫ즉 그 집이 과연 박좌슈의 집이오 ᄯᆞᆯ 오인이 잇스니 당은 이십삼셰오 기ᄎᆞᄂᆞᆫ ᄲᅡᆼ녜니 이십일셰오 기ᄎᆞᄂᆞᆫ 십ᄉᆞ셰오 ᄀᆞ장 져믄재 십칠셰라. 쇼위 박좌슈ᄂᆞᆫ 다만 가빈ᄒᆞᆯ 뿐 아니라 사ᄅᆞᆷ이 우쥰(愚蠢)ᄒᆞ여 비록 오녜 과년ᄒᆞᆫ 지 이믜 오라디 심샹히 알아 션텬ᄉᆞ(先天事)의75) 두고 그 녀ᄌᆡ 본디 교훈이 업셔 나혼

비록 쟝대ᄒᆞ나 침션방젹과 인ᄉᆞ 톄면을 다 통ᄒᆞ지 못ᄒᆞ고 오직 유희도일(遊戱度日)ᄒᆞ기ᄅᆞᆯ 【71】조히 녀기ᄂᆞᆫ 고로 사ᄅᆞᆷ이 원ᄒᆞᄂᆞᆫ 재 업더라. ᄯᅩ 그 슈지 잇ᄂᆞᆫ 곳을 탐문ᄒᆞ니 ᄒᆞ나토 츤상(差爽)이 업ᄂᆞᆫ지라 읍ᄂᆡ예 드러가 츌도 후의 쇼위 박좌슈ᄅᆞᆯ 셩화착니(星火捉來)ᄒᆞ여 관뎡의 나입ᄒᆞ고 그 ᄉᆞ죄ᄒᆞᄆᆞᆯ 향야 쳐녀의 말과 ᄀᆞᆺ치 ᄒᆞ니 박좌슈 과연 가합ᄒᆞᆫ 남지 업다 ᄒᆞ거늘 어ᄉᆞ 드듸여 쳐녀의 말을 의지ᄒᆞ여 낭ᄌᆞᄅᆞᆯ 츤례로 셰여 골오디,

"나의 아ᄂᆞᆫ 바로 뎌려ᄒᆞᆫ 가합ᄒᆞᆫ 곳이 잇거늘 엇지 의혼치 아니ᄒᆞ고 일향 츄탁ᄒᆞᄂᆞ뇨?"

박좌슈 골오디,

"아지 못ᄒᆞ미 아니로디 빈가 녀ᄌᆞᄅᆞᆯ 뉘 즐겨 취부(娶婦)ᄒᆞ리잇고? 이러므로 뼈 감히 사ᄅᆞᆷ을 향ᄒᆞ여 개구치 못ᄒᆞ니이다."

어ᄉᆞ 골오디,

"네 그런즉 어려셔 ᄀᆞᄅᆞ치지 못ᄒᆞ고 ᄌᆞ라미 폐륜ᄒᆞ면 엇지 사ᄅᆞᆷ의 아비 되리오? 내 【72】맛당히 금일 너로 뎡ᄒᆞ여쥬리라."

ᄒᆞ고 드듸여 각 면의 견령ᄒᆞ여 이른바 니좌슈 셔별감 최도감 김좌슈 강별감 등 오인을 일병 즉긱 착치(捉致)ᄒᆞ여 ᄒᆞ여곰 당면 뎡혼ᄒᆞ게 ᄒᆞ고 ᄯᅩ ᄉᆞ속히 연길(涓吉)ᄒᆞ여 혼녜ᄅᆞᆯ 힝ᄒᆞ게 ᄒᆞ고 ᄯᅩ 본관의게 부탁ᄒᆞ여 그 혼슈ᄅᆞᆯ 우급(優給)ᄒᆞ고 ᄌᆞ관(自官)으로 ᄯᅩᄒᆞᆫ 독촉ᄒᆞ여 일졔히 셩혼ᄒᆞ게 ᄒᆞ니라.

---

72) 【별감】囧 ((관직)) 별감(別監). 조선시대 때, 좌수의 버금자리.¶別監 ∥ 모촌 니좌슈가의 이십 셰 슈지 잇고 모촌 김좌슈가의 십구셰 슈지 잇고 모촌 셔별감가의 십팔셰 슈지 잇고 모촌 최도감가의 십칠셰 슈지 잇고 (某村李座首家有二十歲秀才, 某村金座首家有十九歲秀才, 某村徐別監家有二十歲秀才, 某村崔都監家有十七歲秀才.) <靑邱野談 奎章 18:69>

73) 【도감】囧 ((관직)) 도감(都監). 절에서 돈이나 곡식 따위를 맡아보는 직책. 또는 그 사람.¶都監 ∥ 모촌 니좌슈가의 이십 셰 슈지 잇고 모촌 김좌슈가의 십구셰 슈지 잇고 모촌 셔별감가의 십팔셰 슈지 잇고 모촌 최도감가의 십칠셰 슈지 잇고 (某村李座首家有二十歲秀才, 某村金座首家有十九歲秀才, 某村徐別監家有二十歲秀才, 某村崔都監家有十七歲秀才.) <靑邱野談 奎章 18:69>

74) 【츄탁-ᄒᆞ-】囧 추탁(推託)하다. 다른 일을 핑계하여 거절하다.¶推托 ∥ 네 도시 츄탁ᄒᆞᄂᆞᆫ 말이니 잡말 ᄆᆞᆯ고 속속히 통혼ᄒᆞ여 퇴일셩녜ᄒᆞ미 지가지가ᄒᆞ니라 (都是汝推托之辭, 更勿多言, 速速通婚, 以擇日成禮, 至可至可.) <靑邱野談 奎章 18:69>

75) 【션텬ᄉᆞ】囧 선천사(先天事). 지나간 옛날의 일.¶비록

오녜 과년ᄒᆞᆫ 지 이믜 오라디 심샹히 알아 션텬ᄉᆞ의 두고 그 녀ᄌᆡ 본디 교훈이 업셔 나혼 비록 쟝대ᄒᆞ나 침션방젹과 인ᄉᆞ 톄면을 다 통ᄒᆞ지 못ᄒᆞ고 (雖五女過年已久, 而視若尋常, 不知爲悶. 其女子素無敎訓, 年雖長大, 而針線杵臼之役, 皆不通曉.) <靑邱野談 奎章 18:70>

[청구야담 권지십구 靑邱野談 卷之十九]

검암시필부희원
檢巖屍匹夫解寃

[1] 김샹공(金相公) 아픠 쇼시예 친흔 벗 수 삼인으로 더브러 빅년봉(白蓮峯) 아릭 영월암(暎月庵)의셔 글닑더니 일ㅈㅊ 벗이 다 연고 잇셔 집의 도라간지라 밤이 깁도록 홀노 안ㅈ 글을 보더니 믄득 계집의 곡셩이 잇스딕 원망ㅎ는 듯ㅎ며 하쇼ㅎ는 듯ㅎ여 영월 뒤로부터 졈ㅈ 갓가와 창밧긔 니르러 긋치거늘 공이 픠이 너겨 단좌부동(端坐不動)ㅎ고 무러 왈,

"귀신이냐 사롬이냐?"

녀인이 길이 한숨 쉬며 딕답ㅎ여 골오딕,

"귀신이로쇼이다."

공이 골오딕,

"그러ㅎ즉 유명(幽明)이 길이 다르니 엇지 셔로 셧기리오?"

녀인이 골오딕,

"내 젼셩 희원(解寃)홀 일이 잇스니 공 곳 아니면 [2] 가히 희원홀 길이 업셔 특별이 왓느이다."

공이 문을 열고 보니 간데 업고 공듕의셔 슈ㅍ람ㅎ여1) 골오딕,

"형샹을 뵌즉 공이 눌날가 져허ㅎㄴ이다."

공이 골오딕,

"아모커나 뵈라."

언파(言罷)의 흔 져믄 부인이 머리롤 플고 피롤 흘니며 암희 셔거늘 공이 골오딕,

"무숨 원을 알외고져 ㅎ느냐?"

답왈,

"나는 됴관(朝官)의2) 쏠노셔 아모집의 시집갓더니 미구의 가뷔(家夫ㅣ) 음부(淫婦)의 참소에 혹ㅎ여 날노뼈 음힝이 잇다 ㅎ여 야반의 칼노뼈 날을 질너 영월암 졀벽 스이의 바리니 사롬이 알 재 업ㄴ지라 우리 부모롤 소겨 왈 실힝(失行)ㅎ여 갓다 ㅎ니 내 비명횡ㅅ(非命橫死)도 원통ㅎ거니와 블결흔 일홈을 쏘 시르니 쳔고 디하의 이 원을 뗏기 어렵도쇼이다."

공이 골오딕,

"네 원혼이 비록 긍측(矜惻) [3] ㅎ나 내 션비로셔 엇지 플니오?"

녀인이 골오딕,

"공이 아모 히예 등과ㅎ여 아모 히예 아모 벼슬 ㅎ고 아모 히예 츄조(秋曹)3) 당샹(堂上)을 홀 거시니 츄조는 형벌 맛든 벼술이라 희원ㅎ미 엇지 쉽지 아니ㅎ리오?"

드디여 하직ㅎ고 가더라. 익일에 ㄱ만이 츙암 스이롤 슬펴본즉 과연 흔 녀ㅈ의 신체 잇스니 이의 지난밤의 보던 지라. 션혈이 님니(淋漓)ㅎ여 시로 죽은 모양 ㄳ더라. 도라와 글을 닑고 그 말을 발셜치 아니ㅎ엿더니 후의 과연 등과ㅎ여 ㅊ러 벼술을 지나 형조참판의 니르니 공이 영월암 일을 성각ㅎ고 즉시 마을의 가 좌긔ㅎ고 그 지아비롤 착닉ㅎ여

---

1) [슈ㅍ람-ㅎㆍ-] 📖 휘파람불다.¶ 𪛌 ‖ 공이 문을 열고 보니 간데 업고 공듕의셔 슈ㅍ람ㅎ여 골오딕 형샹을 뵌즉 공이 놀날가 져허ㅎㄴ이다 (公開戶視之, 不見其處, 有嘯於空中曰: "現形則恐致公驚.") <靑邱野談 奎章 19:2>

2) [됴관] 📖 ((인류)) 조관(朝官). 조정 관료.¶ 朝官 ‖ 나는 됴관의 쏠노셔 아모집의 시집갓더니 미구의 가뷔 음부의 참소에 혹ㅎ여 날노뼈 음힝이 잇다 ㅎ여 야반의 칼노뼈 날을 질너 영월암 졀벽 스이의 바리니 사롬이 알 재 업ㄴ지라 (吾乃朝官之女也. 嫁于某人家, 家夫惑於淫婦, 置我 𪛌我, 末乃信其淫婦之譏, 謂我有鶉奔之行, 夜半以刃刺我, 棄之于暎月庵絶壑之間, 人無知者.) <靑邱野談 奎章 19:2>

3) [츄조] 📖 추조(秋曹). 조선시대 때, 형조(刑曹)의 별칭.¶ 秋曹 ‖ 공이 아모 히예 등과ㅎ여 아모히예 아모 벼슬 ㅎ고 아모 히예 츄조 낭샹을 홀 셔시니 츄조는 형벌 맛든 벼슬이라 희원ㅎ미 엇지 쉽지 아니ㅎ리오 (公某年必登科, 某年爲某職, 某年當爲秋曹參議. 秋曹刑獄之官也, 解寃豈不易哉?) <靑邱野談 奎章 19:3>

무러 굴오디,

"네 영월암의 원억히 죽은 사롬을 아ᄂᆞ냐?"

그놈이 승복지 아니ᄒᆞ거늘 드디여 ᄒᆞᆫ가지로 영월 【4】암의 가 신체롤 뵈니 그 사롬이 즉시 항복ᄒᆞ거늘 드디여 원녀의 부모롤 블너 므드라 ᄒᆞ고 그 지아비ᄂᆞᆫ 법디로 ᄒᆞ다.

그 밤의 공이 영월암의 드러가 쵹을 볼키고 홀노 안잣더니 그 녀인이 창밧긔 와 울며 샤례ᄒᆞ니 머리치와 의상이 졍졔ᄒᆞ여 젼일 모양이 아니러라. 공이 압희 갓가이 안치고 다시 그 젼졍을 무른디 녀인 왈,

"공이 아모 ᄒᆡ예 아모벼슬 ᄒᆞ고 아모 ᄯᆡ예 아모 일노 벼슬이 졍승에 니르러 나라흘 위ᄒᆞ여 죽기롤 판단ᄒᆞ연 후에야 챡ᄒᆞᆫ 일홈이 무궁ᄒᆞ고 ᄌᆞ손이 챵셩ᄒᆞ리라."

ᄒᆞ고 인ᄒᆞ여 하직ᄒᆞ고 가거늘 공이 가만이 긔록ᄒᆞ엿더니 과연 여합부졀ᄒᆞ여 아모 ᄒᆡ예 ᄆᆞᄎᆞᆷ내 국ᄉᆞ(國事)의 죽고 챡ᄒᆞᆫ 일홈이 무궁ᄒᆞ더라. 【5】

박천군지인효충
博川郡知印效忠

니긔영(李基榮)은 박쳔(博川) 지인(知印)이라. 위인이 밧그로 공슌ᄒᆞ고 안으로 담냑(膽略)이 잇더니 신미(辛未) 셔젹(西賊)을4) 당ᄒᆞ여 군슈 임셩ᄭᅬ(任聖皐ㅣ) 도젹의게 굴치 아니ᄒᆞ고 구슈(拘囚)롤 당ᄒᆞ여 죽기 됴셕의 잇더니 긔영이 분ᄒᆞ여 몸을 도라보지 아니ᄒᆞ고 밤을 타 가 보고 도젹 칠 계교롤 말ᄒᆞᆫ디 임공이 그 도젹의 간쳡인가 의심ᄒᆞ여 굴오디,

"내 명이 경국의 잇스니 엇지 도젹 칠 모칙이

잇스리오? ᄯᅩ 네 통인의 잇스디 내 평일에 신임ᄒᆞᆫ 일이 업스니 엇지 도젹을 두려 아니ᄒᆞ고 날을 와 보ᄂᆞ뇨?"

긔영이 개연ᄒᆞ여 굴오디,

"나라흘 위ᄒᆞ여 역젹을 치믄 신ᄌᆞ의 덧ᄯᅥᆺᄒᆞᆫ 일이니 엇지 신임 여부롤 의논ᄒᆞ리잇가?"

ᄒᆞ고 음식을 드 【6】리고 강개체읍(慷慨涕泣)ᄒᆞ거늘 임공이 그 진졍인 줄을 알고 글을 ᄡᅥ 안쥬(安州) 병영의 보ᄒᆞ여 ᄡᅥ 구완ᄒᆞᆯ믈 구코져 ᄒᆞ거늘 긔영이 능듕으로 필묵을 내여 ᄡᅥ 드려 굴오디,

"원컨디 옷깃슬 버셔 ᄡᅥ 표젹을 삼고 셔듕ᄉᆞ의(書中辭意)ᄂᆞᆫ 급히 포슈 ᄉᆞ오십 명을 보내여 이 도젹을 멸ᄒᆞ라 ᄒᆞ쇼셔."

임공이 그 말과 ᄀᆞᆺ치 ᄒᆞ여 글을 ᄡᅥ 쥬니 긔영이 옷 속의 ᄀᆞᆷ초고 단신으로 병영의 가니 ᄯᆡ예 혼금(閽禁)이 엄슉ᄒᆞ여 가히 드러가지 못ᄒᆞ고 일이 누셜ᄒᆞᆯ가 져허 동북 토셩(土城)으로조ᄎᆞ 산을 의지ᄒᆞ여 드러가 급히 득달ᄒᆞ니 ᄯᆡ 이ᄆᆡ 오경이라 바로 병영 아듕의 들어가니 등쵹이 휘황ᄒᆞ거늘 드디여 크게 블너 굴오디,

"시급히 픔ᄒᆞᆯ 일이 잇셰라."

ᄒᆞ니 병시 대경ᄒᆞ여 ᄡᅥ 도젹인가 ᄒᆞ여 잡아 무른디 【7】긔영이 굴오디,

"원컨디 좌우롤 믈니치시면 압희 나아가 글을 드리ᄅᆞ이다."

병시 댱검을 안고 블너 갓가이 나아오라 ᄒᆞ거늘 긔영이 비로쇼 옷속의 내여드리니 이예 박쳔군 슈의 포슈 빌니라 ᄒᆞᄂᆞᆫ 글이라. 그 진위롤 ᄌᆞ셰히 뭇고 시벽으로 션방포슈(善放砲手) 오십 명을 발숑ᄒᆞᆯᄉᆡ ᄒᆞᆫ 장교로 ᄒᆞ여곰 녕거ᄒᆞ니 안쥬셔 박쳔이 상게 오십 니라 소식을 둣지 못ᄒᆞ다가 긔영을 보고 긔특이 녀겨 후히 샹쥰디 긔영이 샤양ᄒᆞ여 밧지 아니ᄒᆞ고 답셔롤 바다가지고 사이로 ᄒᆡᆼᄒᆞ여 몬져 도라와 임공을 보니라. 날이 오시 못ᄒᆞ여 방포소리 크게 니러나니 젹군이 불의예 밋쳐 응졉지 못ᄒᆞ여 풍비박산(風飛雹散)ᄒᆞ니 박쳔 에운 거시 플니다.

임공이 도젹의게 잡혀실 ᄯᆡ예 쳥쇼인(稱小人)ᄒᆞᆫ 일과 【8】병부(兵符) ᄲᅢ앗긴 일노ᄡᅥ 나슈(拏囚)롤 당ᄒᆞ니 대개 임공이 쳐음 잡힐 ᄯᆡ예 도젹을 향ᄒᆞ여 굴오디,

"내 원이 되여 능히 고을을 보젼치 못ᄒᆞ고 노뫼 잇스디 안보치 못ᄒᆞ니 불튱불효의 죄인이라 살아 무엇ᄒᆞ리오 ᄲᅡᆯ니 날을 죽이고 노모롤 히치 말

---

4) 【셔젹】 圀 ((인류)) 셔젹(西賊). 1811년(순조11년) 가산, 정주를 중심으로 하여 홍경래가 일으켰던 난의 무리를 일컬음.¶ 西賊 ∥ 신미 셔젹을 당ᄒᆞ여 군슈 임셩ᄭᅬ 도젹의게 굴치 아니ᄒᆞ고 구슈롤 당ᄒᆞ여 죽기 됴셕의 잇더니 긔영이 분ᄒᆞ여 몸을 도라보지 아니ᄒᆞ고 밤을 타 가 보고 도젹 칠 계교롤 말ᄒᆞᆫ디 (當辛未西賊之時, 郡守任聖皐, 抗賊不屈被拘囚, 朝夕且死, 基榮奮不顧身, 乘夜往見, 說以討賊之計.) <靑邱野談 奎章 19:5>

나."

도격이 본디 임슈의 션치(善治)를 드른 고로 춤아 죽이지 못하니 대개 죄인이란 말이 쇼인이란 말과 어음이 근ᄉ(近似)한 고로 사롬이 그릇 듯고 젼한 거시오 인병부(印兵符)ㄸ ᅣᆫ(段)은 힘이 굴하여 쎄엿겻스니 비록 뎡가산(鄭嘉山)이 도격 ᄭ지고 죽은디 비컨디 져기 붓그럽거니와 일노뻐 죄를 얼그면 엇지 원통치 아니랴? 텬일이 볼그샤 필경 쇼셕(昭晰)하여 특별이 방숑(放送)이 되니라. 그 나쳐(拿處)하여실 졔 그영이 흐갈ᄭ치 ᄯ라단니며 잠간 【9】도 쩌나지 아니하니 훈쟝(訓將)이 듯고 긔특이 녀겨 도감교련관(都監敎鍊官)을 ᄎ경하여 신임하려 하더니 임공이 방셕(放釋)하미 밋쳐 인하여 하직하고 본토로 도라와 평일의 도격 평졍한 일을 말하지 아니하니 슬프다 하방(遐方)의 요마(幺麼) 통인이 강개쳬읍(慷慨涕泣)하여 죽기를 밍셰하고 도격을 치니 엇지 그리 츙셩되며 쳑셔(尺書)를 젼하여 구완병을 비러 뭇도격을 일됴의 멸하니 엇지 그 지혜로옴이 ᄀᆞᆺ트며 본관이 나리(拿來)하여 츙신과 역격을 판단치 못하니 젼일 친신한 사롬이라도 다 피하거늘 홀노 직희고 가지 아니하니 엇더한 그 의며 공을 곰초고 말 아니하야 공명을 피하니 엇지 그 긔특다 아니하리오?

진양셩의기샤ᄉᆡᆼ
晋陽城義妓捨生

【10】 논개(論介)라5) 하는 쟈는 진양(晋陽)6)

명기라. 임진의 왜격이 진쥬(晉州)를 치니 샹낙군(上洛君) 김시민(金時敏)이7) 셩을 구지 직희고 여러 번 ᄡᅡ와 다 파하고 왜격 수만을 죽이니 도격이 감히 호남을 엿보지 못하더라.

이듬히 계ᄉᆞ(癸巳) 뉴월의 왜쟝 쳥졍(淸正)이8) 평슈길(平秀吉)의9) 뜻을 바다 반드시 진양을 셜치코져 하여 군ᄉ 십만을 거느리고 와 에우니 그ᄯᅢ예 본도 병ᄉ 최경회(崔慶會)와 츙쳥병ᄉ(忠淸兵使) 황진(黃進)과10) 챵의ᄉ(倡義使) 김쳔일(金千鎰)과 김희

晋陽‖논개라 하는 쟈는 진양 명기라 임진의 왜격이 진쥬를 치니 샹낙군 김시민이 셩을 구지 직희고 여러 번 ᄡᅡ와 다 파하고 왜격 수만을 죽이니 도격이 감히 호남을 엿보지 못하더라 (論介者, 晉陽妓也. 壬辰倭攻晉陽城, 上洛君金時敏嬰城自守, 屢戰屢敗之, 殺倭數萬. 賊終不敢窺湖南而歸.) <靑邱野談 奎章 19:10>

7) 【김시민】圖 ((인명)) 김시민(金時敏 1544~1592). 조선 전기의 무신. 자는 면오(勉吾). 임진왜란 때 왜적을 격파하여 영남우도 병마절도사로 특진하고, 진주성에서 분전하다가 전사하였다.‖金時敏‖논개라 하는 쟈는 진양 명기라 임진의 왜격이 진쥬를 치니 샹낙군 김시민이 셩을 구지 직희고 여러 번 ᄡᅡ와 다 파하고 왜격 수만을 죽이니 도격이 감히 호남을 엿보지 못하더라 (論介者, 晉陽妓也. 壬辰倭攻晉陽城, 上洛君金時敏嬰城自守, 屢戰屢敗之, 殺倭數萬. 賊終不敢窺湖南而歸.) <靑邱野談 奎章 19:10>

8) 【쳥졍】圖 ((인명)) 청정(淸正). 가토 기요마사(加藤淸正 1562~1611). 일본의 무장(武將). 도요토미 히데요시(豊臣秀吉)의 막하에서 많은 전공을 세웠으며, 임진왜란 때 선봉에 섰음.‖淸正‖이듬히 계ᄉᆞ 뉴월의 왜쟝 쳥졍이 평슈길의 뜻을 바다 반드시 진양을 셜치코져 하여 군ᄉ 십만을 거느리고 와 에우니 (翌年癸巳六月, 倭酋淸正, 承秀吉之旨, 必欲雪晉陽之恥, 率兵十萬來圍.) <靑邱野談 奎章 19:10>

9) 【평슈길】圖 ((인명)) 평수길(平秀吉). 즉 도요토미 히데요시(豊臣秀吉 1536~1598). 일본 아즈치 모모야마(安土桃山) 시대의 무장. 정치가. 오다 노부나가(織田信長)의 부하로 두각을 나타내다가, 오다 사후 국내를 통일하고 중국 대륙 침략의 야망을 실천하기 위해 우리나라를 공격, 임진왜란을 일으켰으나 실패하였다.‖秀吉‖이듬히 계ᄉᆞ 뉴월의 왜쟝 쳥졍이 평슈길의 뜻을 바다 반드시 진양을 셜치코져 하여 군ᄉ 십만을 거느리고 와 에우니 (翌年癸巳六月, 倭酋淸正, 承秀吉之旨, 必欲雪晉陽之恥, 率兵十萬來圍.) <靑邱野談 奎章 19:10>

10) 【황진】圖 ((인명)) 황진(黃進 1550~1593). 조선 선조 때의 무신. 자는 명보(明甫). 호는 아술당(娥述堂). 통신사 황윤길을 따라 일본에 다녀온 후 일본의 내침에

5) 【논개】圖 ((인명)) 논개(論介 ?~1592). 조선 선조 때의 의기(義妓). 진주의 관기(官妓)로, 임진왜란 때에 진주성이 함락되자 촉석루의 술자리에서 당시 왜장(倭將)이었던 게야무라 후미스케(毛穀邨文助)를 껴안고 남강에 떨어져 죽었다.‖論介‖논개라 하는 쟈는 진양 명기라 임진의 왜격이 진쥬를 치니 샹낙군 김시민이 셩을 구지 직희고 여러 번 ᄡᅡ와 다 파하고 왜격 수만을 죽이니 도격이 감히 호남을 엿보지 못하더라 (論介者, 晉陽妓也. 壬辰倭攻晉陽城, 上洛君金時敏嬰城自守, 屢戰屢敗之, 殺倭數萬.) <靑邱野談 奎章 19:10>

6) 【진양】圖 ((지리)) 진양(晉陽). 지금의 경남 진주시.‖

176

부ᄉ(金海府使) 니죵인(李宗仁)과11) 복슈쟝(復讐將) [원슈 갑는 장쉬래] 고죵후(高從厚)와12) ᄉ천현감(泗川縣監) 댱윤(張潤)13) 등 모든 사룸이 들어가 직희거

늘 홍의쟝군(紅衣將軍) 곽지위(郭再祐]) 굴오ᄃᆡ,

"이 셩은 반ᄃᆞ시 왜젹이 다톨 짜ᄒᆞ니 호남 녕남 관익의 계일 긴흔 곳이라 약흔 군ᄉᆞ로 강젹을 만나면 반ᄃᆞ시 픽ᄒᆞ리라."

ᄒᆞ고 맛ᄎᆞᆷ내 셩의 들어가지 아니 【11】 ᄒᆞ니 졔공이 쵹셕누(矗石樓)의14) 뫼야 ᄒᆞᆫ가지로 ᄉᆞ셩을 밍셰ᄒᆞ고 직횔 일을 의논ᄒᆞ더라. 왜쟝이 하령ᄒᆞ여 굴오ᄃᆡ,

"쟉년 픽흔 원슈를 졍히 금일의 갑홀 거시니 이 셩을 파치 못ᄒᆞ면 밍셰코 도라가지 아니ᄒᆞ리라."

인ᄒᆞ여 셩을 치니 졔 십일 만의 셩이 함몰ᄒᆞ미 뉵만여 인이 ᄒᆞᆫ날 다 죽고 졔공은 다 남강의 ᄲᅡ져 죽으니라. 이ᄣᅢ예 논개 단쟝을 찬란이 ᄒᆞ고 왜쟝 듕의 ᄀᆞ쟝 셰찬 놈을 가 보고 거즛 조혼 ᄯᅳᆺ으로 아당(阿黨)ᄒᆞ니 왜쟝이 믈니치고져 ᄒᆞ되 듯지 아니ᄒᆞ고 완순(婉順)ᄒᆞᆫ 말노 왜쟝을 유인ᄒᆞ여 거러 강변 바회돌 우희 나가 더브러 ᄃᆡ무(對舞)ᄒᆞᆯᄉᆡ 이 바회 강언덕의 박혓ᄂᆞ니 삼면은 다 깁흔 소이라. 드ᄃᆡ여 왜쟝의 허리를 안고 강듕의 ᄲᅮᆨ ᄯᅥ러져 죽으니 왜진(倭陣)이 크게 놀나 【12】 더라. 난리 평명 후의 논개를 경문ᄒᆞ여 굴오ᄃᆡ,

"의기(義妓)라."

ᄒᆞ고 강상의 ᄉᆞ당을 셰워 졔ᄉᆞᄒᆞ고 그 돌은 의기암(義妓岩)이라 ᄒᆞ고 '일ᄃᆡ댱강 쳔츄의렬(一帶長江 千秋義烈)' 여덟 글ᄌᆞ를 삭이니라. 그 바회를 ᄯᅩ 낙화암(落花岩)이라 ᄒᆞ니 대개 의기 침강ᄒᆞᄆᆞ로ᄡᅥ ᄯᅥ러진 곳희 비ᄒᆞ미러라.

니졀도믹쟝우신승
李節度麥場遇神僧

니병ᄉᆞ(李兵使) 원(源)은 당쟝(唐將) 니계독(李

대비, 스스로 병법을 연마하였다. 임진왜란이 일어나자 충청 병마절도사로 왜군을 무찌르고 진주성을 사수하다가 전사하였다.¶ 黃進 ‖ 그ᄯᅦ예 본도 병ᄉᆞ 최경회와 츙쳥병ᄉᆞ 황진과 챵의ᄉᆞ 김쳔일과 김희부ᄉᆞ 니죵인과 복슈쟝[원슈 갑는 장쉬래] 고죵후와 ᄉᆞ쳔현감 댱윤 등 모든 사룸이 들어가 직희거늘 (時本道兵使崔慶會, 忠淸兵使黃進, 倡義使金千鎰, 金海府使李宗仁, 復讐將高從厚, 泗川縣監張潤諸公入守之.) <靑邱野談 奎章 19:10>

11) 【니죵인】 圖 ((인명)) 이종인(李宗仁 ?~1593). 조선의 무장. 자는 인언(仁彦). 병사(兵使) 구침(龜琛)의 아들. 일찍이 무과에 급제, 임진왜란으로 1593년(선조 26) 진주성(晋州城)이 포위되자 김해부사(金海府使)로 군사를 이끌고 진주성으로 들어가 방어전략을 세웠다. 황진(黃進)과 함께 성을 방어하면서 많은 사상자를 내게 했다. 중과부적으로 성이 함락되고 적병이 서북으로 난입해 오자 끝까지 싸워 많은 적병을 죽이고 남강(南江)에 이르자 두 겨드랑에 적병 하나씩 끼고 물에 빠져 자결했다.¶ 李宗仁 ‖ 그ᄯᅦ예 본도 병ᄉᆞ 최경회와 츙쳥병ᄉᆞ 황진과 챵의ᄉᆞ 김쳔일과 김희부ᄉᆞ 니죵인과 복슈쟝[원슈 갑는 장쉬래] 고죵후와 ᄉᆞ쳔현감 댱윤 등 모든 사룸이 들어가 직희거늘 (時本道兵使崔慶會, 忠淸兵使黃進, 倡義使金千鎰, 金海府使李宗仁, 復讐將高從厚, 泗川縣監張潤諸公入守之.) <靑邱野談 奎章 19:10>

12) 【고죵후】 圖 ((인명)) 고종후(高從厚 1554~1593). 조선 시대의 의병장. 자는 도충(道沖). 호는 준봉(隼峯). 임진왜란 때 아버지 고경명(高敬命)을 따라 의병을 일으켰으며, 진주성이 왜병에게 함락되었을 때 남강에서 자결하였다.¶ 高從厚 ‖ 그ᄯᅦ예 본도 병ᄉᆞ 최경회와 츙쳥병ᄉᆞ 황진과 챵의ᄉᆞ 김쳔일과 김희부ᄉᆞ 니죵인과 복슈쟝[원슈 갑는 장쉬래] 고죵후와 ᄉᆞ쳔현감 댱윤 등 모든 사룸이 들어가 직희거늘 (時本道兵使崔慶會, 忠淸兵使黃進, 倡義使金千鎰, 金海府使李宗仁, 復讐將高從厚, 泗川縣監張潤諸公入守之.) <靑邱野談 奎章 19:10>·

13) 【댱윤】 圖 ((인명)) 장윤(張潤 1552~1593). 조선 선조(宣祖) 때의 무신. 자는 명보(明甫). 임진왜란 때, 좌의병부장(左義兵副將)으로서 성산(星山)·개령(開寧) 등지에서 공을 세웠으며, 선조 26년(1593) 진주성(晋州城)에서 병마절도사 황진(黃進)이 전사한 뒤 대장이 되어 전투를 지휘하다가 전사하였다.¶ 張潤 ‖ 그ᄯᅦ에 본도 병ᄉᆞ 최경회와 츙쳥병ᄉᆞ 황진과 챵의ᄉᆞ 김쳔일과 김희부ᄉᆞ 니죵인과 복슈쟝[원슈 갑는 장쉬래] 고죵후와 ᄉᆞ쳔현감 댱윤 등 모든 사룸이 들어가 직희거늘 (時本道兵使崔慶會, 忠淸兵使黃進, 倡義使金千鎰, 金海府使李

宗仁, 復讐將高從厚, 泗川縣監張潤諸公入守之.) <靑邱野談 奎章 19:10>

14) 【쵹셕누】 圖 ((지명)) 촉석루(矗石樓). 경남 진주의 촉석루(矗石樓). 논개(論介)가 왜장을 껴안고 남강에 몸을 던진 곳.¶ 矗石樓 ‖ 졔공이 쵹셕누의 뫼야 ᄒᆞᆫ가지로 ᄉᆞ셩을 밍셰ᄒᆞ고 직횔 일을 의논ᄒᆞ더라 (諸公會矗石樓, 誓同死生, 慷慨論事.) <靑邱野談 奎章 19:11>

提督)의 후예라. 춘쳔(春川) 짜의 뉴락(流落)ᄒ여 가
리와 호픠롤 친히 잡아 농붜 되엿더니 맛춤 하졀
(夏節)을 당ᄒ여 보리타작을15) ᄒ고 곤ᄒ여 마당ᄀ
나모그늘의16) 누어 ᄌ더니 조롬을 ᄭᆡ는17) 재 잇거
늘 니원이 눈을 ᄶᅥ 본즉 ᄒᆫ 쇼년 즁이 겻히 잇눈지
라 원이 니러나 ᄀᆯ오ᄃᆡ,

"네 내 줌을 ᄭᆡ왓【13】 눈다?"

ᄀᆯ오ᄃᆡ,

"그리ᄒ엿ᄂᆞ이다."

ᄒ고 인ᄒ여 ᄀᆯ오ᄃᆡ,

"셔방쥐 보리마당의 골몰치 말고 즉금으로 발
힝ᄒ여 샹경ᄒ쇼셔."

원이 ᄀᆯ오ᄃᆡ,

"내 경셩의 ᄒ나토 아는 이 업고 ᄯᅩ 볼일 업
시 공연이 샹경ᄒᆞ미 시러곰 허랑(虛浪)치 아니ᄒ
냐?"

즁이 ᄀᆯ오ᄃᆡ,

"불과 ᄉ오일의 셔방쥐 반ᄃᆞ시 벼슬ᄒ시리이
다. ᄯᅩ ᄌᆞ상(自上)으로셔 셔방쥬롤 ᄎᆞ즈시니 이제
ᄲᆞᆯ니 샹경ᄒᆞ쇼셔."

지삼 부탁ᄒ거늘 원이 그 말을 이샹히 녀겨
즉시 경힝(京行)ᄒ여 동대문 안 녀각(旅閣)의 명일
의 몸쇼 명판셔(鄭判書) 챵슌(昌順)의 집에 가니 쇼
미평싱(素昧平生)이로ᄃᆡ 시지 병판인 연괴라. 문밧
긔 통ᄌᆞ(通刺)ᄒ니 즉시 블너드려 보거늘 니원이 아
모의 후예라 말ᄒ더 명판세 ᄀᆯ오ᄃᆡ,

"일젼 연듕(筵中)의셔 ᄌᆞ상으로 채판셔(蔡判
書)의 니졔독【14】의 후예롤 무르시니 그ᄃᆡ 모르
미 채판셔롤 가 보라."

니원이 즉시 가 채공을 보니 채공이 인졉ᄒ여
ᄌᆞ셰히 뭇고 ᄯᅩ ᄀᆯ오ᄃᆡ,

"자조 단니라."

채공이 후일 입시예 즉시 품ᄒ더 ᄌᆞ상으로 특
별이 남힝션젼관(南行宣傳官)을 졔슈ᄒᆞ샤 ᄒ여곰 졔
허참(除許參)ᄒ고 단니라 ᄒ시고 ᄯᅩ 명ᄒ여 입시ᄒ
라 ᄒ시니 크게 은면을 닙엇더라.

오리지 아니ᄒ여 무과의 올나 여러 번 웅쥬거
목(雄州巨牧)을 지나니 심듕의 그 즁의 신긔ᄒ믈 싱
각ᄒ더 어더 볼 길이 업더니 무신(戊申)의 호남슈ᄉ
(湖南水使)로 동작이날을 건널ᄉᆡ 비 ᄀᆞ온더 ᄒᆫ 걸승
(乞僧)이 잇셔 ᄶᅵᄶᅵ 눈을 드러 쥬시ᄒ거늘 슈ᄉᆡ ᄯᅩ
ᄒᆫ ᄆᆞ음이 동ᄒ여 사롬을 명ᄒ여 블너오니 이예 춘
쳔 보리마당ᄀᆞ의셔 보든 즁이라. 깃부믈 ᄭᆡ닷지 못
ᄒᆞ여 힝탁(行橐) 듕【15】으로조ᄎᆞ 넉ᄌᆞ히 힝하(行
下)ᄒ고 다시 젼졍을 무른더 미ᄌᆞ히 밧지 아니ᄒ고
ᄯᅩ ᄀᆯ오ᄃᆡ,

"녕감 젼졍이 아직 멀엇ᄂᆞ이다."

니공이 ᄀᆯ오ᄃᆡ,

"내가 아쟝(亞將)이나 ᄒ랴?"

ᄀᆯ오ᄃᆡ,

"ᄒᆯ 듯ᄒ니이다."

이윽고 비 믈ᄀᆞ의 다으니 비예 ᄂᆞ려 인ᄒ야
ᄒᆞ여지니라.

임ᄌᆞ년(壬子年)의 공이 울산병ᄉᆞ(蔚山兵使)롤
갈고 도라왓더니 후의 도감별쟝(都監別將)으로뻐 챵
의문(彰義門) 셩역(城役)의 감동관(監董官)을 ᄒ여
군막 ᄀᆞ온더 안잣더니 군막 밧긔 즁이 잇셔 두류ᄒ
며 자조 도라보거늘 니공이 ᄯᅩ ᄆᆞ음이 동ᄒ여 군ᄉ
롤 보니여 블너오니 이의 동작진(銅雀津)의셔 만나
든 즁이라 술을 두어 관곡히 더졉ᄒ 후의 ᄯᅩ 니두
(來頭)롤 무른더 즁이 웃고 ᄀᆯ오ᄃᆡ,

"녕감쥐 엇지 녯날 보리타쟉ᄒ시던 일을 싱각
지 아니ᄒ시ᄂᆞ니잇가? 이제 이믜 곤슈(閫帥)【16】
롤 지나고 ᄯᅩ 아쟝 ᄒ나히 격ᄒ엿스니 다시 므어슬
바라시ᄂᆞ니잇고?"

ᄒ고 맛춤닉 다시 말ᄒ지 아니ᄒ니 공이 ᄯᅩᄒᆫ
ᄋᆞ고 ᄲᅢᄒᆞ다. 니원이 ᄭᅳᆺᄒ니 법슈로뻐 머뉘이 죤ᄒ
니라.

---

15) 【보리·타작】圈 보리타작. 익은 보리의 낟알을 떨어내
   는 일.¶ 打麥∥ 맛츰 하졀을 당ᄒ여 보리타작을 ᄒ고
   곤ᄒ여 마당ᄀ 나모그늘의 누어 ᄌ더니 조롬을 ᄭᆡ는
   재 잇거늘 니원이 눈을 ᄶᅥ 본즉 ᄒᆫ 쇼년 즁이 겻히
   잇눈지라 (適値夏節, 打麥而困宿於場邊樹陰, 有撹睡者,
   李開眼見之, 則有一白衲少年在傍矣.) <靑邱野談 奎章
   19:12>

16) 【나모·그늘】圈 나무그늘.¶ 樹陰∥ 맛츰 하졀을 당ᄒ
   여 보리타작을 ᄒ고 곤ᄒ여 마당ᄀ 나모그늘의 누어
   ᄌ더니 조롬을 ᄭᆡ는 재 잇거늘 니원이 눈을 ᄶᅥ 본즉
   ᄒᆫ 쇼년 즁이 겻히 잇눈지라 (適値夏節, 打麥而困宿於
   場邊樹陰, 有撹睡者, 李開眼見之, 則有--白衲少年在傍
   矣.) <靑邱野談 奎章 19:12>

17) 【ᄭᆡ-】圈 깨우다.¶ 撹∥ 맛츰 하졀을 당ᄒ여 보리타작
   을 ᄒ고 곤ᄒ여 마당ᄀ 나무그늘의 누어 ᄌ더니 조롬
   을 ᄭᆡ는 재 잇거늘 니원이 눈을 ᄶᅥ 본즉 ᄒᆫ 쇼년 즁
   이 겻히 잇눈지라 (適値夏節, 打麥而困宿於場邊樹陰,
   有撹睡者, 李開眼見之, 則有一白衲少年在傍矣.) <靑邱
   野談 奎章 19:12>

김승샹과뎐견이인
金丞相瓜田見異人

쳥스(淸沙)[18] 김샹공(金相公)이 슈의(繡衣)로뼈
녕남의 나갓더니 그쩨 오뉴월을 당ᄒᆞ여 텬긔 심히
더운지라 힝ᄒᆞ여 태빅산(太白山) 듕의 니르니 구갈
(口渴)이 심히 급ᄒᆞᆫ지라. 협듕의 사룸의 집도 업고
ᄯᅩᄒᆞᆫ 우믈과 시암이 업거늘 겸인으로 더브러 노듕
의셔 방황ᄒᆞᄃᆡ 희갈홀 길이 업더니 ᄆᆞ춤 ᄒᆞᆫ 고개ᄅᆞᆯ
지난즉 길ᄀᆞ에 참외밧치[19] 잇스ᄃᆡ 샹직막(上直幕)
도[20] 업고 다만 보니 참외 만히 닉엇거늘 갈증이
태심ᄒᆞᆫ지라 엇지 신 둘메【17】ᄂᆞᆫ 혐의룰 도라보리
오? 겸인(傔人)으로 ᄒᆞ여곰 두 푼 돈을 가져다가 밧
가 콩가지예 걸고 들어가 ᄯᅡ 오라 ᄒᆞ니 겸인이 들
어가더니 불과 수 보의 즉시 혼미ᄒᆞ여 밧 가온ᄃᆡ
업더져 입안으로 외마듸 소릭룰 ᄒᆞ여 굴오ᄃᆡ,

"나리님 날 살니오!"

ᄒᆞ고 인ᄒᆞ여 다시 소릭 업거늘 김공이 크게
괴히 녀겨 감히 들어가지 못ᄒᆞ고 밧ᄀᆞ의셔 방황ᄒᆞ

---

18) 【쳥스】 圏 ((인명)) 쳥사(淸沙). 김재로(金在魯 1682~
1759). 조선후기의 문신. 자는 중례(仲禮). 호는 청사(淸
沙)·허주자(虛舟子). 숙종 36년(1710)에 문과에 급제
하고 지평, 수찬을 거쳐 좌의정, 영의정을 지냈다. 노
론(老論)의 선봉으로 활약하였으며, 청빈한 재상으로
이름이 높았다.¶ 淸沙 ‖ 쳥스 김샹공이 슈의로뼈 녕남
의 나갓더니 그쩨 오뉴월을 당ᄒᆞ여 텬긔 심히 더운지
라 (淸沙金相以繡衣出嶺南, 時當五六月, 天氣甚熱.)
<靑邱野談 奎章 19:16>

19) 【참외밧치】 圏 ((지리)) 참외밭.¶ 瓜田 ‖ ᄆᆞ춤 ᄒᆞᆫ 고개
ᄅᆞᆯ 지난즉 길ᄀᆞ에 참외밧치 잇스ᄃᆡ 샹직막도 업고 다
만 보니 참외 만히 닉엇거늘 갈증이 태심ᄒᆞᆫ지라 엇지
신 둘메ᄂᆞᆫ 혐의룰 도라보리오 (適過一峴, 則路邊有瓜
田而無幕, 見靑瓜爛熟, 渴症甚緊, 豈顧納屨之嫌?) <靑
邱野談 奎章 19:16>

20) 【샹직-막】 圏 ((주거)) 상직막(上直幕). 경계하여 지키
는 일을 하기 위하여 만든 막. 파수막(把守幕).¶ 幕 ‖
ᄆᆞ춤 ᄒᆞᆫ 고개ᄅᆞᆯ 지난즉 길ᄀᆞ에 참외밧치 잇스ᄃᆡ 샹직
막도 입고 다만 보니 참외 만히 닉엇거늘 갈증이 태
심ᄒᆞᆫ지라 엇지 신 둘메ᄂᆞᆫ 혐의룰 도라보리오 (適過一
峴, 則路邊有瓜田而無幕, 見靑瓜爛熟, 渴症甚緊, 豈顧
納屨之嫌?) <靑邱野談 奎章 19:16>

여 심히 망조(罔措)ᄒᆞ더니 홀연 보니 ᄒᆞᆫ 노옹이 머
리예 삿갓슬 쓰고 산샹으로븟터 나려오며 불너 굴
오ᄃᆡ,

"엇지 가히 당돌히 밧희 들엇ᄂᆞ뇨?"

거동을 보니 힝븨(行步 ㅣ) 완ᄉ(緩緩)ᄒᆞ고 언
ᄉ 옹용(雍容)ᄒᆞ여 조금도 경괴(驚怪)ᄒᆞᄂᆞᆫ 모양이
업거늘 김공이 고ᄒᆞᄃᆡ,

"목이 갈(渴)ᄒᆞᆫ 연고로 뼈 돈을 둘고 드려보니
엿노라."

뎐옹(田翁)이 굴오【18】ᄃᆡ,

"이 밧치 비록 막(幕)도 사룸도 업스나 그ᄃᆡ
밧ᄀᆞ의 흰 삼 심은 거슬 보지 못ᄒᆞᆫ다? 이거시 죡히
도젹을 막ᄂᆞᆫ다."

ᄒᆞ고 웃고 밧희 드러가 겸인의 손을 잡고 아
모 방위로조ᄎᆞ 나오니 앗가 불셩인ᄉ(不省人事)ᄒᆞᆫ
사룸이 금시예 여샹(如常)ᄒᆞ더라. ᄯᅩ 참외 두엇식
어더먹고 김공이 ᄌᆞ셰히 본즉 외밧 스면의 흰 삼을
돌나 시멋스니 그 시믄 법이 혹 셩긔며 혹 밀ᄉᄒᆞ
여 완연이 팔문(八門) 모양을 일워스니 뜻ᄒᆞ건듸 이
팔진도법(八陣圖法)이라 ᄒᆞ고 인ᄒᆞ여 겸인ᄃᆞ려 앗가
광경을 무른듸 겸인이 ᄃᆡ답ᄒᆞ듸,

"겨오 두어 거름의 오장이 요란ᄒᆞ며 칠졍(七
情)이 혼미ᄒᆞ여 눈의 뵈ᄂᆞᆫ 거시 업고 지쳑을 분변
치 못ᄒᆞ여 인ᄒᆞ여 너머졋더니 앗가 노인이 손을
【19】 붓들고 길을 ᄀᆞᄅᆞ치니 비로소 눈의 뵈ᄂᆞᆫ 거
시 잇고 졍신이 ᄭᆡ여나더이다."

김샹공이 크게 괴이히 너기더라. 이예 뎡[뎐]
옹이 곳쳐 ᄒᆞᆫ 말도 아니ᄒᆞ고 표연히 산을 향ᄒᆞ여
가거늘 김샹공이 뼈 신인이라 ᄒᆞ여 겸인은 근쳐 촌
가의 보니고 ᄀᆞ만이 그 ᄌᆞ최룰 ᄯᅡ라와 두어 고개룰
너머 뎐옹을 ᄯᅡ라 그 거ᄒᆞᄂᆞᆫ 집으로 드러가니 이예
수간 초옥이오 방은 다만 ᄒᆞᆫ 간 ᄲᅮᆫ이러라. 공이 만
단으로 쟈기룰 쳥ᄒᆞᆫ듸 뎐옹이 웃고 안의 들어가 노
쳐(老妻)로 더부러 종용이 말ᄒᆞᆫ 후의 손의 ᄒᆞᆫ 그릇
죠밥을 가지고 부억으로 쳥ᄒᆞ여 안쟈 먹고 ᄒᆞᆫ 닙
집쟈리룰 펴고 안기룰 쳥ᄒᆞ야 왈,

"산듕의 사ᄂᆞᆫ 인ᄉ 너모 무례ᄒᆞ니 허믈 마르
쇼셔."

ᄒᆞ고 인ᄒᆞ여 ᄒᆞᆫ가지【20】로 잘ᄉᆡ 공이 바야
흐로 그 평싱을 뭇고져 ᄒᆞ듸 뎐옹의 ᄏᆖ 코 고ᄂᆞᆫ 소
릭 수듸 ᄲᅮᆺ니 셥어(接語)홀 길이 업더라. 겨근덧
ᄒᆞ여 동방이 싀고져 ᄒᆞ거늘 공이 뎐옹을 ᄭᆡ와 굴오
ᄃᆡ,

"쥬인이 엇지 잠을 곤히 자느뇨?"

노옹이 눈을 뻿고 니러 안쟈 굴오디,

"노혼(老昏) 쇼치라 졉긱인신(接客人事丨) 이
굿투니 죄롤 샤ᄒᆞ쇼셔."

공이 굴오디,

"내 바야흐로 경영ᄒᆞ는 일이 잇셔 이졔 아모
짜으로 향ᄒᆞ니 아지 못게라 그 일이 잘 되랴?"

노옹이 우어 굴오디,

"내 이믜 슈의ᄉᆞ되(繡衣使道丨) 내 집의 올 줄
알앗스니 소기지 마르쇼셔."

공이 놀나 굴오디,

"이 무슨 말이뇨? 향곡의 궁ᄒᆞᆫ 션ᄇᆡ롤 엇지
슈의로 보느뇨? 쥬인옹이 참망녕이로다."

노옹이 손으로 쳠하 꼿히 별을 ᄀᆞ르쳐 왈,

[21] "이 별은 슈의 맛튼 별이라 일노뼈 아
느니 엇지 자쳑롤 ᄀᆞᆷ초뇨?"

공이 ᄎᆞ 말을 드르미 은휘(隱諱)ᄒᆞᆯ 수 업는
줄 알고 실상으로뼈 고ᄒᆞ고 평ᄉᆡᆼ ᄉᆞ로(仕路)의 엇더
ᄒᆞ며 ᄌᆞ손의 엇더ᄒᆞᆷᄆᆞᆯ ᄌᆞ셰히 무른디 연옹이 일ᄎᆞ
히 고ᄒᆞ여 굴오디,

"아모년의 아모 벼술 ᄒᆞ고 아모년의 아모 가
ᄌᆞ(加資) ᄒᆞ고 아모년의 감ᄉᆞ(監司) ᄒᆞ고 아모년의
입각(入閣)ᄒᆞ여 필경 녕남상의 니르러 귀ᄒᆞ미 인신
의 극ᄒᆞ고 문묘비향(文廟配享)ᄒᆞ여 혈식쳔츄(血食千
秋)ᄒᆞᆯ[21] 거시오 ᄋᆞ들 삼인을 두더 버금아들이[22] 맛
당히 녕상(領相)이[23] 되리라."

ᄒᆞ고 지어무신란(至於武臣亂)ᄭᆞ지 녁ᄎᆞ히 다
말ᄒᆞ거늘 김상공이 속의 긔록ᄒᆞ엿더니 후리예 벼슬
과 가ᄌᆞᄒᆞᆫ 일이 다 여합부졀(如合符節)이러라. [2
2]

---

21) 【혈식쳔츄 -ᄒᆡ-】 圖 혈식쳔츄(血食千秋)하다. 나라에서
지내는 제사가 오래도록 끊지 아니하다.¶ 血食 ‖ 아
모년의 아모 벼술 ᄒᆞ고 아모년의 아모 가ᄌᆞ ᄒᆞ고 아
모년의 감ᄉᆞ ᄒᆞ고 아모년의 입각ᄒᆞ여 필경 녕남상의
니르러 귀ᄒᆞ미 인신의 극ᄒᆞ고 문묘비향ᄒᆞ여 혈식쳔츄
ᄒᆞᆯ 거시오 (某年爲某官, 某年陞某資, 某年按某, 某年登
閣, 畢竟位至上相, 貴極人臣, 廟配血食.) <靑邱野談 奎
章 19:21>

22) 【버금 -아들】 圖 ((인류)) 둘째아들.¶ 仲子 ‖ ᄋᆞ들 삼인
을 두디 버금아들이 ᄭᆞᆺ당히 녀샤이 되리라 (有子三人,
而仲子又當繼爲領相.) <靑邱野談 奎章 19:21>

23) 【녕샹】 圖 ((관직)) 영상(領相). 영의정.¶ 領相 ‖ ᄋᆞ들
삼인을 두디 버금아들이 맛당히 녕샹이 되리라 (有子
三人, 而仲子又當繼爲領相.) <靑邱野談 奎章 19:21>

식단구뉴랑표ᄒᆡ
識丹邱劉郎漂海

강원도 고셩군(高城郡)의 뉴동지(劉同知)라 ᄒᆞ
는 쟤 잇스니 쇼시예 동니 거ᄒᆞ는 이십ᄉᆞ인으로 더
브러 비롤 가지고 메역을[24] 짜라 가 ᄒᆞᆫ 셤둥의 다
히고 비롤 도르혈 즈음의 홀연 셔북풍이 크게 니러
나 비롤 두루혈 길이 업는지라. 빅ᄀᆞ온디 사룸이 눈
이 현황ᄒᆞ고 졍신이 어즐ᄒᆞ여 다 비 밋ᄒᆡ 업듸여
다만 죽기만 기드리고 시러곰 운동차 못ᄒᆞ더니 다
만 드르니 물결소리 흉용(洶湧)ᄒᆞ여 산악이 믄허지
는 닷ᄒᆞ는지라. 셔로 더브러 벼기 볘돗 ᄒᆞ고 눈을
번이[25] ᄯᆞ고 여러 날을 음식을 못 먹엇더니 일ᄎᆞ은
믄득 ᄒᆞᆫ 곳의 다ᄋᆞ니 ᄇᆞᄅᆞᆷ이 고요ᄒᆞ고 비 머믈거늘
뉴동지 니러나 본즉 동 [23] 힝 이십ᄉᆞ인의 다만
다섯 사룸이 살앗스디 욕ᄉᆞᄎᆞᄎᆞ(欲死欲死)ᄒᆞ고 기여
십구인은 죽은 지 이구(已久)ᄒᆞ더라.

뉴랑이 뼈 ᄒᆞ디,

"죽은 쟈는 홀일 업거니와 이믜 산 쟈는 블가
블 구ᄒᆞ리라."

ᄒᆞ고 이예 경신을 출혀 강잉ᄒᆞ여 몸을 니르혀
샤장(沙場)의 쮜여느리니 그나마 죽지 아니ᄒᆞᆫ 쟤 네
사룸의셔 두 사룸은 쮜여느릴 ᄶᆡ예 믈의 ᄯᅥ러져 죽
으니 다만 셰 사룸만 남은지라. 다 긔진(氣盡)ᄒᆞ야
사장의 누어 셔로 더브러 눈을 번이 ᄯᅳ고 묵ᄎᆞ히
볼 ᄯᆞ람이러라. 몽농 듕의 보니 믄득 두 빅의동지
(白衣童子丨) 샤쟝(沙場)으로 완ᄎᆞ(緩緩)이 와 압희
당ᄒᆞ여 말ᄒᆞ여 굴오디,

---

24) 【메역】 圖 ((식물)) 미역.¶ 藿 ‖ 쇼시예 동니 거ᄒᆞ는
이십ᄉᆞ인으로 더브러 비롤 가지고 메역을 짜라 가 ᄒᆞᆫ
셤둥의 다히고 비롤 도르혈 즈음의 홀연 셔북풍이 크
게 니러나 비롤 두루혈 길이 업는지라 (少時與同里二
十四人, 將船採藿, 泊於一島, 採盡回船之際, 忽西北風
大起, 莫可回掉.) <靑邱野談 奎章 19:22>

25) 【번 -히】 圖 뻔히 ‖ 瞪 ‖ 셔로 더브러 벼기 볘돗 ᄒᆞ고
눈을 번이 ᄯᆞ고 여러 날을 음식을 못 먹엇더니 일ᄎᆞ
은 믄득 ᄒᆞᆫ 곳의 다ᄋᆞ니 ᄇᆞᄅᆞᆷ이 고요ᄒᆞ고 비 머믈거
늘 (相與枕藉, 開口瞪目, 屢日不得飮勺水. 一日忽泊一
處, 風靜船止.) <靑邱野談 奎章 19:22>

"어늬 곳 사롭이 사장의 누엇눈고 반드시 표
풍흔 사롭이라."

흔디 뉴랑(劉郞)이 간신히 니러나 입으로 능
히 말을 못ᄒ고 손을 【24】 드러 입을 ᄀᆞ른치거늘
동지 허리 ᄉᆞ이로 호로병(葫蘆瓶)을 글너내여 우상
(羽觴)26)[우상은 션션 먹ᄂᆞᆫ 술잔이라]으로뼈 술을 부어 먹
여 ᄀᆞᆯ오디,

"우리 션셩이 군비(君輩) 이곳의 잇스믈 임의
아는 고로 날을 보니여 구하라 ᄒᆞ더이다."

삼인이 흔 번 마시미 졍신이 돈연이 나며 긔
력이 여샹(如常)ᄒᆞ고 비도 ᄯᅩ흔 부른지라 즉시 니러
안쟈 ᄀᆞᆯ오디,

"션셩은 이 엇더흔 사롭이며 어늬 곳의 잇ᄂᆞ
뇨?"

ᄀᆞᆯ오디,

"션셩이 드리고 흠믜 오라 ᄒᆞ더이다."

삼인이 즉시 니러나 동ᄌᆞ를 ᄯᅡ라 션셩 잇ᄂᆞᆫ
곳의 니른즉 쇼위 션셩이 머리예 쓴 거시 업스며
몸의 파면ᄌᆞ(破綿子)를27) 닙고 초막의 안쟛시디 얼
골이 거믄 숫 ᄀᆞ튼 노인이라 삼인이 녜롤 맛츠미
노옹이 ᄀᆞᆯ오디,

"그디 등이 어늬 고을의 잇스며 무슨 일노 인
ᄒᆞ여 표류 【25】 ᄒᆞ뇨?"

뉴랑이 ᄀᆞᆯ오디,

"우리 무리는 다 고셩 사롭이라 메역 ᄯᅡ라 갓
다가 표풍ᄒᆞ엿ᄂᆞ이다."

노옹이 ᄀᆞᆯ오디,

"나도 ᄯᅩ흔 고셩 사롭으로 바롬의 밀닌 비 되
여 이예 와 잇노라."

삼인이 그 고셩 사롭이란 말을 드르미 그 깃
분 ᄆᆞᆷ이 엇지 흔갓 타향의 봉고인(逢故人) ᄲᅮᆫ이리
오 즉시 무르디,

"댱재(長子ㅣ) 이믜 고셩 사롭이라 ᄒᆞ니 어늬

면 어늬 촌의 거ᄒᆞ엿ᄂᆞ뇨?"

ᄀᆞᆯ오디,

"아모면 아모촌 사롭이오 야모의 아비며 아모
의 아쟈비라 여긔 온지 이믜 오라미 우리집이 근간
의 엇지된지 아지 못ᄒᆞ노라."

그 촌명(村名)을 드른즉 곳 셰 사롭의 동니오
닐은바 아모ᄂᆞᄂᆞᆫ 곳 셰 사롭의 조부와 중조부의
벗이라 작고ᄒᆞ지 이믜 오륙십 년이 지낫스니 이졔
싱존흔 쟈로뼈 보건디 노옹의 【26】 현손(玄孫)과 오
디손이 넉ᄂᆞ히 될너라. 인ᄒᆞ여 그 일을 말ᄒᆞ디 노인
이 측연ᄒᆞ여 ᄒᆞ더라. 이후로부터 노인이 삼인을 다
리고 고금을 말ᄒᆞ여 회롤 보니더라.

대뎌 이 셤은 말근 모리와 프른 솔 ᄲᅮᆯ이오
ᄀᆞ온디 금잔듸 흔 벌 쌀녓고 간ᄂᆞ히 인개 잇스디
농ᄉᆞ롤 아니ᄒᆞ고 믈만 마시고 풀만 닙을 ᄲᅮᆯ이오
두 동지 혹 가며 혹 오디 그 닙은 웃는 견슈히 흰
깃스로 ᄒᆞ엿더라. 삼인이 무러 ᄀᆞᆯ오디,

"이 셤 일홈은 무엇시뇨?"

노인이 ᄀᆞᆯ오디,

"동ᄒᆡ(東海)의 단귀(丹邱ㅣ)라[단구ᄂᆞᆫ 션션 잇ᄂᆞᆫ 곳
이라]."

ᄒᆞ더라. 삼인이 도듕(島中)의 오리 머므러 미
양 일출ᄒᆞᄂᆞᆫ 쟝대ᄒᆞ미 셰간의 비홀 비 아니믈 보고
노인드려 무러 ᄀᆞᆯ오디,

"해 돗ᄂᆞᆫ 곳이 여긔셔 멷 니나 되ᄂᆞ뇨?"

답왈,

"삼만 여 리니라."

【27】 ᄯᅩ ᄀᆞᆯ오디,

"여긔셔 고셩이 멷 니나 되ᄂᆞ뇨?"

ᄀᆞᆯ오디,

"ᄯᅩ 삼만 여 리니라."

인ᄒᆞ여 일출 보기롤 청ᄒᆞ거늘 노인이 미ᄂᆞ히
방추(防遮)ᄒᆞ디 삼인이 누추 근쳥ᄒᆞ거늘 ᄒᆞ로는 두
동ᄌᆞ롤 명ᄒᆞ여 ᄀᆞᆯ오디,

"네 이 사롭으로 더브러 흠믜 가 일출을 보게
ᄒᆞ라."

이윽고 두 동지 비롤 다혀 ᄀᆞᆯ오디,

"이 비예 올나 일출을 가 보게 ᄒᆞ쇼셔."

삼인이 즉시 비예 오르니 비는 흰 깃스로 역
것더라. 두 동지 샹앗디롤 가지고 비 냥편이 셔ᄂᆞ
져더 ᄀᆞᆯ오디,

"안지 말고 다 누워 다만 흔 잔 우상을 마시
라."

26) 【우샹】 圖 ((기물)) 우상(羽觴). 새깃을 장석으로 매단
술잔.¶ 羽觴 ‖ 동지 허리 ᄉᆞ이로 호로병을 글너내여
우샹[우상은 션션 먹ᄂᆞᆫ 술잔이라]으로뼈 술을 부어 먹여 ᄀᆞᆯ
오디 (童子自腰間解羽觴, 以羽觴酌以飮之曰.) <靑邱野
談 奎章 19:24>

27) 【파면ᄌᆞ】 圖 ((복식)) 파면자(破綿子). 헌솜. 누더기.¶
破綿 ‖ 삼인이 즉시 니러나 동ᄌᆞ롤 ᄯᅡ라 션셩 잇ᄂᆞᆫ
곳의 니른즉 쇼위 션셩이 머리예 쓴 거시 업스며 몸
의 파면ᄌᆞ롤 닙고 초막의 안쟛시디 (三人卽起行步, 隨
童子至先生處, 則所謂先生, 頭無所着, 身衣破綿, 坐一
草幕.) <靑邱野談 奎章 19:24>

ᄒᆞ니 대개 쳐음 오며셔부터 지금가지 먹는 비 다만 이 믈 ᄲᅮᆫ이라 믈빗치 겻쭉28) ᄀᆞᆺᄐᆞ여 심히 흐리디 맛신즉 쳥녈(淸冽)ᄒᆞ더라. 동ᄌᆞᄃᆞ려 무러 굴오디,

"이 믈 일홈이 무어시뇨?"

답왈,

"경 【28】 익쉬(瓊液水ㅣ)니라."

경익을 셰 번 먹더니 비 언덕의 다은지라 동지 굴오디,

"이러나 보쇼셔."

이예 창을 열고 본즉 만경파되 하늘의 다하 흉용ᄒᆞᆫᄃᆡ 일만 길이나 되는 은 ᄀᆞᆺᄐᆞᆫ 산이 병풍 ᄀᆞᆺᄐᆞ여 쳥련의 소사낫고 그 우흐로 ᄂᆞᆯ이 올나오니 구름과 바다히 셔로 쓸어 블근빗치 눈을 쏘와 그 광대ᄒᆞ고 찬란ᄒᆞᆫ 빗출 안목으로ᄡᅥ 가히 형용치 못ᄒᆞᆯ너라. 해 오를 ᄯᅢ예 긔운이 심히 치워 사ᄅᆞᆷ으로 ᄒᆞ여곰 ᄯᅥᆯ녀 진경치 못ᄒᆞᆯ너라. 대뎌 은산(銀山)이 슈경 ᄀᆞᆺᄐᆞ여 그 밧긔 긱근ᄃᆞ시 셧스니 가히 ᄡᅥ 뼈 빗최여 볼 ᄃᆞᆺᄒᆞ더라. 동ᄌᆞᄃᆞ려 무러 굴오디,

"뎌 산 우흘 너머가면 가히 일출ᄒᆞᄂᆞᆫ 근본을 보리라."

동지 굴오디,

"이 산 밧근 우리 션싱임도 가 보지 못ᄒᆞ엿스니 【29】 다시 말ᄉᆞᆷ 마르쇼셔."

즉시 회졍ᄒᆞ여 도라와 노인을 본ᄃᆡ 노인이 굴오디,

"군이 일츌을 보왓ᄂᆞ냐?"

굴오디,

"다힝이 노인의 덕을 닙어 셰샹의 업는 쟝관을 어더보디 은산 밧글 못 본 거시 한이로쇼이다."

노인이 굴오디,

"그 산 밧근 비록 텬샹 신션이라도 구경치 못ᄒᆞᄂᆞ니라."

삼인이 여러 날을 뉴련ᄒᆞ미 실노 의미 업ᄂᆞᆫ지라 부모 쳐ᄌᆞ의 싱각이 ᄀᆞᆫ졀ᄒᆞ여 미양 슬픈 말노뼈 고향의 도라가기를 원ᄒᆞ거늘 노인이 굴오디,

"군비 반ᄃᆞ시 도라가지 말고 이곳의 머므ᄂᆞᆫ 거시 ᄯᅩ한 무방ᄒᆞ니 이곳 ᄒᆞ로ᄂᆞᆫ 곳 인간 일년이라 이예 온지 이믜 오십 년이 되야스니 비록 집의 도

라가도 무비싱쇼(無非生疎)ᄒᆞ고 가솔이 다 녕낙(零落)ᄒᆞ엿슬 거시니 이 도듕 【30】 의셔 여년(餘年)을 보니미 ᄯᅩ 낫지 아니ᄒᆞ냐?"

삼인이 헤오디 이예 온지 불과 삼삭이라 ᄒᆞ엿더니 이졔 이 말을 듯고 당황ᄒᆞᆷ을 ᄭᅢᄃᆞᆺ지 못ᄒᆞ야 쟝신쟝의(將信將疑)ᄒᆞ여 더욱 급ᄉᆞ히 도라가고져 ᄒᆞ여 날마다 익걸ᄒᆞ거늘 노인이 굴오디,

"ᄒᆞᆯ일업다. 그디의 시쇽 연분이 다ᄒᆞ지 못ᄒᆞ엿스니 엇지ᄒᆞ리오?"

ᄒᆞ고 즉시 두 동ᄌᆞ롤 명ᄒᆞ여 굴오디,

"이 사ᄅᆞᆷ들을 본향으로 시러보니라."

ᄒᆞ니 삼인이 대희ᄒᆞ여 노인으로 더브러 쟉별ᄒᆞ고 비예 오르니 비ᄂᆞᆫ 향쟈 일출 구경홀 ᄯᅢ에 타든 비러라. 발션홀 ᄯᅢ예 노인이 두 동ᄌᆞ의게 지남쳘을 너여쥬며 굴오디,

"아모 방으로 향ᄒᆞ여 아모 방으로 가면 고셩이니라."

뉴랑이 굴오디,

"노인이ᄂᆞᆫ 셤듕 【31】 의 엇지 지남쳘(指南鐵)을 어더두뇨?"

굴오디,

"내 표류홀 ᄯᅢ예 가지고 온 비로라."

비예 오른 후의 먹는 비 ᄯᅩ한 여젼ᄒᆞ고 비ᄭᅩᆫ온ᄃᆡ 잇ᄂᆞᆫ 거시 스무나믄 병이라 뉴랑이 셰 병을 도젹ᄒᆞ여 몸의 ᄀᆞᆷ초니라. 몃츨 만의 비 ᄒᆞᆫ 곳의 닷거늘 동지 굴오디,

"비 이믜 다앗ᄂᆞ이다."

니러 안쟈 보니 고셩 짜이라 동지 굴오디,

"비예 ᄂᆞ리쇼셔."

ᄒᆞ거늘 비예 ᄂᆞ려 언덕의 오르니 비와 다못 동지 경긱의 부지거체(不知去處ㅣ)러라. 삼인이 각ᄌᆞ 집의 도라가 보니 촌낙이 젼의셔 크게 ᄃᆞ르고 사ᄅᆞᆷ을 만나미 다 싱면(生面)이라 뎌의 집을 ᄎᆞᆺ자가니 ᄯᅩ 한 사ᄅᆞᆷ도 알 쟤 업거늘 드듸여 그 셰파(世派)롤 강논ᄒᆞ니 그 부뫼 쟉고ᄒᆞᆫ지 이믜 ᄉᆞ십년이오 안해 ᄯᅩ한 늘거 죽고 표류홀 ᄯᅢ예 나 【32】 흔 아들이 ᄯᅩ 죽고 즉금 당가ᄒᆞᆫ 사ᄅᆞᆷ이 곳 그 손지오 ᄯᅩ 한 빈발(鬢髮)이 챵ᄎᆞᆼ(蒼蒼)ᄒᆞ고 표류ᄒᆞᆫ 세 사ᄅᆞᆷ의 집은 각ᄌᆞ 그 집의셔 의복으로ᄡᅥ 허장(虛葬)ᄒᆞ고 뎨ᄉᆞ는 비 타든 날노 힝ᄒᆞᆫ다 ᄒᆞ더라. ᄒᆞᆫ가지로 온 두 사ᄅᆞᆷ은 희씨(火食)을 ᄒᆞᆫ지라 븘과 슈닌의 죽고 뉴듕지는 다힝이 두 병 경긱을 도젹ᄒᆞ야 날마다 ᄒᆞᆫ 번식 마시고 화식을 먹지 아니ᄒᆞᄂᆞᆫ 고로 평싱의 병이

---

28) 【겻-쭉】圈 ((음식)) 젓국. 젓갈이 삭아서 우러나온 국물.¶ 沉醢∥믈빗치 겻쭉 ᄀᆞᆺᄐᆞ여 심히 흐리디 맛신즉 쳥녈ᄒᆞ더라 (水色如沉醢, 甚濁渾, 味則淸爽矣.) <靑邱野談 奎章 19:27>

업고 몸이 쏘훈 강건호니 그 년셰롤 혜여보면 주못 이박이 지낫더라. 미양 고셩원이 시로 도임훈즉 반 드시 표류훈 셕격을 뭇고 혹 닌읍 원과 밋 일시 지 나가는 긱이라도 쏘훈 블녀 뭇눈 고로 관가 출입이 빈삭(頻數)호니 일노뼈 주못 난감호다 호더라. 【3 3】

방도원권성심진
訪桃源權生尋眞

셔문 밧긔 권진시(權進士ㅣ) 쇼년의 진스호고 대과(大科)의 뜻이 업셔 젼혀 산쳔 유람호기로 일을 삼아 팔노(八路)의 쥬류호여 종젹이 니르지 아닌 곳 이 업고 명산대쳔과 녕경승디(靈境勝地)롤 편답(遍 踏)지 아니디 업셔 혹 지삼 구경호더라. 츈쳔 긔린 창(麒麟倉)의 니르니 그날은 므춤 개시날이라 쥬막 의 안잣더니 훈 사롬이 삿갓 쓰고 소 타고 드러와 쥬인드려 무러 골오디,

"뎌 방의 긱이 엇더훈 냥반이냐?"

답왈,

"이는 셔울 사눈 권진스님이라. 팔도의 쥬류 호여 방ㅅ곡ㅅ이 아니 본디 업스니 내게도 쏘훈 셰 번 지 오기로 친숙훈지 오러로라."

골오디,

"뎌 냥반이 아눈 거시 잇눈냐?"

골오디,

"주못 디리예 닉으니라."

【34】 골오디,

"혹 가히 쳥호여 가랴?"

골오디,

"쉬울 듯호니라."

이윽고 겸쥐 들어와 고호디,

"아모촌 아뫼 진스쥬 포지(抱才)호엿단29) 말

을 둣고 뼈 쳥호여 가기롤 원호니 진스쥬눈 의심치 말고 잠간 뼈 힝츨호시미 조홀 듯호니이다."

권진시 여러 날 졈의 뉴호미 무료호더니 답 왈,

"예셔 가기 머지 아니호면 훈 번 놀미 무방호 다."

호니 이예 쳠지지(僉知者ㅣ) 들어와 뵈여 골 오디,

"진스쥬 셩명을 들언지 오란지라 이졔 내가 쇼롤 타고 왓스니 잠간 누디(陋地)예 가시미 엇더호 니잇고?"

권진시 골오디,

"쳠지의 집이 예셔 몃 니나 호뇨?"

답왈,

"이 장의셔 블과 삼십 니로쇼이다."

즉시 쇼롤 타고 힝홀시 쳠지는 최젹을 잡고 뒤히 잇스니 찌 오시는 되엿더 【35】 라. 그 쇼가 썰 니도 아니 가고 더듸도 아니호야 대강 삼스십 니나 갓더니 권진시 쳠시드려 무러 골오디,

"녕감 사는 촌이 멀지 아니훌 듯호다."

쳠지 골오디,

"아직 멀엇누이다."

진시 골오디,

"그러면 이졔 몃 니나 왓눈뇨?"

골오디,

"팔십 니ㅅ이다."

권진시 크게 괴이 너겨 골오디,

"빅 니나 갓가이 와셔 촌이 그져 먼즉 쳐음 삼십 니라 호미 엇지 그 허랑호냐? 녕감이 날을 소 기고 온 뜻은 엇지코져 호미냐?"

골오디,

"주연 묘리 잇스니 겸쥬는 다만 내집이 삼십 니 허의 잇눈 줄만 알고 나의 잇눈 바 마을은 주셰 히 아지 못호노이다."

진시 모음의 비록 의괴호나 긔이ㅅ예 니르럿 스니 가히 회졍치 못홀지라 마지 못호야 힝호니 대 개 쟝으로부터 【36】 삼십 니 밧근 다 심산궁곡이라 낙엽이 불이 쌘지고 다만 쟈근 길이 잇더라. 일모시 예 니르러 쳠지 쇼롤 잡고 왈,

"잠간 누려 뇨긔호고 가스이다."

진시 소롤 누리니 시닉ㄱ에 겨근 힝담(行擔) 의30) 밥을 무더 두엇더라. 믈을 움쿼여 먹고 쏘 쇼

---

29) 【포지ㅣ-훈ㅡ】 囹 포재(抱才)하다. 재주를 지니다.¶ 抱才
‖ 아모촌 아뫼 지스쥬 푸지호여단 말은 듯고 뼈 쳥호
니 가기롤 원으니 진스슈눈 의심슈눈 말고 잠간 뼈 힝
츨호시미 조홀 둣호니이다 (某村某僉知, 聞進士主有所
抱才, 今願請去, 進士主勿疑, 暫爲行次似好矣.) <靑邱
野談 奎章 19:34>

30) 【힝담】 囹 ((기물)) 행담(行擔). 싸리나 버들 따위를 결

183

롤 타고 힝ᄒᆞ니 날이 ᄎᆞᄎᆞ믜 셔산의 너머 ᄣᅥ 경히 황혼이 되엿더라. 이윽고 멀니 사ᄅᆞᆷ 부르ᄂᆞᆫ 쇼린 잇거늘 쳠지 쏘흔 응ᄒᆞ여 ᄀᆞᆯ오디,

"이졔야 온다."

ᄒᆞ더라. 진신 쇼 등 우희셔 본즉 수십 병 홰블이 녕을 너머 오니 다 쇼년 촌믱(村氓)이라. 홰블노 젼도(前導)ᄒᆞ고 녕을 너머 ᄂᆞ려가니 희미흔 ᄀᆞ온디 흔 대촌이 잇셔 일동(一洞)을 ᄎᆞ지ᄒᆞ엿스니 계견(鷄犬)의 소린와 용져(春杵)의[31] 노린 ᄉᆞ면의 니러나더라. 흔 집의 ᄃᆞᄃᆞ[37]라 쇼롤 ᄂᆞ려 문의 들어가니 방농(房櫳)이[32] 경쇄ᄒᆞ고 누각이 훤츌ᄒᆞ여 산협(山峽) 빅셩 사ᄂᆞᆫ 디 ᄀᆞᆺ지 아니ᄒᆞ더라. 이튿날 문을 열고 보니 동듕(洞中)의 인회(人戶ㅣ) 이빅여 개 되고 압 벌이 평포(平鋪)ᄒᆞ여 무비냥뎐옥토(無非良田沃土)오 그 쥬회(周回)롤 무론즉 이십여 리라 ᄒᆞ니 은연히 셰샹 밧고 무릉도원(武陵桃源)이러라. 쏘 벽을 격ᄒᆞ여 수간 방의 밤마다 글닑ᄂᆞᆫ 소린 잇거늘 무론즉 답왈,

"동듕 쇼년들이 공연히 노지 못ᄒᆞ여 미양 츄동(秋冬)을 당ᄒᆞ면 낫예ᄂᆞᆫ 밧갈고 밤의ᄂᆞᆫ 글닑어 반ᄃᆞ시 여긔 모혀 공부ᄒᆞᆫ다."

ᄒᆞ더라. 권진신 팔역(八域)을 편답ᄒᆞ고 흔 번 도원(桃園)을 구경홀 ᄆᆞ음이 미양 경ᄎᆞ경ᄎᆞ(耿耿)ᄒᆞ더니 의외예 여긔 니르니 ᄆᆞ음의 흔연ᄒᆞ여 쳠지롤 보고 믄득 공경ᄒᆞ여 무러 ᄀᆞᆯ오디,

"쥬[38] 인이 신션이냐 귀신이냐? 이 마을이 엇더흔 마을이냐?"

쳠지 경괴(驚怪)ᄒᆞ여 ᄀᆞᆯ오디,

"진ᄉᆞ쥐 엇지ᄒᆞ여 홀디(忽地)예 경디(敬待)ᄒᆞ시ᄂᆞ닛가? 나ᄂᆞᆫ 별 사ᄅᆞᆷ이 아니라 션셰(先世)에

어 만든 길 가는 데에 가지고 다니는 작은 상자.¶ 簞 ‖ 진신 소롤 ᄂᆞ리니 시닉ᄀᆞ에 져근 힝담의 밥을 무더 두엇더라 (權乃下牛, 則澗邊埋置簞食.) <靑邱野談 奎章 19:36>

31) 【용져】 圐 ((기물)) 용져(春杵). 절구.¶ 砧杵 ‖ 홰블노 젼도ᄒᆞ고 녕을 너머 ᄂᆞ려가니 희미흔 ᄀᆞ온디 흔 대촌이 잇셔 일동을 ᄎᆞ지ᄒᆞ엿스니 계견의 소린와 용져의 노린 ᄉᆞ면의 니러나더라 (以炬前導, 踰嶺而下, 依微之中, 有一大村, 專占一壑, 鷄狗之聲, 砧杵之響, 起於四隣.) <靑邱野談 奎章 19:36>

32) 【방농】 圐 ((주서)) 방롱(房櫳). 방과 문.¶ 房櫳 ‖ 흔 집의 ᄃᆞᄃᆞ라 쇼롤 ᄂᆞ려 문의 들어가니 방농이 경쇄ᄒᆞ고 누각이 훤츌ᄒᆞ여 산협 빅셩 사ᄂᆞᆫ 디 ᄀᆞᆺ지 아니ᄒᆞ더라 (卽當一家, 下牛入門, 房櫳精洒, 捄宇豁敞, 不似山中峽民之所居.) <靑邱野談 奎章 19:37>

본디 고양(高陽)셔 사다가 우리 증죄(曾祖ㅣ) ᄆᆞᄎᆞᆷ 이곳을 어더 이ᄉᆞᄒᆞ여 들어오니 그ᄣᅥ예 동셩 당니 지친(黨內至親)과 외가 쳐가의 곁네와 인친죡당(姻親族黨)이 ᄯᆞ라오기롤 원ᄒᆞᄂᆞᆫ 재 삼십여 개라 흔가지로 들어온 후의 상의ᄒᆞ기롤 다시 셰샹의 왕니치 말자 ᄒᆞ고 여간 경셔(經書) 념장(鹽醬) 등속만 가지고 와 일변으로 긔경(起耕)ᄒᆞ며 작답(作畓)ᄒᆞ여 먹고 혼취(婚娶)ᄒᆞ기예 니르러ᄂᆞᆫ 동듕의 계족이 디ᄎᆞ 셩친ᄒᆞ여 믄득 대촌이 되니 그 후의 ᄌᆞ손이 번녈(繁列)ᄒᆞ여[33] 흐우믈 먹ᄂᆞᆫ 집이 ᄎᆞ빅여 개니이다."

진신 ᄀᆞᆯ오디,

"의식은 이[39] 속의셔 판비ᄒᆞ려니와 소금의 니르러ᄂᆞᆫ 어렵지 아니ᄒᆞ냐?"

ᄀᆞᆯ오디,

"진ᄉᆞ쥬 어졔 타고 오신 소ᄂᆞᆫ 일힝(日行) 이빅여 리 ᄒᆞᄂᆞᆫ지라 증죄 여긔 들어올 ᄣᅥ예 가지고 온 비니 낫ᄂᆞᆫ 죡ᄎᆞ 거름을 잘 거러 쟝의 왕니홀 ᄣᅥ예 반ᄃᆞ시 이 소로뻐 소금을 싯고 오ᄂᆞᆫ 고로 일동의 소금이 젼혀 다 이 소롤 밋고 고기ᄂᆞᆫ 노로 사슴 졔육 양육 등속이 잇고 뭀은 벌통 수삼빅 개롤 산 밋히 버려두고 일동의 별노 쥬ᄒᆞᄂᆞᆫ 재 업셔 ᄎᆞ로 츄용(推用)ᄒᆞ고 셩션은 여러 쇼년들이 모혀 쳔렵(川獵)ᄒᆞ여 난화먹ᄂᆞ이다."

진신 일삭을 뉴련ᄒᆞ여 동듕 산쳔을 다 보고 나올 ᄣᅥ롤 당ᄒᆞ야 쳠지 신ᄎᆞ부탁ᄒᆞ여 ᄀᆞᆯ오디,

"이 동듕은 츈쳔도 아니오 쏘흔 낭쳔(狼川)도 아니ᄎᆞ 사ᄅᆞᆷ이 니르지 아니ᄒᆞ고[40] 셰샹의 알 재 업ᄂᆞᆫ지라 진ᄉᆞ쥬의 여긔 오시기ᄂᆞᆫ 쏘흔 연분이니 산의 나간 후의 힝혀 번셜(煩說)치 마르쇼셔."

진신 ᄀᆞᆯ오디,

"내 쏘흔 집의 도라간 후의 솔권(率眷)ᄒᆞ여 오리라."

쳠지 ᄀᆞᆯ오디,

"쉽지 못ᄒᆞ고 쉽지 못ᄒᆞ다."

ᄒᆞ더라. 진신 나온 후의 늘거 집의 거ᄒᆞ여 미양 탄식ᄒᆞ디,

"내 평성의 진긔 도원의 들어가지 못ᄒᆞᆷ믄 도

---

33) 【번녈-ᄒᆞ-】 圐 번렬(繁列)ᄒᆞ다. 번창하다. 번성하다.¶ 繁盛 ‖ 혼취ᄒᆞ기예 니르러ᄂᆞᆫ 동듕의 계족이 디ᄎᆞ 셩친ᄒᆞ여 믄득 대촌이 되니 그 후의 ᄌᆞ손ᄃᆞᆯ이 번녈ᄒᆞ여 흐우믈 먹ᄂᆞᆫ 집이 ᄎᆞ빅여 개니이다 (至於婚嫁, 則此中諸族, 代代爲瓜葛, 便成朱陳之村, 伊後子孫繁盛, 同井之室, 殆近二百餘家矣.) <靑邱野談 奎章 19:38>

시 세속을 버셔나지 못한 연괴라."
　　학더라.

거북산금남셩대공
據北山錦南成大功

　　뎡금남(鄭錦南)이 안쥬목ᄉ(安州牧使) 학여실 ᄶᅵᄂᆞᆫ 인묘(仁廟) 갑ᄌᆞ년(甲子年) 봄이라. 괄젹(适賊) 이 평안병ᄉ(平安兵使)로 삼쳔 긔(騎)를 거ᄂᆞ려 사 이길노 바로 경셩을 범학니 대개(大駕ㅣ) 공쥬(公 州)로 파쳔(播遷)학시다. 도원슈 댱 【41】 만(張晚) 이[34] 평양의 막부(幕府)[막부ᄂᆞᆫ 대장의 군막이라]를 열엇 더니 괄의 반ᄒᆞᆫ 쇼식을 쳐음 듯고 급히 금남을 블 녀 계교를 무른디 금남이 ᄀᆞᆯ오디,
　　"이 도젹이 상듕하 삼칙(三策)이 잇스니 만일 쳥쳔강 이븍을 웅거학고 븍노(北虜)를 쳬결학여 병 녁(並力)ᄒᆞ야 기리 모라온즉 가히 막지 못ᄒᆞᆯ 거시니 이 상칙(上策)이오 만일 온젼히 일도(一道)를 웅거 학야 병을 옹위(擁衛)학여 스스로 직휀즉 가히 셰월 노 파치 못학리니 이 듕칙(中策)이오 만일 바로 경 셩을 향학여 참남(僭濫)ᄒᆞᆫ 일홈의 급ᄒᆞᆫ즉 픠학기 쉬 우리니 이 하칙이니라."
　　무르디,
　　"무슨 칙의셔 날고?"
　　금남이 ᄀᆞᆯ오디,
　　"괄젹이 용밍은 잇스디 꾀 업고 너를 보면 의 를 넛ᄂᆞᆫ지라 반드시 하계(下計)예셔 나리라."
　　학더니 알아본즉 과연 하계예 낫ᄂᆞᆫ지라 【42】 즉시 댱만으로 더부러 경병을 거ᄂᆞ려 경셩의 올나 오니 댱만이 옥쳔암(玉泉岩) 치마바회 둥쳐의 진을

치고져 ᄒᆞ거늘 금남이 ᄀᆞᆯ오디,
　　"병법에 몬져 븍산을 웅거ᄒᆞᄂᆞᆫ 쟤 이긴다."
　　학고 힘뼈 다토와 드듸여 길마지의[35] 진치니 괄이 경셩의 잇셔 ᄇᆞ라보고 스스로 군소를 거ᄂᆞ려 나와 거슬녀 치더니 맛춤 셔븍풍이 크게 니러나거 늘 금남이 ᄇᆞ롬을 타 ᄂᆞ려가 쳐 대쳡(大捷)학고 드 듸여 괄을 버히고 쳡셔를 쌍슈산셩(雙樹山城)의[36] 드리다. 대개 환궁ᄒᆞ실ᄉᆡ 졔장이 다 노량진의 나가 빌알ᄒᆞ디 홀노 뎡금남이 원공(元功)으로뼈 즉시 안 쥬 임쇼로 도라가니 샹이 글을 쥬어 부르신디 비로 쇼 올나오거늘 샹이 무르샤디,
　　"엇지ᄒᆞ여 홀 【43】 노 도라가뇨?"
　　디ᄒᆞ여 ᄀᆞᆯ오디,
　　"몸이 관원이 되야 능히 싸홀 직희지 못학고 도젹을 노와 경셩의 들어와 군샹으로 ᄒᆞ여곰 파쳔 ᄒᆞ시게 학니 신ᄌᆞ의 죄오 긔병ᄒᆞ여 도젹을 치믄 신 ᄌᆞ의 직업이니 그 죄 진실노 용디(容貸)키[37] 어려온 지라 무슨 공이 잇스리잇고? 또 국가 위령(威令)을 힘닙어 역젹이 ᄌᆞᆷ의 소멸ᄒᆞ오니 맛당히 직ᄎᆞ(職次) 의 도라가 디죄ᄒᆞᆯ 거시어늘 엇지 감히 대가를 마자 공을 요구학며 샹을 바라리잇가?"
　　샹이 더옥 즁히 너기시더라. 금남이 도젹 뇨 량(料量)을 신통히 ᄒᆞ고 용병ᄒᆞ믈 디혜로 ᄒᆞ고 의예 쳐ᄒᆞ믈 붉히 ᄒᆞ니 비록 녯 명장이라도 그 짝이 드

---

34) 【댱만】 圄 ((인명)) 장만(張晚 1566~1629). 조선 중기의 문신. 자는 호고(好古), 호는 낙서(洛西). 인조반정(仁 祖反正)으로 팔도도원수(八道都元帥)가 되고 이괄(李 适)의 난을 평정하였고, 뒤에 병조판서(兵曹判書)에 올 랐으나 정묘호란(丁卯胡亂) 때 적을 막지 못한 죄로 관직을 삭탈당하였다¶ 誨[王成]晚 ∥ 인슈 댱만이 평 양의 막부[막부ᄂᆞᆫ 대장의 군막이라]를 열엇더니 괄의 반ᄒᆞᆫ 쇼식을 쳐음 듯고 급히 금남을 블녀 계교를 무른디 (都元帥張玉成晚開府平壤,　初聞叛報,　急招錦南問計.) <靑邱野談　奎章 19:40-41>

35) 【길마-지】 圄 ((지리)) 길마재. 안현(鞍峴). 지금의 서 울 무악재. 서대문구 현저동(峴低洞)에서 홍제동(弘濟 洞)으로 넘어 가는 고개.¶ 鞍峴 ∥ 힘뼈 다토와 드듸여 길마지의 진치니 괄이 경셩의 잇셔 ᄇᆞ라보고 스스로 군소를 거ᄂᆞ려 나와 거슬녀 치더니 맛춤 셔븍풍이 크 게 니러나거늘 (力爭之, 逐陣於鞍峴. 适在京城, 望見之, 自率衆出來, 仰攻之. 適西北風大起.) <靑邱野談　奎章 19:42>

36) 【쌍슈-산셩】 圄 ((지리)) 쌍수산셩(雙樹山城). 충남 공 주시 산성동에 있는 산셩. 백제시대 도읍지인 공주를 방어하기 위해 축성된 산성(山城)으로, 원래 이름은 공산셩(公山城)이었으나 조선시대 인조 이후에 쌍수산 셩으로 바뀌었다.¶ 雙樹山城 ∥ 금남이 ᄇᆞ롬을 타 ᄂᆞ려 가 쳐 대쳡학고 드듸여 괄을 버히고 쳡셔를 쌍슈산셩 의 드리다 (錦南乘風下攻大捷之, 遂斬适, 獻馘於雙樹 山城.) <靑邱野談　奎章 19:42>

37) 【용디-ᄒᆞ-】 圄 ᄡᆞ대(容貸)하다. 용서하다.¶ 貸 ∥ 긔병 ᄒᆞ여 도젹을 치믄 신ᄌᆞ의 직업이니 그 죄 진실노 용 디키 어려온지라 무슨 공이 잇스리잇고 (起兵討賊, 臣 子之職也. 罪固難貸, 功於何有?) <靑邱野談　奎章 19:43>

몰다 ᄒᆞ더라. 【44】

득지보가호믹긔병
得至寶賈胡買奇病

강남의 심효지(沈孝子ㅣ)란 사ᄅᆞᆷ이 잇스니 집이 간난ᄒᆞ고 어버이 늘근지라 지효(至孝)로 부모를 셤기니 향당(鄕黨)이 다 일ᄏᆞᆺ더라. 일ᄌᆞᆫ 대위(大雨ㅣ) 급히 오더니 져근 고기 ᄒᆞ나히 ᄠᅳᆯᄭᅥ온ᄃᆡ ᄯᅥ러지거늘 심효지 그 부친긔 봉양ᄒᆞ엿더니 그 아비 인ᄒᆞ여 병을 어더 식음을 젼폐ᄒᆞ고 다만 쳥포(淸泡)만[38] 먹더라. 반년이 되되 낫지 못ᄒᆞ고 부챵(浮漲)이[39] 대발ᄒᆞ여 쟉슈(勺水)를 마시지 못ᄒᆞ니 먹ᄂᆞᆫ 거시 오직 쳥푀라. 효지 노심초ᄉᆞᄒᆞ여 의관(醫官)을 ᄎᆞ쟈 약을 쓰되 다 효험이 업고 하ᄂᆞᆯᄭᅴ 빌며 귀신의게 긔도ᄒᆞ되 ᄯᅩ한 녕험이 업더니 일ᄌᆞᆫ 셔쵹(西蜀) 가호(賈胡ㅣ)[장ᄉᆞᄒᆞᄂᆞᆫ 오랑캐라] 집의 와 병인을 보거늘 효지 냥약을 구ᄒᆞᆫ디 【45】 가회 ᄀᆞᆯ오되,

"병은 가히 나을 거시니 내 그 병을 사고져 ᄒᆞ노라."

효지 ᄀᆞᆯ오되,

"만일 친환(親患)을 곳치면 결초보은ᄒᆞᆯ 거시니 엇지 가히 팔니오?"

가회 ᄀᆞᆯ오되,

"비록 그러ᄒᆞ나 가히 허소(虛疎)히 못ᄒᆞᆯ 거시니 믹ᄌᆞ하ᄂᆞᆫ 문권(文劵)을 ᄡᅥ 내라."

ᄒᆞ고 지계ᄒᆞᆫ 지 삼일만의 노병인의 방에 들어가 져근 은합(銀盒)을 열고 블근 가로약을 빅비탕

---

38) 【쳥포】 圓 ((음식)) 쳥포(淸泡). 녹말묵. 녹두묵.¶ 淸泡湯 ∥ 일ᄌᆞᆫ 대위 급히 오더니 져근 고기 ᄒᆞ나히 ᄠᅳᆯᄭᅥ온ᄃᆡ ᄯᅥ러지거늘 심효지 그 부친긔 봉양ᄒᆞ엿더니 그 아비 인ᄒᆞ여 병을 어더 식음을 젼폐ᄒᆞ고 다만 쳥포만 먹더라 (一日大雨暴注, 一小魚落於庭中, 沈孝子以供其父. 其父因以得病, 專廢食飮, 但索淸泡湯.) <靑邱野談 奎章 19:44>

39) 【부챵】 圓 ((질병)) 부챵(浮漲). 목이 붓는 병.¶ 浮漲 ∥ 반년이 되되 낫지 못ᄒᆞ고 부챵이 대발ᄒᆞ여 쟉슈를 마시지 못ᄒᆞ니 먹ᄂᆞᆫ 거시 오직 쳥푀라 (幾半年未瘳, 浮漲大發, 軀殼甚巨, 勺水粒穀, 不入其口, 所喫者, 唯淸泡而已.) <靑邱野談 奎章 19:44>

(白沸湯) ᄒᆞᆫ 잔의 타 먹이니 이윽고 오쟝이 뒤치며 ᄒᆞᆫ 버러지를 토ᄒᆞ거늘 가회 은져(銀箸)로 집어 은합 속의 너코 비단보으로 ᄡᅡ 젼ᄃᆡ예 금초다.

병인이 츙을 토ᄒᆞᆫ 후로부터 식음이 여샹(如常)ᄒᆞ여 병이 즉시 나으니 가회 긔이ᄒᆞᆫ 비단과 명쥬보픠 ᄒᆞᆫ 슈레롤 쥬고 갈식 심효ᄌᆞ를 쳥ᄒᆞ여 ᄒᆞᆫ가지로 남희ᄀᆞ의 가 돗글 【46】 펴고 안쟈 기ᄃᆞ리더니 이윽고 쳥의동지 년엽쥬(蓮葉舟)를 타고 믈결 속으로 나와 ᄒᆞᆫ 상ᄌᆞ를 압희 드려 ᄀᆞᆯ오되,

"우리 왕이 ᄌᆞ거ᄉᆞ로ᄡᅥ 졍셩을 표ᄒᆞᄂᆞ니 대은을 닙어지라 ᄒᆞ더이다."

ᄒᆞ거늘 여러보니 다 산호와 진쥬라 가회 ᄭᅮ지져 왈,

"녜물은 젹고 ᄇᆞ라기ᄂᆞᆫ 크게 ᄒᆞ고 엇지 그리 망녕되뇨? 여원(如願)[여원은 뜻ᄃᆡ로 ᄒᆞᄂᆞᆫ 보비래]이 아니면 블가ᄒᆞ니라."

동지 도로 믈속으로 돌어가더니 이윽고 빅발노옹이 슈궁으로붓터 나와 빅비치경ᄒᆞ고 다른 보비로ᄡᅥ 밧고기를 원ᄒᆞ거늘 가회 ᄯᅩ ᄭᅮ지즈니 노옹이 머리를 ᄭᆰ고 쳥의동ᄌᆞ를 믈속으로 드려보뇌더니 이윽ᄒᆞ여 일개 션연(嬋妍)ᄒᆞᆫ 미인이 믈결을 헷치고 나오거늘 가회 비로쇼 은합을 열고 그 버러를 【47】 너여노흐니 용약비등(踊躍飛騰)ᄒᆞ여 져근 농이 되여 가니라.

가회 그 미인을 싯고 도라갈식 심효지 그 연고를 무른디 답왈,

"이 츙은 곳 농지(龍子ㅣ)라 비와 구름 힝ᄒᆞᄂᆞᆫ 법을 비호다가 그릇 그디 집에 ᄯᅥ러져 사ᄅᆞᆷ의 삼킨 비 되니 화ᄒᆞ여 버러지 되야 변화ᄒᆞᆯ 길이 업스미 이러므로 병든의 다만 쳥포만 먹은 비라. 내 이믜 미인으로 밧고니 이 미인의 일홈은 여원이라 무릇 셰샹의 ᄒᆞ고져 ᄒᆞᄂᆞᆫ 바를 못ᄒᆞᆯ 거시 업스니 이ᄂᆞᆫ 이예 텬디간 지뵈라 그러므로 농왕이 앗긴 비라."

ᄒᆞ더라. 심효지 집의 도라가 그 보비와 지물노ᄡᅥ 거뷔 되니 사ᄅᆞᆷ이 ᄡᅥ 효감쇼치(孝感所致)라 ᄒᆞ더라.

강대현션아졍산실
降大賢仙娥定産室

【48】 퇴계션성(退溪先生)의 외죄(外祖1) 함창(咸昌)의40) 거흐디 집이 가으멸고41) 위인이 관후흐여 쟝쟈(長者)의 풍되 잇스니 향둥이 녕남(嶺南) 대현(大賢)으로 칭흐더라. 쎄예 엄동을 당흐여 풍셜이 대쟉흐더니 믄 밧긔 흘연 나질(癩疾)42) 알는 부녜 잇셔 의상이 남누흔지라 흐로밤 쟈기를 근쳥흐니 그 용모와 거동이 극히 츄악흔지라 사룸이 다 코룰 ᄀ리워 피흐고 혼실(渾室)이 다 손을 둘너 구츅(驅逐)흐여 문 밧긔 갓가이 못게 흐거늘 노인이 굴오디,

"쏫지 말나 뎌 비록 악질이 잇스나 날이 져믈고 풍셜이 여ᄎᆞ흐니 엇지 ᄎᆞ마 못ᄎᆞ리오? 만일 우리집의 용납지 못흔즉 다른 사룸이야 뉘 즐겨 바드랴?"

밤이 졈ᄎᆞ 깁흐미 그 부녜 치위룰 부르며 욕ᄉᆞᄉᆞ(欲死欲死)흐거늘 노인【49】이 ᄯ 츠마 못보와 방둥의 블너돌여 웃방의셔 자게 흐니 그 녀인이 노인의 잠든 쎄룰 타 졈ᄎᆞ 굴너 아릭방으로 가 혹 볼노뼈 노인의 니블 속의 너커늘 노인이 찌둧고 두 손으로 드러 ᄂᆞ려노흐니 이ᄀᆞ치 흐기룰 삼ᄉᆞ츠 흐더라. 식벽이 되미 고치 아니흐고 바로 가더니 수일 후의 ᄯ 오거늘 노인이 조금도 고로와흐는 빗치 업고 여젼히 뉘여 자이니 온집이 민망흐여 흐더라.

일ᄉᆞ은 그 녀인이 홀연이 아룸다운 계집이 되야 오니 향일의 나창과 밋 남누흔든 의복이 ᄌᆞ못

---

40) 【함창】圖 ((지리)) 함창(咸昌). 지금의 경북 상주시 함창읍.¶ 咸昌 ‖ 퇴계션성의 외죄 함창의 거흐디 집이 가으멸고 위인이 관후흐여 쟝쟈의 풍되 잇스니 향둥이 녕남 대현으로 칭흐더라 (退溪先生之外祖, 居於咸昌而家富. 其爲人有厚德, 多綏急之風, 鄕中以嶺南夫子稱之.) <靑邱野談 奎章 19:48>

41) 【가으멸-】圖 가멸다. 재산이 넉넉하고 많다.¶ 富 ‖ 퇴계션성의 외죄 함창의 거흐디 집이 가으멸고 위인이 관후흐여 쟝쟈의 풍되 잇스니 향둥이 녕남 대현으로 칭흐더라 (退溪先生之外祖, 居於咸昌而家富. 其爲人有厚德, 多綏急之風, 鄕中以嶺南夫子稱之.) <靑邱野談 奎章 19:48>

42) 【나질】圖 ((질병)) 나질(癩疾). 나병(癩病). 문둥병. 나균(癩菌)에 의하여 감염되는 만성 전염성 난치병.¶ 癩瘡 ‖ 쎄예 낚눴 닭흐여 ᄲᆞ셜이 대쟉흐더니 믄 밧긔 흘연 나질 알는 부녜 잇셔 의상이 남누흔지라 흐로밤 쟈기룰 근쳥흐니 그 용모와 거동이 극히 츄악흔지라 (時當嚴冬, 風雪大作, 門外忽有癩瘡一婦女, 衣褸褸乞宿. 其容貌擧止, 無比凶醜.) <靑邱野談 奎章 19:48>

겁줄 버슨 미얌이 ᄀᆞᄐᆞᆫ지라 노인이 심히 의아흐여 죵용이 무론디 녀인이 굴오디,

"나는 인간 사룸이 아니라 텬샹 션녀로셔 잠간 셩원쥬딕의 와 셩원쥬 심덕(心德) 【50】 을 시험홀 ᄯᆞ롬이오 이 밧긔는 다른 일이 업누이다."

노인이 블각존경(不覺尊敬)흐여 감히 우러ᄅ 보지 못흐는 뜻이 잇거늘 녀인이 굴오디,

"향일 두어 밤을 니블 속의셔 ᄉᆞ로 친흐미 잇스니 다시 무슨 남녀의 별이 잇스리오? 내 이믜 셩원쥬로 더브러 젼셩 연분이 잇스니 조금도 의괴(疑怪)치 마르쇼셔."

인흐여 더부러 동침흐여 쟝ᄎᆞ 열흘이 너므니 집 사룸이 다 괴히 너기고 혹 사긔망냥(邪怪魍魎)으로 지목흔디 노인이 쇼블동념(少不動念)흐고 일향 셩심으로 디졉흐더니 일ᄉᆞ은 녀인이 굴오디,

"금일은 내 셩원쥬로 더브러 쟉별홀노이다."

노인이 굴오디,

"이 무슴 말이뇨? 인간의 젹강(謫降)흔 한(限)이 이믜 찻느냐 나의 경셩이 졈ᄎᆞ 프러지미냐?"

녀인이 굴오디,

"다 【51】 아니라. 사쇼 곡졀이 잇스니 번셜(煩說)치 마르쇼셔. 흔 말이 잇스니 셩원쥐 부디 어긔지 마르쇼셔."

흐고 인흐여 굴오디,

"내뎡(內庭)의 아모 좌향(坐向)으로 방 흔 간을 짓고 도비룰 졍결히 흐고 긴히 봉흐여 한만(汗漫)이 쓰지 말고 쥬인딕 동셩의 산부 희산홀 쎄룰 기두려 산실(産室)을 민드쇼셔."

말을 맛치며 문의 나가더니 믄득 뵈지 아니흐거늘 노인이 ᄂᆞ샹히 너겨 그 말딕로 조ᄎᆞ 닉뎡 ᄀᆞ온디 좌향을 의지흐여 흔 간 방을 졍히 짓고 비록 긴졀흔 일이 잇셔도 쓰지 아니흐고 ᄌᆞ손 둥의 잉틱흐여 산긔 당흔 쟈로 흐여곰 들어가 쳐흔즉 반ᄃᆞ시 고통흐여 시러곰 희복(解腹)을 못흐고 다른 방의 옴긴 연후의 비로쇼 순산흐니 노인이 그 말이 맛지 아니【52】흐는 거슬 괴히 너기디 오히려 감히 흔만이 쓰지 못흐니라. 노인의 사회는 곳 녜안(禮安) 사룸이라 그 쳐의 초산을 위흐여 그 쳐룰 드리고 왓거늘 노인이 집의 두엇더니 산긔(産期)룰 당흐여 ᄒᆞ언이 신병으로뼈 크게 일꺼늘 빅방으로 시됴흐ᄂᆞ 조곰도 효험이 업스니 거개 황ᄉᆞ흐더니 일ᄉᆞ은 병인이 노부긔 쳥흐여 굴오디,

"일즉 드르니 가듕의 션녜 강님홀 쎄 산실을

시로 민드럿다 ᄒᆞ니 이졔 산월을 당ᄒᆞ야 우연 득병
ᄒᆞ여 회성지되(回生之道ㅣ) 만무ᄒᆞ오니 만일 그 방
을 어든즉 혹 성되 잇슬가 ᄒᆞ노이다."

노인이 곳쳐 싱각ᄒᆞᆫ즉 션애(仙娥ㅣ) 닐으기ᄅᆞᆯ
쥬인의 동성이라 ᄒᆞ니 젼의 산부ᄂᆞᆫ 비록 주부와 손
뷔나 다 타셩이라 고로 이 방의 옴겨도 무령(無靈)
ᄒᆞ니 【53】 이졔 이 ᄯᅩᆯ이 비록 출가ᄒᆞ여시나 본시
동성이니 션아의 말이 효험이 잇슬 듯ᄒᆞ다 ᄒᆞ고 드
듸여 거쳐ᄒᆞ게 ᄒᆞ니 수일간의 병이 쾌ᄎᆞ ᄒᆞ고 ᄯᅩ 농
장지경(弄璋之慶)을 보니 이 퇴계션성이라. 동방 대
유(大儒) 되여 문묘의 종ᄉᆞ ᄒᆞ니 대현의 강성(降生)
ᄒᆞ미 ᄯᅩᄒᆞᆫ 범인(凡人)과 다르더라.

감쥬은노승졈명혈
感主恩奴僧占名穴

한안동(韓安東) 광근(光近)이[43] 디ᄃᆡ 셔교(西
郊)의셔 사니 그 조부 셩시부터 가산이 초요(稍饒)
ᄒᆞ고 비복의 셩ᄒᆞ미 일읍의 읏듬이러라. ᄒᆞᆫ 완뇌(頑
奴ㅣ) 잇셔 한공(韓公)의 주부 초례(醮禮)날에 그 샹
면을 능욕ᄒᆞ니 샹면이 대로ᄒᆞ여 쳐죽이고져 ᄒᆞᆯ 즘
의 그놈이 도쥬ᄒᆞᆫ지라 그놈의 지어미게 노ᄅᆞᆯ 옴겨
안ᄯᆞᆯ 고간 ᄀᆞ온ᄃᆡ 가두고 빙 【54】 녜 길일의 용형
(用刑)이 미안ᄒᆞ다 ᄒᆞ여 아직 삼일 후ᄅᆞᆯ 기ᄃᆞ려 쳐
죽이려 ᄒᆞ더니 신뷔 야심ᄒᆞᆫ 후 측간의 갓다가 은근
이 우ᄂᆞᆫ 소리ᄅᆞᆯ 듯고 ᄆᆞ음의 ᄌᆞᆫ아ᄒᆞ여 그 소리ᄅᆞᆯ
ᄎᆞ쟈가니 고간 ᄀᆞ온ᄃᆡ로부터 나ᄃᆡ 쇄약(鎖鑰)을[44]

단단히 흔지라 가히 들어가지 못ᄒᆞ여 친히 잠믈쇠
ᄅᆞᆯ[45] 쎼이고 문을 열고 들어가 본즉 비지 대경ᄒᆞ여
ᄀᆞᆯ오ᄃᆡ,

"쇼인이 죽을 줄을 알지 못ᄒᆞ고 잠간 울엇ᄉ
오니 ᄉᆞ죄ᄌᆞᄌᆞ로소이다."

신뷔 왈,

"네 엇더ᄒᆞᆫ 사롭이완ᄃᆡ 이밤의 고간에 슬피
우ᄂᆞ냐?"

답왈,

"지아비ᄂᆞᆫ 아뫼라 일젼의 노성원님을 크게 욕
ᄒᆞ고 즉기디(卽其地)로 도망ᄒᆞ니 노성원님이 다른ᄃᆡ
셜분(雪憤)ᄒᆞᆯ 졔 업셔 쇼인을 고간의 ᄀᆞ두고 새아기
씨 혼녜 후 삼일을 기ᄃᆞ려 즉시 타살ᄒᆞ【55】려 ᄒᆞ
고 아직 이예 보슈(保囚)ᄒᆞ엿스니 쇼인은 명이 묘셕
의 잇ᄂᆞᆫ지라 홀일 업거니와 다만 불샹ᄒᆞᆫ 쟈ᄂᆞᆫ 안고
우ᄂᆞᆫ 어린 ᄋᆞ히 난 지 겨오 이칠(二七)이라 일노ᄡᅥ
원통ᄒᆞ여 목멘 소리 ᄌᆞ연히 나ᄂᆞᆫ 줄을 ᄭᆡᄃᆞᆺ지 못ᄒᆞ
엿ᄂᆞ이다."

신뷔 듯고 이연(怡然)ᄒᆞᆫ ᄆᆞ음이 발ᄒᆞ여 이예
궐녀ᄃᆞ려 닐너 ᄀᆞᆯ오ᄃᆡ,

"나ᄂᆞᆫ 어졔 새로온 신뷔라 내 이졔 너ᄅᆞᆯ 니여
보닐 거시니 네 모로미 멀니 도망ᄒᆞ여 살게 ᄒᆞ라."

궐비(厥婢) ᄀᆞᆯ오ᄃᆡ,

"쇼인은 살아나니 조커니와 아기씨게 죄칙이
젹지 아니ᄒᆞᆯ 거시니 불감ᄌᆞᄌᆞ ᄒᆞ여이다."

신뷔 왈,

"나ᄂᆞᆫ ᄌᆞ연 방식(防塞)ᄒᆞᆯ[46] 도리 잇스니 너ᄂᆞᆫ

---

43) 【광근】圖 ((인명)) 광근(光近). 한광근(韓光近 1735~?).
조선 후기의 문신. 자는 계명(季明). 조부는 배휴(配休)
이고, 부친은 사열(師說)이다. 1768년(영조 44) 정시문
과에 병과로 급제하였다. 1780년(정조 4) 사은사(謝恩
使) 서장관으로 청나라에 파견되었다가 돌아왔으며,
부수찬으로서 인재와 재용(財用)을 중시할 것, 수령의
신중한 선택, 광범위한 인재 수용 등 시무 10조를 상
소하였다. 이후 양주목사·대사헌(大司憲) 등을 역임
하였다.¶ 光近 ‖ 한안동 광근이 ㄷ ᄃᆡ 셔교의셔 사니
그 조부 셩시부터 가산이 초요ᄒᆞ고 비복의 셩ᄒᆞ미 일
읍의 읏듬이러라 (韓安東光近, 世京西郊, 自其祖父生
時, 家産稍饒, 婢僕之盛, 甲於一邑矣.) <靑邱野談 奎章
19:53>

44) 【쇄약】圖 ((기물)) 쇄약(鎖鑰). 자물쇠.¶ 鎖 ‖ 신뷔 야
심ᄒᆞᆫ 후 측간의 갓다가 은근이 우ᄂᆞᆫ 소리ᄅᆞᆯ 듯고 ᄆᆞ
음의 ᄌᆞᆫ아ᄒᆞ여 그 소리ᄅᆞᆯ ᄎᆞ쟈가니 고간 ᄀᆞ온ᄃᆡ로부
터 나ᄃᆡ 쇄약을 단단히 흔지라 가히 들어가지 못ᄒᆞ여
친히 잠믈쇠ᄅᆞᆯ 쎼이고 문을 열고 들어가 본즉 비지
대경ᄒᆞ여 ᄀᆞᆯ오ᄃᆡ (新婦夜將深, 因厠間往來, 聞涕泣哽
咽之聲, 數夜如是, 竊疑訝之. 追尋厥聲, 聲自庫中出, 而
牢鎖緊閉, 不可以入. 乃親拔鎖鑰, 開門入見, 則厥婢大
驚畏縮曰.) <靑邱野談 奎章 19:54>

45) 【잠믈쇠】圖 ((기물)) 자물쇠.¶ 鎖鑰 ‖ 신뷔 야심ᄒᆞᆫ 후
측간의 갓다가 은근이 우ᄂᆞᆫ 소리ᄅᆞᆯ 듯고 ᄆᆞ음의 ᄌᆞᆫ아
ᄒᆞ여 그 소리ᄅᆞᆯ ᄎᆞ쟈가니 고간 ᄀᆞ온ᄃᆡ로부터 나ᄃᆡ 쇄
약을 단단히 흔지라 가히 들어가지 못ᄒᆞ여 친히 잠믈
쇠ᄅᆞᆯ 쎼이고 문을 열고 들어가 본즉 비지 대경ᄒᆞ여
ᄀᆞᆯ오ᄃᆡ (新婦夜將深, 因厠間往來, 聞涕泣哽咽之聲, 數
夜如是, 竊疑訝之. 追尋厥聲, 聲自庫中出, 而牢鎖緊閉,
不可以入. 乃親拔鎖鑰, 開門入見, 則厥婢大驚畏縮曰.)
<靑邱野談 奎章 19:54>

녀러 말 ::고 즉시 나가라."

궐녜 이예 밤을 타 멀니 다라나다. 삼일 후의 노성원이 사랑의 나가 안고 다쇼 건노(健奴)로 ㅎ여곰 【56】고등의 ::두운 비즈(婢子)를 잡아너라 ㅎ니 잠을쇠는 여젼ㅎ디 비즈는 간듸 업는지라 노성원이 노긔대발ㅎ여 일장 호령의 거실이 황::ㅎ여 망지소조(芒知所措)ㅎ더니 신뷔 압희 나와 자믈쇠를 열고 너여보닌 뜻을 ::초 말ㅎ디 노성원이 비록 분이 텅듕(撑中)ㅎ나47) 신부의 ㅎ 일이라 쯔ㅎ 엇지ㅎ리오? 인ㅎ여 치지(置之)ㅎ다.

그 후 여러 희예 가계 졈:: 소삭(蕭索)ㅎ고 노인이 ::믜 기셰(棄世)ㅎ고 신부의 아들 둘이 잇셔 다 지조는 잇스디 가계는 심히 빈곤ㅎ더라. 신뷔 나히 늘거 죽으니 바야흐로 초혼ㅎ고 발상ㅎ홀시 홀연 일개 승한(僧漢)이 바로 닉뎡(內庭)의 들어와 곡ㅎ믈 심히 셜니48) ㅎ니 거실이 다 당황ㅎ더니 그 중이 울기를 다ㅎ 후의 두 상쥐 무르디,

"네 어늬 곳 즁이완디 감 【57】히 냥반의 닉뎡의 들어와 당돌이 우느뇨?"

그 중이 눈믈을 벳고 굴오디,

"쇼인은 딕 모노 모비의 아들이라. 다힝히 대부인 마누라님 하늘 ㄳ튼 덕을 닙스와 시러곰 지셩ㅎ오니 명감(銘感)ㅎ온49) ㅁㅇ을 어늬날 감히 닛스

46) 【방식-ㅎ-】圖 방색(防塞)하다. 막다.¶ 防塞‖나는 즈연 방식홀 도리 잇스니 너는 녀러 말 ::고 즉시 나가라 (吾自有防塞之道, 汝勿多言, 卽爲出去也.) <靑邱野談 奎章 19:55>

47) 【텅듕-ㅎ-】圖 탱중(撑中)하다. (화나 욕심 따위가) 가슴속에 가득 차 있다.¶ 신뷔 압희 나와 자믈쇠를 열고 너여보닌 뜻을 ::초 말ㅎ디 노성원이 비록 분이 텅듕ㅎ나 신부의 ㅎ 일이라 쯔ㅎ 엇지ㅎ리오 (新婦於是, 不慌不忙, 唐突出來, 具暜開鎖出送之意, 老生員, 雖甚憤恨, 新婦所爲, 亦復奈何.) <靑邱野談 奎章 19:56>

48) 【셜니】田 섭게.¶ 신뷔 나히 늘거 죽으니 바야흐로 초혼ㅎ고 발상ㅎ홀시 홀연 일개 승한이 바로 닉뎡의 들어와 곡ㅎ믈 심히 셜니 ㅎ니 거실이 다 당황ㅎ더니 (向日新婦, 今焉老死, 方招魂發喪之際, 忽有一箇僧漢, 號哭奔來, 直入內庭, 伏地哀哭良久, 擧室皆以爲唐荒.) <靑邱野談 奎章 19:56>

49) 【명감-ㅎ-】圖 명감(銘感)하다. 남이 베푼 은혜를 마음속 깊이 새기어 감사하다.¶ 銘感‖다힝히 대부인 마누라님 하늘 ㄳ튼 덕을 닙스아 시러곰 지셩ㅎ오니 명감ㅎ온 ㅁㅇ을 어늬날 감히 닛스오며 이제 상스를 듯습고 감히 분상ㅎ여 곡ㅎ지 아니ㅎ리잇가 (小人幸蒙大夫人抹樓下主如天之德, 得以再生, 銘感之心, 何日敢忘? 今聞喪事, 敢不奔哭乎?) <靑邱野談 奎章 19:57>

오며 이졔 상스를 듯습고 감히 분상(奔喪)ㅎ여 곡ㅎ지 아니ㅎ리잇가?"

상쥬 두 사롬이 어려셔브터 그 말을 닉이 드른지라 비로소 그 중이 그 비즈의 고간 ::온디셔 안고 우뎐 ㅇ힌 줄 알고 츠탄흘를 마지 아니ㅎ더라. 그 중이 수일을 낭하(廊下)의셔 두류(逗留)ㅎ다가 셩복 후의 픔ㅎ여 굴오디,

"상졔줘(喪制主1) 이 망극ㅎ 씨를 당ㅎ야 셩복이 ::믜 지나고 양녜(襄禮)50) 당츠(當次)ㅎ엿스니 과연 산디(山地)를 명ㅎ엿느니잇가?"

상인이 굴오디,

"딕 구산(舊山)은 이믜 여록(餘麓)이51) 업고 【58】집이 쯔 빈곤ㅎ니 신졈(新占)이 쯔ㅎ 쉽지 못ㅎ지라 일노뼈 우려ㅎ노라."

궐승이 굴오디,

"쇼인이 고등의 나온 후로부터 쇼인의 어미 미양 안고 안쟈 졋먹이며 어루만져 굴오디,

"네 살기는 막비마누라님 덕턱이라 텬디 하히라도 그 은혜를 비유치 못ㅎ리니 네 타일의 반드시 갑기를 성각ㅎ라 ㅎ더니 이졔 어미 죽은지 이믜 오 러오나 부탁이 ::믜 귀예 잇스오니 오미일념(寤寐一念)이 속의 미치여 삭발위승ㅎ야 다힝이 신승을 만나 풍슈법(風水法)을 빅화 대강 조박(糟粕)이나 아옵기로 금일을 유의ㅎ고 이십 년을 구산(求山)ㅎ여 이 근쳐 삼십 니 짜의 모좌모향의 자리를 어덧스오니 다른 디관(地官)의 말을 듯지 마르시고 결단ㅎ여 영폄(永窆)ㅎ즉 딕의 일후 복녹 【59】을 이로 측냥치 못홀 거시오 쇼승의 은혜도 쯔ㅎ 갑흐리이다."

샹쥐 굴오디,

"네 이믜 지셩으로 ㅎ니 엇지 다른디 구ㅎ랴? 과연 어늬 곳에 잇느뇨?"

굴오디,

"예셔 강 ㅎ나흘 건너면 곳 인쳔(仁川) 짜이니

50) 【양녜】圖 양례(襄禮). 장례(葬禮).¶ 襄禮‖상졔줘 이 망극ㅎ 씨를 당ㅎ야 셩복이 ::믜 지나고 양녜 당츠ㅎ 엿스니 과연 산디를 명ㅎ엿느니잇가 (喪制主當此巨創成服, 已過襄禮, 當次第經紀, 果有山地之素定者乎?) <靑邱野談 奎章 19:57>

51) 【여록】圖 ((지리)) 여록(餘麓). 묘를 쓸만한 산디.¶ 餘麓‖딕 구산은 이믜 여록이 업고 집이 쯔 빈곤ㅎ니 신졈이 쯔ㅎ 쉽지 못ㅎ지라 일노뼈 우려ㅎ노라 (宅之舊山, 已無餘麓, 家且貧窘, 新占亦未易用, 是虞慮也.) <靑邱野談 奎章 19:57>

원컨디 상졔쥬와 혼가지로 가 간심(看審)ᄒᆞ여지이
다."52)

두 상인이 그 즁으로 더브러 가 볼신 그 즁이
혼 피롤 ᄀᆞ릇쳐 굴오디,

"예니이다."

상인이 굴오디,

"이ᄂᆞᆫ 고총이니 엇지 가히 쓰랴?"

숭이 굴오디,

"이ᄂᆞᆫ 녯사롬의 치총(置冢)이오 참 쓴 거슨 아
니ᄂᆞ 즉금 헷쳐보면 가히 알니라."

ᄒᆞ고 드디 헷치니 과연 녀죠(麗朝)젹 치표(置
標ㅣ)러라. 상인이 대회ᄒᆞ여 즉시 퇴일ᄒᆞ여 영장혼
후의 즁이 하직ᄒᆞ여 굴오디,

"쇼인의 일은 이믜 필(畢)ᄒᆞ엿ᄂᆞ이다. 마누라
님이 조혼 ᄯᆞ의 【60】 들어계시니 삼상(三霜)을 지난
후ᄂᆞᆫ 가계 졈ᄌᆞ 유여ᄒᆞ고 십 년 후의 져근 상졔쥐
등과ᄒᆞ고 그 후의 무한 창셩ᄒᆞ리이다."

ᄒᆞ니 져근 샹쥬ᄂᆞᆫ 이 광근(光近)이라. 계ᄉᆞ 문
과의 과연 등과ᄒᆞ여 ᄌᆞ러 번 쳥직(淸職)을53) 지나고
ᄌᆞ손이 번열(繁列)ᄒᆞ더라.54) 임ᄌᆞ년 간의 안동원으
로 홀연 녕남 디ᄉᆞ(地師)를 만나 그 친산을 보고 시
비 분운ᄒᆞ거늘 광근이 의혹ᄒᆞ여 장찻 면례(緬禮)ᄒᆞ
고 파광(破壙)ᄒᆞ려55) 홀신 산상으로부터 혼 노승이

---

52) 【간심-ᄒᆞ-】 圖 간심(看審)하다. 잘 조사하여 살피다.¶
∥ 예셔 강 ᄒᆞ나룰 건너면 곳 인쳔 ᄯᅡ이니 원컨디 상
졔쥬와 혼가지로 가 간심ᄒᆞ여지이다 (自此渡一江, 則
卽仁川地, 願與喪制主親往看審焉.) <靑邱野談 奎章
19:59>

53) 【쳥직】 圖 청직(淸職). 맑은 벼슬자리. 조선시대에 둔
홍문관의 벼슬아치. 문명(文名)과 청망(淸望)이 있는
청백리라는 뜻이다.¶ 淸秩 ∥ 져근 샹쥬ᄂᆞᆫ 이 광근이
라. 계ᄉᆞ 문과의 과연 등과ᄒᆞ여 ᄌᆞ러 번 쳥직을 지나
고 ᄌᆞ손이 번열ᄒᆞ더라 (小喪主乃光近也, 果闡癸巳文
科, 累經淸秩, 子孫繁衍.) <靑邱野談 奎章 19:60>

54) 【번열-ᄒᆞ-】 圖 번열(繁列)하다. 번창하다.¶ 繁衍 ∥ 져
근 샹쥬ᄂᆞᆫ 이 광근이라. 계ᄉᆞ 문과의 과연 등과ᄒᆞ여
ᄌᆞ러 번 쳥직을 지나고 ᄌᆞ손이 번열ᄒᆞ더라 (小喪主乃
光近也. 果闡癸巳文科, 累經淸秩, 子孫繁衍.) <靑邱野
談 奎章 19:60>

55) 【파광-ᄒᆞ-】 圖 파광(破壙)하다. 무덤을 옮기기 위하여
광중을 다시 헤치다.¶ 破壙 ∥ 임ᄌᆞ년 간의 안동원으로
홀연 녕남 디ᄉᆞ룰 만나 그 친산을 보고 시비 분운ᄒᆞ
거늘 광근이 의혹ᄒᆞ여 장찻 면례ᄒᆞ고 파광ᄒᆞ려 홀신
(壬子年間, 以安東倅, 忽逢嶺南地師, 見其親山, 是非紛
紜, 訾毀多端, 光近惑之, 將行緬禮, 欲爲破壙之時.) <靑
邱野談 奎章 19:57>

고깔을 버셔들고 급히 드름으로 ᄂᆞ려와 크게 소리
ᄒᆞ여 굴오디,

"헷치지 말고 잠간 기드리쇼셔."

한안동이 괴히 너겨 역ᄉᆞ룰 긋치고 기드리더
니 갓가이 오미 본즉 향일 산디 명ᄒᆞ든 즁이라 문
안 후의 급히 무러 굴오디,

"이 산의 무슨 연괴 【61】 잇셔 면례ᄒᆞᄂᆞ니잇
가?"

안동이 굴오디,

"희롭다 ᄒᆞ기예 그리ᄒᆞ노라."

즁이 굴오디,

"디듕이 안온혼즉 녕감이 가히 방심ᄒᆞ리잇
가?"

굴오디,

"그러ᄒᆞ다."

그 즁이 즉시 좌편을 파고 녕감으로 ᄒᆞ여금
손을 너허 굴오디,

"엇더ᄒᆞ니잇고?"

안동이 굴오디,

"과연 더운 긔운이 ᄌᆞᄌᆞ시니 지해 업슬 듯ᄒᆞ도
다."

그 즁이 굴오디,

"썰니 봉츅(封築)ᄒᆞ고 다시 면례홀 계교를 싱
각지 마루쇼셔."

즉시 하직ᄒᆞ고 가며 굴오디,

"금년 츈하 간의 녕감이 반드시 안질(眼疾)이
ᄌᆞ실 거시니 이 후는 다시 쇼망이 업스리라. 이
산소룰 만일 헷치지 아니ᄒᆞ고 열 두 ᄒᆡ만 지ᄂᆡ더면
발복이 어느 지경의 니롤 줄 아지 못ᄒᆞ더니 이졔
이ᄀᆞᆺ치 ᄒᆞ니 막비운쉬(莫非運數ㅣ)라."

ᄒᆞ고 인ᄒᆞ여 가니라. 【62】 안동이 과연 그히
가을 운긔(運氣) 후의 안질노뼈 폐명(廢明)이56) 되
야 블구의 죽으니 그 듕의 말이 과연 합부(合符)ᄒᆞ
더라.

---

56) 【폐명】 圖 폐명(廢明). 폐맹(廢盲). 눈이 멀어 소경이
됨.¶ 蔽明 ∥ 안동이 과연 그히 기울 운긔 후의 안질노
뼈 폐명이 되야 블구의 죽으니 그 듕의 말이 과연 합
부ᄒᆞ더라 (安東果於壬子秋, 運氣之後, 竟以眼疾, 終爲
蔽明, 不久而死, 厥僧之言, 果如左契矣.) <靑邱野談 奎
章 19:62>

궤쥬셕냥의쥬공
餽酒石良醫奏功

ᄌ하동(紫霞洞) 뎡진ᄉ(鄭進士)ᄂ 본디 포지(抱才)ᄒ여 금긔셔화(琴棋書畵)와 의약복셔(醫藥卜筮)ᄅ 무블통지(無不通知)ᄒ고 술을 잘먹으며 긔특ᄒ 계교ᄅ 조하ᄒ더 집이 간난ᄒ여 산슈지락(山水之樂)으로 즐기더라.

일ᄂ은 쳥신(淸晨)에 ᄌ음 ᄭᅵ여 안졋더니 ᄒ 미쇼년이 문을 열고 들어와 말ᄒ더,

"쇼셩은 김포셔 사옵더니 셩명은 빅ᄒᆡ(白華ᅵ)라 션셩의 놉흔 일홈을 듯고 ᄒ 번 뵈오려 왓ᄂ이다."

뎡군이 보니 풍되 쥰미ᄒ고 말ᄉᆞᆷ이 조리 잇ᄉ니 비범ᄒ 사ᄅᆞᆷ이러라. 빅셩이 소미로셔 ᄭᅵ근 병을 니여 술을 부어 드려 왈,

"쳐음 뵈오미 일노【63】뼈 표졍ᄒᆞᄂ이다."

뎡군이 바다 마시니 쥬긔(酒氣) 쳥녈(淸冽)ᄒ여[57] 평성 쳐음 먹는 맛시러라. ᄯᅩ ᄒ 잔을 드리니 그 병이 겨오 두 잔이 드니 웃 ᄶᅮ에ᄂ 잔이 되고 아릭ᄂ 합이 되고 합 속의 긔이ᄒ 안쥐 잇더라. 드디여 하직고 가더니 명됴의 ᄯᅩ 오고 십여 일을 년ᄒ여 오니 뎡군이 무러 ᄀᆞᆯ오더,

"무슨 말을 ᄒ고져 ᄒᆞᄂ냐?"

셩이 ᄀᆞᆯ오더,

"지극ᄒ 졍니 잇스더 감히 앙쳥(仰請)치 못ᄒᆞᄂ이다."

"무슨 졍니뇨?"

ᄀᆞᆯ오더,

"쇼셩이 친병(親病)이 ᄂ셔 젹년 침고(沈痼)ᄒ니 원컨더 ᄒ 번 왕님ᄒ시면 감은ᄒᆞ오미 비ᄒᆞᆯ더 업ᄉ리이다."

뎡군이 ᄂᆞ미 남의 술을 여러 날 먹고 ᄯᅩ 근믹(根脈)을 알고져 ᄒ여 드디여 허락ᄒ니 빅셩이 더희 왈,

"이믜 나귀ᄅ 더령ᄒᆞ엿ᄂ이다."

드디여 동ᄒᆡᆼᄒ여 양화도(楊花渡)의 니르니 비ᄅ 다히고 기ᄃ리는 쟤【64】잇ᄂ지라 비ᄅ 트니 비 가기ᄅ 나ᄂᄃᆞ시 ᄒ여 향ᄒᆞᄂ 바ᄅ 모ᄅᆞ녀라. 어언간의 대양 밧긔 나가니 뎡군이 ᄆᆞ음의 혜오더 이 반ᄃᆞ시 이인이로다 ᄒ고 그 소연(所然)을 뭇지 아니ᄒ고 술을 ᄌ약히 먹더니 믄득 보니 희샹의 큰 비 ᄒᆞ나히 비단돗홀[58] 놉히 달고 사공이 불너 ᄀᆞᆯ오더,

"오ᄂ냐?"

ᄒ거늘 빅셩이 뎡군을 쳥ᄒ여 큰 비예 오르라 ᄒ니 그 비 아국 졔도ᄂ 아니라 비 ᄀᆞ온더 방챵(房窓)과 난함(欄檻)을 다 침향(沉香)으로 ᄒ고 그 안의 문방ᄉᆞ우와 금슈포진(錦繡鋪陳)과 슈졍발이 잇더라. 좌뎡ᄒᆞ미 쥬찬을 드리니 다 별미라. 빅셩이 시좌ᄒ여 조금도 틱만치 아니ᄒ더니 이쥬야(二晝夜) 만의 비ᄅ 다히거늘 보니 구름과 바다히 하늘의 졉홀 ᄯᅳ름이러라. 빅셩이 비예 ᄂᆞ리쇼셔 쳥ᄒ니 언덕ᄀᆞ의 비단 장막【65】을 치고 거매 구름ᄀᆞ치 모여 각ᄂ 남여(藍輿)ᄅ 타고 ᄒᆡᆼᄒ니 인믈 의복이 인간은 아니러라. 들어가 ᄒ 궁의 쳐ᄒ니 궁실의 화려ᄒᆞ미 평성 초견(初見)이라. 뎡셩이 ᄀᆞᆯ오더,

"이 어ᄂ 곳이뇨?"

빅셩이 ᄀᆞᆯ오더,

"쇼셩의 소긴 죄ᄅ 용셔ᄒᆞ쇼셔. 이ᄂ 빅화국(白華國)이오 쇼셩은 ᄯᅩ 빅화태지(白華太子ᅵ)라 부왕이 병이 잇셔 텬하 명의ᄅ 두루 구ᄒᆞ더 엇지 못ᄒ더니 하늘이 도으샤 션셩이 왕님ᄒᆞ시니 명일 진믹ᄒ고 약을 ᄡᅳ게 ᄒᆞ쇼셔."

뎡군이 믁연ᄒ여 병중셰ᄅ 뭇지 아니ᄒ고 ᄒ로밤을 쟈더니 명됴의 태지 와 문후ᄒ고 드러가기ᄅ 쳥ᄒ거늘 뎡군이 ᄒ 곳의 니르니 태화뎐(太華殿) 삼ᄌᄅ 크게 ᄡᅳ고 쟝녀ᄒᆞ미 비ᄒᆞᆯ더 업더라. 그 ᄀᆞ온더 국왕이 뼈 면좌ᄒ고 수빅 궁녜 시위ᄒᆞ엿더라. 뎡군이 들어가 결ᄒ니 왕이 등의 반송(盤松)을 지【66】고 안잣거늘 뎡셩이 보고 희연ᄒ여 문후ᄒᆞᆫ즉 국왕이 답왈,

"슈고로이 멀니 오니 감샤ᄒ다."

ᄒ고 ᄒ여곰 진믹ᄒ 후의 병증을 말ᄒ여 ᄀᆞᆯ오더,

---

57) 【쳥녈-ᄒ-】圓 쳥렬(淸冽)하다. 물이 맑고 차다.¶ 爽冽 ‖ 뎡군이 바다 마시니 쥬긔 쳥녈ᄒ여 평성 쳐음 먹는 맛시러라 (鄭君受以飮之, 酒氣爽冽, 平生初味也.) <靑邱野談 奎章 19:63>

58) 【비단-돗ㅎ】圓 ((기물)) 비단돛.¶ 錦帆 ‖ 믄득 보니 희샹의 큰 비 ᄒᆞ나히 비단돗홀 놉히 ᄂᆞᆯ고 사공이 블너 ᄀᆞᆯ오더 오ᄂ냐 ᄒ거늘 빅셩이 뎡군을 쳥ᄒ여 큰 비예 오르라 ᄒ니 (忽見海上一大舶, 錦帆高掛, 梢工喧譁曰: "來來." 白生請鄭君移上大舶船.) <靑邱野談 奎章 19:64>

"과인이 어려셔부터 술을 즐겨 송슌(松筍) 송엽(松葉) 송근(松根)을 지ᄌ며 살마 먹더니 일ᄌ은 등이 가려우며 홀연 소남기 나와 겸ᄌ 자라 반송 형상이 되여 그 지엽이 무어시 질닌즉 알프믈 견디지 못ᄒ니 이 무손 병이뇨?"

명셩이 스스로 혜오디 내 의셔를 박남ᄒ엿스나 이는 듯도 보도 못흔 괴증(怪症)이로다 ᄒ고 답왈,

"믈너가 싱각ᄒ여 맛당히 약을 쓰리라."

인ᄒ여 ᄉ쳐(私處)의 오니 태지 지셩으로 공봉ᄒ디 쥬야로 궁니ᄒ여도 그 증셰를 아지 못ᄒ여 분향믁좌ᄒ여 삼일삼야(三日三夜) 후 홀연 흔 계교를 너여 태ᄌᄃ려 닐너 골오디,

"독긔[59] 빅병(百柄)과 【67】 가마솟 일좌(一坐)와 쇠목(柴木)[60] 빅속(百束)과 닝슈 흔 독을 금일 너로 딕령ᄒ라."

즉시 딕령ᄒ엿거늘 독긔를 가마 속의 너어 믈을 ᄀ득 붓고 문무화(文武火)로[61] 완ᄂ이 둘혀 졔삼일 만의 그 믈을 쳘긔(鐵器)에 담고 태화면 반송 아리 들어가 손으로 셰ᄂ히 쑤리니 반향이 못ᄒ여 송엽이 졈ᄂ 말나 쩌러지고 황혼시예 니르러 솔쑤리만[62] 나마 겨근 손가락만 ᄒ거늘 년ᄒ여 삐스니 다 녹고 흔젹이 업거늘 인ᄒ여 그 믈을 흔 그릇슬 마시이니[63] 통셰(痛勢)[64] 아조 업ᄂ지라. 국왕 부지

만심환희ᄒ여 대샤일국(大赦一國)ᄒ고 명군의 은혜를 감샤ᄒ여 병의 근원을 무른디 명셩이 골오디,

"솔독이 속의 모혀 남기 블을 너니 대며 독긔ᄂ 뼥ᄂ 거시오 ᄯ 금(金)이라 금극목(金克木)ᄒᄂ니 이 독ᄒ온 긔운을 녹인즉 통셰 ᄌ연 긋칠지라. 그러므로 독긔 살믄 【68】 믈을 쓰니 이ᄂ 오힝지니긔(五行之理氣)니이다.

무르디,

"어늬 방셔의 잇거뇨?"

명셩이 답왈,

"병과 약이 본디 츌쳐(出處)ㅣ 업스니 의원이란 거슨 의ᄉ디로 ᄒᄂ 거시라 시쇽 용의(庸醫)[65] 다만 본방만 의지ᄒ여 지작(裁作)ᄒᄂ 고로 고집불통(固執不通)ᄒ여 그릇 사름을 샹ᄒᄂ니이다."

이예 삼일 쇼연(小宴)ᄒ고 오일 대연(大宴)ᄒ여 밧들기를 신명ᄀᆺ치 ᄒ더라. 명군이 도라가기를 쳥ᄒ거늘 국왕이 골오디,

"인싱 셰간이 흐르는 믈결 ᄀᆺ트니 뜻에 마즈면 어늬 곳의 가 살지 못ᄒ리오? 원컨디 부귀를 흔가지로 즐겨 여년을 맛츠미 엇더ᄒ뇨?"

명군이 골오디,

"부귀ᄂ 나의 원이 아니라 집 싱각이 나니 고관대작과 황금빅벽이라도 동심치 아니ᄒᄂ이다."

태지 골오디,

"션셩의 은혜 하ᄒᆞ ᄀᆺ치 널너 갑홀 길이 업스니 원컨디 수삼일을 더 뉴ᄒ여 젼송 【69】 ᄒ려 ᄒᄂ이다."

ᄒ고 쥬셕(酒石)으로써 쥰디 명군이 밧지 아니ᄒ거늘 태지 왈,

---

59) 【독긔】 圖 ((기물)) 도끼.¶ 斧子 ∥ 독긔 빅병과 가마솟 일좌와 쇠목 빅속과 닝슈 흔 독을 금일 너로 딕령ᄒ라 (斧子百柄, 大斧一座, 柴木百束, 冷水一瓮, 今日備來.) <靑邱野談 奎章 19:66>

60) 【쇠목】 圖 시목(柴木). 땔나무.¶ 柴木 ∥ 독긔 빅병과 가마솟 일좌와 쇠목 빅속과 닝슈 흔 독을 금일 너로 딕령ᄒ라 (斧子百柄, 大斧一座, 柴木百束, 冷水一瓮, 今日備來.) <靑邱野談 奎章 19:67>

61) 【문무-화】 圖 문무화(文武火). 약하게 타는 불과 세차게 타는 불.¶ 文武火 ∥ 독긔를 가마 속의 너어 믈을 ᄀ득 붓고 문무화로 완ᄂ이 둘혀 졔삼일 만의 그 믈을 쳘긔에 담고 태화면 반송 아리 들어가 손으로 셰ᄂ히 쑤리니 (置斧子於釜中, 注水而煎之, 以文武火至三日, 以鐵器盛其水, 入太華殿盤松下, 以手細細點酒之.) <靑邱野談 奎章 19:67>

62) 【솔-쑤리】 圖 ((식물)) 솔뿌리.¶ 根 ∥ 황혼시예 니르러 솔쑤리만 나마 겨근 손가락만 ᄒ거늘 년ᄒ여 삐스니 다 녹고 흔젹이 업거늘 인ᄒ여 그 믈을 흔 그릇슬 마시이니 통셰 아조 업ᄂ지라 (日暮時, 只餘根, 如小指大, 連洗之, 盡消無餘痕. 仍使之飮其水一椀, 痛勢雲捲天晴.) <靑邱野談 奎章 19:67>

63) 【마시이-】 圖 마시게 하다.¶ 飮 ∥ 황혼시예 니르러 솔

쑤리만 나마 겨근 손가락만 ᄒ거늘 년ᄒ여 삐스니 다 녹고 흔젹이 업거늘 인ᄒ여 그 믈을 흔 그릇슬 마시이니 통셰 아조 업ᄂ지라 (日暮時, 只餘根, 如小指大, 連洗之, 盡消無餘痕. 仍使之飮其水一椀, 痛勢雲捲天晴.) <靑邱野談 奎章 19:67>

64) 【통셰】 圖 통세(痛勢). 통증.¶ 痛勢 ∥ 황혼시예 니르러 솔쑤리만 나마 겨근 손가락만 ᄒ거늘 년ᄒ여 삐스니 다 녹고 흔젹이 업거늘 인ᄒ여 그 믈을 흔 그릇슬 마시이니 통셰 아조 업ᄂ지라 (日暮時, 只餘根, 如小指大, 連洗之, 盡消無餘痕. 仍使之飮其水一椀, 痛勢雲捲天晴.) <靑邱野談 奎章 19:67>

65) 【용의】 圖 ((인류)) 8의(庸醫). 이 세상의 범용(凡庸)한 의사.¶ 庸醫 ∥ 시쇽 용의 다만 본방만 의지ᄒ여 치작ᄒᄂ 고로 고집블통ᄒ여 그릇 사름을 샹ᄒᄂ니이다 (世之庸醫, 但依本方, 裁作之故, 膠固不通, 或錯誤害人.) <靑邱野談 奎章 19:68>

"이 돌이 희듕 지극한 보비라 향일 션싱 자시든 술이 다 이 돌의셔 난 거시라. 그릇셰 두면 조흔 술이 졀노 나 쳔 년이라도 마르지 아니ᄒᆞᄂᆞᆫ이다."

명군은 술을 조하ᄒᆞᄂᆞᆫ 사ᄅᆞᆷ이라 답왈,

"ᄒᆡᆼ쟈유신(行者有贐)은 녜니 엇지 가히 밧지 아니ᄒᆞ리오?"

ᄒᆞᆫ디 드디여 쥬셕을 합의 너허 봉송ᄒᆞ다. 수일 후 발ᄒᆡᆼᄒᆞᆯ시 졀ᄎᆞᄂᆞᆫ 올 ᄶᆡ와 ᄒᆞᆫ가지러라. 도라와 양화도의 다히거늘 인ᄒᆞ여 집의 도라가니 집 사ᄅᆞᆷ이 일망(一望)이나 고디ᄒᆞ엿더라. 인ᄒᆞ여 왕니ᄒᆞᆫ 일을 다 말ᄒᆞ고 쥬셕을 굽초와 평싱 쟝ᄎᆔ(長醉)ᄒᆞ니라.

환옥동지상상치
還玉童宰相償債

니상공(李相公) 아뫼 쇼시예 위인이 뇌락(磊落)ᄒᆞ고[66] 지조를 품어 투계쥬마(鬪鷄走馬)로 [70] 일홈이 일셰예 들니더라. 일ᄉᆞᆫ 동교(東郊)로 나가더니 ᄒᆞᆫ 놈이 쥰마를 넛글고 긴 언덕의셔 거름을 닉히니 그 물빗치 희여 사ᄉᆞᆷ의 다리오 오리ᄀᆞᆺ삼이오[67] 눈이 닷근[68] 방울 ᄀᆞᆺ고 은안금늑(銀鞍金勒)이 사ᄅᆞᆷ의 안목을 동ᄒᆞᄂᆞᆫ지라 공이 보고 깃거 ᄒᆞᆫ 번 타고 둘니기를 원ᄒᆞ거늘 그놈이 쾌히 허락ᄒᆞ니 ᄒᆞᆫ 번 올나타미 샌르기 ᄇᆞ름 ᄀᆞᆺᄐᆞ여 막지쇼향(莫知所向)이라.[69] 날이 느즈미 심산궁곡 초막 ᄀᆞ온디 다ᄃᆞ

라 물을 ᄂᆞ려보니 수빅 호한이 압희셔 결ᄒᆞ여 왈,

"우리ᄂᆞᆫ 다 냥민이라 긔한의 못 니긔여 녹님긱(綠林客)이[70] 되여시니 원컨디 쟈싱(資生)ᄒᆞᆯ 지물을 어더 냥민이 되려 ᄒᆞ디 디술(智術)이 쳔단ᄒᆞ여 성지지되(生財之道])업더니 이졔 샹공이 멀니 오시니 놉흔 지혜를 너여 원을 풀게 ᄒᆞ쇼셔."

공이 ᄀᆞᆯ오디,

"나ᄂᆞᆫ 션비라 다만 시셔만 알고 츠등ᄉᆞ[71]ᄂᆞᆫ 아지 못ᄒᆞ니 남긔 올나 고기를 구ᄒᆞᆯ ᄯᆞ시라."

ᄒᆞ고 빅가지로 ᄉᆞ양ᄒᆞ되 무가내히(無可奈何])라 쥬야 ᄉᆡᆼ각ᄒᆞ다가 허락ᄒᆞ되 즁인이 ᄀᆞᆯ오디,

"경듕 거부 홍동지(洪同知) 집의 다만 과부와 어린ᄋᆞ희만 잇고 지물은 누거만이라 엇지ᄒᆞ면 그 지물을 다 탈ᄎᆔᄒᆞ리잇가?"

공이 마지 못ᄒᆞ여 ᄒᆞᆫ 계교를 너여 ᄀᆞᆯ오디,

"너희 수빅 금을 가지고 경셩에 들어가 홍동지 집의 단골 밍인무녀(盲人巫女)와 근쳐의 잇는 무녀밍인을 금으로ᄡᅥ 쳬결ᄒᆞᆫ 後의 부탁ᄒᆞ되 홍동지 집의셔 만일 변괴 잇셔 길흉ᄉᆞ로 와 뭇거든 희리(解理)ᄒᆞ되 가퇵이 발동ᄒᆞ여 대화(大禍])니를 거시니 아모날은 곳 극흉(極凶)ᄒᆞᆫ 날이라 그날은 일가 남녀 업시 다 츌피(出避)ᄒᆞ여 구명도성(救命圖生)ᄒᆞ여[71] 비록 변괴 잇셔도 도라보지 말나 ᄒᆞ고 모든 무녀 판슈로[72] ᄒᆞ여곰 여츌일구(如出一口)[73]ᄒᆞᆫ 연

66【뇌락-ᄒᆞ-】圀 뇌락(磊落)하다. 마음이 너그럽고 작은 일에 얽매이지 않다.¶ 磊落 ‖ 니상공 아뫼 쇼시에 위인이 뇌락ᄒᆞ고 지조를 품어 투계쥬마로 일홈이 일셰예 들니더라 (李相公某, 少時磊落不羈, 蘊抱才器, 鬪鷄走馬, 名聞一世.) <靑邱野談 奎章 19:69>

67【오리-ᄀᆞᆺ삼】圀 ((조류)) 오리가슴.¶ 鳧膺 ‖ 그 물빗치 희여 사ᄉᆞᆷ의 다리오 오리ᄀᆞᆺ삼이오 눈이 닷근 방울 ᄀᆞᆺ고 은안금늑이 사ᄅᆞᆷ의 안목을 동ᄒᆞᄂᆞᆫ지라 (其馬色白, 鹿脛鳧膺, 眼如垂鈴, 銀鞍纏勒, 動人眼目.) <靑邱野談 奎章 19:70>

68【닦-】圀 닦다.¶ 垂 ‖ 그 물빗치 희여 사ᄉᆞᆷ의 다리오 오리ᄀᆞᆺ삼이오 눈이 닷근 방울 ᄀᆞᆺ고 은안금늑이 사ᄅᆞᆷ의 안목을 동ᄒᆞᄂᆞᆫ지라 (其馬色白, 鹿脛鳧膺, 眼如垂鈴, 銀鞍纏勒, 動人眼目.) <靑邱野談 奎章 19:70>

69【막지쇼향】圀 막지소향(莫知所向). 향하는 바를 알지 못함.¶ 莫知所向 ‖ 공이 보고 깃거 ᄒᆞᆫ 번 타고 둘니기를 원ᄒᆞ거늘 그놈이 쾌히 허락ᄒᆞ니 ᄒᆞᆫ 번 올나타미 샌르기 ᄇᆞ름 ᄀᆞᆺᄐᆞ여 막지쇼향이라 (公喜之, 願一乘而馳之, 僕快許之. 一據鞍, 疾如飄風, 莫知所向.) <靑邱野談 奎章 19:70>

70【녹님-긱】圀 ((인류)) 녹림객(綠林客). 화적(火賊)이나 불한당(不汗黨) 따위를 이름.¶ 綠林之黨 ‖ 우리ᄂᆞᆫ 다 냥민이라 긔한의 못 니긔여 녹님긱이 되여시니 원컨디 쟈싱ᄒᆞᆯ 지물을 어더 냥민이 되려 ᄒᆞ되 디술이 쳔단ᄒᆞ여 성지지되 업더니 (吾輩皆是良民, 爲饑寒所驅, 結爲綠林之黨, 而願各得資生之財, 還作良民, 智慮淺短, 尙無生財之道.) <靑邱野談 奎章 19:70>

71【구명도싱-ᄒᆞ-】圀 구명도생(救命圖生)하다. 목숨을 보전하여 살기를 도모하다.¶ 圖命 ‖ 그날은 일가 남녀 업시 다 츌피ᄒᆞ여 구명도성ᄒᆞ여 비록 변괴 잇셔도 도라보지 말나 ᄒᆞ고 (其날一家男女老少, 盡爲山避圖命, 家中雖有怪變, 不顧也云云.) <靑邱野談 奎章 19:71>

72【판슈】圀 ((인류)) 판수. 점치는 일을 업으로 삼는 소경.¶ 盲 ‖ 모든 무녀 판슈로 ᄒᆞ여곰 여츌일구ᄒᆞᆫ 연후의 너희ᄂᆞᆫ ᄀᆞ만이 숨엇다가 밤듕의 그 집에 가 와록

193

후의 너희【72】 눈 ᄀ만이 숨엇다가 밤둥의 그 집에 가 와록과74) 사셕(沙石)을75) 더져 년 삼야(三夜)롤 그리ᄒ면 홍동지 집의셔 반ᄃ시 문복(問卜)ᄒ고76) 츌피홀 거시니 그 밤의 들어가 그 보화롤 슈탐(搜探)ᄒ여 오라."

즁인이 그 계교와 ᄀᆺ치 ᄒ여 누거만을 어드니 이예 누빅인이 그 지믈을 난홀시 공의게 갑졀을 쥰디 공이 우어 ᄀ로오디,

"엇지 지믈을 위ᄒ야 이 일을 ᄒ엿스리오? 일시 도셩지계니라."

그 보화 듕의 흔 옥으로 민근 동ᄌ(童子ㅣ) 잇스디 금슈(錦繡)로 ᄡ거늘 공이 취ᄒ여 ᄀ로오디,

"이 ᄒ나히 쪽ᄒ다."

ᄒ고 드디여 쥰마롤 타고 도라오니 졔인이 각 ᄌ ᄌ 허여지다.

공이 ᄌ ᄌ 말을 발셜치 아니ᄒ엿더니 후의 공이 등과ᄒ여 평안감ᄉ 흔 후 홍동지 아들을 부르니 오히려 결멋ᄂᆫ지라 비쟝(裨將)으로 다리고 가 월늠(月廩)의 남은 거슬 일병【73】 맛겻더니 도라올 ᄯ예 그 구쳐ᄒ물 픔흔디 공이 ᄀ로오디,

"그디 집의 두라."

도라온 후의 ᄯ 픔ᄒ거늘 공이 ᄀ로오디,

"군의 노모로 ᄒ여곰 날을 와 보게 ᄒ라."

흔디 과연 녀실의 와 뵈거늘 공이 옥동ᄌ롤 니여 뵈야 ᄀ로오디,

"노괴(老姑ㅣ) 이것슬 아ᄂᆫ냐?"

노괴 보고 눈물이 비오듯 ᄒ거늘 공이 그 연고롤 무른디 답왈,

"이ᄂᆫ 우리 가쟝이 역관으로 연경(燕京) 들어가 어더온 거시라 집의 독지 잇스더 모양이 그 옥동과 흡수흔 고로 연경의 사롬이 쥬어 우리 ᄋ희 명을 니어쥰 거시러니 아모 ᄒ예 가변(家變)이 잇고 도젹의 환을 당ᄒ여 가산을 다 일혼 듕의 옥동이 역지기듕(亦在其中)이러니 대감이 엇지 이것슬 어드시니잇고?"

공이 우어 ᄀ로오디,

"내 ᄯᅩ흔 괴이흔 일이 잇셔 노고의 집 일을 볽히 아ᄂᆫ 고로 돌녀【74】 보니고 ᄯᅩ 내 긔빅(箕伯)젹에 관용(官用) 남은 거슬 이믜 노고의 아들을 쥬엇스니 쪽히 일혼 지믈을 당ᄒ리라."

노괴 구지 ᄉ양ᄒ디 듯지 아니ᄒ니 그 지믈노뻐 다시 부명(富名)을 어드니라.

과 사셕을 더져 (諸巫諸盲, 皆使之, 同然一辭, 然後, 汝輩潛身四伏, 夜中投瓦礫沙石於其家.) <靑邱野談 奎章 19:71>

73)【여츌일구】圖 여츌일구(如出一口). 이구동셩(異口同聲).¶ 同然一辭 ∥ 모든 무녀 판스로 ᄒ여곰 여츌일구흔 연후의 너희ᄂᆫ ᄀ만이 숨엇다가 밤듕의 그 집에 가 와록과 사셕을 더져 (諸巫諸盲, 皆使之, 同然一辭, 然後, 汝輩潛身四伏, 夜中投瓦礫沙石於其家.) <靑邱野談 奎章 19:71>

74)【와록】圖 와력(瓦礫). 깨어진 기와조각.¶ 瓦礫 ∥ 모든 무녀 판스로 ᄒ여곰 여츌일구흔 연후의 너희ᄂᆫ ᄀ만이 숨엇다가 밤듕의 그 집에 가 와록과 사셕을 더져 (諸巫諸盲, 皆使之, 同然一辭, 然後, 汝輩潛身四伏, 夜中投瓦礫沙石於其家.) <靑邱野談 奎章 19:72>

75)【사셕】圖 사셕(沙石). 모래와 돌.¶ 沙石 ∥ 모든 무녀 판스로 ᄒ여곰 여츌일구흔 연후의 너희ᄂᆫ ᄀ만이 숨엇다가 밤듕의 그 집에 가 와록과 사셕을 더져 (諸巫諸盲, 皆使之, 同然一辭, 然後, 汝輩潛身四伏, 夜中投瓦礫沙石於其家.) <靑邱野談 奎章 19:72>

76)【문복ᄒ 】圖 문복(問卜)ᄒ다. 점을 쳐서 길흉을 봄다.¶ 問卜 ∥ 년 삼야롤 그리ᄒ면 홍동지 집의셔 반ᄃ시 문복ᄒ고 츌피홀 거시니 그 밤의 들어가 그 보화롤 슈탐ᄒ여 오라 (連三夜如是, 則洪家必問卜出避, 遂於其夜, 盡括其寶貨而來.) <靑邱野談 奎章 19:72>

来時光景還楊花苞仍歸家乙人豈待泊一坔餘矣
因叙其事而秘之以酒石終娛平生云

還玉童宰相償債

李相公其少時磊犖不羈蘊花才嵒鬬鵝走馬名聞
一世一日出東郊外見一諜牽駿馬習步於長堤其
馬色白鹿臗骨眼如盎鈴鞶鞍勒動人眼目公
喜之顧一來而馳之倏快許之一挑鞍疾如亂風莫
知所向日晚抵深山巨谷中草幕下馬見數百好漢
羅拜於前曰吾輩皆是良民為饑寒所駈結為綠林
之黨而顧各得資生之財還作良民智慮戈短尚無

辭然後汝輩潜身四伏夜中挍蹄碟沙石於其家連
三夜如是則洪家必聞卜出避遂於其處盡枯其室
貨而來衆人如其計得財屢巨萬於是屢百人均分
其財而於公笑曰吾何以財為欲一時嵒
生之計也其宝宝中有一玉裏以錦繡公取之曰
持此足矣遂騎駿馬而還諸人各散公秘不發訖後
登科除筆伯招洪同知子其子年尚少以幕辟平去
凢營廪之用餘一幷麦三臨故時洪禅稟其區處公
曰置之君家還茅後又稟之又曰君家老妯使之未
見吾也果來見於內室公遂出玉童子一坔示之曰

生財之道今卽君来臨發謀出慮以副衆顀公曰吾
儒生也佪知詩書不知此等事不幾近花緣木求魚
却步求前郍百般苦辞終不得乃盡夜可思量乃許
之衆人曰京中巨富洪同知家只有孤兒寡婦而賢
處亞旨峽之以利深為締結後托以洪同知家若有
屢巨萬金何以刖盡搜其貨公不得巳出一計曰汝
持數百金入京訪摸洪同知家母骨盲人巫女及近
走怯來問吉云之事須以宅神發動大禈將至某日
即起过之日其日一家男女老少盡為出避畵命家
中雖有怪変不顧也云乙諸巫誦皆使之同然一

老嫗知此物孛媪見即近下如兩公問㳂此也荅
曰此吾家長以吉官入燕得来之物也家有狰了而
童玉酷似吾兒之貞燕人梭之以補兒命蓋異事也
某年有家恠又被偸竊之思家賓盡失此物亦八於
其中失大監何以得此也公笑曰吾亦有異事明知
媪家之物故還之且吾之箕莒廪餘之物巳付之媪
子足當見失之賞矣媪固辞不得以其財復得富云

195

泊一島中間但見雲海接天而已白生請下舡岸邊
連開錦幕車馬雲集遝各來與而行其人物衣眿
城闕市肆皆異樣也入處一華麗之不可勝
言鄭君乃言曰此是何處白生曰小生瞞告之罪無
以馬也此是白華國小生白華太子也父王有疾遍
求天下良醫不可得今天驕枉臨明日診視試藥千
萬祈懇鄭君默然不問其病症之如何止宿一宵明
朝太子來候請入鄭君隨往至一殿大書太學殿三
字壯麗無此入其中則國王設座宮女數百人侍衛
左右鄭君入拜國王背負一盤松而坐鄭生見之駭

然第問候則國王苔曰遠來良苦豈勝感謝使之診
脉後自說病情曰寡人自幼時食嗜松性凡松笋松
葉松根無不烹煮而食之煉火漸盛一日背上搔癢
難堪急一松生出轉為茁長作盤松形其松枝葉觸
物則痛不堪忍此何病也鄭生自謂博覽醫書此則
兩未聞所未見之恠症也苔曰當退思然後試藥仍
退邪館太子之供奉愈恭晝夜研究莫審其症焚
香默坐三日三夜心生一計乃謂太子曰斧子百柄
大釜一座柴木百束冷水一瓮今日俻來己即置斧
子於釜中注水而煎之以文武大至三日以鐵罟盛

其水入太華殿盤松下以手細己默洒之未半晌松
葉稍己枯黃曰消日暮時尺餘根如小指大連洗之
盡消無餘痕仍使之飲其水一椀痛勢雲天晴王
父子歡天喜地大赦一國感謝鄭君無以為報國王
仍問其症源鄭生曰松毒也因毒聚中木生火生樹
今爺者斫也又金也金克木消此毒痛自止乃
所以用斧鼎水也病出於松鄭生曰病無出處藥
無出處但醫之意也世之庸醫但依本方栽作之故
膠固不通或錯誤害人至於古之俞扁之術皆以意
解之盡其精妙非有得於方書也於是三日小宴五

日大宴奉之如神明鄭君告故國王曰人生世間如
白駒過陳適於意別何處不可佳願同樂富貴以終
餘年如何鄭君曰富貴非吾願吾自愛吾廬不如早
運家蜡高大爵瑤墓華屋黃金白璧無可以動其官
心父子力挽不能得太子曰先生之恩河海莫量而
齒報無路更留一兩日設祖筵以送之將贈行以酒
石先生肯受之否此石出於海中至宝也向日先生
所飲之酒皆此石所出也置之罌則美酒自生十年
不渴矣鄭君好酒人也苔曰行者有嚢古之所也安
可不受遂盛酒石於銀盒而奉之數日後啓行一如

置塚也非真葵也即今毀而見之則可知之矣遂毀
乃麗朝理標者也表人大喜乃卜日營窆之後僧告
故曰小人之事已畢矣拆樓下得入福地幸莫大
馬過三霜凌宅家許梢勝過十餘年後小農制主登
科果其經清秩子孫繁燃壬子年間以安東悟主乃先
南地師見其親山是非紛紜警毀多端光近忽達虜
行緒禮欲為破壞之時自山上有一老禿僧手持白
納急走下山大驊曰勿毀已少侯之韓安東怪之將
止役而待及其近前而見之則乃向日占山僧也問

安陵急問曰此山阿何故而緒礼乎安東曰有災害
云耳僧曰地中若安穩則令監放心乎可曰然嚴僧
即於左傍鑿灸令已監入手曰何如安東曰果有暖
氣似無災害矣嚴僧曰心速完封永為放心更勿思
營緒之許仍即辭去曰今春夏間令監必有眼疾此
凌則更無逵矣此山所若不破毀過一紀則其為
發蔭不知至於何境矣令竟如此莫非宅之門運
仍去安東果於壬子秋蓮氣之後竟以眼疾終為蔽
明不久而先嚴僧之言果如左契矣
餽酒石良醫藥功

紫霞洞鄭上舍高尚人也風抱奇才琴棋書畫醫藥
卜筮無不通曉善飲酒家貧好竒計窘然一室圖書
自娛一日清早睡覺有一美少年啓戶而入自言居
在金浦姓白名華飽聞先生高名顧一瞻顔而來鄭
君兄其風儀爽朗言語慷慨頗疑其非鄉人也白生
出油中一小瓶酌酒以獻曰初謁以此薄味聊以表
悵鄭君度以飲之酒氣馥列平生初味也連盡兩盞西
止其小瓶量容兩盞上盞作下低有盒已中有看
珍羞也盞後疑之遂辭去明朝又來如之連一日不
止鄭君第觀動靜問曰有所欲言乎白生曰小生有

至切之情理不敢仰請矣問何情理答曰小土有親
病積年沉若顧一次枉臨診視則感結無此鄭君既
得十日之飲且欲知根脈遂許之白生大喜曰已幡
驪於門外遂聯翩而行至楊花渡有艇小艇而待者
終乘艇已行如飛莫知其所向於焉之頃出大洋外
鄭君心語曰此必異人也不問其所以然欲洞自若
忽見海上一大舶般非我國製樣舡中設屋窓櫺閣
皆以沈香為飾之中有筆筒茶炉舖錦茵盞絳帳止之
諸鄭君移上大舶般錦帆高掛舡工喧嘩曰來已白生
進酒餚皆異味也白生侍坐不敢少懈凡二畫夜始

開門入見則厥婢大驚畏縮曰小人不知畏死而暫
泣知罪 新婦曰汝是何人連夜悲泣於庫中耶
荅曰小人之夫甚也日前大辱生負主即地逃躱故
老生負主無地魂憤因小人於庫中待新阿只氏新故
禮陵即爲打掉姑此保生 第而不忍者所抱後兒生捲二之若小
命已矣 人先可憐人生亦隨以先是以寬痛不覺哽咽之料
自然而出矣新婦聞之萬然之心隨現而發乃謂厥
女曰吾即昨日新來之新婦也吾今出送汝之酒遠
逃保生也厥婢曰小人則生出好矣其於阿只氏罪

後二喪人問汝是何處僧人敢於班家內喪唐突來
哭也厥僧扶涕而言曰小人甚奴甚婢之子也小人
幸蒙大夫人抹樓下主如天之德得以再生銘感之
心何日敢忘今聞喪事敢不奔哭于喪主二人自幼
能聞其事顛末始知厥僧即來婢庫中所抱之兒也
日喪制主當凌厥僧數日退留廊下過喪禮當次第進服果
有山地之來定者于喪人曰宅之舊山乙無餘麗家
且貧窘新占亦未可用是虞慮也厥僧曰小人自庫
中出來凌小人之母海抱哺撫育曰汝之得有今日

莫非抹樓下之德澤也天地海河不足以喻其高深
汝於他日必當報效今毋先已久遺托此身在于年甫
報一念耿結于中小人即落髮爲僧幸得神師風水
之術署識糟粕留意於今日二十年求山古得於此
近三十里地某坐某向之原勿聽他師之言次意營
窆則宅之日後福蔭有不可言矣小人之憤亦可以
了矣喪主曰汝既至誠何用他求果在何慶耶曰目
此渡一江則仁川地願與喪制主親往看審爲其
翌日二喪人與厥僧往見厥僧指一蓮科曰此是古
是喪人曰此則古塚也豈可用之乎僧曰此是古人

責不少何武不敢 新婦曰吾自有防塞之道汝
勿多言即爲出去也厥女於是來夜遠適及過三日
後老生負出坐外廳使多少健奴捉出庫中所因之
婢鎖鑰如故而婢則燐形影老生負大開一場將大
叚生事擧室端 新婦於是不慌不忙唐埃出來具
言開鎖出送之意老生負雖甚憤恨新婦所爲亦無
奈何仍爲置之伊後幾年家計斷消老人已下世新
婦有子二人俱有才華而家計斷貪甚向日新婦今爲
老死方招魂祭喪之際忽有一箇僧漢号哭奔來直
入內庭伏地衰哭良久擧室皆以爲唐荒厥僧哭盡

198

于下埃或以其足納于老人衾中老人覺之必兩手
舉而出之如是者數四次矣及其明曉不告而直去
間數日又來老人少無苦色如前樓宿舉室以為
問一日婦人忽作嬋娟美娥樣而來向曰爛瘡及穢
樓衣服始同蜕殼老人亦甚驚訝從容問之女人曰
吾非人也乃是上天仙娥曾現生負主宅以試生負
之心德而已此老也乃身之別向者也老人不覺尊敬逡巡有
不敢仰視之意而有何男女之別我吾既與生負
旦則更有何男女之別我吾既與生負主自有前緣
少勿疑姓仍與同寢將至旬餘一家人皆以姓或以

不中兩猶不殺汗漫用之老人之婿即禮安人也為
其妻初產將娩平其妻以來老人迎置于家中當其
產期忽以身急大痛百方治療萬無一效舉家惶二
一日其病人請於老父曰曾聞家中仙娥降臨之時
有產室新搆之堂然得疾萬無
回甦之堂若彼房則庶或有生道伏望移我于
彼房云二老人尋思仙娥既言主人同姓則此產
婦雖是吾家子婦與孫婦俱是同姓故有救仙娥之
今此女息雖爲出嫁而本是同姓似應有效仙娥之
言莫非指此女之諭于遂使之入處二數月身病

魁魁邪妊目之老人少不動念一向待之誠信一日
女人曰今日吾與生負作別矣老人曰是何說耶人
間諸限已滿于吾之誠禮斷緣子女人曰皆非矣然
此少曲折不可煩說第有一言生負必從而無違也
仍曰內庭待以某坐向作室一間精潔奎褙緊鎖之勿
為生負慶以為生產之室也語單出門仍忽不見老人
頃入一庭中依坐向精搆一屋雖有緊功
異之一從其言內庭中有
之事不為人處子孫中有受胎當產者使之入處則
必苦痛不得解娩移他房而後姓娩老人惟其言之

快愈又得順產弄璋是為退溪先生為東方大儒逸
祀文廟大賢之祚生自異於凡人矣

感王恩奴僧占名穴

韓安東光近世京西郊自其祖父生時家產稍饒婢
僕之盛甲於一邑矣有一悍奴於其子婦禮聘之日
侵辱其上典已大生憤怒方欲打殺之路陝僕逃
走移怒於厥僕之婦因之枉内庫之中以聘禮吉日
不得用刑姑侯三日後打殺矣新婦夜將深因厠間
往來聞涕泣哽咽之聲數夜如是窃怪訝之遂尋厥
婢曰自庫中出兩宇鎖緊閉不可以入乃親拔鎖鑰

199

遼功謹賞耶 上尤重之億料賊也神用兵也智慶
義也明雖古之名將罕有其儔也

得至寶賣胡買奇病

江南有沈孝子家貧親老性至孝鄉里稱之一日大
而暴注一小魚落於庭中沈孝子以供其父其父因
以得病專廢食飲但索淸沱湯幾半年未療浮漲大
發躯骸甚巨勺水粒較不入其口所與者唯淸沱而
己孝子勞心焦思訪醫試藥皆不奏效待天祈神亦
無灵瘉一日西蜀賣胡踵門而至見病人孝子顧求
良醫賣胡曰病可瘳矣吾欲買其病可乎孝子曰若

醫親病結草報恩盡可賣手賣胡曰雖然不可虛珠
寫出賣買交券齎宿三日乃於淸晨入其病室啟一
銀小金出紅色散藥少許以百沸湯一盂調服之須
臾五内蟺覆吐出一虫賣胡以銀箸挾之而入於銀
金中盖之裏以錦袱藏之橐中病人飲噢如故病即
瘥矣賣胡以奇錦異緞明珠寶貝一車贈之而去請
與沈孝子俱至南海之濱啟設席而坐若有所俟己而
有靑衣一童束蓬棻自波中出來捧一箱於前曰靑
吾王以此物表誠願蒙大恩顧蒙大恩
胡唱曰物微而望大何其妄也非如願不可得也靑

童運入波中俄而白髮老翁自水宫出來百拜致敬
乞以他宝易之賣胡又唱之老翁搔首久入送靑
童于水中少焉一筒嬋娟美娥凌波而出賣胡始啟
銀盒放出其虫于水上奮迅踊躍騰化為小龍而去賣
胡遂馱美人而還沈孝子姓閏其故賣胡曰彼虫乃
龍子也學行雲施雨之術誤落於君家央其術為人
所在此為虫茭化無路此所以病中但與淸沱者也
吾以此美人名之此世間所欲為者
無不如顧而至此乃天地間可新惜丽
者也沈孝子故家以其宝財致巨富人以為來感丽

格云

降大賢仙娥產室

退溪先生之外祖居於咸昌而家富其為人有孚德
多綏急之風鄉中以嶺南夫子稱之時當嚴冬風雪
大作門外忽有癩瘡一婦女衣檻樓乞宿其容貝慘
止無此函酣人皆掩鼻回面渾室上下皆揮手駈逐
不使近門外一步地彼蜒有惡疾
當此日暮雪寒何忍逐之也若不容於吾家則他人又不
誰肯容之乎又當夜深其婦女呼寒欲充老人之膝轉轆
忍招入房中使寐于工埃甚女人棄老人之膝轉轆

200

之願從者合三十餘家與之偕入桐嶺以一人之後
勿為當而食至於世只持如千經書鹽醬而來一遍赴墾
作當而食至於婚嫁則此中諸族同井之室為伮篤便成
朱陳之村伊洛子孫蕃盛同井之室始近二百餘家
失日晨食則此中耕織似無不足而至於鹽得無
艱我曰進士主昨日所騎之牛日行二百餘里曾祖
入此時所捋來之牛所產如是善少者每生一匹犠
頃盈尺之鱗畫浮于水上問之曰此覓魚似鯽魚而
場往來无以此牛貿鹽而來故一問搔政專賴於此
牛至於山岡則有獐鹿猪羊之屬蜜簡数三百爾列
置于山底一间别無王者互相推用矣一日食知語

少年曰今日己氣温和頂與進士主為打魚之戲
也其少年或持糠粃或持餺啫而齊會一豬澤解糠
花水中待其既下後少年一時持杖而游泳打改少
頃盈尺之鱗畫浮于水上問之曰木覓魚似鯽魚而
有白鱗也權留連一朝餘盡覽其問人之先山及當
出來之時余知申托曰此週非春川亦非狼川此坪
之到此亦有緣也出山陵辛勿煩人說道權曰吾來
萠頭不知為幾許里人而不到世所無知者進士主
之家辛春而來也余知曰不易己余知曰
敏家每喚吾平生得入真簹桃源而都綠未得擺脱
居家每喚吾平生得入真簹桃源而都綠未得擺脱

俗務不得攜家而去云

攘北山錦南成大功

鄭錦南忠信為安州牧使時　仁廟甲子春逆賊以
平安兵使率三十騎以間路直犯京城　大駕搆辻
駐公州都元帥張玉城晚開府平壤初聞叛報急招
錦南問計錦南曰此賊上中下三策若攘清川江有
以北締結建虜并力長駈則莫可抗也上策也若直
擣一道擁兵自衛則未丁以歲月破也中策也若且
走京城急於僭号則易敗也下策也間出於阿策錦
南曰逆賊勇而無謀見利忘義必出於下策矣膝知

則果出下策即與張晚牟勤王之師馳赴之張玉
城欲布陣於玉泉岩嘗岩莘慶錦南曰兵法井扼北
山者勝力爭之逐陣於鞍峴適在京城望見之自辛
衆出來仰攻之通西北風大起錦南來風下攻大捷
之逐斬造獻馘於雙樹山城　大駕還都諸將皆迎
拜於鷺梁津拂錦南以無功即還安州往所　上
賜書招之始上來　上問何為師先還任于對日身
為命吏不能守土緩賊入京致君上蒙塵臣子之罪
也趣兵封賊臣子之職也罪固難貰功於何有且賴
君之灵賊既就滅當遂職次待罪宣敢厚貰逆迎
駕

訪桃源權生尋真

白門外權進士早年上庠而無意於大科專以遊覽
為事自許以有子長之風周迴八路跡不無到至若
名山大川靈境名區無不窮搜或再至三至適到若春
川麒麟倉其日乃開市日也坐店合有一人戴若笠
騎角者而來問店小二曰彼房客子何許兩班尋店
小二曰乃是京居權進士主周遊八道坊巷由巷無
而不覽於吾亦三次住接觀熟矣曰彼班有所知
于曰願熟堪輿術也曰或可邀去否曰易矣少為店
小二入告曰某村某僉知聞進士主有所托才今願

請去進士主多疑聲為行次似好矣權方多日衞居
政甫無聊谷曰距此不遠則一次往遊亦何妨乎於
是其僉知者未見曰聞進士主誠名人矣今吾騎牛
而來暫往鄙昕如何權曰僉知昕居距此幾里曰此
場下三十里矣即日騎牛而行僉知執範在後時方
午時昕騎角者不疾不徐約行三四十里權問僉知
曰令監昕居之村似不遠矣曰吾昕居之昕尚遠矣
然則今來幾里曰八十里矣權乃大姓之曰今此近
百里來而村尚遠則初言三十里者何其虛浪乎曰
監欺我而來欲何為乎曰此自有妙理店主只知吾

住三十里許村而未嘗知吾之村住矣權心即疑怪
而既已別此不可回範遂一向趙程而行盖自場下
來三十里外盡是深山窮谷若石巖溪蹊落葉沒脛
只有一微跫至晡時僉知止牛曰請暫下療飢而去
權乃下牛則潤過埋置簞食掬水而飲又騎牛而行
日已西沒時向黃昏少焉遠之地有人呼拜僉知亦
應呼曰來矣權延牛背見之則有數十把火炬越嶺
而來皆是少年村氓以炬前導輪廣而下依微之中
有一大村村占一壑鷄狗之聲砧杵之響起於四隣
即當一家下牛入門房槐精洒楝宇豁敞不似山中

峽祇之所居其翠開戶周視則閭中人戶恰為二百
餘家前坪一望平舖無非良田美土問其周迴則為
二十餘里隱然是世外桃源也又隔壑數間房為庭
卜有讀書聲問之則以為詞中年少不可浪遊每當
秋冬晝耕夜讀必會此中令此邀迲
桃源之願狀乙于中今此邀迲到此不覺欣然與我
者僉知忽為致款暱而問之曰主人仙子見于此村
為何村乎僉知蔦姓曰進士主何為忽地敬待予吾
非別人也先世本居高陽吾之曾祖適得此蔦家
入來時同姓堂內至親外家妻家堂內之族或婚婭

子曰汝與此人去看日出慶小頃二童子泊舟曰上此艇去看日出也三人即上艇已乃白羽編織一筒漁艇也二童子持棹立艇兩頭而抵之曰勿坐而盡臥只欲一勺羽觴水盍自初入至今為島中所食吳此水而已水色如沉藍甚濁渾味則清爽矣問童子曰此飲何名曰璇滾浪之乃起開窓視之則波濤萬頃滴泓泅溺中有銀山萬丈接天而立其巔日方工矣雲海相盪紅光射目其光輝也不可以俗眼目所可盡形曰上時氣甚寒凜令人戰慄殆不能定矣

其銀山如水晶削立其外似可以洞觀矣問童子曰越彼巔則可見日出之本矣童子曰此山之外吾先生亦不得往觀勿復說也仍即回棹歸見老人乃曰君看日出乎曰幸蒙老人之德得視世人而未見之此觀而彼山之外眼不得觀矣其三人者留連多日雖天上神翁不得造次到矣其童子曰此山之外無況味不勝父母妻子之戀每願歸鄉老曰人君輩不必遠鄉留連亦自無妨此中一日即人間一歲乃自君之漂海今已為五十年雖歸家無非生疎渾蒼盡為零落此島中好送餘年不亦可于三人自

以為不過三翔矣今聞此言不覺惆悵將信將疑尤欲急乞故家悲辭苦語日夕怨乞老人曰已矣君輩俗緣未盡為之奈何即命二童子曰載送此輩於本鄉三人大喜與老人作別登艇乃即向日視日出時所來者也簇艇時老人出給指南鐵杙杲杲方而去某某慶乃劉陵其所飲者亦鉄乎曰吾漂海時所持來者二十餘慶劉也偷取數壺衣中至茅慶日艇已迫矣杲起坐觀之乃城地也童子曰下艇已登岸則高艇與

童子頃刻不知去處矣三人者各歸家視之村落畵目此前大異達人皆是生面至其家亦無一人識畵者遂讀其世派其父母作故已四十餘年妻亦老宛漂海時所生子子亦已先即今主家者其人之孫而亦皆老蒼其三人則各其家以衣服虛葵奎用來艇之日云其二人則火食不尚火食故平生無疾蓋身亦康壺璇浪日以勺飲不尚火食故平生無疾亦康健計其年甲殆過二百每高城伴新徙住則必招問漂海消息或鄰邑官及一時過去客亦必招問故官家出入不勝煩數以是頗難堪云

廟配血食有子三人而仲子又當絕爲頤相至於黃
猴之亂亦歷二言之金相默記于中後來除官陞資
無不符合云

識母邱劉郎際海

江原道高城郡有劉同知者少時與同里二十四人
拎船採菜泊柂一島採盡回舡之際忽西北風大起
莫可回掉斷入大洋舟中人目眩神懷盡仆蓬窓只
候瀘允不得運動但聞波濤洶湧之聲勢若山崩相
與枕藉開口瞪目廬日不得欸勺水一日忽泊一廬
風蔣舡止劉即起而視之同行二十四人尺五人僅

而見在何處曰先生言與俱來矣三人即起行步隨
童子至先生廬則所謂先生並無所着身衣破紳坐
一草模面如黑炭一老翁也三人施禮單老翁曰居
輩居住何郡而縁何漂到劉曰吾輩俱是高城人因
採蘿漂海夫老翁曰吾亦高城人其欣然之心豈唐
此三人聞是高城人爲風所漂連往住於
而已即問長者旣是高城人則不審何向何村居住
于曰某面某村之人某也之文某也之叔漂到旣久
不知吾家近作何狀也聞其村名則即三人之陞里
而所云某也三人者皆祖曾之友人作故已

保性命歟允ㄴ其餘十九人則屁已久矣劉以爲
允者已矣旣有知覺則不圖止乃聚會精神強
爲起身跳下沙場其後四人隨劉跳下二人
則跳時落水允只存三人并爲氣盡僵臥沙場相與
矓目熟視而已朦朧中見之劉忽有自樣二童子自
沙中緩ㄴ而來當前而語曰何慶有人來臥於沙場邪
乎是漂海之人也劉口擧手指口
間有金莎草一莖平夫聞ㄴ有人家而不農不來只
飲水衣草而已二童子問曰此島之名云何老人曰東海
之母邱也三人久居島中每見日出之状大非此世
間間于老人曰日日出處距此爲幾何曰三萬餘里
矣知君輩之在此故送余救之矣三人一歆精神頓
生氣力如帝腹亦完然即起坐曰汝之先生是何人

過五六十年以見今生存者計之則恰爲老翁之玄
孫五代孫也仍語其事夫自是以陞日
陪老人談古說今以度時日大抵此島時沙碧松而
乃白羽衣草而已三人問曰此島之名何老人曰東海
之母邱也三人久居島中每見日出之状大非此世
間問于老人曰日日出處距此爲幾何曰三萬餘里
矣曰出處老人每ㄴ防遮三人屢次若慝一日命二童

留顧眄李又心動遣卒招李乃銅錘所達僧也賜酒親款後吏間來頭僧莫曰令盖主何不想昔日打麥場事乎今既經閩帥且隔丑將一等復何所羞乎終不復言事麻一笑而罷李終以英使卒於明年云

金丞相在田見異人

清沙金相以繡衣出嶺南時當五六月天氣甚熱行到太白山中侯渴甚急峽中無人家而無井泉與從儻彷徨路次萬無觧渴之道適過一峴則路邊有瓜田而無幕見青瓜爛熟渴症甚緊顧納僕之嫁使其徒僕持二分錢掛于田中豆菜入送摘來僕人嘗

足入臥親舉數步仍即皀空仆于田中口裡繞出一群曰進勝生活我仍又無聲金相大恠之不能造次入去彷徨田隴方甚困惚有一田翁戴箬笠自山上下來呼謂曰豈可唐突偷入耶観其行步徐綬言辭雍容少無驚恠之揉金相告以帙唱之故懸錢入送之意田翁曰此田雖無慔無人君不見田遠向麻之種于此足禦偷人之行色矣笑而入田僊人之手從某方而出俄者臥仆不首之人令則如常無蟷又得食數瓜而出俄金相更為群看則瓜田四面環植向麻其種之法或疎或密宛成八門真樣意以為此

是八陣法也仍問僕人以俄者光景僕人以為總移數步五內抗亂七情迷昏沉矢俄者先人捉手指路始目無所見精神惺矢金相大以為異扶是田翁吏無一言飄然问山庄己去而金相以為異人僕人則送于近處村舍而還其蹤踰越數岡隨田翁入其所居之室乃是數間草屋而房則一間房而已金相乃萬端乞宿田翁遂入內與老妻從容欸話後持一椀黍飯率邀坐于厨中食之布一二葉席請坐人事太無禮休而田翁咎休咎仍與同宿金相方欲叩其平生而田翁異息

如雷無以接話必為東方欲曙金相攬田翁司主人何睡之困耶老翁拭眼起坐曰老昏所致接済人事如是怠忽知罪己金相曰吾方有所營事今向其地未知其事可得諧于翁笑曰吾己知繡衣之疎吾門也勿相欺也王翁真安矢田翁曰惠是何言也鄉曲窮士何視以繡衣者也以是知之何用藏踪為也金相聞此言勢無以隱諱告以審細叩其平生官涂如何子孫之如何田翁一二詳告曰某年登科某年為其斗坐某資其年按節某年登閣畢竟位至上相貴極人臣

嬰城自守屢戰屢敗之餘倭數萬賊終不敢窺湖南
而故翌年癸巳六月倭酋清正承秀吉之旨必欲雪
晋陽之恥辛兵十萬來圍時本道兵使崔慶會忠清
兵使黃進倡義使金千鎰金海府使李宗仁復譬將
高從厚泗川縣監張潤諸公入守之獨紅衣將軍郭
再祐曰此城倭賊必爭之地也為湖嶺要衝關隘之
而孤軍遇強賊必敗乃已云而終不入城諸公會
眞石樓誓同生先煉慨論事使下令曰昨年敗衄之
報政在今日不滅此城誓不旋踵百通攻城革十餘
日城陷城中六萬人同日殲之諸公皆赴南江而死

時論介嫡粧盛餙往見倭將之最桀驁者假意獻媚
倭將悅之欲刦之妓不從以娬辭誘引倭將步出江
邊嵒石上與之對舞此嵒抻在江㟁三面皆深潭也
遂抱倭將之腰墜入江中倭陣大驚亂平波雜論介
曰義妓立祠江上祭之名其石曰義妓別一帶長
江千秋義烈八字其嵒亦名落花嵒盖以妓之匹一江
譬之落花云

李郡度麥塲逢神僧
李兵使源唐將李提督後裔也流落于春川親姚鉏
穭之役渾於農夫適值夏鄭打麥兩困宿於塲邊樹

陰有攬睡者李閉眼見之則有一白衲少年坐傍矣
李起曰汝攬予眠予曰然矣仍曰書房主勿為困汨
於打麥塲中即令發行上京也李曰吾於京沁無一
親知又無所看事而空然上京得非虛浪于僧曰不
過四五日書房主必為入仕自上且訪書房主今
速上京也再三丁寧李異其言即發京行住於東門
內旅邸翌日身往鄭判書昌順家本時素眛而時方
騎判故也門外通刺即為速見李自言其之悞孫云
去鄭判書曰前廷中自 上提問提督後孫於蔡己援見
判書君遂徃謁蔡判書也李即其地徃見蔡己援見

詳聞且數曰未也茶於後日入侍時即為稟告自
上將除南行宣傳官使之除許奉隨行又介入侍
大蒙恩眷豈非久登武科屢典雄邑心中每想廣儒之
神異而無由得見矣戊申以湖南水使方渡銅津船
中有一乞僧時已舉眼有意而看李亦心動似人邀
來乃向者春川樹下僧也不覺欣倒徐行棄中優數
行下更問前程僧況己不覺且曰令監前程未嘉也
李曰吾其為亞將乎曰似矣少頃艤泊津頭下舡而
散王于年間李以蔚山兵使遞故後以都監別將監
董於彰義門城役方些幕中時愰外數步許有僧逗

官某時某事位至大官而某年為國辦兇然後令名
無窮子孫大昌矣仍辭去公默記之果如合符節於
其年終兇於國事而永喪令名云

博川郡知印致忠

李某榮者博川知印也為人外似醇謹而內有膽畧
當辛未西賊之時郡守往聖皋抗賊不屈被拘囹朝
夕且兇某奮不顧身秉夜往見說以討賊之計任
公疑其賊謀不應之曰吾死在頃史安有討賊之策
且汝在知印之列平日吾未之信矣而何不畏賊
而來見我于某榮慨然曰為國討賊人之東棄乎曰

乃辭詰真偽即脫簇送善砲手五十名使一板領之
博羅安為五十里知但知為陷沒不聞消息動辭逐辱
實某榮兇辭不虔討兹書間行先還見任仍日未
午砲群大起賊軍不意賊當未暇應接焉賤歡驚博
奪印符等事被拿蓋任倅被執時問賊言曰吾為守
土之臣不能保邑有老母而不能安保不忠不孝案
家國之罪人也生何為速後我頭活老母賊風闊任
倅治蹟故不忍殺之云蓋罪人與小人辮相近故有
陷持一人被執在近地誤聽而傳之印符則力屈被

信使與否何可輕論乎且進以飲食淨注慷慨任倅
知其真情欲書報安州兵營以求援基榮取槖中筆
墨以獻曰願割衣衿書之以為表蹟書中辭意則急
送砲手四五十名可以獵此邑賊云乞任倅如其言
書付之基榮藏書衣綿間單身赴安營時戒嚴甚備
內應盤援城不可入而事機勞憊基榮從東北出城
依山而入連夜急走時已五更餘直入兵營燈炬熒
煌鈴閣寂然大呼曰有時急稟白事矣兵相按長紛招
以為賊執問之願徹左右至前納書兵乃博川倅借砲書也

奪蜂愧嘉山鄭公倅罵賊而兇以此摅罪豈不光哉
天日孔昭單竟昭晰特為放送其被逮也基榮始終
跟隨滾史更訓將聞之特差都監敎鍊官欲為信
任之計及任倅脫放後仍辭還本土平日口不言平
賊時事嗟夫逃矢遄土額甫官蓬慷慨涕泣矢兇討
賊何其忠也傳足書惜授兵拯佢於一朝何其智
也主展倭被逮忠連不判平日親信之人豈皆避之而
獨守不去何其義也欲功不言避遠功名何其偉也

晋陽城義妓捨生

論介者晋陽妓妓也壬辰倭攻晋陽城上洛居金時敏

所謂朴座首者星夫挺来拿入于庭跪其罪如向夜
處女所言朴座首果以無可合郎材為辭御史遂依
處女所言郎材而歷數曰之以吾而知有如許可合
處何不許婚而一向以無可合處推諉乎朴座首曰
此亦非不知而貧家女子素無教訓誰肯娶婦乎是
以不敢向人開口笑御史曰然則汝幼而不教長而
疾倫安在其為人父之道于吾當於今日內定婚又使之
遂傳令于各面所謂李座首徐別監崔都監金座首
姜別監等五人皆即刻挺致使之當面定婚又使之
期速消吉過行俗禮又驅作本官其過婚之為量詛

助給自官亦為賢促過婚々
盡亦為分付御史分付誰敢違拒逐不敢出一辭同
日消吉五處女并一時區處云

　檢尸匹婦解冤

金相公某少時與親友数三人讀書於白蓮峯下映
月庵一日親友皆有故還家夜深獨坐明燭看書忽
有女人笑聲如訴從暎月庵後自遠而近至於
窓外而止公惟之一勢坐不動問曰兎子人于女人長

呼而咨曰兒也公曰然則幽明有殊安敢相輵女人
曰吾有前生解冤事而非公莫可解欲訴冤而来公
開户視之不見其處有嗚於空中曰現形則悲致公
驚公曰第現之言罷一少婦披髮流血而立於前公
曰訴何冤于吾乃朝官之女也嫁于某人家新婚
未幾媒夫惑於淫婦罟我毆我末乃信其淫婦之諧
謂我有鶺奔之行夜以鋼刺我棄之于暎月庵絶
壑之間人無知者給吾父母曰淫奔而去云誤妝
於非命固寃也又蒙不潔之名千古泉壤此寃難洗
公曰寃魂雖可矜惻吾以一書生何以解之女人曰

公某年必登科某年當為其職某年當為秋曹叅議秋
曹讞獄之官也解寃莫不待此朝講視絕
望問則果有一女屍乃昹夜所見者也鮮血淋滴有
若新元者然返而讀書私之不發果登第州歷我
至秋讞議公記寃女之訴即赴衙坐挺来其九訊問
曰汝知暎月岩寃死之人于其人抵賴逐與心共性
命問則果有一女屍乃眹夜所見者也鮮血淋滴有
暎月岩檢驗其屍其人語塞即脈逐招寃女之父母
使之埋葬其屍之暗當夜公又入暎月岩來獨俳
坐其女人泣謝於寃外整其繁髮脈芝々作復回
時容也公使之近前更問其前程女人曰公某年其

拾聚者雖實為三四堆以是為糧初時哎草之苦今
則免矣只食寒氣力少無減花草時也雖猛虎當
前子打足就麼可捕之美凶即說話又一傷穩討而
謝去金公平生未嘗向人說道及其臨終語其子弟
曰古有毛女不是異事遂命書誌之

作善事輔衣弊紅繩

昔有一繡衣行到其邑暗行於外村時當八月望間
熹月史霧天氣不冷不熱宿食於村家乘著月色又

人弄皆過年而高無叙婚之事其將疚倫乎彼以家
長不知應此而無意於求婚安有為人父之道乎刑
房傳其語吸唱曰聽分付其座首者跪而對曰民亦
人也豈不知應此亭夏間而民家勢貧窮誰肯
鑒貧家之女手且無可合之郎材高未有定知罪知
罪云、其太守曰其村李座首家有二十歲秀才某
村金座首家有十九歲秀才某村徐別監家有二十
歲秀才某村崔都監家有十七歲秀才某村姜別監
家有十六歲秀才都是汝任托
之辭更勿多言速亡通婚以擇日成禮至可、其

復散步於閭里間至一家離外只坐休憩忽聞雞內
有人蹕群及笑談群甚解窈窕之乃壯健女子四五
人相携燒戴其中一女子乃曰今夜閒月明政甫寂
寥吾輩盡作太守之戲乎眾女皆雁曰諾其眾女
子目相排定一則為刑房傳於刑
一則為使令一則為吸唱、傅
房曰其村朴座首斯速拿入刑房一則為吸唱々
手使令、長群為答辭曳朴座首者跪于其下四
拿入笑其太守者分付曰女子生而願為之有家人
之大倫不可或廢父母之心人皆有之汝則有女五

座首者答曰分付誠至當笑薛當速當笑太守有曰
虫出之使令高辭奏回出送美仍相與拍掌火笑一
齊散走繡衣辭寮不勝駭笑而念其情事還坊
袁裕其廬探作閭内則朴座首家而有差
女五人長二十三歲其次十九
歲最少為十七歲共女過鮮
癡不解事雖五女過鮮已久而視若舜韶不知為
通曉唯事遊戲慶日故人無願之者云又探其有秀
才豪果如昨夜所聞無一所差奏乃入其邑内出通後

209

曰汝是何物人耶鬼耶曰非鬼也乃人也坐則深
夜無人之中行豈如是何殊常乎抑有呀懷可言者
乎曰窃有可言之事矣金公乃起坐欲呼人朋燭曰
無燃也行次若一見吾形則必驚懼夜生談何妨
金公聞來尤極驚怯問曰爾果是人則全身何故生
毛耶曰我本是尙州禹汪書也中廟朝明經登科求
仕於京執贄于靜庵趙先生多年後葉及當己卯士
禍金淨李長坤等諸生推捉時自京仍爲逃走若
鄕廬則必有自宦譏捕之慮故直入智異山屢日飢

夜行形雖已變心尚不厭無欲一違世人上一間世間
李而以此性資不敢現形而適逢行次到此故敢冒
死來現別無他也但願聞靜庵先生宅子孫與何先
生伸寃後昭贓否顧得詳聞耳金公曰靜庵於仁
廟某年伸寃以至逡祀文廟賜額書院处之有之嘗
子孫有如此乙乙之人而自朝家各別收用更無餘
憾矣仍問其己卯黨禍之颠末則無一遺忘而一乙
辭言又尚初逃時年紀數何曰三十五歲曰今距己
卯歲爲三百餘辛丑歲則君之年似是近四百餘曰
中間日月送在深山吾亦不知其爲幾辛矣金曰程

因之備初入深谷糊口無策間或有嫩草則採而
咬之若有山果則摘而食之妙若先腹療飢少爲充
屢盡以水泄濕下如是經過殆近五六朔快後降身
漸乙生毛長數十餘步捷如飛蟷絕壁于仞無難超
越殆同猿猱之屬忽一自思則世人若一見之必以
悻獸目之故不敢生出山之計逢樵牧之輩必隱
不見長在窮谷屢若之間或當月明粹坐誦前日任
書村念身勢不覺寒心涕泣之下忽而回想故鄕父
母妻子尽爲他故更無還慕之心如是度年山中而
畏有雖猛虎巨獐不畏足也呀何是前砲手也晝伏

之呀唐露距此必遠去來之何速日方其忙行之乙
時雖唐岩絕壁走如飛梯超躍而行一瞬之間可行
十許里金公閒之渾乙爲可懷以不願也
顧多賜果實房中通宵兩備夜中微納亦多難便謂
能後來那曰如教即爲作別候忽而去金公以有更
之曰果寉今適此偷來夜唐若復來則書臨罹矣葉
尽爲留置以俟之果栖悽夜又來到金公起坐接之
仍给果榼大喜咬曰幸再一能矣金公曰智異山
中閒多果寔君能徧時而咬乎曰每秋葉落時夜以

210

人曰胡越也吾既見天下一色則不忘更留笑三人
笑曰此是侍城堂得爲天下一色〻〻今方出来辰資
吏内門大開一朵蘭麝之薰濃〻那一塊坚拆椅子上向
護而出上堂而坐一〻妝腦那一塊坚拆椅子上向
三人与金驛亦排坐椅子上向〻儔女十餘擁
天下一色則不忘如此金見之則滿身珠翠精来葉
人目眩神送芒無所見〻既顧〻剝滿身珠翠精来葉
青君必與之爲雲雨之會金曰吾〻感恩於君〻既顧
無他意也〻此里何如此金曰今〻一塊一見而已既顧
見一色吾輩雞磨顋放睡崖可不聽乎弟二三色不

蠟炬輝煌麝薰襲人眼彩矓矓心神慌忽呀〻美人
視而不見驚遑凝晨無狂蝶撲花之心寂元火弄皮
之群三人在外宛之揣知其如是浸風珠乃呀金而
出語曰合歡之樂何其寂寥也乃出様子置前山精參
也嘆了入房則眼明神夾彼姬之毛髮預色貼巴可
神妖少之致乃出様子置前山〻罰山乩呀
觀花容月態真若天上神女也遂與之同寢朝来眠
趍三人乩来待矢問金曰彼姬何以來章〻外
國之蹜群富根悬来颈之事不得預料三人口顧以外
以奇過得此天下一色〻而散是可忍乎君以外

國之人難以牽育亦以離牽情私唐此偕老義亦不
可吾等三人既家君之季恩於君之事生或泡忿那〻
居既有譚住每年正使之行必以隨行譚住公来一
年一逢若牛女七夕之會不亦美乎吾拿富在此
作主矢金果如其言自少至老以譚住每年一會
行樂而来縱有裁圍男子金驛陵甫昌大于燕京云
鈁山黑渭城達毛仙

正唐主寅癸卯間嶺南按寄金甚秋巡到於咸陽止
宿於渭城鮜知訂皮妓一弄退去妹人
靜之時寢门作用作過有啄〻之群金公䁪斷問之

難得来至於第一色以天子之勢亦難得致致年前雲
南王有仇於人吾輩爲之報仇甚王方欲酬恩凡吾
有請無〻不從而過王之〻女乃天下一色巳君既縗
見則似不持難故自伊曰與君相別之後即連娉於
雲南王〻弗許之及君入京之日如欲牵来故遠間
折于里里馬匹三賣數万銀子以其雲南距京爲三万
里路速也今日相會君則有無故見異國男子之一見
而散則彼姬以國王親女崫有何凌爲蘚今日良辰以成合巹
理哉事理不應如是勿凌爲蘚今日良辰以成合巹
之禮不亦宜乎全不得已當宿共宇同雖仍設間房

以神異之僧皇帝待以神師起別院於大內而迎置
之如唐肅宗之待李鄴侯伊時三人聞此言俱達忙
來會於遼東相議救父之策神僧金姓
譯人有罷於提督凡有所言無所不聽云盡求見而
恐乞之遂相率詣都督轅門外求見金譯云告于
督曰日某官兄弟三人求見小人偕何為之乎以提
提督曰某官兄弟三人求見小人偕何為之乎
人政以外國公麼一譯何敢不從金譯出見三人
合譯盡請曰家親不幸竆變萬無生路惟望君為吾
肇嘉稟伻完將死之命于萬幸甚金曰顧以外國公

惟命是從曰家本淸儉寶貝玩好誠非所顧也三人
曰君是朝鮮一譯若自上國令君為南國之相何如
曰我國專尚名分西吾則乃中人若為相則雖以中
人政巫指点之反不如不為也三人曰然則以君為
上國高官崇秩仍作中原高門大家之族何如吾
父母偶存離違情迫惟願速還一日如三秋提督回
寧之陛即令還歸則惠莫大焉三人曰雖然此是不
可不報惟君不言甚所顧也雖至貴之物難從之請
必有以奉副也愚不已金平伱之頃幸甫發口曰吾
吾無所顧之一見天下一色笑三人聞之相顧默然

廢之踪何敢干挽天將之軍律乎然貴人之所懇若
是勤摯何敢自我辭却蓮當仰稟天將恭天將之
處分也旋即入去提督尚曰彼之所言果是都統之
李乎金曰獨矢仍言其酬酢顚末提督沉思良久詳
曰吾橫行戰陣萬壽以私人之懇乞則汝之緊切吾
以么廢之身有此貴之之懇乞則汝之緊切吾
知且吾輩汝來此亦可以生色於汝者師律難至
李孚金曰獨矢仍言三人盡告提督所語
嚴富為汝一番潤狹也金出見三人拜曰賴君之德救父之命金銀玉帛請
三人叩首再拜曰賴君之德救父之命金銀玉帛請
也河海之深色將何以報為羽毛齒革

良久神僧曰是不難矣如是而散金譯入見提督
賚曰從輩必有所報恩于汝者汝以何顧為言言金
曰顧一見天下一色笑提督輾趣執手捫其背
曰汝以小國人物何甚言之大也彼彼督許之于曰
許之矣提督曰役將從何處滔來此則雖皇城之
貴辟韋家乃斯搆傑閣也制度宏敞金譯
至一家乃斯搆傑閣也制度宏敞金譯仍進茶
啖曰勿故以永今夕也少頃渾室秀童襲入內門闹
處有粉黛數十或捧紅怕箱兩而排竹而
出主于堂商以金兩見無非傾城之色旣見之緞起三

時間忽聞天崩地塌之聲烟焰漲野虜陣盡入於灰爐中腥臭塞鼻使臣始聞其地雷砲之預設誠天下壯觀也日已曛烟塵息見野山邊一灯明滅而走都督嘆曰天也呼一核謂曰彼灯影乃奴兒哈赤也持產酒走馬往遺之且傳吾語十年養兵一朝成灰吾以薄酒魁之云往傳則虜酋受其酒痛飲而走使臣汎拾精神請聞其顛末辭而去云

青石洞天將鬪釖客

天將李提督如松壬辰倭亂提五千兵束援朝鮮大捷於平壤倭首平行長宵遁來勝長驅至青石洞二

除而傍多祖樹木森天溪澗底曲忽前見白气竟天冷气遍入提督曰是倭中釖客隊也遂驅軍一字毘擺開於馬上抽双釖聳身騰空諸軍仰祝則但聞刀珠之鮮鏘之然出於白气之中城而倭人身首紛々墜下冷气終收提督逈出在馬上鼓行出青石口及其碧峰之畋退師開城府無意進攻西崖柳相成龍以撫伴使進護軍務提督適梳頭而語適見天邊一道白虹自遠而近提督急亡浩譬曰釖客來也抽壁上硬鐔避入洞房使西崖留觀動靜雲時間白虹之气飛入洞房但聞鐔之之辞連續不絕

而冷气滿空西崖心竟怵不能自定見一足露出打戶而遽入西崖意其提督之足又意其灯戶而入者欲閑之意也遂趁閑戶而出提婵娟美人颜擲於地西崖精神始進賀不已提督曰倭空事多釖客而盡礲於青石洞此美人倭中弟一高手釖術通神天下無敵君心常念今辜斬之吏無憂矣竿君入其意可知也又曰君何以知吾入西崖曰倭人足小今見大足豈不知將軍之足而日朝鮮亦有人矣西崖問閑戶之意提督曰美

入學釖術於海上空洞之故吾入俠房使不得逞其能鬪釖數十合見美人稍々失勢恐出戶遠遁故欲毋閑也若一出戶碧海萬里何處可捕今日之李君之閑戶之功案多也自此蓋敬重之

報重恩雲南致美娥

李提督如松束征在平壤罷一金姓譯人金譯午統二十年尊有美色畫青相眤眤暫時不替女子專房之愛無以加之有言如聽無顧不從掇兵悌時仍為年去列柵門以加軍粮遣限李提督大怒將行軍律於違束都統都統有子三人長則侍郎次則庶吉士李則

以過矣今大監只聞倭報蒼惶失措何以不畏權公
子驚城哭曰吾非中情之怯也特試汝耳蓋三人皆
是間氣人傑而權公之智略李公之訏謀鄭公之忠
勇不世出之壯觀也

刼倭僧枬居士明誠

枬居士安東人也西崖枬相之叔也形兵綜拙行止
迂闊平日不言不笑結搆一草幕閉戶看書西崖視
以一癡叔一日謁西崖曰君與我圍棋酒日手
西崖高棋甚于而未嘗見癡叔之著根各曰叔主亦
知碁乎與之碁連輸三局為異之西崖居士曰且傳

様今夕有一僧忽來君家酒指送吾之草幕也西崖
心性其預知僧来偉應曰諾其夕果有僧来自言任
妙香山願止宿而去西崖異甚癡叔之言有待領以
競飯送之草幕居士曰吾知禪師之来也僧色動曰
何以知之居士曰汝入吾姪家故料不来宿辭舍
也可可無酬酌對睡僧小睡着居士潛開其体弄見之
則中有束國地圖一部關防家官鎮籓隘夷及人物
粮械細之成錄又有短鉤一雙利刃也汝知汝罪乎
僧腹上時清正曰汝知汝罪乎僧篤視之明晃之
利鋼富颗而下僧曰小僧無罪願活殘命居士曰并

中地當得非汝罪乎三入朝鮮亦非汝罪乎卻我國
如無人豈非汝罪乎僧口張不能言末乃策之曰若
沽一綹之命即當波海而結草啣根矣居士大吁而
嘆曰東國有七年之厄天數也吾哉汝擧如祚雛腐
鼠弊盆也吾今饒汝性命日後倭人若入安東一步
之地庸藏尽無類矣汝其急乂渡海也僧惟乂即辭
去至辰倭亂八路蹂躪而安東獨免兵禍即居士之
功也

山海關都督麾虜兵

大明末我國使臣入中原時都督姓袁出鎭山海關
以防建虜都督年統二十餘絲迎接使臣與之甚其雍
容間雅談笑可撼城中聞若無人日鍊午軍披一人
起而前告曰奴兒哈亦平十萬兵來駐三十里外矣
都督曰雖使臣曰令大敵臨境公何不施備御之策
守請博棋都督曰不怕已有措慶矣圍棋如故俄而
登樓而觀之一塁平野虜騎如蟻黑雲慘惔朔風淅
又告曰二十里外矢都督乃與使臣
滙使臣回顧城中則各譙樓上虛張旗幟兵月不滿
三千云使臣而退仍酌酒如故俄而城楼上砲样一起雲
栱唯二而退仍的酒如故俄而城楼上砲样一起雲

我向者一時外入未是少年例事勿復云乙即乙入
來也回頭語其生每日之婦氏近日乙寒得無鐵凍于
吾今備轎出送即返舊室也歸家凌盡為率去復為
父子若初噫父子之親俄頃而解俄頃而合貪利而
在可不慎我些其市井之類蠅蛉之誼亦何足深誅于

捷章洲權元帥奇功

鄭錦南忠信　宣廟朝中興名將也初為光州亞櫂
權都元師慄為本州牧使一見知其為將材一日置
水悦柂障子上窗夜使錦南免下障子權南以烟竹
擇其上先下水悦浚下障子權公益奇之自此契遇

每言權公不足畏今何其懦也前言戲耳請試權公
辛洲大接時乃試聽之接戰前夜深浚株公急招
入小人於帳中曰明將大戰而未諳地形晦行周視
而來改甚隨我單騎猗出延江邊登高阜審察陣勢
時月黑星稀大野蒼蒼忽聞鐵騎奔馳亂鳴倭
兵已百匝圍矢小人仰視曰計將安出權公神色自
若曰吾已得破賊之術第毋惡我而大鳴一聲曰明
日約戰而縱騎圍之却也非信也忠信故往倭將處
傳鳴而回小人惟乙而不敢移步又喝曰兩國交兵
使在其間速往之逐冒死萬往傳將令則倭將沉吟

良久傳令陣中使之開門出送央陣開路釣戰過人
莫容一馬公緩轡徐行出陣門外又呼小人口更生
傳鳴吾之藤鞭遺却而出必為推送小人艴出萬伊
坑塹再入千尋海濤此時此行真政難堪然不敢違
令昌萬充又往傳語則倭將令下一陣如沸頹頭鞭也
小人回告則始緩駈回陣見帳中藤鞭尚在小人問
其故公曰兵不厭詐使其陣中撓尚在小人問
亂波蕩不服穩賭賊之術也汝其知之防禦衣而
卧臭息如雷小人汗出沾背不覺驚脈空日大戰火
至矢時新往倭亂擁慄未起鰲城七年兵間備嘗勤

捷其用兵之術神思莫則膽量英偉雖古之名將盡

甚重壬辰倭亂道路梗塞大鰲在龍灣朝廷消息不
通之錦南自請往返持狀啓草身赴行在鰲城李相
公權公之婿也兒權公書仍薦于朝登武科樹立動
功浚官至副元帥少時在鰲城家鰲城善訴諧每對
錦南言岳犬權公別無智略幸而成功吾不足畏也
使我易地辦淨事業又多上矣錦南笑之一日大鰲城
如厠鰲城驚問之對曰倭兵十萬己踰烏嶺筈報俄
生矣鰲城驚問之對曰倭兵十萬己踰烏嶺筈報俄
至矢時新往倭亂擁慄未起鰲城七年兵間備嘗勤
若及閣此言不覺失措蹲坐厠上錦南大笑曰大鰲

215

人趙同知已聞此奇不復視以已子其本生母與其
妻盡為逐之婦與姑出处于城外土幕依旧乞食之
其子以美衣破篋任接妓家家終無悔期一日妓以官
家宴會人去趙生守家矣其日大雨趙生排佪見之
則場中有金屑流布探揉其源則自後定連絡不絶
即房門砌石所自出也此坐拾其金屑頗為數斤而觀其
砌石則幾若砧石全塊都是生金也趙生待妓之出
来言於妓曰吾以年少之致如于錢兩雖費扵君乞
之違間接待之恩亦難忘吾今多年離親情理
所在不得不敢爰妓聞言亦為悵然曰趙書房久留

吾家以吾之不贍未能如意接待是吾所娇多年主
客之條今為吾歸在主人之道不可以徒步送之即
其地贊六疋而給之趙生曰多感乃
後房門前砌石也此石不足為貴然以吾之朝夕眷
足者也吾今故去持此砌石如見君面底可慰懷妓
曰趙生即馱而来時當歲末汇松人之出商者心
去也趙書房之有情吾可知吾何愛一塊石那於渠持
畫歸家各其家眷亦侯差人之故方出来于五里程伊時
趙同知亦以侯差人之故方出来于五里程趙生獎
着眼大開口即為驚倒良久起而梗肯曰相不可誑
矢吾初見汝相有萬石君格故取以為子今果得此
花草顧亦會于其中未敢出現其父跼蹐一隅事外
金未若其鑄出已十倍扵吾家本產也此外復何望

許多差人主客莫不以喜色相迎而至扵趙生則其父
知而若不知其子亦知而不敢現聞或有知之莫不押
揄而誚笑之日膜訪其外城土幕而悍則其师與妻
之怒言喋喋政堪聽趙生無一言平辭不敢開口
鄕息慇宿後其明日載書與全封重裏出給其妻使
納于其父曰方与諸人早起會坐房中其婦
不敢造次入門呼其奴子通之扵趙同知而先入金
封趙同知慶之開書見之云于之多年雖難只此
庶可當向日五千数而又有大扵此者故此伏達
耳趙同知解見則盡是生金屑訐其價則可得六七

十金大喜未及發言于諸人直起入內招其婦入
室其妻大怒而此逐之同知日有不然者少侯之問
其子婦曰收之夫無病而入来善眠亦他且得熟眠
飯于坄則勿去在此吾今出見坄大笑奶即出哦兒
其子曰群韶真父曰收之両送金塊全笑日
之于其子曰此何处為多也又有辭大全塊一見圖
置之何处其子拔行事中出而平之趙同知一見圖
着眼大開口即為驚倒良久起而梗肯曰相不可誑
矢吾初見汝相有萬石君格故取以為子今果得此
金未若其鑄出已十倍扵吾家本產也此外復何至

富往價二十六七歲始娶婦為營產之計聘婦後一
宿其妻語其夫曰自今日必塞上間房門也盖三間
屋子而其上房則有上下兩間相通門故也生曰何謂
也曰吾夫婦兩窮相合同寢則自然生產若今年生
子明年生女子孫之樂好笑笑延間食口之添疾
病之苦其哂損財當如何載君慶上房而烟倭吾廥
下房而纖維以十年為限日喫一罨粥以減家業夫與
何生善其言遂塞其門夫婦各處而且督後又當窮賺
妻必善鑿土坑於後園每夕以六七坑為定又當窮賺
製囊許多播及於大村僱奴以狗囊一石定價春初

解永晴盡填狗囊於貯鑿土坑以種春牟當年大稔
殆近百餘負仍繼種南草又得數十兩錢如是勤業
至六七年錢穀充滿而食粥則如一至九年之終膽
月之晦其夫謂其妻曰今為十年矣願得喫厭其妻
責曰吾輩既以十年為限則不忍一宿之間程
先破戒半可生慄然而退十年以後果成大富甲於
一道生久為鰥為同寢則其妻曰吾輩既已成
家則薄陋之室不可同寢少俟之遂營大家舍而入
慶生之內外已過時而逢文經十年生產如此
笑生以是為憂嘆其妻曰吾之產業如此則必有主

者君須周覽遠近宗人家擇其稍可者以為己子則
得不愈於自己所生之不合意者守及真托情撫育
則與己出無間矣終得同姓子為螟嗣乃是周山金
也其後商昌大箸纓世出云

發生金父子同宮

松原趙同知姓貫白川家貲屢臣萬差人遍於八路
無處無之第素是孤宗又無子姓至於螟蛉血處可
得老夫妻以是為憂一日同知坐於壺上門外有乞
飯小兒年經下歲時當隆冬雪寒而其容貌骨格頗
有可取趙同知呼入房中問其姓贊則曰白川趙氏

同知喜之間其父母則曰只有母今在城中乞食云
同知即為年八以語其故與飯與衣而置之于家使
其奴子訪其母來稱之以嫂而區處於近里一小屋
其兒則仍以為己子及兒稍長托情于養父母無異
己出十五六歲加冠娶婦其家產出入一任諸子勤
幹同蜜亦自稱其意一日其子忽言曰吾旣長成不可
空遊願得數三千金出商於兩西都會處同知曰吾
松人必自少時以興利為業自是例事汝言不亦宜
乎遂給千五兩錢審散雪酒無高敞家仍留奴家為使喚姜
間五千兩錢審散雪酒無高敞家仍留奴家為使喚姜

偶語辭訣乃穴窓窺視則乃梭吏妓令通房畢也或
持草席或拖空石相平偶語盈庭中互相推讓曰
汝先上廳而開門也因口相覷莫肯登先其許乃正
衣冠推窓而坐曰有何事故而如是因口而拖時者
何物耶衆曰大駕以爲神人下降蒼黃趨避使司烏
戲之口恭行雁篤之拜其許遂語口官屬漢之罪
首鄉首吏皆斥除賦号令歲明治法井口官屬惵口
不敢出辭其夜入問夫人以昨夜所經之事夫人將
其曲折歷口言之曰此必是其等內處女之魂又寬
死於口漢之于而世皆不知認以亡去者也口暗地

時厥漢從陰窺見已十分生慈文聞其處世已有一
乳母而與其乳母別處一室持乳母如親母有言必
從厥漢遂令用卽物享結其媼約以幾處女且于某
處則當以千金享報蓋其處卽內衙後園竹籬而地
甚僻遠與內衙絕遠下有竹林十數間自前內行時口
消暢之所也厥女利共財遂携處女玩月於竹籬之
上厥漢隱身於竹林之中不意跳出直抱其媼攬入
竹籬深處欲爲强污其處女且發且竟終不從管厥
漢以爲到此地頭延卽一瞬逡恐汎刀刺殺之又思
不殺乳媼則事機易綻又將其媼刺殺之兩脉下各

廣採如有姓名朱斌者不頂多言嚴刑取招卽其作
點頭其翌朝仕後偶閱狀授案則本應執事有周某
姓名乃於衙陵大張威儀多具刑狀卽念拏入周
某不問皂白卽爲結縛領以大枷加之栲刑機之上
一邑上下莫不驚惶莫知其故其許乃問曰其內
阿只氏之去处汝必知之得不符加刑一〇直招此
俳以到任日免乞之故畏之如神明誰敢一毫敢藏
況厥漢身有重犯人雖莫知而心常慄〇卽聞拏入
之命神視迠喪面色如上不〇生隱諱之計乃將
凌委折一〇詳逹蓋其等內行爲視南嶺樓出來之

挾一屍踰垣而出暗埋于官家主山人蹄不到處今
至幾年而無人戲得者其俳由報營卽目計殺之
其處女屍體掘而視之則面色如生血痕狼藉改其
衣服棺材而斂之報于本家斃其先山主降而斃
之戲其竹樓伐其竹林目是以後邑遂無事而太守
神明之稱擧世喧傳自此屢廷地防禦兵水使至
平統兩帥列之喬先拜藉〇不令而行不威而嚴不
敢散隱到處善治云

　　營產業夫婦興房

尚川有金生者年過二十早孤貧窭作任於人積年

雪幽冤夫人識朱衙

昔有密陽倅中年喪耦只有別室及子婦未婚女子
而女子則生緩髮月而失母鞠於乳母待之如母與
乳母別處一堂而密陽倅鍾愛絅別一日并與乳母
不知去處遍話邑內村里影響遂定不得已遞職還京
喪往疪大發胡呼乱嚷驕懶奔定不得已遞職還京
仍以致宛伊後密陽新除者輒於到任日身死歷三

閾提身出班奏曰小任雖不才願目往烏　上嘉之
開政單付當日辭朝其弁歸家憂嘆曰雖依君言自
願而知將死宛吾則猶得太守三名死宛無恨而至
若家着有何意味手從之今承訣豈能死人手我雖女曰
前官之死皆是當之命兒魅豈能死人手我雖女
子可以摧當赴任之路與我閭行如何遂寧內着治
發到其邑界所謂官屬次之現身而觀其氣亦則認
以五日京北全無敬謹之意顧有廬頭入衙中內外衙舍全不修理破壁
下來龍視以頭痛入衙中內外衙舍全不修理破壁
壞壤滿目愁乱至黃昏時通引喝善皆不告而退

衙中遂無空六夫人曰今夜政是可畏夫子復入
臥于內衙當換着男子服坐於衙舍以觀動靜矣
遂明炉怖坐至三更時分忽一陣陰風自何以生炬
火明滅寒氣遍骨少焉房門自啟有一處女滿身流
血被髮裸體手持朱旐閃入房中其夫人不惶不驚
語之曰汝必有完莫伸欲為呼訴而來也吾當為汝
報讎溟溟靜以待之更切勿現也其處女拜俯而去其
夫人乃入寢于內衙調其伴曰見魁俄已經過今無可畏
復出寢于外其伴雖甚畏怖見夫人舉動不得已牢
着大膽出臥衙軒輾轉不寐迄天將明門外人聲聒

相無一知面者即聞密陽倅事之語其妻曰吾功歟
眼辛得之必是之故不得出門亦已矣而謂名主宰
十餘年之延六十肌寒到骨十衣三旬九食亦
武弁以禁軍久勤得武蔭終陞六而遭故舊戰為二
文蔭武百宦及前卿人於闕內欲募目顧人將有一
定配人無顧者朝家大憂之將以其弁之將令集
四等每之如是人皆視以為家多殺殞雖避即其地
自顧而畏即曰身死猶得太守之名僥倖不死則豈非萬
車邪須勿遲遲必為自願其武弁然其言迄朝參赴

出不忍見稚子之被刑吾欲投水而死遠然知無而
老妻少婦欲共死在此而不忍見其入水互相極出
仍與痛哭矣士人曰有錢幾何則可以賣逋乎曰殺
千金可得當矣士人曰吾有推奴錢幾駄於滿殺千
以此償之即許給之其三人又大拜哭曰吾輩四人
之命因此而得生將何以報恩願入吾家留宿而去
士人曰日已暮矣歸路且急老親倚門久矣不可留
連即馳去之不顧其老人疾追高拜曰願聞行次居
住姓名答曰聞之何益因為走去三人遂以此物盡
償痛適當日其子放出獄門彈室感祝士人而其居

任姓名亦莫之知士人歸家其老慈喜其無恙而還
又聞其推奴如意益喜之問其放良之物何以輸致
士人對以歸紅事其老慈樹其背曰是吾子也後老
慈以天年終家益剝落初終拮据萬不成樣金哀與
地師一人步行尋山遍踏諸山到一處地師曰彼麓
必有大地而其下村落甚盛又有大家舍不可議到
矣生曰果是大地則雖難占山一番往見何傷之有
遂與地師登其山尋其龍脈坐在一處從欣而觀之
曰此名穴也功名顯達禄位無比子支繁衍與國偕
休可謂無上吉地而係是大村後也言之仰益深嘆

不已生曰雖然既已日暮留宿彼家而去亦何妨乎
遂與地師入其家有一少年迎接客室待以夕飯金
哀對燈而坐悲懷翔中山地閑心長吁而已忽自內
室一少婦開戶突入扶金哀大哭氣急不能言其少
年驚問其故少婦曰此是歸江所遇之恩人也少焉
又抱而哭之老翁老媼聞此言又突出抱而哭之哭
止羅拜於生之前曰生我者父母也活我者尊客也
生我活我寧有間乎生初不知本事惝怳惶惻主人
內外細言歸江活命之事璧璧不爽仍言曰微君吾
甚魚矣顧安得有今日感君高義銘鏤在心每於外

室客來時從隙窺見或冀萬一倖遇豈意今日得遇
恩人乎吾輩自伊時生出獄門之後退去居村極力
治產今成富家之舍田庄排置二所一則吾主之一
則以待君久矣今幸天借好便得以邂逅如欲營窆
於此山則以此家仍作徵舍而居居之吾則當移居
於越嶺之家惟君意為之生僕僕稱謝擇吉營窆仍
居其舍有子有孫為公為卿雲仍實繁富貴箱存云

第一而吾亦未之見焉吾聞箕伯說田甲嘗作大同
江上道內諸伎成集且送名妓廬肉山湄海先辭
大播將往其月閒宴云一櫂延則非促大疎暢亮於
多浮驢頭之金帛崔非楊州儺半諸人雚躍相賀遂
泊裝啓行捅以往桅岳蔵蹤歸以近路潛入箕城柁
外城靜布帳着其望日乃遂黃小艇一隻
小說青布帳左右盡揭簾中蔵妓蓙管絃隱挭桗綾
羅浮碧之際俄而鼓樂喧天舟楫蔽江巡相高坐樓
船上諸守宰車集大張宴席清歌妙舞影動水波城
顓江岸人山人海沈公乃搖櫂前進傍舟柂桐逼之

陽人也見洛陽之妓業莫不歡喜亦多知面之人相
與搖手殷懃於是妓歌琹客盡其平生之技誓終日
遊行西路之歌舞粉烹無顏色當日庸止恥相以
于金贈京妓諸寧又隨力贈三幾至萬金沈公迷宿
一旬而還至今爲風流美譚及沈公在坡谷之逝後
州之柴谷歌琹之律相與弦下曰吾輩平生爲沈公
風流中人知己也知音也歌歌琹殘吾將何亡會英
于柴谷一塲歌一塲琹逐痛哭于墳前各散其家惟
桂蟾守墓不去白頭絃絃方瞑嗣向人說道如此
趙錦江豈難高義

地彼船翻舞則此船翻舞彼船唱歌則此船唱歌有
若效頻之狀彼船上諸人莫不哂之發送飛艇徤三
挺來沈公促櫂而走不知去處飛艇莫能追回去復
摇櫂而進又如之如是者毅三柂曰吾遙
見其艇中則翻光閃電歌群臺雲夾非選士羣帝之
人且綢簾中被鵠鼇衣戴華陽巾手揮羽扇之 一毛
鈎兀然端坐嗔笑月若豈非異人乎遂暗合柂船將
以十餘小艇一齊圍住捉東而未泊至大柂頭沈公
捲簾大笑处相素有親誼見即顛倒驚喜藥問其陳

江陵金氏一士人家貧親老乏教水之供其老慈諒
子曰汝家先去本以當稱奴婢正教在湖南縣中有
不和其毀汝往推削也仍出示區中奴婢文券輕士
人持券往尋中百餘江村諸角在居生皆奴婢子孫
也見券羅拜奴歡數千金贖之士人燒其券賑戲而
還毅過歸江時月明寒甚見一翁一媼一少婦列坐
老翁曰吾有獅子使役在錦岩以通久近萬戶歸因
屢朔盡賣家庄徵族隣而爲多餘穀更以明日之
眼若過泖日則當爲杖下三魂而分戲輕末無可辦

221

爲仙故當時笑以爲妄到今視之寧不神異哉向日湖亂擺脫家眷逃命山中屢日飢困糊口無策緣澗而上則澗邊有草豊腴色可堪食啖之則甘苦有味盡採而啖矣伊後不食而飽不衣而温山行露宿步無疾蹉行步如飛周遊名山大川時逢脩道之仙談經終年吾一身閑適飢寒不憂利辱不驚疾病不侵吾之所樂少不讓於今公之高牙大纛而其草乃金丸草也亦豈化今公之食前方丈也仍倏忽之頃騰坐於鶴背青童二人左右侍立向空飛騰而去巔伯嗒然自喪不知身之爲巔伯也由是觀之莫非天定而過僧之言如合符節亦異人哉

遊湄營風流盛事

沈陝川鏞疎財好義風流自娛一時之歌姬琴客酒徒詞朋輻湊幷臻歸之如市日々滿臺凡長安遊非請於公則莫可辦也時一都尉遊押鷗亭不謀於沈公盡招歌琴大邀賓客趺宕從遊名亭秋夜月色映波興復不淺忽聞江上簫聲寥亮遥見一小艇泛水而來危欄頭戴華陽巾身被鶴氅衣手持白羽扇皓髮飄々有兩小童着青衣左右侍橫吹玉簫舟載雙鶴翩々而舞分明是神仙中人也笙歌自得諸人依欄簇立嘖々稱羨萬目注視江中而席上虛無人都尉慍其敗興乘小艇就之乃沈公也相與一笑都尉曰公壓倒勝遊矣盡歡而罷時又一宰除箕伯啓行其仲兄爲首相設餞宴於弘濟橋上以送之都門外車數十輛人馬駢闐路上皆嘖々稱其福力曰棠棣之華鄂不韡々忽見自松林間飛出一騎那人身着綾緋紫茸裘頭戴漆色蜀猫皮耳掩手執一鞭撥鞍顧眄風彩動人美娥三四人頭戴戰笠身着短袖襯子腰繫水綠藍纏帶足穿起花紅紋繡雲鞋成隊作行而隨後復有童子六人青衫紫帶各執樂器於馬上奏之獵人臂鷹呼狗走出林樾間觀者如堵咸曰是必沈陝川也見之果然路人復咨嗟曰人生世間如白駒過隙國當窮心志之所樂戲者錢宜莫不咸哉然自古功名多敗而小成與其憂譏畏忌氷炭腦中曷若快心適意豪爽自娛無憂於身外者哉長安諸人遂相與戲曰戲乎獵乎寧獵無錢其於艶可知一日沈公與歌客李世春琴客金哲石妓秋月梅月桂蟾輩會於草堂琴歌永夕公謂諸人曰汝輩欲觀西亭乎皆曰有志未就沈公曰平壤自檀箕以來五千年繁華之場也畫中江山鏡裡樓臺可謂國中

不欣倒謁其所住則在巡到所不遠客曰令監行次
既延吾居舍其平生盡枉屈尊駕以生蓬蓽之色也
嶺伯乃除其威儀以平服單騎隨牛背客而到一壑
則高樓傑閣充滿一谷依如好官府良搖坐定後騎
牛客改服藍天翼沐纓笠儼然一大將而羅卒也軍
校也不讓嶺伯威儀嶺伯乃大驚問曰觀子擧動得
非賊魁乎答曰然矣胡然而至此答曰兄記曰北漢
論相之僧語乎當時笑以虛妄世事誠不可料矣一
自山寺分散之後家屬盡爲屠戮佈吾逃生東奔西
竄轉至此山入於避亂屯聚中則以吾稍解人文字
推爲嶺首其劫掠之物吾以公平分給大得人心雖
平定之後依舊嘯聚奄成綠林軍以吾作元帥至於
此境以今視之僧之論相其亦前定耶吾專據一壑
安享富貴不羨兄之朝除暮遞者也過聞兄行之過
此故吾故邀來使之一覽兄雖方伯兇具似不及於
吾歸後慎勿生追捕之念亦不必出此言於口矣若
不然而無生離念以致後悔徒啓無益也嶺伯不勝
恐惻唯唯而還自此而去巡行到其郡發行時又有
措大請謁即爲延視則亦是向日北漢同接人也措
大請田令公既到此吾之所住距此不遠請枉駕暫
臨當嶺伯諾之而懲於向日之事大張威儀而往到
其家則門閭高大附近村落幾乎數百奄成一郡多
率下人之應接巡相支公之凡鄰雖雄州巨邑不能
當焉嶺伯驚問曰兄以鄕谷之居何以支接此許多
所穿無而所需艱如是整齊耶措大曰兄記昔北漢
僧論相之言乎昔當丙子之亂棄家逃生流落嶺南
適入一山谷則避亂婦女聚群成黨而居吾以一男
子投入則衆女人大喜以我爲家長凡百事爲無不
關由至若衣服飮食桑葦耕之織之極意奉養雖平亂
後亦不各歸仍擧與居爲幾許年所生男子殆近百
數各自娶婦生子吾則如陸賈五子之分供安享晩
福是非不聞榮辱不關少無羨於令公嶺伯之寵辱
相半憂喜交至也嶺伯聞蹶憮然自失自此而巡至
河東境過智異山過忽自空中有呼嶺伯字聲嶺伯
甚訝自轎中捲簾回顧則聲自山上出矣一行詳視
則有一人坐層岩絶壁上呼之嶺伯停轎而問山上
人答曰君尚不記吾乎吾乃某也嶺伯思之乃昔日
北漢同接人也嶺伯執手招曰下來也曰君亦上來
少焉下送一騾青衣童扶腋而上則履絶險如平地
與之握手相話曰君記北漢論相乎僧之其時縱吾

方越前川而來耳主翁睫目視士人曰必須舍嘿而
坐不必在傍開口也少焉二人來一則措大學究一
則緇衣克禪也入傍寒暄畢更無雜言命侍童返井
華水一盞置于盤上藝香於炉三人俱北面跪坐呪
讓良久士人聽之不可解得如是者數食頃主翁呼
童子曰汝須出門仰着天星彼童派教出去少選入
告曰有星自東方墜而光芒爛地矣主翁與二客
瞿視良久一齊長虛曰莫非天數爲之奈何士人嘿
也主人曰叔献將苑故者約此二人祈天誦經少延
視其様疑怪莫定無忘中卽問曰主人所嘆者何事

其壽大槪所關竟至無靈戲者星隕叔献已無救矣
士人曰叔献是誰也主人曰李某是也士人曰吾非今
月初自京雜藪伊將李某方帶駢判少然徵恙且何
言也主人曰七八年後倭冠將花境叔献在立則麻
發弭乱而今已矣一笑一國蒼生將盡爲魚肉何以生活
少焉二人出門各帶愀怅之色士人仍問曰国運若
此則如吾窮儒何以保存主翁曰若向湖右唐浦兩
邑之地則庶可得免矣又問二套是誰乎曰其儒冠
者不可諱其姓名其緇衣者乃是黙丹大師也君於
出山後勿爲向人宣播云々士人佃京閱之則栗谷

先生果以某日下世計其日則卽三人祈星之夜也
其士仍卽移住唐浦之間當辰巳之變全家畫事得
保云

會琳官四儒問相

崇禎丙子別試科春初爲初試而會試則以朝家有
杖退定於明春伊時科試入格儒生四人出接于此
漢做會三一日僧來謂四人曰此中有神僧書呼主
登科與否必問之也四人府會呼僧問之僧曰小僧
觀人之術來審稠中頻言必於幽室中一箇論相而
出送矣四人依其言簡々於僧室中聞其論而出相

與聞之一則曰吾剛當有百子千孫一則曰吾剛爲
賊将一則曰吾剛登科必連三
人云矣一則田吾剛爲神仙一則曰吾剛登科必連三
犯我國江都陷沒漢南被圍于新時也四儒十各自
奔散以爲蒼生將平定之後未得相逢不聞消息
者不知爲幾年其中一士後果登科爲嶺尙春巡至
左道安東府臨發時門外有騎牛密通剌請謁嶺伯
莫知爲誰使之入來則乃素昧而人歎祀破箬蒼然
一箇愿倅也以取應疆次々酬酢則乃昔日北漢同
妻人也一自滄桑各自逃麗不知先生意外相逢寧

224

人之相知貴相知心類死當永別不外其類此心折而
不勝區區未知尊形人耶歟耶魍魎耶祈東山靈耶
長物曰法不可以自我喻之汝以明年端午日往候
於洽東江津顯通草笠青花烏上美少年問之則
三圓皮遽為閱亞之陶朱而若待端午往候於洽津
可以知矣怳然而逝砲手一則超忙一則惆悵歸賣
果得一行次而見與長物兩言脗合笑而言曰
問以彼物之前後來歷一一仰質厥班愀出長嘆曰
此是不好消息也此禹也禹之為物其存也宰其亡
也不幸蓋以天地純陽正氣化
之為英雄豪傑而主

也男曰陽氣女曰陰氣而男非純陽女非純陰男有
陽中之陰女有陰中之陽是以有男女交會之理而
禹則郝見陽氣苟是全陽則不能摶會而理也汝妻
則果糟糠無他突砲大異之更折腰華禮請閱行於
姓名曰吾鄭夢周遽拾耶渡江而不三紀國內去大
龍許多而英雄接踵而此出豈非巨禹之所化耶生
靈屠殺不賣魚肉而砲則一門無事無死亡云

昔在　宣廟甲申正月洛下士人李姓者通有節江
陵地素娥段困頓詐行里絕峽之境遂失道人困焉
唯草屋三尾稷星

罷日暮店遠莫通所向忽林樾間透一牧童問路牧
童指越崗曰踰此有某姓班家此外無他人厭云士
人依所言踰崗而視則有一草屋數三間而已無他
村落直向其家叩之有一箇老人年四六十縣頭戴
破毛冠傍有一箇童子侍王翁欣然迎接曰如此窮
鄉客何以到哉某士言其入山失路之故主人許其
留宿仍為靜坐黙無一言若有所思量憂慮者然其
主亦不敢開言漫說話量有一隅少焉待童持夕飯而
進之黃昏時漫說話許童曰今已日昏高木來甚
是疑怪汝須開戶臉望之待童開戶遠望而生曰今
又既以憂妻而彼之謂以不犯者亦軍也人之軍氣
於漢李麗國甚殆矣呼不三年後以五日一飽固辭再度之半
若食生肉則其盡之期退以五日一飽則尺矢而中間
食鹽也五日一飽則尺矢而非鹽
華之出宜遂然哉彼之索鹽將以食鹽而就盡蓋其
則不滿也既盡之後則撒之宇宙錘生許多英雄此
窮谷及夫世道板蕩厄運將至則蕭遂自盡而非鹽
其氣也不以為英雄豪傑而樓而為禹藏之於深山
聖臣直國蒸民安則好大人才無足為濟世之切故

長高過於屋宇上八九尺自房內不能見其面顧語
其妻曰來客善待否曰然矣遂入房而以其身之太
長不能入於屋之中央自屋之長頭次亡俯入即長
卧豆杭十一間房矣蓋其且入而即卧以其坐之高
漠否曰然天日汝與彼艾會之否砲以爲彼之靈異
不能伸於於屋擇之故也遂語鹿曰汝終日逐鹿而
若是長大若是吾之作罪渠既料之亦不可以誑之
遂直告請死不犯近汝之相會窘而不関小勿畏慮也
食初不犯近汝之相會窘而不関小勿畏慮也顧其
女曰備饋來也女承命而出截殺餓者所負來一大

鼠盛之於大盆子進之於前盖生肉而已無他供矣
浽喑之當其既宿也更謂女曰與彼客同寢詰女雖呢
卧於窖亡雖臥而疑畏終夜各寢語朝更見其長
物則大抵類人而家非人也中心怒怕血肺不至平
朝卧呼其女曰客一并備來也以生肉威盆也女承順備進
益窖則飯而餐用熟彼則又以生肉威盆之搖動直自向頸
物也曳長而出於房外似若長蝎之搖動直自向頸
慶蜀蜀出來至外庭遂些出數日入此亦吾之所引也
之所日且吾之所葉師豹獐鹿熊猪之皮積之無用
非去也且吾之所葉師豹獐鹿熊猪之皮積之無用

散以給汝兩汝則力倦不能勿負吾當盡方輸之遂
以大綱充其在宿中山積之皮荷而出曰汝率彼
長先我而行無論某地從海口船泊處止也飛至安
州浦口彼長物負如山乞皮棄到於此謂之曰負來
之物論其價豈爲汝一家産矣吾有那請於汝此當
沒頂於第五日殺二隻牛買百口鹽待我於此地若
後至遂告別而去飛賃舟載女與皮女則妻之皮則
發賣得屢千金而長物之人與不人女妻亡不知其
五日殺牛戴鹽從候信地果全而又如前長負皮
沒食二牛鹽百口則牧於盛皮之綱而荷之金不賚

力又先曰彼五日又備鹽如前殺待我于此地也砲
如教而牛則韻以彼物之忘未及心又殺二牛往待
之矣長物又來而皮威亡負舟如前且收鹽威綱弄
具如前及凡殺牛則遂之搖首曰如欲食之爲不先
托以前則理不當食棒之然去砲以家情捺執不捺
我以三頭皮佃則剖而公於乞引我妻我以爲女給
田既非同類且無病訊而何不一審吾三申懇長物忽懸
德令心瓶之何不一審吾三申懇長物忽懸指
曰雖退五日之限汝情可矜遂噢而去曰今者一
別遠作什有好在無他珍重目砲護文前跪屢曰
非去也且吾之所葉師豹獐鹿熊猪之皮積之無用

226

馬間關千里來見其父於洪州之金馬川蓋自大與
移居此相持感泣留連待娛因有俏還朝今別去其
後又討賴來見至于再三來則必笑留不忍去竟得
待終眼衰而歸去

峴天里深峽逢異人

京中一士人往北關歸待取山中捷徑而行一日行
至伊川界日色向晚山勢四圍大木茶天庶豹晝嗥
孫狸橫行徘徊四顧寂無人蹤政甫危怖行尋菁葉
忽見大石中間苔扂門然有大川自其中流出菁葉
待之隨流而下其人曰此間必有人居除非武陵桃

源必是天台隱居之使其奴浮永而入良久其奴棹
小舟而來其士人遂棄船與其奴棹船而泝流至永
盡處泊船登崖尋至一彖有人家數百戶居焉山高
谷深塵埃不到村俗蕭洒政是別岢界也有一老萬
與人立通烟者已百餘年矣無知者于何以能不
豐節而出辰尾儀表出俗來迎日此地甚遠不
來邦其士人告以山行失路之狀其老人延之入座
慇以夕飯山菜野蔬陜非立味仍仍翠擥同齒桐與
從容談話仍言自發代租歷歷世俗羅攜同志五六
人卜居于此今滿幾百年蹤跡一不出山生男生女

相與婚娶今為屢百瓜大村而畊田而食織布而衣
是非不到於我不出迣以葉落為秋花開為春云云
夜深失庭中忽見一星隕逐驚曰平邨朴震遂死矣
仍嘆曰不必有兵難此將余阿其心與云者錄
其日子果是星隕之夜矣及丙子冬金虜之難其人
思老人之言遂挈妻往三陜地終至全家無事云云

問異形浴江逢圓隱

愽川一跛手徙于妙香山香盃大山多人蹁而不到

平邨村問此有朴震彥稱名乞村人曰已所矣問
其曰矣人出岩門啟家待徑至
等地則可以免絕矣其壁其人出
避穽于諸措示可生乃方老人曰茄避于江陜三陜
其曰子行中小哥扃柞老人曰兵難若起則何以

逢砲手見一鹿慾捕未捕給日逐之畢竟不得將至
北深山窮谷而日又黃昏不知所向恐惆危惶乃除
若有微路扵嵒瓹三中遂通行穀里得一草廬之是
十二間通長而一間則廚此餘皆無門惋於壁長之
道房也廚有一笶方炊夕食見唇不甚驚惟砲手
告以深山失路矣艾欣欵餐之花次少年風情武挑
以春情亦無蕮作之意遂容以衛一少項進夕飯餐
顧彼用匙臺鹿脯山猪肉等屬問男庭有無則曰出
獵云矣二更降有人蹯鞾女人忙出迎之只見丈人
來之于庭稅鞾投於地攜大如一間屋而其人也曰且

窮之致何可悲有司之下公乎 上膳記甚中一篇
愍與所作仍問曰再明有別科其或問曰不
得閱知矢何時出令乎 上曰哦者自上有命茅努
力見之仍鲜出使報隷以二斛米十斤肉自外投之
而吉連官役仍命設別科及期卿題以向夜儒生私
草中題出揭而呈待其文之入来呈果
見之儒即一少年儒也 上大加稱賞多下卽批而
是閩夜所覽之賦也目 上敏秦入新恩所川向夜所
擺置第一矢及甚作榜之時呼入新恩則川向夜所
吭做乎對曰非也果連柏小臣老師私草中而書呈

矢 上又敎曰汝師何不赴舉對曰臣之師偶罷未
肉狆應閩格而不淂入素故小臣懷其私草而来矢
上黙此良久使之退蓋所賜米肉過飽於飢腸而生
病也由是觀之豈非命那此儒生仍此病不起云矣

傳書封千里訪父親

車德鳳大與斗蓮里士人也隨同郷文官徃北青任
所為衙客族鎖無聊中偶與官妓楚娃有私懷孕數月
其文官亦事罷悴德鳳亦同還臨行贈一扇為別題
其扇曰生男則名以大與生女則名以斗蓮而以期
其自家郷居地岩以爲他日鷹父之意也及期
生女名以斗蓮而德鳳則亦以知之北青之毗大與
千有餘里辟息不相及者積有年矣並與贈扇之名
之事而郡忽矢一日德鳳患疹症危昏浞伙枕席始
無省覺忽有同里居士人其之奴自京下来投傳書封

而謂自章令委其家傳来者又有承脉稍釜尊等種
德鳳大駭異之扶病開視則乃斗蓮手自路詠者而
書中辭語以生来不識父顏面開人嗄爺怛延懷感
無以自遣於人類若知父親之在立則當不遠千里
而尋覲一識父顏則生無所恨死當瞑目瞈紙緩牘
辭意愍惻德鳳於是怳然大覺乃知楚娃生女果以
斗蓮爲名而至于長成心一喜一悲不能定情力疾
侏答且搆斗蓮詞一闋付之德鳳之病則因眼疾其
耶送之藥且有起色是年秋斗蓮郎其由是前請淂
由暇徃觀甚諒憫其情而感其意特許之逐治裝驕

臂力以渠十輩不敵當老身一人將軍迎皇旨東援
而来捧除島冠使我束再舉業基而將軍唱凱還帰
名垂竹帛則豈非丈夫之事業于將軍不此之思反
懷異心此堂所望於將軍者耶今日之衆彼使將軍
知我束亦有人材之計也將軍若不改節而軌迷則
吾雖老矣延可制將軍之命勉之山野之人語甚唐
突惟將軍垂察而恕之提督半晌無語垂頸衰気仍
諾之而出門云

新娵搏虎救丈夫

湖中一士人行子婚於隣邑五六十里地新郎罷囃礼

裂望之即一女兒諸人皆驚仆於地新婦曰我亦是
人也列位幸勿驚動陵虎有人而方在死生木分中
幸乞急救諸人收拾驚魂一膦私火大而工陵虎則果
有少身男子僵卧虎口气息將尽諸人始舁而卧之
是主人之子也主人大驚擎始也驚發為慶幸盖新
郎之父治送婚行而遇會鄰友飲酒之際即共家陵
也始知其女子為新婦延置于房餘以粥飲翌日通
于婦家両家父毋莫不驚喜嘆其婦之至誠高郷
郷里多士以其事呈官至承旌褒之典 正月

夜入新房與新婦對坐夜將半一斛霹靂門破砕
忽有一大虎突入房中嘆新郎而去新婦蒼黄急起
乃抱虎滅脚不捨申直上後山其行如飛而新婦眼
光随去不許嘗蹇之高下荆棘之上而去新婦始乃收拾精神以
抛棄新郎於草峙之上而猶不知止行幾里虎亦氣尽乃
死隨亂流血而猶不知止
联散乱通身流血四顧寂祝則虎下
手按摣身体則命門下徹有大光度其虎行之既速乃尋迸
有一人家淩憊有大光度其虎行之既速乃尋迸
而下開門後户而入則適有五六人會飲有桜狼藉忽
見新娵之入滿面脂粉和血而裘通身承裳隨処而

投別科少年高中

成庙時或微行一夜雪月照輝 工與數三窗侍徴
服而行亡列南山下時政三更夜萬籟俱寂而山下
数間斗屋灯火明滅有讀書聲 上以幅巾道袍開
产而入主人驚起延坐而問日何客而讀此
上對曰偶此過去聞讀書聲而来仍問曰何許人
曰易任也 上與之問難應對如流真大儒也問年
紀幾何曰五十餘矣 上問科工于司數奇之故屢屈
科場矢蔣乃出示則簡々名作也 工怪而
問曰如許實才尚未必科此則有司之責也對曰奇

崔奴以一覘糟糠之作粥者來置于前公怒曰君雖
饑居君則吏革也吾雖行乞吾則士族也夫時覓飯
則君以他孟儲之好矣若不然則雖除飯以給亦無
不可而乃以狗毅口吻飾物餽人此何道理其人圍
靜在眼而辱之曰汝說兩班則何不坐於汝之金廊而依
此荇行也今當悚默之歲雖此物人不淂之奚汝是何
人而乃敢如是去而舉網梳打之傷頭血流粥汁遍
於身上公忿憤而出即為出道此時本佯通以賑餉
万之衆來救改邦則汝亦無不知之理而乃故犯焉
於我軍之前于汝罪當充老人笑曰答吾雖山野之
居人豈不知天怖之尊重于今日之行専為激辝軍
而欲枉枉鄒那之計也某病有一事之奉托者難以
言語道達故不淂已行此奸耳提督問曰有托甚事
茅言之老人曰鄙有不肖子二人不事士農之業專
行强盜之事不幷父母之敎不知長幼之別即一稻

樹前有茅塵竹扉不掩提督意其老人之在此处下
騾杖鄒而入則老人起迎於軒上提督延此曰汝是
何許老野不識天高居突至此吾皇上之命享百
万之衆來救改邦而乃故犯焉

五月飛霜者政鬱此心
　老翁騎牛犯提督
宣廟壬辰之亂天將李提督如松奉旨東援平壤之
捷入壤城中見山川佳麗忽懷異心有欲動搖宣
廟而仍屢之意于練兵亭上江
遷沙場有一老翁騎黑牛而過者軍校革高舞辟除
而聽若不聞按轡徐行提督大怒使之拿未則牛行
不疾而軍校皇無以追及提督行如飛終于不可
及踰山渡水行幾里入一山村則黑牛繋於漢邊盡揚

根以吾之氣力無以制之窃伏閭將軍神勇蓋世欲
借神威而除此悖子也提督曰在於何处答曰在於
後園竹堂工矣提督按鄒而入則有兩少年共讀書
矣提督大辟此曰汝是此家之悖子乎汝翁欲使除
去諡受我一鄒仍揮鄒擊之則其少年不動鮮色徐
以手中書誇竹捍之然不淂擊已而其少年以其竹
迎擊鄒刃二二錚些一舉折為兩叚而落地矢提督
氣悚汗流少為老人入未此曰小子為被血礼使之
退呪提督向老人而言曰彼悖子勇力非凡必以扰
當恐負老翁之託也老人笑曰戱言戱耳此兒雖有

230

公徐曰入山逐獸日勢已昏寄宿於此賊魁又大叱
曰汝是大膽來此處處于外廊可也何敢入內室
而犯他人之妻已是死罪汝以客子而見主人不為
禮偃卧而見之此何道理能不畏允手公笑曰到此
地頭吾雖貞白一心男女分席而坐汝宣信之于人
之生斯世也必有允乙何足懼也任汝為之賊魁乃
以大索縛之檻上顧語其妻曰厅工有山猪之
獵来者汝阅洗而炙之出户宰割山猪猙
魔等肉爛熟而盛于一大盤以進之賊魁又使進酒
以一大盆連倒數盃鈒切肉而啗之更以一睨肉

插子鈒鋃曰何可置人於旁而猙唲于堠當允之
人可使知味仍以鈒頭肉與之公開口受而啗之小
此疑應恐悯之狀視之曰延可謂大丈夫矣
公曰汝欲殺我則殺之可也何為如是遲延又何
大丈夫小丈夫之可言手賊魁擲鈒而起解其縛把
手帕坐曰如君之天下奇男子吾初見之矣將大用
於世為國于城吾何以殺之送今以後吾以知已許
之彼女子雖吾之妻春君既近之則即君之内眷者
也吾何可更近于且庫中所儲之財帛一付之於君
君其勿辭丈夫有為於世于無錢帛何以營為吾則

從此逝矣日後必有大厄居必救我語罷飄然而起
仍不知去向公以其馬載其女且以厩上所繫馬匹
盡載錢帛出山其後公顯達以訓將盡捕將別外邑
上一大賊魁將按治之係細案身則即其人也乃
以従事奏達于　楹前仍白放而置之板列次乙推
遷至登科位至闻任云角

洪川邑繡衣露蹤

李副學東恭奉使按廉于東峽行過洪川而凡内距
踰十餘里既非抽杜之邑故不入而自外過去將向
他邑到一村前而餒甚求飯於門前一女子出門而
應曰無男丁之家畜窬短矢家有媤母而朝夕尚闕

何暇有餽行人之飯于公問曰家長徃何處其女曰
問之何為吾之家長即此邑之吏房已而感允妖妓
薄母出妻云而猙自此房內有老嫗救曰阿
婦何為作不緊之言彭夫之惡于不必如是云乙公
聞之甚痛仍復踏而還向其邑底尋首吏之家將當
午時入其家則首吏坐於厅工而唲之妻之
亦對飯公业於厅邊而言曰吾是京中過客偶到此
慶而失時願得一盂飯而療飢為時富歡歲說張時
此其吏舉眼而熟視上下呼催奴曰我者為炯饉而
煮粥者有之于曰有矣吏曰以一睨給此乙人已而

231

于其衣裾下而其收覓入則殿物忽起出門而避之
歸綟之塊次乃解而隨之其人只見絣綟而逐之至
於前林叢樹之下乃止迫而見之則綟入地下仍掘
地數寸餘有一朽敗之春木破一窟而蟻綠於木下
於木之上頭有紫色珠如彈子大者一枚而光彩射
人其人仍拔其珠置之井而燒其木乃光彩絶逈
一日夜忽有一人來乞曰此珠
下若運則富貴功名從汝願富為之矣其人不許終
夜氣乞而去每夜如是者四五日矣一夜又來言曰
此珠在我甚緊在汝不緊吾當以他珠掜之可于此

珠則有益於汝者也其人荅曰茅示之鬼物自外入
送一枚黑色珠大弥如其珠樣者其人并棄而不給
鬼物仍痛哭而去仍無形影其人女誇之於人而不
知用於何處其不闡用慶真可惜也其後仍出他泥
酔而歸露宿於路上矢中之兩珠并不知去處必
也為鬼物所持去此洪邑之人多見其珠者

賊魁中宵擲長釼

負翼公少時射獵于山間逐獸轉入山深慶日勢且
慕四顧無人家心甚惶心按轡而尋草路歷盡數間
到一處則山回之處有一大尾家仍下馬叩門則無

一應者居食頃一女子自內而出曰此慶非容子暫
留之地斷速出去分兒其女子則身可什餘而容兒
頗端麗公對曰山谷深矣日勢暝矣所行之地
艱辛尋覓人家而未如是拒絶何也女曰在此則有
必死之患故也公曰出門而遂延之入室此亡
仍排門而入女子料其無奈何遂延之入室此公
問其不可留之故女曰此是賊魁之居也妾以良家
女年前為此賊賠所標略在此幾年尚不得脫虎口
賊魁適依獵行姑未還夜深必來若見客子言留則
妾與客俱當授首於一釼之下客子不知何許人而

空照死於賊魁之手豈不悶于公笑曰死期雖迫不
可闕食夕飯斯逮備未女子以賊魁之飯進之公飽
與飯仍抱女而卧其女穿壁如此而將於飯進何
公曰到此地頭削之亦反夜無人之際
男女同處一室雖欲別嫌人輒信之死生有命恐
何益仍與之交偃卧若居數食頃忽聞剝啄之聲
又有卸擔之聲其女戰慄面無人色曰賊魁至矣此
將奈何公應若不聞已而一大漢身長十尺河目海
口狀貌雄偉風儀悍悍手執長釼半酔而入門見公
之卧高軒大吡曰汝是何許人敢來此處奸人之妻

到此哭之何益但吾無子吾死之後子可承養老親如吾在時某同某兄弟有子幾人一子宰養而安過甲乙付托而出梛在外聞其言而心甚惻怛及儒生之出來也問之曰老親春秋幾何曰七十餘矣曰有子乎曰無矣梛曰比等景色人所不盡吾則有二子又非恃下吾可以代君則放心酒壺并使出來仍與之對酌而打破其兒埋之于庭又言曰老親恃下家計不成說吾以此鈞梛表一時之情悶賣而供老親可已解佩刀與之而去主人若辭而不顧而去主人問姓名為誰對曰吾乃宣傳官也姓名何須問也飄然而去翌日即限也入闕待罪則自　上問曰果提回而来于對曰不得提矣　上怒曰然則汝須何在鎮恒俯伏無語良久仍令三倍道濟州安置鎮恒在謫幾年始全事肥已民皆嗷之一日補衣出道溪郡在郡幾年全首鄉首吏及倉色諸人一並拿入而封庫直入政堂首鄉寃見則向者東村酒家之刑具方張梛峻門隙窺見不荅曰本官何為儒生也仍使之請謁則御史駭然不荅曰本官何為諸見可謂沒願也鎮直入而拜御史不顧而正色危坐梛乃問曰御史道知此本官于御史沈吟不荅

而辭語于口曰日本官吾何以知之梛曰責茅前曰宣不在於東村某酒寺御史徵驚曰何為問之梛曰某年某月某日夜以酒某事奉命之宣傳官或屺有否御史尤驚訝曰吳柳曰日本官即其入也御史急趕把于而泱如而下曰此恩人也今之相逢此宣非天耶仍命退刑具諸罪人一併放之終夜張樂姬妮綸懷更留數日而歸仍即襃啓之褒慎姬有出於此右者自　上嘉其治績特除荊州府使伊鎮恒一號位至統制使此是少論大臣而忘其姓名不得記之

鬼物每夜索明珠

横城邑內有一女子出嫁之淩忿有一窗丈夫入來而刦奸其女百般拒之而無奈何笑每夜必來他人皆不知而渠獨見之雖其大在傍而無難與之同寢每交合之時痛楚不可堪其女知其為見祟而無許却之自此不計晝夜而來見只見其女五寸叔之入則必出避其女語其狀其叔曰明日彼物若來暗以綿綵塊繁斜而縫于其衣袂則可知其物之去向矣其女從其言翌日依其許以針繁綵剌

俄所言莫營事慎勿忌却巡使唯唯翌日多給米布
錢木之屬而去其後過幾年後果爲箕伯一日閽者
告曰慶尚道陝川郡海印寺僧欲入謁矣巡使恍然
覺悟即使入來使之升堂把袖促膝問其師已安否
夕餐與之聯枕至夜又與之同寢至更深房突過溫
巡使仍易其寢席而臥矣昏夢中忽聞有腥穢之臭
以手撫僧則僧之臥處有水漬手仍呼知印擧火見
之則刃刺於僧腹五臟突出血流遍地巡使大驚急
使運置於外翌朝窮查則巡使所嬖之妓即官奴之
所眄而彼此大惑者也以是含憾爲刺巡使而入來

謂下堗之臥者即巡使道也而刺之矣仍拿致嚴覈
則一一直招遂置之法治僧之喪送于本寺蓋大師
預知有此厄而故使上佐代受故也其後功名壽限
皆符大師之推數矣

敝窟儒柳統使受報

柳統制鎮恒少時以宣傳官入直矣時歲壬午酒禁
極嚴一日月夜　上忽有入直宣傳官入侍之命鎮
恒承命入侍則出一長劍以賜而教之曰聞閭閻尚
多釀酒云汝須持此劍出去限三日捉納則好矣不
然則可以汝頭來納鎮恒承命而退歸家以袖掩面

而臥其嬖妾問曰何爲而如是忽忽不樂也曰吾之
嗜飲汝之所知也斷飲已久喉渴欲死其妾曰暮後
可高第姑俟之及其夜其妾曰吾知有酒之家雖非吾
躬往則無以沽來仍佩壺而以裙掩面出門鎮恒潛
躡其後則入東村一草家沽酒而來鎮恒飲而甘之
更使沽來其妾又往其家而沽來鎮恒佩壺而起其
妾怪而問之則答曰其處某友即吾之酒伴也得此
貴物何可獨醉欲往與之飲云而出門尋其家而入
門則數間斗屋不蔽風雨一儒生挑燈讀書見而怪
之起迎曰何事客子深夜到此鎮恒坐定而言曰吾

是奉命自腰間出酒壺曰此是宅中所沽也日前
下教如斯斯既見捉則不可不與之同行矣其儒
半晌無語曰既犯法禁何可稱煩然而家有老親願
一辭而行如何挪曰諾儒生入內低拜呼母其老親
驚問曰進士何爲不眠而來也儒生對曰當前不
何陳乎士夫雖餓死而不可犯法云矣慈氏於不信
聽今乃見捉小子今方就死矣其老親放聲大哭曰
天乎地乎此何事也吾之潛釀非貪財而然也欲爲
汝朝夕粥飲之資矣今乃如是吾罪也此將奈何如
是之際其妻亦驚起椎胷而號哭儒生徐言曰事已

横經侍坐禮儀整肅大師仍令一閽利僧拿致厭童
厭童號哭誣辱曰汝以僧徒何殺俺兩班至此也吾
可歸告大人將打殺汝矣仍罵曰千可殺萬可殺賊
禿云己限死不來大師大罵此之責諸僧使之縛來
諸僧縛致之於司大師出示手記曰汝之此死在於吾手
儉裁後令以往汝之此死何為此習不祛將
牟目不戴字全事悖惡之行生而何為此習不祛將
之于股厭童音寒半晌而甦大師又欲剃
凶汝之門戶矣第受吾蜀仍以錐末赤而剃
曰自此以後惟大師命之大師執錐而

不讓於他小僧從此舉歸仍當置而去其童子始議
嬌戚親武而工京後出入科場三年之陵夾科數十年
之間浮為廬伯始大喜心語曰吾今而後乃可被海
印寺老僧以雪問曰之憤云矣及按道而出巡到
山門欲撲殺此僧之計也行到紅流洞此老僧幸諸
僧祗逐于路左巡使見之仍下轎抗手而致欸老僧
欲與之笑曰老僧幸而不免及見巡使威儀車馬甚為
仍與之入寺之居房即使道回身工
夫慶也今夜移下處與小僧聯枕無妨矣巡使許之

責之食頃而後始放使之近前以千字授
之而排日課程不許少休此童年既長成智慮亦長
大夫受此工夫已成每於山僧者皆不學之致也吾
聞一知十聞十知百四五朔之間千字字通史皆通曉
而晝夜不輟放己不懈一年之餘文理大就留山寺
三年工夫已成每於山僧皆不學之時釋語于心曰吾以士
大夫之工力大師又使習書以雪今日之恨與而言汝
科後必欲打殺此僧以雪今日之恨與而一念不懈
尤用工力大師一日使近前而言曰汝
之工夫今則優可作科儒明日可與我下山型日仍
辛未衡中而言曰今則又辭將就登科後文任而可

與之同寢更深後僧問使道兒時受學時有必殺小
僧之心才曰然矣僧曰自登科建鄉而能有此心乎
曰必矣僧曰發巡時矢于心而欲打殺若與則使道
何不打殺而下轎致欸乎巡使曰向來之恨心才不
忘及對君顏此心氷消雪散油然有欣悅之心故也
僧曰小僧亦操與之同寢可至大官而某年月
日按鄰箕城時小僧當送工佐矢使道必頂加禮而
如見小僧操與之同寢勿忘如是巡
使許諾老僧又出示一紙曰此是小僧為使道推數
平生兩緺年者也享年幾許位至幾品昭此可知而

藥何不診治太守良久孫作辭而言曰吾於少時得
此病吾之世業盡入於此病之藥治近二十年更不
發故意謂快差矣今則無可治之道只俟死期而已
諸人殷悶何症而藥是何料使道病患如是無論邑
村姓割股別心甚可惜為且升天入地必求藥餌矣
只願指示藥方太守曰此病即丹毒也藥則牛黃也
以牛黃幾十斤作餅通裏一身每日三四次改付新
藥如足四五日則可瘳而吾家計稍饒矣以是之
故一敗塗地矣今於何處使得牛黃而付之子諸人
曰此邑之産求之易耳首鄉仍出而傳令各面以為

如此官司之病患苟有可瘳之方則吾輩固當竭力
求之況此藥乃是邑而不貴者也無論大小民不
計多少隨有隨納民人輩聞令事先未納一日之內不
知為幾百斤儲受而成之于籠以所來槲子餅
撢之每日以其餅成于光理之于地曰人或近之則
毒氣呀薰而視事廳公之治又後如前兩瓜而歸海民
莊固越而上京及販此藥穫累千金至瘞州之牛十
立碑頌之上京及販此藥穫累千金至瘞州之牛十
則半黃之入為八九以是之故牛黃至賤此人知此狀
而預備槲子而行此衙官輩不敢近而自遠見其黃

認以為牛黃也此人以是而家計殷富云

教衙童海印寺僧為師

陝川守某年六十只有一子溺愛而教訓失方年至
十三歲而目不識丁海印寺一大師僧自前觀為有
往來衙中矣一日來見而言曰何吾兒年幾成童而尚
不入學將何以為之悴曰維欲教又字而慢不送命
不忍楚撻以至於此深以為恨大師曰士夫子弟少
而失學將何以為世業之人慈愛而不事課工可乎
其人物凡百可以有為而如是抛棄其可惜也小僧
將訓學矣官家其許乎悴曰不敢請固所願也大

師若訓教而使之解蒙則此豈非萬幸耶大師曰若
然則有一事之可質者以生救惟意為之只可嚴之
課程之意作文記號印而給小僧且一送山門之後
限幾年內官隸之屬一不相通割斷恩愛世後丁矣至
於衣食之供小僧自可辦備如有再送者僧姓性未
便直送于小僧許為宜官家其將許之于伊曰惟命
是送矣仍如其言書文記給之自伊日送兒于山門
而純之無哦不相通其兒上山之後見兒僧厮厓
之類之無哦不為大師視若不見任其所為過四五
日後平朝大師整其衣幎對案苑坐第子三四十人

錢如數盡有占風之術也後移臨邑而趙顯明明為
迻使益著有事忤見而冀髮未及藍起聚露於網中既
退迻使拿入隨陪吏以客儀怠慢數之益著後請謁
而入謝曰下官年老氣衰髮髮未及整見過於工官
萬益著曰以下官而不知事工官之軆例則何可一
日供賤守斯迻啓罷迻使道然不可許乎曰不可如是益著正
色曰使道然不可許矣益著曰不過軆例間事也何忍乃
丈以俄者事有此教于此不過軆例間事也何忍乃
知罪己如是而何可供賤于惟願啓罷迻使曰尊
欲使下官作興煤良可慨然切呼下隸曰持笞筮罷

來巧脫帽帶解符置之于迻使之前而大責曰吾以
佩符之故折腰於政矣今則解符故我非人雜
子于吾與若翁竹馬之交也同桃而臥的以先娶婦
者知新婦之名字而桐傳矣而翁先娶故母吾以
汝世之名未傳于我言猶在耳以而翁之沒己久而
待我至此汝是忘文之不肖子也髮矣之不整何關
於上下官汝若念甬言父則固不敗如是汝乃狗矣之
不若也吾言罷冷笑而出迻使半晌無語隨至下慶愿
乞曰尊丈此何舉也侍生罪甫大得罪矣知罪己

古有一武弁以宣傳官侍衡於春堂培射畔濟牧
罷狀適入來矣因語同僚曰吾若得濟牧則宣不爲
萬古第一治天下大貪于同僚笑其愚蔽矣上聞
之下詢誰發此言武弁不敢欺仍伏地奏曰此是小
臣之言也上曰萬古第一治有大貪之理天下
大貪何可爲萬古第一治耶武弁俯伏對曰臣有
衡矣上笑而許之仍將教赴科濟州牧使而教曰
何顏而復對史氏乎仍排衣而趨不得己啓辭
得巨產濟州伯詳病

政茅弁爲萬古第一治天下大貪不然則汝火安言
之誅矣武弁承命而退悍家多負真麥末梁以抱
子水或于大籠中作三駄而餘外但衣服封記己辭
朝而赴任只與僕從一人間行穗敢公平朝夕供饋
之外不進一盃酒廉有餘者並付之於革釀土產一
無可取如是一身吏民皆受戴稱以設邑後初
開戶咐吟過數日病勢大添食飲全廢坐晴宣中痛
邜不能鄉所及史校輩三時問候而不得見而首鄉
乞曰病患症熱未知何柴而此邑亦有醫
及中軍悲乞曰病患症熱未知何柴而此邑亦有醫

其志操尤可尙遂扵都政排衆檢擬得以筮仕焉

呂相托辭登大闕

呂政丞聖齋沿經及茅也當會講之日入坐講席講
紙自帳中出來書七大文遂自周易至詩書論孟中
庸幷皆純通為十四分次當大學列多請粗為
十四分半則即為及茅也呂相不欲隨衆請粗欲
純通西準十六分見其講章方張周思而漠然不記
試所庭度促從而終不得開口心生一計自
稱後急試官令衛軍一名眼同年去以為防奸之地
呂相坐扵闈上延作放便之狀無數思念終不能通

談講章究思排却一邊遂持妓札細乚玩未殆過半
晌試官恠其太運又使他衛軍往窺之衛軍見呂相
手村滿紙細書者無意起身即以實狀入告試官試
官大怒之連使促來呂相不得乚復入講席試官怒
乚曰假托使急而出去暗考囊中所記何梅至處
士習捷駿前出講章今不可用當出他章使書史還
佯乚記得而今欲應講之隆急換講章試官又連促講
不忍為之隆乚揆出講章又連促講
誦呂相白是雄講俄者一章偶未得記其餘他章豈
有不通之理遂一口氣高聲突誦滿座稱善遂得純
通而竟捷其後官至議政

貸瑩錢義城倅占風

李益著以義城倅一日宴飲時當夏郊忽有一陣風
過去盖著急撤樂而作官行見延使請实南倉錢五
千兩以頒年麥時大登價至賤賀麥而封置各洞使
洞任守直矢七月初夜忽覺膝而呼官僮摘及圍一
草萊而見之日然矣云奀聖朝見之則巖霜大降草
木盡凋殘是秋嶺南一道野無青草坊為赤地而說
賑穀價登踊麥一石价初夏不過三四十錢者其秋
價至三百餘盖著以其麥作賑資為又發青報南倉

只與衛軍打開話問衛軍曰汝是他鄉之軍而何時
上京耶衛軍曰小人是其邑之人某月上番矣呂聞
而喜之曰某邑有妓名某者汝知之乎衛軍曰小人
果知之小人上来時其妓裁書付托曰汝上京後須
尋訪呂生貟宅傳納此書中勤付托而小人不知其
宅在扵其洞尚不得傳矢書房主或知呂書房乎
呂相又喜而問曰其書安在吾即出呂書房矢衛軍曰
尚在囊中搜出以呈盂呂相大人宰某宅時呂以衛
子爭眸一妓雖扵年久之後尚未忘情欲然受書而
見果厥妓書也遂忻封展開蒻紙長書無非切乚情

當不則其巨擘及主人滿面發赤慚愧戰栗其士乃
曰詩一首畫意善做為先給我則我當不言矣其巨
擘乃揉紙揮毫頃刻製出以給之文則雖辛詭計得
之又無以寫呈方拖券周囲之除適有能筆而短者
文者與人相約換手而臨期狼貝揉手乃尪
其庭户叙前日未一見之語次魁同接狼貝之事且
言自家有文無筆要與換手仍示自家所持之詩其
能筆者雖不能善文猶能知科文体格取見其詩則
果善做者也方甚固措猶幸得此仍展券磨其
墨揮毫寫之頻回顧曰我則當致誠善寫頃於其

間畫意做出一首詩以待也其人曰諾遂出草紙若
出草揮颯書之仍又墨圈使他人莫可辨識待寫
券畢即為捲持仍授暗草一張於能書人曰券後
吾常即運姑待之遂拖券直向坮上故為躍入於網
內試官及軍士筆見之以吾雖欲還入接中慎勿聽遂出
人以錢兩授軍人曰吾既受軍人既受一刻
顧逐出伴不得一刻連於帳內軍人既受一刻
試官分付至嚴當欲暫時徐緩前引後擬忙
其士人故作哀乞揉於軍人曰吾有萬繁關事幸
少緩俾吾還入吾接軍人筆邪裡肯從四次五次無

數愿求而一向牢拒遂過其接而出朱之除遂語能
書人曰事既到此無可奈何云仍為出場及其榜
出果得寬捷其士既得小科之後又生生之意而
無勢力無折撥莫可奈何適其時吏判新喪其近三
十獨子如癡如狂無意榮途而皂勉行公其進士心
生一計細探吏判之子年歲性才華文識及平日
交遊之為其做工於何慶遊覽於何慶一一詳知
往恳於南山下文章之士撰出一通極其衰痛
惴言相識於某慶同做於某家伴讀於某寺年歲
差以幾年交分則彷似膠柒稱以世誼而備述渠家

世德伴人之見之者一按可知為年歲戱何誰之子
孫仍備雞酒之奠眦吏判之赴公廨性其家使姒僮
筆開几莚門設真斟醺讀祭文而鳴咽不成聲仍
又放教大哭哀痛良久而去其又吏判自公而退入
內則其夫人曰俄有一士稱以某同集進士俑以
兒之切友具真為文痛哭丰餉而去云吏判九異
之取其某令文而見之則連篇累牘過數百行而政
筆俱控佳嘆曰吾兒有如此切友佳士而吾何以不
得知于觀其世間則乃是故家班族且年近四旬故
合筮仕且眼宰相之不在家而奠于其子之靈遂者

宰錦城狀殺金漢

燕山朝嬖妾之娚姓金者居在湖南之羅州恃其妹
勢大張威福攘取人田沓橫奪人奴婢至若錢牛
馬用若己物順之者生逆之者死一道惴惴人莫敢
誰何通內守令之新到任者遠道則二十日內來謁
其次十五日又其次十日五日則不出而三日
本倅則當日朱謁延命則雖或遲滯而此期則不敢
違越家畜如飛善步者三奴一日半能入京守令如
有不如意者即報于其妹或罷或罪朴訥需科不勝
憤痛自求爲羅收到任五日不往見金漢隊皮推挺

小欲諸具疾馳南下先於某都之行到川院逢羅
州下人知朴公由與德路行即往延之及於古阜邑
內不忍且言賜藥事給日間叔父重治金漢禍將不
測故欲來救身朴公怊其速知詳問其所聞日子果
是金漢兆淩一日半也送與同行上京其侄身中路
先馳入城見公之親友詳言曲折諸親友爭持問出
迎于江外潜處仍置于漢江村舍日日歡飲使之醉
倒昏迷都事馳往羅州聞朴公已上京一遲馳啓急
回馬延之未及至京中與諸公已謀樂義反正夫即
拜朴公爲副提學公宿醉未醒反知已爲人

三公兄及座首朴公聞之即發將校刑吏官奴使令
及邑內壯健人幷百餘人使之圍繞其家分付曰若
不捉致金漢則當充良久縛以致之朴公一遍報于
監營一遍以大狀打其膝未及十狀即兜即昇出之
監司見其報大驚急令都事往救之至則已歿及矣
朴公解其卽綬急跨馬登程行喩蘆嶺至川院忽心
動拾其大路遂取左路直向興德而行當初朴公之
勤致金漢也其奴善步者一人一日半入京報于其
妹其妹即通于燕山燕山大怒即發達某府都事持
藥物使之賜死時朴公之侄在京者聞有是命急貿

城謝恩 上引見公仰瞻曰天顏與辭朝時不同矣
左右告以反正事公出閤門即於是日歸鄉云

窮儒詭計得科宦

昔有一班族不文不筆家且貧寠時或赴擧而不能
自誤一接只從親友之後得餘文餘筆而呈蔴芙僥
倖得一監解會闈漸追而既無文筆無以觀光然難
於必得乃携一張正草單身入場四顧無親借述借
筆亦無其路政見闈西巨擘有名於國中即往其
者爲人借述冒入塲曾有一面於他坐矣即
接叙寒暄畢即曰某重塲屋無難冒入吾若一言事

日惟亡不敢不敢遂越江飛馬而去不知去處少頃
數百家奴僕半集咻亡致懟咄亡起憤果以遲遲之
意爛熳相讓交謁吏進曰此必是海浪之徒宜無從
陸之理此拒某海大村為幾里某海口為幾里急步遲
之宜無不及吾吾僚六百餘名左右分隊飛赴於某浦
某海之波況某大村在某浦遠彼
雖某千徒眾吾豈有敗歸之理于上典大禁之其中
百奴知事者十餘漢交謁更白曰賊將之申托勿延萬
者都出於威脅也以小人六百壯丁公然見失億萬
全財寧不大憤初頸不能接當以其不虞之遺而至

若延遲則已有預備何畏之有況浦口不連浦村甚
大誠一延之宜無不獲萬一不獲心無見敗伏乞生
負主一任小人輩周旋如何眾論峰起上典亦不能
禁止忽於家後松竹之林遙有千餘丈夫發喊而出
飛集於外堂之庭漸之擴之端之拳之扶瞽而打瞎
為瞽眼之瞩六百奴丁碎之如土犬尾鷄之馳驟瞬息之
鼠腐鄰勢若風雨之翻紛疾病如雷霆之拉如祐
間擗夷踣午一時渡江又不知去處即見近千奴儻
一亡僵仆於地拔目者浮煩者碎顱者塞脚者違貫普裂
者拉齒者落耳者腦膸折骨

皮者氣急者空塞者直視而喪魂者僵臥而不起者
彤亡色亡無一人不傷而寶無一圍物故之獎其塁
收拾醬魂周孜失物則無一存者而棍上青驄亦又見
亡其身明之曉忽急使往觀則所失青驄以白銀
鞍青絲勒兀然獨立於江頭而鞍前以巨繩綱盛一
血淋滿頸掛於左遇且有一封書斜掛於馬勒之右
使封曰江壓里普施寨執事忙迫某月出島候狀裏曰日
前再度恁晤出於許久經營而勢甚忙迫未能穩話
諶未篤動止不暇有撗於不虞之處那財帛亡喪箇

料以執事洪量宜無有介于懷而不有臨別贈言竟
致奴僕之傷滄浪自取誰尤誰咎所可銘感者以執
事三百駄輕賣輸之為海嶠中一年之粮多謝多謝
賣驢庶完而馬鞍所驀之物即犯令者也幸相考之
如何不偏年月日綠林客拜主人或以慰則未嘗以違
消雪瀲末或有肯中帶介而人或見此失物之憤永
賊苍之瓶日今世見傑男子而江山眉睫無由更睹
尋常春戀頗有怊悵云

朴校理者率五六從者馳馬入來高揖主人曰多蒙
盛念利稅框行層雲義氣何以相酬主人荅曰不費
之事何足曰勞酬酌未了自內急邀生員主人生
貞入去則內君跳足曰大事出矣即聞婢僕之言所
謂喪輿初不載框槪是兵器云此將奈何主人雖大
悟事已到此誠無余何遂寬慰之出來外堂客問之
曰即見主人眉宇滿帶慶懼之色無或有憂應那主
人曰有小兒急病幸卽差安客微笑曰主人量狹矣
吾今所欲不過財之輕便者土地人高家合粮穀自
在今者所失雖云不些數年之內自當充滿何足深

持軍物簇立於外庭已不知幾千丈夫而簡已身手
健壯八口氣力號勇客乃下令曰汝輩頂入內室諸
房所在之物無論銀錢衣服瑟瑟琴釵釧到珠玉錦
繡之屬一并搬出而但婦女所聚之房雖有億萬金
財愼勿近也財物雖名分至嚴若有違令者必用
軍律又誡以勿取靑驢之意且諭主人曰領率入去
毋致亂雜也主人遂領入僻徒爲先大室內町居房
與其他長婦房介婦房孫婦房小室居茅弱婢
房庶婦房大女房小女房長狹房短狹房大婢婢小
婢東狹樓西狹樓前庫舍後庫舍房凡曲凡之物

憂且財物天下公苂有積之者則又有用之者有守
之者則亦有取之者如君可謂積之者守之者如我
可謂用之者取之者消長之理虛實之應卽造化之
常主人翁亦造化中一寄生也欲長而不酒實而
不虛耶卽事已早覺不必以啓夜作開以至傷人窖
主人先入內庭使婦女共集一房也主人已知渾失
可奈何依指揮奉行出而吉曰如教矣容更謂主人
曰主人應有平生偏愛之物此則早言之無使渾失
也主人以七百金新買靑驢言之於頃守令諢
怡怡人派人行者哭婢擔軍馬夫皆喚着狹袖軍脈

一一搜出積之於外庭又出來外舍大念廊中舍廊
下舍廊後舍廊中別堂後別堂所在物又省抛餘盡
取無遺爲億萬之金以三百匹使馬駄之乃一時飛
奔渡江領袖者則留與主人分席對坐慰之以塞篋
之禍福臂之以陶朱之聚散長嘯作別曰如我之容
一見已杽不幸丹逢非所可頒今此一別更會無期
唯望主人連理順懷珍重多福愼勿復止結交亭華
士大夫之念也今當所謂朴校理者有何所荒乎及
馬又顧語主人曰失物之人例有延莚之擧此則無
一利益柰東主人毋用俗套以致後悔再三叮啊主人

炬也他郡是狀山主大悟曰吾家財穀盡為兄大笑
率大軍急亡馳還則家內人命車無所傷財物則蕩
盡無餘此是元帥救束擊西之謀也其財物盡卻
來後明日釀酒殺牛大犒群徒并令行所得及庫中
財物積聚於前庭即令寧眾計其多寡分贈作三
千金各名之下皆為百餘金許矢術軍乃以一張傳
令輪示曉諭曰人之異於禽獸者以其有五倫四之
端而改革以化外頑泯伏海隅離親去國遊手竟
食以劫掠為生則奈眾兒孫嘯聚竟凡矢知人情
矢積孳亦不知幾年矣余之來此非為助商為惡將

嶺南一士族以世富有百餘萬金財所居甚址三面
皆石壁前則大江橫帶於間門外所平廊下二百餘
家矢此人雖積百萬之財而以屢世鄉居建查婚親
皆是鄉班京洛則初無一面之親欲結一有勢之家
而實無其術適其時隣邑蔚山倅表出其甥保朴校
理者來到邑府劉行諸郎親自主張是日自山外沙
場一行次以駿馬使奴招母渡江既渡之後卜舟登
陸輕揚颺眥眼之頃已至於大門之外下馬登
堂主人整衣冠近接仍問尊卿伊誰所來何辈空馳
以蔚山倅之甥佳今遣喪麥劉行在三明較其術站

欲化甫歸善人雖有過改之為貴從今以往革面革
心束西南北各歸故鄉父母為震之墳墓為守之浴
於聖人之化歸於樂民之域則其與海上明火賊何
如哉列又所分之物足以當中人一家產則於農何
商何患無資手於是眾徒一時叩頭桶謝曰誠如分
付云亡其中一二漢不遵令者即以軍令斬之燒其
城郭室屋領三千徒眾涉海出陸各送於其道真鄉
自家則從容還家離家之久一朝半矣隣近之人來
問則谷以間作京行云亡
語消長偷兒說富容

要不出此幸許借二三奴舍以容一夜喪行否主人
久欲締結一勢家以為緩急之交矢今當適會不覺
財力豈非所望逐快許之客感謝再三約日告別而
去及是日主人分付首奴臁三四大庭于酒掃庭宇
塗揩窓戶撘軍歇所兩班下處屏帳之設供饋之備
無不華具與諸子侄整衣冠以待之初昏喪行果入來
方相氏先導隨行次太牢喪守令而監官營護
喪轝前以紗笠青天翼秉白馬分立於左右人丁擁
護鞍馬簇亞充塞於江上二十里本道[]備十餘巨
艦臨江即渡渟框於排設之所即開笑敕動地而已

変襄禮統畢青油邊空殆同龍匕而侔逝三千徒黨
散無紀律不農不商生涯無路及閱主人蘊不世之
智有漭人之才今吾某此非為他也為邀足下生大
元師之任未知喜下何如荀或咨且則滅口在於反
手遂拔長釼促膝而威刦之主人自思曰吾以士族
清類投身盜賊之黨非不著辱而與其滅性於壮士
之釼不若暫厠身名一以免目前之禍一以化凶徒
之習不亦權而得中者耶遂快諾之厥容卽橋小人
於窓外分付來隷曰牽來外繫之馬盂有二馬之來
而一則繫外矣請其人上馬騰躍而出疾如飄風鐵

居其宅行次而喪制主已行檢理服者亦皆名士云
小憩後一行放鐵於最上壕膀後一金井
地擇照詳論置標而下來坐定後行匝中出大簡四
五張揮灑修書卽令一奴傳于某匕邑及監營一匕
受咨以來招山直謂曰宅新山定於俄坐之地匕不
知彼墓之為某宅墓奴而禁山與
否用山與否在於彼此之礎碢非汝所知彼日再在
某日而洒飯需為預備先給三十金以此先為資米
釀洒而待之遂卽馳去山直雖欲拒之無可奈何
卽馳告緣由於山主宅山主笑曰彼雖勢家吾岂葬
之乎使

頃已到於海口有大紅船一隻備待笑下馬乘船乚
疾如飛遂抵一島下舟陟陸域郭樓閣宛一監兵營
樣矣自此坐於肩與前陵擁護而入一大門之中
坐於大廳中交椅上數千徒衆以次現謁禮畢進脩
笑一大卓明日朝仕後初來者以行首軍官從谷跪
告曰今劬力螢蝎未知慶分如何主將遂分付如
此如此其時全羅道有萬石君一人先塋在於三十
里之地守護禁養無異卿相家一日一長制行次入
于山直家而後有眼者二人地宦二人鞍馬僕從挺
其豪健太是巨室求山之行也山直自下問之則㕥

斷則何敢用之當於彼葵之日如是如是波輩勿為
出他以待之至是日早主人牽家丁七百餘名万十
里内民丁作者皆聞風而會者亦為五六百八笑
各持一索一秋向山所而來満山遍野便一白衣行
軍領之於山上飲之以彼家所釀之酒結陣而待之
終日無所見至三更末遂見萬餘柩従大野迤續而
來柩歌喧天勢若萬畢之驅來倬於相空而不可
見之後漸嘩漸息火光亦減稍乚若無人山上軍大跂
之後遂噂喊呐納僉若狀較勇奮臂以待一餉
之急使現之則果處無一人而大則偕一枝四五頭

負主臨殁時吾當自來占獻山地矣仍郎辭去幾年後忽自來現曰今則生負主喪日不遠故欲擇生負主身後之地而來矣遂與其也此一不遠慶指示四山曰此為青龍此為白帝此為案山以其方為坐向某也曰用之則如何曰生三子必大貴矣又占前山一慶為夫人葬地曰用於此則可捧遺而資生矣仍群去葬此家中有一童婢其母先而權厝累年營財將欲待厥僵之來而得吉地方其主與厥僵偕往香山之時搏萊筐而潛隨隱身林木之間厥僵所指宋慶一口詳識招來他慶所居親戚數三人出給所

母悲屏婢屬招其三子詳言家世之顛末曰我本是某慶甚班之婢也汝輩雖貴須勿忘旧主之恩是夜盜入家中方待主人之賧厲月窓外適聞此言自思曰與其偷去些少之物件毋寧住告其旧主之家使細言之且直為推奴之行則必當見救今不可直薇奴主之說湏先以親戚之義往見觀其動靜而言之其主遂往其言而往叩親戚之誼請見主人之母厥女一見即認其旧主之子倖喜而互守之回吾壻兄從何慶而來乎厚待之招諸子使拜見之留數日

備錢五十兩急二貿天辨根拙其母厂移葬于厥僵而占慶仍即此去自度渠為人私婢無以生貴子必欲擇配於班族遂住其慶為備僧為年既長其主人欲嫁之厥女曰我今雖窮賤本是班族不可與常漢結婚願得班族而嫁之其隣適有鄉班洪總角三十而未娶者仍語之曰君欲娶我有收養之女為乃與厥女作配生三男厥女仍請洪上京居生洪曰白地京城何以生活之道手遂撤家上京居生於地京城何以生活之道手遂撤家上京居生於無生活之道手遂撤家上京居生洪曰白為數十載三子次第登科門尼冨盛一日夜深後其

平生云

論義理摩盜化良民

嶺南一進士以文章智謀為一道所稱省許以郡元師材目一日初昏適獨坐有一人来駿馬華僮為來與主人叙話曰吾在海島萬里之外其徒數千兩天性不幸取人贏餘之財用人堆積之食之長皆資他人之物而指揮管領只有大元帥一負今遣喪

厚贈遺而遠之當初某也先後其子欲葬厥僵所占慶則不知何人已先葬之壙形隆然不得已遂葬於甚前山所占慶其後其子仍依於其冨貴之家以終其

245

見之倥偅乃問曰何為來也曰請生負主而來矣甚
也大怒曰汝主不來而汝來請我于吾不得往矣厥
倥偅拜階上請往矣甚也高聲大叱仍罵辱喪主
厥倥偅聽若不聞又升廳上請生負主往矣甚也又
加叱辱厥倥偅又每三請行仍候行數
坐左手扼甚也之喉石手抽囊中之刀擬剌而大罵
曰汝之皮骨雖汝父母之所生汝之肌膚皆吾宅之
所俸汝何忍背恩若是乎如此之漢殺之何惜且吾
欲起而重如太山動他不得大生懼慄仍作強笑曰

汝之情誠如此吾安不往乎矣往矣厥倥偅乃起藏刀
於震牽馬而來請連行甚也不得已騎來路傍見有
葵人者厥倥偅謂甚也曰彼所葵山地何如甚也曰可
臥笑厥倥偅曰生員有何所知于山地則雖好介倒
葵函莫大為何不住見而言之手甚也曰汝何以知
亦一番于仍驅馬向山甚也則既慣於葵之說厥倥偅往傍連促不得
於上去甲其時等天夭已過矣甚也不得已言之喪至
救言其時等天夭已過牽馬
焂驚傳信將耙甚已刀言之逐階往伇憲厥其天夭

啓橫帶而見之則果然上下倒置即教以下一金井
開新壙以葵而去其喪主大致感德苦挽之甚也曰
吾行甚忙不可留也遂下山朱未至家十里新厥倥偅
謂曰葵地欲定於何慶乎甚曰汝定之後之宅可用矣
厥倥偅曰不可不家前有大陂池池中有小島以此
為定甚師曰有池水奈何厥倥偅曰雖然必以此定之
逐入吊矣依厥倥偅言定以池中島長人筆大賑之甚
師心甚悅悒脚弩厥慶謂曰雖徙汝言定以池
中池水如彼何以安葵于厥倥偅曰勿慮勿應遂擇吉
營葵已曰已迫矣夜丰甚也潛出往視則池忽洽涸涸

無一點水大驚異之遂剗削池屹壙為平地何勢果
好乃行定葵焉其夜厥倥偅謂甚也曰主家亚將寧弊一
切勿受必以吾為請丰去可也明日主人果厚贈遺
之皆不受惟曰以彼倥偅見遺主人方以彼倥偅之不事
事為難慶樂聞而許之遂搉厥倥偅而辭歸厥倥偅謂甚
也曰此後為人求山之時必與我偕往以我主馬籌
頓脚慶為穴可也遂從其言到慶丈依定言吉用之
孕久皆大發福而得甚多行之十年遂致富焉一日
厥倥偅忍辭去甚師大驚曰汝來吾家十年情義甚篤
今忽無端辭去何也厥倥偅曰今有去慶不可任矣生

246

其人曰諾即往甚家尋兒俞兒言其受恩不忘事且
傳金班之言夫人聞之亦為欣然曰事甚奇異豈非
天武遂以立石事一以委其人一以忠報恩之重
一以感誠孝之切認同渠事馬賣行資并諳自辯往
來喝連揮塌誠力自初至終極意檢督且諳諸匠
等以夫人赤子經紀之誠曰如此孝婦前古罕睹苟
開此言人郰不感改等亦具葵心豈無歡勸之意于
不可視同尋常俱以扶助之意諸般工價一并折半
可也工正等亦無不欽嘆曰所言誠是小人等遂竪
於孝婦家事豈可論價文之多小亦省受丰價遂竪

甚也說其平日情誼仍曰雖不來諸既聞汝父之喪
吾豈不往求山地乎雖然今日則有故無以起身明
常自往其喪人信之而還翌日自朝企待而至暮不
來明日又使其弟輔馬而往其也之言一如前日謂
於明日當往不得已虛還其翌待之又如前日而又
不來其明日又使季弟三人諸為甚也之言又如前日
竟不來於是兄弟三人憤嘆罵辱曰渠之骨郷渠父
作之埭之肉吾家之所傅也天下安有如許無義熟
狀之人今不可後請別求地師之更無捐外氣酬酢
之際家有一僮年純十五六愚騃慵懶全不任事朝

石於二墓設床石於三墓夫人乃曰五十年志頤
今朝始遂從此先可瞑目矣其孫斷斷長少
年登科即俞鎮五也夫人陶無恙及見其榮華此由
夫人誠孝感天以致吉慶也

定佳城地師聽痴僮

昔有某士有親知能風水而家甚貧窮資賴於某士
也多年一日某士病將死謂其子曰我尤之淺往見
其也恩請求山則又為我擇吉地訖而先成服之
日兄弟三人相與議曰父親遺托如此盡往求之苐
一喪人遂具鞍馬往見甚也傳其父言諸往求山則

名食主人之餘衣不以時而夜每祗竈口
而宿藍綾龍鍾不以人數之適在堂下聞工人兄
弟憤罵地師之言自諳曰小人諸往邀來矣主人簇
怒大叱曰吾輩三人連往委請而不來者再致待請
來使他奴遂出之厥童曰維然小人往則當請來屢
言愿請其事苐曰若使彼僮往則亦當屢矣
試送觀之亦何妨手其兄許之厥僮一小鐵作
一尖刀藏置囊中遂鞍馬於地甚之門入
門呼之曰生負主在乎甚也問曰汝自何來答曰自
某宅來已聞其言乃觀其負則即前日某士家中熟

辛来武弁之家屬於湖南使之入慶家產及男婢女
僕皆為辦買遂拜辭弁為宣傳官且兵判達人軱說
满朝宰相莫不歡賞輙相吹噓次乙升轉官至亞將云

立墓石工匠感孝婦

尹氏夫人某官某之女而俞參判漢蕭之孫婦也歸
俞氏未幾為寡年纔二几無他同氣及諸侄孤子乙
單身一日忽自度曰舅家兩代諸山墓表床石俱不
備而家事無主管之人吾若一朝溘然則付托無處
苟不能追此不死而為之則死亦目不瞑矣然然家計
剥落辦財無路遂割意於針線紛績之債孜乙勤乙

一念不懈妻四十年積累分錢聚貫成緡聚陌
至于今幾為千金而憂其幹事之無人一日其內從
娚某官金某来見夫人逐語以此事金曰有文與筆
丁夫人曰有之文則某黨某丈握之筆則某親某叔
書之受置以侍來多年月內吾無長子娛孫年幼未
解事我一娚人又無外人之可託者方以是苟恨君
家門下想必有人矣能為戒成此事吾金某欲感其誠
曰妁氏誠孝令人感激敢不極力助之吾家有一人
為稱某主簿者素嫻於此等事且為人勤實可任此
等事若使此人董役則少木減於吾之躬檢也夫人

曰然則甚好遂為我勤托也金某歸家即地招来飲
以數盃酒細說曰吾有緊切事方欲仰煩於君乙其
肯從否其人曰如可聽者安敢逆辭金某曰吾有早
孀外從姊俞參判某婦也其舅家貧其先山
諸慶床石表碣皆未遑為且無子孫之可主張者夫
人以是為至恨積懹針線之債經營大事而方嘆無
可任事者為言於我乙感其就孝轉懇於君倪以
吾事甚實營役以成其美否其人聽訖嚏欷歎聲淋
流潸乙金某怪問之其人即收淚而對曰吾家於俞
宅果有難忘之恩俞參判之按節開北也吾之先親

曹居幕任怎得染疾仍不復起自姓病之時俞參判
不顧忌諱類乙審視藥餌之節亦為察飭及至不救
襲歛衣衾以至入棺親自檢飭不用捶草竟得轉染
至於捐舘也豈有如此恩人乎感結幽明銘在心肝
每欲為此家效刀以酬萬一之報而其家子孫疼晉
不知在何處今聞此言悲感如新不覺涕零吾不避
家事雖當水火亦固不辭况如此微細事寧不盡力
金某曰事之巧合誠不偶然今則吾妁可遂平生之
顧君亦得報恩之路此天使之然也遂往其家以吾
言通於內間先世事亦詳言之極力賫偷以成其事

248

服來見我也厥弁自稱惶悚不敢其後數日見老人
謂武弁曰我隨我來由軒兩堦從複道回轉數次至
一房坐定厥弁不曉其意倚荒巡女婢於庭曰
夫人抹樓主出來矣厥弁尤不勝驚感倉黃趨庭遂
巡欲退其老人曰勿為驚勤姑為安坐厥弁轉益疑
惶而趑趄不得只得拱手俯首惶感危坐其夫人盛
粧入門向厥弁行拜禮厥弁行拜禮惟謹不敢游目仰視夫人之
忙起苔拜惟謹不敢游目仰視夫人曰大人不識小
女于大人不識某郡某某事于伊時得蒙大人之
德久母身體得以安矣小女世亦得善慶恩深再
男來見我也厥弁自稱惶悚不敢其後數日見老人

一日其老人問曰君本走京鄉必多經歷亦多有目
親月閱曆者領一聞之厥弁遂將自己決科以後求仕
賣田之事一一細述且將中路埋三屍及救處女之
事從頭至尾說了一通其老人聽之甚妮乃頤有異
之之意自是朝夕饋食之斷斷於前其置兵弁又將埋
屍之事詳細詰問又謂武弁使之除禮現謁後兵弁埋
來其老人招出武弁使之除禮現謁後兵弁埋
頗難故果不納刺致使許多武弁侯門庭有懷莫
束極為不安矣君則可矣聞一面如舊延令以性以平

生銘佩不忘而年浅心智慮未周未及記馬居住
姓名矣苦報一念蕩痒如結而既不知姓名居住報
恩無階事員實多何幸天神共佑事機湊會有此奇
遇娶庶遂蒙報之願自个以性死可以瞑目矣厥弁聞
之始覺其是夫人即其郡之慶女也盖兵弁麦配
後娶於湖鄉即其慶女也于歸之後常對其家人說
此事而不知其人欲報無路每以為恨其同知公及
兵判熟聞其官嗟嘆高義之言如慶
符郡遂以此事傳于夫人使之出拜待以恩人自是
其共續民氏之郡並為豊盛買一家舍於甫壽之地

雅有不得掩者因細探委折出自己行裝中錢兩使
自家奴子貿布木買槨斂之次第深埋於其
家後園又問其女子曰某之外族姓某名某者居在某鄉
某坊而單身女子無以就身今辛賴大人之恩德得
埋父母之體至恨早矢更何所頹只有一死之外史
無他道云已武弁曰不然我當貿轎貰馬送于某
家願勿慮僑遂使其奴貿轎貰馬一馬治行及此女子
于轎中自作陪行訪某鄉某坊某家細說首尾付女
子于其家仍檢其行資只餘十餘貲乃賣馬得錢五

六十兩徒步跋涉間關上來留寓於旅店住尋向日
新知人見其貧窮之狀待之甚冷落無情誰肯出力
周旋每常都目既之調亏之才取才非明可論又無
蟠木之容揄揚又無可望只得遁衆納卿一次陳情
於兵判而歸今年如是明年如是倏忽之頃掩過五
六年如于燈繼已盡盤纏食則以多年主客之義姑
以外上得食而至於衣服無以得着欲為下去而非
以無高還鄉路費寶亦難辦真府調登樓進退
維谷計無所出方欲一當往見兵判洞陳情寃而兵
判適有事故不見名卿客寄路通關啓闢兵判之大

人同知公年過八旬氣力尚旺方在後舍廊武弁筋
無所歸又生納交於其老人之訴而門葉至扉踈蹤跡
俎唔盡日彷徨亦無奈何遂逢門庭水寂眠
其無人閃入大門之內隱身於虛廊之中而聆謂同
知公所慶之廊尤為深邃門逕亦難的知又瞬無人
之陳宛祝則有一垣新等不甚高峻自念以滿矢在
弦豈不得不蔡遂拼援而上踰越而入晴已地窺睨
則即是金廊而房中燭火明煥寂無人譚少為房門
下啓似有人跡敷時夜三更月色丰庭厭弁隱身幽
晴之慶徊伏而探視則一有老人鮐顏白髮拱節而

下俳徊於庭砌之間厭弁以為此必是同知公也遂
驀地突出俯伏於庭畔其老人撞見不意之中興
了一驚問甫何人而何故至此必是穿窬之徒也厭
弁俾若不知曰小人即全羅道某邑居出身某也登
科幾年未沾寸祿樓序鄉家產蕩敗仰事俯育不
得如意遂包食旅店今且幾年物欲逐鄉叩路需無辦
備之道乞食旅店艱楚萬狀窮伏閣大監自薦任以
來大妖公道寃屈禁至歲通判
陳情而門禁至歲通判無路抱刼徊徨亦既屢日之
情勢窘迫出萬亡之訴股胙瑜逗之行有此亡身之

白衣至壬辰前禁白衣皆着青衣故也至壬辰夏後
寇深入 宣祖大王遂作去邠之行駐
及平定駕還回京麻衣老人之言果並驗矣至丁酉
倭兵再動駕行北上京師大震時楊經理鎬來在我
國 宣祖大王與楊經理出御南大門樓上與朝臣
共議剿賊之策僉正時以蔭仕微官隨駕在末班身
困假睡似夢透大聲呼曰再不渡漢江舉朝皆
驚怪 上亦驚問曰是何報也僉正遂命招其人近榻前
問之曰俄者每不渡漢江之聲是何故也僉正陳達仍曰
前日所聞於麻衣老人者詳細一一陳達仍曰老人

之言以已過者觀之無毫髮差爽今者再不渡漢江
之說亦心有驗矣 上聞之以為喜報即趙資拜僉
知未久經理所遣麻將軍賁過倭于忠清道稷山素
沙坪以鐵騎突擊破之迨至于嶺南海邊再不渡漢
江之說又梁驗矣

癸三 尾湖武隱德

嶺南一武弁少年登科家貲稍饒謂初仕嘻手可得
每年旅遊京洛衣輕策肥又刃滿駄輸來以為結識
豪貴納交權門之地見欺於奸騙之徒受詐於流浪
之輩淮盡貲寶之是鑽無痕故之可言一年二年家産

漸耗所賣庄土四五年之後狠貝歸鄉方欲斷絕仕
宦之念專意農作之事家人諸之鄉里賣之以為空
破千金之庄不得一命官舉議衆潮之不勝悔耳其
武弁一過著悅一過憤痛盡將所餘田畓賣作數百
貫錢復駄錢上京更為求仕之計而到忠清道境日色垂暮
旅邸永不遠家自誓於心何而起頃刻之間 上天同
雲暴雨大注雷震交作政甚悶惜之際遂見一村庄
前店尚遠而黑雲一尼自何而作政甚悶惜之際
隱映於樹木之間遂驅馬尋路而往投直入全廊與
主人叙話仍請寓宿主人許之遂媷其衣服收其行

孝夕飯之後仍與主人此欵彼說不覺夜深忽聞達
二地有婦人哭救甚懷絕篤問主曰此何哭救耶主
人曰此去一馬塲地數年前有一班未寓只有老夫
妻及未婚子女在為家計甚貧為人傭貰以延性命
忽於數日前其老夫妻皆死其子亦為此去只餘一
女說無獲蓋且無貲産三尸未殯此必是此女子之
哭救也武弁聞之不勝矜惻待天明妻性其家而訪
為寂無人跡只有一女子在內應之曰如此窮巷誰
人來訪仍出未接待武弁見其女雖飢餓所困重
以衰戚蓬頭后首衣不庵膛其天生資質之秀麁閭

251

女溫良恭遜性又聰慧夫人遂大覺之相與和樂以
終平生

驗異夢西伯識前身

昔有一重臣自兒時每以其生日之夜夢至於平生
所未識何地何家而有白頭老夫妻沐髮浴身精著
新衣以豊潔庶羞陳於床工傍有交椅有若奉廬之
狀而自家靦坐椅上飽與庶羞者老人內外則達夜痛
哭於床下每年如是雖夢中經歷行之既久巷之深
淺家之大小墻垣之間遭樹不之踈密至於門戶向
背廳事潤狹增砌屈曲歷=森列於眼中雖未嘗向

埋沒於常業寶為可惜故送于學房使之受業則一
覽軋記文理日進一鄉工下莫不稱賛一日見半安
監司到任之行唱然歎曰大丈夫當作平安監司矣
自是日病臥呻吟斷=沉重於某年某月某日化去
小人不勝悼惜每於是日暑懺小饌而奠之矣監司
聽之其兒匕年月日即自家生年月日也尤大異之
謂老夫妻曰到任後當招汝須即來現也仍為到營
三日後招其老夫妻來曰汝矣告夢中之事買一家舍
於營門近慶以慶之又買指出給之且以老夫妻之
無子買一區奈位而付之本府作廳以為老夫妻身

人說道而心常惄怵後為平安監司到任之路未知
營少許過見卻內一巷甚慣於眼與年匕夢性之地
毫無星爽監司遂異之駐前陪教諭書郎越等屬於
路上獨自車騎向共巷而入果有一家恰符夢中之
見遂入其家工房鋪陳設於廳上一洞暖敬持其家
老夫妻莫晚其故窺不暇監司坐於廳上招王人
老夫妻出来老夫妻不勝惶悚俯伏於庭下監司使
之升廳樂顏果是夢中喃哭之人也遂問年歲歲何
有子與居否其翁曰有一子矢已久矢問幾歲矢促
耶對曰十五歲上而其兒生而頴悟聰明起出羣華

後奈礼之需而自作廳脩行自此以後不復夢笑

精倭冠麻衣明見

金僉知潤身與術人南師古相親每往南蒙則有麻
衣老人在座與南相對論術老人曰青衣木僂國事
可知南思之良久曰然矢老人曰又不久必有兵禍
鑾輿有遷官之厄至于西塞而後方可恢復旧都
矢南又思久曰然矢末言再不渡漢江南洗恩
移時曰果然笑僉如在傍聽之而不能解得矢末久
青衣木僂盛行于世盖我國古無木僂至壬辰前始
有木僂上下通著白箕子白衣束來之後我國皆著

来笑過馬前回顧見錦湖行過一馬塲又一顧見二同伴相嘲曰吾輩三人同行君之容皃非獨表出而厥女偏於君屢次顧何也錦湖曰吾赤不知見前當大村其鞁子入於曲巷中錦湖謂二人曰君輩須先社前店以待之我則明曉當延及矣二人或笑或罵曰士大夫科行忽惑於一女子事其同行中道改路寧有如許人事手錦湖笑而不荅促敀子驅馬延到委遯曲巷中見一髙柱大門遂入門下馬繫馬於廊柱甡堦而上則房門閉鎖塵埃滿廳姑為入坐俄而厥童婢一手持一立席一手持大具自内而出餔席

施陰求有力之士以圖復雠之舉而不達其八潜求良弓勁矢待之久笑錦湖曰然則三人同行何故徧顧我也厥女曰見行次形貌壯健足辨此事故也錦湖曰吾見行次在房中與娘子戯謔錦湖即如矢于絃使厥婢前導指示随而入門隐身於暗廐而窺見之則明張燭火披衣露腦半醉倨壁而坐錦湖彎弓滿彀極力射去正中厥僧之腦膛厥僧大呼一聲蹶然仆地又歘更射其女人厥婢抗止曰眄行雖如此亦吾上典不可自吾手殺之且當自菟不如棄之而去錦湖遂止與厥婢出来厥婢謂錦

湖曰小人願随行次而去為妾為婢惟命是從忙收行裝急出門外與厥女并騎而行列半里許厥女曰我有所志事更到其家放大而来遂下去錦湖駐馬而待之俄而見其家大光起烔烔騰天而厥女旋即回来又依前芹馬行趙到前店二同行出此見一女子而来大矣錦湖笑而嘲罵曰今為視科而前来不祥莫大矣錦湖笑而嘲罵曰不荅遂携厥婢與上京店留置厥婢於内間整飭枓具入城現光遂遊街三日後携厥女而遂鄕與夫人相見惟覔科大叫随漢現氏為人不似畔賤之人遂許與作妾歡

于行廊房中置大具于前諸錦湖入慶房中錦湖笑曰汝安知我之必随女来而設此具也厥女赤笑曰我三次顧見而筭有未来之理手且先吸南草將倂夕飯以来始待之夕飯後盥盆等盛洗漱收設而出来矣少焉果進夕飯持床而入少嚝果出来坐房之一隅忽泛然涶下錦湖怜而問之女收涶對曰吾上典家勢孤單其年聚某宅婦女一日婦人覲行歸路忽然急風捲轎之帳适有一頑僧窺見娘子之美狼生謠慾随而来以强力逼厚娘子遂發上典此麦須敀牲牲来此切悲兏慣菌而置一女子無許丁

令富治其罪仍下教拿入實間大張刑具時拿入其
妻數之曰汝之家長欲從吾命矣汝狩持難而不奉
令此何道理乃命加刑至四五杖而止李妻惶恐而
衰乞曰何敢達越誑當奉教矣仍得刑而還官李乃
驚覺而入內則其妻以夢中事告之捫膝而坐海豐
刑杖痕李之夫妻大驚恐相與議定而翌日請海豐
曰近日何不來云則海豐即來矣李近請曰君以
尚曰事自外而不來乎吾近日千思萬量非吾則此
于君家矣吾意已決寧有他議桂單不必相請此席

之盛世所罕比其第五男以書狀赴燕回路未出棚
而作故以其柩還時海豐尚在里符夢中之事其夫
人先海豐三年而歿海豐適於知舊之家達一
衙士諸人皆問前程海豐獨不言主人曰此人相法
神異何不一問海豐曰貧窮之人相之何益術士應
曰近是誰今雖如是用窮其福祿無窮先窮後窮陵
遲五福俱全之人座上之人皆不及五矣其後累舉
言海豐初娶時娵種之夕夢入其家則壹上排
祝田一如婚娶之儀但無新婦覺而詰之妻而再娶
之後夢又入其家則又如前夢而前新婦未免繼

書之丁巳仍以一幅簡給兩書之仍於庭上披曆而
海言丁寧相約而送之翌日之朝其女起寢而言于
其母曰夜夢甚奇嚴君之時友鄭生忽化為龍向余
而言曰汝定吾子乃開裳惰而爰小龍五竇蜿蜒
蚹盡不可恇弄父聞其言而異之及入鄭門逐年
生產已純男子五人皆長成次弟登科一男二男住
至判書三男侄至大司諫四男五男俱是玉堂長孫
又登茅於海豐之生前其婦又養海豐以五子登
科口一資位至亞即享年九十餘孫曾滿前其福祿

祿又喪妻三娶三夕又夢入其家則一如前夢而棺
以新婦縋裙之兒年近十餘歲而稍長矣又娶妻及
四娶李氏門見新婦則即向來夢見之兒也此事甚
有前定而然也李兵使夢中下教之君上乃是端
廟云

復主雋忠娉托錦湖

鋪湖林校理李秀少時嵩落有氣鄰豪葵不羈駒馬
習射好讀書能文章一日觀科上京與同接十人聯
鑣而行中路見一素輪從凌而來輛下童娉午可帳
十八九貌頗有容色編髮至踝樣致裊娜隨轎冉冉而

然後始可發福富出三科而榮顯矣其後四十餘年
李之孫兄弟三人皆登科升運官至玉堂累運至
瞥至正卿

現宵夢龍滿豪慍

海豐君鄭孝俊年四十三貧窮無依表妻者三而只
有三女無一子以寧陽尉之曾孫本家先之外又
奉晉陵及顯德王后權氏
魯陵王后宋民三位
神主而無以脩香大在家慈乱每日從遊於陳居李
兵使迴圍家以賭愽為洧連之資李即判書俊民之
孫此時以堂下武弁日與海豐賭博矣一日海豐辭

曰大駕幸于君家湏即出迓李慌忙下階俯伏于
庭已而少年王者端晃珠旒來臨于大應之止命李
近前而教曰鄭其欲與汝結親何如對
曰聖教之下而敢違咈而但臣之女年未及笄鄭是
三十年長何丁可作配于李乃悌而覺即起入內則妻
湏成婚可也仍還宮李乃悌而覺即起入內則妻
妻未明姉而坐問曰花未晓何為入来李以夢中事
言之其妻曰吾夢亦然大是怪哉李曰此非偶然之
事将何以為之其妻曰夢是虚境何可信之矣過
十餘日後李又夢
大駕又臨而王色不豫回前宵

然而言曰吾有裏由之言君其信聽否李曰君與吾
如是親熟則有何難從之請于第言之海豐之
久乃曰吾家非但果世奉祀且奉至等之神位而吾
今鱗居無子絶祀矣豈不慘閱于如非君則吾何
可開口君其憐悶我情勢能以我為女婿乎李乃勃
然作色曰君言真乎假于吾女年今十五何可與近
五十之君作配乎君言妾矣絶勿更發此沒自此以後
不成之言可也海豐滿面著愧無聊而退就寢矣其
更不往其家矣後十餘日之夜李兵使就寢矣
夢中刈庭當橑速亡有螫蟬之聲一位官脈者入来

所下教者汝何尚今不奉行于李惶遽而謝曰謹當
商量為之矣覺而言于其妻曰此夢又如是必是
天意也岩迷天則恐有大禍矣将若之何其妻曰夢
雖如此事則不可成吾何忍以愛女作寒乞人四室
乎此則無論天定與人定必心不可従矣李自州之後
心甚憂恐寢食不安矣過十餘日後
大駕又現于
夢曰向所下教汝何故終不有益者非但天定之緣此乃多福之
人也於汝家政無有益者非但天定之緣此乃多福之
逆此何道理将降大禍李乃惶恐起伏而對曰謹奉
聖敎矣又欠習此非汝之昕為寺由汝妻之頑不奉

嗟歎曰若知其時汝在下則吾豈不香瞬目而今

日眄得又豈但止於此耶遂相與大笑

占吉地奧遊召函

李判書鼎運之祖父某於少日讀書山寺時值大冬
雪寒嚴酷有一雲遊之僧鶉衣鵠形乞食於寺僧守
僧餽之夕飯其壑欲逐之李班憐之謂寺僧曰當此
嚴寒之時無衣飢餓之僧忽有凍死之慮米則吾
自備給誚加留數日待日氣稍解送之爲可李班則
摟投新衣其町脫衣眼盃出而衣之待日寒稍弛使
之下山其僧無數稱謝而去其後幾年李班遭坎壈

喪人乃與僧俱往審審則乃平地田野之間局促狹承
似不合心窃疑之而既不解堪輿又專恃此僧之言
則不可以俗眼取舍也遂一從僧言擇日開基於是
無論族戚隣里下及役軍衆皆營皺以爲林樾荒亂
山石嶙峋如此山地不可定云　喪人雖寺僧特僧
吉而衆毀衆集不無疑慮之意遂引僧靜僻處問之
曰吾雖特師言決意用之而其奈衆口皆毀不勝喧
貼吾既之明知的見僧之言實無以排衆議而用之此情奈
何其僧尋思良久曰小僧之至誠或忿而人言
既如彼喪制主之如是爲言亦無怪矣雖然如明知

成服有一僧來請弔喪主人愕而未知誰也僧曰
喪制主知小僧乎日不知也僧曰喪制主俯念昔年
某寺乞食僧事乎小僧即其僧也伊時得數俯食解
衣之恩得免緊索之餓鬼感恩如天銘在心肝必欲
一次報效矢適聞喪制主連艱之報恩無山地之
着小僧粗識風水之術敢擇墜吾之地以爲一分報
恩之地不必喪則主親扒小僧當走一遭初墨而未
求之恩得免緊索之餓鬼感恩如天銘在心肝必欲
夫伊後與小僧僧往而完定如何喪人聞其言怳然
大覺以爲渠既感恩必欲求報則似當盡誠求之依
其言使往切占發日後其僧占一處而未要與同往

吉地之明驗則可以用之矣人曰可勝言哉其時
穿壙已畢將始筭庆矣其僧遂與喪人入其壙内緊
閉掩壙窓不使點風入内破其壙底小許則下有石
函方正方以手微擧其上盖一隅以燭斜照凡窺僧
之則隆水滿函金釰數三尾游泳其中喪人見之大
驚逐急閉之仍復依前堅筭而
出來使之除雜礫筭等見如此擧動遂不敢
復言仍爲完定矣其僧辭去時謂喪人曰小僧感喪
制主之恩德擇此吉地必欲於喪制主身發福見其
榮達矣不幸吉氣少減當作四十年後吉氣復完辰

256

悦其妻婢屢次挑之奏婢不應故憤而殺人擲其頭
於西家欲為嫁禍之計今已綻露無詐可達矣於是
獄案成矣遂放西隣之家王

誇犬夫西賈滿駄

昔有一士人因科事入洴村則主人適出他獨有其妻
在焉時週四顧無人陰慾發動執厭女慇求歡為
厭女以主客之誼不忍發聲拒之毛起從王織而其
夫自門入来經坐歷上閑户欲人其生怱以厭女之
衮覆厭女之身回顧其夫大瞋眼而揮之其夫會意遂
閉門而退曰我是老熟之人豈不察人之氣色于遂

出大門而去於是更無所嫌盡意行樂而罷士人出
居外含厭女徃授隣家少為其夫又来見其妻入来
近謂曰汝於其間徃何處而今始歸家其妻曰我以
我衣次欲倩手於隣人而裁之其人適出他少待其
歸所以逡巡矣其夫不以為性更無他言終士人
登茅又幾年為平安監司歐溪大喜曰今將徃營乞
駄矢厭女笑之曰如君下去何物得来厭溪怒曰吾
不能得来則政徃可得手其妻曰吾徃見其妻入来
厭溪不聽其言遂賫馬騎去到營現身監司見之别
無喜色吏營庫給飯明日出給路資使之速運厭溪

大生怱怒又怱無面見而走綻入家大聲
呼罵怱氣勃乃厭妻近謂曰得何物而来厭溪備述
其冷落無舊曰厭妻笑曰吾固不言之于

君則鏵百番下去無所得吾必下去然後方可得来
臭下澳營使門者入通即時召入厭女陞増上拜見
巡相見之使之入房辭其遠来之意又入送内衙使
之欸待妬幾日厭女請欲辭去巡相不忘舊曰之情
自内舍召入寢室以繢旧綠命行下紙大單手題
鐵文幾千兩其外綿紬白米民石魚油清之屬屁儀

關西畝産者無物不備命營庫禪出崔馬輸送之馬
凡幾駄前駄先到洴中前路間平安監司宅洴主人
家路人指示之遂直向其門而八從諸駄陸續盡
来最後駄女人而来解卜滿地可謂塞破屋于厭溪
和見之一以為大駭一以為大喜次第扠拾誰物各
二區厥提蓉間其妻曰吾下去而不得一物於此内房作
而得貨財岩是夥然是何故也厭女笑曰君不記某
年之時使通屬觀科八来於此内房作雲雨之會于
其夫尋思良久怳然大覺曰是矣是矣末大知其時
仰卧者誰也厭女笑曰故是我也厭溪又驚悟嘖噴二

招地婚是豈嶺南敦厚之風耶今既筵日醮席亦設
遠辨新郎脤毛白馬紗籠性近越村道令速行醮禮
又送一輧馱來其慶子又令家備給華衰速招退
去新郎又行醮禮於其家坐見兩婚禮畢而去一邑
莫不快其家主之見辱而稱其道令男妹善為匠慶
為

試名卜冤獄得伸

全州邑內有一寮婦一夜之間不知何人潛入其家
斷寮婦之頭其隣人姓其日晏而寮婦之家寂無動
靜入其家開戶見之則寮女臥而血流滿地無其

頸矣隣人輋大鷙發狀告官本倅出來檢尸果如狀
辞尋其頸去處見血痕點滴出於戶外從甚血聽而
推尋之則至於西牆下而止為乃入甚家遍搜之
則其家西牆下寮婦之頸落焉蓋變出於深夜之中
而地是幽僻之處其家主人亦未之覺為於是謂以
甚家之所為能締家主嚴刑究問其人捱理稱寃而
主倅一不回聽聞月歲囚將至死境其人
有二子不勝其寃以為此必有兜犯者而無路覓得
相與議曰吾聞鳳山劉雲泰善團之名卜盍往問之遂
厚齎卜資及路費幸一匹馬尋往鳳山劉卜之家細

陳情由諸得正犯而雪其寃遂進卜債劉卜曰今
日已晚明曉當卜鳌卜其望清晨劉卜以大屏圍之乃出坐
廳上爇火於爐置一案於前又以良久辨之乃出召謂二
人曰汝以今時急歸本鄉勿入汝家直向西南間路
七十里許左邊有分岐細路從此而去則其下有麻
田數十畝其下數十步有數間草屋畫則隱身於麻
田旮昏後潛伏於其家籬後則必有可知之事厪人依
其言急歸不入其家直向西南路上而走行七十里
果路左果有徵往逐由此而行果有麻田麻田盡處

有孤村斗屋其人乃繫馬花遠亡山邊隱於麻中待
黃昏後潛進其籬下自籬隙窺之則男妻在爐上明
火而織優其妻在房中懸灯而綠絲幷無所當二人
一向窺耳雖邊聚精聽良久厭漢起身收恰所業
滅火兩入房喜謂其妻曰今則無患矣其妻曰得當屢
經刑訊今將死矣二人聞此言撤籬踊躍而入曳出
厭漢緊加結縛摔來其妻亦非喜卽令摔入
紲倅身而來矣主倅亦鷙喜卽命摔入厭漢跪入新官庭小人痛父孤威嚴
挺凡身而來矣一杖囚□承服曰小人卽其隣居皮正也幕
問不下一杖囚□承服曰小人卽其隣居皮正也

258

急速逃走遂相随而出門行至数步厥漢又曰小人
有一怱却事請焼其家而出来請行次少留待之旋
即回身入去洪謂以待厥漢無義遂獨自先去行里
許回首視之則遂二地大先旦天其凌登科為江原
監司行部之路見一治道之民擁箒而立使台之前
来駐車而問曰汝知我于厥漢對曰小人何以識洪
曰汝記其年如是如是之事于厥漢始乃覺得曰小
人果記之耳洪使之還營後来待稠道不已掌遺而
遣之

呂鎬民移花接木

呂希判束植為嶺南右道御史行到晉州偶與従人
相失且値日暮無可投宿處適有一茅屋在路傍者
往叩之有人出應乃班族而未冠者告其寄宿之意
厥童無難色而許之邀入房中而欵待之回語其妹
備夕飯而進之一夜則與客同寢上問其妹則寢於下
間観其言語動作與之酬酢則為人可愛男妹對日
内外截嚴設心異之問曰年既長矣而何故未娶對日
以家貧之故人皆不顧前村富家曾有聯婚之議亦
厭重無難色而許之故今怱肯約更結婚他以明
日過婚矣又問汝妹亦有定婚處否否曰亦無定婚

慶夫御史既憐此児男妹之過時失婚又憤前村富
漢之嫌貧退婚明日直往其家气飯写門閭高大楷
庭廣濶高張遍日盛設鋪陳彩屏方等仰新即
之集而賓客満堂奴僕盈庭羅列釜鼎盤床宛皿之
屬烹飪肉肉備設盛餞以次進於堂工此際怱聞乞
客之聲主人喚奴子逐出之御史乍出従入高聲大
呼如此威會飲食若沈奴子逐出主人甚苦之令奴子
腹于堦下王人責備一
床而給之奴子乃以殘冷飯草之数怒威一小盤
而待之於為之項憍上歷上 飢身於諸客之末又以

薄待兩班之意多小詭署主人大怒又使奴子牽出
之適於此時驛卒一漢尋御史所在来到門前御史
瞥見以目瞬之驛卒逐高聲大呼曰御史道出道矣
一聲纔出満座驚散抱頸鼠竄填而逃盡門謂新即
適又来到見此風色亦回馬而急遁諸従人又次曰汝
来會御史遂擾上座拿入家王跪于庭下數之曰汝
以一乞之巨富既設大會一床盛餞何損於汝而設
逐出之至於花屋度愍而乃以衆人所食之餘草二
薄待又至於上廳驅追牽出安有如許道理如許人
心汝始議婚於越村其道令嫁其寡寡臨期将約更

翁姑出去謂客主以兩班而信之無疑勤托守家乃
於深夜之中腊懷不美之心兩班之行豈如是乎遂
出户外覓得裏封而來洪聞言不勝愧恨滿面通紅
不得已出户覓未其婦乃褄十歓戎之日明日舅姑歸来當細
令是從其婦諸襄袴而立洪又不得已惟
陳委折史勿念而安寢焉仍又續縷如前生翌日
老媼遽来間客主安寢否洪無辭可荅其婦乃以
夜間事告之老翁曰吾知汝之貞烈故獨留接客而
年少男子見色而動心者亦不是恠事委曲其辭開
陳其不可之意固可也汝何敢槯楚兩班于遂取其

心有間户出来之廳以背緊怙於門扇而鎖之
俚不得推出果然厥女轉輾下至於門閾百般誘說
終欲推門而不得乃大怒譏罵曰年少男兒與女子
同房而無乃窘乎何者乎何真浣風味若是
芝推郷覣辱而不巳曰雖非客主宣無他人遂揮仍
即相抱而熟睡少頃其夫還来直入其房一回号發
甚男女初即出来立於洪之寢房之外他聲呼曰客
主就寢乎洪曰小人是何人厥漢曰小人即此家之主
人也請開門洪見厥漢行凶之事心甚恐怖而又思

楚樹其婦数十向洪而語曰村女無知使兩班受辱
不勝惶悚洪不勝着愧補謝而去其日又行幾十里
值日暮遠店又尋一村舍而寄宿焉其家只有一夫
一妻又後其主人告曰小人適有緊関事將往十許
里地明早當還諸客主善為安寢焉又囑其妻以善
待客主而出去其女閉門而入房洪則宿於上下間而
間有障子其女宿於下間洪則宿於上房洪慇於昨
夜事更無邪念矢花深後厥女呼客主曰上間基跌
冷客主得無寒手消移廢下間而與我同宿如何洪
荅以不寒厥女数三次請入而終不聽親其女野為

身無所犯寧有他虞遂開門使入厥漢百拜稱謝曰
行次誠大人也元年少之人於深夜密室之中與少
女隔壁伴宿而不為情慾所動者能有幾人小人屢
見厥女之行多有可疑而未促真贖昨見行次儀表
之出常厥女有歆慕之意故小人故托出他潜伏窓
外以伺察焉果然厥女不勝情慾乃托隣居総有與之同宿故小
不應厥女乃拓隣居総有與之同宿故小
人憤其所為一刃刺鼓之若非行次之辛確不枕為
厥女所迷則豈不兔小人之刃矢吾見多矣未有若
行次之真正大人也今不可在此迓天未明與小人

花朵於是衣章服以細繩縛賜花於帽而著之使二
人挾腋中庭往來作進退狀其曉睡朦朧之中
忽聞人喧聲呼僮人驚問曰今已深夜是何人聲其
僮曰書房主作新恩之戲矣其大人曰汝是何恠
矢招其子大責之曰此何樣是何恠俞校理乃
以夢兆及明日科令對曰此科似可必做故喜不自
勝果作呼新恩之戲矣其大人怒罵曰汝如覺
近破落之人平生不曾對案看一字優遊歷度
時日而何可堂科乎然策誦斯干詩俞校理乃朗誦
里斯章不能成誦其大人又罵曰如此而乃做科

予須速脫帽帶還舍就睡明日亦勿赴舉也俞校理
惟乃而退翌曉乃潛身入場遂以夢中事語一二知
舊僚曰君果熟讀而入未否俞校理曰未章吾未能
盡誦矣其友曰胡不開卷一讀也俞校理曰夢若無
異則已如不然雖不盡誦亦有自曉之理為用讀為
諸友皆力勸而終不聽及出講草乃斯干詩為人占
之句也俞校理尤獨喜自圓遂突著者乛至未章
上以御手拍策大加稱賞曰善哉善哉不必盡誦而
為收柱乃不誦末章而以此通賜第其大人朝來聞
其赴科憂歎不已忽聞榜聲疑慮百端俞校理自闕

出來空家而歸其門客之屬方出門迎接俞校理自
馬上以手而乛指示曰吾雖不知斯干末章今而乃
占科云矣

洪尚書受挺免刃

洪尚書字遠佐未第時作東峽之行日勢已晚而店
舍精遠無以趙程及站路傍偶有數家材言貝事情
而請留宿為主人許之其家有老翁姑及一女婦少
食後老翁謂窆曰為著一家祥祭今夜將祉他慶少
婦獨在謹湏肯檢守家而善為安處為著祉少
吾輩出他汝獨在家必善待客主遂與老嫗出門而
婦...

去少婦應諾關門而入遂同寢一室其婦讓窆主宿
於下炕渠則坐於上炕張燈而績絲洪見其婦雖是
村女頗有姿色又值其舅姑不在而與之同寢意欲
挑之假托睡困而為轉就其婦之傍試以一足加于
其婦之膝其婦認以遠路行役困眠所致謹以兩手
輕舉而下之間又以足復加婦膝其婦又加前下
之洪則未悟其意乃呼客主而覽之洪佯
其婦始覺其之有意於己也乃呼客主而覽之洪佯
以睡深撲屢呼而淚始伸而微莟其婦必善待客必
而數之曰兩班讀書知義理豈不識男女之有別乎

問安又召諸子輩語之曰上典主明將還宅孫女又
當率去騎馬一匹轎馬一匹卜馬數匹斯速備待轎
子亦為借來汝輩某二陪行上京党上典主書札而
來使吾知平安行次之奇諸子輩奉走應命一齊辦
備遂治發上京衾枕衣服如于錢兩并載一馱一路
無事平安將達其班作書付其回便其凌每年一伴
限老媼終身

夢黃龍至誠菽宵寐

李叅判鎮恒少時必欲做科而聞夢龍則必得科乃
修掃羊間挾室入處其中家務不許相干賓客不許

相逐便旋之外終日不出朝夕之飯亦自穴窓中出
納晝宵所思無非龍也思其形體思其頸角思其鱗
甲思其爪牙以至於龍之盱居龍之所潛龍之所定
化以心想像以心指劃無一息間斷至於茅三日始
得一夢矣一大黃龍纏于右臂龍體大而力壯大貴
氣力艱辛經統之忽然自覺乃一夢也勞力過多遍
體流汗李丈自是實才得此夢而大喜忽然庭試有
可合科題者無論經史雜記無數做得忽然庭試有
命令前數日親往紙廛命人出上寺好品紙積置
于前石手藏于袖間以左于[二]翻閱擇其最好者

乃出右于而拔之出又思兄弟即一身爭之正輩吾
何不并揮吾不釜第而茅若登第則與吾登第何間
為遂如前法左于手扳之右手扳二張而歸遂與
李氏同入塲中少頃成坰官負奉御題而出來引儀
唱四科滿塲之人瞽目花壁上矢及展揭以草龍
珠悵命題滿帳舉子都不識解題往來探問不勝其
紛紜李丈過獅知其出塲乃專意安坐以古軆一
筆揮成兄事兩榜次茅捉呈及其榜出院隸呼名四
出為有二三人已為呼上自家名字尚不出來心甚
煤問少焉先呼其李氏名字自念已雖不得筆已登

誠龍夢矣

第亦何恨為俄而自家名字繼又出來一榜六八兄
弟聯叅并登卿月之列老來乃向後生輩必勘其致

誦斯于雄讟動天聽

俞校理漢窩少時豪放不羈以學掌為觀日次嚴講
一夜夢遇斯于章占科而方覺之際個任來岂明日
嚴講有命矣俞校理大驚喜蹶然起坐在傍睡
者曰速上大舍廊持帛紗帽來其人曰大舍廊門
已緊閉進士主已就枕矣俞校理曰雖然呼廳直速

[二]持來其人遂持來又送人於其大家政丞家持賜

262

開戶先入互相推諉始乃覺之大生驚懼潛身起來
跳倒北壁而出顧漢革或持刀綱或持椎杖或從房
中或從廚後而逐來其班革見其人為虎所啣並非天武
有一虎突然前接去顧漢革見其人為虎所啣超越短籬忽
大喜曰不勞吾革之犯手自為虎狼所啣後領而翻
永無患矣其虎雛見其人而去只啣其衣後領而翻
其體負背上半夜之間不知走幾里性接一廛掀翻
墜地其人肌膚則雖不僵而精神昏室已而驚魂小
甦開睫周視則乃一大樹中井井邊家人將欲汲水
其虎尚蹲坐其傍天色向曙矣井邊家人將欲汲水

開門而出忽見何許人僵卧地上又有大虎守其傍
大驚走入連呼聲有虎其家人老少一齊持杖而出
虎見眾人齊來始起身欠伸徐乃而去始問僵卧之
人曰汝是何人緣何到此班寅又何故相守不去也
其人始述顛末人皆嗟異之其家兒曰非乃出來相見
認其人容貌諸其人入內舍語之曰子非此老媼遂
者耶其見日吾果是也老媼何以知之老媼遂
細述見時為集宅婢子受恩於夫人今日如此居生
莫非夫人之德吾年今七十何日忘之俱京鄉落
聲聞莫怨今日郎君意外到此亡天使之報曰恩也

遂遍呼諸子諸孫諭以此是吾上典汝革一人現身
又拓北窗招諸子婦一并現身備盛候而進之製新
服而衣之挹留數日老媼諸子皆是壯健慓勇有風
力財產富饒行歸令於一鄉者今忽其母以一
介流乞之人為華恥然其母性嚴責諸子莫敢連其
志不浮不電勉從其班謂老媼曰吾進家以久丁
以急辭傾為我悍浮速還老媼曰姑留數日郎君不見
耶待夜深後見諸子革瞭熟為年而言曰郎君不見
諸子革氣色乎渠革雖以吾令不得不外面恭悅焉

心不可測也若單身歸去則必致中路非常之禍我
有一計郎君其能從之否其班曰何計也老媼曰我
有一孫女年近二八亦頗有姿色尚未定婚欲以此
女納于郎君則何如其班佇聞此言惝怳不能答老
媼曰從吾言則丁以生還不從吾言則必致非命之
禍我之明日老媼名諸子革言之曰吾以孫女其納
許之明日老媼名諸子革言之曰吾以孫女納之
于某上典汝於今使整辦婚具無敢遵忤諸子革不
做一聲唯亡而退其夕修理一房為新婚之席使其
班入廢艷粧其孫女入送遂成婚高望早老媼入見

中固執鱗慎勿放手也遂以腋挾之騰空而去與雲
發雷以楊枝點瓶中水三點而灑之厭童俯視雲下
即鐵山地也悶其禾稼魚葵田畓乾坼三點水太不
足從腋下漕出手急掣龍女持瓶之水盡覆全瓶龍
不知其故曰何故也龍女曰吾始慮其然故挿君不
隨來夫水府一點之水即人間一寸之雨三點水已
足今乃盡倒全瓶其舍可勝言哉我得罪於天天罰
將至速亡出去如不忘今日之情明日須往白角山
下收吾頭而埋之厭童不得已出來自出山目見甚

然平沙一望無際至邑中一無田畓之形聞邑中之
人言昨夜三更大雨暴注不啻翻盆有若河決霎時
之頃平地水深丈餘山陵崩汰巖谷無辨云始乃大
悔懷為明日尋往白角山下果有龍頭落下遂抱而
歸淨洗沙土以單衫裹之以木函盛之埋之於白角
山下痛哭而歸

老媼應患納小室

昔有一宰相內外俱老而有一童婢年十七八容色
不甚性又醇良夫人寵愛之宰相常欲近幸厭女不
承從泣告夫人曰小人將死矣大監屢欲以小人薦

姚若不從命則畢竟死於大監刑杖之下若從命則
小人蒙夫人子育之恩何忍為眼中釘乎一死之外
更無他道將欲往投江水而先夫人憐其志惱出自
銀青銅簪珥之屬并與裳之衣服裏一襨而唱之曰
今無以在此人生又何可空死持此物往投改所欲
去之處以此資生待曉鐘絕罷潛開門出送之厭婢
養於宰相家內合未省出門行路持此袱裳不知所
向直從大路而行出南門漸近津頭時天色方曙聞
有馬鈴聲從後而來見有丈夫近前而問曰汝是何
慶女兒如此早晨獨住何處厭女曰我有悲寃之事

將欲投江而先其人曰汝其浪死吾未娶妻與吾居
生何如厭女許之遂馱之馬上而去其後幾年宰相
內外俱歿其子亦尼宛家計剝落無
以資生忍思先世奴婢散在各處者多若作推刷諸
行則可得要賴之資遂單身竆行往某家處招致諸
漢示以戶籍曰汝輩人口男女之數一一備出厭漢輩
次下來渙從波輩人皆曰吾先世之奴屬也吾今收貢
口雖應諾心懷不良定一房而居之備夕飯以待之
將於其夜聚黨而謀殺之其班則不知而困眠矣忽
於半夜開窓外有多人聲噂沓竊疑之則以

帶何任曰知印笑曰知印之服色何如曰長衣之上
服快子矢厥女即披箱出一別錦服裁縫而衣之又
嚼之曰後酒類二人來也遂呼俞鐵使之員出義
男自是本倅寵愛之知印也由限己過久不遂現問
於其家則告以上京運來其初不歸家不知去處本倅
隱諱一二直告其倅亦異之竟不之責為又曰故妻
大怒嚴囚其父日督運現其毋不勝惶懼日出咕上
而訪問之第六日始出某山下來其毋近謂曰官令
嚴惠汝汝必受重責而運遲若是汝父曰縈吾之等候亦
多日矢汝處爰爰而速二人入現義男亦甚惶懼直入
走伏於官庭官縣告曰李義男現身矢本倅大喜聞

往者龍女一并空邑而出漫山遍野本倅到岸遵坐
定送知印入水招龍女出來厥童入水禀告本倅
龍女曰以平服予以戎服予厥童來禀告本倅
意謂美女戎裝則妍態尤別以戎服出現分付之厥
童運傳主倅之意龍女大畋持難沉吟半餉仍曰城
主分付既如此也無可奈何厥童運告自主倅以下至
於邑村百姓莫不注目波中擬睹絕代美色俄而水
波沸盪有頃出水上數尺許眼目問
電鱗甲飛勁主倅不意撞見一黃龍出水不覺驚駭
而伏觀先諸人亦無不驚駭龍女見其景狀恍怪仍

户下觀則所著衣服輕其華異決非人間之所製造
矮怯未暇發怒責之遂令陞堂進前而問曰汝於受
由之後直往何慶所着衣服是從何慶出厥童不敢
隱諱一二直告其倅亦異之竟不之責為又曰故妻
就是龍女則想必美麗可觀欲一見其面汝能使我
見之否厥童曰謹當往之而謀之又往澤畔呼俞女龍女
如前負而入以主倅欲見之言傳于龍女龍女
又甚持難乃曰地主欲見何敢拒逆請於其日大喜於澤
初遷退厥童運告主倅大喜乃於其日大鼓帳幕於澤
遵大張威儀而來邑中鄉人吏校奴令老少聞官家

靖不已龍女不得已乃曰然則繁著於吾腋下鱗甲
龍則行于空中君則人間仉胎何以來雲厥童猶恐
枝而出厥童曰欲觀其施法諸與偕往龍女又年曰然
童屢以民情之渴望官令之嚴峻請之龍女曰然
則不得不一仕施法諸具戎裝手持一小荒一楊
女則可以得兩使厥童往靖之龍女曰行雨雖於龍之
所為有上倅之命然後可以行而今無帝命難矢厥
主倅屢行祈禱不得黙而若靖能行雨而若靖於龍
由之後時當六月旱乾日甚
即入水宮官吏百姓舉皆無聊而罷其凌厥童問之告

日吾今晚扱人勢急瓶來與汝謀其友辭以有故又
去而之他告其友如前其友吃之曰此何等大事而
欲移禍於我耶勿復言速去遲則將連累我凡堪而
走之三四家平曆不見容接其父曰汝反止此乎吾
有相親一人居在某洞而不見已十年矣第往現之
遂往叩其人之門而告其人如其子之告其友者之
為笑其人大驚曰且止天方向曙矣人蹤崢崢燯入
家中親取爷鋪之屬欲毀臥室之埃而藏之顧曰君
亦助我开力若逢則人將見之其人笑曰毋用浪驚
埃不必毀也指席裏者曰豬也非人也因將其事細

述一傷其友人亦扱鋪而笑相與握手入房市酬敘
羇切其豬而峽之敘其積年阻隔之懷少焉告別曰
不知何日更接清範而兩地相通只有靈犀一點云
去因平其子歸家其子大慚悔不敢復爻友云

　　　義男臨水喚俞鐵

鐵山知印李義男隨其俟由行上京適值春和欲玩
景江邊疎暢幽鮮告于其俟出遊龍山就高阜瘳玩
帆檣上下之景忽覺困憊坐而瞌窹夢一老人
持一封書而來授之曰余離家已久家人不聞消息
幸為戕傳此書于吾家戕男曰翁家在何處翁曰吾

家在某山下大澤中徃澤畔三呼俞鐵則自有人從
水中出來以此書傳之義男許諾而覺忽見一封書
在坐傍大驚異之遂藏異中而歸不多日本師還官
隨來即曰告由而出不到渠家直往某山下澤邊呼
俞鐵三聲忽見池水沸湧果有人從水中出來曰汝
是何人何故喚我厥童為傳來意以封書給之其人
曰少留以待發落遂翻入水少頃復出來卽謂曰自
水府見召請人去厥童曰吾何能入水其人曰汝但
目而員於吾背則自無虞矣厥童遂從其言身如乘
闔身不沾濕而兩耳只聞風水聲湖湧已而抵崖上

其人卸員而蒲開月白沙岸上朱門屹然其人曰少
待於此吾當先通矣旋卽復出曰請入矣歷八數重
門彩閣群傑扶階而上有年少未笄之女欣然近接
曰吾父久離家鄉未聞消息傅通音信挹為感謝家
父書中有與君結婚之敎未知君意如何厥童喜而
許之其女曰又我是龍女得無所嬌乎厥童見其美
色容曰何嬌之有遂當三日所進飯饌無非珍又
使沐浴製給衣服不知何名錦緞輝煌燦爛仍與之
同寢三日欲為出來厥女曰何遽歸也厥童曰受由
過限恐有罪責不得不出去矣厥女曰君在官家見

眼之女小開門扇隱身而立半露其面出玉手而呼
猫兒姿態嬌妙聲音嫩軟其士人一見摩魂招官童
兩問之曰此是何許人家官童曰小人之妹家也汝
之妹何時爲寮官童曰上年爲寮士人曰我一見神魂
飛蕩汝於今夕可以招來其否厭女應諾而去其夕果
然招來其士人大喜要與同宿而厭女百計謀避其
士人直欲強逼厭女曰請先觀書房主下物士人怒
火如熾他不暇傾惟妓言下褥衣出以承之
厭女以左手摩挲之以右手潛持小鎖挾隙下榻衣囊而鎖
之即翻身逃去士人自思無計可脫來此多日婚需

難處之事此將奈何室內開其故士人慌室內入挾
房細述其妻折衲出以示之其室內不覺拍掌大笑
曰伴記中有空開金一箇心切怊之而莫知具故
然爲此故也其室內之備送婚需不爲不感惟此事
尤極感謝取來開金以啓其鎖

晨蒸豚中夜訪神交

古有一人父子同宮而居者其子喜結交曰出門與
友遊出必解酡而返或經宿不還甚至連數日或
時不出則交朋四會履閾盈門杯盤狼藉嬉其謔話
一日其父問之曰是皆何如人于其子曰是皆切友

己不得又見欺監司貽笑於一營不勝忿怒之氣於
坐待天明直發京行而陰囊痛眼辛匍匐而歸直
入內舍其室內喜色滿面迎而直謅之曰千里跋涉何以
往還其士人忿怒之氣孟加激發答曰吾特驚曰之
情忿怒作求乞之行婚需一無所得反得奇疾而來也
知乎日前自澒營輸送數三駄封物細銀件記盛具
婚需至於倒鋪微細之物無不畢具君豈不知乎其
仍作呻吟之聲又大寫監司不已其室內曰君豈不
知監司之恩德無此何故忿怒罵如此仍出示件記盛
士人大喜過望迨回怒作笑又曰婚需則已備矣弟有

也其父曰友者天下之至難而若是多乎且皆是汝
知己知心之人乎曰志同意合契托金蘭金財相通
而禍亂相資者也其父曰然乎我將試之一日其父
宰猪烹之刮其毛而白之晨以草席晚鐘縋使其
子擔之謂其子曰往汝所最信友之家至其家剥
啄其門久不幸殺人勢甚窮急今員尸來此爲我
善處之其友人外示驚動之狀嗟憐之色且曰諾入
且圖之立食頃仍不出來呼之不應顯有詑之之意
其父嘆曰汝之切友皆如是乎去而之他又告其友

累世為常而不敢廢以是財産斷耗家中只有兩代
老寨婦人將有孫兒斷長當擇婚配於湖鄉擇權別舊
尚遊之女于歸始經過三日始夫人捨中饋之勞
卷以家務妻之新婦一日老婢入告權夫人曰某日
即家中賽神之日也應用物力預先措備
神祀諸般府必需用幾何老婢意謂夫人新入未諳
之祈已自先代而春秋兩度備物行事所之則家內
平安否則突禍轉生不可廢也權夫人曰然則一番
笑權夫人曰此何神也而何事祈禱也上可以措備
前例一之幣數以對權夫人曰今年則另加優厚凡

大則暴殄天物不可為也其中年未久而可以穿着
者自吾先服之其餘汝輩衣之逐一之分給諸
婢其最久而腐敗者幷將燒之使人取火以來老夫
懼惻惻而已相顧無一聽令不得已自取火以來老夫
人聞之大驚懼意使人挽之夫人不聽使婢子自告
曰設有災禍吾可自當為舅家永除此弊婢使憮然
夲未苦之力挽而終不聽遂盡燒之
屏廢其婦緞之焚也脉積之奧腦與婢僕輩相顧駭
諫曰鬼物盡燒矣自是家中妾怡亦無災患
鎖陰囊裏西伯美舊友

百所入三倍於前日可也遂依数出給老婢大喜曰
去其老大始夫人聞之大加憂歎曰吾家従前以賓
神家力斷耗意謂郷中婦女似或惜費卽用故結婚
於胡中今反三倍加之奈如此吾家之蕩敗無日
矢及其日灑掃陳設飲食衣服極其豐備夫人深察
盛服以諺書自製祭文頭辭則堅以人神不可雜糅
為主其下則以夫人新入舅家思夏前規盛供厚幣
行以終余告以謝遵之意使他人讀之皆懼惻不敢
讀夫人乃親自焚香跪讀畢其前後所蔵置衣服錦
緞之屬盡数撤出積于中庭謂婢輩曰此物盡為燒

昔有二士自少相善而一則早登科第歷戲名官一
則落拓不遇家計亦貧女婚定日而無財可辦遇其
友人方莅西蕃其室人語其犬夫曰婚日漸迫而手
無分錢何不往淵藩求得婚需而來也其士人慨其
言往見西伯言其將過女婚而苦無措手之策蜩有
偹威饌而待之曰出来情訣歎洽其士人多日淹留嬉遊無
以扶助也監司其下人揮淚下廢又之給事官童
斷迫可以速去矢監司苦挽之暗囑一禪擇妓中有
容色妖態者教以如此如此士人不知改以如此如此士人多日淹留嬉遊無
聊日問前窓以視往来之人忽見對門家有年少素

李校理某弱冠時往留其外舅清州住所觀華陽洞
歸路將欲歷訪其妹而家在數十里之外時適氣迄
而近慶與酒店四顧彷徨見一庄在於前村相望
之地欲爲雙惠療飢之計往扣其門有一妙少主人
出應頗有欸洽之色下階迎上納頭便拜坐訖仍請
回家有老親母萱堂請詔行次矢臬聞甚惆怵而心
又自度曰彼是老人我則少年似無所嫌且其請甚
普從非尋常事故遂從少年而入其老人揮可七

十李某遂拜見老人欣然迎接曰行次非學洞李書
房耶對曰然矢老人曰某非■■然又招出其子婦與之相見仍懷
今日之事我乃此慶土班也其年家以推奴事往大地
然曰我乃此慶土■■■也其年家以推奴事往大地
得送例把扙本倖而本倖即尊王考也俄而偶然嬰
疾終至不救單身客舘四顧無親尊王考躬檢襲斂
衣衾棺槨全數辨備其精美所用紬緞剪出一端
各記入用之物以示家人以至千里運柩出力全當
塋其如此沈素眛一鄉人予于幽明俱感存沒無憾受

明日告歸出數箱以付之卽年之所儲學布之蜀也
其切至之誠人不敢辭而滿載
一駄而歸■■■■矧舅亦嘉其誠遂遣吏饋問
成給庭首帖以榮其少年其後歲必專伻一如前日
其孫亦種二麥訪云
撥滋祠火燒錦緞
先向家仍世富厚而長子早世孫曾住宦顯達而俱
木享年子孫稀貴故其家自前婦兒禱賽惟誠以內
樓爲神舍春秋兩郡備餼餌而祀之又製衣服而藏
之布帛紬緞之入于門者亦必裂一幅而掛之神前

嘔血而充矣外擧行及茶啖之屬必不如意則刑之
榜之十至八九之先列包裹動行到一邑未入境諸
吏不知兩為有一妓年少鵝妍笑曰巡使道亦是人
也何乃如是恐惻也巡使生生喻人乎吾若萬矢一則
非但各應之參差且使使赤身而下房門外矣吏應
盡無夜涼巡使見此妓使之萬抵房戶障子木及下
矢此妓故作塞粟之態巡使問曰有意寒乎對曰應
房門不閉為意遇人笑巡使曰若然則將使下隸卜

每業之使勿出應使喚而妓人稔不聽之如有呼喚
則如他挺身先出甚相見輒生怒必責他俾如是者
月餘一日患局吏有關此人俯伏于前日小人頭得
是此寶甚相熱視曰諾仍出帖諸俚一時稱寃思
人歡年勤若小人哉世世交而初出之寃何可讓與
於折新來之儕亨相甚曰我生世後汝班可得君任我
死之後改班向誰賣此于此人若在則我當成火而
先不如使為區處汝班更勿意于伶伶俐俐甚
如有使喚處則無偏大小幸適中妨意千伶俐俐甚
相怯而向之曰汝之人李氏百大勝於前日之豪後

之乎妓曰夜已深矣何可呼之手巡使回為之奈何
妓曰小人則身長不及使道暫下之無妨矣巡使曰
舉指得甚賤異乎妓曰深夜無人矣巡使乃不得已
赤身而起擧障子而閉之伊時下屬左右潛窺莫不
掩口此邑無一人爻罪無事任諸吏厚賞女妓云差
女為大臣必有連查問牽相長出而偽逆一人分差
而來矣每有所使新儕者必應命而來是就渺覺硯
匪等屬而震之之束則如飛西事乁拜妓意甚相不
勝妓若每責諸偶人曰何為占便必使新來之儕每
使喚不知何方而債事波擧何在而些也諸偶擧每

為腹住之故耶丗人俯伏對曰小人犯免罪矣甚相
曰何謂也對曰小人新到門下則僅徑之數過三丁
餘而小人居害矣若同吏很之有樹者循狄而得甚
則小人丗將老矣矢穷伏見大監有氣質嚴急故衝怒
氣使无苦不堪矣如也先為區處故向者故作侵覺
之狀以至此矣甚相大笑日汝可謂諸若虎可恨唇
見欺矣

与之安享而今當如此之時安忍捨而歸家有死而
已云矣數日陵到家共妻自縊而死
梅花躬自瓊歙入檻而及罪人戮之出陵也又後治
喪夫婦之柩合祔移先塋之下仍自裁於墓傍下塟
芳鄰縣列之笑初於延使則用計而苟免陵於本塋
則立鄰免義亦哭女中豫遜讓歟

武舉廢舍逢項羽

有一武舉子忘共姓名閒有一處金此赤緣思崇而
廢章喬也諸舉手酌金于女家將騎椎枝而此人先
往修擇而俟為燭炜鋪席天忽大雨夕鍾已鳴人不
得往來共人秉燭獨坐至三更忽有軍馬之聲其
入甚訝舉目見之則有一將軍帶鈎騎馬而無數甲
兵入來矢乃下廳而伏於階下視其則重瞳而可
驕乃烏雅也到階前下馬而使之趨白汝可随我乘
騎仍問曰汝知我為誰乎此舉人略解史記
答曰視將軍之眼乃是重瞳所驕又是烏雅也乃
斬貝人悟悟蒋息加随後上應蒋軍坐於上坐
而命之坐仍問曰汝知我為誰乎此舉人日此
楚伯王乎笑而答曰然吾與沛公八年相爭竟
為沛公所輸走人以我為何如人也吾作戰場非智
力之不足乃天之所亡也世世人豈知之守女人日此
古有一大臣性酷而愚為算伯時延到各邑道路如
有石則使首鄉定以齒拔之而以杖打坏趾者徒徒

新傳權術騙宰相

區區小郡之李子神將聽未半以鈎擊柱而起曰吾
且休矢吾亦思之忿恨欲免吾去矣仍下斬騎馬而
出中門女人潛躡其後則致後面而滅心甚前之及
天明往審女波而則有虛廳四五間而塵埃咋橫之
中壁工付項羽起兵渡江之圖及鴻門宴西而影畫
破偽矢仍以灯西本燒之于火矢此後重此惠女人
仍入慶為

梅花者谷山妓也一老宰為巡使到時巡歷之平置
螢中罷幸無此時有一名士之為谷山倅寺延命時
寧見妖美心欲之還術後指笑母賜額而厚遺之
自此以後使之出入而未句錢帛每之給之如
是者我月矣妖妖母心窃怪之一日問曰妓小人微賤
之物如是眷愛煙恐無地未知使道何所見而若是
本倅曰汝雖身老自是名妓也故欲與己破寂自甫
觀熟而無他事一日老妓又問曰使道之小人受恩
用小人慶而如是軟曲何不明言教之小人受恩罔
極雖赴湯火自當不辭矣本倅乃言曰吾於營行時

曾難胡將若之何梅花揮涙曰妾阮許身矣今行自
有脫身帰來之計不久更當還矣仍護行到海營
入見巡使則巡使問妖母病如何對曰病勢危篤幸
濟良醫今到而差矣依前向間房矣過十餘日凌梅
艶忽有病痿食俱廢呻吟度日巡使憂之雜誠醫藥
而無救妾卧近一旬一日忽兩突然而起連頭婢面
拍手頓足狂言亂嚷或笑或哭跳躍挥霍軒之上而
所呼巡使之名或挽之處之嚙之使不得近前即
一狂病也巡使驚駭使之出居于外而置自縛買于
輸中送于藥家盖是倅狂也還家之日即入衛市晃

見汝女愛戀不能忘殆于生病汝若年來更接一面
則死無恨矣老妓笑曰此至易之事何不早教也汝
當辛未矣帰家作書于女女曰吾以無名之疾方在
死境而以不見汝死將不暝自矣速、得田下來以
為面談之地云而専人急報梅花見書而位生于巡
使情得往首之服巡使許之貿送甚厚來見其母道
央由与之偕入衛中時序年儀三十餘風儀動盪
死而亦有、別梅花一見而位有
悲慕之心自伊日萬枕兩倩歡洽過一靷由限將滿
梅花將還向海州本倅戀、不忍捨曰徑此一別後

本倅語央狀凿在挟室情義愈篤如是之隆、野傳
播巡使無聞之妖後谷倅往營下則巡使問曰府妓
之為營妓者以病還家矣近則女病如何而時載拍
見若對曰病則少差而營廳下官何可指見
于巡使冷笑曰顧令公為我善守直為谷倅耶央狀
請由上京喻一堂駁巡使而罷之仍車面梅花連帰藏
時与之偕來矣及丙申之獄前谷倅縴連速藏
央妻涇謂梅花曰主公今至此境吾創巳有所快于
心者汝刈年少之妓也何必在此還帰汝家可呌梅
花泣曰戚妻永令監之恩衾已久矣繁華之時別耒

272

雜外五

日耕田可使許耕于外多許之於是耕田而
適種苅種待熟而作斗容之多每苅如是完
五間庫又使治匠鑄出二間如斗容施措并置于庫
中人真曉艾故及主辰倭寇大至夫人謂金公曰吾
之平日勸君子以地籠濟艾传英男者微施始蓄
時得女力故也居子偶趁艾男始避亂之地吾寺
則此在雜惰軍粮使勿乏絶也金公財送之遂起
義兵達近之平日受恩者果來附旬日之間得精兵
四五千使軍卒各佩添苅而戰及艾困陣之時遺棄

鉄鑄之兩於路而去倭兵見而皆大驚曰此軍人之
佩此號史行如飛艾勇力可知艾無量遂相與戒飭
忽敗艾見金公之軍則不戰而
被靡金千鑑之多違奇功蓋夫人賛助之力也

鄉儒用計瞞竹泉

竹泉每之主試之鑑如神通作湖中橫行而回時當
監試會朝有一士子騎馬而工常手持一母
子終日看之中火宿所之時必同店矢見甚姓
之及到宿所店使人邀來而問之則即赴會圍情理行
自言而顔侍下今為七八次更屈於老會圍

切道云之又問所者毋何壽而凋史不暫離于也對
日斗來阶你松草而今則精神骨耗掩卷輒忘故每
目在之故也竹泉請女毋子見之則簡之善作而差
嘆而問曰課工如是勤寒旬作又如之今則老多悔自
最屈也此是有司之責也女人曰今年老有悔而
作自書之時字畫每之横書如是而安得加問之鉤
行又當如此初初為老觀矧勸不得此
不緊之行也竹泉如此欲赴初為老觀
而觀之仍為入城而當會試主試考卷之時有椽子
盡皆或左書横書竹泉見而笑曰此亦是爾者之務

也仍向諸試而言曰此是老儒窠才之務也今當吾
捷可賀之之女人對曰初試即初為之矢又曰老觀
筆可積善矢仍不問而横置矢及妏榜出見妏封内
則身紀不至裏老心密前之矢敢榜陵新恩之來見
恩力例也此人亦未見竹泉質曰積屈之餘得此一
單門而何為歸私歉哉也女人遊席俯伏而對曰小
生知大監之王試故以此妏之不如是大監蓋威權
披乎自知免罪云竹泉乃視而笑而已

嘗妓徉狂随谷侔

竹泉毎之主試之鑑如神通作

出嫁則治家營産可也而乃不此之爲日以午睡爲事李女婦對曰雖欲治産赤手空拳何所藉而營産乎其舅問而憐之即以租數三十包奴婢四五口牛數隻給之曰如此則足可爲營産之資乎對曰足矣仍呼奴婢近前曰今則汝輩既屬之於我當從吾之指揮汝可馱穀於此牛入茂朱某處深峽中伐木作家以此租作農糧而勤耕火田每秋以所出都數來告於我粟則作米儲置每年如是可也奴婢輩承命而向茂朱而去居數日對金公而言曰男子手中無錢穀則百事不成何不念及此公曰吾是侍下人事衣食皆賴於父母則錢穀從何以辦出乎嫗曰窮閭閭中李生家積累財貨而性嗜賭博云郎君何不一往以千石之露積一塊爲賭乎公曰此人以博局一手有名於世吾則手法甚拙何可生心於賭博乎嫗曰此則易与耳第以博局持來仍對坐而訓之諸般妙手隨手指訓金公亦奇傑之人也半日對局陣法曉然其嫗曰今則優可賭博君子須以三局兩勝爲賭初局則佯輸而二三局則堇〻決勝既得露積後彼必欲更決雌雄須出神妙之手使彼不得下手可也金公然其言明日躬往其家請賭博局則其人笑曰君与我居在同閈未聞君之賭博矣今忽來請者未知何故也且君非吾之敵手不必對局金公曰對局行馬然後可定其高下何必預先作退乃進請至再至三其人曰若然則吾於平生對局則必賭以何物爲賭債乎公曰君家有千石露積者三四塊以此爲賭可也其人曰吾則以此爲賭君則以何物爲賭乎公曰吾亦以千石爲賭其人曰君以侍下之人不小之穀從何辦出乎金公曰此則決勝負後可言之事吾若不勝則千石何足道哉其人勉強而對局以兩勝爲限初則金公佯輸一局其人笑曰然矣君非吾之敵手吾不云乎金公曰猶有二局矣又對局李生心甚異之又復對局則連輸二局矣李生驚訝曰異哉〻〻寧有是理既許之千石不可不從所當輸之第又更賭一局金公許之復對局始出神妙之手李生殫竭力盡不得下手金公笑而罷歸對其妻而言則妻曰吾已料之矣公曰既得此矣將爲用哉妻曰君子之所親人中窮婚窮喪及貧不能資生者量宜分給勿論遠近貴賤如有奇傑之人則与之許交而遂日邀來則酒食之費我自辦備矣金公如其言而行之一日其嫗又請于其舅曰媳將欲事農業

男浮教來時識女程道及羞昕在慶束此兄之在不
潛往鬼之剛昨復向日昕往慶心竊驚而羞嘆而
歸對其先道此狀那生笑曰向月与攻昕往慶即頤
流山也攷筐可更璦女境那浚泠如是云之一日在
家靜掃越房而戒女妻曰吾在此將有三四日昕幹
之事切勿向户且勿窺見待限日浚快妻心許之
户而坐郭人依妻言置之矢過数日浚快妻心許之
浸窘臨窗窺酗州房中悉成一大紅工上有丹青者
楼閣而女大在矢楼上接琴鼓之五六鶴筆羽衣者
對哄而霞裳霧裾之仙女或吹彈或對舞矢妻驚異

俱列圍棊漢廣宗之諸名將也威風凜之狀只覚之
鬱幕甲戎仗鈉左右羅列女人覌進神昏俯伏於郭
生之側而已郭生使各退去而女人杳窘矢郭生待
妻稍醒而竟曰吾睍不云于磨之氣覘如此而妾自
思我畢竟病可嘆也云云而又使龍腰如来時様之
兩界象羌女人浮驀傳症不久身起三盖多神異之
術之見招人者身過八十康健如少人一日坐病
而生化云嶺外之人多有覩知者昕宛不過数十年
云耳

倡義使賴良妻成名
金倡義使于鑑之妻不知誰家女子而自于歸之日
一起昕事日李畫寢黄昮諷之曰改諺佳婦而但不
知為婦道可乎是欠也大凡婦人皆有婦人之任攷院

而不敢出斗至期日開户而出責其妻之窺見曰浚
浚如是則吾不可久寓此矢有切已之親知人顧一
見万右名將之神生笑曰此生不難而但恐吾神魄
不能抵當而為寃也攷人曰若一見則雖免無眼生
笑曰若言寃如是蕲依成言為之妻曰諾那生使
抱自家之腰而戒之曰但闔眼待吾辭焚閘眼可也
世人依妻言高峯絶頂之上矢女人惝怳閘之刚
眼視之剛坐於高峯絶頂之上矢女人惝怳閘之刚
乃是伽倻山也少為郭生整衣冠笑店而坐若有昕
拐揮呼召者此未敎狂風大作舉數神將浚窘雨下

餘筆矣不重得中也諸人皆大笑及富翁試公暗藏
艶帿紙局而八場早呈券而訪其妻媤之接則萬而
始未呈券矣仍出此博局而婁興之賭滿而公
一味欲賭又作戲談故使若之諸人皆暗詰萬而公
而欲甚家則諸人亦暗出來岳翁先問次婿之公
而不善其人對曰未及呈券方寫之時彼事生怒地
善不對曰未及呈券幾乎狼咲之
而責曰汝以無識之兒不知科事之重胡為戲人之
科事也人之沒廉沒覺有如是矣使之退去公亦不
介意及其榜出之日早飯後升門外柔樹初摘甚暢
之而已榜軍來矣仍馳馬封而見之則即自家名
字也仍酒未畢日此是此家之第二婿得中也入門
只云第二婿高中云々可也其隸女亦舉家相慶
曰果然夫秘封何在其隸合曰門外來木上有一儒
廉之云岳翁及同婿出來事之公緖曰即中司馬矣
雖石見秘封庸何傷乎諸人責之諤之使之下之則
下來後示之曰此則吾之秘封也何為需之諸人始
大駕訝之女妻遇及同婿皆屈而八仍孫高中伊後
即登科仕慶尙州牧而妻家漸敗家產窘無以聊生

公近來聘母于衛中摩餉之而一石相面時人以是
媤之

招神將郭生施術

郭恩漢去風人而忿憂堂陵擇色少膝業科工傳遇
異人傳授秘術通天文地理陰陽等書家進為地親
山在於境內而耕牧日侵無以葉一日南行山下
而挿木而標之曰人或有胃入此標之內則必有不
測之禍云為戒餉澗人使勿近一出吧人皆笑之問
有身少頑悍之漢故住其山下棋採人其木標之內
則天旋地轉風需飛動釖戰秦薇無路可出其人遭

迷神嵒什地于矢共母南之而意未來乞于郭生々
怒曰吾既丁寧戒之而不遵何來悔我々列不知矢
矢世涕泣而更乞食頃淩躬自往視而攜手以出自
女淩人莫敢近然中交病重高醫云若非用山蓡則
可瘳云々女淩弟未来怨曰親病挹重而山蓡可得
之望先之抱才弟所諸者也盡求致根而治療丰素
郭生頻眉曰此是重難之事而病患如此不丁木挺
力周旋仍与之上淩藏至一慶松陰之下有千尋即
曰此莫田擇史最大者三根而採之使依樂餌而戒之
曰此事勿出口且勿生更操之急矣淩急歸誦用而

公大喜即辭艾娛与艾兒僧行還惇府下諸阙請
對 上教曰卿既作埽墳之行何為而徑還也公養
曰小臣下鄉之筑達一奇男子与之借束矢 上使
之入侍列達頭突髻即一寰包之兄直入櫃雨不為
禮而跪生 上笑曰汝何瘦瘠之甚此對曰大丈夫
不湃志於世安得不瘦乎
饋李公曰富除何戟乎公曰此兒姑末兒山野禽獸
之恣臣謹當率高家中麘以歲月前戒人事然陵可
以責一戰本矢 上許之公壽置之左右豐艾良食
而教內兵法及行世之要聞一知十日就月長非復

旧日痴騃樣子 上爰對李公曰同朴鐸之成就公
每以將進秦達如是度周身矢公爰与朴鐸訳比伐
之事則女出謀發慮及有勝於自家公爰大寺三將奏
達而大用之矣未幾 孝廟賓天朴鐸隨人衆班及
痛哭不已至於間腹而渡血爰每日朝夕忍衰哭爰
引山礼畢爰公以永訣公曰此何言也吾豈不知大監春爱
父子敘行忍援我而去那對曰吾豈不知大監春爱
之恩敕某之主在上爰此非為啁齦之泳也英傑
可以有為於此世皇天不吊奄遭大喪今剝天下事無
可為者此誠千古英雄不禁淚者世苦難逼在於大

臨門下無可用之櫬且拘於頋私滾費衣食而豆留
不去亦甚無義不如從此逝矣仍揮淚幷辭惇鄉与
艾毋難家而入深峽不知所終九靄先生常對人道
此事而嗟嘆

待科榜李郎摘甚

李清州秉鼎為人坦率未嘗修飾邊幅工于文章常
自韜晦人無知者家貧無資身之來聘家碲貧靚自
聘父世以下嫚侮至有蔣辛供則岳翁問女嘆朝
飯李妻妾在傍曰不問可知岳翁呼奴而言曰某處
李郎來可陶食云矣內司如有水飯之饋者饋之好

矢其蒔侍如此晚而贅居于妻家下房畫則終日嘿
睡到夜人靜之後必暗ミ讀書賦詩時富式科炉設
初試公曰不言科事夫人間曰科期不逺君子不欲
赴耶公曰雖欲赴婞試紙筆墨從何辦備乎乃
出頒危之屠賓而與之公以是辦備科具諸妻妯及
同婿間紛ミ治科具而與之公以是辦備科具諸妻
公興同婿及妻媚皆高中其時辛相家了兩
妻家之愛婿也其接待此公不甚宵壤則兩
出後諸人驚聞曰君何以見枓而得中也榜
可知可謂偉科矣公答曰偶通諸從之後得見餘文

則金公曰吾嘗借見他人之綱目而來及還第幾卷
第幾張有金箔之挾置者日後還送之時如或不審
則金箔有遺失之慮須以此言傳于吾家須詳審而
送可也其人歸傳其語柏谷披見綱目則金箔果有
之人皆異之其外多有神異之事而不能記焉

慧庵舍李貞翼識人

李貞翼公浣荷 孝廟眷注將謀北伐廣求人材雖

於行路上如見人容貌之偉魁則必延致之門庭試
其才而薦于朝嘗以訓將得暇掃墳行到龍仁店幕
有一總角年近三十許身長幾十尺面長一尺瘦骨
崚嶒短髮鬈鬆布衣不能掩身踞坐土廳之上以一
尾盆濁醪飲如長鯨公於馬上瞥見而異之仍下馬
坐于廳上使人招其童厥童不為禮又踞坐于石上
公問其姓名答曰姓朴名鐸也又問汝之地閥如何
答曰自是班族而早孤家有偏母而家貧負薪而養
之又問汝飲酒能復飲乎對曰危酒安足辭也公命
下隷以百文錢沽酒以來已而沽酒濁二大盆以來

公自飲一椀以其兕觥而給之厥童少無辭讓盡傾
之意連倒二盆公曰汝雖埋沒草野困於飢寒骨相
非凡可大用之人也汝或聞吾名乎我是訓將李某
也方朝廷營大事遍求將帥之材汝若隨我而去則
富貴何足道也厥童曰老母在堂此身未敢以許人
也公曰若然則吾當升堂拜母矣而家安在汝須導
前行十餘里抵其門前數間斗屋不蔽風雨厥童先
入門已而出一弊席鋪之柴門外出而延之蓬頭布
裙年可六十餘相與讓席坐定公曰某是訓鍊大將
李某也掃墳之行路逢此兒一面可知其人傑尊嫂

有此奇男大賀〻〻老嫗斂衽而對曰草野之間無
父之兒早失學業無異山禽野獸大監過加謬獎不
勝慙愧公曰尊嫂雖在草野時事必有及聞者矣方
今朝廷方營大事招延人材某見此兒不忍遽別欲
與之同行以圖功名則此兒以無親命為辭故不得
已躬來敢請尊嫂能許之否老嫗曰鄉曲愚蠢之
兒有何知識而敢當大事乎且此是老身之孺子母
子相依為命有難遠離不敢奉命矣公懇請再三老
嫗曰男子生而志四方既許身於國家則區〻私情
有不可顧矣且大監之識鑑如是老身何敢不許乎

日犯破粮當擧事之際雖或有告變之人而少無
聽言畢竟無事順平矣以此日耳耳耳可也沈大異
之乃曰若世則公之名字謹當錄入于吾筆錄名冊
字矣公曰此則非所願但明公成事之後幸敎垂死
之命俾不及褙是所望也沈快諾而去至更化
日多以金公之罪不可原言之者衆沈乃砧救之
趙拜嶺南伯而華公壽以自家四柱向于中原術士
莫曉其意及爲嶺伯巡列安東府群患痞疾適尚讖
則書以一句詩曰華山驕牛宿戴一枝花云
郞之方則或以當日倒騎黑牛則卽瘳云之故依其

言驕牛而周行庭中俄下牛而臥房內頭痛挺甚使
一妓以按之向妓名則對以一枝花云公忽憶中原
人詩句顙曰死生有命乃命忙鋪新席換著新長遭
正枕而臥怳然而逝是曰三陽俾其在衙忽見公感服
駿從入門驚而起曰他道未妨下官也
金公笑曰我非生人俄者已作故方赴任而限已知
之路歷見君而且有所託者某方赴任而限忽至新件
章眼君舍平日之誼幸爲措備否章非常訝
涎而仍夋陳前出篋中緘一疋而徐之則金公旣此
受之告辭而去三陽大驚訝送人探之凶果於是曰

金公歿於安東府旣到所矣以是之故金公爲嶺閫羅
王之沈通行于世朴久堂長遠與金公之子栢谷切
親之友也矣宙世年正初委送以求年禮月當
兇矣公曰此栢數以謁書以某年某月當
一張簡而書之栢谷曰書以何處得君之
一書于先尊丈矣宙久堂曰書以得君以喜
爲涎手童謫与不謹筆爲我書之某曰三思諦
不得已擧筆久堂曰呼栢谷曰
其壽限將止於今矣牮伏室持喪矜悼情悽此死果
云乃而外封書父主前內封書以子某白是乙乙書

早久堂淨掃一室与栢谷焚香焚其書曰今乙陵知
免矣果穩度貧年過數十年後始歿乎近延安乃金
公之精眶大異於人矣貝陵每夜感腸平列灯炉往
來於長閟騎陶兩之間或達知舊則下馬而叙懷一日
之夜一少年曉過騎陶逢金公於路上向曰今乙監送
何而來乎金公曰今晓卽吾之忌日也爲饗飮食而
去矣家、在倉洞立人嬲舞物而出矣以女人即
徃妓家、在倉洞立人嬲舞物無一不潔之物而餅
栢谷大驚直入內厨遍審篷釜物無一不潔之物而餅
餌之間有一人毛髮家驚悚女陵又有一人逢於路

金南谷生死皆有異

金監司歲冬南谷栖谷金澤臣之父也自少精於推
數多奇中神異之事仕官相為孫文校理晚始悔之
托病辭官卜居于龍山之上杜門晦跡謝絕人客一
日侍者来告曰南山洞居沈生請謁云笑金公謝曰
等客不却此漢之病癈而枉顧手人手之慶~己久
今無以延迎甚可恨歎云送之全公平日每以自家
四柱推數平生則當降水遷姓人也乃有力於我手急
使侍者既是水邊姓人也此器逺迩近斯人之力可見大粗忽
来則全公連忙起迎近日老夫慶絕人客矣尊客
狂屈適有探新之慶有失迎拜之禮慙愧無地笑客

侍吾家令監而令監炭客也若使之既或而生病恩
汝罪當死懼之~~言罷仍回馬而向享城恭者南
之急走伻傳喝娌氏行次既来到城外而仍不入城
何也願醫入城内留營中教日而還行可矣沈氏冷
笑曰居非乞駄客也入城何為不願而行還享第其
凌恭者招致其妓而問曰夫人之性雖悍妒而作此行於
反蔑免辛其妓對曰夫人之性~~兒女輩听可辨李馬之躁
千里之地者宣區之~兒女輩听可辨李馬之躁醫者
必有其步人亦如是小人尤則等身雖避之其可克
于故哥嗳輖而仍拜若被打殺則甚可奈何矣不些

曰曾未及承顏而窃聞長者精通推數之術不避猥越
敢来以質某以四十筭儒命今以之来歎一
質正於神眼之下矣仍自神中出四柱而示之且曰
某之来時有一親切之反又以四柱之難以揮却
不得已持来矣全公一~兒之極口称賛曰富貴當
前不須更向笑最後客又出示一四柱曰此四柱人不顧
富貴只願平生無疾恙且歎知壽限妒何而此公賛以
眼一覽即命侍者鋪席盥親趨整冠服斂膝危坐以
史四柱置之書案上焚香兩言回此四柱賣不可言
有非華人之命敢可不次敬乱沈生欲告退公曰老

夫病中惹乱難遣蒙客幸且蹔留以慰病懷可也仍
使之蹔宿至夜深無人之時曾公乃促膝而近前曰集
宗托病充夫不辛出脚於此時曾有染踪於朝廷者
晚而悔悟杜門病蟄而朝廷之翻覆不久矣居已末
賢者已領畧矣故公乃告其故公曰此下實言之丁也沈生人駕
初欵誶之末乃告其故公曰此下寅亥之丁也沈生人駕
以何日舉事手日逸李可戌小無疑應將
吉別吉矣而此葦大辛擇日有殺破狼之目地陵丁
矣某日若於小辛則吉矣葦大辛則不可矣甚當為
君擇吉日矣仍披曆熟視曰三月十六日黑青吉矣
君擇吉日矣仍披曆熟視曰三月十六日黑青吉矣此

於酒氣而來主人迎之曰生員何使人狼狽於大事也其人曰吾爲知舊所挽醉酒而不得來今始驚覺而急來矣題主何以爲之主人曰幸有京客之來者書之矣其人曰若然則好矣願一見之大人聞此言大驚而掃語乎心曰此書必露於此班之眼矣吾將受無限辱境矣仍托以如廁方欲避身逃走之際其人見題主而笑曰此則真書也大勝於吾之諺文矣云〻大金始乃放心醉飽而及晩辭行主人無數稱謝云

赴湏營婦人赦名妓

蔡億之妻沈氏性本猜妬蔡億畏之如虎未嘗有房外之犯矣其兄蔡壽之爲箕伯蔡億以承旨適依奉命之行留營中數日始有所眄之妓沈氏聞其由乃即地治行使其甥陪行而直向箕營將欲打殺其妓蔡億聞其狀失色無語蔡壽亦大驚曰此將奈何欲使其妓避之其妓對曰小人不必避身也自有可生之道而貧不能辦矣蔡壽聞其由對曰小人欲飾珠翠於身而無錢故恨歎也蔡壽曰汝若有可生之道則雖千金吾自當之矣惟汝所欲也仍使幕客隨所入得給之云而中和黃州出送裨將而問候且備送廚傳而支供矣沈氏之一行到黃州則云有營裨將之來待且有支供之待者乃冷笑曰吾豈大臣別星行次而有何安裨將乎且吾之路需優足何用支供爲也并使退出到中和又如是斥退於行過栽松院將入長林之中時當暮春十里長林春意方濃曲〻見清江景物頗佳沈氏搴轎簾而賞玩過長林〻而望見則白沙如練澄江如鏡粉堞周繞於江岸南船紛集於水上練光亭大同門乙密臺超然臺之樓閣丹青照耀屋宇縹緲奪人眼目沈氏嗟〻曰果爾絶勝之區名不虛傳矣且行且玩之際遠〻以隱之上忽有一點花渺〻而來漸近則一介名妓綠衣紅裳騎一匹綉鞍驄橫馳而來心甚怪之駐馬而見之及近其女子下馬而以鶯聲唱諾曰某妓請謁沈氏聞其名而怒名業大衝起三千丈矣乃大聲叱責曰某妓〻〻渠何爲來謁第使立之于馬前其妓斂容而敬立馬前沈氏見之則顔如含露之桃花腰如依風之細柳羅綺翠珠飾其上下真是傾城之色沈氏熟視曰汝年幾何曰十八歲矣沈氏曰汝果名物矣丈夫見此等名妓而不近則可謂拙夫吾之此行初欲殺汝既見汝則名物也吾何忍下手也汝可仕

美仍撑布帛之細者新造男女衣服各二件治送人
馬於二婢之家約日率未來又以人馬送之山寺迎未
兄及弟團聚一室過數日後對兄弟而言曰此室狹
隘幸以容膝吾有所佳營者可以入處仍與之僧行
行數里許越一岡則上下之大洞有一甲第而有長
廊奴婢牛馬充溢其中內外舍分三區兩外舍則品
有一區而甚廣濶三兄弟內舍各占內舍之一區兄
弟則同處一房長枕大被其樂瀜洽其兄舊問曰此
是誰家如是壯麗答此是弟而佳化者而亦不使家
人知之耳仍使家隸舉木四五雙置于前曰此是

登武科上京求仕淂付內職轉以陞品淂隆安所邸
守定赴任之朝而庵遣其妻麦弘曙曰吾新淂永
感之下祿不遠養獨欲赴外任者爲老妻之一生艱
若欲使一壽榮矣今而妻又沒矣我何赴任爲哉
仍呈辭圖遞下鄉修先云

題神主眞書勝諺文

大金者班家奴也自初時守厅雖不學而粗鮮文字
其上典莅杆城膭大金隨往衛中閭閻餘有故上京
山路少店舍行到某境一處借宿於民村閭家其家
有長故終夜喧撓而主人頗へ出門而謁曰可以不

田土之券送令吾輩均分析產可也仍言曰家產之
致此俱是荊人之所彈竭者也不可不酬勞乃以二
十石落券給其妻三人各以五十石落分之送此
以後衣食極其豐饒其隣里宗族之貧窮量宜周給
先及宗戚即貧乏而顧其隣里則周於泊於今則吾輩
嘗稱之一日弘忽悲泣其兄怪尙問之曰今則吾輩
衣食不憂三公有何不足本而如是疾恨也答曰
致虔旧業荒蕪即一愚氓之人先親之所期望者於
治虔如矣盡不傷痛哉今則已出身既老大儒書等以更
弟蔑如矣自其自修乎矢習財數年之後

未大事狼貝矣此將奈何云而舉措怱急大金問其
故荅曰今曉將過其父之葵禮而題主宦請于某闾
其生負丁寧爲約尙無消息大事將狼貝矣云而
仍問客子京華人也如知題主矣幸爲我書之如何
大喜厚饋酒肴及曉行喪而大金隨淩上山既下
大金渠亦不知題主之法而以愚癡之性快諾主人
雄率土而諸大金題主許之無以辭之欲辭主人如何
書之而不知法例思之本俯仍書以蔣秋風悶楚漢
乾坤盖此則習見花傳句之故也自山下有一衙道范満帶十
卓上如礼行畢而已自山下有一衙道范満帶十

病後理其業可也巷則限以十年碼乃泛產以作日後
先弟稅活之道矣自今日破產二嫂老姑還于本第兄與弟
頁㕥上山乞食於僧徒之餘飯以十年後相面為限可
也所謂某弟只有家堂年田三斗落及童婢一口而
此是宗納已日後兄弟自當還宗矣吾姑借之以作營產
之資自伊日兄弟酒淚相別二嫂送于其家先與弟
送于山寺賣其妻之新婚時賓粧徵僮為七八契其時
遍木綿里蓋之時以其錢買其籠背頁而遍訪其
父平日社來乞糧之親知人家以薑之作面幣而乞
綿花諸人憐其意而優恤不許好吾兩滿為散百斤

使其妻晝夜仿績累則出而賣之又貿年年十餘石
每日作弊集与丈妻每日山一㝵㕥半而娶之娷則
給一㝵曰汝若難忍飢餓自可出去吾不改責其娷則
泣曰工典則峽半先小的㝵一㝵為㪚曰飢手錐餓死
此意出去隨丈工典勤於織布許生則威餓席或
綢䙓夜雛外而言甚也今不致休息或有知舊之乘防者反
相面云而一不出見如是者三四年財利禰班通有
門前畓十斗蓉田之賣者送隆又何可往人耕播石不如自己
耕作畔乃曰畓畓多之田畓何可往人耕播石不如自己之

勤力其中而㕥不知農功之如何比將奈何遂蕭隣
里老農盛其潤食使坐虎工觀視耒耜隨其指教而
耕種其耕之也必三倍於他人故勤之也秋收之穀而
又倍於他人田則種煙草而兩當充甲每於朝夕汲
水而流之一境之煙草皆枯損而猗許田之種苗茂
蔗商預以數百金賈之及其二芽之盛又將孝偓事
農之利近四百里內田畓皆昂於他自山寺姑下未見之弘
五百石穀如是者五六年財產漸殖露積四
儉約一如前日樣其兄其弟自山寺姑下未見之弘
之妻姑精惰三㝵飯而進之則弘張目叱之使之㝵攜

煮粥以來其兄怒罵曰汝之家產如此其當而猗不
饋我一盂飯乎弘曰吾既以十年為期十年之前以
勿㕥飯盟于心矣兄於十年之限可與吾家飯兄
雖怒我工不㕥介於懷矣其兄怒而不喫粥飯而山
寺矣翌年春兄与弟聯壁而小成矣弘之介多村餓卒而
上京㕥偹應榜之需幸偶而列門伊曰招倡優而論
之曰吾家兄弟今令汝帰家各修鐵兩西送之對其
汝旁當之盜盃可以運悌汝家各修鐵兩送之對其
兄及弟而言曰十年之限始末及爾即上寺待限兩不
來可也仍即日送之上山及到十年之限奄威萬石居
門前畓十斗蓉田之賣者又何可往人耕播石不如自己之

西矣李乃鋪簟席于庭主翁曰鋪席何為李曰本府
官司令朝當行次故如是耳主翁冷笑曰君何作夢
中語也官司主何可行次於吾家此干不近萬不近
之荒說也到今恩之昨日榔巻之善俩云者必是妻
棄路上而悌作夸張之虚語也李言未已本官工吏到
彩席端~而餉之房中言曰官司主行次令方來到
矢榔正夫妻蒼黄失色抱頭而匿於籬間少焉前導
群及門本官騎馬而來下馬入房與叙別來寒喧仍
同曰嫂氏何在使之出來李乃使妻來拜其女以
荊釵布裙來拜於前長揖雖衆容儀間雅有非常踐

女子本官致敬曰李學士身在窮連李賴妙氏之力
將至今日維義気男子豈以過此可不欽嘆于其安歓
祖而對曰顧以至賤微之村婦淂侍君子之中櫛全昧
如是之貴人其花接待周旋之郎無礼極矣獲罪大矣
何敢當尊慈之致謝官司今日降臨於寒宅實愀之地
榮耀極矣窃為賤女之家有頑於福力也本官聽罷
今下樣招入榔正夫妻償酒賜顏已而降色守宰俗
觀光者如堵李聞本官曰低雖寒賤吾既与之散休矣從
續未見巡使又送幕客而衛鳴榔正門外人為桃痛
配矣多年服勞誠意備至吾今不可以賣而易之顧借

一牆而與之偕往本官乃即地得一牆沿行貝以逆
李於入閭謝恩之時中庙入侍而俯間流離之顛
末李乃奏其本甚恶上与三嗟嘆曰此女子不可以
感妻待之持陞為夫人可也李興此女僧老榮貴
無此而多有子女此是李判書長坤之事云甬

治産業許仲子成富

驪州地古有許姓傭生家甚貧寒不能自存而性甚
仁孝有三子使之勤學自家貧自念粮于親知之間
以繼書粮無滿知姜不知省以許之仁善矣親知
而慢助粮資矣數年之間備以癃廢夫妻俱沒其三

子晝宵呼泣艱具需催行草葉三霜已過家計尤
無可言其仲子名弘者言于其兄及弟曰曾前吾輩
之事免餓死者只緣先親之淂人心而助粮資之致
也今而三霜已過先親之懸澤已渴無此推訴以令
倒懸之郎弟先園殁之外無他策矣不可不各自圖
生自今日先各従書業可也其兄弟曰吾輩自
少所業不過文字而已事外如農商之事非但吾儕
可辦且不知向方將何以籍之于忍飢課工之外他
道矢况日人見吾不同從其所好可矣而三兄弟俱
需業則倍身之前甚將傍死於飢寒矣兄与弟気賢甚

之痛仍曰吾之出外只為仁娘故也今為渠已身死
我何狎當仍呈辞单而蜀連以其柩同行至錦江有
悼亡詩一章红莲载母骖别騎

赞椰匠李孝士七令

疑是佳人泪涓涓
錦江秋雨母骖别騎

燕山朝士禍大起有一李姓以校理亡命行到寶城
地渇甚見一童女汲於川邊趍而求之女以范威
水而掬川邊椰葉浮之中而欲之問曰過
容渇甚意欲求飲何乃以椰葉浮水而欲之也其女
對曰吾視客子甚悤若或急飲冷水則死生病故
故以椰葉浮之使之緩々飲之故也客人大驚異

校官府矣李生乃婿其親媛翁曰今當官則官家朝仍椰
咒吾當輸仍矣其媛翁賣曰如君渴睡漢不知東西
何可仍咒於吾庭門于吾雖親自仍之急々見如君
者其何以無事仍之于不肯許之其妻慶曰某慶
盡使性諾椰匠仍咒姓乃許之李乃背負而到官門前
直入庭中近司而高聲曰某慶椰匠仍咒次々來待矣
本官乃是李之于曰切親之武弁起露其胰甚群
乃大驚起而下壹机手延之上庭曰公于々々悔踏於
何處而乃以此摸來此于朝廷之搜訪已久嘗聞遍
行斯速上京可也仍命進酒饌又出衣冠而改服李

之向是誰家女對曰越邊椰咒匠家女也云其人乃
隨其後而性椰匠家求渝其婿而托身為自以宗華
貴容妾如椰咒之鐵造乎日無所事以午睡為常椰
匠之夫妻是寫曰吾之迎婿莫欲助椰咒之役今
而新婿只喫朝夕之飯减半而饋之氣妻憚而同之愈以鍋
伊日朝夕之飯减半而饋之氣妻憚而同之愈以鍋
底黃飯加数而饋之夫婦之情甚篤如是度了数年
之後一中宵改王朝著一新首復罪咒癈之流一
開赦而付戰李生運付官我行唐八道使之尋訪傳
説藉々李生開於風便仍一睇適朝日主翁將仍椰咒

曰頁罪之人偷生於椰咒匠家室于今延命以度堂
意天日之復見乎本官仍以李校理之冠邑鞋于
㸞管催發朝騎使之上洛李三年主客之誼不可
不顧且無有糟糠之情吾當告别于主翁今將出去
居須於朝来訪吾之而任處本官曰諾本官無事上納
来時衣出門而向椰匠家言曰今蕃椰咒無事上納
矣主翁曰異哉古語云鷗老千年能博一雉云信此
廉矣吾婿亦有隨人為之々事奇哉々々今夕則當
加給数亡飯望日平明李早起洒掃挥门庭主翁曰
吾婿昨日善仍椰咒今朝又能挥庭令日々丁出於

若不得決科則此生無更達之期矣惟汝意為之沈生聞而惘之如有所失矣數日遍訪於京城內外終無蹤跡乃失于心曰吾為一女之所見章以何顏而對人彼既有科第汲相達之地而如不得科名而不如汝物則生亦何為故人相達之地也今兄饌品不輕甚做讀過數身捷龍門以新恩謝客盡夜不輟其之約吾當刻意工課以為逐路拜謁則老軍即沈之久執老軍性已而自內饋饌新恩見盃盤候品嫩炙色老軍性而尚之則退以紅之始末詳言之且曰傍生之刻意

奇喜優及於中門之內執紅之手而升階喜溢堂宇優償前好於沈後為天官即一夕紅飲祉品言曰事之一端心誠專為進賜之感杵十餘年全不及他吾鄉父母之妾否亦不遑寧之矣此是妾之愛也進今富可為之地幸為妾求錦山寧使妾得見父母於生前則至恨畢矣沈曰此吾之父母也則於生前則亦感求為錦山守即以此紅偕往赴任之日向紅之父母安否則皆無差過三日凌紅自官府威是瓶乞郡里皆見父母會親黨三日大宴長服需用毋世其本家祥見父母而言曰官府異於私室之質極地丰厚以遺其父世而言曰官府異於私室

做業以至登科者全為故人相達之地也今兄饌品完是紅之所為此故自甫傷心矣老軍問其年紀狀貞而言曰吾有一个佳人而不知所沒未失無此女才言未畢忍有一个推陵客而入抱新恩而痛哭生矢左右手矣老軍此女依而其事女王人曰吾於承先之年辛得一馬此哭新恩起拜於王老夫如失左右手矣急若許送則老豈忍不許新恩起拜而傅之也甚奇相愛也如此吾與紅弄騎一馬以炸大導而行及林謝曰心昏黑与紅妍來矣々其毋夫人不勝門疾聲呼毋夫人曰紅娘来矣々々

宦家之內眷尤有別於他人父毋與先兄如咸回緣而頗數出入則指人言累官故兒今入衙一入之陵不得史出亦不得頻々相通以在京様知之勿倭世來相通以藏內外之分仍拜辭而入一未相通々外致婶子連德來請公姑之入內兩之則紅為新件夭通半年內婢以小室之意來請入通有公事東即耘婶子連德來請公姑之入內兩之則紅為新件衣裳鋪新件枕席別無疾恙而顏帶懷惱之色歷言曰妾於今日永訣進賜而長辭之朝也願進賜勿以妾之故而疾懷為妾之遺體幸迴長享榮貴而々以妾之故而疾懷為妾之遺體重藝於進賜先塋之下是所願迫言罷奄然而歿公哭門疾聲呼毋夫人曰紅娘来矣々々其毋夫人不勝

286

侍側決不使任情受傷矣此則勿慮焉夫人曰吾兒
早失家嚴未卒學業全事往蕩老身無以制之方以
是盡宵勤心矣今為何未好風吹送如汝佳人使吾
家之往童至成就則可謂負夫之恩也吾豈無婦女何娼何能
挺出而留此于紅曰此則少無所遁萬望勿以豪奢之妓
忍飢寒而怠日出則使之挾冊從於隣家慚洗坯之鄉
始晨夕勸課嚴立科程少有怠意則勒其枕頸作色以別
自其日絕跡於娼樓隱身於沈家慚洗坯之鄉
頸晨夕勸課嚴立科程少有怠意則勒動沈童發而悖之課工不懈及到記親之
去之意恐動沈童發而悖之課工不懈及到記親之

矣妻從此告辭矣妻之此去即激勸之策也妻雖出
門何可永詳于如聞登科之報則便當即地還來矣
仍趨而拜辭夫人祇手而言曰自安之力也何可厭讀
之兒如得我嚴師辱身學者皆如之力也何可厭讀
做事舍我母子而去也仁起拜曰妻非木石豈不知
別離之苦于如告辭而以決科及及速達為約之言必此意矣
聞妻之告辭而以決科及及速達為約之言必此意矣
情勤業矣遠則六七年近則四五年間事也妻當富貴
身而處以俟登科之烟矣幸山此意傳布于阿部悽
所望也仍慨然出門遍訪老寧無內春之家得一處

時沈童以紅之故不欲娶妻仁知其意詰其故乃嚴
責曰君以名家子弟前程萬里何可困一賤娼而欲
廢大倫乎妻之故而使之亡家則
浸此去矣沈童不得已娶妻紅下氣怡拜辭曰
年沈生厭學之心尤僑於前一日投書於紅而卧曰
一日許入其房如或遊朗則必掩門不納如是者數
李之如夫老夫人使沈童定日限四五日入內房則
汝雖勤於勸課其於吾之不欲何度其急情之心
有不可以口舌爭也恭沈生出外之時先老夫人曰
阿部厭學之症近日尤甚雖以妻之誠意未知奈何

見其主人老寧而言曰禍家餘生苦無托身之所願
以奇窮之命幸得如汝者衣服飲食便於口腹仍則
深側姉篤之列必敢緘針線酒食謹當看檢其疵
寧見其端麗聰慧博愛之辭其佳接紅自其口入
廚倚饋桓其甘皆通其食性老寧尤奇愛已仍曰老人
也仍使之入處內舍以女呼之沈生愽家則紅乃坯
吾處惟而同之則其毋夫人傳其愽言而青之
曰汝以厭學之故而至於此侥將以何面目立於世乎
集既以汝之登科為期其為人也必無食言之理故

戒起五六間地此時一捕校放溺出門不顧其事心
窃異之亦起上屋而躡後入于李判書家則捕校即
其親知之人也翌朝來傳此事判書公杖之而使不
得出門矣伊後隨伴訪花上南山蠶頭時閑良數十
人會于松陰見日濟之來以為將受吳東床禮云而
一時并起執其袖而將欲倒懸日濟乃聳身一躍而
折松枝左右揮之一時從風而靡仍下來自此之後
次〻傳播入於別薦付武職仕至亞卿趙判書曮之
通信日本也以日濟啓幕賓將航海上船失火〻焰
瀰天諸人各自逃命急下倭人救急船而又有連燒

之處仍揺櫓而避之去上船纔為數十間之地始収
拾精神相与計數各人則獨無日濟一人諸人驚惶
意其為火所燒矣而已遠聞人聲諸人立船頭望之
則日濟乃往船而待日濟自大中飛下船上人皆駭
異盖日濟醉睡於上船〻艙之上層不知火起而諸
人亦於蒼黃中未及察也睡覺而見火勢仍跳下旁
船其神勇如此

得佳妓沈相國成名

沈一松喜壽早孤失學自編髮時全事豪宕日夜往
來於狹斜青樓公子王孫之宴歌娥舞女之會無処

不往蓮頭突鬢破屐弊衣少無羞恥人皆目之以狂
童一日又赴權宰宴席雜於紅綠叢中嘯罵而不顧
敺逐而不去妓中有少年名妓一朶紅者新自錦山
上來容貌歌舞獨步一世沈童慕其色接席而坐少
無厭苦之色時以秋波微察其動靜之色仍起如廁
以手招沈童起而從之則紅附耳語曰君家何在沈
童詳言某洞第幾家紅曰君須先往妾當隨後即往
矣幸俟之妾不失信矣沈童大喜過望先歸家掃塵
而俟之日未暮紅果如約而來沈童不勝欣幸擁之
接膝而酬酢一童婢自內而出見其狀因告於其母

夫人〻〻以其子之狂宕為憂方欲招而責之紅曰
催呼童婢以來吾將入謁於大夫人矣沈童如其言
呼婢使通則紅入內拜於階下曰某是錦山新來妓
某也今日某宰相宴會適見貴宅都令矣諸人皆以
狂童目之而以賤妾愚見可知大貴人氣像然而其
氣太麁粗可謂色中餓鬼今若不得折制則將至不
成人之境不如因其勢而利導之妾自今日為都令
斂跡於歌舞花柳之場與之周旋於筆硯書籍之間
冀其有成就之道矣未知夫人意下如何妾如或以
情欲而有此言則何必取貧寒家宅之狂童乎妾雖

驚訴而問之則以為固觀教而居于此已生二子此
是其兒矢備衣口業半餉無語略敘困懷而街曉辞
去後命還家衰侍其大人軍相而坐時適逞客低
辞而言曰今喬之行有可怪之李矢寧相之
而不言其子不敢發說而退此寧相之姓名不記
辞品辱曰南九萬狗也氣也云而連辞誂屏目李乃擘
狗漢唱買狗而過門外李乃捉入需替激打屬漢大
以連絕不往來平生慣南九萬之為人睿在家有屬
李忠州聖佐先佐之從兄也性卓犖不羈常下先佐
進孫需嶺吏散事班

伏曰顧湑一言而先問何言也吏曰小人延使道之
封奈需也著道花誒鋪陳詭坐而監坤及毋軍封而
為重何況宗華士大夫予顧進賜整衣冠陟床而
不當如是屑愕也南嶺之俗雖下隸之賤皆知奈需
至於三日之久矢此奈物用之粗先忠辰則道賜困
賜之中櫛而卧受之小人義不厝果雨不游佑之上
戴之於馬此下階再拜而送此此他為形重処令進
過食頃而乃罷李忠州拱手而立心頗善之及悔作
其言為之則其吏各擘物槹而高辞曰此此呈其物

郡曰快矢之仍放送李多騵俗如此先佐之為忝
伯也以宗家之故每送忠奈及四郵奈需領去吏每
每被打而來若當村送之時則吏皆避之有一吏自
顧領去一營上下皆怀之使之上去剛吏領物而
上亦凌晨住其家奉忠州姑未起寢卧而使家人照
數餘云云其吏不內奈而仍無去去人皆討之
明日如是又明日又如是李忠州大怒而挺入其吏
而責之曰汝是何許人而既奉奈需而來則納之可
也連三日暫來旋去有若傲弄音也連營下習固如
是乎此是汝之監司兩措使者乎汝罪當死其吏俯

答書而稱其吏之知礼解事云云先佐閱而大笑坊
差優棠云矢

起屋角李兵使賓勇
李兵使李濟判書箕翊之孫也勇力絕人捷如飛鳥
自兒少時豪放不羈不榮文字判書公愛之十四
五始冠而未及娶一日夜階娼家則捿隸捕捉之
屬滿座中恚杯盤浪藉曰一少年直入壓與奴之
截座李濟以手撑一少年之足軹以為枕一揮而
摩跌珈之曰如此無禮乳臭之兒打殺可也仍
諸人皆仆于地仍他置而出門飛身上屋緣屋而走

拿入處宰承命而出以鐵索繫頭而拿入其校仍分
付曰使道行次雖是一道方伯不可如是喧擾況今
大司馬大將軍行次乎汝輩爲敢不禁其雜亂云而
仍使之依法處宰執其拜辞去之兵青白棍祖衣而
棍之拜震屋宇其應對之拜用棍之法即京營之例
而與箕營營拜行不可同日而語矣若魯心甚栗於
乱而坐任其京度之爲至七度其校又東曰棍不過
七度使之解縛而拿出若魯心甚無聊呼營更謂曰
潛門付過記並杆未以給京校其校度之一二敎其
泥而或棍五度或八九度而拿出若魯又曰前付過

咸篩對鏡自照而心擲鏡而掩而大哭宰相見其狀
心甚慨然出外而坐敷食頃無語適有親知武弁之
出入門下者無家無妻之人而少年壯健者也末琜
問候宰相屏人言曰子之身世如是其窮困君爲吾
之女婿否其人惶愧曰是何敎也小人不知敎意之
如何而不敢奉命矣宰相曰吾非戲言耳仍自懷中
出一封銀子給之曰持此而往貰健馬及轎子待吾
夜罷漏後來待于吾陵門之外切不可失期其人本
信半疑茅受之而依其言備轎馬待之于陵門矣自
曉中宰相挈一女子出使入轎中而誡之曰直往此

記之又周者並付京校其校又如前之爲若魯大喜
問京校曰汝年數何而離家人也對以年數何甚家
之人曰汝於篋城初行卒曰如此好江山汝
何不一嘗遊賞乎仍入帖下記以錢百兩米五石書
而給之曰明日可於此樓一遷而奴樂飲食富備給
矣仍信任如此熟而人留數日與之工京一時傳爲笑
談

閑居生而徒跡杵门下其人不知何許麥析莝隨轎
出城而去宰相入內下房而呪曰吾女自夬矣家人
驚惶而皆畢宴宰相仍言曰吾女仍自歇家而吾
聚歛雖渠之娟先不必入見矣仍獨自欹家而最
恶作厥体樣而覆以衾始通于其舅家入柩後送葬
之作厥家先山之下矣過敷年後某宰子束以其備衣
于舅家先山之下矣過敷年後某宰子束以其備衣
見在房讀書狀貌清秀頗頗自家之顧畵心竊愛之
日勢已晩又慮囷仍留宿矣至夜深自内忽有一女
子出來把手而泣鷖和熟視則即其已死之妹不勝

憐嬌文宰相嬌寡幷
有一宰相之女出嫁未幾而喪夫婿居于父母之側
矣一日宰相自外而入內見其女在於下房而凝粧

者子吾已有妻有子鬚髮蒼然則吾豈後少郎本信姑
曰此乞客妄悖矢可以逐出仍分付官隸使之逐送官隸
立六樓下呵叱曰來文秀曰吾何以下去本官可
以下去辦令如霜容怒曰此是狂客也吾何以為
卑下于辦令如霜知行單臯高舞曰汝
筆可出去言未三門外驛卒大呼曰道
矢兵使以下而無八色蒼黃道出文秀高生而笑曰
固當如是出去矢仍坐於卒使之庭而自言使以下
若邑守令皆具幃帶請謁一〇入視禮罷沒文秀令
挺入其妓又呼妓毋兩分付於妓曰年前吾與汝情

金相若曹自箕伯於兵判時按箕皆末久江山樓臺
笙歌綺羅意〇不能忘大發大症揚言曰兵吏下隸
如或來則當打殺云〇兵曹所屬無敢下去者龍師
營諸校相戒曰不敢下去若緣此而不
得下去則又有晚時之罪此將奈何其中一校曰吾
當爲君輩其將厚饋我才曰君如下去吾
無事隨來矢舉皆盛饋酒饌而待之其校曰然則
吾將治行矢仍舉延牢中身長而有風力者十數眼
色皆新造品辭令之拜用棍之法督使習之與之同
行時若魯令日飮樂於隸光廳兒長林間有三〇

金相若曹自箕伯於兵判時按箕皆末久江山樓臺

愛何仍以山崩海潟情好不衰矢令爲吾作此樣
而來則汝可念旧日之情好言慰問可也何爲而發
怨也俗云不給糧而被掠者政謂汝也事當卽地打
殺而於汝何所惜蒲笞蜀謂人事
筆可汝何詠略施箠謂人事
以汝之故姑不殺之命來矧使汲水之婢仍指入本府吏房無論某樣錢二百
真有情女子也此女坐於僂僕之
降定付汲水婢仍指入本府吏房無論某樣錢二百

五〇來者心甚訝之而已有一校衣服辭明趨入於
前使下隸告兵曹教鍊官現身若魯大怒柏案高聲
曰兵曹教鍊官現身若魯大怒柏案高聲其人不慌不忙而上階
行軍禮沒仍辦令曰巡令手斯速現身舞末已二十
簡延牢超入拜於庭下於東西而立其身手也鞠躬末已畢舞辨令曰左
也此箕營羅牢不膚唱如是令〇大司馬大將軍行
伯行次於此處固下俯伏而來矣則〇大司馬大將軍行
次也渠輩焉敢若是唱嗟而邑校不得入於治罪矢仍辦令曰左右禁亂邑校斬速
不可不拿入於治罪矢仍辦令曰左右禁亂邑校斬速

金斯速持來以給其婢子而去
鍊光亭京校行令

之汝可入而村來也其女不得已開戶而入面帶怒
色不轉睠而循房壁而來開箱而出衣服不關而出
文秀乃呼其母而言之曰主人既如是吟諺吾不可
久留送此斷矣其母少不辭事之妓何足
責也飯欲熟矣坐與其飯而去可也又文秀曰不願喫
飯仍出門又尋其婷子家則其婷子尚汲水矣汲水
而來見其狀良久熟視曰恡恰似向來此邑母房
朴書房主故心惻怔之對曰吾里許似向未此邑母房
為見人兩祚怔其婷子去水房
盂于地把于大哭曰此何事也喫家不遠

可僧徃見文秀隨而徃則有數間斗屋矣入其房坐定
汪問其丐乞之由又文秀對如俄者對妓母之言其女
嘗曰日寒如此哉吾以卷書房主大達矣室料到此
今日則顧留吾家云而出一麤箱即伸衣一襲也勤
使改服又秀曰此衣後何出乎對曰此是吾之積年
汲水雇賃也聚錢貿此賞人送不斫始當著之姑置之其
房主則欲以表情故也又秀辭曰吾於今日以變衣若遇書
未此今忽着此則人豈不惋終始當著之其
女入厨而備夕飯入後面口吶ゝ若有詭罵者竹ゝ又
有裂破咒四之聲文秀怪而問之則答曰南中攸見

日大感花歐物邪神色不如前矣本官笑而譽曰寧
有是理只有名色實無事矣兵使笑曰必無是理仍呼
使行杯其妓女行盂而次ゝ進前文秀請曰此客亦
善飲頗請一盃兵使曰可進酒妓乃酌個酒知乎曰
可給彼客又秀笑曰此客亦好矣兵使徇妓手元之杯
酒兵使與本官作色曰歡則好矣衏願妓手元之杯
沒而飲之進饌而各人之前謂是大卓而自家之前
不過數咒而已文秀又問曰俱是班也而歡飲食何可
層下于本官恕曰長者之會何可如是支頃得喫飲
食可斬速去矣何為多言也文秀亦恕曰吾亦非長

神矣吾自送書房主後鼓神侶而朝夕祈禱只願書
房主立身揚名矣思若有靈則書房主豈至此境也
以是之故俄者裂破而燒之矣文秀忍笑而感其意
而已具夕飯以進文秀頃服而當宿平明催飯曰吾
有呵供處仍出門光徃真石樓潛伏於樓下曰此後
官建約十修掃辭送設席少為兵使及本官出來而
隣邑過去客子欲奉感宴而來矣兵使曰其妓立於一隅
言曰過去客子欲奉感宴而來矣兵使曰其妓立於一隅
觀光無妨矣而已盂盤浪藉笙歌曼睄
服飭鮮明舍嬌含態兵使傾而笑曰本官近
崔骨後

霧起遍于庭每日如此公於一日開尸熟視則煙霧
之中自樹穴有一物峰頭公住之適有馬上銃之在房
者公仍向西放之乃將中鷹物縮頭而入少頃忽有
鸞癧舞鷟起視之則大未乃折有一巨蟒沉血而半露身
其大不知幾園而角鬣且具矢自其穴蛇蛇之出者
不知甚數或大如棟樑梂木小如手指簡竹者相續
不絕四面環之而將向序上公乃袒褐而拔銃鐵周行
欄遮而蛇頭之近於欄者輒打之迅如風雨翌或一兩
放過則將為所害矣自日出時至于晚飯後不暫休
息血流前庭腥穢陳死蛇去而公示疲困喘息而卧

矣家人以公之久不出致訪未見則蛇積如阜驚
使健奴四五人斤去于海水中而無事公之第力有
如是矣少時使妓筆數三十人各以大筆染還並
公則在中而使妓環以筆點衣已畢見之並一點墨痕
人皆驚訝波乃擧足示之則墨痕在矣蓋以是愛之
故也

蟲石楼繡衣藏跡
靈城君朴文秀少時隨仕勾舅晉州任所時一妓而大
感相誓以從此同日兇生一日在書室有一鹿忘之婢
子汲水而過諸人指笑而言曰此女年近三十而以

鹿忘之故尚不知陰陽之理云如有近之者則可謂
積善必獲神明之佑矣文秀聞其言夜願婢又
過仍呼入而薦枕厥女大樂而去及還路登科十年
之間承暗行之命到晉州訪至將厥之妓生於門
外而乞飯則自內一老嫗出來熟視曰君之額面怡似
秀曰老嫗何為如是也老嫗曰此客之額面恰似
等內朴書房主樣故怪之矣文秀曰吾果朴也老嫗
驚曰此何事也不意書房主作此客世豈問君人
吾房內小喧喫飯而去文秀曰吾世安
在答曰本府厥妓長嫂而不得出來矣云方藝

火炊飯忽有妛優辭而其女來到廚下其母曰集處
朴書房來矣其女曰何時來地而緣何故來云其母
曰其狀可矜破笠弊衣即一丐兒問其妻術則見
逐於其外家前使道家今方轉乞食而來心此
處甚是久留廢史隸肇面熱故欲得錢而妻來云
矣其女作色曰此等說何為對我而言也其母曰欲
見故而來云欥來矣一次入見可也其女曰見之何為此
等人不顧見矣明日兵使道生辰守令多會將欲樂
於亮石楼管本府以妓衣服事申飭至嚴吾之衣
箱中有新件衣裳矣世氏出來也其毋曰吾何以知

見而泣告曰事已致此願速こ運浮可也公笑曰國
事如此吾何忍偸生乃索筆告訣于老親及伯氏藏
于箧箱中而使奴傳之欲運向獻陣則奴子抱而泣
不捨公曰汝誠亦可佳吾甫退政而吾饑甚故可
將餘而来奴子信之不疑尋人而来仍遇客時享年二十
切回身更赴敵陣手格殺人而仍遇則公已
来舉家始聞凶報以發書之日為忌日始樂其奴
自別而死馬亦不食而斃以所遺衣冠斂而入棺葬
四ヽ月二十四日石尚州北門外坪也其奴奉馬而

日隆臨矣及大祥時乃辭曰從今以後吾將不来矣
時其子癠年纔四歲而笑公極而差曰此兒亦登第
而不幸當不幸時也而伊時吾當更表乃出門伊後
更無形影矣陵二十餘年陵充海朝其子稱登辛謁
廟之時自空中呼新恩進退人皆異之其老慈親常
有病患時則五六月間也候唱可解矣數日後空中有呼
由得喫一橋若得喫則可仰視則雲霧中公以三橋投之
尤婢伯氏下庭而仰視則雲霧中公以三橋投之
老親念故橋吾於洞庭得来矣可以進之病患即差
陶庵神道碑銘曰空裡投橋神恍惚兮云者即此也

于廣州尖馬西先塋之左麓而其下又葵奴與馬尚
州土林設壇而行俎豆禮曰　朝家鸼戰都承旨乙
卯正庙朝以親筆書忠臣義士壇建閣於北評命
使三使事并享而春秋祀祀公每徒来家中舞
音笑貌宛如生時與夫人趙氏酬酢無異平昔每具
饌以進則飮啖如常時而後乃去門閉而見之飲食如前
在於壇中何由耕知于不如置之爲好且吾白骨所埋
堰中何處若知之則將返葵笑公愀然曰計多白骨
处尔自無害笑其他豪傑遺处一如平時小祥陵間

毎當忌辰行祀時閣門之後別処有七筀拜宋家行
祀時儔有人毛之入者羅祀陵開之則外舍有呼奴之
婢家人怪之聽之則出自含郡奴子承命而入則使提
致葵餅燻子分付曰神道忌人毛髪汝何不察改罪
可植仍命樴莖自是每當忌辰鷄年久之陵家人不敢
少怠焉云

職擊虎事上遲勇
李判書復永世居結城三山地海邊也毎朝汐水来
逸工三島登之如三峯竹島三山陵有山亭之四面
欄檻者公居於此前有一大槐古木而毎朝自其中

不費錢兩也玉溪欲家以銀子娶妻而營産衣食不
苟乃刻意科工四五年之後登第大爲　上所知來
然以綉衣按廉于關西直訪其妓之家則其母獨在
見玉溪認其顔面乃執語而泣曰吾女自送君之日
棄母逃走不知去向于今幾年老身晝夜思想而淚
無乾時云云玉溪茫然自失自量以爲吾之此來全
爲故人相逢之地矣今無形影心膽俱墜然而槧文
爲我而晦跡之故也仍更問曰老嫗之女自一去之
後存歿尚未聞之否郎對曰近者傳聞吾女寄跡於
咸川境内之山寺藏蹤。跡人無見其面者云云風秘、
傳之言猶未可信老身年衰無氣且無男子無以追
尋其蹤跡矣玉溪聽罷仍即往咸川地遍訪一境之
寺刹窮搜而終無形影行尋一寺寺後有千仞絶壁
其上有一小菴而峭峻無着足處矣玉溪扶蘿捫藤
艱辛上去則有數三僧徒問之則以爲四五年前有
一個年可二十之女子以如干銀兩付之禮佛之首
座以爲朝夕之費而仍伏於佛室之卓下披髮掩面
而朝夕之飯從窓穴而入送或有大小便之時暫出
門而還入如是者已有年所小僧皆以爲菩薩生佛
不敢近前矣玉溪心知其妓仍使首座僧從窓隙傳
言曰南原盧都令今爲娘子而來此何不開門而迎
見其女仍其僧而問曰盧都令如來則登科乎否乎
玉溪遂以登科後方以綉衣來此云云其女曰妻之
如是積年晦跡喫苦全爲郎君地也豈不欣欣然即
出迎之而積年之鬼形雖見於丈夫行次如爲我留
十餘日則妻謹當洗垢理粧復其本形後相見好矣
玉溪恨其言遲留矣過十餘日後其女凝粧盛飾出
而見之相與執手而悲喜交至居僧始知其來歷莫
不嗟歎玉溪通于本府借轎馬默送于宣川與母相
面竣事復　命之後始送人馬率來同室終身愛重
云云

投三橋空中現靈

李佐郎慶流以兵曹佐郎當壬辰倭亂而其仲氏投
筆從戎助防將邊璣出戰時以其仲氏從事官啓
下而名字誤以公書之仲氏曰以吾啓下誤書汝名
吾可仕矣公曰既以吾名啓下則吾當往仍未裝而
辭于慈親蒼黃赴陣邊璣出陣于嶺右大敗而逃軍
中無主將仍大亂公聞巡邊使李鎰在尙州單騎馳
赴之與尹公暹朴公箎同在幕下又戰不利一陣陷
沒尹朴兩公皆被害公出陣外則奴子牽馬而侍之

門之念云玄家女子又如是玉責之誘之終不回
心至於過廿五歲而尚未適人矣向聞玄女學釖技
粧男扮出遊八方將尋君之聘家云矣前逢着於
水原地云并昨之夜出來佳人即吾庶女也昨來之
出來佳人即玄家女也家舍及奴婢什物書冊與田
產古之楊火游無以加此君可謂好八字山仍使人
書指而言曰此是玄知事也云三人對坐戲設酒有
終日畫歡兩嚴權即權大運也郴生與一妻二妾同
室和樂者數年一日郴妻謂其夫曰今朝近南人
得贈權判書以南野而當局夫近日事並非戚倫之
事不久必敗之則恐有禍及己之意不如早自下鄉
以為免禍之計矣郴生悦其言畫賣家產而擔妻妾
還鄉更不入京城矣甲戌年坤殿復位之後南人
背誅權大運亦恭其中而郴生獨不被收生之律
郴妻可謂女中之有識者也出當時午人牢相華時
可及者耶

可及者耶

盧玉溪宣府達佳妓

盧玉溪禎早孤家貧居在南原地少年既長成無以婚
娶其堂叔武弁時為宣川府使玉溪母親勒往乞得婚
需玉溪以編髮徒步作行已至宣府之門阻閽不得

入彷徨路上適有一童妓衣裳鮮新者過去佇步而
立熟視而問曰郴令從何以來玉溪以寒言之妓曰
吾家在某洞茅舍家距此不遠都令頂定下處於吾
家玉溪許之報幸入官門見其叔言下來之由則嚬蹙
曰新延未幾官債山積甚可問也而出門即訪其妓之家妓
妓欣迎使其母精備夕饔而進之夜與同寢其妓
吾見本官司手殷甚少雖至親之間其婚需優助有
末可知吾見道令之行于吾有私儲銀五百餘兩當此歇
日

不必更入官門持此金直還可也玉溪曰不可行止
如是飄忽則堂叔豈不致責乎妓曰都令雖悖至親
之情而至親何可恃也留許多日不過被人苦色及
其故也不過以數日畫則入見其叔夜則宿於妓家
發過數日書則入見其叔一日之夜
妓籠燈下理行裝出銀子裹以狄及曉車出鹿上二匹
馬歐使之促行曰都令不過十年內外必大貴矣吾
當潔身而出俟之會面有期只此一條路而已千萬保重兩
淚而出門玉溪不得已不辭於其叔而作行半明本
官聞其故窃怪其行色之狂妄而中心也自不妬其

之內人為瞥息扵店幕柳生倍生疑訝書問其內則
以為從當知之不必強問云而自伊日夕飯餞品
豐潔水陸俱陳柳止心尤訝感又書問則以為只可
飽喫不必問之從當知之數日則不必入內云其
明日朝夕飯又如是過數日其內書請以為依京行
云已柳生怪之請中門內瞥面而向曰內行從何處而
來也朝夕之供何為而必前豐厚也洛行之人馬不必枓
也強問從當知之矣至於京行發程那其妻笑曰不
當備待只可治行而已柳生怪訝而任其所為矣望

日三輪依舊屬馬而自家哥騎之馬亦已其鞍以待
矣茸騎馬隨後到京城南門而入會洞一大第三輪
入扵門自家下馬扵中大門之外而入則即一空
舍也鋪連設席丹華殞之廚堙壺溺之物左右
羅置百冠者數人如漁徙樣待令使喚已而奴輩四
五人入近現謂柳生問曰波輩誰也對曰皆是宅奴
子也柳生曰此宅誰人之宅也對曰進士主宅也又
問左石鋪設之物則何變得來者對曰此是進士主
需用什物也柳生驚訝如坐雲霧中夕飯後筆燭而
坐其妻作書曰今夜需出送一美人庶慰孤廈之懷

也云柳生荅以為美人誰也此何事也其妻曰從當
知之云至更深後僬從輩皆出外自內門一覗了衾裳
擁出一箇絶代美人凝粧盛飾生扵燭下侍婢又輔
寢具而入生仍問以何許人則笑而不荅仍就之就
寢明朝其妻以喜質得新人而又曰今夜當候送也
美人云柳生莫知其故任之而已其夜侍婢如前
擁一美人而出來察其形容別乃是別人柳生又
之同寢矣望朝其妻又以喜質午後門外忽有唱導
聲一隊入來而告曰權判書大藍奸次入來上堂而
下堂抵至俄而一白髮老宰相乘軒而入來見柳生

欣然把手而上堂柳生拜而問大藍不知何許
尊貴人而小生一未承顏何為降臨也其穿相笑曰
君尚未覺繁華耶吾言之如君之好八字今吾
畢倫者也年前君之聘家興吾家及譯官玄知事者
家俱産女事甚稀罕故三家偕壻而同年同月同日三女朝夕相從而遊
家常二至送見而見之又稍長三女朝夕相從而遊
嬉娛筆私自矢心同事一人相約而吾亦不知彼家
亦不知矣其後君之聘家移居而不閒聲息矣吾女
即惻出也年及筓欲議婚則抵死不顧曰既作前約
當從君妻而事一人其外惟恐忝父母家洪無入他

生其妻作書曰今夜需出送一美人庶慰孤廈之懷

洪相國早窮晚達

洪相沂川命夏與金判書佐明俱是東陽尉女壻壐
公早登科第幷立蔚然洪公四十窮儒家貧貲居于
東陽門自聘母翁壻以下皆賤待之妻娚申晃者亦早
登茅而為人驕元待沂川尤蒔以奴隸視之一日對飯
雉脚何為公佃含笑而少無怒意東陽尉知其晚必
大達每賣其子而加意於洪公金公之為文衙也傲數
貧素而示之曰可傲科業邪金公不見而以扇揚之曰

五次勤之而終不聽乃擲林地而含淚曰我吾家亡
矣仍霄命盖似是託子之言巳其後洪公登第十餘
年之間位至左相 嵩届朝申晃自出而自 上
問于洪相曰申晃何如人也洪相對以不知的快法
晃之平日行事沂川合憾矣但既受知於東陽尉
則一言救之以報東陽知遇之感可也不此必為者
沂川事極可咄歎沂川拜相之後金公佐明與帶史
衡之任燕京藝文乙衡製進而以四六為之先鑑于
大臣 入啟例也金公以所製之表入覽于大臣洪
公以扇揚之曰豹于彭于此亦量狹之事也

柳上舍先貧後富

柳生某者洛下人也早有文名二十前登司馬而家
甚貧窶居於水原地其妻某氏才貲俱美以針線資
生矣一日門外傳言有一女子善釧舞戲云柳生招
入内定而使之試藝其女子入来熟視柳妻瓦上厅
相抱敍舊大哭莫知其故也云仍不試釧技而留数
面熟之人故也云五六日後望見前路三個新輔駕
五六日後望見前路三個新輔駕駿馬前有婢子數
雙亦騎馬後無陸行而直向其家柳生訝之使人同
何来内行誤入吾家下隸不吾而入門下輔於內門

力甚捷方能至也洪圓請僧上下看良久曰是行矣遂興

洞行送辯路升降不知為幾里有一岐嶺抵一沙峰下僧
曰此出山載甚稳足稍後則戒至山頭路侥山腰至一廢路數數可畏
絕壁怕怕神将對崖相距可丈許僧逃跳跳過此雖路生
憖訝從之僧於其半崖懸身卯外令生躍過投於其懷中
生怕此景物奇絕田時肥沃有人居數十皆皆僧徒必蠤
廬相接泉石田西山滿洞皆菜樹敷、積華人、殷廬以
生外衆能全甚賣愛至相延去偹偹傳餉可一月餘生欲

歸將尋舊路則可來不可去路可出即偹菜
節兩蕎莒出洞行數里涉一岐嶺其下即一盤石側卧
滑不見其所從僧將一薦興生偹其一条肩於折卧
松盤石上動搖流下良久始下至地前有一峰奇色峻崢
峰上有圓石五如兩角僧曰生負飲見哥事
峇即上走峯頭將一厔叩其用者久之姑偹者久之門此何物僧
離折俄而縞入復叩其前者生偹此何物僧
曰此為大螺俗名鼓啊青在兩山絕頂上書圖取作軍吹
生云自此幾行三十里出於高城地僧曰此洞名梨花洞
花開時滿洞是朗如當朝云

成虛白南路遇仙窟

成虛白沮曾庄王署後由南歸其還此適炎夏時淳溪有
樹蔭甚美下馬憩焉忽有一客軒驢而至一小童執鞭内
隨之客下驢亦就樹蔭息之成與談良久覺飢將幣食物
客亦命小童取来一柳盒之開有一小兒蒸之爛熟小童
又進一觥有酒重胆滿盈又沷數花草釜分剥兒肢
疆擘而啖之婁珠果客悠悠曰此則可飲否又辭以前客
白嗛慶晚視不敢直視客以一肢勸虛白食虛白曰如
此之物素不能食矣又舉觥曰此物我
笑而引飲盡取草抽嘯以兒餘者與小童、坐林下食

之坐廬稍間虛白托以便問童曰汝主人何人而住在何
廬童曰不知也虛白曰堂有奴不知主者客曰吾隨行己
數百年尚不知為誰某也虛白問之童曰純
陽曰倩者所食何物也曰千歲童葠此酒中草何名曰虛
芝也虛白驚悔就拜菓前日俗眼臈臈不識大仙之降臨
可得再睹耎客笑謂童曰汝今兹之春鴻市非偶童葠芝猶
體節頗簡死罪:、朕今兹之春鴻市非偶童葠芝猶
可得再睹客起揖將行童問所向客
曰今向楗川時日己西矣漢驚来馬腹寒驢瘦小而行亦
不甚駛轉眼之間己杳然矣虛白縱馬追之後驢騎峨已
不見矣

討論情懷一日妻父告以妻匹庶之由某寧慊悢良久個
吾亦有此意遂以其女病没傳訃罷即盧姿出山下送週即
居向者和仕首擬之餘店亦禁此生聞罷始歡其奇遇矣
生與妻妾三人白首偕老多産子女屢享全城之奉多見
膝下之榮云

汰園中舊妻授計

丙子胡亂松都商賈之妻有被擄者商賈失其妻辦呼悲
性聚銀入瀋其妻為馬將軍所畜商實持銀盤隱東人之
隣居被擄者答云汝妻為馬所畜歲萬無贖還之理汝徒
死身恵歸其人惝不能念顧見其而其隣人口深藏不出

此事至難但將軍母飲子夜水信共女夜半安令共女取
水潛伏其園或見之是甚危道此共人不勝情夜往伏園
中共妻夜半果至就執其手共妻無言即入去少為濩出
以小包授之曰我雖無秋失身胡虜亦有一端心情人既
慈我以至於此心豈超慾、萬無脱身之路若欲歸則禍
少及君須持此歸國買妾當得勝秋者千萬保重故國勿
遲恐有追驕徒炊飯仍於村舍可喫三日者膚住仍手
指趕邊山程日彼程有底窈潛伏共處三日所吉出則可
以免矣商實如共言急、炊飯住伏庑窟中矣翌朝胡搜索
自継於園中竹分之處馬大驚以為朝鮮人未發卒搜索

洪斯文東岳逝界

洪應午山大同村人也嘗進金剛山松外山遇一僧猶行
遲心間其所向荅曰所居甚遠矣洪欲從之僧曰此非脚

三日乃止其人始出來云

尋古墓牧隱視夢

李監司恭閔即牧隱子提學種學之裔也少時嘗一老
人自言我乃之牧隱先祖共嘗慶少子孫失
其墓搜牧不禁吾甚憾之汝是種學之裔酒未訪其墓
也李公夢中不覺悚然致敬曰雖欲求之其道阿能老人
曰汝求吾文可知逃驚悅朕莫如其所謂考請牧隱文
集未無可徵每逢領南人輒閒牧隱逃文有士子言嶺南
某邑人家有若干遺文云仍緗取覽適出為公山縣監
委送人求來未詳閒其中提學公墓表云在兒山地共里始

懷其夢之不虛遇朝之後以王堂言事坐罷兼閒逃住免
山彷徨境內村閒茫然無涯着扇一村蹥閒其主人曰此
近地亦或有古塚流傳古宰相墳形址者荅其人曰吾
此後麓古瓖公曾有古碣之遺志濁宿採閒子村紙其盗
后以隱記中多錄墓塊出於墓前森大下水田中字畫宛可考
遂訪其理慶掘出於墓前其墓初有表
遂置墓牧而守修共奇火

逢奇緣貪士得二娘

古有一上舍生歲在東小門外歲補至賣蔬糶不繼月詣
太學恭朝夕食饞以共餘輒賒遺細君日以為常一日來
欲神飯而故中路遇一美女隨後而來顧謂曰何許女
子隨我而來乎女曰欲與君偕往以奉箕帚生曰吾家寒
甚一妻尚患南況可遂娶爾娘若送我出作嫂弟之思
慎勿生意女曰死生有命貧富在天天色極則恭未時至則
到其處生不得已留置與之同綢望月女以所持錢盡
粮沽紙以供朝脯朋月又如此自是夫婦能比飢餓盡
則女又得絲度了四五朔女謂生曰如此地太窈僻不可展
生入慶城內未知如何生曰無虧可往恭何女曰如欲入
城何患無家一日蒼頭七八人持二輪二馬青衣一小童
摩一驢而至女開龍出男女新衣服一件納于女君一件
自着之一件使生着之娶各乘一輪生騎驢陪後酒吏
至一宅妻委直入內舍生彷徨外庭軒守宏傳花亦森列
俄即小妻延生入內妻在趄房月用器皿無不
畢具在前牧横延松使念生曰旦是雍之衆女笑曰若者何
酒闇主居之者即主人也自此衣食裕足展房慶大屋中
往來見其妻仰云是近族此外無他來往者矣一日女謂
便向慶光江南王富翁不美矣

生曰即長又欲得一美妾乎生驚曰吾典娘之相逢之後頼
娘之力一躍而富萬事皆足豈有遠圖之意乎女曰非我
求重蕙之反復其狹遊力勸之生曰第
典內子相謀慮之娶曰如此雖欲童十人個何妨也
絕律舉止端嚴滿席著誕之態決非薄時之流生一見驚
喜曰既富且貴兩之歡女曰此人即士禎婦女此非妾之此也
待之以齊體之禮可止生敬待之三女同室閨門
雍睦一日女同知者末謂生曰今日政眼君首擬慶卽矢
生曰吾之姓世無知者又無親知孰能舉擬傳音妾也

李曰吾同學政眼是之姓名吾是不知而已陵耕柄政逆
叮閭曰是某兒子生貞見其姓長果不識也心雖驚訝身
即出仕共後節次推遷歷曲州牧一日生謂女曰皆娘與娘
同居已過數十年而今將老且死矣內不知娘之來應前
雖秋諫曰今日匡詳言之女齡欽曰李同知即妾父如
出門隨往衣冠男子之理父母情之一月謂娶父夕夕女青
君先逢美非天緣影舍之買賣曆事往征皆娶父之柄
擇此彼女卽今茅舉相二女而亦含宮前家婦也意父之
茅摩相親功雖影閭細鎖皆謀之兩影俱有青媚心怀恻惻

與科題同靑天擧心校寫性誠其字逃逐卷考之李旣制

呈姐搜得題同者數編相似者亦多逃劾折圖呈一寫

桼鮮顯天擧大喜逃諱歸曰吾優先軍役興及第天擧質朴不

挽留之同入會試又用前陰李見落郭登第天擧質朴不

隱其歸每自言其本官止奉席正

關后門痘兒外座

靈光邑里有李生者鄕品也其子纔蹄語患痘役症且危

幾一日兒忽蹶然起坐大呼其父姓名曰某某、父怪

而應之兒曰世須眉兒適所措而往父懼而負之兒指后門曰可

汝將安適兒大哭自把其痘父懼而負之兒指后門曰可

往遘裡父不聽兒又哭父不得已到倚下兒欲入黃盧父

阻之間吏又攔之兒頓足大呼群達于內太守詰之閽吏

道其詳太守命聽其自入父負兒到盧紙兒忽躍下大生

入太守上廳兀肰隱几而坐怒呼太守小字曰汝何無禮

吾乃汝父云父自吾束髮之時病瘤不能言影事未得盡矚

泉拍之下遺恨難爽陽界之上倉卒無階永謝塵意矣太

下李生慇章曰密通得成奇通徑此遊瓈永謝塵意矣太

守病慌無措半信半疑兒一動一事以詼之衆無姜爽以

驗眞備因通地閣子孫丁孤苦命道暗傳我每提以某慶

太守請罪兒曰汝妹廖丁孤苦命道暗傳我每提以某慶

擡場屋秀才對柬

李公曰路當時國名之士也長於駢儷之文眼兩世未

有許借者一日赴科圍因狼損失侶樓邉於須題板下有

兩傘五六圍團或一隊燭字惟悏極其規飛沐炒著廚

溥狼藉李乃披帷而入有一少年秀才隱几坐重柜上十

數書生各持試卷擇坐其傍俄聽秀才之口呼儔嘸如飛

秀才左應右酬在應窠畧無難色李从傍窺觀則排叙中戰對糯

精鍛鍊、成警窠夫李大驚曰此世爲有此人諸門姓名

秀才顧肚一笑而已肅倨宂秀才使一卒呈一卷曰弟又猶

巳卷已黙黙曰此世爲有此人諸門姓名復

才又呈一卷如是者凡五六遷丹堪目未倒美秀小大哭

而起曰然屬倂作未被一選矢也何害更呈如因愧慚而

出李詰于從者乃知其爲北軒金公也

價多少貴人所賜汝何敢辭追令持去令廐人善養之居
數月馬肥大如象馬進神形駭動人目公每朝請捨輿乘
馬滿路生輝錦陽家曲背馬名滿一時先海朝公察靈光
馬從入宮先海甚愛之每騁於闕中書共馳騁一日命屏
去御者自騎馳突於後苑馬忽橫逸先海墜地重傷馬遂
奔逸突出疾如飛電人不敢近歷盡闕中千門奮迅咆哮
颯嘶如哭已失其去處追者千百為群至江上馬已泅水
渡去莫知其所向矣後西在謫中一日昏時聞堂後竹
林中忽有馬嘶聲使人出見之即曲背馬也背有御鞍而
韉轡纓絡皆盡而只有木鞍在耳公大驚曰此馬入禁中已

久今忽逃來避齋運廈守約無路若或中路更逃則難
尋蹤聲聞一播必添罪案遂令一隸拴地藏馬公親加教
諭曰汝能一日千里來尋舊主畜物之神者我有言汝宜
不聞汝既脫身奔逸已有罪又還我家情憐我罪今無他
計從汝雖跡藏汝軀脊汝令汝若有知其勿嘶嘶使外人
知之也令知其事者一人飼之馬遂默然無一聲居藏餘
忽一日舉首長鳴聲振山谷播聞數里公大驚曰此馬不
鳴久矣忽然大聲必有事也俄而 仁祖反正之報至即
其日也公遂盡放還朝乘之如前其後又有一使臣往瀋
陽者發程既久渡江日期只隔一日而朝廷擬遣咨文中

有可改文字請議皆以為非此馬不可及事甚緊 仁
廟召公問之公對曰國家事務臣子性命亦不敢惜馬何
足言乎仍言於騎去人曰此馬到灣上後慎勿喂以勿與
水草直懸之數晝夜待其休息氣定然之可活不然馬必
死矣其人領之去而翌日未暮到義州直入納公陪送咨
倒氣塞不能言急令灌藥救活之降人見其所乘馬皆以
為錦陽宮曲背馬至矣遂喂以菊豆如常馬即死云

聞科聲夢蝶可徵

鄭天舉槐山校生夜與妻同寢其妻睡中忽注聞之妻曰
夢有黃龍從天降御君林屋而去是以注天舉曰吾聞夢
龍者得第今我不文何朝起為灌溉出田間在路傍有
披襟急行者問之云朝廷新定別試方急告於嶺邑
守令之子云云天舉歸語其妻曰夜來君有異夢今日忽聞
科報而吾不識字亦奈何妻勸令入京天舉再三辭而
妻力勸備盤纏以給天舉至京足未到王城莫適所向入
崇禮門至最初巷口即倉谷窮其間止下擔息憩於一舍
門外其家人再三出見而去而已來言主人上舍邀之天
舉入見主人具告赴舉而初到京無投足之處主人遂令
留住與之同入蓋主人李上舍以宿儒老於場屋科具中
私草積成卷軸入場時令天舉負而入使之歷考其冊中

店中有得鹿皮大橐者乎當厚報矣氣色極蒼荒公聞之召入問其所由失其人曰橐有銀三百兩縛在卜鞍上而馬甚悍驚橫逸奔走不得已下馬控而馳之橐忽墮地不知失之何處然而過我去者得之而當止於此店故試為歷問而恐未可得公出橐授之且曰三百兩銀非細貨也故吾不發而待求者果得汝幸矣其人為之大感動叩謝無數且請曰行次非世間人也此本已失之物願分半獻之公笑曰吾若利此自可持去何必待汝還之士夫志行本不如此無復言其人懇請獻之者甚苦公不得已叱退之其人坐而視橐黙然良久忽發聲大哭叫叩號慟哀動傍人公大怪之問其故久之其人止哭而對曰嗟乎生員是何人我何人耳目口鼻同也言動起居同也此心胡為不同公獨為善如彼我乃為惡如此思之至此豈不大可慟乎我本强人也此去數十里之地有富室我乘夜入室偷出此銀而恐其追蹤馱之此馬從山谷小路蒼荒疾驅未暇緊縛及出大路馬又橫走遂摩轡馳走而不覺墜失當此之時吾心之懊悪當如何哉今觀行次之僕馬行裝亦太酸寒而視此若糞土且求其主而還之以我視公其媿慚恨痛又當如何此所以不覺辟淚之俱發自今此心大改矣願為公僕以役此身耳公曰汝之改過誠大善又何可為僕其人曰小人常民也此心既改非公之從而誰當從也願勿拒之仍問公誰氏及其鄉里且曰小人當還本主銀與妻兒共來執役以觀公之行事改做是人圖矣仍拜起拜公之僕至店肆買酒肉而饋之即去公亦發去數日至松都板門店其人與妻及一子載銀座於兩馬已追及矣公大奇之問處郎之由曰直抵其家報其主還之矣仍隨公至廣州雙橋村直屋廊底執役甚勤出入常隨其忠篤無與為比者公甚愛之遂老死於其家

報喜信櫪馬長鳴

歸陽尉村補善知馬一日適出路遇一馱鹽馬令從人攜至廏見之背曲如山瘦骨稜稜即是一玄黃駑駘耳仍問曰汝當賣此否其人曰我以人奴駈馬而已不敢知買賣耳公令給如屋健馬又令擇一健馬以給其人驚曰此一健馬亦足以當倍而健馬又何為也公笑曰雖此兩馬未足以當半價汝何知須取去俄而有禁軍踵門告曰小人是村巷賤品也公有非常之賜而奴人迷甚愛來故不敢留置來謁奉納云云公促見之其言此馬即驢世逡延汝不自知故耳汝若知之則今此所給不足當其價千百之一耳其人恭曰所願成材後事所不敢知而有所買價即此一健馬足以倍蓰其價健馬死不敢愛公嚴教曰無論

神傭豁大喜邁末聞契富翁伪期交貸實歸取人莠祖皮
羅列鋪上一、精新南京菜鋪者重羅茶鋪翁輸貨比本
國可數十保實大復財厚徐廣人故至燕京以數千金興
主人又分徐十餘悼夫各千金遂還本國不過數月之間
償佃巡營銀四萬兩而又價猶海酒前故善利息些所造
自享儕廬巨萬遂諸崇使共共飼南貨書者立駄泉
使大異之歎曰此真大英雄也吾不失人矣萬之年報用

闖長卜中路遇舊僕

仁同士人趙陽末者善占望多奇驗同鄉有勁人赴舉詣
往顧悼之

趙卜吉曰趙作卦詭曰君行當被師覽笑岐又當捷科
死兩得科世而有之寺因題占辭曰月明山路師猿可畏武
人聞之大怖欲止行趙生曰得科無疑且可發行席睡果
雖逃雖在彰吾可免乎勤人肽之極發行、兩月至一無
人之地通目春月上怨有一賊暱後狩政直前串下勁人於
馬上揑共吭蚰其胸拔劂懼之者數次勁人曰汝之所欲
財此吾之行具及馬任汝所取何女殺我、非汝父母之養
母之警何至於是勁曰吾豈欲放財者耶來我父母之養
吾堂有此我封刕人曰吾一生末屏殺人豈有與汝作誓
之理乎賊曰許思之勁人曰吾年少時晤恶一婢子狹之

科
事仍聞其名奴曰小人名席狼但奴揑主吭而豈況滿奴
此劃引釖自決小子地武人大驚錯愕不覺兩淚之泉湧
也至近村言其故一村皆籲出力收瘞武人上京果捷
蕘士也何可死也可與我同上帝度廣善視豈可演悔此

還金課疆化良民

許察筋焙風儀魁梧義卓犖名公巨卿莫不折節卜之
嘗有事於西關故來見其中即銀封可數百兩掛之來上
鹿皮囊公命僕取來旱晨發行至前店不遠忽見路上有
至店飯訖仍留不發使僕候於門外察人有求覓者曰過
午有一人長身梘健而衣服綝華騎肥馬馳突而至歷問

有一事可救得者仍抽出一張紙遞手奉呈公育之紙上

喜甚某年某月日時生男子其左則書壽富貴多男子六字

每行喜一字而僵多男子為之三字其右有祝願之文内庸

其姓名之徒公曰此何為翁曰凡生後公以此紙即往江

厥道金剛山榆站寺備香燭五百進供佛祝顧剛艾有慶

祥隆原此是為小人報也申嚼更腹公方欲問所從來仍

狗邊拜謝仍忽不見公大驚異歸家偶蔵及至晚已晚生

男奇後公即往榆站寺係翁之言厚設供佛所壇喜姓

名於祝文所庸之慶薦于仲所祝領畢取者其紙則壽字

可有可産二字富年下有自見二字貴字下有無此二字

萬兩銀三年内當償償四萬兩與係廉歎按使壯其志奇共

言給銀加穀實即沿往海諸邑有義州姓而訪問盧室就

其漢近所買屋徒來留住諸倀人具美饌青酒興與飲

食富人莫不傾心愛重因以辭辭誘出銀鋳來者百

金必者數十金到期約還及至期所償先盡或違滿凡西關

錢銀子母愈百數而偤揭借償者緣一年而與一你誤諸

區人益大信仍大出債銀又六七萬兩盡買人蔘船皮仍

以其餘多買健馬盡勒之復起往南京則盧獲百倍之利

笑男兒作事成則昇天敗則入地耳哥昇抑心能從我乎

王人欣之快許遂與主人僅一見固既載貨自通州發船

得順風來滿十日遠楊州江過一唐人棹小船而過貴即

與格軍健者數人乘册退之入小船中傳其人輙退解之

備間水程所限乃及市賫賤人山真偽國業輕重冠眄

有無既群悉文厚徐給共人物産以徒共心共人大感謝

又訪以成事後廣電報巾入直至店頭呵下唐人之廊多在江濃樹泊

州江隨潮巾入直至店頭呵下唐人皆以唐製衣服隨

下送望日貨摩艘天之有心計者數人皆以唐製衣服隨

唐人入南京城内十里棧蘆標帳映映皆是廣摩店貨山

積唐人引貨就一葉編舟陳此朝鮮人挾重貨可償市切

往南京節商行貨

古有鄭姓一大賈席行廢著松業京而懋役浪費資西開

正美仰其門以映紛亢驚異之歸而造横決蔵其後兒鹿

是為梧陰公斗壽此籌至七十八官至領相富裕足五

子皆貴顯昉領相昕暉皞判書肝知事勛業赫赫曜廣

世而夢後代係曾繁昌猴屛相籍蔚為大閥

多男子下有貴二字凡八字皆淺奇細如毛髮而腎楷

巡蔭銀七萬兩其時檢使年囚督促而屢討籌盡更難用力

賣沒徒中上言身既保囚徒死仍己公私無遺請更賣二

尚餘二萬兩其時檢使年囚督促而屢討籌盡更難用力

拜謝遂共受劇術既盡其能服事甚勤士人甚信愛一日
三人同宿於狐菴朝起士人忽為人所冒流血滿室老僧
大驚問兩人曰此何事兩人曰蜉服事此人盡其麨術同
未八八人義同兄弟今皆為其所殺今只餘兩人之禍今
其可懼時恩耶父報之顧無可柰之禍今幸得問何為
不殺老僧時忿怒曰吾輩既受再生為兄弟義既深情
同父子豈可報仇怨作此事耶痛哭頓仆遂前刺兩人皆
殺之乃於此山為僧得一沙彌孤坐此菴虛過百歲每退
吾師才智之兩意氣之深情義之篤愛情無窮至痛在心
是以逢師忌日兔痛軋不自抑久而不衰孟公慘率不勝

感歎曰以尊師之明識神勇乃不知兩人者懷不利之心
而終至見害何此僧曰吾師豈不知兩人之非吉人而慶
其才欲以陰恩得其死力且其智術才
識非類慶之尤甚利之所以制伏此師謂利才
者為此此盂公仍請曰之人之所以服勤不息
甚老慶而不減已久卒難為之公妨數曰使吾僧曰吾今
力勑為之身星日邀孟公至一慶有十栢樹大可十圍上
于霄甯僧僧袖出雨物圓圓如匙用紙堅傳去偃乾見兩個
戲挽卷帖如拳以手手展則數尺霜刃如秋水両卷餙
如紙僧把兩劍起舞帨此轉動低昂頗遲御而頗見迂疾

揮霍風生之騰踊飄浮立於空中盤旋去来於已只見
一嫡銀瓮出沒於栢樹庸葉之間聲庵閃爍倏長倏繁
瞑嚴竪遍是雨巾柏葉份份飛落如雨孟公神懼眒慄不
能正視其栢葉多寸斷而樹枝半童吳良久僧方投下之
樹下哋氣數曰氣數吳非復少年時也始吾壯時舞劍
此樹之下葉多中破如細絲令剉不狀今葉者多吳孟公
大興之謂僧曰上人此術人曰僧曰吾非久死吳亦不忍吾
歸之永泯故為公言如此

尹公忙為刑曹正郎時金安老擅國鉻行威福諸良民為
種陰德尸公倉報

奴僕一人子孫數十口皆被秋膏拘囚判書許沉皮安老
風斥刑訊狼稽宽告功熊勢術誣服尹公獨疑之州彼此
又當友覆恭考知其鹿枉作一查下之交狀欲下白而適
當戲索啓霞之時公情此入連備前上一覧而即所金影
盡擇其囚數十蜡信之宽一朝快伸吳公早已裏議要與
子甚覆數里辛祥南川府使歷辭朝伸夕過慶後偶時日
暮微兩忽有一老犐於馬前公不能記謝其人曰小人之
良人此膏為一獄家遘舟挌廹廑歿所告訴稠公之
遗子孫數十人皆獲金保此息列在心肺帝恩報效而不
可得玆此後祭之尹公慶生男子但年命福報不甚延長
如紙僧把兩劍起舞帨此轉動低昂頗遲御而頗見迂疾

勝忻喜致謝僕〻歸治裝着一大且而進之莊其大者以
為屛簇以其二幅隨使行入燕持詣畫肆適有蜀僧從青
城山来者見之大加嗟賞絶以稱讚乃曰方成新刹欲以
此供佛願以銀百兩買之其人許之將論價之際又有南
京一士見之曰吾當增價二十兩請以改我僧大怒曰吾
已論價畫買已決豈有士子見利忘義如此者乎吾亦添
價三十兩取其畫投之火中曰世道人心一至於此吾若
貪此與此人何異乃拂衣而起畫主竟不取百兩價只以
五十兩改之一日比曉睡覺忽有人来叩門延之入乃一
所親吉人也持一佳箑進曰今將赴燕茲来告別顧公暫
加揮灑以贐鄙行章甚時東牕已白朝氣甚爽謙齋乃作
海水飛波怒濤洶湧澎湃而着一小艇於波面一邊風帆
半垂視之杳然吉人謝之而去及入燕肆〻主把玩不已
曰此必晨朝所作也精神多在風帆上以扇香一櫃易之
吉人取而詠香得五十枚長皆數寸以此譯官輩得謙齋
之畫皆視以奇貨矣

孟監司東岳聞奇事

孟監司胄瑞愛山水遊少時嘗入楓岳窮探至幽深處有
一庵極淨潔老僧一人年百餘容貌古健執禮虔恭歲孟
公異之仍留宿將叩其所得僧忽召其沙彌謂曰明日即
吾師之忌日也可設齋供沙彌曰唯明曉設蔬食老僧哭
之甚哀孟公問曰上人之師何名而道之高何如聞之
老僧悽然久曰公有問之何用隱諱吾非朝鮮人也来自
日本師亦非僧即士也始吾之出来也在壬辰之前本國
選吾等八人皆深於計慮驍勇絶倫者使之學朝鮮八道
凡朝鮮之山川險夷道里遠近關隘衝要務要諳記凡朝
鮮人之以智略才勇名者皆殺之後始許復命八人共習
鮮語既熟出来東萊倭館變作朝鮮僧之服將發之際相
議曰朝鮮金剛靈山也必先入此山祈禱然後可分散也
遂同行十餘日始到淮陽地見一士着木履踏黃牛出自
山谷同行一人曰吾輩連日尋寺不見食又不喫肉氣力
甚微不如殺此人而屠食其牛然後前進似好皆曰善遂
同進士人〻〻曰汝輩何敢乃爾汝輩倭國間諜吾豈不
知當盡殺之八人大驚拔劍齊進士人騰躍超忽倏擧飛
脚疾捷如神頭破肢折死者五人只餘三人遂皆伏地乞
生士人曰汝果誠心歸服能死生相隨否三人稽顙輸誠
指天為誓士人領歸其家謂三人曰汝輩雖為倭所使欲
覘我國智慮淺短技術甚疎其何能為今既盟天歸伏心
之誠僞吾可以洞知吾當教以劍術若倭兵來則吾可領
汝輩起兵往守馬島且遏賊兵異國樹勳汝亦何厭三人

人心喜許然芽依其言舖設而候之其女亦如其人之言
慶之房內其人端坐廳上燭影之下而顏繪笑三更時候
忽有窸窣聲家人皆戰慄走避見一大虎導步庭下而咆
哮其人顏色不變繪經不輟此時其家慶女搶以放矢限
死欲出諸婢在右執挽經則慶女跳踉不可搏其虎忽角大
乳而窒破廁兩不如是者三矢仍忽不見而慶女昏絕矣
家人收拾精神以溫水灑之口須臾得甦而其恩其辭
外則舉家稱謝皆以為神人以數百金欲酬則其人讀罷出
曰吾非貪財而來者仍拂衣告辭遠拜花潭而復命剛花
潭笑曰汝何為誤讀三慶其人曰無誤讀處矣花潭曰俄

者其贈又過去而謝我活人之功又曰往書誤讀三慶故
喤破廁本以論之云矣其人思之果是誤讀時也

　　鄭鶴知恩
朴敏州右源南在中某邑其婦人見樹上鵲雛之落下者
朝夕飼之以飯而馴之漸至羽毛之成而在於房闥之間
不去或飛向樹林而時、來翔于夫人之肩上及移長城
將發行之日忽不知去處內行到長城衙門則其鵲之飯于庭
上嘶而呢下翻翔于夫人之前如前隨來遊故
樹而卵育之去未如常其後移綾州又復如前隨來遊故
京第亦又隨來及夫人之往上下啼呼不離殯所及葬而

　　鄭鶴齋中國擅畫名
鄭鶴齋散字元伯善僧畫而
青絕品未者如麻而酬應不港時業里閒開展上人得其
山水三十餘派滯孤應之一日其士人諸樓川李公見其
報上堆積唐板書快課在四壁上閒曰唐板書何如又曰
也李公笑曰此為一千五百卷皆吾自辨者山心如是多
人誰知出於鄭九伯業京畫師甚重元伯之畫雖豐大
知恩美時人作靈鵲傳

行長坐於柩上到山下又必蹇開上而嘆之不已及下樌
時飛而柩上嘶呼不已仍戀去不知去處雖是微物蓋亦

千峰於其中君欲婦女去大驚驟奉阿其人来知畫於不
發動而限並佳本開晨成婦慮未在取作畫本松奉萬之
山極奇妙真絕寶心其派歸慮之主来謝齋曰吾適畫興
松其中燦爛徽芒精彩流動而餘存者有二幅更畫金剛
舍一日、氣溢奕奕畫興大發乃開彩硯展大僧楓岳
中舉品錦慮過来謝齋烏為內汁所污自內甚慮之謝齋
之多始加中原之人眞知畫不如我人徒取名而已又有一
使之持来所污頓庵即念去甚發積不洗其所污柱之外
燕使之行無論多火即付之以買可退之書故能救此
兵彼莫不易以更價奇典元伯最親故得其畫最多每於

一笑辺江南人化白鶴而妮倭人化一大鳥而蹲坐自臥
則化秋風落葉飄之而下其師大笑云一日告辭于兩親
曰吾非火於塵世之人也今將永故爾父母勿以掛念也
又與其妻告訣無病而坐化事迅虛誑矣其翁初則知以
為心病矣其後偶搜其子之箱匧則有青鶴一隻記而多
有酬唱及神異之事矣收而藏之不煩之眼目云
寧內行龍遷遷雷雨

軍資正李山重之蓮杵城也其子孫永之婦有娠朔幾滿
里甲申五月□日將欲解娩于本茅簷床行而卷永護行
矣忽龍遶暴雨大注電光雷群乱人耳目輒馬頰驚卷永

救廬女花潭試神術

徐花潭敏悳博學多聞天文地理術數之學無不通曉卜
居于長湍花潭之上仍以為辦一日會季徒講論忽有一
老僧來拜而去花潭遂僧之後忽喟嘆歎不已季使問其
故花潭曰汝知其僧乎曰不知矣花潭曰此是某山之神
虎此其廬人之女方迎壻而將為其害矣可憐矣一季徒
問曰先生既為知之則有何可救之而
但無可送之人矣學徒曰弟子願往矣花潭曰若徃則好
中心驚而面如玉色一無損傷然其外祖常言此兒必大
達云

笑仍授一書曰此是佛徃此地其歛在百里之地其村汝持
此往徃其家勿先世而但使之具床卓燭火於廳上使其
廬女處之房中而鎖四面門又使健埠五六人軏壁勿放
汝於廳上讀此書而勿誤句讀則揆過鷄鳴之時自可無
事矣戒之慎之若人永教而馳徃則亂鬧彷徨間之
則以為明将迎壻今方受綜其人入見主人寒暄彷彿間
言曰今夜主家有大厄吾為救此而未欲使免為可耶斯
斯主人不信曰何廬過寰作此病風之言也其曰無論
音言之病風與否過今夜則自有可知之道矣過後吾言為
如然灵則伊時歔逐諸所不可蒙須依吾言為之刏此主

木置之於地則三木相交而中如震盈樣判書俯伏於其
以為必為韋矢其外祖亦錯愕不知而為少間使家僮移
積之木材一時隕下判書乃在其亂木之中家人驚遑
大夫人社當水橋外宅矢時外完內合遭火灾將謀改建
棟樑椽木之材積置渡庭判書屋遊作其下仍樑木而工将
搭簷而見之時其婦適睡首而不首卒垂而至七月判
書載甲乃生貴人之生必有神祐两然已年經四歳随其
戒後者辭轎絶而將以人夫作行轎末及於人肩霹靂一
群過馬頭而撃碎近地之槍木焉逐而跳躍轉于岩石
之上凌入于海而轎則已搭矣恭永驚而急下轎於路左

州邑云、

江陽民其立清白祠

李副嘩東巻初淹趙伯鮮不赴　上海之特蒲陝川郡邸
人未見則絶火已數日矣所見悶迫以一斗粟一級青魚
數束蘋入送于内矣公下直而出見白飯魚湯悶邨人以
此送何得恩人以席對公正色曰何可受下雜無名之物
乎仍以其飯義出徑卽人及到郡世一麾所取怡民以誠
時值大旱一道皆祈雨而無驗公行祀後仍伏於壇下暴
陽之中矢于心曰不得雨則以死為期只進米飲而已
二禱矣第三月之朝一番黒雲出於所禱之山上輙時大

兩涯下一境周冷接界之池色於一點雨之過竟者一道
之内決川一境獨上大盌吁亦異矣海印寺有低役寺僧
每以此為頋與矣自公上官之後一張低需不責出矣一
日適有修簡事以簡低三幅頋約之意分付寺僧矣各房
僧齋會每人一次揭硫以十幅末納之卽命捉入寺僧
之來者分付曰自官飯村三幅頋之分付一幅加減俱罪
世何敢加數未納兮仍按三幅而還徒七幅其簡改間
而出給宧韓剛俱不受不得已掛之門上而考伊
後公適出門見而閲知之笑而見之笑遣故時
見之則加用一幅餘六幅瓦傅松重記今松暇日遊海印

寺見題名之多指龍湫上特主之嚴曰此石面題名則好
矣內居立於水深處與與接廷廥似英以刻之云矣諸僧徒
聞此言已日齋戒而待于山神時屆五月潭水氷冷仍以
木作梯而刻之進故時邑中大小民進路曰頋脚物以
為永世不忘之資云、公曰吾松汝乃一峩頋身之物而
製一道施以此出俗卽慶布也民人蓁以此立洞而獅
曰清白祠至今春秋享以殂豆焉

興元

金進士錡森判眈之第也鄉在尙州與元倉下有儒子年
過二十有才藝一日盡廷有一健夫庫白馬赤髭者備鞍

而來言曰主人奉邀酒卽騎此而行可也金生惘見而歎
人圖皆不見乃騎而出門其行如飛度山踰嶺至一洞
口則奇花異草珍禽黑獸卽一別界也有一白髪老仙迎
笑曰汝於我有綠故使邀來可送我而嘩道可也仍留在
周嘩者十餘人而其中離姉之可傅道者三人一則自廊
同嘩傳其道仍辭故其家自此以後眠目而坐如睡或
一則江南人也一則日本大坂城人也洞名卽奇鶴洞留
馬已待令矣徒未無常其時則開門閣目而坐如睡或
至三四日六七八日後怳醒康人皆怳之一日徒奇鶴洞
與其師逍遙松山上其師曰欲見故華之術可發幻而供
後公適出門見而閲知之笑而見之笑遣故時

311

曰令監今爲安東倅今則吾可以得聊賴之資非但聊賴
可以足過平生矣宰相曰吾之作宰助君衣食之資可也
何以足過平生也此則妄想也其人曰非爲令監之多給
錢財也安東都書員所食夥多以此給我則好矣宰相曰
安東鄕吏之邑也都書員吏役之履窠豈可些肤許給於
京中之儒生耶此則雖庭威恐無以得成矣其人曰非爲
令監之膂而給之也吾先下去陞付吏案旣付吏案之後
有何不可之理耶宰相曰君雖下去吏案其可容易付之
耶其人曰令監到任後民訴題辭個口呼之刑吏如不得
書之則罪之決之又以此等刑吏之隨廳治首吏每每如

此則自有可爲之道凡于公牒文字如出吾手則必稱善
如是過幾日出令以刑吏試取無論時任及閑散文筆可
堪者並許赴而試之則吾自可拔居首而得爲刑吏矣爲
刑吏後都書員一窠分付則好矣若然則外間事吾當隨
歸而進矣令監可得神異之名矣曰然則第爲之也其人
先期下去稱隣之通吏寄食旅舍往來吏廳或代書役邑
或代看檢文書人旣詳明文算又優如諸吏皆待之使之
寄食於吏廳庫直而宿於吏廳諸般文字與之相議新官
到任後盈庭民訴口呼題辭刑吏未及從書則必捉下枉
棍一日之間受罪者不知其數至如報狀及傳令必批頃

而嚴治又拿入首吏以刑吏之不擇每日治之以是之故
吏廳如逢亂離刑吏無敢近前凡文案去來此人之筆迹
如入去則必也無事以是之故一廳諸吏唯恐此人之去
也一日本倅分付首吏曰吾於在洛時聞本邑素稱文鄕
以令所見可謂寒心刑吏無一人可合者自汝廳會時仕
吏及邑底人之有文筆者試才以入首吏承命而出題試
之以諸吏文筆入覽則此人居然爲魁矣仍問曰此是何
許吏對曰此非本邑之吏卽隣邑退吏來寓於小人之廳
者也乃曰此人之文筆最勝聞是隣邑吏役之人亦自無
妨其付案而差刑吏也首吏依其言而爲之自是日此吏

獨爲擧行自其吏之爲刑吏一未有致責治罪之擧自首吏
以下始乃放心廳中無事及到差任之時特兼都書員而
私行無一人敢有是非者其吏畜一妓而爲妾買家而居
每於文牒私行之際必歸外間所聞密啓庭底而出本倅
暗出見之以是之故民隱吏奸燭之如神民吏皆惕伏明
年又使兼帶都書員而年所得殆至萬餘金暗暗還送京
第本倅瓜遞之前一日夜因棄家逃吏廳羣皆遑遑首吏
入告則曰與其妻偕逃乎對曰棄家棄妾隻身逃去矣曰
或有所逋乎曰無矣曰然則亦是怪事自是浮雲蹤跡任
之可也云矣其人還家買宅買土家計甚饒後登科累典

瀧友曰前事也尊丈既以事理當默再三賢言而有教令
則瀧友應免罪責矣老權聰罷半胸無語仍正色屬群曰
若藥罷去吾有處置之事矣諸人篤慨而散老權仍高
群曰斯連散席於大厅家中人皆悚然不知將治何罪何
許人矣老權座於席上高群曰急持刀以來斬奴子惶然
曰悖子以口尚乳臭之兒不告父世而私禽少妾者此是
承命置斬刀及板於庭下老權又書房主伏
之所刀板奴子捉下權少年以其項置之刀板老權大比
亡家之行也吾之在世猶如此況吾之身後于此等悖
子當之無益不如吾在世之時斬頭以杜後笑可也言罷

自盡委其亡兆一也以世之悍姑並不相容如此則慈道
曰亂其亡兆二也有此二亡兆不如早為除去之為好也
子婦曰委亦甚具人面人心者先景何可念
及於板之一字子婦謹廬廬之恩
同慮小無失和矣顧尊舅勿以此為慮而特施廬廬之
老權曰汝雖迫於今日舉措而有此言並也面諸於心則
不姓矣婦曰亭有是理如或有近仙此等之言則天女延
之鬼必誅之矣老權曰世於吾之生前無此姑矣而吾死
之後彼必復肆其惡矣此時則吾已不在悖子不敢制此
非亡兆之事于不如斷頭而絕禍根婦曰焉敢如其尊舅

獅令奴子使之舉趾而斫之此時上下遑。面無人色其
妻與少婦皆下堂而哀乞曰彼雖去可恨何忍於目前
所獨子運斬不已老權禹群而此使退去其妻驚怖而
避其少婦泣首叩地血沈被面而告曰呼少之人設有放
恣自擅之罪得舅血屬只此而已尊舅何忍行此殘酷之
事使果世罪嗣一朝絶嗣于諸以子辱及先祖矣吾權之
曰愿有悖子而止嗚之時辱之月前吏
如因獅令命使所之奴子口雌應諾而不丑加妖其子婦法
諫益甚老權曰此子亡廳之事非一失以侍下之人所擅

入連籍窃席成幽業

古有一寧相同有覝之人文華睦敏而慶屋料海欣訴窗
寒窮不能自存寧相適出補安束佯其友来見萊閒吵言

下世之後如或有一分非心別大腳不若謹廬以久言納
諸矣老權曰卷卧則汝以矢言書紙以納其子婦書僉跋
之題且曰一有違背之事子婦父母之內可以生怕夫夫
言至此而尊舅佟有不信聽有死而已老權乃赦而出之仍
小室奴承命所車未行退舅始之體拜於正配而使之同
所時首奴分付曰汝可率輪馬姑到老和同人無閒言矣
康其婦子不敢出一群到老和同人無閒言矣

夜來君之醉而使奴子負而入臥於此矣而家兄則必也
遠走因捉住傷之一箱曰此中有五六百銀子以此使作
妻衣食之資云耳權生異之出外視之則其少年及許多
人馬並不知去處只有紫孩之童婢二人在傷生還入內
與其女同寢已而思量則厥父之不私自卜妻必有大舉
措且其妻婢姑王而出門且向親明中有智慮者而華去姑少
好圖計策友以奇過之住人為一大頭痛待朝使婢手謹
守門戶而言丁其女曰家有叩親故當奉票而辈去姑少
談之甲筋店王而出門且向親明中有智慮者之家以宗而
告之顧為劃策其友沈冷良久曰大難乀乀家無好策而

心或恐其見過何可終日侍坐於酒席尊丈若淨臨則可
謂枝風景矣老權笑曰酒席豈有是仍之序乎今日之酒
我自為主矣攬胱拘東之傷終日退甲君雖百番共傷
於我乀不汝責矣擬坐而舉觴酒至半酣老夫一日孤孀之懷也
諸少年乀時敢談長幼雜坐而舉觴酒至半酣老權之
少年近前日侍生有一奇談古事請一言之以供一噱若
權曰古談極好君藏為我言之其人乃以權少年之舊庄
奇遇所古談所言之老權郡乀捅奇曰異哉乀古則或
有此等奇鄉而今則未得聞此其人曰若使尊丈屬之則
當何以處之中夜無人之際佗代佳人在傷則其術近之

第有一計君於故庭之際曰吾當設酒席而請之矣息於
翌日又設涌遍而請我乀自有方便之計矣權生佁其言
故庭之毅日其友人送件邀涌以通有諸盃畢庭此
席不可輕見乀頃賣臨云乀權生票于其父而赴席翌日
權生票子其父曰某於置涌而邀而請日置涌可邀而可
關此今日略具涌饌而邀諸友則似好矣其父見先拜見於
設酒庭而邀其人且邀涌中諸少年諸人皆未先拜見於
權生之父老權曰少年華逆相涌眉而一不請老我此何
道理其少年對白尊丈指嚴峻侍生華藝時拜謁十分慄
得任意為之且尊丈性度嚴峻侍生華藝時拜謁十分慄

夫吞吞既近之則其將率畜于抑章之乎老權曰既非官
列之人則逄僅人於黃昏豈有虛度之理也既同嬪席則
非吾之故化此年少之人見羞色而心動自是常事而彙
雖當如此之時亦不致節矣彼之入內非故為也為人所做此則
當之不得不致節矣彼之入內非故為也為人所做此則
之則彼亦含著愈而死矣豈非積惡乎士夫之處事不
旣以士族行此事則其情憪矣其地窮矣如或一則而彙
可如是踟踟矣其人曰又問人情事理果如是乎去權曰
定有他意當但不作薄倖人可也其人笑曰此非古談即

皆五禮此亦祖述綸脇扵老嫗及商人而從此獄久不決
拖至四年之久閱歲以朴氏之屍不斂而入棺而不覆盖日
復此警之後可改斂而如生時入其門少無穢惡而近而
無傷敢而如生時溺即其母逗嫗納而不近而
可罵矣舉扵俟朴時溺即其母逗嫗聞此往哭其盧遁
啓棺盖而見之則如生時無異罵謂金影婦夫生
一男一女矣曆此時迤其妻而訣曰汝主殺吾主即警影
也夫婦之鄭蜂重而奴主之分亦不輕汝自選復警乃已反
則為及主而死此云而絕之僑走京鄉安欲復警乃已反
此夫婦之鄭蜂重而奴主之分亦不輕汝自選復警乃已反

金判書相休之按郡時萬戶又上京請金
啓下本道更

怒氣則坐鋪席扵大廳而坐或打殺悍僕若不至傷命則
此見血而止此如鬪席扵大廳則獄人慣、知扵其妻
死之人也其子之妻處扵枝隣邑其子為此見其妻父母而
行扵路遇雨避入扵店舍先見一犬坐扵廳上而屍
有士大四駿馬多著之行見屍而坐性扵可與之
寒暄而以酒肴饉盒勸之酒甚清列肴又豐言相問其性
此與處廬少年對以席先末少年則以道性此亦不肯
言所在廬曰偶有過此避雨入此店事逢年華佳夜恰鬱
藥乎仍與之酬酢以醉為期挂倒此少年醉甚年事達先腰夜恰鬱
舉眼審見則同盃之少年已無形影而自歇則臥扵內室

是查官而窮覈則閭家擭棄朴氏之柩扵查庭而中有裂
苐之群閭邑人擧按盖扵欲視之查官使官捍驗視則面
色如生而頰有紅暈下愣有闕刺之血痕貼于背而
肥虜聖如尾小血腐陽之意藥物賣置之商及老嫗嚴鞠
閭之則始此覺曰祖述俍伏扵法朴氏旋閭萬戶徐復嶺之自
潛門以此狀閭祖述各徐二佰兩韓故如是為言之自
五記為石之忠

思嚴舅悍婦出矢言

苐之群進士某者鄙詐篤饒性嚴峻治家有法有梱子而
婆婦、性行姬悍難制而以其舅之嚴不敢使氣權扵有

而傍有素服佳娥年可十八九容儀端麗知其非常賤而
的的而治下卿相家婦女此權生大驚訝問曰吾何以臥扵
此慶而君是誰家何許婦女在扵此慶乎其女子羞澀而
不荅叩之每三終不開口而最後過躩食頃始低聲回吾是
治下門地譬戶之仕官家女矣之性執滯不欲從俗而拘禮使
親又早世男主是豪矣兄之則慶宗竄之是非大起坐以河
幼妹寡居此欲求其配而至此其意以為苦遇念意之男女
厚門戶峻辭嚴呿而作行轉而至此其意以為苦遇念意之男女
無去向蠹而作行轉而至此其意以為苦遇念意之男女
則欲委而扲之自家因以避三以邐語宗矣耳同甘此昨

顧少下著柳忍笑而惱之久飢之餘腹果而氣蘇其翌日
辭別入邑底出道拿入其座首毆其前後仍言曰
音之行此欲打殺汝汝者矣昨兩汝見汝子大勝於汝
矣既兩汝飽汝之酒食而殺之非人情仍嚴刑速配而
故柳台每向人道其事曰巫女禱神而不虛殺座首之神
即我也以酒肉酹之於我而免禍億億絶倒云耳

榮川儒生閔圓朝有一子過娶未一年而身死其婦婦朴
比女而亦有婭閔之鄕此孰喪以禮而孝奉舅姑滿里稱
之未時辛童奴一人仍名則蕭石者閔尙壽貧窮朴氏郎

新箪路忠僕鳴寃

自刎償債使奴旗汲朝少之供未嘗閉爲隣居有金祖述者
而有班名嘗訃果嘗金富者此送雜聞偶見朴氏之妒美
必欲之矣一日閔生欲出他惜著揮項於祖述之家矣祖
述乘其不在閼使人探知朴氏之寢房帶乃著愍冠而入
其廊時朴氏獨在其懷房一咽其姑之房偏一壁而間有
小戶矣朴氏腰覽聞慇外履群又見愍怪而問之宧語其由
窃起惆惝起開戶而入其姑怪而問之宧語其由影心
姑婦相對而坐萬石者爲祖述之婢夫宿於其家寂無一
姑婦疾對時間人謂曰有賊人未云隣象
人矣急於戶外有人屬群曰朴婦女與客有私而已久矣
斷速出送云ゝ其姑疾對時間人謂曰有賊人未云隣象

之人舉火而未見祖述仍還歸其床朴氏姑婦知其爲祖述
也閔生歸夫聞其言而不勝欲呈訴于官而恐恐所聞
之不好仍姑之其後祖述又揚言于洞中曰朴以興客
相通孕已三四朔矣ゝ傳說藉ゝ朴氏聞之曰今則可
以呈官而雪恥矣以懷恨而入官庭明言祖述之罪惡
又言自家受誣之狀時祖述行貨於官屬且一邑信屬但
是祖述之奴屬也刑使章皆言此女自來行淫所聞之出
亦已久矣本侔尸檢錢信聽官屬云ゝ言以爲汝必有貞
鄕則雖被誣於人久則自脫何乃親入官庭而自明乎退
去可止朴氏曰自官若不下自而嚴懲金哥之罪則妾當

自刎於此庭下矣仍拔所佩小刀而辭氣慷慨本侔恐而
叱曰以此而恐動吾乎汝若欲死即以大刀有刎於汝家
可也何乃以小刀爲此斷速出去仍使官隸推肯仍逐出
官門之外朴氏出門放聲大哭以其小刀割其頸而死見
者無不錯愕本侔娘乃鶯動使之還屍而去閔生不勝其
怨入庭而語多侵逼本侔以土民之舋惡官庭侵逼出主
報營閔生移囚于安東府矣其奴萬石者以其忱上京鳴

冤于 駕前有下諜逍査啓之 判府行査則祖述以黑
千金行賂於洞人反營邑之下驅至於朴氏之死非自刎
而著愐於孕胎之說服藥致死云仍買藥之嫗賣藥之商

赴防時同處之人爭太守親視而大驚急起把手而入于
房問之曰汝何作此樣而來也吾之赴任翌月汝又來此
誠一期會彼此不勝其喜共叙中間阻懷時夏享登配矣
因以其女入處內衙正堂而摠家政其女撫育其嫡子指
使其婢僕俱有法度恩威並行衙內洽然稱之每勸夏享
托于備局吏給錢兩而得見每朔朝報女見之而揣度世
事時事之未及爲銓官而未久可爲者安使厚饋如是之
故其宰相東軸則極力吹嘘歷三四腴邑家計贍饒而饋
問尤厚次次陞遷任至節度使而年近八十以壽終鄉第
其女治喪如禮過成服謂其嫡子喪人曰令監以鄉谷武

弁任至亞將任已極矣壽過稀年壽亦極矣有何餘憾且
以我言之爲婦事夫自是當然底道理何安自矜而積
年費盡誠力贊助求仕之方得至于今吾之責已盡矣吾
以遐方賤人得備小室於武宰享厚祿於列邑吾之榮亦
極矣有何痛冤之懷令監在世時使吾主家政此則不得
不然而今喪主如是長成可幹家事嫡子婦當主家政自
今日請還家政嫡子與婦泣而辭曰吾家之得至于今皆
庶母之功也吾輩只可依賴而何成今何爲而遽出此言
也女曰不可不如是家道亂矣乃以多少物件器皿錢穀
等屬成件記一并付之嫡子婦使處正堂而自家退處越

避一間房曰自今日一入不可復出仍閉門而絶粒數日
而死嫡子輩皆號痛曰吾之庶母非尋常人何可以庶母
待之初終後葬事待三月將行立別廟而祀之及兵使之
葬期已迫將還柩擔軍輩不得擧雖十百人無以動諸人
皆曰無或偏戀於小室而然耶仍將其小室之靷行與之
同發則兵使之柩卽輕擧而行人皆異之葬于平山地大
路邊西向而葬者兵使之墻也其右十餘步地東向而葬
者其小室之墳云耳

免大禍巫女賽神

柳叅判頣以繡衣行嶺南到晉州聞首鄉連四五等仍任
而行不法之事期於出道日打殺方向邑底未及十餘里
地日勢已晩又有路邊偶入一家家頗精潔廾塗有一十
三四歲童子坐之上座其作人聰慧區處奴馬使之喫之
呼奴備夕飯人事凡百儼若成人問其年而且問是誰之
家則答曰時座首之家也問汝是座首之子乎曰然矣汝
翁何處去曰方在邑內任所矣其應接詳而敬謹柳可愛
獨語于心曰奸鄉有馨兒云矣至夜就寢忽有攪之者
驚覺則燈火熒然前置八卓魚肉餠餌酒果之屬皆爲排
矣起而詰之問此何飮食其兒曰今年家翁之身數不吉
安有官災云故招巫而禱之此其所設也茲敢搖待客主

禹兵使赴防得賢女

禹兵使赴寧海平山人此處甚貧窮初登武科赴防于關西
江邊之邑見一水汲婢之貌役者粗頗免麗夏享嬖之典
之同處一日厥女謂夏享曰吾本處貧而況此千里客中手無所
為衣食之資乎對曰吾本處貧而此千里客中手無所
持乎吾飢典汝同室則所進不過饘粥垢衣補綻與被而
已其何物之波及於吾女妾而知之欵矣吾飢許身
而為妻則吾有屬之涯勿慮此庸山夏享曰此則
非所望也厥女有其後勤於紛線仿績衣服飲食丰備
關爲及赴防限滿夏享將還厥女問曰先達從此還歸
之後其將窗落而未仕耶夏享曰吾以赤手之勢京中豈

慮㒵頭不貪其女謂校曰前人用餘之財為義許止事不
可不明自為之䕺毅為義許鋪帛木為義許器四雜物
為義許皆列書名色及數又作長件記校曰夫婦之間
有則用之無則措備可也何嫌何疑而有此舉此女曰不
朕蓋請不已校乃依其言書而藏之沆寫勤
於治產日衛冨饒女謂其校曰吾粗解文字好者落中之
朝報政事君盍為我每ㄟ借示於衙中乎校如其言借而
示之數年之間政事庶傳官凾夏享王薄禹夏享由經歷
而陞座正乃除關西腴邑矣其女自其後只見朝報某月
日某衙呼禹夏享辭朝矣女乃謂校曰吾之未此非久留計

親知之友以何賚資留京乎此則無可望矣欲送此還鄉
老死於先山之下為計母女曰吾見先達氣像非容儔草
ㄟ之人此前程優可至閫帥男子旣有可為之機何可坐
於無財而埋沒於草野乎甚可歎年所聚銀貨
可至元百兩以此賜之可備鞍馬及行資幸勿歸鄉直向
洛下而求仕為十年為限則可以有為矣吾人此為先
達何可守鄰僻托身於本道之報則即
日當進謁以是為期顧先達開先達作宰本道之可即
此夏享意外得重財心
於邑底鄰居之校見其人物之俗俐與之作配而

笑送此可以永別矣其校悵悵問其故女曰不必問事之
本末吾自有去處君勿留戀乃出向日物種長件記以示
之曰吾於七年之間為人之妻理應家萬一有一闕之減
於前者則是人之心豈能委乎以今較前事而無減或有
一雇奴負卜而作男子粗着敝陽子徒步而往夏享王郞
一二三四悟之加數者吾心可以快活矣仍與校作別使
時夏享莅任纔一月矣托以訟民而入庭曰有所白之事
顧升階而白活太守怪之初則不許求乃許之又請近前
前太守尤怪而許之其人曰官司偶識小人守太守曰獨
新到之初此邑之民何由如之其人曰獨不念京邸某地

一粒不以與人一日門外有一老僧乞粮主人咎以為無
僧正色曰既有前後積峙而以無為言何也主人恧曰胡
僧焉故乃甫仍以賑飢陷而為偹之僧乃開廩拜受而去
未幾雷雨大作地忽瀰陷而為湖一門之人無一免者咎以
戰敗而入水皆化為蛤名曰齋蝦江之男女輒暮揉拾以
作歡敘故荒之瀆云湖之中有紅牆巖紅牆古之名妓也
巡使東延到時甚壓之不能忘情每逢本偹本
巡使東延到悵怵如失忽之不樂本偹以為今夜月色
盡傷其後巡到悵怵如失忽之不樂本偹以為今夜月色
正好盍遊鏡湖乎湖是仙區每於風清月白之時使之有

望甫轟鶴之聲紅牆名媧也安知不為仙而遊伴耒遊乎
若甫則廅義一過巡使欣欣然之泛舟湖月凝神睇望于
時山如盡水天一色蒼葭白露烟消風靜夜三鼓忽有王
甫一群自遠而耒鳴、若斑若遠巡相倒耳而聽整
簫而聞曰此必是海上仙女之遊此使
道巡有仙徼而得開此群矣且尋則似何此紅牆而耒事
袜而過有一鶴髮戴星冠羽衣端坐舡前有青衣童横
西異笑延使星冠羽衣端坐舡前有青衣童横
而過有一鶴髮戴星冠羽衣端坐舡前有青衣童横
吹玉管偹有一小娀翠袖紅峕捧盃而侍立飄、有凌雲
步虛之態巡使如癡如醉注目而覗則舡近處宛是紅牆

之於春娘之事也其處有巖名山紅牆此事載於舊誌云
前期粮出老仙及仙童巡始知見欺相與大笑蓋本偹已
不可覓月烑之釦笑而問曰陽詒之夢洛浦之緣其果耶然
本偹入耒笑而問曰紅牆已去矣與眼覗之
之紅牆宛在傍而問之則笑而不答戕而所然
無異疇時購到日出忽甫警覺謂紅牆同縣而耒之夢
巡使與紅牆同縣而耒遶入寢室其遶悠之情演兩之夢
敎矢老仙起送巡使及紅牆于舡上一陣清風田捲帆而去
中未明時出耒則吾當橫艇待矣紅牆歛稚而言曰謹奉
而歸仍戒紅娘曰此西上界已之緣酒與此人偕入城
嘛之偕行老夫厭烟火之氣萬不得近誠君須與紅牆同舟

仍起身而趨上舡題楷首而拜曰下界俗骨不知真仙之
降臨有失迎候國真仙敕罪老仙笑曰君是上界仙侶謫
降人間已久今夜之遇乃一段仙緣仍以笑指本偹之
佳人曰君知此媧乎此乃王帝香案前侍兒謫降世矣
今則限滿而歸笑舉目而覗之則果是前日之紅牆
而青山午頻秋波微動如怨如慕殊不能室情而執
手而住曰汝何思捨我而歸乎紅牆亦攬淚而對曰一
山盡舟已為我嘗皇以相公慕妾之期耳巡使對曰爾
霄之暇隨君而耒以為一僧之緣
王帝之詔偹許紅牆之暇香老仙笑而答曰既聞今夜媧

319

路每、亦示此紙則低頭而去未及回口又有一席遍前故
出示此紙則不顧而將噫其兒曰汝若此則與找偕至
寺中決訟于老僧之前可也此僧乃黙頭與之偕至老
僧尚在道與狀僧此曰汝何遲之晩令寺中老
已三日見肉而向何可放送宇雖念而則不可放送矣
老僧曰熟則給代可乎宇曰熟則事矣從東行牛里許
則有一人著氈笠而來可作汝療飢之資此其師佐其言
出門敷倉頃後忽有砲聲之遠出僧笑曰厭漢死矣其兒
聞其故僧曰提我之宇徒不送俄使往東耕砲手
笑蓋著氈笠云者即砲手故此其兒辭而出洞則天晩而

此其人曰吾在湖中某地矣聞京都之繁華方欲一玩而
未矣過此時聞此藪內京中李恭判令監遍臣伯來留
云脫否曰脫笑其人曰此念監以厚德君子今世祖人有
名於京鄉欲一永顏而無其路矣君若知此念少曰旣
居其雞下寧有不知之理耶其人曰幸以我之理邪席
而使得一拜于岦判宇若答曰汝鄉居之人何敢薦人於宰宅
笑其人曰有福之人笑君又曰君非有子幾人答曰有七八人
以單金置之所其人開盒而驚曰君李恭判相同笑仍請烟茶
曰旣在李恭判宅洞內之故得於其邑矣其人曰好笑焉

樂溪村李孝達鄉儀
溪斯舍以叫稿漁撫有嫁九月之日秋漁新收以等笠擔
壬戌李恭判巷永仍其子戒甲之居詢素宦而居卜于樂
政是楓菊佳郎李台興六七冠童釣魚前溪以第笠擔
野老宇李台笑曰鄉曲年淺無知之輩無或怪笑蓋因此
渠魚混松野老之班忽有一傑生荷青秋曳竹枝而未坐
漁竿混松野老之班忽有一傑生荷青秋曳竹枝而未坐
淺遠聞曰君在何處蒼曰在於此藪內之村矣其人又曰
觀君名金圖無乃納棄同如宇曰然矣其人曰旣納棄則歡
必區名矣曰旣有區名矣顧問生貞何處人氏而鄉何過

此之章吾所初見辛許如于宇李台笑而許之以拱牛繪
之其人稱謝曰甲下當更訪於此廬云而去歷中小莫不
絶倒曰此人有眼而無珠笑雖以優表見之豈或極佛松
野老宇李台笑曰鄉曲年淺無知之輩無或怪笑蓋因此
而牛日消遠矣大笑而羅

鏡浦湖巡相認記緣
江陵有鏡浦臺、在湖上湖即鏡湖也十里平湖流穩而
不淺自古以未曾無涵死之患一名稱以君子湖、之外
有海與天同大淵一沙退而鴳浪曰打未蕃潰決至成一
區亦一異事俗傳湖之基即古區人居而性客橫恣萬包

321

此勞餘豊德府使赴任矣一日 爾廟進御軟泡湯而仍
或開格以撥馬召柳醫入診柳醫同夜上來到新門ヽ姑
未開自門內告于兵曹使之事而開門往來之際精逢近
柳醫見城底一畢堂燈火煥然乃驚愕于其家矣一老嫗
閨于房內之女見曰俄者米泔水滴於太沱則即時消
止矣柳醫怪而問之則對曰米泔水滴於太沱
融故此而已門鑰出來城門開矣柳乃赴 闕而問症候
則以軟泡而滿ㅛ即使內局入米泔水一器微溫而進御
夫滯氣乃除事亦異矣

度大厄朴曄換坤方

朴曄之按關西有親知守相送其子而抱之曰此兒姑來
冤而使卜者推毀則今年有大厄若置之將軍之側則無
事云故益送之乞賜區置伊得虔尼曄許使留之一日此
兒壽羸霽睡之憤睡而言曰今夜汝有大厄汝若依吾言
則可免矣不然則不可免矣其兒曰敢不如命曄曰茅姑
娘下不可輕尋遠而行郡里必有一巨刹而年久廢寺
侯之兩戒之曰汝行幾里到一唐儈
立汝日着黃昏後庶出有尿所騎之腰儲鞍而使其騎
也入其上房則有二大俠皮美功勿給若至見尊之處則
以刀欲剝彼不
僧來索其皮美功勿給若至見尊之處則以刀欲剝彼不

鼓辱如是相持至鷄鳴後則無事矣鷄鳴後許給其皮可
也汝能行此乎對曰謹授教矣仍騎騾而出門則其行如
飛兩耳閭風群不知向何慶度山踰嶺至一山谷之口
而乃立仍下鞍帶微月之光尋草路而行ヽ韓甲弗有一
廢寺入其寺開上房之戶下榻有微ㅛ月之光尋有大俠
皮一張仍俯其言鼓辱而卧矣俄頃有剝ㅛ之聲
果一老儈狀貌兇獰其言鼓辱者入門而言曰此兒未矣
仍近前曰
此皮何為懷而卧乎速還我其皮不答而卧自如矣其僧
欲奪之則擎刀作欲剝之狀其僧退坐如是五六次相持
之際遠村之鷄鬢喔ㅛ其僧微笑曰此是朴曄之師為也

復奉何仍時起其兒曰今則還皮於我固無妨可起坐其
兒既聞朴曄之言故仍給其皮而起坐其僧又曰汝可脫
上下衣給我功勿開戶而見之此兒依其言解衣給之
其僧持其衣與皮出門外其兒從隙窺見則其僧擎皮
蒙之愛為一大俠大群咆哮ㅛ仍裂衣幅ㅛ裂之仍還
肥皮又出一周低軸搜而見之以朱筆點其名字以後雖
又出一周低軸搜而見之以朱筆點其名字以後雖入虎
世可出去諳朴曄云不可泄天機世汝送今以後雖入虎
群之中決無傷害之虞矣又徐一讀油紙曰持此以出如
有攔于路者出示此紙其兒依其言出門曲ㅛ有廟而遙

使俞即陪來婿請曰俞即不可率去姑留之使吾女醫
時休息可也公不許而率去矣及墨進上時公呼俞即而
問曰汝欲墨子對曰好矣誘監押將前羨曰若如此則躬
自擇之大抵百同別置誠墨百同別進
工恐有關封之慮矣公曰使之急之更遣俞即還至書室
并分給下韓使之任自擇去則洪即擇其大折二同中折
十而皆老至領相子有四人家又富果特申公之言共
時呼洪即而使之任自擇去則洪即擇其大折二同中折
後命公為海伯寧女婿洪南原益三而去矣又慮墨進上
可作蔭官之材云笑果如其言
三同小折五同而別置公曰何不加擇之洪即曰尼物皆

進米沾柳瑋聽街言

柳瑋者 廟朝名醫也尤精於痘疫方人家小兒之救
活者甚多有一中村家甚富饒而世雖居只有遺腹子一
人年纔十六七歲而未經痘者也其母買舍於柳醫之門
前托庇於柳醫醫品之新出酒肴之豐潔逐日饋之如是
者數年朝夕不怠柳亦憐其心而感其意率置其兒而救
之矣一日其兒患痘而加出

有限小塔若盡數擇之則進上何以為之洛下知舊何以
問之乎小塔則十同優可用矣公眽視而笑曰緊莫緊矣
可作蔭官之材云笑果如其言

柳醫邊用藥頗顗至二十日其人又來而問曰云少看門外
云柳醫曰技窮則未知其如何而吾技不窮矣汝跡欲殺
之吾則欲活之其人有怨氣而出門
矣其人曰此兒之病也柳曰此兒患情景可矜此救活
何為而汝救此兒之病也似夢非夢間一人來時柳醫之名曰汝
之愛而用矣一日似夢非夢間一人來時柳醫之名曰汝
爐五六間羅于前分溫涼熱之劑而別熊之隨症
夫于心曰吾若不得救出此兒不敢復以醫術自賣矣藥

後汝其可活此兒于汝蓀觀之仍出門而去矣少看門外

嘘擾內局吏隸及政院下人喘息而來言 上候以痘症
不平期速入侍連忙催促馳而去矣仍不救云矣
出來矣戰日間其兒仍不救云矣
殿頗是曰汝有兩顗于柳醫俯伏而羨曰小臣之前雖可
欲用楮尾膏以此棄于 明聖大妃殿大妃大驚曰如此
峻劑何可進御乎此則大不可矣柳醫時伏于簾列 大
妃在簾內下教汝用此藥卿其欲用此藥卿
其器而入診睹角進之食頃之後諸症差勝而 聖候平
新此藥進御後可以責效矣 大妃終不許進柳醫乃袖
者數年朝夕不怠柳亦憐其心而感其意率置其兒而救
之矣一日其兒患痘而加出之日己是不治之症也柳醫
復雖賴天地神明之佑而柳醫之術亦可謂神矣其後以

之而擇之中公曰汝求何許卵材對曰尊至八十任至大
官厭富多男子之人則享笑公突曰世宣有如此軍備之
人手若副汝顧徉難得矣伊後出門而歸則笑中之
可合者每、如是笑一日申公來新婦過此洞群兜婿戲
巖中有一兒年可十餘歲而逢頭突驚騎竹而左右跳躍
公得輕視視則不掩身而阿目海口骨格黑凡仍命一
轄使之招未則捧頭不肯公使諸轄擁至報
前公問曰汝之門開何如人也有阿軍如是非諸兒獅哭
曰何許偃負空狀挺我、有阿軍如是非諸轄擁至報
兩班此公又問汝年幾何而汝欲何在汝姓云何對曰欲

屋不蔽而風雨寶下生若鷗上有蛛絲而卵材則月大如
食髮亂如蓬並一可取幾一可見吾小姐之後則枰
曰此當親軌矣以吾小姐如花如玉生長稍紀之蹈雷何
可送于如此之翁守婿婦開此言膽落魂飛而即受婿之
日世事到無柰何之境仍飲泣而治迎卵之具矣望日新
郎入來行禮婿視果如卵言而即一可憎之卵也心
郎如解而無柰何矣過三日後送卵曰歸家則夕飯無期且有順歸
公問汝何為更來此新郎曰歸家則夕飯無期且有順歸
人馬故選來矣公笑而留之曰此每在而連日內寢
新婦以窈賢之女子見惱於丈夫幾至生病之境矣公憂

之喻曰汝何為連日內寢也今日可出外典衣間將可以
新郎曰敬受教矣及夜公就寢而新郎候具鋪之矣前矣
下含眼則俯即以手提公之腎公驚曰此新郎對
曰小婿果不安其懷寢夢之中每有此事矣公曰後勿
如是對曰謹未幾又以足攬之公又驚覽所責之必頃又
以手足或打或攬其苦乃曰汝乃可入而而寢則不
可與同寢矣新郎仍捲其寢具鋪之於前矣
新郎曰敬受教矣及夜公就寢而新郎候具鋪之矣前矣
婦女之來者適留宿於新房中夜三更驚起欲避新郎離
可與同寢矣新郎仍捲其寢具宅可止云、如是
聲而言曰諸婦女皆急避而獨留於書房宅內行悻悻去而
之故妻家上下皆厭苦之申公摔海藏此內行悻悻去而

捧跑軍丁子乎何為而問姓名年歲居住也吾姓俞氏也吾
年十三也吾歲往越洞矣何為問之速放我云公故送而
尋其歲則不蔽風雨之斗屋也只有寡居之母夫人公招
婢子傳喝曰我是某洞居申某也吾有一介孫女方求婿勿
以得歲故視則不安知其意如之仍不言
其婿婦對如初公又笑曰汝求何許卵材
其婿婦欣然而問雅曰今日得之矣公故送而
言仍通泄養歸則婿婦又問卵材公笑曰汝求何許卵材
矣今月足婚於屹都令而去云、而仍飭下轄歸家勿
笑及到迎綵之時恰乃言之自內急送解事一老婢往見
其家許之貧窮卵材之妍酊其婢子回告曰家是教間茅

則對曰吾則偏親侍下而家計貧窮絕大已數日無飯其
客文秀困應少坐見塵踰之紙弗微有條然之
色而鮮弗入內數間斗屋戶外即其內堂也在外聞之則
童子呼毋曰外有過客失時飯人飢豈可不顧耶糧未
絕之無以供飯以此炊飯可矣其毋曰如此而故觀之忌
半其毋沒而炊之文秀既聞其言心甚惻然童子出來文
秀問其由則苔曰客子既聞知不得欺笑吾之親忌不遠
無以過祀故適有一朴米作紙弗懸之蜡關食而不喫笑
今客子飢餓而來無供飯之資不得已以此炊飯笑不幸

其奴叩址之曰吾儂汝挺來朴童矣汝何爲挺此捉來喪而
來使汝上曲見厏中汝罷蒼笑秀身袖中蕾來馬牌曰
汝馬敢若是座首一見而血出曰死
罪之文秀乃曰汝可結婚乎對曰馬敢不婚又曰吾見厏
三明即吉伊日吾當與新即偕來笑汝可備婚具以待座
首曰敬諾諸文秀仍出門直入邑爲出道謂其本官曰有俠
僅狂於某洞典此邑爵鄕過婚而期在某月伊時外具及
窪褥自官備給爲好本官曰此是好事何不優助龍宮如
命又請渟邑守令當文秀請新即偕自家下庭具
冠服而文秀愷威滿逞後座首之家雲幕連天盃盤狼精

座上御史主壁諸守令皆列哇座首之戾一層生九揮笑
行禮後新郞生來御史命拿入座首。叩頭曰小人依
分付行婚禮笑御史曰汝田與省幾何曰幾厘數其阿
半緒橋于曰馬敢不還奴婢牛馬幾何曰四沛物市幾阿
苔曰幾箙定義件裁窗矣曰分半絡女橋于荅曰高敢
不妝御史屎文記而證人首書曰分半御史次爲本官
某,邑俘某列書而端馬牌仍以轉向他處云

擇採橋中李善相

申判書雖獅寒竹室有知人之鑑使擇子有遺腹女年及
笄矣其嬌婦每諳于其舅曰此女之即材得舅其相自相

之自落犀備給柴扉而使之出去行此心猶起之密送近

待之知印使之探之別縧是廬言而與李弟行樂夹入

以所見向之往書勤欲大怒起向宣化堂叩門時夜已

半使道驚覺而問之曰方與外城李座首其行樂寧有如

許功名之事于霸大人急撥羅辛男女並挺入嚴治之使

道責曰此是胡大事而半夜三更如是作怪速為選去安

腹可也注書煩足曰大人若不聽小子之言則有死而已

使道咄嗟曰下去矣仍呼侍者報入、蕃捕校而分付曰

汝等入蕃羅辛盡戮出去　課圍開慶影而其男女一齊縛

豈可隱置于曲、搜見可此校乃遍索而不得矣不得已

還告此由兩置之矣其夜開慶與李弟行樂於娘伊之室

而望見日作書告訴曰小人侍進勝役無得罪而半夜動軍

捜隙泉內小人送泉手何為而欲勝沒以小人畔不得被

山德於進賜何忍被隣里之唆笑于徒今以後豈無更對之

顏而薦枕馬妾亦人也何可於外祖母忘月而行偲乎李

行者於進賜之類更勿念如妾睏行之中圍

矣注書恕而裂目絶之後不能忘情以書報之則解不入

如是者又裂三月矣裂之終不能忘情以書報之則解不入

於五六次而終不肯仍閱曰是誰之言也若指示則人削

来捕校承命而出以辛圍其家而

校立其門前使之開門

則時微雨李弟在房而戰慄閱廳曰火勿驚脚收拾衣屐

自後抱垂之腰而以覆蓋頭仍以覆李哥之身有卷避

兩者趨出而雁於門內曰不知何許人竊来呼門

不預問誰某速、開門閱門何為仍開門而潛使

李哥隱身於門內、開門閱門曰開門而乘此時

乃出門而使避于其阿尚三和妓娘伊之家笑校辛遍

捜于房內外無人閱廳問曰何為而未校辛答曰使道分

付汝與外城李某同竊使吾輩一齊捜来云故耳李哥何

在閱廳曰此廬之無人君輩所目見此李非蛛蚊之微物

當入去矣注書不得已而以知印為對則答曰此知印乘

進賜之不在常軌妄手故妄果批其癩矣以此嫌故至有

此誣告此知印若逐出而治罪則當入去矣注書不得已

分付首吏使之嚴治而除案熟之閱慶始入来矣其陵李

庭首以為吾初以千金許汝之奇謀令人可耶使我

得免伊時之厄者尤可奇矣注書加以五百金以此錢買城內

大屋而居住云矣

衿朴童靈城主婚

朴文秀以編衣轉行他邑日晩不得食頗有饑色仍向一

人之家則只有一童子而年近十五六矣向前乞一飯罷

試神術士序聽夫人

上厚李之萬生而賴悟天文地理及醫藥卜筮術數
之學無不通曉未來之事楠先知之世皆補以為神
人兩足帮一圓毬枕下又繫一圓毬行于海水之上
如踏平地無處不住如蒲湘洞庭之勝皆目見而未
周行四海以為海有五色分四方中央而隨其方位
而同色云窓稚窅朝夕要以供而不以介于心一
日坐於内堂夫人同人皆補君子之神畢之術云見
全乏粮將絶火矣何不試神術而收此急也公笑曰

夫人之言既如此吾當火彬之矣令婢子持一鍮器
而輸之曰汝持此鍮往竟營橋前有則一老媼以百
金顧買矣汝可賣來令婢子承命而往則果有老媼之顧買有如所
指教仍擇償而來又命曰汝持此鍮往西門外市上則有萬万失
以此箸烆欲急賣矣汝以此鍮買來婢子又往見則又得其善
持匙箸來來納即銀匙著此又得同色者此
可賣來婢子又往見則又符其言捧十五兩而來重以一兩錢從婢而
其銀著來而來同色者此從往銀壁前下科万失
言買買點之老媼初失食既而欲代之矢令為得其所失之故
而欲煙退炅可選退而來婢子又往見果甦矣仍還退其然

而來以其錢與縣傳于夫人使作朝夕之賣夫人史請加
戴則笑曰如斯処夹不必添加其神異之事類多如此

感妖妓毋度逐知印
鄭判書始民之為笙伯也其往往書內惡在冊室婴妓閱
愛而沉感復使不離側外域時有李坐首者累為金錐
當此封錢一千兩而我挂言則慮給此
相韵於李某而對往書追賜暗～垂浑則注書恢咨問之
對曰小人早失生毋就養於外祖毋矣今日其云日也而
外戚無人奉祀勢將闕然故是以悲之注書聞此言而慘

박원종지인 홍룡

靑邱野談

卄九

닉쳥이즁일 비러 졍 소의 츙두회 젹연여
쳥벙 소여 일홈 박시 락속 시일 츙쳐 주암 침라 츙챵
별안 중우 술 일명 즉쳑 작 치 소여 굴상년경
혼 소의 소 짱 츙희여 길 소여 츙의 슐 형 소희 슐
짱복한 의게 유쟉 소여 주홀 수곱 슐 쥬관 슐닐
츙쳑 슈쳐 일제 희졍 혼 츙셰 소속라

351

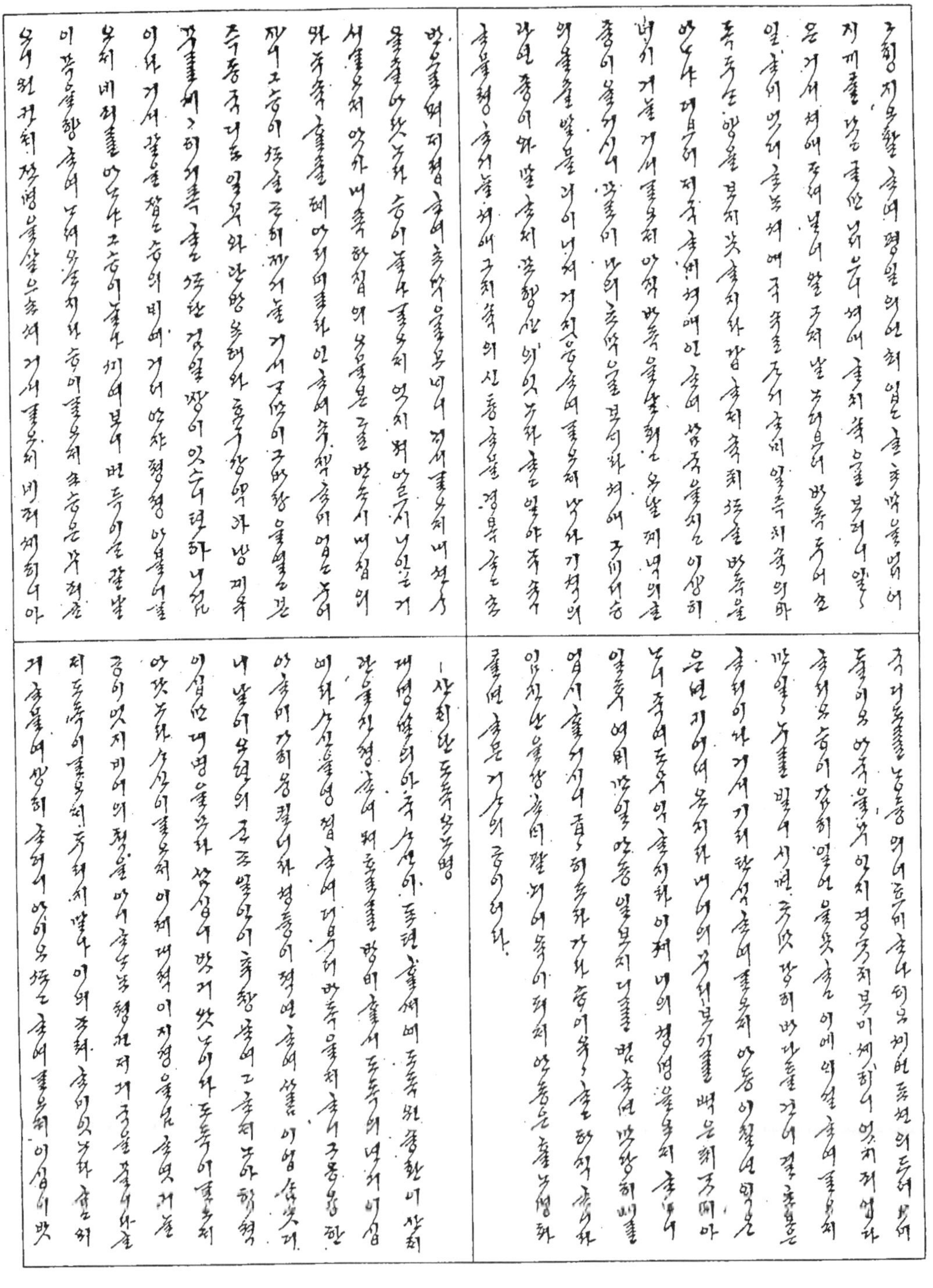

青邱野談 十六

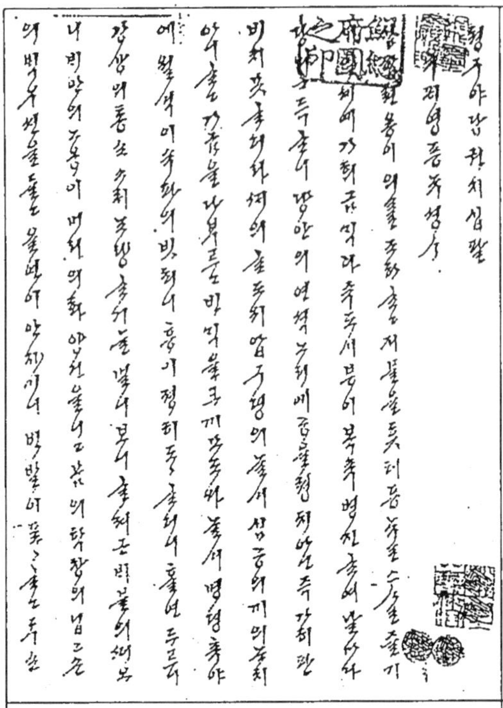

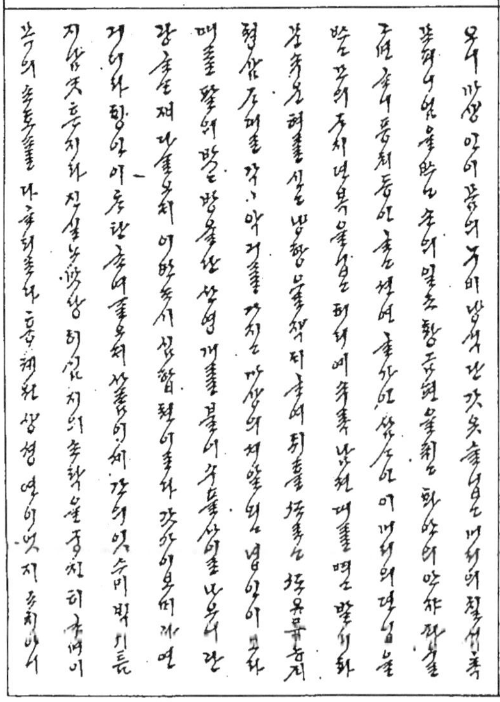

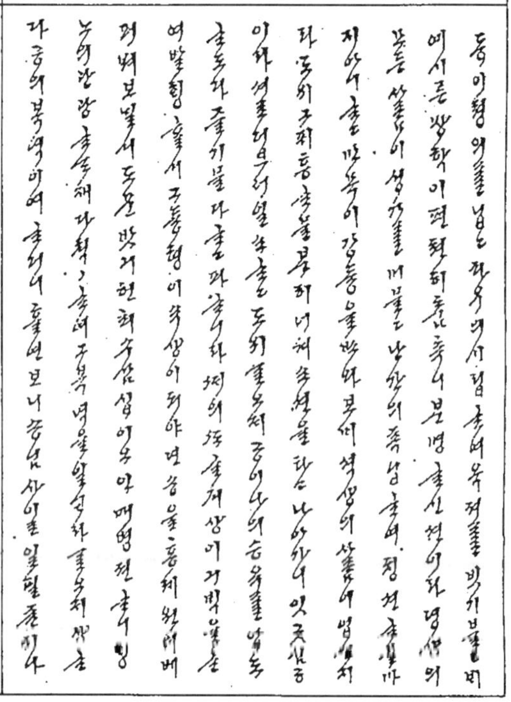

빅이 붕녀 죵셩호여 똠이영 빅이 믈읗이 못호여나 얄노
본ᄃᆡ 약비 렴졍이오 ᄌᆞᆼ죠 이ᄋᆡ 합 붗혈 ᄎᆞ 연호이영
이러라

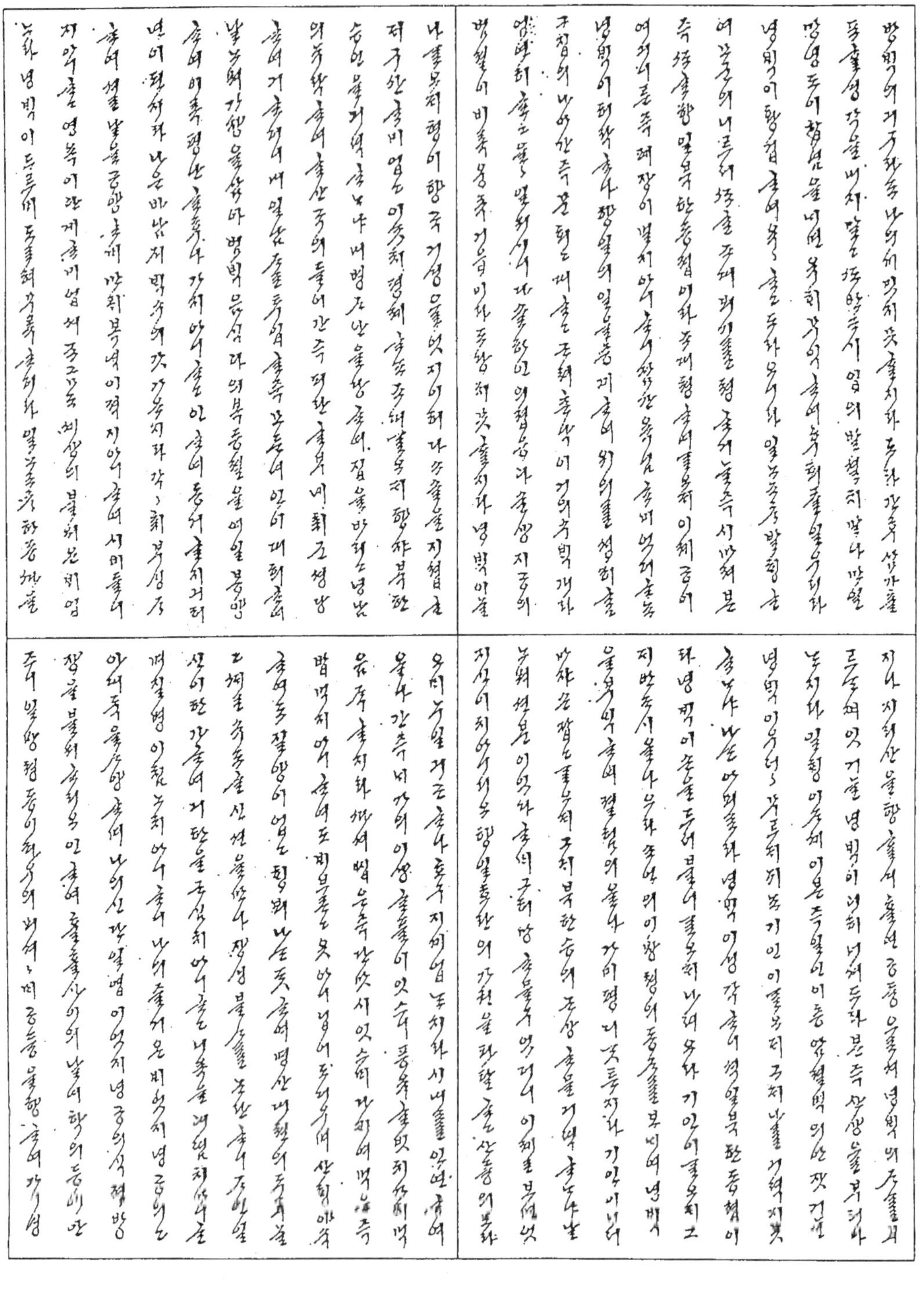

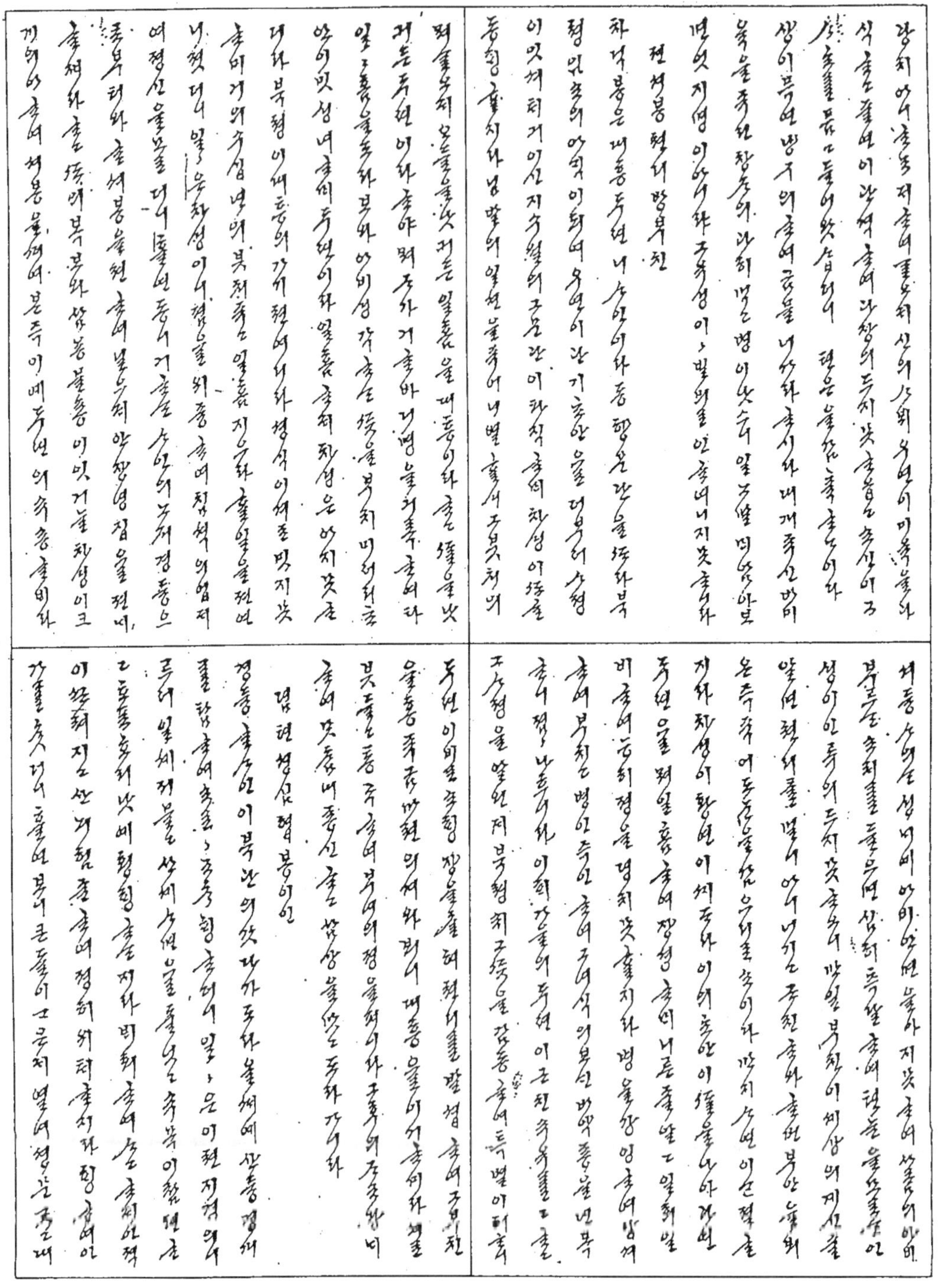

青邱野談

十七

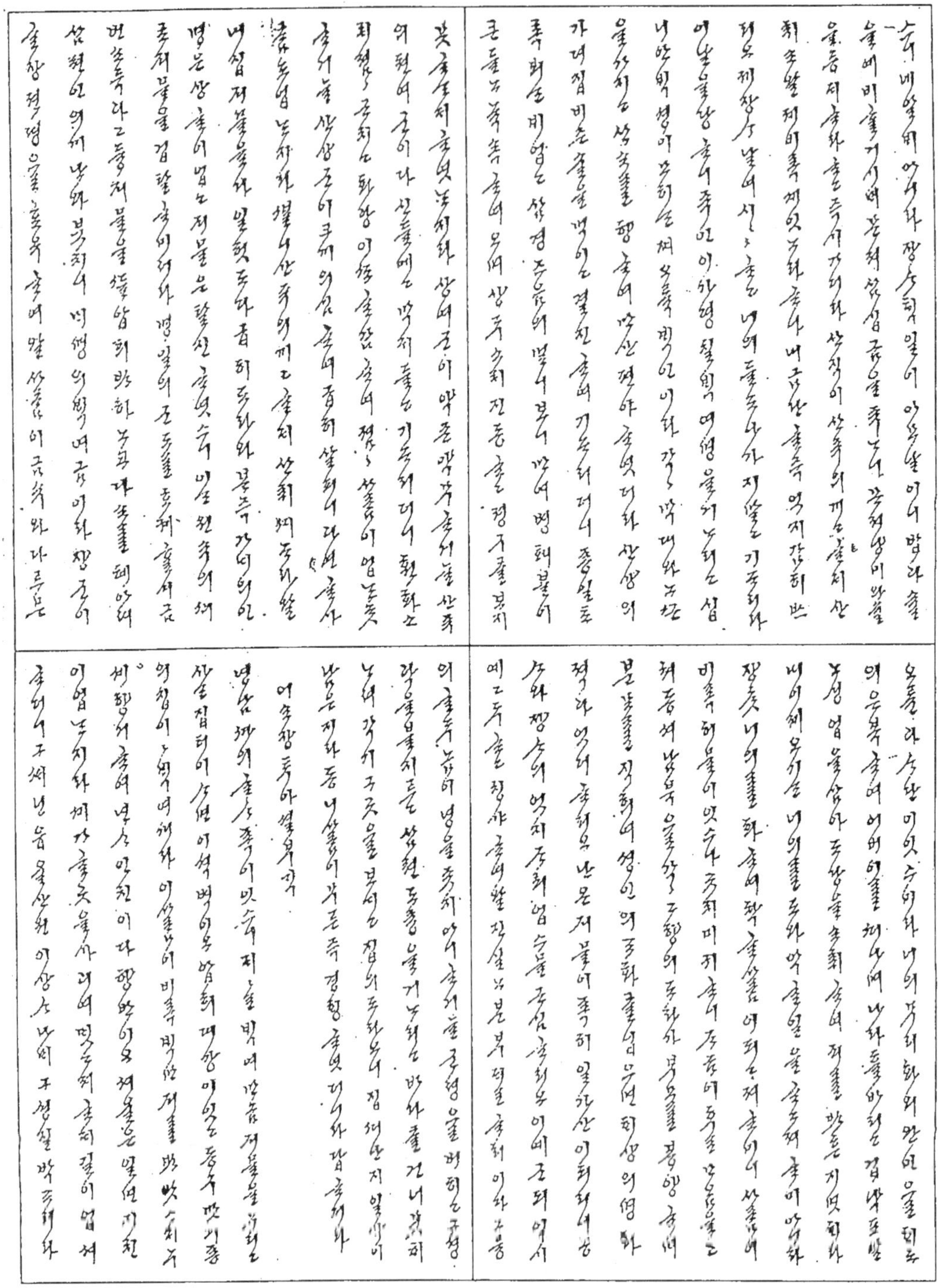

靑邱野談 其六

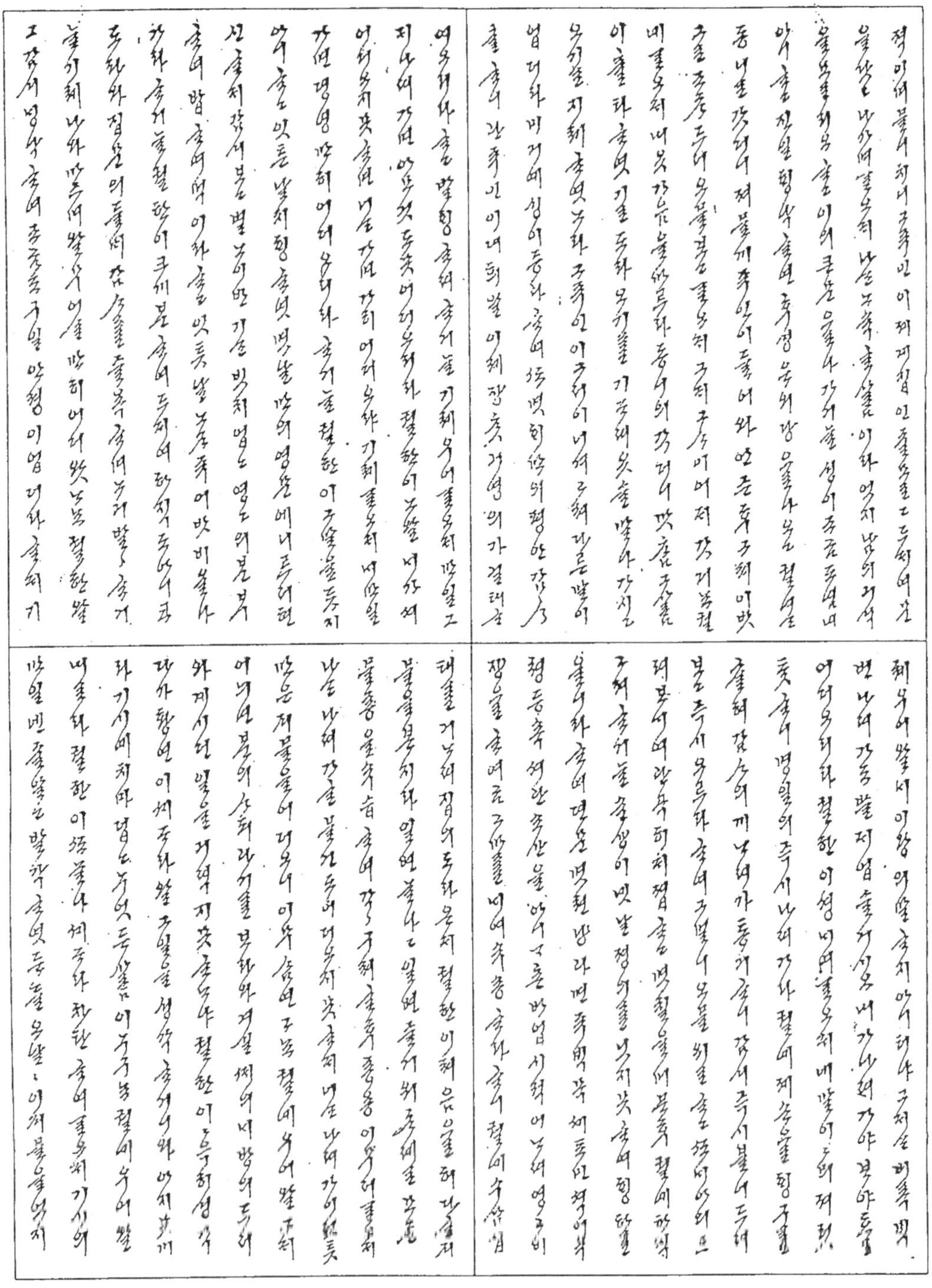

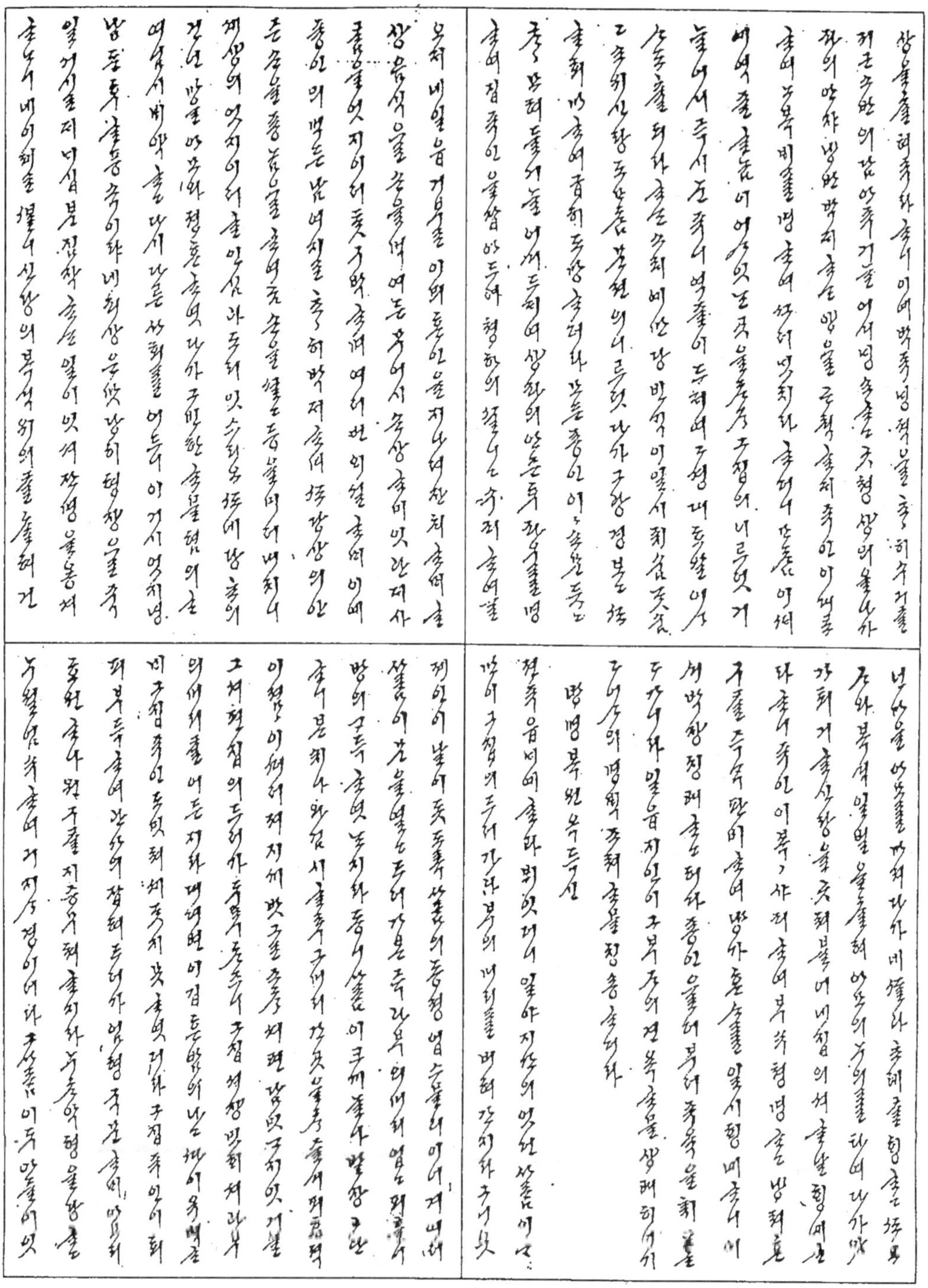

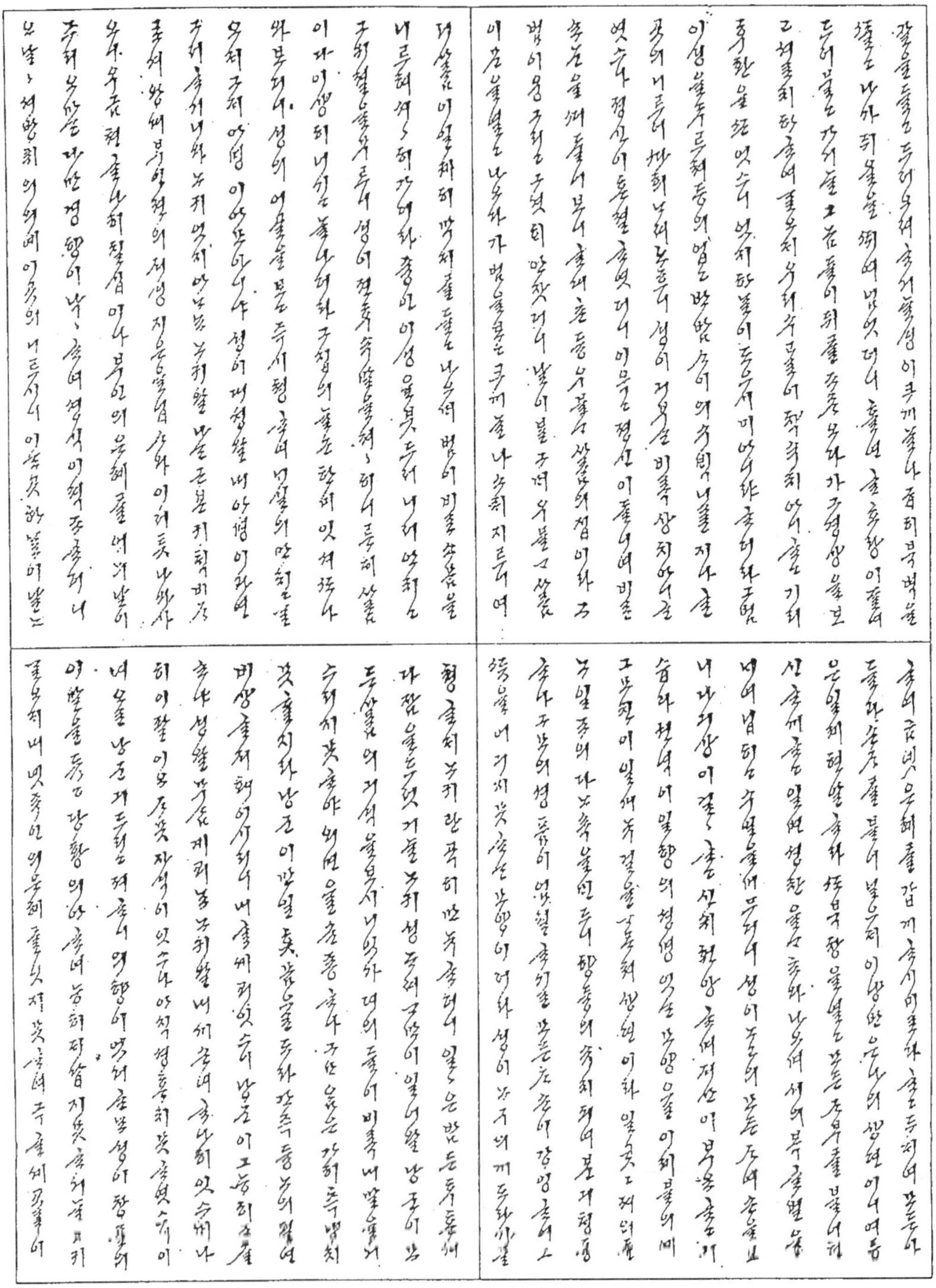

青印野談
十五

청구야담 권지십오

靑邱野談 十四

441

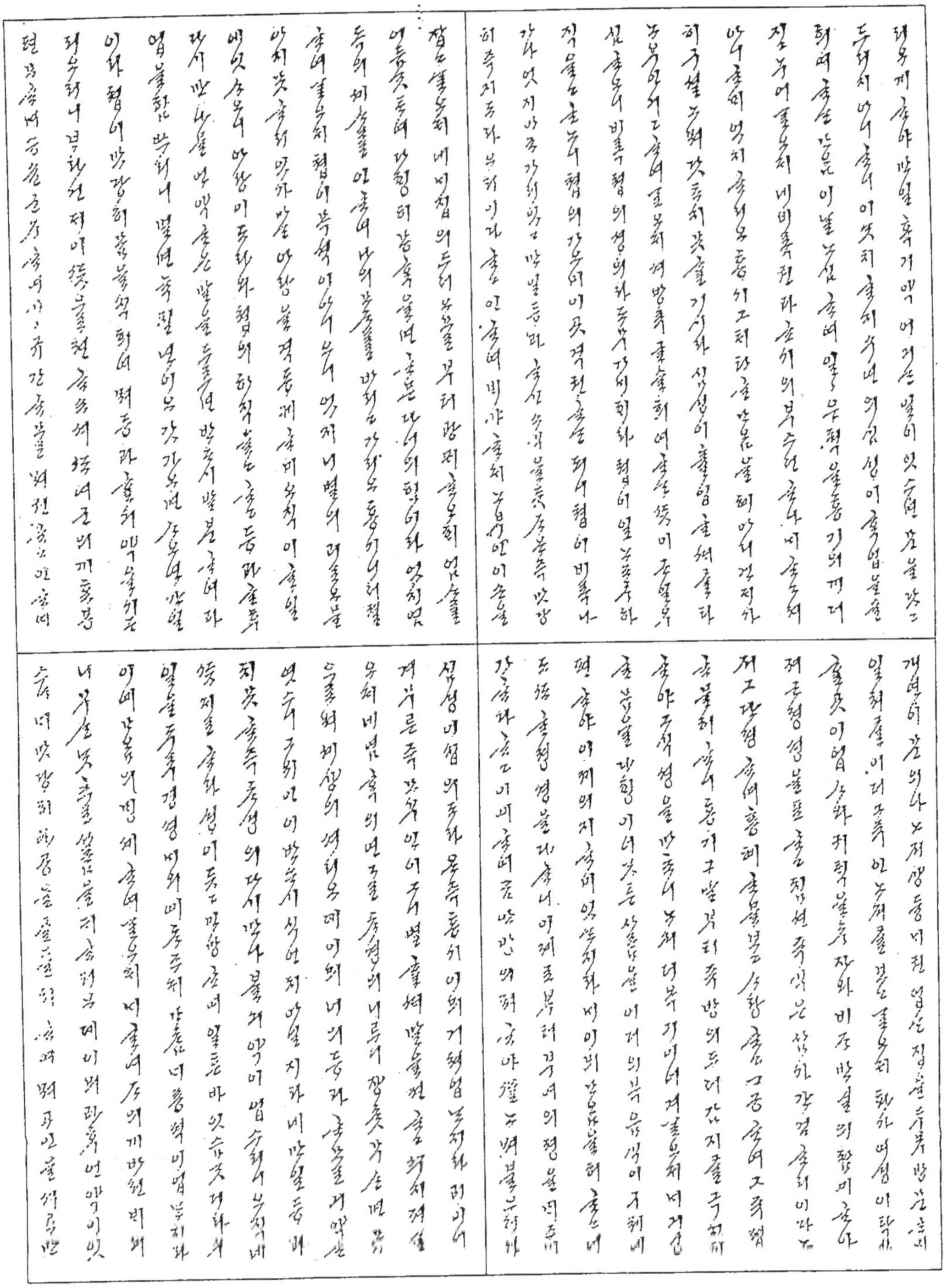

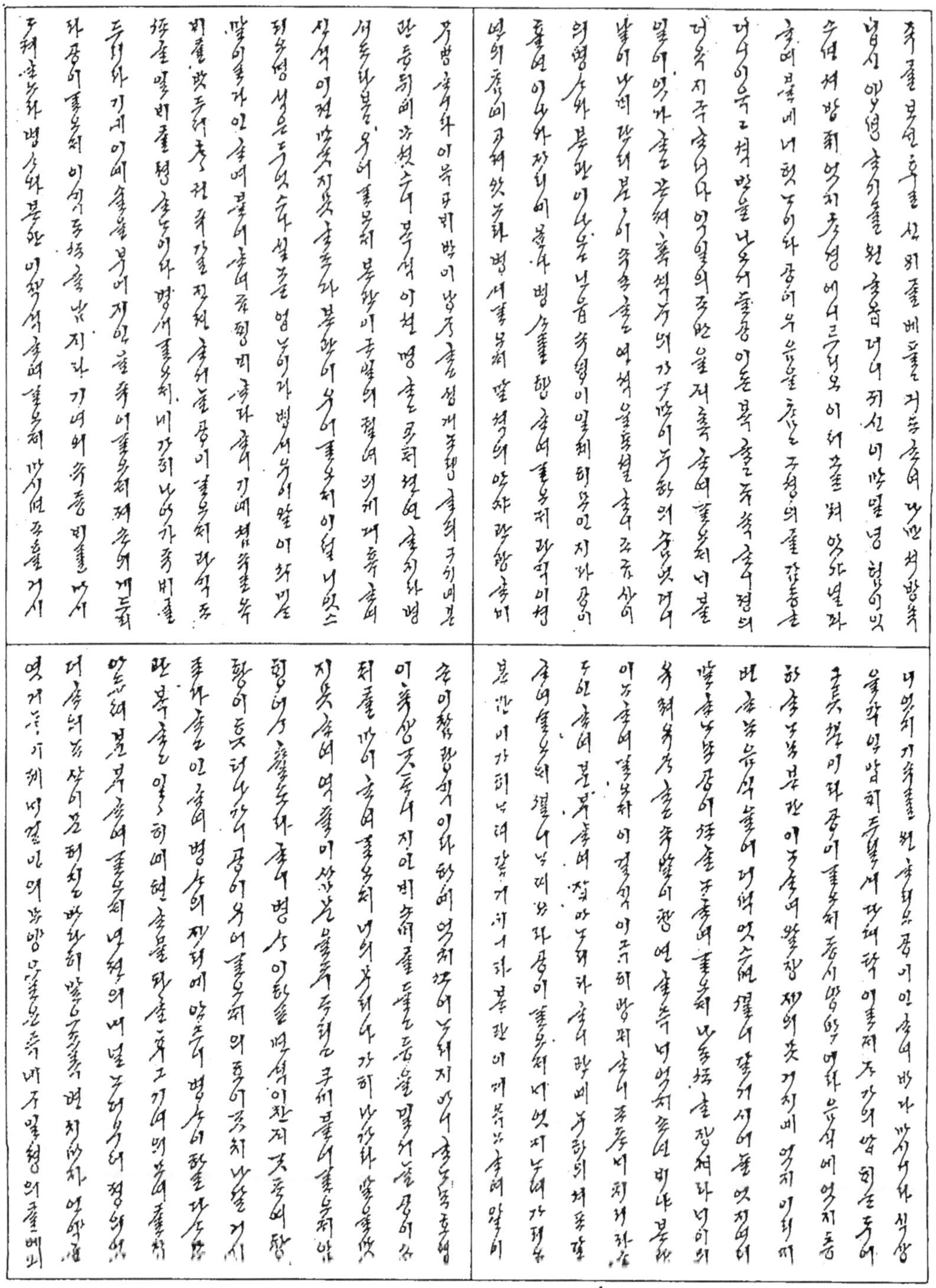

靑邱野談

청구야담 권지삼권

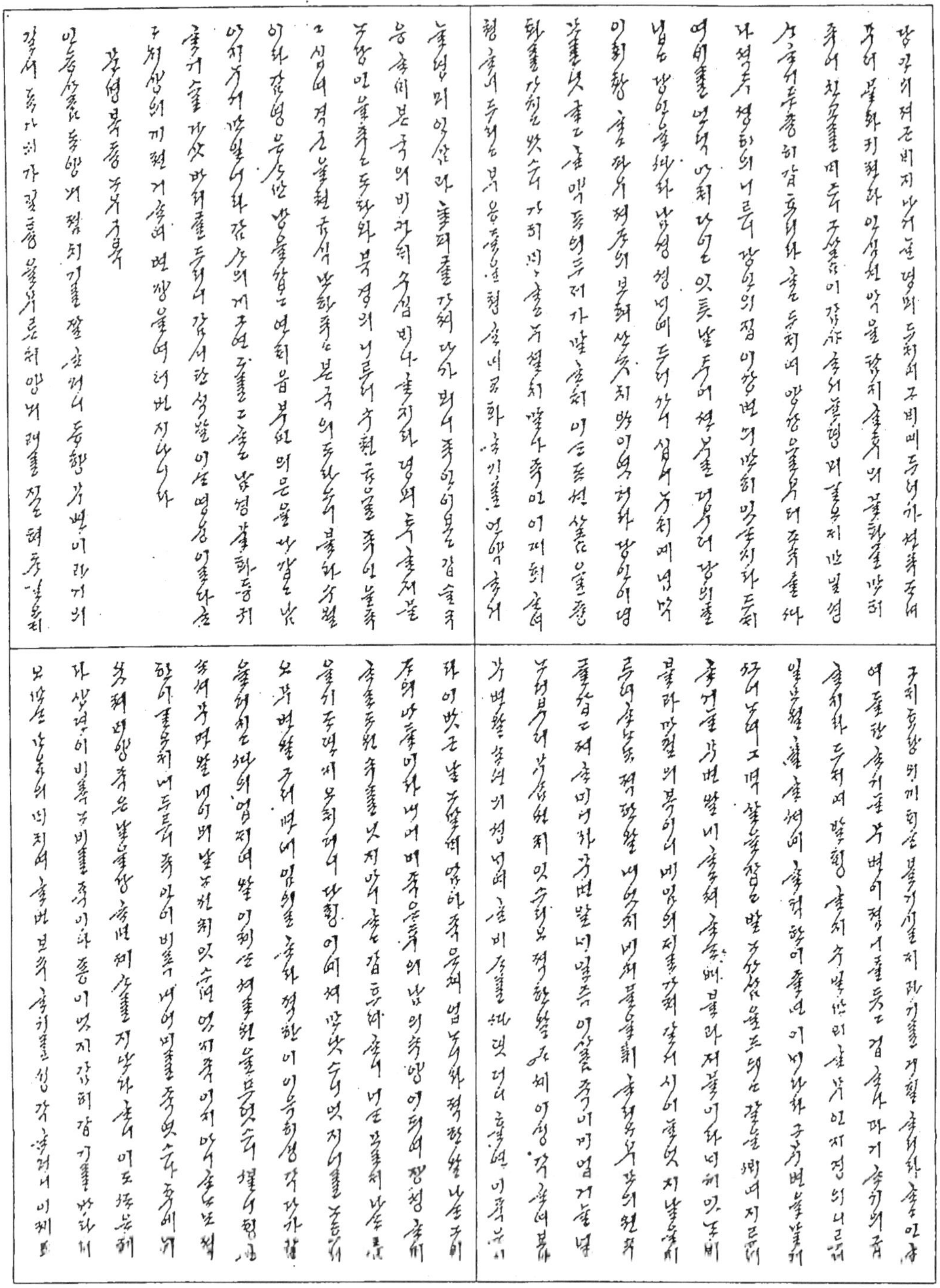

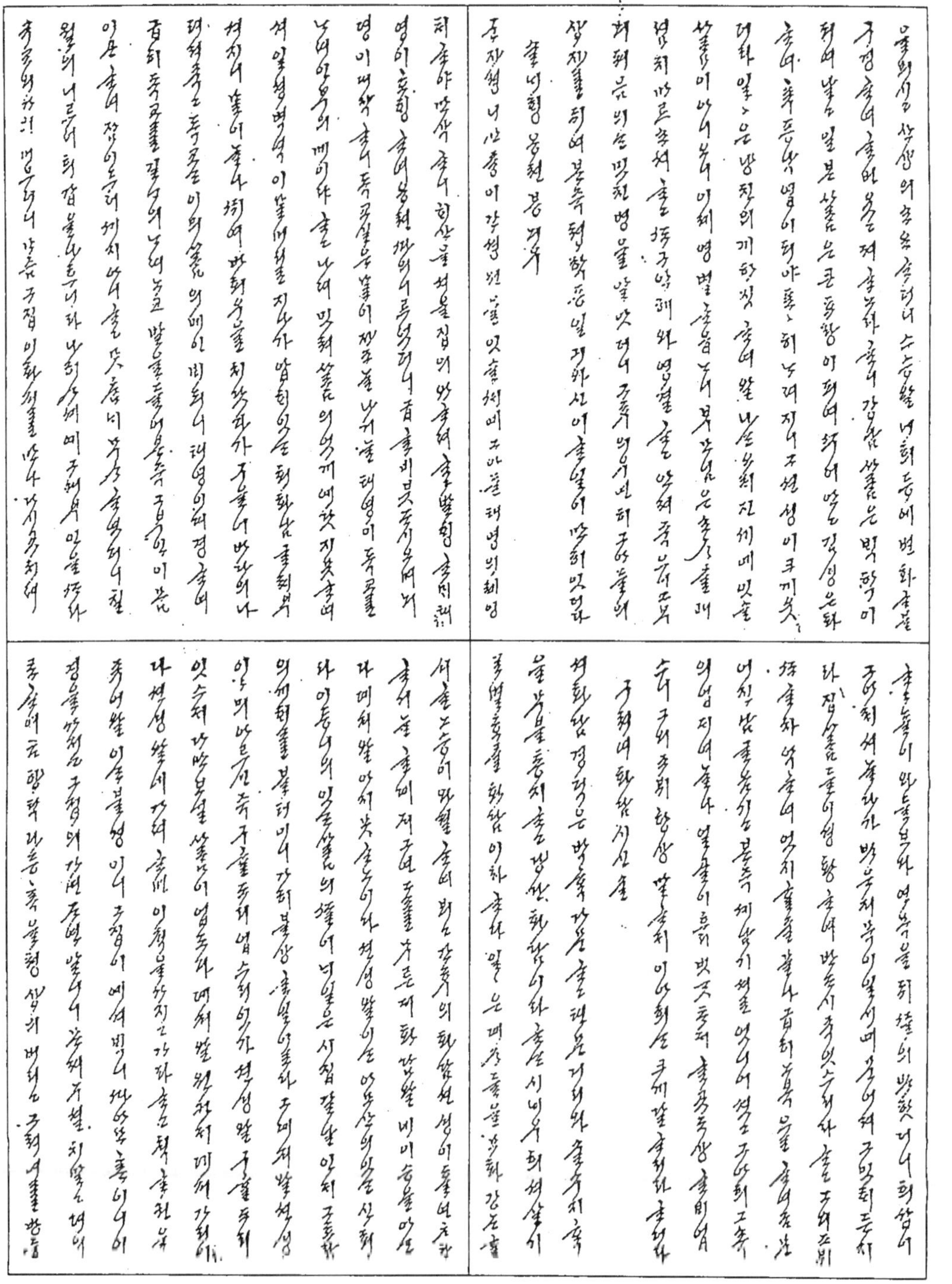

靑邱野談

十二

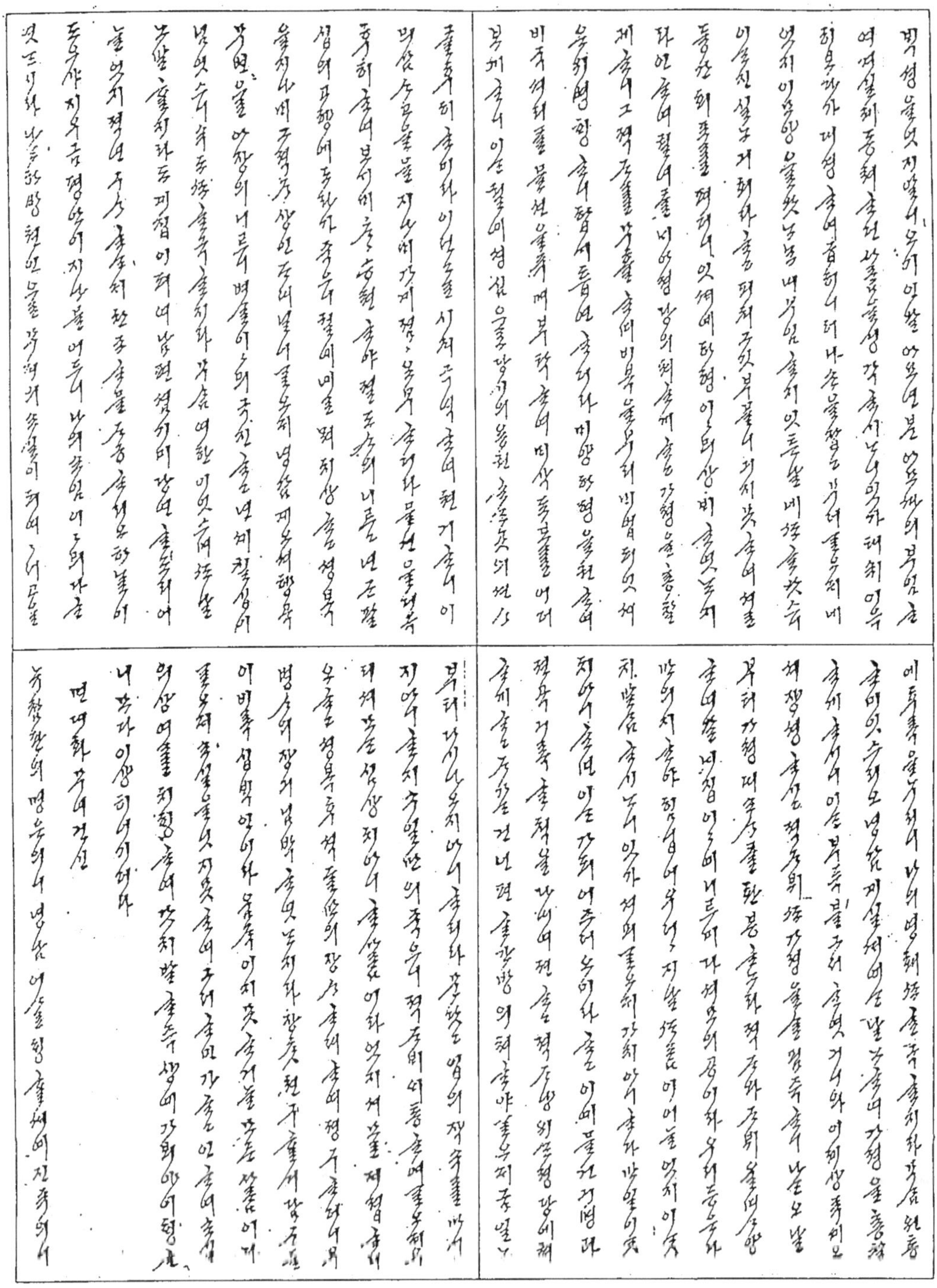

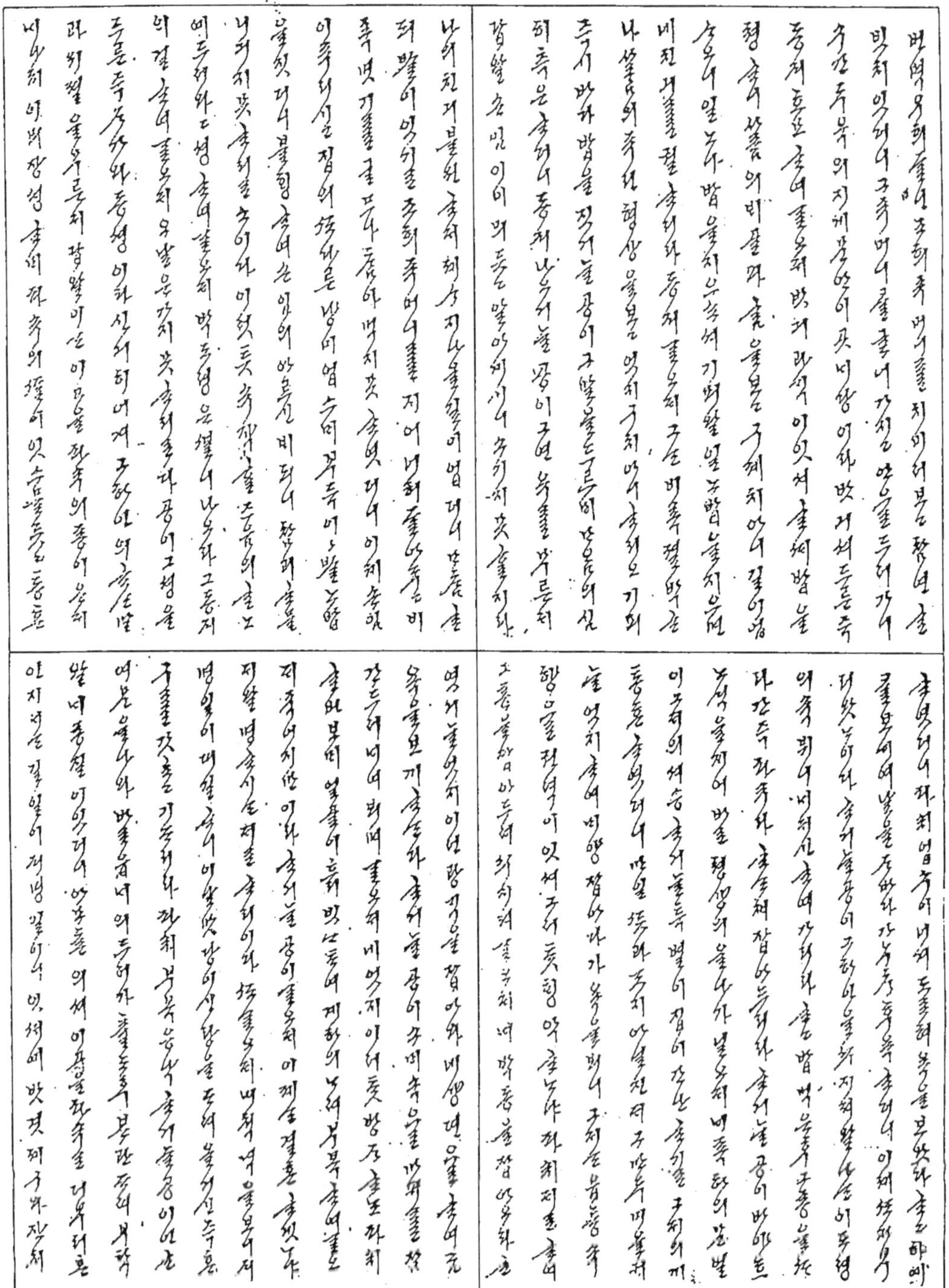

靑邱野談 권二

이재홍(李在弘)

鮮文大學校 中韓飜譯文獻研究所 研究教授
논문:「國立中央圖書館 所藏 飜譯筆寫本 中國歷史小說 硏究」
역서:「訓世評話」·「象院題語」(공동)
교주서:「셔한연의」 ·「동한연의」·「삼국지」·「츈츄녈국지」 (공동)

이상덕(李相德)

鮮文大學校 中語中國學科 教授
논문:「곽말약 초기 희극에 나타난 인물형상 연구: 역사극『三個叛逆的女性』을 중심으로」
편저:「뽈래하는 처녀」·「中國短篇小說集」
교주서:「수상신주광복지연의」 ·「洪學士傳」(공동)

김규선(金奎璇)

鮮文大學校 敎養大學 教授
논문:「만년기 黃裳의 사회시 고찰:새로 발굴된『치원소고(巵園小藁)』를 중심으로」
편저:「止愼亭許駿遺稿帖」
역서:「歷代詩話」(1-6)·「추사 김정희 연구」·「(국역)의암집」

한글생활사 자료 총서

청수야담 (II)

초판 인쇄   2014년 5월 23일
초판 발행   2014년 5월 30일

교 주 자 | 이재홍·이상덕·김규선
펴 낸 이 | 하운근
펴 낸 곳 | 學古房

주   소 | 서울시 은평구 대조동 213-5 우편번호 122-843
전   화 | (02)353-9907 편집부(02)353-9908
팩   스 | (02)386-8308
전자우편 | hakgobang@naver.com, hakgobang@chol.com
홈페이지 | http://hakgobang.co.kr
등록번호 | 제311-1994-000001호

ISBN   978-89-6071-398-7   94810
           978-89-6071-110-5   (세트)

값 : 50,000원

이 도서의 국립중앙도서관 출판시도서목록(CIP)은 서지정보유통지원시스템 홈페이지(http://seoji.nl.go.kr)와 국가자
료공동목록시스템(http://www.nl.go.kr/kolisnet)에서 이용하실 수 있습니다. (CIP제어번호: CIP2014016078)

※ 파본은 교환해 드립니다.